KB231355

비극적 인간과 세계

비극적 인간과 세계
——— 서양 비극 문학 연구

채수환 지음

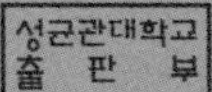

정신의 스승 천병희, 박이문 선생님과
월터 카우프먼Walter Kaufmann 교수를 기리며

　이 책은 저자가 2018년에 출간한 졸저, 『비극 문학』의 후속편이다. 『비극 문학』이 서양 비극 문학에 대한 개괄적인 논의와 설명을 하는 '총론'이었다면 이 책은 구체적으로 2800년의 서양 문학사에서 비극을 산출했던 세 시기의 대표적 작가들의 주요작품들을 구체적으로 논의하고 분석하는 '각론'에 해당하는 것이다. 이 두 권의 책을 펴냄으로써 저자는 서양 비극 문학의 본질과 성격을 본격적으로 국내에 소개하겠다는 오랜 소망과 염원을 비록 부족하고 미흡하게나마 이루고 일단락지은 느낌이 든다. 여기서 저자가 서양 비극 문학에 대한 책들을 펴내게 된 연유와 배경을 부끄럽더라도 잠시 피력해 볼까 한다. 저자가 서양 비극 문학에 대해 처음 알게 된 것은 50여 년 전 대학에서 경영대학에 재학 중일 때였다. 당시 집안 형편상 장차 취직만을 염두에 두고 들어간 경영학과의 공부가 도무지 적성에 맞지 않는 듯해 고민하고 방황하던 필자는 역사나 문학 혹은 철학에 관한 책을 구해 읽는 것에서 큰 위안과 기쁨을 느끼곤 했다. 그러던 중 대학 2학년 때 셰익스피어 전문가로 알려진 고故 이경식李京植 교수가 번역한 소포클레스의 『오이디푸스 왕』과 『안티고네』 및 『콜로노스의 오이디푸스』 세 편을 실은 박영사博英社의 문고본 책을 사보게 되었다. 마치 인적미답人跡未踏의 땅에 들어간 듯한 별난 이야기에 새삼 호기심이 생겨 더 알아보니 그 몇 년 전에 『희랍비극 I, II』라는 제목으로 고 조우현/여석기 교수의 번역으로 현암사玄岩社에서 출간된 것이 있다는 것도 알게 되었다.

　삼대 희랍비극 작가들의 대표작 몇 편을 처음 접한 소감을 지금 회고해 보면 심오하기는 하나 도저히 이해할 수 없는 수수께끼를 읽은 듯한 곤혹감과 충격을 받은 느낌이 전부였다. 대학 졸업 후 3년간 직장 생활을 하였으나 문학에 대한 미련과 열망을 버리지 못한 끝에 사표를 던지고 그간 근근이 모은 돈을 밑천삼아 유학을 갔다. 미국 대학에서 학부 영문과로 전과轉科해 입학하고 수강한 과목 중에도—영문과 과목들을 듣기 위한 배경 과목으로 개설된— 호메로스의 『일리아스』와 아테나이의 삼대 비극작가들의 작품을 읽는 수업이 있었다. 비로소 서양 고전의 세계에 본격적으로 진입해 보니 묵직한 감동과 심오한 느낌은 여전했으나 근본적인 수수께끼가 풀린 것은 아니었다. 그러나 석사과정에 진학한 후에는 근현대 영미 소설 쪽에 더 큰 흥미와 애착을 느껴 20세기 영국 작가 조셉 콘래드의 소설들에 대한 논문을 써서 제출하고 그동안 곶감 빼먹듯 써온 유학자금이 바닥나는 바람에 4년 만에 귀국하였다. 중단된 학업을 다시 시작하기 위해 국내 대학원에 등록하여 박사과정을 밟는 중에도 일찍이 문학으로 입문하게 만든 '비극적 인간과 세계관'에 대한 뿌리 깊은 관심과 매혹을 버릴 수 없었다. 결국 학위논문은 토머스 하디의 소설들을 '비극의 이론'을 가지고 분석하는 것으로 작성하였다.

　과過한 행운이 따라주어 대학에 자리를 잡은 이후 전공인 근대소설뿐 아니라 그리스 비극과 셰익스피어 비극에 대한 강의를 때때로 맡기를 수십 년 하면서 틈틈이 자료를 모으고 준비하여 강의안을 만들고 고치고 다듬기를 20년 이상 한 결과물이 앞선 『비극 문학』과 이 책이라고 할 수 있다. 30년이 넘는 교원 생활의 결과로는 너무 초라하고 보잘것없는 과작寡作이나 이는 우둔하고 재주 부족한 데다가 게으르기까지 한 필자의 탓이다. 그러나 '비극론' 공부는—다른 공부도 그렇겠지만—문학뿐 아니라 주변 인문학들에 대한 공부가 병행되어야 하고 더욱이는 인생의 연륜이 쌓여 '사람살이'에 대한 나름의 안목이 트여야 하는 것도 필요했다. 그래서 10년 전만 해도 아리송하고 도무지 석연치 못하던 것이 환갑이 넘어서야 비로소 시야가 분명해지고 화두話頭의 전체상이 보이는 것 같은 느낌이 드는 것도 없지 않았다. 옛말(『小學』, 嘉言編)에 "환연빙석渙然氷釋과 이연이순怡然理順은 구자득지久者得之요 비우연야非偶然也(얼음이 갑자기 녹듯이 풀리고 마음이 기쁘게 저절로 이치가 순탄하게 되는 것은 오직 오랜 공을 들인 자에게 일어나는 것이지 우연히 되는 것이 아니)"라더니 옛말 틀린 것이 없는 듯하다.

이제 비극론 공부라는 오랜 장정을 마친 듯하며 서양 문학을 평생 공부한 사람으로서 최소한의 책무를 이행한 느낌이다. 그러나 그간 비극 문학만을 집중적으로 다룬 결과 19세기 이후의 서양소설의 큰 부분을 차지하는 '걸작 애정 소설'들—가령 플로베르의 『마담 보바리』, 톨스토이의 『안나 카레니나』, 헨리 제임스의 『여인의 초상』, 토머스 하디의 『이름 없는 주드』 등—에 대한 논의가 두 권의 책에서는 빠지는 결과가 되었고 이를 보완하기 위해 가제假題 '사랑의 파탄(혹은 죽음)'이란 주제로 열 권 남짓한 고전이 된 애정 소설들을 다루는 책을 불원간 완성할 생각이다. 제목을 '사랑의 파탄(혹은 죽음)'으로 정한 까닭은 이 소설들이 모두 '비극적 서사'라기보다는 '패배의 서사'에 해당하기 때문이며, 어찌하여 19세기부터 현대에 이르는 이른바 '근대적 삶' 가운데 사랑은 이루기 힘들어졌고 결혼은 걸핏하면 지옥이 되기 쉬웠는가 하는 것이 이 책이 다루는 내용이고 주제가 될 터이기 때문이다. 이 책마저 끝나면 일종의 '서양 비극론 삼부작'의 형식을 갖추게 되어 체계적 완성을 기약할 수 있을 것이다.

끝으로 한두 마디 감사의 말씀을 덧붙인다. 우선 앞선 책의 경우에도 그랬듯이 글 쓰면서 무수히 겪는 수렁에 빠지고 벽에 부딪히는 고비마다 필자의 입에서 절로 나오는 탄식소리와 넋두리를 겪고 받아준 내자 박미정에게 고맙다는 말을 전한다. 출판의 당위성이나 필요성은 어찌 되었든

오직 수지타산이 안 맞는다는 이유로 국내의 내노라하는 출판사들로부
터 한결같이 퇴짜맞은 이 글을 흔쾌히 그 의의와 가치를 인정하여 책으
로 내주신 성균관대학교 출판부에 깊이 감사드린다.

2025년 9월
관악구 호암산 우거에서
채수환

Ⅲ. 근대의 비극적 소설

‘인간 정신의 크기는 곧 그가 겪는 고통의 크기이다.’—『오이디푸스 왕』이 전하는 대표적 전언傳言

"비극에서 인간은 무엇이 성스러우며 무엇이 비속한가, 무엇이 위대하고 무엇이 왜소한가, 무엇이 고귀하고 무엇이 비루鄙陋한가, 무엇이 주인이고 무엇이 노예인가 하는 결단 앞으로 내세워진다."—마르틴 하이데거, 『예술 작품의 근원』(오병남/민형원 역, 경문사, 1979), p.111

인간이 이 세상을 살아가는 동안 경험하는 것 가운데 자신이 불러들이기도 하고 또 불가피하게 겪기도 해야 하는 고통과 불행은 그에게 가장 '문제적인' 현상으로 다가온다. 칠레의 시인 파블로 네루다는 「점點」이란 시에서 "슬픔보다 더 넓은 공간은 없고, 피 흘리는 슬픔에 견줄 우주는 없다"라고 인간이 느끼는 '고통의 절대성'의 문제를 강렬하게 전하고 있고, 한 세기 전의 영국 작가 오스카 와일드는 자신의 옥중 경험을 회고하는 『심연으로부터』에서 "'고통'은 즐거움과는 달리 가면을 쓰지 않는다……드러난 외면은 내면의 표현이다. 그래서 슬픔에 비견할 만한 '진실'은 없다"고 말했다.1 이런 맥락에서 20세기 독일 비판철학을 대표하는 프랑크푸르트 학파의 아도르노와 호르크하이머는 그들의 『부정변증법』

---

1 Oscar Wilde, *"De Profundis," The Soul of Man and Prison Writing*, p.105-6.

에서 "고통이 논의되어야 한다는 것이 '모든 진리의 전제가 되어야' 한다"
라고 말한 바 있다.[2] 아도르노를 따라서 국내의 손봉호 철학 교수도 "'왜
인간에게 도무지 고통이 있는가'하는 것이 인식의 순서에서 모든 질문에
선행한다"라고 『악이란 무엇인가』라는 책에서 말하고 있다.[3]

그러나 고통에 대한 성찰이라고 해도 '비극 문학'이 다루는 고통은 횡
액이나 재난과 같이 외부에 원인이 있어서 인간은 그저 겪어야만 하는
고통이라기보다는 인간의 성격과 사고와 같은 '내재적 이유'에서 비롯되
는 고통이라는 점을 우선 염두에 두어야 한다.[4] 비극 문학이 인간의 외재
적 고통보다 내재적 고통에 집중하는 이유는 전자는 고통의 '인간적인 맥
락'을 묻기 힘들어서 헤겔의 말마따나 "단지 외적인 우연성 및 상대적인
상황의 격변 가령 질병, 사고, 파산, 죽음 등과 같은 것에 의해 일어나기
에 우리로 하여금 달려가 돕고자 하는 충동을 일으키며 그렇게 하지 못
할 경우 가슴을 찢는 듯한 한탄과 동정의 감정을 갖게 하는 데 그치는 반
면, 진정으로 '비극적인' 고통은 능동적으로 행위하는 인간에게서 발생하
기에 그 스스로 그 행위에 대한 책임을 져야 하기 때문"이라고 말할 수
있다.[5]

서양에서 비극 문학의 시작은 약 2800년 전 고대 그리스의 음유시인吟
遊詩人인 호메로스가 부른 『일리아스』에서부터 비롯된다. 이 작품은 인간
의 욕망의 충돌이 빚어낸 거대한 전쟁을 치르면서 '서사적' 영웅들이 등
장하여 각자 자신의(혹은 신의 뜻을 따른) 선택과 결단을 통한 행동을 하고
그 행동의 결과 겪어야 하는 고통과 파멸에 대한 이야기이다. 호메로스
는 오늘날 터키의 서북부에 있던 트로이아를 무대로 벌어지는 영웅들의

2　아도르노와 호르크하이머, 『부정변증법』, p.149.

3　한국정신문화연구원, 『악이란 무엇인가』[창, 1992], p.232-3.

4　졸저, 『비극 문학』, 2장 3절 '비극에서 고통의 문제' 참조. p.85-98.

5　G. W. F. 헤겔/두행숙 옮김, 『헤겔의 미학강의 3』, p.907

삶과 죽음의 이야기를 숭고하고 심오한 문체의 운문韻文으로 장대하게 펼쳐 보인다. 그리고 이 작품에 드러난 인간관과 사생관은 후대 아테나이 고전기의 '아티케 비극'을 통해 본격적으로 서양 문학의 중심적 토픽과 주제를 형성한다. 『일리아스』와 그것에 뒤이은 그리스 비극이 드러내는 인간과 세계에 대한 관점을 '비극적 인간관'이라고 하며, 이는 훨씬 후대에 등장한 기독교의 초월적이고 내세 지향적 인간관과 함께 서구 정신의 양대 주류를 형성하게 된다.

이 책은 서양 문학사에서 '비극적 인간관'을 반영하는 문학을 그 시작부터 그것의 마지막 전성기를 누린 19세기의 '비극적 소설'에 이르기까지 통사적으로 개관함과 동시에 그것의 본질과 성격을 대표적 비극작가의 작품들을 통해 심도 있게 탐구하고 음미하는 것을 목적으로 한다. 그리하여 서구적 정신의 핵심적인 한 축을 구성하는 '비극적 비전'이란 무엇인가를 성찰하고, 이것이 오늘날에도 여전히 호소력과 설득력을 갖는지 여부를 규명하며 나아가 21세기에 들어와 어떤 예술형식으로 전개되고 변화했는지 살펴보고자 한다.

고전이 고전인 이유는 그것이 지니는 '이월가치' 때문이다. 다시 말해서 고전은 과거와 현재가 상호작용(혹은 간섭)하여 '현재에 살아남은 과거'로 재탄생한 것이며, 이럴 때 그 작품은 '객관적 불멸성'을 갖는 것이라고 평가된다. 이런 점에서 호메로스의 서사시와 거기에 처음 등장한 '비극적 인간관'을 뒤이어 찬란하게 개화시킨 아테나이 고전기의 비극들은 서구 정신이 낳은 최초의 고전에 값한다. 왜냐하면 이 작품들은 오늘날 인류 공통의 '보편적 가치'의 척도인 동시에 그것의 핵심인 '인본주의적 신념과 이상'을 처음 제시하고 또 뿌리내리게 하는 역할과 기능을 수행했기 때문이다. 인본주의적 신념이란 것은 이 광대하고 (인간에게) 무관심한 우주 속에서 인간이란 무엇이며 무엇을 할 수 있고 또 무엇을 깨달을 수 있는가를 물음으로써 인간의 가능성과 잠재력을 탐색하고 검증하여 우주 가운데 그의 몫과 위상을 성찰하고 자리매김하려는 태도와 관점을 가리킨다. 그럼으로써 궁극적으로 비극은 인간(성)을 긍정하고 인간 정신의 위대함을 입증하며 마침내는 '인간의 삶의 절대성과 그것의 신성함'을 선언하는 예술형식이 된다.

'고귀한 것'은 '아름다운 것'이다

좀 더 구체적으로 말하여 그리스 정신이 낳은 '인본주의'는 인간이 자신의 선택과 결단을 통해 어떤 '도덕적 탁월함'을 갖는 이념이나 가치의 실현을 위해 죽음을 무릅쓰고서 행동하는 자기희생과 헌신을 보일 때 비로소 그는 '아름답고 고귀한' 인간임이 드러난다는 관념으로 집약된다. 인간이 자신의 용기와 인내라는 '정신의 힘'을 통해 죽음의 위협조차 극복할 때 그는 인간으로서 가장 '숭고하고 존엄한' 모습을 보이기 때문이다. 바로 이런 모습을 『일리아스』의 아킬레우스와 헥토르부터 보여주며 이는 훗날 아테나이 '비극 시대'의 대표적 작가인 소포클레스 극의 오이디푸스와 안티고네를 거쳐 후대의 비극 문학으로 계승되는 '비극적 주인공'의 모델이 된다. 현실 역사에서 고전기 그리스의 테미스토클레스와 소크라테스 및 로마 공화정 말기의 카토와 브루터스 또한 이런 '비극적 인간상'의 전형이다. 이는 달리 말해, 인간의 가장 고귀하고 숭고한 모습은 비록 실패할 운명에 놓여 있더라도 자신의 신념이나 이상의 성취를 위한 싸움을 단념하지 않는다는 데서 드러난다는 것이며, 여기에 비극적 인간상의 본질이 놓여 있다. 아리스토텔레스도 그의 『니코마코스 윤리학』에서 "불행이나 불운 가운데서도 '고귀한'*kalon* 성품은 내내 밝은 빛을 발할 것"이라고 쓰고 있다.6 '비극론'은 쓰지 않았지만 그 대신 '숭고론'을 쓴

6　1권 10장 12절, p.60. 최명관 역.

후대의 칸트도 이런 맥락에서 "대개의 호메로스의 인물들은 처절하도록 숭고하다"고 말한 바 있다.[7] 이렇게 '도덕적 탁월함에 인간의 아름다움이 존립한다'는 그리스적 이념은 그리스어로 '칼로스*kalos*(아름다운)'한 것과 '아가소스*agathos*(고귀한)'한 것은 결국 같은 것이고, 심미적 가치과 윤리적 이념이 동일하고 일치한다는 것을 말한다. 이를 가장 명징하게 보여주는 말이—인간이 추구해야 할 이상으로서의—고전 그리스 정신을 한마디로 압축한 '칼로아카가티아*kaloakagathia*' 즉 '선미善美의 종합(혹은 일치)'이란 이념이다. 19세기 영국 낭만 시인 존 키츠가 「그리스 항아리에 부치는 노래 Ode on a Grecian Urn」에서 "아름다운 것은 진실한 것이며 진실한 것은 곧 아름다운 것"이라고 말한 것이 이를 가리킨다.

'정의와 질서'의 회복을 위한 투쟁

호메로스의 서사시로부터 나타나는 인본주의적 '비극적 인간상'의 본질과 속성은 이 세상에서의 '정의'의 결여와 '질서'의 소멸에 대한 인간의 반발과 항의 및 그것의 회복과 수립을 향한 몸부림에서 찾아볼 수 있다. 이는 『일리아스』에서부터 제우스의 정의는 인간의 정의와 어긋나며, 신들의 질서는 인간에게 무질서와 혼돈으로 비추어진다는 사실에서 비롯한다. 이는 그리스 신들이 인간의 욕망을 투사하고 반영하는 존재로 만들어졌기 때문이다. 저명한 고전학자 E. R. 도즈Dodds 교수는 그의 『희랍인들과 비합리성』에서 『일리아스』에는 제우스가 정의라는 개념에 관심을 갖고 있다는 어떤 암시도 찾아볼 수 없다"고 말한다.[8] 그러나 서사시에 등장하는 영웅들은 이런 무의미와 혼돈이라는 '숙명' 즉 이 세상의 주

---

7 이마누엘 칸트, 『아름다움과 숭고함의 감정에 관한 고찰』, p.23.

8 Dodds, *The Greeks and the Irrational*, p.32.

어진 조건을 결코 받아들이지 않는 존재로 그려진다. 인간은— 철학자들이 말하듯— 본유적으로 자신과 세계의 '의미'를 추구하고 도덕적 '질서'를 희구하고 지향하는 존재이기 때문이다.[9] 호메로스는 그의 또 다른 서사시 『오뒷세이아』에서 문명인과 야만인을 가르는 가장 중요한 기준은 '정의'라는 덕을 지키느냐의 여부에 달려 있다고 말하며, 정의라는 개념을 알지 못하는 대표적 야만인으로 오뒷세우스 일행을 잡아먹으려던 외눈박이 거인족인 퀴클롭스들을 들고 있다.[10] 이들은 사유와 숙고라는 행위가 없기에 모든 것을 폭력적인 힘으로 해결하기 때문이다. 그리하여 이보다 후대인 고전기의 철학자인 아리스토텔레스도 그의 『니코마코스 윤리학』에서 "정의는 모든 덕 가운데 가장 큰 덕이라 여겨지며, 또 저녁의 별도 새벽 별도 그만큼 놀라운 것은 못 된다. 그래서 '정의 속에는 모든 덕이 다 들어 있다'는 속담이 있는 것이다"라고 말한다.[11]

『일리아스』의 뒤를 이어 고전기에 등장한 '그리스 비극'이 오늘날에도 여전히 문학적으로나 철학적으로 보편적인 공감대를 갖는 까닭은 그것이 인간은 근본적으로 정의와 질서로 표상되는 '도덕적 가치'를 지향하고 추구하는 존재라는 사실에 바탕을 두고 있는 예술형식이기 때문이다.[12] 아리스토텔레스 이후 철학자들은 '도덕적 가치 판단'이 인간의 가장 뿌리 깊은 본성의 하나로서 인간의 사회적 생존을 유지하고 확보하기 위한 본유적 속성이라고 지적한다.[13] 20세기의 대표적 비극이론가들인 A. C. 브래들리와 리처드 수월은 아무리 현실의 삶에서 시비선악이 서로 뗄 수

---

9 Joseph Wood Krutch, "The Conditioned Man," Crane Brinton ed., *The Fate of Man*, p.248.

10 『오뒷세이아』, I. 69–71.

11 『니코마코스 윤리학』, 5권 1장. p.187.

12 그리스 비극은 아테나이를 수도로 하는 아티케*Attike* 지방에서 주로 공연되었고 또 그곳에서 공연된 비극들만 남아있기에 '아티케' 비극으로도 불리며, 이 책에서도 두 명칭이 공통으로 사용된다.

13 앤서니 그레일링, 『존재의 이유』, p.76.

없이 뒤섞여 있을지라도 인간은 여전히 이 세상에는 맞고 틀리는(즉 시비 是非) 것이 존재하고 동시에 그것이 구분 가능하며, 옳고 그르거나 선하고 악한 것 또한 그렇다는 것을 한시도 잊거나 외면하지 못하는 존재라고 말한다. 그리하여 '도덕적 판단'의 절대성과 명징성에 대한 인간의 요구는 늘 치명적으로 절실하다는 것이다.[14] 또 국내 서양철학 분야의 태두泰斗 중의 한 명이었던 고故 박이문 교수도 자신의 윤리적 사유를 총정리한 저서에서 윤리적 질서는 '객관적으로' 존재하며 또 영원한 것이고 그것의 작동 체계는 실로 '가혹하리만큼 엄격하다'고 말한다.[15] "하늘의 맷돌은 천천히 돌지만 실로 잘게 간다"라는 서양속담과 "하늘의 그물은 하도 크고 넓어 엉성해 보이지만 결코 놓치지 않는다天網恢恢 疏而不漏"라는 노자老子의 말이 이를 가리키고 있다.[16]

무보상無報償의 헌신과 희생

'비극적 인간'은 이 우주 속에서 사라진 정의를 쟁취하고 무너진 질서를 회복하려는 투쟁을 멈추지 못하는 존재이다. 그는 정의와 질서에 대한 자신의 열망과 열정이 비록 헛된 열망이고 열정일지 모르나 그것이 그가 갖고 있고 또 추구해야 할 유일한 열망이고 정열이라고 믿으며, 그 투쟁 역시 비록 최후의 패배가 기다리고 있는 불공평하고 무익한 것일지 모르지만 그 싸움을 단념할 수 없다고 생각한다.[17] 여기서 비극적 주인공이 보여주는 '윤리성'은 서구 정신의 또 하나의 축인 기독교 전통이 지니는 윤리성보다 더욱 준열하고 고매한 것이라는 점을 지적하지 않

---

14 A. C. Bradley, *Shakespearean Tragedy*, p.35-6; Richard B. Sewall, *Vision of Tragedy*, p.78.

15 『자비의 윤리학』, p.155, 161.

16 『도덕경』, 76장.

17 찰스 I. 글릭스버그, 『20세기 문학에 나타난 비극적 인간상』, p.33-4.

을 수 없다. 호메로스에 의해 형상화된 비극적 인간관은 후대의 기독교보다 800년은 앞선 것이며 철저히 현세주의적이고—기독교가 볼 때—이교적異敎的인 인본주의적 사고의 산물이다. 즉 그것은 기독교 성서에 나오는 것과 같은 '내세적 보상'의 윤리가 아니다. 기독교적 수난에 대해서는 가령 성서의 '산상수훈'에서만도 '보상'이란 말이 아홉 번 등장하고, 보상의 개념에 대한 언급까지 포함하면 적어도 여남은 번 나오는 것으로도 그 수난의 의미가 드러난다.[18] 그래서 독일의 저명한 개신교 신학자인 귄터 보른캄Guenther Bornkamm은 "신약성서는 그 자체로서 가치를 지니는 선행에 대한 관념이 없다"고 인정할 수밖에 없었다.[19] 또 20세기의 유력한 신학자 중의 한 명인 라인홀드 니버는 그의 『기독교 윤리의 해석』의 "예수의 윤리"라는 장章에서 기독교 윤리에 진정한 자기희생의 관념이 결여되어 있다는 사실은 (인간이 지니는) 어떤 윤리나 신념 체계도 이런 이상을 지탱할 수 없다는 것을 단지 입증할 뿐이라고 주장한다.[20]

그러나 대표적 비극론자 중의 하나인 월터 카우프먼이 말하듯 위대한 그리스 비극의 주인공들은 위의 니버의 주장에도 불구하고 이런 자기희생의 이상을 실현하는 것을 보여준다. 가령 우리가 앞으로 보겠지만 소포클레스의 안티고네나 에우리피데스의 히폴뤼토스는 내세의 보상 따위는 추호秋毫도 알지 못하면서 자신의 신념을 지키거나 그것에 충실하기 위해서 죽음을 향해 나아간다. 이는 20대 때 프리드리히 슈트라우스의 『예수의 생애』와 루드비히 포이에르바하의 『기독교의 본질』을 읽고—또 영어로 번역하고—기독교 신앙을 잃어버린 경험을 한 19세기의 대표적 영국 소설가 중의 하나인 조지 엘리엇이 후에 원숙한 작가가 되어서 한

---

18 『마태복음』, 5장 1-12절.

19 Walter Kaufmann, *From Shakespeare To Existentialism*, p.15. 재인용.

20 Kaufmann, p.15; 니버, 『기독교 윤리의 해석』, p.105.

다음의 말을 상기시킨다. "인간이 보여주고 행할 수 있는 최고의 소명召命과 선택은 일체의 (정신적) 아편과 같은 위안을 물리치고 명징한 정신으로 두 눈 부릅뜨고 우리의 모든 고통을 견디며 살아가는 데 놓여 있다."21 그리스 비극이 보여주는 인본주의(휴머니즘)의 위대성은 주인공이—'운명'이나 외계의 파괴적 힘과의 싸움에 있어서—오직 자신의 본유적 성격의 힘 밖에 의존할 것이 없다는 데 근거하고 있다.

비극의 종말은 '역설적'이다

그러나 비극에서 질서와 정의를 향한 비극의 주인공의 투쟁은 결국 현실적 패배와 파멸로 끝난다. 신(들)이든 운명이든 그 무엇으로 부르든 주인공을 적대하는 외부 세계의 힘은 그가 감당하고 극복하기에는 너무나 강력하다는 것이 드러난다. 그럼에도 불구하고 우리는 그가 정신적으로 (즉 인격적으로) 온전히 자기 자신의 '주인으로' 남아 있는 것을 발견한다. 왜냐하면 그는 스스로의 선택과 결단에 따른 행동의 결과로 자신에게 주어진 '운명'을 온몸으로 껴안음으로써 그것을 '초극'하는 모습을 보여주기 때문이다. 그래서 우리는 오이디푸스와 안티고네의 최후에서 극단적 고통을 겪고도 파괴되거나 무너지지 않은 '정신의 크기와 높이'를 목도하게 된다.22 즉 그들은 그들을 파괴하는 힘보다 더욱 고귀하며 파멸 가운데 숭고하다는 느낌을 우리에게 갖게 하는 것이다. 참혹한 고통을 견뎌내는

---

21 The highest calling and election is to do without opium, and live through all our pains with conscious clear—eyed endurance.—George Eliot ("Letter to Mme. Barbara Bodichon," Dec. 26, 1860.) 그러나 니체가 그의 『우상의 황혼』에서 날카롭게 지적하듯이 —19세기에 기독교 신앙을 상실한 많은 문인과 학자들이 그러하듯—엘리엇은 '기독교의 신'을 버린 대신에 '기독교의 도덕성'에는 더욱 집요하고 확고하게 매달리는 모습을 보여주었으며 이것이 이른바 '영국인들의 일관성'을 구성한다고 니체는 덧붙인다. —F. Nietzsche, *Twilight of the Idols*, p.69.

22 Adrian Poole, *Tragedy: Shakespeare and the Greek Example*, p.10.

이런 영혼의 힘으로 말미암아 소포클레스의 비극은 인간 정신에 바치는 '인본주의적 찬미'가 된다.[23] 인간의 숭고함은 그의 실패와 파멸 속에서 비로소 가장 분명히 드러나기 때문이다.[24] 비극적 주인공의 최후는 이렇게 패배 가운데 승리라는 '역설적 종말'로 끝나며, 이로써 비극적 세계관은 이 세상에 '도덕적 질서'가 있다면 이는 오직 인간이 스스로 '자신 안에서' 발견하고 스스로 수립하여 회복하는 것밖에는 없다는 것을 말해준다.[25] 아울러 독자나 관객이 비극을 읽거나 보고 난 뒤의 느낌은 어떤 평자가 말하듯 "엄청난 적을 상대로 있는 힘껏 싸워서 진 경기가 주는 여한 없음"과 유사한 감정을 갖게 되며, 독자/관객은 이 세상의 구조와 인간의 본성에 대한 자신의 안목이 새로워지고 깊어진 것을 발견하게 된다고 말할 수 있다.[26]

이제껏 말한 이유와 근거들로 인해 '비극적 인간상과 세계관'은 "서양 고대가 만든 가장 위대한 성취요 인간상의 전형"[27]으로서 후대의 서구인들에게 "인간의 행위의 가능성과 한계에 대한 감각과 사유를 각인"[28]시켰고 "역사적으로 서구적 정신의 핵심을 형성"[29]했다고 일컬어진다. 또 그리스 비극에 대한 해설서를 펴냈고 서양정신이 지니는 '빛과 그림자(혹은 아름다움과 추악함)'라는 심각하고 까다로운 주제를 오래 천착해온 철학자 김상봉 교수도 그의 『서로주체성의 이념』이란 책에서 그리스 비극을 통해 처음 나타난 "서양정신에서의 인간의 자유, 존엄, 숭고의 관념에는

---

23 Dorothea Krook, *Element of Tragedy*, p.76.

24 Geoffrey Brereton, *Principles of Tragedy*, p.279.

25 William Van O'Connor, *Climate of Tragedy*, p.46-7.

26 Herbert J. Muller, *The Spirit of Tragedy*, p.24.

27 Walter Kaufmann, *Tragedy and Philosophy*, p.73; Bernard Knox, *The Oldest Dead White European Males*, p.21.

28 George Steiner, *The Death of Tragedy*, p.3.

29 Oscar Mandel, *A Definition of Tragedy*, p.28; Muller, *The Spirit of Tragedy*, ix.

객관적 탁월성과 아름다움이 있다"고 지적하고 있다.[30]

비극적 인간관의 '빛과 그림자'

저자는 대학 시절 처음 소포클레스의 『오이디푸스 왕』과 『안티고네』 등을 읽고 커다란 충격과 함께 미궁 속에 빠진 듯한 경험을 했다고 머리말에서 밝힌 바 있다. 그런데 그 후 그 의문과 궁금증을 해소하는 데 적지 않은 도움을 준 책 중의 하나가 역시 앞서 언급한 박이문 교수가 1975년에 출간한 『문학 속의 철학』이란 책이었다. 이 책 가운데 저자가 20세기 프랑스 소설가 앙드레 말로의 『인간의 조건』에 대한 박 교수의 해설과 논의에서 다음과 같은 대목을 만나게 된 것 또한 후에 두고두고 되새김질할 만한 생각 거리를 제공했다. 조금 길게라도 논의의 중요성을 고려해 해당 부분을 그대로 옮기거나 요약해본다.

박 교수는 『인간의 조건』에 드러나는 "(서양의) '비극적 인간관'은 (동양의) '평화적 인간관'과 대조되는 것으로서, 평화적 인간은 주어진 자연의 여건, 더 나아가서는 운명과 타협하고 그것에 적응하는 인간을 가리키며, 그는 우주라는 전체적인 관점에서 인간의 기능과 존재 의의意義를 보려 하고, 인간은 우주의 한 부분에 불과하기에 인간의 가치도 우주적 입장에서만 정당히 평가된다고 생각한다"고 한다.[31] 따라서 "평화적 인간은 자연을 정복의 대상으로 삼기는커녕 그것에 귀의하고자 하고 운명과도 조화를 이루어 화평和平코자 한다"는 것이다. 반면 "비극적 인간은 스스로를 우주에서 특수한 권한을 가진 존재로 보고 운명이나 자연을 그대로 받아들이려 하지 않고 그것들을 정복함으로써 그 위에 군림하고자 하

---

30 『서로주체성의 이념』, p.59.

31 박이문, 『문학 속의 철학』, p.108.

는 의지의 인간"이라고 한다.[32]. 즉 "비극적 인간은 운명과 타협하거나 조화를 이루려 하기는커녕 그것과 대립하는 인간"이라는 것이다. 박 교수는 장자와 소크라테스의 대조 혹은 부처님과 파우스트를 비교하며 이 두 인간관의 상반성相反性을 부각시킨다.

나아가 박 교수는 "한 인간이 지닌 '인간관'은 그의 '인생관'을 지배하게 되는 것인데, 말로는 '비극적 인간'을 그림으로써 독자로 하여금 그런 인간상에 무한한 흥분과 매력을 느끼도록 하고 나아가 참다운 인생, 보람 있는 인생, 나아가 인간의 위대성이 비극적인 데 있음을 암시적으로 상기시키고 있다"고 지적한다. 그러나 이어서 그는 과연 "비극적 인간이 '참다운' 인간상인가" 독자에게 물으며, "노자나 장자 그리고 부처님은 이런 인간과 인생이 어리석고 가소로운 것이라 보지 않겠는가" 반문한다. 그는 결국 "어떤 인간과 인생관도 그 자체로 진리가 될 수 없고 하나의 관점에 지나지 않는 것이며 비극적 인생관에 공감한다는 것은 '보편적인' 사실이 아니"라고 결론짓는다.[33] 그러나 동시에 박 교수는 덧붙이기를 "평화적 인생관에서 자란 동양은 따뜻한 온돌방의 행복을 체험했으나 가난 속에서 허우적거리다 마침내 서양의 지배를 면할 수 없었지만, 비극적 인생관에 지배되어 온 서양은 과학을 발전시켰고 세계를 정복했다"고 진단한다. 그러나 그 대가로 "서양은 공해뿐만 아니라 인류를 멸종의 위기로 몰아넣었고 언제나 '긴장 속에서' 살아야만 한다"고 말하며, 따라서 "우리는 소크라테스에게 '어째서 행복한 돼지가 불행한 인간보다 나쁘냐?'고 물어보고 싶은 때가 있다"고 논의를 매듭짓는다.[34]

박 교수의 위의 평화적 인간과 비극적 인간의 대조는 비록 극단적으로

---

[32] 같은 책, p.108.

[33] 같은 책, p.110.

[34] 같은 책, p.111.

단순화했을지언정 전통적으로 알려져 온 동서양의 '대조적 사유방식' 혹은 '망탈리테(심성心性구조)'의 근본적 차이'를 설득력 있게 지적하고 있다고 생각된다. 동서양의 차이에 대한 비교문명론은 일찍이 '서세동점西勢東漸'의 여명기인 18세기 계몽주의 시대의 몽테스키외와 헤르더 등에 의해 그것의 기본틀이 잡혔고 19세기에 들어와 헤겔, 존 스튜어트 밀 그리고 마르크스 등에 의해 이른바 '아시아의 예속과 유럽의 자유(혹은 '아시아적 정체와 서구적 진보')'의 이항대립二項對立으로 굳어졌다는 것은 잘 알려져 있다.[35] 이는 제국주의 시대에 들어와 서구의 팽창과 정복을 정당화하는 '서구중심(우월)주의'와 당대의 허버트 스펜서 등의 '사회진화론'의 이론적 배경이 되었고 아직도 동서 문화와 제도를 비교할 때마다 거론되는 상투화된 일반론으로 남아 있다. 근래에는 에드워드 사이드가 개념화한 '오리엔탈리즘'으로 더 잘 알려져 있다. 그리고 이런 동양에 대한 서양의 상대적 '선진성'의 관념은—사이드가 주장하듯이—단지 서구인의 동양에 대한 관점일 뿐만 아니라 서구식 교육을 받은 동양인들도 지난 세월 꽤 오랜 동안 공유하고 동의하는 관점이었다는 것도 부정할 수 없다. 가령—숱한 예화 가운데 대표적인 것을 한두 개만 들자면—일찍이 제2차 세계대전 후 미국 샌프란시스코에서 열린 UN 국제기구창립협의회 총회에 중국 대표로 참석한 법률가로 중화민국이 건국할 때 헌법을 기초했고 중공 정권 수립 후에는 미국 뉴저지주의 시튼 홀 대학에서 법학 교수로 재직했던—그리고 일찌감치 로마 카톨릭으로 개종했던—오경웅(우징슝吳經熊, John C. H. Wu) 박사가 쓴 『동서의 피안彼岸』에서 한 다음의 말이 이를 증거한다. "대체로 동방은 여성적인 것이 더 많고 서방은 남성적인 것이 더 많다. 우리는 자기 욕망을 끊으려고 하는 반면에 서방인들은 욕망을 채

우는 방법을 강구한다. 중국인이 운명에 대한 체관諦觀을 읊조리는 데 반해 서방인은 운명에 대한 거부와 반발로 특징지어 진다."36 또 중국의 서구유학파 1세대로 북경 대학의 미학 교수를 역임한 주광잠(주광치엔朱光潛)은 동양권 최초의 '비극론'인 그의 『비극 심리학』에서 동서양의 운명관을 비교하며 "중국인들은 희랍인들의 '모이라이moirai' 같은 변덕스런 여신이 아니라 불편부당不偏不黨한 판관과 같은 '천명'天命의 관념을 갖고 있는데 이는 하늘이 주는 것은 불평불만 없이 받아들여야 한다는 것을 뜻하는 것이고, 그리하여 선인의 비참이나 악인의 번성도 단지 운명인 양 여기게끔 만들었다"고 말하고 있다.37

그러나 저자는 여기서 이런 막연하고 한물간 비교문명론적 논의를 본격적으로 하려는 데 목적이 있지 않다. 단지 서양과 동양의 차이는—비록 당대의 제국주의적 관점을 대표하는 작가로 알려져 있으나 「왕이 되려한 사나이」 같은 작품을 통해서는 제국주의 비판으로도 유명한 20세기 초 영국 소설가 러드야드 키플링이 「동과 서의 노래The Ballad of East and West」라는 시에서 "아, 동양은 동양이며 서양은 서양이다…… 그리고 이 둘은 결코 영원히 만나지 못할 것이다"라고 말했듯이—대척적對蹠的일 만큼 상반되는 것이 사실이라는 것이다. 그리고 이것은 아무리 세계가 '지구촌'이 되고 '지구화(글로벌라이제이션)'가 진행되더라도 근본적으로 바뀔 수는 없을 것이라는 사실을 지적하는 것으로 족하다.38

그런데 앞서 박 교수가 말한 평화적 인간과 비극적 인간의 대조는—극히 단순화된 대로— '소극적 인간'과 '적극적 인간'의 그것으로 바꿔 말해

---

36 『동서의 피안』, p.221-5.

37 주광잠, 『비극 심리학』, p.573.

38 이에 대한 근래의 논의는 주로 문화적 현상에 집중한 리처드 니스벳의 『생각의 지도』와 정치·제도적인 것을 중심적으로 다룬 새뮤얼 헌팅턴의 『문명의 충돌』을 대표로 하여 예거할 수 없으리만큼 수많은 아류[亞流]의 연구들이 있다.

도 될 듯하다. 즉 서구의 '비극적' 즉 '적극적' 인간관을 가진 인간은 자신의 주어진 운명을 그대로 받아들이려 하지 않고 자신을 둘러싼 외부 세계를 스스로의 욕망을 실현할 대상이나 객체로 간주하려고 한다는 것이다. 이것은 서구적 사고의 본질과 특성이 '인본주의(인간중심주의)'에 있다는 데서 비롯하는 것이고 이런 본성에서 필연적으로 우러나오는 것이다. 이런 인본주의적 사고에서는 인간의 욕망을 긍정하고 그 욕망을 실현하려는 인간의 의지를 찬미하게 된다. 그리스 인본주의의 본질은 인간의 가능성과 잠재력을 최대한 발휘하는 데 있으며, 이것이 그들이 이해하는 '아레테*arete*' 즉 최상의 덕이다. 그리하여 이런 인본주의적 인간관에 추진되는 서구 문명은 박 교수가 말하듯이 자연과학에서의 발견을 이룩하고 거기서 축적된 기술적 발전을 수단으로 하여 자연과 세계의 정복과 팽창으로 나아가지 않을 수 없게 만들었다. 그러나 박 교수는 이런 서구가 근세에 이르러서는 동양을 석권하고 지배하는 제국주의 시대를 가져왔고 20세기부터는 기술발전의 역작용으로 공해와—요즘의 용어로—치명적으로 심각한 기후위기 등의 지구적 재앙을 초래하였다고 비판하고 있다. 이는 조금 막연하고 과장되었을망정 '비극적' 인간관에 의해 추동되는 서구 문명이 초래하고 가져올 수밖에 없는 역사적이고 현실적인 문제의 본질을 정확히 진단한 것으로 이의異議가 있을 수 없다.[39]

---

[39] 기왕 동서 문명의 차이에 대한 논의가 나왔으니 한두 마디 덧붙이면 이런 논의의 기원과 뿌리를 따져 올라가면 '그리스 예외주의' 혹은 '그리스의 기적'이란 서양 역사학계의 유구한 통념에 가 닿는다. 이는 역사학의 아버지로 알려진 헤로도토스가 그의 『역사』에서 '헬라의 자유와 동방의 노예'를 대립시킨 것으로부터 시작하여 오늘날 인류의 보편적 가치와 제도가 된 휴머니즘, 자유주의, 개인주의, 민주주의가 모두 고대 그리스에서 발원했다는 서양 역사학계의 일반적 통설을 가리킨다. 이의 극단적 표현은—'절대 권력은 절대 부패한다'는 말로 유명한 존 액튼 경이 "자연의 야생의 힘을 제외하고 그 기원에 있어 그리스적이 아닌 것은 존재하지 않는다"고 한 말처럼 민주주의나 법치주의 같은 제도적인 것뿐만 아니라 대부분의 오늘날의 학문과 예술의 뿌리 역시 고대 그리스의 발명이나 창안이라는 주장으로 이어진다.[Lord John Dalberg Acton, *The Catholic World*] 근래 마틴 버날이 『블랙 아테나』에서 그리스 문명의 기원이 이집트와 페니키아와 같은 아프리카와 중동에 있다

그러나 박 교수가 마지막에 제기한 '어째서 행복한 돼지가 불행한 인간보다 나쁘냐'의 질문에 대해서는 아마 박 교수 자신도 행복한 돼지가 낫다고 대답하지는 않을 것이다. (존 스튜어트 밀은 그의 『공리주의』 제2장에서 "인간이라면 배부른 돼지 보다 불만족한 인간이 되는 게 낫고 만족한 바보보다는 불만족한 소크라테스가 되는 게 낫다"고 말했다.) 그리고 이 질문은 초점이 조금 잘못 맞춰진 물음으로 보인다. 왜냐하면 인본주의적 세계관이 낳은 '비극적 인간관'은 단지 물질적이거나 현세적인 욕망 추구의 인간과 관련되는 것이 아니라 본질적으로 인간이 자신의 운명을 스스로 선택하고 결단하는 '자유의 주체'라는 '자유 의식' 혹은 '주인 의식'과 더욱 관계가 있는 것이기 때문이다. 앞서도 말했듯이, 이런 자유의 주체일 때 비로소 인간은 '아름

는 주장을 했지만 비록 아프리카의 영향을 크게 받았다 해도 그리스 문명은 원문명(原文明)에 없는 발전적 창조물들로 후대 서구에 영향을 미쳤다는 논의 앞에 그 주장은 크게 퇴색한다. 국내의 역사학자 김응종 교수가 말하듯 서양 정치사도 크게 보아—고대 아테나이 정체[政體]가 바뀌어 온 것과 똑같이— 왕정에서 귀족정을 거쳐 민주정으로 바뀌어 온 역동성을 보여왔다는 것도 부정할 수 없는 사실이다.[김응종, "아테네 민주정의 경이," 『서양의 역사에는 초야권이 없다』, p.320]

그러나 '비극적 비전'이 그 나름의 빛과 그림자를 갖고 있는 것과 똑같이 고전기 아테나이도 그것이 성취한 문명의 빛이 아무리 찬란하고 화려하다 해도 그 이면에는 어둠과 그림자를 지니고 있다. 아테나이가 급진적 민주주의와 함께 학문과 예술의 전 분야에서 찬란한 문화적 도약과 성취를 이룩하기 위해서는 내부적으로는 이른바 '민주주의의 엔진'이라고 불리는 노예제도가 있고 대외적으로는 주변 폴리스들에 대한 제국주의적 간섭과 지배가 수반되었던 것이다. 투키디데스는 그의 『펠로폰네소스 전쟁사』에서 그 전쟁이 진행되면서 아테나이가 저지른 제국주의적 침탈과 행패를 적어도 네 번 이상—낙소스, 미튈레네, 멜로스, 시켈리아—기록하고 있다. 그러나 시야를 조금 더 확대해 보면 서구 역사에서 주요한 문화적, 사회적 성취와 발전 및 도약이 있었던 세 시기는 모두 서구의 여타 세계에 대한 침략과 팽창의 시기와 일치한다는 것이 드러난다. 공동연대 이전 5세기의 아테나이 고전기뿐 아니라 16세기 이탈리아의 피렌체와 베네치아 그리고 19세기 영국, 프랑스 등은 자체의 국가적 역량이 갖춰지자마자 하나같이 제국주의적 침탈에 나섰다. 발터 벤야민이 말했듯 '야만의 기록이 아닌 문명의 기록은 없다'는 것은 인간 역사에 있어 영원한 진리일 것이다.' 우리의 주제인 '비극적 비전' 또한 당연하게도 그 자체의 빛과 그림자를 지니고 있다. 이는 고전학자 버나드 녹스나 토니 데이비스가 말하듯 모든 휴머니즘에는 제국주의적 속성이 있기 때문이다. "휴머니즘을 내걸고 저지르지 않은 범죄는 없다"고도 말할 수 있을 만큼 휴머니즘은 '양면성'을 갖는다. '누구의' 휴머니즘이냐에 따라 이현령비현령(耳懸鈴鼻懸鈴)이 되기 쉬운 것이다.—Tony Davies, *Humanism*, p.131.

답고 숭고한' 존재라는 것이 그리스인의 비극적 인간관의 배후에 깔려 있는 사고이기 때문이다. 김상봉 교수는 그의『나르시스의 꿈』에서 "서양정신의 나르시스적 긍지는 다름 아닌 그리스인들의 '자유의 의식'에 뿌리박고 있다"고 말한다.[40] "그들은 어느 누구의 노예도 아니었고 아무에게도 절하지 않았다"가 '그리스적 자유'의 본질이었음을 비극작가 아이스퀼로스는 그의 최초의 비극『페르시아인들』에서 증언하고 있다.[41]

한편 현대 중국의 철학자 진위평陣衛平 교수는 동서사상의 비교에 대한 중요한 책인『중서철학비교면면관』[42]에서 중국의 전통적 유가儒家의 윤리 도덕에서는 '개인의 자유'를 가장 두려워한다고 주장하며, 청조淸朝 말기의 저명한 개화파 철학자 엄복(옌푸嚴復)의 말을 인용하고 있다. "자유란 이 한마디를 중국 역대의 성현들은 매우 두려워했으며, 또 이것을 가르침으로 세운 적이 한 번도 없었다."[43] 진 교수는 뒤 이어 헤겔이 한 '동양의 여명기에 개체성은 소실되었다…… 우리는 그리스에서 진정한 자유의 꽃이 피어났음을 보았'라는 말을 인용한 후 "비록 이 말은 다분히 민족적 편견이 나타난 말이지만 다른 한편으로 중국과 서양의 초기 문명의 특징을 고려하고 있다는 사실은 부인할 수 없다"고 논평한다.[44] 또한 위의 오경웅의 경우처럼 1948년 스위스의 취리히에서 유네스코가 주관한「세계인권선언」작성에 유네스코 위원으로 참가한 중국의 철학 교수 나충서羅忠恕, Chung Shu Lo는 중국의 전통에는 '인권' 개념이 없고 또 중국어에도 서양어의 '권리'(혹은 권리 주장)에 해당하는 단어가 없다고 인정했다고 한다. 그러나 물론 '정의'라는 개념은 있으나 이는『사기史記』에 나오듯

---

40 김상봉, 『나르시스의 꿈』, p.254

41 『페르시아인들』, 242행.

42 中西哲學比較面面觀; 한국어 번역 제목은『일곱 주제로 만나는 동서비교 철학』.

43 진위평, 『일곱 주제로 만나는 동서비교 철학』, p.30.

44 진위평, p.197; 헤겔, 『역사철학 II』[김종호 역, 문명사, 1972], p.26.

'하늘은 백성을 사랑하고 통치자는 이 하늘에 순종해야 한다'는 말대로 지배자의 정의를 가리킬 따름이라고 말했다는 것이다.[45] 격동하는 근대 중국사를 배경으로 하여 빈농 출신 주인공의 신분의 부침(浮沈)을 그리고 있는 소설『대지』로 잘 알려진 펄 S. 벅은 그 소설 어디에선가 "인간은 묶인 채로 배부르게 살기보다는 차라리 굶어 죽을지언정 자유를 택할 것이다"라는 말을 한 바 있다. 비록 중국을 배경으로 한 소설이지만 서구적 관점을 지닌 작가의 가치관이 드러나는 말이다. 어쨌든 오늘날 인류의 가장 기본적이고 보편적인 가치가 된 '자유의 의식'은 '인간의 인간됨의 근거'를 자유에서 발견한 고대 그리스에서 그 뿌리를 찾아야 한다는 것을 부정하기는 힘든 것이다.

비극적 인간관이 본유적으로 지닐 수밖에 없는 어두움이나 그림자가 있다면—앞서 박 교수도 지적했듯이—그것이 인간의 현세적인 욕망을 긍정하고 그것의 성취를 위한 노력을 지지할 뿐만 아니라 근본적으로 인간의 '독자적 선택과 결단의 자유와 권리'를 주장하며 그것을 실현하기 위한 고통스런 투쟁을 항상 요구하는 인생관으로 직결된다는 데 있다. 그리하여 그것은 언제나 긴장된 삶을 살게 할 뿐 아니라, 어디서건 대립적이고 분열적인 행동과 삶의 방식을 초래하기 쉬운 것이다. 그것이 무엇이든 인간이 자신의 신념과 이념의 실현을 이루어내기 위해서는 언제나 부단한 노력과 투쟁이 전제되어야 하기 때문이다. 한마디로 그것은 '투쟁적인 인생관'이다. 이는 '비극적 비전'의 탄생의 모태인 호메로스의 『일리아스』가 곧 '거대한 전쟁'을 배경으로 한 것이었으며, 그리스 철학의 시조 중의 한 명인 헤라클레이토스의 사상 또한 한마디로 하면 '싸움이 만물의 아버지'라는 말이었다는 것으로부터 드러난다.(아울러 근현대에 비극적 비전을 가장 강력하게 부활시킨 철학자인 니체의 중심 사상이 '힘에의 의지'라는

---

45 J. 피이퍼, 『정의에 관하여』, p.105. 재인용.

것으로도 나타난다.) 또한 이는 저명한 고전학자 버나드 녹스가 전하듯 고대 아테나이인들에 대해 그들의 경쟁국이던 코린토스인들이 "그들은 결코 평화롭게 살고 조용히 자족自足하도록 태어나지 못했고 다른 나라들도 그렇게 살도록 놓아두지 않았다"고 평가했다는 사실로도 입증된다고 할 수 있다.[46]

이렇게 '비극적 인간관'에 입각한 사유방식은 한편으로는 인간의 삶을 긍정하고 인간의 존엄을 드높히는 '고양감高揚感'을 가져다주지만 다른 한편에서 요즘 말로 '소확행小確幸(소소하지만 확실한 행복)'만을 원하는 평범한 인간들에게는 별난 다른 세상의 얘기로 들려 백안시白眼視의 대상이 되거나 아니면 그런 인생관을 추종했을 경우 고작해야—역시 요즘 말로—'희망 고문'이나 겪도록 만들 소지가 다분히 있을 것이다. 일찍이 불교에 대해 서구인으로서 가장 친절하고 명료하게 소개하는 책 중의 하나를 쓴 에드워드 콘즈가 불교의 교리에 대해 한 다음의 말은 정확히 반대의 경우인 '서구적 비극론'에도 적용될 듯하다. "핵심적 쟁점을 다루는 성자와 고승들의 말이 그토록 유려하고 심오하다 해도 그 고귀한 말씀은 이 땅에 발붙이고 살아가야 하는 일상인들에게 전혀 '어울리지 않을' 수 있다는 느낌을 지울 수 없다."[47] 모름지기 인간과 인생에 대한 모든 형이상학적, 철학적 이념과 신념은 인간이 만든 명제들이 필연적으로 지니고 있는 '이율배반antinomy적 본성'에 따라 '빛과 그림자'의 측면을 동시에 갖고 있기 마련이며 결국 선택은 각자의 몫으로 남는다.

46　Bernard Knox, *The Oldest Dead White European Males*, p.19.
47　E. 콘즈, 『한글세대를 위한 불교』, 한형조 역, 세계사, p.49. 강조는 필자.

비극의 시대

비극은 서양 문학사에서 그 전성기만 볼 때—적게는 공동연대 이전 5세기 그리스 비극과 16세기 르네상스 비극의 두 번—크게 보면 위의 두 시대에 19세기 서구에 등장한 '비극적 소설'을 더하여 세 번 등장하여 개화했다가 사라지기를 반복했다. 이 시기들은 모두 그 주역인 아테나이나 영국 혹은 19세기 유럽과 미국 등이 가장 국력이 왕성하고 부강하던 시대였고 또한 오늘날의 서구를 있게 만든 세 개의 '문명사적 핵심시기'들이었다는 공통점이 있다. 더 중요하게는 이 시기들이 모두 서구 정신의 '전환기' 혹은 '과도기'였다는 점이다. 즉 이 시기들은 오랫동안 사회의 정신적 기반을 형성하고 심정적 안정을 제공해주던 주도적이고 중심적 가치관과 신념체계가 해체하고 붕괴해 가는 조짐을 보이지만 아직 그것들을 대체할 수 있는 새로운 가치관과 신념체계가 탄생하지 않음으로써 정신적 '아노미'와 혼란을 경험하던 시기들이었다.

그런데 역사는 이런 시기마다 '비극'이라는 예술형식이 돌연히 출현하였다는 사실을 보여준다.[48] 이는 비극이 가치의 부재와 공백을 포착하고 드러냄과 동시에 새로운 가치의 창출을 위한 고뇌 어린 탐색의 기능을 수행한다는 것을 말해준다. 비극은 이런 역할을 수행하여 하나의 일관되고 체계 잡힌 가치관이 수립되고 통합된 문화가 제공하는 심리적 및 정신적 안정과 조화가 회복되면 곧 역사의 뒷전으로 물러나 쇠퇴하였다. 공동연대 이전 5세기의 고전기 그리스에서 비극이 수행했던 것은 신화적 사고에서 철학적 사고로—즉 호메로스와 헤시오도스의 신화에서 소크라테스와 플라톤의 철학으로— 진리의 창조와 가치의 산출의 주체가

---

[48] 이런 비극의 기능과 의의에 대한 좀 더 자세한 설명은 졸저, 『비극 문학』 제2장 제6절 "비극의 시대와 그 기능"을 참조할 것.

바뀌는 과도기에 정신적 탐색과 성찰의 기능을 한 것이었다.**49** 이는 무려 2000년의 세월이 흐른 후 다시금 인간 본연의 가능성과 존엄성에 대한 신뢰와 자신감이 회복되기 시작했던 16세기 르네상스기에 비극이 돌연히 출현하여 동일한 역할을— 중세 가톨릭의 독단적이고 전횡적 권위가 프로테스탄티즘적 사유 및 신흥 과학사상의 도전을 받아 붕괴하며 동시에 봉건적 가부장주의가 소유적(자본주의적) 개인주의로 바뀌어 가는 담론의 변화를 대변하는— 수행하였다는 데서 다시 입증된다. 마지막으로 19세기에 등장한 '비극적 소설'의 배후에는 17세기의 과학사상과 18세기 계몽사상이 결합하여 초래한 이른바 근대의 '이중혁명'(에릭 홉스봄) 즉 영국 산업혁명과 프랑스 대혁명이 놓여있다. 이 이중혁명의 결과 서구사회는 역사상 전대미문의 '근대시민사회'와 '산업자본주의사회'로 바뀌어갔으며, '근대비극소설'은 이런 전환기의 서구사회가 겪은 거대한 충격과 혼돈을 증거하고 담아내는 예술형식으로 기능했다.

이 책은 비극 문학이 서양사의 세 개의 역사적 전환기와 과도기라는 '위기의 순간'에 출현하여 수행한 기능과 역할이 과연 무엇인가라는 '중심적 화두'에서부터 출발한다. 즉 비극은 사회의 주도적 가치와 신념체계가 분열하고 붕괴하여 가치의 아노미 상태에 빠지고 삶의 무의미와 공허에 직면하게 될 때— 비극론자 리처드 수월이 말하듯 "삶의 근원적 공포와 존재의 심연深淵을 다시 들여다보게 되었을 때"—인간은 사랑, 신의, 정의, 진실 같은 어떤 '절대적이고 보편적인' 가치들이 실현되지 않으면 살아갈 수 없는 존재이고, 인간의 집단인 사회 역시 이런 가치들이 구현되지 않으면 유지되거나 존속할 수 없다는 것을 일깨워주는 예술형식으로 등장했던 것이다.**50** 비극 문학은 이런 가치와 신념을 창조하고 구현할 수 있는

49　F. M. 콘퍼드, 『종교에서 철학으로』, p.6–7.

50　Richard B. Sewall, *The Vision of Tragedy*, p.8.

인간의 능력을 극화劇化하는 예술형식으로 기능했다고 볼 수 있다.

한마디로 말해 비극은 고통과 불행에 직면하여 드러나는 인간의 능력과 가능성– 무엇보다 용기와 인내와 같은 '영혼의 힘'—을 보여주는 인물을 창조하고 형상화함으로써 궁극적으로 인간성과 인간의 삶을 긍정하고 신뢰하는 예술형식이다. 즉 비극은 파국과 패배 가운데 오히려 빛나는 인간 정신의 '존엄과 숭고'를 드러냄으로써 인간에 대한 다함없는 희망을 피력하는 '역설적 형식'인 것이다. 또 이는 비극 문학이 종교적 신앙에 대응하거나 그것을 대체하는 일종의 '구원救援의 문학'이라는 것도 입증한다.

I

그리스 비극

1. 『일리아스』: '비극적 비전'의 탄생

"모든 인간적인 것의 현실성에 대한 감각, 억압되고 왜곡되지 않은 건강한 삶의 의지와 욕망을 긍정하는 것. 이 모든 것은 호메로스로부터 비롯한다."—니체, 『인간적인, 너무나 인간적인』

"모든 위대한 문학 작품은 『일리아스』이거나 『오뒷세이아』이다."—20세기 프랑스 소설가 레몽 크노가 구스타프 플로베르의 『부봐르와 페퀴에』의 1947년 판의 서문에 붙인 말

20세기 문학비평의 초석을 놓은 대표적 평자 중의 한 명인 노스럽 프라이가 말했듯이 호메로스의 『일리아스』와 『오뒷세이아』는 후대의 서구 문학의 두 개의 줄기 즉 비극과 희극, 리얼리즘과 로맨스(낭만주의)의 뿌리가 되었고 그 흐름들을 결정했다.—Brown and Silverstone eds., *Tragedy in Transition*[Blackwell, 2007], p.261

들어가는 말

『일리아스』는 후대 그리스인들에게—위대한 행위와 모험의 시대로서—'영웅적 시대'로 일컬어지던 청동기 문명의 '뮈케네 시대'를 그 배경으로 한다. 지금 터키의 서북쪽 지방인 히사를리크의 유적 '트로이 VIIa 층'에는 공동연대 이전 1220년경에 전쟁으로 파괴된 흔적이 남아 있다. 트로이아의 함락은 역사적 사실이며, 전쟁의 목표는 트로이아가 지배하던 다르달네스(고대에는 헬레스폰토스) 해협을 그리스인들이 장악하려는 데서 비롯하였고, 이 지역은 석기 시대로부터 로마 시대까지 무려 9차례나 침공과 약탈의 대상이 되었던 곳이라고 한다. 트로이아 전쟁은 당대 무역과 상업의 요지인 이 지역을 빼앗기 위한 무역 전쟁의 일환이었다는 설명이 가장 일반적이다. 프랑스 고전학자 피에르 비달-나케가 말하듯 트로이아는 여러 점에서 동방의 특징을 보였다고 하며 그중 두드러진 것은 '황금이 넘쳐나는 트로이아'라는 별명이었다고 한

다.[1]

한편 그 후 한 세기가 지난 뒤 침략의 주체인 뮈케네인들도—같은 그리스인이었으나 문명화되지 않았던—북쪽의 도리아인들의 침략을 받아 역시 멸망하였다. 이후 뮈케네인들은 그리스 본토와 에게 해의 섬들 및 소아시아의 해변지방으로 이주하였으며, 이 이주는—그리스 본토에서 문명이 파괴되고 문자가 없어진—공동연대 이전 1200년에서 800년까지 '암흑시대' 동안 이루어졌다. 각지로 퍼져나간 후손들은 트로이아 전쟁을 일으켰던 조상들의 이야기를 구전하여 『일리아스』란 시를 만들어냈고, 구전된 시는 공동연대 이전 8세기경에 다시 그리스 문명이 재건되고 문자가 도입되었을 때 기록되었다. 시에 등장하는 '영웅' 즉 전사 귀족은 고대 뮈케네 사회의 지배계층이며, 작품이 보여주는 가치관과 사회제도는 '암흑시대' 동안 형성된 그들의 가치관과 감성 구조에 바탕을 두고 있다. '아오이도스*aoidos*'라고 불리는 음유시인들은 전쟁의 잔인함과 참혹함을 아름답고 숭고하게 채색하고 미화시키고 나아가 '이상화'시킨 영웅 서사로 가다듬어 구술로 전승시켰고,[2] 이는 호메로스라는 탁월한 한 시인에 의해 한 편의 통일된 서사시로 완성되었던 것이다. 호메로스의 서사시들은 공동연대 이전 6세기에 '정전화' 즉 정전*canon*으로 기록되었고, 고전기 그리스의 가장 큰 축제인 '판 아테나이아 제전'에서 전편이 낭송되도록 법률이 제정되었다. 또한 '랍소도스*rhapsodos*'로 불리는 전문 낭송가들이 있었으며, 이들을 일컬어 '호메리다이*Homeridae*(호메로스의 후손들)'라고 했다. '판 아테나이아 제전'에서 낭송경연은 각 랍소도스가 앞선 랍소도스의 낭송이 끝난 바로 그 지점에서 자신의 낭송을 시작하며 이어 부르는 방식으로 진행되었다고 한다. '호메리다이'에 대한 사회적 인정과 존중은 그

---

1 피에르 비달-나케, 『호메로스의 세계』, p.66.
2 마이클 스터븐슨, 『전쟁의 재발견』, p.48-9.

들이 당대에 성직자나 예언가의 역할을 겸했다는 데서 드러난다. 고대인들에게 갖는 호메로스의 인기와 중요성은 오늘날까지 발굴되어 남아 있는 이집트의 파피루스의 절반가량이 『일리아스』나 『오뒷세이아』의 원문 혹은 그것들의 주석본을 베낀 것이라는 사실로도 드러난다.

대부분의 서양 사학자들은 고대 그리스인들이 오늘날 유럽인들의 정신적 뿌리를 형성하고 그 토대를 제공하였다고 생각하여 그들을 '최초의 유럽인'이라고 부른다.[3] 고대 그리스인들 특유의 사유방식과 체계를 '그리스 정신'이라 할 때, 이것의 시작은 한 명의 작가 호메로스가 쓴(혹은 집대성한) 두 편의 서사시들(그러나 특히 『일리아스』)로부터 발원한다.[4] 그런데 호메로스로부터 비롯하는 그리스 정신은 앞서―프롤로그에서 언급했듯이―다른 무엇보다도 '심미적 정신'을 그것의 주된 특징으로 한다고 말할 수 있다.[5] 즉 이 세상의 어떤 문명과도 달리 그리스 정신은 '아름다움에 대한 감각과 인식'을 통해 인간과 세계를 파악하였다는 점에서 유별난 것이다. 이는 그리스 정신이 처음으로 자신을 표현하는 형식과 매개가 철학적 혹은 종교적 글이 아니라 '시문학의 형태'를 띠었다는 사실에서 비롯한다.[6] 한마디로 말해 모든 그리스 정신은 '시인' 호메로스의 품 안에서 자라났고, 그리스의 종교, 철학, 역사 등 일체의 정신적 소산도 호메로스의 '서사시'에서 태동되었다는 것을 유념할 필요가 있다.

우선 호메로스의 서사시는 '범 헬라주의'(팬 헬레니즘)의 출범을 뜻하는 것으로서 그리스 세계의 언어, 문법 그리고 신화의 통일을 가져다주었

---

3 '그리스'라는 명칭은 로마인들이 이탈리아 남부의 그리스의 식민지를 '그라이키아*Graecia*'라고 부른 데서 유래했으나, 원래 그리스인들의 시조인 '헬렌*Hellen*'의 후손이란 뜻의 '헬라스*Hellas*'라는 호칭이 더 타당하다고 생각되며, 이 책에서 둘은 같이 사용된다.

4 브루노 스넬, 『정신의 발견』, p.71-3.

5 고전학자 베르너 예거는 그리스 교육에서 이상적인 모범을 구성하는 핵심적 요소는 '아름다움'이라고 말한다. ―Werner Jaeger, *Paideia*, p.3.

6 김상봉, 『나르시스의 꿈』, p.176-8.

다. 이 동일한 신화와 동일한 전승은 헬라스 공동체에 교육과 사회통합의 틀을 제공하였다. 20세기 독일의 대표적 고전학자 베르너 예거가 말했듯이 그리스인이 된다는 것은 '교육된다'는 것이며, 이 교육의 '근거와 토대'는 호메로스였던 것이다. 호메로스의 『일리아스』에는 그리스인들의 삶을 규정하는 '원칙적 가치와 규범' 그리고 '삶의 지혜'가 담겨 있다. 소크라테스의 제자로서 스스로 탁월한 역사가이자 장군이기도 했던 크세노폰은 "『일리아스』는 인간이 언제 어디서 어떻게 행동하고 살아야 하는가를 가르쳐주는 유일한 책"이라며 자신의 책 『잔치』에서 니케라토스란 인물의 말을 인용하고 있다. "나는 어릴 때부터 호메로스의 『일리아스』를 완전히 외울 정도로 학습했다. 그것은 나를 훌륭한 남자로 키우고 싶어하셨던 아버님께서 나에게 호메로스의 작품을 철저히 익히라고 두고 두고 말씀하셨기 때문이다."[7] 이런 까닭에, 문학과 예술의 힘을 불신하고 폄하했던 후대의 플라톤조차도 그의 『국가』에서 "이 시인이 헬라스를 가르쳤다"라고 선언하고, 자신의 '대화편'에서 어떤 예시와 근거가 필요할 때마다 호메로스를 예로 들 수밖에 없었다.[8] 그는 '대화편' 전체에서 호메로스를 331번이나 인용하고 있는 것이다.[9]

---

7 Xenophon, *Symposium*, III.11-2.

8 Platon, *Res publica*, 606e.

9 서두에서 인용한 20세기 프랑스 소설가 레몽 크노의 "모든 문학은 『일리아스』이던가 『오뒷세이아』이다"라는 말은 뒤따르는 서구문학의 형성과 발전에 있어 호메로스의 서사시들이 그것의 본질과 성격을 형성하고 수립해 놓았다는 것을 뜻한다. 『일리아스』가 숭고한 영웅주의 이념을 추구하는 '이상주의'라면 그것보다 대략 30년 후에 씌어진 것으로 추정되는 『오뒷세이아』는 현세적 생존과 번영을 지향하는 '현실주의'를 대변한다. 또 다른 측면에서는 전자가 현실의 삶의 고통과 슬픔을 가차 없이 재현하는 '리얼리즘'이라면 후자는 환상과 꿈의 세계를 드나드는 '낭만주의'를 상징하고 있고 또 전자가 역설적 종말을 보여주는 '비극적 비전'이라면 후자는 '해피 엔딩'의 낙관적 종말로 끝나는 '희극적 비전'의 비조(鼻祖)가 되었다는 것이다. 이것은 작가 한 개인의 삶의 과정에서 보면 젊은 시절의 기백과 투혼이 나이 들어 타협과 수용의 자세로 바뀐 것으로도 설명되며, 이런 현상은 후대의 셰익스피어, 라신느, 심지어 톨스토이 같은 문학의 대가들의 삶과 문학에서 공통적으로 찾아볼 수 있다고 한다.

그리스 정신은 '인본(인간 중심)주의'이다

약 3000년 전에 쓰인 호메로스의 서사시가 까마득한 세월을 넘어서
물설고 낯설은 오늘의 우리들에게도 감동과 울림을 준다면 그것은 어
찌 된 일인가? 영국의 펭귄 판 호메로스를 번역하고 서문을 쓴 시인 에
밀 리우Emile V. Rieu는 『일리아스』로 말미암아 우리는 3000년 동안 인간성
의 본질은 같다는 것을 알게 되었다고 말한다.[10] 그것은 무엇보다 호메
로스의 서사시들이 '인간 감정의 보편화'에 가장 성공하였고, 그럼으로써
'탈 역사성'을 갖게 되었기 때문이다. 호메로스가 그리는 인간 감정은 인
간의 다양성과 개별성을 보여주고자 하는 것이 아니라 인간 감정의 '보
편적인 일반화'를 지향하는 것이다. 가령 작품 중 이제 나가면 죽을 것이
뻔한 전쟁터로 나가는 헥토르와 이를 말려 보지만 결코 말리지 못할 것
을 아는 그의 아내 안드로마케가 나누는 대화는 서사시 전체에서 가장
가슴을 치는 대목 중의 하나이다. 이 장면은 불가피한 운명 앞에 놓인 인
간 감정을 가장 빼어나게 아름답게 그리고 비장하게 보편화시킨 모습이
며, 이를 현대 영국의 대표적 고전학자 마이클 실크는 '인간 감정의 고전
적 명료화'라 불렀다.[11] 이런 보편성은 무엇보다 그리스 문명이 독특하게

복수의 주인공이 등장하는 『일리아스』에 비교해 볼 때, 『오뒷세이아』의 단일 주인공 오뒷
세우스는 '불멸의 삶을 버리고 죽음이 있는 삶을 선택한 인물'이며 이로써 그리스인 특유
의 '현세주의적 인간중심주의'를 표상한다. 그는 생존과 번영이라는 현실적 목적을 위해서
는 타협과 기만도 불사하는 인간으로서 매사에 있어 성공을 위한 처세의 기술과 지혜를 대
변하기에 작품 가운데 "진실로 교활하고 영리한 사람"(5. 183.)으로 통한다. 이런 맥락에서
20세기 자본주의와 전체주의(totalitarianism)의 본질을 탐색한 프랑크푸르트 연구소를 이
끈 아도르노와 호르크하이머는 그들이 공동 저술한 『계몽의 변증법』에서 오뒷세우스를 '첫
번째 부르주아'적 인물로 호칭하기도 하였다.(『계몽의 변증법』, p.81.) 그러나 이 책에서는
서구문학에 나타나는 '비극적 비전'을 탐구하는 것을 목적으로 하기에 『오뒷세이아』에 대해
서는 『일리아스』와의 변별점을 지적하는 이상의 간략한 개괄적 설명으로 갈음한다.

10 Homer, *The Iliad*, xvi.

11 Michael Silk, *Homer The Iliad*, p.64.

'인본주의적'이고 '인간 중심주의적' 문명이었다는 사실에서 비롯한다. 위에 인용한 니체의 말마따나 거기엔 일체의 불필요한 왜곡이나 억압이 없이, 인간 그 자체에 대한 관심과 흥취 그리고 몰입이 있고, 그런 인간적 감각과 지각을 통해 파악된 세계와 외계가 있을 뿐이었다. 이런 '천진난만할' 정도의 건강함과 자연스러움은 그리스 문명이 후대의 다른 유럽 문명이나 종교와 차별화되는 특징이다. 그래서 19세기의 기독교 정신을 가장 진솔하게 대변하고 있는 쇠렌 키에르케고르는 "그리스의 아름다움은 죄의식의 그림자로 덧칠해지지 않은 순수한 자연의 본래적 특징을 반영하고 있다. 사랑스러운 그리스의 소박성과 천진함은 [기독교의] 음울한 원죄의 담론과 대비된다"고 말한 바 있다."[12] 또한 독일 낭만주의의 대표적 시인인 하인리히 하이네는 호메로스와 그리스인이 대표하는 '아름다움의 원형적 개념'과 후대의 유대교적 기독교가 부과하려는 '교조적이며 신성하게 계시된 진리' 사이의 하나를 선택하라고 자신의 독자들에게 요구했다. 즉 그는 죽기 얼마 전에 쓴 「무슈를 위하여*Für die Mouche*」란 시에서 다음과 같이 말한다. "오, 논쟁은 결코 끝나지 않을 것이다. 언제나 진리는 아름다움과 싸울 것인즉, 인간의 무리는 언제나 갈라질 것이다. 두 조각으로, 그리스인들과 이방인들로."[13]

호메로스 서사시가 철학과 종교가 탄생하기 이전에 그것들의 역할을 수행했던 것은 작품이 담고 있는 인간과 세계에 대한 사유와 통찰이 지니는 탁월한 '보편성과 심오함' 때문이다. 영국의 대표적 고전학자 중의 한 명인 H. D. 키토는 호메로스의 『일리아스』가 "모든 것이 자연스럽게 '사물의 본성'에서, 즉 특수한 것이 아니라 보편적 본성에서 흘러나오게 하고, 이런 원인에는 이런 결과가 따른다는 '인과성'을 각각 갖게 함으로

---

12 임홍빈, 『수치심과 죄책감』, p.147-8. 재인용.
13 알베르토 망구엘, 『일리아스와 오디세이아 이펙트』, p.107. 재인용.

써, 개별적 사실들로부터 '보편적 법칙'을 이끌어냈다"고 말한다. 즉 시의 목적은 '보편적 교훈'을 주는 것이었다는 것이다.[14] 또 앞서 주석에서 언급한 고전학자 베르너 예거도 "호메로스의 서사시는 인간 본성과 영원한 세계법칙에 대한 포괄적, 철학적 사유의 시작을 뜻한다"고 말한다. 즉 "인간의 삶의 본질 가운데 영원한 세계법칙을 도출해 내고, 이런 만물에 대한 보편적 인식을 토대로 개별사건을 파악하는 것, 즉 모든 개별사건을 좀 더 높은 원리에 따라 이해하는 경향과 사물을 보편적 명제에서 끌어오려는 태도, 이 모든 특성이 궁극적으로 호메로스에서 출발한다"는 것이다.[15]

호메로스의 서사시들은 위에서 말한 이유들로 말미암아 서양 '최초의' 문학이라고 하기에는 너무나 고도로 발달한 형식과 구조를 갖고 있으며, 하나의 문명(뮈케네)이 '최고로' 발전한 단계에 도달했음을 표상한다고 일반적으로 평가된다. 그래서 키토는 『일리아스』는 뮈케네 문명이 도리아인들의 도래로 인해 멸망한 공동연대 이전 11세기부터 호메로스가 출현한 8세기까지 이른바 "'암흑시대'의 한가운데서 번쩍하며 솟아오른 불길" 같다고 묘사한다.[16] 호메로스의 출현과 더불어 그리스는 이방 민족의 습격으로 문명이 사라졌던 암흑기를 끝내고 문명의 재개화기인 상고(尙古, archaic)기로 들어갔기 때문이다.

'인본주의의 꽃'으로서 연민과 동정 그리고 공감

호메로스의 『일리아스』가 갖는 '보편성'의 근거인 '인본주의'라는 근본

---

14 H. D. Kitto, *The Greeks*, p.61-2.

15 베르너 예거/김남우 옮김, 『파이데이아: 희랍적 인간의 조형』, p.103.

16 Kitto, p.45.

적 그리스 정신의 핵심을 이루며, 또 후대에 물려준 가장 고귀한 유산이 된 것은 '공감/동정/연민'의 정신이다. 이 서사시는 인간이 행하는 가장 잔인하고 파괴적인 행동인 전쟁을 그 모티프와 소재로 하고 있다. 그러나 호메로스는 작품 가운데 어느 쪽을 편들지도 또 적대감을 표현하지도 않는다. 양 쪽은 모두 동등하고 공평한 관심과 애정의 대상이며, 개인에 대한 찬미와 연민도 아무 차별 없이 모두에게 적용된다.[17] 시인의 인간 고통에 대한 연민과 동정은 작품 가운데 이러저러하게 죽었다는 죽음의 모습이 예순 개 이상 나타나고, 전쟁은 '지긋지긋하며' '고통스럽고,' '잔인하며,' '인간에게 내려진 천벌'이고 '쓸쓸하고' '눈물에 가득 찬' 것이라는 등 고통과 그에 대한 애도의 어휘가 전편에 넘쳐나고 압도하는 것으로 입증된다.[18] 등장 인물들에게 가장 커다란 고통은—시인이 거듭 증언하듯이—이승의 삶을 떠나는 것이며, 특히 젊었을 때 이승을 떠나는 것이다. 사실이지, 시인이 가장 중요하게 여기는 인간 감정이 동정과 연민이라는 것은 가령 그가 작중 인물의 죽음을 얘기할 때 종종 '나의 힘에 항거하는 자는 불운하다'로 말하지 않고 "나의 힘에 항거하는 자를 자식으로 둔 부모는 불운하다"라고 말하는 데서 가장 잘 드러난다.[19] [20]

그리하여 『일리아스』에 대한 가장 영향력 있는 글 중의 하나인 20세기 초 프랑스의 가톨릭 영성가이자 마르크시스트 철학자인 시몬느 베이유

---

[17] 자클린 드 로미이, 『왜 그리스인가』, p.45-7.

[18] 그러나 동시에 전쟁은 당연하게 받아들여야 할 '상존하는' 현실로 여겨지기도 한다. 전쟁을 호메로스가 반인간적이고 문제적으로 보았다는 평가는 옳지 않으며 이는 현대인의 관점에서 본 편견이기 쉽고, 『일리아스』에서 전쟁은 복합적 실체로서 당연하게 수용되는 규준이고 정상성이라는 견해가 더 설득력 있다.—Michael Silk, p.9.

[19] 『일리아스』, 6. 128; 21. 151.

[20] 이 책에서 인용하는 『일리아스』와 그리스 비극의 본문은 숲 출판사에서 발행한 고(故) 천병희 교수의 그리스어 원전 번역본에 의거한다. 후반생을 오로지 그리스·로마의 원전을 순탄하고 유려한 우리말로 옮기는 대역사(大役事)에 헌신하신 천 교수님에 대해—헌사(獻詞)에서도 밝혔듯이—깊은 존경과 감사의 마음을 바친다.

가 쓴 평론 "『일리아스』: 힘의 시"는 이 작품이 모든 소멸하는 것들에 대한 슬픔과 씁쓸함, 모든 박탈과 비참에 대한 적나라한 묘사를 하고 있고, 이 고통과 슬픔 앞에서는 승자도 패자도 같은 운명이고 유일한 승자가 있다면 오직 힘 즉 전쟁밖에 없다는 것을 보여준다고 말한다.[21] 이런 '고통에 대한 공감과 동정'이 그리스 문명의 특유의 것이고 이 문명이 소멸하자 뒤를 이은 로마제국에 와서 그 유산도 함께 소멸했으며, 따라서『일리아스』는 서양이 가진 '단 하나의 서사시'라고 극찬하고 있다. 옥스퍼드 시학 교수를 했던 피터 레비Peter C. T. Levi는 "시는 원래 패배한 자와 죽은 자에게 속해있다는 것이 호메로스의 근본 원리이고 그의 시 안에서 진정한 승리자는 없다는 것이 그의 전언"이라고 말하고 있다.[22] 또 20세기의 탁월한 고전학자였던 조지 스타이너는 그의『아무런 열정도 없이』란 평론집에서 그리스 문학은 모두『일리아스』의 마지막 권의 아킬레우스와 프리아모스의 만남 장면에서부터 우러나오는 것 같다는 느낌을 평생 버릴 수 없었다고 말한 바 있다.[23] 이 장면은 상실과 파멸이라는, 모든 인간이 겪어야 할 운명을 결국 공유하게 된 두 인물이 서로를 동정하며 눈물 흘리는 장면으로서 감정적 측면에서 볼 때 작품 전체의 클라이맥스로 알려져 있다. 그래서『일리아스』가 청자/독자에게 가져다주는 두드러진 효과는 전쟁이 영웅들에게 가져다주는 영광과 명성보다는 그것으로 말미암아 겪어야만 되는 고통과 비애의 감정에 맞춰져 있다고 해야 한다. 이는 "호메로스에게 가장 중요한 것으로 보이는 인간 감정은 바로 인간의 고통에 대한 연민"이었기 때문이며, 이런 이유로『일리아스』는 서양이 가진 "가장 인간적인 서사시"라고 앞서 언급한 바 있는 프랑스의 대표적

21　George A. Panichas ed, *The Simone Weil Reader*, p.177−83.

22　알베르토 망구엘, p.88. 재인용.

23　George Steiner, *No Passion Spent*, p.146.

고전학자 중의 한 명인 자클린 드 로미이는 결론 내린다.[24]

신들과 인간들

『일리아스』에서 올림피아 신들은 끊임없이 인간의 세계로 내려온다. 전쟁은 지상의 트로이아를 둘러싸고 일어날 뿐만 아니라 신들의 세계에서도 벌어진다. 헤라와 아테나와 포세이돈은 결국 승리를 거두는 그리스 편이고 아폴론과 아레스와 아프로디테는 트로이아 편이다. 이들이 그러는 것은 각자 이유가 있어서이다. 파리스의 황금 사과 심판에서 선택된 아프로디테가 트로이아 편이듯이 배제된 헤라와 아테네는 당연히 그리스 편일 수밖에 없다. 아폴론이 트로이아 편인 것은 1권 첫 부분에서 드러나듯이 그의 사제 크뤼세스를 아가멤논이 모욕해서이고 포세이돈은 21권에서 드러나듯 그가 이룩한 공적에 트로이아인들이 대가를 지불하지 않아서라고 한다. 트로이아 전쟁은 인간과 신의 두 층위에서 동시에 진행되는 것이다. 이 두 층위는 서로 뗄 수 없이 연결되어 있어서 인간의 싸움에 신이 부단히 개입하고 있으며 때로는 신들끼리의 대리전쟁도 벌어진다. 그러면 신들은 도대체 어떠한 존재인가? 신들의 의의와 기능은 무엇인가?

신의 정의定義

"호메로스는 『일리아스』에서 인간을 신처럼 그리고 신들은 인간처럼 만드는 데 최선을 다했다."—롱기누스, 『숭고에 대하여』, ix. 7.

---

24 로미이, p.48.

헬라스 신화에서는 인간이 신을 창조했지 신이 인간을 창조한 것이 아니다. 히브리 민족의 신화와는 정반대라고 할 수 있다. 그래서 헬라스 신화는 대단히 복잡하고 방대한 신들의 계보를 갖고 있지만 우주 창조와 인간 창조에 대한 신화가 없고, 정경正經과 사제司祭도 없으며, 따라서 교리와 계율 같은 것도 없다. 그리스인들은 —최초의 철학자인 탈레스가 말했듯이— "이 세상 만물은 신으로 가득 차 있다"고 믿었고, 그 신들을 철저히 인간적으로 형상화하였는데 사실 그 모델은 '이상화된 헬라스 귀족'들의 세계라고 볼 수 있다.25 즉 신들은 인간 영웅을 모델로 하여 인간의 상상력이 만들어낸 존재인 것이다. 그래서 신은 죽음에 대한 공포와 예감을 제외한 모든 감정을 인간과 똑같이 느끼며 똑같은 반응을 보인다. 인간의 모든 속성과 형상을 투영했기 때문에 그들은 인간처럼 육체가 있고 남녀가 있으며 성행위를 하고 자식을 낳는다. 그러나 그들은 행위의 모든 면에서 인간의 능력과 힘을 압도적으로 능가한다는 점, 그리고 무엇보다 불멸한다는 점에서만 인간과 구별된다. 그래서 아리스토텔레스는 신들을 "영원한 인간*anthropoi aidioi*"들이라고 불렀다.26 신들이 우주를 창조하지 않았음으로 그들은 인간과 마찬가지로 우주의 자연법칙과 질서의 지배를 받는다. 그럼에도 불구하고 그리스인들의 종교도 분명히 종교이며 신들은 숭배와 의식儀式의 대상이었고, 그들이 신들에 대해 갖는 '경건함'에 대해서는 의심의 여지가 없다고 말할 수 있다.27 28 그러나 앞

---

25 Knox, "The *Medea* of Euripides," T. F. Gould and C. J. Herington eds., *Greek Tragedy*, p.209.

26 『형이상학』, 997b.

27 Moses Hadas, *The Greek Ideal and Its Survival*, p.48-9.

28 그리스인들은 모든 의식과 축제 때 하나의 신이 아니라 모든[즉 일련의] 신들에게 희생을 바치고 제주를 따라드린다. 그리스 신들은 의식을 통해 섬겨야 할 대상이었으나 정작 신화의 내용을 믿고 안 믿고는 개인의 자유이며, 아무도 강요하거나 압박하지 않았다고 한다. —Walter Burkert, *Greek Religion*, p.217; Walter Kaufmann, *Tragedy and Philosophy*, p.150.

서 말했듯이 신들은 본질적으로 인간 영웅을 본따서 만들어낸 것이기 때문에 인간 영웅과 같이 개별적 명예를 고수하고 집착하며, 동시에 그들의 행동에는 난폭, 잔인, 방탕한 측면이 있는 것이 당연하다. 이런 신들의 '부도덕성'은 신의 밑그림인 인간에 대한 왜곡되지 않은 관찰과 사유에서 나온 것이기도 하고 또 그것이 특유의 '심미적 즐거움'을 가져다주기 때문인 점도 있다.[29] [30]

신의 역할과 기능

고대 그리스인들이 볼 때— 최초의 철학자인 탈레스가 말했듯이— 이 세상은 '신들로 가득 차^{entheos}' 있었다.[31] 이 신들로 충만한 세상에서는 인간의 성공과 실패뿐 아니라 온갖 인간이 설명하기 힘든 현상— 가령 바다의 폭풍이나 순풍, 인간이 느끼는 공포나 경악과 같은 감정적 흥분, 사람들이 모인 회중의 갑작스런 동요나 정적 등—들도 '신의 개입'으로 설명했다. 『일리아스』에서 신들이 인간의 행위에 개입한다는 것은 그 행위의 원인과 동기를 설명해주는 근거로 시인이 신들을 사용한다는 것을 말한다.[32] 시인은 인간 내면의 심리상태를 객관적으로 대상화하기 위해 신을 끌어들이는 것이다.[33]

---

29 Burkert, p.246.

30 앞서도 지적했듯이 그리스인들에게 존재의 진리는 '아름다움'으로 표상되었으며, 또 그 아름다움은 그 원형을 '인간성' 안에서 발견했다. 인간의 형상 속에서 최고의 아름다움을 형상화한 것이다. 이는 그리스인들이 '세계의 본질'을 인간성 안에서 찾았다는 사실에서 도출되는 결론이다. 그러므로 신과 인간은 모두 '인간적 삶의 두 계기(차원)'를 각각 표현하고 있다. 사실을 말하자면, . 현실의 '긍지 높은 자유인'들인 그리스 귀족들을 모델로 하여 이상화시킨 것이 그리스신들이다.(김상봉, 『나르시스의 꿈』, p.189–90.)

31 G. S. Kirk and J. E. Raven, *The Presocratic Philosophers*, p.94.

32 Silk, p.71.

33 호메로스의 서사시에 등장하는 인물들이 독자적이고 인격적인 주체가 있느냐에 대한 논

예컨대 시의 시작 부분에서 아가멤논의 모욕에 격분한 아킬레우스가 칼을 뽑으려 할 때 아테나 여신이 뒤에서 다가와 그의 머리칼을 잡아당기며 화를 억제할 것을 충고할 때, 여신은 아킬레우스의—자신을 억제하고 통제하는—내면의 심리과정을 외면화하고 극화하는 역할을 하고 있다. 2권의 전군 회의장에서 오뒤세우스가 일어나 발언하려 하자 "그의 곁에 빛나는 눈의 아테나가 전령의 모습으로 서서 군사들에게 조용히 하라고 명령한다."[34] 오뒤세우스의 달변과 지혜는 군사들에게 너무나 높은 권위를 지니고 있어서 그가 발언하려 할 때면 마치 아테나 여신이 몸소

의는 1955년에 브루노 스넬이 출간한 역작 『정신의 발견』에서 호메로스는 인간은 '영혼'이나 '정신'에 해당하는 적절하고 고유한 말을 갖지 않았다고 주장한데서 촉발되었다.(28) 그래서 호메로스의 인간은 참된 스스로의 결단이란 것을 아직 알지 못했다는 것이다.(49) 국내의 대표적인 고전학자인 이태수 교수도 호메로스의 인간은 "신에 의해 좌우되는 허수아비"이고 "외부의 힘에 의해 행동의 결단 과정이 형성되는" 존재라고 말한다.(이태수, "호메로스의 인간," 『한국서양고전학회 춘계학술발표회』, [1990.5.4.], 3,4) 그러나 영미 쪽의 고전학을 대표하는 버나드 녹스와 버나드 윌리엄스는 스넬의 주장은 서사시의 언어가 곧 당대의 사회적 언어라는 잘못된 가정에 근거한 것이라고 반박한다. 즉 호메로스의 언어는 그의 시대의 언어가 아니라 서사시를 위해 '고안된' 언어였다는 것이다. 녹스는 스넬이 서사시의 등장인물들은 개별적 인간의 성격의 관념을 결여하고 있고, 또 그리하여 대화와 행동의 기반으로서의 등장인물의 성격에 대한 논의를 한다는 것이 잘못되었다고 주장하는 것은 받아들일 수 없다고 한다. 실제에 있어 호메로스의 인물만큼 개별화되고 특징적인 인격을 지닌 문학적 등장인물은 고대에서 중세에 이르기까지 찾아볼 수 없으며, 후대에도 단지 셰익스피어쯤 되어야 호메로스의 성격화와 겨룰 수 있다고 한다.(Bernard Knox, *The Oldest Dead White European Males*, p.38-46.) 버나드 윌리엄스도 호메로스의 인물이 스스로 결정하지 못한다면 이는 그가 결정할 '자아'를 갖지 못해서가 아니라고 주장한다.(Bernard Williams, *Shame and Necessity*, p.28-30.) 가령 아킬레우스의 행동에 여신 아테나가 행동의 근거와 이유를 제시하지만 결단은 분명히 아킬레우스 '자신'이 하는 것이라는 것이다. 신이 어떤 이유를 제공하건 그는 결국 자신의 이유로 해석하고 받아들여 결단한다고 한다. 덧붙여 윌리엄스는 신들이 개입하지 않는 많은 경우 인물은 스스로 결단할 수밖에 없다고 한다. 여기서— 아래에서 설명하듯이 —영미 쪽의 E. R. 도즈와 윌리엄스 그리고 프랑스의 베르낭과 비달-나케가 공통으로 말하는 결단과 행동의 '중층(이중)결정론'이 등장한다. 즉 호메로스의 인물은 —후대의 비극의 주인공도 마찬가지지만— 인간의 주체적 성격과 신들의 영향과 개입이 결합하여 선택하고 결단하며 행동하는 경우가 많다는 결론이 나온다. 그러나 중층결정은 결코 인물의 주체적 인격적 존재를 부정하는 것이 아니다.

34 『일리아스』, 2. 279-80.

나타나 정숙을 명하는 것과 같은 효과가 난다는 것을 이렇게 말하는 것이다. 3권에서 메넬라오스와 파리스의 대결에서 기백이나 능력에서 도저히 메넬라오스의 적수가 되지 못하는 파리스가 창에 찔려 죽게 될 찰나에 아프로디테가 나타나 그를 싸움터에서 빼돌려 헬레네의 침실로 데려다 놓는다. 이것도 아프로디테가 현실적으로 나타나 파리스를 물리적으로 데려간다기보다는 인간이 절체절명의 위기에서 극적으로 탈출에 성공했을 때는 수호신의 가호 아니었다면 불가능했으리라는 믿음의 극적 표현이라고 보아야 한다. 이러한 모든 표현들은 자연 현상과 인간 행위의 비정상적이고 극적인 사건 뒤에는 (반드시) 신이 있다는 믿음을 나타낸다. 그것이 비상한 능력의 발휘와 극적인 성공이건 아니면 반대로 믿기힘든 낭패나 예상치 않은 파멸이건, 신들은 예견하지 못한 모든 극적이고 비상한 사건들에 대한 '해명의 계기'와 '설명의 근거'가 되어준다.[35]

일반적으로 『일리아스』에서 한 인간이 욕구하고 동시에 신이 그를 격려해 줄 때 그는 '큰 일(업적과 영광)'을 성취할 수 있다. 신은 인간의 용기 담력 기술을 더욱 크고 강하게 만들어서, 다른 말로 '신과 같게' 혹은 '신의 경지에 도달하게' 만들어 주는 것이다. 이렇게 모든 비상한 성공과 실패 뒤에는 신이 있기에 인간의 행동은 ─ 신의 뜻과 인간의 의지의 결합의 결과로서─'이중결정'(혹은 '중층결정overdetermined')된다고 말한다.[36] 그러므로 인간은 언제나 최대한의 능력을 발휘하여 싸워야 하나 만약 승리하면 신의 도움이 있었다고 믿는 것이다. 가령 5권에서 트로이아 군의 예상 밖의 승리가 아레스의 개입 탓이었듯이, 그리스군의 승리는 매번 아테네 여신의 도움으로 가능하게 된다. 이러한 믿음 속에서 신은 언제나 실제적 행동자라기보다는 '설명의 근거'가 되어주는 것이다. 요컨대 '인간'을

---

35 Cedric H. Whitman, *Homer and the Heroic Tradition*, p.247-8.

36 E. R. Dodds, *The Greeks and the Irrational*, p.7; 베르너 예거, 『파이데이아: 희랍적 인간의 조형』 1권, p.107-8.

위해 신들이 존재하는 것이지, 그 반대가 아니다.[37]

인간의 운명

신들이 인간을 위해 존재한다는 것의 가장 뚜렷한 반증은 그들은 자신만의 독자적 행위가 없다는 것에서 드러난다. 그들은 인간사에 영향을 미치고 더러는 결정적으로 관여하지만 그들만의 일은 갖고 있지 않다. 그들은 근본적으로 인간세계에서 일어나는 일에 관여하고 반응하는 것이 유일한 존재 이유이다. 그러나 신들이 제아무리 인간의 일에 개입한다고 해도 결국 인간의 관점에서 보면 그들은 인간 운명에 대한 한갓 관찰자의 처지를 벗어날 수 없다. 이는 가장 위대한 관찰자인 제우스의 경우를 보아도 알 수 있다. 그는 한치 앞을 못 보는 인간들에 대해 "대지 위에서 숨 쉬고 기어 다니는 만물 중에서도 진실로 인간보다 비참한 것은 없을 터이니"[38]라고 말하지만, 정작 인간의 운명을 앞에 놓고서는 그 자신도 아무 도리가 없기 때문이다. 제우스는 자신의 아들 사르페돈이 파트로클로스의 손에 죽게 되자 헤라에게 구해주고 싶다고 말하지만 헤라의 "이미 오래전에 운명이 정해진 한낱 죽게 마련인 인간을 가증스런 죽음에서 구해내려 하느냐"는 힐문 앞에 할 말을 잊는다. 그는 하릴없이 "피투성이의 빗방울" 즉 피의 눈물을 뿌림으로써 "죽게 되어있는 사랑하는 아들의 명예를 드높이는" 것만이 그가 해줄 수 있는 전부이다. 제우스는 자신에게 평소에 제물을 많이 바친 헥토르에 대해서도 호감을 가지고 있으나 그가 죽음을 맞이할 '운명의 날'이 미리 정해져 있다는 사실을 어쩔 수 없이 받아들인다. 말하자면 그는 자신이 전능하지 않다는 것을 알

---

37 장-피에르 베르낭, 『그리스인들의 신화와 사유』, p.417-9.
38 『일리아스』, 17. 446-7.

고 있다. 즉 신들의 아버지 제우스마저도 '운명'의 위가 아니라 그 아래에 있는 것이다.[39]

여기서 제우스도 인정하고 복종해야 할 '운명'이란 무엇인가? 그것은 시인이 불가피하고 필연적이라고 보는 사태의 전말顚末이다. 그것은 '자연의 순리'에 좇아 그렇게 되지 않으면 안 될 일이고 바로 그렇기 때문에 '예정된' 일이기도 하다. 이를 『일리아스』에 대한 가장 중요한 책 중의 하나를 쓴 제임스 레드필드는 아무리 해도 달리 될 수 없는 것의 의미로서의 운명은 곧 '자연'이며 이 '세상의 질서'라고 말한다.[40] 그러므로 작품에 자주 등장하는 '운명에 따라서' 혹은 '운명에 거슬려서'라는 말은 순리('자연의 이치')에 따라서 혹은 그것에 어긋나서라는 말과 같다. 가령 헥토르가 아내 안드로마케에게 "아무도 자신의 운명을 거슬려서 자신을 죽일 수 없을 것"이라고 말할 때, 그는 자신을 죽일 자가 없다는 말을 하는 것이 아니라 자신이 죽을 날은 분명히 정해져 있을 것이란 말을 하는 데 불과하다. 또 20권에서 아킬레우스가 파트로클로스의 복수를 위해 다시 참전하여 파죽지세로 트로이아인들을 살육해 나가자 제우스는 그의 기세에 놀라 신들에게 "그가 운명을 뛰어넘어 성벽을 허물어뜨리지 않을까 두렵다"고 말한다.[41] 이 말은 아킬레우스에게는 불멸의 영광을 거두는 것은 허용되어 있으나 트로이아 함락의 공훈은 허용되어 있지 않다는 것을 예언하는 것이고, 그것은 사실 맞는 말로 드러난다. 그러니 신이고 인간이고 운명에 거스르는 것은 부질없는 일이다.[42]

이는 『일리아스』에서 신들은 이미 여하간에 일어나기로 되어있는 일만을 유발시킨다는 것을 말한다. 즉 신들은 인간의 성격과 그가 놓인 상

---

39 헤르만 프랭켈, 『초기 희랍의 문학과 철학』, p.106-7.

40 James Redfield, *Nature and Culture in the* Iliad; *The Tragedy of Hector*, p.135.

41 『일리아스』, 20. 30.

42 Whitman, p.133-40.

황에 의해 결국 판가름 나게 될 일들만을 발생시킨다. 그렇지 않은 것은 '운명에 거스르는(*hyper moron* 또는 *hyper aissan* 16.780)' 것으로 거부되고 배제된다. 가령 오뒷세우스가 싸울 때 아테나 여신이 도와주었기 때문에 승리한다기보다 오뒷세우스가 승리하므로 여신이 돕는 것이다. 모든 행동에 있어 오뒷세우스는 침착함과 단호함과 기술로 승기勝機를 잡는다. 그래서 아테네가 그를 돕는 것이다. 하늘은 스스로 돕는 자를 돕는다는 것 그대로이다. 아테네의 개입은 아무래도 승자가 될 자를 거들어주는 것 정도이다. 강약이 부동이라는 '자연의 대세'에 따른 승자가 이기게 되어 있다. 또 작품의 클라이맥스인 아킬레우스와 헥토르의 대결에 있어 아킬레우스는 아무래도 이기게 되어있다. 헥토르에게는 처음부터 승산이 없는 것이다. 한 마디로, 아킬레우스가 워낙 뛰어난 영웅이기 때문이다. 앞서서 아이아스와 디오메데스조차도 헥토르를 쉽게 감당했다. 이 마지막 싸움에서 아테네 여신이 아킬레우스가 던진 빗맞은 창을 되돌려 주는 것은 그가 질 것 같아서가 아니라 그가 결국 이길 자이기 때문에 그러는 것이다. 어차피 이길 싸움에서 승자에게 더욱 큰 '영광'을 주기 위해 여신의 참여가 필요한 것이다. 이렇게 인간의 업적이 신의 개입, 즉 신과 관련되어 있다고 해서 그 가치가 감소하거나 퇴색되는 것은 아니다. 오히려 그로 인해 특별한 권위와 탁월성이 인정되며, 어떤 광휘를 행위에 가져다주는 것이 된다. 다시 말해 신의 개입은 인간의 행위를 돋보이게 하고 그것에 심각한 의미를 부여해주기 위해서이다.[43]

신들도 '자연의 대세'를 따라가며 '자연법칙'에 종속된다는 것은 앞서 말했듯이 헬라의 신들은 우주의 창조자가 아니라 인간의 창조물에 지나지 않는다는 사실에 비추어 볼 때 당연한 일이다. 저명한 고전학자 로이드-조운스가 호메로스에게 있어 "모든 사건은 동시에 신적이고 자연적

---

43 Joseph Russo and Bennett Simon, *Essays on the* Iliad, p.68.

으로 결정된다"고 말했을 때, 그는 그리스인들의 사유방식에서는 '자연적인 것이 곧 신적'이라는 것을 지적한 것이다.[44] 자연적인 것은 신적인 것이고, 그 역도 마찬가지로 참이다. 다시 말하지만, 초월적이고 권위적인 기독교의 신과 비교할 때 호메로스의 신들은 초자연적이 아니고 자연적이며, 즉 '자연의 일부'이며 우주의 법칙을 지배하는 것이 아니라 그것에 종속되어 있다.[45] 바로 이런—어떤 초월적 교리나 섭리가 아니라 자연 및 인간세계의 일반적 운행 법칙에 의해 세상사는 이루어진다는—점이 이 작품이 지니는 보편성과 불멸성의 한 근거이고 오늘 우리에게도 여전히 호소력과 울림을 주는 이유의 하나이다. 이런 점에서 그리스 서사시는 세계관에서 『니벨룽겐의 노래』나 『아서 왕 이야기』 혹은 『롤랑의 노래』와 같은 중세유럽의 서사시들보다 더 객관적이고 심오한 깊이를 지니고 있다고 베르너 예거는 말한다.[46] 이것이 바로 호메로스로 대변되는 그리스적 사유의 '객관적 탁월성과 보편성'의 근거이며, 3000년이 지난 우리의 마음도 뒤흔들고 수긍케 하는 이유이다.

'인간의 위대함과 아름다움'을 드러내기 위한 신들

"호메로스는 신을 인간처럼 묘사함으로써 인간을 더욱 신과 같이 만들었다."—대니얼 부어스틴, 『창조자들』

신과 인간의 차이가 있다면 신은 '불사*athanatoi*'이고 인간은 '필사*thnethoi*'라는 점이다. 그래서 시인이 신들을 등장시키는 이유의 하나는 인간들

---

[44] Hugh Lloyd-Jones, *The Justice of Zeus*, p.80.

[45] 스넬, 『정신의 발견』, p.61.

[46] 예거, p.107-8.

이 겪는 비참함과 속절없음을 더욱 선명히 드러내기 위해 그들의 안락함과 불멸성을 대조시키기 위함이다. 작품의 시작 부분에서 아킬레우스와 아가멤논의 명예를 둘러싼 다툼은 엄청난 고통과 파국을 쌍방에게 가져오지만 동시에 올림포스 산정에서 헤라와 제우스의 다툼은 헤파이스토스의 중재로 우스꽝스럽고 아무 뜻도 없는 일장춘몽의 일과성 해프닝 정도로 끝난다. "뒤뚱거리며 신주神酒를 따라주러 분주히 돌아다니는 헤파이스토스를 보고 축복받은 신들 사이에 그칠 줄 모르는 웃음소리가 일었다"고 시인은 말한다.[47]

신들은 인간보다 더 자유롭고 아름답고 강하며 불멸하는 존재이지만 인간적 가치의 관점에서 볼 때 결국 유치하고 경박한 존재로 보일 수밖에 없다. 무엇보다 그들은 독자적인 행위를 지니지 않고 보여주지도 못한다. 그들이 하는 것이란 지상에서 벌어지는 일에 반응하는 것이 전부이다.[48] 무엇보다 신은 불사이기 때문에 영웅적 행위를 보여줄 수 없다. 끝이 좋으면 다 좋다는 식으로 신은 무슨 일을 하건 상관이 없다. 인간은 명예를 얻기 위해 목숨을 걸고 투쟁하는 강렬함이 있으나 신들은 불사이므로 잃을 것이 없고 따라서 얻을 것도 없기 때문이다. 결국 신들은 불멸로 인해 '비극적 위엄'을 보일 수도, '자기 극복과 초월의 위대함'도 보여줄 수 없는 것이다. 그러나 인간은 반드시 죽어야 하기 때문에 살아있는 동안 어떤 '가치'를 수립하고, 어떤 '의미'를 쟁취해야만 한다. 죽음이 있다는 것이 이 모든 것을 가능케 한다. 그래서 반복하지만, 신들은 제아무리 찬란하고 휘황해 보여도 결국은 무의미하고 허망한 존재에 불과하게 된다. 독일의 대표적인 고전학자 칼 라인하르트는 신들을 가리켜 "사소

---

47 『일리아스』, 1. 599–600.

48 브루노 스넬도 "신들은 언제나 인간의 삶에 연루되는 한에서만 무대 위에 등장한다"고 말한다―『정신의 발견』, p.72.

한 숭고함"이라고 요약하였다.**49** 다시 강조하거니와 『일리아스』는 신이 아니라 인간의 이야기며, 주역은 어디까지나 인간이다. 앞서 말했듯, 신들의 존재는 인간의 이야기에 숭고하고 장엄한 분위기를 가져다주는 '시적인 장치'로 사용된 것이다. 그리고 참으로 '숭고하고 장엄한' 존재는 신이 아니라 신의 후광을 업고 있는 인간 자신이다.

영웅주의 이념

죽음만큼 무서운 것은 없으며 죽음을 직시하는 데는 더없이 큰 용기가 필요하다……그러나 죽음을 회피하고 황량함을 모면하려는 생명이 아니라 죽음을 무릅쓰고 죽음 속에서 자신을 견지하는 생명이야말로 '정신'의 생명이다. '정신'은 절대적인 분열 속에서 스스로를 발견할 때 비로소 그 자신의 진리를 획득한다. ―G. W. F. 헤겔, 『정신현상학』 [김양순 역, 동서문화사, 2011], p.31

『일리아스』의 배경이 되는 뮈케네 문명시대는 귀족들의 '영웅주의적 이상'이 지배하는 사회였다. 이런 사회는 공동체의 유지와 안녕을 위해 서로 간에 기꺼이 죽을 준비가 되어있는 사람들의 결속체 즉 운명공동체를 이룬 사회이다. 또한 여러 부족 사회들이 서로 연대하여 다른 부족들로부터의 침공을 힘을 합해 막아내야만 생존할 수 있는 사회이기도 하였다. 사회의 번영과 성공을 위해서는 끊임없이 다른 사회를 침략하고 굴복시키거나 아니면 반대로 모두가 목숨 걸고 싸워서 지켜내야 했기 때문에 전쟁은 '상존하는 현실'이었다. 말하자면 전쟁은 삶의 자연스러운 과정일 뿐만 아니라 가장 중요한 인간 활동으로 여겨졌던 것이다. 이런 사회의 존속은 전사와 영웅의 용기와 능력에 오로지 달려있다고 해도 과언이 아니었고, 헥토르고 아킬레우스고 우선 영웅이고 그 다음에 트로이아

---

49 Silk, p.69. 재인용.

인이고 아카이아인이었다. 전투는 우선 무리 가운데서 걸어 나온 소수의 장수*promakoi*들 사이의 결투의 형식으로 진행되었다. 바로 이 '프로마코이'들이 사회의 지배계층을 이루는 군주와 귀족이고 다양한 무구武具를 갖추고 전차를 소유했으며 경제적으로 토지 소유층이기도 했다. 이들을 호메로스는 '헤로에스*heroes*라고 부르며 이 말은 오늘날 영어의 'hero(즉 영웅, 주인공)'의 기원이다.

호메로스의 사회는 영웅주의적 이념이 지배하던 '수치 문화' 사회였고, 이런 사회에선 '아이도스*aidos*'('수치' 혹은 동시에 그 반대로 '존경')가 핵심적 가치이자 행위 규범을 형성한다.**50** 이 '아이도스'를 위반하거나 얻지 못할 때는 '네메시스*nemesis*' 즉 '충격', '공포', 무엇보다 '분노'의 대상이 되며, 이는 영웅이 가장 두려워하고 경계해야 할 상태이다. 그러므로 영웅주의적 사회에서 '영웅적 인간'이 된다는 것은 곧 '티메이*time*(명성이나 평판)'의 획득과 유지를 위해 살아간다는 것을 뜻한다. 이 '티메이'를 얻는 가장 확실하고 유일한 방법은 '큐도스*kudos*(영광)'나 '클레오스*kleos*(영예)'를 쟁취하는 것이고, 이 '큐도스'와 '클레오스'를 얻을 수 있는 주요 무대가 바로 전쟁이다.**51** 전사와 영웅들에게 전쟁은 '인간 영혼의 시험장'이자 도전과 성취의 기회였다. 여기서 영웅이 보여주는 탁월한 능력과 용기가 '아레테*arete*'(미덕)이다. 모든 전사들은 '아레테'를 발전시켜 자신의 잠재력을 최대한 발휘하기 위해 노력해야 한다. 이것은 작품 가운데서 아킬레우스나 글라우코스의 부친들이 그들에게 "항상 뛰어나서 남들보다 앞서라. 너의 부친과 조상의 명예를 훼손하는 일이 없도록"**52**하라는 명령으로 나타난다. 한 인간이 무리 가운데 가장 뛰어난 아레테를 보일 때 그는 거

---

50 Bernard Williams, *Shame and Necessity*, p.78.

51 Silk, p.62−3.

52 『일리아스』, 6. 208.

의 '신의 경지*theios*'로 올라서게 된다. 아킬레우스, 아이아스, 디오메데스, 헥토르가 그 대표적인 인물들이다. 영웅이 그의 아레테를 최대한 발휘하여 전장에서 아무도 그를 능가하지 못하고 그야말로 파죽지세로 상대편 전사들을 닥치는 대로 거꾸러뜨리며 승리할 때 그것을 '아리스테이아 *aristeia*(수훈기殊勳記)'라고 한다.

이들이 그토록 명예와 영광에 몰두하는 배경에는 궁극적으로 '불멸성의 획득'이라는 정신적 이상이 놓여있다.[53] 고대 전사사회에서 전쟁이 상존하는 현실이라는 것은 곧 죽음이 상존한다는 뜻이다. 따라서 언제 어디서든 다가올 죽음이라면 이것을 명예롭게 맞이하는 것이 최선의 방법이다. 피할 수 없는 죽음을 영광을 획득하기 위한 기회로, 그럼으로써 필멸의 존재를 불멸의 존재로 만드는 것이다. 이것이 곧 '아름다운 죽음*kalos thanatos*'이며, 그에게 '불멸의 명성*kleos aphthiton*'을 가져다주어 그를 영원토록 기억되는 존재로 만들게 된다. 호메로스의 영웅들의 위대함은 그들의 행위가 아니라 그들의 '의식(정신)의 위대함'에 있다.[54] 나아가 영웅은 불멸의 존재가 되기 위해서 죽음을 앉아서 기다리는 것이 아니라 그것을 능동적으로 추구하고 찾아 나선다. 그래서 자신의 공동체의 전쟁이 없을 때는 고향을 떠나 먼 타향에서라도 그것을 추구하고 입증하려 한다. 소아시아 남쪽의 뤼키아 출신이지만 트로이아 전쟁에 참여하고 있는 사르페돈이나 글라우코스가 그 대표적인 인물들이다.

그러면 영웅이 '아리스테이아'를 실현하고 장렬히 죽으면 불멸을 성취하는가? 아직 그것만으로는 충분치 않다고 말해야 한다. 그가 불멸의 존재, 즉 영원히 기억되는 존재가 되는 것은 '노래'로 만들어 불려져야 비로소 가능한 일이다. 노래가 아니었던들 그들은 후세에 존재할 수도 없

---

53 C. M. Bowra, *The Greek Experience*, p.32-5; Hadas, p.21-2.

54 Redfield, p.101.

기 때문이다. 그런데 그들의 삶과 죽음을 노래로 만들어 불러주는 이는 바로 '시인aoidos'이다. 그러니 시인은 영웅이 '불멸의 영광'을 얻기 위해 마지막으로 거쳐야 할 최후의 관문과 같은 존재이다.[55] 프리드리히 쉴러는 그런 영웅들의 삶이 갖는 역설을 "시 속에서 영원히 살기 위해서는 우선 이 세상에서는 스러져야 하나니"라고 노래하였다.(『그리스의 신들』) 영웅주의 이념이란 '인생은 짧으나 영광은 영원하다'는 믿음, 즉 예술은 영원히 지속되는 운명을 갖고 있지만 인간은 자연의 산물로서 소멸의 운명을 지니고 있다는 데서 비롯한다. 영웅은 영광스런 죽음을 통해 예술로 다시 태어남으로써만 비로소 불멸의 존재가 된다. 이렇게 영웅주의 이상은 '죽음-영광-예술-불멸'의 논리적 연쇄를 갖는다.[56] 한마디로, '죽음을 통해 죽음을 극복한다'는 역설이 호메로스의 영웅들의 생사관이다. 시인의 이런 필수적 역할로 말미암아 고대 헬라스에서 음유시인은 국가의 사제司祭와 같은 떠받음과 존경의 대상이 되었다. 공동연대 이전 4세기경 서양 역사에서 첫 번째 계몽주의 시대가 도래하여 소피스트철학자들에 의해 그 역할이 폄하되고 위상이 추락하기 전까지 음유시인-그리고 그 뒤를 이은 '비극 시인'-은 사회에서 중심적이고 통합적인 역할을 수행하였다.

영웅주의의 모순과 그것의 극복

영웅은 보통 인간의 '전범'이 될 수는 있지만 결코 평범한 사람은 아니다. 그들은 여니 인간이 갖지 못한 용기와 기백과 능력을 지닌 존재이기에 『일리아스』에서 종종 비인간적인 존재 가령 사자나 늑대와 같은 동물

---

55 Hannah Arendt, *The Human Condition*, p.194.
56 그레고리 나지, 『고대 그리스의 영웅들』, p.66-73.

에 비유되며, 더 나아가 '신들의 보호와 후견'을 받는 것으로 나타난다. 이런 영웅의 '개인주의적 이념과 태도' 때문에 영웅은 걸핏하면 반사회적 존재가 되기 쉽다. 영웅과 사회는 서로를 필요로 하나 동시에 서로를 견디지 못하는 관계에 들어갈 수 있는 것이다. 희극작가 아리스토파네스는 『개구리』에서 "그들은(아테나이인들은) (당대 가장 인기 있지만 또한 가장 자기중심적인 영웅적 인물이었던) 알키비아데스를 사랑했고 그를 증오했으며 그가 없으면 안 되었다"라고 묘사한다.[57]

이런 영웅주의의 한계를 극복하는 길은 영웅주의의 다른 한 측면인 영웅과 공동체 사이의 '호혜성'에서 찾아진다.[58] 호혜성은 영웅이 성취하고 획득하는 '영광'은 결국 개인에게 귀속되지만, 그 영광을 얻기 위해 그가 한 '행위'가 가져다주는 혜택은 사회에 돌아간다는 사실에서 나온다. 영웅주의의 정당화는 오직 영웅과 공동체 사이의 '호혜 관계'에서 찾아지는 것이다. 따라서 영웅이 공동체에서 누리는 특권은 그의 공동체에 대한 헌신의 대가로 주어지는 것이다. 이것이 '노블레스 오블리주'(특권에는 의무가 따른다)의 정의이고 또 그것의 기원이다. 이는 작품 안에서 트로이아의 영웅 사르페돈이 동료 글라우코스에게 하는 다음의 말에서 가장 명징하게 표현되고 있다.

글라우코스여, 대체 무엇 때문에 우리 두 사람은 뤼키아에서
윗자리와 고기와 가득 찬 술잔으로 남다른 존경을 받으며,
모든 사람들이 우리를 신처럼 우러러보는가?
……
그러니 우리는 지금 마땅히 뤼키아인들의 선두대열에 서서

---

57 Aristophanes, *The Frogs*, 1433–37.

58 Richard Seaford, *Reciprocity and Ritual*, p.4–6; Bowra, p.37.

치열한 전투 속으로 뛰어들어야 할 것이요, 그래야만

단단히 무장한 뤼키아인들 중에 누군가가 이렇게 말할 것이요.

"과연 뤼키아 땅을 통치하는 우리 왕들은

불명예스러운 자들이 아니로구나. 그들은 살찐 작은 가축들을 먹고

꿀처럼 달콤한 정선된 포도주를 마시지만, 힘도 뛰어난 자들이다.

저렇게 뤼키아인들의 선두대열에서 싸우고 있으니 말이다.[59]

'비극적 비전'의 탄생

단도직입적으로 말해 '그리스적인 것'의 특징은 '비극적인 것'에 있다고 할 수 있다. 이는 그리스 정신의 뿌리인『일리아스』가 근본적으로 강렬하고 철저하게 '비극적인' 작품이라는 데서 비롯한다.[60] 조지 해리스에 따르면 이는 "삶이 가장 뛰어난 인물의 가장 탁월한 자질과 능력에 의해서도 결코 안전과 행복이 보장되지 못한다는 느낌을 가리키는" 것이고, 한마디로 "그리스가 '비극적 정신'에 침윤浸潤되어 있는 문화"라는 것을 말해주는 것이라고 한다.[61] '비극적 감각'은 우선 온전히 인본주의적이고 현세주의적인 감각을 그것의 전제로 한다. 나날의 삶의 즐거움은 고된 노동 후의 유쾌한 휴식, 때때로 잔치에서 먹는 고기와 술의 감미로움, 또한 잔치에 없어서는 안 될 노래와 춤의 흥거움, 그리고 배부르게 먹은 뒤의 감미로운 잠 등으로 구성되며, 이 모든 것은 "꿀처럼 달콤한 목숨"이 가져다주는 삶의 기쁨을 증거해 주는 것이다. 한편, 죽으면 가게 되는 하데

---

59 『일리아스』, 12. 310-21.

60 서구정신사의 핵심적 바탕과 틀이 '비극적 정신'으로 형성되어 있다고 주장하는 철학자 조지 해리스는『일리아스』는 고대 그리스 문화가 "삶의 '비극적 느낌'에 의해 사고하고 행동하며 그런 감정에 움직여 가는 특유한 문화라는 것을 말해준다"고 논의한다.

61 George W. Harris, *Reason's Grief*, p.3.

스는 "곰팡내 나는 집"이며 "아무 의식 없는 죽은 자들의 희미한 환영들이 살고 있는 곳"에 불과하다.[62] 즉 내세는 아무런 기대도 희망도 할 수 없고 오직 불쾌하고 혐오스러운 대상에 지나지 않는 것이다. 그러나 그들은 이런 지상에서의 즐거움과 기쁨이 언젠가는 속절없이 끝장나버릴 것이란 사실 또한 너무나 잘 알고 있다. 최고 영웅인 아킬레우스도 말하듯이 "사람의 목숨은 한 번 이빨의 울타리를 벗어나면 되찾을 수도 약탈할 수도 없어 다시는 돌아오지 않는 것이기" 때문이다.[63] 이런 비관적이고 숙명론적인 세계관은 모든 문명의 시작이었던 수메르 문명이 남긴 서사시『길가메쉬』에서 이미 분명히 나타난 바 있다.

이런 서로 모순되고 충돌하는 두 개의 정념, 즉 한쪽에는 삶에 대한 열정적 애착과 희망이 있으나 다른 한쪽에는 그 삶의 어찌해 볼 수 없는 한계와 취약성(*anangke* '불가피한 운명')에 대한 비관과 절망이 있을 때, 그들 사이의 긴장과 대립 가운에서 '비극적 세계관'은 싹트게 된다.[64] 그리스인들은 낙관적 현세론과 절망적 숙명론 사이의 해소될 수 없는 모순을 '비극적 인생관'으로 해결하고자 했다고 볼 수 있다. 즉 인간이 지니는 태생적이고 본유적인 약점과 한계는 그가 가진 정신적 숭고함과 용기로 극복할 수 있으며, 이는 곧 인간의 '탁월한 행위'*arete*가 가능케 한다는 것이 그리스인들이 만들어낸 '영웅주의적 인간관'의 핵심이었다. 그런데 이 영웅적 인간관은 오직 인간의 자유로운 자기희생과 헌신을 통해서만 비로소 가능하다는 것은 심각한 '비극적 정조'를 동반하고 가져온다. 영웅적 인간이 보이는 '인간의 존엄'이 비극적 인식의 전제이고, 인간의 존엄은 그가 보여주고 구현하는 '자유 의식'에 근거하고 바탕을 두고 있다. 한마디

---

62 『오뒷세이아』, 10. 512; 11. 476.

63 『일리아스』, 9. 408-9.

64 Kitto, p.64.

로 인간은 자유롭게 자신의 행위를 선택하고, 자신의 운명을 형성할 수 있다는 믿음이 '비극적 인식'의 본질을 구성하는 것이다. 그리스인들은 여기서 '모든 고귀한 것은 힘들다*chalepa ta kala*'라는 인식을 보편화시켰다. 이 대표적인 그리스적 격언은 후대에 플라톤이 그의 『대화록』 세 편에서 거듭 언급하고 있다.[65]

결국 모든 것은 그리스적 사유의 특징을 형성하는 '인간 중심적인 관점'에서 비롯하며, 이는 후대 철학 시대에 프로타고라스의 '인간은 만물의 척도*anthropos metron panton*'라는 말로 가장 잘 대변된다. 그리하여 그리스인들은 비록 이 세상은 알 수 없는 신들과 그들의 힘으로 가득 차 있지만 '신들은 신들의 방식대로, 인간은 인간의 방식대로 행동하면 된다'는 사유를 도출하였다고 고전학자 모지즈 하다스는 말한다.[66] 신들의 뜻은 알 수 없으니 인간은 자신이 할 수 있는 최대한의 성취를 보여주는 것이 삶의 유일한 목적이 되는 것이다. 이는 앞으로 우리가 보겠지만 최고의 그리스 비극으로 손꼽히는 소포클레스의 『오이디푸스 왕』에서 오이디푸스가 자신에게 내려진 신탁을 거부하고 독자적 선택을 하는 것으로부터 나타난다. 곁들여 말하면, 이런 그리스인들의 '비극적 인간관'은 — 인간은 하나님과 비교하면 '풀보다도 나을 것이 없다'고 믿는— 유대기독교의 '겸손과 체념'의 정신과는 극명한 대조를 이루고 있다고 말할 수 있다.[67]

---

65 *Hippias Major, Cratylus, Politeia.*

66 Hadas, p.50.

67 비극 문학은 '그리스인들의 독창'이라는 논의 혹은 주장에 대해 한두 마디 덧붙이면 다음과 같다. 즉 삶과 세계에 대한 '비극적 인식(tragic knowledge)'은 20세기 철학자 칼 야스퍼스가 그의 비극론 『비극은 충분치 않다』에서 말하듯 인류 공통의 현상이고 인간이라면 누구나 언제든 가져볼 수 있는 사고요 관념이라고 할 수 있다. 야스퍼스는 이런 '비극적 인식'은 그리스의 호메로스뿐만 아니라 『에다*Edda*』와 같은 아이슬랜드 연대기 그리고 유럽에서 인도, 중국에 이르는 모든 민족의 '영웅전설'에 나타난다고 말한다.(Karl Jaspers, *Tragedy Is Not Enough*, p.28)

그런데 '비극적 인식'은 인류 공통이고 이런 인식을 반영하는 '영웅전설' 또한 인류 공통일지 모르지만 비극적 인식을 하나의 '문학 형태'로 승화시켜 창조해냈고 또 여기에 반영된

『일리아스』의 줄거리

『일리아스』는 중심적 인물 아킬레우스가 있고, 그가 전투에 참가하고 안 하고에 따라 크게 세 부분으로 나누어진다. 1권부터 9권까지는 아킬레우스와 아가멤논의 다툼 그리고 전투의 초기 상태 및 그 결과로 아가멤논이 아킬레우스에게 사절을 보내는 것, 10권부터 17권까지는 아킬레우스가 없는 가운데 트로이아 군의 선전善戰과 그의 벗 파트로클로스의 죽음, 18권부터 24권까지는 아킬레우스의 재참전과 헥토르와의 대결 및 후자의 죽음, 마지막으로 아킬레우스와 프리아모스와의 화해 및 이에 따른 헥토르의 장례로 끝난다. 서사시의 큰 부분들 사이의 연결은 논리적이고 명확하며, 시는 전체적으로 그 엄청난 길이에도 불구하고 일관성과 통일성을 지니고 있다. 그러나 후대의 소포클레스의 비극에서 보는 바와 같은 엄격한 인과적 논리와 원칙이 적용되는 것은 아니다. 그럼에도 전반적 구조의 일관성 때문에 아리스토텔레스는 그의 『시학』에서 이 작품이 '유기적 구조'를 가지고 있다고 보았고, 후대의 '비극들의 선구자'로 보았다.**68**

시가 진행되는 장소와 시간에 있어서도 통일성이 있으며, 장소는 트로이아 성과 거기서부터 해변까지의 벌판이고, 시간은 10년간의 전쟁 가운데

'비극적 인간관'이 그 후 서구적 정신과 의식의 중심적 기조와 바탕의 하나가 되도록 한 민족은 그리스가 유일하다는 것은 부인할 수 없다. 유럽의 두 번째 영웅 서사인 『에다』에서 비롯되는 게르만 민족의 설화를 바탕으로 하는 『힐데브란트의 노래』는 공동연대 8세기에 만들어졌고 그후의 『리벨룽겐의 노래』도 공동연대 12세기에나 씌어졌다는 것을 볼 때 비극적인 것을 최초로 예술 형식으로 승화시킨 것은 '고유하게' 그리스적 현상이라고 해야한다. 관념을 갖는 것과 그것을 탁월한 예술 형식으로 만들어내는 것은 별개의 것이기 때문이다.—George W. Harris, *Reason's Grief*, p.3; Herbert J. Muller, *The Spirit of Tragedy*, ix; Bernard Williams, *Shame and Necessity*, p.165; George Steiner, *The Death of Tragedy*, p.10; Oscar Mandel, *A Definition of Tragedy*, p.28; Paul Ricoeur, *The Symbolism of Evil*, p.211; 한스-게오르그 가다머, 『진리와 방법 I』, p.231; 이창복, 『삶을 위한 죽음의 미학』, p.109-15.

68 『시학』, 8장.

단지 마지막 해의 어느 '나흘 동안' 벌어지는 사건들만을 압축해 다룬다. 이른바 후대 서사시들의 기본 기법이 된 '사태의 중심으로in medias res' 방식을 처음 선보인 작품이다.

제1권

그리스군의 총사령관 아가멤논은 자신이 전리품으로 받은 크뤼세이스를 되돌려 달라며 '헤아릴 수 없이 많은 몸값'을 가지고 자신을 찾아온 트로이아의—아폴론 신의 사제이며 크뤼세이스의 부친인—크뤼세스의 요청을 일거에 거부하고 돌려보낸다. 크뤼세스가 자신의 억울함을 아폴론 신에게 호소하자, 아폴론 신은 역병의 화살을 그리스군을 향해 쏜다. 수많은 병사들이 역병에 걸려 쓰러져 죽게 되자, 아킬레우스는 전군 회의를 소집하여 아가멤논에게 항의한다. 아가멤논은 크뤼세이스를 내주는 것은 동의하지만 그 대신 아킬레우스의 전리품인 브뤼세이스를 데려가겠다고 말한다. 이에 격분한 아킬레우스는 전장에 불참할 것을 선언하고 어머니 테티스 여신에게 하소연한다. 테티스 여신은 제우스신에게 자신의 아들이 당한 억울한 일을 앙갚음해줄 것을 호소한다. 제우스신은 테티스 여신의 부탁을 들어주기로 한다. 그러나 이를 눈치 챈 헤라 여신은 그리스 편을 들고 있던 터라 제우스신과 말싸움을 벌인다. 그러자 헤라의 아들이며 장인匠人들의 신인 헤파이스토스 신이 둘 사이의 다툼을 중재하게 되고 신들은 언제 싸웠냐는 듯이 즐겁게 만찬을 즐긴다.

제2권

아가멤논은 꿈에 그리스군이 드디어 트로이아를 함락시키는 꿈을 꾼다. 그는 자신의 군사들을 테스트해 보기로 하고 그리스로 돌아가자는 마음에 없는 말을 한다. 그러나 군사들은 기뻐서 진짜로 돌아갈 채비를 차린다. 특히 테르시테스란 군사가 선동하려 하자 오뒤세우스는 그를 몸소 몽둥이로 때리며 모두 진정할 것을 명령한다. 이어서 시인은 그리스군과 트로이아군의 명장들을 하나하나 소개한다.

제3권

트로이아 성 앞의 들판에 도열하고 서 있는 양측 군대는 잠시 휴전을 하기로 하고, 그동안 이 전쟁의 당사자들인 파리스와 메넬라오스가 일대일 결투를 하여 이긴 자가 헬레네를 차지하기로 한다. 한편 트로이아의 성벽 위에서는 헬레네가 트로이아의 왕 프리아모스에게 그리스군의 장수들을 한 명씩 가리키며 소개한다. 이 결투에서 파리스는 절체절명의 위기의 순간에 도달했으나 아프로디테 여신이 구조하여 헬레네에게 데려다준다.

제4권

헤라 여신이 트로이아에 대해 갖고 있는 악감정으로 인해 두 진영 사이의 휴전이 깨진다. 헤라의 명령을 받은 아테네 여신은 트로이아를 위해 싸우는 뤼키아 출신인 판다로스로 하여금 메넬라오스를 향해 화살을 쏘게 한 것이다. 이로써 휴전은 깨지며 메넬라오스는 가벼운 상처만 입지만, 양 측 군대는 전투를 다시 시작한다.

제5권

아테나 여신의 가호를 받은 디오메데스는 트로이아 군을 닥치는 대로 학살하며 '아리스테이아'를 세운다. 그는 심지어 자신의 아들 아에네아스를 구하기 위해 싸움에 끼어든 아프로디테 여신에게도 상처를 입힌다. 또 그는 트로이아군을 돕고 있는 군신 아레스마저도 공격하는 모습을 보인다.

제6권

디오메데스의 '아리스테이아'의 끝 무렵 뤼키아인 글라우코스와 대면했을 때 그가 자신의 과거의 손님이었다는 것을 발견하게 되자 그들은 싸움을 중단한 뒤 서로의 무구를 교환하고서는 전장을 떠난다. 한편 헥토르는 전장을 잠시 빠져나와 성으로 돌아와서 모친 헤카베에게 아테네 여신의 가호를 기원하는 제사의식을 거행해 줄 것을 부탁한다. 그는 헬레네와 조우하자 간단한 인사를 나눈 뒤, 아내 안드로마케를 찾아가 부부간의 애틋한 소회와 작별의 말을 나눈 뒤 헤어진다. 떠나기 전 헥토르는 파리스를 만나자 그를 꾸짖고, 파리스는 변명을 늘어놓으며 출전할 준비를 한다.

제7권

헥토르와 파리스는 전장으로 다시 귀환한다. 헥토르는 그리스인들에게 누구든 나와서 자신과 대결하라고 도전장을 낸다. 아이아스가 그것에 응하여 둘 사이에 싸움이 벌어지나 무승부로 끝난다. 그동안 죽은 자들을 매장하기 위한 임시 휴전에 들어가기로 하고, 네스토르의 충고에 따라 그리스인들은 그들의 진지를 더욱 강화한다.

제8권

제우스신은 다른 신들이 전투에 개입하는 것은 금지하고 자신은 트로이아인들에게 힘을 불어 넣어준다. 그래서 테티스 여신의 부탁으로 인한 이른바 '제우스의 계획'이 가동된다. 하루의 싸움이 끝난 후 그리스인들은 그들의 방책 뒤로 후퇴한다. 한편 트로이아들은 들판 위에 진영을 설치한다.

제9권

트로이아군의 승세에 눌린 아가멤논은 네스토르의 충고를 받아들여 아이아스, 오뒤세우스, 아킬레우스의 늙은 선생 포이닉스 등 세 명의 장수를 아킬레우스에게 강화사절로 보낸다. 아킬레우스는 브뤼세이스를 돌려줌은 물론이고 자신의 딸 중 한 명과 결혼하게 해주는 것을 포함한 "헤아릴 수

없이 많은 선물들"로 보상하겠다는 아가멤논의 약속에도 불구하고 화해의
요청을 거부한다. 사절은 아무 성과 없이 돌아온다.

제10권

밤중에 네스토르의 제안에 따라 디오메데스와 오뒤세우스는 트로이아
진영으로 정탐을 나간다. 그들은 적의 정탐병 돌론을 생포하여 그에게서
들은 정보를 토대로 트라키아의 장수 레수스를 비롯한 여러 명을 죽인 다
음, 적군의 전반적 정세를 탐지하는 데 성공한다.

제11권

다음날 아침 재개된 전투에서 아가멤논, 디오메데스, 오뒤세우스를 포함
한 여러 그리스의 장수들이 부상을 입는다. 헥토르가 이끄는 트로이아군은
그리스인들의 진지까지 쳐들어 오는데 성공한다. 아킬레우스는 이 광경을
바라보다가 좀 더 자세한 상황을 알기 위해 파트로클로스를 내보낸다. 파
트로클로스는 네스토르를 만나서 아킬레우스의 참전을 다시 독려하되 아
킬레우스가 끝내 출전을 거부하면 파트로클로스 자신이라도 아킬레우스의
무장을 하고 싸워 전세를 만회하게 하라는 부탁을 네스토르로부터 받는다.

제12권

파트로클로스가 귀환하기도 전에 트로이아군은 그리스군의 진영을 공격
한다. 헥토르는 그리스군의 장벽을 허무는 데 성공하여 트로이아군은 그리
스군 진영 안으로 쳐들어온다.

제13권

양 군대는 해안가에서 싸움이 벌어지고 트로이아군은 그리스군의 배를
불태우려 공격한다. 제우스가 없는 동안 포세이돈은 그리스군의 저항을 격

려한다. 아이아스가 헥토르의 진격을 막아낸다.

제14권

헤라는 제우스를 유혹하여 전쟁으로부터 그의 관심을 돌리려 한다. 그가 잠들어 있는 동안 포세이돈은 그리스인들을 격려하고 트로이아군은 후퇴한다. 헥토르는 아이아스의 공격을 받고 부상을 입으나 가까스로 동료들에 의해 구원된다.

제15권

제우스가 잠에서 깨어나자 그는 즉시 포세이돈을 비롯한 신들의 개입을 중지시키고, 아폴론 신으로 하여금 헥토르에게 힘을 불어 넣어주게 한다. 헥토르가 이끄는 트로이아군은 다시 승세를 잡아 그리스군을 밀어붙이고 그들의 배에 불을 붙이려 한다. 아이아스가 가까스로 트로이아군의 시도를 막아낸다.

제16권

파트로클로스가 귀환하여 아킬레우스에게 참전을 호소하나 그는 여전히 거부하지만, 파트로클로스가 자신의 무구를 입고 출전하는 것은 허락한다. 단지 아킬레우스는 그에게 너무 진격하여 트로이아 성벽까지 공격하는 일은 하지 말 것을 엄명한다. 한편 전장에서 헥토르는 아이아스를 물리치고 그리스군의 첫 번째 배에 불을 붙이는 데 성공한다. 그러나 파트로클로스가 참전하자 트로이아군은 곧 격퇴당한다. 파트로클로스의 '아리스테이아'가 시작되어 그는 제우스의 아들인 사르페돈을 죽이는 데까지 이른다. 그는 아킬레우스의 경고를 잊고 트로이아의 성벽을 공격하지만, 아폴론 신이 그를 손수 쳐서 넘어뜨린다. 트로이아의 에우포보스가 그에게 부상을 입히고 헥토르는 그를 죽인다.

제17권

헥토르가 파트로클로스의 무구를 빼앗아 가지만 그리스군은 격전 끝에 그의 시신을 되찾아 오는 데 성공한다. 그리스 쪽의 메넬라오스와 아이아스, 트로이아 쪽의 헥토르와 아에네아스가 다시 용맹하게 상대방을 공격한다.

제18권

아킬레우스는 파트로클로스의 죽음 소식을 듣자 격심한 충격을 받고 몸부림치며 애통해 하면서 헥토르에게 반드시 복수할 것을 맹세한다. 아킬레우스가 어머니 테티스 여신에게 사정을 아뢰자, 여신은 헥토르를 죽이면 그의 죽음이 필경 뒤따를 것을 예언하나, 그에게 헤파이스토스를 통해 새로운 무구를 만들어 줄 것을 약속한다.

제19권

오뒤세우스의 권고로 아킬레우스는 아가멤논과 공식적으로 화해하고 그의 보상을 받아들일 것에 동의한다. 아킬레우스가 그의 새로운 무구를 입자 그의 신마神馬 산토스는 그의 죽음을 예언한다.

제20권

제우스는 신들에게 전쟁 개입을 허용한다. 신들이 지상으로 내려감과 동시에, 아킬레우스의 놀라운 '아리스테이아'가 시작되어 닥치는 대로 트로이아의 장수들을 살육하며, 오직 신들의 도움을 얻은 장수들만이 살아남는다. 아에네아스는 포세이돈의 도움으로, 헥토르는 아폴론 신의 도움으로 살아남는다. 트로이아 군은 전면적으로 퇴각한다.

제21권

트로이아 군의 퇴각은 살라만드로스 강에 의해 방해받는다. 아킬레우스

 비극적 인간과 세계

는 강을 트로이아 군의 시체로 차고 넘치게 하여 강의 신이 그에게 대들기 시작한다. 그러나 헤파이스토스가 불길로 강의 신을 제압한다. 올림피아 신들이 전장에서 서로를 대적하기 시작하여 아테네는 아레스와 아프로디테를 공격한다. 신들은 결국 올림퍼스로 돌아오지만, 아폴론 신은 트로이아 성 밖에서 아킬레우스의 주의를 돌리는 데 성공하여 트로이아 군은 가까스로 성안으로 피신해 들어간다.

제22권

아킬레우스가 서둘러 다시 돌아오고 헥토르가 홀로 성 밖에 있는 것을 발견한다. 아킬레우스가 그를 향해 달려오자 헥토르는 겁을 먹게 되고 아폴론 신의 도움으로 달아나기 시작한다. 그러나 아폴론 신은 이윽고 그를 버리고, 아테네 여신이 그에게 멈추어 싸우도록 만든다. 둘 사이의 결투에서 아킬레우스는 헥토르를 죽이는 데 성공하고 그의 시체를 전차에 묶는다. 그가 시체를 끌고 그리스군 진영으로 돌아가는 것을 헥토르의 가족들은 성벽 위에서 바라보며 통곡한다.

제23권

밤중에 파트로클로스의 혼백이 아킬레우스를 찾아와 신속히 장례를 치러주기를 부탁한다. 다음 날 그의 시신은 장엄한 장례를 치루고 화장되어 매장된다. 그리고 아킬레우스가 주재하는 장례기념 경기가 벌어진다. 그는 엄정하고 관대하게 경기를 주관하면서도, 그 자신은 먹지도 자지도 않으며 죽은 친구를 계속 애도한다.

제24권

죽은 뒤 열하루가 지났으나 헥토르의 시신은 아직 매장되지 않았을뿐더러, 아킬레우스는 매일 시체를 자신의 전차에 매달아 끌고 다니며 모욕한

다. 그러나 아폴론 신은 시신이 더럽혀지지 않도록 보호한다. 신들이 프리
아모스에게 선물을 가지고 아킬레우스를 찾아갈 것을 명령하고 아킬레우
스에게는 시신을 내어줄 것을 명령한다. 밤중에 헤르메스 신의 인도를 받
고 프리아모스는 아킬레우스를 찾아가고 그는 아킬레우스의 정중한 환대
를 받으며 시신을 인수받는다. 날이 새기 전에 그는 성으로 돌아오고 안드
로마케를 비롯한 트로이아의 여인들은 통곡하며 그를 맞이한다. 서사시는
헥토르의 장대한 장례식으로 끝난다.

'아킬레우스의 비극': 영웅주의의 역설 혹은 모순

『일리아스』는 "분노를 노래하소서, 여신이여, 펠레우스 아들 아킬레우
스의"라는 구절로 시작한다(그리하여 장장 15,693행에 이른다). 그런데 이 '분
노'는 "영웅들의 수많은 굳센 혼백들을 하데스에 보냈고" (그들의 시체는)
"개들과 온갖 새들의 먹이로 만든 '파괴적인'(혹은 '저주받은,' '잔혹한') 분노"
이다. 여기서 '파괴적인 분노'라는 말로 시에서 사용된 말은 *oulomenis*이
며, 이는 '신들의 분노'를 뜻하는 가장 강렬한 분노를 지칭하는 말이고,
분노*menis*를 형용하는 말 *oulo*는 '파괴적인' 혹은 '저주받은'으로 옮겨질 만
큼 극단적인 뉘앙스를 담고 있는 형용사이다.[69] 시인이 이렇게 시를 시
작한 이유는 아킬레우스라는 특수한 인물의 '분노'가 갖는 영향력과 여파
가 시 전체를 관류하고 있기 때문이다. 우선 아킬레우스라는 인물의 특
수성에 대해 잠깐 알아보자. 그는 출생부터 남달라서 여신과 인간 사이
에 태어난 자식이다. 제우스신은 테티스 여신을 각별히 사랑했으나 그녀
와 관계하면 자신보다 힘센 아들을 낳는다는 예언 때문에 할 수 없이 그
녀를 프티아의 왕이던 펠레우스와 결혼시켰고 그사이에 낳은 아들이 아

---

[69] Robert Fowler, *The Cambridge Companion to Homer*, p.82.

킬레우스이다. 그의 무장武裝은 장인들의 수호신인 헤파이스토스가 만들어 준 것이고, 특히 그의 방패는 "온 세상의 지식이 다 들어있는 문양의 물건"이며, 그의 말馬은 인간의 말言을 할 줄 아는 신마이다. 말하자면 그는 인간과 신 사이의 경계선 상의 인물로서 '신적인'*theios* 영웅이다. 작품 전체에서 용맹함과 전투의 기술 그리고 신속함에 있어서 그를 당할 수 있는 자는 그리스군과 트로이아군을 통틀어 아무도 없다. 그는 전쟁이 시작한 후 트로이아의 23개의 도시를 파괴했고, 그의 공식 호칭 중의 하나는 '도시의 파괴자'이다.

그러므로 작품이 아킬레우스라는 특수한 인물의 '분노'에 대한 언급으로부터 시작하는 것은 논리적이고 자연스럽다. 앞서 말했듯이, 이 서사시는 아킬레우스의 분노로부터 작품의 추진력을 얻어 진행되며, 이 분노는 그것의 대상을 바꿀 뿐 작품 전편에 걸쳐 중심적 힘으로 작동하고 있기 때문이다. 작품의 도입부로부터 제16권에서 친구 파트로클로스가 죽을 때까지는 분노가 아가멤논을 향하지만, 일단 파트로클로스가 죽자 분노는 이제 친구를 죽인 헥토르를 향하게 된다. 두 번째 분노는 첫 번째 분노의 필연적 결과로 발생하기 때문에 두 분노 사이에는 인과관계가 성립하고, 그럼으로써 작품 전체에 '유기적 통합성' 즉 '통일성'을 가져다준다. 두 번째 분노는 작품의 마지막에 헥토르의 시신을 돌려받기 위해 찾아온 프리아모스와의 만남을 통해 해소되며, 이로써 작품은 종말을 맞이한다. 따라서 시는 왜 처음 아킬레우스의 분노가 발생했고, 그 분노가 가져온 결과는 무엇이며, 마지막에 어떻게 해소되었는지를 설명하는 과정으로 되어있다.

우리는 우선 아킬레우스의 '분노'가 왜 발생했는지를 살펴보자. 여기서 핵심적인 고려 사항은 아킬레우스라는 최고 영웅 즉 '신적인' 인간과 최고사령관인 아가멤논이 서로에 대해 갖는 위상과 각자의 자질의 문제이다. 우선 트로이아 원정에 참가하고 있는 그리스 연합군의 우두머리들은 모두가 각자 자신이 속한 부족국가의 군주들이며, 근본적으로 서로 독립적이고 대등한 자격으로 와 있다.(그들이 온 것은 무엇보다 헬레네와 메넬라오스가 결혼할 때 그들이 행한 그 결혼을 지켜주겠다는 '서약에 묶여있기' 때문이다) 따라서 이들 사이에는 상호존중의 관념이 필수적이고, 이것은 물질적으로 표현되어야 하며 대표적으로 노획물과 전리품의 분배로 나타난다. 총사령관 아가멤논은 가장 큰 국가에서 가장 많은 군사를 이끌고 왔고 '제우스의 왕홀'을 지니고 있으나 그래도 여전히 '평등한 자들 중의 으뜸*primus inter pares*'일 뿐이다.

그러나 아가멤논은 작품의 서두에서 다툼의 원인이 된 노획물의 반환과 그것의 변상을 받는 과정에서 대단히 용렬하고 치졸한 처신을 보인다. 그는 그리스군을 휩쓰는 역병의 원인이 자신의 노예 크뤼세이스 때문인 것으로 판명 나자 그녀를 내주는 데 동의한다. 그러나 그는 그 대가로 생뚱맞게 아킬레우스의 노예 브뤼세이스를 빼앗아 간다. 이것은 차마 해서는 안 되는 경솔한 폭거이다.**70** 왜냐하면 이는 아킬레우스가 그리스군 전체에서 갖는 특수한 권위와 위상에 대한 침해일 뿐 아니라 최고 영웅에 대한 심각한 모욕이기 때문이다. 한마디로 아가멤논은 군주다운 그릇이 전혀 되지 못한다는 것을 보여준 것이다. 또 그가 제9권에서 아킬레우스가 없는 싸움에서 트로이아 군이 보이는 대약진 앞에서 위축된 나머지 군대의 후퇴와 귀향을 명령하는 것은 최고사령관으로서의 자질과 능력도 매우 의심스럽다는 것을 말한다. 비록 그가 전장에서 보여

---

70 아가멤논이 변상을 요구하는 것 자체는 잘못된 것이 아니다. 그러나 변상을 요구하는 주체가 아가멤논 자신이 되어서는 안 된다. 아가멤논 스스로가 나서서 변상을 요구할 것이 아니라, 네스트로나 오뒷세우스가 나서서 왕의 관대함을 보아서라도 그가 아무런 노획물이 없다는 것은 잘못된 것이라고 지적해야 마땅하다. 그래서 수뇌부로 하여금 적절한 변상을 강구하도록 조처했어야 한다. 아가멤논은 자신이 스스로 구체적 노획물을 지적해 변상하도록 요구함으로써 변상을 공적인 것이 아니라, 사적인 즉 개인적 욕망을 드러내는 계기로 만든 것이고 스스로 탐욕스럽다는 비난을 자초한 것이다. —Redfield, p.96-7.

주는 개인적 전투능력은 만만치 않지만, 그는 물려받은 권위로서 총사령
관일 뿐 능력과 자질로서는 아킬레우스보다 훨씬 미흡한 존재이다. 한편
아킬레우스는 분노로 표출되는 과격함을 접어놓으면, 개인적 탁월함뿐
만 아니라 동료나 부하들에 대해서도 강력한 카리스마를 지니고 제왕적
덕목을 소유하고 있는 인물로 나타난다. 아가멤논이 자신의 그릇에 넘치
는 지위를 물려받았다면, 아킬레우스는 자신의 그릇으로서는 너무 작은
역할을 물려받았다는 사실이 모든 말썽의 밑바닥에 깔려 있다.71 영웅사
회에서 개인이 물려받은 권력과 실체적 능력이 어긋날 때, 그 사회의 위
계질서는 심대한 구조적 모순과 취약성을 내포하게 된다. 우리는 여기서
최고의 영웅인 아킬레우스에게는 자신의 본유적 능력과 사회적 위상의
불일치로 인한 불만과 분노가 잠재되어 있고, 아가멤논에게는 자신의 사
회적 위상을 훨씬 압도하는 강력한 영웅에 대한 질시와 증오가 내재되어
있었다는 것을 간파할 수 있다.

　그런데 이런 지위와 능력 사이의 모순을 해결하기 위한 제도가 바로
'게라스*geras*'이며, 이는 영웅사회에서 '왕이나 탁월한 공훈을 인정받는 영
웅에게 그의 동료들이 바치는 특별상금'을 가리키는 것이다.72 아킬레우
스에게는 비록 최고사령관은 아니지만 그의 실체적 능력과 공헌에 걸맞
는 대접을 하기 위해 '게라스'가 제공되었던 것이다. 그런데 아가멤논이
바로 이 게라스를 빼앗아 감으로써 아킬레우스의 '상징재산'을 박탈한 셈
이 되고, 그의 명예와 위상에 치명상을 입힌 것이다.73 호메로스는 이 사
회적 지위와 실질적 능력의 불일치라는 잠재적 상황을 노획물의 배분 문

71　Redfield p.93; Peter W. Rose, *Sons of Gods, Children of Earth*, p.76-7.

72　Rose, p.58.

73　여기서 '상징재산'은 사회학자 장 보드리야르가 말하는 근대사회에서 사회적 지위와 특권
　　을 상징하는 재산을 가리키지만 비유적으로 사용한 것이다. 『소비의 사회』, 문예출판사,
　　p.81.

제를 통해 심각한 현실적 위기 상황으로 바꿔놓고 있다.

격분한 아킬레우스가 전투불참을 선언하고 어머니 테티스 여신에게 하소연하여, 그리스군의 패배와 트로이아군의 승리를 기원하게 하는 것은 영웅사회의 가치관과 행위 규범에 비추어 볼 때 그리 놀라운 일이 아니다.[74] 테티스 여신이 제우스신에게 탄원함으로써 이른바 '제우스의 계획*Dios boule*'이 작동하기 시작한다. 즉 제우스신은 다른 신들이 그리스와 트로이아 어느 한쪽을 편드는 것을 금지하고, 아킬레우스의 명예를 드높여 주기 위해 그리스군에게는 패퇴를, 트로이아 군에게는 승기를 잡을 기회를 주는 것이다. 제우스는 아킬레우스가 빠진 그리스군이 얼마나 취약한지 보여줌으로써 그와 아가멤논 중 누가 더 뛰어난 영웅인지, 아쉬운 쪽이 어느 쪽인지 저절로 드러나게 만든다.

제8권부터 '제우스의 계획'이 본격적으로 작동해 그리스군이 결정적 위기에 몰리자 아가멤논은 비로소 후회하고 아킬레우스에게— 테티스 여신이 그에게 말한 대로— '세 배의 보상'을 약속하며 사절단을 보낸다. 그러나 아킬레우스는 아가멤논이 '하데스의 문'처럼 밉다며 여전히 분노를 누그러뜨리지 않는다. 아킬레우스의 거부는 자신이 당한 모욕을 설욕하는 행위이다. 그러나 그의 개인적 '티메이'에 대한 이러한 집착은 결과적으로 그리스군 전체에 대한 자신의 의무와 유대를 단절하는 심각한 사태를 가져온다. 그는 사실 영웅주의의 '전형'이 아니라 그것의 '극단적 형태'를 보여주는 인물이다. 이른바 '제우스로부터의 명예'를 받는 것 즉 '신적인 경지'를 지향하는 것은 인간적인 것을 부정하고 다른 인간들과의 연대와 소통을 단절하는 일이 되기 때문이다. 그러나 앞서 말했듯이 영웅주의란 본질적으로 개인주의적인 것인 동시에 집단 및 공동체와의 '호혜

---

[74] 아킬레우스가 아가멤논을 죽이려다 아테네 여신의 조언을 듣고 그만두었으나 이윽고 전투불참을 선언하는 것은 '티메이'와 '클레오스'가 생명과 다름없는 영웅사회의 가치관의 관점에서 당연한 것으로 볼 수 있다.

성'으로 말미암아 비로소 정당화된다. 그런데 아킬레우스의 분노는 너무도 강렬하여 집단과의 유대성을 부인하고 자기편을 배반하기에 이른 것이다. 여기에 아킬레우스의 딜레마가 있고 그의 '영웅주의의 함정'이 있다. 시인은 이 딜레마를 극한까지 몰고 감으로써 주인공으로 하여금 영웅주의의 위험천만한 역설을 실천하고 그 파괴적 결과를 스스로 겪게 만든다.[75]

아킬레우스는 사절단들에게 화해는 불가능하고 자신이 움직인다면 그것은 오직 '아낭케*anangke*' 즉 강박에 몰려서만 행동에 나설 수 있음을 비친다. 마지막 설득에 나선 아이아스의 '필로테스*philotes*' 즉 전우들에 대한 '동료애'와 의무의 호소 앞에서 그가 보여주는 양보는 헥토르가 만약 자신의 배에까지 공격해 와서 불 지른다면 출전하겠다는 단서조항 정도이다. 사실을 말하자면 아킬레우스의 본성은 참전하여 짧지만 영광스러운 삶을 선택하는 것이다. 그러나 그는 아가멤논에 대한 분노로 말미암아 자신의 본성과 '운명에 거슬려서*hypermoron*' 참전을 거부하는 것이다. 그는 참전도 불가능하고 퇴거도 불가능한 진퇴양난에 처해있는 셈이다. 이것은 달리 말하면 그가 삶에 대한 미련도 아직 버리지 못하고 있고, 또 자신의 본성과 운명도 아직 뚜렷하게 자각하지 못하고 있다는 것을 뜻한다. 그리고 이런 완고頑固한 미결정의 상태는 앞으로 드러나겠지만 그가 가장 사랑하는 벗 파트로클로스의 죽음으로 이어지기에 '비극적 주인공'으로서 아킬레우스가 저지르는 '비극적 과오'에 해당한다.

아킬레우스의 참전 거부와 더불어 '제우스의 계획'은 계속 진전되어 그리스군의 용장들 대부분이 부상으로 전투 불능 상태가 되며, 이윽고 헥토르는 그리스군의 방벽을 돌파한 후 밀고 밀리는 접전 끝에 16권에서 드디어 그리스군의 배에 불을 붙이는 데 성공한다. 자신의 배에서 전투

---

75 Cedric H. Whitman, *The Heroic Paradox*, p.24.

장면을 바라보고 있던 아킬레우스는 군의軍醫 마카온마저도 부상 당해 실려 나오는 것을 보고 파트로클로스를 전장으로 보내서 좀 더 자세한 전황을 알아오도록 한다. 파트로클로스는 마카온을 돌보고 있던 네스토르로부터 다시 한번 아킬레우스의 참전을 호소해줄 것을 부탁받으며, 그것이 불가능하면 파트로클로스 자신이라도 대신 참전해줄 것을 요청받는다. 파트로클로스가 돌아와서 하는 탄원을 들은 아킬레우스는 자신의 '신적인 영웅주의'를 고수함과 동시에 스스로의 인간적인 면을 파트로클로스로 하여금 대변토록 하는 절충안으로써, 그에게 자신의 무장을 입혀서 대리 출전시키기로 한다. 동시에 그는 파트로클로스에게 트로이아 군을 배에서 몰아내는 즉시 귀환할 것을 엄명한다. 그러나 파트로클로스는 그의 경고를 잊고 트로이아의 성벽까지 진출하여 싸우다 헥토르에게 죽음을 당한다. 사실 '신적인' 인간 아킬레우스를 대리한다는 무리한 임무를 맡은 파트로클로스의 죽음은 예정된 일이었다. 그러나 그의 죽음으로 인하여 이야기는 '극적인 전환점'을 맞이한다.

사랑하는 친구의 죽음으로 극도의 비통과 고뇌 속에서 몸부림치던 아킬레우스는 복수를 위해 이제까지의 갈등과 미결정의 상태를 떨쳐버리고 결단과 행동으로 나아간다. 그의 분노의 대상이 바뀌고, 이른바 '아킬레우스의 선택'이 이루어지는 것이다. 그는 어머니 테티스 여신에게 다음과 같이 말한다.

이제 저는 나가겠어요. 제가 사랑하는 사람을 죽인 헥토르를
만나기 위해서. 제 죽음의 운명은 제우스와 다른 불사신들께서
이루기를 원하시는 때에 언제든지 받아들이겠어요.
크로노스의 아드님 제우스 왕께서 가장 사랑하시던
강력한 헤라클레스도 죽음의 운명을 피하지 못했고
운명의 여신과 헤라의 무서운 노여움에 제압되고 말았어요.

제게도 똑같은 운명이 마련되어 있다면 저도 죽은 뒤
꼭 그처럼 누워 있겠지요. 하나 지금은 훌륭한 명성을 얻고 싶어요.
그리고 많은 트로이아 여인들과 가슴이 불룩한
다르다니에 여인들로 하여금 부드러운 얼굴에서 두 손으로
눈물을 닦으며 통탄하게 해주고 싶어요. (18. 115-24)

아킬레우스는 파트로클로스의 복수를 위해 전투에 복귀하는 것이지만 그것은 동시에 위대한 영광을 획득하기 위해서이기도 하다. 참전을 앞두고 그는 아가멤논과 화해하여 분노를 접으며 그에 대한 분노가 사라짐에 따라 '제우스의 계획'도 일단락을 긋는다. 그러나 둘 사이에 형식적 사과와 수락이 있을 뿐 진정한 화해는 있을 수 없다. 아킬레우스는 아가멤논이 제공하려는 배상에는 관심이 없다고 말하고 단지 속히 전투를 재개하는 것만이 중요하다고 주장한다. 그가 시종일관 집착하는 것은 정신적인 명예이지 물질적인 배상이 아니다. 전투에 참여한 아킬레우스는 절대적 영웅주의의 화신으로 돌아가 전투 개시 첫날에만 열네 명의 트로이아 장수들을 죽인다. 그는 그야말로 파죽지세의 기세로 트로이아인들을 살육함으로써 그가 원해 마지않던 영광 즉 '아리스테이아'를 세우는 것이다. 그러나 그의 파괴력의 한계는 트로이아의 성벽 바로 앞까지이다. 그에게 트로이아의 함락의 영예는 '운명적으로' 주어져 있지 않다. 그 대신 그는 트로이아 함락의 바로 전 단계 즉 트로이아의 마지막 보루라 할 수 있는 헥토르를 제거할 '운명을' 지니고 있다. 비록 작품 안에서는 다루어지지 않지만 헥토르가 없어짐으로써 트로이아의 함락은 이제 시간문제이기 때문이다.

그러나 아킬레우스의 영웅주의는 결국 자기 파멸과 연결되어 있다. 그의 영광의 획득의 대가는 요절이며, 그의 전투 복귀는 곧 자신의 죽음으로 이어질 것임을 스스로도 잘 알고 있기 때문이다. 여기에서 그가 전투

에 참여한 이후에 보여주는 비애와 절망감 그리고 광기와 잔인함이 비롯된다. 그는 친구의 죽음에 대한 다함 없는 복수심뿐만 아니라 자신이 결코 고향에 돌아가지 못하고 이곳에서 단명하고 말 것이라는 절망적 자각 속에서 행동하는 것이다. 이것은 그로 하여금 필사적이고 무자비한 인간인 동시에 이상할 정도로 일종의 희생자나 자멸적 인간으로 비춰지게 만든다.[76] 달리 말해, 그는 죽음을 갈망하는 자처럼 보이는 것이다. 그래서 다른 인간에게는 성취감을 가져다주었을 놀라운 수훈조차도 그에게는 어떠한 개인적 기쁨도 가져다주지 못하며, 그것을 한낱 일종의 애도의 행위로만 여기는 듯 보인다. 그가 자신은 이미 죽음의 그림자가 덮여 있는 인간으로 자각하고 있다는 것은 프리아모스의 자식인 뤼카온을 붙잡았을 때 몸값을 제안하며 목숨을 구걸하는 그에게 들려주는 다음의 말에서 잘 나타난다.

> 자, 친구여, 그대도 죽을지어다, 왜 이렇게 비탄하고 있는가?
> 그대보다 훨씬 나은 파트로클로스도 죽었다.
> 그대는 보지 못하는가, 나 또한 얼마나 잘 생기고 큰지?
> 나의 아버지는 훌륭한 분이시고, 나를 낳아주신 어머니는
> 여신이시다. 하나 내 위에도 죽음과 강력한 운명이 걸려있다.
> 누군가가 창으로 또는 시위를 떠난 화살로 나를 맞혀
> 싸움터에서 나의 목숨을 빼앗아 가게 될
> 아침이나 혹은 저녁이나 혹은 한낮이 다가오고 있는 것이다. (21. 106-13)

아킬레우스가 머지않아 죽어야 할 자로서 느끼는 절망감은 이제부터 모든 인간을 필멸의 존재로만 보며, 그는 마치 죽음의 신인 양 무차별한

---

[76] Redfield, p.107.

죽음을 트로이아인들에게 선물해준다. "모두들 그렇게 죽어가라. 너희들은 달아나고 나는 뒤에서 도살하면서/ 우리가 신성한 일리오스의 도성에 이를 때까지."[77] 그의 무자비한 파괴성의 극치는 헥토르와의 대결에서 죽어가는 헥토르가 시신이라도 자신의 부친에게 돌려주라는 간청에 대해 돌려주기는커녕 "그대를 살을 저며 날로 먹고 싶은 심정"이라고 대꾸하고 또 죽인 뒤에는 갖은 방법으로 시신을 학대하는 것으로 나타난다. 이것은 인간이 보일 수 있는 감정의 극단이다. 그의 극단적 영웅주의는 광적인 복수심과 결합해 결국 그의 인간성을 타락시키고 그를 비인간화의 나락으로 떨어뜨리고 만다.

그러나 그는 23권에서 파트로클로스의 장례 후 그가 베푼 장례기념 경기의 장면에서부터 다시 인간화의 과정을 밟는다. 그는 아낌없이 모든 경기들의 종목을 위한 상품들을 내놓으며, 극히 부드럽고 정중하며 절도 있게 처신하여 진정한 리더의 모습을 보인다. 물질적 소유에는 아무 관심이 없고, 오직 명예와 영광을 베푸는 일에만 헌신함으로써 마지막 권에서의 완전한 인간화를 준비하는 것이다. 아킬레우스의 이런 변화에 대해 고대 그리스의 윤리학에 관한 중요한 저서인『덕과 지식 그리고 행복』을 쓴 윌리엄 프라이어는 그가 호메로스의 영웅 중 관례적인 규칙과 기준의 '한계'를 깨달은 유일한 인물이라고 말한다.[78]

아킬레우스의 인간화는 마지막 권에서 프리아모스의 방문을 받고 그의 요청을 수락함과 동시에 완성된다. 프리아모스는 아킬레우스에게 그 자신의 부친 펠레우스를 생각해 보라고 말한다. 그의 부친은 비록 주변에서 온갖 험한 일을 겪을지라도 자신의 아들 아킬레우스를 생각하고 마음의 위안을 받을 수 있지만 프리아모스 자신은 이제 어떤 자식의 위안

---

[77] 21. 128-9.

[78] 윌리엄 J. 프라이어,『덕과 지식 그리고 행복』, p.34.

도 받을 수 없는 처지라며 하소연한다. 그런데 자신의 죽음을 확신하고 있는 아킬레우스는 프리아모스가 그토록 부러워하며 칭송하는 자신의 아버지도 실인즉 프리아모스의 처지와 전혀 다를 것이 없다는 것을 문득 깨닫고 자신의 아버지를 애도하며 통곡하기 시작한다. 오늘의 승자인 자신도 곧 죽게 되어있으니 자기가 죽인 헥토르와 자신의 운명이 다를 것이 없고, 그러한 자식을 둔 프리아모스나 자신의 부친이나 모두 같은 운명이라는 것을 깨닫게 된 것이다. 그리하여 그는 프리아모스에게 인간적인 공감과 연민을 느끼고, 헥토르의 시신을 두말없이 내주며 위로의 말을 건네는 것이다. 여기에 이른바 아킬레우스의 '변화 혹은 성숙'이라고 할 수 있는 것이 나타난다. 그는 인간의 보편적인 고통과 파멸에 대해 눈 뜨게 되고, 자신의 운명 또한 그런 보편적 고통과 파멸 가운데 하나임을 받아들이게 된다. 아킬레우스는 이어서 제우스의 궁전에 있다는 "두 개의 항아리"에 대해 얘기한다.[79] 하나는 나쁜 선물이 다른 하나는 좋은 선물이 가득 들어있으나, 제우스는 이것들을 섞어서 주든가 아니면 나쁜 선물이 든 항아리의 것만을 준다는 것이다. 다시 말해 인간 치고 좋은 것만 받는 자는 없으며 행불행을 골고루 겪거나 아니면 불행만을 겪게 될 따름이다. 그러니 이제 마음의 위로를 받고 슬픔을 접으라고 그는 프리아모스에게 말한다. 이 '제우스의 선물'의 예화는 아킬레우스의 인간 이해와 자기인식을 더욱 분명히 예증해주는 동시에 서사시 전체의 주제를 종합하여 말해준다. 즉 인간의 조건은 근본적으로 어느 정도의 결핍과 박탈 속에서 살아가기 마련이며, 인간으로서 완전히 행복한 자는 없다는 것이다. 아킬레우스가 마지막 보여주는 이런 인간 조건에 대한 인식으로 인해 고전학자 세드릭 휫트먼은 "호메로스의 비범함은 이 '원시적 인성'이라는 씨줄과 저 죽음을 관조하는 '심오한 자의식'이라는 날줄로 이 서

---

[79] 24. 537-35.

사시를 직조했다는 데 있다"고 말한 바 있다.[80]

　전체적으로 보아 『일리아스』에서 인물들은 변화를 보이지 않는다. 그러나 유일하게 아킬레우스만은 무자비한 살인자에서 고양된 인간상으로 '성숙'하는 것을 볼 수 있다.[81] 시의 첫 부분에서 충동적이고 본능적으로 자기중심적인 인물이 마지막에는 어떤 보편적인 인간운명에 대한 이해와 명징한 자기인식에 도달하는 것이다. 가령 그가 아가멤논이 제공하는 선물을 거부하는 것이나 나중에 프리아모스의 선물을 받아들이는 태도는 오직 물질적 보상으로써 영웅의 탁월함이 보장되는 사회에서 인물들의 일반적 획일성 혹은 무개성성과 대조되는 아킬레우스의 '일탈성과 복잡성'을 증거한다. 이는 그가 오직 정신적 가치에만 몰두하고 집착하는 비범한 인물로 거듭났다는 것을 보여주는 것이다. 이것은 아킬레우스의 특수성과 예외성의 정점이자 극치를 이루는 것이고, 이런 변화를 보이는 인물은 이 서사시 이후 수 세기 후에도 서양 문학에 나타나지 않는다.[82]

　더 중요한 것은 그가 보여주는 최후의 인식으로 말미암아 아킬레우스는 하나의 완전한 '비극의 리듬'을 밟는 '비극적 주인공'이라는 것을 입증한다는 점이다.[83] '비극적 리듬'의 핵심이 일반적으로 '목적→고통→인식'의 과정을 거치는 것이라고 할 때, 아킬레우스는 처음 아가멤논에 대한 분노로부터 비롯한 그리스군의 수난이라는 '목적'을 성취시키며, 그리스군의 막심한 전투 부진은 결국 파트로클로스의 대리 참전이라는 절충안으로 이어진다. 그러나 파트로클로스의 죽음으로 인한 엄청난 '고통'을 맛본 아킬레우스는 전투에 복귀하여 헥토르를 죽이고, 마지막으로 프리아모스의 방문을 받은 후 어떤 '인식과 이해'에 도달하게 된다. 비록 작품

80　Cedric H. Whitman, *Homer and the Heroic Tradition*, p.155.

81　Silk, p.83.

82　같은 책, p.84.

83　'비극적 리듬'은 『비극 문학』, 제8장 「비극의 구조」, 232쪽을 참조할 것.

안에서는 아니지만, 헥토르를 죽임으로써 자신의 죽음도 불가피하게 뒤따른다는 그의 예정된 운명을 고려할 때, 아킬레우스는 '비극적 주인공'의 요건과 위상을 완전하게 충족시키는 인물이다. 즉 그는 전투 복귀라는 '비극적 선택'을 통해 자신의 파멸을 스스로 결정한 것이기 때문이다. 이로써 서구 문학 최초의 '비극적 인간'인 아킬레우스는 이후의 모든 비극적 주인공이 비견되어 평가되는 '원형적 인간형archetypal figure'이 된다.[84]

『일리아스』는 영웅이념의 찬란함과 동시에 그것의 부정적인 면을 드러내며, 이로써 이 작품은 위대한 문학은 그것이 구현하는 이념의 제시와 동시에 그것의 한계와 모순까지 드러낸다는 양면성을 보여주는 첫 번째 전형이 된다. 원래 아킬레우스의 분노는 그의 영웅주의가 훼손된 것에 대한 강렬한 반응으로 나온 것이다. 그는 자신의 영웅적 탁월함을 신들이 입증해주기를 기대하며 그런 그의 기대는 그리스군의 연패로서 십분 충족된다. 그러나 그는 자신의 영웅주의의 노예로 전락해 아가멤논이 엄청난 보상을 약속하며 화해를 제안해 올 때도 그것을 거부한다. 여기에 그의 '비극적 과오'가 있다. 왜냐하면 그는 자신의 영웅주의를 과도하게 고집한 나머지 잃지 않아도 되었을, 사랑하는 벗을 잃은 것이기 때문이다. 그의 앞선 분노의 과도함은 결국 친구의 죽음을 가져왔고 그의 분노는 이번에는 친구를 죽인 적에 대한 것으로 대상을 바꿀 뿐, '분노의 모티프'는 작품 전체를 통해서 이어지는 것을 볼 수 있다.

한편 아킬레우스가 아가멤논의 화해 제스처를 거부한 것은—그가 파트로클로스의 죽음으로 결국 재참전하기까지—알고 보면 고작 24시간 동안만 그의 전투를 늦추어 놓았을 뿐이다. 그런데 이 24시간 동안이 이른바 『일리아스』의 '거대한 전투의 날'이고, 이 날은 전체의 시가 다루는 나흘 동안의 기간 중 사흘째 되는 날이다(앞서 언급했듯이 서사시는 10년 전쟁

---

84 Claire McEachern, *The Cambridge Companion to Shakespearean Tragedy*, p.10.

의 마지막 해의 나흘 동안 벌어진 일만을 다룬다). 그러나 이 하루의 사건은 무려 8권부터 18권까지 지속된다. 그리고 이 열 권은 시인이 맨 처음 노래한 아킬레우스의 분노가 초래한 파멸과 황폐가 얼마나 극심하였는가를 보여주는 데 그 목적이 있다. 그것은 "아카이아인들에게 헤아릴 수 없는 고통을 가져다주었으며/ 영웅들의 수많은 혼백들을 하데스로 보내고/ 그들 자신은 개들과 온갖 새들의 먹이가 되게 한 잔혹한 노여움"이었던 것이다. 이렇듯 아킬레우스의 빗나간 영웅주의—즉 영웅주의의 '부정적 측면'—가 가져온 분노는 이 시의 가장 큰 고통과 파멸의 배후에 있다.

'헥토르의 비극': 희생적 영웅주의

『일리아스』의 사건과 행위는 크게 보아 아킬레우스에 의해 움직여 나가지만 만약 헥토르라는 반대편 인물이 없다면 아킬레우스의 존재는 그 의미를 잃고 말았을 것이다. 그만큼 서사시는 이 두 명의 대조적이면서 상보적인 인물들 사이의 관계를 통해서 전체적인 주제가 형성되고 전달되고 있다. 시는 아킬레우스의 분노로 시작하지만 클라이맥스는 아킬레우스와 헥토르의 대결 그리고 후자의 죽음이며 작품의 종말은 헥토르의 장례식이다. 이 작품은 아킬레우스에 관한 이야기인 동시에 그에 못지않게 위대한 영웅인 헥토르에 대한 이야기라고 할 수 있다. 헥토르는 힘과 전투기술에 있어서는 아킬레우스만 못하지만 인간적 매력과 위상에 있어서는 오히려 아킬레우스보다 윗길이다. 이 시가 주는 감동 특히 비애의 감정은 헥토르의 죽음을 둘러싼 장면들에 집중되어 있다. 만약 많은 오늘날의 독자들이 호메로스가 그리스군보다는 트로이아군에 더욱 호의적인 감정을 갖고 있다는 느낌이 드는 것이 사실이라면, 그것은 아마 헥토르의 인격과 그의 인간적 매력 때문일 것이다.

한 마디로 헥토르는 아킬레우스가 거부하고 결여하고 있는 모든 것을 대변하고 있는 듯하다. 아킬레우스의 영웅주의가 그것의 신적인 면을 상징한다면 헥토르의 그것은 영웅주의의 인간적인 면을 대변하기 때문이다. 아킬레우스는 제우스가 자신의 명예를 드높여 주기를 기대하고 인간들로부터 등을 돌렸지만 헥토르는 단지 인간적인 차원에서 오직 백성과 동포들의 안전과 자유를 위하여 싸울 따름이다. 아킬레우스의 개인적 영웅주의가 사회에 대해 적대적인 것으로 표현되는 반면에 헥토르는 시종일관 사회 속의 인물로 파악되고 그의 이야기는 다양한 인간관계 가운데 그려진다. 그는 우선 자식이자 아비, 형이자 남편이라는 가족 관계 속에서 규정된다. 그는 프리아모스의 많은 아들 중에서 장남일 가능성이 크고, 그의 가장 '가치 있는' 자식으로서 가장 '무가치한' 파리스와 대조된다. 헥토르는 늘 파리스를 꾸짖으나 파리스는 형을 외경과 찬탄의 감정으로 대한다. 또 그만이 트로이아를 보호할 수 있으므로 그는 백성들로부터 '신과 같은*theoeides*' 존재로 떠받음을 받는다.[85] 그러나 그는 전투를 좋아하는 호전적 전사이기 때문이 아니라 공동체의 지속과 안녕을 책임진 자이기 때문에 전투에 참가한다.[86] 그는 한마디로 인간적 도리와 의무 및 수치심을 뜻하는 '아이도스'의 영웅이며, 영웅주의의 호혜적인 면을 상징하는 존재이다. 이런 점에서 그는 호메로스의 영웅주의의 '이상적 규범과 표준'을 구현하는 인물로 여겨진다.[87]

헥토르가 책임과 의무의 인간이라는 것은 6권에서 아내 안드로마케가 자신의 부모 형제가 모두 아킬레우스에게 죽음을 당했기 때문에 천애 고아로 남은 자신을 제발 남기고 떠나지 말 것을 호소할 때 그가 하는 다음

---

[85] "도시 안의 트로이아 남녀 모두 그를 신처럼 떠받들었다."—22. 433.

[86] 알베르토 망구엘은 헥토르는 자신의 운명의 한계를 아킬레우스처럼 자각하는 영웅이라고 말한다. "전쟁에 대한 혐오와 폭력지향적인 당대의 취향 사이에서 고뇌하는 인물로서 자신의 운명은 그가 파악할 수 없는 더 '거대한 구도의 일부'에 불과하다는 것을 암암리에 의식하고 있다."—망구엘, p.291.

[87] Redfield p.119; Mark Buchan, *Perfidy and Passion: Reproducing the 'Iliad,'* p.172.

의 말에서 분명히 드러난다.

> 난들 어찌 그러한 모든 일들이 염려가 안 되겠소, 여보.
> 하지만 내가 만약 겁쟁이 모양 싸움터에서 물러선다면
> 트로이아인들과 옷자락을 끄는 트로이아 여인들을 대할 면목이
> 없을 것이오. 그리고 내 마음도 이를 용납하지 않소. 나는 언제나
> 용감하게 트로이아인들의 선두대열에 서서 싸우며 아버지의
> 위대한 명성과 내 자신의 명성을 지키도록 배웠기 때문이오.[88]

이렇듯 헥토르는 트로이아인들의 생명과 자유를 위해 싸우는 것이며, 그의 명성과 영광 즉 '클레오스' 또한 이런 헌신적 행동을 통해 얻을 수 있는 것이다. 그러나 바로 이어서 하는 말은 그가 자신의 죽음뿐 아니라 트로이아의 멸망도 예감하고 있다는 것을 보여준다.

> 나는 물론 마음속으로 잘 알고 있소.
> 언젠가는 신성한 일리오스와 훌륭한 물푸레나무 창의
> 프리아모스와 그의 백성들이 멸망할 날이 오리라는 것을
> 그러나 트로이아인들이 나중에 당하게 될 고통도,
> 아니 헤카베 자신과 프리아모스 왕과, 그리고 적군에 의하여
> 먼지 속에 쓰러지게 될 수많은 용감한 형제들의 고통도,
> 청동 갑옷을 입은 아카이아인들 가운데 누군가가
> 눈물을 흘리는 그대를 끌고 가며 그대에게서 자유의 날을 빼앗을 때
> 그대가 당하게 될 고통만큼 내 마음을 아프게 하지는 않소.
> ......

---

[88] 6. 441−46.

> 그대가 끌려가며 울부짖는 소리를 듣기 전에
>
> 쌓아 올린 흙더미가 죽은 나를 덮어 주었으면![89]

이 대목은 서사시 전편을 통해서 가장 가슴 아프고 비통한 장면 중의 하나이며, 전쟁이 가져다주는 고통과 비참 그리고 운명의 엄혹함과 무자비함을 가장 사무치게 전달해주는 부분이다. 헥토르는 여기서 자신이 결국 패망하고야 말 부질없는 싸움을 하고 있다는 것을 자각하고 있으며, 머지않아 닥칠 자신의 죽음을 예감하고 있다. 나아가 그는 자신의 죽음의 운명보다는 아내가 정복자의 노예가 될 운명을 더 못 견디고 있으며, 차라리 먼저 죽어 그녀의 고통과 치욕을 보게 되지 않기를 소망한다고 말하고 있다. 그러나 또 바로 이어서 그가 그들의 아이 아스튀아낙스를 안아보려 할 때 아이가 아버지의 무시무시한 투구를 보고 놀라 소리 지르며 유모의 품으로 파고드는 것을 보며 부부는 작품에서 처음이자 마지막인 웃음을 터뜨린다. 이 웃음은 슬픔과 고통의 어두운 먹구름에 뒤덮힌 작품 전체를 통해 유일한 한 줄기 햇살같이 빛난다.

> 그러자 사랑하는 아버지와 존경스런 어머니가 웃음을 터뜨렸고
>
> 영광스러운 헥토르는 즉시 머리에서 투구를 벗어
>
> 두루 번쩍이는 투구를 땅에 내려놓았다.[90]

헥토르는 아이를 안고 장래 자기처럼 뛰어난 영웅이 되어 사람들로 하여금 아버지보다 훌륭한 아들이라고 말하게 해달라고 신들에게 기원한다. 이렇게 헥토르는 영웅이기에 앞서 한 가정의 아버지와 남편으로서의

---

89 6. 447-65.

90 6. 471-73.

모습이 강조되고 주변의 인간적인 맥락에서 파악된 나머지 어느 등장인물보다도 인간적인 체취가 물씬 풍기며 우리는 그의 삶에 훨씬 깊이 있게 공감하고 동조하게 된다. 자신의 죽음과 트로이아의 멸망을 예감하면서도 자식의 장래를 축원하는 것에서 볼 수 있듯이, 그는 인간이면 누구나 느낄 수밖에 없는 절망과 희망 사이를 오가며, 한편으로 운명의 엄격함을 예감하고 있으나 다른 한편으로는 속절없는 환상 또한 좇고 있다.

　헥토르는 크게 보아 운명의 희생양이다. 그는 시의 전반부에서 '제우스의 계획'이 작동할 때는 그 계획의 대리수행자로서 그리스군에게 거듭된 패배를 안겨주는 역할을 하고 후반부에서는 아킬레우스의 분노의 희생양이 된다. 여기서 우리가 기억해야 할 것은 『일리아스』에서 제우스의 의도는 이른바 '제우스의 계획'에도 불구하고 전반적으로 보아 트로이아에 적대적이라는 사실이다. 시인은 시의 곳곳에서 이런 사실을 내비친다.[91] 제우스의 전반적인 의도가 그렇다는 것은 '강약이 부동'이라는 식의 사태의 순리에 따른 불가피한 대세가 트로이아의 멸망을 향해 나아가게 되어있다는 것이다. 트로이아에게 일시적 승리를 안겨주는 '제우스의 계획'은 아킬레우스와 테티스의 기도에 대한 응답으로 나온 것이지만, 결국 제우스는 트로이아의 궁극적 함락을 의도하고 있다는 것이 가장 명확히 드러나는 곳은 15권에서 그가 '전체적인' 디자인을 천명할 때이다.

> 포이보스 아폴론은 헥토르를 싸움터로 나가도록 격려하며
> 한편 아카이아인들에게는 무기력한 패주를 불러일으켜 그들이 도로
> 돌아서도록 만들 것이오. 그들이 달아나다가 펠레우스의 아들
> 아킬레우스의 노가 많이 달리 함선들 사이로 쏟아져 들어가도록 말이
> 오.

---

[91]　2. 326−29, 350−54; 4. 160−68; 8. 471−76; 13. 347−50.

그러면 아킬레우스가 그의 전우 파트로클로스를 일으켜 세울 것이고,

파트로클로스는 내 아들인 고귀한 사르페돈을 포함하여 많은 젊은이

들을 죽인 뒤

일리오스의 영광스런 헥토르의 창에 죽게 될 것이오. 그러면 또

고귀한 아킬레우스가 그 때문에 화가 나서 헥토르를 죽일 것이오.

바로 그 순간부터 나는 함선들로부터 새로운 추격을 야기할 것인즉

……

험준한 일리온을 함락할 때까지 이 추격은 끊임없이 계속될 것이오.

그러니 그전에는 나는 결코 노여움을 거두지 않을 것이며,

불사신들 중에 어느 누구도 여기서 다나오스(즉 그리스) 인들을 돕도록

내버려

두지도 않을 것이오. 내가 처음에 그에게 약속하고 머리를 끄덕여

다짐한 대로 펠레우스의 아들의 소망을 이루어 주기 전에는 말이오.[92]

여기서 드러나는 제우스의 '전체적인' 예언은 헥토르의 승리가 파트로 클로스의 참전을 가져오고 파트로클로스는 헥토르에 의해 죽음을 당하 며, 그가 죽자 아킬레우스가 다시 참전하여 헥토르를 죽일 것이고, 그 후 계속되는 싸움 끝에 결국 트로이아는 멸망할 것이라는 것이다. 그러니 아무래도 멸망할 트로이아 군에게 한때나마 마음껏 승리를 안겨주자는 것이 제우스의 속셈이며 이것이 바로 '제우스의 계획'으로 표현된 것이 다. 헥토르는 그 계획에 따라 그리스군에게 한동안 패배를 안겨주기 위 한 제우스의 편리한 도구요 수단인 셈이다. 8권에서 처음 구체화되는 '제 우스의 계획'은 아킬레우스가 다시 참전할 때까지 트로이아가 승세를 잡 을 것을 예고한다. 이 8권에서부터 18권 사이에 앞서 말한 이른바 '거대

---

92 15. 59–77.

한 전투의 날'이 놓여있고, 이 날은 『일리아스』의 중간에 위치하며 그 중심인물이 헥토르이다. 그의 승패에 따라 전세는 부침을 거듭하나 16권에서 파트로클로스를 죽임으로써 그는 분명한 승기를 잡은 듯이 보이고, 그리스군을 완전히 궤멸시킬 날도 멀지 않은 듯이 느껴진다. 그러나 파트로클로스의 죽음은 아킬레우스의 참전을 가져옴으로써 그의 운명의 분수령을 이루며, 동시에 서사시 전체의 '전환점'을 마련하는 계기가 되는 것이다. 헥토르는 파트로클로스를 죽임으로써 궁극적으로 자신의 죽음을 불러들이게 된다. 그래서 그가 파트로클로스의 무장을 벗겨 자신이 입는 것을 보고 제우스는 제 죽음이 다가오는 것을 모르고 있다고 측은히 여기며 탄식하는 것이다.[93] 아킬레우스의 참전으로 '제우스의 계획'은 종료되어 제우스는 신들이 인간의 전쟁에 참여하는 것을 다시 허용한다.[94] 이제부터 헥토르는 아킬레우스의 충천하는 복수심과 분노의 표적이 되어 쫓기는 신세가 되지만 결국 트로이아를 위하여 자신의 파멸이라는 운명을 마주해야 한다. 그는 그로서는 도저히 이해할 수도 통제할 수도 없는 아킬레우스라는 거대한 힘에 직면하게 되는 것이다.

헥토르의 최후는 크게 보아 예정된 운명의 결과이나 구체적으로는 자신의 '비극적 과오'와 함께 '비극적 결단(선택)'이 결합하여 가져온 결과이다. 18권에서 아직 무장도 갖추지 않은 아킬레우스가 트로이아 군사들을 향해 크게 고함치는 것만으로도 열두 명의 전사들이 쓰러지는 위용을 발휘하자 트로이아의 원로 중의 한 사람인 판토오스의 아들 폴뤼다마스는 헥토르에게 군사를 후퇴시켜 성안으로 들어가 안전한 가운데 농성할 것을 충고한다.[95] 그러나 헥토르는 '아테^{Ate}' 즉 미망迷妄에 사로잡혀 그의 충

---

93   17, 200-202.

94   20, 25.

95   18, 250-65.

고를 무시하고 군대를 전장에 그래도 묶어두게 하여 20권에서 성난 노도처럼 쳐들어오는 아킬레우스에게 수많은 전사가 살육되어 스카만드로스강이 시신으로 넘치자 강의 신이 비명을 지를 지경이 된다. 그러나 결과적으로 패배했기 때문에 헥토르의 '아테'이고 '비극적 과오'인 것은 분명하지만 그가 지루한 농성보다는 신속한 전투 재개를 선택한 데는 그 나름의 이유가 있다. 그리스군과 트로이아군의 비율은 앞서 2권의 '함선의 목록'에서 밝힌 바에 의하면 10대 1이며, 트로이아군은 이 터무니없이 기우는 전세를 수많은 동맹군들의 힘으로 버티고 있고,[96] 따라서 트로이아 전쟁에서 양측 진영의 수뇌부들로서는 각각의 동맹군들을 붙들어 두고 계속 전투에 참여시키는 것이 궁극적 승패가 걸린 전략적 문제가 된다. 아가멤논은 자신의 원군들에게 미래의 보상을 약속했으나, 트로이아 측은 현재 트로이아의 재물로 동맹군을 유지하고 있다.[97] 따라서 전쟁이 피할 수 없는 것이라면 급속히 악화되는 재정財政을 막기 위해서라도 전투의 지속과 빠른 승리가 필수적인 것이다. 그러니 헥토르로서는 트로이아를 위한 최선의 선택을 한 것이었다.

　패배한 트로이아군의 생존자들이 간신히 성안으로 도망해 들어간 후,[98] 홀로 전장에 남은 헥토르는 성벽 위에서 바라보던 부모가 성안으로 들어와 피신할 것을 눈물로 호소하고 애원하지만 성 밖에 남기로 한다. 그는 결과적으로 잘못된 판단으로 수많은 군사들의 부질없는 죽음을 가져온 것에 대한 책임감과 만약 자신이 성안으로 도피했을 때 느끼게 될 '아이도스' 즉 수치심으로 말미암아 그 자리에 꼼짝 못하고 서 있는 것이며, 이것은 그의 '비극적 선택'이 된다. 헥토르는 엄습하는 죽음의 공포 앞에

96　2. 124-28.

97　18. 288-92.

98　21, 600-611.

 비극적 인간과 세계

서 아킬레우스에게 헬레네와 재물을 돌려주고 화친和親을 요청하고 싶은 욕구를 느끼는 등의 격심한 인간적인 고뇌와 주저를 경험한다. 이윽고 아킬레우스가 자신을 향해 질풍처럼 돌진해 오는 것을 보자, 그는 자기도 모르는 사이에 달아나기 시작하여 트로이아 성을 세 바퀴나 돈 끝에 동생 데이포보스의 모습으로 변신해 나타난 아테나 여신이 도와줄 터이니 싸우라는 말에 용기를 얻어 아킬레우스와 대면한다. 서로 한 번씩 창을 던졌을 때 아킬레우스의 창은 아테나 여신이 임자에게 도로 돌려주었으나 헥토르 자신은 데이포보스에게 창을 주워다 달라고 소리쳐도 문득 곁에 아무도 없는 것을 보고 비로소 자신이 여신에게 속았다는 것을 깨닫게 된다. 그러나 그는 "이제는 운명이 나를 따라잡았으되/ 내 결코 싸우지도 않고 명성도 없이 죽고 싶지는 않으니/ 후세 사람들도 들어서 알게 될 큰 일을 하고 죽으리라"[99]고 말하고 칼을 빼어 들고 아킬레우스와 대결하지만 '신적인' 아킬레우스를 당할 수는 없는 일인지라 결국 그의 창에 목숨을 잃고 만다.

이렇게 서사시는 두 대조적인 영웅들을 통해서 고대사회의 중심적 이념인 '영웅주의'가 지니는 양면성을 보여주고 있다. 아킬레우스는 영웅주의 이념이 드러낼 수 있는 '부정성'을 상징하는 존재로서, 극단적 명예추구가 가져오는 자기모순과 상실의 고통을 겪지만 최후의 자기인식을 통해 각성과 성숙을 보여준다. 물질로서 표상되는 명예의 공허함과 무의미함을 깨닫고 아울러 상실과 파멸이 모든 인간의 불가피한 운명임을 받아들이는 것이다. 그럼으로써 무자비한 살육자가 동료 인간들에 대한 공감과 동정을 갖는 인물로 바뀐다. 한편 헥토르는 영웅주의의 '이상적' 측면을 대변하는 인물로서 진정한 영예는 호혜적인 것이고, 헌신을 통해서 그것의 고귀함을 입증한다는 것을 보여준다. 그의 책임과 의무에의 헌신

---

[99] 22. 303-5.

은 그로 하여금 이른바 선인善人이 내리는 실책을 범하게 하지만, 그는 그
것을 책임지는 '비극적 선택'을 함으로써 '전범적인 비극적 영웅'으로 다
시 태어나는 것이다.

　결론적으로, 시인은 전체적인 균형 감각을 지니고 있고, 작품은 포
괄적인 균형을 성취하고 있는 것을 볼 수 있다. 우선 그리스와 트로이
아 양 진영의 장수들의 지위와 품격은 대등하며 사망자는 1대 3의 비율
이다.(사실 뛰어난 용장은 그리스 측에서는 파트로클로스 하나밖에 죽지 않는다) 그
러나 패한 자의 품위와 격조는 시인에 의해 모두 트로이아 쪽에 부여되
어 있다. 또 두 명의 중심적 인물인 아킬레우스와 헥토르는 서사시 전체
에서 균형 잡힌 비중을 각각 갖고 있는 것을 보여준다. 아킬레우스가 더
강력한 용장이라면 헥토르는 더 높은 인격적 품위를 보여주는 것이다.
둘은 각자가 특징적으로 인간이 보여줄 수 있는 최상의 상태를 구현하
고 있다. 또한 둘은 거울처럼 '상반된 이미지'를 지니고 있다. 가령 한쪽
이 공격적인 모습을 견지한다면, 다른 쪽은 수비적인 자세를 취하고 있
는 것이다. 이는 행위를 하고 또 당하는 전쟁의 양면을 보여준다고 할 수
있다. 작품의 중심적 추진력은 아킬레우스로부터 우러나오고, 전체적 액
션 또한 그를 중심으로 하여 움직인다. 그러나 독자의 애정과 동일시는
헥토르를 향한다는 것을 부인할 수 없다. 아킬레우스가 군사적 탁월성에
서 이상형이라면 헥토르는 인간적 품격에서 최고의 이상형으로 그려져
있기 때문이다. 아킬레우스는 사실 독자들이 공감이나 동일시를 할 수
없는 '신적인 인간'으로서 후대 아리스토텔레스가 그의 『니코마코스 윤
리학』에서 말하고 있는 '장대한 영혼을 가진 인간megalopsychia' 즉 '많은 것
을 요구하지만 그 많은 것을 가질 자격이 있는 자'의 원형이라고 할 수 있
다.[100] 한편 헥토르는 우리가 공감할 수밖에 없는 인간적 약점을 지니고

---

[100] 『니코마코스 윤리학』, 제4권 제3장.

있는 것으로 나타난다. 이는 그가 감당할 수 없는 영웅 아킬레우스가 자신을 향해 달려오자 그만 겁을 먹고 달아나 트로이아 성을 세 바퀴나 도는 것으로 드러난다. 그는 후대의 니체의 책 제목 중의 하나인 『인간적인, 너무나 인간적인』이라는 말에 너무나 어울리는 인간이다.

그러면 작가 호메로스의 애정과 동일시는 누구를 향해 있는가? 이 물음은 작품의 클라이맥스 및 종결은 어디에 있는가를 묻는 것과 같다. 시의 시작은 아킬레우스의 분노이지만 끝은 헥토르의 장례식이며, 시의 진정한 '정념'(파토스)은 헥토르의 죽음에 집중되어 있다. 그리하여 시의 진정한 주인공은 헥토르라는 주장이 강력한 지지를 받는다.101 비록 모든 중요한 사건과 행동을 이끄는 것은 아킬레우스일지 몰라도 시의 감동은 헥토르에게서 온다는 것은 부인할 수 없기 때문이다. '원인'은 아킬레우스이지만 '결과'는 헥토르인 것이다. 결론적으로 말해, 주인공의 문제에서 시는 적어도 아킬레우스와 헥토르의 두 명을 '공동 주인공'으로 갖고 있거나 아니면 독자의 동일시를 더욱 뚜렷이 확보하는 헥토르가 주인공이라는 견해 중 하나를 선택해야 하며 이는 독자의 몫으로 남는다.

『일리아스』는 시의 모티프요 소재인 트로이아 전쟁이 종료되는 것을 보여주지 않는다. 그러나 시는 두 명의 주인공의 삶이 '완성'되고, 그 삶의 의미가 드러났을 때 '종료'한다. 그리고 무엇보다 이 두 주인공의 삶과 죽음이 보여주는 공통점은 이들로부터 후대의 서양 문학사에 나타나는 '비극적 인간형'이 출발한다는 점이다. 즉, 둘 다 '목적–고통–인식'의 '비극적 패턴'(혹은 '리듬')을 밟으며, 똑같이 '비극적 과오'를 저지르고, 그 과오를 책임지는 '비극적 선택'을 하며, 마지막에 육체적 파멸 가운데 정신적 승리라는 '비극적 역설'을 보여준다.

두 영웅은 인간적 가능성과 잠재력을 모두 소진消盡시켜 '필멸의' 인간

101　Redfield, p.109.

이 '불멸의' 영광을 획득하고 사라지는 것을 보여준다. 그들은 전쟁에서의 살육의 무의미 가운데 인간적 의미, 즉 '비극적 의미'를 구현하고 쟁취해 내는 것이다. 이 비극적 의미란 죽음을 무릅쓰고도 포기할 수 없는 가장 고귀한 '인간적humanistic 의미'이며, 이는 '숭고함hypsous'이라고 밖에는 달리 표현할 수 없을 것이다. 그리고 이 과정을 통해 그들이 보여주는 용기와 인내에 대해 청자 혹은 독자는 '찬탄'의 감정을 갖게 되며, 이 세상이 움직여가는 엄격하고도 단호한 법칙과 이치 즉 '운명'에 대해서는 '외포'의 감정을 품게 된다. 이는 후대에 호메로스의 서사시를 계승한 '비극'이 출현했을 때 똑같이 보여주는 '비극적 감정'들이며, 이것이 바로 특유한 '서구적 서사'인 '비극적 비전'의 근간根幹을 형성한다. 즉 비록 제한되어 있고 유한한 존재이지만 인간은 스스로 할 수 있는 최대한의 노력과 투쟁을 통해 불멸하는 영광이라는 '인간적 가치'를 성취하고, 이로써 무질서하고 불의不義한 우주 가운데 '인간적 질서와 정의'를 수립할 수 있다는 것이 '비극적 비전'의 핵심이다. 그리고 이렇게 인간의 '본유적이고 독자적인 가치와 가능성'을 믿으며, 그 가치를 실현하고 가능성을 구현하는 인간의 '존엄성'에 대한 확신을 갖는 것에서 '그리스적 휴머니즘'은 출발했다고 할 수 있다. 동시에 이런 '비극적 주인공'을 처음 창조해냄으로써 '비극적 비전'을 출현시킨 것이 호메로스의 가장 큰 공헌이고, 그가 서양 정신사에서 이룩한 가장 의미심장한 성취이다. 이렇게 『일리아스』를 통해 처음 탄생한, 인간과 세계를 보는 특유한 감각 혹은 사유방식인 '비극적 비전'은 삼백 년의 세월이 지난 후 공동연대 이전 5세기 아테나이에서 본격적으로 '비극tragodia'의 형식으로 태어나 찬란한 꽃을 피우게 된다.

2. 그리스 '비극*tragoidia*'의 발생

1) 시대적/ 역사적 배경

호메로스에 의해 『일리아스』라는 불후의 서사시로 형상화되어 탄생한 '비극적 비전' 즉 비극적 인간관과 세계관은 그리스인들의 기질과 사유체계 속에 깊숙이 뿌리박고 있는 고유하고 특징적인 관점이고 태도이다.[102] 동시에 이 '비극적 비전'은 이미 호메로스가 활약하던 상고(아르카익)기에 무르익었고 형성되어 있었다는 것을 그의 서사시는 시사示唆한다. 그러나 이것이 가장 화려하고 찬란하게 개화한 것은 그리스 문명의 황금시대인 공동연대 이전 5세기 '아테나이 고전기'에서였고 서사시가 아니라 연극의 형태로 나타났다. 이를 우리는 『일리아스』를 통해 '비극적 비전이 탄생'했다면, 연극의 발명을 통해 '비극이 발생'했다고 말할 수 있을 것이다.

비극적 비전이 '비극'이란 예술형식으로 탄생하기 위해서는 『일리아스』의 배경이 된 트로이아 전쟁에 맞먹는 거대한 역사적이고 사회적인 격변이 선행되어야 하며 그에 따른 정치적 제도의 혁신이 일어나야 했었다는 것을 역사는 드러낸다. 트로이아 정복 이후 뮈케네인들은 그들 스스로가 북방에서 내려온 도리아인들에 의해 정복당했으며 이후 (현재 튀르키예에 있던) 이오니아 지방과 에게 해의 도서지방으로 옮겨가 살게 되었다. 그러나 그리스 본토와 이오니아 지방에 흩어져 살던 이 그리스 공동체에 미증유의 위기가 닥친 것은 공동연대 이전 490년과 480년에 당시 최대의 판도를 가진 제국 페르시아가 두 번에 걸쳐 침공해온 사건이었다. 그리스의 운명이 경각에 달린, 페르시아에 대항한 이 싸움에서 과거에 별로 두각을 드러내지 않았던 아티케 지방의 중심적 폴리스인 아테

102　Kitto, p.59.

나이는—펠레폰네소스 반도의 스파르타와 더불어—전쟁을 승리로 이끄는 데 가장 큰 역할을 하였다. 이 전쟁의 종결을 가름하게 한 공동연대 이전 580년에 벌어진 살라미스 해전의 주역은 아테나이 해군이었던 것이다.

2) 정신적/ 심리적 배경

살라미스 해전을 이끌었던 테미스토클레스가 했다고 하는 '무릎 꿇고 살기보다는 두 발로 선 채 죽겠다'는 말은 이후 그리스인들의 독립적 자유 정신을 상징하는 말이 되었다.[103] 그리스인들은 페르시아 전쟁이라는 절체절명의 위기를 맞이하여 최대의 노력과 투지를 발휘한 결과 임박한 파멸의 순간을 번영의 계기로 바꾸어 내는 데 성공한 것이다. 이는 곧 인간의 타협하지 않는 '절대 의지'를 밑바탕으로 하여 구현되는 '비극의 정신'으로 이어진다.[104] 비극은 이런 절박하고 비장한 순간의 경험이 있어야 하고, 이를 통해 '인간 정신의 위대함'이 입증되어야 가능하다. 그래서 페르시아 전쟁은 비극의 정신에 의해 고취되고 육성된 사람들이 싸워 이긴 전쟁이며, 이 전쟁의 승리는 아테나이인들의 비극적 정신을 더욱 활성화시켰다고 평자들은 말한다.[105] 후세의 아테나이인들 사이에 전하는 민간전승에 따르면 비극 작가들 자신이 이 전쟁과 다음과 같이 직간접적으로 관련되어 있다고 한다. "아이스퀼로스(525-456)는 전사로서 살라미스 해전에 참가했고, 소포클레스(495-405)는 소년합창대의 선창자로서

---

103 '자유 아니면 죽음*Eleutheria y thanatos*'은 후대의 역사에서 '자유인'의 상징어처럼 되어 가령 미국 독립전쟁 때 패트릭 헨리가 한 말이나 20세기 그리스의 최고의 작가 니코스 카잔차키스의 전기소설 『미할리스 대장*Captain Michalis*』의 원제로도 사용되었다. 이 말은 오늘날에도 그리스의 국가 표어이다.

104 천병희, 『그리스 비극의 이해』, p.35.

105 Jaeger, *Paideia*, p.238-9; Silk and Stern, *Nietzsche on Tragedy*, p.84.

이 전투의 승리를 감사드리는 찬신가를 부를 때 주도하였으며, 에우리피데스(485-405)는 전투가 있던 바로 그날 태어났다."106 비극이 인간의 가능성과 잠재력을 탐구하는 예술 장르가 된 것은 그것의 역사적 배경과 바탕이— 인간과 국가의 존망이 경각에 달린 — 전쟁이었다는 사실과 떼어서 생각할 수 없다. 이는 소포클레스의『안티고네』에서 코로스가 "인간은 무슨 일이 닥치든 감당 못할 일은 없도다. 오직 죽음만은 피할 길이 없을 뿐이노라"라고 인간의 자신감을 드높혀 노래하고 있는 것으로도 드러난다.(『안티고네』,360-1) 한마디로 비극은 아이스퀼로스가 그의『페르시아인들』에서 말하듯 "어떤 인간의 노예도 신하도 아닌", 긍지 있는 인간으로 살고자 했던 아테나이인들이 만들어낸 예술형식이라고 말할 수 있다.107

3) 제도적/ 정치적 배경

"서양이 페르시아와 유대에 이르는 근동 지방으로부터 알파벳에서 집고양이에 이르는 온갖 것을 받아들였으나 단 한 가지 민주주의는 서양 즉 그리스의 독창이다."—크레인 브린튼 외,『서양문화사』상권(양병우 외 역), p.67.

그리스 역사에서 공동연대 이전 6세기 말에 아테나이에서 참주정이 붕괴한 이후 594년 솔론의 개혁으로부터 시작하여 '민회ecclesia'의 성립 그리고 이어서 508년 클레이스테네스의 개혁에 의한 도편추방제를 포함한 '직접 민주주의'의 수립은 아테나이로 하여금 당시 헬라스 전체에서 가장

---

106 천병희,『그리스 비극의 이해』, p.80. 천병희 교수는 이 일화는 중요한 역사적 사건은 동시에 일어난 것으로 기록하려는 경향이 강한 고대 그리스인들이 만들어낸 것인데, 다른 것은 몰라도 에우리피데스 부분은 다소 신빙성이 떨어진다고 지적한다.

107 김상봉,『그리스 비극에 대한 편지』, p.104.

급진적인 민주주의 제도를 가진 도시국가로 만들었다. 이런 정치적 변혁과 비극의 개화와 융성은 밀접한 관계를 갖고 있다.[108] 고전학자 사이먼 골드힐에 따르면 "비극은 온전히 아테나이 '민주주의 혁명'의 일부로서, 공동연대 이전 5세기를 경천동지驚天動地할 만한 세기로 만든 '문화적 창조력'이 폭발적으로 일어나면서 형성된 제도"라고 한다.[109] 비극이 공연되는 '극장theatro'은 평등하고 자유로운 시민들의 민주적 공동 운명체인 '폴리스'를 결합하고 번영하게 하기 위한 이념적이고 심리적 기제機制 내지 수단으로 등장하였고, 이는 나아가 공적 담론을 형성하고 활성화하는 역할도 수행하게 된다.

4) '고전기 아테나이' 문명

고전기 아테나이 문명은 그 전성기가 공동연대 이전 490년에 발발한 거대한 페르시아 전쟁으로부터 '헬라스 문명의 자멸'이라고 불리는 일종의 내전인 펠레폰네소스 전쟁이 끝나는 404년까지 고작해야 백 년 남짓의 기간에 불과하다.[110] 그러나 이 시기는 주지하듯이 이른바 '그리스의 기적'으로 불리는 시대로서 학문과 예술의 문화영역뿐 아니라 정치, 법률 제도에 이르기까지 현대의 서구인들이 누리고 있는 문명의 전반적인 기초를 놓고 다지는 전무후무한 성취를 이루어냈다.[111] 당시 아테나이는 노예와 거류외국인을 제외한 성인 남성 자유 시민의 수가 전체 인구 약 25만 중에 3만 정도로 추산되는데, 이 중에 페리클레스, 테미스토클레스와

<hr>

108 P. E. Easterling, ed, *The Cambridge Companion to Greek Tragedy*, p.16-7.

109 골드힐, 『러브, 섹스 그리고 비극』, p.252.

110 그러나 역사학에서는 통상적으로 '고전기'를 공동연대 이전 510년 클레이스테네스의 개혁으로부터 시작해 323년 알렉산드로스의 죽음까지 약 200년간으로 본다.

111 장 피에르 베르낭, 『그리스 사유의 기원』, p.144.

같은 정치가, 아이스퀼로스, 소포클레스, 에우리피데스의 3대 비극 시인들 및 아리스토파네스 같은 희극작가, 조각가 페이디아스와 화가 제욱시스, 역사가 헤로도토스와 투키디데스, 철학자 아낙사고라스, 프로타고라스, 소크라테스 등이 동시에 있었다는 것 또한 서구 역사상 다시 되풀이되지 않는 기적적 사건으로 여겨진다. 그리하여 당대 아테나이 문명의 찬란한 개화와 번영은 이 도시국가를 '헬라스 중의 헬라스' 혹은 투키디데스가 그의 『펠로폰네소스 전쟁사』에서 페리클레스의 입을 빌려 자랑스레 말하듯 '헬라스의 학교'가 되게 만들었다.[112]

5) 그리스 비극의 본질

그리스 비극은 전술했듯이 인간의 본질에 대한 물음을 묻는 '인간 탐구'로서 시작했다. 20세기 프랑스의 대표적 고전학자 중의 한 명인 장 피에르 베르낭에 따르면 비극은 "운명 앞에서의 인간의 태도와 위상, 자신의 동기와 목적을 넘어서는 행동의 결과에 대한 인간의 책임, 선택해야 할 모든 가치들이 지니는 본유적 이중성, 여기서 발생하는 근본적 딜레마 상황에서도 결단을 내려야 하는 필연성 등의 문제들"을 제시하고 형상화하는 예술형식이라고 한다.[113] 이는 달리 말해 비극은 인간이란 무엇이며, 무엇을 할 수 있고, 무엇을 알 수 있는가, 마지막으로 이 세상은 도대체 어떤 곳인가 하는 가장 근본적 질문을 던지는 것이라고 할 수 있다. 또 미학자 제롬 스톨리츠는 비극은 "인간으로서 지니는 가장 뿌리 깊은 관심사와 그렇게 말려들지 않을 수 없는 곤경을 다루는 것이고, 좀 더 구체적으로 말해서 자신이 가장 소중히 여기는 가치나 신념 혹은 욕망을

---

112 『펠로폰네소스 전쟁사』, 2권 6장 41절.
113 장 피에르 베르낭, 『그리스인들의 신화와 사유』, p.422.

성취하고자 혼신의 힘을 다하는 인간의 운명을 묘사하는 장르"라고 말한다."[114] 따라서 "비극이 제시하거나 암시하는 '지혜'는 인간 존재가 가질 수 있는 것 중 가장 중요한 종류의 지식이 된다"고 한다. 비극의 이런 성격으로 말미암아 최초의 비극이론가인 아리스토텔레스는 그의 『시학』에서 "시는 역사보다 더 철학적이다"라는 평가를 한 것이라고 볼 수 있다.[115]

그리스 비극에 대한 설명에서 빠뜨릴 수 없는 것은 그것이 비극 문학의 시작인 동시에 그것의 '최고의 완성'이라고 부를 수밖에 없다는 사실이다. 이를 20세기 프랑스의 대표적 미학자인 폴 리쾨르는 다음과 같이 말한다. "그리스적 예는 많은 다른 예들 가운데 하나가 아니다. 그것은 '비극적인 것'의 본질을 드러내고 표현하는 하나의 갑작스럽고도 완전한 형식이었다. 그리스 비극은 '비극적인 것'이 무엇인지 처음 보여주되, 그 '전체상'을 다른 어느 시대의 비극보다도 가장 분명하고 확실히 보여주었다."[116] 이어서 리쾨르는 "그리스 비극의 본질과 성격을 파악함으로써만 우리는 비로소 후대의 작품이 '비극적 비전'을 갖고 있거나 그것과 적어도 유사한 것인 지의 여부를 판단할 수 있게 된다"고 말한다. 역시 독일 철학자로서 현대 해석학의 완성자로 알려진 한스 게오르그 가다머도 "비극적인 것의 '본질'이 아티케 비극에서 유례없는 방식으로 나타났다는 것에는 의문의 여지가 없다"고 말한 바 있다.[117] 사실이지 서구문학사를 통틀어 그리스 비극이 불러일으키는 인간의 본성에 대한 심오한 통찰 및 그것이 가져다주는 정서적 충격에서 그것을 능가하는 문학을 찾기 힘들다는 것은 부인할 수 없다. 이런 이유로―프롤로그에서 언급했듯이―'비

114　스톨리츠, 『미학과 비평철학』, p.255-7.

115　9장 2절 1451a.

116　Paul Ricoeur, *The Symbolism of Evil*, p.211.

117　가다머, 『진리와 방법 I』, p.231.

극'은 고전기 아테나이가 이룩한 것들 가운데 "서구정신이 창조한 가장 숭고하고 의미심장한 성취"에 속하고 '그리스의 기적'의 핵심을 형성한다는데 대부분의 고전학자들은 동의한다.[118] 동시에 아티케 비극은 서양문명의 뿌리이자 토대를 형성한 고전기 아테나이인들의 기본적 인간관과 세계관을 반영함으로써 훗날 서구인에게 '인간 행위의 가능성과 한계에 대한 감각'을 형성하게 하고, 서구적인 것으로 알려진 '특유한 사유방식'을 각인시켜 놓았다는 것 또한 부정할 수 없는 것이다.[119]

6) 그리스 비극의 발생과 유래

"비극의 '의식儀式(혹은 제의祭儀)적' 유래보다는 호메로스로부터의 '정신적' 유래가 비극에서 더욱 중요하다." –Walter Kaufmann, *Tragedy and Philosophy*, p.141.

아리스토텔레스는 그의 『시학』 제4장에서 비극이 '디튀람보스*dithyrambos*' 노래에서 유래했고 희극은 '남근 찬가'에서 왔다고 말한다. '디튀람보스'는 디오뉘소스 신을 찬미하여 대규모의 합창대에 의해 불려지는 서정적인 노래로 알려져 있다. 그러나 아리스토텔레스는 이어서 비극이 '사튀로스 극'을 거쳐 발달했다고 덧붙임으로서 비극의 기원을 명쾌히 밝히기가 쉽지 않음을 스스로 드러낸다. 왜냐하면 사튀로스 극과 디튀람보스 극은 기원과 성격에 있어 동일한 극이라고는 볼 수 없는 극들이기 때문이다. 그런데 디튀람보스는 비극이 탄생한 이후에도 디오뉘소스 제전祭典에서 계속 그것의 경연대회가 열린 것을 보아서는—320년까지 기록이 남아 있다—가장 오래된 합창의식인 것은 분명하나 그것의 근원과 유래에 대

---

118 Albin Lesky, *Greek Tragedy*, p.4; George Steiner, *The Death of Tragedy*, p.10.
119 Steiner, p.3.

해서는 확실한 것이 남아있지 않다. 다만 그것이 앞서 말했듯이 술의 신 디오뉘소스를 찬미하는 노래였다는 것만은 분명하며, 어느 순간 후발 주자인 '트라고디아*tragoidia*(비극)'의 인기에 눌려 역사의 뒷전으로 사라진 것으로 보인다. 이렇듯 비극은 아리스토텔레스조차도 그 기원을 제대로 설명하지 못하는 것에서 볼 수 있듯이, 그 발생학적 뿌리가 안개 속에 잠겨 있는 듯하며 이는 후대의 학자들을 괴롭히는 문제 중의 하나였다. 그래서 선행하는 어떤 연극 형태로부터 서서히 진화해 왔다기보다 두 명의 창조적인 예술가 테스피스와 아이스퀼로스에 의해 – 마치 천재적 발상의 결과인 양 – '갑자기 발명된' 것 같다는 주장이 오늘날에는 상당한 설득력을 지니고 있다.[120]

비극의 발전이 아테나이 민주정의 발생과 긴밀한 관계가 있는 것은 사실이나 그것의 첫 테이프를 끊은 것은 공동연대 이전 534년 아테나이의 참주 페이시스트라토스^{Peisistratos}에 의해서였다. 그는 시민들의 인기를 얻기 위해 당시 외부에서 도입되어 크게 유행하던 디오뉘소스 신에 대한 숭배 의식을 '대 디오뉘시아 제전'라는 방식으로 처음 기획하여 개최했고, 이때 아테나이의 이카리아 구역 출신인 테스피스^{Thespis}란 시인을 초청하여 경연대회 형식으로 비극 공연을 했다고 한다. 이것이 기록된 최초의 비극 공연이고 테스피스는 최초의 비극작가가 된다.[121] 테스피스는 전통적인 '제례의 합창' 대신에 새로운 형식을 도입했는데, 합창대('코로스')를 이끌던 대원 한 명이 대열에서 분리해 나와 나머지 합창대원들과 마주 보며 대화를 나누는 것이 최초의 비극('트라고디아')의 형식이 되었다. 이윽고 아이스퀼로스에 와서 두 번째 배우를 덧붙여 두 명의 배우가 등장하게 되었고, 소포클레스는 여기에 한 명을 또 더해 세 명의 배우가 등

---

120 Gerald F. Else, *The Origin and Early Form of Greek Tragedy*, p.7.

121 Edith Hall, *Greek Tragedy: Suffering under the Sun*, p.17.

장하게 되었다. 소포클레스 이후에 합창대와 배우의 숫자는 더 이상 늘지 않고 각각 열다섯, 세 명으로 고정되었다.

그러면 비극경연이 열리는 디오뉘소스 제전의 수호신이자 주인공 격인 '디오뉘소스 신'은 어떤 존재인가? 고대로부터 "애매하나 도저히 무시할 수 없는 신" 혹은 "종잡을 수 없고 정의할 수 없는 신"으로 알려진 디오뉘소스는 '술의 신'이란 기본적 속성 이외에도 생명의 신인 동시에 죽음의 신, 동물의 모습으로 또 인간의 모습으로도 나타나기에 '역설의 신'으로도 불린다.122 그는 환상과 변화, 역설과 모호성, 해방과 위반 등의 모든 '모순적인 현상'들을 표상하는 신의 이름으로 알려져 있다. 이 신을 숭배하는 자들은 광기에 빠지기 쉬우며 그때는 평상시보다 몇 배 되는 엄청난 힘과 능력이 솟구치는 것을 느낀다고 한다. 디오뉘소스는 고된 노동과 일상으로부터 해방되어 맛보는 열광적 환희의 경험을 제공해준다고 여겨졌기에 특히 하층계급의 사람들 사이에 숭배자가 많았다고 한다. 이 신은 북방에서 뒤늦게 그리스 본토로 유입되었고 한동안 아테나이 북서쪽의 엘레우테라이*Eleutherai* 지역의 지방 신으로 머물러 있었다. 그러나 위에서 말했듯이 공동연대 이전 6세기 경 아테나이의 참주 페이시스트라토스는 민중의 지지를 얻기 위해 디오뉘소스 신앙을 보급했고 '대 디오뉘소스 제'를 공식적 연중행사로 거행하기 시작했다. 이 디오뉘소스 제에서 '비극'은 중심적 공연 목록이 됨으로써 비극 공연은 처음부터 정치와 밀접한 관계가 있는 예술형태로서 탄생한다.123

그런데 역설적으로 디오뉘소스 제에서 공연된 비극들의 내용이나 주제는 디오뉘소스 신과 별다른 관련성이 없다는―유일한 예외는 에우리피데스의 『박코스의 신도들』― 것이 지적되어 왔다. 이는 이미 공동연대 이

---

122 Easterling, p.6-8.

123 Hall, p.21; Goldhill, *Reading Greek Tragedy*, p.77.

전 5세기의 아테나이인들부터 비극의 디오뉘소스와의 관련성에 대해 의문을 제기했다는 기록이 있을 정도이다. 가령 플루타르코스에 의하면 신이 아니라 인간의 고통의 이야기를 비극으로 만든 프뤼니코스와 아이스퀼로스의 극을 보고 아테나이 관중은 "이것이 디오뉘소스와 무슨 관계가 있다는 말인가?"라고 외쳤다고 한다.[124] 20세기의 대표적 고전학자 중의 한 명이었던 버나드 녹스도 디오뉘소스적 요소로 어떻게 아이스퀼로스의 『오레스테이아』 같은 극을 설명할 수 있겠는가 반문한다.[125] 그러나 비록 소수 의견이지만 골드힐 같은 고전학자는 아티케 비극이 근본적으로 사회적 규범과 제도의 확고함을 전복시키는 효과가 있고 이는 디오뉘소스적인 위반 및 일탈과 관련이 있다는 점에서 '디오뉘소스 제'라는 이름은 정당성을 갖고 있다고 주장한다.[126] 그러나 오늘날 대부분의 평자들은 비극과 '디오뉘소스 신'의 연관 관계는 마치 비극과 그것의 명칭 '트라고디아'의 관계를 찾으려는 것처럼 별 의미 없는 일이라는 데 동의한다. 왜냐하면 '트라고디아'의 경우에도 이 말은 '염소tragos'의 '노래oide'라는 뜻을 가질 뿐이고 이에 대해서는 합창대가 염소 가죽으로 된 옷을 입고 노래 불렀다는 설, 염소를 희생시키는 의식을 치루고 공연하였다는 설, 마지막으로 염소를 상으로 내건 경연이었다는 설 등이 있으나 어느 것도 확실하지 않지만, 단 한 가지 '대 디오뉘시아 제전'에서 공연된 비극이면 모두 '트라고디아'로 일률적으로 불렸다는 한 가지 사실만은 확실하기 때문이다.[127] 마치 페르디낭 드 소쉬르가 말하는 '기표記標, signifiant'와 '기의記意, signifie'의 관계와 마찬가지로 여기서도 명칭과 실체 사이에는 상관관계

---

124 Silk and Stern, *Nietzsche on Tragedy*, p.272; Oliver Taplin, *Greek Tragedy in Action*, p.162; 스넬, 『정신의 발견』, p.176.

125 Bernard Knox, *Word and Action: Essays on the Ancient Theater*, p.6.

126 Goldhill, "The Great Dionysia and Civic Ideology," *Nothing to Do with Dionysos?* p.129.

127 Nancy S. Rabinowitz, *Greek Tragedy*, p.18.

가 별로 없다고 할 수 있다.

7) '비극의 순간^{Tragic Point}'

그리스 비극에 대해 구조주의적 접근을 시도한 프랑스의 고전학자 장-피에르 베르낭과 피에르 비달-나케는 그들의 『고대 그리스에서 비극과 신화』에서 비극은 그리스의 '정신사적인 전환기' 혹은 문화적 이행기의 산물인 동시에 이런 전환과 이행을 보여주는 증거라고 말한다. 다시 말해 비극에는 '신화에서 철학으로' 옮겨가는 그리스 정신의 변화가 투영되어 있으며, 공동연대 이전 7세기까지의 호메로스와 헤시오도스의 신화적 사유로부터 6세기 이후의 피타고라스, 파르메니데스, 헤라클레이토스 등의 철학적 사유로 바뀌어 가는 변화가 반영되어 있다는 것이다. 이는 정치적으로는 참주정에서 민주정으로의 이행과 동시에 진행되었다. 한편에서 그리스인들의 전통적인 신화적 사유는 시민사회의 출현과 더불어 쇠퇴하며 주도적 규준이나 잣대의 지위와 기능을 상실하기 시작하지만 시민들의 감정과 사유의 영역에서는 여전히 상당한 영향력을 행사하고 있었다. 그러나 다른 한편에서 도시국가를 특징짓는 새로운 합리적, 시민적, 법률적 사유와 감각 또한 싹트기 시작했을 때 기존의 것과 새로운 것 사이의 충돌과 갈등은 불가피했고 이는 '비극'으로 표출되었다는 것이다. 이를 베르낭과 비달-나케는 고전기에 발생한 '비극의 순간'이라고 부른다.[128]

다시 말해 고전기 들어와 '개인의 책임'이라는 법적 개념이 출현했으나 이 새로운 관념은 그것이 충분히 독자적으로 존립할 만큼 자주적이지는

---

[128] Jean-Pierre Vernant and Pierre Vidal-Naquet, *Tragedy and Myth in Ancient Greece*, p.19-32.

못했다고 볼 수 있다. 그러나 시민사회의 성장과 함께 그것은 '시민의 정체성 형성'에 핵심적 요소로 등장하기 시작한다. 여기서 전통적 집단적 사유와 계몽된 개인적 사유 사이의 갈등은 '비극적 인식'으로 받아들여지게 된다. 달리 말해 인간은 집단과 개인, 신과 인간의 양면적 사고를 해야 하며, 이는 인간을 이도 저도 못할 양도논법적 딜레마의 상황 속에 던져 넣게 된다. 비극은 바로 이런 '딜레마의 상황'을 재현하려는 것이며, 이 딜레마는 작품 가운데 '비극적 고통'으로 제시되는 것이다. 즉 딜레마의 상황이 바로 극 중의 '액션과 사건'을 구성하게 된다. 비달-나케는 이 과정을 한마디로 "비극은 '신화가 시민의 관점에서' 보여지고 파악되었을 때 발생했다"고 요약한다.[129] 사이먼 골드힐도 비극이라는 제도는 '서사적 신화를 폴리스의 신화로 바꾸는 기계'라고 말한다.[130]

8) '아테나이 민주주의'의 상징으로의 비극 공연

아테나이에서의 비극 공연은 처음부터 끝까지 공적, 도시공동체적, 도시국가적 행사였고 도시의 핵심적 기능을 상징하는 제도였다. 그것은 무엇보다도 도시국가의 통일성과 응집력을 강화하여 공동운명체임을 시민들에게 각인시키는 기회였다.[131] 동시에 비극의 공연과 관람은 대중집회와 공개토론의 형식을 통한 자치와 민주주의 교육을 위한 가장 중요한 기회이고 수단이었다. 비극의 교육방식은 간접적이고 암시적이고 유추적인 방식이다. 비극의 사건과 행동은 아테나이가 아닌 다른 도시에서 벌어지고 시대는 현재가 아니라 과거의 신화시대에 맞춰져 있으나 이는

---

129 Vernant and Vidal-Naquet, p.76.

130 Goldhill, "Generalizing about Tragedy," Rita Felski ed., *Rethinking Tragedy*, p.59.

131 Oddone Longo, "The Theatre of Polis," Winkler and Zeitlin, eds, *Nothing to Do with Dionysos?* p.18.

전통적 신화를 새로운 시민적, 민주적 관점에서 재검토하고 재해석하는 장치로 작동하게 된다.[132] 앞서 말했듯이 고전기의 아테나이인들은 그들의 주된 사유방식이 우주나 자연에 대해서보다는 '인간 자신'을 탐구대상으로 하는 것이었다. 비극은 이런 시대정신에 맞춰서, 전수된 신화적 서사시적 세계를 재해석하고 재평가하려는 진지하고 치열한 노력의 결실이었다. 비극의 플롯의 대부분은 신화와 영웅시대의 서사시에서 가져온 것이었고 이는 불가피하게 과거를 현재를 위해 재현하고 재해석하는 과정을 수반하였다. 이런 비극의 교육적 기능 때문에 아리스토파네스는 그의 『개구리』에서 "소년들에게는 그들을 가르칠 교사가 있으나 성인의 교사는 비극 시인이다"라고 선언한다.[133]

한편 당대의 대중 민주주의를 비난하고 폄하했던 플라톤은 그의 대화편 『법률Nomoi』에서 '테아트로크라티아theatrokratia'라는 말을 만들어 썼는데, 이는 문자 그대로 '극장에 모인 (가난뱅이) 민중의 독재'를 가리키는 말이다.(『법률』, 3.701a) 플라톤이 그런 말을 한 것은 아테나이에서 연극 공연은 '민주주의의 상징'으로서 최고 의결기구인 '민회ecclesia'보다도 더 급진적으로 민주적이었기 때문이었다. 시민 자격이 있는 삼십 세 이상의 아테네 성인 남성 육천 명 이상이 모이면 성립하는 민회에는 실제적으로 대략 시민의 약 1/4이 참여했으나 대 디오뉘시아 비극 공연에는 시민의 반 이상이 언제나 참석했다고 한다[134]. 또 민회에서 주요 발언자는 열 명 안팎이었으나 비극 공연을 위해서는 천이백 명의 인원이 해마다 동원되었다. 아울러 민회의 발언자는 대개 사회적 엘리트 계층이 차지했으나 비극 공연에서는 가난한 시민들도 배역을 맡을 수 있었다. 이런 모든 점에서 비

132　Easterling p.23.

133　1055행.

134　Easterling, p.17.

극 공연은 민회보다 더 현저하게 '민주적'이었던 것이다. 그런 점에서 연극을 폄하한 플라톤의 경우 이이러닉하게도 자신을 유명하게 만든 대화체의 저술이 실제로는 그가— 철학자가 되기 전— 젊었을 때 심취했던 비극의 '대화 형식'에 영향을 받아(혹은 흉내 내어) 만들었다는 사실은 잊고 있었던 것이 분명하다.[135]

아테나이 비극 공연이 '민주적'이었다는 것을 가장 상징적으로 보여주는 예는 '관극 보조금 제도Theoric or Festival Fund'이다. 투키디데스는 앞서 언급한 『펠레폰네소스 전쟁사』에서 페리클레스가 전쟁의 서막인 사모스 전투가 있는 뒤 열린 전몰자를 위한 장례식에서 한 연설 가운데 "어떤 아테나이인도 단지 가난하다는 이유로 도시의 민주시민으로서의 모든 논의와 행동에서 제외되어서는 안 된다"고 말했다.[136] 아테나이 민주주의의 중흥자로 불리는 페리클레스의 치적 가운데 하나가 바로 이 '관극 보조금 제도'의 설립이었다. 생업으로 인해 연극 관람을 하지 못하는 가장 가난한 아테나이인에게 지급되는 보조금은 도시국가의 재정상 차지하는 비중은 그리 크지 않았으나 '민주주의 이상'을 집약적으로 상징하는 제도이며 심지어 전쟁 기간 중에 국고가 필사적으로 부족하더라도 지급되었다고 한다. 그래서 4세기의 어떤 유명한 정치가는 이 제도를 '민주주의의 접착제'라고 표현하였다.[137]

그러나 다른 한편 마르크시스트 비평을 대표하는 아르놀트 하우저는 그리스 비극이 아테나이 민주제의 '내적 모순'이라는 특징을 잘 드러내

---

135   같은 책, p.8.

136   아네나이인들의 '민주적 신념'은 법은 모든 사람에게 공평하게 적용된다는 것이며 이 법이 지배하는 사회의 구성원은 동일한 권리를 누리며, 동일한 의무를 수행해야 한다는 것이었다. 그들은 종교적, 정치적, 법률적 세 가지 기본적 제도에서뿐만 아니라 문화적 제도에서도 동등한 권리로 참여하여야 한다고 생각했다.—Brian Vickers, *Towards Greek Tragedy*, p.106.

137   Easterling, p.9.

준다고 주장한다. 즉 그것은 그 외형적 형식에 있어서는 일반 대중을 위해 공연되었다는 점에서 민주적이지만, 그 내용에 있어서 즉 소재가 된 영웅전설이나 비극적 감정의 측면에서는 귀족적이었다는 것이다. 비극은 아테나이 민중의 예술로 되어있으나 그것이 재현하는 인간상은 철두철미 귀족적인 '칼로카가티아(선미善美)'의 화신인 '위대한 영웅, 고귀한 인간'을 기준으로 삼고 있었다는 것이다. 즉 비극은 '귀족적 고귀함이란 이상과 이데올로기'로서 민중을 교화하는 수단이었다는 것이 하우저의 논지이다.[138]

9) '대 디오뉘시아 제'의 비극 공연[139]

'거대한' 또는 '도시' 디오뉘시아 제Great or City Dionysia는 3월 말에서 4월 초까지 열리고 닷새 동안 지속된다. 아테나이에서 가장 큰 행사이므로 모든 상가가 철시되고 민회와 법정과 공무도 중단되며 도시는 완전히 축제에 바쳐진다. 죄수들조차도 관극을 위해 일시적으로 방면되었다고 한다.[140] 비극 공연은 처음부터 끝까지— 즉 착상부터 공연 및 결과로서의 시상에 이르기까지 —모든 면에서 철저히 집단적, 공동체적 성격을 지니고 진행되었다. 경연競演 형태로 진행되는 비극 공연은 가장 큰 국가행사로 여겨졌기에 진행을 총괄하는 대표 행정관('아르콘 에포니모스archon eponymous')이 임명되고, 참가희망자는 이 행정관에게 대본을 제출하면 그는 접수된 출품작품들을 심사한 후 시인 한 명마다 한 명씩의 재정적 후원자인 '코

---

138 하우저, 『문학과 예술의 사회사』, 고대 · 중세 편, p.99-100. 강조는 필자.

139 '대 디오뉘시아 제'에 관해 설명한 글은 다음 문헌들을 참조하여 정리했음을 밝힌다. Oliver Taplin, *Greek Tragedy in Action*, p.10-15; Edith Hall, *Greek Tragedy*, p.19-26; Ian C. Storey and Arlene Allan, *A Guide to Ancient Greek Drama*, p.14-23; Nancy S. Rabinowitz, *Greek Tragedy*, p.21-30.

140 Nancy Rabinowitz, p.45.

레구스*choregus*('합창대의 지휘자'라는 뜻)'를 지명해준다. 코레구스는 아테나이의 부유한 시민으로서 그는 비극 공연에 필요한 일체의 비용을 자진하여 부담한다. 이런 자발적 부담은 대단히 명예로운 일로 여겨졌다.

대 디오뉘시아 제의 클라이맥스는 비극 작가들의 작품이 공연되는 사흘간이었다. 세 명의 비극 시인이 각자 세 편의 비극과 한 편의 '사튀로스 극'으로 된 '4부작*tetralogia*'을 매일 아침마다 올리고, 또 세 명의 희극시인이 한 편의 희극을 오후마다 올리기 때문에 모두 15편의 연극이 축제 기간 동안 공연된다. 경연의 절차와 심사의 공정성 또한 각별한 바 있어서 시인들에게 주어진 조건의 공평성을 위해 같은 극장에서 같은 무대 장치를 사용해 작업해야 하며 각자 세 명의 배우와 15명의 합창대만을 기용해 공연한다. 극의 공연 순서도 추첨으로 결정하며, 심사위원 열 명도 추첨으로 뽑는다. 이 심사위원이 각각 최우수작이라고 생각되는 작품 한 편만을 각자의 목판에 기록하면, 그 열 개의 목판 중 다섯을 추첨으로 뽑아 그 중 최다득표를 가려낸다. 여기에는 이른바 '운수의 몫'이라는 게 있다고 한다. 즉 '신의 의지'가 작용할 수 있기에 가장 잘 된 것이 최우수로 뽑히게 되지 않을 가능성이 있는 것이다. 가령 오늘날 그리스 비극을 대표하는 『오이디푸스 왕』은 경연에서 2등을 하였다.

3인의 배우는 모두 남성으로서 이들은 모든 배역을 나눠서 하며 마스크를 바꿔 씀으로써 역할을 변경하였다. 배우 양성은 힘들고 비용이 많이 들어 그 수가 많지 않았으며 국비로 교육했다고 한다. 비극 배우의 분장은 작중인물의 높은 사회적 신분과 지위를 표상하기 위하여 발에까지 드리우는 긴소매의 화려하고 장엄한 의상을 입고 뒷굽이 높은 신을 신었다. 이는 코로스도 마찬가지였다고 한다. 마스크를 쓰고 있으므로 비극의 감정은 언어와 행동으로만 직접 전달되어야 했고, 표정이나 작은 몸동작은 객석에서 보이지 않으므로 50미터는 더 떨어져 있는 관객에게 잘 들리고 보이게 하기 위해서는 크고 분명한 동작과 역시 크고 우렁차고 낭랑한 목소리가 필수적이었다. 이 목소리와 발성의 중요성은 훗날 최고의 비극 시인이 된 소포클레스로 하여금—성대가 약해—배우로의 길을 젊어서부터 포기하고 극작에만 전념케 했다고 한다.

공연은 아침 동틀 때부터 일몰 시까지 하루 종일 진행되었기에 관객은 아침과 점심을 풍성하게 준비해 와서 먹고 마시며 즐겁게 관람하고, 극이 재미있으면 과일을 던지고 재미없으면 돌을 던져, 한 번은 배우가 돌에 맞아 거의 죽을 뻔한 일도 있었다고 한다. 배우가 발성이 좋지 않으면 관객은 소리를 질러 야유했다고 하는 얘기가 있듯이, 아테나이 민중의 극에 대한 반응은 신속하고 강렬했으며 이에 관해 전해 내려오는 일화가 많다. 남성 시민의 대부분이 참석했으며 반론이 전혀 없지 않으나 여성과 아이들도 참관했다는 것이 정설로 받아들여진다.[141] 여성도 참석했다는 증거의 하나는 아리스토파네스의 희극『무대를 차지하는 여인들』에서 한 여인 역을 맡은 배우가 관객 중의 여인에게 말을 거는 장면이 있다는 것이다.[142] 관객의 숫자는 약 14,000에서 17,000명 사이이며, 아테나이의 약 3만 명의 시민 가운데 반가량이 관람했다고 볼 수 있다. 입장료는 두 오볼*obol*이었다(이는 비숙련공의 하루 품삯에 해당하고, 앞서 설명했듯이 페리클레스 시대 이후에는 '관극 기금'이 생겨 이마저도 국가가 지불했다). 연극 관람은 시민의 의무이자 특권이며 또 필수 요건이기도 했다. 비극 시인의 경우 일체의 오늘날의 대중적 매체와 영화나 소설 같은 예술 양식이 존재하지 않았던 시대에 그의 정신적, 사회적 영향력은 엄청나서 그가 쓴 작품은 —도시국가에 대해 말하는 '현인賢人 *sophos*'으로서의— 특권적이고 권위적인 목소리로 간주되었다.[143]

141　Goldhill, *Reading Greek Tragedy,* p.70; Easterling, p.29; D. W. Lucas, p.38.

142　John W. Winkler, "Ephebes' Song," Winkler & Zeitlin, eds., *Nothing To Do with Dionysos?* p.39.

143　Goldhill, p.223.

제전의 순서

제전은 우선 '엘레우테라이*Eleutherai*의 디오뉘소스 신'의 아테나이 도래를 기념하고 그의 영예를 기리기 위한 의식과 행렬로부터 시작한다. 디오뉘소스의 신상神像이 청년*ephebos*들에 의해 운반되어 도시의 주요 성소들을 참배하고 아크로폴리스 남쪽 사면에 있는 디오뉘소스 신전에 안치되는 의식이 그것이다. 그다음 '식전 행사*proagon*'로서 연극의 본 공연에 앞서 네 개의 중요한 의식이 진행되었다.

맨 처음 가장 강력한 군사적, 정치적 지도자인 열 명의 장군들*strategoi*이 나와서 신들에게 헌주獻酒한다. 두 번째로 아테나이 제국의 동맹 도시들이 바치는 공물貢物들이 극장 안으로 들려와서 공개된다. 이는 아테나이 도시국가의 힘과 위상을 참석한 아테나이 시민뿐 아니라 다른 모든 도시들의 시민들 앞에서 과시하고 제국의 중심 국가로서의 역할을 천명하고자 하는 것이다.[144] 세 번째는 아테나이에 공헌하고 기여한 바 있는 시민들의 이름이 전 관객 앞에서 불려지고 화관의 형태의 명예가 그들의 머리 위에 씌워진다. 여기서 주목할 것은 상을 받는 개인들이 중요한 게 아니라 그들의 공헌과 기여를 인정하고 기억하며 감사의 표시를 하는 '도시국가 자체'가 중요한 요소로 부각된다는 사실이다. 마지막으로, 국가에 의해 모든 비용이 지원되어 양육된, 이제 '성년에 도달한*ephebe*' 전몰자들의 아들들이 완전군장을 한 채로 행진한다. 그들도 그들의 아버지처럼 국가를 위해 싸우다 죽을 것을 약속하는 맹세를 한다. 이 모든 사전행사는 도시국가 아테나이의 정체성과 공동체성 그리고 그것의 명예와 영광에 관한 것이며, 민주적 폴리스 아테나이를 찬미하고자 하는 것이다. 다

---

144 그러나 웅변가 이소크라테스는 이는 '공연 관람을 위해 참석한 모든 외국인들의 반감을 불러일으키는 확실한 방법'이라고 회고하고 있다. —골드힐, 『러브, 섹스 그리고 비극』, p.259.

시 말해 이 의식들은 '시민과 국가의 관계'에 대한 이념과 이상을 제시하고 고양시키기 위한 것이고, 동시에 도시국가 아테나이의 힘과 영광을 내외에 과시한다는 목적을 갖고 있었다.

3. 비극의 소재

그리스 비극은 후기 청동기시대('뮈케네 문명시대')인 그리스의 '영웅시대'에 관한 전승된 신화와 설화로부터 소재를 가져온다.[145] 이를 더 좁혀 말하면 호메로스의 양대 서사시를 재료로 삼는 것이다. 그래서 아이스퀼로스는 겸손하게 자신의 작품들이 "호메로스의 성찬에서 떨어진 음식 부스러기일 뿐"이라고 말하고 있다. 비극 작가들이 가장 선호했던 소재들을 그 빈도의 순서로 말하면 '트로이아 전쟁,' '테바이의 랍다코스 가문설화,' '아트레우스 가문설화'이다. 즉 가장 고통스러운 사건인 '전쟁' 이야기나 —아리스토텔레스가 말했듯이—그 다음 쯤으로 고통스런 일인 '혈육 간의 살인이 빈발한' 가문 이야기를 다루는 것이다.

설화는 확실한 역사가 아니며 신화도 체계화되어 있거나 통일화되어 있는 것이 아니다. 그것들은 구전된 전통이기에 후대에 필연적으로 수많은 변형과 다양성을 낳게 되어있다. 따라서 비극 작가들은 이런 이야기를 다룰 때 거의 무제한의 변용과 변화를 가져다줄 수 있었다.[146] 즉 이야기의 소재는 작가들이 대동소이하게 공유하지만, 중요한 것은 특정 작가가 자신이 소재로 선택한 신화나 설화의 내용을 가지고 어떻게 작품을 형성화하고 플롯을 짜느냐 하는 것이었다. 소재가 극으로 바뀌는 과

145　Taplin, p.163.

146　Kaufmann, p.55.

정과 방식은 그야말로 다종다양했다.[147] 그래서 어떤 고전학자는 비극 쓰기를 지배하는 원칙이 있다면 그것은 '구속은 최소화, 자유는 최대화'라고 말한다.[148] 그러나 비록 거의 무제한의 해석과 변형이 가능하다 하더라도 완전한 뒤바꿈은 안 되었다. 왜냐하면 신화와 설화의 내용은 동시에 많은 사람들에게 '역사적인' 사실로 받아들여졌기 때문이다. 리치먼드 래티모어는 오이디푸스 가문의 이야기가 당대 즉 공동연대 이전 5세기 그리스인들에게는 신화가 아니라 역사적 사실로, 즉 허구가 아니라 당연히 실제로 일어났던 일로 받아들여졌다고 말한다.[149] 관객의 입장에서 그들은 공연되는 작품의 플롯을 미리 알 도리가 없었다. 작가가 어떤 버전version을 쓸지, 어떤 변용과 창작이 덧붙여질지—가령 어떤 사건을 강조하거나 부각시키고 어떤 사건을 약화하거나 제외할지 등—를 알 수 없는 것이다. 이런 모든 차이와 변화를 관객은 기대에 차서 지켜보고 작가의 변용이 그럴듯하면 감탄과 놀라움을 금치 못하지만 그렇지 못할 경우 비난과 혹평도 마다하지 않았다고 한다.[150] 현존하는 아티케 비극은 하나도 같은 형식이 없는 다양성과 변화무쌍함을 보여주고 있다. 세 작가가 모두 부단히 실험을 계속했고, 소포클레스만 해도 평생 120편의 비극을 쓰면서 수많은 형식을 거쳤다는 것을 우리는 알고 있다. 결과적으로 그 다음 시대인 공동연대 4세기의 비극 작가들은 앞선 시대의 창의성을 따라갈 엄두를 못 내고 그들이 물려받은 정형화된 틀에 맞추어 작품을 쓰는 데 그쳤다고 한다.

---

147 고대의 기록에 의하면 열두어 개의 '오이디푸스'라는 제목을 가진 다른 극들이 있었고 '튀에스티스'라는 제목은 여덟 편, '메데이아'는 일곱 편, 모두 해서 백 개의 같은 제목이 두 번 이상 나온다고 한다.—Peter Burian, "Myth into *Mythos*," Easterling, p.184.

148 Taplin, p.164.

149 Richmond Lattimore, *Story Patterns in Greek Tragedy*, p.3.

150 Taplin, p.164.

4. 다른 도시를 희생으로 한 '아테나이의 찬미'

거의 모든 아티케 비극의 두드러진 특징 중의 하나는 아테나이가 아닌 '다른 도시국가'를 지리적 배경으로 하고 있고, 또 당대보다는 '다른 시대' 특히 트로이 전쟁 이전의 영웅시대를 시대적 배경으로 하고 있다는 점이다. 이는 작가 쪽에서 오직 아테나이의 긍정적인 이미지를 부각시키기 위한 의도에서 비롯되었다.[151] 이 부정적 이미지를 주는 도시에는 아르고스나 스파르타도 있었으나 특히 아테나이의 숙적이었던 테바이는 작품 가운데서 아테나이의 '부정적 거울'로 제시되고, 과격한 '비극의 땅'으로 끊임없이 재현되었다. 다시 말해 테바이는 인위적이고 제도적 정비를 통해서는 도시국가로서의 미래를 도저히 꿈꿔볼 수 없는 절망적인 땅으로 나타나는 것이다. 세 작가가 모두 거듭해서 테바이를 세운 시조이며 오이디푸스의 선조인 카드모스 집안의 비극을 다루었다. 가장 악명 높은 집안 이야기가 가장 인기 있는 비극의 소재였던 셈이다.[152] 아울러 비극들은 아테나이에 대한 명시적 찬가를 작중에 포함하고 있는 경우가 자주 있다. 가령 작품 가운데 어떤 의식ritual이 등장할 때 그것의 근원은 아테나이에 있음을 드러냄으로써 '모든 좋은 것은 아테나이에서 왔다'는—대표적으로 '사법제도의 탄생'을 알리는 아이스퀼로스의 『자비로운 여신들 *Eumenides*』—식의 얘기가 되게 하는 것이다. 결론적으로 말해 비극작가들은 아테나이가 아닌 다른 공동체를 마치 악습의 소굴인 양 사용함으로써 '아테나이 중심주의'를 암묵적으로 공유하고 있다는 것이 드러난다.[153]

---

151 골드힐, 『러브, 섹스 그리고 비극』, p.261.

152 Froma Zeitlin, "Thebes: Theater of Self and Society," Winkler and Zeitlin eds. *Nothing to Do with Dionysos?* p.131.

153 Edith Hall, "The Sociology of Athenian Tragedy," Easterling, p.100.

5. 비극에서 인간과 신들의 관계

"그리스인들이 그들의 신들에 대해 말할 때, 가령 아프로디테나 디오뉘소스의 힘과 영향력을 기억할 필요에 대해 얘기할 때, 그들이 진정 뜻하는 것은 모두 '현실의 삶'이 사사건건 매 순간 확인해주는 것들이다. 그리스인들이 그들의 신들의 얘기로 표현한 것들에 나는 너무 믿음이 가는 나머지, 본질적으로 내가 그들과 다름없는 믿음을 가지고 산다고 나 스스로를 보고 있다."—케임브리지 대학 철학 교수 존 위즈덤(A. John Wisdom)—D. W. Lucas, *The Greek Tragic Poets*, p.35

비극의 소재가 되는 그리스 신화는 도리아인들의 침입과 정복의 시대에 만들어진 것이다.[154] 즉 신화는 공동연대 이전 1200년경의 트로이아 전쟁과 800년대 호메로스의 시대 사이에 형성되었다. 신화에 등장하는 신들은 조직적이거나 체계적이지 못하고 즉흥적으로 자유롭게 뻗어 나간 그리스 종교의 특성을 잘 드러낸다. 고전학자들은 그리스 신들은 끊임없이 확대되어 왔으며 지역과 식민지에 따라 국지화되고 특수화된 숭배를 받는 경우가 많았다고 말한다.[155] 또한 C. J. 헤링턴Herington의 말처럼 "숲과 같이 무성한 신화"에 등장하는 신들 가운데 인간은 각자 자신의 성향과 의도에 따라 여러 신들을 임의로 골라서 믿을 수 있었다. 앞서 『일리아스』를 논의하며 언급했듯 그리스의 신들은 '인간적인 너무나 인간적인' 모습을 보이며, 완전히 '인간에 근거해' 만들어진 존재들이다. 그래서 제우스는 주도적인 신일지는 모르지만 그 조차도 전능하지 못하다는 것은 『일리아스』에서 이미 드러났다. 아울러 그는 전능하지 못할 뿐 아니라 전지全知하지도 않다는 것이 아이스퀼로스의 『프로메테우스』에서 그가

---

[154] Richmond Lattimore, *Story Patterns in Greek Tragedy*, p.3.

[155] Vickers, p.120.

자신의 미래의 운명을 모르는 것으로 폭로된다. 그리스 신의 인간과의 동형동성同形同性성에 관한 가장 유명한 말 중의 하나는 고전기 철학자인 크세노파네스가 "호메로스와 헤시오도스는 인류의 모든 수치스럽고 비난받을 일들을 신들의 속성에 집어넣었다—도둑질, 간음, 기만과 속임수 등을"이라고 한 것이다.[156] 신들이 아티케 비극에 등장할 때 그들은 그들 자신이 아니라 인간의 특이함, 무엇보다도 인간의 '성격적 강력함'을 보여주기 위한 수단이나 근거로 사용된다. 이 인간의 '성격적 강력함'은 소포클레스의 『안티고네』에서 코로스가 "이 세상에 놀라운(혹은 '두려운deinos') 것은 많지만 '인간같이' 놀라운 것은 없다"고 노래 부르는 데서도 드러난다.[157] 비극 작가들의 관심은 어디까지나 인간이며, '우주 가운데서의 인간의 위상'에 대한 것이고, 궁극적으로는 고통을 통해 드러나는 인간의 '위대함과 숭고함'을 보여주는 것이다. 결론적으로 말해 그리스 비극은 신들과의 '직접적 관련성'은 없으며,[158] 있다면 주로 인간의 성격적 특이성을 드러내는 수단이나 장치로 등장한다고 보아야 한다.

신탁의 기능과 의의

그리스인들의 종교 관념은 그 주체가 신이건 인간이건 간에 모든 존재는 스스로의 행위에 대해서는 책임을 져야 한다는 것을 당연시했다고 고전학자들은 말한다.[159] 아울러 신탁은 그것의 존재 자체가 인간의 행위는 결정론적이라는 사고를 반박하는 것이라고 한다. 인간이 미래에 무슨 일이 일어날지 알아보기 위해 신탁을 묻는 것은 자연스러운 일일 것

---

156 G. S. Kirk and J. E. Raven, *The Presocratic Philosophers*, p.168.

157 『안티고네』, 332행.

158 Storey and Allan, p.29.

159 Vickers, p.131.

이다. 그러나 미래에 대한 정보를 구하려는 욕망은 그것에 대해 뭔가 할 수 있다는 믿음에 의해 뒷받침된다고 할 수 있다. 만약 미래에 대해 아무 것도 할 수 없다면 인간은 구태여 미래를 알아보려 하지 않을지도 모르기 때문이다. 그러므로 만약 미래가 알 수 있는 것이라면, 그것은 ‘변경’될 수 있다고 볼 수밖에 없다. 이런 까닭에 신탁에 대한 그리스인들의 관념은 ‘숙명론’과는 정반대이다. 만약 누군가 자신의 아버지를 죽이고 어머니와 결혼할 것이라는 신탁을 듣고 나서 “아 어쩌겠나. 일어날 일은 일어나는 것이지”라고 대꾸한다면 그것은 일반적인 고대 그리스인들의 반응이 아니라는 것이다. 그리하여 비극에 등장하는 신탁에 대해 가장 설득력 있는 논의를 한 평자 중의 하나인 빅커스는 “신탁은 미래를 ‘예언’할 따름이지 그것을 ‘결정’하는 것은 아니”라고 못 박는다. 버나드 녹스도 “그리스적 관점에서 예언은 자유로운 인간의 행위를 배제하기는커녕 그것을 ‘요구’한다”고 말한 바 있다.[160] 그러나 우리는 고전적 아티케 비극에서 인간들이 ‘자유롭게’ 선택한 행위들이 그들에게 주어진 어떠어떠한 일들이 일어날 것이라는 신들의 ‘예언’을 결국 ‘성취’시키고 있는 것을 보게 된다. 즉 인간은 자유롭게 선택하고 행동하나 필경 예언을 ‘실현’시키고 있는 것이다. 앞으로 자세히 얘기하겠으나 여기서 인간이 자유롭게 선택하고 행동한다는 것은 곧 그의 ‘성격’에 따라 선택하고 행동한다는 것을 가리킨다. 이런 까닭에 버나드 윌리엄스도 “주인공의 ‘성격’은 그가 갖도록 운명 지어 있는 삶을 형성하는 힘”이라고 말했던 것이다.[161]

160 Bernard Knox, *Oedipus at Thebes: Sophocles' Tragic Hero*, p.39.

161 Bernard Williams, p.136.

6. 그리스 비극은 '운명 비극'이라는 오래된 오해

   그리스 비극은 운명 비극의 대명사로 여겨지고, 극 중 인간은 신들의 (즉 '초월적인 힘'들의, 혹은 다른 쉬운 말로 '운명'의) 꼭두각시에 불과하다는 관념이나 이론이 전통적으로 널리 받아들여져 왔다. 모든 문명은 각기 나름대로의 '숙명관'을 갖고 있다고 한다. 숙명론은 뜻대로 되어주지 않는 인생사와 예측할 수 없는 '운수의 뒤바뀜' 앞에서 모든 것은 '하늘의 뜻'으로 돌림으로써 인간을 달래고 위무하는 효과가 있다. 그러나 모든 것이 신(하늘)의 뜻(중국에서는 '천명天命,' 우리 식으로는 '팔자소관八子所關')이라는 숙명론적 해석은 결국 인간을 체념과 무기력의 나락으로 던져 넣게 된다. 다시 말해 모든 것을 '알 수 없는' 신(하늘)의 뜻에 맡기는 것은 인간을 인류의 원시적 상태로 되돌아가게 하는 것과 진배없는 것이다.

   그런데 위의 신탁에 대한 관점과 태도에서 보았듯이 고전학자들은 이미 호메로스 시대부터 어떤 그리스의 영웅도 숙명론적으로 행동하지 않았다고 말한다.[162] 『일리아스』의 헥토르는 우리가 보았듯이 트로이아가 결국 멸망하리라는 것은 예감하고 있다. 그러나 그는 자신의 조국을 지키기 위해 그가 할 수 있는 노력을 다하고 죽는다. 그리스군도 역시 그 사실을 알고 있으나 과일이 익어 떨어지기를 나무 밑에 앉아서 기다리듯이 손 놓고 기다리는 식이 아니다. 이와 마찬가지로 비극에서도 인간은 제우스나 운명이나 아니면 맹목적 우연이 세상을 지배하고 있을지 모른다고 생각하면서도 자신이 지닌 모든 가능성과 잠재력을 활용하여 자신의 목적을 추구하는 것을 볼 수 있다. 올리버 태플린은 그리스 비극은 극의 전체 과정을 통해 인간의 자유의지나 그의 책임을 박탈하지 않는다고

---

162   D. W. Lucas, p.68.

말한다.**163** 빅커스도 아티케 비극은 '결정론적'이기는커녕 명확히 정의된 인간적 갈등과 사실적이고 생생한 동기들을 제시하며, 여기서 신들과 인간들은 자유롭고 그들의 행동에 '책임'을 지고 있다고 말한 바 있다.**164** 한마디로 비극에서 주인공은 스스로의 운명을 스스로 형성하는 '행위의 주체'로 형상화되어 있다. 단지 그는 '파괴적인 방식'으로 끝나기 쉽도록 행동하는데, 그 까닭은—당연한 말이지만—작품이 '비극'이기 때문이라는 것이다.**165**

사실이지 그리스 비극에서 우리는 극의 전체의 과정을 통해 인간의 자유의지가 박탈되거나 그의 책임이 면제되는 것을 발견할 수 없다. 비록 무슨 일이 벌어진 후에 인간은 모든 것이 하늘의(신들의) 뜻으로 여기지만, 그 일이 있기 전까지는 어떤 그리스의 영웅도 숙명론적으로 행동하지 않는 것이다.**166** 따라서 그리스 비극이 '운명의 전횡'을 묘사하는 운명 비극이란 이해/이론은 잘못된 것이다. 분명한 것은 주인공에게 일어난 사건의 일부 혹은 상당 부분을 그가 예측할 수 없었고 또 통제할 수 없었다는 사실이다. 그런데 사실 이런 예측과 통제의 불가능은 바로 우리가 살고 있는 현실 세계의 모습인 것이다. 고전학자 윌리엄 애로우스미스는 인간은 "자신의 본성*physis*과 그가 만들지 않은 세계라는 '두 개의 굴레' 아래서 행동을 선택하고 결단한다"고 말한다.**167** 여기서 비록 상황은 인간이 선택하지 않은 것일지라도 그 상황에 대한 '자세와 태도'는 인간의 몫으로 남게 된다. 국내의 굴지의 서양 고전 학자 박종현 교수도 그의

---

163 Taplin, p.164.

164 Vickers, p.130−2.

165 Taplin, p.165.

166 D. W. Lucas, p.68.

167 William Arrowsmith, "The Criticism of Greek Tragedy," Robert Corrigan, ed. *Tragedy: Vision and Form*, 2nd ed. p.270.

『헬라스 사상의 심층』에서 비극은 기본적으로 두 가지 즉 '비극적 상황'과 '비극적 행위자'의 상관관계 속에서 빚어지며, 주인공은 "무엇을 내가 겪는가"에 대하여 "그러면 나는 무엇을 행할 것인가"의 반응을 결정하는 존재라고 말한다.[168] 헬라스 정신에서 인간은 노예가 아니고 자신의 삶의 주인공이라는 관념이 그들의 기질과 생리 깊숙이 뿌리박혀 있다는 것은 플라톤의 『국가』의 끝에서 죽었다 살아난 용감한 남자 '에르'의 이야기에 집약되어 나타난다. 그는 죽은 뒤 심판자들이 있는 곳에 도착했고 그곳에는 아래위로 네 갈래 길이 있었다고 한다. 여기서 그의 혼은 스스로 어느 길을 택할지를 결정해야 했는데 "운명을 지키는 수호신인 '다이몬'이 인간의 혼을 선택하는 것이 아니라 '인간의 혼'이 다이몬을 선택해야 했기 때문이었다"고 말한다. 에르의 경험담을 통하여 플라톤은 "인간의 훌륭함(미덕)에는 따로이 주인이 있는 것이 아니고 그것을 귀하게 여기는 자는 더 갖고 대수롭지 않게 여기는 자는 덜 갖는 것이니, 그것은 신의 탓이 아니고 오직 '선택'한 자의 몫"이라고 결론짓고 있다.[169]

앞에서 신탁의 문제를 논의할 때도 비쳤지만 비극의 주인공은 자신이 놓인 비극적 상황 가운데 그의 '성격*ethos*' 혹은 '본성*physis*'에 따라 자신의 행동을 선택하고 결단하는 것을 볼 수 있다. 다른 말로 하여, 비극에서 인간의 몫과 역할은 자신에게 벌어진 사태에 대한 그의 '반응'으로서의 선택과 결단 및 행위이고, 이는 달리 말해 그의 '도덕적 태도'의 표명과 다름이 없다고 말할 수 있다.[170] 그런데 『오이디푸스 왕』이나 『안티고네』 같은 최고의 아티케 비극에서 우리는 주인공이 자신의 삶의 '신념과 원칙'에 충실한 나머지 그것의 관철을 위하여—비록 파멸의 그림자가 눈

168　박종현, 『헬라스 사상의 심층』, p.423-7.

169　*Politeia*, X; 『국가』, 박종현 역주, 서광사, p.28.

170　William Chase Greene, *Moira: Fate, Good, and Evil in Greek Thought*, p.91.

앞에 어른거림에도 불구하고—끝까지 굽히지 않고 밀고 나가는 것을 목격하게 된다. 그리하여 주인공의 최종적 운명은 '상황과 성격'(혹은 위의 박교수에 의하면 '겪음과 행함')의 결합에 의해 결정되며, 우리는 그가 그 결과로 주어진 자신의 운명을 '있는 그대로' 받아들이는 모습을 목격하게 된다. 그는 자신의 파멸의 '책임'의 적어도 일부는 자신에게 있다는 것을 이런 방식으로 보여주는 것이다. 그리고 자신의 운명을 있는 그대로 받아들일 때 그는 운명에 대해 '승리'하는 것과 다르지 않다. 그는 운명의 노예가 아니라 자신이 그것의 주인임을 주장하기 때문이다. 이것이 그리스 비극의 주인공이 보여주는 '칼로아카가티아*kaloakagathia*' 즉 인간이 보여줄 수 있는 최고의 '존엄과 숭고'의 표상이라고 말할 수 있다.[171]

7. 아티케 비극의 다양성과 실험성

고전기 아테나이에서 디오뉘소스 제전에 공연되는 작품은 전술한 대로 모두 '트라고디아*tragoidia*'라고 불렸다.[172] 그런데 오늘날까지 전수된 31편(위작 논란이 있는 에우리피데스의 『레소스』를 제외하고)의 현존하는 '트라고디아'는 하나도 같은 형식이 없을 정도의 다양성과 변화무쌍함을 보여준다. 세 명의 대 비극 작가는 모두 부단히 실험을 계속하였고, 앞서 말했듯이 소포클레스만 해도 평생 120편의 작품을 쓰면서 여러가지 형식을 선보였다고 한다.[173]

---

171   D. W. Lucas, p.49; Arrowsmith, p.270.

172   '트라고디아'라는 말은 앞서도 설명했듯이 공동연대 이전 6세기에 아테네에서 처음 만들어진, '염소*tragos*'와 '노래*oide*'가 결합된 말이다. 그 의미에 대해서는 '염소 같은[같이 생긴] 사튀로스들의 노래' 혹은 '제물로 바쳐진 염소를 둘러싸고 부르는 노래' 또는 '상으로 내놓은 염소를 얻기 위한 노래' 마지막으로 '디오뉘소스 신에게 바쳐진 노래' 등의 여러 가지 설명이 있으나 아무것도 확실한 것은 없다.

173   Kaufmann, p.356.

　이 다종다양한 '트라고디아'는 오늘날의 기준으로는 1) 해피엔딩으로 끝나는 '승리의 서사' 2) 불행한 종말로 끝나며 단일한 감정을 불러일으키는 '패배의 서사' 3) 불행한 결말을 갖지만 복합적 감정을 불러일으키는 '비극적 서사'의 이른바 '서사의 세 갈래'를 모두 포함하고 있다.[174] 그래서 아리스토텔레스는 『시학』에서 극의 종말은 행복하게 끝날 수도 불행하게 끝날 수도 있다고 말하고, 가장 '패배의 서사'에 속하는 작품을 많이 쓴 에우리피데스가 가장 '비극적*tragikos*'인 작가라고 말하는 것이다. 그가 가장 선호해 『시학』에서 많이 인용하는 두 편 즉 『오이디푸스 왕』은 오늘날 비극을 대표하는 작품이지만, 『타우리스의 이피게네이아』는 오늘의 기준으로는 승리의 서사에 속하는 작품이다. 참고삼아 말하면, 남아 있는 아티케 비극 31편 중에 '승리의 서사'가 15편, '패배의 서사'가 6편, 그리고 '비극적 서사'가 10편이다. '승리의 서사'가 가장 많은 것은 아리스토텔레스가 말했듯이 "관객의 수준이 낮아서"라기보다는 예나 지금이나 관객에게 줄 수 있는 감동이나 카타르시스로 말하면 승리의 서사를 따라올 서사 양식은 없기 때문이다.[175]

　다시 '트라고디아'로 돌아와서, 비록 그것이 형식과 내용에 있어 제아무리 다양할지라도 다음 네 가지 요소는 공유하고 있는 것을 볼 때, 이 네 가지가 당대인이 이해하고 받아들이는 '비극'의 특성을 구성한다고 볼 수 있다. 첫째 '고통'(때론 죽음을 수반하는)의 장면, 둘째 '갈등 상황'(개인적 혹은 집단적 갈등으로 해결하기 힘든 딜레마의 상황 및 이로 인한 선택의 곤란함과 고통의 불가피성)의 제시, 셋째 '강력한 성격*thymos*'의 주인공(국가나 공동체의 운명과 결부된 인물)의 등장, 넷째 '신들이 배경으로 존재'(인간의 행위를 둘러싼 신의 의지, 종종 신들의 등장으로 끝나는 종말) 한다는 것 등이다.

174　'서사의 세 갈래'에 대한 자세한 설명은 『비극 문학』 p.74-7 쪽 참조.
175　「시학」 13장 30절; 『비극 문학』 p.76 참조.

8. 그리스 비극의 주인공

그리스 비극의 인물들은 대단히 정형화定型化된 시적이고 수사학적인 언어를 구사하는 인물들이다. 그래서 그들은 피와 살의 현실의 인물이 아니라 추상화되고 일반화된 인간상을 보여준다고 할 수 있다. 그러나 이러한 인공성에도 불구하고 그들은 놀랍게도 우리가 실재의 인물에 대해 느끼는 것과 같은 확신 혹은 현실감을 갖게 한다. 이는 이들이 분명히 허구적 존재이지만 극히 인간적이고 도덕적인 문제에 휘말리고 얽혀 있는 ―즉 완전히 인간적인 맥락 가운데 제시되는― 인물들인 까닭에 우리는 그들의 비실재성을 유보하거나 잊어버리게 되기 때문이다. 그리고 인물에 대한 우리의 감정이입이 강력하고, 작품이 진행됨에 따라 이야기가 인과적이고 유기적인 통일성을 갖추어 갈 때, 우리는 종말에 이르러 일종의 불가피성과 진정성을 느끼게 된다.[176]

아울러 비극에 등장하는 아가멤논이나 오이디푸스, 안티고네, 헤라클레스 등의 주인공들은 당대 아테나이인들이 믿기에 몇 세기 전에 생존했던 인물들로 여겨졌다. 그리스 비극은 따라서 영웅전설에 등장하는 인물들의 '집단적 초혼'―오래전에 죽은 인간들을 다시 불러내는―의 형식이며, 이것은 비극이 일종의 조상숭배 혹은 '영웅숭배'의 의식이라는 의미도 갖게 한다.[177] 그러나 이들을 '초혼'하는 이유 중의 하나는 이들을 당대의 정치적, 종교적, 윤리적 문제와 연결(혹은 투영)시켜 아테나이인들을 사로잡고 있는 현안들을 새롭게 해석하고 그럼으로써 논의와 사유를 촉발시키는 데 목적이 있었다.

아티케 비극에 등장하는 주인공은 앞서 말했듯이 불가피한 갈등 즉 '딜

---

176   Lattimore, p.15.

177   Hall, p.2.

레마의 상황'에 처하게 되며, 또한 그것을 스스로 완전히 '자각'하고 있다. 그는 무감각하거나 어리석어서 자신이 왜 이런 상황에 처해 있는지 모르는 희생양/속죄양적인 인물이 아니다. 비극은 인간이란 '사고theoria'와 '탐구historia'의 존재라는 그리스인들의 기본적인 인간관과 가치관의 산물이며, 비극의 출생 배경에는 근본적으로 삶의 고통과 불행에 대하여 그리스인들이 느끼던 '설명의 필요성' 혹은 '해명의 욕구'가 놓여 있다고 볼 수 있다.[178] 이것이 왜 그리스 비극의 주인공들은 그들의 행위의 동기나 결단의 고뇌 및 그들이 싸워야 하는 대상—그것이 신이건 인간이건—과 관련해 작품 가운데 그토록 장황히 설명하고 논박하는가하는 이유이다.[179]

행위의 '중층(이중)결정'

"비극적 인물은 에토스(성격)와 다이몬(초월적, 신적인 힘 즉 운명)에 둘러싸인 공간 안에 존재한다."—베르낭과 비달-나케

주인공이 놓인 갈등 상황은 곧 비극의 내용 즉 '고통pathos'의 핵심을 이루며, 주인공이 이 딜레마를 해결하기 위해서 투쟁하는 과정은 극의 '사건(액션)'을 형성한다. 우리는 앞서 주인공의 운명은 두 개의 조건, 즉 성격과 상황의 결합에 의해 결정된다고 말했다. 이제 이 '성격' 또한 그리스 비극에서는 두 개의 차원(혹은 측면)을 지닌다는 것을 기억할 필요가 있다. 베르낭과 비달-나케에 의하면 비극의 주인공의 성격에는 '본성적 측

---

[178] Lesky, p.10.

[179] 이와 관련해 알빈 레스키는 궁극적으로 '지적 명료성'에 대한 추구와 '열정적 감정(정념)'의 불길에 사로잡히는 것, 이 둘이 다 근본적으로 '그리스적인 것'이라고 말하고 있다.—Albin Lesky, *Greek Tragedy*, p.12. 강조는 필자.

면(에토스*ethos*)'과 '신적인 측면(다이몬*daimon*)'의 두 개의 차원이 결합(혹은 연결)되어 있다고 한다.[180][181] 주인공의 삶과 행동은 두 개의 수준에서 전개되는 것이다. 다시 말해 인간의 모든 행동은 본질적으로 그의 '에토스' 즉 성격의 논리에 따라 전개되지만 동시에 그것(행동)은 깊은 차원에서 그의 (내면의 혹은 그를 감싸고 있는) '다이몬'의 구현이기도 하다는 것이다. 여기서 만약 성격과 다이몬 둘 중 하나라도 제거되면 그 인간의 '본질(누스*nous* 즉 정신)'도 사라지게 된다. 달리 표현하여, 다이몬을 불러들이는 것이 그의 '성격'이라면, 역으로 성격이라고 하는 것도 사실 '다이몬'의 발현이라는 것이다. 앞서 말했듯이 버나드 윌리엄스는 이를 주인공의 '성격'(에토스)은 그가 갖도록 운명 지어 있는 삶을 형성하는 '힘'(다이몬)이 된다고 말한 바 있다.[182]

그리스 비극의 등장인물의 이러한 양면적 성격 구조는 비극이 한쪽으로는 전수된 신화가 통용되지만 다른 쪽으로는 계몽된 폴리스 사회로 진입하기 시작한 '전환기적 시대'의 산물이기에 나타나는 현상이다. 아티케 비극은 신의 시대와 인간의 시대가 서로 끊임없이 겹치고 갈등을 일으키면서 신이 인간 행위에 간여干與하고 있다는 것을 보여준다. 인간 행위는 아직 신의 힘이 없이는 충분히 자율적이고 독자적이지 못하여, 인간은 행위(선택)하기 전에 신들의 뜻을 묻기도 하지만 그 대답은 항상 아리송하고 애매모호하게 주어진다. 따라서 인간의 행위는 양면성을 지닐

---

180 Vernant and Vidal–Naquet, p.13.

181 고전기 문헌에 숱하게 등장하는 '다이몬'이란 개념은 오래되고 뿌리 깊은 민간 신앙에 뿌리박은 것으로서 다음의 두세 가지 중 하나를 가리킨다. 첫째 모든 인간이 출생 시부터 타고나며 또 평생 영향을 받는다는—수호신 비슷한—신적, 초월적 존재이다. 소크라테스도 항상 그의 다이몬이 자신에게 하는 말을 들었다고 한다. 둘째, 신과 인간 사이의 중간적 존재로서 대개 악하거나 부정적 뉘앙스를 지닌 신적, 초월적 힘이다. 셋째, 헤라클레이토스의 말—'성격이 운명이다'—에서 유래하듯이 공동연대 이전 6세기 이후에는 '운명'이란 뜻도 갖게 되었다. —Walter Burkert, *Greek Religion*, p.179–80.

182 Bernard Williams, p.136.

수밖에 없다. 하나는 숙고와 사려의 측면이고, 다른 하나는 마치 '백척간 두에서 진일보'하듯 알 수 없는 미지의 것에 자신을 걸고 내던지는 것이다. 그래서 비달-나케는 "모든 행위는 행위자의 내면의 분출 즉 성격의 표현인 동시에 신들의 의지의 표현이기도 하다"고 말한다.[183] 이를 20세기 미국의 영향력 있는 고전학자 버나드 녹스는 아티케 비극에서 "신들의 의지는 관련된 인물의 특징적 사고와 충동에 거슬려서가 아니라 바로 그 사고와 충동들을 통해서 작동한다"고 설명한다.[184] 이렇게 인물의 행위가 성격적 측면('에토스')과 신적인 측면('다이몬')의 결합에 의해 이루어지는 것이 바로 ─호메로스 시대 이래 비극적 주인공의─ '행위의 중층(이중) 결정'이다.

여기서 등장인물로 하여금 자신을 결국 파멸로 이끌 수 있는 선택과 결단을 하게끔 영향을 미치는 부정적 '다이몬'이 있을 수 있다. 이것은 호메로스 시대 이래로 대체로 세 가지 이름으로 불리는데, 먼저 그저 운명으로 옮겨지는 '알라스토르*alastor*' 다음으로 복수의 여신으로 불리는 '에린뉘에스*Erinyes*' 마지막으로 ─가장 대표적인 낭패와 파멸의 원인으로서─ 일시적 광기처럼 인간을 사로잡아 나쁜, 나아가 치명적 결정을 하게 만드는 '아테*ate*(미망迷妄)'가 그것들이다. 아테는 제우스의 딸로 알려져 있고, 아이스퀼로스의 『페르시아인들』에서 패망한 크세르크세스의 부친 다레이오스의 혼백이 나타나서 말하듯 "인간이 자신의 파멸을 향해 나갈 때 신은 기꺼이 그를 도와준다"고 할 때 신의 역할을 하는 존재이다.[185] 고

---

183 베르낭과 비달-나케는 이를 다음과 같이 설명한다. "비극적 인식으로서의 '책임'이란 관념은 내면의 각성과 숙고, 의도와 선택이라는 '인간적 행위'가 있지만, 이 인간적 행위가 완전히 독립적이고 자족적일 만큼 충분히 '지속적이고 자율적인 힘을 얻지 못한' 지점에서 발생한다. 비극의 진정한 영역은 그 '경계선' 상에 놓여있다."―Vernant and Vidal-Naquet, p.19, 23, 57.

184 Bernard Knox, N. Sewell Rutter, *Guilt by Descent*, p.151. 재인용.

185 『페르시아인들』, 742.

전학자 리처드 도일은 '아테'와 같은 개념은 '인간의 자유'와 '신(운명)의 필연' 사이의 긴장 관계에 대한 그리스인들의 의식이 날카로워지고 치밀해졌다는 것을 의미한다고 주장한다.[186]

그러나 중요한 것은 등장인물이 자신은 이런 다이몬의 '습격'을 받아 어떤 악행이나 우행을 저질렀다고 말할 때에도—대표적으로 『일리아스』에서 아가멤논이 하는 말처럼—이것이 곧 스스로의 책임을 부정하는 것은 아니라는 것이다. 자기변명처럼 들리는 이런 말은 등장인물 쪽에서 사건을 설명하고 동기나 원인의 복잡함을 드러내고자 하는 것이지, 결코 그의 개인적 책임을 면제하는 것으로 여겨지지는 않았다는 점이다. 아울러 고전 학자들은 고대 그리스인들은 인간의 행동을 '판단'할 때 그 원인과 배경이 아니라 결과만을 그 대상으로 삼았다고 한다.[187] 같은 맥락에서 헤겔은 고전 영웅들의 죄의식 문제를 그의 『법철학』에서 언급하며 이른바 '포괄적 책임'이란 개념을 소개하였다.[188] 즉 그리스 비극의 주인공들은 자신의 고의故意 여부를 따지지 않고 결과에 대해 책임을 지는 모습을 보인다는 것이다. 이것이 곧 '운명까지 책임진다'는 호메로스 이래 그리스 영웅들의 좌우명이라고 국내의 손꼽는 그리스학 전문가인 유재원 교수는 말한다.[189] 가령 대표적으로 소포클레스의 『오이디푸스 왕』의 주인공 오이디푸스가 마지막에 스스로가 한 행위들이 결국 끔찍한 신탁을 실현시켰다는 것을 깨닫고 "모든 것은 아폴론, 아폴론 탓이다. 그러나 내 눈을 찌른 것은 내 손이었다"고 말함으로써 자신의 책임임을 분명히 하

---

186 그러나 이는 이미 호메로스 시대인 아르카익 기에 자리 잡은 개념임은 『일리아스』에서 아가멤논이 자신의 잘못을 '아테' 탓으로 돌리는 것으로 나타난다[19권 90-91행] —Richard Doyle, *ATH Its Use and Meaning: A Study in the Greek Poetic Tradition*, p.1-6.

187 Charles Segal, *Oedipus Tyrannus: Tragic Heroism*, p.58.

188 Kaufmann, p.209. 재인용.

189 유재원, 『데모크라티아』, p.269.

는 것이 그것이다.[190] 역사적 사례로는 페르시아 전쟁을 승리로 이끈 영웅이지만 정쟁政爭에 밀려 페르시아로 도피했고 거기서 환대받았으나 페르시아가 조국을 침략하려 하자 결국 자살로 생을 마감한 테미스토클레스의 최후 또한 자신의 삶에 대해 최대의 책임을 지는 모습을 보여주었다.[191]

9. '인간의 위대함의 비전'으로서의 그리스 비극

우리는 앞에서 그리스 비극이 운명 비극이란 일반적 견해를 반박하면서 오히려 그리스 비극은 인간이 '자유롭고 책임을 지는' 존재임을 보여준다고 지적하였다. 사실 그리스 비극에서 관객이 느끼는 가장 큰 감동 또한 비극의 주인공이 자신의 최후의 '파멸을 받아들이는(*tlemosyne* 영웅적 인내)' 모습에서 온다는 것은 재론할 필요가 없다. 20세기 미국의 가장 대표적인 비극론자 중의 하나인 월터 카우프먼도 "고통을 껴안는 주인공의 모습이 비극에서 우리가 취할 수 있는 가장 위대한 것"이라고 말한다.[192] 자신의 파멸에 대해 스스로의 책임을 주장하는 것은 죽음의 공포보다 더 큰 정신의 크기를 보여주는 것이며, 이것만큼 인간이 자신의 운명과 죽음에 대한 승리를 보여주는 것은 없기 때문이다. 국내의 그리스 비극에 대한 몇 권 안 되는 저술 중 단연 돋보이는 『그리스 비극에 대한 편지』에서 김상봉 교수는 다음과 같이 말하고 있다.

"알려져 있다시피 그리스 비극의 본질은 '인간 예찬'이며 그 시작은 영

---

190 소포클레스/천병희 옮김, 『오이디푸스 왕』, 1329–32.
191 투키디데스, 『펠로폰네소스 전쟁사』 상, p.131(I. 5. 138).
192 Kaufmann, p.217.

웅숭배와 영웅모방이었다. 그러나 진정한 영웅은 오직 고통과 시련 속에서만 나올 수 있고 최고의 고통은 죽음이므로, 이 죽음을 대하는 그의 자세에서 영웅다움이 드러난다는 것을 그리스인들이 깨달았을 때 영웅숭배는 비극으로 탈바꿈했다. '고통의 크기를 통해서만 정신의 크기가 드러난다'고 할 때, 인간이 자신이 추구하거나 수호하는 가치와 신념을 위해 '가장 큰 고통인 죽음마저 불사할 때' 그는 비극적 영웅으로 다시 태어나는 것이다."[193]

한마디로 그리스 비극은 '인간의 위대함의 비전'이다. 문학의 기능의 하나가 우리의 앎을 확대시키고, 대리적 경험을 통하여 우리의 삶에 대한 견해와 안목을 심오하고 풍요롭게 해주는 것이라 할 때 '비극'만이 '인간의 위엄의 극단'을 우리에게 표상表象해 준다고 말할 수 있다.[194] 그래서 20세기 독일의 대표적 고전학자인 베르너 예거도 같은 맥락에서 "비극적 인간을 이해한다는 것은 인간의 한계와 무력함을 아는 것인 동시에 ─고통받는 인간이 보여줄 수 있는─파괴되지 않는 그리고 승리에 찬 위엄을 목격하는 것"이라고 말한다.[195] 여기서 그리스 비극의 주인공의 성격화에서 가장 뚜렷하고 중요한 특징은 당연히 그가 무엇보다 '튀모스 *thymos*'의 인간이라는 점이다. 우리말로 일반적인 '용기'보다는 '기백'으로 가장 잘 옮겨질 수 있는 이 말은 플라톤이 『국가』에서 "'아름다움'을 지향하는 영혼의 부분"이라고 정의했듯이, 인간의 고귀함과 존엄함의 배경과 바탕이 된다. 이는 호메로스의 『일리아스』의 영웅들이 공통으로 지닌 것이고, 후대 비극적 주인공들에게 있어서도 제일 덕목이 된다.

---

193 김상봉, 『그리스 비극에 대한 편지』, p.60-61. 강조는 필자.

194 D. W. Lucas, p.49.

195 Werner Jaeger, *Paideia: The Ideals of Greek Culture*, Vol. 1. p.285.

이런 비극적 주인공의 '홀마크(특질)'와 다를 바 없는 '죽음 앞에 보이는 기백'은 후대의 니체에 의해 비극의 죽음에 가장 큰 책임이 있다고 지목된 소크라테스가 그의 『변론』에서 '자신을 고발한 아니토스와 멜레토스가 비록 자신을 죽일 수는 있지만 자신의 영혼에는 손끝 하나 댈 수 없다'고 선언하는 데서도 나타난다.[196] 소크라테스는 자신의 합리주의 정신으로 결국 비극을 죽였다고 훗날 비난받았으나 정작 자신은 죽음을 앞두고 최초의 '비극적 영웅'인 아킬레우스가 그의 죽음을 앞두고 보여준 용기와 기백을 똑같이 '본받으려' 한다고 말한 것이다. 그는 철학자이기 이전에 자신의 '정당한' 목표와 신념을 위해 죽을 수 있는 용기를 보여준 점에서 우선 '비극적 영웅'이라는 데 후대의 평자들은 동의한다. 20세기의 영향력있는 과학철학 및 정치철학자 중의 한 명인 칼 포퍼는 그의 『열린 사회와 그 적들』에서 개방적 사유를 가르친 스승을 배반하고 폐쇄적 사유의 비조가 된 플라톤을 비난하면서 소크라테스의 삶과 죽음이야말로 고전기 그리스가 낳은 '가장 대표적 비극적 인물'이라고 말하고 있다.[197]

10. '하마르티아*hamartia*'가 없는 비극적 주인공

아리스토텔레스가 『시학』에서 말하고 있는 '하마르티아' 즉 '비극적 결함'이 정작 그리스 비극에는 없다고 주장하는 평자들이 꽤 있다. 가령 위에서 언급한 카우프먼은 아리스토텔레스가 뛰어난 비극의 주인공들이 '미덕'에 있어 그리 빼어나지 못하다고 말한 것은 '위대한 철학자도 엄청

---

196 Plato, *Apology*, 30c–d.

197 K. R. Popper, *The Open Society and Its Enemies* Vol. 1, p.304–310.

난 실수를 할' 때가 있다는 것을 보여주는 좋은 예라고 말한다.[198] 왜냐하면 아리스토텔레스의 이 발언은 가령 최고의 그리스 비극을 대변하는 소포클레스의 극의 주인공들의 자질이나 성품과는 정면으로 배치되기 때문이다. 예컨대 오이디푸스나 안티고네 혹은 아이아스가 공통으로 보여주는 단호함과 결연決然함은 '결함'이라기보다는 작품 가운데서 오히려 '미덕'으로 보이는 것이다. 고통과 불행을 당하는 주인공에게 원인으로서의 결함이나 과실을 찾는 것은 합리적인 철학자로서는 당연해 보인다. 그러나 철학이 문학을 합리적이고 이성적인 잣대로만 재단하려 할 경우 심대한 오류와 오해가 빚어지기 쉽다. 후대의 데이비드 흄이 말했듯 우선 인간은 '이성이 아니라 정념의' 존재이고, 현실에서 그렇듯이 문학에서도 등장인물들은 이성보다는 정념에 휘둘리는 존재로 등장하기 때문이다. 비극적 주인공의 '정념*pathos/thymos*'은 바로 그를 비극적 주인공으로 만드는 근거요 바탕이 된다.

그리스 비극을 대표하는 세 편의 소포클레스의 '숭고한' 비극의—『오이디푸스 왕』, 『안티고네』 그리고 『아이아스』—주인공들이 파멸하는 것은—우리가 앞으로 보겠지만—그들의 결함이나 악덕이 아니라 위에서 말했듯이 '미덕*arete*'으로 보이는 강렬하고 긍정적인 정념 때문이다. 가령 오이디푸스는 진실에 대한 굽힘 없는 집념, 안티고네는 전통적/혈연적 가치에의 헌신, 아이아스 역시 명예라는 전통적/귀족적 가치와의 동일시로 인해 파멸한다고 할 때, 이 비극들은 차라리 '용기/기백과 정념의 비극'일지언정 '결점이나 과실의 비극'으로 볼 수는 없기 때문이다. 그리스 비극에 대해 운명 비극이라는 잘못된 이해가 있듯이, 아리스토텔레스의 이론이 절대적 권위를 누린 결과 비극의 주인공들이 무슨 성격적 결함이나 아니면 과실로 말미암아 파멸하게 된다는 오해가 지배적인 것이 되고 말

---

198 Kaufmann, p.62.

았다. 다시 말하여, 아티케 비극의 주인공을 주인공으로 만드는 기백('뛰모스')과 정념('파토스')을 결함이나 과실로 파악하는 것은—뒤에 자세히 설명하겠거니와—'비극시대'를 뒤이은 '철학시대'를 대표하는 철학자인 아리스토텔레스의 냉철한 합리주의의 소산이다. 인간의 정념이 이성적 철학자에게는 결함을 보이기 때문일 것이다.[199]

11. '비극 시대'에서 '철학 시대'로

여타의 문명과 구별되는 그리스 문명의 특징은 앞서 말했듯이 그것이 독특하게 '심미적 문명'이었다는 점이다. 이는 그 시작인 뮈케네 문명기의 신화시대로부터 상고기의 호메로스의 양대 서사시 시대, 이어서 공동연대 이전 6세기의 핀다로스와 사포 등의 서정시 시대에 이르기까지 일관되게 유지되는 전통이었다. 그러나 공동연대 이전 5세기에 들어서 아테나이에서는 이런 '문화적 단일성'이 무너지기 시작했다. 즉 전통적으로 시와 음악과 춤을 포함하는 심미적 예술('무시케 *mousike*')로 구현되던 문화적 단일성이 와해되고 새로운 사조, 즉 신화와 시문학을 대신하는 '철학적 사고'가 발흥하기 시작하였다. 그리하여 5세기는 삼대 비극작가가 출현하여 찬란한 비극 문학을 산출하던 시대인 동시에 소크라테스와 아낙사고라스 같은 철학자들에 의하여 철학적 사유의 틀이 잡혀가고 뿌리 내리던 시기이기도 하였다. 따라서 공동연대 이전 6세기 말에서 5세기 초

---

[199] 오늘날 '하마르티아'에 대한 고전학자들의 일반적인 설명은 존 조운스나 스티븐 핼리웰이 말하듯 성격적, 도덕적 결함이 아니라 '판단의 실수'와 같은 지적인 과오나 불찰을 가리킨다. 아리스토텔레스가 들고 있는 이런 과실의 대표적인 동시에 거의 유일한 예인 「오이디푸스 왕」의 주인공 오이디푸스의 과실은 자신의 부친의 실체를 알아보지 못했다는 것인 바, 이도 역시 뒤에서 자세히 논의하겠지만 사실 '과실이나 결함'으로 보기 힘들다는 데서 또 문제가 발생한다. '하마르티아' 이론은 그 대표적 예에서 드러나듯 처음부터 논란거리일 수밖에 없다.—John Jones. *On Aristotle and Greek Tragedy*, p.15; Stephen Halliwell, *The Poetics of Aristotle*, p.128-9.

에 활동한 아이스퀼로스 같은 초기의 비극 시인은 아직 문화적 단일성을 상징하는 인물이어서 단지 시인만이 아니라 동시에 사상가요 '현인*sophos*'으로 여겨졌다.200 철학 시대에 들어와서도 비극작가들은 여전히 현인으로 여겨지고 있었고, 당대의 신탁에 의하면 최고의 현인은 소크라테스였지만 다음은 에우리피데스 그리고 그 다음은 소포클레스였다고 한다.201 그러나 공동연대 이전 4세기 이후부터는 철학이 온전히 시의 지적 영역과 기능을 떠맡게 되었다. 이제부터 진지한 즉 '계몽된' 영혼을 가진 자는 더 이상 종교와 신화의 권위를 절대적인 것으로 받아들이지 않게 되었다.202 비극 시대의 마지막 주자였던 에우리피데스는 전통적 즉 신화적 소재로 작품을 쓴 최후의 대가였다. 그러나 그의 작품에는 당대의 철학적 회의주의와 비판적 정신이 이미 반영되어 있었다. 에우리피데스 이후 가장 뛰어난 정신은 모두 철학으로 향하였다고 한다.203

따라서 비극의 특징은 그것이 종교와 예술('무시케')의 시대로부터 철학과 과학의 시대로의 이행과정을 보여준다는 데 있다. 즉 비극은 종교와 철학 사이에 놓인 다리이기에 그것은 종교적인 동시에 철학적이기도 하다는 것이다. 한편 철학은 비극보다 나이가 어린 만큼 철학의 시조인 플라톤과 아리스토텔레스의 철학은 '비극의 영향 아래' 출생했다. 이는 사고의 진화과정에서 철학이 비극적 사고를 받아들이는 동시에 그것을 넘어갔다는 것을 말한다. 플라톤 자신은 비극 시인들을 '경쟁자'로 보았다.204 그는 소포클레스와 에우리피데스가 같은 해(BCE 406)에 죽었을 때 단지 스물한 살이었다. 그의 어린 시절에 두 비극작가의 대부분의 유

200　R. P. Winnington-Ingram, "Euripides: *Poietes Sophos*," *Arethusa*, Vol. 2. No. 2., p.127.

201　Silk and Stern, *Nietzsche on Tragedy*, p.75.

202　Kaufmann, p.149.

203　Vernant and Vidal-Naquet, p.6.

204　Martha Nussbaum, *The Fragility of Goodness*, p.12.

명한 작품들이 씌어졌다는 것을 생각해 볼 때, 그는 비극과 철학의 동시대적 연관 속에서 사고할 수밖에 없었다. 이는 앞서 말했듯이 그의 철학적 대화편이 모두 비극의 대화 형식을 모방하는 데서도 드러난다. 그의 제자인 아리스토텔레스쯤 와서는 비극을 완전히 자신의 철학 체계 안으로 끌어들이고 굴복시키려고 시도하였다. 이들의 철학적 사고는 신화적 사고로부터의 해방이었을 뿐 아니라 시를 '비신화화非神話化'하는 것이었다.[205] 다시 말해, 그들은 전통적인 신화적 사고를 배척하는 '반권위주의자'들이었던 것이다. 그들은 비극 시인들을 논할 때 자신들이 비극 시인들보다 지혜에 있어 우월하다고 생각하며 논의했던 것이 분명하다. 왜냐하면 그들은 지식의 전수자로서는 자신들 같은 철학자가 마땅히 으뜸이어야 한다는 자부심을 지니고 있었기 때문이다. 그러나 자신들이 비극 시인들보다 지혜에서 우월하다는 그들의 자부심과 주장은 매우 문제적이다. 카우프먼의 지적대로 '겸손의 결여'야말로 우리로 하여금 그들의 지혜에 대해 심각한 의심을 품게 만들 수 있다.[206] 왜냐하면 인간의 가능성과 한계에 대한 비극 시인들의 통찰은 이에 대한 플라톤이나 아리스토텔레스의 분석보다 더욱 심오하고 가슴에 와 닿기 때문이다. 이러한 사정을 카우프먼은 다음과 같이 말한다.

"플라톤은 비극 시인은 환상을 보여줌으로 [공화국에서] 추방해야 한다고 말했다. 그러나 우리는 이제 그가 꿈꿨던 철학[즉 이데아의 세계]이야말로 환상이고, 오히려 비극 시인들이 삶의 진실을 보여주었다는 것을 알고 있다. . . 철학은 비극을 대신할 수 있는 적자嫡子가 아니다. 그것의 뿌리는 비극과 같은 곳에 두고 있다. 즉 비극의 정념pathos에서 철학도 나온

---

205 Kaufmann, p.5.
206 같은 책, p.6.

것이다. 그러니 철학이 다시금 비극 시인의 정념으로 돌아가지 않는다면 그것은 메말라 죽어버릴 것이다."[207]

이는—많은 평자들이 지적하듯이—20세기 초 비트겐슈타인과 루돌프 카르납의 '언어(분석)철학' 및 하이데거에서부터 비롯한 '해체주의 철학'이 등장한 후 인간의 삶과 그것에서 나오는 온기나 숨결은 찾아볼 수 없는 철학으로 전락한 현대철학의 일부 학파들이 보여주는 현상에도 적용된다고 할 수 있다.

12. 그리스 비극이 불러일으키는 '감정'

아리스토텔레스가 『시학』에서 비극은 '연민*eleos*'과 '두려움*phobos*'이라는 감정을 불러일으키지만 이윽고 이 감정들을 '배출'(혹은 '정화')하여 원래의 감정적 평형상태를 다시 유지하게 하는 것이 비극의 목적이라고 말한 후, 이것이 비극의 기능이나 효과에 대해 마치 만고의 진리인 양 지난 수백 년 동안 받아들여져 온 것이 사실이다. 그러나 아리스토텔레스의 비극의 감정에 대한 설명은 너무도 미흡하고 불명확하여 후대에 숱한 불필요한 논란을 불러일으키고 혼돈을 빚어내었다. 우선 두려움과 연민이 비극의 감정으로 맞다고 하더라도 구태여 이 감정들을 씻어 내거나 정화시켜야 하는 것인 지부터가 논란의 여지가 많다. 아리스토텔레스의 '카타르시스 이론'은 그의 스승인 플라톤의 '비극 배격론'을 배격하기 위해 만들어진 것이다. 플라톤은 "비극은 눈물과 담겼던 울음을 터뜨려서 만족시키는데, 이렇게 되면 공동체가 모든 경우에 최선이라고 칭찬했던 법이나 이성적인 생각 대신에 '즐거움과 고통*hedone kai lype*'이 너의 나라의 왕이

---

207 같은 책, p.363.

되고 말 것이다……시는 가뭄으로 말려 죽여야 할 잡초 같은 감정을 먹여 살리고 북돋아 준다"고 말했기 때문이다.[208] 그러나 아리스토텔레스는 이 세상의 모든 사물은 자신의 고유한 목적^{telos}를 지니고 있듯이 비극도 나름의 목적이 있다는 것을 말하고 싶었다. 즉 비극은 관객들로 하여금 감정의 정화 내지 순화의 효과를 가져다줌으로써 그들의 (심리적) 안녕에 도움이 된다는 것이다. 그러나 비극을 감상한 사람의 마음이 과연 평정심을 회복하게 되었는지 입증하기 어려울뿐더러 더욱이 그것을 일반화하는 것은 그제나 이제나 어려울 듯하다. 오히려 오늘날의 일반적 경험에 비추어보면 비극을 감상하면 깊고 오래 가는 어떤 충격을 받고 일종의 신비감이나 곤혹감을 느끼게 된다는 것이 진실에 더 가깝지 않은가 하는 것이다.

'정화(순화)'가 아니라 '강화'

그래서 20세기의 중요한 비극론자 중의 한 명인 F. L. 루카스는 비극은 아리스토텔레스가 말하듯이 감정의 정화나 순화가 아니라 오히려 감정을 강렬하게 불러일으키는 것 자체가 목적이라고 말한다.[209] 관객의 연민이나 동정심이 너무 많아서 문제가 될 일은 없고 오히려 많을수록 좋은 것 아니냐고 말함으로써 정면으로 반론을 제기한 것이다. 그는 보통의 관객이나 독자는 일상의 나날을 살아가면서 정서의 과다보다는 오히려 감동의 결핍이나 부족을 경험하는 게 일반적 현상이라고 말한다. 따라서 단조롭고 틀에 박힌 일상의 삶과 일이 제공해 주지 못하는 강렬한 감동에 굶주려 있는 그들은 연극을 관람함으로써 연민이든 공포든 강

---

208 『국가』, I, 606a–b607a.

209 F. L. Lucas, *Tragedy: Serious Drama in Relation to Aristotle's Poetics*, p.46.

렬한 감정을 – 그것이 씻겨나가기는커녕 – 만끽하는 것을 즐거워한다
는 것이다. 루카스는 아리스토텔레스의 이론은 다혈질의, 흥분 잘하는
지중해 연안 민족에게나 맞는 말일지 모른다고 한다.[210] 한편 카우프먼
은 아리스토텔레스는 비극이 감정의 정화(혹은 배설)를 가져온다고 생각했
으나, 사실 감정의 보다 완전한 정화가 목적이라면 차라리 작품이 비非비
극적인 해피엔딩으로 끝나는 '승리의 멜로드라마'가 훨씬 더 목적에 부합
할 것이라고 주장한다.[211] '승리의 멜로드라마'는 거듭되는 강렬한 스릴과
서스펜스를 경험한 이후에 마지막에 완전한 감정의 이완을 가져다주기
때문에 관객은 후련하고 홀가분한 심정으로 극장을 나서게 된다는 점에
서 이는 옳은 지적이다.[212]

연민이나 동정보다는 '외경이나 외포'

"그리스 비극을 처음 읽을 때 우리는 인간 존재 자체가 고뇌요 공포라는 느낌을 우
선 받게 된다."[213]

그러나 더욱 본질적인 문제는 그리스 비극을 보고 도대체 우리가 연민
이나 동정의 감정을 느끼거나 하는 것인지의 여부 자체가 의심스럽다는
점이다. 아직도 유수有數한 고전학자 가운데는 찰스 시걸처럼 아리스토

---

210 아리스토텔레스의 '연민'은 오늘날 서구인들이 느끼는 자비나 공감보다 훨씬 강렬하고 과
격하며, '침투적인' 감정이었다고 그리스 비극의 정서적 효과에 대한 독보적 권위를 지닌
책 『그리스 비극과 정서』의 저자 스탠퍼드 교수는 말한다. 그는 아리스토텔레스는 '두려
움'의 감정도 떨림을 동반하는 심각한 육체적 효과의 관점에서 묘사한다고 지적한다. 그
러나 현대인들도 그러한 지는 매우 의심스러운 것이다.—W. B. Stanford, *Greek Tragedy
and the Emotions*, p.21–4.

211 Kaufmann, p.49.

212 『비극 문학』, p.61–2.

213 Kaufmann, p.319.

텔레스를 따라 그리스 비극의 제일 감정은 '공감적인 감정'이며, "고전기 그리스인들은 눈물과 고통을 공유하는 것이 인간들 사이의 공통의 유대를 형성하는 기반이 된다는 확신을 갖고 있었다"고 주장하는 학자도 있다.[214] 그런데 앞서 비쳤듯이 설혹 고대 그리스인들에게는 그것이 가능했을지 모르나 현대인들에게도 마찬가지로 그런지에 대해서는 논란의 여지가 있을 수밖에 없다. 오늘날 우리 중에 그리스 비극을 보고 눈물 흘리거나 우는 사람은 찾아보기 쉽지 않으며, 무엇보다도 그리스 비극은 그런 감상에 빠지는 것을 근원적으로 불가능하게 만드는 것은 아닌가 하는 생각이 들기 때문이다. 우선 비극의 등장인물들은 모두 아득한 과거의 신화와 설화에서 빌려왔으며, 이는 비극 시인들이 그들에 대한 관객의 주관적 공감을 억제하고 도리어 심리적 거리를 유지하도록 하기 위해서라는 견해가 상당한 설득력을 얻고 있다. 비극의 주인공은 '비극적 인간'의 하나의 '이데아'로서 무대 위에 서 있는 것이며, 비극은 인간 존재의 근원에 놓인 비극성을 '보편성 속에서 형상화'해 보여주고 있기 때문이다.[215] 따라서 관객은 비극을 보면서 '인간 존재의 보편적 본질' 속에 내재한 비극성 앞에서 전율할지언정 슬퍼서 울게 되지는 않는다는 것이다. 왜냐하면 '보편화되고 일반화된 고통'은 우리를 직접 자극하는 고통이 아니기 때문이다. 따라서 비극의 주인공에게 연민을 느낀다는 것은 관념적으로는 타당할지언정 현실감 있게 다가오는 이론은 아니다. 빅커스 교수도 그리스 비극에서 '관객의 동일시 경험'은 원천적으로 불가능하다고 선언한다.[216]

다음으로 그리스 비극의 주인공들은 관객과의 시간적, 공간적 거리 외

---

214 Charles Segal, "Catharsis, Audience, and Closure in Greek Tragedy," M. S. Silk ed., *Tragedy and the Tragic*, p.140.

215 김상봉, "신파新派와 미학 사이", 「충청투데이」, 2022. 2. 8. 18면.

216 Vickers, p.58.

에도 그들의 특수한 '성격화'로 말미암아 감정이입이 쉽지 않다는 반론도 가능하다. 말하자면 주인공들은 그들이 기본적으로 지니고 있는 강력한 '튀모스'(기백 혹은 기개氣槪)로 말미암아 진정한 의미로의 연민이나 동정을 느끼기 힘들다는 것이다. 왜냐하면 어떤 평자가 말하듯 "우리보다 높고 숭고한 자들에게 대해 연민을 느낄 수 없으며, 인간과 동물에 대해서는 연민을 느끼지만 신이나 신적인 존재에 대해서는 느낄 수 없기 때문이다."[217] 비록 신은 아니지만 오이디푸스, 안티고네, 아이아스, 오레스테스, 히폴뤼토스 같이 강력한 영혼을 지니고 강렬한 투쟁을 벌인 후 당당하게 자신의 운명을 받아들이는 인물들에 대해서 우리가 과연 연민의 감정을 느끼는지는 자문해 볼 일이다. 루소도 『에밀』에서 "우리가 타인의 불행에 대해서 느끼는 동정은 그 불행의 크기에 비례하지 않고, 그 불행한 자에게 베푸는 우리의 감정에 비례한다"고 말했다.[218] 즉 우리는 비극의 주인공의 숭고하고 강력한 영혼 앞에서 연민이 아니라 차라리 어떤 '다른' 감정을 갖게 됨 직하다는 것이다. 그래서 오늘날 영향력 있는 비극론자 중의 하나인 도로시어 크룩은 비극의 주인공에게 연민과 동정을 느끼느냐고 묻는 것은 '생뚱맞은' 질문이 되기 쉽다고 말한다.[219]

연민이 그리스 비극에 대해 적절치 못한 감정이라면 아리스토텔레스가 말한 두려움은 어떤가? 결론부터 먼저 말하자면 두려움도 연민 못지않게 비극의 감정으로서 그 타당성이 심히 문제적이라 하지 않을 수 없다. 아리스토텔레스는 두려움이 우리가 주인공이 당하는 부당한 고통을 당하지 않을까 염려하는 데서 온다고 말한다. 그러나 근대 이후 많은 평자들이 지적하듯 이런 의미의 두려움을 관객이 느끼기는 쉽지 않을 것

---

217 Allardyce Nicoll, *The Theory of Drama*, p.244.

218 J. J. 루소, 『에밀』, 중권, p.31.

219 Dorothea Krook, *Elements of Tragedy*, p.46.

이다. 저명한 아리스토텔레스 전문가인 데이비드 로스 같은 평자는 두려움이 관객에게도 주인공 비슷한 운명이 떨어질까 보아 느끼게 되는 감정이라면, 과연 오늘날 어떤 관객이 자신에게 오이디푸스의 운명이 떨어질 것이라고 느끼고 두려워하겠는가 묻고 있다.[220] 마찬가지로, 근친을 살해하던가 아니면 근친에 의해 살해당하게 되는 아가멤논, 헤라클레스, 오레스테스, 엘렉트라, 히폴뤼토스의 처지에 자신을 가져다 놓고 감정이입과 동일시를 경험할 수 있는 현대의 관객이 있을 수 있을지 의심스러운 것이다.[221]

여기서 우리는 2300년 전의 고대 그리스인들보다 훨씬 우리에게 가까운 르네상스 시대 이후의 평자들의 견해에 귀 기울일 필요가 있다. 특히 그리스 비극이 재발견된 르네상스 시대에 이탈리아의 안토니오 민투르노나 영국의 필립 시드니 그리고 프랑스 고전 비극의 대표 작가인 피에르 코르네이유 등은 비극의 감정으로 '찬탄讚嘆'—때로는 '외경畏敬'—을 덧붙여야 한다고 주장한 바 있다.[222] '찬탄'은 비극이 가져다주는 '역설적 효과'를 설명해주는 감정으로서, 우리는 주인공의 비참한 최후를 목격하지만 동시에 자신의 인간적 가능성을 남김없이 소진시킨 후 (여한 없이) 최후를 맞이하는 그에 대해 일종의 '감탄과 찬미'의 감정을 느끼게 되는 것을 가리킨다. 이 찬탄은 비극이 제공하는 '쾌의 감정'의 근거가 되는 것으로 −플라톤부터 지적한 바 있듯이 −고통의 묘사인 비극이 어찌하여 기쁨을 주는가 하는 역설을 설명해 주는 감정이다.[223] 찬탄이라는 역설적

---

220 Sir David Ross, Kaufmann, p.46. 재인용.

221 Robert Heilman, "Tragedy and Melodrama," Corrigan, p.214; D. D. Raphael, *The Paradox of Tragedy*, p.268; John Gassner, "The Possibilities and Perils of Modern Tragedy," Corrigan, p.298.

222 Osacar Mandel, *A Definition of Tragedy*, p.90; R. P. Draper, *Tragedy: Developments in Criticism*, p.70; 브루노 클레망, 『프랑스 고전 비극』, p.59.

223 『필레보스*Philebos*』, 48a.

감정은 후대의 적지 않은 고전학자들이 비극의 가장 뚜렷한 효과로 추켜세우고 있다.**224** 한편 '외포'畏怖 혹은 '외경'의 경우 작품의 끝에서 관객은 '시적 정의'가 실현되는 것을 목격하지 못하고 심각한 비극적 고뇌를 느끼게 되지만, 이것이 곧 비극이 깨우쳐주는 가장 깊숙한 그러나 근본적인 이 세상의 이치 혹은 법칙이라는 것을 깨닫고, 고뇌의 감정은 이윽고 심오한 '신비감' 나아가 '곤혹감'으로 바뀌게 되는 것을 가리킨다. 즉 이런 가차 없고 혹독한 법칙이 지배하는 이 세계에 대해 관객은 일종의 외포 혹은 외경의 념念을 갖게 되는 것이다. 이는 마치 괴테가 신神의 뜻의 알 수 없음 앞에서 "탐구될 수 없는 그것에 대해서는 조용히 흠숭欽崇하라"고 말한 것과 같은 맥락이다.**225**

비극의 감정은 이렇게 복합적이고 역설적이다. 찬탄과 외경은 따져보면 긍정적이고 낙관적 정서이며, 이는 비극이 결국 '낙관적인 관점'을 내포하고 있다는 말이 된다. (찬탄은 당연하지만 외경이나 외포도 생각해보면—절망이나 공포보다는—낙관적인 감정이다. 왜냐하면 어떤 법칙이나 이치도 지배하지 않는 무질서나 혼돈보다는 비록 그것이 가차 없고 혹독할지라도 인간을 초월하는 어떤 이치나 법칙이 존재한다는 것이 훨씬 낫기 때문이다). 한편 희극보다 비극이 역설적으로 더 낙관적이라는 사실은 많은 평자들이 지적하였다. 가령 카우프먼은 비극은 아테나이건 후대의 엘리자베스 조의 런던이건 역병을 견뎌 이겨내고 마라톤과 살라미스의 전투를 승리로 이끈 시대와 스페인의 무적함대를 물리친 영국의 16세기와 같은 시대의 소산이며, 20세기의 1, 2차 세계 대전과 같은 파멸적 참화를 입고 깊은 좌절과 환멸을 맛본 1950년대 이후의 서구에서는 씌여질 수 없는 장르라고 말한다.**226** 인간

---

224 W. C. Greene, *Moira*, p.96; George Steiner, *The Death of Tragedy*, p.9–10; Herbert Muller, *The Spirit of Tragedy*, p.16; D. D. Raphael, *The Paradox of Tragedy*, p.34.

225 괴테,『잠언과 성찰』, 718; W. 바이셰델,『철학의 뒤안길』, p.326. 재인용.

226 Kaufmann, p.165.

과 삶이 근본적으로 허망하고 부조리하다는 사고는 비극 쓰기를 그 바탕에서부터 허물어뜨리기 때문이다. 20세기 중엽의 새뮤얼 베킷, 유진 이오네스코, 장 주네 등의 '부조리극'은 비극이 불가능해지자 그 빈 곳을 메우기 위해 태어난 이류二流의 문학 혹은 서브 장르이다.

13. 그리스 비극에서 '정의'의 문제

"비극 속에서 인간은 자신이 신들보다 더 선하다는 것을 깨닫는다."—발터 벤야민, 『독일 비애극의 원천』

앞에서도 비쳤듯이 그리스 비극을 탄생시키고 또 관류하는 중심적 정념*pathos*의 하나는 '정의*Dike*에 대한 열망'이라고 할 수 있다. 그리스 비극이, 나아가 그리스 정신이 '서구 인본주의의 원류'라고 한다면, 그것은 그리스 비극이 인간이 이 세상에서 겪는 고통의 문제 즉 '고통의 부당성'의 문제에 초점을 맞추고 집중하기 때문이기도 하다. 20세기 독일의 마르크시스트 문예 비평가로서 비극이론에도 공헌이 적지 않은 발터 벤야민은 "그리스인들은 '마성魔性 *daimon*'적인 세계 질서에 결정적으로 직면했을 때 그것의 형이상학적 느낌을 처음으로 '비극시'라는 장르를 창조해 새겨 넣었다"라고 말한 바 있다.[227] 그리스인들이 볼 때 이 우주는 어떤 원칙이나 법칙에 의해 움직이는 것 같으나, 그 원칙이나 법칙에 '정의'는 들어있지 않은 듯 보였기 때문이다.[228] 고전학자 F. L. 루카스는 "만약 우주적 정의가 드러난다면 그것은 비극이 아니다"라고 말하고 있고, 버나드 윌리엄스도 "[비극에서] 인간과 세계는 부조화하며, 우주는 인간의 욕

---

227 벤야민, 『독일 비애극의 원천』, p.132.
228 F. L. Lucas, p.106.

구에 무관심한 듯하다”고 판단한다.[229] 그리스인들의 우주적, 즉 신적 정의의 존재 여부에 대한 성찰과 탐구는 최초의 문학인 호메로스의『일리아스』에서부터 시작되었다. 그런데 E. R. 도즈가 말하듯이『일리아스』의 어떤 부분도 제우스가 정의에 관심을 갖고 있다는 것을 보여주지 않으며, 이 서사시는 전체적으로 신들이 일반적으로 정의와는 거리가 멀다는 것을 드러낼 따름이다.[230] 후대 ‘철학 시대’에 들어온 후 플라톤의 주저『국가』의 부제副題를 고대인들은 “정의에 대하여peri dikaiosyne”로 이름 지었고, 플라톤 자신도 그의 ‘사주덕四主德 ‘가운데 정의를 ‘최고의 덕’으로 간주하였다. 아리스토텔레스 또한『니코마코스 윤리학』제5권에서 “정의는 모든 덕 가운데 가장 큰 덕”이라고 단언하고 있다.[231] 비극에서도 ‘정의’가 중심적 주제라는 것은 에우리피데스의『알케스티스』의 등장인물 중의 하나가 하는 다음의 대사에 집약적으로 나타난다. “태양은 우리 둘의 고통을 내려다보고 있다, / 우리들 누구도 신들에게 잘못한 일이 없는데/ 너의 죽음을 당할 만큼.”[232] 이렇게 비극에서 정의는 주인공이 겪는 ‘부당한 고통’이 불러일으키는 관념 및 감정과 관계가 깊다는 것을 알 수 있다. 다른 말로 하여, 비극에서 정의의 소멸이나 상실은 주인공의 잘못을 넘어서는 과도한 응징과 처벌로 드러나는 ‘균형의 파괴’로 나타나는 것이

---

229 Williams, p.164.

230 Dodds, *The Greeks and the Irrational*, p.32; Hugh Lloyd-Jones, *The Justice of Zeus*, p.20-27.

231 그러나 전통적이고 보수적인 관점을 지닌—가령 H. D. F. 키토나 모리스 바우라 같은—평자들 중에는 그리스 비극이 어떤 형태로든 이 정의가 실현되는 방식과 과정을 다룬다고 주장하는 사람들이 있다. 그러나 비극에서 어떤 ‘우주적 정의’나 인간 사회의 ‘도덕적 원칙’이 작동하고 관철된다면 이는 더 이상 비극이 아니고 앞서 ‘서사의 삼분법’에서 분류한 ‘승리 혹은 패배의 멜러드라마’가 된다고 보아야 한다. 그리고 현존하는 그리스 비극 중에는 이에 해당하는 작품도 상당히 많은 것이 사실이다. 그러나 그런 ‘정의’나 ‘원칙’이 그리스 비극을 대표하는—『프로메테우스』,『오이디푸스 왕』이나『안티고네』같은— 가장 ‘숭고한’ 비극에는 적용되지 않는다는 사실에는 변함이 없다.

232 『알케스티스』, 246-7.

다. 비극이 '비극'인 것은 '행위와 처벌의 불균형'에서 비롯된다고 해도 과언이 아니다. 만약 여기에 균형과 공평이 있다면 비극이 아니라―위에서 말했듯― '승리의 멜로드라마'로 바뀌게 된다. 그리스 비극은 바로 이런 인간의 삶이 지니는 근원적이고 불가해不可解한 고통의 모습을 적나라하게 보여주기 때문에 오늘날까지 보편성과 불멸성을 띤다.

우선 '정의正義'의 정의定義부터 살펴보면 그리스어로 '디케*Dike*'는 관습이나 관행, 즉 '사람들이 정상적인 상궤常軌에 따라 행동하는 것'을 가리킨다.233 즉 그것은 정상성과 온당함의 의미를 갖는다. 그리고 법적으로는 '심판'을 뜻하며, 구체적으로 법적인 정의를 결정하기 위한 제도적 절차인 '재판' 나아가 '처벌'을 가리키기도 하였다. 아울러 그것은 신적, 도덕적 법칙인 '테미스*themis*'와 구별되는 '인간적 정의'를 가리킨다. '디케'는 이렇듯 광범한 의미를 포괄하며, 고전학자 키토는 이 말이 비극에서는 결국 '어떤 영원한 법칙, 우주 내의 도덕적 균형의 법칙'을 뜻하게 되었다고 말한다.234 "만약 온당한 질서가 어떤 폭력에 의해 흐트러지거나 붕괴되면 그것은 사물의 본성상 회복되어야 하며, 이때 '균형의 회복'이 바로 디케의 행위"라는 것이다. 비극에서는 그것을 뒤흔든 자에게 반드시 되 돌아 오고 그럼으로써 자동적으로 원래의 내면적 균형을 회복하게 하는 힘으로 나타난다. 이렇게 '디케'는 '사물의 본성,' '자연의 법칙,' '우주적 법칙' 등의 광범한 외연을 갖는 말이라고 할 수 있다.

그러나 키토의 주장과는 무관하게―『프로메테우스』, 『오이디푸스 왕』, 『아이아스』, 『박코스의 신도들』, 『트로이아의 여인들』 같은 대표적인 작품들이 보여주듯이―아티케 비극은 '회복력'으로서의 정의가 얼마나 불확실하고 의심쩍은 것인지 드러낸다. 앞서 말했듯이 현존하는 아티케 비극

---

233 Vickers, p.23.

234 Kitto, *Greek Tragedy*, p.77.

31편을 '서사의 삼분법'으로 구분하면 '승리의 서사' 15편, '패배의 서사' 6편, '비극적 서사'가 10편이다.[235] 승리의 서사는 『아가멤논』이나 『메데이아』의 경우처럼 주인공의 의도가 관철되어 해피엔딩으로 끝났기에 승리의 서사로 분류될 뿐 '정의의 실현' 여부와는 관계가 별로 없다. 『아가멤논』에서 클뤼타임네스트라의 승리는 정의의 실현으로 볼 수 없고, 『메데이아』에서 메데이아의 승리는 정의의 측면에서 심히 의심스러운 승리일 따름이다. 그래서 빅커스는 아티케 비극에서는 '우주적 정의'라는 일반적으로 합의된 개념을 찾아볼 수 없다고 주장한다.[236] 대부분의 주인공들이 품는 정의에 대한 기대나 희망은 실망으로 끝나기 십상이기 때문이라는 것이다. 마치 『히폴뤼토스』의 마지막에서 주인공의 결백이 불신되고 그가 부친의 저주에 의해 파멸한 뒤 코로스가 다음과 같이 노래하는 것처럼 말이다. "나는 은밀한 희망을 갖고 있었네/ 누군가, 어느 신이, 현명하게 계획을 세우리라고/ 그러나 나의 희망은 수포로 돌아갔네/ 인간들의 행위와 그들의 운명을 보고나니."[237] 빅커스가 정의란 가장 '프로테우스적Protean(변화무쌍한)'인 말이라고 결론지었듯이, 비극에서 정의는 끝내 문제적인 개념이다.[238]

그러나 이런 '정의'에 대한 그리스인들의 집념과 몰두는 결국 그들로 하여금 삶의 '비극적 비전'을 추구하고 찬미하는 데로 나아가게 하였다고 할 수 있다. 이 특수한 그리스적 비전은 우선 어떤 대가를 치룰지라도 자신의 신념과 방식으로 살겠다는 그들의 비상하게 단호한 '자기 주장'에서 비롯하는 것이다. 인본주의적인 '자기 정당성'에 대한 그들의 확신은 너무나 강력해서 때로는 관습적이고 전통적인 집단의 기준과 가치를 넘

---

235 『비극 문학』, p.75쪽 참조.

236 Vickers, p.25.

237 『히폴뤼토스』, 1105-8.

238 Vickers, p.27.

어서게 만든다. 그러나 20세기의 대표적 비극론자 중의 한 명인 윌리엄 맥컬럼이 말하듯 인간의 "과도한 자기 주장은 곧 자기 부정과 자기 파멸로 이어지기 쉬운 법이다."[239] 왜냐하면 이 우주는 부정할 수 없는 단 하나의 법칙 즉 '인과의 법칙'에 따라 움직일 따름이며, 행위에는 필연적으로 '결과(*anangke* 또는 *nemesis*)'가 따르게 마련이기 때문이다. 아이스퀼로스의『아가멤논』의 코로스가 말하듯 '행한 자는 당해야 한다*drasanta pathein*'는 것만이 이 우주에서 우리가 발견하는 유일한 법칙이다. 인간의 욕망에는 무관심한 비정한 이런 질서는 아리스토텔레스로 하여금 어디에선가 "우주는 인간을 위해 존재하는 것이 아니다"라는 명언을 남기게 만들었다.

그리스 비극이 드러내 주는 비전(인간관과 세계관)은 우리가 살고 있는 세상은 어떤 곳이고, 우주가 실제로 작동하는 방식은 어떠한지에 대한 진실을 보여주는 것이며, 이는 결과적으로 심오하게 운명론적이고 비관적인 비전이다. 그러나 그리스 비극의 등장인물의 '숭고함'은 이런 '디케의 신비'에 직면하여, 그것을 온몸으로 받아들이고 그것의 끔찍한 결과를 온전히 껴안는 영웅적인 모습을 보여주는 데 있다. 즉 우주나 신은 부당하고 불의해도 인간은 자신의 행동과 삶에 '책임'을 지는 모습을 보임으로써 스스로 '정의'를 수립하는 것이다. 이를 19세기 영국의 대표적 시인 로버트 브라우닝은 「아리스토파네스의 변명」이란 시에서 다음과 같이 노래한다. "에우리피데스는 감히 가르쳤네./ 비록 신들이 강력하고 사악하다 할지라도/ 그리고 인간은 비록 약하다 할지라도,/ 인간은 선을 추구함으로써 신들과 대등해질 수 있다는 것을."[240] 또 현대 미국의 대표적 비극론자인 허버트 멀러는 비극의 목적은 "정의를 수립함에 있어 인

---

239 William G. McCollom, *Tragedy*, p.55.
240 『아리스토파네스의 변명』, 428-30.

간 자신 외에는 다른 힘은 없다"는 것을 보여주는 데 있다고 말한다.[241] [242] 결론적으로 비극은 자신의 인간적인 욕망의 실현을 끝내 주장하고 관철하는 인간의 능력을 긍정하며, 또 그것이 가져온 결과에 책임지는 인간의 용기를 확인해준다. 그리스인들이 볼 때 이런 영웅적 인간은 그들의 가장 훌륭한 예술적 노력과 최대의 찬미에 값하는 존재가 되기 때문이다.[243]

14. 그리스 비극에서의 '깨달음' 혹은 '지혜'

비극은 우리에게 연민과 두려움 그리고 찬탄과 외경과 같은 정서적 효과 외에도 '지적인 쾌' 즉 깨달음과 지혜도 제공한다. 그래서 공동연대 1세기의 로마 시인 호라티우스는 시는 '감미로움뿐 아니라 유익함*dulce et utile*'도 가져다준다고 말했다. 비극의 등장인물이 처한 도덕적 상황과 처지 즉 '갈등 상황'은 우리에게도 이와 관련된 감정을 불러일으킨다. 다시 말해 주인공이 당면한 특수한 도덕적, 윤리적 문제와 관객이 느끼는 연민과 두려움 그리고 찬탄과 외경 같은 감정은 서로 뗄 수 없이 긴밀하게 상호 연관되어 있는 것이다. 그리하여 비극의 감정은 필경 도덕적인 통찰과 함께 지성적인 이해와 분별 및 사유를 유발하게 된다. 이미 파스칼

---

241 Muller, p.334.

242 또다른 유수한 비극론자들 중 한 명인 헨리 A. 마이어스는 정의가 행한 것과 받은 것 사이의 '등가(대등)성(equity)'의 문제라고 할 때, 비극에서 정의는 오직 개인이 '자신과의 관계'에서만 어떤 동등함을 발견할 수 있을 따름이라고 주장한다. 즉 주인공이 자신이 행한 선택과 행동의 결과로 주어진 '운명(*moira* 몫)'을 과감히 껴안을 때 그는 등가성을 실현한다는 것이다. 그러나 비극의 '비극성(즉 본질)'은 앞서 인용한 가다머도 지적했듯이 결과가 원인을 초과하는 '과도한 결말'에 있다고 할 때, 마이어스의 주장은 —근본적으로는 동의할 수밖에 없지만— 너무나 관념적이고 유아주의(唯我主義)적이라는 견해도 있을 수 있다.—Henry. A. Myers, *Tragedy: A View of Life*, p.27; 가다머, p.235.

243 Ian Johnston, *Fate, Freedom and the Tragic Experience*, Vancouver Island Univ. 2004.

이 사백 년 전에 그의 『팡세』에서 "마음은 이성이 알지 못하는 그 나름의 이성을 가지고 있다"고 했듯이, 인간의 감정과 사고는 서로 뗄 수 없이 연관되어 있기 때문이다. 20세기의 영미권의 대표적 시인이자 평론가인 T. S. 엘리엇도 "위대한 문학은 삶에 대한 견해를 확대하고 심화시킨다. 왜냐하면 모든 강렬하고 정확한 감정은 역시 강렬한 지적 사유를 수반하고 가져오기 때문이다"라고 말한 바 있다.(T. S. Eliot, "Shakespeare and the Stoicism of Seneca") 비극이 바로 이런 기능을 행하는 것이다. 비극은 앞서 말했듯이 당대의 아테나이인들로 하여금 그들이 당면한 현실의 문제들을—가령 권력의 정당성, 신적인 것과 인간적인 것의 관계, 남녀 간의 갈등, 인간의 지나친 자신감과 오만 등—반영하는 작품을 무대에 올리고 이를 논의와 토론이 촉발되고 활성화되는 계기로 만들었다. 그래서 비극의 이런 독특한 문화적, 지성적 기능에 대해 당대의 철학자 고르지아스는 "비극에 감동되는 사람은 그렇지 못한 사람보다 더 많은 지혜를 갖게 된다"는 말을 했다.[244]

고르지아스가 말하는 비극의 지혜는 비극론자들 사이에 이른바 '고통을 통한 배움'이라는 관념으로 알려져 있으며, 이것의 원전은 아이스퀼로스의 『아가멤논』에 나오는 "인간은 고통을 통해 지혜에 도달하나니 *pathei mathos*"라는 말이다.[245] 이 말은 그 자체로서 비극 문학이 가르쳐주는 첫 번째 지혜라 할 수 있고, 후대에도 비극이 제공하는 지적 통찰의 핵심으로 남아있다. 그러나 정작 작품 가운데 고통을 통해 배움이나 깨우침을 얻는 주인공은 만나 보기 쉽지 않은 것이 사실이다. 그들은 그저 자신의 욕구나 의지를 실현하려고 이 세상과 힘겨운 싸움을 벌인 끝에 파멸할 따름이기 때문이다. 그래서 평자들은 이 교훈의 이득을 보는 자는 희

244　Taplin, p.167. 재인용.
245　『아가멤논』, 176-7.

생자가 아니라 관찰자라고 지적하였다. 오늘날 비극의 '지혜'를 전수받는 자는 등장인물이 아니라 관객이나 독자라는데 이의를 다는 평자는 거의 없다.[246]

그러나 그리스 비극을 보거나 읽고 관객이나 독자가 배우게 되는 지혜의 대표적인 것은 고통을 견디고 감내하는 주인공의 '최후의 모습'에서 나온다고 해야한다. 주인공의 '위엄과 숭고'는 그의 실패와 파국 속에서 가장 분명하게 드러나기 때문이다.[247] 그는 자신의 '영혼의 힘' 즉 용기를 갖고 자신에게 닥친 운명을 움츠러들지 않고 당당하게 껴안는 모습을 보여주는 것이다. 그리하여 주인공은 그를 파멸시키는 힘(운명이나 외계)보다 더 위대하고 훌륭한 존재라는 느낌을 관객/독자에게 갖게 하며, 우리는 그를 자랑스럽게 여기게 된다.[248] 뿌리를 따져 올라가면 플라톤이 『일리아스』에 등장하는 '전사들이 보여주는 용기'*menos*라고 부른, 이 고통을 '의식적으로 감내하는 능력*tlemosyne*'은 이후 모든 비극적 주인공의 결정적이고 보편적인 특질을 구성한다.[249] 비극이 제공하는 '고양감(혹은 '앙양감 昻揚感 exaltation')'은 바로 이렇게 고통당하는 주인공이 보여주는 위엄과 인내라는 '정신의 힘'에서 비롯한다.[250] 다시 말해 비극의 고양감은 앞서 인용한 베르너 예거가 말한 대로 "인간의 무력감과 동시에 그의 파괴될 수 없는 승리에 찬 위엄을 보여주는" 아티케 비극의 주인공이 관객에게 가져다주는 감정이다.[251]

---

246 Vickers, p.65; Kaufmann, p.187; Lloyd—Jones, p.87.

247 F. L. Lucas, p.68.

248 W. C. Greene, p.96.

249 Krook, p.42. 재인용.

250 T. R. Henn, *The Harvest of Tragedy*, p.286; D. D. Raphael, p.31.

251 주인공이 최후에 보여주는 이런 '견인불발(堅忍不拔)'의 모습'은 비극이 사라지고 난 다음 헬레니즘 시대에 등장한 스토이시즘에 뚜렷한 흔적과 영향을 미쳤을뿐더러 후대의 비극 문학에서 등장인물이 지니는 인간관과 성격화에 있어 핵심적 요소로 남아있다. '스토익

나아가 비극의 앙양감은 비극 특유의 '역설적 감정'의 원인을 제공하며 그 배후에 있다. 비극의 주인공의 최후는 물리적 파멸과 동시에 정신적 승리라는 '양가兩價적이고 역설적 현상'을 보여준다고 할 수 있다. 즉 그것은 하나의 가치가 파멸함과 동시에 어떤 다른 하나의 가치가 생성되는 이중적 혹은 양가적 의미를 띠는 것이다. 한마디로 주인공의 최후는 관객/독자로 하여금 희망과 절망, 긍정과 부정, 빛과 어둠이라는 양가적이고 역설적인 감정을 맛보게 한다. 윌리엄 C. 그린도 비극에서 "고통과 파멸의 장면이 관객에게 인간의 힘에 대한 기묘한 환희와 찬탄을 불러일으키는 것이 '비극의 역설'"이라고 말한다.[252] 이런 역설적 감정이 어떤 다른 문학 형식에서도 찾아볼 수 없는 비극만의 효과이다.[253] 그린에 따르면 비극에서 "시적 정의의 부재는 '비극적 고뇌tragic qualm'를 느끼게 하지만, 이 역설적 감정으로 말미암아 인간은 결국 크거나 작거나 어느 정도 자신의 '운명의 주인공'이라는 암시를 받게 한다"고 말한다.[254]

한 영웅'은 ―비록 비극적 주인공의 능동적인 모습 대신 고통을 당하는 수동적인 모습이 더욱 뚜렷하지만 ―군말 없이 고통을 껴안는 것이 핵심적인 요건이다. 가령 마르쿠스 아우렐리우스는 그의 『명상록』에서 "아, 키타이론이여, 키타이론이여 하고 외친 자도 자신의 몫을 견뎌냈나니"라고 최악의 고통을 감내한 오이디푸스에 대한 찬미의 말을 하고 있고, 세네카도 그의 『섭리에 관하여』에서 "불운과 투쟁하는 비범한 인간이야말로 신들이 가장 기쁨을 가지고 바라보는 모습이다"라고 말하고 있다. ―아우렐리우스, 『명상록』, XI. 6; 세네카, 『섭리에 관하여』, 9.)
르네상스 시대의 대표적 비극 작가인 셰익스피어의 『햄릿』의 5막 2장에서 햄릿이 자신의 최후를 예감하고 하는 다음의 말은 비극적 인물의 전형적 사생관을 보여준다. "그것 (죽음)이 지금 온다면 앞으로는 오지 않을 것이다; 그러나 장차 오지 않는다면 지금 오겠지. 만약 지금이 아니라면 결국 언젠가는 올 것이야. 그러니 '준비된 마음'이 제일이다."(206―9) 이는 20세기에 대표적으로 비극적 비전을 보여주는 작품을 쓴 어니스트 헤밍웨이가 『노인과 바다』에서 거대한 청새치와 사흘 낮 밤 사투를 벌이다 결국 상어 떼에 고기를 다 빼앗긴 주인공 산티아고 노인이 하는 다음의 말로도 나타난다. "그러나 인간은 패배하도록 만들어지지 않았다. 인간은 파괴될지언정 패배할 수는 없다."(Ernest Hemingway, *The Old Man and the Sea*, p.93.)

252 Greene, p.96.

253 Steiner, p.10.

254 Greene, 같은 곳.

결론적으로 말해 비극은 인간과 인간의 삶의 최선과 함께 최악을 드러내고 형상화하는 예술 양식이라고 할 수 있다. 그것은 인간의 욕망과 신념을 실현시키려는 극한의 노력과 투쟁이 결국 가져오기 쉬운 파국이라는 '최악의 사태'를 재현하지만, 동시에 그런 최악의 상황을 맞이하여 인간의 영혼이 보여줄 수 있는 '최선의 모습'을 형상화하는 예술의 형식이기 때문이다. 이렇게 인간의 본성과 자질을 파헤치고 인간이 보여줄 수 있는 가능성과 함께 한계를 탐색한다는 것은 인간이 자신에 대해 가질 수 있는 최고의 지혜이고 깨달음에 해당한다고 말할 수 있다.

15. '모순과 역설': 그리스 비극에서 '여성'

고전기 아테나이 여성들은 디오뉘시아 제전의 비극 공연에 ─비록 많지는 않았으나 ─관객으로는 참석했으나 배역을 맡는 등의 극의 제작에 있어서는 완전히 배제되었다.[255] 그러나 그리스 비극의 놀라운 점의 하나는 작품은 모두 남성이 썼으나 '여성'이 그 내용의 주요 부분의 소재라는 것이다. 여성의 중요성은 현존하는 극 중 약 반의 제목이 여성 이름 혹은 여성 집단을 가리키는 말이란 데서도 알 수 있다. 이런 사정으로 인해 공동연대 2세기의 풍자작가 루시안은 "비극에는 남자보다 더 많은 여성들이 등장한다"라는 말을 했는데, 사실 현존하는 아티케 비극 중에서 소포클레스의 『필록텍테스』 단 한 편만이 여성 등장인물이 한 명도 없는 것을 볼 수 있다. 아울러 많은 비극에서 사건의 핵심은 남녀 등장인물들 사이의 갈등 자체거나 아니면 그 갈등에서 비롯되는 사건을 다루고 있

---

[255] 비극공연에서 여성들의 관극 여부는 앞서 지적했듯이 아리스토파네스의 희극 『무대를 차지하는 여인들』에 나오는 대사에 근거하여 부정적으로 보는 것보다 긍정적으로 보는 학자들이 더 많다.

다.[256]

　당대 아테나이 지식 계층의 일반적 견해를 대변하는 아리스토텔레스에 의하면 여성은 '기형적이고 불완전한 남성'이며 따라서 '자연'에 의해 남성에 복종하도록 되어있는 존재였다. 이것이 오늘날 우리가 볼 때 아무리 극단적이고 혐오스럽더라도 당시 평균적 아테나이인들의 '남녀관'이었다는 것을 염두에 두어야 한다. 호칭도 남성들의 집합은 '아테나이인들' 혹은 '아테네의 남자들' 아니면 그저 '시민들'이라고 불린 것과 대조적으로 여성은 '시민'이라고 불리지 않고, 늘 뭉뚱그려 '아티카의 여인들'이라고만 불렸다.[257] 정치적으로 여성은 참정권과 투표권뿐만 아니라 재산권도 없었다. 아테나이의 여인들은 종교가 유일하게 남성과 대등하게 참여하는 분야였고, 유일한 기능은 종교의식에서 여사제로 봉사하는 일이었다.

　비극에서 여성의 성격과 역할은 매우 복잡하고 모호하다. 그리스 극은 비극이건 희극이건 여성의 성적 매력, 에로틱한 면이 아름답게 부각되는 일이 거의 없다. 문제가 되는 것은 그들이 보여주는 '두렵고도 놀라운 대담성, 나아가 때로는 폭력적이라고 해도 좋을 정도의 과도한 일탈성'이다.[258] 사실 비극은 아테나이의 여성의 역할에 관한 숱한 논의의 중심적 소재를 제공해 왔다. 그 논의의 핵심적 긴장은 당대의 철학적, 역사적 산문 기록에 나타나는 명확한 이데올로기는 공적 삶과 언어가 거부된 '가정 내의 여성'이란 존재인데, 어찌하여 비극에서는 여성들이 무대 위에서 공적으로 대담하게 발언하고 행동하는 것을 보여주고 있는가 하는 데서 비롯된다. 그 해답은 크게 두 가지로 나뉘는데 우선 영국의 고전학의 대가 키토는 그리스 비극에 등장하는 여성들은 바로 여성의 억압이 당대의 일

256　Sue Blundell, *Women in Ancient Greece*, p.172-3.

257　Easterling, p.27.

258　D. W. Lucas, p.12.

반적이고 당연한 현실이었다는 견해가 부당하다는 것을 보여주는 주된 근거라고 주장한다. 즉 고대 사회에서 여성들이 억압과 차별을 받았다는 것은 과장되거나 상당 부분 근거가 박약한 이론이라는 것이다. 그러나 이는 키토가 보수적 남성우월주의의 마지막 세대에 속하고 있다는 것을 보여줄 뿐이다. 왜냐하면 고대 사회의 여성차별은 이제 와서는 아무도 부정하지 않는 상식에 지나지 않기 때문이다.[259]

한편 미국의 사회학자이자 역사가인 필립 슬레이터는 아티케 비극이 아테나이 성인남성들의 일종의 심리적 병리 현상을 표현해주는 것으로서, 남성이 여성에 대해 갖는 이중적 감정 즉 "두려움에 찬 일종의 속죄의 감정"을 반영하고 있다고 말한다.[260] 앞서 인용한 여성학자 포머로이도 비극이 남성의 여성에 대한 심층적 두려움, 달리 말해 "승리자들의 악몽"의 재현이라고 꼬집어 말한다.[261] 이들은 공통적으로 여성이 일상에서는 극단적으로 남성의 억압을 받았지만 '비극이라는 제도'를 통해 강력한 발언권과 주체성을 획득하고 있다는 것이다. 다시 말해, 현실에서는 여성의 억압과 배제가 일반적이지만, 신화와 문학의 영역에는 ─남성의 '죄의식 어린 상상력'에 의해 ─여성의 힘과 능력이 뚜렷하게 반영되어 있으며, 여기서 발생하는 만만치 않은 남녀 사이의 대립갈등이 비극의 '긴장'을 제공한다는 것이다. 슬레이터나 포머로이와 마찬가지로 쇼M. Shaw도 비극이 '폴리스'라는 자신들의 공적 영역을 지키느라 정작 사적 영역인 '오이코스oikos(가정)'에서의 이익은 스스로 존중하고 보호하지 못하는 남성들의 실패를 형상화하고 있다고 말한다.[262] 무대 위의 여성들이 그들에게

---

259 Sarah B. Pomeroy, "Image of Women in the Literature of Classical Athens," Drakakis and Liebler, eds., *Tragedy*, p.229.

260 Philip E. Slater, *The Glory of Hera*, p.410.

261 Pomeroy, p.216.

262 Goldhill, *Reading Greek Tragedy*, p.113-4. 재인용.

기대되는 사회의 일반적인 행위 기준을 뒤집어엎고 위반하는 것은 남성들이 강요한 억압적 제도가 현실에 있어서는 실패하고 있음을 반증한다는 것이다.

'극단적 타자' 혹은 '남성화된 여성'

사실이지 고대 사회의 일반적 담론은 여성에 대한 차별을 정당화하기 위해 여성은 자연과 야만을 상징하며, 따라서 무법성과 무질서 그리고 욕망의 주체로서 여성을 파악했다고 해도 과언이 아니다. 이것을 가장 잘 드러내주는 것이 신화이다. 신화들은 일반적으로 문명이 '여성 없이 혹은 여성에 대항하여' 세워졌음을 설파하고 있다.[263] 즉 여성은 문명사회의 적이나 방해물이며 오직 남성만이 문명의 주체라는 가부장적 편견이 고전기를 지배했던 것이다. 그래서 가장 '문명화'된 여성신인 아테나는 여성적이기를 거부한 중성적 존재로 나타난다. 근래의 여성주의 비평 쪽에서는 비극이야말로 바로 이런 당대의 지배적 편견을 가장 잘 보여주고 있다고 주장한다. 가령 에디스 홀은 비극에 "여성은 남성보다 더 감정적이고 격정에 휘몰리기 쉽고 악마적 신들림에 더 취약하다고 생각하는 남성 가부장제의 편견이 투영되어 있다"고 한다.[264] 또한 골드힐에 의하면 아티케 비극에서 성적 욕망을 드러내는 여성은 모두 ─ 비록 그것이 남편에 대한 성적 욕망의 표현일지라도─ 가족의 파괴를 불러오며, 성적 욕망을 '분명하게' 표현하는 여성은─자식을 죽이는 메데이아부터 남편을 죽이는 클뤼템네스트라까지─ '괴물'이 된다"고 말한다.[265] 따라서 여성이

---

263 같은 책, p.68.

264 Edith Hall, "The Sociology of Athenian Tragedy," Easterling, p.110.

265 골드힐, 『러브, 섹스 그리고 비극』, p.61.

비극적 사건을 일으킬 가능성이 더 크기 때문에 비극에서 여성은 언제나 그 자체로서 '문제적' 존재였다는 것이다. 앞서 인용한 에디쓰 홀에 의하면 비극에서 여성들은 합법적인 남편이나 보호자kurios가 없는 경우, 정상적인 가족관계를 분열시키거나 붕괴시키는 오직 파괴적인 존재로만 형상화되는 거의 공통된 플롯 패턴을 지닌다고 한다. 여성은 윤리적 판단을 할 때 독자적인 사고를 할 수 없으며, 반드시 남성의 지휘와 감독을 받아야 제대로 행동한다는 것을 비극은 보여준다는 것이다. 한마디로 여성은 '도덕적 주체'가 될 수 없다는 것이 비극이 보여주고자 하는 것이라고 홀은 주장한다.[266]

그러나 아티카 원주민들의 건립신화는 어떤 인간이나 신이 아니라 어머니인 대지 즉 '아테나이의 흙' 그 자체의 신성화였다. 말하자면 아테나이의 시조는 아티카의 '대지 여신'이었던 것이다. 그래서 P. E. 이스털링은 아테나이 남성들은 한 손으론 여성을 치켜 올리면서 다른 한 손으로는 그들을 내리치는 모습을 보인다고 말한다.[267] 다시 말해 비극시인들이 작품 가운데 대거 여성을 등장시킴으로써 여성을 인격적으로 공평히 대우하는 듯 보이지만 그 무대 위의 여성들은 사실 남성 없이는 독자적 주체가 될 수 없는 존재로 형상화되었다는 것이다. 평론가 지외르지 루카치는 그의 유명한 『문제는 리얼리즘이다』라는 책에서 프랑스 사실주의의 대가 발자크를 평하면서 발자크가 심정적으로는 귀족적인 편향성을 지니고 있었으나, 작품 속에서는 귀족들을 별도리 없이 즉 불가피하게 몰락하고야 말 계층으로 묘사했다며 이를 '리얼리즘의 승리'라고 평가했다. 우리는 루카치의 말을 빌려서 아티케 비극은 비극 작가들이 보여주는 또 하나의 '리얼리즘의 승리'의 예라고 말할 수 있을 것이다. 왜냐하

---

266 Edith Hall, "The Sociology of Athenian Tragedy," p.108.

267 Easterling, p.30.

면 그들은 비록 당대 아테나이 남성들이 지닌 가부장적 편견을 심정적으로는 공유하고 있을지 모르나, 일단 작품 속에 여성들을 등장시킬 때 그들을 동등한 하나의 인격체로서, 남성의 도움이나 지도 없이도 독자적인 사유를 하고 욕망을 느끼며 행동하는 주체로 그리고 있다는 것이 분명하기 때문이다.

16. 아티케 비극의 쇠퇴

현존하는 아티케 비극 중 최초의 것은 아이스퀼로스가 공동연대 이전 472년에 쓴 『페르시아인들』이고 최후의 작품은 소포클레스가 401년에 쓴 『콜로노스의 오이디푸스』이다. 아티케 비극은 이 약 70년간의 전성기를 누렸으며 그 동안 천 편 가까운 작품이 제작되었다고 한다. 대표적인 세 작가의 작품 총수는 2백 편이 넘으나 현존하는 것은 사튀로스 극과 위작僞作 논란이 있는 에우리피데스의 『레소스*Rhesos*』를 빼면 31편—아이스퀼로스와 소포클레스 각 7편과 에우리피데스의 17편—이 남아 있을 뿐이다. 버나드 녹스에 따르면 당대에 파피루스에 기록된 것은 모두 소실되었고 오직 보존성이 강한 양피지에 기록된 것만 후세대로 전수될 수 있었기 때문이라고 한다.[268] 작품 형식은 일부(즉 초기에)는 '삼부작*trilogia*'이나 '사부작*tetralogia*'으로, 나머지(즉 후대에)는 단일작으로 창작되었다.

이렇게 오늘날까지 전수되는 31편의 작품들은 따져보면 고전기 아테나이의 역사 중 고작해야 70여 년의 기간 동안 제작되었던 그 많은 작품들 가운데 극히 일부에 지나지 않는다. 이 70년 가운데서도 '그리스의 자살'이라고 하는 펠레폰네소스 내전(431–404)의 30년도 안 되는 기간 동안 현존 작품 대부분이 씌어졌다는 것은 실로 놀라운 일이라고 할 수밖

---

268 Knox, *The Oldest Dead White European Males*, p.13.

에 없다. 고전 시대 전체를 통해서 약 2000편 가까운 비극이 제작되었으나(희극은 약 2,300편), 이 중 140 여명의 비극작가의 이름이 남아있고 작품의 일부만 전하는 비극의 수는 약 390편 정도이다.[269] 참고로 말하면 고전기 그리스의 모든 정신적 유산 가운데 당대에 제작된 것 중에 겨우 0.01%만이 오늘날 남아 있으며, 이 천분의 일의 유산만으로 훗날 '서구적 정신의 바탕'을 형성했다는 것이야말로 '그리스의 경이'라고 한다.[270]

앞서 말했듯이 비극 공연은 공동연대 이전 6세기 말에 처음 시작되었고 길게 보아 한 세기 동안의 전성기를 누리고서 쇠퇴하기 시작했다. 헬라스 세계가 북부 마케도니아의 알렉산드로스에게 정복된 공동연대 이전 322년까지 민주정이 유지되는 동안 비극은 창작되고 공연되었다. 그러나 민주주의가 소멸하자 비극도 그 맥이 끊기고 그 후 공동연대 이전 5세기 말의 아리스토파네스와 메난드로스 등의 희극작가들에 의한 '풍속희극'으로 바뀌었다. 비극은 민주주의 이외의 제도 아래서는 살아남기 어려운 예술임이 입증된 것이다.[271] 그러나 이런 정치적 제도의 변화보다 더욱 중요한 것은 '시대정신*Zeitgeist*'의 문제이다. 앞서 언급했듯이 그리스 정신은 공동연대 이전 5세기의 비극 시대부터 이미 사유와 감성에서 서서히 일대 변화가 일어나고 있었으니, 신화적이고 영웅적인 사고가 쇠퇴하고 계몽된 시민적 사고가 점점 힘을 발휘하기 시작하였다. 시대정신은 문학과 신화와 같은 비합리주의가 아니라 철학과 역사와 같은 합리적 사고가 지배하는 시대로 바뀌었다. 니체를 선두로 해서 브루노 스넬 등의 고전학자들은 소크라테스의 '합리주의적 낙관주의'가 비극의 퇴조를 가져왔다는 데 동의한다.[272] 그리하여 가령 공동연대 이전 4세기에 이르러

---

269   Storey and Allan, *A Guide to Ancient Greek Drama*, p.11.

270   사사키 아타루, 『잘라라 기도하는 그 손을』, p.236.

271   Easterling, p.35.

272   스넬, 『정신의 발견』, p.223.

아리스토텔레스가 역사상 첫 번째 '비극론'을 쓸 때쯤 되자 그는 이미 '비극적 인간'을 제대로 '이해'할 수 없게 되었고 그 자신이 이른바 '비극적 감성'이 별로 없었다는 평가를 받기도 한다.[273] 철학 시대로 들어오자 '비극적' 인간은 '낯선' 인간이 되고 말았던 것이다.[274]

비극이 아테나이에서 태어나 한 세기 정도 화려하게 꽃핀 후 역사의 뒷전으로 사라졌다는 것은 긴 눈으로 볼 때―즉 역사 발전과 인간 정신

---

[273] Simon Goldhill, "Generalizing About Tragedy," *Rethinking Tragedy*, ed. Rita Felsky, p.48.

[274] Vernant and Vidal-Naquet, p.6. 아리스토텔레스의 『시학』이 지난 세월 동안 비극뿐만 아니라 문학비평의 '부동의 정전'이 되었다는 데는 이론의 여지가 없으나 거기에는 어떤 '중심적 비평적 공백'이 있다고 느낀 평자들이 있다.(F. W. Bateson, "Catharsis: An Excision from the Dictionary of Critical Terms," Michel and Sewall eds., *Tragedy: Modern Essays in Criticism,* p.295) 앞서도 얘기했듯이 그의 비극에 대한 관념은 공동연대 이전 5세기 비극 시대의 그것과 달랐기 때문이다. 그는 소크라테스와 프로타고라스 등의 '아테나이 계몽기'의 후손이며 산물이다. 그는 인간의 합리적 정신에 의해 인간과 세계가 보다 쉽게 통제되고 이해될 수 있다고 믿게 된 시대를 살았다. 따라서 그의 논의에는 신화적, 종교적―즉 외부적―배경과 요소는 배제되어 있다. 그의 비극론에는 운명이나 신의 몫 같은 논의는 들어설 자리가 없었던 것이다. 그는 인간의 행불행은 인간의 선택과 행위의 결과라고 믿었고, 따라서 비극적 고통은 인간의 결함과 착오의 결과로만 보았다. 이렇게 그의 비극론에 '신들의 몫'과 '운명' 또는 '고통의 의미' 등에 대한 논의가 전혀 등장하지 않기에 우리는 그의 비극론에는 뭔가 빠진 것 같다는 느낌이 드는 것도 사실이다.
그러나 중요한 것은 그의 비극론이 『니코마코스 윤리학』의 윤리적 관념의 연장이고 적용이라는 사실이다. 그는 비극이 본질적으로 고귀한 인간이 찬탄할 만한 행위를 하다가 불의(不意)한 가운데 저지른 실수나 착오로 불행해지는 것으로 파악했다. 여기서 그의 비극론의 주된 관점은 주인공의 '도덕적 자질'이 된다. 왜냐하면 그가 비극의 핵심적 효과라고 본 '연민과 두려움'은 근본적으로 그것들이 '도덕적으로 존경할 만한' 인물의 고통과 불행을 목격하는 데서 비롯한다고 보았기 때문이다. 즉 선량한 인물이 찬탄할 만한 행동을 하다가 당하는 고통이 있어야 한다고 본 것이며, 그에게는 관객의 정서적 반응의 '도덕적 근거'가 가장 중요한 것이었다. 왜냐하면 아리스토텔레스는 비극이 관객의 도덕적 성장'에 중요한 기여를 한다고 보았기 때문이다.(S. A. White, "Aristotle's Favorite Tragedies," Amelie O. Rorty ed., *Essays on Aristotle's Poetics*, p.228-37)
이렇게 앞선 '비극 시대'의 비극에 대한 관점이 인간과 신들의 의지가 빚어내는 '운명적 고통'이라는 어둡고 부정적인 면에 초점이 맞춰져 있었다면, 뒤이은 '철학 시대'의 비극에 대한 관점은 비극이 갖는 '정서적 효과를 통한 도덕적 기능'이라는 밝고 긍정적인 면으로 바뀌었다고 볼 수 있다. 따라서 이는 비극을 보는 관점의 변화일 따름이지 사고의 변질이나 결핍 나아가 쇠퇴의 측면에서 볼 일은 아니다. 『시학』에 대한 보다 자세한 논의는 졸저, 『비극 문학』 3장 1절을 참조할 것.

의 진화과정에 비추어 볼 때—필연적인 것이었다. 비극의 쇠퇴와 소멸에 대해서는 그리스 비극에 대한 논의가 끝날 때 다시 자세히 논하겠지만, 비극의 죽음 역시 그 자체가 하나의 '비극적'인 일이라는 느낌은 어쩔 수 없다.

17. 아이스퀼로스Aischylos

"행한 자는 당하기 마련이니까./ 이는 먼 옛날부터 전해오는 말이라네."—『제주를 바치는 여인들』, 313-4.

아테나이의 고전 문화는 공동연대 이전 480년 페르시아 전쟁의 종료와 함께 개화해 화려한 꽃을 피우다가—'헬라스의 자멸'이라고 하는—431년 에 시작한 펠로폰네소스 전쟁의 발발과 더불어 쇠퇴하기 시작하였다. 이 짧은 기간 동안 아테나이는 문화적, 정치적으로 과거와 그리고 다른 도 시국가들과도 다른 획기적으로 새로운 도시국가로 태어났다. 그 변화의 내적인 요인으로서는 솔론, 페이시스트라토스, 클레이스테네스로 이어 지는 계몽 참주들에 의한 민주화와 상공업 및 문예 부흥이 있고, 외적 요 인으로는 페르시아 제국의 두 번에 걸친 침공을 '자유냐 죽음이냐*Eleutheria y thanatos*'의 단호한 자유 수호의 정신으로 싸워 이긴 승리의 경험이 있 다.[275] 실로 페르시아 전쟁은 "힘에 대한 정의의, 굴종에 대한 자유의, 교 만에 대한 자제의 승리로 여겨졌고"[276] 이는 향후 아시아적 전제주의와

---

[275] 이 전쟁에 임하는 그리스인들의 정신을 압축적이고 상징적으로 대변하는 것으로 '물과 흙을 바치라'는 페르시아의 다레이오스 왕의 요구에 대해 "와서 가져가라*molon labe*"라고 응수한 스파르타의 왕 레오니다스의 대꾸와 앞서 언급했듯이 살라미스 해전을 승리로 이 끈 테미스토클레스의 "무릎 꿇고 사느니 선 채로 죽겠노라"라는 말이 있다.

[276] 천병희, p.36.

노예 상태에 대한 서구적 민주주의와 자유인의 대립으로 각인되어 이른 바 '서양 중심주의'의 원천이 되기도 하였다.

아이스퀼로스는 이런 시대정신을 온몸으로 대표하는 인물로서, 그가 살아있는 동안에 폭군(즉 '참주 *tyrannus*')들의 종식, 새로운 민주주의의 승리, 페르시아의 두 번에 걸친 침략에 대한 승리를 모두 목격하고 또 참여하였다.[277] 따라서 그가 창조한 비극의 주인공이 '절대적 자유의지'를 상징하는 인물상으로, 파괴적 외부의 운명과의 대결에서 파멸하는 한이 있더라도 자유인으로서의 존엄을 유지하고 쟁취하는 인간들이라는 것은 그리 놀라운 일이 아니다. 비록 그가 첫 번째 비극 작가가 아니고 그에 앞서 이미 16명의 시인들이 비극경연에서 수상했지만, 그는 그리스 비극의 진정한 '비극적 인간상'을 최초로 창조해 등장시킨 인물이다.[278] 아울러 그는 일상적 언어를 버리고 숭고하고 시적인 언어를 작품에서 사용함으로써 후대의 시인들은 "웅장한 구절들로 높직한 시의 탑을 세운 첫 헬라인"이라고 그를 찬미했다.[279] 그는 그래서 당대의 아리스토파네스가 말하듯 비극을 '장엄하고 위엄 있는*semnon*' 예술로 만든 장본인이고, 20세기 초 영국의 저명한 평론가 길버트 머리가 말하듯 비극을 완성시킨 '비극의 아버지'이기도 하다. 그는 비극에서 코로스의 역할을 대폭 줄이고, 대화의 비중을 크게 늘려 작품이 줄거리 위주로 전개되게 만들었고, 삼부작으로 작품을(마지막 사튀로스 극까지 더하면 '사부작') 제작하는 기원이 되기도 했다. 그는 26세 때 처음 비극경연에 출전했으나 40세 때 비로소 첫 우승을 하였고, 평생 약 90편의 작품을 썼고 이 중 13편이 우승한 것으로 기록되어 있으며, 현존하는 것은 7편이다. 그의 작품들이 당시에

---

[277] 그는 전쟁의 세 개의 주요 전투—마라톤, 플라타이아, 살라미스—에 모두 참가한 이른바 '마라톤의 전사*Marathonomachos*'이다.

[278] D. W. Lucas, p.53.

[279] 예거, 『파이데이아』, p.249.

거둔 인기는 그의 사후에도 특별 입법에 의해 작품들이 계속 공연되었고, 그리하여 놀랍게도 그의 사후 공연에서도 여섯 번이나 승리를 거머쥐었다는 사실로 드러난다.[280]

그러나 그는 비극 작가로서보다는 자신이 '마라톤의 전사'로 기억되기를 더 바랐던, 당대 아테나이인들의 '영웅적 자유인'으로서의 자아상을 지녔던 인물이었다. 그가 마지막에 몸을 의지한 시켈리아(시실리)의 겔라에 있는, 스스로 썼다고 하는 그의 묘비명은 "여기 이 돌 아래 에우포리온의 아들 아테나이의 아이스퀼로스 잠들다. 그는 곡식이 풍성한 겔라의 들판에서 죽음에 제압되었으되, 그의 힘과 용기는 마라톤의 숲이 증언해 줄 것이며, 또 이를 시험해 본 더벅머리의 페르시아인들이 전해주리라."[281] 이 묘비명은 그가 근본적으로 현세주의적이고 인본주의적 가치를 중시하는 헬라인이었다는 사실과 그가 얼마나 공적, 시민적 덕목을 인간의 중심적 가치로 여기며 살았는가를 증명해주고 있다. 그는 로마 시대에 들어와 화려하고 숭고한 그의 스타일을 이해하지 못하는 로마인들에 의해 잊혀진 작가가 되었으나, 오랜 세월이 지난 후 18세기 말에 독일 낭만주의 문학과 철학자들에 의해 재발견되었다.

1)『테바이를 공격하는 일곱 장수*Hepta epi Thebas*』

이 작품은 아이스퀼로스가 공동연대 이전 467년 테바이의 가장 유명한 설화를 바탕으로 만들어서 우승을 차지했던 『오이디포데아*Oedipodea*』라는 사부작 중 남아있는 유일한 작품으로- 나머지 작품의 제목은 『라이오스』, 『오이디푸스』, 『스핑크스』이다- 라이오스 가문의 3대에 걸쳐 내려오

---

280 D. W. Lucas, p.64.
281 천병희, p.36.

는 죄악과 저주를 다루고 있다. 고대 헬라인들은 한 인간이 저지른 악행은 당대가 아니라면 그 후에라도 반드시 그 후손을 통해서라도 응징당하며, 그 구체적 방식(메커니즘)은 악한 성품의 '대물림'을 통해서 후손 또한 거듭되는 악행을 저지르기 때문이라고 생각했다. 이는 고대의 최대의 현인 중의 한 명으로 꼽히는 솔론이 "제우스는 악행을 한 자를 반드시 벌주는 데, 만약 이 벌을 회피하면 자식들 아니면 그 자식의 자식들이 대가를 치루리라"라고 말한 데서도 잘 드러난다.[282]

작품의 주인공 에테오클레스가 겪는 고통의 뿌리는 그의 조부인 라이오스의 죄악으로 거슬러 올라간다. 라이오스는 한때 왕위를 빼앗겨 프리기아(혹은 뤼디아)의 왕 펠롭스의 궁전으로 피신한 적이 있는데 그곳에는 크뤼십포스라는 아름다운 왕자가 있었다. 크뤼십포스에게 반한 라이오스는 사두마차를 모는 방법을 가르쳐준다는 구실로 그를 꾀어낸 다음 동성애의 상대로 삼아 추행했고, 이에 크뤼십포스는 수치심를 이기지 못하고 자살하고 말았다. 아비인 펠롭스는 화가 머리끝까지 치밀어 라이오스에게 무서운 저주를 퍼부었고, 그에 따라 아폴론 신은 세 번이나 라이오스에게 자식을 낳으면 그 자식에게 죽임을 당할 것임을 경고했다. 그러나 라이오스는 어느 날 술에 취해 아내와 동침해 오이디푸스를 낳았고 신탁을 기억해낸 그는 아이를 산에 가져다 버리도록 명령한다. 그러나 그 아이는 이웃 나라에서 장성하여 자신의 고국으로 돌아오는 길에 만난 자신의 아버지 라이오스를 아버지인 줄 모르고 죽이며, 테바이를 괴롭히던 스핑크스를 퇴치한 공으로 라이오스의 왕비인 자신의 어머니 이오카스테와 결혼해 네 아이를 낳는다. 그러나 ―상실된 아이스퀼로스의 『오이디푸스』의 현존하는 단편들에 의하면― 훗날 모든 사실이 백일하에 드러

282　Martin West, "Ancestral Curses," *Sophocles Revisited: Essays Presented to Sir Hugh Lloyd-Jones*, p.42–4.

나자 이오카스테는 자살하고 오이디푸스는 자신의 눈을 찌르고 장님이
된다. 그는 자식들—에테오클레스와 폴뤼네이케스—에 의해 궁전 감옥
에 갇히게 되는데, 어느 날 식사로 값비싼 어깨살이 아니라 값싼 궁둥이
살을 대접받자 격분하여 자식들이 "칼로서 나라를 나누어 가지라고" 저
주한다.[283]

『테바이를 공격하는 일곱 장수』는 바로 이 저주가 실현되는 과정을 극
화하고 있다. 극 중에는 언급되지 않지만 당대의 관객들이 모두 알고 있
는 사실은 이 둘 사이의 싸움이 반드시 부친의 저주 때문만이 아니라는
것이다. 즉 형제는 오이디푸스 사후 둘이 번갈아 가며 일 년씩 통치하기
로 합의했으나 먼저 통치한 에테오클레스가 약속을 어기고 통치권을 내
주지 않아 싸움이 시작된 것이라는 사실이다. 둘 사이의 싸움의 첫 번째
원인을 제공한 자는 에테오클레스라는 것을 기억해야 한다. 극의 시작과
함께 주인공 에테오클레스가 등장하여 지금 테바이는 폴뤼케이네스가
이끄는 군대에 의해 포위되어 있으니 시민들은 모두 임전 태세를 갖추라
는 긴박한 명령을 내린다. 주인공 에테오클레스는 고전학자 키토가 "최
초의 성격비극의 주인공"이라는 평가를 할 정도로 "진정한 헬라의 영웅
다운 '용기와 자제심'*andreia kai sophrosyne*를 보여주며 복합적인 성격을 가진"
인물임이 드러난다.[284] 그는 이후 흔들림 없이 백성과 부하들에게 격려
와 고취의 말을 하는, '용사들의 냉정하고 유능한' 지휘자의 모습을 보여
준다. 그러나 곧이어 등장한 테바이의 아녀자들로 구성되어 있는 코로스
는 광적인 불안과 흥분 상태에 빠져 울부짖는다. 에테오클레스는 이들을
달래기도 하고 한편 꾸짖기도 하며 진정시킨다. 이어서 적정을 살피고
온 정찰병과의 300행이 넘는 긴 대화가 교환되는데, 두 사람이 일곱 번

---

283 George Thomson, *Aeschylus and Athens*, p.282.

284 H. D. F. Kitto, *The Greek Tragedy*, p.54; Gilbert Murray, *Aeschylus: The Creator of Tragedy*, p.137.

씩 말을 주고받았다고 하여 '일곱 쌍의 대화'라고 불리는 장면이다. 이 대화에서 정찰병이 테바이의 일곱 성문을 공략하는 적장의 모습과 이름을 일일이 거명하면, 에테오클레스는 침착하고 사려 깊게 거기에 맞춰 자신의 부하 장수들을 적절하게 하나씩 배치하는 모습을 보인다.

그러나 마지막 일곱 번째 성문을 공격하는 자가 바로 폴뤼네이케스라는 보고를 받자 에테오클레스는 갑자기 냉정과 자기통제의 평정심을 잃고, '저주에 압도된 필사적인' 인간의 모습으로 바뀐다.[285] 그는 이윽고 정해진 운명은 피할 길이 없음을 깨닫고 일곱 번째 성문을 공격하는 친형제 폴뤼네이케스는 몸소 대결하기로 결정한다. 그는 "왕으로서 왕에게, 형으로서 아우에게, 적으로서 적에게 나는 그와 맞설 것"이라고 말하며, "신들이 내리는 재앙은 피할 길이 없는 법이다"라고 선언한다.[286] 형제를 죽이는 것은 끔찍한 죄악이지만, 그렇다고 왕으로서 내침하는 적국의 우두머리와의 대결을 회피하는 것도 그 못지않은 죄악이라고 생각한 것이다. 그는 아이스퀼로스 비극의 특징으로 이제부터 자주 보게 될 이른바 '비극적 이중의 묶임tragic double bind'의 상태에 처해 있다.[287] 그는 어느 쪽을 선택해도 죄악을 선택할 수밖에 없는 처지에 놓여 있는 것이다. 그는 이 사건은 자신으로서는 어찌할 수 없는, 가문의 오래 된 저주의 결과임을 깨닫고—"아버지의 가증스런 검은 저주가 눈물 없는 마른 눈으로 나를 따라다니니"— '피할 수 없는 운명이라면 스스로 껴안는다'는 비극적 결단을 내리게 된다. 가문의 저주라는 '외적인 필연'과 내면의 '주관적 자유의지'의 결합은—외적인 필연은 곧 신의 의지와 다름이 없다고 볼 때—바로 우리가 앞서 그리스 비극의 일반론을 설명할 때 언급한 '중층결

285　Murray, p.140.

286　『테바이를 공격하는 일곱 장수』, 674-5, 719.

287　Simon Goldhill, *Aeschylus: Oresteia*, p.26-7.

정over-determination'의 모습이다. 달리 말해 에테오클레스는 그리스 비극에서는 반드시 '당함*pathein*'과 '행함*poiein*'이 결합해야 '운명'이 결정된다는 '비극적 결정'의 전형적 양태를 보여주고 있는 셈이다.

코로스는 "분기탱천해 미망에 빠지지 말고" 목숨을 보전할 것을 설득하나 에테오클레스는 폴뤼네이케스와의 대결을 위해 퇴장한다. 이윽고 정찰병이 무대에 등장하여 도시는 다시 안전해졌으나 "두 전사는 서로 상대방 손에 죽었다"는 소식을 전한다. 코로스는 "똑같은 악령이 두 분을 인도했고,/ 그 악령이 불운한 가문을 손수 끝장낸 것이다"라고 결론 내린다.288 드디어 저주는 실현되었고 도시는 다시 안전을 회복하였다. 그러나 그러기 위해 에테오클레스와 폴뤼네이케스의 죽음이 필요했다. 우주의 법칙은 혹독하리만치 엄정하다는 것인가? 우주는 인간의 행위에 의해 정의*dike*와 질서가 한 번 무너지면, 그것들의 회복이 이루어지기까지 응징과 보복*nemesis*을 멈추지 않는다는 것이 그리스인들의 믿음이었다.289 그리고 이 정의와 질서를 허문 것은 단지 그들의 조상 라이오스와 오이디푸스뿐만 아니라 그들 자신의 악행과 탐욕도 있었다는 것을 우리는 잊지 말아야 한다.

작품의 마지막 200여 행에서 코로스와 이 집안의 남은 자매 안티고네 및 이스메네가 등장하여 소포클레스의 『안티고네』에서 일어날 사건—조국을 수호한 에테오클레스는 제대로 장례를 치루나 적군을 몰고 와서 제 나라를 침범한 폴뤼네이케스는 들짐승과 날짐승의 먹이로 방치하기로 한다는— 을 이야기 하는 장면은—오늘날 우리가 볼 때도— 그야말로 후일담처럼 들린다. 이런 종결부의 진위를 놓고 빌라모비츠와 레스키 등의 고전학자들은 훗날 이 작품이 재 공연되었을 때 소포클레스의 『안

---

288 『테바이를 공격하는 일곱 장수』, 812-3.

289 Hugh Lloyd-Jones, *The Justice of Zeus*, p.87-8.

티고네』의 영향으로 말미암아 후대인에 의해 첨가되었을 것이라고 설명한다.[290] 그리고 이 설명은 설득력이 있다. 왜냐하면 두 주요 등장인물의 싸움과 죽음이란 중심적 사건이 이미 행해졌고, 그럼으로써 작품의 핵심적 긴장이 해소되고 완결되었기 때문에 나머지는 군더더기일 수밖에 없기 때문이다.

2)『결박된 프로메테우스*Prometheus desmotes*』

『결박된 프로메테우스』는 그리스 비극 중에서 유일하게 인간이 아니라 신이 주인공으로 등장하는 극이다. 그러나 아리스토텔레스가 그리스 신들은 인간과 동형동성이라서 '영원한 인간'이라고 말한 것을 들먹일 필요도 없이, 아이스퀼로스는 '비극적 영웅'을 형상화하기 위해 전수된 신화 가운데 가장 반권위주의적이고 독자적인 신인 프로메테우스를 주인공으로 내세워 작품을 썼다고 볼 수 있다. 프로메테우스는 헤시오도스의『신통기神統記』에 나오는 대로 신들 중에 가장 인간을 사랑하고 인간의 편익을 도모해준 신이다. 그는 불을 훔쳐 인간에게 줌으로써 인간의 문명개화를 도와준 바 있고, 이로써 제우스의 분노를 사서 올림포스 산에서 가장 먼 카우카소스 산의 정상에 묶여 낮에는 제우스가 보낸 독수리에 간을 쪼이지만 밤새 다시 자란 간을 다음날 또 쪼이게 되는 무한 형벌을 받는 것으로 알려져 있다.

아이스퀼로스가 이 극에서 프로메테우스를 '반항적 영웅주의 이상'의 표상이자 상징으로 형상화시킨 이후 서양 문학에서는 이 작품의 직접적 영향을 받거나 그를 모방하는 작품이 계속 제작되었다. 우선 당대의 최고의 비극 작가 중의 한 명인 소포클레스부터 자신의 작품의 '기본적 인

---

290 Murray, p.141. 재인용.

간형'을 프로메테우스에게서 발견했다는 주장이 고대에 씌어진 그의 전기(*The Souda's The Life of Sophocles*)에 나온다.[291] 17세기 영국 르네상스 시대의 마지막 주자인 존 밀튼은 그의 『투기사 샘슨*Samson Agonistes*』의 주인공 샘슨을 프로메테우스를 모방하여 썼다. 이후 18세기 독일 계몽주의 시대의 젊은 괴테는 그의 「프로메테우스」라는 시를 통해 신의 전횡 앞에 주눅들거나 겁박당하지 않고 오히려―불사이기에 역설적으로 어떠한 용기도 인내도 보여줄 수 없는―신에 대한 경멸과 연민의 정을 감추지 않는 인물을 통해 '절대적 인본주의의 인간상'을 형상화하였으며, 그의 이 시는 독일의 '질풍노도*Strum und Drang*' 시대를 대표하는 작품이 되었다. 괴테의 뒤를 이어 영국 낭만주의 대표적 시인인 바이런의 시 「맨프리드*Manfred*」와 셸리의 「사슬에서 풀린 프로메테우스*Prometheus Unbound*」도 역시 그리스 원작의 영향을 받거나 모방한 작품이고 프랑스 낭만주의의 거인인 빅토르 위고는 프로메테우스에게서 독수리가 자신의 장기를 갉아 먹고 있는 일종의 '신적神的으로 승화된 햄릿'의 모습을 발견하였다.[292] 이렇게 프로메테우스는 폭군에 대항하는 '영원한 반항자요 자유인'의 표상으로 서구 문학에 남게 되었다.[293]

이 작품은 원래 3부작의 첫 번째 작품으로 소실된 나머지 두 작품의 제목은 『해방된 프로메테우스*Prometheus Lyomenos*』와 『불을 나르는 프로메테우스*Prometheus Pyrphoros*』다.[294] 작품의 줄거리는 불을 훔친 죄에 대한 처벌로 제우스의 명령에 의해 헤파이스토스*Hephaistos* 신이 그를 바위에 결박하는 장면으로부터 시작한다. 여기서 같이 등장하는 '힘'의 신 비아*Bia*와 '권력'

---

291 Bernard Knox, *The Heroic Temper*, p.47; 『수다 사전*The Souda*』은 공동연대 10세기 말에 편찬된 그리스 고전문학 백과사전.

292 Herbert Weir Smyth, *Aeshylean Tragedy*, p.95. 재인용.

293 Thomson, p.307.

294 James C. Hogan, *A Commentary on the Complete Greek Tragedies*, p.274.

의 신 크라토스*Kratos*의 난폭함과 비교되는 헤파이스토스의 인간미 있는 언행은 대조적이다. "오오, 내 손재주여 나는 네가 정말 밉구나…… 이 손재주가 다른 이에게 주어졌더라면 좋았을 것을!"[295] 이런 차이는 프로메테우스와 헤파이스토스가 모두 기술과 문명을 상징하는 고급 신인데 반해 비아와 크라토스는 물리적 자연의 야만성만을 상징하는 하급 신이라는 것을 말해준다. 프로메테우스는 이어서 코로스로 등장하는 바다의 신 오케아노스의 딸들의 방문을 받으며 이들은 프로메테우스의 고통에 동정을 느끼며 제우스와 화해할 것을 그에게 종용한다. 그러나 프로메테우스는 이들의 권고를 물리치고 자신이 제우스가 권좌에 오르는 것을 도와준 것과 권력을 잡은 제우스가 인간들을 까닭 없이 파멸시키려 할 때 그의 악행으로부터 인간을 구원해 준 일들을 이야기한다. 요컨대 처음부터 극 중에서 선과 악의 구도가 명백히 잡히며, '박해받는 선인'으로서의 프로메테우스의 이미지가 관객들에게 각인된다.

다음으로 오케아노스 자신이 등장하며 다시금 제우스와 화해할 것을 권유하나 프로메테우스는 또다시 단호히 거부한다. 작품 가운데 두 명의 대립하는 인물(사실은 신)들은 서로 상극하는 이념과 명분을 상징한다고 할 수 있다. 한쪽에는 방금 권력을 쟁취하여 최고의 권좌에 오른 다음 그 권력을 마음껏 휘두르는 제우스가 있고, 다른 한쪽에는 이러한 폭군에 대항하는 '자유인' 혹은 저항자로서의 프로메테우스가 있는 것이다. 권력에 도취하여 재미 삼아 인간을 파멸시키는 제우스와 그에 대항하여 무고하게 박해받는 자들에 대한 동정심으로 그들을 구원하고, 나아가 그들이 처한 야만상태를 안타까이 여겨 불을 가져다줌으로써 인류 문명 발달의 후원자가 되는 프로메테우스는 관객이 볼 때 너무나 명백한 선악의 구도를 이루고 있다. 제우스의 폭정에 대한 프로메테우스의 비난과 비판

---

295 『결박된 프로메테우스』, 45, 48.

은 전술했듯이 그리스 문학 전체에서 발견되는 '폭군(튀라노스)에 대한 비난의 압축판' 같은 것으로서 아이스퀼로스의 당대 '민주주의의 진전에 대한 확고한 신념'의 표시라고 말하는 평자들이 많다.[296] 또한 이는 아이스퀼로스 자신의 두 가지 경험, 즉 아테네의 폭군 히피아스가 "명예로운 혁명"을 통해 축출되었던 일[297]그리고 그가 시라쿠사의 히에론의 궁전에 초대받아 머물 때 목격한 바 있는 폭군 히에론의 폭정에 대한 기억에 근거한 것이라고 한다.[298]

오케아노스가 떠난 뒤 무대 위에 뛰어든 이오는 극 중에서 차지하는 상징성과 중요성에 걸맞게 후반부를 거의 채울 만큼 긴 장면을 차지한다.[299] 그녀는 우선 프로메테우스와 같이 제우스의 희생자라는 공통점이 있다. 그러나 더욱 중요한 것은 그녀가 바로 제우스와 프로메테우스의 갈등을 해소시킬 수 있는 미래의 씨앗을 품고 있다는 점, 또 그녀의 가련하고 무기력한 수동적 희생양의 면모와 프로메테우스의 능동적이고 영웅적인 반항의 모습 사이에는 너무나 명백한 대조가 나타나 후자의 독립 자존적인 '고집스러운 완강함*authadia*'이 더욱 돋보이게 된다는 점이다. 이오는 우선 폭군 제우스의 '폭군적 요소'가 가장 잘 드러나게 만드는 인물이다. 그리스 신들은, 특히 대표적으로 제우스는 걸핏하면 인간을 성적 정복의 대상으로 삼으며, 뜻대로 안 될 때는 곧잘 상대 인간을 동물로 만들어서 욕정을 해소한다는 것은 잘 알려져 있다. 이오 또한 제우스의 사랑을 받은 죄로 여신 헤라의 미움을 사서 암소로 변한 뒤 온 세상을 떠돌다가 여기까지 오게 된 것이다. 그런데 그녀와 대화하는 중에 프로메테

---

296 Herbert Weir Smyth, *Aeshylean Tragedy*, p.118; Anthony J. Podlecki, *The Political Background of Aeschylean Tragedy*, p.105.

297 D. W. Lucas, p.60.

298 Podlecki, p.107.

299 『결박된 프로메테우스』, 561-886.

우스는 중요한 암시를 던지는 데 바로 그녀의 후손 가운데 한 명인 헤라클레스가 그의 고통을 끝내주게 된다는 것이다.

이오의 등장으로 관객은 제우스의 패배는 그의 여성 편력 때문에 이루어질 것이라는 귀띔을 얻게 된다. 즉 제우스가 장차 맺을 잘못된 결합으로 인해 그는 패배할 것이라는 사실이다. 이오와 대화하는 중에 프로메테우스는 장차 제우스가 튀린스의 왕 암피트뤼온의 아내 알크메나를 범하여 낳을 자식 헤라클레스를 암시하는 예언을 한다. 프로메테우스는 이오가 방랑을 거듭하여 이집트 땅에 도달하고 거기서 제우스가 그녀를 '어루만짐으로써' 잉태하고 자식을 낳게 되는데 그가 바로 '살갗이 검은 에파포스'이다. 이 에파포스의 후손 중에 다시 제우스가 여인을 범하여 낳을 자식이 알크메나의 아들 헤라클레스라는 것이다. 그리고 이 '대담무쌍하고 활로 유명한' 헤라클레스가 자신을 고난에서 풀어줄 것이라고 예언한다. "그대(이오)의 자손들 가운데 한 명이 나를 사슬에서 풀어줄 것이오…… 그대의 십하고도 삼세의 후손이."[300]

이오가 떠난 뒤에 그는 코로스와의 대화에서 자신은 현재의 극심한 고통과 수난에도 불구하고 제우스에 대해 우월감을 느끼는 데 그것은 바로 자신이 제우스에게 일어날 미래의 치명적인 사태들을 모두 미리 알고 있기 때문이라고 말한다. 이는 극 중에서는 드러나지 않지만 제우스가 사랑하는 여신 테티스와의 결합을 통해 태어날 자식(즉 아킬레우스)은 그보다 더욱 강력할 것이기 때문에 제우스가 그녀를 힘겹게 단념하고 인간 펠레우스에게 시집가도록 했듯이,[301] 제우스가 이오를 범해 낳을 자식의 후손이 프로메테우스 그 자신을 구해줄 것을 그는 이미 알고 있는 것이다.

이제 프로메테우스가 제우스보다 우세하고 낙관적일 수 있는 이유가

---

300 『결박된 프로메테우스』, 772, 774.

301 같은 책, 764-8.

분명해졌다. 즉 프로메테우스는 자신의 이름 그대로 '먼저 알고 있는' 존재로서 제우스의 '운명'을 먼저 알고 있기 때문에 그보다 우월할 수 있다는 것이다. 우주의 최고 지배자 제우스도 '우주적 법칙(즉 '필연ananke')'을 능가할 수 없다는 것은 앞서 이오가 나타나기 전에 프로메테우스가 코로스와 대화하는 도중에 '필연'과 제우스의 관계에 대한 말을 하는 데서 이미 드러났다.

> 코로스장 : 그럼 '필연'의 키는 누가 잡고 있나요?
> 프로메테우스: 세 명의 운명의 여신들('모이라이')과 잊지 않는 복수의 여신들('에린뉘에스')이지요.
> 코로스장: 그럼 제우스는 이들보다 약한가요?
> 프로메테우스: 그도 '정해진 운명'에서 벗어날 수 없으니까요.[302]

이 대화는 그리스 비극 중에서는 드물게 제우스의 신격神格과 우주의 법칙 사이의 관계를 명료하게 지적한 것으로 유명하다.[303] 올림포스 산정에서 이러한 이야기를 전해 듣게 된 제우스는 헤르메스 신을 보내 그 비밀을 알아내려 하지만, 프로메테우스는 끝까지 그 비밀을 밝히기를 거부한다. "제우스는 어떤 고문으로도, 어떤 계략으로도 나를 움직여/ 내가 알고 있는 비밀을 말하게 할 수 없을 것이네."[304] "그리고 그(제우스)가 내 이 몸을/ 필연의 세찬 소용돌이와 함께/ 캄캄한 타르타로스로 던지려무나!/ 그래도 그는 나를 죽이지 못할 것이오."[305] 그는 작품의 끝에서 자신

---

302 같은 책, 515-19.(강조는 필자)

303 우리는 『일리아스』에서 그리스의 명장 파트로클로스에 의해 자신의 아들 사르페돈이 죽었을 때 "하릴없이 피눈물을 쏟는 것 외에 달리 할 수 있는 일이 없었던" 제우스를 상기하게 된다. ─『일리아스』, 16, 458-61.

304 『결박된 프로메테우스』, 989-90.

305 같은 책, 1050-54.

의 말대로 제우스가 보낸 천둥 번개를 맞고 타르타로스로 떨어지는 것으로 극은 끝난다.

결론적으로 이 작품에서 프로메테우스가 아이스퀼로스가 창조한 '고유한(혹은 '특유한') 그리스 비극의 주인공'이 되는 근거는 그가 '절대 의지'의 화신으로서 가장 극단적인 고통을 감내해 내며, 마지막에는 자신의 선택과 행동이 초래한 파멸을 흔들림 없이 껴안는 모습에서 나온다. 신을 비극의 주인공으로 삼았지만 이것이 그의 비극성을 전혀 감소시키지 않는 까닭은 프로메테우스 자신이 말하듯 어차피 죽을 운명이 아니기 때문에 제우스를 두려워할 하등의 이유가 없지만 바로 그의 '불멸성'이 역시 그의 '고통을 불멸하는 것으로' 만들어 버리기 때문이다. 그의 비극성의 핵심은 이렇게 '자신의 존엄과 자유'를 지키기 위하여 '극단적이고 영원한 고통'을 맞바꾸는 데서 나온다. 이것이 그가 '불멸의 신이지만 필멸의 인간보다 더 비극적인 존재'가 되는 이유이다. 이런 프로메테우스와 대조되는 신적 존재는 나중에 그의 구원자가 되는 켄타우로스 키론(혹은 케이론)이다. 키론은 히드라의 독이 묻어 있는 헤라클레스의 화살을 맞고 견딜 수 없는 고통을 당하다 그 고통을 종식시키는 대가로 자신에게 주어진 불멸성을 포기하고 프로메테우스를 대신해서 타르타로스와 하데스로 내려갔다. 이런 케이론의 죽음의 대가로 - 제우스가 동의하여 - 프로메테우스는 고통에서 해방되었다는 것이다.[306]

마지막으로 덧붙일 것은 이 작품에 등장하는 제우스의 폭군으로서의 이미지는 아이스퀼로스의 대표작인 『오레스테이아』에서의 그의 모습과 크게 다르다는 점이다. 이는 또한 전통적으로 아이스퀼로스가 아티케 비극 작가 중에서 가장 '종교적인 작가'로 평가받아왔다는 사실과도 어울리지 않는다. 그러나 이 문제의 해결은 상실된 두 편의 극을 참조할 때 해

---

306 J. M. Padgett, *The Centaur's Smile: The Human Animal in Early Greek Art*, p.17-20.

결된다. 다시 말해, 궁극적 화해로 끝난다는 것을 암시하는 단편들이 많이 남아 있는 것이다. 두 번째 극『해방된 프로메테우스』의 중요한 일부에서 프로메테우스는 타르타로스로부터 구출되었다는 것이 기록되어 있다.307 그러나 우리는 삼부작 중 첫 번째 작품인 이『결박된 프로메테우스』에서도 작중 제우스의 지배는 이제 막 시작되었다는 것을 작가가 거듭 강조하고 있다는 사실을 기억해야 한다.308 삼부작의 마지막인『불을 나르는 프로메테우스』가 시작하는 장면은 아마 3만 년쯤 지난 다음이고 이 기간은 성급하고 경솔한 폭군으로서의 제우스가 상당한 정당성을 지닌, 질서 잡힌 지배자로 탈바꿈하기에 충분한 시간이라고 한다.309 그리하여 삼부작이 끝날 때쯤 되면 코로스가『결박된 프로메테우스』551행에서 노래한 '제우스의 화해'가 완성될 것으로 추정된다. 그러나 아이스퀼로스 작품들을 전체적으로 파악할 때 아무리 이런 결론이 도출될 수 있고 또 필요하다 할지라도 이는 어디까지나 '가정'에 머무른다는 사실 또한 지적해야 할 것이다.310 마지막으로 이 작품에서도 우주 가운데 무너지고 소실消失된 정의와 질서는 오직 주인공 프로메테우스의 불굴의 저항과 대결을 통해서 재수립되고 실현된다는 것을 기억할 필요가 있다.

3) 『오레스테이아Oresteia』

(1) 『아가멤논Agamemnon』

『오레스테이아』는 아티케 비극 중 현존하는 유일한 삼부작이며『아가멤논Agamemnon』,『코에포로이Choephoroi(제주를 바치는 여인들)』,『에우메니데스

---

307 Thomson, p.114.

308 『결박된 프로메테우스』, 35, 96, 149-50, 389, 439.

309 Podlecki, p.103.

310 Podlecki, 같은 곳.

Eumenides(자비로운 여신들)』로 구성되어 있다. 아이스퀼로스가 생애의 말년이었던 공동연대 이전 458년에 쓴 그의 회심의 작품으로서, 이 작품에 대한 서양인들의 찬미와 경배는 대단한 것으로, 괴테는 "예술품 중의 예술품"이라고 극찬하였고, 19세기 영국의 시인 앨저논 스윈번은 "인간 정신이 이룩한 최고의 성취"라고 평가하였다.[311] 『오레스테이아』는 아이스퀼로스와 거의 동시대 사람인 조각가 페이디아스와 건축가 익티노스가 설계하여 세운 파르테논 신전과 함께 그리스 정신이 만들어낸 서양 예술 최초의 (그리고 최고의) 걸작 중의 하나로 꼽힌다.

『아가멤논』은 막이 오르면 아르고스의 궁전의 파수병이 왕비 클뤼타임네스트라의 명령에 의해 멀리 있는 봉화대의 횃불이 오르기를 기다리면서, 트로이아에서의 승전 소식이 어서 빨리 와서 이 왕가에서 현재 벌어지고 있는 악행이 끝장나기를 기원하는 장면으로부터 시작한다. 파수병은 "마음가짐이 사내 같은 여인이 자신에게 이 고역을 명령했다"며, 이 집안이 지금은 "지난날 같이 다스려지지 않고 있다"며 비탄한다.[312] 첫 장면의 등장인물의 하소연과 비탄은 이윽고 이 집안에서 벌어질 참사를 예견하는 듯하며, 이로써 극 전체의 분위기를 미리 알려준다. 이어서 등장한 코로스는 예전에 원정대가 트로이아로 출정하기 앞서 일어난 사건에 대해 이야기 해준다. 즉 두 마리의 독수리가 나타나 새끼 밴 토끼를 산 채로 잡아먹은 일이 일어났고, 이를 진중 예언가인 칼카스는 원정대가 곧 트로이아를 독수리처럼 정복해 짓밟을 수 있을 것으로 예언한다. 그러나 이 잔인한 장면은 "순결하고 동정심 많은" 아르테미스 여신의 분노를 산 결과, 아가멤논이 자신의 딸을 희생시키지 않는 한 원정대는 출항하지 못할 것이라는 예언도 떨어진다. 여기서 아가멤논은 앞서 아이

---

311   천병희, p.61. 재인용.
312   『아가멤논』, 10; 18.

스퀼로스 비극의 주인공들이 겪는 이른바 '비극적 이중의 묶임tragic double bind'의 처지에 놓이게 되는 것을 볼 수 있다. 즉 원정 대장으로서 그리고 아버지로서의 상충하는 그러나 필수적인 두 개의 의무 사이에서 선택을 해야만 하는 것이다.313

아마멤논은 "왕홀로 땅을 내려치고 눈물을 흘리며 고뇌하나"314 이윽고 혈육의 정과 도리보다는 원정 대장으로서의 공적인 의무를 앞세운다. "어찌 동맹의 서약을 저버리고 함대를 이탈할 수 있다는 말인가?"315 그러나 그가 "한 번 운명의 멍에를 목에 메니 그의 마음의 바람도 방향이 바뀌어 불경하고, 불손하고, 부정하게 되었다"고 한다.316 즉 그는 일단 상황이 가져온 '필연성ananke'에 굴복하자 곧 여신의 명령을 '능동적으로' 열렬히 수행하는 모습을 보인다. 말하자면, 그는 어떤 대가를 지불하더라도 자신의 목적, 즉 전쟁의 승자가 될 수 있다면 무슨 일이든 기꺼이 하고자 하는 인간이 되었다는 것이다. 그는 곧 시인이 말하는바 '미망 parakopa'에 사로잡혀 가장 잔인하고 무자비하게 자신의 딸을 희생시킨다. 딸의 "몸을 겉옷으로 사정없이 휘감아 가문을 저주하는 말을 내뱉지 못하게 하고, 딸이 자신을 제물로 바치려는 자들에게 애원의 눈길을 보내나" 일부러 그것을 외면한다.317 여기서 인간 행위의 양면성('이중결정') 즉

---

313 사실 트로이아 편을 드는 신들 중의 하나인 아르테미스는 처음부터—무자비한 살육을 저지를 게 뻔한—원정군에 대해 호감을 갖고 있지 않았다. 그래서 그녀는 아가멤논의 딸의 희생을 요구한 것이다. 아가멤논은 트로이아 원정이 제우스의 뜻이므로—즉 '환대의 법칙'을 어긴 파리스를 처벌하기 위한 전쟁이므로—그것을 거역할 수가 없다. 그러면 왜 제우스는 자신의 뜻을 수행하는 아가멤논에게 이런 기막히게 고통스런 선택을 하게 하는 것일까? 그 대답은 단 하나, 곧 '그가 죄 많은 아트레우스의 자식이기 때문이다'라고 밖에 달리 말할 수 없다. —Lloyd-Jones, *The Justice of Zeus*, p.91.

314 『아가멤논』, 202-3.

315 같은 곳, 213.

316 같은 곳, 218-20.

317 같은 곳, 234-40.

외부적 강박('치명적 필연')과 내면적 욕구(성격적 특징)가 결합하는 모습을 볼 수 있다. 이로써 개인의 자유의지의 요소와 더불어 '책임'의 요소도 발생하게 된다.[318] 또한 아가멤논의 이러한 모습에서 우리는 멀리는 탄탈로스부터 가까이는 아트레우스에 이르는, 핏줄을 타고 내려오는 성격적 난폭성과 잔인성도 감지할 수 있다.

코로스는 여기서 '제우스 송가'를 부르며 '신은 고통을 통해 인간에게 지혜를 가져다준다*pathei mathos*'는 노래를 후렴처럼 거듭 부르지만 과연 아가멤논이나 다른 등장인물이 극을 통하여 결과적으로 지혜로워졌는지는 끝내 의심스러울 수밖에 없다. 뒤이어 클뤼타임네스트라가 등장하여 봉화불을 통해 전달받은 승전 소식을 전하고 퇴장한다. 이어서 아가멤논의 전령이 등장하여 고향에 돌아온 기쁨을 이야기하고 그리스군이 트로이아에서 저지른 신전 파괴와 약탈을 자랑스레 털어놓으며 이국땅에서 겪은 고생담을 늘어놓는다. 코로스는 전령에게 그리움은 피차 마찬가지였다며, 이곳 역시 차마 말 못할 괴로움이 있었노라고 한다. 다시 등장한 클뤼타임네스트라는 정절을 지킨 아내로서 남편의 귀환을 기쁘기 한이 없는 마음으로 준비한다는 그럴싸한 거짓말을 늘어놓고 퇴장하나, 코로스는 그녀가 나가자마자 그녀의 말이 얼마나 음흉한 거짓인지 폭로하며 비웃는다. 드디어 아가멤논이 개선 마차를 타고 입장하여 신들에게 귀환의 감사 인사를 드린다. 자신은 신들의 일치된 의견으로 정당하게 트로이아를 정벌하였고, 한 여인(헬레네)의 죄값을 받아냈다는 것이다. 이에 화답하듯이 클뤼타임네스트라는 자신이 겪은 독수공방의 괴로움을 절절히 토로하며, 자신이 유배 보낸 오레스테스는 제 발로 떠난 것으로 보고하고, 남편의 귀환으로 이 모든 괴로움을 벗어났다며 거짓에 가득 찬 찬사를 늘어놓는다. 그녀는 이어서 자줏빛 융단을 깔아놓고 남편보고 그

---

318 Lesky, p.221.

위를 걷기를 강요하나, 신들의 질시를 두려워하는 아가멤논은 거듭 주저한다. 그러나 결국 아내의 집요한 요청에 굴복하여 카펫을 밟고 아가멤논이 궁전 안으로 들어간 후, 클뤼타임네스트라는 자신의 첫 번째 의도가 성공한 것을 자축하는 듯 신들에게 자신의 기도를 성취하게 해달라고 기원한다. 여기서 관객은 그녀의 기도의 내용이 무엇인가에 대해 섬짓한 예감을 갖게 된다.

이 장면에서 클뤼타임네스트라는 아가멤논과 같이 입장했으나 여태껏 한마디도 안 한− 그래서 관객이 그녀가 있는 줄도 몰랐던− 카산드라에게도 안으로 들어갈 것을 명령한다. 그러나 이제껏 300행 이상의 대사가 오고 갈 동안 침묵으로 일관한 그녀는 클뤼타임네스트라의 거듭된 명령을 못 들은 척 묵살하고 있다가 후자가 퇴장한 이후 비로소 입을 열어 코로스와 함께 300행 이상의 대사를 주고받는다. 그녀는 이 집안에 깃들여 있는 '살육의 역사'[319]와 이제 곧 내실에서 벌어지고 말 끔찍한 살해,[320] 그리고 앞으로 이 악행이 불러올 응징까지[321]를 모두 생생히 눈으로 보듯이 예언한다. 그러나 아폴론 신이 자신에게 품은 욕정을 만족시켜 주지 않은 데 대한 처벌로 예언능력은 있으되 불신당하는 예언가로 남아 있는 그녀의 처지로는 애처롭게도 코로스는 "아무래도 그대는 신에 홀려 제 정신이 아닌 것 같소"라고 응답할 뿐이다. 카산드라는 길게 자신의 비통한 처지를 한탄한 끝에 피할 수 없는 운명에 복종하듯이 안으로 들어간다. 곧이어 아가멤논이 살해되는 비명 소리가 들리고 코로스가 당황해 어찌할 줄 모르는 가운데 궁전 문이 열리면 두 구의 피 흘리는 시체가 있고, 그 곁에 득의 만면한 표정의 클뤼타임네스트라가 서 있다. 그녀는 자신의 거사가 성공

---

319 "남자들의 도살장"1093.
320 "아아 정통으로 얻어맞았구나. 치명타로다!"1343.
321 "신들께서 우리의 죽음을 반드시 복수해 주실 거예요."1279.

했음에 도취한 나머지 아가멤논이 자신의 도끼날을 받고 "피 이슬의 검은 소나기가 자신을 쳤을 때, 마치 이삭이 팰 무렵 제우스의 풍성한 비의 축복을 받아 기뻐하는 곡식처럼 기뻤다"고 말한다.[322] 마지막으로 아이기스토스가 등장하여 자신의 부친 튀에스테스가 아가멤논의 아버지 아트레우스에게 당한 비행非行—튀에스테스의 자식 둘을 죽여 요리한 음식을 그 아비에게 먹이고 그가 무엇을 먹었는지 알려준—을 상기시키며 그 복수가 드디어 이루어졌음을 축하한다. 코로스는 이 두 간음 남녀가 저지른 광포하고 끔찍한 시해와 찬탈에 분노하여 그들을 격렬히 비난하지만 이제 아르고스 왕국은 하릴없이 두 인물의 손아귀에 들어가게 된 것을 발견한다.

　이상의 작품 요약을 마치며 우리는 아가멤논과 클뤼타임네스트라의 성격화에 대해 조금 자세히 알아볼 필요가 있다. 왜냐하면 이 극은 『오레스테이아』 삼부작 전체의 구도 속에서 작품의 주요 '토포스(주제)'인 '남녀의 대결sex war'의 첫 번째 국면을 제시하고 있기 때문이다. 극의 시작에서부터 주도권을 잡고 있는 클뤼타임네스트라는 국가의 가장 큰 일인 원정을 성공리에 마치고 귀환한 '폴리스'의 대표자를 '오이코스oikos(가정)'를 지키고 있어야 할 아내로서 살해하는 끔찍한 악행을 저지른다. 즉 남녀의 성 역할이 전도(정상적 관계가 완전히 역전)되고 폴리스와 오이코스가 모두 붕괴된 것이다. 이는 두 개의 과정을 거쳐서 진행되는데, 처음 남편을 환영하는 아내는 남편의 본의에 어긋나게—신들에게 바쳐야 할 붉은 카펫을 밟게 하는—불경죄를 짓게 하고 이어서 마치 처형하듯 참혹하게 살해하는 방식을 쓰고 있다. 여기서 아가멤논은 아내와의 첫 대면에서부터 굴복하는 나약한 성격을 드러내며, 이윽고 저항 한 번 제대로 해보지 못하고 살해되는 무기력하고 볼품없는 역할을 하고 무대에서 사라진다. 그

---

322 『아가멤논』, 1390-93.

러나 그는—셰익스피어의 『줄리어스 시저』에서 시저가 그렇듯이—비록 제목이 그의 이름을 딴 '타이틀 캐릭터'이나 극 중 역할은 아주 사소한데 비추어, 일단 죽고 난 후에는 마치 프로메테우스나 오이디푸스와 같은 크기의 거대하고 신화적인 인물로 바뀌어 대접받는 모습을 보인다. 그리하여 그는 후속작에서 주요사건들의 직접적 원인을 제공하고 그 배후에 있는 인물이 된다.[323]

클뤼타임네스트라는 거사 후에 자신이 남편을 살해한 명분으로 다음과 같은 세 가지를 스스로 밝힌다. 첫째, 남편이 딸 이피게네이아를 희생제물로 도살했기 때문이다. 둘째, 남편은 트로이아에서 외도했고 전리품으로 카산드라를 집으로 데려와 자신을 모욕했다. 세 번째로, 남편의 부친 아트레우스의 악행을 응징하는 '악령*alastor*'이 자신의 몸을 빌려서 행동했다는 것이다. 그러나 많은 평자들은 위의 세 가지는 모두 구실에 불과하고 심층적이고 본질적인 이유는 첫째 남편에 대한 평소의 불만과 증오심, 둘째 아이기스토스에 대한 패륜적 욕정, 셋째 권력에 대한 강렬한 야욕이 그것들이라고 해석한다.[324] 그녀가 남성지배에 대해 증오심을 품고 있었다는 증거는 코로스가 '여자'라고 부르는 여성적 남자인—그래서 지배하기 쉬운—아이기스토스를 배우자로 선택한 것에서 드러난다. 그녀는 남성 위주 사회에서 여성이 느끼는 좌절감과 열패감을 극복하는 여인의 극단적 상징이라고 보는 평자도 있다.[325] "무자비한 향연을 베푼 아트레우스의 악행을 복수하는 해묵은 악령('에린뉘스')이 여기 죽어 있는 자(아가멤논)의 아내의 모습을 하고 나타나 보복을 행한 것이다"[326]라는 그녀의

---

323 Kaufmann, p.188.

324 Vernant and Vidal-Naquet, p.50; Goldhill, p.152.

325 Winnington-Ingram, "Clytemnestra and the Vote of Athens," Erich Segal ed., *Oxford Readings in Greek Tragedy*, p.101-2.

326 『아가멤논』, 1499-1503.

말은 자신의 행위에 대한 책임을 지지 않기 위해 자신을 훨씬 넘어서 있는 어떤 초자연적 존재 뒤로 자신을 숨기고 회피하는 것에 지나지 않은 것이다. 비록 자신은 복수의 여신 에린뉘스의 도구에 불과하다고 말하지만, 우리는 여기서 그녀도 역시 스스로의 파멸을 향해 가도록 '아테'의 급습을 받은 것이라는 사실을 목격한다. 작가의 초기 작품『페르시아인들』에서 다레이오스의 혼백이 하는 "인간이 자신의 파멸을 도모할 때 신은 기꺼이 그를 돕는다"는 말은 여기서도 동일하게 적용되고 있다.[327] 아울러 코로스가 작품의 끝에서 '행한 자는 당하기 마련이다'[328]라고 부르는 노래는 관객으로 하여금 앞으로 그녀에게 다가올 응징을 기대하도록 만든다.

(2)『제주를 바치는 여인들*Choephoroi*』

이 작품의 액션은『아가멤논』의 사건이 있고 나서 약 10년 가까운 세월이 지난 후 이제 성년이 된 오레스테스가 친구 필라데스와 함께 고국 아르고스로 찾아와 부친의 묘소를 참배하는 장면으로부터 시작한다. 오레스테스는 자신의 머리카락을 잘라 무덤에 바치며 애도의 기도를 하는데 마침 제주를 바치기 위해 찾아온 여인들의 행렬을 보고 몸을 숨긴다. 역시 장성한 누이 엘렉트라는 무덤 앞에서 자신이 당하고 있는 비참한 박해에 대해 하소연한다. 즉 그녀는 노예와 같은 삶을 살고 있고 어린 오레스테스도 예전에 노예로 팔렸으며, 클뤼타임네스트라는 죽은 아가멤논을 격식을 갖춰 제대로 매장하지 않았을뿐더러 사후 어떤 애도도 하지 못하게—심지어 시민들의 애도조차 금지—했다는 것이다.[329] 이를 통해

---

327 『페르시아인들』, 742.
328 『아가멤논』, 1564.
329 『제주를 바치는 여인들』, 431.

클뤼타임네스트라의 성품이 얼마나 잔인하고 무도한 지 다시금 드러나
며 오레스테스는 그의 양친의 성품을 물려받지 않았다는 것을 관객은 알
수 있다. 무덤에 놓인 오레스테스의 머리카락을 알아본 엘렉트라와 숨
어 있던 곳에서 나와 신분을 밝힌 동생은 얼싸안고 기쁨의 해후를 한다.
오레스테스는 아폴론 신의 명령을 받고 아버지의 복수를 하러 왔으며 그
명령을 이행하지 않으면 "수많은 고통을 겪고 자신의 생명으로 그 대가
를 치러야 한다"고 말한다.[330]

오레스테스는 이어서 코로스와의 대화에서 자신이 장차 하고자 하는
행동은 신의 명령 외에도 두 가지—즉 자식으로서 억울한 죽임을 당한
부친에 대한 애도 그리고 정당한 계승권을 찬탈당한 데 대한 권리회복이
라는—이유가 더 있음을 이야기한다.[331] 우리는 오레스테스의 처지도 '이
중의 동기'—신의 의지와 인간의 의지-가 부여된 '중층결정'의 전형적인
예임을 보게 된다. 그의 이야기를 듣고서 코로스는 그간 클뤼타임네스트
라와 아이기스토스의 비행非行에 분노해 마지않던 바인지라 "위대한 운
명의 여신이 제우스의 뜻에 따라 정의가 실현될 수 있게 해달라……행한
자는 당하게 마련이므로"라고 노래한다.[332] 우리는 앞선 아가멤논이나
클뤼타임네스트라의 살인 행위와 달리 오레스테스의 의도는 '정당화 될
수 있는 살인dikaios phonos'의 측면이 강하다는 생각을 갖게 된다.[333] 그는
"그들의 힘ares과 내 힘이, 그들의 정의dike와 내 정의가 맞서게 되리라"라
고 선언하며,[334] 엘렉트라에게 "어인 일로 클뤼타임네스트라는 딸을 무

---

330 같은 곳, 276-7.

331 같은 곳, 299-301.

332 같은 곳, 306-8, 313.

333 John Herington, "No-Man's-Land of Dark and Light," Harold Bloom ed., *Aeschylus's Oresteia: Modern Critical Interpretation*, p.136.

334 『제주를 바치는 여인들』, 461.

덤에 보내 제주를 바치게 하는가" 묻는다.335 엘렉트라는 클뤼타임네스트라가 꿈속에서 뱀을 낳았는데 젖을 빨리자 젖 속에 핏덩이가 섞여 있는 꿈을 꾸었기 때문이라고 말한다. 즉 클뤼타임네스트라는 자신의 악행이 가져올 보복이 두려워서 이제라도 죽은 혼을 달래보려 딸을 보냈다는 것이다.

아르고스의 궁전 앞으로 무대가 바뀐 뒤 오레스테스는 포키스에서 온 여행자로 가장하고 클뤼타임네스트라를 만난 다음 그녀의 아들이 타향에서 객사했음을 알린다. 그 소식을 듣고 비탄의 말을 내뱉은 클뤼타임네스트라는 오레스테스와 그의 동행을 집안으로 초대하고 아이기스토스에게 알려야겠다며 퇴장한다. 이때 유모 킬리사가 클뤼타임네스트라의 전갈을 전하러 나오는 길에 코로스를 만난다. 그녀는 클뤼타임네스트라가 "겉으론 슬픈 표정을 짓고 있지만 그 눈 속엔 웃음을 감추고 있다"고 전한다.336 킬리사는 오레스테스가 죽었다니 자신의 "신세가 불쌍하다"며 한탄하고 갓난아이 때부터 기른 친어미 이상의 정을 갖고 눈물을 흘리며 슬퍼한다. 이 유모는 그리스 비극 중 노예로서 유일하게 이름이 거명되는 인물이며, 그녀가 등장하는 이 장면은 극작술의 승리라고 할 만큼 작가의 탁월한 솜씨를 보여준다. 그녀의 작중 역할은 복합적인 것으로 우선 클뤼타임네스트라가 얼마나 아내뿐 아니라 어머니로서도 어울리지 않는 악인인가를 대조적으로 드러낼 뿐만 아니라 플롯의 전개에서도 핵심적인 역할을 한다. 코로스가 그녀에게 클뤼타임네스트라가 어떤 명령을 내렸는가 묻자 "무장한 호위병을 거느리고 오라고 명령했다"고 대답한다. 그러자 코로스는 유모에게 실은 오레스테스는 죽지 않았다며 아이기스토스에게 "기쁜 표정으로" 다음과 같이 전하라고 한다. "혼자

---

335 같은 곳, 515-7.
336 같은 곳, 737-8.

오세요. 겁내실 것 없어요. 반가운 소식이예요."337 이 말을 듣자 즉시 현재의 상황을 판단한 킬리사는 코로스의 지시대로 명령을 바꾸어 전하며, 아이기스토스는 혼자 와서 기다리고 있던 오레스테스에게 죽임을 당하게 되는 것이다.

아이기스토스의 비명소리를 듣고 뛰쳐나온 클뤼타임네스트라는 "죽은 사람(오레스테스)이 산 사람(아이기스토스)을 죽이고 있다"는 시종의 말을 듣고 역시 즉시 상황을 직감하고 어서 도끼를 가져오라 명령하지만 이미 사태는 돌이킬 수 없게 되었다는 것을 깨닫는다. 자신을 응징하러 다가오는 아들에게 앞섶을 헤쳐 젖가슴을 보이며 목숨을 구걸하자—"애야 이 젖가슴이 두렵지도 않느냐? 잠결에도 이 어미의 젖가슴에 매달려 부드러운 잇몸으로 달콤한 젖을 빨곤 했는데"338 —여기서 오레스테스는 결행의 마지막 순간에 주저하며 친구 퓔라데스를 돌아보고 "어찌해야 하지, 어머니를 죽이기가 두렵다"고 말한다.339 오레스테스의 마지막 주저의 말은 그가 부모의 잔인한 성격을 물려받지 않았고 단지 도덕적, 사회적 의무에서 행동한다는 것을 보여준다. 또한 '악을 악으로 갚는' 이 행위를 통해 이 집안의 죄악의 역사가 그의 대에서 끝날 수 있지 않을까 하는 희망을 관객이 잠시 갖도록 한다. 그러나 퓔라데스는 그에게 아폴론의 명령과 그가 앞서 한 "엄숙한 맹세"를 새삼 상기시킨다. 오레스테스는 모친이 자신의 (남편 살해의) 악행을 '운명'으로 정당화하려는 말을 하자 그녀의 죽음 또한 똑같은 '운명'의 탓이라고 응수한다. "그렇다면 당신의 죽음도 운명의 탓이겠지요."340 그는 마지막으로 클뤼타임에스트라에게 "그대는 '죽어서는 안 될' 사람을 죽였으니, 이제 그 대가로 '받아서는 안 될'

---

337 같은 곳, 772.

338 같은 곳, 896-7.

339 같은 곳, 899.

340 같은 곳, 911.

고통을 받으시오"라는 말을 하며 그녀를 내실로 데리고 들어간다.[341]

이윽고 궁전 문이 열리며 오레스테스는 두 구의 시체 옆에 서 있는 모습이 드러나는데, 이는 앞서 『아가멤논』에서 궁전 문이 열리고 클뤼타임네스트라 곁에 아가멤논과 카산드라의 시신이 누워 있던 장면과 '거울 이미지'처럼 완전한 상응과 균형을 이룬다. 그리하여 이 장면과 함께 '인간적인 보복'은 모두 끝나지 않았는가 하는 인상을 관객에게 갖게 한다. 딸을 죽인 아비가 응징된 것처럼 지아비를 죽인 아내도 응징되었고 '행한 자는 모두 당한 것'이다. 그러나 진짜 문제는 이것으로 얘기가 끝나고 상황이 해결된 것이 전혀 아니라는 점에 있다. 오레스테스는 바로 자신의 '어미'를 죽였으니 친족살해의 죄값을 또 치뤄야 하는 것이다. 그는 승자요 처벌자에서 살해 행위와 함께 순간적으로 패자와 범죄자의 처지로 떨어지고 만다. 그도 하나의 악행을 처벌하기 위해서는 또 다른 악행을 저질러야 하는, 이른바 '비극적인 이중의 묶임'에 자신의 부모와 똑같이 묶여있었기 때문이다. 그가 극의 끝에서 길게 자신이 살해한 두 남녀의 악행을 성토하고 자신의 행동의 정당성을 토로하지만 결국 자신이 "얻은 것은 피로 얼룩진 자랑스럽지 못한 승리뿐"이라는 것을 인정한다.[342] 그래서 코로스도 "보라, 여기 하나의 고통이 있고 또 다른 고통이 다가오리라"라고 비탄의 노래를 부른다. 어떤 평자가 『제주를 바치는 여인들』은 "'시퀄'(속편)이 아니라 반복일 따름"이라고 말하는 이유가 여기에 있다.[343]

결론적으로 말해 보복이나 복수라는 인간 세상의 오래된 '철의 법칙'은 오로지 "승리는 곧 오염"이라는 헤어 나올 수 없는 절망의 수렁 속으로 인간을 집어넣을 따름이다. 이 법칙 아래서 인간 세상은 영원히 '정의

---

341 같은 곳, 929-30. 강조는 필자.

342 같은 곳, 1017.

343 Alan Shapiro and Peter Burian, "Introduction to *The Oresteia*,"*[The Greek Tragedy in New Translation]*, p.23.

의 수립'을 기대하거나 희망할 수 없다. 작품의 끝에서 오레스테스는 벌써 "고르고의 자매들처럼 검은 옷을 입고 머리엔 우글거리는 뱀의 관을 쓴 여인들"이 자신 앞에 나타난다는 환각 속에 빠지는 것을 보여준다.[344] 어머니의 혼백이 불러낸 '복수의 여신들(에린뉘스)'에게 쫓기는 신세로 전락한 것이다. 극은 코로스가 "이 살인의 광기는 기운이 다하여 잠들기 전에 또 어디로 달려갈 것인가?" 즉 '피가 피를 부르는' 이 복수의 끝은 과연 어디인가라는 애절한 비탄의 노래와 함께 끝난다.[345]

(3)『자비로운 여신들*Eumenides*』

앞선 두 작품의 논의 가운데 비쳤듯이 돌이켜 보면『오레스테이아』는 고대 사회에서의 '성의 대결,' 즉 남녀 간의 대립 투쟁을 주요 주제로 다루고 있다. 대부분의 고전학자들은 그리스의 원시적 토속신은 여성신들이었으나 인도유럽어를 말하는 민족이 북방에서 들어오면서 남성신들이 여성신들을 제압하고 주도적 신들로 등장하는 다신론의 신앙으로 바뀌었다고 말한다.[346] 헤시오도스의『신들의 계보』에 의하면 태초에 대지의 여성 신인 가이아가 있었고 그녀가 스스로 낳은 남성 신 우라노스와 계속 관계하여 크로노스 등의 이른바 티탄 신족神族을 생산하였으나, 우라노스의 끝없는 성욕에 지친 가이아는 크로노스에게 낫을 쥐어주며 제 아버지의 성기를 자르라고 명령하였다고 한다.[347] 크로노스가 우라노스의 성기를 자르자 거기에서 뿜어져 나온 피는 '에린뉘에스'라는 복수의 여신들이 되었는데,[348] 이들이 바로『제주를 바치는 여인들』에서 오레스테스

---

344 『제주를 바치는 여인들』, 1048–49.

345 같은 곳, 1075–76.

346 Burkert, p.199–201.

347 헤시오도스, 『신들의 계보』, 159–81.

348 같은 책, 184–5.

가 자신의 어머니를 살해하자마자 눈앞에 어른거리는 여신들이다. 이들은 친족살해의 범죄가 일어났을 때 반드시 출현하며, 그 죄값을 받아내기 전까지는 결코 추적을 멈추지 않는다는 신들이고, 그 신격神格으로 말하면 우주의 최초로 거슬러 올라갈 만큼 오래된 신들이다.[349] 한편 크로노스 또한 자신의 누나 레아와 결합해 낳은 자식들 중의 하나인 제우스에게 훗날 패배하여 과거에 삼켰던 자식들을 모두 게워낸다. 한편 제우스는 부친 대代의 티탄 신족들과의 싸움에 이겨 이른바 '신세대의 신족'인 올림피아 열두 신들의 우두머리가 된다. 이 제우스의 광명과 지혜를 상징하는 신들이 각각 아폴론과 아테네이며, 이들은 마지막 작품인 『자비로운 여신들』에서 주도적 신들로 등장한다. 스위스의 문화사학자 요한 바호펜에 의하면 원래 고대사회는 모권사회였으나 부권사회로의 '폭력적인 이행'을 경험하였고, 이런 갈등과 투쟁의 과정을 이 『오레스테이아』가 보여주고 있다고 그의 『신화와 종교 그리고 모권』이란 책에서 말한 바 있다.[350]

성의 대립과 투쟁이 앞서 말했듯이 삼부작을 관통하는 하나의 주요 주제인 것은 분명하며, 첫 작품 『아가멤논』에서는 여성(클뤼타임네스트라)에 의해 죽임당하는 남성(아가멤논)이 등장하고 이어서 『제주를 바치는 여인들』에서는 남성(오레스테스)에 의해 죽임당하는 여성(클뤼타임네스트라)이 등장한다. 이 작품에서 오레스테스는 올림피아의 남성 신 아폴론과 지하 하데스에 있는 아가멤논의 혼백까지 고취하여 행동하며, 이와 비슷하게 마지막 작품인 『자비로운 여신들』에서 클뤼타임네스트라의 혼백은 앞서 말한 에린뉘스라는 오래된 여성 신들과 힘을 연대하여 오레스테스 및 그를 가호하는 남성 신 아폴론과 대결한다. 아폴론은 제우스를 대변함으로

---

349 Andrew Brown, *A New Companion to Greek Tragady*. p.83.

350 Goldhill, *Reading Greek Tragedy*, p.108. 재인용.

써 '젊은' 신들을 가리킨다면 복수의 여신들은 우주에서 가장 오래된 '늙은' 신들을 가리킨다. 여기서 '아폴론의 빛'은 남성성, 올림피아의 신 즉 인격신, 가부장제, 이성적 법질서를 표상하고, 이에 대해 '에린뉘스의 어둠'은 여성성, 지하의 신 즉 자연신, 모계제, 감정적 폭력성을 상징한다.[351] 달리 말하면 아테네 역사에서 뿌리 깊은 대립인 '폴리스'의 사회관계(사회적, 정치적 의무)와 '오이코스'의 혈연관계(가족과 혈연관계의 의무) 사이의 대립으로 볼 수도 있다.[352] 이렇듯 우주는 남성성과 여성성 사이의 공개적이고 목숨을 건 투쟁으로 분열된다. 이런 분열 대립이 계속된다면 지상에서는 출산과 생육이 불가능해지고, 우주의 질서는 붕괴되어 세계는 소멸할 것이다. 삼부작을 통해서 성의 대결은 더욱 거대한 스케일로 지속되는 것이다.

『자비로운 여신들』은 델포이의 신전으로 피신 와서 신성한 대지의 배꼽이라 불리는 '옴팔로스' 상像 옆에 탄원자의 자세로 앉아 있는 오레스테스와 그를 따라온 복수의 여신들이 그 곁에서 잠들어 있는 장면으로부터 시작한다. 지금은 교착상태에 빠진 듯하나 양측의 싸움이 해소될 것 같지 않자 애초에 이 싸움을 시작하도록 부추긴 아폴론 신이 출현하여 오레스테스에게 아테나이의 '팔라스 아테네 신전'으로 가서 도움을 얻으라고 말한다. 오레스테스가 떠나자 클뤼타임네스트라의 혼백이 지하에서 등장하여 복수의 여신들을 소리쳐 깨우며 당신들이 잠든 동안 오레스테스가 달아났다며 원망의 말을 늘어놓는다. 잠에서 깬 복수의 여신들은 아폴론 신에게 속았다며 "젊은 신이 연로한 자신들을 짓밟고 농락하고 있다"고 한탄하고 비난한다.[353] 아폴론 신이 나타나 그들을 신전에서

---

351 John Herington, p.138–9.

352 Goldhill, *Aeschylus: The Oresteia*, p.47.

353 『자비로운 여신들』, 150–51.

내쫓으며, 자신이 오레스테스에게 부친의 복수를 하라고 명령하였으나, 왜 복수의 여신들은 클뤼타임네스트라가 남편을 살해했을 때는 그녀를 벌하지 않았는가 묻는다. 그러자 복수의 여신들은 자신들은 '수평적 관계(즉 남녀관계)'에서의 살해가 아니라 오직 '수직적 관계'(부모 자식 관계)에서 벌어진 살해만을 처벌한다고 말한다. 즉 그들은 평등보다는 혈연이라는 해묵은 가치만을 고집하고 숭상한다는 것을 보여준다.

무대는 오레스테스를 따라 아테나이의 아크로폴리스 위에 있는 아테네 신전으로 바뀌고, 오레스테스가 등장해 자신은 이미 아폴론 신이 주재하는 '정화의식*katharsis*'을 치렀다고 주장한다. 그러나 뒤쫓아온 복수의 여신들은 "돌이킬 수 없이 어머니의 피를 땅에 쏟은 그대의 몸에서 걸쭉한 붉은 액체를 빨아 마시겠다"고 소리친다.[354] 이렇게 양측이 다시 교착 상태에 빠졌을 때 아테네 여신이 등장하여 사건의 유례없는 막중함에 비추어 한 명의 신이나 인간이 이 사건을 판단할 수 없으며, 공정한 최고의 시민들로 구성된 시민 법정('아레오파고스 법정')을 개최하여 심판하도록 하겠다고 선언한다. 잠시 후 아테네 여신은 11명의 배심원들을 대동하고 다시 등장한다.[355] 아테네가 지혜의 여신인 까닭은 자신이 직접 개입하지 않고 재판정을 창설하여 문제를 해결하도록 하는 데 있고, 무엇보다도 아테네 여신 자신이 이 해결할 수 없는 분규에서 양측을 '중재'하는 데 있어 올림피아 신들 중에서 이상적 자격을 지니고 있는 유일한 신이

---

[354] 같은 책, 262-65.

[355] 일부의 역본 가령 리치먼드 래티모어가 옮기고 서문을 썼으며 미국 대학의 교재로 자주 채택되는 시카고 대학 출판부 판은 배심원이 12명이라고 하지만 대표적인 아이스퀼로스 전문가인 앨런 서머스타인이 편집한 케임브리지 대학 출판부 판은 11명으로 되어 있고, 국내의 유일한 신뢰할만한 번역본을 오래전에 출간한 천병희 교수도 11명으로 옮기고 있다. 이런 혼선이 빚어진 것은 그리스어 원전에는 배심원 수가 구체적으로 언급되지 않기 때문인 듯하나 논리적으로도 11명이 맞다.—Aeschylus I. *Oresteia*, Trans. & Intro. by Richmond Lattimore, p.154; Aeschylus, *Eumenides*, ed. Alan Sommerstein, p.185; 천병희, 『아이스퀼로스 비극전집』, p.174.

기 때문이다. 그녀는 양성적 요소를 모두 가지고 있어서, 남녀관계나 생식과는 무관한 처녀신인 동시에 태어날 때부터 완전군장軍裝을 한 채 제우스의 머리에서 튀어나온 '전쟁의 신'이고, 여성적인 직조술 뿐만 아니라 남성적인 기술인 조각과 도예의 신이기도 한 것이다. 이런 그녀의 남녀 양성적인 면모는 복수의 여신의 모권적 전통과 올림퍼스 신들의 부권적 권위 사이의 갈등을 중재할 수 있는 자격을 지니고 있다고 볼 수 있게 한다.356 또한 아테네 여신은 모든 심리와 판단을 인간의 몫으로 하는 인간들의 '배심제 법정'이라는 제도를 창설함으로써 신보다는 인간의 능력을 높이 평가하는 모습을 보이고 있다.

양측의 공방이 배심원들 앞에서 몇 차례 더 오간 후에 아테네 여신은 배심 법정의 '최초의 평결'에 들어가기에 앞서, 이 법정이 피의 복수를 대신할 '정의의 보루'로서 앞으로 영원히 존속하게 될 것이라고 선언한다. 그리고 표결에 앞서 자신의 한 표는 자신이 "어머니 없이 제우스의 머리에서 태어난 까닭에" 오레스테스에게 던질 것이며,357 결과적으로 만약 투표가 가부동수가 될 경우 피고는 무죄로 판단될 것이라고 미리 말해둔다. 그런데 정작 개표하자 결과는 가부동수로 나오고 따라서 오레스테스는 방면된다. 그러나 아테네 여신이 오레스테스에게 행사한 한 표를 빼면 그를 유죄로 판단한 배심원 수가 더 많은 것이고, 이는 모친살해자를 무죄로 볼 수 없다는 인간 배심원들의 뜻을 나타내고 있다. 무엇보다 가부동수라는 결과는 이 문제가 인간의 지혜와 숙고로서도 해결될 수 없다는 것을 상징적으로 말해주는 것이다. 즉 법정의 관례에 따라 '법률적으로' 무죄 방면되는 것이지, 범죄 자체를 정당화하거나 지은 죄를 없던 것으로 하는 것은 아니라는 것이다. 그리하여 이는 대단히 '미묘한' 결정

---

356 그녀를 '중무장한 보병이지만 가냘프고 섬세한 여성'이라는 일견 모순적인 조각상으로 만드는 것은 고전 시대부터 현대까지 보편적이라고 한다.—John Herington, p.143.

357 『자비로운 여신들』, 736.

이 된다.[358] 즉 본질적으로 해결 불가능한 문제임에도 불구하고 오직 '배심 법정'이라는 인간이 만든 제도를 통해서는 해결할 수 있는 길이 열려 있음을 보여주기 때문이다. 인간은 못해도 '제도'는 할 수 있으며, 이제부터 모든 분규는 개인적 차원에서 법적인 차원으로 옮겨가게 되는 것이다. 다시 말해, 제도가 공평하고 공정하게 시행된다면 원고나 피고는 모두 개인적 권리를 존중받게 된다는 것을 의미한다. 역사적 연구에 의하면 이 가부동수를 다루는 '황금의 규칙'은 거슬러 올라가면 공동연대 이전 5세기에 닿으며 바로 그때부터 유래했다고 한다.[359] 이는 문명의 기초를 구성하는 가장 중요한 요소는 '관용'이라는 사실이 처음 실현된 것이 바로 '아테나이 민주주의'라는 것과 일맥상통하는 말이다.

그러나 『자비로운 여신들』은 오레스테스의 평결에 의한 방면으로 끝나지 않는다. 작품의 마지막 삼 분의 일은 복수의 여신들이 자신들이 패배한 것에 대한 격렬한 분노와 항의를 표출하는 것으로부터 시작된다. "모욕당한 데 대한 분노로 독을, 복수의 독을 내뱉겠다"고 선언하는 복수의 여신들에게 아테네는 인내심을 갖고 지혜롭게 '설득*peitho*'하기 시작한다.[360] 그녀의 설득의 근거는 첫째, 투표 결과는 반반이므로 실상 그들은 패배한 것이 아니라는 것. 둘째, 모든 것이 제우스의 뜻이며 아폴론은 제우스의 대리자라는 사실. 셋째, 그들도 숭배의 대상이 될 것이며, 그들의 권위는 인정될 것이라는 것. 즉 그들은 앞으로도 폭력적 살인에 대한 '응징'이라는 임무를 계속 수행할 것이나, 단지 그것을 '법정'이라는 새로운 틀 안에서 수행하게 된다는 것이다. 그들은 또한 '존엄한 여신*Semnetos Theai*'이라는 숭배의식의 수립을 통해 '도시의 공동소유자'로 대접받을 것이

---

358 Vickers, p.417.

359 Thomas G. Rosenmeyer, *The Art of Aeschylus*, p.356.

360 『자비로운 여신들』, 781-3.

다.[361] 이렇게 아테나 여신은 '이성적 설득'의 모범을 보이면서 복수의 여신들의 '명예*timē*'를 지켜줌으로써, 그들이 −복수와 응징 이외에− 지니고 있는 또 하나의 속성인 '여성적 지하신'으로서 생명을 키우고 번성하게 하는 힘과 능력을 가진 '풍요의 여신'으로 탈바꿈하게 한다. 그들은 결국 아테네의 중재의 결과 파괴적 존재로부터 창조적인 존재로 전환을 보여주며, 작품의 끝에서 아테나이 도시를 위한 축복의 헌사를 노래 부른다. 그들은 새로운 이름, 즉 바로 작품의 제목인 '자비로운 여신들*Eumenides*'로 변신한 것이다. 그들이 아테나이 시에 바치는 '환희의 송가'로 작품은 끝난다.

삼부작은 장소를 아르고스에서 델포이 그리고 아테나이로 옮겨옴에 따라 야만과 비이성이 지배하는 어둠과 혼돈으로부터 점차 문명과 이성이 지배하는 빛과 질서의 세계로 나아가는 과정을 보여주고 있다. 즉 아르고스에서 벌어진 살인 사건이 아테나이에서 시민법정을 세우는 일로 바뀐다는 것은 오래된 친족 복수('벤데타')의 세계로부터 폴리스의 문명과 법의 세계로의 이동을 가리키는 것이며, 이는 곧 '이성과 민주주의'의 정체성을 지닌 아테나이 시에 대한 승리에 찬 찬미가에 다름이 아니다. 그러나 이 작품의 가장 큰 의의는 무엇보다도 보복적 의미의 정의가 법률적 의미의 정의로 옮겨가고, 그럼으로써 근대적 재판의 기원을 제시하며 '법률제도의 근원'에 관한 기원설화의 역할을 한다는 점일 것이다.[362]

마지막으로 이 작품은 당대의 아테나이의 정치적 상황과 직접적 관련이 있다는 사실을 지적해야 한다. 작품의 시대적 배경은 과거의 아르고스의 영웅시대에 벌어지는 액션이지만 사실은 당대의 아테나이에서 일어나고 있던 정치적 투쟁과 갈등을 형상화하고 있다고 할 수 있다. 특히

---

361 같은 책, 855, 891.

362 Goldhill, p.37.

모든 아티케 비극 중에서 『자비로운 여신들』만큼 작품이 쓰이고 공연되던 때의 아테나이의 대내외적 사건들과 긴밀한 연관을 갖는 작품은 없다고 한다.[363] 아크로폴리스 서북쪽에 있는 아레오파구스 언덕에서 열리던 아테나이의 가장 오래된 심의기구인 '아레오파구스 회의체'는 과거의 왕정체제에서는 왕에게 자문을 제공하던 원로원과 같은 기구였다. 그러나 그것은 공동연대 이전 7세기 이후 왕정이 폐지되고 9명의 해마다 선출되는 최고 행정직인 '아르콘'이 국가를 운영할 때도 여전히 심의 자문 기구로서 존속하고 있었다. 아르콘 직을 지냈던 인물들로 구성된 아레오파구스 회의체는 누구를 아르콘으로 선발할 것인가를 결정했으므로 실질적으로 국가의 가장 중요한 기구의 구실을 하였으며, 여러 가지 재판에 관한 관할권 이외에도 아테나이 시의 일반적 정치에 대해 명료하게 규정되지는 않았으나 광범한 권한을 행사하였다고 한다. 공동연대 이전 5세기에 이르러 이 기구는 모든 다른 면에서는 민주화된 국가에서 이례적인 권한을 휘두르는 일종의 변태적 집단으로 보이기 시작하였다. 아레오파구스에 대한 결정적인 공격은 공동연대 이전 461년 에피알테스가 이끄는 '민주파'에 의해 시작되었고, 이 기구가 갖던 광범한 권한을 살인 사건에 대한 재판권만 남겨두고 모두 박탈하였다. 이로써 아테나이는 더욱 완전한 의미에서 '민주정'이 되었던 것이다.[364]

작품 중 아테네 여신은 자신이 창설한 '아레오파구스 법정'에 대해 대단한 찬미를 아끼지 않으나 그 기능은 바로 지금 현안인 오레스테스 사건과 같은 살인 사건에 국한한다는 명토를 박는다. 즉 이 법정은 오직 살인 사건 때문에 소집되었다는 것을 분명히 하는 것이다. 그녀는 덧붙여 충고하기를 "독재도 무정부도 아닌 정권을 존중할" 것이며, 또 "도시로부

---

[363] Podlecki, p.81–99.

[364] Herington, p.146–7.

터 공포를 몰아내지 말 것"을 조언한다.[365] 그녀의 이 말은 일부의 전통적이고 보수적인 아테네인들을 달래기 위한 것이라고 보여진다.

작품이 쓰이기 3년 전에 있었던 '아르고스와의 연맹'(461년) 또한 민주파가 국내의 중심적 과제인 아레오파구스 개혁과 더불어 추진한 아테나이의 주요 외교정책이었다. 개혁되기 이전 아레오파구스 정권 아래서 외교는 그리스 도시국가 중 가장 보수적인 스파르타와의 연맹에 기초하고 있었다. 그러나 민주파들은 스파르타와의 연맹을 깨고 스파르타의 전통적 숙적인 아르고스와 연맹을 맺었다. 아르고스는 과거와는 달리 당시에는 민주정의 형태로 통치되고 있던 드문 도시국가 중의 하나였기 때문이다. 이런 역사적 사실은 작품 중 과거 영웅시대의 아르고스의 왕위 계승자였던 오레스테스가 시간을 뛰어넘어 아테네의 첫 번째 의미심장한 시민 법정에 와서 재판을 받고 방면되며, 아울러 아테나이와의 영원한 유대를 약속하는 것으로 재현되고 있다. 아르고스와의 연맹은 아레오파구스의 권한을 삭감한 내부 정치개혁과 마치 동전의 앞뒤 관계처럼 동일한 민주화와 자유화의 맥락에서 추진된 것이었다.[366] 이로써 아이스퀼로스는 새로이 수립된 아레오파구스의 직능과 권한을 정당화하고 나아가 아테네 민주주의를 찬미하는 작품을 썼던 것이며, 그는 비극을 이용해 정치적 담론을 펴고 이를 사회 교화의 수단으로 삼은 최초의 공적, 국가적 시인이 되었다고 할 수 있다.[367]

이 작품은 아가멤논과 클뤼타임네스트라 그리고 오레스테스에 이르는 가족 살해와 그것에 대한 응징이라는 악의 연쇄적 진행을 보여준다. 그리고 이런 악순환의 고리는 인간의 차원에서는 해결될 수 없고 결국

---

365 『자비로운 여신들』, 696-8.

366 Thomson, p.270-77.

367 Podlecki, p.82-3.

아테네 여신의 지혜가 개입하고 간여하여 '시민 법정'이라는 제도의 설립에 의해 그 고리가 끊기게 되는 것이다. 삼부작은 전체적으로 볼 때 불의와 무질서에서 시작하지만 그 종말에서는 정의와 질서의 수립과 회복이 이루어지며 이는 인간과 신의 의지의 '중층(이중)결정'을 통해 가능하다. 이런 점에서 아이스퀼로스는 인간에 대한 신뢰 못지않게—다음에 다룰 소포클레스나 에우리피데스에 비해—제우스로 대표되는 신들의 질서와 정의에 대한 믿음을 아직 지니고 있는 시인이라는 것이 드러난다. 또한 이 작품은 그리스 비극 중 가장 스케일이 크고 의미심장한 작품이지만—많은 아티케 비극이 그렇듯이—우리가 요즘 통상적으로 생각하는 '비극'과는 달리 해피엔딩으로 끝난다. 이는 앞서 1장 7절에서 설명했듯이 오늘날 '비극'으로 옮겨지는 '트라고디아*tragoidia*'는 아테나이에서 공동연대 이전 6세기에 만들어진 용어로써 '대 디오뉘시아 제전'에 올려진 극들을 일괄하여 가리키는 말에 지나지 않고 작품의 종말의 행불행과는 무관하다는 것을 고려하면 놀라운 일이 아니다. 즉 이 작품도 '트라고디아'가 공통적으로 지니고 있다고 여겨지는 (1) '강력한 영혼'을 지닌 인물들이 주인공으로 등장하여 (2) '딜레마적 상황'으로 특징지어지는 '중심적 고통'을 당하며 (3) 작품 가운데 핵심적 '선택과 결단'은 인간과 신의 의지가 결합된 '중층결정'이라는 일반적 요건들을 충족시키고 있는 것을 볼 수 있다.

18. 소포클레스*Sophokles*

　"소포클레스가 그린 인물은 초인이 아니라 '인간미가 있는' 인물이다. 영웅적 인물 못지않게 '동정하는' 인물도 소포클레스적 인물이다. 동정은 신들의 속성이 아니며 오직 인간의 속성이다."
—위닝턴-잉그램, 『소포클레스의 해석*Sophocles: An Interpretation*』, p.227. 강조는 필자.

　소포클레스(497/6-406/5)는 아이스퀼로스(525/4-456/5)보다 한 세대 뒤의 인물이나 같은 해에 사망한 에우리피데스(480-406)보다는 한 이십 년 가까이 연상이다. 이 셋은 서로 앞서거니 뒤서거니 하며 전무후무하게 거의 이의異意의 여지없이 세계문학의 최고봉인 '아티케 비극'을 창조해낸 트로이카와 같은 존재들이다. 그러나 이 중에 고전기 아티케 비극을 가장 전범적으로 대표하는 작가를 꼽으라면 고전학자들은 역시 거의 이의 없이 소포클레스를 꼽는다. 아이스퀼로스가 '절대 의지'의 인물상을 창조함으로써 '비극적 인간상' 창조의 첫 주자라고 한다면, 소포클레스는 여기에 윤리적, 도덕적인 차원을 덧붙여 '숭고한 비극적 인간상'을 창조함으로써 그리스 비극을 최고의 높이로 끌어 올렸기 때문이다. 일반적으로 소포클레스는 다음 세 가지 발명과 기여를 통해 '비극을 비극으로 만든' 장본인이라고 일컬어진다.[368] (1) 독자적 개인이 (2) 자유로운 선택과 결단을 통하여 운명과 직면하고 (3) 이윽고 완전히 그 결과에 책임진다는 것이 그것이다. 대표적 소포클레스 전문가 중의 한 명인 찰스 시걸은 이를 좀 더 자세히 풀어서 첫째, 어떤 숭고한 윤리적 덕목 혹은 이념을 대변하는 '강력한 성격*megalopsychia*'의 인물이 등장해 그 이념이나 덕목을 관철하고 수행하기 위한 투쟁을 벌이며 둘째, 그 과정에서 '절대 고립과 단절'의 상황에 들어가지만, 내면의 '정신의 힘*tlemosyne*'으로 그 상황을 견디어 내고 셋째, '자기인식'이라는 고통스러운 과정을 거쳐 최후에 자신에게 주어진 몫, 즉 운명을 흔들림 없이 수용하는 모습을 보여준다고 한다.[369] 여기서 두드러진 것은, 주인공은 그가 처한 딜레마 상황에서 절대적 고립과 단절을 경험하며, 예고된 파국과 타협 사이의 선택을 강요당하나, 그가 보여주는—타협과 굴복을 거부하고 자신에게 충실한—불요불굴의 자세에서 극의 '중심적 긴장'이 발생한다는 것이다. 그의 비극에

---

[368] Bernard Knox, *The Heroic Temper: Studies in Sophoclean Tragedy*, p.7.

[369] Charles Segal, *Oedipus Tyrannus: Tragic Heroism*, p.120.

서는 '굴복하라*eikein*'는 주변 인물들의 요청과 조언이 끊임없이 들리지만, 주인공이 하는 말은 늘 '놔둬라*ean*'라는 말이라고 한다.[370] 그래서 버나드 녹스는 소포클레스 극의 모든 인물의 성격과 행동을 묘사하기 위해 그들에게 적용될 수 있는 한 단어가 있다면 그것은 *deinos* 즉 '이상하고 두려운' 혹은 '무섭고 섬짓한'이라는 말이라고 주장한다.[371]

소포클레스를 비극적 형식뿐만 아니라 이른바 '비극적 비전'의 완성자로 만드는 것은 그가 그린 비극적 주인공의 최후가 '비극적 역설'로 알려진 효과를 자아내기 때문이다. 즉 인간은 자신의 내면의, 즉 영혼의 힘을 통해 패배를 승리로 바꾸는 '역설적 현상'을 보여줄 수 있다는 것이고, 그리하여 비극의 마지막 순간은 슬픔과 기쁨, 창조와 파괴, 절망과 희망의 양면성(혹은 이중성)이 함께 드러나는 역설적이고 '신비한 효과'를 가져다주게 된다. 앞서도 언급했듯이 이것이 비극 특유의 고유한 효과라고 할 수 있다.[372]

소포클레스는 아테나이의 부유한 가문 출신으로서 29세 때 '대 디오뉘시아 제전'의 비극경연에서 당대 최고의 비극 시인 아이스퀼로스를 누르고 첫 우승을 차지한 후, 90세까지 장수를 누리면서 모두 123편의 작품을 썼으며 그중 24번(3월 말에 열리던 '디오뉘시아 제전'에서 18회, 1월 말에 열리던 '레나이아 제전'에서 6회) 우승하였고, 이는 아이스퀼로스의 13번 및 에우리피데스의 5번에 비교할 때 당대에 그가 누린 인기가 어느 정도였는지 가늠하게 해준다. 그는 17세 때 2차 페르시아 전쟁을 끝장낸 살라미스 해전의 승리를 축하하기 위한 의식에서— 전하는 소문에 의하면 '빼어난 용모로' 선출되어—'찬신가*paean*'를 앞서서 선창하였고, 비극작가로 성공

---

370 Knox, p.15.

371 Knox, p.23.

372 John Gassner, "The Possibilities and Perils of Modern Tragedy," Corrigan, p.298; Steiner, p.10.

한 이후 특히 『안티고네』가 우승하자 —역시 일설에 의하면 작품의 인기에 힘입어 —사모스의 반란을 진압하는 전투에 임할 가장 중요한 열 명의 장군stretagos 중의 한 명으로 선출되었다고 한다. 극작가로 그는 아이스킬로스가 추가한 한 명의 배우 외에 한 명을 더 추가함으로써 비극의 형식적 완성자가 되었고, 초기에는 아이스킬로스와 같이 삼부작으로 작품을 썼으나 후반기에는 독립된 형식의 작품을 썼다고 한다. 그는 자신의 극작술에 대한 기록을 남겼는데, 자신은 "이상적인 인간을 그리고 에우리피데스는 있는 그대로의 인간을 그린다"는 말을 했다고 한다. 이는 매우 근거 있는 자기평가로 여겨진다. 그는 외국에서도 대단한 인기를 누려 여러 번 초청 받았으나 시켈리아로 간 아이스킬로스나 마케도니아로 간 에우리피데스와는 달리 한 번도 이에 응하지 않고 아테나이에서 삶을 마쳤다고 한다.

그의 긴 생애 동안 그는 두 번에 걸친 페르시아 전쟁과 그의 만년에 발발한 펠레폰네소스 전쟁을 모두 겪었으며 스파르타에 의해 아테나이가 최후로 패배하기 이태 전에 세상을 떠났다. 그의 비극은 아테나이의 전성기가 황혼기로 넘어가는 시기를 배경으로 하고 있었고, 그는 투키디데스가 『펠레폰네소스 전쟁사』에서 보여주는 투쟁과 분열과 쇠락의 모든 과정을 목격하였다. 그의 생시 아테나이의 민주주의는 제국주의로 타락하였고, 그 결과 그는 생애의 만년에 힘과 오만함이 지배하며 공포와 혼돈이 횡행하는 세계를 경험했다. 그래서 그가 죽은 뒤 당대의 어느 희극작가가 쓴 『무시케의 여신들』이란 작품 가운데서 그는 "축복받은 소포클레스, 행운과 재주를 모두 타고나, 많은 뛰어난 비극을 썼으며, 어떤 삶의 실패도 맛보지 않고, 90세의 장수를 누리고 이승을 떠났으니"라는 찬미를 받았다는 것은 역설적인 느낌을 준다.[373] 왜냐하면 그가 죽기 얼마

---

[373]　D. W. Lucas, p.128.

전에 쓴 『콜로누스의 오이디푸스』는 인생의 황혼을 마주한 시인의 삶에 대한 저주와 자기연민이 느껴지는 매우 어둡고 암울한 극이며, 그는 자신의 삶을 통해 여러 면에서 대단히 성공적인 삶을 살았지만, 그 모든 명예와 영광에도 불구하고 마음속 깊이 뿌리 깊은 절망감을 느낀 것이 분명하다고 어느 평자는 말하고 있기 때문이다.[374]

마지막으로, 소포클레스의 비극 세계의 특징의 하나는 그것이 신들로 가득 차 있다는 것이다. 모든 사건은 신들로부터 온다고 해도 과언이 아닐 만큼 신들이 인간의 삶과 행동의 배후에 있다.[375] 소포클레스의 『트라키스의 여인들』의 끝에서 코로스는 "제우스로부터 오지 않은 것은 하나도 없나니"라고 노래 부른다. 단지 인간으로선 신들의 뜻을 도저히 알 길이 없고 신들의 역할은 인간으로부터 끝내 감춰져 있다는 것이 문제이다. 그들은 인간의 삶의 예상치 않은 국면에서 느닷없이 튀어나와 그의 삶을 파국으로 몰아넣기 일쑤이다. (그러나 '인간이 자신의 파멸을 향해 나갈 때 신은 기꺼이 그를 도와준다'는 말은 여기서도 진리임을 부정할 수 없다. 왜냐하면 그의 파멸은 바로 '자신의 행위를 통해서만' 그에게 닥치기 때문이다.) 그럼에도 불구하고 소포클레스적인 인간의 특징은 그런 운명의 변전과 전횡 앞에서 굴복하지 않고 스스로가 끝내 자신의 운명의 주인임을 주장한다는 데 있다. 그리하여 소포클레스의 극에서 신들은 인간의 운명에 무관심하던가 적대적이지만 인간은 결국 신들보다 더 '도덕적이고 윤리적인' 존재임을 입증한다. 그리고 이것이 소포클레스가 서구 '인본주의적' 사유의 뿌리의 하나를 형성한다는 평가가 나오는 까닭이다.[376]

---

374 Kaufmann, p.241.

375 Lesky, p.99.

376 소포클레스의 작품 가운데 신들의 역할에 대해 칼 라인하르트는 아이스퀼로스와 비교하여 다음과 같이 말한다. "아이스퀼로스의 극에서 신들은 직접 등장하며 주요한 역할을 하고 특히 제우스는 사태의 전말을 주시하고 있고 결국 우주가 정의로운 질서로 복귀하도록 보장하는 역할을 하는 데 반해, 소포클레스의 극에서 신들은 사건의 배후에 있을지

1) 『아이아스*Aias*』

『아이아스』는 소포클레스의 작품 중 가장 초기의 것으로 여겨지며, 그의 작품 중 가장 호메로스적 가치관과 세계관이 나타나는 극으로서 전통주의자로서의 그의 면모가 가장 뚜렷한 극이다. 말하자면 호메로스가 살던 아르카익(상고尙古)기의 중심적 사유방식인 '개인주의적 영웅주의'에 대한 성찰과 검토가 작품의 주요한 모티프와 주제를 제공하고 있다. 또한 아이스퀼로스의 극 특히 그의 『결박된 프로메테우스』와의 유사성이나 공통성이 뚜렷이 느껴져서, 앞서 말했듯이 소포클레스가 작가 생활의 초기에 아이스퀼로스에게 배웠든지 아니면 거꾸로 아이스퀼로스가 소포클레스의 작품의 영향 아래 자신의 작품을 썼을 가능성이 제기되고 있다.[377]

작품이 시작되면 아테네 여신이 등장하여 주인공인 아이아스가 방금 저지른 끔찍한 우행愚行을 오뒷세우스에게 이야기해주는 것으로부터 시작한다. 신이 첫 장면부터 등장하여 인간들의 행동에 직접 관여하는 극은 소포클레스의 극 중에도 이 작품이 유일하지만, 그의 극에서 신(들)의 역할이 얼마나 막중한 것인지 짐작하게 해준다. 작품에서는 직접 언급되지 않으나 우리는 서사시 권*Epikos Kyklos*에 나오는 아킬레우스의 무구武具재판*Hoplon Krisis*에 대한 이야기를 기억하고 있어야 한다. 즉 아킬레우스가 죽은 뒤 장인匠人의 신 헤파이스토스가 만들어준 그의 무기들을 누가 가질 것인가를 놓고 벌인 아이아스와 오뒷세우스의 격렬한 논쟁에서 결판이 나지 않자 그리스군 수뇌부는 포로로 잡힌 트로이아 군에게 둘 중 누가 더 무서운 장수였는가에 대한 투표를 하게 하였는데 결과는 오뒷세우

언정 전면에 등장하지 않으며, 따라서 인간이 신들의 뜻을 짐작한다는 것은 수수께끼를 푸는 것처럼 거의 불가능한 일이다."—Karl Reinhardt, *Sophocles*, xxv.

377 R. P. Winnington-Ingram, "Tragedy and Greek Archaic Thought," M. J. Anderson ed. *Classical Drama and Its Influence*, p.31-2.

스의 승리였다고 한다. 그러자 "그리스군의 성벽"[378]으로 불리고 누구나 아킬레우스 다음가는 영웅으로 인정한 자신이 무구를 물려받지 못하게 된 것을 도저히 받아들이지 못한 아이아스는 극심한 분노를 참지 못한다. 그가 급기야 그리스군 수뇌부를 몽땅 살해하려고 난동을 벌이자, 보다 못한 아테네 여신은 그가 '미망^{ate}'에 사로잡히게 하여 가축 떼를 수뇌부로 착각하여 대신 도살하게 만든다. 여기서 오뒷세우스는 자신이 무구 재판의 승자이기는 하나 아이아스가 벌인 우스꽝스러운 만행을 목격하고 "비록 그가 자신의 적이긴 했으나 미망에 빠진 그의 불행을 동정한다"고 말하며, 인간은 모두 "실체 없는 그림자에 불과하다"고 토로한다.[379] 오뒷세우스는 이 작품에서는 『일리아스』에 등장하는 '지략이 풍부한 용장'으로서가 아니라 세상사의 예측할 수 없음을 통감하고 공감하는 '사려 깊은 인물'로 나타난다.

이어서 아직까지 광기에 빠져있는 아이아스가 등장하여 자신이 성공적으로 그리스군 수뇌부를 살해한 것에 대해 아테네 여신에게 감사드리며 신의 가호가 계속되기를 기원하고 퇴장한다. 다음으로 아이아스의 전리품이자 아내인 테크메사가 등장하여 아이아스가 자신의 막사에서 이제야 비로소 정신이 돌아와 스스로 저지른 우행을 목격하고 비참한 절망 상태에 빠지고 말았음을 알린다. 다시 아이아스가 무대에 올라 자신이 두 번—무구 재판에서 지고 이어서 광기에 빠져 가축을 도륙한 일—모욕당했음을 깨닫고 절망한 나머지 아들 에우리사케스와 동생 테우크로스의 이름을 부르며 탄식한다. 그는 만약 아킬레우스가 살아있어 손수 무구를 수여했다면 분명히 자신에게 주었을 것이라며 통분을 금하지 못한다. 그는 이제 어떻게 자신이 고향에 돌아가 부친 텔라몬을 뵐 수 있을

---

378 『일리아스』, 3. 229.
379 『아이아스』, 123, 126.

것이냐 자문하고는 "고귀한 사람이라면 고귀하게 살거나, 명예롭게 죽어야 한다"고 선언한다.380 그는 죽음을 결심한 것이다. 테크메사가 아들 에우뤼사케스를 데리고 등장하여 자식의 생명을 위해서라도 마음을 고쳐먹으라고 간청하지만 아이아스는 자신은 "이제 신들도 더 이상 섬길 의무를 느끼지 못하겠다"고 불경스런 말을 한다.381 테크메사가 "제발 좀 부드러워지세요"라고 간원하는 것에 대해 "지금 와서 내 본성^{ethos}을 개조할 요량이라면/ 당신은 어리석은 생각을 하고 있는 것이요"382라고 대꾸한다.

아이아스가 칼을 빼들고 재등장하여 646행부터 692행까지 하는 말은 이른바 '기만연설欺瞞演說 *Trugrede*'로 알려져 있고 숱한 평자들의 논의가 있었으나, 대부분의 논의는 이 대사가 아이아스의 자살 결심을 주변인들로부터 속이기 위한 것이라는 데 동의한다.383 즉 일시적 광기에 의해 가축을 살육하는 우행을 벌인 후 아이아스의 자살의 결심은 확고하나 이를 실천하기 위해서는 주변의 사람들로부터 벗어나야 할 필요가 있고, 그래서 그들을 안도케 하기 위한 위선이 불가피하다는 것이다. 그러나 사실 이 기만연설 안에는 그의 본심을 짐작하게 하는 반어적 표현이 적잖이 들어있다. 즉 한편으로는 "자제심을 배우겠"노라고 말하지만 곧이어 하는 "칼을 땅 속에 깊이 묻을 터인데 그곳에서는 아무도 이 칼을 보지 못하고 밤과 하데스만이 간직하게 될 거야"384라는 말은 사실 죽어서 가는 하데스가 자신의 칼을 보관할 것이라는 말이다. 또 이 '기만연설'의 마

---

380 같은 곳, 479-80.

381 같은 곳, 590.

382 같은 곳, 594-5.

383 Knox, "The *Ajax* of Sophocles," Thomas Woodard ed. *Sophocles: Twentieth Century Interpretation*, p.40.

384 『아이아스』, 658-90.

지막 말인 "나는 내가 가야 하는 곳으로 가니 그대들은 내가 일러준 대로 하게나"385는 죽음을 거의 명시적으로 암시하고 있다.

아이아스가 퇴장한 후 메신저가 등장해 "아이아스가 (계속) 살아 있는 모습을 보기 위해서는 오늘 하루만은 무슨 수를 써서라도 그를 막사 안에 묶어두어야 한다"는 칼카스의 예언이 있었다고 전한다. 그러면서 메신저는 전에 아이아스가 본국을 떠날 때 그의 부친 텔라몬이 언제나 전투에 임할 때는 "신의 가호를 기원하라"고 명했을 때, 자신은 "신의 도움 없이도 영광을 얻을 수 있다"고 큰소리쳤다고 하는 이야기를 전해 준다.386 재등장한 테크메사에게 메신저가 아이아스의 생사는 오늘 결정된다는 말을 전하고 둘이 퇴장하자, 장면이 해변의 후미진 곳으로 바뀌고 아이아스가 등장해 칼을 끝이 위로 향하도록 땅에 꽂고서 복수의 여신들에게 자신의 복수를 거듭 부탁하고는 칼 위로 쓰러져 죽는다. 그리스 극에서 유일하게 관객이 직접 주인공의 죽음을 목도하게 되는 장면이다. 이어서 등장한 코로스와 테크메사가 아이아스의 주검을 보고 '애탄가 threnody'를 부르며, 이윽고 등장한 테우크로스도 형의 주검 앞에서 애도한다.

아이아스가 죽은 뒤에도 극은 1/3가량 남아 있으며 여기까지는 아이아스가 불명예스럽게 죽음에 이르게 되는 과정을 보여주었다면, 이제부터 종말까지는 그의 명예가 복원되는 과정을 보여준다. 그리스 군의 수뇌부인 메넬라오스와 아가멤논이 차례로 등장해 아이아스의 시신의 매장 금지령을 선포하자, 테우크로스가 그에 항의하고 설전이 벌어지며 이는 막바지에 오뒷세우스가 등장해 전환점을 마련함으로써 해소된다. 오뒷세우스의 중재와 조정은 첫 장면에서 이미 그가 동정심과 이해심의 인

385　같은 곳, 690.

386　같은 곳, 765-69.

물이라는 것이 드러났음으로 놀라운 일은 아니다. 그러나 비극에서 억울하고 부당한 죽음을 맞이한 주인공의 명예의 회복은 항상 그의 주된 적대자에 의해 이루어지게 된다. 이는 이것이 가장 뚜렷한 극적 효과를 가져오기 때문이며, 『아이아스』에서 이 장면은 이런 극작술의 효시가 된다.387 아이아스의 매장을 반대하는 아가멤논에게 오뒷세우스는 "그[아이아스]는 나의 적이었다, 그러나 고매한 사람이었다"고 말하며, 이제 자신에게는 "그의 탁월함이 그의[에 대한] 적대감보다 더 우세하다"고 선언하며 그의 수락을 얻어낸다.388 이어서 그는 테우크로스에게 "그[아이아스]는 이제 친구라고 부를 수 있으니, 가장 고귀한 영웅들에게 당연히 해드려야 할 것은 한 가지도 빠뜨리지 싶지 않다"고 말하며 스스로 장례를 주선한다.389 그러자 테우크로스도 오뒷세우스를 "고귀한*esthlos*" 분으로 부르며 칭송하나 "고인이 언짢아할 터이니" 장례에 참석하는 것만은 삼가해 달라고 말한다.390 작품의 마지막 말은 테우크로스의 "단언하건대, 그 분이 살아계실 때 그 분보다 더 훌륭한 분을 모실 수는 없었다"이다.391

앞서 이 작품에 대한 논의를 시작하면서 우리는 이 작품은 소포클레스의 작품 중 가장 호메로스적 가치관이 투영되어 있는 작품이라고 말했다. 그러나 이 호메로스적 가치들은 작가가 살던 공동연대 이전 5세기의 계몽된 '시민적 사고의 관점'에서 검토되며 성찰되고 있다는 점을 지적하지 않을 수 없다. 아이아스가 추구하는 개인적 영웅주의가 트로이아 전쟁 시대의 '아레테' 즉 전사의 싸움기술과 용기에 근거하고 있다면, 공동

---

387 우리는 이와 유사한 장면을 뒤에 셰익스피어의 『줄리어스 시저』와 『코리올레이너스』의 마지막에서도 목격하게 된다.

388 『아이아스』, 1355, 1357.

389 같은 곳, 1379–80.

390 같은 곳, 1395.

391 같은 곳, 1416–7.

연대 이전 5세기의 가치는 이성적이고 합리적인 사고방식과 판단력이 더욱 중요하게 되었고, 이는 작품에서 바로 오뒷세우스가 상징하는 가치이다. 여기서 작품 가운데의 무구 재판은 비록 호메로스 시대로 그 무대가 설정되었으나 그 심판의 결과에는 5세기의 계몽된 사회의 가치가 반영되어 있다는 것을 알 수 있다. 왜냐하면 만약 심판이 오직 호메로스적 가치에만 근거했다면 틀림없이 아이아스는 아킬레우스의 무구를 물려받았을 것이기 때문이다. 따라서 호메로스적 사고와 관점에 의해 살아가는 '영웅 시대적인(즉 시대착오적인)' 인물인 아이아스로서는 무구 재판에서 패배한다는 것은 '명예의 상실'이라는 완전한 파멸을 가져오는 것이며, 이는 그가 그리스군 사이에서 더 이상 살아갈 수 없게 되었다는 것을 뜻한다. 그러므로 그의 '치명적 분노'는 당연한 것이라고 볼 수 있다. 그러나 문제는 그가 이번에는 호메로스적 영웅답지 않게 신들을 무시하는 '불경한' 언사를 삼가지 않는 인간이라는 점이다. (이는 그도 역시 한 발은 공동연대 이전 5세기에 딛고 있는 '복합적 성격'을 지니고 있다는 것을 뜻한다.) 그러나 이는 아테나 여신의 분노를 불러일으켰고 여신은 그에게 벌로 '미망(즉 광기)'을 불어넣어 주었던 것이다. 이렇게 등장인물들은 비록 호메로스 시대를 사는 것으로 설정되었으나, 그 성격화에는 5세기적 가치가 섞여 있는 것을 볼 수 있다. 한마디로, 아이아스는 호메로스적 사유와 행태의 '마지막 유물' 같은 존재이며 계몽된 5세기에서는 살아남을 수 없는 인간상임이 드러난다. 그는 과도기적 인물로서 영웅주의적 정념과 개인주의적 사고방식이 합리적 사유와 시민적 사고방식으로 바뀌어 가던 공동연대 이전 5세기의 '과도기적 상황'을 상징하고 있는 것이다.[392]

우리는 이 극에서도 앞서 아이스퀼로스의 극들에서처럼 주인공의 파멸은 한 쪽은 외부적 상황의 압박 즉 무구 재판에서의 패배가 가져온 절

---

392 Knox, *Word and Action: Essays on the Ancient Theater*, p.145.

망감, 그리고 다른 쪽은 그의 내면의 성격적 특징인 오만함('휘브리스')이 가져온 신의 징벌, 이 두 가지가 결합하여 이루어진다는 '이중(중층)결정'의 모습을 보게 된다. 그러나 이 극을 아티케 고전기를 대표하는 비극작가로서의 소포클레스의 극다운 극으로 만드는 것은 바로 주인공이 자신의 '절대 의지'를 통해 철저한 '고립과 단절'로 들어가며, 여기서 보이는 그의 '단호한 비타협'의 모습에 있다. 이는 두 가지 역설적 의미를 띠게 되는데, 하나는 그의 위대함은 곧 그의 잘못을 능가한다는 (거꾸로 말해 그의 잘못은 그의 위대함에 의해 압도된다는) 것이고, 다른 하나는 인간의 '위대함'은 동시에 그의 '위험성(즉 취약성)'을 뜻한다는 것이다.[393] 이러한 역설적 양면성이 소포클레스 극의 가장 큰 특징인 '인간의 예찬' 즉 '인본주의적 사유의 핵심'을 구성하며, 이는 앞으로 다룰 다른 두 작품에서 더욱 뚜렷이 나타난다.

이 극은 교란된 질서와 파괴된 정의가 결국 마지막에 인간들에 의해 복원되고 회복되는 것을 보여줌으로써, 신보다는 인간이 더 고귀하고 위대하다는 것을 입증하고 있다. 말하자면 이 우주에 '도덕' 혹은 '도덕적 질서'라는 것이 있다면, 이는 '인간의 영역'이지 신의 영역은 아님을 드러내는 것이다. 결론적으로 말해, 이 작품은 아이아스라는 단점보다는 장점이 훨씬 많은 한 명의 '고귀한 인간*aner aristos*'의 몰락을 형상화하는 것이 주된 목적인 듯하다.[394] 그는 비록 아리스토텔레스가 『니코마코스 윤리학』에서 말하는 '많은 것을 요구하고 또 그것을 받을 만한 강력한 영혼'을 지닌 인물이지만 시인이 작품을 쓰던 공동연대 5세기에는 한물 간 영웅주의를 대변하고 있으며, 따라서 그의 몰락은 필연적이다. 그러나 어떤 평자도 말하듯 이 세상은 그런 인물이 '사라짐으로서 보잘것없고 더 작고

393　David Grene, *Reality and the Heroic Pattern*, p.125.

394　Winnington-Ingram, p.56.

비루한 세상이 되었다'는 것도 사실이다.[395] 마치 후대에 셰익스피어의
『햄릿』과『줄리어스 시저』에서 햄릿과 브루터스가 사라진 뒤 엘시노어 성
과 로마가 그렇듯이 말이다. 시인은 아이아스의 삶과 죽음을 통해 위대
한 한 시대가 저물어가는 것에 대해 애도의 눈길을 보내고 있는 것은 아
닌가 하는 생각이 든다.

2)『안티고네*Antigone*』

『안티고네』는『오이디푸스 왕』와 더불어 소포클레스의 비극뿐만이 아
니라 모든 그리스 비극 중에서 가장 널리 알려져 있고 또 논의되어온 작
품이다. 그러나 이는 19세기 정확히는 '프랑스 대혁명' 이후의 현상으로
서 그전에는 이 작품이 거의 알려져 있지 않았다고 한다.[396] 그리스 비
극이 보여주는 인간의 자유, 권리, 존엄과 같은 '인본주의적 가치'가 논
의될 때마다 이 작품이 흔히 그것들의 원조요 뿌리로 언급되는 것을 볼
수 있다. 프랑스 대혁명에 고취되어 발흥한 '독일 관념론'은 공동연대 이
전 5세기 고전기 그리스 시대의 사상과 문화를 자신의 '정신적 모델과
바탕'으로 삼았고, 그 '그리스 정신의 핵심'을 삼대비극 작가들의 작품
가운데서 발견하였다는 것은 많은 철학사가들이 지적하고 있는 바와 같
다.[397]

『안티고네』에 대한 찬미는 헤겔이 이 작품을 "인간 정신이 만들어낸 가
장 숭고하고 완전한 작품"으로 극찬하며, 자신의『미학』이나 『역사철학』
뿐만 아니라 『정신현상학』에서 이 작품에 나타나는 '비극적인 것'을 철학

---

395 Karl Reinhardt, *Sophocles*, p.30-32.

396 George Steiner, *Antigones*, p.6-7.

397 Silk and Stern, *Nietzsche on Tragedy*, p.4-7; Steiner, *Antigones*, p.133.

의 중심에 놓고, 이 '비극적인 것*das Tragische*'을 바로 '변증법적 현상'의 최고의 사례로 본 후에 더욱 뚜렷해졌다.**398** 19세기 영국의 대표적 소설가 조지 엘리엇 또한 "『안티고네』와 그것의 도덕"이란 글에서 '소포클레스는 셰익스피어와 나란히 설 수 있는 유일한 극작가'이며 '안티고네라는 인물형은 문학사에 등장하는 가장 독창적이며 동시에 영원한 여인상'이라고 찬미한 바 있고 20세기에 들어와 버지니아 울프 또한 "소포클레스의 『엘렉트라』"라는 글에서 소포클레스가 창조한 인물형인 엘렉트라나 안티고네는 "영웅성과 충직성"의 모델이며 "고정되고 영원하며 고유한 '인간성'의 원천"이라고 앞서 엘리엇과 마찬가지의 찬사를 바쳤다.**399** 이런 찬미는 20세기에 들어온 이후에도 여전해서 앙드레 지드가 "아이스킬로스의 『프로메테우스』와 소포클레스의 『안티고네』보다 더 아름다운 작품은 전무후무하다"고 말하고,**400** 나아가 남아공의 초대 원주민 출신 대통령인 넬슨 만델라도 자신의 『자유로의 기나긴 장정』에서 "우리의 투쟁을 상징하는 인물은 안티고네였다"고 말한 바 있다. 그러나 이 작품은 그것이 지니는 인기 및 대중성과는 별개로 대단히 복잡하고 난해한 작품이며, 일반적 독서로는 파악하기 쉽지 않은 복합성과 중의성重義性을 지니고 있는 것도 사실이다.

극이 시작하면 안티고네와 동생 이스메네가 등장하여 최근에 아르고스에서 일어난 전쟁의 결과 사망한 두 형제에 대해 도시의 새로운 통치자로 등극한 크레온이 에테오클레스의 시신은 명예롭게 장사지내지만 폴뤼네이케스의 시신은 버려둔 채로 방치한다는 포고령을 내릴 것이라는 소식을 전한다. 안티고네는 같은 혈육의 도리로서 자신이 직접 폴뤼

---

398 Michelle Gellich, *Tragedy and the Theory*, p.19, 24, 94.

399 George Eliot, "The Antigone and Its Moral," Draper ed., *Tragedy: Developments in Criticism*, p.122; Virginia Woolfe, "On Sophocles's *Electra*," Woodard, p.123.

400 Steiner, p.6. 재인용.

네이케스에 대한 장례의식을 치루려하니 이스메네도 동참할 것을 권한다. 그러나 이스메네는 도시의 칙령은 엄중한 것이고 자신은 한갓 여인에 불과하니 할 수 없을뿐더러 언니도 그런 위법 행위 일랑 하지 말라고 타이른다. 그러자 안티고네는 '신들의 불멸의 법칙'은 막중한 것이므로 자신이 비록 범법을 한다 해도 그것은 '성스러운 범죄'가 될 것이라고 말하며, 성급하게 동생에게 동기간의 '결별'을 선언한다. 곧 이어 크레온이 등장하여 '국가라는 배'船가 위기와 혼란의 시기에 처한 시기에 자신은 강한 지도자가 될 것이며 사적인 관계에 휘둘리지 않을 것임을 공표한다. 그리고 그는 도시를 수호하다 죽은 에테오클레스에 대해서는 성대한 장례를 치루어주지만 자신의 도시를 공격하다 죽은 폴뤼네이케스의 시신은 들판에 버려져 들짐승과 날짐승의 먹이가 되도록 하라는 포고령(혹은 칙령*kerugma*)을 내린다.

파수병이 등장해 폴뤼네이케스의 시신에 누군가 매장의식을 행한 흔적이 있으나 범인은 찾을 수 없다고 보고하자 크레온은 격분해 빨리 범인을 잡아들이라고 명령한다. 여기서 코로스가 조심스레 혹시 신들이 한 행동은 아닌지 모르겠다고 말하자 크레온은 코로스를 망령 난 노인들이라고 질타한다. 여기서부터 크레온은 점점 더 오만과 독선에 빠진 독재자의 모습을 보이기 시작하여 자신의 뜻을 '거역하는 불손한' 자들이 있다는 것을 알고 있으며 그들은 '돈에 매수되어' 그렇다고 엉뚱한 상상력을 발휘한다. 이 말을 듣고 코로스는 유명한 '인간에 대한 송가頌歌 Ode on Man'를 부르는데 세상에 '이상하고 무서운*deinos*' 것도 많지만 인간만큼 이상하고 무서운 것은 없다고 말한다.[401] 노래의 내용은 인간이 이 세상에서 이룬 온갖 발명을 통해 자연계를 지배하는 자리에 오르게 된 위업을 찬미하고, 노래의 마지막은 도시의 건립이야말로 인간의 가장 큰 성취인

---

401 『안티고네』, 332-3.

바 도시는 '법'에 의해 지탱되기에 위대하다는 말로 끝난다. 여기서 코로스가 말하는 '이상하고 무서운' 인간은 결국 안티고네 같은 인물을 가리킨다고 생각된다. 왜냐하면 안티고네가 위반하는 것이 바로 도시의 법이기 때문이다. 당대인이 보기에 한갓 한 명의 아녀자에 불과하다고 생각되는 안티고네가 범인凡人의 경지를 넘어가는 행동을 보이려 하기에 "이상하고 무서운" 존재가 되는 것이다.

파수병이 재등장하며 안티고네를 범인으로 잡아 오고, 크레온의 추궁 앞에 안티고네는 당당하게 자신이 매장의식을 치렀음을 실토한다. 그녀는 자신의 행동은 "신들의 불멸의 법"을 이행한 것이기에 자신이 설령 죽는다 해도 전혀 두렵지 않다고 말한다.[402] 격노한 크레온은 동생 이스메네도 공범으로 추단推斷하고 잡아들이라고 말한다. 안티고네는 자신이 한 일은 시민들이 모두 동의하고 신들이 기뻐할 일이며, 자신은 "증오가 아니라 사랑으로 결합시키는 성품을 지녔다"고 대꾸한다.[403] 재등장한 이스메네가 자신도 언니의 행동에 동의한다고 말하자 안티고네는 매정하게 동생을 내치며 '이제 와서 무슨 소린가? 너는 네 목숨이나 보전하라'고 말한다.[404] 크레온이 안티고네를 사형에 처할 것을 굽히지 않자 이스메네는 그에게 장차 '며느리가 될 여자를' 죽이려 하는가 묻는다.(우리는 여기서 안티고네와 크레온의 아들 하이몬이 약혼 관계에 있다는 것을 알게 되지만 놀랍게도 안티고네는 작품 가운데 한 번도 하이몬을 생각하거나 그를 자신의 행동과 연결시켜 보려는 시도를 하지 않는다. 이도 역시 그녀의 독립자존의 정신, 나아가 '영웅적 기개thymos'의 탓으로 돌려야 할 것 같다.) 크레온이 하이몬은 '다른 여인을 구하면' 될 것이라고 말하자마자 하이몬 본인이 등장한다. 하이몬은 독선의

---

402 『안티고네』, 454.

403 같은 곳, 523.

404 같은 곳, 553.

화신으로 변한 부친에게 감정이 아니라 이성의 소리에―즉 시민들의 마음에―귀 기울일 것을 간청하며 호소한다.

크레온: 그녀가 범법자가 아니란 말이냐?

하이몬: 테바이 백성들이 하나같이 그렇지 않다고 말하고 있어요.

크레온: 내가 어떻게 통치해야 되는지 백성들이 내게 지시해야 하나?

하이몬: 거 보세요. 이제는 아버님께서 애송이처럼 말씀하시네요.

크레온: 이 나라를 내가 아닌 남의 뜻에 따라 다스려야 한다고?

하이몬: 한 사람만의 국가는 국가가 아니지요.

크레온: 국가를 통치하는 자가 곧 국가의 임자가 아니란 말이냐?

하이몬: 사막에서라면 멋있게 독재하실 수 있겠지요.[405]

마치 일반적이고 통상적인 부자의 위치가 바뀐 듯이, 당대 아테네의 민주주의를 대변하는 아들과 '독재적 참주*tyrannos*'의 모습을 드러낸 크레온은 접점을 찾을 수 없고 "여자에게 미쳐서 헛소리하고 있다"는 부친의 힐난에 격분한 하이몬은 부친이 "다시는 자신을 보지 못할 것"이라는 극언을 남기고 퇴장한다.[406] 하이몬이 나간 뒤 코로스는 젊은이의 분노는 두려운 것이라고 말하자 크레온은 방침을 변경하여 자매를 모두 처형키로 한 것을 철회하고 안티고네만을 암굴에 가둬 죽도록 하겠노라고 말한다. 안티고네가 마지막으로 등장하여 부당한 판결로 죽음을 맞이한다면서 자신의 처지를 애탄하며 여늬 여성의 면모로 돌아간 듯한 모습을 보인다. "울어주는 이도 없이 친구도 없이,/ 그리고 축혼가도 없이 가련한 나는/ 예비되어 있는 이 길로 이끌려 가고 있어요./ 내 운명을 위하

---

405 같은 곳, 732-739.
406 같은 곳, 756, 764-5.

여 울어줄 눈물도, / 슬퍼해줄 친구도 없구나!"[407] 그러나 코로스는 앞서 "그대는 앞뒤 가리지 않고 너무 담대하게 행동하다가 정의의 여신의 우뚝한 왕좌에 세차게 부딪힌 것"이라고 나름 정당한 평가를 내린 바 있다.[408]

그런데 여기서 안티고네는 차후 숱한 논란을 불러일으키고, 요즘 독자나 관객으로서는 이해할 수 없는 말을 한다. 즉 자신이 오빠를 위해 헌신하는 까닭은 부모가 모두 죽어 다시는 남자 형제를 낳아줄 수 없기 때문이라는 것이다.

> 내가 아이들의 어머니였거나 / 내 남편이 죽어 썩어갔더라면, 나는 결코 시민들의 뜻을 / 거슬러 이런 노고의 짐을 짊어지지 않았을 거예요. / 어떤 법에 근거하여 내가 이런 말을 하느냐고요?/ 남편이 죽으면 다른 남편을 구할 수 있을 것이며, / 아이가 죽으면 다른 남자에게서 또 태어날 수 있을 거예요. / 하지만 어머니도 아버지도 모두 하데스에 가 계시니, / 내게 오라비는 다시는 태어나지 않겠지요.[409]

위 구절에 대해서는 남자 형제를 편애하고 가족의 남자 구성원과 자신을 연대하는 것이 일반화되어 있던 당대 아테네 여성으로서는 그리 놀라운 발언이 아니라는 평가로부터 자신의 행위를 합리화하려는 군색하고 억지스런 주장이라는 비판, 나아가 19세기 영국의 대표적 고전학자인 리처드 젭Sir Richard Jebb처럼 이 부분은 명백한 위작이라는 견해까지 다양하다. 그래서 어떤 판본(Dudley Fitts and Robert Fitzgerald trans. *The Antigone*

---

407 같은 곳, 876-8, 881-2.

408 같은 곳, 853-5.

409 『안티고네』, 905-13.

of Sophocles, 1939)에는 이 부분이 아예 빠져 있는 것도 있다. 그러나 하나의 윤리적 주장이나 명분과 자신을 완전히 일치시키는 안티고네의 성격으로 볼 때 그리 놀라운 발언이 아닐지도 모른다.[410]

안티고네와 크레온의 대립각이 서로 한 치도 물러서려 하지 않아 바야흐로 절정을 향해 치달아가는 가운데 극의 클라이맥스를 가져오기 위해 등장하는 인물은—소포클레스 비극에서 자주 나오는—예언자 테이레시아스이다. 테이레시아스는 스스로 크레온을 찾아와 자신이 제사를 지내려 해도 신들이 받아들이려 하지 않으며, 이는 크레온의 새로운 포고령으로 죽은 자를 매장하지 않아 벌어진 흉사임을 지적한다. 이 말을 듣고 크레온은 오히려 테이레시아스가 돈에 매수되어 자신의 뜻을 꺾으려 한다며 모욕적 언사를 내뱉는다. 테이레시아스 역시 분노하여 크레온이 "산 자를 생매장시키고, 죽은 자를 죽은 자들의 신으로부터 빼앗은" 대가로 그의 집안에서 "송장을 송장으로, 육친을 육친으로 되갚게 될 날이 임박했다"고 경고하고 퇴장한다.[411] 예언자가 떠난 뒤 비로소 테이레시아스의 예언은 틀린 일이 없고, 자신의 혈족을 덮칠 파멸의 소식에 겁이 더럭 난 크레온은 코로스에게 "필연*anangke*에 대항해 싸울 수는 없으니" 어찌하면 좋겠느냐고 묻는다. 코로스는 즉시 안티고네를 풀어주고 그다음 죽은 자를 묻어주라고 말한다. 그러나 크레온은 여기서도 마지막까지 우행을 저질러 죽은 자를 먼저 묻은 뒤에 안티고네가 갇힌 암굴을 찾는다. 그러나 이미 간발의 차이로 목을 매 자살한 안티고네 옆에서 절망에 빠져 있던 하이몬이 제 아비를 보고 칼을 빼어든다. 몸을 피한 크레온 앞에서 하이몬은 자신의 칼 위로 넘어져 자살하고 만다. 메신저가 등장하여 안티고네와 하이몬의 죽음을 코로스와 크레온의 처 에우뤼디케에게 알리자

---

[410] Sarah Pomeroy, p.221; Michelle Gellrich, p.55.

[411] 『안티고네』, 1066−68.

그녀는 말없이 퇴장한다. 크레온이 다시 무대로 올라와서 자신은 "정의가 무엇인지 불행을 통해 너무 늦게 깨달았다"고 말한다. 그런데 곧 이어 다른 사자가 등장하여 지금 크레온이 "슬픔의 짐을 양손 가득히 들고 있으나, 새로운 재앙을 또 맞닥뜨리게 되었다"며 왕비가 자살했다는 소식을 전한다.[412]

마지막으로 등장한 크레온은 "산 송장과 다름없이 된 자신이 더 이상 다른 날을 보지 않고, 다른 이들이 보지 못하는 곳으로 데려가 달라"고 부탁하며 자식과 아내를 애도하며 탄식한다. 코로스가 "지혜야말로 으뜸가는 행복이라네"라는 노래를 부르며 극은 끝난다. 이 작품은 그리스 비극 중 유일하게 '완전 비극total tragedy' 즉 중심적 행위자와 그 주변 인물 모두가 파멸하는 극으로 끝난다.

작품의 주인공

이 작품은 주인공이 누구인지에 대해서부터 논란이 있다. 우선 안티고네라고 주장하는 사람들은 그녀가 첫째 '타이틀 캐릭터'이고, 둘째 극의 사건과 행위의 중심적 추진자이며, 셋째 작가에 의해 가장 긍정적으로 묘사되었고, 결과적으로 관객의 공감과 동정의 주된 대상이라는 것을 든다. 마지막으로 그녀는 소포클레스의 전형적 주인공다운 '절대 의지와 절대 고독' 그리고 '비극적 숭고함'—이른바 아리스토텔레스가 『니코마코스 윤리학』에서 말하는 '강력한 영혼megalopsychia'과 『시학』에서 말한 '진지함 혹은 심각함spoude'의 상징적 존재라는 것이다. 그러면 크레온은 어떤가? 그는 안티고네가 지닌 미덕을 전혀 지니지 못한 평범하고 용렬한 인물이며, 오히려 오만하고hubris 전횡적인 폭군tyrannos의 모습만을 보일 뿐

---

412 같은 곳, 1278-80.

임으로 주인공의 자격이 없다는 것이다. 이는 곧 영웅과 비영웅 혹은 '진정한 히어로인heroin'인 안티고네와 '가짜가 흉내 내는 히어로우hero'로서의 크레온의 대조라고도 할 수 있다. 작품 가운데 크레온은 어리석음과 완명頑冥함으로부터 개과천선하지만 너무 늦어 이른바 '늦게 깨달은opsimathia'자의 고뇌를 맛보는 전형적 인물이다. 다시 말해 토머스 홉스가 말한 "지옥이란 너무 늦게 깨닫게 된 진실이다"라는 유명한 명제가 그대로 적용되는 인물이라고 할 수 있다.[413] 그의 최후의 몰락에는 비애와 고양감高揚感을 함께 느끼게 하는 '비극적 역설' 아니라 '자업자득과 인과응보'의 멜로드라마적 종말의 느낌만을 가져다 줄 따름이다. 결론적으로 그는 '패배의 멜로드라마적' 인물로서 독자와 관객에게 '연민과 측은함'만을 불러일으킨다. 반면 안티고네의 최후에서는 파괴와 창조 그리고 승리와 패배의 역설적인 느낌으로 특징지어지는 '비극적 종말'의 모습을 발견할 수 있다.

그러나 모리스 바우라나 H. D. F. 키토 같은 영국의(이른바 '옥스브리지' 출신의) 보수적 고전학자들은 다음과 같은 이유들로 크레온이 주인공이라고 주장한다.[414] 우선 크레온은 처음부터 끝까지 무대에 있다면 안티고네는 세 번 등장할 따름이다. 그리고 안티고네의 파멸은 처음부터 예상되는 일이었으나 크레온의 파멸은 극의 전체적 과정을 통해 인과적으로 진행되며, 작가가 안티고네의 죽음 이후에도 극을 크레온을 중심으로 하여 더욱 진행시키는 것은 바로 이것을 보여주기 위함이다. 이렇게 볼 때 극의 클라이맥스는 안티고네의 자살과 그에 바로 뒤이은 하이몬의 자살이다. 그리고 이런 극의 파국적 사건들이 가져온 '반전'— 운명의 뒤바뀜—의 주체는 안티고네가 아니라 크레온이다. 그런 점에서 이 극은 인간의 어리석음과 오만 및 독선의 결과가 무엇이냐를 보여주는 극이다. 즉 '휘

413　Sidney Hook, "Pragmatism and the Tragic Sense of Life," Corrigan, p.100. 재인용.

414　Maurice Bowra, *Sophoclean Tragedy*, p.103–14; H. D. F. Kitto, *Greek Tragedy*, p.127–31.

브리스'에 따르는 '네메시스'가 극의 중심적 플롯이다. 그리고 극이 전하는 교훈은 모름지기 인간은 '절제sophrosyne'와 '겸손eusebeia'을 보여야 한다는 것이다. 바우라와 키토의 주장을 종합한 이러한 논의는 아리스토텔레스를 따라서 '중심적인 고통스런 사건'이 있고, 이를 통한 '인식anagnorisis'과 '반전peripeteia'이 있다면—종말의 행불행의 여부와는 관계없이—'비극'으로 보는 전통적 독해를 충실히 따른 것이라고 할 수 있다.

한편 조지 스타이너나 찰스 시걸과 같은 고전학자들은 이 극은 두 명의 주인공이 있는 극으로 보아야 한다고 말한다.[415] 즉 안티고네만 주인공으로 보기에는 극에서 차지하는 크레온의 비중이 너무나 크고, 따라서 '두 개의 비극'이 나란히 벌어지는 극으로 보아야 한다는 것이다. 앞서 말했듯이 안티고네가 타협과 절충을 거부하는 강력한 '아레테'를 지닌 비극적 인물이라면 크레온은 '휘브리스'를 저질러 파멸하는 비극적 인물로서 —각각 선과 악의 서로 대조되는 —두 개의 비극적 인간상을 형상화하고 있다는 것이다.

그러나 결론적으로 말해서 우리는 이 극은 맨 앞에서 설명한 대로 안티고네의 극으로 보아야 한다고 생각한다. 왜냐하면 극 자체의 과정을 통해 작가가 형상화한 안티고네의 성격화는 극단적일지언정 어떤 '도덕적 탁월성과 일관성'을 보여줌으로써 관객과 독자로부터 긍정적 반응을 얻어내는 데 반해, 크레온은 도시를 위한다는 명분하에 실은 개인적 권력욕의 화신처럼 나타남으로써 관객들로부터 부정적 반응을 불러일으키는 인물이기 때문이다. 무엇보다 그는 아킬레우스처럼 '단명하나 명예로운' 삶을 산 안티고네가 보여주는 '본질적인 그리스적 가치'와는 거리가 너무 멀다. 그래서 조금 엉뚱하지만 동북아의 고전인 『사기史記』의 저자

---

415 George Steiner, *Antigones*, p.184–6; Charles Segal, "Sophocles' Praise of Man and the Conflicts of the *Antigone*," Thomas Woodard ed, *Sophocles: A Collection of Critical Essays*, p.84–5.

사마천司馬遷이 한 말을 빌려 말하면 "같은 죽음에도 태산 같은 무게가 있는 것이 있는가 하면 새털처럼 가벼운 것도 있다"고 했듯이 둘의 최후는 너무 대조적이라고 하지 않을 수 없다.[416] 크레온이 무지와 어리석은 욕망의 가혹한 처벌을 받는 '패배의 멜로드라마'의 전형적 인물이라면, 안티고네는 소포클레스의 주인공들이 보여주는 '절대 의지'의 화신으로서 일관되게 자기 헌신을 보여주는 '숭고한 비극적 인간상'의 전형이다. 아마 그런 이유로 소포클레스도 제목을 그렇게 붙였을 것으로 생각된다.

안티고네가 대변하는 '가치'(이념)와 '문제점'

첫 장면에서 이스메네와의 대화에서 처음 언급되었고 후에 크레온 앞으로 끌려왔을 때 안티고네가 분명히 말하는 것은 "신들의 불멸의 불문율"이다.[417] 인류학자들에 따르면 죽은 자의 정중한 매장의식은 인류가 '자연 상태에서 문화 세계로' 진입하는 상징적 사건이라고 한다. 그만큼 가장 오래된 인간 사회의 관습이라는 것이다. 고전학자 버나드 녹스에 의하면 크로마뇽인보다 앞서 살았던 무스테리안인Mousterian man들은 완전한 직립 보행도 못 했고 조리 있는 언어도 발달시키지 못했으나 죽은 자에 대해 그가 생시에 살던 조건 하에서 영구히 지낼 수 있게끔 정성스레 매장의식을 치뤘다고 한다.[418] 또 인류학자 르네 듀보는 네안데르탈인의 매장 풍습도 마찬가지였다고 말한다. 이렇듯 안티고네가 주장하는 죽은 자의 정중한 매장은 죽은 자의 '명예'*timē*를 보호해주어야 한다는 오래된 '그리스적 가치'에 근거한 것으로 폴리스보다 더 오래되었고, 사실 올림

---

416 이 말은 사마천이 자신처럼 부당하게 옥에 갇히게 된 친구 임안(任安)에게 보낸 "보임안서(保任安書)"라는 편지에서 말한 것이다.

417 『안티고네』, 454.

418 Knox, *The Heroic Temper*, p.98; 테렌스 데 프레, 『생존자』, p.353. 재인용.

포스 신들보다도 더 뿌리 깊은 '하계의 신들'에 대한 존중의 표시로 여겨졌다.[419] 따라서 크레온의 매장금지의 '칙령'은 죽은 자의 '티메'를 짓밟는 가장 불경스러운 일이 되는 것이다.[420] 녹스에 따르면 이 불문율은 '노미마' 즉 관습이며 '노모스' 즉 법과는 다른 것이고, 법의 영역이라기보다는 '종교의 영역'에 더 가까운 것이라고 한다. 어쨌든 안티고네가 대변하는 '불멸하는 불문율' 혹은 '불문의 법칙'이란 말은 차후 유럽인들이 '내면의 양심'이나 '영원한 자연법'을 말할 때 그 시작이나 효시로 드는 근거가 되었고, '보편적 인간성'에 근거한 규칙의 서구 역사상 첫 번째의 표현으로 간주된다.[421]

그러나 안티고네가 대변하는 가족적 가치는 합리적이거나 이성적인 것이 아니며 나아가 폴리스적 가치도 아니다. 그것은 본능적이고 혈연적 즉 '비합리적 가치'이다. 여기에서 안티고네가 지지하는 가치는 심각한 문제점과 한계를 드러내며, 그녀의 가족적 가치에의 헌신은 폴리스의 권위를 완전히 무시하고 저버리는 결과를 가져온다. 그녀의 매장의식은 결국 폴뤼네이케스의 행위를 옹호하는 것이 되며 이는 완전히 그리고 명백히 반反폴리스적 행위를 하는 셈이기 때문이다. 폴뤼네이케스가 한 행동은 공동연대 이전 5세기 아테네에서는 가장 극악무도한 범죄였으며 실제로 그런 범죄자의 시신은 매장 금지령을 받았다고 한다.[422] 고전기 그리

---

[419] 호메로스의 『일리아스』 23권 71-4행에서 파트로클로스의 영혼이 아킬레우스에게 나타나 자신의 시신을 매장해 달라고 부탁하는 것, 그리고 마지막 24장에서 아킬레우스가 아테네 여신의 뜻에 따라 헥토르의 시신을 프리아모스에게 내어주는 행위도 같은 이유에서이다.

[420] 크레온의 명령을 '칙령kerugma'이라고 옮기는 미셸 겔릭은 '케루그마'는 임시계엄법 같은 것으로 법전에 등록되지 않고 일시적으로만 법적 효력을 갖는 것이며, 따라서 그것은 오랜 불문율에 비교하면 정통성과 권위에 있어 균형이 맞지 않는다고 한다. 반면 버나드 녹스는 크레온의 '노모스(nomos)' 즉 '법'과 안티고네의 '노미마(nomima.)' 즉 '관습'의 대립이라고 말하며 둘 사이에 상당한 대등성을 부여한다.—Gellrich, p.49; Knox, p.94.

[421] Steiner, *Antigones*, p.247.

[422] Knox, p.84.

스에서 폴리스에 대한 충성은 추상적 가치가 아니라 실질적 명제요 요청이었다. 왜냐하면 도시국가 사이의 전쟁은 항시적 상태였고 패배는 곧 죽음과 노예 상태를 뜻하는 것이었기 때문이다. 폴리스는 항존하는 위협과 위험으로부터 보호해주는 방어물인 동시에 인간이 성취하고 수립한 문명 및 사회 제도와 조직을 상징하는 것이었다. 투키디데스가『펠레폰네소스 전쟁사』에서 인용하는 페리클레스의 장례연설에서도 '폴리스는 개인보다 중요하다'는 것이 강조되며, ("우리는 도시의 일에 관심이 없는 사람을 자기 자신의 일에 관심이 있는 사람이라고 말하지 않는다. 우리는 그를 아무것에도 관심이 없는 사람idiotes이라고 말한다"–2권 40장) 이 작품의 전반부에 등장하는 '인간에의 송가'도 인간의 진보와 승리의 정점에 '폴리스의 창조'가 있다고 노래하고 있다.[423] 그래서 20세기 초 독일의 대표적 고전학자였던 울리히 폰 빌라모빗츠는 "사람들은 안티고네가 행한 행위를 비록 승인한다 해도 그녀가 범한 사실 즉 폴리스의 배반은 용인하지 않았을 것"이라고 말한다.[424]

그러나 안티고네의 더 큰 문제점은 그녀의 삶과 행동에서 나타나는 심각한 자기모순에 있다. 우선 그녀는 죽은 가족을 살아 있는 가족보다 더 중요히 여기는 모순을 보여준다. 양친이 모두 돌아갔으므로 하나 남은 혈육인 그녀의 여동생은 대체 불가능하다. 따라서 그녀는 죽은 오빠보다 살아 있는 동생을 더 보호하고 구원해야 할 터인데—자기와 뜻을 달리한다고 하여—동생을 거부하는 나머지 그녀를 적으로 부른다. (반면에 이스메네는 언니와의 의견 차이에도 불구하고 혈육지정血肉之情을 주장하고 언니의 편을 든다.) 더 중대한 모순은 그녀의 이름에 나타나듯이 ('anti안티' 즉 '반대하여'와 'gone고네' 즉 '혈통 혹은 생식') 그녀가 '반反생식'의 행동을 보여주고 있다는

---

423 『안티고네』, 369–75.
424 김진경,『그리스 비극과 민주정치』, p.119. 재인용.

데 있다.[425] 앞서 말했듯이, 그녀가 도시의 실정법('노모스' 혹은 '케루그마')에 거역하여 오빠의 시신에—흙을 덮고 뿌림으로써—'매장의식'을 치루는 것은 결국 혈연과 가족*oikos*의 가치를 도시와 사회적*polis* 가치보다 우선하는 것이다. 그러나 그녀의 행위는 사실 '오이코스'의 근본적 법칙이고 존재 이유인 생식과 지속을 거부하는 것이며, 결국 그녀는 혈연과 가족을 위한다면서 실제로는 그것을 배반하고 파괴하는 데로 나아가는 것이다. 그녀가 하이몬과의 결혼도 거부하고 오빠의 매장의식에 몰두하는 것은 이렇게 심각한 자기모순을 낳는다. 그래서 골드힐은 다음과 같이 그녀는 이 집안의 저주를 자신도 모르게 실현시키고 있다고 말한다.

아버지 오이디푸스와 어머니 이오카스테가 근친상간과 부친살해로 정상적 세대 계승을 혼란시켰듯이 그들의 딸도 자기 파멸이라는 가족사를 이어가고 실현하고 완성시키고 있다. 안티고네가 옹호하는 가족의 가치는 그녀에게 있어 저주의 원천이고 저주의 매개물 역할을 한다. 그녀가 회고하고 있는 그리고 자신의 가치의 원천으로 삼는 '가족'인 랍다코스 가문은 실은 서로가 서로를 죽여온 '죽음의 집'이었다. 생식과 결혼의 가치보다 우위에 둔 조상의 법 즉 '불멸의 불문법'은 그녀를 결국 죽음으로 인도할 뿐이기 때문이다…… 사실 그녀 자신도 "왕가의 마지막"[426]이라고 스스로를 부른다.[427]

이렇게 안티고네는 '영웅적 절대 의지'의 화신인 동시에 심각한 모순에 가득 찬 인물이다.

---

425 Steiner, p.258.

426 『안티고네』, 941.

427 Goldhill, *Reading Greek Tragedy*, p.103.

크레온이 대변하는 가치와 문제점

크레온이 대변하는 것은 폴리스적 가치이며 이는 앞서 말했듯이 당대 그리스인들이 가장 중요시했던 가치이다. 아리스토텔레스는 "폴리스는 근본적으로 가족이나 개인에 선행"하며, "제대로 된 삶, 좋은 삶은 오직 폴리스에서만 가능하다"고 못 박았다.**428** 철학자 하이데거는 작품 가운데 나오는 '인간의 송가'가 예찬하고 있는 폴리스의 의미에 대해 논하면서 "도시 없이 인간이 존재한다는 것은 인간에게 역사적 장소가 없다는 것, 즉 '그 안에서 그것으로부터 그것을 위해' 역사가 발생한다는 의미에서의 바로 '그것이' 없는 것이다"라고 말하고 있다.**429** 이렇듯 폴리스의 이념이 당대에 갖는 '절대성'으로 볼 때 크레온이 작품의 전반부에서 주장하는 가치는 역사적, 사회적 관점에서 정당한 것이다.

크레온은 처음 등장하여 자신은 폴리스를 수호하기 위하여 내란이 가져온 후유증과 혼란을 수습하고 질서를 회복할 막중한 책임이 있고 따라서 법을 엄격히 집행할 것임을 선포한다. 이는 그가 코로스에게 하는 일종의 취임연설인데 그는 여기서 '친애*philos*'와 '적의*ekthros*'를 오직 폴리스적 관계와 맥락에서 규정하고 정의한다. 그가 거듭 강조하는 것은 법을 준수하는 '올바름*orthos*'의 개념이며, 법률 없는 도시는 도시가 아니며 도시로 기능할 수 없다는 것이다.**430** 크레온의 주장은 여기까지는 옳으며 흠잡을 것이 없다고 할 수 있다.

그러나 그는 이어지는 극 초반의 코로스와의 대화에서 벌써 폴리스와 자신을 일치시키는 '휘브리스'를 드러내기 시작한다. 곧 폴리스에 대한

---

428 『정치학』, 1권 1장.

429 Goldhill, p.96. 재인용.

430 『안티고네』, 207-8.

충성은 자기 자신에 대한 충성이고, 그의 칙령은 충성심 테스트의 기능을 하는 것이다.[431] 그러나 칙령과 법은 엄연히 다른 것으로 법은 민회의 의결을 거쳐야만 하는 것이다.[432] 그의 오만과 독선은 하이몬과의 대화에서 분명하게 드러난다. 하이몬은 다음과 같이 고언苦言을 한다. "아버지 말씀만 옳고 다른 것은 다 틀렸다는 한 가지 생각만 마음속에 품지 마세요. 누군가 자기만 현명하고 언변과 조언에서 자기만 한 사람이 없다고 여긴다면 그런 사람이야말로 정작 검증해보면 속이 비어있음이 드러나지요."[433] 그러나 이미 자기 확신에 사로잡힌 크레온은 오만과 독선의 화신이 되어 결국 '폭군적 전제주의'라는 극단으로 달려간다. 이는 마치 프랑스 대혁명 전의 태양왕 루이 14세가 "짐이 곧 국가다L'Etat, c'est moi"라고 말한 것과 매우 흡사하다.[434] 사실 크레온의 안티고네와 하이몬에 대한 반응의 배후에는 훼손된 자존심의 문제가 놓여 있으며, 그는 이제부터 매사를 개인적 감정의 차원으로 떨어뜨리고 축소시키는 것을 보여준다. 겉으로는 폴리스를 위해 행동한다고 하지만 실은 자신의 권력욕을 위해 행동하는 것이 되고, 도시를 마치 자신의 소유물로 보는 전형적 '튀라노스'로 변한 것이다. 이는 바로 당대인들이 가장 혐오하는 권력 형태이고 정치 체제이다. 테이레시아스가 말하듯 크레온의 고집으로 도시는 '신들의 분노'를 사게 되었고, 그는 '폴리스의 파괴자'[435]가 되었다.[436]

---

431   Boededker and Raaflaub, "Tragedy and City," Rebecca Bushnell, ed., *A Companion to Tragedy*, p.120.

432   위의 '케루그마'와 '노모스'의 차이에 대한 설명 참조할 것.

433   『안티고네』, 705-9.

434   실은 볼테르가 루이 14세가 했다고 가져다 붙인 말이라는 견해도 있다.

435   『안티고네』, 673.

436   Steiner, p.187.

헤겔과 『안티고네』

앞서 말했듯이 『안티고네』는 18세기 말 프랑스 대혁명을 겪으며 19세기에 들어온 이후 서구 문학의 총아로 불현듯 등극하였고 특히 괴테, 횔덜린, 키에르케고르 등 독일계 지성인들이 공통으로 추앙하는 작품이 되었다. 19세기에는 그리스 정신 즉 '헬레니즘의 본질'이 '아티케 비극'에 있다고 보았기 때문이다.[437] 그리스 고전기에 대한—대표적으로 요하임 빈켈만에서 프리드리히 횔덜린에 이르는—독일인들의 이상화는 그 시대의 보편적 현상이었고 이를 역사학에서는 "독일에 대해 휘두른 그리스의 전횡"이라 부른다.[438] 이 중에서 특히 독일 관념론 철학의 완성자라고 하는 헤겔의 사고체계에서 아티케 비극이 차지하는 위상은 핵심적이었다. 비극이론은 헤겔 철학 체계의 부속물이 아니라 그의 역사철학의 '시험대' 즉 역사적 사고의 타당성을 검증하는 무대를 제공해 주는 것이었다.[439] 그의 『정신현상학』의 배후에는 『안티고네』가 있었다고 해도 과언이 아니다. 비교적 초기작인 『정신현상학』에서뿐만 아니라 후기의 『미학』 등 그의 철학 체계와 이론에서 중심적 역할을 하는 '변증법'이 작동하는 세계 현실을 그는 『안티고네』에서 발견했기 때문이다.[440] 변증법이란 한마디로 세계역사의 '전개 법칙'이며, 세계역사는 '절대정신('인륜성' 혹은 '윤리적 실체')'의 자기 실현과정이다.[441] 이 절대정신은 스스로를 실현하는 과정에서 둘로 분열되는 데, 하나는 '신적 법칙'이고 다른 하나는 '인간적 법칙'

---

437   Steiner, p.2.

438   E. M. Butler, *The Tyranny of Greece over Germany*, Cambridge Univ. P. 1935[2012].

439   Steiner, p.21.

440   Gellich, p.94.

441   헤겔의 역사철학에서 핵심적인 역할을 하는 변증법은 공동연대 이전 6세기 헤라클레이토스의 철학적 단편들—대표적으로 "투쟁은 만물의 왕이다"—에서 고취되고 영감을 얻었다고 한다.—Gellrich, p.24.

이다. 전자는 가족과 여성의 영역이고, 후자는 국가와 남성의 영역이다. 이런 분열의 양상을 가장 잘 형상화한 것이 『안티고네』이기 때문에 그가 볼 때 이 작품은 앞서도 말했듯이 "인간 정신이 만들어낸 가장 숭고하고 모든 점에서 가장 완전한 작품"이며, 안티고네 그 자신은 "이제껏 지상에 출현한 인물 가운데 가장 고귀한 인물"이라고 치켜세운 것이다.**442** 작품 가운데 안티고네가 대변하는 '가족과 여성의 영역'과 크레온이 대변하는 '국가와 남성의 영역'은 이른바 '정*these*'과 '반*antithese*'의 관계로 대립하고 갈등하게 된다. 그러나 이 둘의 치열한 대립은 작품의 끝에서 코로스가 둘의 주장을 부정하면서도 포용하는 '지양止揚, *aufheben* 즉 '합*synthese*'의 단계인 '지혜'에 도달함으로써 그 대립이 해소되고 안정이 회복된다고 한다.**443**

그러나 이 논의는 20세기에 들어온 이후 헤겔이 자신의 변증법 이론을 너무 단순하고 도식적으로 비극에 적용했다는 비판을 거세게 받게 된다.**444** 말하자면 아리스토텔레스의 『시학』이 극의 효과에만 치중한 극작술의 이론이라면, 헤겔의 안티고네 논의는 칼 야스퍼스도 말했듯이 비극을 너무 추상적이고 관념적으로만 접근한 결과라는 것이다.**445** 즉 헤겔은 작품을 윤리적, 형이상학적 문제로만 해석하고 환원시킨 결과 일반 관객이나 독자의 느낌이나 경험적 현실과는 너무 동떨어진 이성적, 합리적인 비극이론을 도출해 내었다는 데 문제가 있다. 왜냐하면 비극의 세계는 결코 합리적인 세계가 아니며, 바로 합리적 해결이 불가능한 '삶의 문제'를 다룬다는 데서 '비극성'이 발생하기 때문이다. 달리 말해, 인간과 세계는 결코 합리적이지만은 않다는 '신비와 곤혹감' 가운데 비극은 존립하는 것이다.

---

442   Steiner, p.4. 재인용.

443   헤겔의 비극이론에 대한 보다 자세한 논의는 『비극 문학』 p.127-31쪽을 참조할 것.

444   Bowra, p.65-6; Lesky, p.108-9; Kaufmann, p.231.

445   Jaspers, *Tragedy Is Not Enough*, p.79.

그리고 무엇보다 더욱 헤겔 이론을 취약하게 만드는 것은 작품이 실제로 이야기하고 드러내는 것과 너무 거리가 있다는 점이다. 『안티고네』는 결코 대등한 두 개의 주장이 대립하고 갈등하는 얘기가 아니다. 작품을 통해서 작가의 공감과 플롯의 결말은 명백히 한쪽으로 치우쳐져 있기 때문이다.446 둘이 모두 정당한 게 아니라 작가가 볼 때 한쪽은 잘못되었고 다른 한쪽은 옳다는 것이 드러난다. 즉 폴리스를 위한다는 명분 아래 전제적專制的 폭군의 실체를 드러내는 크레온은 비참하게 파멸하고, '불멸의 신들의 법칙'을 주장하는 안티고네는 죽지만 승리하는 '역설적 주인공'의 모습을 보여주고 있다. 그리고 마지막의 코로스의 "지혜야말로 으뜸가는 행복이라네"라는 말은 당대 그리스인들의 진부하고 상식적인 도덕적 명제에 지나지 않으며 대립 명제들의 승화나 지양과는 별 관계가 없다고 말해야 한다. 즉 이 극은 헤겔이 주장하는 것과 같이 가족의 가치와 국가의 가치가 충돌하는 '대립극'이 아니라 주인공 안티고네의 영웅적 숭고함을 보여주는 '성격극(혹은 랍다코스 가문을 지배하는 '운명극')'이라는 것이 근래의 통설이다. 그러나 헤겔의 '안티고네론'은 비록 대부분 부정되었으나 역설적으로 그의 '변증법적 비극론'은 근대비극론의 뼈대가 되고 기초를 형성하는 결과를 가져왔다. 근대 이후의 비극론자치고 이원적 대립과 갈등이라는 그의 핵심적 이론을 자신의 비극론에서 고려하지 않는 이론가는 거의 없을 정도로 그의 이론의 영향력은 절대적이라는 것도 사실이다.447

그러나 또다시 덧붙여야 할 말은 후대의 서구 나아가 세계의 역사는 안티고네의 가족적, 혈연적 가치가 아니라 크레온의 도시적, 공동체적 가치의 승리로 나아갔으며 이는 소포클레스의 보수적 측면을 결국 드러

---

446 Reinhardt, p.86; Lesky, p.108; Segal, "Sophocles' Praise of Man and the Conflict of the *Antigone*", Woodard, p.83.

447 Steiner, p.42.

낸 것이라는 평가도 있다. 그러나 이 극은 당대적 관점에서 '오이코스'와 '폴리스'의 대립 못지않게 중요한 폭군('튀라누스')과 민주정('데모크라티아') 사이의 선택이라는 더욱 시급하고 핍절逼切한 문제를 다루고 있으며, 그런 점에서 '튀라누스'를 경계하는 극을 쓴 소포클레스를 보수적이라고만 볼 수는 없다.[448]

결론적으로 말해 이 작품은 서양문학사상 처음으로 국가의 실정법에 대하여 개인의 자연법을 주창하며, 인간의 독자적이고 고유한 신념과 이상을 위해 헌신하는 '절대 의지의 인간상'을 창조한 것으로 영원히 기억된다. 안티고네의 맥을 이으려면—우리가 뒤에서 만나보게 되겠지만—2300년의 장구한 세월이 지난 18세기에 들어와 새뮤얼 리처드슨의 클러리사와 19세기에 토머스 하디의 테스 같은 여성상을 기다려야 할 만큼 파천황적破天荒的인 놀라운 인물상의 제시라고 말해야 할 것이다.

3) 『오이디푸스 왕 *Oidipous Tyrannos*』

앞서 언급한 바 있듯이 세 명의 아테나이 고전기 비극 작가 중에 오직 소포클레스만이 공동연대 이전 5세기의 정신을 오롯이 대변하고 반영한다고 말할 수 있다.[449] 그것은 소포클레스가 다른 어떤 작품보다도 『오이디푸스 왕』을 쓴 작가이기 때문이다. 이는 이 작품이 인간 정신이 도달할 수 있는 높이와 크기 즉 그것의 숭고함과 심오함을 탐구하고 성찰하여 형상화해내는 데 있어 서구 문학이 이룩한 최고의 성취를 보여주는 작품 중의 하나라는 것을 뜻한다.[450] 이 작품은 인간이 예측할 수 없는 '운수

448　Goldhill, p.106.

449　August von Schlegel, "Ancient and Modern Tragedy," R. P. Draper ed., *Tragedy: Developments in Criticism*, p.106–7; Peter Szondi, *An Essay on the Tragic*, p.7–9.

450　Jaeger, *Paideia*, p.272–72; Knox, "Sophocles' Oedipus," *Word and Action*, p.96.

의 뒤집힘' 혹은 재난이나 참화를 당했을 때 어떻게 반응하고 행동할 것인가에 대한 가장 강력하고 명징한 통찰을 전해주고 있다. 이 작품에 대한 정평이 이미 고대에 확립되어 있었다는 것은 공동연대 1세기의 비평가 롱기누스가 "정신이 온전한 사람이라면 이온Ion의 전 작품을 모두 모은 것과 『오이디푸스 왕』한 편 가운데 후자를 선택하지 않을 자는 없을 것이다"라는 말로도 드러난다.**451** 이 작품은 429년 아테네를 덮친 역병이 발발한 직후에 공연되었고, 또 그때는 펠레폰네소스 전쟁이 터진 지 몇 년 뒤였다. 이 작품이 위대한 또 하나의 이유는 이 작품은 모든 중요한 비극들이 공유하는 중심적 문제들을 거의 다 다루고 있고, 그것도 완벽하게 다루고 있다는 점이다.**452** 즉 『오이디푸스 왕』는 인간의 본유적 맹목성과 이로 인한 삶의 근본적 예측 불가능성과 불안정성, 성격과 운명의 관계, 인간의 미덕과 장점이 갖는 역설적 성격 등의 문제들에 대한 전범적典範的 탐색을 행하는 작품이라고 할 수 있다.

극이 시작하면 오이디푸스와 제우스의 사제司祭가 등장한다. 사제는 오이디푸스에게 도시를 덮친 역병으로부터 백성들을—그가 예전에 스핑크스로부터 그들을 구했듯이—구해줄 것을 탄원한다. 이어서 오이디푸스가 델포이로 보냈던 크레온이 등장하여 역병은 전왕 라이오스의 살해자를 처벌하지 않은 데 대한 응징으로 발생한 것으로서 그를 잡아 처벌하지 않는 한 그것을 물리칠 수 없다는 신탁을 전한다. 즉 살인이 저질러져 나라가 '오염miasma'되었으니 '정화katharsis'해야 한다는 것이다. 다음으로 오이디푸스가 부른 예언가 테이레시아스가 무대에 올라와 자기가 아는 것은 차라리 말하지 않는 것이 나을 것이며, 자신의 말을 들으려 함으로써 오이디푸스는 스스로 파멸의 길로 들어서려 한다고 말한다. 그가 거

---

451 Sewall-Rutter, *Guilt by Descent*, p.111. 이온[Ion of Chios, 420-490]은 삼대 비극 작가와 동시대에 키오스 출신의 극작가이다.

452 Kaufmann, p.133.

듭된 추궁에도 발설하지 않자 분노한 오이디푸스가 테이레시아스 자신이 전왕의 살해와 무언가 연루되어 있기 때문에 그런 것이 아니냐는 말을 내뱉는다. 이 말에 격분한 테이레시아스는 오이디푸스가 바로 전왕의 살해자이고, 지금 자신이 누구와 사는지도 모르고 있다고 청천벽력과 같은 말을 한다. 자신이 범인이라는 말에 경악한 오이디푸스는 이는 왕위를 노리는 크레온이 예언자 테이레시아스와 결탁하여 거짓 예언을 내세워 자신을 몰아내려 하는 것이 아니냐며 또다시 격분하게 된다. 이는 정상적으로 왕위를 계승하지 않은 오이디푸스로서는 품음 직한 의심이지만 그의 성급함으로 인한 속단임이 곧 드러난다. 부당한 무고誣告를 당한 크레온이 등장해 자신이 왕이 되려 할 뜻이 있을 리 없음을 이치에 맞게 설명하지만 오이디푸스는 분노를 누그러뜨리기는커녕 오히려 그를 사형에 처하겠다고 말한다. 왕비 이오카스테가 둘 사이의 언쟁하는 소리를 듣고 들어와 크레온 편을 들어 오이디푸스의 오해를 풀려 하고 코로스도 자비를 간청하자 오이디푸스는 크레온을—사형이 아니라—추방령에 처하겠다고 한발 물러선다.

오이디푸스가 이오카스테에게 크레온과 테이레시아스가 자신이 전왕의 살해자라는 무고를 했기 때문에 이 소동이 나고 말았다는 말을 하자 이오카스테는 오이디푸스의 걱정을 덜어주기 위해 자신이 알고 있는 과거사를 말해준다. 전왕 라이오스에게 한 번은 델포이의 신탁이 떨어졌는데 이는 자신이 낳은 자식에 의해 죽음을 맞이할 것이라는 내용이었다. 그러나 라이오스는 오랜 세월이 지난 후에 자신의 자식이 아니라—신탁을 들으러 갔다 오는 길에—삼거리에서 웬 강도 떼를 만나 죽음을 당했고, 그 자식으로 말하면 낳은 지 사흘 만에 복숭아뼈에 쇠줄을 꿰어서 키타이론 산에 갖다 버려 죽게 했다는 것이다. 그러니 이오카스테는 아폴론의 예언은 이루어지지 않았다고 말한다. 그러나 이 말을 들은 오이디푸스는 갑자기 두려운 생각이 든다. 왜냐하면 라이오스가 삼거리에서 죽임을 당했다는 말이 비수처럼 가슴을 찌르기 때문이다. 오이디푸스가 좀 더 추궁하여 라이오스를 수행隨行하던 하인이 몇이냐 물으니 다섯이었고 그중 한 명은 구사일생으로 살아왔다는 말을 듣게 되자 그는 뭔가 확신이 드는 듯 "오 신이여 내가 저주받았으나 보지 못했던 것입니까" 하며 극도의 공포에 사로잡힌다.

이어서 그는 이오카스테에게 자신이 겪어온 과거사를 얘기하는데 코린토스의 폴뤼부스 왕과 메로페 왕비의 자식으로 자랐으나 어느 날 연회에서 어떤 자가 술이 취해서 오이디푸스는 그들의 자식이 아니라고 말을 떠드는 일이 있었다. 그는 의혹을 풀기 위해 델포이의 신탁을 들어보려고 갔으나 정작 들은 것은 친부모에 관한 게 아니라 미래에 벌어질 일에 대한 것이었다. 즉 자신이 아버지를 죽이고 어머니와 동침하리라는 것이었다. 그는 이 예언에 경악한 나머지 코린토스를 떠나기로 하고 길을 나섰는데 어느 삼거리에서 맞은편에서 마차를 타고 오는 어떤 일행을 만났다. 그들 사이에는 통행권을 두고 시비가 붙는 일이 발생했고 오이디푸스는 상대가 먼저 공격하자 자신도 반격하여 그들 일행을—달아난 한 명을 빼고- 모두 죽였다는 것이다. 그는 테바이 시로 들어오던 중 관문을 지키는 스핑크스를 만났을 때 그의 물음에—아침에 넷, 점심에 둘, 저녁에 세 발로 걷는 동물은 무엇인가- 바른 대답을 하여 스핑크스를 퇴치하는 데 성공하였다. 마침 테바이는 라이오스 왕이 살해당하여 왕위가 공석이었기에 그는 '도시의 구원자'의 자격으로 왕위(정확히는 '참주')에 추대되었고 왕비 이오카스테를 부인으로 물려받게 되었다는 것이다.

그러나 오이디푸스는 이오카스테가 전하는 전왕 라이오스가 죽은 정황이 자신이 저지른 일과 너무도 일치하여 두려움에서 벗어나지 못하고 그때 살아남은 시종을 불러다 증언을 듣는 데 일루의 희망을 건다. 그 시종(혹은 목자牧者)은 당시에 분명히 '도적 떼에 선왕이 살해되었다'고 보고

했다고 했으니 말이다. 이오카스테는 자신뿐만 아니라 전 도시가 그의 말을 들었노라고 다시금 오이디푸스를 안심시킨다. 그때 마침 코린토스에서 온 메신저가 등장하여 폴뤼부스 왕이 죽었고 오이디푸스가 코린토스의 새로운 왕이 되었다는 소식을 전한다. 폴뤼부스가 노환으로 죽은 게 명백하고 오이디푸스의 손에 살해된 것이 아니므로 오이디푸스와 이오카스테는 안도한다. 그러나 오이디푸스는 모친 메로페가 살아있는 한, 자신은 남아 있는 신탁의 실현이 두려워 코린토스로 가지 않을 것을 선언한다. 그 말을 듣고 메신저는 자신이 오기를 잘했다며, 오이디푸스는 폴뤼부스의 자식이 아니라고 말한다. 오이디푸스가 태어났을 때 키타이론 산에 그를 버려서 죽이라는 명령을 받은 테바이의 목자가 차마 그러지 못하고 역시 그때 그곳에서 목자를 하던 자신에게 건네주었고, 자신은 마침 자식이 없던 폴뤼부스에게 그 갓난아이를 바쳐 키우게 했다는 것이다. 사태의 전말顚末을 이제 비로소 확실히 알게 된 이오카스테는 불러오기로 한 테바이의 시종/목자를 만나기를 거부하며 오이디푸스에게 더 이상 진실의 추적을 하지 말 것을 간청한다.

그러나 오이디푸스는 무슨 일이 있어도 확실한 진실의 전모를 알기 전까지는 멈출 수 없다며 그 시종을 속히 불러올 것을 다시금 명령한다. 이오카스테는 제발 당신이 누구인지 알지 말기를 바란다며 비탄에 빠져 침묵 속에 퇴장한다. 오이디푸스는 그녀가 오이디푸스 자신의 출생의 근본이 미천한—즉 주어다 키운 자식인—것이 드러나 부끄럽고 창피하여 그런다고 생각하며 "마음껏 폭로되어라. 나는 행운의 자식일지 모르고, 나의 누이들은 세월일지 모른다"라고 외친다.[453] 그 시종이 불려오자 코린토스의 사자使者는 그가 오래전에 산에서 자신에게 갓난아이를

---

453 특별한 경우가 아닌 한 본문 인용은 노튼판 텍스트(Sophocles' *Oedipus Tyrannus*, trans & eds. Berkowitz & Brunner, Norton, 1970)에 따른 필자의 번역이다; 1076, 1082.

건네준 사람임을 바로 알아본다. 불려온 시종은 그러나 코린토스의 사자를 얼른 알아보지 못할뿐더러, 거듭된 추궁에도 뭔가를 꺼리고 숨기려는 태도가 역력하다. 그러나 그는 전에 목동을 하던 자신이 갓난아이를 코린토스의 목동에게 넘겨주었음을 실토치 않을 수 없게 되자, 이번에는 누가 자신에게 그런 명령을 내렸는지 말하지 않을 수 없는 처지에 놓인다. 여기서 그가 "왕이시여 제가 그 말을 반드시 해야 하겠습니까?" 하고 묻자, 오이디푸스는 "그렇다. 그리고 나는 반드시 그 말을 들어야 하겠다"라고 말한다.[454] 그가 아이를 준 사람은 왕비였으며 그녀는 무서운 신탁을 회피하기 위해 그랬다는 말까지 듣자 오이디푸스는 "오 이제 모든 게 분명해졌다. 오 햇빛이여, 이제 다시는 그대를 보지 않으리라"라고 외치고 궁전 안으로 뛰어들어간다.[455] 잠시 후 궁전에서 온 사자가 등장하여 이오카스테의 자살 소식을 알리고, 이어서 오이디푸스가 안으로 들어간 뒤에 벌어진 일들을 전해준다. 오이디푸스는 자살을 할 양으로 무기를 찾다가, 목매어 죽은 이오카스테를 발견하고는 미친 듯이 울부짖으며, 그녀의 옷깃에서 금 브로치를 뽑아 자신의 두 눈을 거듭 찌르고, "너희(즉 두 눈)는 내가 겪고 있고 또 저지른 끔찍한 일을 다시는 보지 못하리라. 너희들은 보아서는 안 될 것을 보았고 그러고도 내가 알아보아야 하는 사람들은 알아보지 못했으니 앞으로는 어둠 속에서 지내라"고 외쳤다는 것이다.[456]

참혹하게 두 눈에서 피를 흘리며 다시 등장한 오이디푸스는 어찌하여 그런 일을 저질렀냐는 코로스의 물음에 "아폴론, 아폴론, 그가 이 모든 쓰라린 일이 일어나게 했다. 그러나 나의 이 두 눈은 다른 사람이 아닌

---

454 *Oedipus Tyrannus*, 1169, 1170.

455 같은 곳, 1182-83.

456 같은 곳, 1183-85.

내가 손수 찔렀다”라고 말한다.**457** 그는 코로스가 “장님으로 사느니 죽는
것이 더 낫지 않은가”하는 말에 어찌 자신이 하데스에 내려가 죽은 부모
를 바라볼 수 있겠는가 말하며, 이 모든 죄악은 자신으로 말미암아 벌어
졌으니 자신을 나라 밖으로 내쫓아 달라고 말한다. 그는 마지막으로 “내
고통을 감당할 사람은 세상에 나 말고는 아무도 없다”라고 선언하듯 말
하며, 크레온에게 떠나기 전에 자식들을 한 번 만나게 해달라고 부탁한
다.**458** 두 딸이 다가오자 그들을 어루만지며 오이디푸스는 그들이 앞으
로 겪어야 할 슬픈 운명을 탄식하고 크레온에게 부모 없는 그들을 부디
잘 돌보아 달라고 간곡히 부탁하고 퇴장한다. 코로스는 “삶의 마지막 날
이 다가오기를 기다리되, 필멸의 인간은 어느 누구도 행복하다고 말하지
말라. 그가 드디어 고통에서 해방되어 삶의 종말에 이르기 전까지는”이
라고 노래 부르며 극은 끝난다.

　이 작품을 본격적으로 논하기 전에 먼저 소포클레스의 독특한 극작술
에 대해 언급할 필요가 있다. 이 작품은 원래의 사건(액션)이 일어난 순서
와 반대로 극의 플롯이 짜여진 유일한 극이라고 한다.**459** 우리는 우선 전
승傳承과 작품은 별개라는 것을 인식하고, 전래된 설화와 작품의 플롯과
의 차이를 구별할 필요가 있다.**460** 작품 가운데서 소포클레스는 당시 누
구나 알고 있는 오이디푸스 전승 설화의 맨 끝부분, 즉 테바이에 닥친 재
앙(역병)이라는 사건의 ‘결과’를 극의 첫 장면에 놓고 여기서부터 역으로
사건의 ‘원인’을 추적해 나가는 방식을 쓰고 있다. 진실의 ‘발견 과정’이
극의 주된 액션과 내용을 구성하고 있고, 발견된 진실의 실체가 가져온

457　같은 곳, 1329-32.

458　*Oedipus Tyrannus*, 1414.

459　Charles Segal, p.59–60.

460　Thomas Gould, “The Innocence of Oedipus,” *Sophocles' Oedipus*, Norton Critical Ed.
　　　 p.249.

결과는 그다음 문제로 다루어지고 있다. 어디까지나 극의 초점 즉 중심적 관심사는 오이디푸스가 테바이의 재앙이라는 이미 일어난 사태 앞에서 '어떻게' 반응하고 행동하는가에 맞춰져 있다.

소포클레스가 이런 방식을 택한 이유는 꽤 자명해 보인다. 즉 오직 그런 방식을 통해서만이 주인공의 '인간적 자질' 즉 그의 성격적 크기와 높이가 드러날 수 있기 때문이다. 왜냐하면 오이디푸스의 근친살해와 근친상간의 행위는 '무의식적이고 무의지적으로' 이루어졌지만, 그 행위의 추적은 '자발적이고 의지적인' 행동일 수밖에 없기 때문이다.[461] 오이디푸스는 단호하고 가차 없이 진실의 규명을 향해 육박해 들어가며, 그 결과 드러난 가공할 진실 앞에서 똑같이 단호하고 가차 없이 자기 처벌을 감행한다. 결과적으로 원래의 전승 설화는 전혀 오이디푸스의 정직성과 책임감의 이야기가 아님에도 불구하고 소포클레스는 오이디푸스의 진실에 대한 부단하고 집요한 추구 및 그 추구의 결과 앞에서 그가 보이는 반응에 관한 극이 되도록 작품을 만들었다. 이는 소포클레스의 위대한 독창이라고 밖에 말할 수 없다. 이렇게 함으로써 아래에서 자세히 논의하겠지만 극의 '운명론적 요소'는 최소화되는 반면 '성격론적 요소'는 최대화되는 효과를 가져오게 되기 때문이다.[462]

오이디푸스는 '죄'가 있는가?

이 극에 대한 전통적 논의들의 초점은 오이디푸스의 잘잘못 여부를 따지고 또 잘못이 있다면 무엇인가에 대한 것에 맞춰져 있었다. 보수적 '옥스브리지' 학파를 대표하는 모리스 바우라는 이 극이 신들의 의지가 실현

---

461 Charles Segal, p.51.
462 Thomas Gould, p.249.

되는 과정을 그리고 있고, 오이디푸스는 신탁의 실현을 위한 도구이며, 결국 작가 소포클레스의 '신학적' 의도가 분명히 드러나는 극이라고 말한다.[463] 오이디푸스는 자신감에 충만한 삶을 살지만 결국 그 자신감은 무용지물이라는 것이 드러난다는 것이다. 마지막의 '진실의 인식(반전反轉)'은 그의 내면의 힘을 시험하는, 즉 그의 영혼의 숭고함과 위대함이 드러나는 계기가 된다. 그러나 그 인식의 내용은 자신과 신과의 관계를 깨닫는 것이고, 그 깨달음의 내용은 '복종과 겸손을 배우라'는 것이다. 이 극은 '고통을 통해 인간이 겸손을 배우는 과정'을 그린다는 것이 바우라의 결론이다.[464] 그러나 이런 식의 독법은 기독교의 죄와 고통을 통한 참회라는 전형적인 '속죄의 패턴'을 이교적異敎的이고 인본주의적인 아티케 비극에 뒤집어씌우는 것과 다름이 없게 되고 만다.

역시 보수적 전통에 서 있는 케임브리지 출신의 고전학자 P. H. 벨라코트는 극단적 '성격론(과실론*hamartia*)'을 대표하는 평자로서 이 극에서 주인공은 (신탁을 통해) 두 개의 중요한 경고—결코 노인을 죽이지 말 것 또 결코 자신보다 나이 많은 여인과 결혼하지 말 것—를 듣고서 하루도 지나지 않은 가운데 사소한 일로 분노가 폭발하여 여러 명을 살해했고, 또 얼마 후 나이 많은 왕비와 결혼하는 잘못을 저질렀다는 것이다.[465] 벨라코트는 이러고도 오이디푸스가 무죄냐 묻는다. 한편 그는 이 작품은 '그리스인들의 비관주의'를 상징하는 극으로 보는 오랜 전통이 있었다고 지적한다. 작품은 신들이 인간의 의지나 목적과는 무관하게 그에게 무차별한 고통과 파멸을 가져다주는 것을 보여주기 때문이라는 것이다. 이는 곧 우리로 하여금 이 세상에는 어떤 '정의'도 없다는 결론에 도달하도록 만

---

463 M. Bowra, *Sophoclean Tragedy*, p.185-202.

464 Bowra, p.209.

465 Vellacott, "The Guilt of Oedipus," Norton, p.210.

든다. 그러나 벨라코트에 의하면 정의는 극 중에서 결국 실현되는 것을 우리가 볼 수 있다고 한다. 왜냐하면 오이디푸스는 '고집스럽고 오만하게' 신의 경고를 무시하고 위반했으며, 그 결과로 무서운 죄를 짓게 되었고, 결국 끔찍한 처벌을 받았기 때문이라는 것이다.[466]

그러나 이상의 보수적, 전통적 논의의 근본적 허술함과 취약성은 자신의 친부모가 있는 코린토스를 떠나 온 오이디푸스가 어떻게 길에서 만난 라이오스와 역시 테바이의 왕비로서 만난 이오카스테를 자신의 부모라고 생각할 수 있었겠느냐 하는 하나의 질문 앞에 명백히 드러난다. 또 무엇보다 이런 전통적 논의들의 근본적 오류는 우리가 앞서 말했듯이 오이디푸스의 부친살해와 모친 상간相姦은 '극의 액션'이 시작하기 전의 '과거의 행위'들이며, 정작 극은 모든 행위가 이루어지고 난 뒤 그 결과로서 테바이에 재앙이 찾아온 이후의 사건들을 다루고 있다는 것을 간과하고 있다는 데 있다.

우리는 이런 보수적 논의가 나오게 된 배경에는 아리스토텔레스의 『시학』이 있고, 평자들이 『시학』의 주요 논점인 '하마르티아 이론'을 작품에 ―문자 그대로―적용하려 했다는 것을 알고 있다. 하지만 아리스토텔레스의 이론 가운데는―그 거대한 성망聲望과 권위에 걸맞지 않게―실제로 구체적인 작품에 적용할 때 너무나 막연하거나 아니면 견강부회가 되기 쉬운 것이 적지 않다는 것 또한 20세기 이후 많은 평자들이 지적해 왔다.[467] 우선 아리스토텔레스는 주인공이 악덕이나 미덕에 있어 너무 빼어나지 않을 것을 요청했지만 오이디푸스뿐만 아니라 소포클레스 극의 주인공들은 앞서도 말했듯이 한결같이 '최상의 미덕'을 지닌 탁월한 인물들이다. 다음으로 그는 선악 어느 쪽으로든 너무 치우치지 않는 '중간

466　Vellacott, p.217.

467　Cedric Whitman, *Sophocles*, p.129, 140; Knox, *The Heroic Temper*, p.36, 62.

쯤에 위치하는 사람'이 저지르는 '하마르티아' 때문에 주인공이 행복에서 불행으로 떨어져야 한다고 했으나, 그는 이 하마르티아가 도덕적 혹은 성격적 결함인지 아니면 그저 실수나 과실인지에 대해 분명하게 설명하지 않았다. 오랜 세월 동안 숱한 고전학자들 사이의 지루한 논쟁 끝에 근래의 학설은 도덕성/성격보다는 고의가 없는 '실수나 과실' 쪽으로 기울어졌다.[468] 그런데 오이디푸스의 경우 그가 자신의 아버지의 실체를 못 알아봐서 죽이고 어머니를 못 알아봐서 동침했다는 것이 과연 하마르티아 즉 '본의 아니게 저지른 안타까운 실수나 과오'라고 할 수 있을까? 그에게 닥친 불행과 처벌의 광포함과 극단성으로 판단해 볼 때 그의 부지중의 행동을 한갓 '실수/과오'로 부른다는 것은 견강부회의 느낌이 들고 너무나 설득력이 부족하다.[469] 그것은 '실수/과오'가 아니라 '치명적 불운' 혹은 '파멸적 횡액'이라고 불러야 마땅한 것이다. 그리고 그러한 실수 때문에 엄청난 처벌을 받고 결과적으로 겸손의 미덕을 배우는 것이 작품의 '메시지'라는 주장은 광신적 기독교도나 내릴 수 있는 치졸하고 허술한 논의라고 하지 않을 수 없다. 우리는 아리스토텔레스의 이론이 그가 자신의 논의에 있어 가장 중심적인 근거요 바탕으로 삼은 이 작품에서마저도 이런 한계와 맹점을 노출한다는 사실을 분명히 유념해야 한다. 도즈 교수가 말하듯이 근대 이후의 고전학자들의 대부분은 오이디푸스가 근본적으로 도덕적으로는 전혀 '무죄'라는 점에서 일치하고 있다.[470]

---

468 Nancy Sherman, "Hamartia and Virtue," Amelie O. Rorty ed. *Essays on Aristotle's Poetics*, p.181; Stephen Halliwell, *The Poetics of Aristotle*, p.128; 이상섭, 『아리스토텔레스의 「시학」 연구』, p.73.

469 Knox, *Oedipus at Thebes*, p.30-1; Winnington-Ingram, *Sophocles: An Interpretation*, p.323.

470 E. R. Dodds, "On Misunderstanding the *Oedipus Rex*," Norton Critical Ed., p.223.

오이디푸스의 파멸의 '직접적 원인'

결론부터 얘기하자면 오이디푸스의 파멸은 한 마디로 그의 '용기와 정 직성'이라는 강력한 '영혼의 힘*thymos*' 때문이다. 그는 작품의 첫 장면에서 부터 도시를 덮친 역병을 퇴치하기 위해 있는 힘을 다하는 헌신적이고 책임감 있는 이상적 지도자의 모습을 보여준다. 그는 역병의 원인이 된 선왕 라이오스의 살해자의 추적에 혼신의 힘을 기울이고 이윽고 그 살 해자가 자신이 아닐까 하는 두려움이 생긴 후에도 진실 추구에서 추호도 물러서지 않는다. 그래서 작품의 가장 강력한 갈등과 긴장은 오이디푸 스와 그의 조사를 포기하도록 종용하거나 강요하는 인물들 사이에서 벌 어지게 된다. 그는 극이 진행하면서 세 번에 ─테이레시아스, 이오카스 테, 테바이의 목자─ 걸쳐 진실 추구를 중단할 것을 경고 혹은 협박받는 다. 선왕의 살해자가 여럿이었는가 아니면 한 명이었는가의 문제가 가장 결정적인 관건으로 남았을 때, 이오카스테가 전하는 대로 "우리 모두 그 렇게 들었다"는 말을 그대로 받아들이고 조사를 중단해도 되었다. 만약 그가 이기적이거나 무책임한 인간이었다면 단지 외면하거나 무시해버리 면 되었을 '진실 추구'를 끝까지 그만두지 않았기 때문에 그는 결국 파멸 한 것이다. 그래서 프랑스의 고전학자 크리스티앙 비에는 "오이디푸스의 최후의 금기는 바로 '조사'였다"고 말한다.[471] 자신의 궁극적 파멸을 예상 하면서도 과감히 진실 추구에 자신을 집어던지는 오이디푸스의 도덕성 은 탁월하고 숭고하다는 표현 외에 달리 표현할 길이 없어 보인다. 앞서 말했듯이, 원래의 전승은 오이디푸스의 정직성에 대한 얘기가 전혀 아님 에도 불구하고 이 극을 오이디푸스의 단호하고 부단한 진실 추구에 대한

471　비에, 『오이디푸스』, p.61.

극으로 바꿔놓은 소포클레스의 창조성 또한 놀랍다고 할밖에 없다.[472]
왜냐하면 적어도 이 극에 의하면 부친살해와 근친상간 때문에 오이디푸
스가 파멸하는 것은 아니기 때문이다. 그것들은 오직 부차적 원인이나
배경의 사건들로서만 기능하고 있다.

'신탁'과 인간의 '성격'과의 관계

앞서 비쳤듯이 신탁은 말 그대로 '예언'일 따름이지 그 자체로 인간의 행
동을 '결정'하는 것은 아니다. 즉 신탁은 명령이나 충고가 아니라 단지 일
어날 사태에 대한 진술이다. 고전기 그리스인들은 운명이나 신들이 아무
리 가혹하다 해도 결코 허무주의나 자포자기에 빠지지 않았다고 한다.[473]
앞서 인용한 고전학자 모지스 하다스의 말대로 "신들에게는 신의 길이
있고, 인간에게는 인간의 길이 있다"고 믿었던 것이다.[474] 그래서 인간은
"운명 지어졌으나 동시에 자유롭다"는 말이 나왔다.[475] 같은 맥락에서 신
탁은 인간의 행위를 배제하거나 방해하는 것이 아니라 오히려 인간의 대
응과 행동을 요청하는 것이라고 여겨졌다. 생각해 보면, 신탁은 '이미' 극
이 시작하기 오래전에 오이디푸스의 행위를 통해—정확히는 그의 '성격
적 행위'들을 통해—실현되었다. 그의 삶의 전 과정을 통해—부친을 부지
중에 살해하고, 스핑크스의 수수께끼를 풀어 그를 퇴치하고, 후에 테바
이의 참주가 된 후 역병의 퇴치를 위해 전왕의 살해자의 추적에 나서고,
그 결과 드러난 진실 앞에서 자신의 눈을 멀게 한 행위까지—오이디푸스
는 그의 '성격'('에토스')에 따라 움직이고 행동한다. 여기서 '신의 개입' 같

---

472 Kaufmann, p.122.

473 Winnington-Ingram, p.154.

474 Moses Hadas, *Humanism: The Greek Ideal and Its Survival*, p.57.

475 Segal, p.53.

은 것은 찾아볼 수 없다. 그는 내내 자신의 타고난 '본성'(퓌지스)에 충실한 '자유로운 행위자'로 일관했으며, 그 결과 예언을 그대로 실현시킨 것이다.

여기서 그의 성격의 가장 두드러진 점은 '강렬한 자존감'이며, 이는 긍정적인 '책임성과 의무감'과 함께 부정적인 '성급함과 과격성'의 양면으로 나타난다. 그는 한마디로 강력한 '튀모스(기개)'와 '메노스(열정 혹은 성정性情)'를 지닌 인간이다. 그는 극이 시작하기 전, 즉 과거에 자신의 '성격적 결단'에 따라 신탁의 실현을 막기 위해 고향을 떠났으며, 도중에 노상 시비가 붙은 노인 일행을 자존심에 상처를 줬다는 이유로 살해했고, 후에 테바이에 역병이 돌자 이의 퇴치를 위해 성급하고 단호하고 또 집요하게 그 원인을 파헤쳤으며 그 결과 자신이 이 모든 것의 원인임을 깨닫게 된 것이다. 오이디푸스의 성격은 '일관성 있는 전체'로서 나타난다. 성급함과 과격함이라는 결함 혹은 단점으로 말미암아 살인의 죄를 저지르지만 동시에 그런 결함과 단점이 없다면 후반부의 그 험난하고 집요한 진실 추적과 자기 발견이라는 과정 또한 있을 수 없다. 그의 결함은 동시에 그의 가장 뚜렷한 미덕이었던 것이다. 이런 놀라운 '성격화'의 성공으로 인해 많은 평자들은 소포클레스야말로 '성격비극'의 창시자라고 말한다.[476]

동시에 여기서 대단히 흥미로운 것은 신들은 '그것이 그렇게 될 줄을' 미리 알고 있었기에 '그렇게 예언한' 것이라는 점이다. 신들과 인간의 차이는 신들은 선지先知하는 존재라는 점에 있다. 신들은 오이디푸스가 삼거리에서 노인 일행을 만나면 시비가 발생할 것이고 결국 한 쪽이 다른 쪽을 살해하는―오이디푸스나 그 아비인 라이오스나 똑같이 성급하고

---

476 Knox, p.41-2; Segal, p.120. 또한 이 작품으로 말미암아 이오니아 철학의 창시자 중의 한 명인 헤라클레이토스의 '인간의 성격이 그의 운명이다'*ethos anthropo daimon*라는 말이 아티케 비극을 관류하는 표어 내지 격언이 되었다는 것도 근거 있는 일이다.―G. S. Kirk & J. E. Raven, *The Presocraric Philosophers*, p.213.

과격한 인간이므로—것으로 끝날 줄을 알았고 테바이의 왕이 된 후 역병이 닥치면 전과 똑같이 단호하고 물러섬 없이 대응할 줄을 알고 있었다는 것이다. 이는 그의 타고난 본성('퓌지스')에 비추어 볼 때 불가피한 사태의 전개였기 때문이다. 그래서 학자들은 신탁은 신의 뜻에 대해서라기보다는 그것이 겨누고 있는 인간의 '됨됨이'(즉 본성)에 대해 말해주는 것이라고 한다.[477] 즉 신탁은 인간의 반응과 행동을 '예견'하고 내려진다는 것이다. 여기서 우리는 인간은 '자유롭지만 운명 지어졌다' 또는 거꾸로 '운명 지어졌으나 자유롭다'는 역설적인 말이 뜻하는 바를 확실히 알 수 있다. 또한 바로 이것이 그리스 비극 전체를 일관하는 법칙인 '중층(이중)결정'이란 곧 신이 가져다준 운명과 인간의 자유로운 행동이 결합하는 것을 가리킨다는 것을 알 수 있다

오이디푸스가 '비극적 숭고'의 상징적 존재인 이유

앞서 말했듯이 오이디푸스는 단호하고 가차 없이 진실을 향해 육박해 들어가며, 그 결과 드러난 끔찍한 진실 앞에서 똑같이 엄정하고 혹독하게 자기 처벌을 감행한다. 여기에 그의 '비극적 영웅주의' 혹은 '비극적 숭고'가 놓여 있다.[478] 진실 추구의 과정에서 그에게 닥쳐오는 가공할 파멸의 공포는 그의 정신적 용기와 인내심을 드러내는 계기가 되며, 최후에 비참한 나락에 던져졌음에도 흔들림 없이 명징하고 준열한 도덕적 결단을 내리는 모습 앞에서 우리는 동정과 연민을 넘어서 찬탄과 외경의 감정을 느끼게 된다. 그래서 극 전체가 인간 정신의 크기를 검증하는 '하나의 거대한 테

---

477   Gordon M. Kirkwood, "Oracles and Dramaturgy," Norton Critical Ed., p.56.

478   Winnington-Ingram, p.316; Knox, p.195-6.

스트'라고 말하는 평자도 있다.**479** 오이디푸스는 이후 비극의 주인공은 '인간적 가능성과 잠재력'을 극한까지 발휘하고 소진消盡시키는 인간이라는 준칙을 수립하여 놓았다. 그는 극 중 세 개의 대사를 통해 이를 보여준다.

① 목자: "왕이시여 제가 그것을 기어코 말해야겠습니까?"
오이디푸스: "그렇다. 너는 말해야 한다. 그리고 나는 들어야 한다."**480**

조사가 최후의 단계에 도달해 증인(목자)의 한마디에 모든 것이 달려 있게 되었을 때 목자의 마지막 경고의 말과 그에 대한 오이디푸스의 대꾸이다. 여기서 그는 무슨 대답이 나올지 거의 알고 있으나, 그의 기백('튀모스')은 끝내 그를 버리지 않는다. 이는 백척간두에서 자신을 집어 던지는 용기를 보여주는 것이고, 오이디푸스는 거짓된 삶보다는 차라리 파멸을 대가로 하더라도 진실을 선택하는 것이다. 이런 문맥에서 실존주의 철학자 칼 야스퍼스는 소포클레스 비극은 인간이 자신의 파멸을 예상하면서도 스스로의 가능성을 극한까지 추구하고 실현할 때 가장 '위대한' 존재로 태어나는 것을 보여준다고 말한 바 있다.**481**

아울러—앞서 인용한 많은 평자들이 지적하듯이—오이디푸스가 진정한 비극적 주인공으로 드러나고 '비극적 숭고함'을 보여주는 것은 모든 진실이 밝혀진 '이후'이다. 극의 마지막 200행은 소포클레스의 '비극적 영웅주의의 이념'을 드러내는 매우 중요한 대목으로 알려져 있다. 스스로 눈멀게 하고 재등장했을 때 오이디푸스는 인간이 최악의 상태를 견디고

---

479 Segal, p.52.

480 *Oedipus Tyrannus*, 1169–70.

481 K, Jaspers, *Tragedy Is Not Enough*, p.55.

극복해낸 모습을 보여준다.

②"친구들이여, 아폴론, 아폴론, 바로 그분이시오. 내게 이런 쓰라린
일이 일어나게 하신 분은. 하지만 내 이 두 눈은 다른 사람이 아닌 내가
손수 찔렀소이다."[482]

신은 오이디푸스가 모르는 사이에 그로 하여금 무서운 짓을 저지르게
하였다. 신의 뜻은 성취되었다. 그러나 이런 잔인한 운명 앞에서 취할 수
있는 인간의 태도는 신의 몫이 아니고 오로지 인간의 몫이라고 오이디푸
스는 주장한다. 자신의 죄업에 대한 처벌과 그것의 방식은 오이디푸스
자신이 결정하는 것이다. 인간은 스스로의 '운명의 주인'은 아닐지 모르나
스스로의 '행위의 주체'로서는 여전히 남아있는 것이다. 이는 신 또는 운
명의 전횡 앞에서 보여주는 '인간 선언'이라고 할 수 있다. 여기서 고전학
자들은 오이디푸스의 '오염'은 당대뿐만 아니라 오늘날의 관점에서도 형
법이 아니라 민법 혹은 사적인 양심의 문제에 속한다고 말한다. 앞서 비
쳤듯이 당대나 현재나 형법의 관점에서 그는 범죄자가 아니다. 부친살해
는 정당방위에 해당하고 또 상대의 실체에 대한 무지 가운데 벌어졌으며,
모친과의 관계 역시 부지중의 일이기 때문이다.[483] 실제로 당대의 관습과
법률에 의하면 오이디푸스의 '오염miasma'은 '의식적 정화'를 거친 뒤—마치
아이스퀼로스의 『자비로운 여신들』에서 오레스테스가 모친 살해에 대하여
아폴론의 정화의식을 받듯이—적어도 몇 년간 도시에서 추방되는 것으
로 해결될 수 있는 문제였다고 한다.[484] 그러나 그는 당대의 법이 요구하

---

482 1329-32. 이 부분은 천병희 선생님의 역본을 따랐다.

483 극 중에서 아폴론 신은 오이디푸스의 부친살해만을 문제 삼고 근친상간은 고려하지 않는
다는 점도 기억할 필요가 있다.

484 Segal, p.58.

는 것보다 훨씬 혹독하고 잔인한 벌을 스스로에게 내린다. "장님으로 사느니 죽는 게 더 낫다"고 코로스도 조언하듯이, 눈멀어 여생을 황야를 헤매며 사는 것은 더 참혹한 형벌이다. 여기서 이오카스테와 오이디푸스의 차이가 드러난다. 이오카스테는 평소에도 "인간은 우연의 지배를 받으며 아무것도 확실히 내다볼 수 없거늘 형편껏 그날그날 살아가는 게 상책이지요"[485]라고 주장하며 살아왔고, 오이디푸스의 진실이 밝혀져 '형편이 도저히 여의치 않자' 자살해 버리는 것이다. 그러나 자살해야 할 모든 이유를 이오카스테와 똑같이 갖고 있는 오이디푸스는 차악次惡의 선택으로서 자살이 아니라 '최악의 선택'으로써 눈먼 자로서의 유형流刑 생활을 선택한 것이다. 이는 생각할 수 있는 가장 혹독한 처벌을 스스로에게 내리는 것으로밖에 달리 해석할 수 없다. 즉 자신의 정의감과 책임감이 요구하는 대로 행동하는 것으로서, 이는 아폴론 신조차도 예견하지 못한 것이다.

앞서도 언급했듯이 헤겔은 그의 『법철학』에서 오이디푸스처럼 주관적으로는 무죄라고 생각하는 자신의 행위에 대해− 고의 여부를 구태여 따지지 않고− 스스로의 책임을 인정하고 수용하는 것을 고대 그리스인들이 보여주는 '포괄적 책임관'이라고 정의했다.[486] 이렇게 완전히 자신의 행위를 책임지는 '도덕적 주체'로서의 오이디푸스를 통해 평자들은 소포클레스가 후대의 '비극적 인간관'을 구성하는 적어도 두 가지 이념을 형성해 놓았다고 말한다.[487] 하나는 이 세상에서의 '정의'는 인간만의 전유물이고

---

485 『오이디푸스 왕』 천병희 옮김, 977−79.

486 Kaufmann, p.209; E. R. Dodds, "On Misunderstanding the *Oedipus Rex*," Harold Bloom ed. *Sophocles' Oedipus Rex: Modern Critical Interpretations*, p.187. 참고로 덧붙이면 소포클레스와 달리 호메로스의 『오뒷세이아』나 다른 비극 작가 가령 에우리피데스의 『페니키아인들』 같은 작품에서는 오이디푸스가 사건 이후에도 테바이에 남아 있고 이오카스테도 살아 있는 것으로 묘사된다. 극 중 오이디푸스의 처벌방식은 소포클레스의 독자적 창안이다.

487 Whitman, p.142−4.

영역이라는 것이다. 왜냐하면 신들이 인간을 통해 저질러 놓은 악행이나 비행에 대해 그것을 끌어안고 책임지는 것은 인간이지 신이 아니기 때문이다. 15세기의 영성가 토머스 아 켐피스가 했다고 하는 '인간이 꾸민 일은 하나님께서 결정하신다Man proposes God disposes'라는 말은 '그리스적 사고방식'에 따르면 '신이 저지른 일은 인간이 뒷감당한다God proposes Man disposes'로 바꿔 말할 수 있다. 이는 그리스적 사유의 본질이 인간은 신(들)에 의해 '당하는' 것 못지않게 자신이 스스로 '행하는' 것에 의해 자신의 운명을 형성하는 존재라는 데 있기 때문이다. '비극적 인간관'이 지니는 이념의 다른 하나는 비록 부지중에 저지른 행위일지라도 그것에 대하여 책임을 인정하고 주장하는 것은 결국 '운명에 대해 승리하는' 것과 다름이 없다는 사고로 이어졌다는 것이다.[488] 이런 맥락에서 또 다른 20세기 실존철학자 하이데거는 그의 『존재와 시간』에서 "인간에게 유일하게 '자유로운' 선택은 곧 '희생'을 선택하는 것이다"라는 말을 하고 있다.[489] 이는 마치 고대 그리스 로마인들에게 있어 '자살'은 신들은 보여줄 수 없고 오직 인간만이 행할 수 있는 '운명의 결정권'이라는 믿음과도 일맥상통하는 것이다.[490]

③ "두려워하지 말고 내 말을 들으시오. 내 고통으로 말하면 나 말고는 어느 누구도 감당할 수 없을 터이므로."[491]

오이디푸스의 '내면의 힘,' 즉 정신의 강인함과 크기를 보여주는 이 대사는 '인간 정신의 크기'는 결국 그가 견디어 내는 '고통의 크기'와 같다는

---

488 D. D. Raphael, *The Paradox of Tragedy*, p.33–4; William Van O'Connor, *Climate of Tragedy*, p.75; William Arrowsmith, "The Criticism of Greek Tragedy," Corrigan ed., *Tragedy*, p.270.

489 슬라보예 지젝, 『시차적 관점』, p.540. 재인용.

490 임철규, 『죽음』, p.19–20.

491 『오이디푸스 왕』, 1414–15.

것을 말해주는 선언으로 알려져 있다. 오이디푸스로 말미암아 비극적 주인공이 가져야 할 마지막 대표적인 미덕은 '틀레모쉬네*tlemosyne*' 즉 '영웅적 인내'가 된다. '비극적 영웅'이란 상상하기에도 끔찍한 고통과 파멸 앞에서도 버릴 수 없는 인간의 '존엄,' 즉 파괴될 수 없는 위엄을 보여주는 인간이 되는 것이다. 앞서 여러번 인용했듯이 독일의 저명한 고전학자 베르너 예거는 오이디푸스는 "고통 받는 인류의 그러나 결코 굴하지 않는 인간의 상징"이라고 말한 바 있다.**492** 소포클레스의 마지막 작품인『콜로누스의 오이디푸스』의 전언傳言은 한마디로 '인간은 견뎌야 한다. 왜냐하면 인간은 엄청난 것을 견딜 수 있으므로'라고 평자들은 말한다.**493** 이는 후대의 칸트의 '의무의 정언명법'인 '너는 할 수 있다. 왜냐하면 너는 해야 하니까'와 니체의 '네 운명을 사랑하라'는 '운명애*amor fati*' 사상이 모두 오이디푸스의 최후의 모습에서 고취된 사유라는 것을 시사한다.**494**

그러나 비극적 주인공으로서의 오이디푸스를 '완성'하는 것은 극의 마지막 부분에서 그가 보여주는 인간적 '유대와 공감'의 모습이다. 그는 형용하기 어려운 비참한 처지에서 극심한 고통을 겪고 있는 인물로서는 믿을 수 없을 만치 의연한 태도를 끝까지 보이며, 주변의 남은 인간들에 대한 배려와 동정을 아끼지 않는다. 그는 이오카스테의 정중한 장례를 크레온에게 부탁하고, 특히 남은 자식들이 겪을 암담한 미래에 대한 다함 없는 슬픔을 토로하며 그에게 그들을 근친의 정으로 돌봐줄 것을 간곡히 부탁한다. 이런 남은 가족에 대한 애정과 책임감으로 인해 그는 근친살해와 상간이라는 추악함을 정신의 숭고함으로 압도하고 상쇄시키고 있다. 그래서 고전학자 위닝턴-잉그램은 "영웅적 인물 못지않게―『아이아

492　Jaeger, *Paideia*[trans. Gilbert Highet, Oxford UP, 1965], p.284.

493　Silk and Stern, p.252.

494　Walter Kaufmann, *What Is Man?* p.78.

스』의 오뒤세우스나 『필록텍테스』의 프톨레마이오스 같이—'동정하는' 인물도 소포클레스적 인물이며, 동정은 신들의 속성 아니고 오직 인간의 속성"이라고 말한다.[495]

극에 나타나는 '언어적 아이러니'와 작품 전체로서 보여주는 '비극적 아이러니'

① 언어적 아이러니

극의 초입에서 크레온이 '좋은 소식'이라며 역병을 퇴치할 방도를 알아오는 것은 사실 오이디푸스로 하여금 자신의 파멸을 향한 첫걸음을 떼어 놓게 하는 '나쁜 소식'이다. 다음으로, 이오카스테가 오이디푸스의 걱정을 덜어주고 '안도하게' 하기 위해 한 말—라이오스에게 떨어진 신탁은 실현되지 못했는데 왜냐하면 그의 자식은 이미 죽었고 그는 노상에서 강도 떼를 만나 죽음을 당했기 때문이라며 삼거리에서의 사건을 얘기해 주는 것—이 오히려 그를 '본격적으로 두렵게' 만들게 된다. 삼거리의 살인이라는 말이 오이디푸스로 하여금 자신이 진범이라는 첫 번째 심증을 갖게 하는 것이다. 세 번째, 코린토스의 사자가 와서 폴뤼부스가 죽었으니 오이디푸스가 코린토스의 새 왕이 될 것이라는 '좋은 소식'은 오이디푸스의 실체 확인에 한 걸음 더 바짝 다가서게 하는 '나쁜 소식'에 불과하다. 오이디푸스가 코린토스로 돌아가면 어머니 메로페와 결혼하게 된다는 신탁을 두려워하자 사자는 다시 그를 '안도하게' 하기 위해 오이디푸스가 주워다 키운 자식임을 얘기해 준다. 이리하여 자신이 라이오스와 이오카스테에 의해 버려진 자식임이 드러나게 된다. 이렇게 '좋은'과 '안도'는 정반대로 '나쁜'과 '불안'의 결과를 낳는다.

495　Winnington-Ingram, p.326.

② 비극적 아이러니

첫째로 극은 전체로서 인간의 '가장 선의에 찬' 노력이 '가장 악한' 결과를 가져오는 것을 보여준다. 오이디푸스가 끔찍한 신탁의 실현을 방지하고, 도시의 관문을 가로막은 스핑크스를 퇴치하며, 마지막으로 역병으로부터 도시를 구하기 위해 헌신적으로 최대한의 노력을 한 것이 바로 그가 회피하고자 했던 최악의 사태로 가차 없이 그를 이끌고 간 것이다. 다음으로, 스핑크스의 비밀을 풀어 인간이 무엇인지 '가장 잘 아는' 자, 즉 인간 중에 가장 현명한 자가 정작 자신에 대해서는 '아무것도 모르고' 있었다. 그래서 극은 테이레시아스가 도입 부분에서 말한 '네 자신을 알라'라는 명제가 실현되는 과정이다. 세 번째로, 인간은 가장 행복과 번영의 정점에 서 있을 때 가장 취약하고 위험하다. '다리가 가장 많을 때(네 개) 가장 약하고, 가장 적을 때(두 개) 가장 강하다.'

문학에서 아이러니는 원래 이 세상사의 무질서, 부조화, 모순, 즉 뒤죽박죽인 인간사를 드러내는 가장 좋은 기법이다. 이 세상은 예측을 불허하고, 인간은 한 치 앞을 내다보지 못하는 존재라는 것을 보여주기 위한 것이다. 이렇게 '튀케(우연)'에 지배되는 세상에서는 질서와 정의의 개념 자체가 회의와 의문의 대상이 된다. 그래서 카우프먼은 소포클레스를 '비극적 절망'의 시인이라고 불렀다.[496] 오이디푸스의 맹목은 바로 인간의 보편적 한계의 상징이며, 그에게 닥친 고통과 파멸은 인간사에서 일어날 수 있는 '참화와 횡액의 메타포'라고 할 수 있을 것이다. 그러나 오이디푸스는 처음부터 끝까지 자신의 운명의 주재자인 양 행동하여 스스로 '도덕적 결단'을 내리고 마지막에 그 결과를 온몸으로 '껴안고 수용함으로써' 거꾸로 그것을 극복하는 모습을 보인다. 그래서 국내의 유수한 서양고전 학자 중의 한 명인 손병석 교수는 오이디푸스가 '영혼의 카타르시스'를

---

[496] Kaufmann, *Tragedy and Philosophy*, p.213.

느끼게 하는 인물이라고 말하고 있고, 비중있는 평론가였던 고㳛 황현산 불문학 교수는 이 작품에 대해 "운명에 패배하면서 동시에 운명 위에 인간의 위엄을 세운다는 것이 불가능하지 않다는 것을 보여주는 작품"이라고 평한 바 있다.[497]

'상황 비극tragedy of situation'으로서의 『오이디푸스 왕』

이 극은 무엇보다 그 완벽한 플롯—'팽팽하고 한 오라기 흐트러짐이 없는 완벽함 그 자체'—으로 후대의 어떠한 극도 비견하기 어렵고 따라오기 힘든 '전범적' 극이다. 이는 극 구성상의 이른바 '압축 효과'에 근거한 것으로 '가공할 우연들의 끔찍한 일치'라는 기법에 그 핵심이 놓여 있다.[498] 즉 키타이론 산에서 갓난 오이디푸스를 주고받은 두 목자 중 한 명은 후에 라이오스가 살해될 때 구사일생으로 도망친 바로 그 하인이고, 다른 한 명은 훗날 코린토스의 사자로서 오이디푸스를 찾아온다. 오이디푸스 앞에서 둘이 수십 년 만에 다시 만나게 되는 것에 - 그래서 진실이 드러나는 것에- 작품의 모든 효과가 달려 있다. 두 명의 과거와 현재에 걸친 두 번의 만남, 이것이 모든 '비극'을 만들고 또 그것을 폭로시키는 것이다.

그런데 이는 달리 말하면 소포클레스가 비극적 효과의 최대화를 위하여 개연성의 면에서 상당한 무리수를 두었다는 것을 뜻한다. 작품을 읽고 곰곰이 생각해 보면 지나친 '우연의 일치'라는 느낌이 강하게 드는 것이 사실이다. 그러나 이 극을 처음 보거나 읽는 사람 가운데 이를 눈치채는 사람은 거의 없다고 해도 지나치지 않을 것이다. 그러기에는 사건

497　손병석, 『고대 희랍·로마의 분노론』, p.151-2; 황현산, 『사소한 부탁』, p.116.

498　A. J. A. Waldock, *Sophocles the Dramatist*, p.168.

의 전개('액션의 리듬')가 워낙 빠르고 논리정연하며, 인물들의 동기와 반응
이 너무 자연스럽고 신빙성이 있기 때문이다.[499] 이 극을 처음 보거나 읽
은 사람은 강력한 충격과 함께 도무지 알 수 없는 수수께끼가 던져진 것
같은 느낌을 받는다. 이런 충격적 효과와 작품을 감도는 신비감으로 말
미암아 독자에게 극의 기법상의 우연의 요소 같은 것은 좀처럼 떠오르지
않는 것이 보통이다.

프로이트의 '오이디푸스 콤플렉스'

프로이트는 그의 『꿈의 해석』(1899/1900)에서 이 작품이 갖는 유구한 매
력과 활력의 이유는 인간의 의지(정신)와 그의 운명 사이의 대립과 투쟁
을 그리고 있기 때문이라기보다는 인간이면 누구나 무의식적으로 지니
고 있는 '보편적 욕망'을 형상화하고 있기 때문이라고 말했다.[500] 즉 남
자아이는 부친을 살해하고 모친을 소유하고 싶다는 '잠재적 욕망'을 갖고
있다는 것이다. 그래서 오이디푸스에게 떨어진 신탁은 바로 인간이 가지
고 있는 무의식의 욕망을 표현하는 것과 같다. 즉 오이디푸스는 우리의
유년기의 욕망을 대리하여 실현시켜주는 인물이 되는 것이다. 그런 까닭
에 우리는 평소에 무의식을 억압하는 바로 그 강력한 힘을 가지고 이 작
품에 대해 한편으로 격렬하게 반발하면서도 다른 한편에선 매력을 느끼
게 된다고 프로이트는 설명한다. 이것이 바로 그의 유명한 '오이디푸스
콤플렉스'에 대한 논의이다.

그러나 프로이트의 논의는—아래에서 좀 더 자세히 말하겠지만—특수
한 역사와 사회적 배경을 갖고 있고, 특정 장소와 시대에 적용될 수 있

---

499 Segal, p.56.
500 지그문트 프로이드, 『꿈의 해석』, 장병길 역, p.183-6.

는 이론/관념을 무차별하게 인류의 보편적인 현상인 양 만들었다는 비판을 면할 길이 없다. 프로이트의『오이디푸스 왕』읽기는—헤겔의『안티고네』읽기가 그렇듯이—작품의 핵심적 논리나 상황과는 전혀 무관하게 자신의 '범성욕설'을 억지로 작품에 뒤집어 씌워놓은 결과이다. 왜냐하면 많은 고전학자들이 이미 말했듯이 오이디푸스에게는 '오이디푸스 콤플렉스'가 없기 때문이다.[501] 그러나 오이디푸스가 자신의 정체를 탐구하고 파헤치는 과정은 바로 정신분석에서 무의식(혹은 무의식에 잠재된 콤플렉스)을 탐색하기 위해 쓰는 방법, 즉 '과거로의 퇴행'을 통해 분석하는 방법과 매우 유사하다고 볼 수 있다. 이런 면에서 프로이트의 통찰이 작품의 이해와 분석에 일조하는 면이 전혀 없는 것은 아니다.

그러나 작품 가운데 오이디푸스에게서 그의 모친 이오카스테나 부친 라이오스에 대한 '오이디푸스 콤플렉스'를 찾아볼 수 없다는 것은 분명하다. 설혹 그가 그런 무의식적 욕망을 갖는다면 그것은 그를 키운 메로페에 대해 느껴야 할 터인데 작품에 그녀는 등장하지도 않는다. 원래 이 이론은 유럽 그것도 유대 기독교의 가부장적 체제가 확고히 자리 잡고 난 이후(특히 19세기 빅토리아 조)의 유럽인들을 겨냥하여 만들어진 이론이다. 그리스 고전기는 기독교 전래 이전의 문명일뿐더러 인간의 성적 욕망을 —'바울' 이후의—기독교의 교리에서처럼 왜곡하고 억압하는 관념 자체가 없던 문명이었다.[502] 이것은 그리스뿐만 아니라 중국 문명이나 이슬람 혹은 힌두 문명의 경우에도 마찬가지다. 여기서 참고로 철학/심리학자가 문학/비극을 분석할 때 걸핏하면 일어나는 일을 지적하자면, 플라톤과 아리스토텔레스부터 헤겔을 거쳐 니체, 쇼펜하우어, 프로이트[그리고 이후의 철학자들을 포함해]에 이르기까지 철학자들이 '이성중심주의' 즉

501　Segal, p.40; Knox, p.5; E. R. Dodds, "On Misunderstanding the *Oedipus Rex*," p.40.
502　에드워드 사이드, 『프로이트와 비유럽인』, 주은우 역, 창비, 2005.

'합리성'이라는 하나의 잣대로 비극에 접근하는 한 반드시 작품을 왜곡하거나 엉뚱한 결론에 도달하는 것이 통례이다. 저명한 고전 학자 버나드 윌리엄스는 일찍이 "고통의 신비에 대해서는 철학자들보다 문학가들이 더 날카롭고 정확한 통찰을 제시해준다"고 말한 바 있다.[503] 낭만주의 시인의 대표격인 윌리엄 워즈워스도 작가적 통찰로서 그의 「입장이 바뀌었다"The Tables Turned"」이라는 시에서 "우리는 분석함으로써 살해한다We murder to dissect"라는 정곡을 찌르는 표현을 하였다. 즉 합리적 분석은 '양날의 칼'과 같아서 작품의 의미를 드러내 보여주기도 하지만 결국 그것의 생명력을 살해하는 결과를 낳기 쉽다는 것이다. 이는 역사적으로 비극과 '비극적 비전'은 철학이 탄생하기 훨씬 전에 등장한 것이고, 철학은 '비극적 비전'이 갖는 '신비(비합리)와 논리의 양면성' 중에 논리만을 발전시킨 것이기 때문에 발생한 불가피한 현상이다.[504]

19. 에우리피데스Euripides

"에우리피데스는 주저 없이 가르쳤네/ 만약 신들이 강력하고 사악하다면/ 인간은 비록 약하나 기꺼이 선한 존재가 됨으로써 그들과 대등해질 수 있다는 것을."—로버트 브라우닝, "아리스토파네스의 변명"(1873)

에우리피데스에 대해서는 삼대 비극작가 중—이미 아리스토텔레스가 말했듯이—'가장 비극적인' 작가라는 평으로부터 오늘날의 관객이나 독자가 느끼기에 가장 현대적 감각과 분위기를 지닌 작가, 나아가서 '그리

---

503 Williams, p.162.

504 문학과 철학의 관계에 대한 일화로서는 20세기의 저명한 영국의 소설가 아이리스 머독이 인간의 선과 악의 문제를 옥스퍼드 철학의 건조한 언어로서는 전할 수 없다고 느끼고 소설가가 되는 것 말고는 달리 선택할 길이 없었다고 고백한 것으로 유명하다. 그녀는 소설가로 나서기 전 옥스퍼드의 세인트 앤 대학에서 다년간 철학을 강의한 철학자였다.—줄리언 영, 『신의 죽음과 삶의 의미』, p.222-3. 재인용.

스 비극을 죽인' 인물이라는 오명 아닌 오명에 이르기까지 다양하고 복합적인 평가가 내려져 있다.505 여기에는 그가 생존하며 작품을 쓰던 시대가 갖는 특수성이 그 배후에 있다고 할 수 있다. 그는 소포클레스보다 십여 년 연하에 불과하지만 정신적으로나 심리적으로는 다른 세대에 속한다고 해야 할 만큼 그의 작품 세계는 다르기 때문이다. 그의 성장기에는 우선 소포클레스가 경험했던 페르시아 전쟁의 마라톤과 살라미스에서의 가슴 벅찬 승리의 추억이 없다. 아이스퀼로스와 소포클레스가 페르시아 전쟁의 승리가 가져온 인간의 가능성과 자신감에 고취된 아테나이의 전성기를 대변한다면, 에우리피데스는 찬란한 절정기에 도달했던 아테나이가 쇠퇴와 몰락의 길을 걷기 시작한 다음 자멸적인 펠레폰네소스 전쟁이 가져온 혼란과 위기를 경험하고 이를 증언하고 기록하는 역할을 하였다고 말할 수 있다.

역사학자들은 에우리피데스가 청장년기를 보낸 공동연대 이전 5세기 후반은 그에 앞선 전반기와는 달리 고대 그리스의 역사 가운데 가장 심각하고 근본적인 '전환과 파국'의 시대였다고 말한다. 고전학자 베르너 예거에 의하면 이 시기는 오래된 공동체가 붕괴하고, 신화에 궁극적으로 근거하던 일관된 질서와 가치체계가 전반적으로 소멸하던 때였다고 한다.506 이 시기를 특징짓는 정신적 사조는 철학사에서 서양에서 처음 등장한 '계몽주의'라고 일컫는 '소피스트'들의 출현이었다. 에우리피데스는 당대의 대표적 소피스트였던 아낙사고라스의 제자였다고 하며, '인간이 만물의 척도'라는 말로 유명한 프로타고라스와 가깝게 지냈고, 그 자신이 급진적이고 이단적인 사고로 말미암아 불경죄로 고발된 전력을 지닐

---

505 Erich Segal, "Introduction," Erich Segal ed., *Euripides: Twentieth Century Views*, p.6; Nietzsche, *The Birth of Tragedy*, p.69-70.

506 Jaeger, *Paideia*, p.332-41.

만큼 당대에도 자유사상가요 '우상파괴자'라는 평가를 받았다고 한다.[507] 또한 고전학자 키토가 에우리피데스는 "제대로 된 연극을 쓰는 것보다 어떤 관념을 전달하려는데 더 관심이 있었다"고 말했을 만큼 비극작가 중에서 가장 철학적이어서 당대에도 '무대 위의 철학자'라는 평을 받았다는 사실이 있다.[508] 대표적인 에우리피데스 작품들의 심층적 의미는 난해하고 복잡하여 오늘날에도 다의적 해석이 가능하다.

그의 극에서 흔히 볼 수 있는 갑작스런 '운수*tyche*'의 뒤바뀜, 빈번한 횡액과 재난, 무고한 자의 고통 등은 한마디로 어떤 평자가 말하듯 '도덕적 우주의 치명적 혼돈 상태'를 형상화한다고 말할 수 있다.[509] 즉 합리적 질서가 사라진 우주이거나 인간이 이해할 수 없는 질서가 지배하는 세상을 보여주고 있다. 오직 모순과 역설로만 설명될 수 있는 사건(액션)들이 무대 위에서 벌어지고, 실재와 환상의 구별이 쉽지 않은 장면들이 전개되기에 어떤 학자들은 그에게 '그리스의 입센' 혹은 '그리스의 피란델로'라는 별명을 붙이기도 하였다.[510] 이는 그의 극이 앞서 말한 거대한 정신적 전환기와 혼란기의 산물이고 그런 시대의 심리적 상황을 반영하기 때문일 것이다. 가령 그의 신에 대한 태도를 보면, 앞선 아이스퀼로스가 신들을 경건하게 묘사했고 소포클레스는 알 수 없는 '궁극적 신비'로 보았다면 그의 극에 등장하는 신들은 인간의 내면적, 비합리적 충동과 욕구의 '객관적 상관물(혹은 상징)'과 다름이 없다. 따라서 우주의 최고 지배자가 있다면 오직 예측 불허하는 '튀케'(우연)만이 있을 따름이다. 전통적 신들의 질서에 대한 그의 근본적 비판과 회의는 특히 아폴론 신탁에 대한 불신으로 나타난다. 이는 결국 이 세상은 비합리적이고 원초적인 힘이

---

507 Michael Walton, *Euripides Our Contemporary*, p.4-5.

508 Kitto, p.188.

509 William Arrowsmith, "Euripides' Theatre of Ideas," *Twentieth Century Views*, p.16-7.

510 Segal, "Introduction," p.6.

승리하고 악의 지배가 불가피하다는 '전반적 염세적 비전과 비관주의'로 향한다. 그의 비관주의를 잘 드러내 주는 하나의 예로써, 인간의 지식과 행동의 관계에 대해 당대의 대표적 낙관론자인 소크라테스가 "미덕은 지혜에 달려 있고 인간이 진정한 지식을 지니고 있으면 올바른 행동을 가져온다"[511]고 믿었는데 반해, 에우리피데스는 자신의 극에서 적어도 두 번 등장인물들의 입을 빌려 "우리는 무엇이 옳은지 알고 있지만 그것을 실행하지 못 한다"고 말하게 하는 것을 보아도 알 수 있다.[512]

다음으로 에우리피데스가 보여주는 전통극과의 대담한 결별은 그의 극의 소재와 주제의 측면에서도 뚜렷이 드러난다. 그는 고전적인 '왕들과 전투들'이 아니라 '일상적으로 친숙한 사건들' 아니면 보다 직설적으로 말해 '가정사들'을 무대에 올림으로써 이른바 '세속화된 비극'을 썼다.[513] 거실이 왕실을 대신한 것이다. 동시에 그는 영웅의 격하格下 내지 영웅상의 파괴를 시도함으로써 '비극의 민주화'를 이룩하였다고 평가된다. 그의 극의 등장인물은 앞선 두 대가의 극들에서 같이 긍정적, 이상적 나아가 영웅적 인간상이 아니라 너무도 인간적인 약점과 허물을 지닌 인간이거나 아니면 어둡고 비합리적인 측면이 두드러지는 인물들이다. 그래서 19세기의 영국의 유명한 낭만시인 엘리자베스 배릿 브라우닝은 "퀴프로스의 술잔"이라는 시에서 "우리의 인간적인 에우리피데스는 평범한 인간들의 얘기를 다루면서도 뜨거운 눈물을 흘릴 줄 알았다"고 노래한 바 있다.[514] 나아가 그는 인간의 '비정상적 심리상태'를 파고든 첫 번째 작가로서 그가 보여준 성격화의 기법은 거의 근대 자연주의 문학의 그것을 방

---

511 플라톤, 『프로타고라스』, 352d.

512 『메데이아』, 1079; 『히폴뤼토스』, 380-1.

513 Lesky, p.132-4.

514 Our Euripides the human,/ With his dropping of warm tears,/ And his touchings of things common.—"Wine of Cyprus".

불케 한다.515 그리하여 그의 극은 전통적, 고전적 극에서 볼 수 있는 인간과 신(혹은 운명)과의 관계가 아니라 인간과 인간 사이 아니면 인간 내부의 갈등과 충돌을 다루며, 여기에 근본적 악이 있다면 결국 인간의 '불합리함과 어리석음 또는 극단적이고 과잉된 정념('파토스')'에서 밖에 달리 찾을 수 없다.516 아울러 그의 극에 가장 자주 등장하는 인물형은 '편집증적인 인물paranoid'이다. 즉 영웅적 인물의 성격 중 한 면만을 편파적으로 지닌—가령 히폴뤼토스와 펜테우스의 결벽증, 파이드라의 욕정, 메데이아의 격정 등—인간이 전통적 비극의 주인공 자리를 차지한다. 이런 편집적인 인물들은—영미의 격언에서 말하는 것처럼—'자신의 몸에서 나온 국물에 스스로 삶겨 죽듯이stewed in his own juice' 자업자득 식의 파멸을 맞이한다. 따라서 앞선 두 비극작가의 주인공들에 비해 에우리피데스의 주인공은 숭고한 감동을 가져다주거나 관객을 고양시키는 느낌이 없고, 오직 '희생양'이나 '속죄양'에게 느끼는 연민과 동정이 관객이 경험하는 주된 감정이다. 그는 고대에도 가장 슬픈 극을 쓰는 작가로 유명했는데, 플루타르코스가 전해주는 이야기에 따르면 가령 테살리아 지방의 도시국가 페라에Pherae의 알렉산데르Alexander 왕은 가장 잔인한 독재자 중의 하나로 알려져 있었으나 『트로이아의 여인들』을 관람하던 도중에 슬픔을 이기지 못하여 흐르는 눈물이 창피해 공연 중에 자리를 떴다고 한다.517 그러니 아리스토텔레스가 『시학』에서 그를—가장 강렬한 '두려움과 연민'의 감정을 불러일으킴으로써—'가장 비극적인tragikotatos' 작가라고 불렀던 것은 놀라운 일이 아니다.

결론적으로 말해서, 에우리피데스의 비극tragoidia은 우리가 뜻하는 '비

---

515 Normand Berlin, *The Secret Cause*, p.43.

516 Sophie Mills, *Euripides: Hippolytus*, p.92.

517 W. B. Stanford, *Greek Tragedy and the Emotions*, p.6.

극'이라기보다 (승리의 혹은 패배의) '멜로드라마'라고 할 수 있다.[518] 그가 생존 시에 그리 성공적인 작가가 아니라는 것은 50년간의 극작 생활 중 92편의 작품을 썼으나 오직 4번의 우승을 했다는 데서도 드러나며, 그의 급진적이고 우상 파괴적 사고와 회의주의적 성향 및 극작 기법상의 과감한 실험성은 당대인들의 인기를 끌기 힘들게 만들었다. 그러나 그가 죽은 다음 ─물론 적지 않은 부침浮沈을 겪었으나─후대를 통하여 가장 커다란 관심과 인기의 대상이 되었다는 것은 그의 작품 중─다른 두 명의 대가들이 각각 7편의 작품을 남겼음에 비해─ 18편이 현존한다는 사실에서 드러난다. 아울러, 그는 삼대 작가 중 '여성의 본성과 운명'에 대해 가장 깊은 관심을 베푼 작가인 것은 분명하지만, 그가 여성 혐오론자인지 아니면 예찬론자인지에 대해서는 아직도 두 가지 극단적인 평가가 공존한다. 마찬가지로 그는 당대의 소피스트들과 같은 계몽주의자들과 친교를 가질 만큼 합리주의적인 측면을 지니고 있었지만 그의 작중인물들의 극히 불합리한 내면세계를 고려해 볼 때 과연 그가 합리주의자였는지 아니면 비합리주의자였는지에 대해서도 단정하기 힘들다. 그러나 결론적으로, 그가 보여준 인간성에 대한 거의 현대적인 날카롭고 정확한 통찰들과 그의 극들이 가져다주는 전례 없는 충격적 인식과 각성의 효과로 말미암아 후대의 괴테는 그를 칭송한 나머지 "에우리피데스 이후에 모든 민족들 가운데서 과연 그의 신발이라도 물려받을 만한 극작가가 나온 적이 있던가"라는 극단적인 찬사를 바친 바 있다.[519]

---

518 많은 평자들은 그래서 그를 '멜로드라마의 창시자'라고 평하는데 우리가 보았듯이 아티케 비극에는 처음부터 비극과 멜로드라마가 공존하였을 뿐 에우리피데스에 의해 창조된 것을 아니라고 말해야 한다.

519 브루노 스넬, 『정신의 발견』, p.226. 재인용.

1) 『메데이아^{Medeia}』

18세기 영국 경험론의 비조鼻祖인 데이비드 흄은 '이성은 정념의 노예'라는 말을 하였고, 19세기 미국 심리학의 대부代父 윌리엄 제임스는 '인간은 정념의 바다 위에 떠 있는 작은 이성의 섬과 같은 존재'라고 말했다. 인간의 삶에서 정념이 갖는 압도적인 힘에 대한 이런 근대적 자각이 있기 2400년 전에 이미 고전기 그리스 비극은 가장 뛰어난 첫 번째 '정념의 극'을 창조했다. 여기서 말한 '정념passion'은 원래 그리스어 '파토스pathos'에서 온 말이고, pathos란 능동적인 것이 아니라 수동적으로 밖에서 들어온 불가항력적인 힘에 사로잡히는 것을 가리킨다. 독특한 그리스적 관념인 '중층결정'에 따르면 인간의 모든 강력한 감정은 인간 내면의 '에토스'와 신들이 불어넣는 '미망('아테'나 '파라코파parakopa')'의 결합에 의하여 생기는 것으로서, 인간으로서는 불가항력적인 힘에 사로잡히는 것이지만 그렇다고 인간의 책임은 면해지는 것이 아님을 우리는 아이스퀼로스의 『아가멤논』이나 소포클레스의 『아이아스』에서 확인한 바 있다.

우리가 이제부터 살펴볼 두 편의 비극 『메데이아』와 『히폴뤼토스』는 서양 심리극의 원조로 여겨지며, '격정'이나 '충동'으로 불러 마땅한 인간의 비합리적이고 파괴적인 감정이 얼마나 인간의 삶을 황폐하게 만들고 초토화시킬 수 있는지 보여준다. 인간의 감정 중에서 가장 강렬하고 제어할 수 없는 것은 애정과 그 반대인 증오이다. 이 둘은 언제든 뒤바뀔 수 있는 것으로서, 만약 애정이 보답 받지 못하고 나아가 배반당하면 곧 가장 무서운 증오로 바뀐다. 위의 두 작품 모두 버림받거나 배신당한 사랑의 감정이 여인으로 하여금 얼마나 섬짓한 결말을 향해 나아가게 하는지 보여주고 있다.

먼저 비극 『메데이아』의 이해를 위해서는 신화에 등장하는 주인공 메데이아와 상대역 이아손의 과거를 간략하게라도 알아두는 것이 좋다. 메데이아는 흑해의 동쪽 끝에 있는 콜키스의 왕인 아이에테스의 딸이며 태양신 헬리오스의 손녀로 알려져 있다. 그녀는 주문을 외고 마술을 하는 특별한 재주가 있으며, 매우 영리한 동시에 강한 의지와 적극적인 성격의 소유자였다. 한편 이아손은 그리스 본토 북부의 테살리아의 이올코스의 왕 아이손의 아들이고, 아이손은 동생 펠리아스에게 왕위를 빼앗기고 추방당했다. 이아손이 성장해 돌아와서 펠리아스에게 왕위를 내놓으라고 요청하자 그가 내세운 조건이 콜키스 지방의 왕 아에에테스가 갖고 있다는 황금 양털을 구해 오라는 것이었다. 이아손은 그리스 전역에서 용맹한 용사들을 불러 모아 아르고 원정대를 구성하여 황금 양털이 있다는 콜키스 지방까지 항해한다. 이아손이 콜키스에 도착하여 아에에테스에게 황금 양털을 찾게 해달라고 하자 그는 이아손이 불을 내뿜은 두 마리 황소에 쟁기를 매어 밭을 갈고 그 이랑에 용의 이빨을 뿌리는 데 성공하면 황금 양털을 주겠다고 한다. 이아손을 도우려는 헤라 여신이 아에에테스의 딸 메데이아의 마음속에 사랑의 불길을 불어넣어 준다. 이아손은 자신을 사랑하는 메데이아와 함께 헤카테 여신의 신전에 가서 그녀를 영원히 사랑하고 그녀와 결혼하겠노라고 맹서한다. 그녀는 이아손에게 화상을 입지 않는 연고를 주며 그것을 몸에 바르게 한다. 그리고 그녀는 이아손에게 만약 용의 이빨에서 용사들이 태어나 그를 공격하면 그들 사이에 돌을 던지라고 말한다. 그러면 그 용사들은 서로 싸우다 죽게 될 것이라고 그녀는 가르쳐준다. 이아손은 메데이아가 알려준 대로 하여 모든 시험에 통과하고 결국 황금 양털을 손에 넣는다. 그러나 아에에테스는 양털을 갖고 달아나는 이아손을 잡으려 한다. 그와 함께 도망가던 메데이아는 아에에테스를 따돌리기 위해 납치해온 자신의 동생 압쉬르토스를 죽여 그 시체를 토막 내어 바다에 던진다. 추격대가 시신을 수습하느라 지체하는 사이에 이아손과 메데이아는 무사히 도망치는 데 성공하여 이올코스로 돌아온다. 그러나 펠리아스는 이아손이 이렇게 천신만고 끝에 양털을 가져왔지만 왕위를 내놓기를 거부한다. 메데이아는 펠리아스의 딸들이 보는 가운데 끓는 물에 늙은 숫양을 토막 내어 약초를 함께 넣고 끓이고 가마에서 젊은 양이 튀어나오게 한다. 딸들이 그들의 아버지도 그렇게 해달라고 하자 토막 내어 끓이되 약초는 넣지 않아 그를 죽게 만든다. 이아손과 메데이아는 펠리아스의 아들인 아카스토스에게 다시 쫓기는 신세가 되어 코린토스로 달아난다.

극은 코린토스에서 메데이아와의 사이에서 두 아이까지 낳고 살던 이아손이 가난한 추방자의 생활을 벗어나기 위해 코린토스의 왕 크레온의 딸 크레우사(혹은 글라우케)와 결혼하려고 시도하는 것으로부터 시작한다. 무대에 유모가 등장하여 남편이 새장가 들려 한다는 것을 알게 된 메데이아가 분노와 절망에 빠져 식음을 전폐하고 두문불출하며 누워 있다는 소식을 전하며 탄식한다. 유모는 "사나운 기질과 무서운 성품을 지닌" 그녀가 "무슨 끔찍한 일을 궁리하고 있지 않은지" 걱정스럽다고 말한다. 이어서 메데이아가 등장해 여인들의 일반적인 비참한 운명에 대해 길게 비애와 한탄의 말을 늘어놓는다. 이번에는 코린토스의 왕 크레온이 등장해 자신의 딸과 이아손의 결혼에 방해가 될 것이 분명한 그녀와 자식들의 추방을 선언한다. 메데이아는 추방은 받아들이겠으나 하루만 준비할 시간을 달라고 간청한다. 크레온은 내키지 않으나 차마 거절하지 못하고 허락한다. 그다음 이아손이 등장해 그녀와 사이에 격렬한 논쟁이 벌어지나, 그는 자신의 선택이 오히려 집안을 일으켜 세우고 특히 아이들의 장래를 환히 트이게 할 것이라는 궤변을 늘어놓는다.

이어진 장면에서는 아테나이의 아이게우스 왕이—자식을 낳기 위한—델포이의 신탁을 들으러 갔다가 돌아오는 길에 코린토스를 방문한다. 아이게우스를 만난 메데이아는 자신이 당한 부당한 처사와 딱한 처지를 하소연하고 자신이 아이를 낳을 수 있는 약초를 구해 줄 터이니 그 대신 아테나이에서 피난처를 얻게 해달라고 간청한다. 아이게우스의 승낙을 얻은 메데이아는 이제 거리낌 없이 복수에 나서기로 하고, 자신이 마음을 돌려먹은 척하며 아이들 손에 화려하나 독이 묻어있는 옷을 들려 결혼 축하 선물로 갖다 바치게 한다. 잠시 후 가정교사가 아이들과 함께 돌아와서 공주가 선물을 받고 기뻐했고 아이들은 추방되지 않고 코린토스에 살게 될 것이라는 소식을 전한다. 아이들을 내실로 들여보내고 메데이아는 극 중에서 가장 길고 괴로운 독백을 하는데 그 와중에 두 번이나 마음을 바꿔먹는다. 그러나 결국 자신의 복수가 완전하게 되려면 아이들도 죽여야 한다는 결론에 도달한다. 이윽고 메신저가 와서 크레우사(혹은 글라우케) 공주가 선물 받은 옷을 입자 몸에 불이 타올라 죽었으며 그녀를 구하려 달려들었던 크레온 왕까지 불이 옮겨붙어 함께 죽었다는 소식을 전한다. 메데이아는 이 이야기를 듣자마자 "그 애들은 무조건 죽어야 돼.…… 자, 내 마음이여, 무장하라! 내가 왜 주저하는 거지? 끔찍하지만 어차피 피할 수 없는 범행이 아니던가!"[520]라고 독백한다. 이렇게 그녀는 마음을 무섭게 단단히 먹고 자식들을 죽인다. 이아손이 그다음 장면에서 황급히 아이들을 구하려 뛰어 들어오지만 메데이아가 헬리오스 신이 보낸 마차를 타고 '신적인 존재'로 변해 있는 것을 발견하게 된다. 이아손은 아이들의 시신만이라도 남겨 장사지내게 해 달라고 부탁하나 메데이아는 자신이 아테나이로 데려다 묻어주겠다며 그의 마지막 부탁도 거절한다. 이아손은 실컷 자신을 조롱하는 메데이아에 대해 무력한 저주의 말을 퍼붓는 것이 고작이다. 코로스가 세상사는 '우리가 원하는 일은 일어나지 않고, 원하지 않는 일은 일어나는,' 불합리하고 알 수 없는 부조리뿐이라고 노래 부르며 극은 끝난다.

이 작품은 당대 아테나이 여성들이 겪는 여성의 보편적인 운명을 다

---

520 『메데이아』, 1240-43.

루는 극으로 여겨져 페미니스트 문학의 원조가 되었고, 20세기 초 여권운동이 본격적으로 전개될 때 가장 많이 인용되며 운동에 구호 및 강령을 제공한 극으로 알려져 있다. 또한 인간 심리의 심층을 파헤친 심리극의 원조이기도 하여 이런저런 이유로 에우리피데스의 작품 중 후대에 가장 큰 영향을 미치고 또 가장 인기 있는 작품의 하나로 간주된다.

주인공 메데이아의 성격화와 그녀가 대변하는 가치

극의 도입 부분에서 유모가 등장하여 내실에서 비탄과 고통 가운데 몸부림치는 메데이아를 설명하는 말 중 가장 눈길을 끄는 것은 '무서운*deine*' 여인이라는 말이다. 유모는 자신의 오랜 경험으로 볼 때 불의와 박해를 당할 경우 메데이아가 결코 여늬 여인들 같이 만만하게 반응하지 않을 것이라며 그녀의 특이한 성격을 이야기하는 것이다. 그리고 곧 메데이아가 자기 자식들을 바라보는 불길하고 심상치 않은 태도를 염려한다. 메데이아의 특이함은 그녀가 '튀모스'의 인간이고, 애정이고 증오고 모든 감정이 극단으로 치닫는 '파괴적 격정'의 소유자라는 데 있다. 그녀의 사랑이 극단적이었던 것만큼 증오도 극단적이기에 그녀의 삶의 행로에는 살인도 마다하지 않는 일이 비일비재하다. '데이나'라는 말에는 ―아테나 이인들이 보았을 때 ―그녀의 배경인 콜키스의 이방인 출신으로 그녀가 주술과 약물에 능하다는 것에서 더 나아가 자식 살해라는 야만적 행위도 가능할 만큼 위험한 인물로 보인다는 뜻도 있다. '격정'이 그녀를 사로잡고 있고 이 격정은 그녀로서도 어찌할 수 없다는 것은 마지막에 자식들을 살해하기 전에 그녀가 하는 말로 나타난다. "내가 얼마나 끔찍한 짓을 저지르려 하는지 나는 잘 알고 있어. 하지만 내 격분*thymos*이 내 이성*bouleumata*보다 더 강력하니, 격분이야말로 인간들에게 가장 큰 재앙을 안겨주는 법."[521]

다음으로 메데이아는 위에서 언급했듯이 여성의 운명을 대변하는 일종의 '챔피언'으로서 공동연대 이전 5세기 아테나이 여인들이 겪는 억압과 차별을 성토하고 비난하며 남성들에 대항하여 직접 싸우는 모습을 보인다. 여자는 결혼과 함께 자신의 육체의 권리는 남자에게 양도하고 그 남자가 잘 났건 포악하건 자신의 몸을 스스로 간수할 수 없다는 사실을 애기한다. 그래서 불행한 결혼을 하여 남녀가 마음이 서로 맞지 않을 때는 "죽음이 차라리 나은 것"이라고 말한다.[522] 그녀는 남성들의 가부장제에 의해 짓밟힌 여성들 전부를 대신해 싸우는 것이다. 이 영원한 '성의 대결'의 문제에 있어 그녀는 작품의 과정을 통해 가장 박해받은 여인으로부터 시작해서 가장 파멸적인 승리를 거두는 여인으로 탈바꿈하게 된다.

이아손이 대변하는 가치

우선 이아손은 당대 남성들의 '가부장적 가치'를 대변할뿐더러 더 나아가서 지위와 권력의 추구 및 가문의 번영과 영속성이란 세속적 가치에 다른 모든 '인간적인 가치'들을 종속시킨다. 그는 뿌리 뽑힌 망명객의 처지에 있다. 그러나 그는—당대의 사회적 위계질서에 따르면—본래 왕자의 신분으로 태어났기에 평범한 삶을 사는 것을 받아들일 수 없다고 생각한다. 그래서 그가 메데이아에게 하는 말처럼 코린토스의 왕녀와 결혼하면 크레온이 죽은 뒤 스스로가 왕이 될 수 있고, 왕녀와 사이에 자식을 낳을지라도 그보다 연상인 메데이아와 사이에 낳은 자식들에게 우선적으로 왕위를 물려줄 수 있다는 것이다. 그가 현재의 궁색한 처지에서 이

---

521 같은 곳, 1078-1080.

522 같은 곳, 244.

렇게 영달榮達할 수 있다면 메데이아도 물질적으로 크게 덕을 볼 것이다. 그러니 그것의 긍정적, 낙관적인 측면으로 고려해 볼 때 그가 새 장가 드는 것은 메데이아를 위해서도 좋은 일이 될 수 있고 자식들의 장래를 위해서는 오히려 필요한 일이다. 또 그가 볼 때 사랑이니 부부관계 문제는 왕의 자리가 왔다 갔다 하는 문제 앞에서 사소하기 짝이 없는 것이다.

그러나 이아손의 이 모든 말은 그가 개인적 권력욕과 출세욕에 눈이 멀어 일체의 인간적인 도리와 책임을 쓰레기통에 처박고 비루한 출세주의자와 배은망덕한 파렴치한이 되었다는 것을 궤변과 억지 논리로 미화시키는 것을 보여줄 따름이다. 무엇보다 그는 인간 사회에서 가장 소중한 미덕인 '신의'를 배신했으며 남녀 사이의 "가장 큰 약속인 오른손을 마주 잡고 한" 신성한 맹서를 저버렸다.[523] 따라서 이아손에 대한 메데이아의 분노는 정당하고도 남는 것으로 보인다.

'외면적 갈등'과 '내면적 갈등' 및 작품의 '중심적 액션을 형성하는 갈등'

이아손과 메데이아 사이의 갈등은 외면적 갈등이며 이는 전자의 비인간적, 남성적, 가부장적, 지위와 권력 지상주의에 대하여 후자의 인간적, 여성적, 평등주의적, 인본주의적 인간관계가 대립 충돌하는 것이다. 내면적 갈등은 주인공 메데이아 내면에서 일어나는 것으로서, 그녀가 겪고 보여주는 내면의 갈등은 그리스 비극이 보여주는 비극적 갈등 중 '가장 격심한 것' 중의 하나이다. 이 내면 갈등이 작품의 '중심적 액션'을 구성하며, 이 갈등 끝에 하나의 '결심'이 서는 것이 곧 작품의 클라이맥스라고 할 수 있다.

이 갈등은 인간 내면의 '격정과 이성 사이의' 갈등으로 나타난다. 메데

---

523 같은 곳, 21.

이아는 자신을 배반한 이아손에 대해 복수의 집념에 사로잡혀 있으나 정작 그에게 최대의 복수를 하기 위해 자식들까지 살해할 결정을 하기까지에는 극도의 번민과 주저의 모습을 보인다. 마지막까지 그녀의 가슴을 찢어놓는 것은 그녀가 모성으로서 느끼는 처절한 갈등이다. 여기서 작가는 그녀의 비극적 행위의 극단성과 잔인함은 오직 '심각하고 혹독한 고뇌 끝에' 나온 것이라는 사실을 보여주려 하는 것 같다. 그래서 이런 반복되는 강렬한 갈등이 그녀를 악마나 괴물의 수준으로 떨어지지 않도록 만든다고 말하는 평자도 있다.[524]

그러나 결국 그녀는 자신을 사로잡고 휘두르는 비합리적 격정*thymos*, 즉 '분노*menis*'에 굴복하고 만다. 그리고 관객이나 독자의 처지에서 그녀가 마지막에 실제로 '자식을 살해*paidoktonos*'하는 것을 목격하게 되는 것은 그들이 이제껏 그녀에게 느꼈던 동정과 공감을 갑자기 섬뜩한 전율과 공포로 바꾸게 만드는 계기가 된다. 왜냐하면 그녀는 자식들을 치명적 선물의 사절로 보내면 그 아이들이 무사하지 못할 것을 뻔히 알면서도 보냈으나 정작 아이들이 살아 돌아왔을 때는 한 번 더 생각해 보고 자식들과 같이 달아나는 길을 선택할 수도 있었기 때문이다. 그러나 그녀가 도망치는 대신 자식들을 기어코 죽이고 말자 작품은 변곡점을 맞이하게 된다.

물론 그녀가 자식들을 죽이는 것은 앞서 말했듯이 이아손에게 그가 겪을 수 있는 최대의 고통("가장 깊은 상처")을 안겨주기 위해서이다.[525] 가부장제 사회에서 대代가 끊기는 것은 남자가 당할 수 있는 가장 큰 재앙으로 여겨졌기 때문이다.[526] 아울러 그녀는 평소에 자신의 행위 규범은—호메로스 이래의 '영웅적 코드'인—"원수들에게는 무섭지만 친구들에게

524　Philip Whaley Harsh, *A Handbook of Classical Drama*, p.178.

525　『메데이아』, 817.

526　Elizabeth B. Bongie, "Heroic Elements in the *Medea*," *Transactions of the American Philological Association*, Vol. 107, 1977. p.49–50.

는 상냥한 인간이 되는” 것이라고 말한다.[527] 그런데 여기서 심각한 모순이 발생한다. 왜냐하면 그녀는 원수에게 무섭게 대하는 것에 성공함과 동시에 친구들—즉 자식들–에게도 똑같이 무섭게 대한 것이 되기 때문이다. 결국 그녀는 앞서 말했듯이 이 마지막 행동으로 관객의 지지와 동정 대신에 공포와 전율의 감정을 불러일으키게 된다. 또한 그녀의 자식 살해는 격정 속에 이루어지는 것치고는 너무나 냉정하고 치밀한 사고와 계획하에 단호하게 이루어지고 있다. 이에 대해 앞서 인용한 바 있는 서양고전학자 손병석 교수도 그녀의 분노는 “고상한 튀모스가 아니라 ‘저열한 튀모스’의 특징을 보여준다”고 평한다.[528] 이는 그녀가 스스로 앞서 말했듯이 “우리 여자들은 태어날 때부터 선한 일에는 서투르지만 온갖 ‘악한 일에는’ 가장 영리한 장인들이지요”라는 것을 스스로 입증한 셈이 되기 때문이다.[529] 또한 여기서 우리가 기억해야 할 것은 놀랍게도 메데이아의 자식 살해는 신화나 전승에는 없는 에우리피데스의 독창이라는 사실이다.[530] 즉 작가는 전승에는 없는 자식 살해를 덧붙여서 그녀의 성격을 ‘상궤를 초월하여’ 극단적으로 만들었고, 이는 아래에서 설명하겠지만 그녀를 인간이기보다는 하나의 ‘신적인 힘이나 상징으로’ 기능하도록 하기 위한 의도에서 나온 것이라고 밖에는 생각되지 않는다.

메데이아의 ‘영웅주의’의 모순

앞서 지적했듯이 메데이아에게는 남성적 기질 나아가 전통적 영웅에게서나 볼 수 있는 ‘영웅적 기질’이 있다. 이는 무엇보다 그녀가 ‘튀모스

---

527 『메데이아』, 809.

528 손병석, 『고대 희랍·로마의 분노론』, p.407.

529 『메데이아』, 406–9.

530 Knox, “The *Medea* of Euripides,” *Word and Action*, p.295.

의 인간'으로 그려져 있기 때문이다. 결국 그녀가 보여주는 전통적이고 영웅적인 '기개, 용기, 영혼의 힘'은 극에 나타나는 남녀의 역할의 전도轉倒로 입증된다. 그녀가 극의 시작 부분에서 결혼한 여인의 처지를 한탄할 때 하는 "애를 낳기보다는 차라리 세 번을 전투에 나가 싸우겠다"는 말, 그리고 아래에 인용하는 말은 그녀가 여성이기보다는 남성적 자기인식을 하고 있다는 것을 보여준다. "끔찍한 행동으로 어서 나아가라. 결단의 기회가 왔다. 네가 어떻게 대접받았나 보라. 이아손의 결혼으로 모욕당하고 있을 참이냐. 고귀한 아버지의 자식이고 조부는 태양신인 네가."[531] 그녀는 "적들에게 조롱당한다는 것은 견딜 수 없는 일"이라고 선언하는데,[532] 이렇게 모욕을 견디지 못하는 것이야말로 아킬레우스를 비롯해 전통적, 서사적 영웅들의 가장 뚜렷한 특징이다. 메데이아는 '전통적 명예 코드'에 따라 행동하는 것이며, 그녀는 작품이 진행함에 따라 점점 더 분명히 아킬레우스나 아이아스 같은 전형적 영웅의 '정신적 크기와 기백'을 가진 인물로 나타난다. 드디어 그녀의 '튀모스'가 그녀의 '불레우마타 bouleumata(이성)'를 짓누르고 자식 살해로 이어지는 장면에서 그녀의 이러한 기질은 정점에 달하는 것이다.

그러나 메데이아의 영웅주의는 한마디로 '자기 파괴적'이라 할 수밖에 없다. 왜냐하면 그것은 앞에서도 말했듯이 '적에게 고통을 가져다주고 친구에게는 기쁨을 가져다주는 것'이 아니라 친구들마저 파괴하는 결과를 가져왔기 때문이다. 그리하여 관객이 볼 때 결국 그녀가 얻은 것은 자신이 추구했던 '명예'가 아니라 경악할 정도의 '불명예'이다.[533] 왜냐하면 그녀의 행위는 전통적 비극적 영웅들이― 오이디푸스나 아이아스처럼― 자

531　『메데이아』, 404-8.

532　같은 곳, 707.

533　Helene P. Foley, *Female Acts in Greek Tragedy*, p.267.

 비극적 인간과 세계

신들의 희생이나—호메로스의 아킬레우스처럼—스스로의 양보를 통해 '인간적 한계'를 받아들이고, 그럼으로써 진정한 '영웅주의적 행위 규범'을 보이는 것과는 다른 것이기 때문이다. 즉 진정한 '비극적 영웅'이란 이 세상이나 운명과의 싸움에서는 패배하여 파멸할지라도 자신이 추구하던 '인간적 가치'를 지켜내고 그럼으로써 '진정한 명예'를 획득하여 인간으로서의 '존엄과 숭고'를 보여주는 인물인 것이다. 그러나 메데이아는 오직 승리의 월계관을 위하여 수단 방법을 가리지 않으며, 희생이니 양보니 하는 영웅주의 또 다른 측면은 알지도 못한다. 결과적으로 그녀의 복수에 대한 광포한 정념은 이아손의 부도덕한 기회주의 못지않게 도덕적으로 그녀를 타락시키고 말았다고 보아야 한다.

'아에게우스 에피소드'의 의미/기능

『시학』에서 아리스토텔레스는 이 작품을 평하며 아에게우스의 출현은 인과관계, 즉 '개연성'이 없다고 비난하였다.[534] 후대의 평자 중에도 그의 평가에 동의하는 사람이 더러 있다. 그러나 현대 고전학자들 중에는 '아에게우스 에피소드/플롯'이 작품의 주된 플롯 이외에 반드시 필요한 '서브플롯'이라고 주장하는 이들이 있다.[535] 우선 두 개의 플롯 사이에는 뚜렷한 공통점—즉 '자식 모티프'—이 있다. 이 작품의 비극성의 핵심, 혹은 '비극적 효과'를 가져오는 핵심적 모티프는 자식을 통한 '가문의 영속성'의 문제이다. 자식이 없어 고민하다 델포이의 신탁소를 다녀온 아에게우스의 출현은 이런 점에서 중요한 역할을 한다. 그의 고민은 이아손은 말할

---

534 『시학』, 15. 1454b.

535 P. E. Easterling, "The Infanticide in Euripides' *Medea*," *Yale Classical Studies*, vol. 25[1977], p.184-5; Eilhard Schlesinger, "On Euripides' *Medea*," *Euripides: Twentieth Century Views*, p.87-8.

것도 없이, 딸을 시집보내 대를 이으려 하는 크레온의 욕망과도 모두 일맥
상통하는 것이다. 가부장적 권위주의 사회의 모든 남자 등장인물들은 같
은 욕망을 공유한다. 메데이아가 이아손의 자손을—현실의 자식뿐 아니라
미래의 신부를 통해 얻을 자식까지—모두 영영 없애 버림으로써 그를 고
문하듯이, 아에게우스에게는 자식을 얻을 확고한 방안을 제시함으로써 자
신의 피난처를 확보하는 것이다. 이렇게 아에게우스의 등장은 극의 내용
적 일관성과 통일성을 수립해주는 기능을 한다. 다음으로 그의 등장은 극
의 플롯이 전개되는 데 있어 중요한 전환점을 제공하는 역할을 수행한다.
즉 그가 도착하기 전까지 메데이아는 수세에 몰려서 어떻게 하면 궁지를
벗어날 수 있느냐 하는 '구조救助 플롯rescue plot'이었다면, 이 이후부터는 공
세로 접어들어 완전히 복수에만 전념하게 되는 '복수 플롯revenge plot'이 된
다.536 즉 피난처를 확보한 메데이아가 즉각 행동에 돌입하는 것을 가능
하게 해줌으로써 액션을 가속화시켜 종말로 나아가게 하는 것이다.

작품의 종말이 가져다주는 느낌

대부분의 평자들은 이 작품의 종말이 어둡고 불안하며 어떠한 위안도
없다는 데 동의한다.537 작품 가운데서 메데이아를 공감하고 지지하던 관
객이나 독자도 마지막 장면의 그녀의 모습에 대해 완전한 공감을 보내는
사람은 없다고 해야 할 것이다. 아울러 이아손을 마음껏 경멸하고 혐오하
던 관객들도 마지막에서는 그에게 일말의 동정심을 느낄 수 있다. 그 까
닭은 이 작품의 종말에는 너무도 '정의'가 사라져버린 것을 관객이 목도하

---

536 Sophie P. Mills, "The Sorrows of Medea," *Classical Philology* 75(4.) [1980], p.290-1.

537 Easterling, 191; Vellacott, *Ironic Drama: A Study of Euripides' Method and Meaning*,
p.125-6.

기 때문이다.[538] 오직 이 세상을 지배하는 것이 있다면 마지막에 코로스가 말하듯 '우리가 원치 않는 것은 일어나고 원하는 것은 일어나지 않는 것,' 한마디로 인심의 표변과 격정의 전횡밖에 없다는 생각이 드는 것이다.

작품의 끝에서 메데이아는 자식들의 주검 앞에서 이아손이 고통받는 것을 보고 의기양양하며 승리의 달콤한 맛을 즐길 뿐, 한 줌의 자책이나 회한의 모습도 보이지 않는다. 자식 살해라는 끔찍한 범죄를 저지른 메데이아가 추호도 벌 받지 않고 태양신이 보낸 마차를 타고 하늘 높이 사라져가는 광경에서 관객들은 범죄와 처벌 사이의 '불균형'을 다시 한 번 목도하게 된다. 이것은 아리스토텔레스가 비극에서 관객에게 '불쾌감 *miaron*'을 주기에 피해야 한다고 말한 '악인의 승리' 패턴이다.[539]

메데이아 종말의 상징성

메데이아가 마지막 장면에서 용이 *끄는* 마차를 타고 나타나는 곳은 그리스 극장에서 신들이 자신을 드러내는 장소인 지붕 위이다. 이는 그녀가 마지막에 필멸의 인간이 아니라 '불멸의 신격'을 얻게 되었다는 것을 뜻한다. 이는 마치 에우리피데스의 다른 극 가령 『히폴뤼토스』에서 신들이 극의 시작 장면에서 등장하여 사건의 예언을 하고 끝에서는 그것을 매듭짓고 심판하는 것과 비슷한 효과를 자아낸다. 그녀는 아프로디테나 디오뉘소스처럼 인간의 조건과 상황을 초월하여 뭔가 '영원하고 강력한 것'을 의인화할 뿐 아니라 그것을 '신격화'한 존재가 된 것이다. 그럼으로써 그녀는 도망자나 범죄자라기보다는 인간의 어떤 정념, 그것도 '파괴적 정념'의 화신이나 상징이 된다. 고전학자 길버트 머리는 이를 "그녀는 일

---

538 Kitto, p.198.
539 『시학』, 13장 1453a.

종의 '살아있는 저주', 그녀의 고통과 증오가 하늘 가득히 울려 퍼지는 인물이 되었다"고 말한다.[540]

메데이아의 입장에서 이 극은 분명히 '승리의 멜로드라마'이다. 그러나 통상적인 승리의 멜로드라마가 갖는 긴장의 최종적 해소로 인한 후련함과 안도감, 즉 '감정의 카타르시스'가 아니라 두렵고 혼란스러운 느낌, 한마디로 '곤혹감'만이 남는다. 이는 앞서 말했듯이 메데이아의 '튀모스'로 인해 그녀는 삶의 역정을 통과하는 동안 '시체의 산을 이룬(시산혈해屍山血海 같은)' 엄청난 파괴를 뒤에 남겼기 때문이다.[541] 그녀의 정념으로 상징되는 인간성 안에 있는 근본적이고 강력한 파괴적 정념, 즉 '고삐 풀린 정념'은 정녕코 인류의 가장 큰 재앙임이 분명하다. 그리고 그런 정념을 그녀로 하여금 갖지 않을 수 없게끔 만들었던 그녀가 살았던 시대와 사회의 환경에 그것의 일차적 책임이 있다는 것도 분명하다. 이런 점에서 이 극은 첫 번째 강력한 '사회문제극'으로 볼 수 있다.

2) 『히폴뤼토스*Hippolytos*』

에우리피데스는 같은 내용을 다루지만 지금은 유실된 『얼굴을 가린 히폴뤼토스*Hippolytos Kalyptomenos*』라는 제목의 작품을 435년경에 썼는데 이에 대해 전하는 대략의 줄거리에 의하면, 음란한 여인 파이드라가 순결한 청년 히폴뤼토스를 노골적으로 유혹하는—그래서 깜짝 놀란 히폴뤼토스가 얼굴을 스스로 가리는—장면으로부터 시작한다고 한다. 그러나 그 작품은 당시 관객들의 커다란 비난과 분노를 불러일으켰으며, 그래서 그가 다시 개작하여 428년에 쓴 것이 우리가 오늘날 갖고 있는, 정식 이름이

---

540 Gilbert Murray, *Euripides and His Age*, p.289. 강조는 필자.

541 Kitto, p.196.

『화관을 쓴 히폴뤼토스*Hippolytos Stephnias*』라는 작품이다. 이 작품으로 그는 비극 경연에서 생애 첫 번째 우승의 영광을 거머쥐었다고 한다. 이 두 개의 극의 주된 차이는 여주인공 파이드라의 성격화에 있다. 두 번째 극에서 파이드라는 본성적으로 정숙한 여인이지만 아프로디테가 주입한 일시적 '아테'로 말미암아 사련邪戀의 감정을 품는 것으로 바뀌었고, 그래서 극적 흥미나 관객의 공감과 동정의 면에서 더욱 깊이와 밀도가 있는 극이 되었다고 한다.

극의 내용은 사랑의 여신 아프로디테가 등장하여 자신은 거들떠보지 않고 사냥과 순결의 여신 아르테미스만을 섬기는 트로이젠의 왕자 히폴뤼토스를 벌주기 위해 그의 계모 파이드라의 가슴에 그에 대한 짝사랑의 열병을 심어주겠노라고 선언하는 것부터 시작한다. 파이드라는 히폴뤼토스에 대하여 스스로도 어쩔 수 없는 격정에 사로잡혀 몸져누울 지경이 된다. 늙은 유모가 그 원인을 캐물으나 그녀는 대답하지 않는다. 유모가 '탄원자의 자세'까지 취하며 추궁하자 비로소 사실을 실토한다.542 유모는 사실을 알게 된 첫 충격에서 벗어나자 자신에게 일임하라고 말하고 퇴장한 후 히폴뤼토스를 찾아가 이실직고하며 부디 파이드라의 사랑을 받아들일 것을 호소한다. 그러나 히폴뤼토스는 유모의 말에 극도의 충격을 받고 분노한 나머지 파이드라에 대한 다함 없는 혐오와 경멸의 감정을 담은 언사를 쏟아낸다. 파이드라는 이를 몰래 밖에서 엿듣고 이루 말할 수 없는 수치심과 절망감에 빠진다. 그녀는 유모의 경솔한 행동을 격렬히 비난하지만 이미 일은 벌어진 뒤이다. 파이드라는 자신만의 방법으로 이를 수습하겠다면서 퇴장한다. 그녀는 자살을 결행하면서 히폴뤼토스가 자신을 겁탈하려 했다는 무고誣告의 글을 적은 서판書板을 남긴다.

---

542 '탄원자의 자세'란 『일리아스』 1권에서 아킬레우스의 어머니 테티스 여신이 아들 문제로 제우스 신을 찾아가 왼손으로 상대의 무릎을 잡고 오른손으로 그의 턱을 만지는 것과 같은 자세를 가리킨다.

외지에서 돌아온 테세우스는 아내가 자결했다는 충격적인 소식과 함께 그녀가 남긴 히폴뤼토스를 고발하는 글을 읽게 된다. 테세우스는 여기서 사건의 진상을 제대로 파악하지도 않은 채 ―전에 자신의 소원 한 가지를 들어주기로 한 약속한― 포세이돈 신에게 자식이 "그 날을 넘기지 못하도록 죽여줄" 것을 기도한다. 그는 이어서 아들을 불러 악담과 저주를 퍼붓고 국외 추방령을 내린다. 히폴뤼토스는 난데없는 무고 앞에서 자신의 결백함을 아무리 주장해도 부친은 믿지 않는다. 더구나 그는 자신이 유모에게 한 '침묵의 서약'에 묶여 진상을 밝힐 수 없음을 못내 괴로워한다. 결국 추방당한 히폴뤼토스는 마차를 몰고 가다 해변가에서 포세이돈이 보낸 거대한 황소를 보고 놀란 말들이 날뛰는 바람에 떨어져 치명상을 입는다. 극의 마지막에서 죽어가는 히폴뤼토스는 테세우스 앞으로 실려 온다. 그때 테세우스와 히폴뤼토스 앞에 아르테미스 여신이 등장하여 모든 사실을―즉 이 일은 자신을 섬기지 않은 히폴뤼토스를 벌하려고 아프로디테 여신이 꾸민 일이라는― 밝힌다. 숨지기 전에 히폴뤼토스는 부친 또한 신에게 속은 것이라며 자신에게 행한 악행을 용서해드리겠다고 말하고 절명한다. 아르테미스 여신은 히폴뤼토스를 위해 금후 트로이젠의 처녀들은 결혼 전에 머리카락을 잘라 바치는 의식儀式을 드리며 그를 애도할 것이라고 말한다.

작품의 주인공은 누구인가?

먼저 히폴뤼토스는 강력하고 일관된 성격을 가진 인물이며, 하나의 이념을 대변하고 상징하고 있다는 점에서 앞선 두 작가의 전통을 따르는 '영웅적 인간형'을 지니고 있다. 그러나 그는 달리 보면 너무나 단순하고 평면적인 인물이며, 성년의식을 제대로 치루지 못한 남성 같은 '미성숙의 결함'이 너무나 두드러진다. 한편 파이드라는 강력한 갈등과 분열을 경험하는 인물로서 훨씬 내면의 성격이 잘 형상화되었다. 그래서 히폴뤼토스가 비현실적이고 극단적인 데 반해 파이드라는 정상적이고 현실의 실재하는 인간에 가깝다고 할 수 있다.

그러나 작품의 주인공은 히폴뤼토스라고 할 수밖에 없다. 왜냐하면 우선 작품의 제목이 그의 이름을 따라 지어졌고 그는 모든 다른 등장인물과 신들의 관심과 행위의—즉 극의 처음에는 아프로디테 여신의 마지막에는 아르테미스 여신의—대상이다. 다시 말해 극의 중심적 액션(사건)이 그를 가운데 놓고 그 때문에 발생하며 전개된다. 그의 성격과 행동에서 비롯된 아프로디테 여신에 대한 모독 및 이에 따르는 여신의 보복이 극의 진정한 추진력을 제공하고 또 극의 핵심적 플롯을 형성한다. 아울러 관객과 독자가 얻는 극의 '최후의 인식'도 그가 마지막에 보여주는 언행을 통해서 가능하게 된다. 그 인식의 내용은 이 세상에서 인간이 차지하는 '몫' 과 그에게 주어지는 '위상,' 달리 말해 인간의 '가능성과 한계'는 무엇인가에 대한 것이다. 아래에서 보다 자세히 논의해 본다.

주요 등장인물들의 성격화

주인공 히폴뤼토스는 그의 어머니이고 성에 무감각한 것으로 유명한 아마존족의 히폴리타의 자식답게 '냉담한 무성無性의sexless' 인간이다. 그러나 그는 자신의 덕성 즉 '정결貞潔함'에 무한한 자부심을 갖고 있다. 그는 자신이 높이 평가하는 미덕에 근거한 '명예심eukleia'과 자신이 섬기는 신에 대한 각별한 '경외심eusebeia'에 심취한 나머지 인간의 다른 미덕과 다른 신들에 대한 배척과 거부로 나아간다. 그의 처녀 신 아르테미스 신에 대한 경배는 거의 광신도적 요소가 있다. 그러나 코로스는 다음과 같이 인간과 자연을 지배하고, 그것들의 '본성physis을 구성하는' 아프로디테(퀴프리스)의 힘을 노래한다.

"신들과 인간들의 굽힐 줄 모르는 마음도 사로잡으시고…… 대지가 기르는 모든 것과 불타는 태양이 굽어보는 모든 것과 인간들을 호리시는…… 퀴프리스여, 그대는 여왕으로서 혼자서 그 모든 것을 지배하시나이다."543

그러므로 그의 아르테미스에 대한 독점적 경배는 극의 초입에서 늙은 하인*paidagogos*이 충고하듯이 위험천만한 것이다. 고대 그리스와 같은 다신교적 세계에서 인간의 '경건*sebas*'은 각 신에게 그 나름의 경배와 존중을 바치는 데 있었다.544 왜냐하면 신들은 얼마든지 서로 증오하고 배척할 수 있으나 인간은 너무 취약하고 제한된 존재이므로 그럴 수 없기 때문이다. 히폴뤼토스의 극단적 일방성은 '휘브리스*hybris*'의 죄를 면할 수 없고, 이는 기필코 '신의 분노*phthonos*'를 불러일으킨다.

파이드라는 이성(분별)과 감성(정념)이란 인간성의 양면을 다 지닌 인물이다. 그러나 아프로디테가 가져다 준 자신도 어찌할 수 없는 강렬한 욕정에 휩쓸리게 되며, 그녀는 이를 억누르려 안간힘을 다하는 모습을 보인다. 그녀의 가족사(혈통)에도—히폴뤼토스가 반대의 경우로 그렇듯이—'비정상적 욕정'에 휘둘린 인물—남편 미노스가 포세이돈 신에게 약속했던 황소의 제물을 바치지 않은 데 대한 처벌로 그 황소에게 욕정을 품어서 반인반수 미노타우르를 낳았던 어머니 파시파에*Pasiphae*—이 있다. 그러나 파이드라는 자신에게 갑자기 닥친 내면의 패륜적 욕망이 히폴뤼토스에게 마저 폭로되기 전까지는 정숙하고 단정한 '도덕률의 화신'처럼 행동하는 근본적으로 기품 있는 인물이다. 즉 그녀도 히폴뤼토스 못지않은 '명예심'의 인간이다. 그래서 그녀는 극 중에서 '욕망*eros*'과 '분별*sophrosyne*' 사이의 강렬한 갈등과 투쟁을 보여주는 유일한 인물이며, 이 갈

---

543 『히폴뤼토스』, 1268-1280.

544 Sophie Mills, *Euripides: Hippolytus*, p.65.

등의 격렬함 때문에 욕정의 인물이라기보다는 오히려 '이성과 분별의 인물'로 보인다고 말하는 평자도 있다.[545] 그리하여 그녀는 작중인물 가운데 관객이나 독자의 공감과 동정이 가장 많이 향하는 인물이라고 볼 수 있다.[546]

파이드라는 남편과 자식들 그리고 친가에 불명예*aidos*를 안겨주느니 차라리 죽음을 택하겠다고 유모에게 말한다. 그런데 정작 유모의 – 비록 파이드라의 죽음을 막기 위한 선의에서 비롯된 것이지만– 결과적으로 어리석고 빗나간 계책으로 인해 진실이 폭로되자 히폴뤼토스는 파이드라뿐만 아니라 여성 일반을 혐오하고 폄하하는 모욕적인 언사를 퍼붓는다. "여자들에게 화禍 있어라! 여자들을 증오하는 일에 나는 결코 물리지 않을 것이다."[547] 그녀는 자신이 가장 두려워하던 '불명예'에 정면으로 마주치게 된 것이고, 이로 인한 감당할 수 없는 수치와 분노로 말미암아 자살을 결행한다. 그런데 여기서 그녀는 '거짓된' 무고 편지를 남긴다. 그녀의 행동의 심리적 동기에 대해서는 다음 세 가지를 생각할 수 있다. 첫째 남편에게 자신의 진실이 알려지는 것에 대한 두려움, 둘째 남은 자식들의 명예와 장래를 보호하기 위한 것, 셋째 자신을 받아들이지 않은 히폴뤼토스에 대한 복수심, 즉 "나의 삶의 파멸 앞에서 그가 오만한 즐거움을 누리지 못하게 하겠다. 또 그가 정절에도 절도節度가 있다는 것을 배우게 하겠다"는 것이다.[548]

여기서 어떤 평자는 히폴뤼토스가 "입으로는 서약했으나 마음으로는 그렇지 않다"(612)고 말하는 것을 파이드라가 엿듣고 그의 서약을 믿을

---

545 Hazel Barnes, *Hippolytus in Drama and Myth*, p.84.

546 Knox, "The *Hippolytus* of Euripides," Erich Segal ed. *Oxford Readings in Greek Tragedy*, p.312-5.

547 『히폴뤼토스』, 664-5.

548 같은 책, 728-31.

수 없게 되어—말하자면 선수를 쓰기 위해 —무고의 편지를 쓴다고 주장한다.[549] 그러나 이는 파이드라의 '명백한 악행'을 좀 지나치게 완화시키거나 두둔하려는 주장으로밖에 보이지 않는다. 왜냐하면 히폴뤼토스의 근본적 성품으로 볼 때, 그리고 명백히 서약을 한 이상—당대의 일반적 행위 규범으로 볼 때—그가 아무리 마음속으로는 내켜하지 않을지라도 그의 서약의 힘은 무너지지 않으리라는 것을 예상할 수 있기 때문이다. 또 그것이 실제로도 무너지지 않았다는 것을 극은 보여준다.

이 무고 행위가 그녀의 유일한 그리고 가장 커다란 악행인 것은 분명하다. 그런데 이에 대해 도덕적 비난의 대상은 되지만 적어도 인간적으로 이해할 수 있는 행위라고 하는 평자가 있는가 하면[550] 그녀는 이 행위로 말미암아 작중인물 중 가장 사악한 여인임이 드러났다고 평하는 학자도 있다. 또한 이 무고 편지의 해석 여부에 따라 작가 에우리피데스가 '여성 혐오론자'인지 '페미니스트'인지의 판단도 갈린다. 이 부분은 실로 간단히 말하기 쉽지 않은 듯하다. 왜냐하면 파이드라의 평소의 자기통제와 도덕적 열망에 비추어 볼 때, 그녀는 의도적으로 악행을 저질렀다고 하기보다는 불가항력적 상황에 짓눌려서 그런 행위를 했다고 볼 여지가 있기 때문이다. 그러나 평자 소피 밀즈가 지적하듯이 그녀가 평소에 가장 소중히 여기는 이른바 '평판'이라는 것이 내면이 아니라 오직 '외양'만을 의미하는 측면이 두드러진다는 점에서 그녀의 사고와 판단은 결국 취약하고 위험하다는 비판도 가능하다.[551] 다시 말해 그녀의 진정한 '내면의 힘'의 결여*akrasia*가 그런 악행을 결과했다고 보는 것이다. 그러나 결국 최후의 결정적인 판가름은 똑같이 명예와 목숨이 모두 경각에 걸려 있는

---

[549] Mills, p.64.

[550] 같은 곳, 107.

[551] 같은 곳, 59.

'최고의 스트레스 상황' 아래에서 그녀와 히폴뤼토스가 보여준 서로 판이한 반응/행동의 차이를 통해 내려진다. 동일한 억압 아래에 있고 똑같은 협박을 받았음에도 히폴뤼토스가 자신의 원칙을 무너뜨리지 않은 것과 비교해 볼 때 파이드라의 반응이 보여주는 그녀의 한계와 결함은 너무나 확연하기 때문이다.

한편, 테세우스도 앞선 두 인물 못지않게—어쩌면 더욱— 결함이 많은 인물이다. 그는 파이드라의 죽음에 대한 책임의 문제에서 히폴뤼토스가 "맹세나 서약이나 예언자의 말도 검토해 보지 않고 재판도 없이 저를 나라에서 내쫓으시는 건가요?" 하고 항의하고 간청하지만 이를 묵살하고 성급하고 경솔하게 자식의 유죄를 확신하고 그를 파멸로 몰아넣는다. 그의 '튀라누스'적 오만함과 성급함으로 말미암아 그는 '대 끊김'이라는 고통을 겪게 된다. 그의 종말은 비슷한 이유로 '뒤늦게 깨달은*opsimathia*' 자의 비극을 경험하는 『안티고네』의 크레온과 같다.

마지막으로 유모는 편의를 좇는 현실주의와 임기응변적 처세술을 상징하는 인물로서 히폴뤼토스나 파이드라 같은 도덕성은 애초에 갖고 있지 못하다. "얼마나 많은 현명한 남편들이 아내의 부정을 보고도 못 본척하며, 얼마나 많은 아버지들이 난봉꾼 아들의 애정 행각을 덮어줍니까? 사람들은 인생에 대하여 너무 엄격해지려 해서는 안 돼요."[552] 그녀의 원칙 없는 기회주의적 처신에 대한 찬양은 『오이디푸스 왕』의 이오카스테가 말하는 현실주의와 매우 흡사하다. 이 극에서 비극적 사태에 대한 '직접적 책임'이 있는 한 명의 인물이 있다면 그는 바로 유모이다. 그러나 유모가 파이드라의 비밀을 발설하고 히폴뤼토스를 설득하려 한 행위는 그녀에 대한 지극한 동정과 애정에서 나온 것이다. 즉 의도는 선했으나 자신의 치명적 결함인 '도덕성'에 대한 무관심과 무지로 말미암아 히폴뤼

---

552 『히폴뤼토스』, 462-65.

토스가—그 반대편으로– 극단적 '도덕성'의 화신이라는 것을 미처 내다보지 못한 것이다.[553] 강력하고 고귀한 성품을 지닌 두 인물들 사이에 빈약하고 천박한 영혼을 가진 여인이 개입함으로써 사태는 파국으로 치달은 것이다. 그녀는 원칙 없는 현실주의의 위험을 예시하는 인물이지만, 아래에서 설명하듯이 그녀가 궁극적으로 히폴뤼토스의 비극의 '진정한' 원인은 아니다.

히폴뤼토스의 '비극적 결함'과 최후의 '파멸의 원인'

앞서 말했듯이 인간의 과도한 자기 확신, 자기 정당성은 반드시 '신의 분노'를 불러일으킨다는 것이 그리스적 사고의 본질이며, 히폴뤼토스의 파멸은 아프로디테 여신의 분노로 인한 것이다. 아프로디테는 신이기 때문에 그렇게 행동할 수밖에 없다. 그리스 신 가운데 자신을 무시하고 모욕하는 인간을 그대로 놔두는 신은 없으며, 그렇다면 그(녀)는 신이 아니다.[554] 그러나 히폴뤼토스의 최후의 파멸은 좀 더 자세히 고찰해 볼 때— 앞서 말했듯이—그의 극단성이나 편협성 못지않게 그의 '명예심과 외경심敬畏心 eusebeia' 때문이라는 것을 알 수 있다. 말하자면 파멸의 직접적 원인은 그의 가장 '탁월한 미덕(아레테)'에서 비롯한다고 볼 수 있다. 즉 유모와 약속한 바에 따라 침묵의 맹서를 끝까지 유지한 것이 그의 파멸을 가져온 것이다: "이것을 기억하라. 여인이여, 그대를 구하는 것은 나의 서약에 대한 복종심이란 것을."[555] 그는 부친의 추궁과 비난 앞에서 자신은 서약에 묶여 발설치 못하게 되니 차라리 "집이여 나 대신 말해다오! 내가

---

553 P. Vellacott, *Ironic Drama: A Study of Euripides's Method and Meaning*, p.232.

554 Mills, p.51.

555 『히폴뤼토스』, 656.

죄가 있는지, 목소리가 있다면 나의 증인이 되어다오"라고 외친다.[556] 그의 명예심 혹은 경외심에서 비롯한 스스로의 '인격적 선택'이—오이디푸스나 안티고네의 경우처럼 —그의 죽음을 가져온다. 이것이 히폴뤼토스의 '숭고함*hypsous*'의 근거이고, 그는 에우리피데스의 주인공 중—아이스퀼로스와 소포클레스의 주인공 같은—가장 전통적이고 고전적인 '비극적 영웅'에 속하는 인물 중의 하나이다.

작가가 보는 인간과 신에 대한 견해

이 극은 '액자 구조' 혹은 '극 중 극'의 형태를 갖고 있다. 또 신들과 인간들이라는 두 차원에서 극이 진행된다고 할 수 있다. 인간은 신들 간의 증오와 질시를 실현하고 충족시키는 도구요 꼭두각시로 사용된다. 신이 신을 파괴할 수 없기 때문에 서로에게 복수하기 위해서는 다른 신이 총애하는 인간을 파괴하는 것이다. 그러기 위해 신은 인간에게 '비합리적 충동*ate; parakopa*'을 불어넣는다. 따라서 인간은 신의 희생양이나 속죄양적인 면모가 강하다. 이는 매우 숙명론적이고 염세적인 인간관 및 세계관의 형상화라고 할 수 있다.

그러나 앞서 말했듯이 인간은 신들의 꼭두각시인 것만은 아니며, 신과 근본적으로 다른 면을 지니고 있다. 인간은 어떤 경우에도 자신만의 '도덕적 선택의 주체'가 될 수 있고 이는 그의 전인격과 성격의 발현이다. 그리하여 인간은 자신의 삶에 의미를 가져다주는 가치를 고수하고 실현할 수 있는 것이다. 이 작품에서는 그런 인간의 고유한 가치로서 앞서 언급한 명예심과 외경심 이외에도 '용서와 화해의 정신'이 나타난다. 아프로디테나 아르테미스 여신은 인간의 관용과 용서 같은 것은 모른다. 그

---

556 같은 곳, 1074–5.

들에게는 애초부터 그런 자질이 필요 없기 때문이다. 이것은 오직 인간만이 보여줄 수 있다는 것이 이 작품이 말하고 있는 가장 강력한 메시지다. 히폴뤼토스는 아르테미스 여신이 그에게 이 모든 사태의 뒤에는 아프로디테의 분노와 계략이 있다는 말을 해주자 곧 자신보다 "부친의 고통을 더 슬퍼한다"고 말한다.[557] 그리고 이어서 그는 부친의 모든 잘못을 용서한다. 그럼으로써 부친에게 뒤따를 수 있는 처벌을 면하게 해주는 것이다. "이 살인죄에서 제가 아버지를 놓아드릴게요."[558] [559] 인간은 신이 할 수 없는 일을 함으로써 신들이 상징하는 무자비하고 무질서한 우주의 법칙보다 도덕적으로 우월한 존재라는 것을 작가는 보여준다. 그래서 앞서 에우리피데스를 시작하며 인용했듯이 19세기 영국의 대표적 시인인 로버트 브라우닝은 그의 장시 『아리스토파네스의 변명』에서 이 작품에 대해 이렇게 노래한다. "에우리피데스는 감히 가르쳤다네/ 만약 신들이 강력하고 사악하다면/ 인간은 비록 약하나 선을 의도함으로써 신들과 대등해진다는 것을."[560]

앞으로도 보겠지만 에우리피데스 극에서 신들은 무자비하고 잔인하며 독선적이다. 또 그들 사이에는 어떠한 평화나 화해도 없다. 올림포스는 '도덕적 혼돈의 장소'임이 드러난다. 따라서 인간의 신들에 대한 경외심은 '문제적인' 것이 된다. 앞선 장면에서 휘폴뤼토스가 죄 없이 추방을 당하는 것을 보고 코로스는 "아아 나는 신들에게 분개하노라"[561]라는 비탄의 노래를 부르며, 히폴뤼토스 자신도 죽어가며 "아아 인간의 종족

---

557 같은 곳, 1409.

558 같은 곳, 1449.

559 당시 아테네 법에 의하면 희생자는 죽기 전에 자신의 가해자를 용서할 수 있었고, 일단 용서하면 가해자는 처벌을 면했다고 한다. 그만큼 용서는 크게 중요시되고 떠받음을 받고 있던, 인간의 최고의 특질을 구성하는 요소였다.

560 Robert Browning, *Aristophanes' Apology*, James R. Osgood & Company, Boston, p.31.

561 『히폴뤼토스』, 1145.

이 신들도 저주할 수 있었으면"하는 말을 하고, 테세우스의 마지막 대사도 "퀴프리스여, 그대의 악행을 나는 얼마나 자주 생각하게 될 것인가"이다. 그리스 극에서 이렇게 인간이 신들을 노골적으로 저주하는 말이 처음 등장하는 것이 바로 이 극이다. 그래서 니체는 이 작품은 '신들의 황혼Götterdämmerung'을 보여주는 극이며, 에우리피데스는 신들의 '아우라'(후광)를 완전히 걷어내고 그들을 격하시킨 자리에 인간을 격상시켜 앉힌 최초의 비극 시인이라고 말했다.562

이 작품은 비극인가 아니면 '패배의 멜로드라마'인가?

그리스 비극은 앞서도 말했듯이 1) '대 디오뉘시아 제전'에서 공연된 작품으로 2) 전수된 신화와 설화를 바탕으로 하여 씌여지고 3) '중심적 고통'의 장면이나 내용이 들어있으며 4) 그 중심적 고통이 딜레마의 상황을 가리키면 종말의 행불행과는 무관하게 모두 일괄하여 '트라고디아'라고 불렸다. 그리하여 당대의 '트라고디아' 중에는 오늘날의 기준으로 보면 '비극'이라기보다는 '승리나 패배의 멜로드라마'로 분류해야 할 작품들이 많다. 그러나 이 작품은 에우리피데스의 현존하는 17편 가운데 『헤카베』나 『아울리스의 이피게네이아』와 더불어 드물게 '비극'으로 볼 수 있는 작품이다.

비극과 패배의 멜로드라마의 차이는 한마디로 하면 '행함'과 '당함'의 차이라고 할 수 있다. 이 작품은 처음에 하나의 신이 등장하여 액션을 작동시키고, 극의 끝에서도 또 다른 신이 등장하여 사건의 매듭을 짓는 등 신들에 의해 완전히 포위된 형상을 보여준다. 즉 인간은 신들의 지배와 영향력에서 달아날 수 없고 궁극적으로 패배하기로 된 싸움을 벌이는 모

562　F. Nietzsche, *The Birth of Tragedy*, p.70-73.

습을 보이는 것이다. 극은 결국 코로스가 말하는 "영원한 우주의 힘"인 에로스, 즉 아프로디테 여신의 승리를 보여준다.[563] 따라서 작품이 우선 독자나 관객에게 남기는 인상은 숙명론적 요소가 강한 '패배의 멜로드라마'라는 느낌이다. 그러나 우리가 앞서 다룬 세 편의 소포클레스의 '전범적 비극'들이 공유하는 '비극적 인간상'을 구성하는 요소들을 이 작품에 적용하면 다음과 같은 논의가 가능하다.

첫째, 주인공 히폴뤼토스에게는 '영혼의 강력함*megalopsychia*'이 있고, 그의 행위에는 '숭고한*spoudaios*' 면이 있으며 행동에 '일관성'이 있다. 둘째, 극의 플롯은 '의도, 수난, 인식'이라는 '비극의 리듬(혹은 '패턴')'을 밟는다. 여기서 '의도'는 주인공이 성적으로 순결하고 정갈한 삶을 추구하며 남성적 무예와 절도가 있는 삶을 살겠다는 것이다. '수난'은 아프로디테 여신의 증오의 대상이 되어 그녀가 놓은 덫에 빠져 파이드라의 구애를 받으나, 그것을 격렬히 물리친 대가로 그녀의 자살과 함께 중상모략을 당하게 되고, 그 결과 부친의 저주와 그에 따른 고통스런 죽음을 맞이하게 되는 과정이다. '인식'은 인간의 한계와 더불어 가능성 또한 드러나는 장면으로서, 비록 신들이 지배한다 해도 인간의 몫—즉 '서약'의 실천과 '용서'의 행위—은 남아 있다는 것을 보여주는 것이다. 마지막으로, '비극적 역설'이 성립하는가의 문제에 있어, 히폴뤼토스는 유모에 대한 서약의 실천과 부친에 대한 용서의 행위를 통해 '인간적 가능성'을 충족시키고 실현한다. 주인공이 보이는 이런 '성취와 충족'의 측면으로 말미암아 그는 비록 육체적으로는 파멸할지라도 정신적으로는 오히려 승리하는 '역설적인' 모습을 보여준다. 그리하여 관객은 신들은 승리할지라도 존엄함이 없지만, 인간은 패배하면서도 숭고함이 있다는 '역설적 현상'을 목격하게 되는 것이다. 결론적으로 말하여, 히폴뤼토스는 '운명론적 희생양'의 면

---

563 『히폴뤼토스』, 1281.

모도 있으나 동시에 비인간적 우주 속에서 순수한 '인간적 가치'를 실현하고 확인시키는 '비극적 인물'로 드러난다. 그는 자신의 '자유의지'의 주체로써 두 가지 행위를 통해 인간으로서의 '주체성과 존엄성'을 보여준 것이다. 이런 행위들은 신들로서도 예상할 수 없는 인간의 '독자적 행위'라고 말해야 한다. 이로써 이 작품은 '운명극'의 요소도 없지 않으나 우리로 하여금 결국 '비극'이라는 결론을 내리게 한다.

3)『트로이아의 여인들*Troiades*』

『트로이아의 여인들』은 에우리피데스의 가장 어둡고 암울한 종말로 끝나는 극 중에―『박코스의 여신도들』와 더불어―하나임에도 불구하고 역시 그의 작품 중 오늘날 가장 많이 공연되는 극 중의 하나이기도 하다. 이 극이 특별히 어두운 데는 작품이 제작되던 때의 시대적 배경이 크게 관련 있다. 공동연대 이전 415년에 이 작품이 공연되기 불과 몇 달 전에 투키디데스가『펠로폰네소스 전쟁사』에 기록하고 있는 '멜로스의 학살'이라는 참극이 벌어졌다.564 멜로스 섬은 퀴클라데스 제도에서 가장 서쪽에 있고 전통적으로 중립을 지키고 있었으나 아테나이는 사절을 보내 멜로스인들도 델로스 동맹에 가입하여 스파르타와 대항해 같이 싸우자고 요구했다. 그러나 멜로스 인들이 굴복하지 않자―그러나 415년에서 414년으로 넘어가는 겨울에 결국 항복했음에도 불구하고―섬을 정복하여 성인 남자는 모두 죽이고 여자와 아이들은 노예로 삼았으며 500명의 아테나이 인들을 보내 식민지로 만들었다. '헬라스의 교사'라고 자칭하던 아테나이가 실은 가장 무자비하고 탐욕스러운 제국주의 국가임을 입증한 사건이었다. 아울러 이 작품이 공연을 준비하고 있을 때 아테나이는

---

564 제5권, 84-116장.

지중해의 제해권을 장악하기 위해 시켈리아(시실리) 원정을 준비하고 있었다. 그러나 이 원정은 그 비용과 성사 여부에 대해 많은 불안과 위험을 내포하고 있어서 반대가 만만치 않았다. 『트로이아의 여인들』은 이런 극도의 혼란과 위기감이 팽배한 가운데 제작되었고 공연되었다는 것을 기억할 필요가 있다.

이 작품은 원래 3부작으로 제작되었고 오늘날 우리가 갖고 있는 것은 마지막 '결론' 부분에 해당한다. 앞선 두 작품의 내용을 남아 있는 단편들을 가지고 간략히 재구성하면 다음과 같다. 첫 작품 『알렉산드로스』는 트로이아로 헬레네를 데려옴으로써 거대한 재난을 가져온 파리스에 대한 이야기다. 그는 어머니 헤카베가 횃불을 낳는 꿈을 꾸고 태어나서—카산드라가 나중에 이 아이가 성장하면 트로이아를 멸망시킬 것이라는 예언을 하자—이다^{Ida} 산에 버려진다. 그러나 목동이 그를 데려다 키우고 후에 성장한 다음에 그는 트로이아로 몰래 들어와서 마침 열리던 운동경기에 참가해 승자가 된 후 우여곡절 끝에 부모와 상봉하게 된다. 두 번째 작품 『팔라메데스』는 유명한 발명가 팔라메데스에 대한 이야기로서, 그는 일찍이 오뒷세우스가 트로이아 원정에 소집되는 것을 피하려고 나귀와 황소를 하나의 쟁기에 묶어 밭을 매는 미친 시늉을 하고 있을 때 오뒷세우스의 갓난아기를 그 앞에 갖다 놓음으로써 거짓임을 폭로하여 오뒷세우스의 미움을 산 일이 있다. 훗날 팔라메데스가 그리스군의 본국 귀환을 충언하자 아가멤논과 오뒷세우스는 황금과 함께 프리아모스에게서 온 편지인양 위조한 편지를 그의 막사에 숨겨 놓고 이를 근거로 그를 고발하고 반역죄로 처형해 버린다. 이렇게 그리스군의 승리 뒤에는 파리스와 오뒷세우스로 대표되는 인물들의 악행과 범죄가 그 배후에 있으며 이런 누적된 사건들의 결과로서 지금 트로이아는 패배했다는 것이 1, 2부가 전하는 이야기이다.

우리가 다룰 3부작의 마지막 작품 『트로이아의 여인들』의 대략적 줄거리는 다음과 같다.

　막이 열리자 포세이돈 신이 등장하여 자신이 편들었던 도시의 몰락을 슬퍼하며, 땅에 쓰러져 있는 헤카베와 함께, 도시를 지키다 죽어간 자들을 애도하는 장면으로부터 시작한다. 그때 아테네 여신이 나타나 아이아스가 자신의 신전으로부터 카산드라를 끌고 가서 욕보일 때 그리스군이 그를 제지하지도 벌하지도 않았다고 말한다. 여신은 그 일에 분노하여 그리스군이 귀향할 때 폭풍과 풍랑을 맞이하도록 포세이돈에게 요청하고, 포세이돈은 이를 흔쾌히 수락한다. 헤카베가 드디어 입을 열어 자신의 일가족과 트로이아에 닥친 파멸을 슬퍼하며 자신의 운명은 어떻게 판가름 날지 기다리겠노라고 말한다. 그녀는 특히 딸 카산드라의 운명이 어찌 되었는지 궁금해한다. 그때 전령 탈튀비오스가 등장하여 아가멤논이 카산드라를 전리품으로 데리고 갈 것임을 알린다. 그는 이어서 헤카베의 다른 딸 폴뤽세네는 아킬레우스의 무덤에서 시중들게 되었고, 헥토르의 아내 안드로마케는 아킬레우스의 아들 네옵톨레모스의 전리품으로, 헤카베 자신은 그녀가 가장 증오하는 오뒷세우스의 전리품으로 배정되었음을 알린다.

　헤카베와 코로스가 그들의 가족의 운명에 대해 비탄하고 있을 때, 안드로마케와 헤카베의 손자 아스튀아낙스가 전리품을 실은 수레 위에 같이 실려 나온다. 안드로마케는 헤카베에게 사실은 폴뤽세네는 아킬레우스의 영혼을 위로한답시고 그의 무덤가에서 살해되었고 그녀 자신은 네옵톨레모스의 첩이 되었음을 말해준다. 그때 탈튀비오스가 다시 나타나 (그리스군의 결정으로) 아스튀아낙스를 성벽에서 떨어뜨려 죽이기 위해 데려가야 한다고 괴로운 표정으로 말한다. 안드로마케와 아스튀아낙스는 각각 다른 방향으로 끌려간다. 이어서 메넬라오스가 의기양양한 모습으로 나타나 부정한 아내 헬레네를 되돌려 받아 그리스로 데려가서 죽일 것이라고 말한다. 헬레네가 끌려 나오고 메넬라오스와 헤카베 앞에서 자신의 죄가 없음을 교묘한 논리로 변명한다. 헤카베는 헬레네의 변명이 얼마나 당치 않은 궤변인가를 신랄하게 폭로하며, 메넬라오스에게 그녀를 그녀가 천추의 죄를 지은 이 트로이아에서 처형하라고 요청한다. 그러나 메넬라오스는 헬레네를 죽일 생각이 과연 있는지 의심스럽게도 그녀를 그리스 땅으로 데려가 심판받도록 하겠다고 말한다. 그들이 떠날 때 헤카베는 적어도 헬레네를 같은 배에 태우지 말 것을 충고한다.

마지막으로 코로스가 그들의 잃어버린 아이들을 애도하고 있을 때, 탈튀비오스가 헥토르의 방패 안에 아스튀아낙스의 처참하게 부서진 시체를 담아서 내온다. 헤카베가 통곡하며 여인들의 도움을 얻어 같이 어린 시신을 매장하자, 탈튀비오스가 마지막으로 나타나 그리스군의 결정으로 도시를 모두 불태우기로 했으니 서둘러 떠나라고 말한다. 헤카베와 여인들이 '애탄가'를 부르며 "예속의 날을 향해" 나아갈 때 그들 뒤에서는 성벽이 무너져 내리는 소리가 들리며 극은 끝난다.

이 작품은 위의 줄거리 요약에서도 보았듯이, 파멸과 폐허의 장면으로부터 극을 시작함으로써 전통적인 극작술의 규칙을 허물었다는 비판을 받았다. 즉 더 이상 떨어질 수 없는 나락으로부터 극이 시작함으로써 반전을 포함한 구성상의 '유기적 구조'를 보여줄 수 없게 되었다는 것이다. 그러나 작품을 자세히 살펴보면 그 안에 어떤 '리듬' 혹은 '패턴'이 없지 않다는 것을 알 수 있다. 또한 작품 전체에 통일성을 가져다주는 단일한 주인공이 있으며 그 주인공은 바로 헤카베이다. 극의 구조는 헤카베가 품고 있는 일련의 실낱같은 희망들이 하나씩 하나씩 수포로 돌아감으로써, 드디어 극의 종말에 이르면 그녀는 완전한 절망의 나락으로 떨어지게 되는 패턴을 보이고 있다.

우선 극의 도입부에서 전령 탈튀비오스가 등장한 후 헤카베가 딸 폴뤽세네의 운명을 묻자 그녀는 아킬레우스의 무덤에서 "시중을 들고 있으며 행복하게 잘 지내고 있다"고 말한다. 565 그러나 나중에 안드로마케가 등장하여 실은 폴뤽세네가 "아킬레우스의 혼백을 위로하기 위한 선물로서 그의 무덤에서 살해되었다"는 것을 전한다. 그제야 헤큐바는 탈튀비오스가 "수수께끼처럼 모호하게 말한" 까닭을 알게 된다.566 또한 헤카베는 안드로마케가 죽은 폴뤽세네는 차라리 살아있는 자신보다 행복하다면서 자신은 남편의 살해자인 아킬레우스의 아들 네옵톨레모스의 전리품으로 끌려가는 신세가 되었다는 비관적인 말을 하자 다음과 같이 타이른다. "악아야, 죽음과 삶을 혼동해서는 안 된다. 죽음은 아무것도 아니지만 삶에는 그래도 희망이 있으니까."567 그녀가 그렇게 말하는 까닭은 만약 안드로마케가 "새 주인을 존경하고 상냥하게 처신하여 그가 그녀를 사랑하게 만들면…… (그녀는) 여기 있는 이 손자 아스튀아낙스를 길러 트로이아의 가장 큰 이익이 되게 해줄 것"이라는 희망 때문이다.568

그러나 이 희망은 곧 이어서 다시 등장한 탈튀비오스가 차마 "마지 못해 하며" 나쁜 소식을 전함으로써 무참히 부서지게 된다. 즉 오뒷세우스의 주장에 의해 "가장 용감한 아버지의 아들을 살려두어서는 안 되고…… 트로이아의 성탑에서 떨어뜨려야 한다"는 결정이 내려졌다는 것이다. 이 끔찍한 소식은 극의 마지막에서 탈튀비오스가 아스튀아낙스의 산산이 부서진 시신과—그 시신을 담은—헥토르의 방패를 가지고 나타날 때 현실로 드러난다. 그러나 진실로 헤카베의 마지막 희망이 비참하게 저버림을 당하는 것은 메넬라오스 앞에서 벌이는 헬레네와의 논쟁('아곤*agon*') 장면에서이다. 끌려온 헬레네는 목숨을 부지하기 위하여 자기변명을 늘어놓으려 하고 메넬라오스는 이를 제지시킨다. 그러나 오히려 헤카

---

565 『트로이아의 여인들』, 264.

566 같은 곳, 623-5.

567 같은 곳, 632-3.

568 같은 곳, 702.

베가 나서서 그녀도 변명할 기회를 가져야 한다고 말한다. 헬레네는 가증스럽게도 이 전쟁의 원인은 이 세상에 태어나지 못하게 해야 할 파리스를 낳은 헤카베에게 마땅히 그 원초적 책임이 있고, 그다음 그 아이를 죽이지 않고 그저 내다 버리게 한 프리아모스 또한 큰 잘못을 저질렀으며, 마지막으로 아프로디테 여신이 파리스의 심판의 결과 자신을 스파르타에서 트로이아로 데려온 것이니 자신이 아니라 아프로디테가 최종 책임을 져야 마땅하다는 궤변을 늘어놓는다. 더구나 그녀는 메넬라오스를 향하여 자신의 부정(간통)이 그리스의 구원이 되었다는 억지소리까지 덧붙인다. 말하자면 자신이 그러지 않았다면 헤라와 아테네가 파리스와 한 약속─파리스가 헤라나 아테네를 선택한다면 "아시아와 에우로페의 변방들의 통치권을 주겠다"는─에 따라 파리스가 트로이아뿐만 아니라 그리스의 최후의 패자霸者마저 되는 일이 일어났을 것이 분명하기 때문이라는 것이다. 그러니 자신은 메넬라오스에게 좋은 일을 한 것이라는 교활하고 황당한 변명을 늘어놓는 것이다.[569]

그러나 헤카베는 그녀의 말을 듣고 이루 말할 수 없는 격분을 느끼는 가운데서도 날카롭고 빈틈없는 반론을 당당히 펼침으로써 헬레네의 주장의 허구성과 부당성을 하나씩 폭로한다. 말하자면, 헬레네가 모든 잘못을 남들의, 특히 신들의 탓으로 돌리는 것은 그녀의 간교한 책임 회피에 불과한 것이고, 그녀는 사실 처음부터 빼어난 미남인 파리스에게 반했던 것이라고 반박한다. 또 그녀는 트로이아의 부유함에 대한 이야기에 넋을 잃은 나머지 "황금이 넘치는 트로이아에서" 마음껏 사치와 방탕을 즐기고 싶은 탐욕에 가득 찬 여인이었다고 폭로한다. 마지막으로 그녀가 트로이아에서 달아나려 했으나 번번이 실패했다는 말도 따져보면─즉 그럴 기회가 있을 때 한 번도 실행하지 않은 것을 보면─새빨간 거짓

---

569 『트로이아의 여인들』, 932-4.

말에 불과하다는 것을 논증한다. 결론적으로 헤카베는 헬레네가 "언제나 행운만 바라보며 이기는 쪽에 붙으려 했지, 신의信義 같은 것은 헌신짝 버리듯 했다"는 것을 입증한 것이다.[570]

이리하여 둘의 논쟁에서 명백히 헤카베가 승리했다는 것은 메넬라오스의 이어지는 말로서도—"그대의 생각은 내 생각과 완전히 일치하오"—뒷받침된다.[571] 그러나 메넬라오스는 말은 그렇게 하면서도, 이곳에서 당장 헬레네를 처형함으로써 남편을 배신한 여인은 죽어야 한다는 법을 세워달라는 헤카베의 요청을 못 들은 척한다. 그는 끝내 헬레네를 스파르타로 데려가서 처형하겠다는 생각을 바꾸려 하지 않는 것이다. 더구나 메넬라오스의 마음이 약해질 것을 걱정한 헤카베가 적어도 그녀를 그가 타는 배에 태우지 말 것을 요청하나 이마저도 그는 거절한다.("그녀가 전보다도 더 무거워지기라고 했다는 말인가?")[572] 이는 코로스가 말하듯이, 그리고 헤카베가 우려하듯이—더구나 호메로스가 『오뒷세이아』 제4권에서 이미 오래전에 얘기해주었듯이—메넬라오스에게는 애초부터 헬레네를 죽일 생각이 없었기 때문이다. 메넬라오스의 거절은 헤큐바와의 대결에서 헬레네가 결국 승리했다는 것을 말해주며, 이는 앞서 말했듯이 헤큐바의 마지막 그리고 완전한 패배를 의미한다. 헬레네의 승리는 이 세상에서는 의무니 정절이니 충성심이니 하는 일체의 도덕성은 눈꼽 만큼도 중요하지 않고, 오직 비합리적이고 부도덕하며 파괴적인 '에로스'만이 승리하고 살아남는다는 사실을 증명했기 때문이다. 헤카베는 헬레네와 대면하기 전에 제우스에게 기도한 바 있다. "제우스시여, 자연의 법칙이건 인간의 이성이건,/ 내 그대에게 기도드리나이다. 소리 없는 길을 걸으시

---

[570] 같은 곳, 1008-9.

[571] 같은 곳, 1036.

[572] 같은 곳, 1050.

며/ 그대는 인간사를 '정의'에 따라 인도하시기 때문이옵니다."573 그러나 그녀의 이런 간절한 호소와 기도는 아무 소용이 없다. '정의'는커녕 오히려 그녀는 자신이 앞서서 그토록 우려했던 불의과 무도無道함만이 결국 활개 치며 실현되었다는 것을 깨닫는다. "이제 나는 알겠노라. 신들이 하찮은 것들은 치켜세우고 고귀한 것들은 땅에 내려친다는 것을."574 그래서 극의 끝에서 헤카베는 "그런데 내가 왜 신들을 부르지? 그들은 전부터 내가 아무리 도움을 청해도 들어주시질 않았는데"라고 혼잣말하게 된다.575 극의 종말이 보여주는 것은 한마디로 정의는 소멸하고 불의가 승리하는 것이다. 장 폴 사르트르는 2차 세계 대전 중인 1944년 이 극을 공연하기 위해 번역하면서 붙인 글 "왜 다시 '트로이아의 여인들'인가"에서 다음과 같이 말했다.

> 『트로이아의 여인들』에 등장하는 신들은 강력한 동시에 우스꽝스런 존재이다. 한편에서 그들은 이 세상을 지배하지만 조금 자세히 들여다보면 그들의 행동은 인간과 조금도 다를 바 없다. 인간들처럼 그들도 쩨쩨한 허영심에 휘둘리고 불평불만에 가득 차 있다…… 헤큐바가 제우스에게 바치는 감동적인 기도는 이 세상은 지고의 섭리가 지배한다는 인상을 준다. 그러나 알고 보니 제우스도 그의 아내나 딸과 다를 바 없었다. 그는 트로이아를 부당한 운명에서 구원할 생각이 눈꼽 만큼도 없었던 것이다…… 극은 이렇게 완전한 니힐리즘으로 끝난다. 신들은 인간들과 더불어 살해되었고 그들(신과 인간)의 공통된 죽음이 이 극이 가르쳐주는 최종적 교훈이다."—Jean Paul Sartre, "Why the Trojan Women?" E. Segal

---

573 같은 곳, 886-8.

574 같은 곳, 612-3.

575 같은 곳, 1279-80.

ed., *Euripides: Twentieth Century Views*, p.131.[576]

작품이 보여주는 것은 주인공 헤카베가 품었던 모든 희망이 부질없다는 것이 드러나는 과정이다. 따라서 이 극은 헤카베의 관점에서 볼 때 명백히 '패배의 멜로드라마'이며, 극이 제시하는 세계관은 우울하고 암담하기 짝이 없는 '비관적 비전'이다. 그러나 이 작품이 후대에 계속 높이 평가되는 위대한 너댓 편의 에우리피데스의 작품 중의 하나로 손꼽히는 이유는 첫째로 승자를 포함하여 극중 인물들이 보여주는 '공감과 동정'이라는 그리스 비극 특유의 감정과 둘째로 극에서 희생양과 패배자도 역시 보여주는 '인간적 위엄과 숭고함' 때문이다. 극에서 공감과 동정을 보여주는 대표적 인물은 탈튀비오스이다. 그는 그리스인이지만 극 중 네 번 등장할 때마다 패자인 트로이아의 왕족이 당하는 참혹한 고통과 파멸에 대해 처음부터 끝까지 진실된 인간적 공감과 동정의 감정을 드러낸다. 그는 처음 헤카베가 딸 폴뤽세네의 운명에 대해 묻자 차마 진실을 말하지 못하고 모호한 말로 얼버무린다. 다음 아스튀아낙스가 죽임을 당해야 한다는 전갈을 알려 주려 왔을 때, 그는 자신의 "본성이 허락하는 것보다 더 인정사정없는 자라야 전령 노릇을 할 수 있을 것"이라고 토로한다.[577] 마지막에 죽은 아스튀아낙스의 시신을 가져오면서 그는 안드로마케가

---

576 사르트르에 훨씬 더 앞서 1905년 시인이자 고전학자인 길버트 머리는 당시 영국이 벌인 대표적 제국주의 전쟁인 제2차 보어전쟁[1899-1902] 후 승자인 영국군에 의해 강제로 수용된 보어인들이 수용소 안에서 질병과 기아로 수만 명 숨지는 일이 벌어지자 그에 항의하기 위해 이 작품을 다시 (그 후 현재까지 최고의 영역본으로 알려진 역본으로) 번역하여 런던의 왕립극장에서 공연하였고 극은 커다란 호응을 받은 것으로 기록에 남아 있다. 한편 이 작품의 영화화로서 지금까지 알려진 가장 성공적인 작품은 1971년 그리스의 미할리스 카코야니스 감독이 헐리웃 배우 캐서린 헵번[헤카베 역]을 주인공으로, 그리스 배우 이레네 파파스[헬레네 역]와 영국 배우 바네사 레드그레이브[안드로마케 역]와 프랑스/캐나다 출신 쥬느비에브 비졸드[카산드라 역]를 조연으로 기용해 찍은 『트로이아의 여인들』이다.

577 『트로이아의 여인들』, p.787-8.

끌려가며 아이를 묻어달라고 맡긴 헥토르의 방패를 건네주고 "내 그대[헤카베]를 위하여 한 가지 수고는 덜어 놓았소. 스카만드로스 강을 건널 때 내가 시신을 목욕시키고 상처를 씻어냈소"라고 말한다. 그는 트로이아인들을 적과 동료의 관점을 떠나서 '고통당하는 인간'을 '하나의 같은 인간'의fellow suffering mortal 눈으로 보면서 대한다. 일찍이 20세기의 대표적 고전학자 중의 하나인 조지 스타이너는 그리스 비극, 나아가 고전 그리스의 정신이 남긴 특유한 공헌은 결국 『일리아스』 제24권의 프리아모스와 아킬레우스의 대화에 나타나는 인간의 '고통을 매개로 한 공감과 동정'이 아닐까 하는 생각에서 평생 벗어날 수 없다고 고백한 바 있다.578 '동정과 공감'을 통한 '인간화'를 가르치는 것이야말로 그리스 비극의 '불후의 공헌' 중의 하나라는 것은 거듭 강조되어도 부족함이 없을 것이다.

마지막으로 덧붙여야 할 것은 극의 끝에서 보여주는 헤카베의 모습에는 무언가 '숭고한 위엄'이 있고 그것에는 마치— 우리는 다루지 않았지만 소포클레스의 마지막 작품 『콜로누스의 오이디푸스』에서 오이디푸스에게 느끼는 것과 같은—궁극적 슬픔을 겪고 그것을 견뎌내는 인간의 위대한 영혼을 감싸고 있는 '고귀함과 숭고함'이 있다고 말하는 평자들이 있다는 것이다.579 따라서 관객/독자는 헤카베에 대해 아리스토텔레스가 말한 동정과 연민eleos을 느끼지만 이는 정확히 말해서 고귀한 인간이 겪은 불행이라는 점에서 '찬탄'의 감정이 섞인 '복합감정'이라고 할 수 있다. 헤카베는 끝까지 자신의 '튀모스'가 요구하는 것 즉 해야 할 말을 다 하는 인물이고 결코 수동적 희생양만으로 그려지지 않기 때문이다. 이것이 후대의 특히 20세기 연극에 나오는 '기백의 상실failure of nerve'로 인해 '자신의 몸에서 나온 국물에 스스로 삶겨져 죽는'— '50년대 이후의 '부조리극'은

---

578   Steiner, "Tragedy, Pure and Simple," M. S. Silk ed. *Tragedy and the Tragic*, p.534.

579   D. J. Conacher, *Euripidean Drama: Myth, Theme and Structure*, p.339; James Weigle, Jr., "The Trojan Women," *Master Plot*, p.6731.

말할 것도 없고 미국의 '사회문제극'의 대표작인 유진 오닐의 『밤으로의 긴 여로』의 타이론 집안의 인물들, 아서 밀러의 『세일즈맨의 죽음』의 윌리 로맨 그리고 테네시 윌리엄스의 『욕망이란 이름의 전차』에 나오는 블랑쉬 뒤부아 등—그리하여 관객으로 하여금 '측은지심pathetic feeling'을 갖게 만드는 것이 고작인 '속죄양' 인물들과 구별되는 아티케 비극의 주인공들의 특징이라고 할 수 있다.

4) 『박코스의 여신도들Bakchai』

『박코스의 여신도들』은 에우리피데스가 공동연대 이전 406년 평소에 그의 작품에 큰 호응을 보이지 않던 아테나이 시를 떠나 자신을 초청한 마케도니아의 왕 아르켈라우스의 궁정으로 가서 말년을 의탁하면서 살 때 쓴 마지막 작품이다. 시인은 그곳에서 그다음 해에 작고했다. 그의 죽음의 소식이 아테나이에 전해지자 당시 그의 가장 큰 경쟁자였던 소포클레스는 자신의 작품을 공연할 때 스스로 검은 상복을 입었고 그의 코로스들에게도 검은 의상을 입혔다고 한다. 소포클레스는 그런 식으로 이 대 비극 시인에 대한 자신의 존경심을 표현했다.[580]

이 극은 현존하는 그리스 비극 중에서도 가장 마지막 작품이고—의도적인지는 알 수 없으나—마치 그리스 비극을 총결산이라도 하려는 듯이, 비극이 경연되는 '대 디오뉘시아 제전'을 상징적으로 주재하는 디오뉘소스 신이 주인공에 준하는 역할을 하고 있으며, 그 디오뉘소스 신의 특징을 탐구하고 본성을 성찰하는 극이기도 하다. (그러나 우리는 앞서 지적한 대로 그리스 비극은 처음부터 '디오뉘소스가 비극과 무슨 관계가 있는가'라는 말이 나올 만큼 실제의 비극 작품들의 내용과의 관계는 희박하고 문제적이었다는 사실도 기억할

---

580 Walter Kaufmann. *Tragedy and Philosophy*, p.241.

필요가 있다.)

이 극은『히폴뤼토스』에서처럼 신이 직접 무대 위에 중요한 등장인물로 나올뿐더러, 작품의 사건들은 '기적적인 현상'이 연발함에 따라 극이 재현하는 세계가 현실인지 환상인지 그 경계가 희미해지는 등 기존의 그리스 비극과는 크게 다르기 때문에 매우 심오하고 난해하다는 평을 받아왔다. 무엇보다도 디오뉘소스 신에 대한 신앙과 관련하여, 작가 에우리피데스가 비합리적인 전통적 신앙에 대해 비판적이었던 자신의 견해를 마지막으로 확인시키는 작품인지 아니면 그의 생애의 말년에 도달해 이런 비합리적 신앙도 인간의 삶에서 필요하고 불가피하다고 받아들인 것인지의 여부가 도무지 불분명한 것이다. 19세기 말까지는 이 극이 작가 에우리피데스의 임종 시의 '회심(전향)'을 나타내는 극, 즉 그가 평소에 지녔던 무신론을 철회하는 극으로 이해되었으나, 20세기 이후에는 종교적 신앙이 가질 수 있는 극단성과 위험성을 폭로하고 경고하기 위한 극이라는 해석이 우세하다.581 이렇듯 이 작품에 대해서는 두 가지 대립되는 해석이 병존하고 있다. 왜냐하면 극 자체는 어느 쪽의 해석을 향해서도 열려있는 듯하기 때문이다.

우선『박코스의 여신도들』의 줄거리를 간략히 요약하면 다음과 같다.

테바이의 왕 펜세우스의 궁전 앞에 디오뉘소스 신이 등장하며 자신이 제우스의 아들임을 주장하고 앞으로 일어날 사건들과 그것들의 배경을 설명한다. 그러나 모든 이야기의 시작은 펜세우스의 조부 카드모스 왕의 딸 세멜레로부터 비롯한다. 제우스 신은 세멜레를 사랑하여 그녀에게 자신의 아이를 배게 했다. 그러나 세멜레의 자매들은 그녀를 질투하여 그녀가 제우스 신이 아닌 다른 인간 남자의 아이를 가졌으나 제우스의 아이라고 거짓말했다고 비난했다. 세멜레가 제우스에게 모습을 보여달라

---

581 Dodds, *Euripides: Bacchae*, xli.

고 부탁하자 소원을 들어주기로 약속한 제우스는 모습을 드러냈고 세멜레는 번갯불에 타죽고 말았다. 제우스는 세멜레의 아이를 꺼내 자신의 허벅지에 넣고 산달이 되자 출산하여 이름을 디오뉘소스라고 지었다.

디오뉘소스는 성장하여 자신에 대한 숭배를 아시아 지역에 수립하였고 지금 자신의 신성神性을 부인한 세멜레의 자매들에게 복수하기 위해 테바이로 온 것이다. 그는 한 무리의 아시아(뤼디아) 출신의 여인들을 데려왔고 이들은 테바이의 여인들도 자신들이 숭배하는 신의 축제에 참여하도록 권한다. 디오뉘소스가 테바이의 여성들에게 광기를 불어넣자 그들은 집을 나와 아시아 여인들과 함께 키타이론 산으로 올라가 미친 듯춤추고 뛰노는 축제를 벌이게 된다. 이를 보고받은 테바이의 왕 펜세우스는 새로운 신이 불어넣은 광적인 신앙이 가져온 무질서와 혼란을 적극 저지하고 뿌리 뽑기로 한다. 한편 테바이의 오래된 예언자인 눈먼 테이레시아스는 지금은 은퇴한 전왕 카드모스를 불러내 디오뉘소스 축제에 같이 참여할 것을 권한다. 이미 디오뉘소스 신의 신도가 되어있던 카드모스는 테이레시아스와 더불어 키타이론 산으로 향한다. 펜세우스는 여인들이 이미 새로운 신의 숭배의식에 도취하였다는 것을 알고 격분하여 그들을 모두 투옥할 것을 명령한다. 그리고 역시 디오뉘소스 신도가 된 테이레시아스와 자신의 조부를 비난한다. 테이레시아스는 디오뉘소스가 가져온 포도주는 인간의 슬픔과 고뇌를 씻어주고 사라지게 함으로 인간의 삶에 없어서는 안 될 것이고, 또한 디오뉘소스가 불어넣는 용기와 기백은 군대도 무적의 힘을 갖게 할 터이니 이 신앙이 필요하다고 강변한다. 카드모스도 테이레시아스의 말에 동조하며 펜세우스에게도 디오뉘소스 신도의 표식인 담쟁이로 짠 관을 그의 머리에 씌워주려 한다. 펜세우스는 이를 물리치고 부하들에게 테이레시아스의 집을 파괴해 버리라고 명령한다. 그는 자신이 직접 디오뉘소스 신의 사제라고 주장하는 '신비한 이방인(디오뉘소스의 현신現身)'을 체포하겠다고 나선다.

이 '신비한 이방인'이 펜세우스 앞으로 잡혀 오자 그동안 펜세우스의 명령으로 감옥에 갇혀 있던 디오뉘소스의 여신도들은 마술적으로 갑자기 풀려나와 숲속에서 축제를 벌이게 된다. 펜세우스가 이 이방인에게 '어디서 온 누구냐'하고 묻자, 그는 자신은 소아시아의 뤼디아에서 왔고 자신과 함께 온 여인들은 처음으로 디오뉘소스 종교를 받아들인 사람들이라고 대답한다. 펜세우스가 이 종교에 대해 흥미를 보이며 더 자세한 것을 묻자, 이방인은 오직 입문식한 자만이 이 종교의 신비한 의식에 대해 알 수 있다고 대답한다. 펜세우스는 이 이방인의 치렁치렁한 머리카락을 잘라버리고 왕궁의 마구간에 투옥하라고 부하에게 명령한다. 이 이방인은 이런 모욕적인 처사에도 불구하고 침착하고 태평스런 표정을 변치 않으며, 자신은 원하기만 하면 언제든 디오뉘소스 신이 자신을 풀어줄 것이고, 지금 펜세우스는 눈멀어 진실을 보지 못하고 있지만 이에 대해서는 앞으로 큰 대가를 치를 것이라고 경고한다.

이방인은 자신이 갇힌 곳에서 추종자들을 부르고 왕궁에 지진이 날 것을 기도드린다. 그러자 세멜레의 무덤에서 불길이 피어오르고 갇혀 있던 이방인은 신비하게 풀려나온다. 그는 사람들에게 그들이 자신의 능력을 의심하거나 불신한 것에 대해 크게 야단치며 이제 자신이 누구인지 확실히 보여주겠다고 한다. 그는 펜세우스에게 주술을 걸어 펜세우스가 황소를 디오뉘소스 자신으로 착각하게 만들어 그 황소를 잡아끌고 가도록 한다. 또 한 번 지진이 일어나 왕궁이 무너져 내린다. 펜세우스는 이 이방인에게 속은 게 분해서 도성의 문들을 모두 걸어 잠그도록 명령한다. 그때 메신저가 도착하여 펜세우스의 모친인 아가우에를 포함한 테바이의 여인들이 키타이론 산에서 디오뉘소스 신을 섬기는 의식을 행하고 있으며, 이 의식은 한편으로는 위엄있고 아름답기도 하지만 다른 한편으로는 끔찍하고 잔인한 동물 희생제를 포함하고 있다고 보고한다. 펜세우스는 소치기와 양치기들을 불러모아 산으로 가서 여인네들을 해산시킬 것을 명령한다. 그들이 여인들을 잡으려 달려들자 여인들은 황소와 송아지들을 그들로 착각하고 맨손으로 가축들을 잡아 찢어 죽인다. 소치기와 양치기들이 그들을 창으로 공격해도 여인들은 오히려 손에 든 '튀르소스 *thyrsos*(나무가지에 포도넝쿨과 담쟁이를 감은 것)'를 들고 남자들을 공격해 그들은 혼비백산하여 달아난다.

아까의 이방인이 나타나 자신이 여인들을 다시 도시로 되돌아오게 할 수 있으나, 그가 그렇게 하면 여인들은 더욱 자신에게 헌신하게 될 따름일 것이라고 말한다. 펜세우스가 분노하여 군대를 동원하여 여신도들과 싸우게 하겠다고 하자 이방인은 그런 위협은 무익하고 위험하기 짝이 없는 것이라고 경고한다. 이윽고 이방인이 펜세우스에게도 주술을 걸자 펜세우스는 갑자기 자신도 그 여신도들의 의식을 구경하고 싶은 욕망에 사로잡힌다. 그러자 이방인은 앞서 여인들을 잡으려다 오히려 공격당한 남자들과 같은 운명을 겪지 않으려면 여장女裝을 해야 한다고 펜세우스에게 말해준다. 펜세우스는 시키는 대로 여장을 하고 이방인을 따라 나선다. 산 위에서 펜세우스가 숲에 가려 여인들의 의식이 잘 보이지 않는다고 말하자, 이방인은 커다란 전나무를 휘어잡아 그 끝에 펜세우스를 앉히고 나무를 똑바로 세운다. 그리고 이방인은 갑자기 모습을 감추었으나 그가 말하는 소리는 여인들에게 들리는데, 그것은 이 축제를 비웃는 자가 나무에 앉아 있다는 것이다. 여인들이 분노하여 나무를 향해 달려가자 펜세우스의 모친 아가우에가 "나무 위에 올라가 있는 짐승"을 잡을 것을 소리친다. 여인들이 달려들어 맨손으로 나무를 뿌리 채 뽑는다. 펜세우스가 땅에 떨어지자 아가우에가 먼저 달려들었으나, 펜세우스는 여장을 벗고 자신의 정체를 드러내며 죽이지 말 것을 부르짖는다.

그러나 디오뉘소스 의식의 광기에 사로잡힌 아가우에는 놀라운 힘으로 펜세우스의 왼쪽 어깻죽지를 잡아당겨 몸에서 비틀어 떼어버린다. 그녀의 동생 이노와 아우토노에도 달려들어 그의 몸을 잡아당겨 결국 사지를 모두 떼어낸다. 아가우에는 자식의 머리를 나뭇가지('튀르소스') 끝에 꽂고 자신이 잡은 '사자 머리'라며 자랑한다. 카드모스와 그를 따르는 사람들이 등장해 찢기고 잘려서 널려있는 손자의 몸을 수습한다. 아가우에가 집으로 돌아와 자신이 잡은 피 흘리는 사냥감을 보라는 듯이 내놓자 카드모스는 극도의 비통한 심정으로 딸에게 그녀가 한 짓이 무엇인지 설명하고 정신을 수습하도록 유도한다. 이윽고 정신이 돌아온 아가우에는 자신이 한 짓이 무엇인지 깨닫고 다함없는 슬픔과 절망 속에서 몸부림친다. 카드모스는 테바이에 닥친 불행을 슬퍼하며 자신은 이 도시에서 명예로운 죽음을 맞이하지 못하고 추방의 길에 들어설 것이라고 말한다. 이때 '이방인'이 인간이 아니라 디오뉘소스 신의 모습으로 직접 등장하여 테바이인들과 카드모스 및 그의 아내 하르모니아뿐만 아니라 아가우에의 자매들의 미래를 예언한다. 신은 테바이인들은 미래에 엄청난 고통을 겪을 것이며 카드모스와 하르모니아도 각기 용과 뱀으로 변하여 망명의 길에 들어서 숱한 고생을 할 것이나 마지막에는 '축복받은 자들의 나라'에 들어갈 것이라고 말한다. 아가우에의 자매들은 자식을 죽인 죄로 추방되며 영원히 고향 땅을 밟지 못할 것이라고 말한다. 카드모스가 신에게 노여움을 거둘 것을 빌지만 신은 이들이 자신을 모욕한 것에 대한 벌이며 이는 이미 오래전에 제우스 신이 정하신 것이라고 대답한다. 카드모스와 아가우에는 서로의 처지를 동정하고 애탄하며 영별永別의 인사를 나누는 것으로 극은 끝난다.

　이 작품이 난해한 이유는 우선 극의 주인공이 누구인지 더 나아가 주인공이라 할 수 있는 존재가 있는지도 불확실해 보이기 때문이다. 극의 시작부터 등장하는 디오뉘소스 신은 중간이 조금 지나면 아예 인간의 모습으로 변장하지만 신의 현현顯現임을 관객은 쉽게 알 수 있다. 그리스 비극 중 신이 무대 위에서 직접 등장하여 '액션을 이끌어가는' 것은 이 극이 유일하다. 그런데 그가 과연 주인공인지는 분명히 말하기 힘들다. 왜냐하면 그는 인간이 아니라 신이며 그리스 신답게 인간성의 어떤 측면을 상징하고 구현하는 존재이지, 작가에 의해 '성격화'된 인물로 볼 수는 없기 때문이다. 그는 차라리 하나의 '자연력' 혹은 '힘'으로 나타난다. 더구나 신으로서 디오뉘소스 신은 앞서 얘기했듯이 그리스 신들 중 가장 개념화하기 어렵고 파악하기 힘든 신이다. 한마디로 그를 특징짓자면 '모순성, 이중성 및 모호성'의 존재라고 말할 수밖에 없다. 그의 모순성은 우선 즐거움과 공포, 통찰과 광기, 순진한 명랑성과 어두운 잔인성을 함께 지니고 있다는 데서 드러난다. 찰스 시걸은 다음과 같이 그의 이중성과 모호성을 설명한다.

"디오뉘소스는 자신이 원하는 대로 모습을 취하는 신이며, 남신이지만 부드럽고 육감적인 느낌을 주기도 한다. 즉 활기에 찬 젊은 남자의 힘과 정력을 갖고 있으나 동시에 처녀의 우아함과 매력, 아름다움도 지니고 있다. 그는 그리스인이지만 한 무리의 야만적인 아시아(뤼디아) 여인들의 호위를 받는 '야만적인' 아시아 출신이다. 그는 테바이 본토 출신이지만 여러 가지 이름으로 불리는 '보편적 신'이기도 하다. 그의 추종자들은 국가뿐만 아니라 사회적 계층도 초월하고 넘어간다. 그는 도시를 명예롭게 만들 수도 파괴할 수도 있다. 그는 어린이도 노인도 아닌 영원한 젊은이로서 연령을 초월한다. 그는 '풍요'를 가져다주는 '다이몬'과 '지하의 신'들의 '저주'를 동시에 품고 있다."[582]

디오뉘소스가 인간들에게 준 것 중 가장 대표적인 선물은 술(즉 포도주)이며, 술이 제공하는 쾌락*hedone*과 고통*lype*이라는 근본적 양면성 또한 이 신의 본성을 극명하게 드러내 준다. 극 중 테이레시아스가 "술은 인간

582　Charles Segal, *Dionysiac Poetics and Euripides' Bacchae*, p.10.

을 고통에서 해방시켜 주고 잠을 유도하여 걱정거리를 잊게 해 준다”583
고 말하고, 소치는 목자도 “술이 없다면 인간에게는 사랑의 기쁨도 그 밖
의 모든 즐거움도 없다”584고 말하지만, 그리스 신화에는 술이 처음 등장
했을 때 그것이 가져온 파괴적 힘에 대한 이야기가 많다. 가령 이카리우
스라는 아테나이 인은 디오뉘소스 신을 잘 섬긴 대가로 술 빚는 법을 배
우자 자신이 빚은 술을 목동들에게 주었다. 그런데 이들은 이 술을 마시
고 정신을 잃게 되자 자신들에게 독을 준 줄로 알고 이카리우스를 살해했
다고 한다.585 또 폴루스라는 ‘켄타우로스(상체는 인간이고 하체는 말처럼 생긴
반인반수)’는 헤라클레스의 친구였는데 그가 헤라클레스를 대접하기 위해
술병을 열자 이웃의 켄타우로스들이 그것을 훔쳐 마시고 취해 난동을 부
리게 되고 헤라클레스는 그런 그들을 모두 죽여 버렸다고 한다. 이렇듯
디오뉘소스가 인간에게 준 술은 기쁨 못지않게 고통과 파멸도 가져다 준
다.

　다음 펜세우스는 어떠한가? 그는 극의 도입부에서는 긍정적인 도덕적
인 가치를 옹호하는 인물로 등장한다. 그는 테바이의 왕으로서 도시의
질서와 평화를 수호할 임무가 있으며 스스로 가장 온건하고 절제 있는
삶을 대변한다. 즉 그는 그리스적인 이상인 ‘질서 잡힌 삶’을 상징하는 인
물이다. 그러나 그의 문제는 오직 합리적 이성만을 신봉할 뿐 인간의 다
른 측면이나 가치는 인정하지 않는 독선과 한계를 지니고 있다는 점이
다. 그의 ‘일방성’ 혹은 ‘독선성’은 도시의 두 원로 테이레시아스와 카드모
스의 충고를 한마디로 물리치며, 디오뉘소스 신을 거부하고 그의 영향을
저지하는 데만 전력투구하는 데서 드러난다.

583　『박코스의 여신도들』, 280-83.

584　같은 곳, 773-74.

585　Segal, p.69. 재인용.

그러나 그가 결정적으로 주인공이 되지 못하는 것은 극 중의 액션을 그가 이끌기는커녕 이끌려가기만 한다는 것, 그리고 더 중요하게는 극의 중간에 자신이 이제껏 신봉하던 절제와 준칙을 스스로 깨고 디오뉘소스의 영향에 굴복해 버린다는 사실 때문이다. 그리스 비극에서 주인공이 자신이 견지堅持하고 지켜내던 어떤 가치나 신념을 중도에 포기하거나 버린다면 그는 즉시 주인공이기를 그친다.586 펜세우스는 디오뉘소스의 '영향 아래' 들어가자 갑자기 영국 민담에 나오는 '훔쳐보는 톰Peeping Tom'이 되어 키타이론 산에서 여인들이 벌이고 있는 (다분히 성적 뉘앙스가 있는) 의식에 대한 강렬한 흥미와 호기심에 사로잡히게 된다. 그런데 그가 여기서 여장을 하여 디오뉘소스 숭배자의 복장으로 갈아입는다는 것은 곧 그의 – 인간이 갖고 있는– '내면의 디오뉘소스적인 면'이 승리하는 것이라고 볼 수 있다. '혐오'와 '매혹'의 감정은 하나의 양면이어서 여태까지 그가 갖던 혐오가 순식간에 매혹으로 바뀐 것이다. 그러나 그가 일단 디오뉘소스적 인간이 되자 그는 다른 디오뉘소스 숭배자들의 사냥감으로 전락하여 결국 죽임을 당한다. 이는 한편으로 그의 처지에서는 부당한 일이지만, 다른 한편으로 그 자신이 디오뉘소스적 힘의 가공할 파괴력의 '희생양pharmakos'의 역할을 떠맡게 된 것이다. 그는 스스로가 디오뉘소스를 받아들이지 않았던 테바이를 대신해 죽는 '속죄양scapegoat'이 된다. 즉 그는 액션을 이끌어가는 주인공이라기보다는 수동적 희생양이나 속죄양인 것이다. 그의 이름부터가 슬픔 또는 고통을 뜻하는 '펜토스penthos'에서 유래한다. 그래서 디오뉘소스는 처음 그를 보고 "그대는 재앙을 당할 이름을 갖고 있구려"587라고 말한다. 그는 관객과 독자의 가장 큰 동정과 연민의 대상이지만 비극의 주인공이 갖게 하는 '역설적 감정'인 찬탄이

---

586 Thomas Rosenmeyer, "Tragedy and Religion: The *Bacchae*," Erich Segal ed., *Twentieth Century Views*, p.167.

587 『박코스의 여신도들』, 509.

나 외포畏怖의 감정은 느끼게 하지 않는다. 그는 결국 주체적, 독자적 인간이라기보다는 신의 꼭두각시로서의 면모가 더 크기 때문이다. 따라서 이 극은 그의 처지에서 볼 때 비극이 아니라 완전한 '패배의 멜로드라마'이다.

이제 남아 있는 것은 극의 처음부터 끝까지 주요 등장인물들과 함께 무대 위에 있으며, 디오뉘소스를 추종하고 펜세우스를 공격하는 한 무리의 여인들 즉 '바카날 코로스(박코스제에 참여하는 여인들)'들이다. "도살屠殺의 여사제"로 불리는 아가우에를 비롯해 그녀의 동생들인 이노와 아우토노에가 이끄는 이 여인들은 디오뉘소스 신의 '본질'을 드러내고 그 '실체'를 입증해주는 주체라고 할 수 있다.[588] 이들이 바로 극의 '주인공'이라는 것은 작가가 바로 이들을 가리키는 말을 작품의 '제목'으로 했다는 것으로도 뒷받침된다. 작품의 주인공이 '바코스의 여신도들'이라는 것은 곧 이 극의 가장 '중심적 사건'이자 '액션'이 다름 아니라 '디오뉘소스 신의 현현顯現' 혹은 '천명闡明'이라는 사실을 말해준다. 즉 하나의 도저히 무시할 수 없는 강력한 '자연력'으로서의 디오뉘소스 신의 실체와 본성을 제시하고 증명하는 것이 극의 중심적 액션이다.[589] 극의 도입부에서 디오뉘소스가 등장하여 "펜세우스와 모든 테바이 인들에게 자신이 신임을 보여주려 한다"[590]고 선언한 때부터 마지막에 "그대들은 너무 늦게 알게 되었다"(1344)고 말할 때까지 모든 액션은 단 한 가지 사실 즉 디오뉘소스 신이 자신을 거부하는 인간들에게 어떤 일이 벌어지는 지를 보여주는 것에 초점이 맞춰져 있다.

결론적으로 이 극은 디오뉘소스로 상징되는 자연력('피지스')의 실체를 통찰하는 것을 그 주요한 목적으로 한다고 말할 수 있다. 이 자연력은 근

---

588 R. P. Winnington-Ingram, *Euripides and Dionysus: An Interpretation of the Bacchae*, p.160.

589 Winnington-Ingram, p.166.

590 『박코스의 여신도들』 46-7.

본적으로 매혹적인 동시에 파괴적이고, 부드러운 동시에 두려운 존재이며, 생명력의 근원인 동시에 죽음을 가져오기도 하는 '양면성과 모호함'을 그 본질로 하고 있다.[591] 그러나 작품 가운데 등장하는 디오뉘소스는 여성적인 부드러움과 아름다움이라는 외피外皮 아래 무서운 파괴력과 잔인성을 감추고 있고, 또 매우 이성적인 논변과 태도로 인간과 대화하지만 실인즉 자신의 목적을 위해서는 자신에게 굴복한 인간조차도 추호의 주저도 없이 비정하게 파괴해 버리는 힘으로 나타난다. 저명한 고전학자 E. R. 도즈는 "디오뉘소스는 그 자체로 선과 악을 넘어선 초도덕적 존재"라고 말한다.[592] 그러나 작품의 클라이맥스인 펜세우스의 희생 장면은 참혹함의 극치 그 자체이다. 디오뉘소스를 경배하는 여신도들은 광란의 춤을 추면서 동물을 사로잡아 갈기갈기 찢어*sparagmos* 그것을 날로 먹는 *omophagia* 행동을 보이며, 결국 아가우에는 제 자식 펜세우스를 잡아서 "입에 거품을 물고 뒤집힌 눈알을 굴리며"[593] 손톱으로 그의 어깨를 뜯어내고, 그 밖의 여인들도 달려들어 그의 살을 찢어내어 그 "살덩어리를 갖고 공놀이를 했다"고 한다.[594] 펜세우스에게 닥친 파멸은 그것의 잘못과 처벌의 균형 감각이 너무도 깨어져서 관객과 독자는 참혹한 그의 최후의 모습에 대해 경악하는 한편 압도적 연민의 감정에 휩싸이게 된다. 디오뉘소스적 경험이 가져다주는 위험과 파괴성을 관객과 독자에게 어떻게 이보다 더 잘 폭로하고 경고할 수 있을 것인가? 이는 작가가 매혹과 공포의 결합으로서의 디오뉘소스가 실인즉 "보복으로 점철된 폭력의 세계"로 걸핏하면 치달을 수 있다는 것을 보여준 것이라고 할 수 있다.[595]

---

591 Rosenmeyer, p.155.

592 Dodds, p.xiv.

593 『박코스의 여신도들』 1122–23.

594 같은 곳, 1136.

595 임철규, 『그리스 비극』, p.595.

에우리피데스는 디오뉘소스가 아름다움과 잔인성, 매혹과 공포의 양면을 동시에 지닌 모호하고 복합적인 힘이지만, 인간의 현실 세계에서는 그 중 잔인성과 공포가 아름다움이나 매혹보다 더 자주 실현될 수 있다고 말하는 듯하다. 삶의 막바지에 도달하여 그는 자신이 보기에 이런 속성을 지닌 신을 인간들이 숭배하도록 천거할 수 없었던 것 같다. 위닝턴 잉그램이 말하듯 그는 "디오뉘소스의 힘과 매력을 확인했으나 그를 혐오하게 되었고, 자신의 이런 인식을 보급하고 전하기 위해 이 작품을 썼다"는 것이 그럴듯하게 들린다.[596] 그는 평생 견지했던 자신의 회의주의적 무(혹은 반反)신론을 철회하기는커녕 이 작품을 통해 자신이 합리주의자임을 천명한 셈이다.[597] [598]

그러나 우리가 볼 때 결국 이런 디오뉘소스의 '자연력'은 외부의 우주 공간에 있다기보다는 바로 인간 '안에' 내재하고 있다고 생각된다. 그리고 인간 안의 디오뉘소스적 파괴력은 언제라도 기회만 주어지면 밖으로 튀어나올 수 있는 것이다. 에우리피데스는 생애의 종착점에 도착하여 오랜 펠로폰네소스 전쟁으로 혼란스럽기 그지없고 인간의 파괴적 본성이 난무하는 어두운 세계를 목격한 결과 이런 비관적인 '인간과 세계에 대한 인식'에 도달한 것은 아닌지 상상해 볼 수 있다. 그래서 그런 세계에 대한 어둡고 암울한 인식을 이렇게 똑같이 어둡고 암담한 작품을 통해 반영하고 증언하려 했던 것은 아닌지 모른다. 아테나이를 중심으로 번영했던 그리스 공동체가 그것의 찬란한 절정기를 뒤로 하고 해체와 붕괴를

---

596   Winnington-Ingram, p.178

597   물론 이 작품에서 작가는 합리주의자임을 천명하는 듯하지만 앞선 작품들—대표적으로 『메데이아』와 『히폴뤼토스』—에서는 비합리주의적인 측면이 득세하고 있음은 우리가 본 바와 같다. 앞서 인용한 E. R. 도즈도 그의 『그리스인과 비합리성』에서 에우리피데스는 당대 소피스트들의 "계몽주의[즉 합리주의]를 배격했지만 동시에 그것을 반영하는 양면성을 보인다"고 말하고 있다.

598   Dodds, *The Greeks and the Irrational*, p.188.

향해 나아가던 시대에 비극작가로서 에우리피데스는 이렇게 비극의 '어두운 종말'도 함께 보여주고 있다.

20. 그리스 비극의 종말

"그리스 비극은 그것의 다른 더 오래된 자매 예술형태들과는 완전히 다른 방식으로 죽었다. 해결할 수 없는 갈등의 결과로 그것은 스스로 자살한 것이다. 반면 다른 예술들은 평온하게 완숙한 노년기에 접어들은 후 자연사했다."[599]

니체는 자신의 『비극의 탄생』에서 비극이 쇠퇴 혹은 소멸하기 시작한 것은 당대에 발흥하여 결국 풍미하게 된 합리주의적 사유방식과의 사이에서 빚어진 갈등 때문이었다고 ─위에 인용했듯이 '자살'에 빗대어─ 표현했다. 그러나 니체는 이 말을 하기에 바로 앞서 비극은 자살했다기보다 에우리피데스의 합리주의적 정신에 의해 아예 "살해당했다"고 선언한 바 있다.[600] 한마디로 니체는 소크라테스와 당대의 소피스트들에 의하여 싹튼 합리주의적 사고를 '이어받은' 에우리피데스에 의해 비극은 종말을 맞이했다는 것이다. 그런데 니체를 뒤이어 고대 그리스 정신의 전개과정에 대한 획기적 저술인 『정신의 발견』을 쓴 브루노 스넬은 에우리피데스의 죽음과 더불어 비극이 사라진 것은 맞지만 이는 그가 합리주의자이기는커녕 비합리주의의 대가이기 때문이라고 정반대의 해석을 하고 있다.[601] 마찬가지로 E. R. 도즈도 에우리피데스는 그리스 전성기 문명의 쇠퇴를 상징하는 파괴적 회의주의 및 신비주의 그리고 이성보다는 감성

---

599 F. Nietzsche, *The Birth of Tragedy*, xi. 69.

600 같은 곳, x. 69.

601 스넬, p.220-3.

위주라는 문명의 퇴폐의 징후를 보여주는 작가라고 말한다.[602] 이렇게 근대 고전학자들은 에우리피데스가 마치 비극을 죽인 '원흉'이라도 되는 양 취급하며, 한쪽에서는 그가 합리주의자여서 그렇다고 하고 다른 한편에서는 비합리주의자여서 그렇게 되었다고 주장한다.

그러나 우리는 카우프먼이 예리하게 지적했듯이 에우리피데스의 손에서 비극이 종말을 고했다는 것은 어쩌면 사실의 정반대일지도 모른다는 해석에 더 이끌리게 된다.[603] 즉 에우리피데스 덕분에 비극은 그나마 명맥을 유지하고 마지막 꽃을 피웠다는 것이 더 온당한 판단일 수도 있기 때문이다. 왜냐하면 최근 연구 결과들에 따를 때 우선 에우리피데스는 도저히 합리주의자나 비합리주의자로 간단히 판단할 수 없다는 결론에 이르게 되고, 어쩌면 이 둘 모두로 볼 수 있는 모호성과 양면성이 바로 그의 특징이라는 논의가 훨씬 설득력을 갖게 되었기 때문이다. 더구나 시대적으로 볼 때 이제 비로소 알려지기 시작한 젊은 철학자 소크라테스가 장년의 전성기를 보내고 있던 에우리피데스에게 영향을 미쳤다는 것도 믿을 수 없는 얘기인 것이다.[604] 즉 당대의 합리주의의 기풍 때문에 비극이 쇠퇴했다는 것은 사태의 근본적 해석이 아니라 부분적 해석에 불과하다고 보아야 한다는 데 우리는 동의하게 된다.

에우리피데스의 작품이 무대에서 사라진 후 비극 예술이 예전의 활력을 잃은 것은 분명한 사실이지만—위에서 논의했듯이—이것이 곧 에우리피데스가 비극을 '죽여서' 그렇게 된 것은 아니다. 앞서 아티케 비극에 대한 전반적 소개 글 말미에서(1장 15절) 이미 언급했듯이 비극의 쇠퇴와 소멸에는 여러 가지 이유들이 배경에 놓여 있다. 우선—예술사가들이 말

---

602 Dodds, "Euripides the Irrationalist," *Classical Review*, xliii[1929], p.97–104; Kaufmann, p.256.

603 Kaufmann, p.243.

604 같은 책, p.356.

하듯—일반적으로 문화와 정신의 진화과정이란 관점에서 보면 모든 예술 형식은 '탄생–발전(융성)–절정–쇠퇴'의 단계/국면을 밟게 되며 마지막에는 그 형식만 남을 뿐, 내용인 '영혼'은 죽어버린 예술이 되는 것이 모든 예술 형식의 운명이라고 할 수 있다. 비극은 앞서 말한 바 있듯이 공동연대 이전 6세기 말에 테스피스와 아이스퀼로스가 발명하다시피 한 것이며, 이를 최고의 경지에까지 끌어올린 작가는 소포클레스이고, 에우리피데스의 손에서 완숙됨과 동시에 그 생명력이 소진하기 시작했다고 말할 수 있다. 따라서 다시 말하지만 에우리피데스는 비극의 살해자가 아니라 최후의 '완숙'을 가져다준 사람이라고 해야 적절하다.

실로, 비극의 쇠퇴와 궁극적 소멸은 여러 가지 요인들이 함께 작용한 결과였다. 우선 공동연대 5세기 이후 아테나이의 사회정치적 상황은 심대하게 변했다. 장기간의 펠로폰네소스 전쟁을 벌이고 또 겪으면서 아테나이는 역사가 투키디데스가 말하는 '전쟁 후유증'의 증세를 보여주기 시작했으며 이는 여러 가지 징후들로 나타났다. 우선 민주주의가 소멸하였고 더불어 지적 관용주의도 사라졌다. 이는 399년 소크라테스의 재판과 그의 죽음으로 정점에 달했다고 볼 수 있다. 고전학자 도즈는 아테나이가 보여주었던 전반적 문화적 퇴행에 대해 그의『그리스인과 비합리주의』에서 상세하게 설명해주고 있다— 첫째 계몽주의적 지식인들에 대한 박해, 둘째 외지에서 유입된 (광란적 의식을 특징으로 하는) 신흥종교의 창궐, 마지막으로 '저주의 글자판*defixiones* curse tablet'과 같은 주술과 마술의 횡행 등.[605] 소크라테스의 죽음이라는 상징적 사건을 계기로 하여 그 후 아테나이를 '그리스의 학교'로 부르게 만들었던 그것의 정신적, 문화적 생명력은 꺼져가기 시작했던 것이다. 길버트 머리는 이 시기의 아테나이 사회를 상징하는 한마디 말이 있다면 그것은 '기백의 상실failure of nerve'이

---

605 Dodds, p.179–95.

라고 한다.606 아테나이의 정신적 기풍이 이토록 무기력해지고 타락하자 인간 정신의 긍정과 그것의 찬양을 그 바탕으로 하는 비극의 쇠퇴는 필연적이었다고 해야 할 것이다. 20세기 미국의 대표적 비극론자 중의 한 명인 허버트 멀러는 "'비극의 종말'과 함께 진행된 '아테나이의 몰락'보다 더 그럴 듯하고 완전한 '우연의 일치'를 서양 역사는 보여주지 못할 정도로 둘은 함께 발생했다"고 말한 바 있다.607 또한 여기서 한 가지 분명하게 드러나는 것은 앞서도 말했듯이 비극은 민주정 하에서만 꽃 피고, 아니면 적어도 생존한다는 사실이다. 공동연대 이전 4세기 말에 아테나이가 과거의 과두제oligarchy로 복귀하고 말았을 때, 비극은 결정적으로 사멸의 길을 걷기 시작했기 때문이다.

그러나 또한 허버트 멀러는 서구에서의 연극 역사의 관점에서 볼 때 정작 놀라운 것은 그리스 비극이 죽었다는 것이 아니라 오히려 그것이 고전기 5세기라는 한 세기에 걸치는 기간 동안 지속했고 번창했다는 사실에 있다고 말한다. 후대 역사에서 또 한 번 위대한 비극의 역사인 영국의 엘리자베스 조 비극도 채 오십 년을 넘기지 못했기 때문이다.608

606　Gilbert Murray, 「The 1910 Lecture *Four Stages of Greek Religion*」, "IV. The Failure of Nerve".

607　Herbert Muller, *The Spirit of Tragedy*, p.126.

608　아테나이에서 비극 경연은 공동연대 이전 1세기까지 계속되었고, 작품의 제작은 고전기가 끝난 공동연대 이전 4세기로부터 1세기 헬레니즘 시대까지도 지속되었다고 한다. 그러나 고전기 비극이 갖는 활력과 독창성을 상실한 채 맥 빠진 모작[模作] 수준의 작품들이 생산되었을 따름이고, 그 형식도 아리스토텔레스의 영향으로—내용의 심오함보다는—수사학적 세련됨에 더 치우친 것이었다고 한다. 더구나 비극 공연에서 작가의 비중보다 연출과 배우의 비중이 더 커졌다고 하는 것은 예술형식의 말기 증상인 매너리즘의 현상으로 보인다. 어쨌건 헬레니즘 시대의 작품은 그 단편과 편린들만으로 짐작될 따름이고 완전한 형태의 작품은 전해지지 않으며, 오직 그 기간에 출현한 작가들의 이름만 60여 명 정도가 알려져 있을 뿐이다.

II

르네상스 비극: 셰익스피어

1. 세네카 비극

들어가며

공동연대 이전 5세기 아테나이에서 활짝 개화했던 고전기 '아티케 비극'은 백 년간 의 짧은 영화榮華를 누리고 소멸하였다. 그러나 공동연대 이전 4세기 이후 헬레니즘 시대를 물려받은 로마인들은 근본적으로 무실역행務實力行이 특징인 민족이었으므로 문학적 유산은 거의 유명무실有名無實하였고, 그리스인들의 유산을 모방하거나 답습하는 것이 고작이었다. 그들이 서구정신사에서 뛰어난 공헌을 한 게 있다면 현실적 제도와 법률을 수립하고 정비한 것이며, 이 분야의 문헌학적 자료는 주로 키케로의 저술을 통해 전수된다. 다른 인문적 유산은 그리스의 역사서술을 이어 리비우스, 타키투스, 수에니토스 등의 역사서들이 있고 철학에서는 대표적으로 세네카를 통한 '스토이시즘적 사유의 계승'이 있다. 다른 한편, 드라마의 역사에서 로마는 헬레니즘기의 그리스의 유산을 계승하여 비극에서의 세네카와 희극에서의 플라우투스의 작품이 가장 두드러지고 후대에 큰 영향을 미쳤다. 특히 세네카의 여덟 편의 비극들은 고전기 그리스의 3대 작가 중 특히 에우리피데스의 작품을 모방하여 지어졌으며, 르네상스 시대의 '고전의 부활'을 통해 전수된 유일한 작품들로 남게 되었고 '그리스적' 로마 비극의 전형으로 받아들여졌다.

공동연대 이전 5세기에 한 세기 동안 찬란히 빛나던 고전기 아테나이 문명은 펠로폰네소스전쟁을 겪고, 이어서 4세기에 마케도니아의 침략을 받아 그리스 본토가 독립을 잃게 되고, 드디어 2세기에는 로마의 지배로 들어가면서 그 빛이 완전히 꺼져버렸다. 그러나 '사로잡힌 그리스는 자신의 잔인한 정복자를 다시금 사로잡았고, 시골뜨기 라틴인들에게 예술을 가르쳤다'고 로마 공화정 기의 대표적 시인 호라티우스는 말하였다.[1] 그의 말마따나 그리스 문명이 상당한 정도로 로마인들을 정신적으로 계

---

1 P. E. Easterling, ed. *The Cambridge Companion to Greek Tragedy*, p.3. 재인용.

몽시키고 문화적으로 세련되게 만든 것은 사실이다. 그러나 위에서 말했듯이 근본적으로 '무실역행'하는 기질이 강할 뿐 정신적 깊이와 심오성이 부족했던 로마인들을 '문화인'으로 만드는 데는 실패했다는 것이 더 사실에 가깝다. 문화사가 폴 존슨도 "로마의 가장 탁월한 힘은 두뇌의 힘보다는 근육의 힘에서 나오고 또 거기에 기초한다"고 말했듯이, 그들은 건축과 토목 또는 군대의 힘에서는 세계 최고의 수준에 올랐으나 결코 정신의 힘에서는 그러지 못했던 것이다.[2] 그래서 로마인들은 그리스의 예술을 이해하지 못했고 제대로 계승하거나 수용하지 못했다.[3] 이는 철학에 있어서도—고전학자 이디스 해밀턴이 말하듯—오직 헬레니즘기에 유행하던 '2급의 그리스 철학'에 불과했던 스토아철학이 로마에서는 '1급의 유일무이한 철학'으로 거의 종교의 대접을 받았다는 데서도 드러난다.[4]

그리스의 '아티케 비극'은 헬레니즘기의 끝 무렵인 공동연대 이전 1세기 로마의 철학자 및 비극작가인 세네카에 의해 비록 크게 그 내용과 형식은 변형되었으나 다시 명맥이 이어졌다고 할 수 있다. 세네카의 비극들은 에우리피데스 극을 베끼다시피 모방하였으나 에우리피데스 극의 '비극적 정신과 감각'에는 전혀 무지한 채로 단지 당대 스토이시즘의 관점과 사유방식에 철저히 의거하여 씌여진 극이었다.[5] 그러나 그의 극은

---

2 폴 존슨, 『르네상스』, p.20.

3 그리스인과 이른바 "빵과 서커스"로 표현되는 배부른 풍요와 저급한 쾌락을 추구한 로마인들과 차이는 다음의 일화로도 분명히 드러난다. 즉 로마인들은 자신들이 정복한 속주[屬州] 곳곳마다 세운 검투사 경기를 위한 원형경기장을 아테나이에도 두 번에 걸쳐 건립을 시도하였지만, 자신들은 사람을 죽이는 경기는 경기로 간주하지 않는다고 반대한 아테나이 시민들의 저항에 부딪혀 번번이 실패하였다는 사실이다.—Bernard Knox, *Words and Action*.

4 해밀턴, 『고대 로마인의 생각과 힘』, p.272.

5 로마인들이 그들의 전성기 때 왜 제대로 된 비극을 산출하지 못했는가에 대해 허버트 멀러는 그들이 하나의 민족으로서 삶의 '비극적 감각'을 지니지 못했기 때문이라고 말한다. 그들은 고작해야 "경건하고 진지하고 위엄 있으며 책임감 있는 인물들을 배출하는 데는 성공"했으나 그리스인의 기준으로 보면 "미적 취향이 둔감하던가 무감각하고, 사물에 대한 호

후대 르네상스 시대에 비극이 다시 소생할 때 본받거나 의지할 수 있는 유일한 극으로 남아 있었다. 그의 극이 프랑스 르네상스의 대표적 작가들인 라신느와 코르네이유에 미친 영향도 분명하지만 특히 영국의 엘리자베스 조 비극작가들에게 미친 영향은 너무도 뚜렷하고 강렬하다. 가령 그 흔적은 토머스 키드의 『스페인 비극』, 존 웹스터의 『말피의 공작부인』, 존 마스톤의 『안토니오의 복수』 등에서 명백히 드러난다. 그러나 무엇보다도 우리의 관심사인 르네상스 최고의 비극작가 윌리엄 셰익스피어의 비극에서도 역시 그의 영향은 분명히 알아볼 수 있다. 그의 출생지 스트랫퍼드 어펀 에이번의 '그래머 스쿨(문법학교' 혹은 '공립학교'라고 옮겨지며, 그리스어와 라틴어를 가르치는 중등학교)'에서 라틴어로 세네카의 비극을 읽었음에 틀림이 없는 셰익스피어가 쓴 '복수 비극'인 『햄릿』과 『타이터스 앤드 로니커스』는 극의 분위기와 언어를 비롯해 세세한 기법들에 이르기까지 세네카의 흔적이 너무도 뚜렷하기 때문이다.6 당시 르네상스 시대의 극작가들에게 '고전 비극'이라면 세네카의 비극을 가리키는 것이었고, 비극 이론가 미셸 마틴데일이 말하듯 "세네카는 셰익스피어가 그리스 비극에 닿기 위해서 가능했던 가장 가까운 작가"였던 것이다.7

기심도 없고 상상력은 더욱 없는 사람들이었다"는 것이다. 그들의 이상적 영웅인 베르길리우스의 『아이네이스*Aeneis*』의 주인공 아에네아스는 이런 결함들을 한 몸으로 보여주는데, 그에게는 "정신적 깊이나 사변적 모습 같은 것은 눈을 씻고 찾아봐도 없다"는 것이다.— Herbert Muller, *The Spirit of Tragedy*, p.132.

6 세네카의 비극은 그리스·로마 고전이 후대의 유럽 문학에 끼친 영향과 흔적에 대해 가장 획기적으로 충실한 연구를 수행한 길버트 하이에트의 역작 『고전적 전통』에 의하면 1559년에서 1581년 사이에 처음으로 『열 편의 비극들*Ten Tragedies*』이란 이름으로—이 중에 여덟 편은 세네카의 저작이 분명한—영어번역본이 여섯 명의 역자들의 공역으로 출간되었다고 한다. 셰익스피어는 이 번역본으로 배우거나 참조했음이 틀림없다.—Gilbert Highet, *The Classical Tradition*, p.122.

7 Michelle Martindale, *Shakespeare and the Uses of Antiquity*, p.44.

세네카의 삶과 문학의 불일치: '세네카의 미스테리'

로마제정 초기의 대표적 사상가요 정치가 및 비극 작가로서, 역사가 타키투스와 수에토니우스의 저서들에 자세히 기록된 인물인 세네카(Lucius Annaeus Seneca, 4 BCE–65 CE)는 그의 명성과 영향력의 강력함만큼이나 그의 삶이 보여주는 모순과 괴리로도 유명하다. 그는 아름답고 숭고한 문체로 쓰인 철학적 서한과 저술에 설파된 스토이시즘과는 별개의 —실은 거의 상반된—삶을 현실에서는 살았기 때문이다. 그는 스토익한 신념과는 어울리지 않게 당대의 기준으로도 천만장자의 재산을 소유했을 뿐더러 자기의 재산을 통해서 막대한 폭리를 취했다는 기록이 남아 있다.[8] 또 그의 저술에 드러난 철학자의 고결한 도덕적 원칙과 그가 보인 황제의 고문으로서의 냉소적이고 시류에 편승하는 기회주의적 행동과 처신 사이에는 너무나 큰 모순이 보인다고 한다. 더구나 산문에 나타나는 공감적 인간미와 조율된 세련됨과는 거의 상극일 만큼 과장되고 극단적인 수사학rhetoric 및 정념의 극한이 드러나는 '광기의 비극'들이 보여주는 괴리감은 후대인들을 언제나 어리둥절하게 만들었다. 신들은 인간이 처한 딜레마의 고통에 무관심하고 초연하다는 '스토익한' 신념의 철학자와 인간의 유혈이 낭자하고 내장이 튀어나오는 엽기적으로 잔혹한 복수극의 작가가 어떻게 동일인일 수 있겠느냐는 의문을 불러일으켰던 것이다. 그러나 평자들은 이는 그의 작품이 갖는 근본적 성격인 이상할 정도의 '두뇌적 측면,' 즉 오로지 '머리 속에서 상상하는' 연극을 썼다는 사실을 상기해 보면 얼마간은 이해할 수 있다고 말한다.[9] 다시 말해 공연이 아닌 낭송이나 독서의 대본으로 씌여진 작품들이라는 점을 감안해야 한

---

8 박효춘, "세네카와 『아가멤논』," 『그리스 로마 극의 세계 1』, 고전 르네상스 드라마 한국학회, 2000년, p.358.

9 Jennifer Wallace, *The Cambridge Introduction to Tragedy*, p.32.

다는 것이다. 그래서 21세기에 들어와 영향력 있는 비극이론가 중의 하나인 제니퍼 월리스는 그녀의『케임브리지 비극 입문』에서 이 작품들은 "육체적으로 공연되기보다는 정신적으로 감상 되는 극"으로 보아야 한다고 말한다.[10]

세네카 비극이 영국 르네상스 극에 미친 영향

세네카 자신의 삶과 정신 사이의 모순은 어찌되었든 간에 그가 영국 르네상스의 전성기인 16세기에 누렸던 인기는 대단했다. 민족 설화와 고전 전승 등을 통해 들려줄 만한 강렬하고 흥미로운 내용은 갖고 있었으나 제대로 된 극의 형식과 구성의 틀을 아직 갖추지 못했던 영국 극작가들에게 세네카는 감탄할만한 모델이었다. 더구나 세네카의 극은 대중적 취향을 만족시키기에 충분할 만큼 멜로드라마적 요소가 풍부했고, 그의 문체 특유의 권위적이고 고풍스럽게 말하는 훈계조의 철학 및 도덕적 격언과 금언들은 보다 교육받은 관객들에게도 큰 호응을 받고 호소력을 가질 가능성이 컸다. 세네카 극이 이렇게 독점적 인기와 전횡적 권위를 누리게 된 배경에는 정작 비극의 원조인 그리스 비극은 후기 르네상스인 '친퀘첸토*Cinquecento*(16세기)' 중엽에 이르기까지 전혀 유럽에 소개되지 않았다는 사정이 있었다. 뒤에 다시 상술하겠지만 엘리자베스 조 영국인들에게 그리스의 작가들은 아직 전혀 알려지지 않았을뿐더러, 학자들에게조차 그리스어는 해독이 쉽지 않은 그래서 극히 소수만이 접근할 수 있는 고대어였다.[11] 그리고 오늘날 평자들은 사실 아이스킬로스와 소포클

---

10 Wallace, p.33.

11 앞서 인용한 길버트 하이에트에 의하면 아티케 비극이 유럽어로 번역된 것은 16세기 초에서 중엽 사이라고 한다. 가령 소포클레스의『엘렉트라』는 1525년에 페르난 드 올리바에 의해 스페인어로 옮겨졌고 1537년에 라자레 바이프에 의해 프랑스어로,『안티고네』는 장

레스의 비극이 당대의 영국 관객들에게—그들의 취향과 감성 그리고 사고 수준으로 미루어 볼 때—이해되고 감상 될 수 있었는지도 대단히 의심스럽다고 말한다.[12] 세네카 비극이 영국 작가들에게 끼친 영향을 간추려보면 우선 극의 구성을 '5막'으로 하는 것, 기법에 있어 '방백과 독백'의 빈번한 사용, '유령이나 마녀'의 등장, '잔인한 폭군'의 등장, 그리고 두드러진 주제로 '복수 비극'이 자주 다루어진 것 등을 들 수 있다.

세네카 비극의 한계와 문제점

앞서도 얘기했듯이 세네카는 자신의 모델이었던 에우리피데스의 극을 흉내 내어 극을 썼으나 그의 정신과 관점은 도무지 본받지 못했다.[13] 지난 200년 동안 학자들은 세네카의 비극이 '문학적 무능함의 끔찍한 실례'이고 숭고한 '그리스 비극의 형편없는 희화화caricature'이며 쇠퇴하는 로마인들의 취향의 비참한 증거로 매도罵倒하여 왔다.[14] [15] 말하자면, 세네카의 극은 진정한 의미에서 극이라고 거의 불릴 수 없고 수사학, 웅변, 경구 등에 대한 재능은 보여주지만, 극의 액션과 성격에서의 변화 같은 것

안토안 바이프가 1573년에, 에우리피데스의 작품들은 1545년과 1551년 사이에 로도비코 돌체에 의해 이탈리아로 옮겨졌다고 한다. 영역본의 출현은 이들보다 늦었을 것이니 1564 년생인 셰익스피어를 비롯한 당대인들이 그리스 비극을 접할 수 없음은 당연한 것이다.— Highet, p.120.

12 E. M. Spearing, *The Elizabethan Translations of Senecan Tragedies*, p.78.

13 이디스 해밀턴이 얘기하듯 고대에는 앞선 시대의 뛰어난 작품을 모방하는 일 자체가 격이 떨어지기는커녕 오히려 크게 돋보이고 존중받는 일이었다는 것을 지적할 필요가 있다. 즉 일반적으로 모방은 악덕이 아니라 미덕으로 받아들여졌으나, 문제는 "원전을 얼마나 개성 있고 독창성 있게 변형시켜 재창조하느냐가 중요한 것이었다."—해밀턴, p.25.

14 Seneca, *Four Tragedies and Octavia*, trans. and intro. E. F. Watling, p.9.

15 로마 문학은 공동연대 이전 1세기—베르길리우스와 오비디우스 등이 활약했던—아우구스투스 시대의 황금기를 지나며 급속히 쇠퇴해 공동연대 1세기 이후에는 거의 소멸하고 말았다는 것은 문학사에서 공인된 일이다. 세네카 극은 이 쇠퇴기의 징후를 보여주는 예증으로 늘 거론된다.

은 거의 없다는 것이 정론이다. 그리스 작가에 비해 세네카가 말할 수 없을 정도로 열등하다는 것은 가령 『메데아』나 『히폴뤼토스』 또는 『트로이아의 여인들』 같은 동일한 소재를 다룰 때 그의 솜씨를 원작과 비교해 보면 잘 드러난다. 그의 『트로이아의 여인들』은 폴뤽세네와 아스튀아낙스의 죽음을 그대로 무대 위에서 보여줄 뿐만 아니라 불길하고 음산하며 초자연적인 요소들을 필요 이상으로 첨가한다. 요컨대 그의 극은 원작의 아름다움을 망쳐놓는 식으로 개작하던가, 플롯을 충실히 좇아가는 경우에도 원작이 보여주는 비극적 관념과 정신 전체를 천박하게 추락시키는데 성공하고 있다는 비난을 면하기 힘들다.16 세네카 극에 대한 전반적 평가는 이미 200년 전에 '비극론'의 근대적 부흥자인 아우구스트 슐레겔이 자신의 강연에서 한 다음의 말로 갈음하는 것으로 족하다. "세네카의 비극은 이루 말할 수 없는 허풍쟁이의 가장 감각이 없는 극이고, 성격이나 행동에서도 전혀 자연스러움이 없으며, 극의 온당하고 적절한 취향들을 가장 구역질 나게 위반함으로써 극예술의 모든 효과를 결여하고 있다. 그리하여 그리스의 가장 숭고한 창조물인 비극들과 그의 작품은 명칭과 외형 그리고 신화적 소재 빼고는 하나도 공통점이 없게 되었다."17 우리가 이제껏 세네카의 비극에 대해 일별—瞥해본 이유는 앞서 말했듯이 훗날 ─전통적 민속극은 갖고 있었으나 '비극'의 형식과 내용을 알고 있지 못했던─ 영국과 프랑스가 르네상스 시대에 '시대정신'에 의해 일깨워진 자국自國의 '비극 문학'을 산출할 때 그의 극이 끼친 심대한 영향 때문이다.

---

16 어떤 평자는 세네카 비극이 잔혹한 이유의 한 가지 감추어진 측면은 겉으로는 그리스 원작의 권위를 빌렸지만 실은 네로의 궁전의 포악성을 알게 모르게 비꼬고 풍자하며 그가 목격한 근본적으로 사악한 세계를 묘사하는 것이 그의 목적이었다는 데 기인한다고 주장한다.—Brian Arkins, "Heavy Seneca: His Influence on Shakespeare's Tragedies," *Classics Ireland*, Vol.2[1995], 7-8.

17 E. F. Watling, p.9. 재인용.

2. 르네상스란 무엇인가

우리는 공동연대 이전 5세기 아테나이에서 아티케 비극이 한 세기 동안 찬란하게 꽃 피운 후 고전기 문명이 쇠퇴하는 것과 더불어 비극도 소멸하는 것을 목격하였다. 비극 문학이 서양 역사의 무대에 다시 등장하려면 무려 2000년의 세월을 기다려서 중세 기독교와 봉건적 사회체제가 무너지고 그리스적인 휴머니즘과 자치 도시 체제가 다시 복귀하고 나서야 비로소 가능했다는 것을 역사는 증언해 준다. 비극은 '휴머니즘'과 동전의 앞뒤 관계를 지니고 있기에 인본주의적 인간관 및 세계관이 소생하는 것과 발맞추어 출현하는 것이다. 역사적으로 두 번째 비극 시대인 르네상스 비극은 영국과 프랑스에서 화려하게 개화했으나 우리는 르네상스 비극을 대표하는 셰익스피어의 비극들에 주목하여 고찰해 보기로 한다.

셰익스피어 비극을 이해하기 위해서 그 배경을 이루는 르네상스 시대의 전반적 특징과 전개과정을 먼저 살펴볼 필요가 있다. 르네상스는 1350년대부터 1600년에 이르는 '유럽의 근세 초기'를 통칭하는 용어이며, 그 안에 대단히 중대하고 다양한 역사적 사건들을 내포하고 있다. 이 사건들 중에는 우선 좁은 의미로 르네상스를 뜻 매김 할 때 쓰는 '문예 부흥'이란 방대한 사건 그리고 그 뒤를 이어 그 못지않게 중대한 역사적 전환점이 된 '종교 개혁'이 있다. 그 밖에 이 시기에는 '대항해 시대'를 이은 ―유럽 중심적 명칭이지만― 신대륙의 발견, 과학의 발달, 페스트와 같은 역병의 유행, 신 구교 대립이 가져온 종교전쟁 등 격심한 사회 전반의 동요와 혼돈이 휩쓸고 지나갔던 하나의 거대한 '역사적 전환점' 내지는 '분기점'이었다.[18] 그러나 우리는 이 중에서 우리의 관심사와 관련된 '문예

---

18   앨런 불록, 『서양의 휴머니즘 전통』, p.20.

부흥'에 집중해 잠시 살펴보기로 한다. 르네상스란 말 자체는 프랑스 역사가 쥘 미쉴레가 1855년에 쓴 『프랑스 사』의 제7권의 명칭 『르네상스』란 책에서 처음 비롯되었다. 여기서 그는 르네상스는 '인간과 자연의 재발견'이라는 명제를 수립하였고, 뒤를 이은 스위스의 역사가 야콥 부르크하르트는 1860년에 출간한 『이탈리아 르네상스의 문화』에서 르네상스인들의 공헌은 '개인의 발견,' 즉 '인간의 개체성과 독자성의 인식'에 있다고 주장했다.[19] 르네상스는 이탈리아 피렌체를 중심으로 발생하였음으로 피렌체 인문주의의 배경과 특징에 대해 알아본다.

이탈리아 인문주의

르네상스의 본질은 '인문주의humanism'에 있고 이 인문주의가 이탈리아에서 처음 싹이 튼 배경에는 13세기에 베네치아가 제4차 십자군 전쟁을 통해 무역 경쟁 상대인 콘스탄티노플을 정복하고 약탈하려 시도한 이후 1420년대에 조반니 아우리파스란 인물이 콘스탄티노플로부터 플라톤의 필사본을 들여오는 등 여러 차례에 걸쳐 동방의 그리스 고전 유산이 이탈리아로 유입될 수 있었다는 사실이 있다. 그러나 이런 일련의 역사적 사태의 절정은 1453년 동로마제국의 수도 콘스탄티노플이 메흐메트 2세가 이끄는 오스만 튀르크군에 의해 함락되자 많은 고전 학자들이 대거大擧 피렌체를 중심으로 하는 이탈리아 북부 도시들로 이주해 온 사건이었다.

무엇보다 르네상스 운동을 가져온 근본적인 배경과 동인動因은 중세 가톨릭의 장구한 기간에 걸친 전반적이고 획일적인 지배로 인해 억눌리고 질식당했던 인간 정신이 점차 "지식에 대한 갈증, 즉 알려는 의지와 욕

---

19 부르크하르트, 『이탈리아 르네상스의 문화』, p.177–82.

망 및 앎을 통한 자유롭고 확대된 삶에 대한 지향 등이 한꺼번에 집중되고 분출하며 폭발한 것"에서 찾을 수 있다.[20] 이 새로운 지식과 앎에 대한 욕망은 고전기 그리스가 남긴 정신적 유산을 발굴하여 부활시키는 데서부터 시작되었다. 그리하여 영국 역사가 테오도르 젤딘이 말하듯이 르네상스가 가져온 것 중에 "첫손가락으로 꼽을 수 있는 혜택과 결과는 '자유와 아름다움'에 대한 잊혀진 기억이 되살아났다"는 것이었다.[21]

그러나 르네상스는 '근대의 봄'이면서 동시에 '중세의 가을'이라는 말이 있듯이 중세와의 단절은 급진적이라기보다는 완만히 진행되었다고 해야 한다. 하지만 아무리 그랬다 하더라도 이미 15세기쯤에 이르러서는 북부 이탈리아의 문예 부흥은 '황금기'에 도달했으며, 15세기라는 뜻의 이탈리아 말 '콰트로첸토*Quattrocento*'가 곧 '르네상스 자체'를 상징하는 말이 된 것도 사실이다. 단테의 고향이기도 한 북부 이탈리아의 투스카니 지방은 단테 외에도 페트라르카와 복카치오라는 탁월한 인문주의자 겸 작가들을 다수 배출하였다. 특히 피렌체는 서구 역사에서 '제2의 아테나이'가 되었다. 페트라르카는 스스로가 시인이기 이전에, 제정 로마의 최대의 문학가이자 정치가 겸 철학자인 키케로의 글을 발굴하여 널리 소개한 '고전문헌 학자'로서 더욱 중대한 공헌을 하였다. 그가 1333년 고전문헌을 찾아 수많은 도서관과 수도원을 샅샅이 조사한 끝에 키케로의 "아르키아스를 위한 변론*Pro Archia Poeta*"의 필사본을 발견한 것이 고전 부활의 고고성呱呱聲을 울리는 일이었다.[22] 이로써 키케로는 페트라르카에 의해 "그리스의 성취를 인류에게 전해주는 주요 통로" 구실을 하게 되었다. 페트라르카 자신은 중세인의 후예답게 평생 진지하게 영적 생활을 추구한 기독교

20　장문석, 『근대정신은 어떻게 탄생했을까』, 67; Agnes Heller, *Renaissance Man*, p.19.

21　테오도르 젤딘, 『인간의 내밀한 역사』, p.31. 강조는 필자.

22　제리 브로턴, 『르네상스』, p.74.

인이었으나 동시에 "고대 이교異敎(즉 '그리스 문명')의 매력에 사로잡혀, 이 이교 문명이 남긴 정신적 유산을 거의 선교사 같은 열정을 갖고 되살리고자 했던" 것이다.[23] 페트라르카는 6세기에 로마가 몰락한 이후 16세기 당대까지 천 년 동안은 '암흑시대'였다는 것을 처음으로 기록으로 남긴 인물이기도 하다.[24] 그리하여 페트라르카는 고대를 재발견함으로써 근대 세계의 정신적 기초를 놓은 '최초의 근대인'으로 여겨진다.

많은 역사가들이 지적하듯이 이탈리아 인문학자들이 "그리스 고전 사상에서 느낀 위대한 매력의 하나는 그것이 신 중심이 아니라 '인간 중심'이었다"는데 있었다.[25] 이는 그리스 고전을 후대에 전수하는 중심 고리 역할을 했던 키케로 자신부터 소크라테스가 누린 특별한 존경은 그가 '철학을 하늘에서 땅으로 끌어내렸다'는 데 있다고 말한 것으로도 드러난다.[26] 페트라르카가 자신의 고전 발굴을 통해서 제기한 두 주제는 곧 '인간의 존엄성'과 '인간의 자유'였고, 이는 르네상스 전 역사를 통하여 가장 핵심적이고 일관된 주제로 결정화結晶化되었다는 것을 볼 수 있다. 페트라르카 이후 백 년 후인 1452년 잔노초 마네티는 "인간의 존엄성과 탁월성"이란 논문에서 '인간의 헤아릴 수 없는 존엄성과 수월성에 신뢰를 보이고 인간 본성의 비범한 자질과 희귀한 특성을 찬양'하는 글을 썼다.[27] 그래서 15세기 이후에는 '인간다움'을 뜻하는 라틴어 '후마니타스*humanitas*'는 곧 '인간의 존엄*dignitas hominis*'이란 말과 동일시되곤 했다.[28] 사실 '존엄' 혹은 '품위'를 가리키는 라틴어 '디그니타스*Dignitas*'는 르네상스 시대 지식

---

23 스티븐 그린블랫, 『1417년, 근대의 탄생』, p.149.

24 폴 존슨, p.41.

25 앨런 불록, p.26.

26 Herschel Baker, *The Image of Man*, p.33.

27 불록, p.41.

28 피코 델라 미란돌라, 『인간 존엄성에 관한 연설』, 성염 역, 철학과 현실사, 1996. p.43-45.

인들이 '인간'을 묘사하면서 가장 즐겨 쓰는 용어였다.[29] 마네티의 다음 세대에 속하는 조반니 피코 미란돌라는 오늘날 '르네상스 인본주의 선언문'으로 간주되는 유명한 연설 "인간의 존엄성에 대하여"[30]에서 "신은 오직 인간에게만 스스로의 자유의사에 따라 성장하고 발전할 수 있는 가능성을 주었으며, 인간은 자신 속에 우주의 생명의 싹을 지니고 있다"고 말했다. 피코의 주장의 핵심은 인간은 '자유의지에 의한 자기 창조'라는 인간만의 고유한 특전을 부여받았고 그리하여 자신의 삶이 어떤 형태를 띠고 어떤 가치를 지니게 되는가는 모두 그의 '선택'에 달려있다는 것이다. 그는 인간이 갖는 '무한한 가능성은 인간을 천사와 비슷한 품위를 지닌 존재로 만든다'고 선언했다.[31] 이런 인간의 가능성에 대한 신뢰와 예찬은 결국 당대 최고의 인문주의자 중의 한 명인 레온 알베르티로 하여금 "인간은 원하기만 한다면 그 무엇이든 할 수 있다"라고 주장하게끔 만들었다.[32] 레온 알베르티 자신이—스스로 말한 대로—운동선수로부터 인문학자, 수학자, 음악가, 과학자, 건축가, 암호연구가 등 못하는 분야가 없을 정도의 '르네상스의 이상'인 '보편인*l'uomo universale*'에 가까운 사람이었다. 이로써 인간은 신의 피조물임에도 불구하고 독자적 존엄과 자유의지를 갖춘 '도덕적 주체'로서 무한한 '가능성과 역량'을 지닌 존재라는 생각이 일반적으로 받아들여지게 되었다. '콰트로첸토'기의 마지막을 장식하는 철학자로서 피렌체의 '플라톤 아카데미'를 이끌었던 마르실리오 피치

---

29 이는 중세적 인간관을 대변하는 12세기에 ―후에 중세를 통해 가장 강력한 교황으로 군림했던 이노센치우스 3세가 된 ―로타리오 데 콘티가 쓴 이른바 '나그네 인생'의 '가련함과 비참함, 무기력함과 무상함'의 사상이 피력된 『인간 비참론*De miseria conditionis humanae*』 (1194-5)과 비교할 때 얼마나 엄청난 대조를 이루는지 볼 수 있게 된다. ―피코 미란돌라, p.50.

30 *De hominis dignitate oratio*(1486).

31 미란돌라, p.100.

32 부르크하르트, 『이탈리아 르네상스의 문화』, p.189. 재인용.

노는 당대인들의 인간 예찬에 대하여 다음과 같은 말로 정점을 찍는다. "인간은 그의 본유적 재능과 천품을 적절히 사용하면 '합리적 영혼'을 소유하게 된다는 점에서 '신과 방불하게' 되며 이는 곧 '불멸'에 이르는 것이다."[33] 이러한 르네상스인들의 사유는 그 뿌리를 따라 올라가면 결국 공동연대 이전 5세기 '그리스 계몽기'의 선구자 프로타고라스의 '인간이 만물의 척도'라는 사상에 닿게 된다.

한편 르네상스인들이 '자연과 우주'를 보는 '근본적 시각'을 바꾸는 계기가 된 사건이 하나 있었으니, 바로 1417년 '책 사냥꾼'으로 알려진 포조 브라촐리니란 인물이 독일 남부의 한 수도원에 천년 동안 파묻혀 있던 공동연대 이전 1세기의 인물 루크레티우스의 『사물에 본성에 관하여 De rerum natura』를 발굴해 낸 일이었다. 이 책은 20세기 미국 철학자 조지 산타야나가 말하듯 재발굴된 이후 "인류를 강타한 가장 위대한 사고 중의 하나"가 된 '원자론적 자연주의'의 성서의 구실을 하였다.[34] 루크레티우스는 자신보다 두 세기 앞선 에피쿠로스의 철학을 계승한 학자였으며, 그의 책이 다시 소생함으로써 서구는 기독교적 세계관에서 빠져나와 자연과 인간의 본질과 기원에 관하여 왜곡과 거짓이 없는 실상을 목격하게 되었다. 아울러 『시편』에 나오듯이 세상을 '눈물의 골짜기'에 비유하거나 '벌레보다 훨씬 못한 인간'이라는 시인 존 던John Donne의 말처럼 현세와 지상의 삶을 부정하고 폄하하는 중세적 사유와 관점에서 벗어나 '육체적 삶의 긍정과 찬미' 나아가 이 세상에서의 '아름다움과 쾌락의 향유'가 인간의 목적이 되어야 함을 새삼스레 깨닫기 시작한 것이다.[35]

---

33 Marsilio Ficino, "The Soul of Man," James B. Ross & Mary M. McLaughlin eds., *The Portable Renaissance Reader*, p.388−91.

34 그린블랫, p.235. 재인용.

35 그린블랫, p.13−7; 존 던의 1629년 "성탄절 설교문," 프랭클린 보머, 『유럽 근현대 지성사』, p.123.

그리하여 르네상스 인문주의는 예술 분야의 경우 '인본주의' 혹은 '인간중심주의'라고 바꿔 말해도 될 만큼 인간의 관점과 사고를 모든 것의 중심에 놓는 것으로 바뀌어 갔다. 가령 회화에서는 사물을 '있는 그대로 그리는' 자연주의적 관점이 보편화되기 시작했다. 부르크하르트가 말했듯이 '자연으로 돌아가라'는 당시에 널리 퍼져 있는 격언이었고 이는 곧 '고대로 돌아가라'와 짝을 이루었다고 한다.³⁶ 정확하고 꾸밈없는 진실을 추구하는 인문주의 정신이 회화에서 보여준 발전은 그 극점에 보티첼리의 「비너스의 탄생」 같은 작품을 탄생시켰다. 과거의 기독교의 금기에서 과감히 탈피하여 인간 육체를 숨겨야 할 수치와 죄악의 원천이 아니라 그것이 지닌 본연의 아름다움을 대담하게 표현하는 예술이 나타난 것이다. 또한 이런 자연탐구는 미술사가 케네스 클라크가 역사상 '가장 무자비한 호기심을 지닌' 사람이라고 부른 레오나르도 다 빈치의 삶과 예술 그리고 자연탐구에서 잘 나타난다.³⁷ 그는 인체의 정밀한 묘사를 위해 당시 금지된 시체 해부를 30여 차례나 몰래 수행했다고 한다. 그는 앞선 알베르티와 마찬가지로 예술을 넘어 과학 기술을 포함한 인간의 모든 분야에 능통한 '만능인(혹은 '보편인')'이었다. 다 빈치야말로 진정 르네상스 인문주의 혹은 인간중심주의의 증인이자 화신이라고 불릴 수 있을 것이다.

또한, 르네상스가 낳은 가장 중요한 성과의 하나는 인간 본성과 인간 존엄성에 대한 자각이 인간의 '자의식과 평등의식'을 가져왔고 이는 궁극적으로 각 유럽 국가들의 '속어 문학'이 출현하는 배경이 되었다는 사실이다. 16세기에 들어온 이후 유럽은 각국의 국가적 통합과 민족의식이 싹트기 시작했고 여기에 토대를 두고 각 나라는 자신의 민족 문학의 발흥을 보게 되었다. 그리하여 17세기는 이른바 '문학의 황금시대'를 맞

---

36 부르크하르트, 232-81.

37 Kenneth Clark, *Leonardo Da Vinci: An Account of His Development as an Artist*, Cambridge UP, 1952.

이하게 된다. 그때부터 라틴어에 의지하지 않고 자국의 언어를 통해서도 독자적인 문화를 창조하고 전수할 수 있게 되었다. 대표 작가로는 영국의 셰익스피어, 프랑스의 라블레와 몽테뉴, 스페인의 세르반테스를 들 수 있다. 고전 세계를 되찾음으로써 서구는 '영원히 메마르지 않을 기름진 땅'을 발견했고, 거기서 얻은 인간으로서의 자각은 여태까지 보지 못했던 인간형 즉 '자아의 개념'을 확고히 수립하고 '자유롭게 자신의 운명을 형성하는' 인간상'을 탄생시켰던 것이다.[38]

결론적으로 르네상스는 인간 본성에 대한 새로운 각성을 통해 기독교의 원죄의식에 물들어 있던 중세적 인간관으로부터 벗어나고 탈피하는 운동이었다고 할 수 있다. 그것은 인간이 자신의 '잠재력과 창의력'을 발굴함으로써 스스로의 독자적이고 고유한 '권위와 존엄'에 대한 인식을 획득하는 데로 나아갔다. 인간이 자신의 '인간성'을 다시 발견해내는 이 과정을 영국의 르네상스 사가史家 앨런 불록은 "마치 인간성이 다시 태어난" 것과 같았고, "신은 이제 스스로의 이성과 선함을 인간에게 주입해준 존재"라는 개념으로만 이해되었다고 말한다.[39] 20세기 후반의 대표적 셰익스피어 연구가 중의 하나인 스티븐 그린블랫도 16세기에 근본적으로 "인간으로서의 정체성 확립에 대한 자의식이 증대함으로써 '근대인은 탄생'했다'"고 본다.[40] 말하자면 르네상스인들은 '자신의 정체성'을 계속 돌이켜보고 형성해가는 파우스트나 햄릿과 같은 가상의 인물들을 창조해 냈으며, 이들이야말로 '근대인으로 파악되는 최초의 인간들'이라는 것이다.[41] [42]

---

38 불록, 『서양의 휴머니즘 전통』, p.49.

39 같은 책, p.48.

40 그린블랫, p.328.

41 제리 브로턴, p.31.

42 그러나 르네상스가 추구하고 지향한 휴머니즘과 개인주의적 이념은 그 극단으로 나아가

3. 셰익스피어의 시대적 배경

셰익스피어(1564–1616)가 생의 전반기를 보낸 튜더 시대(1485년 헨리 튜더 7세 치세 시작–1603년 엘리자베스 1세 사망)의 영국은 중세로부터 르네상스로 바뀌는 시대이며, 봉건제가 무너지기 시작했고 농노계층도 급속히 사라지는 시대였다. 산업 중에서 무역업이 가장 융성해져서 시작하며 특히 양모 생산을 통한 피륙의 수출은 전통적인 중세 길드 제를 무너뜨릴 만큼 성장하였고, 한편 런던과 같은 자치自治 시는 그 규모와 중요성에서 가장 빠르게 성장하는 도시가 되었다.[43]

그러나 사고에 있어 중세적 관습과 전통의 지배는 여전한 것들이 있었고 그 대표적인 것으로 '존재의 대연쇄The Great Chain of Being'라고 알려진 관념을 들 수 있다. 이 세상은 흔히 사다리 혹은 사슬이라고 표현되는 '거대한 상하연쇄관계'로 구성되어 있으며 "그 사슬은 하나님의 옥좌의 발 아래로부터 가장 미천한 무생물에 이르기까지 뻗쳐있는 것이다."[44] 가령 사회계층은 그 안에 귀족(젠틀맨), 시민(공민), 장인(직인), 직공(노동자)이나 농민의 네 개 서열로 구성되어 있고, 계층들 사이에는 엄격한 차등이 존재하는데 그것은 보통 '등급degree'이라고 불려졌다.[45] 인간이 속하는 위계의 차이는 확연하여 계층에 따른 음식, 의복, 주거와 직업뿐만 아니라

서 초도덕적이고 반인륜적 사고와 행동도 불사했다. 그 대표적 인물로 조각가이자 화가 그리고 군인이었던 벤베누토 첼리니를 들 수 있다. 그는 자신의 천재성을 꽃 피우는 데 걸림돌이 된다고 생각하는 사람을 죽이기까지 했고 "하나님이 자신이 저지른 살인 및 차후 저지를지 모르는 살인에 대해서 면죄부를 주셨다"고 생각했다. 그는 "하나님이 자신에게 '두려워하지 말라'라고 말씀하셨다"고 기록했다. 그는 자연이 만든 자신의 모습 그대로 살아가야 한다고 확신했으며 사실 그대로 살았던 것이다. "인간은 모름지기 반드시 해야 할 일은 반드시 해야 한다"가 그의 모토였다고 한다.—시어도어 젤딘, 『인간의 내밀한 역사』, p.92-3.

43 David Bevington, ed., *Shakespeare's Tragedies*, xvii.

44 M. M. 바다위, 『셰익스피어의 배경』, p.62.

45 프랭크 커모드, 『셰익스피어의 시대』, p.55.

사용하는 언어, 교제하는 인간관계, 결혼과 교육 등에 있어서의 차별화는 인간의 삶 전반을 망라하는 것이었다. 또한 이러한 삶의 질과 사회적 처우에 있어서의 차별은 너무나 뿌리 깊고 당연시되어서 '자연의 이치'나 '신의 뜻'으로 받아들여졌다.[46] 인간은 이 위계질서 안에서 살아갈 때에만 안정되고 평화스러운 삶이 가능하며, 이 위계질서가 파괴되거나 무너지면 대혼란과 파멸이 닥친다고 믿었다. 이 위계질서를 파괴하는 가장 대표적인 사건으로 반역이나 찬탈과 같은 왕의 권위를 파괴하는 일을 들 수 있다. 이는 당대의 절대왕정체제의 이데올로기인 '왕권신수설'과도 맞물려 있었다.

그러나 셰익스피어가 생존했던—튜더왕조의 엘리자베스에서 스튜어트왕조의 제임스 1세로 이어지는—영국에서의 사회적 구조상의 불평등은 사실 부분적으로는 '재산'에 또 나머지 부분은 '신분'이나 '등급'에 의존하는 것이었다. 그런데 16세기에 들어오면서 새로운 부의 원천이 출현하고 확대되어 감에 따라 재산을 통해 신분을 사들이는 것이 점점 흔해지기 시작했다. 중세적 봉건제가 무너지는 것과 발맞추어 한때 고정되어 불변하던 위계적 질서는 서서히 변화의 소용돌이에 휩싸이게 되었던 것이다. '재산'이 신분의 새로운 변수로 등장하였다는 것을 가장 잘 보여주는 실례가 바로 셰익스피어 자신이다. 그는 극작가로 성공하여 큰 재산을 모으게 되자 '신사'의 신분을 사들인 대표적 인물 중의 한 명이다. 위계질서에 대한 확고한 믿음이 가져오는 전통적 제한에도 불구하고 이러한 변화를 가능케 한 주요 원인은 당대 사회가 겪었던 급격한 경제적 질서의 변화 때문이었다. 16세기의 영국은 어떤 사가의 말을 빌리면 "경제적인 불안정과 사회적 격변으로 펄펄 끓는 가마솥"같은 사회였다고 한

---

46 바다위, p.64-5.

다.[47] 그리하여 1500년대의 봉건적 질서의 사회는 1700년대쯤 되면 자본주의적 제도가 주도적으로 지배하는 사회로 바뀌게 되었다.[48]

한마디로 셰익스피어 시대의 영국은 한쪽은 보수적이고 전통적인 위계적 사회질서가 엄존하고 있었으나 다른 한쪽에는 새로운 자본주의와 도시의 발달로 인한 변화의 힘이 작용하여 갈등과 충돌을 빚어내는 매우 역동적이고 유동적인 사회였다. 이는 앞서 말했듯이 튜더 시대로부터 물려받은 봉건적 위계 사회질서와 새로운 스튜어트 시대에 본격적으로 출현한 자본주의적 관행이 공존하면서 가져온 사태이기도 했다. 그리고 바로 이런 엘리자베스로부터 제임스로 왕권이 옮겨온 왕조교체 시기에 셰익스피어의 주요 비극들이 씌여졌다는 것을 우리는 기억해야 한다.

여기에 덧붙여야 할 것은 당대가 영국사에서 가장 중요한 사건 중의 하나인 '종교개혁'의 시대이기도 했다는 점이다. 즉 영국 '국교회The Church of England'가 수립됨으로써 로마 가톨릭으로부터 떨어져 나오는 '개신교 Protestant로의 변화' 시기였다. 알려져 있듯이, 튜더 조의 헨리 8세는 남자 후계자를 낳지 못한다는 이유로— 원래 형수였으나 형 사후 결혼한—'아라공의 캐서린' 왕비와 이혼하려 했으나 로마 교황청이 허가하지 않자 1534년에 자신이 곧 국가뿐 아니라 교회의 우두머리를 겸한다는 '수장령 首長令 Act of Supremacy'을 선포하고 로마교회와 결별했다. 그러나 헨리 사후 그를 이은 신교도 에드워드 6세가 단명하자 신교도에 대한 가혹한 박해로 '피비린내 나는 여왕Bloody Mary'으로 알려진 매리 여왕을 거치면서 영

---

47 제베데이 바르부, 『역사심리학』, p.201.

48 영국의 사회사 분야의 대표적 사가인 G. M. 트레빌리언Trevelyan과 마르크시스트 경제사가 E. P. 톰슨Thompson이 일찍이 말했듯이 사실 영국은 근대자본주의가 유럽에서 가장 빨리 발붙이고 또 발전한 나라였다. 영국에서는 이미 13-4세기부터 사유재산제, 개인주의, 핵가족과 만혼(晚婚) 및 자유시장의 출현을 볼 수 있고, 대항해 시대 이후 개척된 신대륙에서의 제국주의적 착취를 통한 '자본의 일차적(근원적) 축적'이 이루어지기 시작했던 것이다. 여기에 종교개혁으로 인한 개신교의 '사고의 개인적 주체성'이라는 개념이 새로운 '경제적 개인주의'와 안성맞춤으로 결합했던 것도 크게 작용했다.

국은 가톨릭으로 복귀했다가 엘리자베스 여왕이 즉위하자 다시 개신교로 돌아오기를 거듭하였다. 그런데 '국교회'의 성립 자체가 종교적인 이유에서가 아니라 정치적인 이유에서 비롯된 것이었음으로 교회의 전례典禮와 의식은 가톨릭과 별로 다름이 없었고, 잔존하는 가톨릭 세력은 호시탐탐 복귀를 노리고 있었다. 이런 가톨릭교도와 신교도 사이의 종교적 및 정치적 주도권을 놓고 죽기 살기로 벌인 대결과 싸움은 엘리자베스 여왕 치하에서만 세 번의 반란, 세 번의 외국의 침공 시도, 여왕 자신에 대한 몇 번의 암살시도에 덧붙여서 숱한 인간들의 목이 반역죄로 날아가게 만들었다.[49] 엘리자베스가 죽고 개신교 신자인 제임스 1세가 왕위에 오른 뒤에도 가톨릭 쪽의 반란세력은 1605년 '의사당 폭파 음모Gunpowder Plot'를 일으켰다. 이런 의미에서 앞서 인용한 역사심리학자 바르부는 영국의 16세기는 신앙의 영역에 있어서 일대 '전환기'였고, 한마디로 '대공위大空位 Interregnum 시대(하나의 권력이 무너지고 다른 권위가 들어서지 못한 공백 시대)'라고 불릴 만 했다고 한다.[50]

이런 종교와 정치 및 사회 전반에 있어서의 혼란에 덧붙여 당대는 신대륙의 발견을 통한 세계관의 확대 및 코페르니쿠스의 자연과학에서의 획기적 발전, 몽테뉴와 마키아벨리와 같은 파천황破天荒적 사상가들의 출현 등을 통해 정신적, 지적으로도 심대한 충격과 혼돈 및 무정부 상태 속으로 빠져 들어간 시대였다는 것을 반드시 염두에 두어야 한다. 이런 정신적, 지적 변화에 관하여 역사가들은 이 시기가 전기 르네상스의 낙관적 인간관에서 후기 르네상스의 비관적 인간관으로 바뀌는 중요한 역사적 전환점이었음을 지적한다. 가령 전기 르네상스의 정신을 대표하는 이탈리아 인문주의자들이 지녔던 인간의 능력과 잠재성에 대한 믿음은 앞

---

49 1570년에는 700여 명이 일시에 사형당한 일도 있다.

50 바르부, p.207.

서 보았듯이 피코 미란돌라가 말하는 '천사와 같은 수준으로 뛰어오른 인간'이란 표현으로 잘 드러난다. 그러나 후기 르네상스인 16세기 말에 이르러 이런 낙관론은 몽테뉴와 마키아벨리 같은 사상가들에 의해 '짐승과 다를 바 없는 존재'로 격하되는 비관론으로 바뀌고 말았다.[51] 당대에 이미 널리 읽힌 『수상록隨想錄』에서 몽테뉴는 자신이 이 책을 쓴 목적이 "인간들로 하여금 스스로의 어리석음과 허무함과 무의미함을 자각하게"하기 위해서였다고 말했다.[52] 그가 볼 때 인간은 지상의 위계 가운데 "다른 피조물들과 비교해 어떤 본질적인 우위권도 지닐 수 없는, 보잘것없는 조건에 처한" 존재에 불과한 것이었다.[53] 한편 마키아벨리는 인간은 "자연적으로 사악하며 그를 다스리는 가장 좋은 방법은 공포와 힘에 의한 것"이라고 주장했다.[54] 몽테뉴가 인간은 지적으로 무지하며 육체적으로 동물적 조건에 묶여있는 존재이기에 앎을 획득할 능력이 없다고 보았다면, 마키아벨리는 인간이 본유적으로 그리고 도덕적으로 사악하기 때문에 선행을 할 능력이 없다고 본 것이다. 이렇듯 16세기 후반에는 인간의 고귀함과 위엄에 대한 전기 르네상스의 이상주의적 묘사에 대해 두 사상가에 의한 중요하고 집중적인 공격이 가해진 시기였다. 이런 사정은 앞서도 인용한 바 있는 당시 이른바 '형이상학파 시인'의 대표 격인 존 던의 시에도 잘 표현되어 있다. "새로운 철학은 모든 것을 의문에 붙이고,…모든 것들이 조각조각 파괴되었고, 모든 일관성은 사라졌다."[55]

그러나 이런 지적, 종교적 및 정신적 혼란과 불안정 못지않게 당대인들이 더 피부에 가까이 느껴야 하는 불안과 두려움은 무려 45년간을 통

---

51 Theodore Spencer, *Shakespeare and the Nature of Man*, p.36.

52 미셸 드 몽테뉴, 『수상록』, 2권 2장.

53 『수상록』, 2권 12장, "레이몽 스봉을 위한 변론".

54 니콜로 마키아벨리, 『군주론』, 제3장.

55 Donne, "The First Anniversary", 205−214.

치한 엘리자베스가 생전에 결혼하는 것도 또 후계자를 지명하는 것도 거부하는 바람에—임종 자리에서야 비로소 여왕의 고문 윌리엄 세실 경에게 귓속말로 남자 후계자가 뒤를 이어야 한다며 스코틀랜드 왕 제임스 6세를 거명했지만—그의 유고시有故時에는 권력 공백을 메꾸기 위한 엄청난 투쟁과 갈등이 예상되고 프랑스나 스페인에 정복당할 위험까지 있었다는 점이다.

결론적으로 이 시기는 당대인들이 어떤 영속성과 안정성의 느낌도 누리지 못하고 정치적, 사회적, 경제적, 이념적인 모든 면에서 격심한 혼돈과 불안정의 느낌을 맛보며 살 수밖에 없던 때라고 할 수 있다. 이런 불안과 불확실성의 분위기 및 혼돈된 시대정신이 셰익스피어의 비극의 기조를 형성하고 그 배경을 구성하고 있다는 것은 그의 비극을 이해하는 데 핵심적인 요소이다.[56] 그리고 앞서 그리스 비극을 논할 때 언급했듯이 서구에서 '비극'이란 보편성을 인정받는 주도적 세계관과 가치관이 무너지기 시작하지만 그것을 대신할 새로운 세계관과 가치관이 등장하지 못한 '과도기' 혹은 '전환기'에 출현한다는 두 번째 예증을 우리는 목격하게 된다. 그리하여 비극은 '의미의 부재와 결여'를 포착하고 드러냄과 동시에 당대인들로 하여금 '새로운 비전과 사유'를 탐색하고 검토하게 하는 역할과 기능을 수행한다는 것을 알 수 있다.[57]

셰익스피어 비극의 세계

엘리자베스 조 비극은 영국의 중세 이래의 전통인 기적극이나 신비극 또는 도덕극 같은 '토착적인 종교극'을 발전시키고 진화시킨 것을 바탕으

---

56 Michael Mangan, *A Preface to Shakespeare's Tragedies*, p.30–31.
57 '비극의 시대와 기능'에 대한 보다 자세한 논의는 『비극 문학』, p.111–13 참조.

로 하여 ―앞서 살펴본 것처럼 ―세네카에게서 배운 고전주의적 기법과 관점을 도입하고 적용하여 산출한 것이다. 그러나 그중에서도 셰익스피어 극은 무엇보다 르네상스의 대담무쌍한 개인주의적 인본주의의 정신을 흡수하여 자신만의 독창적 비극 세계를 창조하였다고 볼 수 있다.[58] 문학사의 상식 중의 하나는 하나의 시대는 그 시대를 표현하는 하나의 주도적 문학 장르를 갖기 마련이라는 것이다. 그리하여 고대 그리스의 아테나이가 그랬듯이 당대 영국에서는 기라성綺羅星같이 수많은 비극 작가들이 출현한 것을 볼 수 있다. 그러나 셰익스피어를 제외한 대부분의 엘리자베스 조 극들은―크리스토퍼 말로우와 존 웹스터의 몇몇 작품 제외하고는―그의 작품에 비하여 비교할 수 없을 만큼 저열한 것이 사실이다. 셰익스피어의 희곡 37 편중 비극으로 분류할 수 있는 것은 여남은 편 남짓이고, 그중에서도 예닐곱 편―『줄리어스 시저』, 『햄릿』, 『오셀로』, 『리어 왕』, 『맥베스』, 『앤토니와 클레오파트라』, 『코리올레이너스』―은 걸작으로 꼽힌다. 그래서 문학사의 또 하나의 상식이 가르치는 대로 한 시대를 알려면 한 명의 대표적 작가의 작품을 제대로 아는 것으로 충분하다는 말대로 우리는 르네상스 시대를 알기 위해 셰익스피어를 선택해 그의 작품 일곱 편을 집중적으로 살펴보기로 한다.

셰익스피어의 생애에 대해 우리가 알 수 있는 것은 그리 많지 않고 그나마도 그의 문학을 이해하는 데는 별로 도움이 되지 않는다고 대다수의 평자들은 말한다. 단지 그가 예닐곱 살부터 받았을 고향 스트랫퍼드의 공립학교grammar school에서의 그리스 라틴 고전교육은 그의 이력에서 중요하다. 왜냐하면 이것이 그에게 훗날 비극의 배경지식을 제공했을뿐더러 글쓰기에 있어서의 기본을 다지게 했을 것이 분명하기 때문이다. 비록 동시대의 라이벌 작가인 벤 존슨은 대학을 나오지 않은 셰익스피어가 '라틴어

---

58 Herbert Muller, p.148.

를 조금 알 뿐이고 그리스어는 더욱 모르는' 작가라고 폄하했으나 그는 우리가 오늘날 생각하는 것보다 더 확고한 고전교육을 받은 것이 분명하다. 왜냐하면 그가 다닌 당대의 '공립학교'는 대부분 옥스퍼드나 케임브리지 출신의 '휴머니스트'들이 설립한 것으로서 그리스와 라틴어의 기초뿐만 아니라 베르길리우스, 오비디우스, 플루타르코스, 키케로, 세네카 등의 글을 읽혔다고 하기 때문이다.[59] 셰익스피어는 당대의 유명한 시인인 조지 챕프먼이 1598년에 번역한 『일리아스』를 읽었고 베르길리우스의 『아이네이스』는 라틴어로 읽었음이 분명하다.[60] 길버트 하이에트는 셰익스피어는 견실한 고전 교육을 받았고 또 고전을 깊이 사랑하고 조예造詣가 깊은 시인이었다고 결론 내린다.[61] 그리하여 셰익스피어가 자신의 극에서 젠틀맨이란 무엇인가, 권력의 본질은 무엇인가 혹은 영웅적 인간이란 무엇인가에 대해 논의할 때 그 관념과 논거는 바로 이런 고전교육에 빚진 것이었다.

또한 그의 시대에 이르러—1576년에— 처음으로 연극공연을 전문으로 하는 (상업적) 대중극장이 설립되었다는 점도 유념해 둘 만한 사항이다.[62] 개인사적 기록으로는 그가 열여덟 살 때 자신보다 여덟 살 위인 앤 해서웨이—그것도 이미 임신한 상태였던—라는 여인과 결혼 했고 이어서 세 아이를 낳았다는 사실이 남아 있다. 그러나 우리는 그가 19세 이후 확실치 않은 어느 시점에 런던으로 올라와 배우 생활을 시작했으며 이어서 극작에 손을 대고, 나이 서른이 되는 해에 자신이 속한 극단의 주주株主가 될 만큼 성공했다는 것도 알고 있다. 그는 그 후 1587년부터 1599년까지 약 십 년 남짓한 기간 동안 걸작으로 알려진 작품들을 일 년에 거의 두 편씩 제작해 내는 놀라운 성과를 올렸다. 그가 초기의 희극 및 역사물

---

59 제임스 샤피로, 『셰익스피어를 둘러싼 모험』, 글항아리, 2018.

60 Gilbert Highet, *The Classical Tradition*, p.197.

61 같은 책, p.201-3.

62 과거에는 지방을 순회하는 극단은 있었으나 극 공연만을 위한 극장의 존재는 없었다.

에서 성공을 거두고 난 뒤 37세(1601년)에서 44세(1608년)에 이르는 7년간은 그의 주요 비극들이 모두 씌여진 이른바 '비극시대'로서, 비극에는 중년기에 접어들어 바야흐로 무르익은 인간의 본성과 세계의 본질에 대한 시인의 사고와 통찰이 반영되고 표현되어 있다고 볼 수 있다.

셰익스피어 비극에 대해 제일 먼저 언급해야 할 것은 그의 극 세계가 보여주는 다양성과 변화무쌍함이다. 많은 평자들이 지적하듯이 그의 극은 손쉬운 일반화를 거부하는 경우가 대부분이다. 즉 희극과 비극 심지어 풍자극의 요소도 하나의 작품 안에 들어있을 만큼 분명한 장르로 확연히 가르기 쉽지 않은 것이다. 이미 18세기에 영문학의 비평의 기초를 세운 존슨 박사가 그의 극은 "분류할 것이 아니라 특수한 종류의 '종합극'으로 보아야 한다"는 말을 한 바 있다. 이런 셰익스피어 극의 특징은 모든 작품마다 인간 감정의 전폭을 담아내고 나아가 인간이 지상에서 보여주는 삶의 진정한 모습을 그리기 위한 것으로 해석된다. 그리하여 그의 극은 고대 그리스극의 추상적 원형성原型性(혹은 전형성)보다는 근대 세계의 '구체적 실재성'을 띠는 리얼리즘에 가깝게 되고 말았다.[63]

다음으로 그의 비극은 당대의 정신적, 지적 혼돈과 격변을 그대로 반영하고 있으며, 이런 아노미 현상은 주인공을 비롯한 등장인물들의 삶과 행동뿐 아니라 그들이 살아가는 세계를 지배하고 그것의 바탕을 형성하고 있다는 것을 알 수 있다. 특히 기독교적 신앙의 쇠퇴는 그의 주인공들이 공통적으로 보여주는 것으로써 종교적 믿음과 교리는 그들의 의식의 구석진 배후로 밀어 넣어졌다고 생각된다. 작가의 주된 관심사요 그를 사로잡고 있는 것은 오직 '인본주의적' 가치와 사고에 의해 살아가는 인간들의 삶과 그들의 운명이었던 것이다. 우리는 그의 후기 비극의 주인공들의 행동에는 악은 처벌받고 참회하는 자에게는 축복이 허용된다

---

63 Mangan, p.65.

는 신학적인 맥락 따위는 사라져서 적용되기 힘들다는 느낌을 갖게 된다. 그래서 어떤 평자는 햄릿, 맥베스, 리어, 코리올레이너스, 타이먼과 같은 인물들에게서는 거의 '허무주의적 실존주의'의 느낌이 풍긴다고 말한다.64 셰익스피어 비극의 이런 종교적 불명확성 때문에 이미 당대의 시인이자 고전학자인 토머스 라이머는 "만약 이것이 종말이라면 신앙심이 충분해야 할 필요가 어디에 있는가?"라고 개탄하였고, 20세기 영미의 대표적 시인 T. S. 엘리엇은 "최대의 영국 시인이 기독교 철학이 없다는 것"을 가장 못마땅하게 여겼다. 20세기 초 미국의 철학자요 평론가인 조지 산타야나가 "오직 인간의 세계일 뿐이고 인간 생활의 온갖 풍부함과 다양성을 보여주지만 어떤 종교적 배경도 초월적 밑그림도 없다"고 셰익스피어의 후기 비극 세계에 대해 한 말은 과장이 전혀 없지는 않다고 해도 여전히 핵심을 찌르고 있다.65

그의 극의 가장 두드러진 특징은 바로 '르네상스적 인간'의 면모이며, 이는 현세적 삶의 실상에 매혹되어 있는 작가의 '인본주의 혹은 인간중심주의적 기질과 정신'의 표현이다. 르네상스인 특유의 자존감과 자만심 나아가 과격함과 오만함의 성격화가 그의 전문영역이라고 할 수 있다. 그래서 셰익스피어 비극의 대표적인 비평가 중의 하나인 클리포드 리취는 그의 비극의 주인공들의 공통점은 인내의 능력이라기보다 '강렬한 자의식' 혹은 '개인주의적 자아정체성'이라고 말한다.66 이런 성격적 특징은 당대 역사의 실존 인물들의—가령 월터 롤리, 에섹스 경, 작가 크리스토퍼 말로우와 같은 엘리자베스 조의 '개성적 거인'들의—삶과 죽음에서도 확인될 수 있다. 인간의 성격적 위대함과 강렬함이 가져오는 위험과 파

---

64 Jennifer Wallace, p.50.

65 George Santayana, *Interpretations of Poetry and Religion*, p.154−55.

66 Clifford Leech, *Shakespeare's Tragedies*, p.39.

극은 그리스 극 이래로 비극의 핵심 요소이지만 이것이 가장 확실히 부활한 것이 바로 셰익스피어 비극인 것이다. 한마디로 그의 비극에서 우리가 보는 것은 '의지의 화신'이나 '정념의 노예'와 같은 인간들이고, 이런 의지와 정념에 의해 자신의 삶을 추진하여 그 '파멸적 수확'을 거두는 인간들이다. 이것이 바로 르네상스인들이 새롭게 발견한 '인간성의 경이'의 본질이며, 이는 아래에서 검토할 셰익스피어 비극에 등장하는 인물들이 한결같이 한쪽으로 치우치고 균형이 깨진 '극단적인 성격'을 가진 인물들이란 사실과 연결된다.

셰익스피어 비극에 대한 입문적 소개 글을 마무리하면서 우리는— 20세기 비극론의 대표자 중의 한 명인 허버트 멀러의 말마따나— 셰익스피어가 아무리 인간의 보편적 본성과 욕망을 놀랍게 파헤치고 다룬다 해도 객관적으로 볼 때 그의 극은 국지적이고 지방적이라는 한계가 느껴진다는 점도 지적하지 않을 수 없다.[67] 다시 말해 그가 알고 보여주는 세계는 서구의 주류에서조차도 벗어나 있는 영국의 토양과 역사에 국한되어 있다는 국지성과 특수성의 느낌을 아무래도 떨쳐버릴 수 없다는 점이다. 그는 사유와 관점 및 시야의 측면에서 협소하고 제한된 측면이 있어서 당대 유럽의 주요한 정치적, 사회적, 지적 흐름과 발전에 상대적으로 무지하다는 비판으로부터도 자유롭지 못한 것이다. 이는 그를 동시대 프랑스 르네상스의 대가 몽테뉴의 철학적 깊이를 느낄 수 있는 사유와 지적인 선진성과 대조해 볼 때, 심지어 자국인인 프랜시스 베이컨의 합리주의적 사유의 근대성과 비교하더라도 드러나는 한계이다. 그럼에도 불구하고 그는 이 모든 한계를 덮을 만큼 당대 어느 작가보다도 광범위하고 깊이 있는 인간과 세계에 대한 통찰과 분석을 보여준다는 것 또한 부인할 수 없을 것이다.

67　Muller, p.166.

셰익스피어 비극에 들어가기 위한 개괄적 설명을 끝내면서 마지막으로 덧붙여야 할 말은 그의 극은 '언어의 잔치'이고 '말의 바다'라는 일반적 평가에 관해서이다. 즉 그의 극은 끊임없는 요설饒舌과 번화繁華한 장광설長廣舌을 그 특징으로 하며 이는 오늘날 독자들이 그의 작품을 읽거나 보면서 느끼는 가장 큰 장애이며 넘어야 할 산으로 여겨지고 있다. 그러나 우리는 여기서 그가 극을 쓰던 당대에는 어떠한 이렇다 할 오락과 여흥이―닭싸움이나 곰 괴롭히기bear-baiting 등과 같은 저급의 놀이를 제외하고―없었고 그런 이유로 연극공연은 사회의 기층 민중으로부터 국왕에 이르기까지 가장 애호하고 인기 있는 오락이었다는 것을 기억할 필요가 있다. 배우들이 연극이 진행되는 두 시간 남짓 동안 각자 약 2,500행의 대사를 일 분에 140단어 이상 토해낼 때 관객들은―마치 공동연대 이전 5세기에 아테나이의 디오뉘소스 극장에 앉아있는 관객들이 뛰어난 비극배우가 외워대는 처연凄然하고 비장하면서도 아름다운 대사를 들으며 '감동하고 황홀경에 도달했던' 것처럼[68]―그것을 '마치 게 걸 들린' 사람 모양 들으며 때론 한숨짓고 때론 분노의 외침을 따라서 같이 부르짖으며 즐겼다고 한다. 사실 당대의 관중은 말에 '굶주린' 인간들 같아서 오늘날의 관객이라면 설명을 듣고 나서야 비로소 이해할 수 있는 '재치 있고 반짝이는' 표현들을 그들은 즉석에서 알아들었다는 것이다.[69] 오늘날 우리 역시 그의 작품을 읽으며 그가 끝없이 쏟아내는 언어의 바다에 빠져 허우적거리면서도 거기에는 '보석처럼 영롱하고 주옥같이 값진' 표현들이 곳곳이 박혀있다는 것을 깨닫게 된다.

---

68 Edith Hall, p.10.

69 G. B. Harrison, *Shakespeare's Tragedies*, p.12−3.

셰익스피어 비극의 특징

셰익스피어 비극의 가장 뚜렷한 특징은 무엇보다도 '악에 대한 집요한 관심과 탐구'라고 할 수 있다. 이는 그의 작품을 포함한 르네상스 비극들을 앞선 그리스 비극들과 비교할 때 드러나는 가장 큰 차이이기도 하다. 우리가 보았듯이 그리스 비극의 주인공 가운데—후기 비극 작가인 에우리피데스 극의 일부를 제외하고—악인은 찾아보기 힘들다. 이는 그리스 비극이 일반적으로 —가령 아이스퀼로스의 『프로메테우스』나 『오레스테이아』 그리고 소포클레스의 『오이디푸스 왕』나 『안티고네』가 보여주듯이— 어떤 이념이나 명분을 대변하는 인물들 사이의 대립과 충돌을 그 주제와 플롯의 핵심 요소로 하기 때문이다.

셰익스피어 비극이 선악의 대립/갈등을 중심 소재와 주제로 하게 된 배경에는 첫째로 그의 비극이 앞서 소개한 세네카 비극의 압도적 영향 아래 있을 수밖에 없었다는 역사적 상황과 둘째로 그의 비극은 그가 속한 르네상스 시대 특유의 정신적 사유구조와 심리적 분위기의 산물이라는 점이 있다. 르네상스는—모든 문화적, 정신적 변혁기나 과도기에 그렇듯이—앞서 말한 '새로이 발견된 인간의 경이'에 대한 탐색, 즉 인간이 보여주는 가능성과 잠재력에 대한 탐구와 그것들의 재현을 목적으로 하는 예술 형식을 탄생시켰고, 그 예술은 다름 아닌 '비극'이었다. 인간은 이제 욕망과 정념 및 의지의 화신으로서, 신적 차원을 지향하든 그 반대인 동물적 차원으로 떨어지든 '전례 없고 상궤를 벗어나는' 모습과 행적을 보이게 된다. 그리하여 그들의 성격적 강력함이나 강렬한 자존감 등의 측면에서 볼 때 그들이 '위대해' 보이는 것도 사실이지만 그들이 지닌 정념과 의지는 그들을 걸핏하면 '광기의 끝자락을 맴도는 인간'으로 전락시킨다.[70]

---

70 Muller, p.189.

이는 달리 말해 셰익스피어 비극의 주인공들은 공통적으로 심각하게 '결함 있고 문제적인' 성격을 갖고 있다는 얘기가 된다. 어떤 평자가 말하듯 셰익스피어 극의 주인공들의 성격은 그리스 비극의 주인공의 성격화와 비교할 때 결코 고귀하거나 숭고하지 않으며, 또 한결같이 '인지적 결함'을 지니고 있는 것으로 나타난다.[71] 다시 말해, 그들의 두드러진 결함은 우선 자신과 세상에 대한 극히 제한된 인식과 파악력을 지닌 '무지하고 맹목詈의 인물'이란 점이다.[72] 이런 셰익스피어 극의 인물에 대해 앞서 인용한 바르부는 그들이 엘리자베스 시대의 대표적인 인물들이 보여주는 '내면적 아나키'의 전형이며, '파괴를 향한 물릴 줄 모르는 욕구'를 중심축으로 하는 이른바—근대 심리학에서 설명하는—'정신 병리적인 퍼스낼리티'를 보여준다고 말한다. 바르부는 "죽음과 파괴의 힘을 불러일으키는 능력에 있어서 셰익스피어를 능가하는 작가는 아직 없다"고 단언한다.[73]

여기서 우리는 이 섹션의 주제인 '셰익스피어 비극의 특징'에 대해 역사적으로 가장 설득력 있는 통찰과 해명을 제공해 준 A. C. 브래들리의 논의를 잠시 살펴보기로 하자.[74] 브래들리에 의하면 작가의 '악에 대한 몰두'는 그의 작품에서 '인간적인 미덕과 가치'— 즉 선, 용기, 지성 등—의 돌이킬 수 없는 '파괴와 상실'로 나타난다고 한다. 이는 악의 '명백한 현존'과 그것의 강렬한 '전염성과 만연성'의 문제를 가리키는 것이다. 그럼 이 악의 본질과 실체는 무엇인가? 브래들리는 악은 선과 마찬가지로 우리가 사는 이 '세계 혹은 우주의 근본 속성'이라고 한다. (사실 우리는 우

---

71 Colin McGuinn, *Shakespeare's Philosophy*, p.197.

72 이는 그들이 '무식하거나 어리석다'는 의미가 아니라 인간이 지니는 '본유적이고 보편적인' 맹목과 무지의 조건이 그들에게서는 두드러지게 나타난다는 것을 말하는 것이다.

73 바르부, p.228.

74 Bradley, *Shakespearean Tragedy*, p.34—5.

리 주변에 그리고 우리 내면에 '현존하는' 악의 실재를 부정하기는커녕 늘 절감하며 살고 있다는 것이 사실에 가깝지 않은가?) 결국 악은 인간성 안에 내재하고 있으며, 이는 '인간이 비인간화된' 것이라고도 말할 수 있다. 달리 말해 인간성이 왜곡되거나 내면의 균형이 깨지면 악으로 바뀌게 되는 것이다. 그런데 브래들리는 우주 즉 인간 세상에는 '절대적이고 도덕적인 질서'가 있으며, 이 질서는 '완전성에 대한 열망(지향성)'을 그 본성으로 지니고 있어서, 스스로 내부의 악을 퇴치하고 내쫓기 위해 '발작적 반응convulsive reaction'을 보이고 '엄청난 진통'—우주적 진통cosmic travail—을 겪는다고 한다.[75] 이는 마치 우주가 자신의 몸의 일부를 잘라내듯이 악을 물리치는 것 같다는 것이다. 이 싸움이 외면화되면 선인과 악인의 싸움이며, 내면화되면 주인공 내부의 선과 악의 싸움으로 나타난다. 문제는 이 과정에서 악에 비해 훨씬 많은 선이—그리고 가장 숭고하고 아름다운 선이—함께 파괴된다는 점에 있다. 마찬가지로 주인공이 자신의 내면의 악을 제거하기 위해서는 그 스스로의 파멸이 불가피하게 된다. 여기서 브래들리는 선만이 파괴되고 악은 승리한다면 우리는 '반발하고 필사적이거나 절망적인' 기분에 휩싸이게 되지만 선의 파괴는 반드시 악의 파괴를 수반하게 되고 그럼으로써 '도덕적 질서'가 회복되는 것을 목격하기에 비관주의나 염세주의로 빠져들지 않게 된다고 말한다. 셰익스피어의 극에서 악인은 결국 승리를 거머쥐지 못하고 파멸하지만 이보다 더 중요한 사실은 앞서 말했듯이 자신보다 훨씬 많은 선인들의 파멸을 동반하거나 선의 가능성을 품고 있는 주인공 자체가 파멸해야 한다는 점이다. 바로 이런 '선의 낭비와 소모'라는 '불균형성과 부당함'에 비극의 '비극성'이 있는 것이다. 그는 이것이 비극의 해결될 수 없는 '신비요 곤혹스러운' 점이라고 덧붙인다. 그러나 그는 비극이 "고통스러운 신비painful mystery"가 아니라면

---

75 같은 책, 36-7.

왜 '비극'이라고 불리겠는가 반문한다.[76]

브래들리를 떠나서 다른 평자들도 비극에서 정의는 실현되나 이 정의가 '시적 정의'는 아니라고 지적한다. 즉 악이 기어코 제거되고 파멸하는 것을 볼 때, 이 세상을 지배하는 '도덕법칙의 엄정함과 혹독함'은 분명히 확인되지만 동시에 선인의 보상 없는 파멸, 즉 '선의 낭비와 소모'의 느낌은 여전히 우리를 괴롭히고 곤혹스럽게 만들기 때문이다. 근자에 셰익스피어 비극에 대해 새로이 중요한 통찰을 제공한 철학자 콜린 맥긴도 셰익스피어의 비극은 '우주적 정의의 관념'을 배격했다고 한다.[77] 즉 셰익스피어의 도덕관념은 종교적이라기보다는 '세속적'이며, 선악은 인간사의 문제이지 초월적 세계와는 무관하다는 것이 드러난다는 것이다. 그리고 우리는 이것이 바로 셰익스피어의 비극과 그리스 비극이 공유하는 관념이라는 것을 알 수 있다. 그리스 비극에서도 우리가 이미 보았듯이 정의의 관념은 구현되지 않으며, '제우스의 뜻은 항상 죽음이다'는 호메로스 이래 삼대 비극작가들의 극에 거듭 등장하는 주제적 '모티프'이고, '운명'은 언제나 인간에게 부당하게 다가오거나 주어지는 것으로 드러나기 때문이다.[78] 따라서 앞서 말했듯이 정의가 있다면 인간이 '스스로 쟁취하고 수립하는' 것 이외는 찾아볼 수 없다는 것이 그리스 비극이 전하는 전언傳言이었다.

결론삼아 말하면, 셰익스피어의 극이 지니는 '보편적 호소력과 설득력'의 하나는—그리스 비극에서와 같이—'정의의 인간적 근거' 이외의 어떤 초월적인 근거나 기준도 받아들이지 않는다는 데 있다고 할 수 있다. 앞서 인용한 바 있는 앨런 블룸이 말하듯이 셰익스피어가 '서구 인문주의

---

76 같은 책, 38.

77 McGinn, p.15.

78 E. R. Dodds, *The Greeks and the Irrational* p.19; Hugh Lloyd-Jones, *The Justice of Zeus*, p.1-27; Sophocles, *Trachiniae*, 1277-78.

전통'의 중심에 굳건히 서 있는 것은 바로 그가 지닌 이런 '인본주의적(혹은 인간중심주의적) 관점' 때문인 것이다. 이런 맥락에서 20세기 이탈리아 출신으로 근대 미학美學의 완성자인 베네데토 크로체도 "셰익스피어는 모든 종교적 신학적 관념의 바깥에 서 있다는 것을 보여주며, 그는 지상의 강렬하고 열정적인 삶밖에는 알지 못했다"고 말한 바 있다.[79]

4. 『로미오와 줄리엣*Romeo and Juliet*』

"아 어떤 다른 이름이 되세요. 이름 속에 무엇이 있다는 거지요? 우리가 장미꽃을 어떤 다른 이름으로 불러도 향기는 여전하잖아요."[80]

"이런 격렬한 즐거움은 역시 격렬한 종말을 맞게 되지. 그래서 그들의 승리 속에서 죽어가는 거야. 마치 불길이나 화약처럼 둘이 만나는 순간 타서 없어지는 것이지."[81]

"우리가 막을 수 없는 더 큰 힘이 우리의 의도를 좌절시켰소."[82]

작품의 줄거리

제1막

베로나에서 최근에 발생한 두 개의 가문—몬태규와 캐퓰릿—사이의 해묵은 분규의 재발은 도시의 군주인 공작으로 하여금 다시 말썽을 일으키면 사형으로 다스리겠다는 명령을 내리게 한다. 몬태규 가문의 후손인 로미오는 요즘 아름다우나 냉담한 로잘린이란 아가씨를 깊이 짝사랑하고 있다. 그의 상사병을 치유하기 위해 그의 친구 벤볼리오는 그에게 캐퓰릿 가에

---

79 T. R. Henn, *The Harvest of Tragedy*, p.146. 재인용.

80 『로미오와 줄리엣』, II.ii.42-3.

81 같은 곳, II.vi.9-11.

82 같은 곳, V.iii.153-4.

서 열릴 예정인 무도회에 —거기서 로미오가 다른 아름다운 여인을 발견하여 자신이 짝사랑했던 여인이 "백조에 비추어 까마귀"임을 깨달을지도 모를 일이므로 —가면을 쓰고 참석할 것을 권한다. 그곳에서 진짜로 로미오는 "횃불에게 (자신같이) 더 밝아지는 법을 가르치는" 미인을 만나게 된다. 그러나 동시에 그녀는 캐퓰릿 가의 딸인 줄리엣이라는 것도 하인을 통해 알게 된다. 줄리엣 또한 로미오를 본 뒤 그의 이름을 알게 되고 그녀의 유일한 사랑은 오직 증오를 통해서만 이 세상에 태어날 수 있다고 한탄한다. 한편 캐퓰릿 가의 성깔 사나운 티볼트는 로미오가 연회에 와 있는 것을 보고 시비를 걸지만 가장家長 캐퓰릿이 끼어들어 제지 시킨다. 티볼트는 훗날을 기약하자며 자리를 뜬다.

제2막

친구들과 떨어져 로미오는 줄리엣의 창문 밑의 정원을 거닐며 서성이다 그녀가 자신의 사랑을 별들을 향해 고백하는 것을 엿듣는다. 그는 곧 자신의 존재를 그녀에게 드러내고 자신의 사랑 또한 고백한다. 이어지는 열렬한 사랑의 장면에서 둘은 비밀리에 결혼할 것을 서약한다. 다음 날, 줄리엣은 유모에게 로미오와의 사랑의 서약을 알리고 결혼의 준비를 위하여—로미오의 친구인—로렌스 수사에게 식을 거행해 줄 것을 부탁하기 위해 그녀를 보낸다. 로렌스 수사는 둘의 결혼이 두 가문 사이의 "증오가 순수한 사랑으로 바뀌게 될 계기가 될" 것이라는 희망을 품고 그 결혼의 증인이 될 것을 허락한다.

제3막

결혼식을 치루고 돌아온 로미오는 친구 벤볼리오와 머큐시오가 티볼트와 언쟁하는 것을 목격하게 된다. 티볼트는 지난 연회 후 로미오를 찾던 참이었다. 티볼트는 기어코 시비를 걸어 싸움하기를 원하지만 이제 티볼트도 자신의 결혼으로 친척이 되었다고 생각하는 로미오는 그의 모욕을 애써 무시하며 싸우기를 거부한다. 그러나 로미오의 그런 태도를 이해하지 못하는 머큐시오는 티볼트의 도전을 받아들이고 싸우다 티볼트의 칼을 맞고 죽게 된다. 더 이상 물러서기 힘들뿐더러 친구가 죽는 것을 보자 격분한 로미오도 싸움에 끼어들게 되고 티볼트를 살해한다. 성난 시민들이 모여들고 자리를 떠난 로미오는 로렌스 수사에게 잠시 피난처를 구하나 도시로부터 추방 명령이 내렸다는 것을 알게 된다. 수사는 그에게 그날 밤 줄리엣을 찾아가 함께 밤을 보내고 다음날 아침 만투아로 떠나가 있으라는 충고를 해준다. 밤이 되어 줄리엣을 찾아간 로미오는 밧줄을 타고 그녀의 침실에 숨어들며 초야를 같이 보내고 아침이 되자 만투아로 떠난다. 그는 로렌스 수사가 적당한 때 그들의 결혼을 정식으로 공포할 때까지 그곳에서 숨어 지내기로 한다. 한편 줄리엣의 부모는 그녀가 결혼한 사실을 모르기에 그녀의 슬픔은 최근 그녀의 사촌의 죽음 때문이라고 생각한다. 그들은 그녀의 슬픔을 극복하게 하기 위해서라도 공작의 친구이며 귀족인 패리스와의 결혼을 서두르려 한다.

제4막

부친의 계획에 경악한 줄리엣은 어떻게 해서라도 그 결혼을 막아보려 하지만 불가능하다는 것을 깨닫고 절망한 나머지 로렌스 수사의 조언을 구한다. 수사는 그녀에게 패리스와의 결혼을 수락하는 한편 자신이 주는 약을 결혼 전날 밤에 먹으면 잠시 동안 가사(假死) 상태로 들어가게 될 것이며 다음 날이면 슬픔에 잠긴 가족들은 그녀가 죽은 줄 알고 가족묘에 안치할 것이라고 말한다. 그러면 수사는 로미오에게 그런 내용을 알리는 편지를 보내고 그가 돌아와서 그녀를 구해 만투아로 달아나면 된다는 것이다. 패리스와 또 결혼하게 되느니 차라리 죽기를 원하는 줄리엣은 기꺼이 수사의 조언에 따르기로 한다. 돌아오는 길에 패리스를 만난 줄리엣은 그의 구혼을 받아들인다.

제5막

우연한 사고로 로렌스 수사의 편지는 만투아의 로미오에게 도달하지 못하게 된다. 로미오는 자신을 찾아온 하인을 통해 줄리엣의 죽음을 알게 되고 절망한 그는 약제사에게서 독약을 구해서 밤중에 베로나로 돌아온다. 그가 캐퓰릿 가의 무덤을 열려고 하자 마침 줄리엣의 시신 위에 꽃다발을 가져다 놓으려 찾아온 패리스와 마주치게 된다. 로미오는 상대에게 자신은 지금 필사적인 인간이므로 그냥 이곳을 떠나라고 말하지만 역시 필사적 기분에 사로잡힌 패리스는 결투를 신청하고 로미오의 칼을 맞고 죽는다. 불빛에 비로소 자신이 죽인 상대가 패리스인 것을 알아본 로미오는 그 역시 줄리엣을 사랑했다는 것을 깨닫고 그의 시신을 끌어다 줄리엣 곁에 누인다. 줄리엣의 입술에 마지막 입맞춤을 한 로미오는 준비한 독약을 마시고 죽는다. 한편 자신이 보낸 편지가 로미오에게 도달하지 못했다는 것을 알게 된 로렌스 수사는 줄리엣을 구하기 위해 서둘러 무덤에 찾아온다. 무덤에 도착한 수사는 로미오가 죽은 것을 발견한다. 이윽고 가사에서 깨어난 줄리엣은 남편을 찾는다. 수사가 모든 게 허사로 돌아갔으니 어서 자기와 함께 수녀원으로 피신하자는 말에 줄리엣은 제발 자신을 남겨두고 떠나달라고 부탁한다. 수사가 떠난 뒤 줄리엣은 로미오가 남긴 독약을 마시려 하나 너무 적어 소용이 없자 그의 칼로 가슴을 찌르고 자살한다. 전령을 통해 이 소식을 들은 몬태규와 캐퓰릿이 무덤에 오자 수사는 이 두 불운한 연인들이 최근에 겪은 참사를 설명해준다. 그들은 자식들의 주검 앞에서 비로소 과거의 자신들의 어리석은 증오심을 부끄러이 여기며 때늦은 화해를 한다.

『로미오와 줄리엣』은 가장 가슴 아픈 그리고 아름다운 사랑 이야기 중의 하나이다. 이 작품은 셰익스피어의 '비극시대'의 초기 작품의 특징을 잘 보여준다. 즉 극은 강렬한 효과를 가져오는 플롯 구조와 성격화의 솜씨를 보여주지만 '비극'이라기보다는 뛰어난 '멜로드라마'로서의 성취를 보여주고 있다. 우선 극의 구조에 있어서 이 작품은 일종의 평행구조를 지니고 있다. 앞부분의 '침실 장면'이 뒷부분의 '무덤 장면'과 양립하며 이 두 장면 사이에서 극의 서두에서 언급된 "불운한 연인들"의 "죽음으로 점지된 사랑"이란 예언이 정확히 실현되는 것이다.83 극의 시작과 더불어 암시된 파국의 조짐과 예감은 1막 4장에서 로미오가 캐퓰릿 가의 연회에 가면서 미처 줄리엣도 만나기 전에 "불길한 예감이 들어…… 때 이른 죽음이란 어떤 사악한 처벌이 찾아올 것 같다"고 하는 말에서부터 느껴진다. 또 로미오의 이런 감정은 줄리엣도 마찬가지여서 1막 5장 133행에서 로미오를 처음 본 줄리엣은 유모에게 그의 이름을 알아오라고 말하며 "만약 그가 결혼한 몸이라면, 나의 무덤이 나의 결혼 침상이 될 거야"라는 불길한 말을 토해낸다. 이렇듯 극은 사랑의 감미로움에 처음 눈 뜬 한 쌍의 남녀가 숨 가쁜 고백을 하기도 전에 불현듯 끼어드는 불길한 예감들과 함께 시작한다. 그러나 극의 전반부는 둘의 사랑의 확인 및 고백과 더불어 그들을 둘러싼 인물들이 보여주는 낙천적이고 쾌활한 모습으로 한 편의 희극인양 흥겹게 진행된다. 그런데 제3막 제1장에서 머큐시오의 돌연한 죽음과 더불어 갑자기 극은 희극적 분위기와 어조에서 심각하고 무거운 비극의 분위기로 바뀌어 버린다. 이렇게 작품의 중간에서 발생한 죽음은 극의 '전환점'을 이루며 마지막의 주인공들의 죽음을 예시豫示하고 준비시킨다. 극은 로미오와 줄리엣의 낭만적 사랑이 이루어지는 환상의 세계에서 문득 이 둘의 사랑이 '불화하는 두 가문'이라는 현실적 배경 속에서 진행될 수밖에 없음을 환기시켜주고 있다.

---

83 『로미오와 줄리엣』, I.i.6,9.

두 주인공의 '성격화'는 이 작품에서 가장 성공적인 부분으로 로미오와 줄리엣은 한마디로 말해 '이상화된 연인들'을 상징하는 인물들이다. 로미오는 성급하고 열화 같은 사랑의 정열에 타오르는 젊은이인 동시에 그의 품성에는 모범적으로 침착하고 신중한 면도 있다. 그는 줄리엣과 결혼한 날 거리에서 캐퓰릿가의 티볼트라는 시비 걸기 좋아하는 싸움꾼을 만났을 때 친구들이 보는 가운데―결혼으로 인해 자신의 친척이 되기도 했음으로―그의 모욕을 당하면서도 신사다운 침착함과 관용성을 보이며 싸움을 말리려 한다. 그러나 자신이 말리려다 오히려 친척 머큐시오가 죽자 할 수 없이―즉 책임을 지기 위해―싸움에 개입한 결과 티볼트를 죽이게 된다. 한편 줄리엣은 조숙하지만 정숙한 여인의 모습으로 등장하며, 진실한 사랑을 발견하자 순식간에 대단히 실용적이고 현실적인 방도를 제안하며 또 행동으로 옮긴다. 그녀는 사랑 문제에 있어서는 해결책이 결혼밖에 없다는 것을 알고 이를 먼저 제안한다. 일반적으로 셰익스피어 극에서 사랑을 이끌어 낼 뿐 아니라 주도하는 것은 여성 쪽이다.

두 주인공의 고귀하고 진지한 품격을 돋보이기 위해 작가는 유모와 머큐시오를 각각의 주인공 곁에 배열하였다. 머큐시오가 사랑을 장신구 정도로 여기고 자기 탐닉적인 수단으로 취급한다면, 유모에게 사랑이란 육체적 관계와 여기서 얻는 쾌락의 이상도 이하도 아니다. 이들의 경박하거나 천박한 가치관으로 인해 두 주인공의 순수함과 심각함은 더욱 빛날 수밖에 없다. 한편 캐퓰릿 부친과 로렌스 수사에 대해서는 평자들의 평가가 엇갈린다. 캐퓰릿은 딸을 마치 가축이나 가산집물家産什物인양 주고받는 대상으로 여길 만큼 가부장적 인물로 보는 이가 있는가 하면[84] 그저 딸을 익애溺愛(지나치게 사랑)하여 딸이 잘 되기만을 바라는 아버지라고 보

84　Kenneth Muir, *Shakespeare's Tragic Sequence*, p.36.

는 이도 있다.[85] 그러나 그가 아무리 당대의 전형적 아버지 상의 재현이라 해도 딸의 의사에 그토록 반하면서까지 마음에 없는 결혼을 강요하는 아버지의 행동을 긍정적으로 보는 관객은 어느 시대에나 별로 없을 것이다. 마지막으로 로렌스 수사 역시 호오好惡의 판단이 갈린다. 우선 긍정적으로 보는 평자는 그가 양 가문을 화해시키는 데 도움이 될 것이란 희망 아래 두 연인들의 비밀결혼을 주재했고, 로미오가 추방당한 다음 줄리엣이 패리스와 결혼을 강요낭할 때 해결책을 제시하지 않으면 자살하겠다는 위협에 못 이겨 극단적인 방법을 제안했다고 본다. 만약 그의 계획대로 일이 잘 진행되었다면 모든 것이 좋았을 것이다. 그러나 그가 경솔하고 무책임하다고 비난하는 평자들도 있다. 무엇보다 그는 두 연인의 성급한 요구에 지나치게 순순히 응해서 하자는 대로 따랐던 책임을 져야 한다. 그는 자신이 비밀결혼을 주재했기에 줄리엣의 중혼重婚을 막아야 할 처지에 있게 되며 그래서 '가사약假死藥'이라는 극단적인 방법을 쓰게 된다. 그러나 이러한 지나친 개입은 위험하며 또 그 방법은 너무나 위태로운 것이었다는 비난을 면하기 힘들다.[86] 그는 약을 주는 대신 줄리엣의 결혼 사실을 그대로 공표(선언)함으로써 중혼을 막을 수도 있지 않았을까? 그런데 우리가 캐퓰릿이나 로렌스 수사에 대한 찬반 평가 중 어느 쪽을 지지하건 이런 논의들은 한마디로 무의미하다고 할 수밖에 없다. 왜인가? 작가는 양쪽 가능성을 다 알고 있으면서도 자신의 의도한 결과를 도출해 내기 위해 부모와 수사의 행동을 작품 속에 그려진 대로 그렇게 만든 것이다. 작가의 의도는 '불우하게 적대적인' 환경 속에서 사랑에 눈뜬 두 남녀가 자신들의 사랑을 실현시키기 위하여 갖은 노력을 다하며 몸부림치고 싸웠으나 끝내 패배하여 파멸하고 말았다는 것을 보여주는

---

85   G. B. Harrison, p.60.

86   Muir, p.38.

데 있었다고 해야 한다. 그러면 우리는 이제 이 작품 가운데 과연 무엇이 그들의 불행한 종말에 가장 책임이 큰가 물어보아야 한다.

작품의 세 가지 모티프인 '성격, 불화, 우연' 중 어느 것의 역할이 가장 큰가?

우선 첫사랑에 눈뜬 로미오와 줄리엣의 성급하고 열화 같은 성격이 그들의 불행에 일부 책임이 있는 것은 물론 사실일 것이다. 로렌스 수사도 그들을 맺어주면서 "이런 격렬한 기쁨은 격렬한 종말을 맞는 법이야. 그리고 그것의 승리의 순간에 죽어버리지. 마치 마주치면 불타오른 뒤 꺼져버리는 화약처럼 말이다"라고 말한 바 있다.[87] 그러나 돌이켜 생각해 보면 이렇게 숨 가쁘게 타오르는 사랑의 열정은 어찌 보면 당연한 것이고, 그들의 사랑을 진정한 사랑으로 만드는 것에 지나지 않아 보인다. 불타오르지 않는 사랑은 사랑이 아니기 때문이며 완전한 헌신이 따르지 않는 사랑도 제대로 된 사랑이 아니기 때문이다. 둘의 처신을 문제 삼으려면 그들이 그렇게 필사적인 행동을 취할 수밖에 없도록 만든 '가문 사이의 불화'라는 그들을 둘러싼 배경과 환경에 더 큰 책임이 있다고 보아야 한다.

그러나 가문의 불화의 모티프도 주인공들의 보이는 행동과 사건의 배경을 제공하고 영향을 미치는 것은 사실이지만 정작 그들의 파멸에 직접적 책임이 있는 것은 아닌 듯하다. 두 주인공은 불화하는 가문 출신임에도 그런데 구애拘礙받지 않고 결혼에 돌입하여 자신들의 장래를 꿈꾸기 때문이다. 이런 경우에 흔히 그렇듯이 불화하는 가문은 그들의 사랑을 더욱 불붙고 확고하게 만들 따름이다. 그들의 행복을 가로막은 것은

---

87 II. vi. 9–11.

예상치 못한 돌발사들의 연발로 말미암아 그들의 발목이 붙잡혔다는 사실이다. 그래서 유수한 셰익스피어 평자 중의 한 명인 H. B. 찰튼도 "작품의 후반부의 급속하고 강력한 사건의 전개를 필연으로 만들 만큼 '불화의 주제'는 일관스럽고 강력하지 않다"고 말한다.[88] 작품 가운데 두 주인공에게 닥친 파국의 시작은 앞서 보았듯이 3막 1장에서 로미오의 뜻하지 않은 티볼트 살해로부터 비롯한다. 그런데 여기서 우리는 이 사건의 배후에 있는 가문의 불화보다는 로미오가 보이는—가문의 일원으로서 느끼는—고귀한 '책임의식과 명예심'이 이 파국을 가져온 더 큰 요소라는 것을 부정할 수 없다.[89] 그는 자신의 책임의식과 명예심 때문에 불가항력적인 행동을 한 것이다. 그래서 로미오는 티볼트를 죽인 후 자신의 행동이 가져온 파국 앞에서 마치 자신이 악운의 희생양인 양 여긴다. 그는 자신이 "운명의 희롱물O, I am fortune's fool."[90] 이라고 외치는 것이다. 그러나 이 사건 이후 두 연인은 헤어져야만 하고 극은 돌이킬 수 없는 더 큰 파국을 향해 나아간다. 둘을 다시 이어주기 위해 로렌스 수사가 택한 극단적인 방법은 그 실현의 마지막 순간에 또 다른 그리고 결정적인 우연tyche의 개입으로 좌절된다. 뜻밖에 역병이 돌발하여 수사의 편지가 전달되지 못하게 되고 이는 연쇄적으로 파멸적 사태를 초래하는 것이다. 그런데 우리는 앞서도 지적했듯이 셰익스피어 자신이 극의 도처到處에 이러한 '불운의 내습來襲'을 예감하고 있는 듯한 두 주인공의 독백을 심어 놓은 것을 보게 된다.

로미오: "나는 너무 일찍 내 마음 한구석에 불길한 느낌이 들어/ 오늘

---

88 H. B. Charlton, *Shakespearian Tragedy*, p.60.

89 Harold S. Wilson, *On the Design of Shakespearian Tragedy*, p.28.

90 III.i.132

밤의 연회와 더불어 어떤 운명의 결과가 그것의 끔찍한 시작을 보여줄지/ 알 수 없다는 것이야."—1막 4장 106–9행.

줄리엣: "그것은 너무나 성급하고 너무나 분별없고 너무나 갑작스럽고 너무나 번개 같애,/ 우리가 번쩍한다라고 말하기도 전에 사라지는 번개 같이 말이야." —2막 2장 117–19행.

그리하여 이 작품의 중심적 효과는 거듭된 불운의 타격으로 쓰러진 청순하고 고귀한 두 주인공에 대해 관객이 느끼는 다함 없는 연민과 동정에 놓이게 된다. 그런데 이 작품의 종말 부분은 좀 문제적이라는 평자들의 지적이 있다.[91] 이는 '불운의 역할'이 극의 효과에 있어 결정적이라는 것 때문이 아니라 작품의 끝에서 작가가 '불필요한 과욕'을 부린 듯한 점이 있기 때문이다.

우리가 극의 종말에서 느끼는 불만은 무엇인가?

평론가들은 작가는 극을 쓸 때 '중심의 분산(혹은 '초점의 양분화')'는 반드시 피해야 한다고 말한다. 즉 통일된 효과와 감정의 카타르시스를 위해서는 극의 종말은 단일한 효과로 집중되도록 초점이 맞춰져야 한다는 것이다. 그런데 이 극에서 셰익스피어는 아직 비극작가로서는 초기인 까닭도 있겠으나 극의 끝에서 '두 마리 토끼를 잡으려 했다'는 비판을 받는다.(그의 '비극'의 시도는 이 극에 앞서 『타이터스 앤드로니커스』라는 그리 성공적이지 못한 작품을 한 편 써보았을 뿐이다.) 말하자면 우리는 이 극을 보면서 가문의 불화라는 적대적 상황에도 불구하고 사랑을 실현시키려는 두 주인공의 투쟁에 동정하고 공감하여 이들의 사랑의 궁극적 성취 여부에 우리의

---

91 H. S. Wilson, p.30.

관심이 집중되는 것을 느낀다. 그런데 이 사랑이 '불운'의 연속적 돌발로 인해 좌절되고 결국 두 주인공의 뜻밖의 죽음으로 끝맺는 것을 목격하고 괴롭고 가슴 아픈 '연민'의 감정을 지니고 극장을 나서게 된다. 그리고 바로 이것이 이 극이 제공하는 '멜로드라마적 절정감'(클라이맥스)이다. 이런 절정감을 느낀 후 우리는 주인공이 일단 죽은 마당에 가문의 문제니 그 후일담 따위에는 별로 관심이 없게 된다. 주인공들의 죽음과 더불어 극에 대한 관심도 끝나는 것이다. 따라서 장례와 애도 등의 뒷마무리나 해설은 형식적인 필요에 따른 군더더기라는 느낌이 들기 마련이다.

그런데 셰익스피어는 극의 끝에서 두 가문의 '불화'가 두 주인공의 죽음으로써 '화해'로 돌아섰다는 것, 즉 가문의 화해를 위해서는 둘의 희생이 필요했다는 식의 느낌을 갖게 만든다. 그러나 이렇게 되면 앞서 말한 초점의 분산이 발생하고 극의 통일된 인상이 훼손된다. 고작 가문의 화해를 위해서 세상에서 가장 소중하고 아름다운 인간들이 소모되고 상실되어야 하는가 하는 - 마치 '사람을 위해 안식일이 있지 안식일을 위해 사람이 있는가'[92] 하는 예수님의 말씀을 상기시키듯이 - 일말의 분노의 감정마저 들 수 있다. 왜냐하면 너절하고 비루한 그들의 해묵은 증오심과는 비교도 할 수 없을 만치 주인공들의 사랑은 작품 가운데서 가장 순수하고 아름답게 빛나는 것이었기 때문이다. 한마디로 작가는 가문의 화해라는 후일담을 덧붙임으로서 작품의 초점을 흐려놓았다. 이것이 이 작품의 종말이 못내 불만족스러운 이유이다.

많은 비평가들은 셰익스피어가 이 작품을 쓸 때 여전히 극작가로서의 솜씨는 비상하나 성공적인 비극에는 어떤 요소가 있어야 하는지, 즉 비극적 위엄과 높이에 도달하려면 어떤 극적 자질이나 내용이 필수적인지

---

92 마가 2:28.

아직 깨닫거나 체득하지 못했다고 지적한다.[93] 즉 그는 비극을 성공시키기 위해서는 두 가지 요소가 있어야 한다는 것, 첫째 성격화에 있어 너무 선하지도 악하지도 않은, 즉 성인도 악한도 아닌 주인공을 창조해야 하며, 다음으로 플롯 구성에 있어 사건들은 반드시 인물의 성격에서 비롯되어야 한다는 것을 깨닫게 되었다는 것이다.[94]

이 작품은 비극인가 멜로드라마인가?

『로미오와 줄리엣』은 너무나 안타까운 불운으로 인해 이루어지지 못한 사랑 얘기로는 고금古今에 드물게 성공한 걸작이다. 평자들은 이 작품이 그리는 사랑은 "불멸의 아름다움"과 "영원한 이상적 사랑의 감정"을 갖게 하며,[95] "우리는 이 작품을 읽거나 볼 때마다 생기 있고 발랄한 사랑의 '무시간성 혹은 항구성'을 느끼게 된다"고 말한다.[96] 한마디로 사랑이란 감정과 그것이 불러일으키는 열망이 가장 충실하게 재현된, '낭만적 사랑'의 전범으로써 『로미오와 줄리엣』은 "보석처럼 영롱하고 찬란한 작품"으로 남는다는 것이다. 그런데 이런 평가를 한 평자는 바로 이어서 그렇게 된 까닭은 이 작품이 "가장 인위적으로 조작된" 비극이기 때문에 가능했다는 말을 덧붙인다.[97] 하지만 아이러니하게도 이 평자는 여기서－자기도 모르는 사이에－사실 이 작품이 '비극'이 아니라 뛰어난 '멜로드라마'인 이유를 설명하고 있다. 다시 말해, 이 작품의 가장 핵심적인 효과

93　그는 이 작품 이후 비극을 쓰지 않고 희극과 사극에만 전념하며 다시 세기말에[4년 후] 비극에 도전하여 쓴 『줄리어스 시저』에서는 훨씬 원숙한 경지를 보여준다.

94　Kenneth Muir, *Shakespeare's Tragic Sequence*, p.41.

95　Muir, p.38.

96　Dieter Mehl, *Shakespeare's Tragedies: An Introduction*, p.31.

97　Wilson, p.30-11.

는 그것이 마치 마른하늘에 날벼락처럼 떨어진 '우연의 개입'을 통해서만 가능했다는 것을 지적하고 있기 때문이다.

이렇게 작품의 중심적 효과가 오직 '우연의 개입'에 의존하여 발생할 때, 이는 이 작품이 비극이 아니라 '멜로드라마'라는 것을 가리킨다. 『로미오와 줄리엣』은 사랑의 실패와 좌절을 다룬 역사상 잘 만들어진 멜로드라마들의 원조 격에 해당하는 작품이다.[98] 그럼에도 불구하고 전통적으로 많은 평자들은 이 작품을—어쩌면 당연하게도—'비극'의 관점에서 바라보았고 그 결과 비극다운 '연민과 공포' 및 '찬탄과 외경'의 감정보다는 오직 '측은함과 안타까움'pathetic의 감정만을 불러일으킨다고 지적해왔다. 가령 G. B. 해리슨은 "심오한 비극으로서의 품격을 갖추지 못했다"고 말하고 H. 윌슨도 "페이서스(연민)는 넘치지만 비극적 위엄은 없다"고 평한다.[99] H. B. 찰튼 또한 작가는 "트릭trick으로 우리를 정복했지만 이 트릭은 그를 비극의 핵심으로 향하게 하지는 못했다"고 애석해 한다.[100] 그러나 이 평자들이 공통으로 보이는 문제점은—앞서 그리스 비극을 다룰 때 언급했듯이—비극의 시작인 '아티케 비극'부터 오늘날 우리가 '멜로드라마'로 분류할 수 있는 작품들이(21편) 다수 포함되어 있고 정작 '비극다운' 작품은 일부에(10편) 불과했다는 사실을 간과하고 있는 것이다. 가령 아이스퀼로스의 『페르시아인들』, 소포클레스의 『콜로누스의 오이디푸스』, 에우리피데스의 『트로이아의 여인들』, 『헤카베』, 『헤라클레스』 등 많은 작품들은 비극이라기보다는 '승리의(혹은 패배의) 멜로드라마'로 분류될 수 있는 것이다. 그러나 아테나이인들은 역시 앞서 말했듯이 디오뉘

---

98 20세기에 영화가 주류 서사 예술이 된 후 가장 큰 흥행작들 가운데 상당수는—『애수哀愁 *Waterloo Bridge*』, 『러브 스토리』, 『라스트 콘서트』 등은—『로미오와 줄리엣』의 후손 격인 '패배의 멜로드라마'였다.

99 Harrison, p.64; Wilson, p.30.

100 Charlton, p.61.

소스 제전에서 공연된 작품은—그것의 형식과 내용은 어찌 되었건—일 괄하여 '트라고이디아'라는 명칭으로 불렀다. 따라서 평자들이 이 작품은 『햄릿』이나 『맥베스』 같은 작품의 반열에 들지 못한다고 안타까워한 것은 이 작품이 멜로드라마라는 다른 범주에 속한다는 사실을 고려하지 않은 결과일 따름이다.

다시 말하거니와 이 작품은 셰익스피어 작품 중 가장 빼어난 '패배의 멜로드라마'이다. 패배의 멜로드라마는 비극의 '성격→행동→파국'의 패 턴이 아니라 '우연→파국'의 플롯을 통해 관객들에게 비극이 가져다주는 '복합적인 감정' 대신에 충격, 비애, 절망과 같은 '극단적인 일면적 감정' 의 고양을 맛보게 함으로써 나름의 '카타르시스'를 경험하게 한다. 앞서 언급했듯 멜로드라마는 비극이나 희극 못지않게 이 세상에서의 인간의 행동과 삶을 묘사하고 재현하는 데 있어 대등한 가치와 중요성을 갖는 문학의 한 갈래(장르)이다. 결론적으로, 『로미오와 줄리엣』은 '실패한 비 극'이 아니라 '성공적인 멜로드라마'이다.[101]

'사랑과 죽음의 서사*Liebestod*' 전통

『로미오와 줄리엣』은 위에서 비쳤듯이 서구의 오랜 '사랑과 죽음의 서 사'의 전통에 서 있는 작품으로서, 그 뿌리는 청춘 남녀의 불운한 사랑을 다루고 있는 오비디우스의 『변신 이야기』에 나오 '퓌라미스와 티스베' 이 야기이다. 아울러 12세기의 영국 켈트 민담에서부터 출현하여 중세의 대 표적인 로맨스가 된 『아서왕과 원탁의 기사』 중의 '랑슬로(란셀롯)과 귀니 비어' 이야기, 역시 아서 왕 이야기('아서 사이클')과 관련 있는 '트리스탄과

---

101 멜로드라마에 대한 자세한 논의는 역시 『비극 문학』 제2장 제2절 '비극과 멜로드라마' p.55-77쪽을 참조할 것.

이솔데(트리스탐과 이설트)' 이야기도 이 서사 전통에 속한다. 『로미오와 줄리엣』도 이 전통에 서 있으나, 중세 설화에 나오는 '아서왕 이야기'부터는 간통이라는 삼각관계를 중심으로 전개되는 '궁정식 사랑Courtly Love 전통'으로 발전한다. 19세기 이후의 근대소설에서의 사랑과 죽음 서사도 '미혼남녀의 이루어지지 않은 사랑'과 (어느 한쪽이) '결혼 관계에 있는 남녀의 불륜의 사랑'의 두 가지 종류로 나뉘는 것을 볼 수 있다. 그러나 서구에서 사랑과 죽음 서사의 가장 원초적이고 순수한 형태의 작품은 '퓌라미스와 티스베' 이야기의 직계 후손인 셰익스피어의 『로미오와 줄리엣』이라고 할 수 있다.

'사랑과 죽음의 서사' 전통의 이야기들은 모두 '사랑과 죽음의 결합'이란 명제를 다루며, 이는 오직 죽음으로 입증된 사랑만이 진실하고 우리를 감동시킨다는 관념에 근거한다. 이 분야의 대표적 저술인 『서구 세계에서의 사랑』의 저자 드니 루즈몽은 "현실에서 실현되는 사랑은 더 이상 사랑이 아니"라는 명제가 서구에서의 사랑 문학 전통의 중심에 있다고 말한다.102 루즈몽은 모든 '열정적 사랑*amour passion*'은 실패하고 좌절된 사랑이고, 오직 '불가능한 사랑'만이 진정한 사랑이라는, 이제는 해묵은 그러나 '감상적 진리'처럼 다가오는 도식이 성립하게 되었다고 말한다.103 르네상스 시대 이후 특히 근대의 사랑 문학의 대표적인 걸작들은 대부분 이 전통에 속한다고 할 수 있다. 소설의 전성기인 19세기에 스탕달의 『적과 흑』, 발자크의 『골짜기의 백합』, 알렉상드르 뒤마 피스의 『동백꽃 아가씨』(『춘희椿姬』), 너새니얼 호손의 『주홍 글자』, 토머스 하디의 『더버빌 가의 테스』, 테오도르 폰타네의 『에피 브리스트』, 톨스토이의 『안나 카레니나』, 20세기에 들어와 이디스 워튼의 『이선 프로움』, 어니스트 헤밍웨이의 『무

---

102 Denis de Rougemont, *Love in the Western World*, p.13.
103 Rougemont, p.34-5.

기여 잘 있거라』와 『누구를 위하여 종은 울리나』, 스콧 핏처럴드의 『위대한 개츠비』도 역시 이 전통에 속한다. 이 사랑 서사의 명제는 하디가 『더버빌 가의 테스』에서 말한 "경험의 본질은 강렬함에 있지 지속성에 있지 않다Experience is as to intensity, and not as to duration"라는 믿음에 근거한다고 볼 수 있다.104

5. 『줄리어스 시저*Julius Caesar*』

"인간사에는 조수간만潮水干滿이 있다. 밀물을 타면 행운에 도달할 수 있으나 그 기회를 놓치면 인생의 행로는 여울에 밀려 불행의 구렁텅이로 떨어지는 법이다."105

"이 세상에서 신들이 보기에 가장 용감한 광경은 불운과 더불어 싸우는 위대한 인간이다." ─세네카, 『섭리에 대하여』, 제2장

작품의 줄거리

제1막

‘루퍼칼리아(2월에 열리는 농사와 가축의 수호신을 섬기는)’ 축제 날 로마의 시민들은 때마침 시저가 정적政敵 폼페이우스에 대해 승리하고 로마로 개선하는 것을 축하하기 위해 거리로 몰려나온다. 그러나 이런 민중들의 환호가 뜻하는, 시저의 충천하는 인기는 마침내 그의 야심으로 이어질 것을 두려워하는 시민들도 있다. 그래서 호민관 플라비우스와 마랄루스는 환호하는 시민들에게 시저의 손에 죽임을 당한 폼페이우스의 운명을 기억하라고 외치며, 시저를 기리는 트로피(기념물)들을 허물어 없애고, 시민들을 집

---

104 『더버빌 가의 테스』, 제19장.
105 『줄리어스 시저』, IV.iii.217-20.

으로 돌려보내려고 애쓴다. 한편 시저의 추종자인 마커스 앤토니는 민중의 환호 가운데 시저에게 왕관을 세 번 바치나 시저는 이를 거듭 마다한다. 한편 시저에게 가장 적대적인 캐시어스는 브루터스와 만나 자신이 전에 시저와 함께 있을 때 시저가 사실 인간적으로 얼마나 허약하며 약점이 많은 인간이었는지 생생히 목격하였고, 이어서 로마에 왜 하필 훌륭한 인물이 시저 하나뿐이겠냐고 반문한다.

캐스카도 브루터스를 만나서 자신이 목격한 것을 들려준다. 즉 앤토니가 시저에게 왕관을 바치는 것을 보았는데 시저는 그것을 물리칠 때마다 점점 마지못해 억지로 마다하는 모습이 역력했다는 것이다. 한편 시저는 측근 앤토니에게 멀찌감치에서 자기를 바라보는 캐시어스를 보고 자신은 캐시어스처럼 '생각을 많이 하는 비쩍 마른' 인간은 딱 질색이라고 말한다. 다른 쪽에서는 캐시어스가 캐스카와 신나 등의, 자신의 계획의 동조자들과 더불어 로마 시민들의 존경을 받는 '고귀한' 브루터스의 확고한 동조와 동참을 얻어낼 방도를 궁리한다. 생각 끝에 캐시어스는 시중에 나도는 삐라와 같은 글을 하나 써서 신나에게 맡기며 브루터스가 볼 수 있는 곳에 가져다 놓으라고 말한다. 거리에서 한 예언가가 시저에게 다가와 '3월 15일을 조심하라'고 일러준다.

제2막

밤중에 잠 못 이루고 생각에 잠긴 브루터스는 시저가 아직 저지른 범죄는 없지만 앞으로 그가 왕이 되면 저지를지 모르는 범죄 때문에라도 제거해야 하지 않는가 하는 매우 모순적인 논리의 사고를 하고 있다. 그때 하인이 창문틀에 끼워져 있었다며 가져온 종이에 '브루터스여 그대는 잠들어 있다. 어서 잠을 깨라. 그대 자신을 직시하라…… 발언하고 행동하라'라고 적혀있는 것을 읽는다. 이 글을 읽고 그는 로마 초기의 폭군 타르퀸을 몰아낸 자신의 조상 루시어스 브루터스를 생각하고 시저 제거에 대한 결심을 거의 군힌다. 이때 그의 집으로 캐시어스와 캐스카 그리고 신나 등의 음모자들이 찾아온다. 이들은 브루터스의 이상주의적 기질에 호소해 자신들의 대의명분을 주장하며 시저의 암살 계획에 그의 동참을 강권한다. 그는 동조하지만 그들은 '살육자가 아니라 시저를 신들에게 희생물로 바치는 사제들답게' 행동해야 한다고 말한다. 그리고 마커스 앤토니도 같이 살해해야 한다는 그들의 주장에 앤토니는 시저의 수족에 불과하므로 시저라는 머리가 없어지면 아무 힘을 못 쓸 터이니 걱정하지 말라고 반대한다. 거사의 결행 일은 다음 날 즉 3월 15일로 결정된다.

한편 그의 아내 포셔는 남편이 잠들지 못하고 고뇌하고 있고 얼굴을 가린 손님들이 찾아와 무슨 논의를 심각히 하는 것을 보고 자신도 괴로워한다. 그녀는 남편에게 고민이 있으면 제발 충직한 아내인 자신에게 털어놓으라고 강청하나 브루터스는 끝까지 아내에게는 비밀로 한다. 한편 밤이 이슥해지자 이상한 자연의 조짐들이 나타난다. 하늘에 불빛이 번쩍이고 무덤이 열리고 유령들이 출몰하며 알 수 없는 공포의 분위기가 도시를 감싼다. 시저의 아내 캘퍼니아는 꿈에 남편의 동상이 백여 개의 상처에서 피를 흘리는 꿈을 꾸고 제발 오늘은 의사당에 나가지 말라고 간청한다. 시저도 아내의 뜻대로 두문불출키로 하였으나 암살자 중의 한 명인 데시어스 브루터스가 찾아와 꿈 얘기를 듣더니 그것은 사실 길몽으로써 시저의 충천하는 인기의 징후이고 상처에서 나오는 피로 말하면 그의 권세가 온 로마인들에게 퍼져나간다는 뜻이라고 말해준다. 그때 다른 음모자들도 찾아와 같이 가기를 권한다. 시저는 마음을 바꿔 의사당에 가기로 한다.

제3막

시저가 의사당으로 향할 때 음모의 내용을 알리는 편지를 그의 손에 누군가 쥐어주나 그는 읽지 않으며, 또 누군가 다시 오늘이 경계해야 할 3월 15일임을 상기시키나, 그는 개의치 않는다. 의사당 밖에서 그의 측근인 앤토니는 음모자 중의 한 명인 트레보니우스가 꾀어서 입장하지 못하도록 하는 한편, 의사당 안에서는 메텔러스 심버가 시저에게 다가와 추방당한 자신의 형에 대한 처벌을 재고해 달라고 요청한다. 시저가 공적으로 내린 결정은 번복할 수 없다고 반대하자 이번에는 브루터스와 캐스카 등이 다가와 재고할 것을 요청한다. 시저가 다시 반대 의사를 표명하자, 처음 캐스카가 —그 뒤를 이어서 음모자들이—그의 몸에 23개의 상처가 날 때까지 다투어 그를 찌른다. 마지막에 브루터스가 단검을 빼어들자, 시저는 '브루터스 너마저'란 말을 남기고 절명한다. 재빨리 상황을 판단한 앤토니는 그들의 거사에 반대하지 않지만 자신도 시저의 장례식에서 추모연설을 하게 해달라고 부탁한다. 캐시어스의 반대에도 무릅쓰고 브루터스는 이를 허용한다. 브루터스는 허용할 뿐 아니라 자신은 자신의 연설이 끝나면 장례식장을 떠날 것이며 앤토니에게는 단지 거사를 반박하는 내용만 말하지 말라고 부탁한다.

장례식장에서 브루터스는 간단명료하고 허심탄회하게 자신이 시저를 죽인 이유를 설명한다. 즉 자신은 '시저를 덜 사랑해서가 아니라 로마를 더욱 사랑했기 때문에' 시저에게 등을 돌릴 수밖에 없었음을 토로하는 것이다. 대의명분에 호소하는 브루터스의 연설을 듣고 시민들은 시저는 폭군이고 죽어 마땅했다고 외친다. 다음 연단에 오른 앤토니는 시저가 야심이 많다는 비난을 받았지만 생전에 자신이 세 번이나 왕관을 바쳤을 때 시저는 거부하였고 더구나 그는 유서에서 자신의 재산 대부분을 로마인들에게 남겼다고 말한다. 앤토니는 사심 없는 시저를 권력에 눈이 먼 암살자들이 잔인무쌍하게 수 십 군데나 칼질을 하였다고 성토한 것이다. 그는 영리한 현실주의자답게 이상주의적 명분이 아니라 민중이 혹하기 쉬운 인간적 감정과 물질적 이익에 호소한 것이다.

민중은 즉시 시저를 성스럽게 화장하고 그 불길로 음모자들의 집들을 불태워버리자고 외친다. 앤토니는 자신의 의도가 성취되자 옥타비우스 시저를 만나 같이 힘을 합치고 레피더스와 더불어 삼두三頭정권을 형성할 것에 합의한다. 한편 민심이 이반한 것을 본 거사의 패배자들은 로마를 떠난다. 시일이 지나며 점차 민중의 감정은 양분되어 한쪽은 앤토니와 옥타비우스를 지지하고 다른 한쪽은 브루터스와 캐시어스를 지지하게 된다. 소아시아의 사르디스에서 브루터스와 캐시어스 사이에는 불화가 발생한다. 캐시어스가 부당한 금품을 받는다는 소문이 있으니 이를 조심하라는 브루터스의 경고에 캐시어스가 자신이 그렇게 하는 것은 전쟁의 자금난 때문에 불가피하다는 변명을 늘어놓는다. 둘이 다투는 동안에 브루터스는 불현듯 아내 포셔가 브루터스 자신의 불운에 크게 상심한 나머지 자살했다는 소식을 들려준다. 브루터스가 이 소식에 먼저 접하고도 스토익하게 처신한 것을 보고 캐시어스는 감명받음과 동시에 자책감에서 브루터스의 용서를 구한다. 둘은 다시 화해한다. 캐시어스는 브루터스에게 미안한 나머지 전투의 장소를 상대편에게 유리한 필리피의 벌판이 아니라 진지를 구축한 현재의 안전한 골짜기에서 벌이는 것이 낫다는 자신의 판단에 거슬려 필리피로 가서 치루자는 ―전술 전문가가 아닌― 브루터스의 위험천만한 주장에 따르기로 한다. 전투가 있기 전날 밤 브루터스의 꿈에 시저의 유령이 나타나 필리피에서 보자고 말한다.

제5막

필리피에서 양측이 처음 만나서 한 담판은 오직 쌍방의 악감정만을 부추길 따름이다. 전투의 초기에 브루터스의 군대는 옥타비우스의 군대에 대해 승기를 잡는다. 그러나 캐시어스의 군대는 앤토니에게 쫓기는 신세가 된다. 다음 날 아침 캐시어스는 측근 티티니어스를 자신들에게 다가오는 군대가 아군인지 적군인지 알아보고 오라고 보낸다. 그러나 티티니어스가 말에서 뛰어 내리는 모습을 멀리서 보고 캐시어스는 승리한 적군이 다가오는 게 분명하다고 판단하고 하인 핀다로스를 시켜 자신을 죽이도록 한다.

그러나 그 군대는 브루터스가 보낸 것이며 옥타비우스를 패배시켰다는 소식에 기뻐서 티티니어스는 말에서 뛰어내린 것이었다. 돌아온 티티니어스는 캐시어스의 주검을 보고 자신도 자살해 버린다. 캐시어스의 죽음에 크게 상심했으나 마지막 한 번 더 결전을 치루기로 결심한 브루터스는 결국 전투에서 패배한다. 그는 "시저여 이제 영면永眠하라"라는 말을 남기고 부하에게 칼을 들고 서 있으라고 명령한 뒤 달려들어 자살한다. 마지막에 승리자가 된 앤토니는 브루터스의 주검 앞에서 그는 "가장 숭고한 로마인이었고…… 자연이 들고 일어나 '여기에 인간이 있었다'고 외칠만한 인물이었다"는 찬사를 바친다.

왜 선인은 악인과 싸우면 질 수밖에 없는가?

이 극은 '선인이 선한 목적을 달성하기 위해 악한 수단을 사용할 때 어떤 일이 벌어지는가?' 즉 '목적은 수단을 정당화할 수 있는가?' 또한 '선인의 고귀함은 어찌하여 걸핏하면 악인의 이용 대상이 되기 쉬운가?' 한마디로 '선인과 악인이 싸우면 왜 선인은 백전백패할 가능성이 큰가?' 하는 문제를 다룬다. 이와 같은 물음은 인류의 가장 오래되고 가장 고통스러운 물음이며, 이는 서양에서는 구약 『예레미아』에서 "주께 질문하노니 악한 자의 길이 형통하며 패역한 자가 다 안락함을 무슨 연고입니까?"[106]라는 물음으로 나타나고, 동양에서는 사마천司馬遷이 『사기史記』에서 "안회顏回 같은 선인은 일찍 죽고 도척盜跖 같은 악인은 떵떵거리며 잘 살고 있으니 이 세상에 과연 천도天道는 있는가"하는 질문을 하게 만들었다.[107] 셰익스피어는 이런 영원히 해결될 수 없는 물음을—비록 완전하

---

106 『예레미아』, 12:1.
107 『사기』, 제70권의 '열전편'[列傳編]의 '백이숙제열전'[伯夷叔齊列傳].

고 정확한 형태는 아니지만—이 작품에서 다루고 있다. 그리하여 이 작품은 그의 비극 중 가장 '철학적인' 극이라는 평을 받는다.[108]

로마 공화정 말기에 벌어진 브루터스에 의한 시저의 살해는 역사적으로 가장 많은 논란을 불러일으킨 사건 중의 하나였고 당대부터 두 개의 주장이 있어 왔다. 하나는 시저는 위대한 영웅이지만 자만심과 야심에 충만한 나머지 인간이 세운 가장 숭고한 제도인 공화정을 파괴하려 하였고 그 까닭에 암살당했다는 것, 다른 하나는 그가 부패한 로마 사회에 왕조를 세워 세계제국으로 우뚝 서도록 신의 명령을 받은 위대한 영웅이었으나 반도叛徒들의 배신에 의해 쓰러지고 그 결과 국가의 분란과 파멸이 초래되었다는 해석이다. 이 사건을 기록한 첫 번째 역사가인 플루타르코스는 시저가 처음부터 절대 권력을 지향한 인물이라고 여겼고 이것이 대다수의 당대인 및 셰익스피어의 작품이 쓰인 르네상스인들이 지닌 생각이었을 것이라고 평자들은 말한다.[109] 그러나 중세시대에는 그의 암살은 잘못되었고 역사적으로 가장 흉악한 배은망덕의 범죄의 하나로 보는 것이 주류를 이루었고 이를 대표하는 인물이 바로 단테이다. 그는 자신의 『신곡』 지옥 편의 가장 깊은 곳에 예수를 배반한 유다 이스카리옷과 함께 브루터스와 캐시어스를 집어넣었던 것이다. 그런데 정작 작품에서 셰익스피어 자신의 시저 암살에 대한 견해는 분명하지 않다.

이처럼 전통적으로 시저는 존경할 만한 위대함과 치명적인 약점이 서로 뗄 수 없이 결합되어 있는 인물이기 때문에 그에 대한 견해는 충돌할 수밖에 없었다. 그러나 작품 가운데서 시저는 처음 세 막에 등장할 때 으스대고 허장성세하는 모습으로 나타나며, 인간적 유대를 부인하고 신의 경지를 감히 내다보려 하는 등 '미망*ate*'이나 '교만*hybris*'을 지닌 인물임을

---

108 Wilson, p.97.

109 Irving Ribner, *Patterns in Shakespearian Tragedy*, p.54–5; Muir, p.42.

작가는 사소한 사건과 언행들로 보여준다. 그는 자신은 '공포와 경고에 흔들리지 않는다'는 허세를 부리지만 이는 명백한 아이러니임이 곧 밝혀진다. 그는 불길한 꿈을 꾸었으니 원로원에 나가지 말라는 부인 캘퍼니어의 말을 듣고 그대로 따르고 또 조금 지나 데시어스 브루터스가 찾아와 그를 꾀어내기 위해 꿈을 반대로 해석하자 이번에는 그의 말을 좇아 따라 나서는 모습을 보여주기 때문이다. 또 그의 귀가 어둡고 육체적 체력이 부족하다는 등 그의 핸디캡을 전해주는 캐시어스의 말은 그의 약점의 폭로인 동시에 그런 약점들을 극복하고 승리하는 그의 정신력을 증거해주는 양면성을 지닌다. 그의 몰락에는 비극적 패턴이 엿보이지만, 그는 결국 작품의 '비극적 주인공'은 아니다. 이 주인공의 자격은 뒤에 얘기하겠지만 가장 작품의 '비극적 딜레마와 고통'의 주체인 브루터스에게 주어진다.

브루터스는 위에서 잠시 비쳤듯이 후대의 많은 사상가와 예술가들에게 숭고하고 고귀한 인격을 지녔으나 공적 이익을 위해 '사적 도덕'을 희생시켰고, 그럼으로써 결국 실패한 비극적인 인물의 표상이 되었다. 대표적으로 르네상스 시대의 미켈란젤로는 자신이 '자유 피렌체의 애국자'의 자격으로 브루터스의 흉상을 제작하였고, 이는 역사상 인물로서는 그가 만든 유일한 작품이었다. 그는 자신의 작품을 보면서 다음과 같이 말했다고 한다. "시저는 조국을 유린한 폭군이었고 브루터스와 캐시어스가 그를 살해한 것은 정당했다. 폭군 살해자는 사람을 죽인 것이 아니라, 사람의 탈을 쓴 짐승을 살해한 것이기 때문이다."110 또한 독일 낭만주의 예술의 대표인 작곡가 루트비히 베토벤도 평생 브루터스를 존경했고 그의 작은 입상立像을 자신의 방에 두고 보았다고 한다. 그의 브루터스에 대한 숭배는 그 자신의 인간의 자유와 존엄성에 대한 열망에서 비롯된 것

---

110   루돌프 골트슈미트 옌트너, 『세계사의 명장면: 그 이면의 역사』, p.38.

이었고, 브루터스는 이런 가치들을 구현한 인물로 영원히 남아있다는 믿음 때문이었다. 이런 브루터스 숭배열은 19세기 말 니체가 셰익스피어 비극에 대해 한 다음의 말로 그 정점을 이룬다.

"셰익스피어는 자신의 가장 뛰어난 비극을 가장 숭고한 인물인 브루터스에게 헌정했다. 그럼에도 불구하고 이 작품은 여전히 잘못된 이름으로 불리고 있다. 이 작품이 원제인 '줄리어스 시저'가 아니라 '브루터스'로 불려야 마땅하다는 것은 바로 브루터스에게서 영혼의 독립성을 찾아볼 수 있기 때문이다. 이를 위해서는 어떤 희생도 정당하며, 비록 우리의 가장 친한 친구라 할지라도 자유를 위해서라면 희생될 수 있다는 것을 작품은 보여주기 때문이다."[111] [112]

이런 자유의 수호자나 구원자로서의 브루터스의 이미지는 역사적으로 구축되어 있고 작품 또한 이를 지지하고 입증하고 있다. '가장 고귀한 로마인'으로서의 브루터스의 훼손될 수 없는 미덕은 그의 주변의 모든 사람들도—심지어 적대자들도—그를 존경하고 기리게 만든다. 그의 '숭고한 이상주의'는 작품을 통해 찬란히 빛난다. 그러나 그는 결국 실패한 인물

---

[111] F. Nietzsche, *The Gay Science*, No. 98, "On the Fame of Shakespeare".

[112] 브루터스 찬미의 역사를 소개한 옌트너가 인용한 니체가 지적했듯이 이 극의 제목이 브루터스가 아니라 『줄리어스 시저』인 것은 숱한 독자와 관객들이 의아하게 생각하도록 만들었다. 제목을 떠나서 생각해 볼 때 작품의 진정한 주인공이 시저가 아니라 브루터스임은 작품을 제대로 읽어본 독자라면 곧 알 수 있다. 우선 작품의 중심적 갈등 상황—시저 암살의 당위성 문제에 관한—은 브루터스 내면의 갈등 상황이고, 또 그 갈등이 어느 한쪽으로 해소됨으로써 빚어진 사건과 액션—시저의 살해 행위– 의 주체도 브루터스이기 때문이다. 마찬가지로 그 액션의 결과와 과실을 거두는 자도 역시 브루터스이고, 등장인물 모두에게 영향을 미치며 동시에 그들의 변함없는 존경과 애정의 대상인 인물도 그이기 때문이다. 그러나 주인공은 분명히 브루터스이나 제목을 왜 셰익스피어가 브루터스가 아닌 『줄리어스 시저』로 했는지도 —나중에 검토하겠으나—그 나름의 이유는 충분히 있다. 실질적 주인공과 제목이 불일치하는 드문 경우로 유명하며, 그것만으로도 이 작품은 생각 거리를 제공한다.

이며 이는 그가 지닌 명백한 '성격적 결함'에서 비롯한다는 것을 작품은 증거 한다. 즉 이 글의 서두에서 말했듯이 선인의 몰락은 악인의 탓만이 아니라 바로 그 선인 자신의 결함과 한계에도 탓을 돌릴 수 있다는 것이 '비극'이 일반적으로 보여주는 것이다. 브루터스는 무엇보다 우선 로마인다운 '명예'의 인간이다. 이는 그가 작품의 초입에서 만난 캐시어스가 지금 민중의 자유가 위협받고 있다고 하자, 자신은 민중의 자유를 위해 명예를 걸 것이며 "신들은 내가 죽음을 두려워하기보다는 나의 명예를 더 소중히 여긴다는 것을 아시니 나는 그렇게 행동하리라"고 말하는 것으로 드러난다.113 그러나 그의 명예에는 민중의 자유를 수호하는 것뿐만 아니라 친구에 대한 신의도 역시 포함된다. 그러므로 캐시어스가 로마의 자유를 위해서는 시저의 희생이 필요하다는 암시를 던지자 그는 심각한 '비극적 딜레마'에 빠지고 만다. 공모자들은 자신들의 약점과 내밀한 동기를 가리기 위해 브루터스의 지지와 동참을 얻어내야 할 필요와 형편에 처해 있다. 캐시어스는 브루터스를 설득할 때 자신의 개인적 이유와 동기를 숨기고 오직 정치적 대의명분만을 크게 부각시킨다. 이는 브루터스가 오직 선을 위해서만 불가피한 악을 행할 사람이기 때문이다. 2막 1장에서 브루터스가 자신의 정원에서 불면의 밤을 보내며 고뇌하는 장면을 가리켜 어느 평자는 "그의 고뇌에 비하여 햄릿의 고뇌는 아무것도 아니"라고까지 추켜올리지만 어쨌든 이 장면은 셰익스피어의 다음의 회심작인 『햄릿』의 주인공의 고뇌의 '원형적 장면'이라고 할 수 있다.114 여기서 브루터스의 긴 독백은 결국 다음과 같은 논리로 전개된다. '시저는 왕이 되려 한다. 왕이 되면 그의 본성이 변할 것이다. 그러나 그는 이미 세 번이나 왕관을 물리쳤다. 그런데 겸양은 야심 있는 자가 권력을 얻기 위해 쓰

---

113 I.ii.87-8.

114 Charlton, p.77.

는 수단이다. 일단 그가 권력을 손에 쥐면 민중을 배반하게 된다.'[115] 즉 왕이 되면 시저는 변할 것이라는 판단을 내리고 그것이 입각하여 자신의 행동을 결정하겠다는 것이다. 그러나 이런 그의 논리에는 누가 봐도 심각한 모순이 있다. 인간을 그가 미래에 저지를 수 있는 잘못을 가지고 지금 처벌하겠다는 것은 어불성설이기 때문이다. 브루터스의 논리에는 이런 치명적인 결함과 오류가 있다.

그러면 브루터스는 왜 이런 잘못을 저지르는 것인가? 그는 해롤드 윌슨이 말하듯 플라톤의 '철인정치가 이상'에 근접한 인물이다.[116] 브루터스는 현실의 삶에 있어서 구체적 실재의 인간으로라기보다는 '관념과 이상의 인간'으로 살아간다는 데서부터 문제는 시작한다. 그는 있는 그대로의 시저와 주변 인물을 보는 것이 아니라 자신의 이념이나 신념이 형성해 놓은 틀 안에서 바라보고 사유하는 '이상(관념)주의자'인 것이다. 존 파머도 그는 권력 그 자체가 아니라 권력이라는 '관념'이나 '상징' 자체에 더욱 몰두하고 사로잡혀 있다고 말한다.[117] 한마디로 그는 현실에 맹목인 '이상주의자의 함정'에 빠져 있다고 볼 수 있다.[118] 그가 시저의 살해는 선을 위한 불가피한 악이라고 판단하는 것은 이런 맹목이 빚은 '논리의 비약의 결과'인 것이다. 선을 위해서 악을 행한다는 것이 그의 생각이었으나 자신의 '행위의 본질'을 깊이 들여다보지 않은 것은 그의 치명적인 잘못이다. 인간의 행위는 그 목적이 아무리 훌륭해도 수단이 나쁘면 용납될 수 없다는 것이 이 '세상의 이치'이기 때문이다.

결국 브루터스는 민중의 자유라는 선을 위해서는 불가피하게 친구를 살해하는 악을 저질러야 한다는 결론에 도달한다. 그리하여 잔인하고 끔

---

115 Ⅱ. Ⅰ.20−27.

116 Wilson, p.93.

117 John Palmer, *Political Characters of Shakespeare*, p.7.

118 Muir, p.48.

찍한 살해에 '제의祭儀를 올리는 의식적인 희생'이라는 옷을 입히려 한다. 또한 그는 "시저의 영혼은 죽이되 그의 피는 흘리지 않기를 원하지만 그것이 불가능하기에 시저를 죽인다"고도 말한다.[119] 그러나 브루터스는 이런 말로써 제아무리 그럴듯한 이름을 붙여도 살인은 역시 살인이며, 악행은—비록 그 목적이 정당화될 수 있다 해도—여전히 악행이라는 사실을 애써 외면하고 있다. 이런 그의 '자기기만'은 살해 행위가 있은 후 즉시 그것의 '실체적 진실'이 폭로되는 것으로 나타난다. 공모자들은 시저를 죽인 후 이미 벌어진 자신들의 행위를 확고하게 만들기 위해 모두 "시저의 피로 손과 팔을 적시는" 의식을 치룬다.[120] 이로써 브루터스는 바로 자신이 피하고자 했던 "도살자"가 되고 만다. 아무리 '의식'儀式을 치루듯이 하여 정당화한다고 해도 시저의 피로 몸을 감는 행위는 그들이 피비린내 나는 길로 확실히 들어섰음을 상징적으로 뚜렷하게 만들기 때문이다. 그는 근본적으로 부도덕한 행위를 도덕적이고 고상한 것으로 보이도록 하기 위해—시저 살해에 앞서 캐시어스가 주장하는—'서약의 필요성'도 명예로운 사람들은 구태여 서약의 필요성을 느끼지 않는다고 고집하며 물리친 바 있다. 또한 그는 시저뿐 아니라 앤토니도 제거해야 한다는 캐시어스의 주장도 거부한다. 나아가 살해 후 거행된 장례식에서 앤토니의 연설을 허용해서는 안 된다는 캐시어스의 주장을 무시하고 그의 연설을 허용한다. 그러나 그의 그런 결정들이 얼마나 현실적으로 치명적인 어리석음의 소치였는지는 곧 드러난다.

이런 브루터스의 결함과 한계가 가장 극명하게 나타나는 것은 장례연설의 내용과 형식이다. 그의 연설과 앤토니의 연설에 있어서 플루타르코스의 원전은 전자는 '스파르타적으로 간결했고' 후자는 '보다 동양적으로

---

119 II.i.169-71.

120 III.i.105-7.

감정에 호소하는 수사학을 펼쳤다'고 간단하게 논평하는 데 그쳤다.[121] 따라서 극 중의 두 명의 연설은 셰익스피어의 창조이며, 이는 그가 쓴 극 전체에 나오는 주옥같은 대사들 중에서도 특히 명대사名臺詞로 유명하다. 이 연설 장면을 통해 브루터스는 자신의 이상과 이념에 도취한 나머지 지나친 자신감에 빠져 버린 인간의 치명적 맹목과 실책을 보여준다. 우선 그의 간결한 말투는 앤토니의 장황한 연설보다 확실히 덜 효과적이다. 그것은 너무나 미진하고 미흡하며 단순한 자기 옹호에 지나지 않은 연설이기 때문이다. 그가 시저를 살해한 것이 '예방적 조처'였다고 말하는 것으로는 너무 부족하고 논지의 이런 약점을 보완하기 위해서는 자유의 소중함과 폭정의 공포에 대해 이성보다는 감정에 직접 호소하는 연설을 했어야 마땅한 것이었다. 로마인들이 노예가 아니라 자유인으로 살도록 하기 위해 자신의 가장 친한 친구를 살해했다는 그의 연설은 그가 극도의 '이상주의적 이념'과 '자기 정당성'에 빠져 있는 인물임을 증명하는 데 그치고 만다. 그러나 앤토니는 바로 브루터스가 내세우는 가설의 취약성을 집요하게 폭로하고 공격하는 데 집중되어 있다. 앤토니는 시저가 야심가라는 브루터스의 주장의 허점과 모순을 드러냄으로써 시저 살해의 근거가 박약했다는 것을 폭로한 것이다. 또 앤토니는 시저의 상처들을 들추어 보이며 살해의 잔혹성을 부각하여 민중의 감정을 자극하며, 마지막으로 이런 감정적인 도발에 덧붙여 시저의 유언장을 공개함으로써 민중의 물질적 욕망도 불 질러 놓는다. 이런 탁월한 선동 연설가의 믿을 수 없는 선의를 신뢰하고, 오직 시저 살해의 정당성에 대한 비판만은 하지 말아줄 것을 부탁하고 자리를 뜬 브루터스의 패배는 너무나 당연하다 할 것이다. 이제 대세는 뒤집어 지며, 관객은 이런 반전이 '필연적'이라는 느낌이 들게 된다.

---

121 Dieter Mehl, p.137.

여기서 우리는 브루터스의 몰락과 시저의 몰락이 평행구조를 이룬다는 것을 볼 수 있다. 앤토니가 시저의 유혹자라면 캐시어스는 브루터스의 유혹자로 행동한다. 각각 시저와 브루터스의 파멸의 단초端初 역할을 앤토니와 캐시어스가 했기 때문이다. 시저가 죽은 후 앤토니는 시저의 영혼의 대행자 역할을 한다. 시저의 살해자들에 대한 응징과 보복의 실행자가 되는 것이다. 그러나 시저가 전에 차지했던 비중과 역할에 비할 때 앤토니의 득세의 결과는 로마의 타락과 퇴보를 가져올 따름이다. 그는 민중을 선동하고 조종하는데 능하고, 정치적으로는 동지를 이용하고 버리는 냉혹한 기회주의자요 마키아벨리안에 지나지 않는다. 그는 시저의 위대함에 비하면—딱히 악인이라고 할 수는 없을지 모르나—너무나 용렬하고 야비한 인물임이 드러난다. 평자들도 말하듯 앤토니의 승리는 '악의 승리'인 것이다.[122] 이는 곧 앤토니의 집권은 브루터스가 피하려던 바로 그 일이 현실이 되었음을 보여준다. 이제 시저는 폭군으로서가 아니라 '살해당한 희생자'로 바뀌며, 살아 있을 때보다 '죽은 시저가 더 힘이 세다'는 것을 극은 보여준다. 극은 전체적으로—앤토니를 통한—시저의 영혼이 '최후의 승리'를 거두는 것으로 드러난다. 즉 그는 사나 죽으나 압도적으로 다른 인물들을 지배하고 영향을 미치는 인물이라는 것이 입증되는 것이다. 여기서 왜 이 작품의 제목을 작가가 "줄리어스 시저"로 했는지의 이유를 우리는 비로소 알 수 있다. 극의 사건과 행동은 주인공인 브루터스가 보여주지만, 그의 배후에 있으면서 그가 도저히 '벗어나거나 떨쳐버릴 수 없는' 힘으로 시저는 존재하고 있기 때문이다. 그래서 브루터스는 극 중 두 번이나 시저의 유령을 꿈에서 보고 있다.

한편 브루터스의 유혹자 역을 하는 캐시어스는 비록 사적인 시기심과 증오심이란 동기도 있으나 역시 브루터스 같이 자유를 추구하고 신봉하

122　Ribner, p.59.

는 이상주의자인 것은 확실하다. 그는 앤토니 같은 기회주의적인 책략가나 옥타비아누스 같이 뒤늦게 '등판하여' 어부지리漁父之利를 취하는 인물도 아니다. 그는 브루터스의 이상주의에 대하여 현실주의를 표방하며, 그가 제안하는 방략과 전술은 거의 모두가 현실적으로 옳은 것으로 드러난다. 그런데 그는 브루터스보다 훨씬 더 인간적이고 감정적인 인물이며, 브루터스가 자신에 대해 품고 있는 우정보다 훨씬 더 강렬한 우정을 브루터스에 대해 품고 있다. 어떤 평자는 '우리는 대부분 숭고한 브루터스보다는 다혈질이고 그렇게까지 고매하지 않은 캐시어스와 더 가깝고 친근하게 느끼게 된다'고 말했는데, 이에 동감하지 않을 수 없는 것이다.[123] 해리슨도 "셰익스피어가 그린 브루터스는 비록 숭고하고 정당하지만 성격은 냉담하고 상상력은 전혀 갖고 있지 않다"고 평한다.[124] 한편 캐시어스는 자신의 모든 옳은 판단을 브루터스에 대한 자신의 우정 아래 복속시키고 있으며, 이것은 그의 치명적인 실책이 된다. 그러나 그의 브루터스에 대한 애정과 존경은 너무도 확고하고—권모술수가 횡행하는 작품의 세계에서—이 우정은 너무 아름답고 고귀하기 때문에 과연 이를 결함이나 허물이라고 말할 수 있을지도 분명하지 않다.

극의 종말에서 죽은 시저가 승리하고 숭고한 브루터스가 패배하는 것은 시저가 옳아서가 아니라—여하간 그(시저)의 죽음에는 '일말의 정당성'이 있다고 보여진다—오직 브루터스의 '성격적 결함' 때문이라고 보아야 한다. 이 또한 결코 브루터스가 부당해서가 아니라 명예보다는 이익, 이성보다는 감정, 이상보다는 현실이 우세한 세상에서 브루터스 같은 인물은 이기고 살아남기 힘들다는 사정에서 비롯된다. 그의 파멸에는 일종의 그리스 비극의 '아낭케(필연성)'가 작동한다고 볼 수 있다. '성격과 운명

---

123 Wilson, p.93.

124 Harrison, p.87.

의 관계*ethos anthropoi daimon*'는 너무도 강고強固하기 때문이다. 그래서 이 극은 셰익스피어 극 중에서 그리스 비극에 가장 가까운 비극으로 불린다. 주인공의 파멸은 아티케 극에서처럼 '미망*ate*'과 '오만*hybris*'과 같은 '비극적 결함*hamartia*' → '응징/파멸*nemesis*'의 패턴으로 읽을 수 있다.[125] 그러면 브루터스의 미망 혹은 오만으로 볼 수 있는 '결함'의 핵심은 무엇인가? 최고의 셰익스피어 평자 중의 하나로 꼽히는 그랜빌-바커는 "브루터스를 눈멀게 한 것은 그의 정념이나 욕망이 아니라 그의 원칙과 이상이었으며, 미덕의 부족이 아니라 그것의 과잉이 가져온 비극"이라고 평한 바 있다.[126] 이런 원칙주의와 이상주의에의 헌신은 앞서 본 것처럼 필연적으로 '미덕의 댓가'(혹은 저주)를 치루게 한다. 이상주의의 함정은 다름 아니라 작품에서 드러나듯 그의 '현실적 감각의 상실'이다. 이 현실적 감각을 세상을 살아가는 '지혜*phronesis*'라고 말해도 좋을 것이다. 이 지혜를 구성하는 가장 중요한 요소 중의 하나는 바로 '인간의 내면'과 '인간 행동의 동기'를 '통찰'하는 힘이다. 인간을 대할 때 모든 인간이 다 '나 같으려니' 하고 대하는 것은 책략가들의 먹잇감으로 전락하는 첩경이다. 이런 점에서 숭고한 인물은 현실에서는 바보와 다름없는 인간이 되기 쉽다. 브루터스가 바로 이런 '숭고한 바보'의 전형이라고 할 수 있다.[127] 브루터스와 시저에 대해 빼어난 분석을 한 평자 중에 하나로 앞서 인용한 옌트너는 브루터스의 비극은 "그가 (그 속에서는) 단지 위험천만한 아마추어로 취급되어질 수밖에 없는 현실 정치라는 미지의 영역에 뛰어들었기 때문에 발생했다"고 말한다. 브루터스에게는 "(마키아벨리가 말한) 정치가에게는 필수적인 특성, 즉 모든 정치적 천재성의 기본 조건인 '사람을 보는 눈'이 결여

---

125   Wilson, p.88.

126   Granville-Barker, Harley, *Prefaces to Shakespeare*, II., p.390.

127   David Daiches, "Guilt and Innocence in *Julius Caesar*," Lawrence Lerner ed. *Shakespeare's Tragedies*, p.39.

되어” 있었다는 것이다.[128]

그러나 돌이켜 보면 브루터스의 이러한 맹목은 결국 ‘필연적’인 것이라고 볼 수밖에 없다. 왜냐하면 앞서 말했듯이 ‘미덕’의 댓가가 바로 ‘맹목’이기 때문이다. 고귀하며 동시에 현실적인 인물은 마치 둥근 세모나 네모를 말하는 것처럼 현실에서는 찾아보기 어려운 일이다. 바로 여기에서 이 작품의 보편적이고 탁월한 ‘비극성’이 태어난다. 즉 선인의 고귀함은 반드시 악인에게 먹잇감을 제공해 주는 것이며, 선인과 악인이 맞붙으면 선인은 백전백패할 수밖에 없는 것이 ‘세상의 법칙’이라는 것을 재현해 주기 때문이다. 이는 선인에게는 쓸 수 있는 카드가 몇 장 안 되지만 악인에게는 무궁무진하다는 것이 이 세상의 이치라는 것을 입증해주기 때문이라고 해도 마찬가지다. 따라서 이런 혹독하고 엄격한 법칙과 이치가 작동하는 세상에서 ‘정의’는 수립되기 힘들다는 결론이 나온다. 만약 정의라고 할 수 있는 것이 있다면—앞서도 여러 번 말했듯이—주인공이 스스로 쟁취하여 자신 안에 수립하고 구현해내는 것 외에 다른 것은 없다고 말해야 한다. 또한 이렇게 ‘자신만의’ 정의와 질서를 수립하는 비극적 주인공이야말로 스스로의 ‘삶의 의미’를 획득하고 성취하는 인간이라고 할 수 있다. 바로 이것이 비극이 보여줄 수 있는 ‘긍정’이고, 현실의 패배와 절망을 딛고 일어서는 비극의 ‘승리’라고 할 수 있다.

또한 우리는 여기서 비극적 주인공을 스스로의 ‘운명의 주인공’으로 만드는 것은 바로 그가 보여주는 ‘자기 인식’ 때문이라는 것을 알게 된다. 이 자기 인식은 주인공에게 수동적으로 주어진 ‘상황과 조건’에 대하여 그가 내리는 능동적 ‘선택과 결단’이라는 모습으로 나타난다. 누누이 얘기하지만 ‘운명’은 ‘당함*pathein*’과 ‘행함*poiein*’이 결합하여 만들어지기 때문이다. 이 작품에서 자기 인식의 내용은 브루터스가 제5막 제1장에서 앤

---

128 옌트너, p.39.

토니 및 옥타비아누스와의 마지막 일전을 앞두고 하는 말로 나타난다. 즉 "오늘이 오기 전에 오늘의 결말을 알 수 있으면 좋으련만!/ 그러나 오늘은 끝날 것이며, 그 결과는 알게 될 것이다./ 그러면 그것으로 충분하다. [오늘이여] 자 이제 오라"라는 말이다.[129] 이것은 주인공 브루터스가 느끼는 '거리낌 없는 초연함' 혹은 '운명 앞의 당당함'의 모습을 드러내는 것이고, 그가 드디어 운명의 노예가 아니라 그것의 주인임을 선언하는 말이라고 할 수 있다. 브루터스는—캐시어스가 브루터스의 군대가 패배한 줄 잘못 알고 절망하여 자살하는—'불운'과—지형적으로 자신의 군대에 유리한 사르디스가 아니라 앤토니 군대에 유리한 필리피에서 전투를 치루게 한—근본적으로 자신의 '미망'이 가져온 '오판'의 결합으로 말미암아 결국 앤토니와 옥타비우스의 군대에게 패배한다. 그는 패전한 후 친구들에게 자신을 죽여줄 것을 부탁하지만 모두 거절하자 "함정으로 떠밀려 떨어지느니 차라리 스스로 뛰어드는 것이 용사다운 일이다"라고 말하며 부하에게 고개를 돌린 채 칼을 들고 있도록 명령하고 그 칼에 달려들어 자살한다.[130] 그리하여 그의 최후의 '로마인다운' 죽음 앞에서 그의 부하 스트라토는 "브루터스를 정복한 사람은 브루터스 뿐이었소/ 아무도 그의 죽음으로 공을 세운 자는 없소"라고 외친다.[131]

셰익스피어의 다음 작품 『햄릿』에서 더욱 분명하게 드러나겠지만, 이런 '초연함 혹은 당당함'의 다른 이름이 곧 '준비된(혹은 '무르익은') 마음sense of readiness'이다. 비극에서 주인공이 최후에 '준비된 모습'을 보임으로서 '운명의 주인으로서의 위상'을 획득하고 성취했다는 것은 그의 가장 큰 적대자가 그의 주검 앞에서 하는 말로 종종 입증되는 것을 볼 수 있다. 브

---

129 V.i.126-7.
130 V.v.23-4.
131 V.v.56-7.

루터스의 주검 앞에서 앤토니는 "이 분은 가장 숭고한 로마인이었소……
대자연도 일어나서 '여기 인간이 있었다'라고 외칠 만큼 말이요"라고 말
한다.[132] 앞으로의 논의에서 더욱 분명해 지겠지만 이 '준비된 마음'이 곧
비극이 제공하는 '비극적 지혜'를 구성한다.

결론적으로 브루터스는 선의와 이상주의에서 비롯된 시저의 암살이란
과업을 실현했으나 이상주의자에게 필연적으로 따르는 현실감각의 결여
와 맹목으로 인해 거듭된 과실과 오판을 범하여 결국 현실주의자 앤토니
에게 패배하여 파멸한다. 그러나 그는 극의 종말에서 자기 인식에서 비
롯되는 흔들림 없는 당당한 태도로 자신의 최후를 맞이한다. 주인공이
자신의 인간적 가능성과 잠재력을 모두 소진한 다음 자신에게 다가오는
운명을 움츠리지 않고 '여한 없이' 맞이하는 모습을 보일 때 우리는 비극
이 제시하는 '삶의 지혜'를 얻게 된다. 인간이 자신의 행위의 결과를 수용
하고 껴안는 모습을 보인다는 것은 곧 자신의 삶에 대한 '책임'을 지는 것
이며 이는 '용기'의 소산이다. 그리고 결국 이 용기는 그의 '숭고함'의 근
거가 된다. 본업이 철학자이지만 영화화되어 더욱 유명해진 소설 『리스
본행 야간열차』의 작가이기도 한 페터 비에리(필명: 파스칼 메르시어)는 최
근에 출간된 『삶의 격』이란 책에서 인간이 자신의 삶에 책임을 진다는 것
은 다음의 두 가지를 뜻하는 것이라고 말한다, 즉 '이것은 다 내가 한 일
이다' 그리고 '이 모든 것이 내 모습이다'라고 외치는 것이라고 한다.[133]
인간이 이 세상에서 그가 행할 수 있는 것을 행하고 또 그 행동을 통해서
알 수 있는 것을 알게 되었을 때 그는 여한이 있을 수 없다. 그는 '숭고하
다'라는 평가에 값할 것이다.

---

132 V.v.68-75.
133 페터 비에리, 『삶의 격』, p.313.

6. 『햄릿*Hamlet*』

"이 세상에 그 자체로 좋거나 나쁜 것은 없고 우리의 생각이 그렇게 만들 뿐이다."[134]

"정념의 노예가 아닌 자가 있다면 내게 알려주게. 그러면 그를 내 마음 속에서 깊이 기리겠나니."[135]

"인간의 의도와 운명은 어찌나 반대로 움직이는지 우리의 계획은 언제나 뒤집어지게 마련이다. 생각은 우리의 것이로되 그것의 결과는 우리 마음대로 안 되는 법."[136]

작품의 줄거리

제1막

덴마크의 왕궁 엘시노어 성에서는 성루 위에 요즘 사흘 동안 밤마다 죽은 전왕의 유령이 나타난다는 파수병의 보고가 있다. 왕자 햄릿은 독일의 비텐베르크 대학에 유학 중에 부친의 상을 당해 엘시노어 성으로 소환되어 돌아왔다. 그의 슬픔과 고뇌는 어머니 거트루드가 부친이 돌아간 뒤 두 달도 안 되어 성급하게도 숙부 클로디어스와 재혼하였다는 사실로 말미암아 더욱 깊어졌다. 클로디어스는 교활하고 음험하게도 왕자인 햄릿의 부재를 이용해 자신이 냉큼 왕위에 선출되도록 공작을 폈던 것이 분명했다. 한편 클로디어스는 전왕인 (동명의) 햄릿 왕과의 전투에서 패배하여 빼앗긴 영토를 되찾기 위해 덴마크를 침범한 노르웨이의 왕자 포틴브라스를 물리친 공적이 있다. 클로디어스는 프랑스로 유학 가 있던 궁내 대신 폴로니어스의 아들 레어티즈가 전왕의 장례식에 참석하기 위해 돌아왔으나 다시 프랑스

---

134 『햄릿』, II.ii.252–3.

135 III.ii.67–8.

136 III.ii.203–5.

로 돌아가겠다는 청원을 하자 이를 허락한다. 햄릿은 어머니는 신왕인 클로디어스의 수중에 잡혀있고, 사귀던 폴로니어스의 딸 오필리어는 왕자와의 혼인은 가당치 않으니 햄릿의 구애를 물리치라는 부친과 오빠의 명령에 의해 자신을 멀리하자 주위에 마음을 터놓을 사람은 오직 친구 호레이쇼 밖에 남아 있지 않게 된다. 햄릿은 최근 부친의 유령이 밤이면 왕궁의 성탑에 나타난다는 경비병과 친구 호레이쇼의 말을 듣고서 더욱 마음이 불안하고 뒤숭숭하다. 그가 직접 밤에 유령이 출몰한다는 곳으로 가보자 진짜로 부친의 유령이 나타난다. 유령은 햄릿만이 자신의 얘기를 들을 수 있는 외진 곳으로 데리고 가서 끔찍한 사실을 들려준다. 즉 자신은 알려진 대로 정원에서 낮잠 자던 중에 독사에 물려 죽은 것이 아니라, 클로디어스가 몰래 다가와 자신의 귀에 독을 부어넣은 바람에 죽었다는 것이다. 유령은 나아가 클로디어스는 자신을 죽였을 뿐 아니라 왕비 거트루드와 결혼함으로써 근친상간과 간음의 죄까지 졌다고 말하고 떠나가며 햄릿에게 반드시 자신의 복수를 이행하라는 명령을 한다.

제2막

햄릿은 자신이 아는 비밀을 숨기고, 앞으로 실행해야 할 부친의 복수 계획을 들키지 않도록 하기 위해 거짓으로 미친 척하기로 한다. 폴로니어스는 오필리어가 햄릿이 자신에게 와서 하는 행동이 미친 사람과 같았다는 그녀의 말을 사실로 받아들인다. 그는 왕에게 햄릿이 미친 것을 자신의 딸 오필리어에게 버림받아서 그런 것이 분명하다고 말해주지만 클로디어스는 반신반의한다. 왕은 자신도 손을 써서 햄릿의 예전 친구 로젠크런츠와 귈던스턴을 불러들여 그들로 하여금 햄릿의 비밀을 알아보도록 명령한다. 한편 마침 순회공연 중에 왕궁을 방문한 극단을 맞이하여 햄릿은 그들을 이용해 왕의 비밀을 캐보기로 한다. 즉 왕 앞에서 그의 부친이 죽음을 당한 장면을 극 중에서 그대로 재연하도록 하여 그 순간 왕의 표정을 살펴보는 방법을 쓰기로 하는 것이다.

제3막

　로젠크런츠와 귈던스턴 그리고 폴로니어스가 왕자의 비밀을 알아내지 못하자 왕은 햄릿을 두 명의 친구들이 호위하여 영국으로 추방시키기로 하는 계획을 내심 세운다. '곤자고의 살해'— 햄릿이 '쥐덫'이라고 부르는 —라는 연극이 공연되는 동안, 극 중 왕이 자객에게 독으로 살해당하는 장면이 나오자 왕은 불쾌하다는 듯이 급히 자리를 뜬다. 비로소 부친의 유령이 들려준 이야기가 진실임을 확신하게 된 햄릿은 극이 끝난 후 마침 왕이 혼자 기도드리고 있는 것을 보게 되지만 고민에 빠진다. 지금 왕이 아무 호위도 받지 않는 절호의 기회가 온 것은 분명하나 참회의 기도를 드리고 있는 자를 죽이면 지옥에 떨어뜨리는 것이 아니라 천국으로 올라가게 해서 오히려 그에게 호의를 베푸는 행위가 되지 않을까 생각하는 것이다. 결국 복수를 실행에 옮기지 못한 햄릿을 어머니가 자신의 방으로 불러 왕이 연극을 보고 몹시 심기가 불편해 한다는 말을 하자, 햄릿은 이때라는 듯이 모친의 경솔하고 부덕하고 패륜하기까지 한 행위를 마음껏 성토한다. 이때 부친의 유령이 다시 나타나서 햄릿과 대화하지만 모친에게는 유령이 보이지 않는다. 거트루드는 이 광경을 보고 아들이 진정 미쳤다고 생각하고 '사람 살려'라고 소리친다. 마침 커튼 뒤에 숨어 둘의 얘기를 엿듣던 폴로니어스가 인기척을 내자, 햄릿은 숨어 있는 자는 틀림없이 클로디어스일 것이라고 판단하고 그대로 칼로 찌른다. 그러나 커튼을 젖히고 보니 거기엔 폴로니어스의 시체가 누워있다.

제4막

　햄릿이 보여준 연극 이후 클로디어스는 자신의 악행이 탄로 난 것을 직감하고 햄릿을 영국으로 보내며 도착하는 대로 영국 왕으로 하여금 그를 즉시 죽이라는 밀서를 그의 두 친구를 통해 보낸다. 그러나 햄릿은 그 편지를 그들의 호주머니에서 발견하고 자신이 아니라 이 두 명을 즉시 처형하라는 문구로 바꾼 후 다시 집어넣는다. 이후 햄릿 일행이 탄 배가 해적들에게 공격을 당하는 일이 발생하자 그는 포로가 되지만 해적들에게 후하게 보상한다는 조건으로 자신을 덴마크 해안에 내려주게 한다. 그는 도착 후 즉시 자신이 돌아왔음을 왕과 호레이쇼에게 편지로 알린다. 한편 오필리어는 햄릿은 미쳐서 영국으로 떠나가 버리고, 부친은 그의 손에 죽음을 당한 후 비밀리에 매장되는 일이 벌어지자 슬픔과 절망감을 이기지 못하고 물에 빠져 자살한다. 레어티즈는 가족에게 일어난 소식을 듣고 프랑스에서 돌아와 부친의 죽음의 해명을 듣기 위해 자신을 따르는 무리를 이끌고 왕궁으로 쳐들어온다. 클로디어스는 레어티즈에게 그의 부친의 죽음은 햄릿의 소행임을 확인시킨 다음 어떻게 그것을 복수할 것인가를 상세히 가르쳐준다. 즉 둘의 검술 시합을 열 것인데, 시합에서 레어티즈는 날카로운 칼을 쓰고 햄릿은 무딘 칼을 쓰게 할 것이며, 동시에 레어티즈의 칼끝에는 독을 묻히고, 한편으로 독이 든 술잔을 준비해 시합 중 햄릿이 마시도록 한다는 것이다. 왕은 이렇게 삼중의 장치로 확실하게 햄릿을 죽일 계획을 세운다.

제5막

햄릿과 호레이쇼는 만나서 교회 묘지 곁을 걸어가며 마침 일꾼들이 새 무덤을 준비하고 있는 것을 보고 말을 건넨다. 일꾼들이 파놓은 묘에서 요릭의 두개골을 발견하고 햄릿은 자신이 어렸을 때 그가 궁정에서 사람들을 웃기고 또 자신을 목마 태워주던 광대였던 것을 회고하며 인간의 삶과 죽음에 대한 소회와 감상을 털어놓는다. 곧 이어서 레어티즈 일행이 다가오고 새 무덤의 주인이 바로 오필리어임을 알게 된 햄릿은 레어티즈에게 진정 그녀를 사랑한 사람은 자신이었다며 그를 밀치고 그녀를 위해 파놓은 구덩이에 뛰어드는 발작적인 행동을 한다. 이어서 왕궁에서 열린 펜싱시합에서 레어티즈는 독이 묻은 칼로 햄릿에게 상처를 입히지만 이어진 혼전 속에서 둘의 칼이 바뀌고 이번에는 햄릿이 독 묻은 칼로 레어티즈를 찌른다. 한편 거트루드는 햄릿을 위해 준비한 독이 든 술잔을 마시며 클로디어스는 이를 보고도 이미 늦었다며 움직이지 않는다. 레어티즈와 거트루드는 각자 죽기 전에 햄릿에게 이 모든 것이 왕이 꾸민 악행임을 폭로한다. 격분한 햄릿을 독 묻은 칼로 왕을 찌르고 또 독이 든 술잔에 남은 것을 그에게 먹인다. 햄릿은 죽어가면서 자신을 따라 자살하려는 호레이쇼로부터 독잔을 빼앗은 다음 자신이 죽은 후 사태의 진실한 전말顚末을 세상에 알리라고 명령하고 후계자는 노르웨이의 왕자 포틴브라스로 하라고 지명한다. 그때 폴랜드를 침공한 후 노르웨이로 돌아가던 길에 덴마크 왕궁을 찾아온 포틴브라스는 이 처참한 광경을 목도하고 자신이 뜻밖에 얻은 왕위를 수락할 것이며 왕의 자격으로 뒤처리를 할 것이라고 말한다.

『햄릿』의 복합성과 난해성의 배경

『햄릿』 이후 이른바 '사대비극'137을 본격적으로 다룸에 앞서 우리는 셰익스피어 비극의 주된 특징의 하나는 앞서 말했듯이 '선과 악의 첨예한 대립갈등'을 다룬다는 것이고, 이는 인간과 인간 세상에서 '악의 본성과 그것이 갖는 의미'에 대한 분석과 탐구로 이어진다는 것을 염두에 둘 필요가 있다. 또한 이런 탐구는 곧 '인간의 가능성과 한계'에 대한 물음 및

---

137 이는 20세기 초에 A. C. 브래들리가 펴낸 획기적인 저서 『셰익스피어 비극론*Shakespearean Tragedy*』에서 셰익스피어 비극 중 자의적[恣意的]으로 네 편을 골라 그것들이 셰익스피어 비극을 대표한다고 주장하고 이에 대한 작품론을 쓴 후, 마치 이것이 정설[定設]이고 기준인 양 알려지게 되었으나 이런 독단적 견해에는 물론 많은 이론[異論]이 뒤따른다. 『오셀로』를 빼고 『줄리어스 시저』 아니면 『안토니와 클레오파트라』를 넣어야 한다는 의견 이 대표적이다.

그에 대한 통찰과 진배없는 것이 된다.

『햄릿』에 대해서는 이이의 여지가 없는 세계문학 사상의 걸작이라는 전통적이고 일반적 평가가 내려져 있다. 그러나 조금 자세히 들여다보면 전문가 중에 찬미 일색의 평가를—가령 "극 전체는 장엄한 느낌을 주고 인간 영혼의 더 비할 바 없는 존엄성과 놀라운 가능성의 의식이 증대하는 것을 느끼게 된다"는 존 도우버 윌슨, "이 극에는 분명히 기독교적 함의가 있으나 그것을 초월하기도 하며 여기에 이 작품의 심오함의 징표가 있다"는 해롤드 윌슨 같은 평자 등—하는 사람들이 많은 것은 사실이지만, 한편에서는 적지 않은 평자들이 유보적 단서를 붙이거나 아예 T. S. 엘리엇같이 '명백한 실패작'이라는 놀라운 선언을 하기도 한다.[138] 대표적 셰익스피어 평자 중의 한 명인 G. B. 해리슨은 '매혹적이고 흥미롭기는 하지만 우리의 감정을 완전히 정화시키는 심오한 종류의 비극은 아니'라고 말하고 마찬가지로 H. B. 찰튼 또한 이 작품이 '본유적으로 보편적인 비극은 아니라'고 주장한다. 20세기 독일의 대표적 셰익스피어 전문가인 디터 멜도 '끝내 뭔가 석연치 않으며 놀라울 정도로 미완의 극'이라는 지적을 한 바 있다. 이렇게 이 작품에 대한 해석의 폭은 매우 넓고 다양하다. 이 작품에 대한 해석과 평가의 스펙트럼이 이토록 크게 된 가장 뚜렷한 이유는 작품의 핵심에 들어앉아 있는 인물인 주인공의 성격화가 드물게 불명확하고 모호하며 다면적인 모습으로 다가오기 때문이다. 즉 햄릿이 모두가 한결같이 입을 모아서 말하듯 '모순적임,' '알 수 없음,' '수수께끼 같음'이란 느낌을 가져다준다는 데 문제의 핵심이 놓여 있다. 이로 인해 작품의 중심적 액션은 곧 '액션의 부재' 혹은 '액션의 지연'이란 문제로 연결되거나 그것과 결부되어 있기 때문에 '주인공'을 설명하는 일

---

[138] 하기는 이성과 상식의 시대인 '계몽주의 시대'를 대표하는 프랑스의 볼테르는 이미 오래 전에 이 작품을 "영감에 가득 찬 조잡성을 담고 있는 만취한 야만인의 작품"이라고 평한 적도 있다.—이대석, 『셰익스피어 극의 이해』, p.136. 재인용.

이 곧 작품의 '중심적 액션'을 설명하는 일이 되고 만다. 그러나 주인공이 '복수'라는 중심적 사건을 지연하며 동시에 이 지연하는 자신을 자책하며 번민에 사로잡혀 있는 것이 작품의 '주요사건'이라면 문제는 더욱 복잡해진다.

『햄릿』이 셰익스피어 비극을 대표하고 그 정점에 있는 작품임에도 불구하고 왜 이렇게 그 평가가 혼선을 빚고 작품에 대한 최종 해석은 끝내 오리무중에 빠져 있는 듯한 느낌을 주는 가는 이 작품이 쓰인 역사적 시기 및 당시의 '시대정신*Zeitgeist*'과 관련이 깊다는 것을 상기할 필요가 있다. 작품이 쓰인 1601년은 1534년 헨리 8세의 '수장령' 선포로 인해 영국에서 유럽 어느 지역보다 과격하게 종교개혁이 일어난 지 반세기 이상이 지났지만 1536년부터 1539년까지 수많은 수도원과 수녀원이 철폐되는 등 격렬하게 신 구교 간의 대립갈등이 발생하며 종교적 중심축이 무너진 시기였다. 또 전술했듯이 코페르니쿠스와 프랜시스 베이컨 등의 자연과학의 발흥으로 인해 기존의 사유체계가 전반적으로 해체되었으나 새로운 사유체계는 아직 확고히 자리 잡지 못하는 바람에 정신적, 지적 그리고 심정적으로 '대혼돈의 시대'에 빠져 있던 때였다. 한마디로, 이 시기는 인간의 삶에 있어서 가장 근본적 이슈와 이념들에 관한 종교적 논란이 유럽 전역에서 들끓던 시대였고, 이런 근본적 문제들에 대한 판단과 선택은 개인의 몫으로 남겨져 버린 때였다.

작품에서 햄릿이 유학한 비텐베르크 대학이 바로 루터가 종교개혁을 일으킨 대학이며 개혁의 진원지였다는 사실은 대단히 상징적인 의미를 갖는다. 말하자면 이는 햄릿으로 하여금 이런 당대의 정신적, 지적 혼란을 온몸으로 대변하게 만드는 것이다. 아울러 이런 시대적 배경은 작품 가운데 사회적 질서와 정의가 무너져 쇠퇴와 타락의 징후가 역력하고 가치의 전반적 전복이 발생한 것으로도 나타난다. 작중 인물 하나는 엘시노어 성 나아가 덴마크가 병들었다고 말하며 이는 '숨겨진 종양'이 작품의 핵심적 이미지가 되는 것으로도 드러난다.[139] 이는 무엇보다 왕의 살해와—찬탈은 아니라고 해도—왕위의 부자연스러운 계승, 왕비의 타락한 행실(패륜적 결혼)로 나타나며, 남녀 사이의 사랑(햄릿과 오필리어)과 친구들 사이의 우정(햄릿과 길던스턴 및 로젠크런츠)도 모두 무너지고 퇴색하는 것으로 입증된다. "모든 추악한 것이 번성한다"[140]는 햄릿의 독백과 이어지는 "사개가 물러앉은 세상을 바로잡아야 할 저주받은 운명"[141]이라는 한탄의 말로도 표현된다. 그는 "정직한 사람은 만 명에 하나"라고 말하며, 클로디어스 같이 "만면에 미소 띤 악"이야말로 이 세상의 모든 악을 상징한다고 생각한다.[142] 이런 극의 환경과 분위기는 등장인물들로 하여금 현상現象과 실체가 일치하지 않는 모호성과 이중성, 불확실성과 불안정성의 세계 속에서 살아가게 하며, 그리하여 그들은 내면의 동기와 목적을 숨기고 거짓과 비밀 및 기만의 '역할 놀이'에 생존을 의존해야 하는 것으로 나타난다. 한마디로 작중 세계는 표리부동한 세계이며 햄릿의 모호함 나아가 그의 광기는 이런 세상에서 살아가며 자신의 목적을 추구하기 위해 그가 취할 수 있는 유일한 방식이라고 할 수 있다.

햄릿은 어떤 인물인가?

햄릿은 세계문학에서 가장 많이 '논의되어온' 주인공 중의 하나이다. 그러나 이것은 그가 가장 잘 성격화된 인물이나 가장 탁월하게 매력적인 주인공이어서가 아니라 앞에서 말했듯이 단지 그가 서양문학에서 보기 드물게 복잡하고 모호한 성품을 지니고 있어 도무지 단순화가 불가능하

---

139 마셀러스: "덴마크는 뭔가 썩어가고 있어."-I.iv.100.

140 I.ii.131.

141 I.v.205.

142 II.ii.190.

기 때문이다. 그러나 한편 전통적으로 그에 대해서는 "유럽형 인간의 본
질을 보여준다"느니 혹은 그에게서 "비로소 근대적 인간의 탄생을 본다"
는 등의 찬사가 그치지 않는 것도 사실이다.[143] 이는 햄릿이 한마디로 인
간이 보여줄 수 있는 '본질적 양면성'을 한 몸에 갖고 있기 때문에 빚어진
것이다. 그는 탐구하고 사색하며 이 세상과 인간의 진실을 알려 하는 가
장 지적인 인간이며, 그런 점에서 마치 철학도 같은 모습을 지니고 있다.
그와 동시에 그의 내면에는 정반대의 성향인 성급하고 충동적이며 격정
적인 성격이 공존하는 모순적 존재가 들어있다. 그래서 그는 평소에는
섬세하고 민감한 도덕성과 사회성을 보이지만 일단 그의 내면(심사)을 건
드리는 일이 발생하면 가장 냉혹하고 단호하며 무자비하게 급변하는 모
습을 보인다.[144]

햄릿의 성격화에 대한 역사적 평가는 작품에서 그가 복수를 왜 빨리
시행하지 않는가 하는 작품의 근본 문제와 관련하여 내려지는 것이 관례
이다. 가령 이런 평가로서 최초로 영향력 있는 것은 괴테가 자신의 소설
『빌헬름 마이스터의 수업시대』에서 한 말이다. 그는 햄릿에게 맡겨진 역
할은 "단지 섬약한 화초나 심을 수 있는 진귀한 화분에 떡갈나무 같은 거
목을 심으려는 격이며," 그는 "영웅이 되기 위해 필요한 억센 감각은 갖
지 못했지만 아름답고 순수하고 고귀하며 지극히 도덕적인 성품을 지닌
인물이 자신으로서는 도저히 감당할 수 없고 그렇다고 내던져 버릴 수
도 없는 무거운 짐에 짓눌려 파멸해 간다"라고 평했다.[145] 햄릿이 본질적
으로 이런 '감성적 인간'이라는 괴테의 평가는 그 후 '낭만주의 시대의 햄

143　Helen Gardner, "The Historical Approach: *Hamlet*," Alfred Harbage ed., *Shakespeare the Tragedies*, p.70; Harold Bloom, *The Western Cannon*, p.23.

144　그럼에도 불구하고 후자 즉 격정적 성격이 그의 본성[피지스]에 가깝다는 분석이 좀 더 우세한 것이 사실이다. 가령 디터 멜은 "그의 평소의 성격은 격정적이고 충동적이다"라고 말한다. –Mehl, p.32.

145　요한 볼프강 괴테, 『빌헬름 마이스터의 수업시대』 1권, p.374. 안삼환 역, 민음사, 1999.

릿상'을 제공하게 되었다. 다음으로 햄릿을 감성적인 것이 아니라 지성적이라는 오늘날 일반화된 평은 시인 S. T. 코울리지가 『햄릿』을 '지성적인 인간의 비극'으로 규정한 데서 비롯한다. 19세기 러시아 소설가 투르게네프가 코울리지를 따라 인간을 '사유하는 인간'과 '행동하는 인간'으로 구분하고 전자는 햄릿, 후자는 돈키호테가 상징하는 인물이라고 말한 것은 유명하다. 20세기에 들어와 최고의 셰익스피어 비극론자인 A. C. 브래들리는 햄릿은 '분열된 자아'를 보여주고 있고 그의 행동의 결여는 '우울증' 때문이라고 분석하였고 이는 지금까지 대부분 받아들여지는 논의이다. 브래들리 이후의 평론가들은 햄릿은 자신만의 '이상적 세계'를 구축하고 현실 세계를 받아들이려 하지 않고 외면하고 망각하는 경향이 있는 한편, 자신의 내면의 본능적 욕구는 의식하고 있기에 스스로를 '정념의 노예'로 여기는 면이 있다고 본다. 그의 내면은 이렇게 심히 분열되어 있어서 그의 사색벽은 우울증이나 멜랑콜리아로 나타나고 이는 '행동력의 결여'를 가져오지만 그가 동시에 본유적으로 지니고 있는 정념은 때로 '파괴적 행동'으로 표출되기도 한다. 결론적으로 그는 어떤 평자가 말하듯 영웅과 악당의 양면을 다 보여줄 수 있는 인간이다.[146] 이런 면에서 그는 인류의 대표자이고 우리를 대신해 인간의 몫과 삶의 의미를 추구하고 실현하는 자인지도 모른다. 도버 윌슨이 말하듯 "우리는 햄릿의 '신비'(혹은 '핵심')을 끝내 완전히 풀 수 없다"는 말이 맞을 듯하다.[147]

아울러 햄릿에 대한 근래의 가장 인기 있는 평가는 그가 셰익스피어가 창조한 인물들 중에서 '현대인'들이 가장 자신과 '동일시'하기 쉬운 인물형이라는 것이다. 프로이트가 햄릿은 자신의 어머니에 대한 근친상간적 욕망을 무의식에 지니고 있어서 그 무의식을 실현한 클로디어스를 처벌

---

146 해롤드 블룸, 『교양인의 책읽기』, p.375.

147 J. Dover Wilson, *What Happens to Hamlet*, p.229.

하는 것은 곧 같은 욕망을 지닌 자신을 처벌하는 셈이 되어 복수를 속히
이행하지 못한다는− 지금은 설득력을 거의 잃어버린− 해설을 내놓은 이
래 20세기에는 햄릿에 대한 '동일시의 경험'의 고백이 줄을 잇고 있다.[148]
사실 이미 19세기에 뛰어난 작가이자 평론가였던 윌리엄 해즐릿이 '햄릿
은 바로 우리다'라고 말한 일이 있었다. 20세기의 유명한 셰익스피어 배
우 로렌스 올리비에는 1948년—영화화로 가장 잘 되었다는—『햄릿』작품
을 찍은 후 "한 번 햄릿을 연기하면 평생 지워버릴 수 없다. 매일 같이 생
각하게 된다"고 말했다고 한다.[149] 그 후배로서 역시 유명한 셰익스피어
연기자인 다니엘 데이 루이스도 공연 도중 무대를 박차고 나와서 다음과
같이 말했다. "(촬영 중) 돌아가신 아버지를 봤다. 신경쇠약에 걸릴 것 같
다. 햄릿 역할은 하기 힘들다. 내 안에 사는 마귀를 불러내 나를 심연의
가장자리까지 끌고 갔다. 내 안에 잠복한 두려움을 발견하게 되었고 그
것을 떨쳐내기 어렵다."(다니엘 데이 루이스의 부친은 계관시인이자 옥스퍼드 대
학의 저명한 시학 교수를 역임했던 세실 데이 루이스였다) 이렇게 『햄릿』을 가장
깊이 있게 읽어낸 사람들이 고백하는 강렬한 '동일시의 경험'은 아마 이
작품이 누리는 유구한 인기의 내밀한 비밀과 직접 관련이 있는 것 같다.
즉 햄릿은 앞서 말한 영웅과 악당이라는 '인간의 본유적 양면성'을 동시
에 지닌 인간이라는 것이 그의 '성격화의 핵심'에 있기 때문에 빚어지는
현상이라고 생각되는 것이다.

---

148 프로이트의 햄릿 론은 그 자신의 부친이 돌아간 지 얼마 안 되어 나온 것이라는 점이 특
 히 주의를 끈다.

149 이종숙, "셰익스피어의 『햄릿』," 강대진 외, 『인문학 명강 서양 고전』[21세기북스, 2014].
 p.228−29.

햄릿이 당면한 문제는 무엇인가? 즉 그의 가장 큰 고뇌는 무엇인가?

작품의 서두에서 햄릿은 부왕의 유령으로부터 억울하게 살해당한 자신의 복수를 해줄 것을 엄명 받는다. 억울한 죽음을 당한 부친의 폭로에 충격을 받은 햄릿에게 부친의 생존 시에 극진한 남편의 사랑을 받은 모친이 한갓 악당에다 패륜아에 지나지 않는 클로디어스 같은 인간에게—부친의 장례를 치른 뒤 두 달도 안 되어—재가再嫁했다는 것이 더욱 큰 충격으로 다가온다. 모든 면에 완전한 남자요 왕자다웠던 부친을 생각할 때 햄릿은 '휘페리온(태양신)'과 같은 부친의 자리를 '사튀리온(음탕한 반인 반수)' 같은 타락한 인간이 차지하고 있다는 것을 전혀 눈치채지 못하는 모친에 대한 실망과 혐오감이 하늘을 찌를 듯 괴롭다.[150] 햄릿에게 모친의 변신은 '관능의 탐욕increase of appetite'이나 '짐승 같은beast 욕망'을 충족시키기 위한 것 이외의 아무것도 아닌 것으로 보이는 것이다.[151] 이로부터 햄릿은 이 세상에 대해 특히 인간의 육체성과 동물성에 대해 강력한 거부와 환멸감을 보이며, 이는 종종 '죽음에 대한 동경'으로 나타난다. 부친의 부당한 죽음보다 어머니의 패륜적 행동에 더 치를 떠는 햄릿의 반응에 대해 이는 중세교회의 강력한 반여성론적 편견 및 당대인들이 중년여성의 성욕을 망측스럽고 수치스러운 것으로 본 풍조의 결과라고 자연스럽게 보는 평자들이 있는가 하면 한편에는 페미니스트 이론가 에이드리아나 카바레로처럼 햄릿 자신이 유난히 '사도 바울식의 여성 혐오'를 갖고 있기 때문에 단 하나의 예를 갖고 여성 전부에게 일반화하는—심지어 가장 순결한 여인인 오필리어에 대해서도—오류를 범하고 있다는 평가

---

150 I.ii.142.

151 I.ii.146.

로 나뉜다.[152] 그러나 어머니가 한 재혼은 당대의 성 관념과 기준에 의하면 엄연히 '근친상간'으로 간주되었다는 평자들의 말을 생각해 볼 때 햄릿의 반발과 혐오가 딱히 지나쳐 보이지 않는 측면도 있다.[153]

3막 1장의 "죽느냐 사느냐 그것이 문제로다"라는 가장 유명한 독백의 의미는 무엇인가?

햄릿은 부친의 억울한 죽음과 모친의 패륜한 결혼을 목도하고 이 세상 자체에 대한 환멸과 비관을 느끼며 이는 세상에서 살아가는 것 자체에 대한 고뇌와 번민으로 나타난다. 이런 그의 변화가 보이기 시작하는 것이 "죽느냐 사느냐 그것이 문제로다"로 시작하는 3막 1장의 독백이며, 이는 일부 독자들로 하여금 햄릿의 '자살에 대한 명상과 숙고'로 받아들이게 하였다. 그러나 더 많은 이들은 '클로디어스에 대한 살해를 당장 감행하고 파멸할 것인가 아니면 치욕스런 삶을 견디며 살아야 하는가'의 딜레마의 고뇌로 보았다. 물론 이 독백이 이런 측면들을 모두 지니는 대사임에는 분명하나 더욱 큰 주제는 '철학도^{哲學徒}다운' 햄릿 특유의 사고 즉 인간의 앎과 행위 사이의 관계 혹은 그것이 보이는 괴리에 대한 고뇌라는 측면이 강하다. 그는 자신과 같이 '의식의 과잉'을 보이는 자들이 필연적으로 겪게 마련인 '행동의 마비와 무기력'의 문제를 거론하고 있는 것이다. 이를 좀 더 자세히 고찰하면 다음과 같다. 63-84행: 자살의 유혹, 85-89행: 사고의 전환('죽음 이후에 대한 무지는 죽음을 두렵게 만든다'), 90-94행: (죽음의 명상과 같은)'과잉된 의식'과 '행동력의 결여'. 그는 이런 3단계의 사고의 과정을 거쳐 '사고의 과잉'이 가져온 '행동력의 결여'라는

---

152 Adriana Cavarero, *Stately Bodies: Literature, Philosophy and the Question of Gender*, p.147.

153 J. 도우버 윌슨, "햄릿," 『셰익스피어의 세계』, (권세호 편역), p.63.

결론에 스스로 도달하고 있다. "의식은 우리 모두를 겁쟁이로 만들고/ 그리하여 결심의 원래의 생생함이/ 사고의 창백한 병색으로 희미해져서/ 숭고한 의미를 지닌 중차대한 일도 이런 까닭에/ 흐름이 빗나가서 마침내는 실행의 힘을 잃고 마는 것이다."[154] 즉 "실행의 힘을 잃고 말았다"는 것이 곧 '독백의 결론'이라고 볼 수 있다.

'복수 비극'이 '초월적 비극'으로 바뀐다

위의 3막 1장의 독백으로부터 극은 중심적 모티프와 분위기가 단순한 '복수의 비극'으로부터 인간의 삶과 죽음에 대한 통찰을 다루는 '초월적 비극'으로 바뀐다. 즉 과도한 사유를 통해 행동력과 추진력이 약화된 주인공은 여기서부터 자신의 문제는 복수라는 당면한 과제 혹은 한정된 문제를 초월하는 것으로 받아들인다. 우리는 그가 삶을 어떤 자세와 태도를 지니고 살아가야 되는가 하는 가장 근본적이고 중요한 문제로 시야와 관점을 확대하고 심화시키는 것을 볼 수 있다. 그리하여 햄릿이 회피하는 것이 만약 있다면 이는 복수 행위 자체가 아니라 '삶이라는 무거운 짐'이라는 것이 점차 분명해진다. 삶을 바라보는 이런 우울한 비관적 사고는 그가 삶과 죽음에 대한 어떤 깨달음이나 통찰을 얻기까지는 뿌리치기 힘든 것으로 보인다.

햄릿의 복수의 '지연'은 어떻게 해석해야 하는가?

햄릿은 부친의 유령이 전하는 이야기를 들은 후 이것이 혹시 악마의 꾀임이 아닌가 하는 일말의 의심을 해소하기 위해 거짓 미친 시늉을 함

---

154 III.i.84-8.

으로써 클로디어스의 진실을 캐내려고 하지만 뜻대로 되지 않는다. 그래서 마침 엘시노어를 찾아온 극단을 이용해 이른바 '쥐덫'이란 별명으로 그가 부르는 극을 공연하게 하고 그것을 통해 왕의 비밀을 간파하려 계획하는데 이는 결국 성공한다. 유령이 전한 말이 진실임을 확신하게 된 것이다. 그는 극을 보다가 뛰쳐나간 클로디어스를 찾아 밖으로 나와 그를 발견한다. 햄릿은 즉시 복수를 이행하려 마음먹고 칼을 뽑지만 앞서 말했듯이 그가 마침 기도 중이라는 것을 보고 주저하게 된다. 기도 중인 자를 죽이는 게 과연 적절한가의 문제를 고민하는 것이다. 그는 범죄와 처벌은 서로가 어울려야 한다고 보고—예컨대 클로디어스가 근친상간의 쾌락에 뒹굴고 있을 때 죽여야 한다고 생각하고—지금은 복수의 적기가 아니라고 판단한다. 햄릿의 이 결정은 참으로 치명적인 실수임이 분명하다는 것은 곧 드러난다. 이 기회가 극을 통해서 그에게 주어진 단 한 번의 기회라는 것이 결국 밝혀지기 때문이다. 이 망설임에 대한 평가도 나뉘어 있다. 가령 어빙 리브너와 라이먼 키트리지는 "기도하는 자를 죽이는 것은 햄릿의 본성과 그가 받은 교육이 허락하는 일이 아니며 그는 무력한 인간에게 도살자(백정) 같이 행동할 수는 없었다"라고 그를 옹호하고, 헬렌 가드너 같은 보수적 논객은 "상대가 하나님의 무릎에 매달려 기도하고 있을 때 무자비하고 단호하게 살해하기를 진정 바라는 관객은 없을 것"이라고 관객의 마음도 안다는 듯이 넘겨짚는 월권을 범하기도 한다.[155] 그러나 현대의 관객이나 독자들에게는 디터 멜이 "클로디어스가 혼자 있을 때 죽이지 못하고 구구한 변명과 합리화를 늘어놓는 것은 햄릿이 한마디로 단순 과격하지 못하다는 것을 말할 따름"이라는 평가와 메이나드 맥이 햄릿이 "클로디어스 살해의 첫 회피에 뒤따른 변명은 사

---

155 Irving Ribner and G. Lyman Kittredge, eds. *Complete Shakespeare*, p.1044; Gardner, "The Historical Approach to Hamlet," *Hamlet: Casebook Series*, p.145.

실무근한 구실에 불과한 것"이라는 말이 더욱 가슴에 와 닿을 것이다.[156] 여기서부터 본격적으로 제기되는 '지연'의 문제에 대하여도 의견은 구구하게 갈린다.

첫째 '지연은 없다'는 해석.[157] 작가 셰익스피어는 지연의 문제를 제기하지 않는다는 것이다. 햄릿의 자기 성찰적 독백은 단지 그가 자신의 임무를 심각하게 생각한다는 예증으로 받아들여야 하며, 이 임무의 심각성과 중요성에 대한 성찰이 독백의 주요 내용이라는 해석이다. 즉 대부분의 자기 책망의 대사는 그가 자신의 역할에 '사로잡혀' 있다는 것을 보여줄 따름이라는 것이다. 그러나 이 해석은 햄릿 자신이 극에서 여러 번에 걸쳐 '자신의 문제가 지연이라고 스스로 지적하면서' 이 문제를 제기하고 있다는 사실을 부정하는 해석이다.

둘째 '지연은 당연하다'는 해석.[158] 지연은 복수 비극이란 극의 장르상 '필수적 요소'라는 것이다. 모든 복수 비극의 주인공은 다양한 방식으로 복수를 미루는데, 이는 그것이 이 장르의 매력과 즐거움의 상당 부분이 '지속적 서스펜스'에 달려있기 때문이라는 것이다. 그래서 지연이 없다면 극도 없다는 말이 적용되며, 복수 비극의 '중심적 효과'의 하나가 지연이라고 주장한다. 그러나 이는 지연이 이 작품의 즐거움과 매력은커녕 가장 곤혹스럽고 이해하기 힘든 난제를 던지는 데 불과하다는 관객과 독자의 일반적 반응을 무시하고 있다. 지연의 이유치고는 가장 설득력이 없다.

셋째. 지연은 '상황'에 따른 필연적 결과라는 해석.[159] 극 중에서 클로디어스는 자신의 권력을 완전히 합법적으로 장악했다. 리브너와 키트리

156　Mehl, p.47; Maynard Mack, "The World of Hamlet," *Casebook Series*, p.92.

157　G. B. Harrison, p.109; John Holloway, "*Hamlet*," *Casebook*, p.163.

158　Michael Mangan, p.117; Harold Jenkins, ed. *Hamlet: The Arden Shakespeare*, p.137.

159　Harold Wilson, p.34; Muir, p.57.

지 그리고 G. B. 해리슨이 말하듯 덴마크의 왕위는 맥베스의 스코틀랜드가 그렇듯이 '선출된' 자에게 승계되며 클로디어스는 햄릿의 부재중에 적법하게 '선출된' 왕이다.160 따라서 극 중 어느 누구도 그의 권력의 정당성을 의심하는 인물은 없다. 그는 뛰어나게 자기 통제력이 있고 상당한 카리스마를 지니며 현실적으로 그는 우선 언제나 (스위스 근위병들의) 엄중한 호위를 받고 있다. 그는 일단 햄릿이 자신의 비밀을 알고 있다는 눈치를 보이자 즉각 단호하고 신속하게 방어와 공격의 양면 작전에 돌입하여 햄릿을 궁지로 몰아넣는다. 자신의 내심이 폭로된 이후에 햄릿의 처지야말로 취약하고 불안정하기 짝이 없다. 둘은 극도로 팽팽한 심리전(혹은 신경전)에 돌입하며 햄릿은—호레이쇼라는 친구의 심정적 공감 이외에는 아무의 도움도 없을 수 없는—거의 완전한 고립과 단절의 상태에 빠져 있기에 자기 목숨을 부지하기만도 벅찰 지경이다. 즉 상대는 너무도 강력하고 용의주도한 자이기에 '강약이 부동인' 처지인 것이다.

넷째, 지연은 햄릿의 '성격' 상 필연적이라는 해석.161 걸핏하면 지적인 독설 아니면 아이러니로 에둘러서 말하는, 극도로 지적이며 회의주의적인 사색가가 어떻게 누군가를 단칼로 내리쳐 복수하리라고 생각할 수 있겠는가? 햄릿은 모친의 근친상간적인 패륜한 결혼으로 인해 인간이란 존재 일반에 대해 충격적인 환멸과 절망을 느꼈으며, 이는 심각한 우울증과 무기력증의 형태로 그를 덮쳐서 이윽고 행동력의 결여 증세로 표출되었다는 것이다. 그러나 이 해석은 상당한 설득력은 지니고 있지만 앞서 말했듯이 그가 본성적으로 한편으로 격정적이며 충동적인 측면을 갖고 있다는 것은 고려하지 않는다. 그는—전에 기도하는 클로디어스를 죽이지 못했던 것처럼—'숙고된' 살인은 할 수 없지만 '충동적' 살인은—뒤

---

160 Ribner and Kittredge, p.1045; Harrison, p.94.

161 D. G. James, p.84; Gardner, "*The Historical Approach*: Hamlet, *Twentieth Century Views*, p.69–70.

이은 폴로니어스의 살해와 최후의 즉결처분 식의 클로디어스 살해에서
보듯이—얼마든지 할 수 있는 인간인 것이다. 따라서 우리는 그의 복수
지연이 성격에서 비롯되는 측면과 상황에서 비롯되는 측면 두 가지가 함
께 '결합하여' 나타난 결과라고 결론지을 수밖에 없다.

**이 극에는 두 개의 '전환점'이 있다. 하나는 '상황'의 전환점이고 다른
하나는 '사고'의 전환점이다.**

'상황'의 전환은 첫 번째로 주어진 절호의 기회를 놓쳐버림으로써 햄릿
을 둘러싼 상황이 일변하는 것을 말한다. 그는 이 치명적 '판단 착오'—차
라리 의무의 방기放棄—로 인해 결국 애꿎은 일곱 명의 목숨이 앞으로 사
라져야 한다는 것을 미처 예견하지 못한다. 이 판단 착오를 범한 후 그는
또 하나의 결정적인 실수를 저지르는 데 이 실수로 말미암아 여태까지 그
가 쥐고 있던 상황의 주도권을 빼앗기게 된다. 연극이 끝난 후 모친은 클
로디어스가 대단히 불쾌하게 느끼는 것을 보고 이에 관련해 자식을 꾸짖
기 위해 햄릿을 부른다. 모친의 부름에 그는 기다렸다는 듯이 그녀를 찾
아가서 근래의 그녀의 처신이 얼마나 비인간적이며 파렴치하고 추잡한
것인지를 맹렬히 성토한다. 자식에게 호되게 경을 친 거트루드가 '사람 살
려'하고 소리 지르자 커튼 뒤에 숨어 엿듣던 폴로니어스가 역시 '사람 살
려'하고 소리친다. 햄릿은 충동적인 성격 그대로 칼로 커튼을 찌른 결과
어리석게 끼어든 폴로니어스를 죽이게 된다. 그런데 이 사건이 사태의 반
전을 가져오고 만다. 폴로니어스를 살해하기 이전까지 햄릿이 사태의 주
도권을 쥐고 있었다면, 이제부터 그는 수세에 몰리고 클로디어스가 주도
권을 잡게 되는 것이다. 햄릿은 자신이 진실을 알고 있다는 것을 클로디
어스에게 폭로 당한 셈이고, 이제부터 그는 클로디어스의 신속하고도 용
의주도한 살해 계획의 대상이 된다. 그는 이제부터는 복수는커녕 앞서 말

했듯 살아남기도 쉽지 않은 상황으로 몰리게 되지만 특유의 임기응변을 발휘하여 클로디어스의 계략을 전복시키고 덴마크로 귀환하는 것이다.

햄릿의 '사고의 전환'은 덴마크로 귀환하기 전인 4막과 5막 사이에서 일어난다. 그는 4막 4장부터 7장까지 나타나지 않으며 그동안 바다에서의 목숨을 건 모험이 벌어진다. 셰익스피어 극에서 이런 주인공의 부재는 그의 '변화를 예고'한다. 그는 항해 중 길던스턴과 로젠크런츠의 임무의 내용을 알게 되며 자신을 죽이라는 왕의 명령을 반대로 바꾸고 마침 지니고 있던 전왕의 인장을 사용해 문서를 위조한다. 그는 이어서 조우遭遇한 해적선과의 대결에서도 몸값을 제안하여 구사일생으로 가까스로 살아남아 돌아오게 되는 것이다. 돌아왔을 때의 햄릿은 어떤 평자에 의하면 "열 살은 더 먹은" 인간처럼 되어 나타난다.[162] 그는 더욱 침착하고 태연한 자세의 인간이 되며, 그의 이런 태도의 변화는 자신을 확고히 장악하는 어떤 '깨달음'에 도달하거나 혹은 도달하는 과정에 있다는 것을 말한다. 그는 항해 중의 모험을 통해 인간의 삶과 죽음은 종이 한 장의 차이이며, 인간의 삶에는 어떤 알 수 없는 '섭리'가 작동하는 것은 아닌가 하는 경험을 한다. 즉 인간이 살고 죽는 것이 반드시 인간 뜻대로 되는 것은 아니며, 앞선 극 중 극의 왕이 한 말처럼 "의도와 운명은 상반된다"는 것을 깨닫게 된 것이다.[163] 이어지는 무덤에서의 장면은 햄릿의 깨달음이 완성되는 단계를 보여준다. 그는 무덤 파는 일꾼이 던져 올린 해골이 바로 자신이 어렸을 때 여러 번 목마를 태워주던 요릭의 뼈임을 보고 삶과 죽음의 무상함을 새삼스레 절감하게 된다. 그는 이제 자신이 바로 앞선 여행에서 겪었던 위기의 순간마다 간발의 차이로 회피했던 죽음이 사실 삶과 필연적으로 결부되어 있는—삶이 있으면 결국 죽음도 있다는

162 　해롤드 블룸, p.373.

163 　III.ii.205.

—것이며, 자신도 이런 인간의 공통된 운명에서 벗어날 수 없는 존재라는 것을 깨닫게 된다. 이제 그는 쓸데없는 고뇌와 자책에 빠져 한탄이나 늘어놓지 않는다. 그는 3막에서 호레이쇼에게 말한 '정념의 노예'에서 자신이 벗어났다는 것을 보여주며, 이제 운명을 받아들일 '준비가 되어 있다'는 선언을 한다. "우리의 무모함이 어떤 때는 더 도움이 되지/ 우리의 깊은 계략이 수포로 돌아갈 때는 말이야; 그러니 이는/ 우리의 종말을 형성하는 데는 어떤 섭리가 작용한다는 것을 말해주어./ 우리가 어떻게 첫 손질을 해놓든지 말이야."164

다음 장면에서 햄릿에게 메신저 오스릭이 와서 레어티즈가 펜싱 시합—실은 시합을 위장한 결투 신청이지만—을 원한다는 요청을 전한다. 이 말을 곁에서 들은 호레이쇼는 레어티즈의 실력이 보통이 아님을 알고 있기에 햄릿에게 그가 패할 것이 예상되니 거부하라는 충고를 한다. 햄릿이 이에 대해 하는 다음의 대사는 그의 심경의 변화가 완성되었음을 증명한다. "나는 조짐 같은 것은 안 믿네. 참새 한 마리가 떨어지는 데도 섭리가 있는 것 아니겠나. 그게 지금 오면 앞으로 안 올 것이며; 만약 앞으로 안 올 것이면 지금 올 것이야. 만약 지금이 아니라면 반드시 언젠가 올 테니까. 준비된 마음이 전부일세. 자신이 죽음으로써 잃을 것이 무언지 확실히 아는 자는 없으니 일찍 떠난다고 해서 무엇이 그리 아쉽겠는가? 오라고 그래."165 죽음으로서 완성되는 것이 삶의 패턴이며, 삶이 있으면 죽음도 있기 마련이라는 깨달음에 도달한 햄릿의 사유는 스토이시즘의 기본 격률格律인 '문제는 인간의 죽음의 때가 아니라 죽음을 맞이하는 인간의 자세(태도)이다'라는 말과 일맥상통한다. 그리고 이런 '준비된 마음'은 우리가 앞서 읽은 『줄리어스 시저』에서 브루터스가 마지막에 앤

---

164 V.ii. 8–11.

165 V.ii.211–15.

토니와의 일전을 앞두고 하는 "그 결과는 알게 될 것이다. / 그러면 그것으로 충분하다. 자 이제 오라"라는 대사와도 통한다. 그러나 사실 이 진리는 동서고금을 막론한 인류의 '근본적 지혜'에 속하는 것이라고 볼 수 있다. 가령 사마천은 『사기』(81권, 염파인상여열전廉頗藺相如列傳)에서 "죽는 것이 어려운 것이 아니라 죽음에 대처하기가 어려운 것이다(비사자난야非死者難也 처사자난處死者難)"라는 말을 했고, 이는 '시사여귀視死如歸(죽음을 온 곳으로 돌아가는 것으로 본다)'라는 노장적老莊的 사유와도 일치하는 것이며 나아가 불교 화엄華嚴 사상의 핵심인 '일체유심조一切唯心造(모든 것은 마음 먹기 나름이다)'라는 깨달음의 경지도 이를 가리키는 것이라고 볼 수 있기 때문이다. 어쨌거나 햄릿은 지금이야말로 그가 기다려 오던—앞서 클로디어스를 죽이지 않기로 했을 때 그가 꿈꿨던—모든 조건이 구비된 순간이라고 생각하고 마지막 대결전에 임할 '준비'가 된 것이다.

마지막 결투 장면에서 햄릿에 의한 클로디어스의 죽음에는 '우연의 요소'와 '필연의 요소' 중에서 어느 것이 더 많이 작용하는가?

용의주도한 악인인 클로디어스는 햄릿을 제거하기 위해 폴로니어스와 오필리어의 죽음은 모두 햄릿에게 책임이 있다고 레어티즈를 사주하고 부추겨 그를 분노와 증오심으로 들끓게 만든다. 그러나 빼어난 검술 실력을[166] 갖고 있는 레어티즈와 싸움을 붙이는 것으로 부족하여 날카로운 칼을 쓰게 하고 햄릿은 무딘 날의 칼을 쓰게 한다. 클로디어스는 햄릿이란 "위인은 매사에 무관심하고 성미가 너그러워 술책이란 전혀 몰라서"[167] 자신의 술책을 알아볼 리 만무하니 마음껏 계략을 쓰기로 하는 것

---

[166] "유럽 제일의 검객"—V.ii.142.

[167] IV.vii.147-8.

이다. 그는 실력의 고하와 칼의 차이로도 부족하다고 느끼고 독이 든 잔까지 준비하는 것이다. 이 모든 것은 클로디어스의 성격에서 비롯하는 것으로 '필연적'이라고 볼 수 있다. 그러나 그의 계획에는 거트루드가 독이 든 잔을 먼저 들 수도 있다는 '우연의 요소'에 대한 고려가 빠져 있다. 이는 완벽주의자가 빠지기 쉬운 함정으로서 아무리 영민한 클로디어스이지만 미처 거기까지는 생각하지 못한 천려일실千慮一失이라고 할 수 있다. 그러나 이 우연적 사태가 발생했을 때, 그는 악인답게 왕비를 구하지 않고 자신의 왕권만을 생각한다. 이 또한 '성격적 필연'이다. 그러나 왕비가 죽어가며 진실을 밝히자—'우연의 사태'의 돌발—그의 모든 악행이 폭로되고, 햄릿은 거의 반자동적으로 그를 찌른다. 생각할 겨를도 없이 거의 창졸지간倉卒之間에 이루어진 복수라고도 볼 수 있지만 이는 햄릿의 '성격 구조'로 보면 '필연적인' 사건이다. 왜냐하면 그는 앞서 보았듯이 숙고된 살인은 할 수 없지만 충동적으로는 얼마든지 살해 행위를 할 수 있는 인간이기 때문이다. 아울러 클로디어스 살해의 상황은 살인을 완전히 정당화해주는 상황이기도 하다. 햄릿은 정당방위를 한 셈이고 무고하고 부당한 살인을 저지른 것이 아니다. 결국 햄릿의 복수의 실현에는 거트루드와 레어티즈의 개입과 폭로라는 '우연'과 클로디어스와 햄릿의 성격이라는 '필연'이 함께 작용한 것이고, '알 수 없는 섭리의 몫'과 '인간의 자의적인 선택'이 결합한 결과라고 할 수 있다. 햄릿이 말했듯 "우리가 아무리 첫 손질을 해놓아도 그 결과를 마무리하는 것인 섭리"인 것이다.

극에 등장하는 클로디어스, 거트루드, 폴로니어스, 호레이쇼, 오필리어, 레어티즈, 포틴브래스 등의 인물들의 성격화는 어떠한가?

클로디어스는 악인의 일반적 전형으로서의 "카인의 후예다운 악의 '통속성'"을 보여주는 인물이라기보다는 르네상스 시대 이후에 등장한 '의도적이고 계산적' 악인인 '마키아벨리적 요소'가 있는― 물론 마키아벨리가 이런 인물을 옹호한 것은 전혀 아니지만― 특수한 악한으로 보는 견해가 보통이다.168 그러나 이 작품은 두 명의 강력한 적대자들 사이의 싸움으로 봐야 하며, 그를 작품에서 두 번째로 중요한 인물 정도가 아니라 햄릿과 대등하게 보아야 할 만큼 '비중이 큰' 인물이라는 견해도 있다.169 A. C. 브래들리도 그는 '악한 인물이지만 괴물은 아니'라고 말했고, 리브너와 키트리지는 그가 '햄릿만큼 위대한 극적 창조물이며 자세히 연구할 가치가 있는' 인물이라고 지적하며, 언변의 탁월함, 놀라운 용기와 침착성, 국사에 정통하고 일 처리에 민첩하고 분명한 점, 언제나 왕으로서의 권위와 위엄을 지니는 것 등 그를 작게 취급하는 것은 이 극이 갖는 기본적 균형을 깨는 일이라고 말한다. 아울러 리브너는― 도버 윌슨과 G. B. 해리슨도 역시 말했듯이― 클로디어스는 왕위의 찬탈자가 아니며 적법하게 계승한 왕이라고 말한다. 그는 조카의 부재중에 왕가의 계승후보자들 중에서 '선출'된 왕이며, 극의 어느 부분에서도 찬탈의 문제는 제기되지 않는다는 것이다.170 햄릿의 불만과 분노의 표현은 어머니에게 3막 4장에서 하는 "선반에서 귀중한 왕관을 슬쩍 훔쳐서 자신의 호주머니에 집어넣은 자"171라는 말로 표현되지만 이는 그가 뒤에 호레이쇼에게 하는 "선출과 내 (계승의) 희망 사이로 훌쩍 뛰어들어"172라는 말로 무효화 된다. 즉 햄릿은 나의 '권리'라는 말을 안 쓰고 나의 '희망'이라고 말하고 있는 것이다. 그러나 이런 논의는 왕위 계승에서 밀려난 것이 햄릿의 동기 가운데 부친의 살해, 모친의 재가 다음 세 번째의 자리를 차지하고 있다는

---

168   여석기, 『나의 햄릿 강의』, p.218.

169   Ribner and Kittredge, p.1046.

170   같은 책, p.1045.

171   That from a shelf the precious diadem stole/ And put it in his pockect. ―III.iv.111-2.

172   Popped in between the election and my hopes. ―V.ii.71.

것을 말해 줄 따름이다.

결론적으로 클로디어스는―뭐라고 그를 옹호할지라도―비록 영민하고 대담하며 유능한 면이 있지만 여전히 뱀처럼 교활하고 냉혹하고 가차 없는 악인에 지나지 않는다고 말해야 한다. 그는 한때 참회하는 모습을 보이기도 하나 자신의 악행을 통해 얻은 것은 결코 내놓으려 하지 않는 인물이며 따라서 그의 참회는 제스처에 불과한 것이다. 그는 최후에 자신의 계략에 의한 독배를 왕비가 마시려 할 때 순간적으로 그녀를 희생시키는 쪽을 선택한다. 그에게는 진실한 반성을 기대할 수 없고 따라서 구원 또한 불가능한 인물임으로 햄릿이 기도 중의 그를 사면하는 것은 사실무근事實無根한 행동이었다. 그는 햄릿의 성격을 드러내기 위해서 그 반대의 인물형으로 가장 잘 창조된 인물임이 분명하다. 그러나 그의 역할은 그 이상도 이하도 아니다.

거트루드에 대해서는 좋은 얘기는 하려 해도 하기 힘든 인물이며, 서구 비극의 본격적 시작인 소포클레스의『오이디푸스 왕』에 나오는 이오카스테가 그 원조라고 할 수 있다. 그녀는 무비판적이고 무반성적으로 그저 편하고 쉬운 삶을 선호하는 의지박약한 인간이며, 나쁘게 말하면 호색녀에 지나지 않는다. 그녀가 바라는 것은 그저 즐겁고 편안한 삶뿐인데, 비록 자신이 구체적 악인은 아닐지라도 이렇게 무반성적인 인간은 필연적으로 악의 편이 되기 마련이라는 삶의 법칙을 구현해준다. 그러나 그녀는 마지막에 등장인물 중 가장 끔찍한 '각성'을―바로 자신이 사랑했던 남자가 전남편을 죽였고 또 자식과 자신까지 죽이려 한 인간이라는― 경험하게 되며 이로써, 자신의 삶에 대한 가장 파멸적인 처벌을 받는다. 이런 '예증(케이스 스터디)'의 역할이 바로 극 중에서 그녀가 하는 역할이다.

폴로니어스 또한 아무런 비판적인 성향이나 반성적인 기질이 없이 권력에 빌붙어 번성하고자 하는 아첨배이고, 현실적이고 실리적인 '현상 위주의status quo' 사고의 범주를 결코 넘어서지 않는 속되고 용렬한 인간이다.

아니면 그는 그저 한마디로 어리석은 바보에 지나지 않는다고 하는 평자도 있다. 호레이쇼는 햄릿에 의해 '정념의 노예'가 아닌 스토이시즘의 화신으로까지 찬미되지만, 사실이지 역할이 역할인 만큼 아무런 이렇다 할 '개성'이 없다― 그 역할이란 바로 햄릿의 상대역(콘피당confident)이 되어 햄릿의 내면을 드러내게 하는 것이 전부이다. 햄릿이 자신의 모든 것을 털어놓고 맡길만한 인물로 보이도록 하기 위해 작가는 그를 마치 결함 없는 인간인 양 추켜올린 것이다. 그러나 그의 모델이라고도 할 수 있는 그리스 비극의 효시嚆矢인 아이스퀼로스의 『오레스테이아』 삼부작 중 두 번째인 『코에포로이(제주를 바치는 여인들)』의 주인공 오레스테스의 친구인 필라데스는 오레스테스가―부친을 살해한 죄로 처벌해야 하는―모친을 정작 죽여야 할 처지가 되자 차마 결행하지 못하고 "어쩌면 좋은가?"하고 묻자 "아폴론 신의 명령은 어떻게 하고?"라고 대꾸하여 오레스테스로 하여금 살해를 감행하게 한다. 필라데스는 진정한 친구를 가리키는 '필요할 때 친구가 진짜 친구다'라는 격언을 실천하는 친구라고 할 수 있다. 그에 비해 호레이쇼는 ―물론 햄릿이 클로디어스를 살해하려 할 때 곁에 있지도 않지만― 작가에 의해 애초에 그런 역할이 맡겨져 있는 인물이 아니다.

폴로니어스의 아들 레어티즈는 명백히 햄릿의 '포일(foil, 특정 인물의 성격을 드러내기 위해 창조된 '대조적' 인물)'로 의도된 인물로서 햄릿처럼 가족의 명예 개념을 무엇보다 소중히 여기지만 그 실천에 있어서는 햄릿과 대극적對極的인 인간이다. 그에게서는 사고와 고뇌의 흔적은 눈을 씻고 찾아봐도 찾을 수 없으며 수단 방법을 가리지 않고―"교회에서라도 상대의 목을 따겠다"173―원시적이고 야만적인 복수를 감행할 수 있는 조야하고 무감각한 인물이다. 그러나 인간으로서의 최소한의 양심과 품위는 있으며, 이는 마지막 장면에서 햄릿에게 사태의 진실을 고하는 것으로 드러

173　IV.vii.139.

난다. 그의 동생 오필리어는 작품 가운데서 가장 부당한 운명에 처한 인물로 나타나며, 오직 연민의 정을 불러일으키기 위해 설정한 역할처럼 보인다. 그녀에 대해—비록 자신과 그녀를 위해 그랬다고 생각되지만—3막 1장에서 그토록 잔인하고 비정한 말을 토해내어("수녀원에나 들어가, 안녕. 그런데 정히 결혼할 작정이면 바보하고나 결혼해. 왜냐하면 영리한 남자는 네가 자신을 오쟁이 진 남자로 만들 걸 잘 알고 있을 테니까 말이야!")[174] 그녀의 영혼이 파멸을 향해 가도록 만든 데 대해 햄릿이 진지하게 괴로워하고 미안해하는 모습이 없다는 것은- 많은 평자들이 지적하듯이—그의 성격화의 가장 큰 문제점이고 동시에 작품의 가장 큰 결함이다. 해롤드 윌슨도 말하듯 "오필리어의 불필요한 죽음이야말로 가장 가슴 아프고 부당한 일"이기 때문이다.[175] [176] 마지막으로 로젠크런츠와 길던스턴은 도구적이고 기

---

174 III.I.145-7.

175 H. S. Wilson, p.46.

176 말이 나온 김에 햄릿의 '성격화'에 있어서의 치명적인 문제점에 대해 한두 마디 덧붙인다. 즉 비록 극이 그의 깨달음을 향한 노정[路程]을 다루는 것을 주제로 하고 있다고 하지만 그가 주변의 인물들에 대해서 비정하고 때로는 비인간적인—특히 오필리어에 대해—태도를 보인다는 점은 끝내 석연치 않으며, 관객/독자로서 감당키 힘들다는 고백을 불러일으키기에 족하다. 가령 그는 우발적이지만 폴로니어스를 죽인 데 대해 전혀 가책이 없고—이는 그가 클로디어스의 수족에 불과하니 그렇다 치고—후에 오필리어의 무덤에서 하는 레어티즈를 향한 사과도 진술하게 자신의 과오를 인정하는 기색은 엿보이지 않는다. 그는 그저 모든 것을 자신의 (거짓) '광기' 탓으로 돌릴 뿐이다. 그러나 우선 묘지에서 동생의 주검 앞에서 슬퍼하고 있는 레어티즈에 대해 그가 그렇게 분노할 자격이나 권리가 있는지 의심스럽다. 로젠크런츠와 길던스턴의 죽음을 유도한 자신의 즉흥적 조처에 대해서 햄릿은 스스로 쾌재를 부르짖을 따름이며—그래도 한때 그의 친구들이었다는 것을 고려할 때—눈꼽 만큼도 연민이나 동정의 념은 느끼지 않는다는 것도 아쉽다. 그런데 이런 것을 지적하는 평자가 거의 없다는 것도 '신비로울' 지경이다. 무작위로 그에 대한 논평을 뒤져보아도 "카리스마적 지배력을 우리에게 행사한다는 점이 탁월한 신비"라는 해롤드 블룸이나 헬렌 가드너처럼 "공정한 마음으로 정의에 따라 세상을 지배하도록 명령받은 자로서 유럽적 인간형의 본질이고 정수"라는 찬양 일변도이다. "오필리어가 관에 누워있는 것을 발견하고 단지 '뭐라고, 그 아름다운 오필리어가!'라고 반응하고 대꾸하는 것이 그녀에 대한 소회의 전부인 인물을 과연 상상할 수 있을까? 나는 상상할 수 없다고 생각한다"라고 말한 도버 윌슨이 가까스로 찾아낸, 제대로 된 반응을 보인 드문 비평가 중의 하나이다.

생적 삶을 사는 기회주의자들로서, 햄릿이 말하는 대로 "강력한 자들이 칼을 맞대고 불을 뿜는 판국에 끼어든 못난 자들"의 운명을 보여주기 위해 작가가 창조한 인물들이다.[177]

햄릿은 극의 과정을 통해 '성장'하는가? 햄릿이 최후에 하는 "나머지는 침묵이다"라는 말은 어떻게 해석할 수 있는가?

위에서 말했듯이 햄릿의 사고의 전환은 그의 성장의 징표이다. 그는 극의 초입에서 자신만의 세계에 몰입하여 비록 자기중심적이지만 '독자적인' 사고를 하는 인간이었고, 여기에 그의 지적, 도덕적 우월감의 근거가 있었다. 그러나 그는 부친의 부당한 죽음과 모친의 패륜한 결혼을 목도하고 자신의 사유체계로는 설명할 수도 해결할 수도 없는 일이 이 세상에서는 일어난다는 것을 깨닫고 말할 수 없는 무력감에 빠진다. 그는 비텐베르크 대학에서 배운 학문적 지식은 있었으나, 현실 세계를 지배하고 움직이는 힘 즉 '악의 힘'에 대해서는 어린아이와 같은 무지와 무경험 속에 살았던 것이다. 여기서 작품 내내 독자와 관객을 곤혹스럽게 하는 모순과 모호함 그리고 수수께끼 같은 그의 '암중모색 가운데 주저함'이 나온다. 그가 어떤 '결정적 깨달음'에 도달하지 않는 한 그는 정신적 혼돈 속에 내던져져 고뇌와 자책으로 몸부림치는 삶밖에 살 수 없을 듯했다. 그러나 영국으로의 여행과 묘지에서의 경험을 거치며 그는 인간의 삶과 죽음에 대한 어떤 뚜렷한 '각성과 통찰'에 도달했고,[178] 이제 그는 어떠한 준순浚巡(우물쭈물함)과 주저의 모습도 보이지 않으며 단호히 행동에 뛰어들 수 있는 인간이 된다. 그러므로 극의 진행은 햄릿의 각성과 성장을 향

---

177 V.ii. 65-7.

178 그리고 이런 '깨달음'은 그가 앞서 한 '오직 생각이 그렇게 만들뿐 그 자체로 좋고 나쁜 것은 없다'(II. ii. 253)라는 말로 이미 준비된 것이라고 볼 수 있다.

한 힘겹고 고통스러운 과정을 보여주는 것이라고 할 수 있다.

'나머지는 침묵이다'라는 '절명사絶命辭(죽으며 하는 말)'를 가지고 평자들은 부활이냐 몰락이냐 혹은 수용인가 절망인가의 양쪽으로 나뉘어 해석해 왔다. 그러나 이는 인간의 한계와 함께 그 가능성을 모두 꿰뚫어 보게 된 주인공이 자신이 할 수 있는 것을 다 했을 때 내뱉는 '여한 없음' '당당함' '흔쾌한 느낌'을 드러내는 발언으로 보아야 한다. 비극의 주인공은—호메로스의 『일리아스』의 아킬레우스와 헥토르로부터 시작해 후대의 그리스 비극의 주인공들을 거쳐—극의 과정을 통해 자신이 할 수 있는 것을 다함으로써 인간의 가능성을 보여주는 인물이다. 또한 그는 오직 그렇게 함으로서만이 자신의 한계인 '죽음'마저도 흔들림 없이 받아들일 수 있게 된다. 여기서 이른바 '자족감(자기 인정감)'에서 비롯하는 '자신과의 화해'가 가능하다. 앞서 『줄리어스 시저』의 끝에서 "오직 브루터스만이 브루터스를 극복했다"고 말하듯이, 주인공은 가장 그답게 '여한 없고 명료한 최후'를 보여주는 것이며, 이것으로 족한 것이다. 그래서 '나머지는 침묵'일 수밖에 없다.

이 작품에 대한 종교적/기독교적 해석은 정당한가? 아니라면 그 이유는 무엇인가?

이 작품은 기독교적 배경을 갖고 있고 종교적 해석만이 가장 적절한 평가를 가능케 한다고 주장하는 평자들이 있다.[179] 그러나 다른 한 편으로는 이 작품이 보여주는 것은 단지 '종교적 혼돈' 밖에 없다고 주장하

---

179 H. Wilson, p.48; D. Douglas Waters, *Christian Settings in Shakespeare's Tragedies*, p.76-7; Huston Diehl, "Religion and Shakespearean Tragedy," Claire McEachern ed., *The Cambridge Companion to Shakespearean Tragedy*, p.93-6.

는 평자들도 있다.[180] 우리는 이 작품을 음미할수록 여기에는 셰익스피어 시대까지 서양 세계가 물려받은 중요한 사유체계인 고전 그리스와 로마적 사유, 기독교적 사유 그리고 북유럽인들의 전통적 숙명론 이 세 가지가 모두 혼돈스럽게 공존, 즉 혼재하고 있다는 것을 깨닫게 된다.[181] 햄릿의 깨달음을 증거하는 두 개의 중요한 대사들은—5막 2장 8-11행의 "우리의 종말을 형성하는 데는 어떤 섭리가 작용한다" 그리고 5막 2장 211-15행의 "준비된 마음이 전부이다. 오라고 하라"— 인간의 삶에는 인간의 몫과 운명(신)의 몫이 함께 작용한다는 '섭리의 이론'을 가리키는 대사들이다. 그런데 이 사상의 뿌리는 그리스 고전기 후기의 스토이시즘적 사생관에 있고 이는 로마의 세네카를 거쳐 르네상스 시대인들에게도 기독교적 내세관("하나님의 뜻이 이루어지이다.")에 맞먹는 영향력을 미쳤다. 따라서 이는 이교적異教的, pagan 사유라고 할 수 있는 것인 바, 영국을 포함한 북유럽은 게르만 신화와 스칸디나비아 '영웅전설saga'에 뿌리를 둔 또 하나의 이교적 사유인 '숙명론적 세계관fatalism'도 전수받았다. 그리고 이 북유럽적 세계관 또한 스토이시즘과 유사한 '섭리론'을 지니고 있었다.

그러나 시야를 확대해 보면 이런 '섭리론적 사유'는 그리스 로마나 기독교 및 북유럽적 사고를 떠나 인류 공통의 지혜라는 것이 분명하며, 동북아적 전통에서 선진先秦시대부터의 유교 사상에 뿌리 밖은 '천명론天命論'—'천도天道'의 개념과 이와 결부된 '진인사대천명盡人事待天命(인간이 할 수 있는 일을 다 하고 하늘의 처분을 기다림)' 사상— 이나 선불교의 핵심적 가르침으로서 '이치'를 깨달은 마음을 가리키는 '불가근불가원不可近不可遠의 평상심平常心'이란 말도 생각해보면 이와 멀지 않은 것이라 여겨진다. 이런 면에서 이

---

180 Patrick Cruttwell, "The Morality of *Hamlet,*" *Casebook*, p.186-7; Tom McAlindon, "What Is a Shakespearean Tragedy?" *The Cambridge Companion*, p.19.

181 Muir, p.60; Steiner, p.318.

작품은 인류의 보편적 '지혜문학'에 속하는 것이며, 셰익스피어의 비극 세계에서 하나의 '정점'에 도달한 것을 증거한다. 비극『햄릿』이 어찌하여 입문적入門的 독자들이 겪는 숱한 오해와 난관에도 불구하고 최고의 명작의 지위를 누릴 수 있는지 그 비밀을 암시해 준다.

이 작품의 종말에서 '악의 본성'은 어떤 것으로 드러나는가? 또 그 종말에는 '선악의 균형'이 있는가? 즉 '시적 정의'가 수립되는가?

작품 가운데 악은 선의 힘에 의해 파괴되는 것 못지않게—혹은 그 이상으로—스스로 파멸하는 것으로 나타난다. 즉 제 꾀에 제가 넘어가듯이 자신의 힘의 강렬함과 에너지 그리고 정교함 때문에 오히려 자멸하는 것을 보여준다. 앞으로 더 분명해지겠지만 셰익스피어의 비극에서 악은 항상 '자기파괴적'이다. 그러나 선악의 균형 문제에 있어 만약 선과 악이 공평하게 파멸한다면 비극이 아니라 (승리의) 멜로드라마가 될 것이다. 하지만 앞서 브래들리가 그의『셰익스피어 비극론』에서 말했듯이 "비극이 비극인 것은 악의 파괴는 그보다 더 많은 선의 소모를 가져온다"는 데 있다. 작품 가운데 죽어 마땅한 악인은 클로디어스 한 명이며, 아무리 많이 잡아도 그에게 맹종하며 일관성(요즘 말로 '개념') 없이 몸을 맡기는 거트루드까지 포함하여 둘이다. 그러나 햄릿의 좌고우면左顧右眄하는 주저와 클로디어스의 교활함과 집요함 때문에 결과적으로 여섯이 더 죽어 모두 여덟 명이 파멸한다. 어떤 평자는 대부분의 인간 사회의 '숙고된 윤리감'에 따르면 악의 퇴치를 위해서는 일반적으로 적어도 두 배 혹은 세 배의 선의 희생이 필요하다고 말한다.[182] 그러나 삶의 현실을 어떠한 ('소망충족'을 위한 또는 '종교적') 선입견과 편견 없이 직시한다면 그보다 훨씬 많

---

182 Harrison, p.92.

은 선의 희생이 발생하며, 그것도 가장 소중한 선의 소모가 동반된다는 것이 인간의 '역사가 보여주는 진실'이라고 할 수 있다. 그리고 이것이 바로 '비극 문학'이 제시하는 '삶의 진실' 즉 '지혜'이다. 왜냐하면 앞서 말했듯이 악의 힘은 선의 힘과는 비교할 수 없이 막강하고 집요하며 냉철하기 마련이어서 선과 악이 대결하면 선은 백전백패한다는 것이 '인간 세상의 진실'이기 때문이다. 선의 소모와 낭비는 삶의 '신비의 영역'으로서 역사적으로 어떤 종교나 철학도 이에 대해 말끔한 해명을 하지 못했다고 한다.[183] 악과 고통의 문제는 '영원한 신비'로 남는다고 철학자들은 말한다.[184] 따라서 비극에서 균형 잡힌 깔끔한 정의, 즉 '시적 정의'는 찾아볼 수 없다. 그러나 비극이 '보여주는' 정의는 따로 있다. 이는 앞서『줄리어스 시저』에서 설명했듯이 주인공이 스스로의 삶과 죽음의 과정을 통해 수립하는 정의이며, 그가 자신이 할 수 있는 일을 다 하고 자신의 한계 즉 죽음을 받아들임으로써 그 나름의 정의를 수립하고 성취하는 것이다. 그럼으로써 그의 최후는 '여한 없고 흔들림 없는 당당함'(혹은 담담함)을 보여준다. 이것만이 인간이 누리고 획득할 수 있는 '정의이고 질서'임을 비극은 천명하는 것이다.

7.『오셀로 *Othello*』

"질투를 느끼지 않는다면 사랑하지도 않는 것이다."—성 아우구스티누스

---

183 Henn, *The Harvest of Tragedy*, p.71.

184 손봉호,『악이란 무엇인가』, p.241-2. 그러나 이를 해결하기 위해 각기 고대와 근대의 서양철학의 완성자인 플라톤과 칸트는 '내세'와 '영혼불멸'을 전자의 경우처럼 상정(想定)하든가 아니면 후자의 경우처럼 요청하였다는 것은 잘 알려져 있다. 하지만 이는 손 교수도 말하듯 어디까지나 종교철학적인 해결이지 역사철학적 설명은 될 수 없다는 것을 덧붙여야 한다. 즉 프로이트가 말하는 '소망충족'wish-fulfillment에 불과한 것이라는 말이다.

"내가 그대를 사랑하지 않게 될 때, 그 때 이 우주는 혼돈 속으로 떨어질 것이다."[185]

악은 선을 부인하는 것이 아니라 그것이 바로 선이라는 이유로 선을 파괴하는 것이고, 이는 멜라니 클라인이 '시기'猜忌라고 부른 것과 동일한 것이다.—찰스 프레드 앨퍼드, 『인간은 왜 악에 굴복하는가』, p.145.

줄거리 요약

제1막

극이 시작하면 베니스 군대의 사관 이아고가 등장해 자신이 섬기는 무어인 오셀로 장군이 그의 부관으로 베니스 출신인 자신 대신에 피렌체 출신의 캐시오를 임명하였다고 분개하며 오셀로와 캐시오는 톡톡히 그 대가를 치룰 것이라고 앙심을 품은 말을 쏟아놓는다. 한편 돈 많은 부자이나 어리석은 로드리고는 이아고의 중매로 데스데모나와 결혼하고 싶으나 뜻대로 되지 않자 이아고에게 불평한다. 이아고는 자신의 복수 계획을 실행하기 위해 오셀로에게 겉으로는 '정직한' 인간인 양 상냥하고 눈치 빠르게 대하지만 성품이 단순하고 관대한 오셀로는 이아고의 속마음을 전혀 들여다보지 못한다. 오셀로는 평소에 베니스 의회의 의원인 브라반쇼의 저택에 자주 초대되었고 식사 자리에서 그 댁의 딸 데스데모나에게 자신의 모험담 및 살아온 험난한 역정歷程에 대해 얘기해 주었으며 데스데모나는 그런 그에게 사모와 애정의 감정을 느꼈다고 한다. 그리하여 둘은 여관에서 비밀 결혼을 하였고 이 소식을 알게 된 이아고는 '옳지 잘 됐구나'하는 심정으로 로드리고와 함께 밤중에 거리에서 소동을 일으켜 오셀로가 데스데모나를 납치해 갔다고 소란을 피운다. 마침 터키군이 사이프러스를 침략했다는 소식이 전해지고 의회가 소집된다. 브라반쇼는 의회에 나가 도시의 군

---

185 『오셀로』, III.iii.91-2.

주인 공작을 만나 그에게 자신의 딸이 무어인 장군의 이상한 '주술'에 걸려 그의 유혹에 넘어갔다고 억울해하며 사정을 얘기한다. 역시 장군의 자격으로 소집되어 참석해 있던 오셀로는 자신과 데스데모나는 서로 진심으로 사랑하여 결혼한 것이라고 당당하게 선언한다. 역시 곁에 있던 데스데모나도 부친 브라반쇼에게 여태까지는 아버지의 딸로 살았지만 이제부터는 사랑해서 결혼한 남편의 뜻에 따르겠다고 말한다. 공작도 아버지 브라반쇼도 그 결혼을 인정할밖에 다른 도리가 없다. 공작은 오셀로를 사이프러스 총독으로 임명해 급히 출동할 것을 명령하자, 데스데모나도 같이 가겠다고 하지만, 오셀로는 이아고 일행과 함께 뒤에 오는 배편으로 올 것을 지시한다. 브라반쇼는 오셀로에게 아비를 버린 여자는 남편도 버릴 수 있다는 악담을 남기며 떠난다.

제2막

막이 열리면 오셀로가 탄 배가 사이프러스로 오는 동안 폭풍이 불어 터키군의 배들은 풍랑에 밀려 퇴치되었다는 것이 알려진다. 오히려 나중 떠난 데스데모나 일행이 먼저 도착해 있는 사이프러스에 늦게 온 오셀로는 기쁜 소식을 접하고 뜻밖의 승전과 자신의 결혼을 축하하는 연회를 베풀 것을 명령하고 캐시오를 질서 유지를 위한 장교로 임명한다. 한편 이아고는 캐시오가 데스데모나에게 다정한 인사를 드리는 것을 보고 즉시 그녀와 캐시오 사이에 불륜의 감정이 있는 것처럼 꾸며서 오셀로를 자극하는 고자질을 하려는 계획을 수립한다. 그 첫 단계로 술을 잘 마시지 못하는 캐시오를 부추겨 술을 마시게 하고 그가 취해 비틀거리자 로드리고로 하여금 싸움을 걸게 하여 소란을 일으킨다. 비로소 결혼의 초야를 맞이해 신혼의 달콤함에 젖어보려던 오셀로는 시끄러운 소리에 밖으로 나온다. 이 소란이 술 취한 캐시오의 실수로 빚어진 것으로 밝혀지자 즉시 그를 부관직에서 해임한다. 이아고는 상심한 캐시오에게 데스데모나에게 찾아가 부탁하여 남편의 마음을 돌려 복직을 시도해 보라고 사주한다.

제3막

캐시오는 데스데모나를 찾아가 자신의 억울할 사정을 이야기하며 마침 그때 오셀로와 이아고가 다가오자 자신의 모습을 보이고 싶지 않아서 죄지은 사람처럼 '도망치듯 사라진다.' 이 모습을 본 오셀로에게 이아고는 캐시오와 데스데모나 사이에 모종의 불륜의 감정이 있는 것인 양 암시의 말을 늘어놓는다. 이후 아내가 캐시오의 복직을 간곡히 부탁하자 오셀로는 둘의 관계가 이아고 말대로 심상치 않다고 생각한다. 오셀로는 서서히 '질투라는 녹색 눈의 괴물'의 모습을 띠기 시작한다.(III.iii.170) 남편이 자신을 심상치 않게 바라보며 두통을 호소하자 손수건을 꺼내 남편의 이마를 닦아주려는 데스데모나의 손길을 오셀로는 뿌리치고 데스데모나는 수건을 바닥에 떨어뜨린다. 한편 다시 이아고를 만난 오셀로는 이아고에게 아내의 부정을 자꾸 암시하지만 말고 구체적 증거를 댈 것을 명령한다. 우연히 데스데모나가 떨어뜨린 수건을 발견한 이아고의 아내 에밀리아는 그것을 남편에게 전함으로서 이아고는 뜻밖의 행운을 잡는다. 이아고는 손수건을 캐시오의 거처에 가져다 놓으며, 캐시오는 우연히 발견한 손수건을 자신의 정부 비앙카에 가져다주며 본을 떠서 똑같은 것을 만들라고 말한다. 이아고는 오셀로를 만나게 되자 캐시오가 데스데모나의 손수건을 갖고 있는 것을 자신이 보았으니 혹시 부인을 만나면 손수건을 여전히 지니고 있는지 물어보라고 말한다. 오셀로는 아내를 만나는 즉시 손수건을 보여 달라고 말하고, 그녀가 마침 잃어버려서 없다고 하자, 그것은 오셀로 자신의 어머니가 준 것으로 모든 인간의 마음속을 읽는 마법을 지닌 것이라고 신비주의적인 이야기를 늘어놓는다. 이제 분명히 데스데모나가 바람을 피우고 있다고 확신한 오셀로는 아내와 캐시오에게 무서운 복수를 할 것을 선언한다.

제4막

이아고는 오셀로가 자신의 아내에 대해 품는 의심을 더욱 확고히 만들기 위해 캐시오와 비앙카가 서로 이야기를 나누게 하고 이것을 오셀로로 하여금 엿듣게 한다. 둘의 대화를 캐시오가 비앙카에게 데스데모나와의 관계를 털어놓고 있는 것이라고 판단한 오셀로는 마침 비앙카가 경멸적으로 손수건을 캐시오에게 던지는 순간 그것이 바로 자기 아내가 캐시오에게 준 것이라고 믿어 의심치 않는다. 이아고가 계속하여 데스데모나의 의심스런 행적을 늘어놓자 오셀로는 간질의 발작에 가까운 증세를 보이기 시작하다. 이제 이아고의 수중에 완전히 들어간 오셀로는 데스데모나의 부정을 확신하고 자신이 데스데모나를 목 졸라 죽일 것이며, 이아고에게 캐시오를 처치해 버리라고 명령한다. 한편 데스데모나의 친척 로도비코가 사이프러스에 도착해 공작의 명령에 의해 오셀로는 베니스로 귀환하고 캐시오는 사이프러스의 신임 총독으로 임명되었다는 소식을 전한다. 이아고의 간계에 대해 아는 바가 전혀 없는 데스데모나는 로도비코를 환영하는 자리에서 오셀로와 캐시오 사이의 오해를 언급하며 두 사람이 화해할 것을 희망한다고 말한다. 오셀로는 데스데모나가 선의로 한 말을 듣고 격분하여 좌중이 보는 가운데 그녀에게 손찌검하는 것도 마다하지 않고, 그녀를 악마라고 부르며 당장 사라지라고 소리 지른다. 에밀리어가 그녀의 순결을 옹호하며 변명하지만, 오셀로는 자신의 부인은 창녀에 불과하다고 분노하는 모습을 보고 좌중은 아연실색할 뿐이다. 한편 이아고는 자신의 원래의 복수 계획을 완수하기 위해 로드리고를 부추겨 길에 숨어 있다 캐시오를 만나면 죽이라고 말한다. 데스데모나는 방으로 돌아와 절망하여 에밀리어에게 차라리 죽고 싶다고 말하고 그녀를 내보내면서 자신은 죽는 한이 있더라도 남편에게 부정한 짓은 못하는 여자라고 말한다.

제5막

숨어 있던 로드리고는 캐시오를 공격하지만 오히려 캐시오의 칼을 맞고 부상을 입는다. 역시 숨어 있던 이아고가 나타나 캐시오를 죽이려 공격하자 그는 사람 살리라는 비명을 지르고 이에 사람들이 달려와 살아남는다. 그러나 이아고는 죽어가는 로드리고는 확실히 살해해 버린다. 한편 오셀로는 아내의 침실로 들어가 자신의 결백을 주장하며 억울함을 항의하는 데스데모나를 끝내 목 졸라 죽이고 만다. 마침 로드리고의 죽음과 부상 당한 캐시오의 소식을 전하려 들어온 에밀리어에게 오셀로는 자신이 데스데모나를 죽였음을 고백한다. 경악한 에밀리어의 절규에 사람들이 몰려 들어오고 오셀로는 자신이 아내를 죽인 것은 선물로 준 손수건을 그녀가 정부 캐시오에게 준 것이 드러나 그녀의 부정이 확인되었기 때문이라고 말한다. 이 말을 들은 에밀리어는 비로소 그 손수건에 얽힌 자초지종 즉 그것은 자신이 주워서 남편에게 건넨 것이라고 말하자 이아고는 자신의 악행이 더 이상 드러나지 않도록 그녀를 즉석에서 찔러 죽인다. 이아고의 모든 악행이 백일하에 드러나자 오셀로는 때늦은 후회와 회한에 몸부림치며 이아고를 찌르려 하지만 실패한다. 그는 자신의 어리석음이 빚은 참혹한 죄과를 아내에게 빌며 마지막 입맞춤을 하고 자살한다. 신임 총독 캐시오가 이아고를 고문하고 처형할 것을 명령하며 극은 끝난다.

이 작품은 셰익스피어의 이른바 4대 비극 중 상대적으로 가장 관객이나 독자가 공감하기 힘들고 재미가 없는 작품으로 여겨질 수 있다. 주인공 오셀로는 너무나 어리석고 단순해서 사악한 이아고에 의해 믿을 수 없을 만큼 쉽고 빨리 몰락하는 모습을 보인다. 주인공의 과도한 무지와 맹목도 문제지만 조연인 이아고의 사악함은 너무도 광포하고 치열한 나머지 현실감이 없을 정도이다. 무엇보다 작품의 소재와 관심이 질투라는 하나의 감정에 초점이 맞춰져 있어서 그 내용과 주제가 협소하고 남루하다는 비난도 있을 수 있다. 브래들리도 이 작품은 주로 좁은 세계에 감금된 억압적인 느낌이 들고 성적 질투라는 고통스런 감정에 집중한 결과 우리에게 어떤 불쾌감이나 혐오감을 느끼게 하는 면이 있다고 말했다.[186] 극은 암담한 재난의 느낌을 가져다줄 뿐 인간의 보편적 운명을 다루는 다른 작품들과는 격이 떨어진다는 것이다.

작품에 대한 기왕의 평가는 대개 두 갈래로 나뉘어 왔다. 하나는 —브래들리의 선례를 좇아— 근본적으로 고귀하나 단순한 오셀로가 악의 화신과 같은 이아고의 수중에 사로잡혀 농락당하고 고뇌하다 몰락하는 이야기는 관객과 독자의 가슴을 에이는 듯하게 만들고 우리는 그에게 애정과 동정의 혼합된 감정을 갖게 된다는 것이다. 다른 하나는 T. S. 엘리엇과 F. R. 리비스의 견해로서 오셀로의 근본적 숭고함은 동의하지만 그를 대단히 아이러닉한 관점에서 보는 것이다. 즉 오셀로는 자기중심적이고 나아가 자폐적 관점의 소유자여서 자신의 삶을 극화하고 자기도취에 빠져있는 인물이라는 것이다. 특히 그들은 극의 종말에서 오셀로가 감상적으로 ‘자기 연출’을 하고 있다고 비난한다. 그러나 이런 동정이나 혹평보다는 근래에는 오셀로가 이아고라는 ‘희대의 악인의 희생물’이라는 측면과 자신의 무지와 단순함이란 결함으로 인해 ‘자기 파멸에 책임이 있는 자’의 측면이라는 ‘양면성’을 갖는 것으로 보는 견해가 일반적이다.[187]

한편 1980년대 이후의 신식민주의적 담론의 출현 이후 인종주의racism적 시각에서 작품을 보는 견해가 시작되었고 이는 오셀로를 이아고의 계략뿐만 아니라 베네치아 사회의 제도와 관행 및 편견과 선입견 등의 희생양으로 보는 견해이다.[188] 즉 이 작품을 서구에서 인종주의적 편견이

---

186 Bradley, *Shakespearean Tragedy*, p.180–3.

187 Mangan, p.150–51.

188 Alvin Kernan, "*Othello*: an Introduction," *Twentieth Century Views*, p.83.

―"두터운 입술의," "늙고 검은 숫양," "바바리의 말" 등―등장하는 최초의 작품으로 보는 것이다. 이는 결국 셰익스피어가 당대인들의 인종주의적 편견/선입견을 어떻게 해석했느냐의 문제이다. 작가는 작품의 시작 부분에서는 유색인종은 야만적이고 감정적이며 폭력적이라는 당대인들의 편견이 부당하다는 것을 오셀로의 문명화된 풍모를 통해 보여주지만 극의 과정을 통해―광기에 가까운 질투를 보임으로써―주인공 내면의 야만성이 드러나게 만든다고 한다. 그런데 문제는 주인공이 극의 종말에 가서는 이를 다시 극복하는 모습을 보여준다는 데 있다는 것이다.

이런 인종주의적 해석이 일면 타당하고 중요한 분석인 것은 부인할 수 없지만 작품을 전체적으로 볼 때 셰익스피어가 오셀로를 인종주의적 범주로만 다루고 있지 않다는 것 또한 부정할 수 없다. 우선 셰익스피어는 당대의 편견/선입견을 정면에서 '전복'시켜 무어인인 오셀로를 '비극의 주인공'으로 더구나 '숭고한 성품의 인물'로 등장시키고 있는 것이다. 아울러 그를 유색인종에 대한 편견과는 무관하게 문명인 못지않은 언어의 달인으로 만들고 그가 하는 말은 대표적인 셰익스피어 평론가 중의 하나인 G. 윌슨 나이트가 '오셀로가 들려주는 음악Othello music'이라고 부를 만큼 탁월한 달변을 방불케 한다.[189] 그리하여 관객이 그와 무리 없이 동일시하기 쉬운 '선량하고 고귀한 인물'로 형상화되어 있다. 결과적으로 관객의 관심의 초점은 그를 파괴하는 이아고의 유례를 찾기 힘들만치 사악하고 광포한 음모와 계략을 향하게 되고, 작가의 하이라이트도 역시 이아고의 행동에 맞춰져 있는 것으로 보이는 것이다. 다시 말해 작품은 오셀로가 겪는 고통과 불행을 따라가며 동시에 이것을 가능케 하는 이아고의 놀라운 '악의 메커니즘(작동방식)'에 우리의 흥미와 관심이 놓여 있게 만든다. 따라서 우리는 먼저 오셀로와 이아고의 성격화를 검토하고 분석

---

[189] G. Wilson Knight, *The Wheel of Fire*, p.97–103.

해 보아야 할 것이다.

오셀로는 무어인 출신의 장군으로서 작품의 초입에서 성공적으로 베네치아 상류사회에 진입한 인물이다. 여기에는 그럴 수밖에 없는 역사적 이유가 있다. 당시 지중해 동쪽 끝의 사이프러스 섬은 베네치아 소유였는데, 1570년 오스만 튀르크는 사이프러스를 침공하였고 베네치아는 용병을 이용해 이 침공을 격퇴하였다. 더구나 지중해 전체의 해상패권을 놓고 베네치아를 중심으로 한 스페인, 제노바, 사보이 공국 등의 '신성동맹'과 오스만 튀르크 사이에서 발생한 '레판토 해전'은 그다음 해인 1571년에 일어났으며, 이 전쟁에서 오스만은 결국 패전하여 지중해 패권을 잃게 된다. 이런 일련의 전투에서 베네치아는 해군력을 주로 용병에 의존하고 있었다. 해상 전투에서 무어인 용병들의 활약은 뛰어났으며, 이는 작중 인물 오셀로로 극화된 것이다. 이런 일련의 전쟁의 기억이 생생한 제임스 왕 치하의 영국인들에게 오스만의 침략을 막아낸 오셀로는 문명의 수호자로 보였을 것임이 틀림없다. 바로 이런 이유로 극 중에서 오셀로는 무어인임에도 베네체아 권력자의 한 명인 브러반쇼의 저택에 초대되어 데스데모나를 만나게 된다. 순진한 데스데모나는 오셀로의 무용담 및 그가 살아온 위험천만하고 모험적인 역정의 이야기를 듣고 그에게 애정과 존경의 감정을 갖게 된 것이다. 그녀는 "저는 그의 외면을 그의 마음에서 보았어요"라고 말한다.[190] 오셀로는 단순 소박한 군인의 심성 외에도 고귀하고 숭고한 성품을 지니고 있으나 동시에 강렬한 낭만적 성향과 상상력 넘치는 언변도 소유한 인물이다. 그러나 그는 치명적 결함을 갖고 있으니 이는 곧 강렬한 감정에 비해 너무도 '미숙한 지성' 및 백인 상류사회 그리고 여성 일반에 대해서는 '맹목에 다름없는 무지와 우둔

190　I.iii.252.

함'을 지니고 있다는 점이다.[191]

　오셀로와 데스데모나는 주변의 반대를 두려워하여 비밀 결혼을 한다. 이아고는 평소에 데스데모나를 연모하던 로드리고를 부추겨 그와 함께 브러반쇼로 하여금 시의회에서 오셀로를 고소하게 만든다. 그러나 법학자들에 의하면 당대 영국의 일반법은 타 인종 간의 결혼을 허용하고 있었다고 한다.[192] 그래서 타 인종간 결혼은 합당한 기소나 고소의 사유가 될 수 없었다. 이를 잘 알고 있는 브러반쇼는 딸의 결혼을 타 인종 간의 결혼으로 문제 삼는 것이 아니라 오셀로가 마법이나 주술을 써서 딸을 홀린 것이라고 비난한다. 그러나 시의 의회 의장인 공작은 전후 사정을 설명한 오셀로의 항변을 듣고 "나는 내 딸도 그 이야기를 들으면 사랑에 빠질 것이라고 생각한다"며 그를 옹호한다.[193] 그러지 않아도 공작은 용병 대장으로서 오셀로가—앞서 말한 역사적 상황을 고려할 때—절대적으로 필요하다는 사정도 있다. 비록 둘의 결혼이 불법적인 것은 아니지만 둘의 결합이 사회적 관행에 어긋나는 '부자연스러운' 것이라는 인식은 작중 인물 모두에게 공유된 것이고, 오셀로가 '자기 이상화'에 탐닉하는 성격적 측면이 있다고 할 때 그는 데스데모나 자신이 아니라 그녀의 '이미지(즉 오셀로 자신만의 상像)'을 사랑한 것이며 데스데모나 역시 실재의 오셀로가 아니라 이야기 속에 등장하는 '설화적 인물'로서의 그를 사랑한 것이라는 설명은 충분히 가능하다. 이렇듯 둘의 결혼은 외부적으로는 사회적 편견과 선입견의 반대에 부딪치고 내면적으로는 굳건한 심정적 일체감에 근거한 사랑이 못 된다는 취약점을 지니고 출범한 것이다. 이런 취약점이 곧 이아고의 악의 끔찍한 메커니즘이 움직이는 데 그 기반을

191　Bernard McElroy, *Shakespeare's Mature Tragedies*, p.89.

192　켄지 요시노, 『셰익스피어, 정의를 말하다』, p.183.

193　I.iii.171-2.

제공하고 원료를 공급하는 구실을 하게 된다.

이아고는 어떤 인물인가?

평자들은 이 작품이 '악의 연구'이며, 작중 인물 이아고는 악의 연구에 있어 예술 작품에 등장하는 가장 중요한 창작물 중 하나이고 '성격화의 걸작'이라고 말한다.[194] 그런 면에서 셰익스피어의 4대 비극은 '악의 분석'에 바쳐져 있는 측면이 있다고 할 때, 이 작품은 단연 최고라고 할 수 있다. 전통적으로 악의 본질은 동서양을 막론하고 자기애, 이기심, 자만심에 있으며 그 행동은 분열과 이간질, 파괴 등을 초래하는 것으로 나타나고 마지막으로 그들은 '세속의 이치'에 통달하여 인간의 심리를 이용해 사람들을 조종하고 통제하는 데 달인이라는 것이 일반적 통설이다. 이 작품은 제목은 오셀로이지만 작품 가운데 주요 행동과 추진력은 이아고에게서 나오고, 그의 성격화에 극의 효과가 온전히 달려 있다고 해도 과언이 아니다. 브래들리가 말했듯이 이아고는 밀턴의 『실낙원』의 사탄이나 보통의 멜로드라마에 나오는 악한과도 다르다.[195]

악에 대한 언급과 설명은 일찍이 사도 바울의 『데살로니카 후서』 가운데 악의 본성에 대한 설교가 있고(2:9-12), 영문학에서는 제프리 초서의 『캔터베리 이야기 *The Canterbury Tales*』의 「본당 신부의 이야기 The Parson's Tale」 가운데 최초로 나온다.("시기猜忌는 가장 나쁜 죄입니다. 다른 모든 죄는 하나의 미덕에 적대하는 반면, 시기는 모든 미덕과 모든 선을 적대합니다."32-3) 낭만주의 시대에 셰익스피어 비극에 대해 S. T. 코울리지와 더불어 가장 탁월한 평자인 윌리엄 해즐릿은 다음과 같이 말한다. "그(이아고)는 다른 사람들의

---

194 Bradley, p.208.
195 같은 책, p.207.

운명(즉 파멸)에 무관심하듯 자신의 운명에도 무관심하다. 그는 사소하고 의심스러운 이익을 위해 온갖 위험을 무릅쓴다. 그리고 그 자신이 자신의 지배적인 욕망의 대상이나 희생자이기도 하다. 그는 자신의 영리함을 시험해 보기 위해 동료들의 파멸을 계획한다. 그는 권태에서 벗어나기 위해 사람을 등 뒤에서 찌르는 것이다. 그의 기쁨은 이렇게 자신의 음모와 계략의 성공에 달려 있다. 자신이 가하는 고문을 당하며 괴로워하는 타인들을 바라보면서 느끼는 즐거움 말이다."[196] 여기서 해즐릿은 '권력욕'이 이아고의 근본 동기라고 보는데 이아고가 토로하고 있는 다른 동기들은 전혀 무시하고 있는 것이 문제다. 예컨대 해즐릿은 이아고가 오셀로에 대해 품고 있는 '증오심'은 별로 고려에 넣고 있지 않은 것이다. 그러나 해즐릿의 분석은 후에 그랜빌-바커가 이아고를 가리켜 "예술가의 직관력을 갖고 있고 악을 그 자체로 사랑하며 예술가의 걷잡을 수 없는 열정을 갖고 추구한다"라는 말과 일맥상통한다.[197]

해즐릿과 그랜빌-바커의 논의가 모두 일리는 있으나 이아고의 '악의 핵심'에는 접근하지 못한 것으로 보인다. 이아고의 악의 본질이 위에서 말한 '시기심envy'이란 것을 처음 분명히 밝힌 평자는 -브래들리에 이어 -셰익스피어 비극의 주인공들에 대한 가장 본격적인 '성격 분석'을 행한 릴리 캠벨이며, 그녀는 이아고는 '증오심의 가장 강렬한 형태'인 시기심의 본질을 가장 잘 드러내는 대표적 인물이라고 말한다.[198] 시기(심)이야말로 악 중의 최고의 악이라는 것을 르네상스 이후 가장 설득력 있게 한 설명은 프랜시스 베이컨이 한 다음과 같은 말이다. "자기 자신 안에 미덕(좋은 것)을 지니지 못한 자는 다른 이들의 미덕을 시기한다. 인간의 마음

196　Hazlitt, "Characters of Shakespeare's Plays," D. F. Bratchell, ed., *Shakespearean Tragedy*, p.105-6.

197　Granville-Barker, *Prefaces* II.

198　Lily Campbell, *Shakespeare's Tragic Heroes*, p.148.

은 자신의 선한 것을 먹고 살거나 아니면 자신의 악을 먹고 산다. 그래서 하나가 부족하면 다른 하나를 먹고 사는 것이다. 다른 이들의 미덕에 도저히 도달할 수 없는 자들은 다른 이들의 행운을 저주하면서 마음의 평화를 얻으려 한다. 그리고 다른 이들을 파괴함으로써 복수를 한다. 그래서 시기는 가장 사악하고 가장 타락한 감정이다. 그것은 악마에게 적절한 속성이고 악마는 밤에 밀밭에 눈물을 뿌리는 자라고 불린다."[199] 오늘날 시기(심)에 대한 가장 정확한 설명은 프로이트의 제자인 멜라니 클라인이 앞선 베이컨의 설명을 반복하다시피 하면서 하는 다음의 말이다. "시기는 모든 악의 근원이며 이는 선을 파괴하고자 하는 욕망이다. 왜냐하면 악인은 선을 소유할 수도 선이 될 수도 없기 때문이다. 시기는 질투와 탐욕과는 다르며 자기 외부에 존재하는 선은 그것이 선하기 때문에 파괴하고자 하는 나르시시즘의 분노를 발생시킨다. 초서가 『캔터베리 이야기』에서 말했듯 시기는 모든 죄 가운데 가장 치명적인 것이다."[200]

작품에서 명시된 이아고의 오셀로에 대한 적개심의 근거는 그가 자격을 더 갖춘 자신을 무시하고 캐시오를 부관으로 임명했다는 데서 출발한다. 그가 들고 있는 근거는 첫째 자신이 군대에서의 이력이 더 높을뿐더러 캐시오는 이론가적인 면만 있고 군인다운 경험이 없다는 것이다. 더구나 캐시오는 베네치아가 아닌 플로렌스 출신으로서, 은행가와 서기들의 도시 출신이 자신같이 베네치아 토박이 군인으로서 살아온 인간을 능가한다는 것을 받아들일 수 없다는 것이다. 다음으로 오셀로가 자신의 처 에밀리아와 부정한 관계가 있을지 모른다는 것이다. 이는 실로 근거 없는 것이며, 그는 시중의 소문을 들먹이지만 이 또한 설득력이 없다. 그는 스스로도 말하듯 자신에게는 "실낱같은 의혹만 가지고도 확실한 담보

---

199 Francis Bacon, "Of Envy," *Essays*; 프랜시스 베이컨, 『베이컨 수필집』[김길중 역], p.38, 40.
200 찰스 프레드 앨퍼드, 『인간은 왜 악에 굴복하는가』, p.144. 재인용.

와 같은 효과를 낸다"고 말한다.[201] 그가 자신을 누르고 승진한 캐시오를 증오하는 것은 이해할 수 있으나 그가 캐시오를 이용하여 오셀로를 파괴하기로 하는 데는 적어도 두 가지 이유를 들 수 있다. 그는 자신의 처와 부적절한 관계가 있다고 생각하는 오셀로에게 동종동형의—즉 자신이 직접 유혹해 관계를 갖는—복수를 하고 싶으나 그러기에는 그 자신이 생각해도 스스로가 워낙 족탈불급足脫不及인지라 젊고 잘 생긴 캐시오가 데스데모나와 부적절한 관계에 있는 것처럼 일을 꾸미는 것이다. 동시에 캐시오는 "외모나 행실이 너무 잘 나서 곁에 서 있는 내 꼴이 추하게" 되기에 더욱 가증스럽다고 한다.[202] 이는 미국 19세기 최고의 소설가 허먼 멜빌의 최후 작 『선원 빌리 버드』에 나오는 젊고 잘 생겼을 뿐 아니라 때 묻지 않은 순수한 마음의 소유자인 빌리 버드를 까닭 없이 증오하여 파멸시키고자 하는 사관 클래가트의 동기와 동일하다는 것을 알 수 있다. 악인은 선인이 가진 선을 자신이 도저히 소유할 수 없기에 그를 파멸시키고자 한다는 베이컨과 클라인의 설명 그대로이다. 이아고가 오셀로를 가지고 농락할 수 있는 것은 오셀로가 "너그럽고 자유스러운 성품이라서 겉으로 정직해 보이면 진짜 정직한 줄로 알기에/ 당나귀 끌 듯 끌고 다닐 수 있는"[203] 인간인 동시에 오셀로가 자신을 "정직하고 믿음직한 자"[204]라고 확신하고 있기 때문이다. 오셀로의 자신에 대한 이런 믿음과 아울러 오셀로의 결혼에 잠재되어 있는 불안정성 및 그의 열등의식을 불러일으키고 점화시켜 활활 불붙게 하는 것이 바로 이아고가 노리는 것이다. 여기서 오셀로의 불행—차라리 불운-은 그가 자신의 정체성을 확인시키고 진가를 발휘할 수 있는 전쟁터가 아니라—그로서는 경험해 본

---

201 I.iii.380-81.

202 V.i.19-20.

203 I.iii.391.

204 I.iii.284.

일이 없는 남녀 간의—가정사라는 그로서는 가장 무지하고 취약한 영역에서 이아고의 공격을 감당해야 한다는 점이다. 이아고는 오셀로뿐만 아니라 자신의 교묘하고 영리한 계략과 음모를 통해 캐시오, 로드리고, 데스데모나 등 모든 작중 인물들을 완전히 스스로의 수중에 장악하고 마치 꼭두각시를 부리듯 그들을 조종하고 움직인다. 이를 통해 이아고는 우월감과 승리감을 만끽하고 있으며, 그에게는 자신이 계략으로 손가락 한 번 튕길 때마다 그들이 온몸을 비틀며 괴로워서 몸부림치는 것보다 더 즐겁고 기분 좋은 광경은 없는 것이다.[205]

그런데 우리는 여기서 오셀로가 느끼는 질투나 캐시오와 로드리고가 느끼는 불만을 모두 합한 것보다 더 강력한 것이 이아고가 그들에 대해 갖는 '증오의 에너지'라는 것을 간파하게 된다. 그 강렬한 에너지가 그들 모두를 휩쓸어가는 힘을 발휘하는 것이다. 이렇게 악의 힘은 상상을 초월할 만큼 광포하고 집요하며 강력하다는 것이 '악의 신비'이다. 그래서 우리는 이런 악인이 과연 현실에 실존할 수 있는가 하는 물음을 자문해볼 수 있다. 존 도버 윌슨은 이아고가 상상할 수 있는 인간인가 묻는다면 자신은 "얼마든지 상상할 수 있는" 인간이라고 대답하겠다고 했는데 우리도 역시 동감이라고 말할 수밖에 없을 것이다.[206] 우리는 살아가며 신문이나 다른 보도 매체를 통해 거의 연일 이런 악인에 의해 무고하고 부당한 죽음을 당하는 사람들에 대한 기사를 읽게 된다. 오늘날의 심리학의 관점에서 이아고는 반사회적 인격 장애의 증상을 지니고 있는 '소시오패스sociopath'의 전형으로 볼 수 있다.[207]

---

205 Bradley, p.229.

206 윌슨, 『셰익스피어의 세계』, p.49.

207 '소시오패스'의 특징은 보통 다음과 같다고 한다. 첫째 도덕적 구분이 가능하여 행동에 대한 인지는 하되 양심의 가책은 느끼지 않는다. 둘째 감정의 결여가 습관처럼 굳어져 타인의 고통에 대한 배려가 전혀 없고 자신의 그릇된 행동을 인지(認知)하고 있다. 셋째 지배욕과 정복욕이 강하여 자신의 이익을 위해 치밀한 계획을 세우며, 사람들과의 친분

극의 과정은 오셀로가 이아고의 눈으로 자신과 세상을 보게 되는 과
정이며, 이는 결국 '어떻게 해서' 그가 자신이 믿어 왔던 것과는 정반대
의 모습으로 자신과 세상이 바뀔 수 있는지 보게 되는 과정이다. 이아고
는 오셀로의 자신에 대한 흔들림 없는 완벽한 신뢰를 이용하여 오셀로가
스스로의 결혼에 대해 느끼는 잠재된 불안정성에 새삼스레 눈 뜨게 만든
다. 그 불안정성은 불리한 조건을 극복하고 결혼에 성공한 한 쌍의 부부
로 하여금 그 결합의 기초가 얼마나 취약하고 허술한 것인가를 상기시키
는 것으로부터 출발한다. 오셀로의 근본적 열등감은 자신이 결국 출세한
용병이고 이교도 출신으로서 문명사회에 편입한 외지인(즉 무어인)이라는
것에서 비롯한다. 여기서 이아고는 무어인 오셀로와 베네치아 상류사회
의 여인 사이의 결합은 '부자연스러운' 결혼이라는 것을 오셀로를 공략하
는 기본 모티프로 사용한다. 타 인종 사이의 결합은 '자연에 반하는' 것이
며 당대의 관행에도 맞지 않는 것이라는 사실을 끊임없이 오셀로에게 상
기시킴으로서 오셀로가 자신의 결혼에 대해 느끼는 잠재된 불안감을 스
스로 확대 재생산하게 만드는 것이다. 이아고는 그런 불안감에 사로잡힌
오셀로에게 '부자연스런' 결혼의 필연적인 결과로서 배우자의 부정과 불
륜은 피할 수 없는 사실임을 확신시키는 데 결국 성공한다. 그 근거와 배
경이 되는 것은 오셀로와 데스데모나의 결합이 둘 다 상대에 대한 거의
완전한 무지 가운데 이루어진 것이며, 따라서 신뢰에 바탕한 진정한 동
반자의식을 결하고 있다는 점이다. 더구나 둘 사이에 '성적인 측면'이 결
여되어 있다는 것은 이 결혼의 취약성의 다른 한 면이다.("나는 성욕을 느

이 두터운 듯해도 이는 계획의 성공을 위한 것일 뿐 사람 사이의 끈끈한 정이나 슬픔 따
위는 느끼지 못한다. 넷째, 타인의 안전과 건강에 대해서는 경시하지만 자기애가 강하여
스스로의 상처에 대한 연민은 크다. 이 때문에 타인을 해친 후에도 양심의 가책을 느끼
지 않고 행동의 원인을 사회나 타인의 탓으로 돌리는 등 자신의 행동을 정당화, 합리화
한다.—인터넷 사이트의 "사이코패스"와 "소시오패스" 참조: 제임스 팰런, 『사이코패스
뇌과학자』, p.23-9.

끼기에는 너무 늙었고 나의 성욕은 죽어버렸소.")208 이런 성적인 결합이 배제된 결혼에서 데스데모나의 성적 일탈은 오셀로로서는 가장 참기 힘든 모욕과 견디기 힘든 고통을 받았다고 느끼게 만든다. 오셀로는 데스데모나가 캐시오와 부정을 저질렀다는 이아고의 말을 듣고 "눈처럼 희던 그녀의 이름이 이제는 나의 검은 얼굴처럼 검댕이 묻어 시커멓게 되었구나"라고 외친다.209 결국 '결정적 전환점'은 제3막 3장에서 오셀로와 이아고의 긴 대화 장면에서 발생하며, 여기서 이아고는 데스데모나가 잃어버린 손수건을 갖고 캐시오가 수염을 닦았다는 말을 해줌으로써 오셀로로 하여금 심증을 갖게 한다.210 3막이 끝날 때 오셀로는 이아고를 자신의 부관으로 삼겠다고 말하며, "오 이아고여 내 마음 속에 있던 모든 사랑이 떠났다. 증오와 복수만이 남았다. 내 마음은 독사들이 가득 차 있는 심정이 되었다!"라고 외친다.211

　여기서 관객이 느끼는 안타까움과 답답함도 극에 달하게 된다. 이 작품의 공연 시에 관객이 견디지 못하고 항의하는 일이 더러 있다는 것은 유명하다.212 이아고의 음모는 너무 취약하고 위태로운 기반 위에 서 있어서 손가락 한 번만 튕겨도 무너질 듯하고, 만약 극 중 인물 가운데 한 명만이라도 다른 이들과 한 번 소통 했다면 전모가 순식간에 통째로 드러날 터였기 때문이다. 극 중 인물들은 버나드 맥클로이가 말하듯 '각자 자기만의 고유한 지옥(혹은 감옥) 속에' 들어있어서 결코 밖을 내다보지 못하는 것이다.213

208　I.iii.262–63.

209　III.iii.395–6.

210　"오셀로의 마음의 평화는 떠났다."–356.

211　III.iii.453–54.

212　한 소녀가 무대 위에 뛰어 올라와 "이 검둥이 바보야, 그녀가 결백하다는 것을 그렇게 몰라?" 하고 외쳤다는 것이 자주 인용된다.–Muir, p.104.

213　Bernard McElroy, p.96.

그래도 오셀로는 아내의 결백에 일루의 희망을 버리지 않으며 확실한 물증을 보이라고 이아고에게 거듭 강요한다. 이아고는 오셀로의 요구에 캐시오와 비앙카의 만남을 이용한다. 오셀로가 숨어서 보는 가운데 비앙카가 캐시오의 변심에 분개하여 전에 건네받은 손수건을 그에게 던지는 장면을 목격하게 하는 것이다.[214] 이제 움직일 수 없는 물증을 목도했다고 여기는 오셀로는 4막 2장에서 데스데모나에게 손수건의 행방을 묻고 그녀가 잃어버렸다고 말하자 추호의 의심도 없는 확신을 품게 된다. 5막 2장이 시작하면 오셀로는 "이것은 정의cause 때문이다. 정의 때문이야"라고 말하며 그녀를 살해하기 위해 침실로 들어온다. 살해 자체는 격정이 아닌 차분한 확신 가운데서 복수가 아닌 '신성한 의무'를 이행하는 것처럼 진행한다. 그리고 살해하기 전에 둘의 사랑의 유대가 다시금 확인되고 사후의 재회도 다짐한다. 그러나 캐시오에 대한 데스데모나의 마지막 옹호("그 역시 배신당했을 뿐이예요")[215]의 말은 오셀로의 원초적 질투심를 다시 폭발하게 하여 최후에 그는 정의의 집행자가 아니라 '한갓 살인자로서' 그녀를 죽인다. "죽어라 창녀야."[216] 이로써 그는 '복수 비극의 광기'에 사로잡힌 복수자의 반열에 끼게 되고, 감정과 본능의 인간으로서 살해하는 것이다.

그러나 이윽고 자신이 영원히 돌이킬 수 없는 잘못을 저질렀다는 것을 깨닫고 난 후의 그에게는 어이없이 참혹한 범죄를 저지른 자가 받아야할 몫이 주어진다. 그는 가장 막막한 '절망과 비탄의 나락'으로 떨어진 자의 모습으로 전락하는 것이다. 셰익스피어 후기 비극의 주인공들이 주로 보여주는 '후회막급opsimathia'의 모습은 비극의 가장 보편적인 형태이며,

---

214 4막 1장.

215 V.ii.86.

216 V.ii.89.

아다시피 『안티고네』의 크레온이 그것의 전형적 첫 사례이다. 이는 앞서도 말했듯이 인간의 무지와 맹목이 빚어내는 가장 일반적인 유형의 고통으로—셰익스피어와 거의 동시대를 살았고 서구 근대 정치철학의 초석을 놓은—토머스 홉스가 "지옥이란 너무 늦게 발견된 진실"이라고 촌철살인의 경구로 요약한 바 있다. 아울러 최후의 유언을 하는 오셀로의 모습에는—T. S. 엘리엇이 비아냥거리며 말한 것처럼—자신의 역할을 연기하는 배우의 자기도취와 자기 위안이 아니라 오히려 죽어가는 자의 '진정성과 위엄'이 드러나고 있다고 보아야 할 것이다. 오셀로가 자신은 "현명하게가 아니라 지나치게 사랑했다[217]"는 말은 진실을 말하는 것이며, 그가 하고자 하는 말은 자신의 사랑이 '자신의 삶의 전부'였기에 이런 어처구니없는 잘못을 저질렀다는 것이다. 그의 행위가 비록 무지와 맹목의 결과였을지언정 그의 최후 진술은 일말의 진실을 담고 있다는 것을 부인할 수 없다. 그래서 우리는 그의 말을 듣고 "우리 스스로 우월감을 느끼거나 그의 어리석음에 대해 냉담한 비판을 하는 것을 허용하지 않는다"는 디터 멜의 논평에 충분히 공감하게 된다.[218] 한편 맨 마지막에 자신을 칼로 찌르며 자신은 "터키인이면서 동시에 터키인의 살해하는 자"라고 하는 그의 말은 두 가지 의미로 해석된다. 하나는 자신이 발견한 것은 사악하고 음모와 계략이 횡행하는 백인의 세계에 멋모르고 뛰어들어온 자신이 결국 보여준 '타락한 바보(터키인)'의 모습이고, 그 대가로 자신은 죽음을 맞이하게 되었다는 '처절한 고백'으로 읽는 것이다.[219] 다음으로 근래의 신 식민주의식의 독법은 '베네치아인'인 오셀로가 '이교도'인 오셀로를 죽임으로써 바로 처음에 데스데모나와 결혼했을 때의 '숭고한 즉 문

217　V.ii.360.

218　Mehl, p.76-7.

219　Alvin Kernan, p.83.

명화된' 오셀로(터키인의 살해자)의 모습으로 돌아갔다는 것을 뜻한다.[220]
어느 쪽으로 읽어도 틀렸다고 말할 수는 없을 듯하다. 셰익스피어 자신
이 무어인을 극의 주인공으로 삼는 파격을 시도함으로써 당대의 편견을
비판하면서, 동시에 그 편견을―무의식중에라도―공유하고 있을 수 있
기 때문이다. 그러나 이 극은 서두에도 말했듯이 인간과 인간의 삶에 대
해 ―시기와 질투라는― 극히 '제한된 관심사와 주제'를 다루고 있기 때문
에 극의 종말에서도 앞선『줄리어스 시저』나『햄릿』에서 볼 수 있는 비극
적 주인공의 '보편화될 수 있는 깨달음'에 이르지 못하고, 브래들리가 말
했듯 '억압감'만을 남기며, 그랜빌-바커도 토로하듯이 '괴롭기만 하다'는
결론이 틀렸다고도 말할 수 없다.

　마지막으로 이 극의 사건과 액션의 진정한 추진자인 이아고의 최후에
대해 우리는 그가 자신이 쳐놓은 정교하고 치밀한 덫(혹은 그물)에 스스로
도 걸려 파멸하는 것을 보게 된다. 그 자신에게서 방출된 엄청난 악의 에
너지는 눈먼 광풍과도 같이 결국 그 자신도 휩쓸어간 것이다. 악의 '자기
파괴력'의―앞서 햄릿의 클로디어스처럼―뚜렷한 본보기라고 할 수 있
다. 그러나 선의 손실이 너무도 엄청나기 때문에 극 전체로 보아서 '균형'
은 깨어지고 따라서 '정의'는 찾아볼 수 없다. 바로 그렇기 때문에 '비극'
이다. '정의'를 찾으려면 역시 앞선 극들에서처럼 주인공이 스스로 최후
에 정립하여 실현하는 '자기 처벌의 정의'가 있을 뿐이다.[221] 또한 '악의
자기파괴성'이란 면을 지적하며 셰익스피어가 보여주는 세계관이 '엄정
하고 정확하다'는 브래들리의 언급은 악이 ―예술이 아닌― 현실 세계에
서는 전혀 파괴되지 않고 오히려 끝까지 승승장구하는 예가 얼마든지 있

220　Mangan, p.163.

221　그러나 이에 수반되는 주인공에 대한 최후의 '인정'은 캐시오가 하는 "그분은 용감하고
　　　고귀한 심성을 가진 분이었소"라는 말로서 확인된다.―V.ii.378.

다는 것을 지적함으로써 반박될 수 있다.[222] '비극적 비전'이건 '멜로드라마적 비전'이건 간에 인간이 만든 어떠한 비전도 인간과 세계에 대한 '엄정하고 정확한 비전'이라고 못박을 수는 없을 것이다. "진실은 없고 해석만이 있을 뿐"이라고 니체가 말했듯이 '비극적 비전'도 어디까지나 우리가 삶을 바라보는 하나의 '태도나 신념'일 수밖에 없기 때문이다.[223]

8. 『리어 왕*King Lear*』

"'지금이 가장 비참하다'라고 말할 수 있는 한 아직 가장 비참한 것은 오지 않았다."[224]

"우리가 태어났을 때 우리는 바보들만 있는 이 큰 무대에 올라온 것을 보고 울었다."[225]

"최선의 의도를 가졌음에도 불구하고 최악의 운명을 만난 것이 우리가 처음은 아니에요."[226]

줄거리 요약

제1막

브리튼의 왕 리어는 여든이 넘자 은퇴를 선언하고 왕국을 세 딸들에게 분할한 다음 자신은 편안하게 아무런 국사의 부담이 없이 여생을 보내기로 작정한다. 그는 딸들이 자신에게 하는 말에 드러난 애정과 효심의 정도에 비

222　Bradley, p.36.

223　Nietzsche, *Will To Power*, § 481.

224　『리어 왕』, IV.i.28-9.

225　IV.vi.156-7.

226　V.iii.4-5.

례해 국토를 나누어주겠다는 어리석고 자기도취적인 선언을 한다. 위의 두 딸 거너릴과 리건은 과장되고 거짓된 아첨의 말을 늘어놓아 땅을 선사 받지만 막내인 코딜리어는 거짓된 아첨의 말을 하기를 거부하며 '자식으로서의 의무와 애정이 요구하는 것이 전부'라는 단순하고 솔직한 대답을 한다. 입에 발린 아첨과 찬미의 말을 기대했던 리어는 격분하여 그녀에게는 아무런 땅도 물려주지 않을 것이며, 오직 그녀의 '진심'만을 갖고 살라는 저주의 말을 퍼붓는다. 리어는 자신은 앞으로 위의 두 딸의 성채를 교대로 방문하며 살겠노라고 말한다. 이때 리어의 충신인 켄트가 직언을 하여 왕의 처분을 취소할 것을 요청하나 오히려 리어의 격분만 불러일으키고 추방령을 받게 된다. 프랑스 왕이 아무런 지참금이 없는 코딜리어를 신부로 받아들인다.

한편 리어와 딸들의 관계와 병행하는 서브플롯으로서 글로스터 백작의 집안에는 적자인 장남 에드가와 서자인 차남 에드먼드가 있다. 에드먼드는 형의 적법한 유산상속을 가로챌 심산으로 형이 유산을 빨리 손에 넣기 위해 부친을 살해할 음모를 꾸미고 있다는 거짓 편지를 써서 부친에게 보낸다. 이 편지를 보고 격노한 부친을 피해 에드가는 집을 나와 도망치는 신세가 된다. 한편 추방당한 켄트는 노망난 리어를 돕고 보호하기 위해 변장을 하고 돌아와 하인의 신분으로 리어의 곁을 지킨다. 그의 리어에 대한 첫째 행동은 거너릴과 그녀의 하인 오스월드의 횡포로부터 그를 보호하는 것이다. 리어가 첫째 딸인 거너릴의 성을 방문하자 그녀는 왕을 수행하는 기사들을 백 명에서 오십 명으로 감축하겠다고 말한다. 분노한 리어는 거너릴을 저주하며 둘째인 리건은 자신에게 이런 배은망덕을 저지르지 않을 것으로 기대하고 그녀의 성으로 가기로 하고 켄트를 먼저 보내 자신의 방문을 알린다.

제2막

리건과 그녀의 남편 콘월 공작은 글로스터의 성을 방문한다. 한편 에드먼드는 부친 글로스터가 형 에드가를 절대 용서하지 않고 자신을 상속자로 만들도록 하기 위해 더욱 부친에게 에드가의 악행에 대한 확신을 심어준다. 리건과 콘월은 리어의 뜻을 전하러 온 켄트의 말에 불쾌감을 드러내며 그를 차꼬에 묶어두라고 명령한다. 리어가 도착하니 자신의 신하인 켄트가 묶여 있는 것을 발견하고 격분하지만– 오스월드를 통해 거너릴의 편지를 받은– 리건은 리어가 먼저 언니 거너릴에게 사과하기 전까지는 자신의 성에도 받아들일 수 없다고 말한다. 리어는 비로소 왕권을 나누어준 자신의 행위가 얼마나 어리석었는지 뼛속 깊이 절감하며 곁에서 자신을 조롱하는 어릿광대의 말에 동감한다. 거너릴도 리건의 성에 도착하여 부친을 무시하는 말을 하자 절망한 리어는 저주의 말을 딸들에게 퍼부으며 광대와 함께 광풍이 몰아치는 황야로 떠나간다.

제3막

거너릴의 남편 올버니 공작과 리건의 남편 콘월 공작 사이에는 점차 불화가 발생하고 한편 도버 해협에서는 코딜리어가 이끄는 프랑스 왕의 군대가 상륙했다는 소문이 들린다. 폭풍우 몰아치는 황야에서 리어는 그의 어릿광대와 함께 대자연의 공격에 대항해 싸우고 있다. 이들과 같이 있는 켄트는 황야에서 몸을 피할 오두막을 찾았으나 그곳은 이미 벌거벗은 '미치광이 톰'으로 변장한 글로스터의 아들 에드가가 숨어 있는 곳이었다. 이곳으로 역시 글로스터도 찾아와 리어를 설득해 이들을 좀 더 아늑한 농가로 안내해 데려간다. 그러나 글로스터는 미치광이로 변신한 자신의 자식 에드가를 알아보지 못 한다. 리어는 정신의 균형을 잃어가고 있었고, 광기 속에서 비로소 자신과 세계에 대한 보다 올바른 인식을 하기 시작한다. 리어는 농가에 도착하자 어릿광대와 미치광이 톰을 재판관으로 삼아 가상(假想) 재판정을 열고 두 딸을 심판하여 유죄판결을 내린다. 그때 밖에 나갔던 글로스터가 다시 찾아와 리어의 두 딸들이 리어의 목숨을 노리고 있으니 구원군이 와 있는 도버 해협으로 일행이 빨리 출발할 것을 재촉한다.

한편 에드먼드는 콘월 공작에게 가서 글로스터가 코딜리어 및 침입한 프랑스 군과 내통하고 있으며 비밀리에 리어를 돕고 있다고 고자질한다. 콘월은 자신에게 반기를 든 글로스터를 처치한 후에는 에드먼드를 글로스터 백작으로 임명할 것을 약속한다. 의기양양해진 에드먼드는 리어의 두 딸들이 부친 글로스터의 생사 여부를 마음대로 하도록 놓아두고 자신은 자리를 뜬다. 글로스터의 성에 찾아온 콘월은 리건과 거너릴의 교사(敎唆)에 따라 글로스터의 두 눈을 뽑는 끔찍한 만행을 저지르며 이를 곁에서 보다 못한 자신의 하인이 만류하며 반대하자 둘은 서로 싸우게 되고 둘 다 치명상을 입는다.

제4막

미치광이 흉내를 그만둔 에드가는 황야에서 어떤 친절한 노인에 의해 이끌려가는 눈먼 부친 글로스터를 만난다. 자신의 정체를 밝히지 않은 그에게 부친은 도버 해협으로 데려다 달라고 말한다. 그곳의 절벽에서 뛰어내려 생을 마감하겠다는 것이다. 그는 부친을 이끌고 해협으로 데려와 낮은 곳으로 뛰어내려 무사하게 된 뒤에, 실은 높은 곳에서 떨어졌으나 기적적으로 살아남게 된 것이라고 부친을 어르고 달랜다. 그리하여 부친이 마치 자신의 참혹한 운명을 이기고 살아남은 것인 양 만드는 것이다. 한편 코딜리어도 미쳐서 머리에 야생화를 꽂고 누더기를 걸치고 있는 부친 리어를 만나 모셔다 간호한다. 자다 깨어난 리어는 자신이 기적처럼 죽음의 문턱에서 살아나온 것으로 여긴다. 한편 올버니 공작은 자신의 부친 리어를 잔인하게 대하고 에드먼드에게는 음욕을 품고 있는 처 거너릴을 격렬하게 비난한다. 부하에게 치명상을 입은 콘월이 이윽고 사망하자 과부가 된 리건은 에드먼드에게 노골적으로 애정을 표하지만 거너릴도 그에게 똑같은 욕망을 느끼고 있다. 에드먼드는 영국군 총사령관직에 오르게 되고 올버니와 동맹 관계에 있게 되나 이는 어디까지나 프랑스의 침입이라는 현실적 요구 때문에 용인되는 것이다.

제5막

전투에서 프랑스군은 패하고 에드먼드는 코딜리어와 리어를 사로잡아 투옥한 뒤 부하에게 살해하라는 비밀지령을 내린다. 과부가 된 리건이 에드먼드를 독차지할 것을 질투한 거너릴은 그녀를 독살할 계획을 세운다. 거너릴은 한편 에드먼드에게 남편 올버니 공작을 살해해 달라는 편지를 오스월드를 통해 보내나, 에드가가 오스월드를 도중에 사로잡아 죽이고 편지는 올버니에게 전한다. 한편 에드가는 눈먼 부친에게 자신의 정체를 밝히고 그간의 사정을 아뢴다. 자신의 잘못에 대한 때늦은 자책과 선한 자식이 무사히 살아 있음에 감정이 격해진 글로스터는 그만 심장발작이 일어나서 죽는다. 에드가의 고발에 따라 올버니는 에드먼드를 반역죄로 잡아들인다. 거너릴은 자신이 에드먼드를 통해 남편 올버니를 살해하려 했다는 것이 발각되자 스스로 칼로 찔러 자살하며, 거너닐이 보낸 독을 먹은 리건 또한 죽는다. 에드가는 에드먼드와의 '정의'의(즉 복수의) 결투를 벌이고 그에게 치명상을 입힌다. 에드먼드는 죽기 전에 마지막 선행이라며 리어와 코딜리어에 대한 살해 명령을 취소하도록 한다. 그러나 리어의 딸과의 행복한 재회는 너무나도 짧았다. 급히 전령이 달려갔지만 코딜리어는 이미 교수형을 당한 후이다. 자기 딸을 두 손으로 받쳐들고서 무대에 올라선 리어는 극도의 상심과 절망으로 인해 광기에 다시 빠져 딸이 살아 있다고 말하면서 죽는다. 극의 마지막 장면에서 켄트는 죽은 왕을 따라 자살할 뜻을 비치고, 올버니는 자신은 (왕권의) 권리를 에드가에게 물려준다고 말하며 막이 내린다.

작품의 시대적, 정신적 배경은 어떠한가?

이 극은 영국 르네상스 시대의 회의론 및 '르네상스적 아나키즘'을 드러내는 극으로 여겨진다. 앞서 셰익스피어 비극에 대한 서론에서 얘기했듯이 이 극이 씌어진 엘리자베스 치세의 말년 영국의 국내 사정은 노경에 접어든 여왕이 후계자를 지명하기를 거부하는 바람에 적법한 계승자 없이 여왕의 유고有故 시에 왕국의 분열이란 문제가 발생할 수 있었다. '존재의 대연쇄'라는 중세 이래의 관점에 의하면 일단 중심이 무너지면 사태는 걷잡을 수 없이 대혼돈으로 치닫는다고 여겨졌던 것이다. 이렇듯 셰익스피어는 당대의 비관적 전망—'우리의 좋은 시절은 다 지나갔다We have seen the best of our time'—을 작품을 통해 표현하고 있다.[227] 한마디로, 『리어 왕』은 엘리자베스 조 인간들이 지니고 있던 '세계의 종말에 대한 관념' 즉, '전복과 혼돈의 가능성'을 반영하는 작품이다. 한편 이 시대는 대륙의 코페르니쿠스, 몽테뉴, 마키아벨리의 자연, 인간, 사회에 대한 사고와 관점에 있어서 개벽적開闢的으로 혁신적인 관념들의 출현으로 인해 유럽 전역에서 인간의 존재와 우주적 질서에 대한 근본적 신념과 가치체계가 일대 전환과 변혁을 겪는 시기이기도 하였다는 것을 기억할 필요가 있다.

작품에 드러나는 인간관과 세계관과 '기독교적 관점'의 여부

이 작품은 완전한 '악의 비전'을 본 사람이 썼다는 말이 있다.[228] 그러나 이것이 곧 작가 자신이 심리적 위기를 겪었다는 속단으로 이어져서는 안 될 것이다. 작품이 보여주는 것은 인간의 최선과 최악을 다 포함하고 있기 때문이다. 즉 극의 목적과 범위는 최대한의 인간 경험의 폭과 영역을 보여주고자 하는 데 있다고 볼 수 있다. 극은 인간성의 추락과 타락의 양상을 드러내기 위해 숱한 야수적이고 동물적인 이미지들을 사용하고

---

227 John Holloway, *The Story of the Night*, p.80.

228 G. B. Harrison, p.159.

있다. 아울러 극은 인간이 보여주는 최대의 미덕으로서의 용서(혹은 관용)와 겸양도 등장인물을 —가령 극의 후반부에서 코딜리어는 용서 그리고 리어는 겸양— 통해 제시한다.

지난 20세기 중엽까지는 전통적이고 보수적 평자들 중에 작품에 대한 기독교적인 해석을 긍정적으로 지지하는 사람들도 있었으나 그 후에는 대부분의 평자들이 부정적 관점으로 돌아섰다. 근래에 이 작품을 기독교적 관점에서 보는 사람은 거의 없다. 사실 『리어 왕』은 기독교적 구원과 보상의 관념을 철저히 배격한다. '징벌적 정의'는 작품 가운데 얼마든 찾아볼 수 있으나 '보상적 정의'는 전혀 없다. 극의 최후에서도 기독교적 희망이나 위안의 흔적은 찾아볼 수 없다. 리어와 코딜리어를 위해 내세의 생(부활)의 약속 같은 것은 기대할 수 없다. 한마디로 '신의 섭리' 같은 것은 전혀 작동하지 않는다. 우리가 극에서 보게 되는 것은 철저히 현세주의적 나아가 '마키아벨리적 세계관'뿐이다. 가령 『동물 농장』의 작가 조지 오웰이 이 극에 대해 쓴 유명한 에세이—"리어, 톨스토이 그리고 어릿광대"—에서 말하듯 극은 '당신이 오른뺨을 맞았을 때 왼뺨을 내밀면 첫 번보다 더욱 세게 그 왼뺨을 얻어 맞는다'는 것을 보여줄 따름이고, 따라서 '권력을 포기하지 말라' 그리고 '땅을 넘겨주지 말라'라는—작품에 등장하는 '어릿광대'가 하는—말이 사태의 핵심을 찌르고 있다는 것이다.[229]

바로 이 점이 이 극과 원전들— 1587년에 출간된 라파엘 홀린쉐드의 『연대기*Chronicle*』 제2판 및 1590년에 출간된 에드먼드 스펜서의 『요정 여왕*The Faerie Queene*』 또 1594년에 나온 작자 미상의 『레어 왕*King Leir*』—과의 중요한 차이이다. 다른 원전들이 기독교적 관념에서 씌여졌다면 셰익스피어는 그것들을 완전히 무시하고 리어가 비참한 말로에 이르도록 하는 극을 썼기 때문이다. 그래서 작가는 배경도 기독교 도래 이전의 까마득

---

229 George Orwell, "Lear, Tolstoy and the Fool," *The Orwell Reader*, p.311-2.

히 먼 브리튼의 과거 원시적 고대 사회로 하였다. 약 한 세기 뒤인 1681년에 네이험 테이트가 '해피엔딩'으로 끝나도록 바꾸어 개작하였고 그것이 그 후 19세기 중엽까지 150년간 『리어 왕』이란 제목으로 공연되었다. 이는 셰익스피어 판본의 『리어 왕』이 보여주는 종말 부분의 어둠과 고통을 관객들이 얼마나 견디기 어려워했는지 증명하는 사례로 남아있다. 네이험 테이트 판본은 극의 마지막 전투에서 프랑스 왕은 전사하게 되고 홀로 남은 코딜리어는 에드가와 결혼(즉 재혼)하며, 리어는 그녀에 의해 왕권을 회복하는 기쁨을 맛보고 그가 죽을 때까지 왕국을 통치하는 것으로 되어 있다.

리어의 성격화와 '인간화의 과정'은 어떠한가?

리어는 맹목과 어리석음, 자기만족, 성마름 등의 결함을 '치명적인' 수준으로 지니고 있다. 평자 중에는 이런 성격적 결함들이 이른바 '군주의 직업병'이며 서양 비극의 본격적 시작인 『오이디푸스 왕』 이래 군주들의 유구한 특징이라고 말하는 사람도 있지만 오이디푸스는 전혀 터무니없이 어리석지 않은 것을 볼 때 일반화할 수 있는 논의는 아니다.[230] 리어는 국왕으로서는 가장 해서는 안 되는 일 즉 '왕으로서의 임무를 포기하는' 잘못을 저지른다. 그의 왕권의 포기(방임)는 '사물의 자연적이고 도덕적인 질서를 뒤엎는' 결과를 가져온다. 중세 이래 '존재의 대연쇄' 개념은 대단히 민감한 그물망과 같은 것으로 세계를 파악하며, 인간 중 특히 왕이 하는 하나의 잘못된 행위는 인간 세상 전체의 미묘한 힘의 균형을 깨뜨리는 것으로, 결국 전체가 무너져 내리게 된다고 보았다. 그 행위자를 포함한 전체가 혼돈에 빠지며 결국 파국을 향해 나아가는 것이다. 그 결과로 자식이 부친

---

230 Alfred Harbage, *"King Lear*: an Introduction," *Twentieth Century Views*, p.119.

을 조롱하고 능욕하는 일이 나라 안에 발생하고 이는 곧 전반적 권위체계의 붕괴를 뜻하게 된다.

리어는 왕의 특권과 임무가 서로 구분될 수 있다고—즉 임무는 방기放棄하면서도 특권은 누릴 수 있다고— 생각할 만큼 어리석거나 노망이 들어 있다. 셰익스피어 비극의 주인공들에 대한 심리분석으로 유명한 평자 릴리 캠벨에 따르면 리어는 노인이 된 후 '습관적 분노에 물들여진' 기질을 갖고 있는 듯하다고 한다.[231] 이런 성격과 기질이 그의 판단과 사고를 흐리게 만들고 있는 것이다. 그러나 그의 잘못은 어리석음의 소치이고 노년에 따른 것이지 '악한' 성격 탓은 아니라고 보아야 한다. 그의 성격에는 오만하고 어리석지만 동시에 관후寬厚하고 장대壯大한 면도 들어있기 때문이다. 해롤드 윌슨은 그가 '압도적이고 강력한 크기의 성격'을 갖고 있고 '비록 광기의 언저리를 맴돌지만 근본적 위대함을 지니고 있다'고 말한다.[232] 그는 자신의 어리석음으로 인해 두 딸의 배은망덕함을 겪고 모든 것을 잃게 되자, 결국 이런 현실을 받아들이지 못하고 정신의 균형을 잃어버린다. 일반적으로 배은망덕이 남녀 간의 사랑의 배신보다 더 큰 치욕의 고통을 인간에게 안겨준다고 한다. 그것은 '인간됨의 근본적인 본질humanity'을 위배하는 행동으로 여겨지기 때문이라는 것이다.[233] 리어의 광기는 분노, 자책, 저주, 애도의 복합적 반응이며, 또한 그것은 그의 성격의 '연장'이고 '발현'이다. 즉 자식들의 배은망덕 앞에서 그가 보이는 반응도 '그 답다'고 볼 수 있는 것이다.

그리하여 극의 진행의 대부분은 그가 자신의 어리석음으로 인해 불러

---

231 사실 이는 자기도취에 빠져 살았든 아니면 자기혐오나 열패감에 떨어져 살았든 현실의 많은 노인들이 보여주는 모습이라고 캠벨은 말한다.—Lily Campbell, *Shakespeare's Tragic Heroes*, p.189.

232 H. S. Wilson, p.193.

233 같은 책, p.195.

들인 불운과 맞붙잡고 싸우는 과정 및 이와 동시에 발생하는 그의 '정신적 정화淨化', 즉 인간화의 과정을 다루게 된다. 리어의 우행愚行도 엄청났지만 그것 때문에 그가 지불해야 하는 대가는 그의 어리석음을 압도적으로 능가한다. 그는 첫딸 거너릴에 이어서 둘째 리건의 성채에서도 치욕스럽게 쫓겨날뿐더러 그가 정신적 폭거의 대상이 되었다면 그의 신하들은―켄트와 글로스터―육체적 폭력의 대상으로 전락한다. 그는 결국 "나는 죄를 지은 것보다 더 많은 죄지음의 대상이 되었소"라고 말한다.[234]

그러나 리어는 이런 거듭된 불운 앞에서 쉽게 무너지지 않으며 자신의 정신을 놓치지 않으려 애쓴다. "내가 울 줄 아느냐? 아니 나는 울지 않는다."[235] "인제 나는 울지 않을 테야. 이런 밤에 나를 내쫓다니!"[236] 그러나 그는 노년의 무력함으로 말미암아 정신의 강인함도 잃어가고 있고, 따라서 그가 보이는 투쟁은 무력감 가운데 폭발하는 분노와 절망의 모습을 띠는 것이 거의 전부이다. 즉 수동적 당함의 양상이 능동적 행함의 그것보다 압도적으로 클 수밖에 없다.

리어의 '정화(인간화)'의 과정은 어떠한가?

리어는 3막 2장부터 정신이 혼미해지기 시작하며 3막 4장에서 '가난뱅이 톰'으로 변장한 에드가가 출현하자 그를 벌거벗은 자신의 궁극적인 모습 즉 '화신化身'으로 생각하고 완전히 무너지는 듯한 모습을 보인다. 리어는 "갈 곳 없는 인간은 그대 같이 그렇게 가난하고, 벌거벗고, 가랑이 찢어진 짐승이다"라고 외치며 자신의 옷을 찢어버린다.[237] 그러나 4막 끝

---

234 "I am more sinned against than sinning."—III.ii.59—60.

235 II.iv.282—3.

236 III.iv.16.

237 III.iv.104—5.

에서 리어는 코딜리어와 재회함으로써 정신을 되찾는다. 이 과정에서 리어가 마치 연옥을 통과하듯이 광기의 한복판을 거치며 도달하는 것이 곧 그의 '정화의 과정'이라고 할 수 있다. 그것의 내용은 첫째 자신의 과오에 대한 뼈저린 각성, 둘째 비참한 밑바닥 인생들에 대한 동정과 공감, 셋째 딸 앞에 무릎 꿇음으로써 자신이 보인 자만과 어리석음이란 과오의 인식과 그것들의 극복이다. 이 모든 것은 그가 광기를 보이기 시작하는 극의 중간인 3막 4장에서부터 이루어지기 시작해 4막 7장에서 코딜리어를 만나 화해함으로써 완성된다. 4막 7장에서 그가 하는 "비노니, 잊고 용서해다오. 나는 늙고 어리석은 인간이다"라는 말은 그의 정화의 완성을 보여준다.[238] 최대의 박탈과 고통을 통해서만 '깨달음'은 찾아온다는 것을 극은 보여준다. 이런 과정은 서양 비극의 시작인 아이스퀼로스의 삼부작 『오레스테이아』의 첫 작품인 『아가멤논』에서 '고통만이 지혜로 인도하나니*pathei mathos*'라는 코로스의 대사 이래 비극의 상수常數요 본질처럼 되었다.[239]

그러나 리어가 극의 끝에서 코딜리어의 뜻밖의 죽음이라는 운명의 마지막 '강력한 철퇴'를 맞고—저명한 셰익스피어 평자 중의 하나인 클리포드 리취의 말대로—"보통 이하의 지적 수준으로 떨어지는" 것을 볼 때, 우리는 최후의 그의 정신적 몰락 앞에 애처로운 연민의 감정을 느낀다고 해야 할지 아니면 비극적 주인공으로서의 그의 투지와 기백의 완전한 소멸 앞에서 일종의 실망감을 갖게 된다고 해야 할지 말하기 쉽지 않다.[240] 어쩌면 에드가의 말마따나 그가 "여태까지 버텨온 것만으로도 놀라운" 일이라고 보아야 할지도 모른다.[241] 또한 리어가 마지막에 딸이 살아 있

---

238 IV.vii.84.

239 『아가멤논』, 177.

240 Clifford Leech, *Shakespeare's Tragedies*, p.80.

241 V.iii.316.

을지도 모른다는 '착각' 속에서 죽는 것을 우리는 그의 정신적 파탄으로만 볼 것이 아니라 셰익스피어가 인간의 고통에 대해서 보이는 '공감의 증거'로 보아야 할 듯 싶다.**242**

리어와 글로스터: '병치된 역설'

이 극에는 두 인물을 통해 두 개의 역설적 현상이 나란히 일어난다. 리어에게 일어나는 것은 작은 규모로 그러나 동일한 법칙에 의해 글로스터에게도 일어난다. 리어가 왕관을 버리고 나서야 두 딸의 실체를 알게 되듯이, 글로스터는 두 눈을 잃고 나서야 아들들의 실체를 알게 된다.("나는 두 눈이 멀쩡할 때는 잘 보지 못했소.")**243** 둘 사이의 대조가 있다면 비범함과 평범함의 대조이다. 리어가 악의 실체와 대면해 자신을 산산이 부숴뜨려가며 '대결'하는 측면이 있는데 반해 글로스터는 악의 현실에 직면해 무력하게 '희생'되고 만다. 즉 그는 무감각한 굴복을 보여줄 따름이다. 리어는 운명과의 싸움을 벌이는 것이고 글로스터는 인간들의 싸움 사이에서 수동적으로 파괴된다. 전자가 운명의 희롱물이라면 후자는 인간의 악의 희생양이다. 리어의 특유한 성격적 약점이 그를 고통으로 몰고 갔다면 글로스터는 육체적 욕망이라는 인간의 일반적 약점으로 인해 고통의 나락으로 던져진다. 그는 세속적 쾌락에 대한 대가치고는 엄청난 고통을 맛보는 것이다. 그는 리어처럼 속기 쉽고 아첨에 약하다는 결점도 지니

---

242 리취는 덧붙여 "이 작품이 인간의 고통을 견디는 힘에는 한계가 있으며, 인간의 이해 능력은 어쩔 수 없이 그 끝에 흐리멍덩한 점이 있다"는 것을 보여준다고 말한다. 요컨대 그는 이 극의 서글픈 결론의 하나는 "인간의 정신의 위대함이 무엇인지 확실히 알 수 없다는 것"이라고 말한다. 그는 이 작품이 '섬짓한 코미디'이며, 극의 밑바탕에는 '강렬한 희극의 저류'가 흐르고 있다고 결론짓는다. —Leech, p.86. 그러나 우리는 바로 이런 점들로 인해 이 작품은 비극이라기보다 '패배의 멜로드라마'로 분류되어야 한다고 판단한다.

243 IV.i.19.

고 있다. 그러나 그는 인간적 의무와 도리에 충실하다는 선을 버리지 않으며, 리건과 고너릴의 악행을 알아보고 리어에 대한 충성을 끝까지 보인다. 그러나 리어가 마지막에 완전한 절망과 고뇌 가운데 죽어가는 데 반해, 글로스터는 믿었던 에드먼드의 추악한 실체가 폭로되었으나 동시에 충성스런 아들 에드가가 살아있다는 것을 확인하고 벅찬 마음에 심장 발작을 일으켜 죽는 것을 볼 때 최후의 축복은 받은 셈이다.

리건, 거너릴 그리고 코딜리어

리어의 두 딸 리건과 거너릴은 막내 코딜리어와 대조할 때 '심연深淵의 괴물들'과 '지상의 천사'의 관계이다,[244] 한마디로 최선과 최악의 대조이며, 리건과 거너릴은 사악하고 타락한 인간성의 재현의 방식으로 셰익스피어가 선호하는 동물적 화신으로 등장한다. '펠리컨의 딸들,' '암 여우들,' '금칠한 독사,' 리건은 '솔개'이며 자매는 "딸들이 아니라 호랑이들"[245]이다. 셰익스피어가 『햄릿』의 거트루드로부터 시작해 이 작품의 리건과 거너릴에 이르는, 성적 관능성에 탐닉하는 여성들에 대한 혐오로 인해 일종의 여성혐오증을 보인다는 일부 평자들의 논의는 타당성이 별로 없다. 왜냐하면 거트루드와 리건, 거너릴의 반대편에는 순결과 진실을 상징하는 오필리어와 코딜리어가 있기 때문이다. 또한 여성들을 악인의 대명사로 볼 수도 없다. 작품 가운데—그리고 아마 서양 비극 문학 전체를 통하여—가장 끔찍한 장면은 무대 위에서 콘월 공작이 직접 글로스터의 눈알을 차례로 뽑아 바닥에 집어던지고 발로 짓밟는 극악무도한 만행을 저지르는 3막 7장에 나온다. 일반적으로 셰익스피어 작품에 등장하

---

244 IV.ii.49.

245 IV.ii.40.

는 극단적 악인들은—클로디어스, 이아고와 콘월—모두 남성이다.

한편 극의 시작 장면의 코딜리어가 보인—통명스러울 것까지는 아니더라도—숨김없는 진실성과 정직성의 문제에 대해 일찍이 S. T. 코울리지는 '고집스럽다'고 비난한 바 있다.[246] 코울리지가 이런 말을 하는 것은 이 극의 시작장면에서 왕국의 분할의 문제는 이미 세부적으로도 정해져 있는 것이며 다만 그것의 공식적 발표만이 남아있다는 전제에 근거한다. 즉 딸들의 애정 고백은 리어가 볼 때 그저 거쳐야 할 '요식 행위나 형식 절차'에 지나지 않는 것인데 코딜리어만이 이에 대해 일반적 기대에 어긋나는 지나친 행동을 보였다는 것이다. 브래들리도 이런 코울리지의 해석에 일부 동조하며, 리어가 자신의 절대 권력과 딸들의 자신에 대한 헌신을 확인하기 위해 "어린애같이 유치한 계획"으로 마련한 것이 코딜리어의 통명스런 대답으로 말미암아 공개적인 수치와 망신을 당하는 자리가 되고 말았다고 지적한다.[247] 그러나 브래들리도 리어의 이런 계획은 온전히 그의 "성격에서 비롯된" 것이라는 점을 분명히 한다. 다시 말해 리어는 아무리 절차적 요식 행위라도 이런 유치한 방식을 고집함으로써 불필요한 사태를 야기한 '책임'에서 자유로울 수 없다는 것이다. 우리는 아무리 코울리지와 브래들리가 리어의 행동에도 일말의 이해할 만한 점이 있다고 옹호할지라도—그들도 인정하듯이—리어의 '자기도취적 어리석음과 노망'이 이 모든 불필요한 사건의 원인이고 그 뿌리라는 것을 지적하는 것으로 족하다. 즉 이 사건의 책임은 어디까지나 코딜리어보다는 리어에게 있다는 것을 잊을 수 없다.

한편 코딜리어의 '고집스런' 솔직성을 '의지의 마비'라는 심리학 용어

246　Bradley, p.249. 재인용.
247　같은 책, p.250.

를 써가며 옹호하는 평자도 있다.**248** 해리슨은 그녀는 젊은 처녀나 청년 특유의 '의지의 마비' 증세를 보인데 지나지 않는 것이라고 설명한다. 정직한 성품과 풍부하고 다정다감한 정서를 지닌 젊은이는 자신 속의 깊은 생각과 마음을 갑자기 공개적으로 드러내도록 강요받을 경우 이런 의지의 마비를 겪을 수 있다고 한다.**249** 그(녀)는 자신의 감정과 언어를 스스로 통제하지 못하게 되어 불필요한 오해와 분노를 사게 된다는 것이다. 코딜리어가 그런 경우라고 할 때 그녀가 겪어야 할 슬픔과 고통은 더욱 부당하고 리어의 잘못은 더욱 두드러진다. 어찌 되었든 극은 무고하기 짝이 없는 코딜리어가 결국 희생의식의 제물이나 속죄양 같이 제단에 바쳐지는 것으로 끝난다. 마치 앞서 언급한 멜빌의 『선원 빌리-버드』의 주인공 빌리가 천의무봉天衣無縫의 순진무구한 청년이라는 이유로 악의 화신과도 같은 상관 클래가트의 시기심의 대상이 되어 결국 코딜리어의 최후와 비슷하게 십자가형에 처해지는 것처럼 둘은 너무나 똑같은 판박이다.

에드먼드와 에드가

에드먼드는 냉정한 이성을 갖고 자신의 이익만을 추구할 뿐 아무에게도 사랑과 동정, 충성의 감정을 갖지 않는 인간이다. 그는 마키아벨리적 출세와 성공 욕망에 사로잡혀 있고, '자연법'과 '실증법'의 대립에서 전자를 대변하는 인물이다. 즉 '퓌지스'와 '노모스'의 대립에서 사회의 '법칙(노모스)'이 아니라 타고난 '본성(즉 '자연')'인 퓌지스를 상징한다. 그는 이아고처럼 음모와 계략을 꾸미고 그것의 성공을 즐긴다. 그러나 이아고, 리건

---

248 G. B. Harrison, p.165.

249 그러나 전통시대의 영국이나 우리나라 청년들 중에는 혹시 모르겠으나 가령 다른 모든 문화권의 인간들도 그랬는지 그리고 어디든 현대의 젊은이들도 역시 그런지는 의심쩍을 수밖에 없다.

및 거너릴의 '악마성(이유 없는 악행)'은 갖고 있지 않다. 그의 악행에는 그 나름의 배경과 이유가—오직 서자라는 이유로 멸시와 차별을 받는다는—있다. 그러나 그는 외모나 태도의 측면에서 주변 많은 인물들을 사로잡는 가장 '매력적인' 인물이다. 리건과 거너릴이 그를 모두 사랑하는 데는 그럴만한 이유가 있다. 그의 -코딜리어에 대한 처형을 취소하는- 마지막 순간의 개심은 거의 설득력이 없다는 주장도 있다. 가장 고통스런 결말을 맺기 위한 플롯의 필요에 따르는 '개연성의 파괴'의 예라는 것이다.[250] 그러나 그가 뿌리까지 악한 인간이라기보다 환경적 영향에 따른 악인인 측면이 강하다는 점에서 보면 그의 개심이 그렇게 부자연스러운 것은 아니다. 그는 자신의 매력을 통해 두 간부奸婦의 죽음을 간접적으로 가져오며, 세 명의 남녀가 함께 보여주는 삶의 궤적은 극에서 '악의 자기 파괴성'의 대표적 실례이다. 한편 에드가는 겉으로는 순진하고 어리숙해 보여도 내면에서는 끈기 있게 일관성이 있고 충성심을 지닌 인물이다. 그는 극에서 코딜리어와 더불어 선의 힘의 가장 뚜렷한 구현이고 그것을 끝까지 실현하는 역할을 하며 두 명의 두드러진 악당 오스월드와 에드먼드의 처형자 역할도 수행한다. 그는 해피엔딩의 보상을 받는다는 점에서 극 중 유일한 '승리의 멜로드라마적 인물'이다.

주인공이나 등장인물에게 마지막 '깨달음'이 있다면 무엇인가? 이 깨달음이 곧 극의 최후의 '전언傳言'인가?

극의 끝에 가까운 5장 2막에서 에드가는 부친 글로스터에게 리어를 구하려 온 프랑스 군이 전투에서 패배해 리어와 코딜리어가 사로잡혔다는 소식을 전한다. 이 소식을 듣고 글로스터는 모든 희망과 기력을 잃은 나

---

250 H. S. Wilson, p.189.

머지 여기서 죽겠노라고 말한다. 에드가는 부친의 이런 절망적인 말을 들고 "인간은 이 세상에 태어나는 것을 견뎠듯이 떠나는 것도 견뎌야 하고:/ 무르익는 것이 전부예요"라고 대꾸한다.[251] 마치 소포클레스의 『안티고네』에서 아비 크레온과 아들 하이몬처럼 역할전도가 된 모습으로 똑똑한 자식이 어리석은 부친을 가르치고 있다. '무르익는다Ripeness'는 것은 햄릿의 '준비된 마음Readiness이 전부'라고 할 때 준비된 것과 같은 의미이다. 이는 더 이상 세상과 인생이 스스로에게 건네주는 것에 대해 또 자신이 불러일으킨 일에 대해 노심초사, 초조번민焦燥煩悶, 전전긍긍하지 않고 주어지는 것 또는 다가오는 것을 담담하게 혹은 당당하게 받아들이는 자세를 가리키는 것이다. '인내와 수용'의 정신이라고 할 수 있는 이 인식은 앞서 말했듯이 『줄리어스 시저』와 『햄릿』의 주인공이 마지막에 도달한 정신적 자세이며, 그 배경에는 역시 전술했듯이 북유럽 게르만 신화전통의 '숙명론,' 로마로부터 물려받은 '스토이시즘' 그리고 기독교 전래 이후의 신의 '섭리론' 등이 가로 놓여 있다. 그런데 문제는 이 작품에서 이 대사는 주인공 리어가 아니라 살아남은 사람들을 대변하는 —그리하여 왕국을 물려받을—에드가의 입을 통해 발언된다는 것이다. 리어는 앞서 말했듯이 자기 인식이 '불분명한' 상태로 죽는다. 극의 종말에서 리어는 그야말로 무너지고 쓰러진 인간의 모습이지 어떤 조리 있는 사고를 할 수 있는 상태가 아니다. 앞서 그가 완전히 실성하기 전에 느끼고 깨달은 것은 지난날의 자기중심적 오만과 도취에서 벗어나 헐벗고 가난한 자의 고통에 공감하고, 자신의 오만과 어리석음이 빚어낸 엄청난 고통과 파멸 앞에 느끼는 자책과 회한의 감정이다. 그러나 극의 종말은 이런 그의 깨달음마저도 과격하게 무시하고 짓밟아 버린다. 리어는 마지막에 코딜리어와 화해하고 오직 둘 만의 세계만 온전하다면 모

든 것을 잃어도 좋다고 말한다. 하지만 이런 기대도 무색하고 허망하게 코딜리어는 그 다음 장면에서 '불필요한 살육'을 당하고 마는 것이다. 따라서 이 극의 결론은 인간의 고통과 시련의 '무익함과 공허함'을 증언함으로써 삶에 대한 '전반적인 회의주의적 비관론'을 피력하고 있는 것이라고 말할 수밖에 없다.[252]

결론적으로 말해 극의 종말에서 주인공은 이렇다 할 인식이 없지만 왕국을 물려받을 에드가는 햄릿과 유사한 '깨달음/지혜'에 도달한다. 그러나 이런 깨달음이 곧 극의 '전언'은 아니다. 극의 종말은—아래에서 좀 더 자세히 말하겠지만—오히려 이런 깨달음을 반박하거나 전복시키고 있기 때문이다.

작품의 종말에서 '클라이맥스 장면'은 어디인가?

위에서 말했듯이, 극의 마지막 두 장場은 등장인물 및 관객이 아직 버리지 못하는 희망적 예상을 뒤엎고 반박하기 위해 있는 것이 분명하다. 셰익스피어는 관객으로 하여금 낙관적 종말에 대해 희망을 갖도록 고취한 다음 의도적으로 이를 뒤집고 있기 때문이다. "이것이 최악이라고 생각할 때는 아직 최악이 아니다"[253]라는 에드가의 말이 맞다는 것이 드러난다. 4막 7장에서 리어와 코딜리어의 재회가 이루어지자 리어는 눈물어린 참회를 하고 코딜리어는 이런 아버지를 위로하며 자신은 아무런 원한이 없다고 말한다. 그러나 이들은 5막이 열리며 이어진 전투에서 프랑스군이 에드먼드가 이끄는 영국군에 패하자 감옥에 갇히는 신세가 된다. 여기서 리어는 비록 갇혀 지낼지라도 이제는 딸과 헤어짐 없이 둘만이

---

252 Northrop Frye, *Fools of Time*, p.115 ; Holloway, p.98.

253 IV.i.25–8.

누리는 행복을 맛보며 남은 여생을 보내고 싶은 것이 유일한 소망이라고
말한다. "자, 감옥으로 가자. 거기서 우리는 단 둘이 농 속에 든 새 모양
으로 같이 노래 부르자…… 그렇게 우리는 살자. 기도하고, 노래하며, 오
래된 이야기를 들려주며, 웃으며 말이다."[254]

그러나 곧 전황은 또 뒤집어지고 에드가가 이끄는 영국군이 승리하자
포로로 잡힌 에드먼드는 에드가와 결투해 죽게 된다. 앞서 말했듯이 에
드먼드는 죽기 전에 때늦은 후회의 제스처로 코딜리어와 리어에 대해 자
신이 내린 처형 명령을 취소한다. 그러나 그만 한발 늦어 코딜리어는 이
미 교수형을 당한 뒤이다. 작품의 '클라이맥스'는 살아남은 리어가 죽은
딸의 시체를 두 손으로 받쳐서 안고 들어오는 장면이다. "부르짖어라, 부
르짖어, 부르짖어, 부르짖어!……. 얘는 영원히 가버렸구나. 나는 인간이
죽었는지 살았는지는 구별할 수 있다. 얘는 흙덩이처럼 죽어버렸다."[255]
앞서 리어를 극도로 기쁘게 만든 것은 오직 그다음에 그를 극도의 절망
에 빠뜨리기 위한 것인 양 보인다. 이 극단적인 장면의 전환은 리어뿐만
아니라 관객과 독자들에게도 '운명의 무서운 농락이고 장난'이라는 느낌
으로 다가오는 것이다.

극의 마지막에서 리어가 죽어가며 하는 다음의 대사에 대해서도 두 가
지 해석이 나뉘어 있다. "왜 개도, 말도, 쥐도 생명이 있는데,/ 너는 숨
을 안 쉬느냐? 너는 이 세상에 돌아오지 않겠구나. 결코, 결코, 결코, 결
코, 결코!/ 제발 이 단추 좀 풀어주오. 고맙소./ 당신들 이게 보이오? 저
애를 좀 봐. 저 입술을. 저기를 봐, 저기를 봐!"[256] 이 장면에 대해 리어는
최후에 딸이 살아있다는 '착각 속의 행복감' 가운데 죽는다는 평자도 없

---

254 V.iii.8-12.
255 V.iii.258-261.
256 V.iii.306-11.

지 않으나,[257] 대부분은 극단적 절망과 고뇌의 느낌만이 그의 죽음을 감싸고 있다고 본다.[258] 이 장면에서는 우리도 역시 리어가 코딜리어의 '불필요한 살육' 앞에서 완전히 절망하여 삶의 기력을 상실한 나머지—기진맥진하여—실성한 상태로 죽는다고 보아야 옳을 것 같다. 그리고 죽은 코딜리어를 품에 안고 자신도 죽은 리어의 모습이 바로 이 극이 최후에 우리에게 '각인刻印시키는' 장면이다. 이는 일체의 위안과 낙관을 거부하고 압도적인 상실과 종말의 암담한 느낌만을 가져다주는 장면이다. 세상 곧 우주는 인간에 대해 무관심하며, 궁극적 '정의나 질서의 수립 혹은 회복' 따위는 없다는 것이 극이 전하는 마지막 전언인 셈이다. 코딜리어라는 인물로 상징되는, 인간의 삶에 보람과 기쁨을 가져다주는 가장 고귀하고 아름다운 것, 즉 우리를 '구원'해주는 것은 이렇게 언제든 파괴될 수 있다는 것이 셰익스피어가 들려주는—그리고 앞선 전승 속의 다른 『리어왕』의 작가들은 차마 하지 않았던—얘기이다.

이는 앞서 말했듯이 염세적이고 비관적인 '패배의 멜로드라마'가 드러내는 세계상이며, 이 작품은 이렇게 우리로 하여금 비극이 아니라 패배의 멜로드라마로 분류하도록 만드는 종말을 지니고 있다. 아리스토텔레스가 『시학』에서 "에우리피데스는 그의 여러 극을 불행으로 끝냈다고 비판하는 사람들이 있으나 모든 시인들 중에서 가장 '비극적tragikos'이다"라고 말했을 때,[259] 그는 – 앞서 『로미오와 줄리엣』을 다루는 글에서 언급했듯이– 바로 '패배의 서사'를 설명한 것이다. 말하자면 아리스토텔레스는 소포클레스의 『오이디푸스 왕』에서처럼 '반전' 가운데 '인식'이라는 역

---

257 H. S. Wilson, p.204.

258 G. B. Harrison, p.183; Lily Campbell, p.206; Clifford Leech, *Shakespeare's Tragedies*, p.8; Judah Stampfer, "The Catharsis of *King Lear*," Lawrence Lerner ed., *Shakespeare's Tragedies*, p.152-3.

259 『시학』13장 20절.

설적이고 긍정적인 요소를 내포한 극이 아니라 같은 작가의『트라키스의 여인들*Trachiniai*』이나 에우리피데스의『박코스의 여신도들』에서처럼 오직 부정적인 요소인 패배와 파멸의 어두움만이 종말을 뒤덮고 있는 극을 가리켜 가장 '비극적'이라고 말했던 것이다.

그러나 이 극은 사랑과 용서의 힘 또한 보여주기에 일부 평자들이 주장하듯이 '부조리극'이라고 할 수도 없다.[260] 부조리극은 어떤 인간적 가치나 의미 및 도덕적 원칙과 규범도 소멸해 버린 세계를 그리기 때문이다. 이 극은 비록 이 세상의 정의와 질서는 없다 해도 인간이 보여줄 수 있는 '인간적 가치'는 존재한다는 것은 드러내기 때문에 완전한 절망과 비관은 아니라고 주장할 수 있다. 평자 루이 마츠의 말마따나 "비록 미약하게나마 '긍정의 요소'가 있고, 이 긍정의 요소로 인해 이 세상은 유지될 수 있다"고 셰익스피어는 말하고 있는지도 모르기 때문이다.[261]

선과 악 그리고 극이 제공하는 '인식의 문제'

셰익스피어의 선과 악의 관계에 대한 탐구와 성찰이 본격화된『햄릿』 이후『오셀로』를 거쳐 이 작품에 이르러 우리는 비로소 선의 무력함과 악의 강력함의 문제에 대한 그의 어떤 근본적인 통찰이 완성되었다고 생각할 수 있다. 우리가 이 극에서 발견하는 것은 악은 한편 강력하고 광포한가 하면 또 다른 한편 집요하고 영민하여 조직적인 힘을 발휘하기 때문에 그 앞에서 단순하고 무력하며 어리석기도 한 선은 허술하기 짝이 없게 농락당하고 결국 비참하게 파멸하기 쉽다는 사실이다. 이런 악의 지배와 선의 소멸은 현실 세계에서 얼마든지 발생하며 부정할 수 없는 삶

---

260 Leech, p.181-2.

261 Louis Martz, "The Saint as Tragic Hero," Cleanth Brooks ed., *Tragic Themes in Western Literature*, p.152.

의 한 측면이다. 인간의 처지에서 보면 잔인하고 가공할 우주 즉—평자 쥬다 스탬퍼의 말을 빌리면—'백치 같은 우주'이나 이는 인간이 이 세상에 출현하여 존재해 온 이래 무수히 목격하고 경험한 삶의 하나의 현실이다. 극은 이런 세상의 실체와 진실에 직면할 것을 우리에게 요구한다. 일찍이 윌리엄 해즐릿은 이 극이 셰익스피어 극 중 가장 "진지하고 거짓이 없기에" 최고의 극이라고 말한 바 있다. 즉 "압도적 진실성이 있다는 것이 이 극을 뛰어난 극으로 만든다"는 것이다.[262] 평자 F. L. 루카스가 한 비극의 기쁨은 '진실의 추구'에 있다는 말이나, 20세기 초의 미국의 대표적 철학자 조지 산타야나가 한 "진실은 잔인하지만 사랑할 수 있고 그것을 사랑하는 사람을 자유롭게 만든다"는 유명한 언명은 모두 이 작품을 염두에 두고 한 말처럼 느껴진다.[263] 또 앞서 인용한 클리포드 리취도 "『리어 왕』을 음미한다는 것은 세계의 실체, 우주의 조건을 목격하는 것이고, 이는 관객이나 독자의 자기 인식과 세계 인식의 면에서 하나의 '중요한 진보요 성장'을 가져다줌으로써 그를 '고양하고 강화한다'"고 말한 바 있다.[264] 말하자면 리취는 비극의 기능이 관객과 독자들에게 삶의 최악의 상황에 직면케 하여 그들의 안목을 심화하고 확대함으로써 궁극적으로 삶의 공포 앞에 더욱 '준비가 되게' 만든다는 이론을 반복한 것이다. 그런데 우리가 여기서 잊지 말아야 할 것은 리취를 비롯한 위의 평자들이 말하고 있는 것은 사실 비극이라기보다는 바로 '패배의 멜로드라마'가 제공하는 세계 인식이며, 이는 패배의 멜로드라마도 비극 못지않은 그 나름의 정신적 계몽과 각성의 효과를 가져다준다는 것을 말해주고 있는 것이다.

---

262 William Hazlitt, "Characters of Shakespeare's Plays," D. F. Bratchell, ed., *Shakespearean Tragedy*, p.124.

263 F. L. Lucas, *Tragedy*, p.64; George Santayana, *Little Essays*, p.107,[1921].

264 Leech, *Tragedy* [*Critical Idioms Series*], p.51.

'무 근거의 악'과 '무 보상의 선'

리어는 자신의 딸들의 악행을 당하고 "그들이 리건을 해부하여 그년의 심장 주변에 무엇이 자라고 있는지 알아보게 하라. 도대체 대자연이 이런 잔인한 마음을 키우는 무슨 이유라는 것이 있다는 말인가?"[265]라고 묻는다. 이는 『오셀로』의 끝에서 오셀로가 "무엇 때문에 저 악마 같은 자가 내 육체와 영혼을 그토록 덫에 빠뜨렸는지 물어보아 주시오"라고 말하자 이아고가 "묻지 마세요. 당신이 아는 그대로예요. 지금부터 나는 일절 입을 열지 않겠어요"라고 대답하는 것과 같은 맥락이다. 즉 악은 딱히 이유를 갖지 않으며, 조리 정연한 설명이 불가능하다는 것을 가리킨다. 한편 코딜리어는 자신을 저주하고 박해한 부친이 무릎을 꿇고 용서를 구하며 "너는 나를 증오할 만한 이유가 있다. 네 누이들은 그럴 이유가 없었지만"이라고 말하자 "이유가 없어요. 이유가 없어요"라고 답한다. 앞서 말했듯이, 한쪽이 지옥의 악마를 상징한다면 다른 한쪽은 천상의 천사를 대변하는 것 같다. 악인의 문제는 ─우리가 짐작하거나 파악하는─ 그들의 내면의 동기와 겉으로 그들이 드러내는 행동 사이의 균형이나 맥락이 너무나 터무니없이 깨지고 무너진다는 것이고, 선인의 경우도 역시 그들에게 가해진 '작용'과 그들이 보이는 '반작용' 사이의 거리 또한 도무지 예측하거나 이해할 수 없이 벌어진다는 것이다. 철학자들도 악의 본성은 '신비의 영역'에 속하는 것이라고 말한다.[266] 이는 선의 경우도 마찬가지이다. 그래서 이런 악과 선의 본성에 대해서는 현상학자 루드비히 비트겐슈타인이 그의 『논리 철학 논고』의 끝에서 했던, 자주 인용되는 "말할 수 없는 것에 대해서는 침묵해야 한다"는 선언처럼 침묵할 수밖에

---

265 III.vi.74-5.

266 미셸 라크르와, 『악*Le Mal*』, p.73.

없는 것인지 모른다.

　그러나 선과 악의 '본성'은 차치하더라도 이 극에 나타난 선과 악의 '관계'에 대해서는 어느 정도의 일반화된 논의가 가능하다. 대표적인 비극 이론가 리처드 수월은 다음과 같이 이 극에 드러난 셰익스피어의 통찰의 내용을 정리하고 있다. 첫째 선과 악은 서로 뗄 수 없이 공존하고 실재하고 있다. 둘째 악은 선보다 훨씬 능동적이고 역동적이다. 그러나 우리는 그 둘을 구별할 수 있다. 즉 선인과 악인은 구분가능하다. 셋째, 선은 승리하지 못하지만 악 또한 마찬가지다. 선과 악 사이에는 아무리 위태롭고 아슬아슬해도 어떤 '균형'이 존재한다. 넷째, 악이 엄존하지만 인간은 행동할 '자유'가 있다. '선택'은 인간의 몫이다. 마지막으로, 인간은 행동을 통해서 비록 파멸할지언정 어떤 '깨달음'에 도달할 수 있다. 인간은 각자 자기만의 방식으로 '배워야' 한다.[267]

　수월이 말한 다른 것은 모두 우리가 수긍할 수 있는 통찰이지만 세 번째로 언급한 '균형'의 문제는 좀 더 검토할 필요가 있다. 이 극은 등장인물의 숫자를 가지고 볼 때 리어를 중심에 놓으면 선인과 악인이 각각 5명씩으로 꽤 대등한 구성을 보인다. 선인은 코딜리어, 올버니, 글로스터, 켄트, 에드가이며 악인은 리건, 거너릴, 콘월, 에드먼드, 오스월드이다. 극의 결말에 이르면 이 중 악인은 모두 죽지만, 선인은—리어도 근본적으로는 선인임을 고려할 때—그를 포함해 코딜리어와 글로스터 셋이 죽는다.[268] 즉 선과 악의 파멸에 있어서 어느 정도 균형감은 있다고 말할 수 있다. 그러나 비극이 비극인 것은 악인의 파멸 때문이 아니라 선인—그것도 가장 소중한 선을 대변하는 선인—이 파괴되었다는 데 있다는 브래들리의 말을 기억할 필요가 있다. 즉 선은 살아남지만 이 세상은 너무

267　Sewall, *The Vision of Tragedy*, p.79.
268　만약 어릿광대까지 포함하면 넷.

나 깊은 상처를 입었고 그 상처는 돌이킬 수 없는 것이며, 악은 비록 자멸하지만 그들은 자멸함과 동시에 너무나 크고 회복할 수 없는 피해를 이 세상에 남기는 것이다. 단순한 숫자로 표현되지 않는 것이 있으며, 그것은 극이 끝나고 난 뒤 이 세상은 더욱 어둡고 왜소하고 쓸쓸한 곳이 되었다는 느낌이라고 할 수 있다. 브래들리가 밝혔듯 비극의 끝에서 남는 인물들은 그 크기와 깊이와 높이에서 사라진 자들이 남긴 공간을 메우지 못한다. "우리는 더욱 값지고 우리 가슴에 밀착된 일부를 상실한 것이기 때문이다."[269]

다음으로 수월이 말한 극의 결말이 제공하는 '깨달음'의 문제에 있어 깨달음은 찾아볼 수 있으나 그것의 주체가 주인공이 아니라 에드가라는 점은 앞에서 지적했다. 주인공이 자신의 인간화 혹은 정화의 과정을 거쳐 '무르익음' 혹은 '운명의 수용과 인내'의 자세를 배우게 되었다는 것은 분명하다. 그러나 문제는 앞에서도 비쳤듯이 이런 배움이 극의 끝에 가서 부정되거나 부질없어진다는 것이다. 수월도 지적하듯이 '깨달음으로써 운명과 대등해진다'는 도식이 이 작품에서는 성립하지 않는 것이다. 파멸은 깨달음의 여부와 관계없이 발생한다. 코딜리어는 평자 G. B. 해리슨의 표현대로 "마치 한 명의 미천한 도둑 모양으로 목매달려 죽는다."[270] 그녀의 최후의 죽음은 최소한의 존엄도 어떠한 맥락도 없이 오직 '우연*tyche*의 전횡' 탓이다. 리어가 배우고 깨달은 것이 전횡적인 운수가 판치는 이 황량하고 혼돈스러운 세상에서는 아무런 '의미'를 갖지 못한다. 모든 인간적 고통과 참회는 무의미하고 소용이 없다.[271] 평자 맹건도 이 작품에서 앎은 전혀 '고통으로부터의 해방'을 가져다주지 않는다

---

269 Bradley, p.37.

270 Harrison, p.182.

271 Judah Stampfer, p.160.

고 말한다.[272] 마치 토머스 하디의 시 「삶에 대한 한 젊은이의 경구警句 "A Young Man's Epigram on Existence"」에 나오는 주인공처럼 인간이 "사는 것을 배우기 위해서는 삶을 '바쳐야' 하는 얼빠진 학교에서/ 상을 받을 수도 없는 과목을 암기하는 자는 바보"에 지나지 않기 때문이다.[273]

다시 말하거니와 이 극은 비극이 아니라 '패배의 서사'이다. 이 극은 어떤 평자가 보듯 "가장 의도적이고 작위적인 극이고 비현실감이 느껴지는 극"일 수도 있고,[274] 아니면 다른 평자가 그 반대로 말하듯 "행동과 그것의 결과의 당연한 질서를 보여주는 극이며 필연적이고 순전히 자연적인 삶의 과정을 보여주는 극"으로 볼 수도 있다.[275] 그러나 분명한 것은 작중에서 글로스터가 말하듯 "개구쟁이들이 파리를 다루듯, 신들이 우리 인간을 다루고/ 그들은 인간을 재미 삼아 죽이는 곳"[276]이고 또 리어가 말하듯 "우리가 이 세상에 태어날 때 우리는/ 바보들의 거대한 무대에 던져졌다는 것을 보고 울음을 터뜨리는 곳"[277]이라는 것이 셰익스피어가 명백하게 우리에게 제시하는 세상의 모습이고 우리의 삶의 한 측면이라는 것이다. 그리고 우리는 이런 삶의 재현이 부정할 수 없는 진실성과 진정성을 갖고 있다는 것을 알고 있다. 지상에서의 인간의 역사와 오늘날 세계의 어딘가에서 벌어지는 일들이 십분 이를 입증해주기 때문이다. 평자들이 증언하듯 이 극은 가장 '인기 없는' 극이다.[278] 이는 이 극이 삶의 가장 고통스러운 진실 즉 파괴와 상실과 소멸의 측면을 우리로 하여금 직시하게 해주기 때문이다.

272　Mangan, p.188.

273　강조는 필자.

274　H. S. Wilson, p.183.

275　J. Stampfer, p.153; G. W. Knight, p.174-5.

276　IV.i.36-7.

277　IV.vi.183-4.

278　Harrison, p.183.

‘패배의 멜로드라마’는 이른바 ‘무고無辜한 자의 파멸’을 보여주는 극이라고 할 수 있다. 독일의 평론가 자미라 엘 우아실과 프리데만 카릭이 최근에 펴낸 『세상은 이야기로 만들어졌다』에서 저자들은 역사적으로 가장 인기 있는 서사 형식은 ‘가난뱅이에서 백만장자로 바뀌는’ 승리의 멜로드라마이고, 가장 인기가 없는 양식은 그 반대인 ‘백만장자에서 가난뱅이가 되는’ 플롯이라고 말한다.279 이 ‘패배의 서사’ 양식은 이미 서양 비평의 시작인 아리스토텔레스가 그의 『시학』에서 단지 ‘충격적인miaron 효과’만을 준다는 이유로 바람직한 비극의 플롯에서 제외했던 종류의 서사 형식이었다.280 이런 형식의 극은 관객에게 비애, 연민, 동정으로부터 공포, 경악, 절망에 이르는 감정만을 맛보게 하고, 이는 평자에 따라 다른 이름으로 ‘연민(혹은 수동) 극pathodrama’이라고 불리기도 한다.281 서양 문학의 시작인 아티케 비극 중 현존하는 31편 가운데—앞서 말했듯—‘승리의 멜로드라마’로 구분할 수 있는 것은 15편이고 ‘비극적 드라마’로 볼 수 있는 것이 10편이라면 ‘패배의 멜로드라마’로 볼 수 있는 작품은 6편이다. 이로써 우리는 문학이 탄생한 처음부터 패배의 멜로드라마는- 인간 본성에 비춰볼 때 당연한 얘기지만- 가장 ‘인기 없는‘ 서사 형식으로 다루어졌다는 것을 알 수 있다. 그러나 이 세 가지 서사 형식들은 역시 앞서 말했듯이 인간의 삶과 세상의 구조를 재현하는 서사 예술에서 모두 각자 나름의 정당성을 가지고 있다고 보아야 한다. 왜냐하면 우리가 인간의 삶과 세계의 본성에 대한 완전하고 통합적인 이해를 얻기 위해서는 세 가지 서사 양식들이 모두 필요하다는 것을 부인할 수 없기 때문이다. ‘패배의 멜로드라마’는 일체의 값싼 위안과 평안을 주지 않는다. 그러나 그

279　자미라 엘 우아실/프리데만 카릭, 『세상은 이야기로 만들어졌다』, p.58.

280　『시학』, 13장 30절.

281　Richard H. Palmer, *Tragedy and Tragic Theory*, p.135.

것은 우리가 평소에 간과하거나 혹은 외면하려 하지만 삶의 곳곳에서 불
시에 우리에게 엄습하는 공포스러운 재난과 참화를 상기시켜주는 서사
이다.[282]

9. 『맥베스*Macbeth*』

"아름다운 것은 추한 것이고, 추한 것은 아름다운 것이다."[283]

"삶이라는 발작적 열병을 다 앓은 후 그는 지금 편안히 잠들어 있다."[284]

"그러나 나는 끝까지 싸우겠다. 내 앞에 방패를 내던지고. 자, 달려들어라, 맥더프
여, '그만 졌다'하고 먼저 외치는 자는 지옥으로 떨어질 것이다."[285]

줄거리 요약

제1막

스코틀랜드의 던컨 왕의 충실한 신하인 맥베스는 왕에 대항해 반란을 일
으킨 맥던월드와 코도의 영주를 성공적으로 진압하고 돌아오던 중에 세 명
의 마녀들을 만난다. 마녀들은 맥베스를 글래미스의 영주(맥베스는 현재 글
래미스의 영주이다), 코도의 영주, 마지막에는 장래의 왕으로 연달아 호칭하
며 환호한다. 그러나 마녀들은 맥베스와 같이 반란을 진압하고 돌아온 그
곁의 뱅코우 장군에게는 어떠한 호칭의 예언도 하지 않으나 그가 장래의
왕들의 아버지가 될 것이라는 엄청난 말을 한다. 왕이 보낸 사신들이 맥베
스를 영접하며, 이제 곧 처형될 코도의 영주로 맥베스가 대신 임명되었음

---

282 『비극 문학』, p.74-77의 '서사의 세 갈래'를 참조할 것.

283 『맥베스』, I.i.12.

284 III.ii.24.

285 V.vii.61-3.

을 알린다. 예언의 일부가 실현되었음을 깨달은 맥베스는 정작 왕궁에 도
착해 환대받은 후 왕이 연회에서 자신의 왕위 계승자로 맬컴 왕자를 지명
하자 내심 실망을 금치 못한다. 한편 맥베스로부터 저간這間의 소식을 편지
로 알게 된 맥베스 부인은 남편의 야심을 더욱 확고히 만들어 그것을 실현
시키겠다는 꿈을 품는다. 그런데 마침 왕과 왕자의 일행이 맥베스의 성을
방문한다는 소식을 듣자 그녀는 운명이 돕는다고 생각한다.

제2막

마녀들의 예언에 동요되는 모습이 없는 뱅코우와는 달리 맥베스는 야심
이 불타올라서 이번 왕의 방문이 절호의 기회라고 생각하게 된다. 그러나
그는 정작 행동에 옮기려 하자 용기가 나지 않는다. 그러자 아내는 자신이
비록 여자일지라도 "그것이 정히 필요한 일이라면 가슴에 품어 젖 먹이던
아이라도 내동댕이쳐서 머리를 박살 내어 버릴 수 있다"고 말하며 남편을
충동질한다. 아내의 강력한 격려에 힘입어 맥베스는 결국 잠자고 있는 왕
을 시해弑害하는데 성공한다. 다음 날 아침 왕을 예방하기 위해 성을 찾아
온 맥더프 장군에 의해 왕의 시해 사실이 알려지자 맥베스는 경악하는 척
하면서 안으로 뛰어 들어간다. 그는 되돌아 나와서 -몸에 맥베스 자신이
묻혀놓은 피 칠갑을 한 채 잠들어 있는- 왕의 시해자들임이 분명해 보이는
시종들을 자신이 격분한 나머지 즉결 처형했노라고 말한다. 맬컴과 도널베
인 왕자는 즉시 맥베스를 의심하고 자신들의 목숨도 위험하다고 판단하고
영국과 아일랜드로 각자 도피하기로 한다.

제3막

맥베스는 뱅코우가 자신의 범죄를 알고 있고 더구나 그의 후손이 왕이
될 것이라는 예언을 들었기에 그를 살해하기로 하고 자객을 고용한다. 뱅
코우는 자객들에 의해 살해되지만 아들 플리앤스는 달아나는 데 성공한다.

자신이 던시네인 성에서 연 궁전 연회에 참석한 맥베스는 불참한 뱅코우를 위선적으로 찬미하는 말을 하지만 불현듯 그의 유령이 연회에 들어와 자리에 앉는 것을 목격한다.(이는 오직 그에게만 보이는 환영이다.) 그가 당황한 나머지 자신의 범죄를 고백하는 것과 진배없는 말을 늘어놓자 왕비 맥베스 부인은 황급히 연회를 폐회한다. 맥더프 장군이 스코틀랜드를 떠나 영국에 피신한 맬컴 왕자와 합류했다는 소식이 들린다. 이제 폭군으로서의 소문이 자자해진 맥베스는 불안한 나머지 몸소 마녀들을 찾아가 미래의 예언을 들어보려 한다. 마술의 여신 헤카테가 등장하여 마녀 셋과 함께 맥베스의 파멸을 계획하는 장면과 함께 3막이 끝난다.

제4막

맥베스가 마녀들의 소굴을 방문하자 마녀들은 세 개의 환영을 연달아 그에게 보여준다. 처음은 '투구를 쓴 머리'이며 이는 그에게 '맥더프를 경계하라'는 것이고 다음에 등장하는 '피 흘리는 아이'는 '여인이 낳은 자는 그를 해치지 못한다'는 것이며 마지막으로 나타난 '왕관을 쓰고 손에 나뭇가지를 쥔 아이'는 '버냄의 숲이 그를 향해 다가오지 않는 한 그는 안전하다'는 예언이다. 그러나 그의 안심도 잠깐이고 마녀들은 여덟 명의 왕들이 이어서 나타나고 마지막에 그들의 선조인 뱅코우가 웃음 짓는 장면을 그가 보게 만든다. 더욱 불안해진 맥베스는 돌아와 맥더프의 가족을 몰살할 것을 명령한다. 영국에서 맬컴 왕자는 자신을 찾아온 맥더프의 충성심을 면밀히 테스트해본다. 그가 흔들림 없는 충신이라는 것을 확인할 즈음 스코틀랜드에서 맥더프의 가족들이 몰살당했다는 소식이 전해진다. 맥더프는 슬픔을 억제하며 자신이 "심판의 대행자"가 되어 폭군을 무찌를 것을 맹세한다.

제5막

맥베스의 던시네인 성에서 맥베스 부인은 던컨의 시해 후 시작된 불안과 회한으로 거듭 손을 씻고 중얼거리면서 극심한 불면과 몽유병 증세에 시달린다. 그녀가 무심결에 한 자백을 통해 시의와 주변의 시종들도 모두 진실을 알게 된다. 맥베스는 아내의 모습이 보기 괴로우나 곧 쳐들어올 맬컴이 이끄는 영국군에 대한 대비가 더욱 시급하다. 맬컴의 영국군과 스코틀랜드의 노섬벌랜드 백작 시워드가 이끄는 군대는 협력하여 던시네인 성을 치기 전에, 병력의 수와 군사들의 이동을 위장하기 위해 나뭇가지를 꺾어 몸을 숨긴 채 움직인다. 이러한 소식이 들림과 동시에 아내가 자살했다는 보고를 받으나 맥베스는 이제 그런 것에는 마음의 동요가 없다. 그는 무대에 홀로 서서 "내일 그리고 내일 또 내일……"로 시작하는 자신의 삶에 대한 절절하고 통렬한 비감悲感과 환멸에 가득 찬 대사를 읊는다. 그는 '적어도 무장을 한 채로 죽겠노라' 선언하며 전장으로 뛰어나간다. 그는 먼저 시워드 아들과 싸워 그를 죽이나 이어서 마주한 맥더프와의 대결에서 그가 "달이 차기 전에 어머니 배를 가르고 나왔다"는 —즉 정상적인 출생이 아니라는— 이야기를 듣고 마녀의 예언에 자신이 모두 속았음을 깨닫는다. 그러나 마지막 운을 건 싸움에 도전하고 그는 결국 맥더프의 칼에 쓰러진다. 극의 마지막 장면에서 맥더프는 맬컴의 앞에 맥베스의 목을 가져다 놓고 '국왕 만세'를 외친다.

셰익스피어의 주요 비극들이 '악의 탐구'에 바쳐진 것이라고 할 때, 이 작품은 드디어 그 탐구의 마지막 단계를 보여준다. 즉 여태까지 주인공이 맞서 싸워야 할 대상이 악인이었다면—클로디어스, 이아고, 리건과 거너릴 등—이 작품에서는 주인공 자신이 곧 악당이다. 비극의 주인공은 '성격적 편향성'을 갖고 있고 또 그렇기 때문에 비극적 주인공이기는 하나 그 편향성이 곧 '악의 편향성'은 아니었다. 그러나 『맥베스』의 주인공은 분명히 악의 편향성을 지닌 인간이다. 그런데 그는 악당이기는 하지만—브래들리가 지적하듯이—'암흑의 자식' 즉 타고난 악인은 아니다.[286] 다시 말해 그는 여늬 인간들처럼 근본적으로 '본유적인 인간성'을 지니고 있으며, 악의 성향과 함께 선의 성향도 갖고 있는 인간이라는 것이다. 그러나 그가 다른 비극적 주인공들과 다른 것은 어떤 계기에 외부적 자극이 주어지면 자신 안의 선을 짓밟아 버리고 악에 몸을 맡겨버린다는 점이다. 그는 자신의 현실적인 이익 즉 세속적 성공과 영광 그리고 야망의 성취를 위해 '능동적으로' 악을 저지른다. 그는 객관적으로 볼 때 도덕적으로 나약한 측면이 뚜렷하고 극히 이기적이며 자기중심적인 인간임에 분명하다. 하지만 이런 악의 요소가 너무 두드러진 인간은 앞서도 여러 번 언급했듯이 아리스토텔레스가 비극적 주인공으로서 피해야 한다고 말한, 선과 악 중 어느 한쪽으로 '치우친' 인간형에 해당한다. 다시 말해 악인의 의도적 악행은 필경 그것에 대한 응징과 처벌을 가져오게 되고, 이는 비극이 아니라 '패배의 멜로드라마'로 바뀌게 되든가 심하면—중세의 '도덕극'이 그렇듯이—자업자득의 혹은 인과응보적 '징벌극'으로 전락하고 만다.

그러므로 셰익스피어가 이 극에서 다룬 문제는 '어떻게 하여 악의 성향을 가진 인간이 비극적 주인공이 될 수 있는가' 하는 실로 어려운 난제였다. 그런데 그는 이 난제를 교묘하게 해결해 내는 놀라운 솜씨를 보여주었다. 그는 두 가지 방식으로 이 문제를 해결하였다. 그 하나는 '악의 메커니즘(작동원리)' 자체를 정확하고 명료하게 분석하는 것이다. 즉 악의 길로 의도적인 첫 발걸음을 내딛은 자가 그 후에 어찌하여 자신도 어쩔 수 없이 불가항력적으로 악의 수렁에 점점 더 깊이 빠져들 수밖에 없게 되는지를 형상화하고 극화한 것이다. 다음으로 이 악인은 자신이 열어젖힌 지옥문으로 한 번 들어가자 헤어 나올 수 없는 악인의 길을 걷게 되지만 동시에 누구보다도 냉철하고 명징하게 자신의 실체를 직시하여 객

---

286 Bradley, p.364.

관화하고 성찰하는 모습을 보이는 인물로 나타난다. 이는 주인공의 특수한 성격화로서만 가능한 일인데, 셰익스피어는 우리의 주인공을 유난히 '민감한 감수성과 풍요로운 상상력'을 지닌 인간으로 만들어 놓았다. 그는 강력한 의지력을 지닌 능동적인 행위자인 동시에 유달리 활성화된 상상력과 인식능력을 통해 자신의 행위에 대한 명석한 통찰도 함께 해내는 인간인 것이다.

이런 식으로 주인공을 형상화하기 위하여 셰익스피어는 - 앞서 『리어왕』에서 그랬듯이 - 홀린쉐드의 원전(『연대기』)의 기록을 자신의 목적을 위해 과격하게 바꾸었다. 원전에서 맥베스가 시해하는 던컨 왕은 무능한 왕이었고, 맥베스는 혼자가 아니라 뱅코우와 같이 음모를 꾸미며 거사를 하며, 일단 왕위에 오른 뒤에는 10년간 선정을 베푼다. 그러나 그는 시해에 대한 오랜 양심의 가책과 뱅코우의 후손이 왕이 될 것이라는 예언 때문에 뱅코우를 죽이나 그의 아들은 살아남는다. 이후 맥베스는 폭군으로 변하여 폭정을 휘두르다 맬컴과 맥더프가 이끄는 군대에 의해 패하고 죽음을 맞이한다. 그런데 셰익스피어는 자신의 극에서 던컨을 덕망 있고 유능한 왕으로 만듦으로써 맥베스는 딱히 정당화될 수 없는 쿠데타를 일으키는 것이 되고, 그는 야망이라는 악덕을 추구한 대가로 그 과실을 고통스럽게 거두도록 만든 것이다. 셰익스피어의 극에서는 역사적인 인물인 맥베스가 현명하고 관대하게 통치했던 시기는 통째로 생략되고 오직 공포정치를 하는 것으로 만들었다. 또한 원래 맥베스가 재위했던 10년이란 기간도 극에서는 불과 두세 달 정도에 끝나는 것으로 되어 있다. 이로써 셰익스피어는 맥베스를 본격적인 반역자나 음모가가 못 되는 인물이 충동적인 탐욕으로 인해 왕을 시해하고 왕좌에 올랐으나 극 중 인물이 말하듯 "마치 난쟁이 도적이 거인의 옷을 훔쳐 입은 듯이"(V.ii.21-2) 어울리지 않는 옷을 걸친 꼴이 되어 얼마 버티지 못하고 쫓겨나는 왕위 찬탈자로 만들어 놓은 것이다.

그런데 여기서 잠시 여담을 하자면, 이렇게 셰익스피어가 비참한 학정에 시달리는 스코틀랜드와 폭군 맥베스의 신속한 도덕적 붕괴를 묘사함으로써 그의 통치에 대한 반발과 역성易姓혁명이 완벽하게 정당화되는 극을 쓰게 된 배경에는 다음과 같은 역사적 상황이 있다고 한다. 즉 이 극은 스코틀랜드의 제임스 1세가—엘리자베스 사후에—영국 왕위를 평화롭게 계승하여 런던으로 왕궁을 옮겨 온 이후 덴마크의 크리스찬 왕이 방문한 가운데 왕실 극장에서 공연된 최초의 작품이었다. 셰익스피어는 극단의 후원자인 제임스의 기분을 맞춰야 할 필요가 있었고 학자 연然하는 제임스가 펴낸 여러 권의 저술 중의 하나인『제왕학』의 중심이론인 '선군과 폭군의 구별'을 연극으로 재현해 내는 역할 혹은 임무를 수행한 것이다. 또한 제임스 1세는 마녀와 악마학에도 조예가 깊었다고 한다. 아울러 제임스의 선조인 뱅코우가 등장하는 스코틀랜드가 무대인 극을 공연하는 것도 그를 기쁘게 해주었음이 분명하다.[287]

'악의 메커니즘'이란 무엇인가?

작품 가운데 맥베스가 보여주는 '악의 본성'은 인간이 일단 악의 첫 발걸음을 내디디면 그것을 되돌릴 수 없고, 우리가 앞서 그리스 비극에서 본 바와 같이 이른바 '아낭케(필연성*anangke*)의 고리'에 사로잡히게 된다는 것을 말한다.[288] 즉 악행은 한번 저질러지면 그것이 가져다준 과실을 확실히 즐기기 위해서 그리고 그 악행이 가져온 반작용/후폭풍을 잠재우기 위해서 또 다른 악행을 필연적으로 저질러야 한다는 것이다. 이른바 '기호지세'騎虎之勢가 되어, 일단 호랑이 등에 올라타면 끝장을 볼 때까지 가

---

287   J. D. Wilson, p.22; Mehl. p.106; Muir, p.154.
288   대표적으로 아이스퀼로스의『오레스테이아』가 이를 형상화하고 있다.

야지 중간에 내릴 수 없는 것과 마찬가지다. 그래서 맥베스는 악행을 저지를 때마다 이번이 마지막이라고 생각하지만 그는 또 다른 악행을 저지르지 않으면 안 되는 상황으로 몰린다. 셰익스피어는 이렇게 인간이 자신의 내재적인 악에 굴복했을 때 어떤 일이 벌어지는가 하는 '악의 메커니즘'을 맥베스라는 인물을 통해 구현하고 있다.

그러면 맥베스는 처음 어찌하여 악의 첫걸음을 떼어놓게 되었는가? 맥베스가 던컨 왕을 시해하는 것은 그의 내면의 성향과 외부의 자극이 절묘하게 결합한 양상을 보여준다. 극이 시작하면 먼저 마녀들이 등장해 심상치 않고 섬뜩한 분위기를 조성한다. 그 다음 장면에서 맥베스가 최근 거둔 공적을 전하는 메신저가 등장해 던컨 왕에게 맥베스가 어떻게 반란군을 진압했는가의 전황을 보고한다. 사관은 맥베스가 반군의 괴수를 "배꼽에서 턱까지 한칼로 잘라내어 그, 목을 성벽 높이 매달았다"고 전한다.289 이는 맥베스의 용맹무쌍함을 말하는 것이지만 동시에 그가 얼마나 잔인하고 과격한 행동의 인간인지도 드러낸다. 다음 장면에서 그는 뱅코우와 같이 등장하여 마녀들과 마주친 후 그녀들이 외치는 승자의 명예를 기리는 환호를 듣고 그만 "황홀한 상태에 빠진다."290 이는 그가 마녀들을 만나기 전에도 야심만만한 사람이었다는 것을 암시한다. 마녀들과 헤어진 이후 그는 "만약 운명이 나를 왕이 되게 한다면"이라고 말하는 데, 이는 예언을 들은 즉시 왕관에 대한 욕망이 새삼스레 그의 내면에서 끓어올랐음을 증명하는 것이다. 더구나 마녀들이 한 예언 중 앞의 두 가지—글래미스의 영주와 코도의 영주가 되는 것—는 이미 실현이 되었다. 이는 마녀들의 예언이 근거 없지 않다고 그를 강력하게 설득하는 효과를 가져다준다. 마녀들과의 만남이 맥베스의 야심을 충동질하는 효과

289　I.ii.23-4.

290　I.iii.57.

를 불러일으켰다면 성으로 돌아온 후 아내의 격려와 사주는 이미 불붙은 그의 야심이 활짝 타오르는 계기를 마련해준다. 지난 세기에 미국의 저명한 셰익스피어 교수 중의 한 명인 조지 라이먼 키트리지G. L. Kittredge는 강의시간에 학생들에게 세상의 모든 아내는 남편을 세 개의 논점을 가지고 옭아맨다고 말했다고 한다.[291] 즉 '당신은 당신이 한다고 약속했지요,' '당신이 만약 나를 사랑한다면 그것을 할 거예요,' '내가 남자라면 나는 그것을 했을 거예요.'[292] 맥베스 부인은 극의 초기에 등장하여 마치 불요불굴의 의지를 지닌 여인으로 행동하며, 남편의 야심을 끓어오르게 하고 여의치 않은 경우 그의 자존심을 건드리는 것도 마다하지 않는다. 그녀는 결국 맥베스가 마치—브래들리의 표현을 빌리면– '끔찍한 의무를 이행하는' 것처럼 악행을 저지르는 데 크게 일조하는 것이다.[293] 그래서 유진 웨이쓰란 평자는 "군인으로서의 맥베스는 '여자 같다'는 비난을 피하기 위해 '짐승 같다'는 더 큰 위험을 무릅쓰게 된다"고 말한다.[294]

그러나 여기서 우리가 분명히 해야 할 것은 마녀들의 예언은 그리스 비극에서 '신탁'이 그러하듯 어디까지나 미래에 대한 '예언'일 뿐 미래를 '결정'하는 것은 아니라는 것이다. 즉 그것은 맥베스의 마음속에 잠복해 있는 욕망을 이끌어내는 자극제의 기능 그 이상도 이하도 아니라고 보아야 한다.[295] '악마도 인간이 첫걸음을 떼기 전까지는 무력하다'는 서양 격언을 기억하는 것으로 족하다. 이는 같은 마녀들을 보고 뱅코우는 그들을 "암흑의 도구들instruments of Darkness"이라고 부르고 혐오하며 맥베스와

---

291 물론 이는 1950~60년대의 미국 가정을 대상으로 한 것이지만 상당한 보편성을 지닌 것으로 보인다.

292 H. S. Wilson, p.72. 재인용.

293 Bradley, p.358.

294 G. K. Hunter, "*Macbeth* in the Twentieth Century," K. Muir and P. Edwards, eds., *Aspects of Macbeth*, p.6. 재인용.

295 Bradley, p.382.

정반대의 반응을 보이는 것으로도 드러난다.296 마녀의 예언이나 아내의 자극은 그 자체로는 무의미하며 그것들을 받아들이고 아니고는 오직 맥베스 자신에게 달려 있는 것이다. 아내가 제아무리 그를 닦아세우고 풀무질하듯 그의 가슴 속으로 바람을 불어넣을지라도 그 자신의 심중에 스스로의 말대로 "날뛰는 야심vaulting ambition"이 없었다면 결코 그는 시해를 행동에 옮기지 않았을 것이기 때문이다.297 이런 맥락에서 해롤드 윌슨은 이 극은 인간의 '자유의지와 선택의 문제'를 다루고 있다고 말한다.298

맥베스는 일단 던컨을 살해하자 악의 고리에 사로잡힌 바가 되어 헤어나올 수 없게 되었음을 직감한다. "더 이상 잠을 자지 못하리라! 맥베스는 잠을 살해했다."299 그는 시해 다음 날 맥더프가 성을 찾아와 문을 두드리자 문득 자신의 손을 바라보면서 "위대한 해신 넵튠의 대양의 물을 다 갖고도 내 손에서/ 이 피를 깨끗이 씻어버릴 수 있겠는가?" 하고 사태를 돌이킬 수 없음을 한탄한다.300 왕의 시해가 밝혀진 이후 그가 맥더프와 뱅코우 앞에서 하는 다음의 대사는 가식이 아니라 그의 진심을 드러내주고 있다. "모든 것이 장난감에 불과하다. 명예도 미덕도 이제는 사라지고, 삶의 술도 다 말라 버리고 세상이란 술 창고가 자랑할 것이라곤 오직 술 찌꺼기만 남아있을 뿐이로구나."301 이제부터 극을 지배하는 것은 '어두움'이고 주인공의 마음을 장악하는 것은 '두려움'이다. 질서의 붕괴와 상궤의 일탈이 가져온 암흑과 공포는 맥베스를 무겁게 짓누른다. 왕이 된 맥베스는 왕 노릇이 즐겁기는커녕 예상치 않은 새로운 불안과 공

---

296 I.iii.124.

297 I.vii.27.

298 H. S. Wilson, p.72.

299 II.ii.34-5.

300 II.ii.60-1.

301 II. iii. 92-4.

포가 자신을 사로잡고 있음을 느끼게 된 것이다. "이럴 바엔 왕이면 무얼 하나, 안전하게 왕 노릇을 하는 게 아니라면,/ 뱅코우에 대한 나의 두려움은 가시처럼 깊이 박혀있다."302 그는 자신의 던컨 시해가 자신에게 "열매 없는 왕관을 씌워주고, 자신의 손에는 실속 없는 왕홀을 쥐어주었을" 따름이란 것을 깨닫는다. 그는 이런 공허한 자리를 얻자고 자신의 가장 소중한 "영원한 보석eternal jewel" 즉 '불멸의 영혼'을 내던졌다는 회한에 사로잡힌다.303 그는 부인에게 죽은 던컨이 오히려 자신들보다 더 편안한 잠을 자고 있다고 말한다. "사람을 괴롭히는 무서운 악몽에/ 시달리며 잠을 자느니…… 또 마음의 고문을 받으며/ 미칠 듯이 불안하게 사느니 차라리 죽어서/ 우리가 영원한 평화의 세계로 보내버린/ 그 죽은 자와 함께 있는 편이 더 낫겠소."304

이 극은 독재자와 폭군을 사로잡고 그들을 몰아가는 힘은 바로 '공포'라는 정치학의 오랜 진리를 재현하고 있다. 평자 윌슨도 말하듯 맥베스는 이제 지옥이 두렵지 않다. "왜냐하면 바로 그가 지옥 속에서 살고 있기 때문이다."305 맥베스 자신이 누구보다도 고통받고 있다. 그가 뱅코우를 살해하는 것은 앞서 말한 대로 그로서는 불가피한 선택이라고 할 수 있다. 즉 뱅코우는 맥베스의 비밀을 알고 있는 유일한 인물인 동시에 마녀들은 그의 후손이 왕권을 계승한다고 예언했기 때문이다. 그러나 그는 뱅코우를 죽인 이후에는 더욱 진퇴양난의 처지에 빠진다. 정작 제거해야 할 그의 아들이 살아남았기 때문이다. 그는 자신이 꼼짝달싹할 수 없는 지경에 던져졌다고 말한다. "나는 좁은 방에 갇힌 듯 꼭 끼어서 온갖 짓

---

302 III.i.46–8.

303 III.i.67.

304 III.ii.19–22.

305 H. S. Wilson, p.75.

궂은 의혹과 공포들로 옭아 매어지고 말았다."[306] 더구나 연회의 자리에 나타난 뱅코우의 유령은 그의 넋을 나가게 만들기에 충분하다. 여기서 그의 민감한 감성과 왕성한 상상력은 다시 그를 치명적인 위험에 빠뜨려서 그는 거의 자신의 악행을 만조백관 앞에서 고백하는 꼴이 되었다. 그가 자신에게만 보이는 유령에게 계속 말을 걸고 실성한 모습을 보이자 부인이 나서서 황급히 연회를 중단시킨다. 맥베스는 이어서 아내에게 자신은 "피비린내 나는 악행에/ 너무 깊이 발을 들여놓았음으로 더 이상 건너가지 않으려 해도,/ 돌아오는 것이 건너 가버리는 것보다 더 어렵게 되었다"고 말한다.[307] 20세기의 탁월한 비극론자 중의 하나인 로버트 하일먼은 맥베스의 고뇌에 대하여 다음과 같이 평한다. "우리의 범죄자는 너무나 고통을 겪는 나머지 진짜 범죄가가 되기 어려운 인간으로 보이고, 다른 이들이 자신을 적대시하게 하는 것 못지않게 스스로 자신을 적대시한다. 즉 그는 다른 이들에게 악행을 하는 것 못지않게 자신에게도 악행을 하는 것처럼 보이는 것이다."[308] 하일먼은 맥베스를 이렇게 성격화했다는 것이 셰익스피어의 극작술의 승리요 개가라고 말한다. 여하간 맥베스는 3막이 끝날 때까지 우리의 동정과 공감을 완전히 잃지 않는다는 것이 분명하다.

4막이 시작하면 맥베스는 떨쳐버릴 수 없는 불안과 공포를 이기지 못하여 이번에는 제 발로 마녀들을 찾아 나선다. 마녀들이 보여주는 환영幻影들 가운데 첫 번째인 '투구를 쓴 머리'가 곧 '맥더프를 조심하라'라는 뜻인 것을 알자 돌아오는 대로 맥더프를 죽이려 하나 그는 이미 스코틀랜드를 탈출한 후이다. 4막 1장에서 우리가 마지막으로 그를 본 후 그가 다

---

306 III.iv.23-4.

307 III.iv.135-7.

308 Robert Heilman, "The Criminal as Tragic Hero," K. Muir and P. Edwards, p.31.

시 나타나는 5막까지 맥베스는 무대에서 사라진다. 작가가 그를 보여주지 않는 이유는 그가 그동안 악마와 다를 바 없는 인간으로 전락했기에 더 이상 그의 무의미한 살육을 열거할 필요를 느끼지 않았음이 분명하다.309 4막 2장의 맥더프 가족에 대한—오직 보복이 목적인—살육을 그가 명령한 이후 우리는 그에 대한 감정이입과 동정을 완전히 잃게 된다. 사실 그가 4막 1장의 마녀들과 회합하는 '가마솥 장면cauldron scene'에서 그는 자신을 완전히 악과 동일시한 것과 다름이 없다. 이후 독자나 관객이 악의 화신이 된 그의 심화된 타락상을 공유하고 공감하기는 불가능한 것이다. 그와의 공감이 무너진 후 우리는 차라리 그에게 신속한 응징과 처벌이 다가오기를 그의 적대자들과 함께 기다리게 된다고 말해야 한다. 5막 3장에서 다시 그가 나타나는 것은 대다수의 영주와 귀족들이 탈출하는 바람에 홀로 던시네인 성에 고립되어 갇혀있게 된 장면에서다. 그러나 맬컴이 이끄는 영국군이 진격해 오고 있다는 보고를 받자 맥베스는 불현듯 명료한 자기 인식과 통찰의 모습을 보인다. 자신의 처지를 객관화시켜서 자신의 삶의 '파멸상像' 즉 그 왜곡과 타락상을 스스로 명철하게 바라보고 탄식과 절망의 언어로 토로하는 것이다. "나는 살 만큼 살았다. 내 삶은 이미 누런 잎이 지는 조락凋落의 늦가을로 접어들었구나. 그러나 노년의 벗이 되어 주어야 할 명예와 사랑과 순종과 친구들 같은 것은 나로서는 도저히 바랄 수도 없게 되었다. 그 대신 소리는 낮아도 원한 깊은 저주, 입으로만 조아리는 존경의 말, 모두 헛되고 빈 말들만이 들린다. 이런 것들을 물리치고 싶어도 나의 약한 마음은 감히 그러지도 못하는구나."310 이는 그가 비록 악의 구렁텅이에 떨어져 있을지언정 인간으로서의 마지막 존엄과 품격을 완전히 잃지 않고서 자신의 일그러지고 낭비된

---

309 Muir, p.155.

310 V.iii.22-7.

삶을 명징하게 인식하고 있다는 것을 보여주는 것이다.

뒤이어 아내의 죽음의 소식을 듣고 그가 다시 쏟아내는 말은 셰익스피어 극 전체뿐 아니라 세계문학에서도 유례를 찾을 수 없을 만큼 아름답고 장려한 시적 언어이다. 이는 맥베스의 시적 감수성과 상상력이 빚어낸 최고의 산물이라고 할 수 있으며, 죄에 물들고 부질없이 권력을 좇았던 자신에 대한 '통렬한 희화화caricature'이고, 이미 모든 것이 너무 늦었다는 '절절한 회한에 사무친' 말이다. "내일이 오고, 또 내일이 오고, 또 내일이 와서/ 하루하루는 기록된 마지막 순간까지 종종걸음으로 한 걸음 한 걸음 기어오고/ 모든 우리의 어제라는 날들은 어리석은 자들이/ 티끌로 돌아가는 죽음의 길을 비추어 줄 뿐이다. 꺼져라, 꺼져라, 덧없는 촛불아!/ 인생이란 걸어 다니는 그림자에 불과한 것, 무대 위에서/ 맡은 시간 동안은 뽐내며 거들먹거리기도 하지만/ 그 시간이 지나면 잊혀지고 마는 가련한 배우에 지나지 않는 것/ 그것은 바보의 지껄이는 소리와 외침으로 가득 차 있을 뿐/ 아무런 의미도 없는 것."311 이는 자신의 잘못된 삶에 대한 숨김없고 통렬한 인식인 동시에 인간의 삶과 운명에 대해 보편화된 명상 즉 그것의 '궁극적 허무와 무의미에 대한 통찰'로 나아간 것이다. 이 맥베스의 마지막 독백에 대해 앨프레드 하비지는 "문학에서 어떤 인물의 목소리도 그가 마지막에 한 말보다 더 큰 슬픔을 드러내는 목소리는 없다"고 말한 바 있다.312 또 버나드 맥클로이는 우리는 이런 맥베스를 보고 "자신의 인간성을 그토록 짓밟아 버린 인간이 어떻게 인간성이 무엇인지 그렇게 잘 알고 있는지 알 수 없다"는 생각을 하게 된다고 말한다.313 맥베스의 명철한 자기 인식은 우리로 하여금 그가 어둠의 자

---

311 V.v.19-28.

312 Harbage, *Macbeth: The Complete Pelican Shakespeare*, p.1108.

313 McElroy, *Shakespeare's Mature Tragedies*, p.217.

식이 되기에는 너무 아깝고, "처음부터 정치적 암살자라는 자리job에는
턱없이 어울리지 않는 인간"이라는 느낌을 부인할 수 없게 만든다.[314]

한마디로 말해, 맥베스는 자신의 선택과 행위의 도덕적 의미를 잘 알
고 있으면서 범죄를 저지르는 인물이다. 그는 자신의 의도적 악행의 결
과로 지상에서의 지옥을 경험하며 물러설 수도 앞으로 나갈 수도 없는
진퇴양난의 지경에 빠진다. 그는 첫 악행 후 오직 생존을 위해서라도 또
다시 악을 저질러야 하는 처지가 된다. 그는 최후에 필연적으로 닥친 자
신의 파멸 앞에서 스스로의 잘못된 삶에 대해 가장 고통스럽고 처연한
심정으로 회고하며 심판을 내린다. 앞서 말했듯이 그가 이런 '자기 객관
화와 자기 통찰'을 할 수 있는 것은 그가 남다른 시적 감수성과 상상력을
가진 인물이었기에 가능하다. 이렇게 셰익스피어가 범죄자 주인공을 비
극적 주인공으로 만드는 가장 어려운 과업을 이 작품에서 탁월하게 성공
하였다는 것이 바로 이 작품이 갖는 불후의 가치이다.[315]

314　Wayne Booth, "Shakespeare's Tragic Villain," Lawrence Lerner ed. *Shakespeare's Tragedies*,
　　p.190.

315　범죄자나 악인을 작품의 주인공으로 등장시켰을 경우 그의 성격화가 성공적인가의 여부
　　는 곧 그가 관객/독자들의 공감과 동정 나아가 동일시를 이끌어내고 유지할 수 있느냐의
　　문제이며, 이는 궁극적으로 그가 자기객관화를 보여주고 자기통찰을 성취하는가에 달려
　　있다는 것을 문학역사상 처음으로 분명하게 보여준 작품이 셰익스피어의 『맥베스』라는
　　것은 상술한 바와 같다. 이는 비록 맥베스가 자신 안의 악의 성향에 굴복하여 악행을 저
　　지르지만 역시 그의 내면에 있는 '본유적 인간성'을 저버리지 않고 자기객관화를 통해 자
　　신의 악을 스스로 통찰하는 모습을 보여주기 때문이라는 것도 역시 지적한 대로다. 그런
　　데 이를 후대에 가장 분명하게 보여주는 예의 하나는 헐리웃 영화로서 『바람과 함께 사
　　라지다』 이후의 최고 흥행 기록을 올린 것으로 알려진 프랜시스 포드 코폴라 감독의 『대
　　부 3부작』이다. 이 작품은 처음 나왔을 때 한갓 범죄 집단의 악행을 가족의 가치를 내세
　　워 정당화하던가 아니면 적어도 감상적으로 미화했다는 비판을 받기도 했다. 그러나 이
　　작품이 후일 흥행뿐 아니라 평단의 호평도 받았던 것에는 그럴만한 까닭이 있다.
　　이 시리즈의 2, 3부에서 주인공 역할을 하는 마피아 보스 마이클 코를레오네는 세부득이
　　(勢不得已)하여 물려받은 역할이었지만 일단 조직의 보스가 되자 '패밀리'를 위해 냉혹하
　　고 무자비한 일련의 살인을 저지르며, 그 절정은 조직을 배반한 친형 프레도를 살해한 일
　　이었다. 그러나 그는 이후 내내 이 일을 마음속 깊숙이 사무치는 회한으로 간직하고 있
　　다. 그는 마피아를 범죄적 조직에서 탈피하여 합법적 사업체로 전환하기 위한 노력을 계
　　속하며, 그 최고의 전환점은 로마 교황청에서 운영하는 임대사업체를 인수하는 일이었

우리는 마지막으로 맥베스와 더불어 공동정범은 아니지만 같이 공모함으로서 엄연히 공범자인 맥베스 부인에 대해 몇 마디 하여야 할 것 같다. 그녀가 작품에서 하는 악역으로 인해 그녀는 아이스퀼로스의 『아가멤논』의 클뤼타임네스트라를 원조로 하여 앞서 본 『리어 왕』의 리건과 거너릴의 계보에 들어갈 수 있는 여성이다. 그러나 앞선 여인들이 명실상부한 악인임에 반해 그녀는 맥베스가 그렇듯 '악의 자식'이 아니며 자신과 남편의 야망을 위해 '부자연스럽게' 자신의 인간성—즉 여성성—을 짓밟아버린 여인이다. 맥베스 부인의 극 중 역할은 남편이 범죄를 저지르기 전에 내몰아버려야 할 '자연스런 인간적 감정'을 파괴하는 것을 도와주는 것이다. 그녀는 남편이 가장 가까운 길을 취하기에는 "너무나 인정이 많다too full of the milk of human kindness"고 즉 일거에 살해를 해치울 성품이 못 된다고 생각한다.316 그래서 그녀는 남편의 욕망을 불타오르게 하기 위해 우선 자신이 먼저 변신하기로 한다. 그녀는 "살육의 정령들"에게 자신의 "여자의 젖가슴에서 젖을 빨아내고 대신 담즙으로 채워 주소서"라고 기원한다.317 그러나 정작 던컨이 자신들의 성을 방문했을 때 "현세의 심판이 두려워진" 맥베스가 왕에 대한 시해 기도企圖는 없던 일로 하자고 말하자, 그녀는 다음과 같은 끔찍한 말을 하여 남편을 분기奮起(혹은

다. 그는 이 과정에서 차기 교황으로 예상되는 람베르토 추기경과 면담한다. 마이클이 마피아 보스임을 알고 있는 추기경은 그에게 고해성사를 할 것을 요청한다. 자신은 이미 구제될 수 없는 죄인이라며 주저하던 마이클은 이내 심중에서 쏟아져 나오는 피울음을 토하며 자신이 형제살해의 죄를 지었음을 고해한다. 추기경은 그의 고해가 진정에서 우러나온 것을 알아보고 죄 사赦함의 예를 집전한다. 그러나 그가 다른 마피아 조직들의 참여를 새 사업인수과정에서 거부한 것에 대한 보복으로 자객이 그를 향해 쏜 총탄에 가장 아끼는 딸이 그 대신 맞아죽고 만다. 딸의 죽음 앞에서 그가 마치 사지를 찢어내는 듯한 기나긴 오열을 토해내는 마지막 장면은 관객의 다함없는 동정과 연민을 불러일으킨다. 그는 악인의 삶을 살았지만 자신의 악을 직시하기를 거부하지 않았고, 그것으로부터 벗어나려는 노력 또한 보였으며 마지막에 자신이 저지른 악행을 강력하게 규탄하고 저주하는 모습을 보여준 인물이기 때문이다.

316 I.v.17.

317 I.v.48-50.

격발擊發)시킨다. "나는 젖 빠는 아기가 얼마나 귀여운지 잘 알고 있지만/ 만약 내가 당신처럼…… 맹서했다면/ 그 어린 것이 내 얼굴을 쳐다보고 생글거리며 웃고 있을지라도/ 그 부드러운 잇몸에서 빨고 있는 젖꼭지를 잡아 채고/ 그대로 내동댕이쳐서 머리통을 박살내어 보여 줄 수 있어요."318 뿐만 아니라 살해 후 범행은 왕을 모시는 두 시종들에게 뒤집어 씌우면 된다는 방법까지 가르쳐줌으로써 주저하던 맥베스로 하여금 결행에 나서게 하는 것이다. 그러나 일단 거사가 이루어지자 그녀는 그것이 가져온 후폭풍을 감당해 내지 못하고 점차 무너지는 모습을 보인다.

그녀가 남편을 내조할 수 있는 것은 3막에서 남편이 뱅코우의 유령을 보고 정신을 놓는 것을 보고 더 이상 치명적 실수를 저지르지 않도록 자신이 나서서 서둘러 자리를 파罷해버리는 장면까지이다. 그러나 그녀는 위에서 말했듯이 자신이 스스로 짓밟아버린 내면의 '자연성(인간성)'이 자신을 비난하고 저주하는 것을 견디지 못한다. 그녀는 3막 이후 나타나지 않으며 5막 시작 부분에 다시 나타날 때는 심각한 정신착란 증세와 몽유병에 시달리는 모습으로 무대에 등장한다. 이로써 극의 두 중심인물은 서로 상반되는 성격의 전개과정을 보인다. 맥베스는 자신이 놓은 올가미에 스스로 빠진 후 점점 조여들어오는 위협과 공포 속에서 오히려 반항하는 정신력의 강인함과 집요함을 보여준다. 플라톤이 『국가』에서 "거대한 범죄와 비할 바 없는 악행은 나약한 영혼의 소유자가 저지르는가 아니면 강력한 영혼의 인간이 저지르는가…… 나약한 인간은 위대한 일이건 사악한 일이건 해내지 못한다"고 말한 것과 같다.319 맥베스 부인은 자신이 말살하려 했던 자신 안의 인간성을 완전히 짓밟을 수 없었던 것이며, 결국 가책과 회한 속에서 자살하고 만다. 이런 둘의 엇갈린 행보에

---

318 I.vii.55-9.
319 *Plato's Republic*, Book VI. 491.

대해 존 도버 윌슨은 "맥베스가 도덕적으로 타락/퇴화의 과정을 밟는다면 맥베스 부인은 스스로 붕괴되어 간다"고 말한다.[320] 그러나 둘은 근본적으로 자신 안의 인간성을 완전히 상실하지 못한다는 점에서는 일치하며, 여기서 우리는 셰익스피어가 이 작품에서 결국 보여주는—한 줌일망정—낙관론의 흔적을 발견할 수 있다.

이 극에는 『줄리어스 시저』, 『햄릿』이나 『오셀로』에서와 같이 극의 막이 내리기 전의—자신의 삶을 요약하고 정의하는—주인공의 '절명사'가 없다. 그것은 당연하지만 이미 5막의 3장과 5장에서 주인공이 자신의 삶과 죽음에 대한 통렬하고 명징한 심판을 내렸고 그것을 절절하고 장엄한 언어로 고백했기 때문이다. 맥베스가 자신의 삶과 죽음이 하나의 거대한 상실과 낭비라는 판단과 선언은 이 작품이 단지 '패배의 멜로드라마'가 아니라 '비극'임을 입증한다. 그가 파멸함으로서 작품 가운데 '정의'는 수립되나 이는 그가 수립하는 것이 아니라 그의 적대자가 수립하는 것이다. 그러나 그의 최후에는 '현실적 패배'를 덮어주는 '정신적 보상'이 있다. 그는 그저 악인으로서만이 아니라 자신의 삶을 통찰하고 '인간성을 회복한 인간'으로 죽었기 때문이다. 이런 역설이 성립한다는 것이 바로 이 작품을 비극으로 보게 만든다. 결론적으로 말해, 우리가 작품에 대한 직접적인 감정이입에서 벗어나 거리와 시간을 두고 생각해 볼 때, 이 작품은 '위대한 시'가 '범죄의 삶'을 '비극'으로 멋들어지게 '승화'시켰다는 느낌을 계속 간직하게 한다.

10. 『코리올레이너스*Coriolanus*』

"죄송하오나 내가 부상 당한 경위를 듣고 있느니보다는 차라리 또 한 번 상처를 입

---

320 Wilson, p.29.

고 치료받는 고역을 겪는 것이 더 낫겠소."321

인간이 어떤 성격을 갖고 있다는 것은 그가 거듭해서 같은 경험을 겪으리라는 것을 말해준다.—니체, 『선악의 저편』, 제4장 잠언과 간주곡 70.

작품의 줄거리

제1막

로마에 기근이 들자 시민들은 귀족으로 구성된 원로원과 특히 카이어스 마르시어스 장군을 비난하고 항의한다. 귀족 미니니어스가 나서서 원로원은 마치 아버지 같은 존재로서 자식인 평민들을 돌보고 먹여 살리지만 기근 같은 재난에는 책임이 없다고 타이르며, 위기 시에는 모든 국가의 성원이 단결해야 한다고 강조한다. 그러나 마르시어스는 평민들에게 연설할 기회가 오자 그들을 경멸하는 어조로 그들의 주제넘은 행동을 격렬히 비난한다. 그가 연설하는 동안 볼스키인들이 쳐들어오자 그는 말을 중단하고 급히 전장으로 뛰어간다. 볼스키 인들은 지도자 오피디어스가 이끌고 있고, 오피디어스는 마르시어스의 오랜 숙적이지만 동시에 그의 기백과 리더쉽을 경배하는 면도 있다. 한편 마르시어스의 모친 볼럼니아는 자식이 전장의 명예를 얻을 기회가 생긴 것을 기뻐하며, 그의 승리를 믿어 의심치 않는다. 그러나 마르시어스의 아내인 버질리아는 그의 안녕을 기원하며 그가 무사히 귀환하기만을 고대한다. 볼스키 인들의 코리올리 성을 공략할 때 로마군은 처음에는 격퇴당하지만, 마르시어스는 휘하 군사들의 비겁함을 꾸짖으며 단신으로 볼스키 인들을 추격해 혼자 성벽 안으로 쳐들어간다. 그의 믿기 힘든 용맹함에 용기백배해진 로마군은 볼스키 인들과 싸워 결국 승리한다. 그들은 그들의 영웅 마르시어스에게 개선의 상징인 떡갈나무 잎사귀 관을 씌우고 그에

---

321 II.ii.63-5.

게 '코리올레이너스(코리올리를 함락시킨 자)'라는 칭호를 붙인다.

제2막

평민들의 지도자인 호민관 시시니어스와 브루터스는 마르시어스를 평소에 질시하였고 그가 더욱 명예로워진 것에 분개한다. 이제 코리올레이너스라고 불리는 마르시어스는 개선한 후 가족의 품으로 돌아오고 모친 볼럼니아는 아들의 몸에 난 전투의 상처들을 보고 기뻐한다. 한편 원로원에서는 그의 공적을 기리기 위해 그를 집정관으로 선출하며 그는 관례에 따라—비록 이 절차가 그의 자존감을 훼손한다고 여겨 내키지 않지만—시장 안의 연단에 서서 민중들에게 요청하고 그들의 승인을 받는 절차를 밟는다. 그는 대단히 냉소적이고 경멸적으로 평민들을 대하며 격식은 격식이니 치룬다는 식이다. 시민들은 그의 (오만한) 태도에 반신반의하면서도 결국 그의 요청에 동의한다. 그러나 호민관 시시니어스와 브루터스는 그가 선출되었다는 소식을 듣자 그는 평민들의 권리를 무시하고 독재자로 군림하려는 인물이라고 규탄하며 평민들을 선동한다. 선동에 자극받은 시민들은 의사당으로 달려가 코리올레이너스의 집정관 직을 취소시키려 한다.

제3막

민중에게 인기 있는 귀족 미니니어스는 배은망덕한 민중에 대해 "변덕스럽고 추악한 냄새가 나는 인간들"이라고 경멸하며 분노하는 코리올레이너스를 달랜다. 코리올레이너스는 다시금 친구들의 설득과 가족—특히 모친—이 부디 굴욕감을 억누르고 민중 앞에—아무리 위선적일지라도- 겸손한 태도를 보여 집정관 직위를 얻으라고 간청하자 이에 응하기로 한다. 그는 시장의 연단에 다시 오르지만 자신의 집정관 직을 취소시키고자 하는 민중에게 따지듯 묻게 되고 이 기회를 이용해 시시니어스와 브루터스는 그가 국가의 반란자 같은 인간이라고 비난한다. 그들은 코리올레이너스를 낙마시키기 위해서는 그의 성마른 성격을 이용해 격분케 하는 방법을 쓰는 것이 가장 확실한 길이라는 것을 알고 있는 것이다. 그들의 예상대로 자신이 반란자란 비난을 듣자마자 그는 친구와 모친의 간곡한 충고에도 불구하고 노발대발하여 그들에게 가장 격렬한 욕설을 쏟아내며 칼을 뽑아 든다. 시민들은 시민들대로 그를 사형에 처하라고 한 목소리로 소리친다. 결국 그는 호민관들에 의해 국외 추방을 선포 당한다. 그는 추방당하면서도 정작 추방은 자신이 로마인들에게 하는 것이라고 말한다. 사실 그가 떠남으로써 로마는 무방비도시가 되는 것과 다름없다. 한편 볼스키인들의 지도자 오피디어스는 로마에서 무슨 일이 벌어지고 있는지 듣자 이 사건을 자신의 이전의 패배를 설욕할 수 있는 기회로 만들겠다고 말한다.

제4막

코리올레이너스는 로마를 떠나 거지로 변장하고 볼스키인들의 도시 안티움으로 찾아가서 로마로의 진격을 다시 준비하고 있는 오피디어스를 만난다. 코리올레이너스가 자신을 부당하게 대접한 로마를 징벌하기 위해 투항해왔다는 말을 듣자 오피디어스는 뜻밖에 일석이조 할 수 있는 기회가 왔다고 판단하고 두 팔 벌려 그를 환영한다. 그를 이용해 로마를 정복하고, 그 뒤에 로마인들의 그에 대한 증오심을 이용해 그를 제거할 생각을 한 것이다. 그리고 로마 진군에 앞서 그에게 자신의 부대를 나누어 지휘하게 한다. 그러나 볼스키인들 조차 코리올레이너스를 떠받들고 그의 인기가 좋은 것을 보고, 그는 자신의 그에 대한 해묵은 원한이 다시 끓어오르는 것을 느끼며 때가 오기만을 기다리기로 한다. 한편 로마인들은 코리올레이너스가 볼스키인들과 합세했다는 소식을 듣고 절망하며 서로에게 (그의 추방에 대한) 탓을 돌린다. 그들은 코리올레이너스의 오랜 친구인 미니니어스와 코미니어스를 그에게 사절로 보내 그의 마음을 돌리려 한다. 코리올레이너스는 두 친구들에게 로마인들은 자신에게 너무나 큰 모욕을 안겨주었음으로 그들에 대한 징벌을 멈출 의도가 없음을 분명히 한다.

제5막

코리올레이너스는 로마에 대한 분노라는 자신의 결심은 흔들리지 않았음을 오피디어스에게 확인시킨다. 그러나 로마가 마지막 수단으로 그의 가족마저 그에게 보내어 회유하는 사태가 벌어진다. 그는 모친 볼럼니아가 길게 자신을 달래고 종용하는 말을 듣지만 좀처럼 동요하지 않는다. 모친은 그에게 그가 만약 싸움을 중재하여 화친을 맺게 하면 양측이 모두 그에게 감사히 여길 것이라고 설득한다. 그러나 이런 말로 코리올레이너스의 분노가 사라지고 뜻이 꺾이지는 않는다. 아들의 마음을 되돌릴 희망이 없자 볼럼니아는 가족마저 죽이려는 그를 가족의 일원으로 볼 수 없으니 이제부터 천륜을 끊겠다고 선언하고 자리를 뜬다. 그러나 모친의 혈육의 정에 호소하는 마지막 말을 듣자 코리올레이너스는 무너지고 만다. 자신의 조국과 가족을 멸망시키는 일은 차마 할 수 없다는 각성이 문득 든 것이다. 볼럼니아의 말을 곁에서 같이 들었던 오피디어스도 코리올레이너스의 처지를 이해한다는 말을 한다. 코리올레이너스는 오피디어스가 자신을 변호해 줄 것으로 생각하고 안티움으로 돌아온다. 그러나 오피디어스는 돌변하여 코리올레이너스가 맺고자 하는 화친은 볼스키인들을 배신하는 것으로서 거의 손 안에 들어온 승리를 그가 수포로 돌아가게 만들었다고 격렬히 비난하며, 그를 '어린애'라고 모욕한다. 코리올레이너스의 불같은 성정(性情)을 자극하는 것이 그를 무너뜨릴 수 있는 가장 손쉬운 길임을 오피디어스도 알고 이용하는 것이다. 코리올레이너스는 모욕을 당하자 격렬히 반론을 펴는 가운데, 자신도 모르는 사이에 자신이 전에 코리올리를 거의 단신으로 정복했음을 상기시키는 말을 하게 된다. 이 말을 듣고 격분한 볼스키의 원로들이 한꺼번에 들고 일어나서 그에게 달려들어 그를 찔러 살해해 버린다. 드디어 자신의 묵은 원수를 갚게 되자 오피디어스는 일말의 애도의 심정을 금할 수 없다며, 그는 어찌 되었던 위대한 영웅이었음으로 그에 걸맞는 장례를 치루어 주자고 말한다.

이 작품은 셰익스피어가 쓴 마지막 비극이고, 여기서 그는 앞선 비극들에서 수행한 '악의 탐구'라는 작업을 그치고 자신의 비극의 가장 큰 특징인 '성격 비극'의 완결판이라고 할 만한 극을 씀으로써 그의 비극 쓰기의 대미大尾를 장식한 것 같다. 사실 셰익스피어의 비극이 서양 문학사에 남긴 가장 두드러진 공헌은 헤겔이 그의 『미학』에서 고대 비극이 '운명 비극'이라면 셰익스피어 극으로 대표되는 근대 비극은 '성격 비극'이라고 정의를 내린 데서도 드러난다.322 헤겔의 이런 해석은 훗날 전통적으로 서양 비극을 구성한다고 여겨지는 두 시기 즉 그리스 고전기와 르네상스기 비극의 성격을 규정하는 가장 일반화되고 대중적인 견해를 형성하게 된다.323

이 작품은 또한 셰익스피어가 쓴 로마를 배경으로 한 극 중에서도 가장 '로마적'인 극이다. 로마인들의 전통적 중심 가치인 '용기virtus가 주인공의 성격화의 핵심일 뿐만 아니라, 로마 사회를 초기부터 괴롭히던 귀족계층patricians과 평민계층plebeians의 대립과 갈등의 문제를 작품의 주요 모티프로 삼고 있기 때문이다. 셰익스피어가 사회적 소요와 분열의 문제를 작품의 배경으로 다룬 까닭의 하나는 그가 살던 시대의 영국 사회가 겪던 당대적 상황이 반영된 측면이 있다는 평가가 있다. 작품이 쓰인 1605년과 1610년 사이에 영국은 앞선 엘리자베스 여왕 시대의 이른바 '엘리자베스조의 타협'을 통해 이루어진 상대적인 사회의 안정과 균형이

---

322 R. P. Draper, "G. W. F. Hegel," *Tragedy: Developments in Criticism*, p.112-8.

323 그러나 우리가 앞서 그리스 비극을 다룰 때 고찰했듯이 공동연대 이전 5세기 아테나이에서 출현한 비극은 이미 6세기의 철학자 헤라클레이토스가 말한 "성격이 곧 운명이다 *Ethos anthropo daimon*"라는 격언도 가리키고 있듯이 '운명비극'이라고 한 쪽만 단순화시켜 볼 수 없다. 앞서 보았듯이 그리스 비극은 본질적으로 '신과 운명'이라는 외적 요인과 인간의 '내적 본성ethos'의 결합에 의해 결정되는 것을 보여주고 있기 때문이다.

제임스 1세의 즉위와 더불어 무너지기 시작했고 명백한 사회적 소요와 불안의 징후가 나타나던 시대였다. 그중에서 가장 대표적인 것은 후대 영국 사회를 변화시킨 가장 중요한 사건 중의 하나로 알려진 이른바 '인클로저(종획縱劃) 운동'이었다.[324] 영국의 전통적인 농경지에 울타리를 쳐서 양목장羊牧場으로 변환시키는 움직임은 이미 16세기 초부터 시작되었고, 지주 귀족들에 의해 강요된 이런 변화가 농민들에게 가져다준 피해와 고통으로 말미암아 노스햄튼, 레스터, 워릭 등 여러 지역에서 소요와 분란이 발생했음을 역사적 기록이 보여주고 있다.[325]

이울러 이 작품은 자신이 속한 '공동체와 불화하는' 주인공을 다룬다는 점에서 비극적 인간관의 가장 본질적이고 유서 깊은 원형을 재현하고 있다. 왜냐하면 서양에서 비극적 인간의 탄생을 알리는 호메로스의 『일리아스』의 주인공 아킬레우스부터 자신의 공동체와 불화하여 적대관계에 들어가는 인물이기 때문이다. 그리고 실제 역사에서도 고대 그리스 시대부터 사회와 불화하는 유명한 인물들이 여럿 있었고, 이 작품의 원전인 플루타르코스의 『대비 열전*Parallel Lives*에서 코리올레이너스(본명은 카이어스 마르시어스이나 나중에 볼스키 인들의 도시 코리올리를 정복한 이후 '코리올레이너스'로 불림)와 짝을 이루어 작가가 다룬 고전기 아테나이의 알키비아데스도 역시 그러하다. 소크라테스의 제자이기도 했던 알키비아데스는 그보다 시대적으로 조금 앞선 테미스토클레스와 더불어 가장 잘 알려져 있는 '망명객'이다.[326]

---

324 Mehl, p.179.

325 Harrison, p.229.

326 조국과 불화한 고대 그리스인들로서 히피아스와 데마라토스도 유명하지만 조국을 배신하여 적국 편에서 싸운 인물로서는 알키비아데스가 가장 노골적인 배신자로 알려져 있고, 그가 '독선적 에고이스트'란 점도 코리올레이너스와 비슷하지만 유사성은 거기서 끝난다. 왜냐하면 알키비아데스는 코리올레이너스가 가진 고지식한 솔직성과 휴머니티가 부족하거나 결여되어 있었다는 평가를 받기 때문이다. 정치 투쟁에서 패배하여 조국과

작품의 주인공 코리올레이너스는 로마 문명이 이제 막 동트기 시작한 여명기의 실존했던 로마의 장군이며 앞서 말했듯이 플루타르코스에 의해 『열전』에 자세하게 기록되어 있는 인물이다. 플루타르코스는 코리올레이너스가 비상한 용기와 기백뿐 아니라 정직하고 고결한 마음씨를 갖고 있었으나 과부였던 모친에 의해 로마적 애국심에 관한 과도하게 기울어진 양육을 받았다고 한다. 그의 가장 큰 성격적 결함은 역시 플루타르코스에 따르면 정상적인 교육의 부재로 인해 외골수의 성향을 가짐으로써 타인들과 원만한 관계를 맺지 못하는 것이었다. 비록 귀족들 가운데는 그를 좋아하는 사람들이 있었지만 그의 성격적 오만함과 인내심의 결여로 말미암아 평민들에게 인기가 없었고 급기야는 그들의 배척을 받아 로마를 떠나 적국에 투항하고 적국 군대와 함께 조국을 침범하는 일마저 불사하였다고 한다.

주인공의 성격화와 작품의 중심적 모티프

작품에 처음 등장할 때 카이어스 마르시어스(즉 코리올레이너스)는 볼스키 인들의 코리올리 시를 침공할 때 부하들이 모두 후퇴하려 하나 단신으로 성안으로 뛰어들어서 고군분투함으로써 결국 휘하 군사들을 고무독려鼓舞督勵하여 성을 함락시키는 맹활약을 보여준다. 그는 겁을 모르는 용기와 더불어 탁월한 지도력을 지닌 영웅이다. 아울러 그는 숭고하고 정직한 성품과 더불어 따뜻한 인간미도 겸하고 있어서 코리올리를 정복한 뒤 자신이 전에 신세를 진 코리올리 인을 찾아내 노예의 처지에 떨어

척을 지고 적국에 투항한 인물로서 가장 거물은 2차 페르시아 전쟁의 승리를 아테나이에 가져다준 테미스토클레스이다. 그러나 그는 자신을 받아들인 페르시아가 다시 아테나이를 공격하려 할 때 가담하지 않고 자살했다는 일설이 있을 만큼 코리올레이너스와는 비슷하면서도 다른 인물이다.

지지 않도록 구원해주려는 모습도 보여준다.[327]

그러나 그는 유감스럽게도 브래들리가 말하듯이 "커다란 어린아이" 혹은 20세기 초의 저명한 평론가인 윈덤 루이스가 지적했듯 마치 "퍼블릭 스쿨 졸업생 같은" 심각한 '성격적 미숙성'을 지니고 있다.[328] 즉 그는 자신의 격정적이고 강렬한 성격으로 말미암아 누군가 조금이라도 자신의 도도한 자존감을 자극하거나 도발하면 폭발적 분노로 비화飛化시키는 인간이다. 그는 이른바 '폭발성 성격장애'라고 부를 수 있는 미숙하고 발달장애적인 성격을 지니고 있는 것이다. 플루타르코스는 그가 도무지 합리적 대화와 소통능력이 없었다고 했는데 셰익스피어는 주인공의 이런 점을 작품을 통해 탁월하게 형상화시키고 있다. 그러나 우리는 작품을 통해 주인공의 성격화가 단순하게 격정적이고 폭발적이라는 일면적 이해로 그쳐서는 안 되고 그가 지니고 있는 일관성과 충직성 그리고 근본적 휴머니즘을 함께 고려해야 한다. 즉 그는 평자 노먼 랩킨이 말하듯이 '사회생활에서의 치명적 서투름'이란 증세를 앓고 있으나,[329] 이는 그의 친우 미니니어스가 "그는 이 세상에서 살기에는 너무나 고귀한 성품을 지닌 사람이요. 바다신이 삼지창을 준다 해도 하늘신이 번개 쓰는 비법을 가르쳐준다 해도 그는 결코 아첨하지 않을 사람이요"라고 하듯이 서투름은 그가 지닌 본유적인 숭고함의 다른 표현으로도 볼 수 있기 때문이다.[330]

---

327 I.x.81-6.

328 A. C. Bradley, *A Miscellany*, 88; Wyndham Lewis, *The Lion and the Fox*, p.202.

329 Norman Rabkin, *Shakespeare and the Common Understanding*, p.140.

330 III.i.255-8.

'변덕스러움'으로 나타나는 민중의 저열성

이 작품은—소크라테스의 『변론』과 함께—대중 민주주의의 단점을 애기할 때 자주 예로 들 만큼 민중들이 보이는 '군중심리'의 문제점을 드러내는 것으로 유명하다. 셰익스피어뿐만 아니라 당대의 식자들이—앞서 고대 아테나이의 소크라테스와 플라톤이 그랬듯이—민중의 심리와 속성에 대해 갖는 비판적 편견은 일반적이어서 셰익스피어의 로마나 그리스를 배경으로 한 고전극에서 민중은 사뭇 부정적으로 묘사될 따름이다. 이는 18세기 이후 계몽사상에 의한 '근대적 각성'이 발생하기 전에는—극히 일부의 예외적 작가와 작품을 제외하면—보편화된 현상이었다. 가령 셰익스피어와 거의 동시대의 대표적 문필가(겸 의사)인 토머스 브라운은 "민중은 이성과 미덕과 종교의 거대한 적이 되기 쉽고, 그들이 일단 혼돈스런 모습으로 모이면 하나의 거대한 짐승이 되기 쉽다"고 말하고 있는 것에서도 볼 수 있다.331 작품 가운데 평민들의 "분노는 마치 거세게 흘러가는 강물 같이"라는 표현은 마키아벨리가 『군주론』에서 "분노하는 군중은 걷잡을 수 없는 강물과 같다"고 말한 것과 똑같은 것이다.332 코리올레이너스는 평민들을 "불평 많은 악당들, 몸의 상처 같은 것들, 똥개들, 토끼들, 거위들, 부스러기들, 쥐 떼들" 등으로 부른다. 평론가 해리슨에 따르면 셰익스피어 당대의 런던 군중의 변덕스러움 또한 악명 높고 믿을 수 없을 정도였다고 말한다. "그들은 용감한 에섹스 경을 하늘 높이 치켜세웠다. 그러나 그가 권력의 눈밖에 벗어나 정작 그들의 도움을 원하자 뚱한 표정으로 외면하였다. 그러다가 그가 정말로 처형되자 그의 사형집행인을 잡아다가 집단 폭행을 가해 거의 죽게 만들었다. 그들은

331　Holloway, p.125. 재인용.

332　『군주론』, 25장.

엘리자베스 여왕이 나타나면 늘 환호성을 질렀다. 그러나 그녀가 죽던 날 그들은 환희의 횃불을 켜서 높이 들어 올렸다. 그들은 월터 롤리 경을 한때 비난하고 욕했지만 그가 자신의 재판정에 당당히 나타나자 즉시 그를 용서하며 환호했다."[333] 결론적으로 말해, 민중에 대한 셰익스피어의 견해를 코리올레이너스가 곧장 대변한다고 말할 수는 없겠지만 그는 분명히 당대의 지각 있고 사유하는 인간이 민중에 대해 갖고 있을 법한 일반적인 생각을 전해준다고 할 수 있다.

모친의 영향력과 지배에서 결코 벗어나지 못하는 주인공

이 작품에서 코리올레이너스의 근본적인 문제는 그가 모친의 영향과 지배로부터 한 번도 결코 자유롭지 못하다는 점이다. 평론가 케네스 뮈어는 코리올레이너스의 모친 "볼럼니아는 자신의 모성애를 도착倒錯된 애국주의로 왜곡시킨 여인"이라고 말한다.[334] 그가 어린 소년이었을 때 여니 어머니라면 자식과 떨어지기 싫어할 때 그녀는 아들을 격려하여 전장에 보내 전투에서 사내다움을 보이라고 그의 등을 떠밀었다.[335] 그녀는 자식이 장성하여 결혼한 후에도 그가 침실에서 자신의 아내를 품는 것보다 전쟁에 나가 전투에 참가하기를 원한다고 하며, 그녀는 "아들의 몸에 난 상처를 보는 것이 가장 즐겁다"고 말할 만큼 어찌 보면 피에 굶주려 있는 여인으로 보이는 것이다.[336] 그녀 자신이 당대 로마의 지배이데올로기—'조국을 위해 죽는 것은 감미롭고 온당하다*Dulce et decorum pro patria*

---

333 Harrison, p.232.

334 Muir, p.179−80.

335 I.iii.5−10.

336 II.i.113−48.

mori'—를 내면화시킨 희생양적 인물이다.[337] 이렇게 그녀는 아들에게 광신적 애국주의를 불어 넣었고 또 모친에 대한 효성과 조국에 대한 충성을 동일시하게 만들었다. 한마디로 볼럼니아가 아들에게 주입시킨 것은 전사로서의 '용맹함,' 로마에 대한 '애국심,' 그리고 귀족으로서의 '자긍심'(이는 평민에 대한 경멸감과 동전의 앞뒤이다)이다. 이들의 유별난 심정적 유대는 코리올레이너스로 하여금 번번이 모친의 말에 순종하여 자신의 뜻을 굽히게 만든다. 그러나 그 결과는 매번 그 자신에게는 파멸적 효과를 가져다준다. 작품의 종말 부분에서 모친의 회유(혹은 강권)에 대해서 코리올레이너스가 한 마지막 동의는 동시에 그의 가장 깊은 본성인 '휴머니즘의 반응'으로 보아야 하겠지만, 이것이 결국 그의 파멸을 가져온다. 아울러 그의 이런 휴머니즘은 모친에게서 물려받은 것이 전혀 아니다.

코리올레이너스, '호민관'으로 대표되는 민중, 그리고 볼럼니아

극이 시작하여 코리올레이너스가 뛰어난 군사적 능력을 발휘하여 코리올리 성을 정복하고 2막에서 로마로 귀환하자 그를 처음 맞이하는 것은 모친 볼럼니아이다. 그녀는 "나의 소원이 성취되고 꿈이 실현되었다. 그러나 아직 한 가지 부족한 것이 있으니, 그것도 로마가 너에게 반드시 주게 될 것이라"고 말한다.[338] 이런 모친의 야심과 허영에 찬 말을 듣자 코리올레이너스는 "저는 다른 이들의 의사를 받드는 통치자가 되느니 차라리 제멋대로 살면서 봉사하는 인간이 되겠습니다"라고 대답한다.[339] 여기서 우리는 볼럼니아는 자식이 어떤 인간인지 모르고 있지만 코리올

337　원전은 호라티우스의 『송가*Odes*』, III.ii.130.

338　II.i.186−9.

339　II.i.190−1.

레이너스는 '자기 인식'을 분명히 지니고 있다는 것을 보게 된다. 그는 자신이 잘 할 수 있는 일과 그렇지 못한 일을 구별하고 있는 것이다. 그러나 그는 곧 원로원에 의해 모친이 원하는 마지막의 소원인 집정관의 자리에 추대된다. 그런데 그는 또한 자신이 잘 하지 못할 것을 예상하고 집정관이 되기 위한 마지막 관례적 절차를 생략해 달라고 말한다. 즉 "헤어진 넝마를 입어 거의 알몸을 드러내고 더구나 상처를 군중들에게 보여주면서 애걸하는" 짓은 차마 못하겠다는 것이다.[340] 이 말을 듣고 평소에도 그의 오만함을 증오하던 두 명의 호민관들은 그가 집정관이 되면 그들 스스로가 누리던 민중에 대한 권력이 사라질 것을 우려하여 어떻게든 그를 낙마시키기로 한다. 그의 관례의 생략에 대한 요구는 거부되고 그는 군중 앞에 서서 자신의 집정 취임을 승인해 달라고 시민들에게 요청한다. 그러나 2막 3장에서 그가 하는 '요청의 말'에는 극도의 야유와 빈정거림이 숨김없이 느껴진다. 그는 요청의 말은 하지만 동시에 옷을 벗고 상처를 보여주는 것은 자존심이 허락하지 않는다며 거부하는 것이다. 시민들은 마지못해 그의 취임에 동의하면서도 그의 말에 담겨 있는 오만한 태도를 보고 내심 동요하기 시작한다. 이때 호민관들이 등장하여 시민들을 향해 왜 시킨 대로 하지 않고 그를 선출하는데 동의했느냐고 야단치며, 시민은 모든 절차의 이행을 요구할 권리를 갖고 있다고 말해 준다.

3막이 시작하면 새로 집정으로 추대된 코리올레이너스가 가는 길을 호민관들이 막아서고 그에게 민중들이 그를 선출한 것을 취소시키고 싶어한다고 말한다. 호민관들은 코리올레이너스 같이 성 잘 내는 인간을 흥분시키기는 식은 죽 먹기처럼 쉬운 일이라는 것을 잘 알고 있다. 그 말을 듣고 코리올레이너스는 "내가 어린아이들의 장난을 보았단 말인가"라고 격노한다. 그는 나아가서 "그놈들의 앙탈을 받아준다는 것은 곧 반란

340　II.ii.134-5.

과 불손과 폭동 같은 잡초를 더욱 키워 원로들을 해치는 일이 될 것이다. 우리의 고귀한 사회에 그놈들을 끼워 넣는 것은 그 잡초들의 씨를 손수 뿌리고 심은 셈이 되었다"고 민중을 매도罵倒하는 말을 쏟아낸다.341 이 말을 듣고 호민관 브루터스는 그는 민중을 같은 약점을 지닌 인간으로 대하는 것이 아니라 마치 자신은 천벌을 내리는 신처럼 군다고 비난한다. 호민관들은 민중을 불러 모아서 기어코 폭동을 사주하고 선동한다. 결국 폭도로 변한 민중은 호민관들의 선동에 흥분하고 격양된 나머지 코리올레이너스를 사형에 처하라고 외친다. 이 말을 듣고 다시 격분한 코리올레이너스는 칼을 뽑아들고 대항하려 하지만 그의 친구들이 만류하여 그를 데리고 떠난다.

이제 상황은 갑자기 역전되었고 코리올레이너스는 집정관 당선자의 신분에서 민중의 적이며 사형선고를 받은 처지가 되었다. 여기서 극은 일대 전환점을 맞이한다. 양측은 일종의 교착 상태에 빠지고 어느 쪽도 양보할 생각이 없어 보인다. 이럴 때 그가 믿고 의지할 수 있는 유일한 조언자인 모친의 의견을 구하려는 것은 당연한 순서이다. 볼럼니아는 보다 현실적이고 세속적 야망을 지닌 여인답게 아들에게 출세를 위해서는 즉 권력을 얻기 위해서는 때로 몸을 굽히는 것도 필요하다고 타이른다. 그러나 그는 그럴 생각이 전혀 없다. "어머니는 왜 저보고 더 온순한 사람이 되라고 말하십니까? 제 본성에 거짓된 인간이 되라는 말씀입니까? 차라리 저답게 사내답게 살라고 말해 주십시오."342 모친이 다시 "약간만 비위를 맞춰주면 그놈들의 호의를 얻게 된다"고 하자 "비굴한 매춘부의 혼을 지니고 적선 받는 거지처럼 몸을 구부리는 짓은 못하겠다"고 선

---

341 III.i.37–41.

342 III.ii.14–6.

언한다.[343] 모친은 "네 용기는 나의 것이지만 네 오만함은 오직 네 것이니 마음대로 하라"고 일갈하고 자리를 뜬다. 이 말에 결국 코리올레이너스는 마음을 돌려먹고 의사당으로 간다. 다시 호민관들과 그들이 이끄는 민중을 만난 그는 "어찌하여 만장일치로 자신을 집정으로 뽑아놓고 금방 그것을 다시 취소하여 이런 창피를 주는가" 항의한다. 호민관은 다시 그를 도발하기 위해 그가 홀로 전권을 휘두르는 독재자가 되었으니 민중에 대한 '반역자'라고 힐난한다. 이는 터무니없는 모욕적인 말로 그를 격분시키려는 의도에서 나온 것이다. 그는 예상대로 반역자라는 말에 완전히 이성을 잃는다. "민중들은 모두 지옥에 던져져라. 뭐라고 내가 반역자라고? 네 이 악랄한 호민관 놈아"라고 미친 듯 악을 쓴다.[344] 그는 결국 덫에 걸린 것이고, 이런 그의 모습을 보고 호민관 시시니어스는 민중의 이름으로 코리올레이너스를 추방령에 처한다고 선언한다. 코리올레이너스 역시 격분한 나머지 지지 않고 "네놈들에게 사랑받는 것은 주위의 공기까지 더럽히는 땅바닥의 시체에게 붙잡히는 것과 같으니 나부터 너희들을 추방하겠다. 나는 이제 네놈들이 사는 도시를 멸시하면서 이렇게 등을 돌리고 간다. 여기 말고도 세상은 있다"라고 절규한다.[345]

코리올레이너스가 추방되는 것은 필연적이고 불가피한 인과적 사태의 전개이다. 호민관들은 그를 반역자라고 부름으로써 진짜로 그를 어이없이 반역자로 만든 것이다. 관객은 코리올레이너스가 자신을 부당하게 조롱하고 모욕한 도시를—비록 그것이 조국일지라도—응징하기 위해 볼스키 인들을 찾게 만든 것은 바로 호민관들과 민중이라는 느낌을 갖게 된다. 비열하고 야비한 호민관들에게 분노한 나머지 그들의 계략에 넘어가

---

343 III.ii.112-5.

344 III.iii.68-9.

345 III.iii.120-4; 132-5.

서 제 무덤을 제가 판 격이 된 코리올레이너스에 대해 우리는 안타까움을 금할 수 없고, 그가 "내가 너희를 추방한다"고 외치고 떠날 때는 그에 대해 일말의 공감을 느끼지 않을 수 없다. 해리슨이 말하듯 코리올레이너스가 "그의 적들보다는 더 위대한 인간이라는 것을 부인하기 힘들기" 때문이다.346 그러나 이런 사태의 전개는 코리올레이너스의 성격, 모친의 영향력, 호민관과 민중의 도발이란 세 개의 '부정적인' 요소들이 결합하여 이루어진 자연스럽고 불가피한 결과로 보인다.

4막에서 코리올레이너스는 오피디어스를 만나서 자신은 두 가지 소망밖에 없는 데 그 하나는 오랜 적(즉 오피디어스)에 의해 죽음을 당하는 것이고 다른 하나는 자신을 모욕한 로마에 복수하는 것이라고 말한다. 오피디어스는 마치 적에게도 공평한 기회를 제공하는 전문적인 운동선수들이 '스포츠맨십'을 발휘하듯이―그러나 실은 로마를 정복하기 위한 일석이조의 수단으로 써먹기 위해―숙적인 그를 열렬히 환영한다. 그러나 이 장면은 "너무 갑작스레 화해가 이루어지며 심리적으로 설득력이 매우 부족하다"는 평자들의 지적이 더 설득력 있어 보인다.347 그러나 플루타르코스 원전이 그러하고 또 플롯 상으로도 불가피한 사태의 전개인 것은 사실이다. 하지만 그의 로마로의 진군이 개인적인 원한과 분노를 해소하기 위한 감정적 행동에서 비롯된 것인 이상 진군 이후에 그가 자신의 옛 동료와 친우들이 찾아와 설득하는 것을 물리치는 것은 당연하다고 볼 수 있다. 그런데 모친 볼럼니아가 찾아와 아들 앞에서 무릎을 꿇는 일이 벌어질 때 이는 사태의 전환점의 구실을 한다. 그녀는 자신이 쓸 수 있는 모든 방법을 다 쓰는 것이고, 이는 예상된 효과를 즉시 불러일으키게 된다. 그녀는 코리올레이너스의 어린 아들까지 동원한다. 그리고 자식이

---

346   Harrison, p.224.

347   Mehl, p.195; Larry Champion, *Shakespeare's Tragic Perspective*, p.235.

자신의 말을 들으려 하지 않는다면 이는 오직 그가 '고집 세기' 때문이라고 말한다. 그는 모친의 뜻을 차마 꺾지 못하여 경청하겠으나 동시에 오피디오스도 같이 듣게 하겠다고 말한다. 셰익스피어는 이 장면에서 토머스 노스의 플루타르코스 번역본을 글자 그대로 옮겼다고 한다.[348] 모친은 그가 로마인들과 볼스키 인들 사이의 싸움이 아니라 '화해'의 역할을 하여 양측의 감사를 얻어내라고 설득한다. 그가 자신의 얘기가 다 끝날 때까지 전혀 대꾸를 하지 않고 묵묵부답인 것을 보자 그녀는 자식의 가슴에 못을 박는 얘기를 하고 자리를 뜨려 한다. "자, 이제는 돌아가자. 저 자는 어미가 볼스키인이고, 그 처는 코리올리 인임이 틀림없다. 그리고 그의 자식은 우연히 그와 닮은 아이일 뿐이다. 그럼 나는 돌아가서 로마가 불타기까지 아무 말도 않겠다."[349]

그는 이제 완벽한 딜레마의 상황 속으로 들어간다. 그는 자신의 본성(에토스)이 요구하는 소리와 자신 안의 또 하나의 소리 즉 '자연의 소리'라고 부를 수 있는 '인간 본성(휴머니티)'의 요구 사이에 끼어 있는 것이다. 그는 여기서 개인적인 충동과 그 만족을 위한 복수가 아니라 가족과 동포들에 대한 인간적 유대와 충직성을 더 위에 놓는 결단을 내리기로 한다. 한편 그런 그의 고뇌의 모습을 보며 겉으로는 공감과 동정을 표시하던 오피디어스는 내심 이 기회가 자신의 오랜 숙적에 대한 승리를 위해 절호의 기회로 만들 수 있음을 깨닫고 회심의 미소를 짓는다. "(방백) 옳지, 네 마음속에 자비심과 명예심이 충돌하기 시작했구나. 나는 이를 이용해서 기왕의 빚을 받아낼 테다."[350] 코리올레이너스가 로마를 살리라는 모친의 요청을 들어주기로 한 순간 오피디어스는 이 로마인의 가장

---

348 Harrison, p.248.
349 V.iii.177−81.
350 V.iii.200−2.

관대한 행동이 그의 가장 확실한 파멸이 될 것이라는 것을 명백히 보여
준 것이다. 이렇게 상대의 약점을 이용해 자신의 사적 욕망만을 충족시
키려 한다는 점에서 그는 코리올레이너스와는 근본적으로 다른 인간으
로서, 작가에 의해 '포일foil'로 창조되었음을 알 수 있다. 오피디어스는 코
리올레이너스라면 결코 받아들이지 않을 일도 기꺼이 할 만큼 무원칙하
고 기회주의적 인간이며, 이런 그의 비인간적인 교활함과 대조하여 코리
올레이너스는 비교할 수 없을 만큼 더 위대한 인간으로 나타나게 된다.
그가 자신의 복수욕을 억누르고 '자연의 소리'에 충실한 결단을 내리기로
하는 것은 그를 딜레마의 상황에서 '비극적 결정'을 하는 '비극적 영웅'으
로 만들기에 부족함이 없다. 평자들도 어떤 독자나 관객도 그가 다른 결
단을 내리기를 희망하지 않을 것이라고 말한다.[351]

그런데 정작 문제는 코리올레이너스가 볼스키인들에게 돌아와서 성공
적인 강화講和를 체결했노라고 설명(차라리 자찬)하자 오피디어스가 돌변하
여 코리올레이너스는 "대승大勝이 눈앞에 다가왔는데 그것을 포기한 역
적"이라고 소리 높여 규탄하는 데서부터 벌어진다. 역적이란 말을 듣자
코리올레이너스는 격분하며, 이어서 오피디어스가 그의 화를 더욱 돋우
기 위해 "이 훌쩍이는 꼬마야"라는 모욕을 퍼붓자 그만 정신 줄을 놓고
다음과 같이 소리친다. "볼스키인들아. 자 나를 토막토막 잘라 죽여라.
어른이고 아이고 모두 덤벼들어라. 내 몸에 칼날을 한번 적셔보란 말이
다. 뭐, 나를 꼬마라고? 이 거짓말쟁이 개 같은 놈아!…… 너희 연대기에
씌어 있듯이 내가 이 코리올리에 쳐들어와서 마치 비둘기장에 들어온 독
수리처럼 너희 볼스키인들을 허겁지겁 도망치게 만든 사람이다. 그것도
모두 나 혼자서 한 거란 말이다. 그런데 뭐 꼬마라고?"[352]

---

351 Mehl p.199; Harrison, p.251; Champion, p.236.
352 V.vi.111-6.

자신의 성격적 결함을 노리고 한 오피디어스의 도발에 또다시 넘어간 주인공에 대해 우리는 어떻게 생각해야 하는가? 도무지 그는 자신이 대면하고 있는 집단의—그것이 로마의 민중이건 자신이 투항한 볼스키인들이건—정체성과 그것의 감수성 및 자존감에 대한 고려가 전혀 없다. "나 혼자 한 거란 말이다"[353]라는 말보다 더 코리올레이너스의 맹목적 오만함과 어리석음을 특징적으로 보여주는 말은 없다고 평자들도 말한다.[354] 로마에 대한 복수심을 접고 화해를 이루어낸다는 그의 최후의 결정은 앞서 보았듯이 인간적이고 이타적인 '살신성인'의 선택이며 우리로 하여금 그를 '비극적 영웅'으로 보아서 부족함이 없도록 만들었다. 그러나 그가 마지막에 스스로의 성격적 결함으로 인해 또다시 자신을 파멸의 구렁텅이에 던져 넣는 것을 목격하고 우리는 '망연자실'한 가운데 그의 최후를 '애도하게' 될 따름이다. 그의 최후는 자업자득적인 '패배의 서사'의 주인공다운 면과 '집단의 희생양'(혹은 '속죄양') 식으로 갈기갈기 찢겨 죽는 '스파라그모스sparagmos'적 죽음이라는 양면성을 띠고 있다. 이는 마지막에 "그를 죽여라, 죽여라, 죽여라, 죽여라"라는 살해자들의 발작적으로 거듭되는 외침 소리와 함께 극이 끝나는 것으로 드러난다.[355] [356]

그의 죽음의 장면은—무대 밖에서 살해되는 맥베스와도 달리 무대 위에서 벌어지며—전혀 존엄이나 품격이 없는 신속하고 허망한 죽음이다. 또 그처럼 도륙屠戮되듯 죽는 맥베스에게도 여러 번에 걸친 심오한 자기 성찰과 독백의 기회는 주어졌다. 그러나 그에게는 오직 적대자인 오피디오스가 마지막에 "숭고한 인간답게 장례 지내자"는 말이 전부이며, 이 말

---

353 V.vi.116.

354 Mehl, p.200.

355 V.vi.129.

356 이런 '스파라그모스'적 죽음은 그리스 비극에서 특히 에우리피데스의 『박코스의 여신도들』에 나오는 펜테우스의 죽음과 같이 집단적 광기에 빠진 인간들에 의해 짐승처럼 살육되는 것을 가리킨다.

은 듣는 관객에 따라 뉘앙스가 다르게 해석될 것이 분명하다. 어떤 평자가 말했듯이 '소년'과 '숭고한 영웅' 사이의 불일치는 끝까지 해소되지 못하였고, 그 까닭에 이 극은 셰익스피어가 쓴 극 중에서 가장 "어둡고 암울하며 괴로운" 극으로 남게 되었다는 평가가 대세를 이룬다.[357] 그러나 다른 편에는 "문학에 나타난 가장 숭고한 인물"이라는 정평 있는 『케임브리지 문학사』에서의 평가도 있고, 20세기 영국 최고의 시인 중 한 명인 T. S. 엘리엇은 셰익스피어의 최고의 걸작이라는— 다소 의외의— 평을 내렸다.[358] 어쨌든 선의를 지니고 살아간 근본적으로 고귀한 성품의 인간이 자신의 부정적인 성격적 결함을 결국 극복하지 못하여 파멸하고 말았다는 것은 끝내 우리의 마음에 애석함과 연민의 정을 품게 만든다. 아울러 우리는 브래들리가 말했듯이 극이 끝난 후 그가 사라진 세상에서 "삶은 갑자기 위축되었고 빈약해졌으며, 코리올레이너스가 아니라 왜소한 피그미들을 위한 터전으로 되었다"는 것 또한 —비록 전폭적으로는 아니나마— 공감하게 된다.[359] 그러나 주인공에 대한 애석과 연민의 감정이 그에 대해 우리가 갖는 긍지와 고양의 감정보다 웃돌 때 우리는 비극이 아니라 '패배의 멜로드라마'를 갖게 된다. 그리고 나쁜 점보다 좋은 점이 훨씬 더 많은 코리올레이너스 같은 인물이 값없이 파멸하는 세상은 앞서 『리어 왕』에서 리어의 경우가 그렇듯이 '정의롭지' 않다는 생각 또한 이 작품을 패배의 서사 쪽으로 밀어낸다. 주인공은 가령 브루터스의 자결처럼 자신만의 '정의'를 자신의 힘으로 세울 수 있는 기회조차 빼앗겼기 때문이다.

이렇게 셰익스피어의 마지막 비극은 비극이 아니라 패배의 멜로드라

---

357 Mehl p.201; Champion, p.237; Rabkin, p.144.

358 T. S. Eliot, *Selected Essays*, p.124.

359 Bradley, p.84.

마이다. 이는 그리스 아테나이의 고전기의 마지막을 장식하는 에우리피데스의 『트로이아의 여인들』과 『박코스의 여신도들』 같은 말년작들이 비관과 염세의 색채가 짙어지는 것과 같다고 할 수 있다. 평자들이 지적하듯이 셰익스피어 비극의 후기작들에서 공통으로 나타나는 것도 인간에 대한 뿌리 깊은 경멸감과 세계에 대한 어찌할 수 없는 환멸감이다.[360] 『코리올레이너스』보다 한 해 전에 쓴 『아테나이의 타이몬 *Timon of Athens*』의 주인공은 인간의 배은망덕함에 절망한 나머지 세상에서 멀리 떨어진 바닷가에 자신의 무덤을 만들겠다는 소망을 드러낸다. "그대의 무덤을 바닷가에 만들라. 그래서 바다의 흰 거품이 그대의 묘비석을 매일 때리는 곳에 누워있으라"[361] 돌이켜보면 인간에 대한 환멸은 이미 초기작인 『줄리어스 시저』에 등장하는 민중의 변덕스러움에 대한 작가의 신랄한 묘사로부터 시작한다고 볼 수 있다.

11. 셰익스피어 비극의 결산決算과 그의 말년작

셰익스피어의 비극 세계를 마무리하며 잠시 돌이켜보면 본격적 비극의 시작인 『줄리어스 시저』에서 주인공 브루터스는 공화정을 수호한다는 일념을 품고 시저를 암살한다. 그러나 고귀하고 순수한 성품의 인간이 본유적으로 지니기 쉬운 결함인 맹목과 자기 확신으로 인해 세속적인 책략가(마키아벨리안)인 앤토니의 반격을 당하게 되고 궁지에 몰린다. 그러나 최후의 일전을 마다하지 않고 싸우다 결국 패배를 맞이하고서 장렬하게 자살한다. 다음으로 『햄릿』에서 역시 근본적으로 고귀한 성품을 지니고 있으나 부패하고 타락한 세상과 정면 대결하기에는 너무 사색과 배

---

360   Walter Kaufmann, *From Shakespeare to Existentialism*, p.12; Muller, p.168.
361   『아테나이의 타이몬』, IV.iii.367-9.

려가 많은 햄릿은 결정적인 행동의 순간을 놓치고 오히려 수세에 몰리게 된다. 그러나 그는 목숨이 오락가락하는 현실의 경험들을 겪게 되고 이를 통해 세상만사는 노심초사한다고 해결되는 것은 없고 오직 어떤 '기탄없고 거리낌 없는' 마음으로 대해야 할 따름이라는 깨달음을 얻게 된다. 그는 극의 끝에서 자신에게 주어진 마지막 복수와 응징의 기회를 놓치지 않고 주저 없이 클로디어스를 처단함으로써 '목적→수난→인식'이라는 비극적 주인공의 원형적 패턴을 보인다. 이 극은 셰익스피어가 창조한 최고의 비극으로 남아 있고 그런 까닭에 '오늘날에도 전 세계 800개 넘는 도시에서 돌아가며 공연되는 극'이 되었다.[362] 『오셀로』에서의 오셀로도 역시 고귀한 면이 있으나 강렬한 감성에 비해 너무나 제한된 안목과 사유의 폭을 지닌 인물이며 그런 점에서 자업자득적인 종말을 맞이한다. 단지 그는 자신의 과오를 인식하고 자기 처벌을 통한 정의를 수립하는 점에서 그의 최후는 비극의 크기와 높이를 지닌다. 셰익스피어의 마지막 비극으로 볼 수 있는 『맥베스』에서 맥베스는 기백과 용기는 있으나 세상의 악에 심각하게 오염된 인물이다. 그러나 그는 악의 화신이 되기에는 너무나 인간의 자연적 본성의 흔적과 자취를 지닌 결과 자신의 행위에 대한 냉철한 자기 인식에 도달한 가운데 최후를 맞이한다. 『리어왕』에서 리어는 비록 악의는 전혀 없었을지라도 심각한 자기도취에 빠져 있을 뿐 아니라 인간사에 대한 맹목과 무지로 인해서 엄청난 고통과 박해를 자초한다. 그러나 그는 자신의 부덕不德과 우행愚行이 초래한 연옥煉獄과 같은 시련을 거침으로써 자기 인식과 더불어 겸양과 관용의 미덕을 배운다. 그러나 극의 최후는 그런 미덕 따위에는 무관심하고 우연이 횡행하는 세상사 앞에서 절망한 주인공의 허망한 파멸로 끝난다. 『코리올레이너스』의 주인공 역시 비록 충천하는 기백과 숭고한 신념을 지니고

---

362 『한겨레 신문』, 2024.11.4., 20쪽 문화면.

있지만 기회주의적이고 영리한 처세가들이 판치는 세상에서 살아가기에는 너무나 단순하고 무력하다. 그의 장점은—그의 미숙한 성격과 세상에 대한 맹목이라는 그의 단점으로 인해—오히려 그에게 양날의 칼처럼 불리하게 작용하여 그의 성공을 가져온 것만큼 신속하게 그의 파멸도 가져온다. 리어나 코리올레이너스는 세상과 더불어 비극적 투쟁을 벌이기보다는 처음부터 패색이 완연한 싸움을 벌이며 결국 속죄양 같은 죽음을 맞이한다.

이렇게 셰익스피어는 '비극'으로 분류되는—우리가 다루지 않은 초기작 『타이터스 앤드로니커스』와 후기작 『안토니와 클리어패트라』를 포함해—열 편 남짓한 작품들 중에서 네 편의—『줄리어스 시저』, 『햄릿』, 『오셀로』, 『맥베스』—빼어난 비극을 산출하였으나 이후 '비극적 긴장'은 무너지고 비관적이고 염세적 비전이 농후한 세 편의 '패배의 멜로드라마' 『리어 왕』, 『아테나이의 타이몬』 그리고 『코리올레이너스』를 썼다. 363 그의

---

363 『안토니와 클리어패트라』가 논의에서 생략된 이유는—혹자에 따라서는 셰익스피어의 가장 위대한 비극 중의 하나라고 주장하는 가령 T. S. 엘리엇 같은 평자도 있으나—필자가 보기에 이 작품은 셰익스피어의 나머지 대작들과 같은 반열에 도저히 놓일 수 없는 작품이라고 생각되기 때문이다. 이 작품은 『햄릿』, 『맥베스』, 『오셀로』와 같이 셰익스피어 비극의 공통된 주제인 선과 악의 대립 및 선의 패배와 악의 승리와 같은 보편적이고 심오한 주제를 다루지 않으며, 앨프레드 하비지가 말하듯이 바람기 많은 중년 남녀의 아름답다고만 보기 힘든 사랑(차라리 '정념')이라는 협소하고 제한된 주제를 다룰 따름이다.(Alfred Harbage, *A Reader's Guide to William Shakespeare*, p.436) 그러나 더 큰 불만은 주인공 안토니가 극 중에서 보이는 주저와 실책이 너무 설득력이 떨어지고 그 결과로 플롯의 개연성이 크게 허술하게 되었다는 점이다. 안토니가 옥타비우스와 벌이는 두 번의 전투에서 보이는—클리어패트라의 배신으로 인한— 거듭된 치졸하고 어리석은 판단의 결과로 맞이하는 어이없는 패주는—비록 역사적 사실에 근거한 것일지라도 예술 작품으로서의— 극의 개연성을 심각하게 훼손한다. 작품에서 계속 강조되는 '위대한' 안토니는 극 중에서 위대한 '행동'을 보여주지 않으며, 그의 죽음조차도 오해와 불운의 결과에 따른 것인 만큼 숭고함이 없다. 로이벤 브라우어가 말하듯이 '비극적 위대함'에 본유적으로 따르는 '파괴성'은 보여주지만 '위대성'은 매우 의심스럽다고 할 밖에 없다.(Reuben A. Brower, *Hero and Saint*, p.353.) 그 까닭은 클레오파트라는 '숭고하지만 믿을 수 없는' 여인이고 안토니는 '영웅인 동시에 어릿광대'[buffoon]라는 모순적인 양면성을 갖는 인물들로 성격화되었다는 데에서 유래한다.(Mangan, p.213.) 결론적으로 이 극은 셰익스피어 극 중에서 가장 길며 액션이 벌어지는 장소도 당대의 로마 판도 전체를 포괄하는 등 규

작가 생활의 말년은 『페리클레스』, 『심벨린』, 『겨울 이야기』, 『폭풍우』 네 편의 낭만적이고 환상적인 '로맨스'의 세계로 들어가 삶을 긍정하고 수용하며 세계와 화해하는 모습을 보여주었다. 이 작품들은 '희비극(정확히 옮기면 '비희극'tragi-comedy)'으로 분류될 수 있지만, 궁극적으로는 희극적 비전을 보여준다. 그러나 이 말년작들은 셰익스피어 초기의 희극보다는 훨씬 무겁고 원숙한 희극이다. 왜냐하면 비록 작품은 해피엔딩으로 끝나지만 이런 결말에 도달하기 위해 등장인물들은 작품 가운데 비극에 가까운 절망과 비애를 극복해야 가능하기 때문이다.[364]

이렇게 비극의 투쟁과 시련으로부터 시작해 인간과 세계에 대한 염세와 비관에 도달한 다음 생의 말년에 이르러 다시금 삶을 긍정하고 화해하고 수용하는 모습을 보이는 것이 비극 작가들이 공통적으로 보여주는 삶의 궤적이다. 이는 비극의 탄생을 알리는 『일리아스』를 쓴 호메로스로부터 시작된 패턴으로서 중·장년기에 비극적 『일리아스』를 썼다면 말년에 이르러 영생을 거부하고 죽음이 있는 삶을 선택한 『오뒷세이아』의 주인공 오뒷세우스를 창조함으로써 삶을 그 한계와 더불어 긍정하고 수용하는 것으로 대미를 장식한 것이다. 훗날 아테나이 고전기 비극을 대표하는 소포클레스는 『오이디푸스 왕』에서의 주인공의 강렬한 투쟁과 파멸을 거쳐 마지막 작품인 『콜로노스의 오이디푸스』에서는 그런 자신의 죄와 허물을 씻어내고 불의한 세상과 화해하여 그것에 오히려 축복을 내려주는 존재로 승화되는 오이디푸스를 보여준다. 말하자면 '세상과의 대타협'을 이루어내는 것이다.

모로는 가장 큰 대작이지만 그 감동과 여운은 가장 미약하다고 판단되어 논의에서 배제되었다. 그러나 이는 어디까지나 필자의 주관적 판단에 크게 근거한다는 것 또한 덧붙인다.

364 Douglas Peterson, "*The Tempest* and Ideal Comedy," Maurice Charney ed., *Shakespearean Comedy*, p.100.

이는 '비극적 정신'이란 본시本是 세상과 혹은 자신과의 치열하고 필사적인 싸움을 전제로 하는 것이기에 개인의 삶에서나 역사에서나 본질적으로 오래 지탱될 수 없는 것이라는 사실과 관계가 깊다.[365] 역사적으로 각 비극시대가 결국 종교적(혹은 유사 종교적 즉 철학적) 또는 희극적(낙관적) 해결에 도달함으로써 다시금 정신적 안정과 평화를 회복하는 것처럼 비극 작가 개인의 일생에서도 비극적 분열과 투쟁을 넘어서 만년에는 화해와 조화로 나아가는 것을 보게 된다. 이는 인간과 세계가 지닌 근본적 양면성과 복합성에서 비롯하는 것이며 이런 본성에 따르는 자연스런 현상이지 비극 작가 개인의 정신적 타락이나 변질의 문제가 아니고 그런 것과는 무관한 것이다. 롱기누스도 그의『숭고론』에서 "호메로스가『일리아스』에서는 작품 전체를 극적인 행동과 투쟁으로 가득 채운 반면,『오뒷세이아』는 대부분이 이야기로 구성되어 있는데 이는 노년기의 특징이며……숭고함의 조류가 물러가면 신화와 전설의 희미한 영역으로 들어서게 되는 것이고, 위대한 천재도 절정기가 지나면 황당한 소리를 하기 쉽다"고 덧붙인 바 있다.[366] [367]

12. 근래의 '해체(수정)주의적 비평'에 대하여

20세기 말부터 시작된 이른바 '해체주의적' 혹은 '수정주의적' 시각에서 서양의 고전들을 재평가하고 다시 읽는 것이 유행처럼 된 지도 꽤 오래되었다. 셰익스피어도 본고장인 영미에서부터 이런 시각에서 활발한 재평가의 대상이 되었으며 국내에서도 최근에 이경원 교수의『제국의 정

365　Timothy J. Reiss, *Tragedy and Truth*, p.2-3.
366　『숭고론』, 9장 13절.
367　비극의 시대와 기능에 대해서는 역시『비극 문학』, p.114-5를 참조할 것.

전 셰익스피어』는 이런 해체주의적 관점에서 씌어진 최대의 성과인 듯하
다. 서양 문학의 고전의 최고의 반열에 드는 셰익스피어에 대한 국내 학
자에 의한 독립적 연구서가 별로 많지 않은 현실적 사정에 비추어 볼 때
이렇게 방대한 규모와 길이로는 거의 처음 씌어진 셰익스피어 작품론이
하필 해체주의적 관점에만 국한된 연구서가 된 것은 아쉽고 안타깝다.
그러나 더욱 문제적인 것은 이 책이 단지 해체주의적 관점에 근거한 것
이라기보다는 너무나 편향적이어서 결과적으로 피상적인 셰익스피어 론
이 되었다는 사실이다. 그래서 셰익스피어를 대학에서 삼십 년 이상 읽
고 가르쳐온 필자가 보기에 셰익스피어 작품을 읽은 일반 독자가 만약
참고용으로 이 책을 주된 안내서나 길잡이로 삼을 경우 초래될 수 있는
심각하고 위험한 결과를 우려하지 않을 수 없는 것이다.

이 교수는 이른바 '해체주의Deconstructionism'를 비롯한 수정주의적
Revisionism 시각이 탄생한 후 우후죽순격으로 등장한—그리고 전통적 영문
학을 대변하는 저명한 비평가 해롤드 블룸이 이른바 '원한Resentment의 학
파'들이라고 부른 바 있는—페미니즘, 네오마르크시즘, 라캉/데리다주
의, 신역사주의, 기호학 등의 관점들에 근거해 셰익스피어를 읽는다. 이
교수 본인도 말하듯이 "미학이 아니라 철저히 '정치학'의 관점에서" 셰익
스피어를 보는 것이다. 그리하여 셰익스피어는 유럽, 백인, 남성중심주
의를 대표하는 작가이며 가부장적이고 남성중심주의적이며 인종차별적
이고 제국주의적으로 편향된 시각과 관점을 갖는 작가로 평가된다.

이 교수는 로마를 배경으로 하는 사극과 비극의 경우 셰익스피어는 스
토이시즘에 입각한 '영웅적 인간상'을 재현하는 데 집중하고 있다고 지적
하면서 가장 대표적으로 『줄리어스 시저』를 도마에 올린다. 따라서 필자
도 이 작품을 분석하는 이 교수의 논의를 따라가 보기로 한다. 이 교수는
주인공인 브루터스가 추구하는 '불변성'이야말로 '로마다움'과 '고귀한 로
마인'이 지향하고 동일시하는 거의 유일한 가치라는 것을 지적하는 것으

로부터 시작한다. 그런데 이 교수는 이 불변성이라는 스토이시즘의 핵심 개념은 본성상 "모든 인간과 양립하기 힘든 이상, 즉 실현 불가능한 이상"이며 "인간의 본성을 부정하는" 이념이라고 판단한다.368 그리하여 브루터스는 어찌할 도리가 없이(불가불) '불변적인' 인간상을 '연기하는' 연기자로서 '페르소나(즉 가면)'를 쓸 수밖에 없다고 한다. 왜냐하면 스토이시즘의 원조인 "세네카가 주장하는 확고부동한 현자란 초인간적인 동시에 비인간적인 존재이며 결국 인간다움을 잃어버리는 것이기 때문"이라는 것이다.369 그래서 불변성을 지향하는 극 중 인물은 모두 "연극적 퍼포먼스의 형태"를 띨 수밖에 없다는 것인데, 문제는 이 모든 것의 원조인 세네카 자신도 "두려움 때문에 현자답게 죽지 못했다"는— 역사적 왜곡의 의심을 살만한— 평가를 내리는 데 이른다.370 왜냐하면 역사학의 정설에 따르면 네로의 명령으로 자살한 세네카는 칼로 팔에 상처를 내어 피를 흘리고 독약도 복용했지만 평소 건강한 노인으로 살아온 나머지 빨리 숨이 멎지 않자 결국 뜨거운 욕탕에 들어가 신속한 출혈을 유도한 방식으로 어렵사리 죽음에 이르렀다고 하기 때문이다. 이를 그의 『연대기*Annals*』 15권에서 자세히 기록한 타키투스에 의하면 그의 죽음은 철저히 소크라테스의 최후를 모델로 한 것이기에 연극적 요소가 없는 것은 아니었지만 결코 죽음을 두려워하는 기색 따위는 없었다고 근본적으로 공감의 감정을 가지고 증언하고 있다.371 즉 세네카의 죽음에는 '인간다움을 잃어버린 모습' 같은 것은 찾아볼 수 없었다는 사실을 이 교수는 무시하고 있는 것이다.

---

368 『제국의 정전 셰익스피어』, p.457; 516.

369 같은 책, p.461.

370 같은 책, p.462.

371 Tacitus, *Annals*. Vol. XV.; Simon Hornblower & Antony Spawforth eds., *The Oxford Companion to Classical Civilization*, p.658-9.

이 교수가 '불변성 3부작'의 영웅들이라고 부른 브루터스, 코리올레이너스, 그리고 앤토니는 모두 "남성성의 숭배자"들인데 그중 "죽음이 두렵지 않은 척 가장 잘 연기하는 배우는 브루터스"라고 말한다.[372] 그런데 여기서 우리는 잠깐 문학 비평의 가장 유명한 격언처럼 된 것으로서 낭만주의 시인이자 근대문학비평의 뿌리가 되다시피 한『문학 평전*Biographia Literaria*』의 저자인 코울리지가 한 말을 상기해 볼 필요가 있다. 즉 그는 우리가 문학작품을 읽을 때 일반적으로 전제해야 할 것으로 "불신의 자발적 유예(중단)willing suspension of disbelief"라는 것이 있다고 했다. 이는 우리가 작가가 그리는 사건과 인물을 마치 그것이 현실인 양 받아들이는 보편적 현상을 가리킨다. 특히 연극의 경우 관객은 '무대화된 연기'를 보고 있다는 현실을 무시하고 일시적으로 그것을 현실인 양 받아들여야 비로소 예술로서의 향유가 가능하다는 —이제는 당연시되는— 이론이다. 우리는 『줄리어스 시저』를 보거나 읽으며 브루터스는 공화정에 대한 자신의 신념에 근거한 시저의 살해를 일단 결심한 이후 추호도 물러섬 없이 실천에 옮기고 또 행동에 옮긴 후에는 그것이 가져온 후폭풍을 마다하지 않고 온몸으로 감당하는 모습을 본다. 이 과정에서 그는 자신의 행동을 눈꼽 만큼도 후회하지 않으며 상황(국면)이 반전하여 수세에 몰릴지라도 신념을 철회하거나 물러서지 않고 용기와 기백을 지니고 일관성 있게 싸우지만 결국 패배하자 자결한다. 우리는 이런 그의 언행을 그대로 믿으며 그것이 가짜 흉내에 지나지 않는다고 생각하지 않는다. 극 중 어디에서 브루터스의 "불변성이 사실 세련되고 계산된 연기"에 지나지 않는 것이라고 보아야 할 데가 있다는 것인가? 이런 식의 독법은 코울리지가 말하는 문학 감상의 기본전제조차 뒤집어엎는 결과가 되지 않겠는가? 이럴 것이면 작품은 도대체 왜 읽는가를 묻지 않을 수 없다. 작가의 브루터스

---

[372] 『제국의 정전』, p.490.

에 대한 '성격화'는 성공적인 것으로 정평이 있으며, 거의 모든 독자/관객이 그렇게 받아들여 왔기 때문이다.

이 교수는 더 나아가서 브루터스는 '위선적인' 면도 있다고 비난한다. 즉 그가 캐시어스를 4막 3장 시작 부분에서 "탐욕스럽다"고 비난한 순간 "그의 독선은 위선으로 판명된다"는 것이다.[373] 이 교수가 지목한 극 중 장면을 다시 보면 부르터스와 캐시어스의 군대가 앤토니와 옥타비우스의 연합군에 맞서 자웅을 가르는 일대 결전을 앞두고 있는 상황에서, 즉 군대의 기강이 어느 때보다도 중요한 때 브루터스의 귀에 캐시어스가 뇌물을 받고 관직을 판다는 소문이 들렸다는 것이 문제의 발단이다. 브루터스의 질책에 기분이 상한 캐시어스는 그가 자신을 모욕했다고 대든다. 브루터스는 캐시어스의 과오를 꾸짖으며 그가 저지른 과거의 과실 하나를 더 밝힌다. 즉 브루터스가 전에 군대의 봉급을 지불하기 위해 캐시어스에게 자금을 요청했을 때 그가 거절했다는 것이다. 이는 캐시어스가 비록 아무리 다른 장점이 많을지라도 금전적 욕심 앞에 허술하다는 약점이 있는 인물이라는 것이 일부 폭로되는 결과를 가져온다. 왜냐하면 브루터스가 지난 번에 자금을 요청한 것은 그 자신을 위해서가 아니라 공적인 필요에 의한 것이었기 때문이다. 즉 중대한 결전을 앞둔 현재의 상황에서 브루터스의 캐시어스에 대한 비난과 질책은 근거가 있고 필요한 일이기도 한 것이다. 그럼에도 브루터스의 행동이 "빌라도처럼 자신의 손에 피 묻히기를 꺼리는 위선자임이 드러난다"고 해석하는 이 교수의 독법은 이해하기 힘들고 극도로 편향된 것이라는 비난을 면할 수 없을 듯하다.[374]

그러나 브루터스와 캐시어스는—앞에서 작품을 다룰 때 설명했듯이—

---

373 『줄리어스 시저』, IV.iii.79–80.

374 『제국의 정전』, p.507.

곧 각자가 현재의 위기상황 가운데 과민해 있었다는 것을 인정하고 화해한다. 그런데 화해가 있은 후 관객은 브루터스가 왜 특히 민감해 있었는지 그 이유를 알게 된다. 즉 그는 얼마 전에 부인 포셔가 자살했다는 소식을 들은 것이었다. 그는 충격적인 소식을 혼자서 삭이다가 둘의 논쟁이 끝나 화해한 이후에야 비로소 캐시어스에게 실토한다. 인간이 자신의 내면의 고뇌와 슬픔을 억누르고 일체 내색하지 않는 정신적 높이와 크기를 보일 때 이를 가리키는 '담소자약談笑自若'이라는 말이 —비록 담소는 아니고 논쟁이 있었지만—이 경우에 잘 맞을 것 같다. 관객은 브루터스의 '스토익한 자기 억제'를 다시 한번 목격하기 때문이다. 그런데 이 교수는 브루터스가 "아내의 죽음을 자신의 남성성을 과시하는 수단으로 사용하며" 그리하여 "예술의 경지에 이른 그의 남성성은 그만큼 그를 인간의 본성에서 더 멀게 만든다"고 비난한다.[375] 이는 악의적 왜곡이요 야유라고 밖에는 말할 수 없고, 브루터스가 보이는 용기와 극기가 오히려 '인간의 본성에서 그를 멀게 만든다'는 비난 앞에서 어떤 독자에게는 이 교수의 이런 평가가 '인간적인' 것으로 다가올지도 모르겠으나 필자를 포함한 많은 독자들에게는 인간성에 대한 모욕이나 모독으로 밖에는 보이지 않을 터이니 이는 어인 일인가? 인간이 보일 수 있는 가장 숭고한 덕목에 대해서도 야유를 퍼붓는 것에는 너무나 섬짓한 냉소주의가 느껴지기 때문이다. 이는 마치 이아고가 오셀로나 캐시오에 대해 갖는 냉소적 시기猜忌와 비슷하다고 말하면 너무 지나친 것일까? 왜냐하면 이 교수의 극언은 위의 말로 그치지 않고 극의 끝의 브루터스와 캐시어스의 죽음에 대해 "브루터스와 캐시어스가 평생 구현하려고 애썼던 남성성의 덕목이 죽음 앞에서는 누구도 예외 없이 무용지물임"을 말해주며 따라서 "불변성은 사실 세련되고 계산된 연기"에 불과한 것이었다고 평가하기 때문

---

375 『제국의 정전』, p.510.

이다.376 이 교수의 말은 이 둘의 자살이 이른바 '로마인 다운 죽음'으로 서 플루타르코스의 원전에 충실하게 셰익스피어가 극화한 것이고, 역사 적으로도 로마인들에게 자살은 스토아학파가 가르치는 대로 인간이 지 닌 '독자적 능력 즉 자유의지의 궁극적 표현'이고 '스스로가 자신의 운명 의 주인임'을 보여주는 행동으로 간주되었기에 '스토아학파의 자살 숭배' 라는 말이 나올 정도였다는 사실을 무시하고 있는 것이다.377 브루터스 와 캐시어스는 현실 역사에서 그들의 원본들이 그랬듯이 그리고 역시 당 대인으로서 카이사르에게 패했던 카토가 죽으며 '승리는 신들의 것이고 패배는 카토의 것이다'라고 말하고 자살했듯이 작품 가운데 추호도 주저 하거나 망설임 없이 자결한다.378 그런데 그들의 용기가 죽음 앞에 꺾이 기라도 했다는 듯이 "그들의 남성성이 죽음 앞에 무용지물이 되었다"고 헐뜯는 까닭이 무엇인지 알 수 없다. 이 교수는 극 중 "등장인물들의 왜 소함이 그들이 대표하는 이데올로기의 허구성으로 이어지며, 그들이 구 현하는 남성성은 결국 '척하는 것'에 불과하다"고 결론짓는다.379 왜 이렇 게 작품의 결말이 주는 효과와 전언과는 전혀 정반대되는 결론을 내리는 것인지 이제는 더 궁금하거나 놀랍지도 않다고 말하고 싶다.

이 교수가 자못 의도적인 모독과 곡해를 하는 것은 아닌가 하는 우리 의 의심은 『코리올레이너스』에서도 여전하여 주인공 코리올레이너스는 "남성성의 과잉으로 인간성을 상실했으며, 그는 비극 영웅이기 이전에 전형적 폭군"이라고 매도된다.380 이 교수는 역시 그도 "연기하는데 지나 지 않으며 더구나 자신의 성격대로 거만하고 독선적으로 행동하는 것도

---

376 같은 책, p.514.
377 임철규, 『죽음』, p.19.
378 Plutarch, *The Parallel Lives*, Vol. VIII; 볼프 슈나이더, 『위대한 패배자』, p.16–7.
379 『제국의 정전』, p.515.
380 『제국의 정전』, p.551.

연기"임을 스스로 알지 못할 만큼 우둔하다고 평한다. 그래서 그는 『줄리어스 시저』의 "브루터스나 안토니 같이 훌륭한 배우가 못 되는 연기력이 부족한 연기자"라고 경멸적으로 깎아내린다.[381] 그러나 코리올레이너스가 이런 파멸적으로 모욕적인 묘사에 값할 만큼 성격화에 있어 실패한 등장인물이 전혀 아니라는 것은 우리가 앞서서 작품을 논하며 충분히 설명하였기에 여기서 반복하지 않기로 한다.

이 교수는 남성중심주의적 작가로서 셰익스피어의 관점이 로마 극을 떠나서 『오셀로』의 경우에도 어떻게 투영되고 재현되어 있는지 살피지만, 더 중요한 것은 이 작품이 작가의 '인종주의' 시각을 여과 없이 드러내는 데 있다고 지적하는데 있다. 이 작품은 결론적으로 "『베니스의 무어, 오셀로의 비극』이라는 제목이 말하듯이, 극의 최종심급은 계급이나 젠더가 아니라 '인종'이며 작품 가운데 젠더 관계의 갈등이 화해 불가능한 파국으로 치닫는 이유는 '인종 장벽' 때문"이라고 이 교수는 주장한다.[382] 극의 끝에서 "아무리 오셀로가 고귀해도 애런(앞선 비극『타이터스 앤드로니커스』에 등장하는 무어인)으로부터 물려받은 무어의 호색성과 폭력성은 문명의 베일 이면에 잠재하다가 언젠가는 수면 위로 부상한다"는 것이다. 그러나 뒤에서 더욱 자세히 얘기하겠지만 이 작품의 종말의 파국이 과연 '인종'의 차이 때문인가? 오히려 셰익스피어의 주된 관심사는—우리가 앞서 보았듯이—'인간 악'의 문제이고 정교한 악의 힘과 단순한 선의 대결에서 왜 선이 그토록 무력할 수밖에 없는가 또 악의 힘은 『맥베스』에서 그랬듯이 왜 스스로 자멸하는가 하는 '인간사의 보편적인 주제의 탐구와 성찰'에 있지 않던가? 이 교수는 이 작품에 대해서도 다시금 주종이 '전도된' 판단과 결론을 내리고 있다고 보여지는 것이다. 셰익스피

---

381 『제국의 정전』, p.553.

382 『제국의 정전』, p.775.

어의 마지막 로맨스 작품들 중 대표작인『템페스트』에 나타나는 제국주의적 시각에 대한 이 교수의 날카롭고 가차 없는 비판—차라리 비난—에 대해서는 더 부언하지 않기로 한다. 이는『템페스트』처럼 '제국'을 모티프나 소재로 등장시킬 경우, 르네상스 이후 20세기에 이르기까지의 영문학치고– 가령 소설의 경우 샬럿 브런티와 찰스 디킨스로부터 러드야드 키플링과 조셉 콘래드까지 주인공의 경제적 재기나 치부를 위해 작가가 '제국'을 사용하는 경우가 빈번한 것을 비롯해–식민제국주의 비판에서 완전히 자유로운 작가는 많지 않다고 볼 수도 있기 때문이다. 그러나 셰익스피어가 활동한 시대는 사실 민족국가로서의 정체성은 크게 부각되었으나 아직 제국으로서의 위상은 취약하고 시기상조였다는 점을 고려해 볼 때 그의 작품을 제국주의 비평의 잣대로 재려는 데는 무리가 따를 수밖에 없다.

이상에서 필자는 이 교수의 책에서 로마 비극을 중심으로 검토했지만 그 내용으로 미루어 볼 때 해롤드 블룸이 왜 해체주의 비평에 대해 '원한의 비평'이라는 이름을 붙였는지 충분히 공감할 수 있다. 극단적으로 말해 이 교수의 논의에 따르면 셰익스피어의 로마 비극은 독자에게 권할 만한 고전적 작품들이 못 된다는 결론에 도달할 수도 있다. 그러면 왜 이 교수는 이토록 셰익스피어의 작품에 대해 왜곡과 오독의 의심을 불러일으킬 만큼 그것들에 대해 반감을 갖는 것인가? 그 대답은 위에서 살펴보았듯이 그의 작품들이 해체주의 관점과 시각에서 볼 때 남성중심적, 가부장적(혹은 계급적), 인종차별적 그리고 제국주의적이라는 데 있다.

그러나 이런 주장은 당연한 이야기지만 오늘날 해체주의적 관점이 탄생함으로써 가능해진 것이고 셰익스피어를 포함한 과거의 작가들에게 적용할 경우 부당한 측면이 있다. 왜냐하면 주지하다시피 '주체(혹은 개인)의 발견'은 문자 그대로 '근대의 자각'으로서 18세기부터 시작한 '근대시민사회'의 형성과 특히 19세기 초 '낭만주의 혁명'이 가져온 것이기 때문이다. 아울러 전통사회에서 문학을 포함한 정신적 소산은 그 창조와 향유의 모든 면에서 전적으로 당대의 지배계급 즉 귀족(18세기 이후에는 중간) 계급의 전유물이었다. 그리하여 문학작품의 주인공들은 모두 '보편화된 인간'으로서 자신의 '운명'과 마주 선 존재로 등장한다. 또한 셰익스피어뿐만 아니라 '근대의 각성'이 있기 전까지 전통사회의 인간들은 앞서 보았듯이 '존재의 대 연쇄'라는 관념을 당연한 것으로 받아들였다. 이런 신념체계와 사회적 관행이 지배하던 시절에 작품에 적용되어야 할 가장 중요한 기준은 이른바 '디코럼decorum(적절함/어울림)' 즉 등장인물은 신분과 지위에 걸맞는 언행을 보여주어야 한다는 것이었다. 따라서 셰익스피어같이 '근대성'이 등장하기 이전의 작가들을 현재의 해체주의적 잣대로 평가하고 판단하는 것은 법률에서 이른바 '소급입법'의 행위를 하는 것과 같다고 할 수 있다. 즉 '그때는 맞았지만 지금은 아니다'라는 싱거운 결론밖에 더 나올 것이 없는 것이다.

더구나 셰익스피어의 탁월함은 작중 인물의 성격화에 있어 보편적 인간성에 대한 관심은 있을지언정 남녀의 차별이나 주인과 하인의 나아가 인종 간의 차등의식 같은 것은 찾아보기 힘들다는 사실에 있다. 즉 선악은 남녀 구별 없이 나타나며 어느 한쪽에 국한되지 않는다. 이는 주인과 하인의 경우에도 마찬가지이다. 가령 우리가 보았듯이 『리어 왕』에서 리건의 남편 콘월의 극악무도한 행위에 대해 항거하고 대드는 것은 이름 없는 하인이고, 『오셀로』에서 주인공의 암우暗愚함을 꾸짖으며 끝까지 데스디모너의 결백을 증거하는 인물은 하녀 에밀리어이다. 또한 이 작품의 플롯과 성격화에서 인종의 차이보다는 인간의 본성의 차이가 훨씬 더 중요한 역할을 한다는 것은 분명하다.

그러나 무엇보다 해체주의적 접근은 문학을 사회과학의 관점과 이론에 '복무' 혹은 '종속'하게 만든다는 점에서 가슴 아픈 일이다. 이는 문학이 자신의 제일 좋은 안방을 내주고 스스로는 곁방살이를 하겠다는 것과 다를 바 없다. 결국 '모든 것은 정치로 귀결된다'는 토마스 만과 발터 벤야민 등이 한 말도 일리가 있으나 여기서 구태여 상기시킬 필요도 없이 문학은 사회과학은 물론이려니와 철학이나 역사 같은 다른 인문과학도 따라올 수 없는 독자적이고 고유한 영역을 지니고 있다는 점이다. 즉 문학은 인간과 인간의 삶 전체를 통합적으로 바라보고 전체적인 맥락 가운데 인간과 사회의 관계, 나아가 우주 속에서의 인간의 위상 즉 '운명'을 통찰할 수 있는 유일한 인간 정신의 활동이다. 그리하여 문학이 포착하고 담아낼 수 있는 삶의 진리는 사회과학이나 다른 인문학이 제공하는 일면적이고 단편적인 진실로서는 따라올 수 없는 종합적이고 총체적인 진실이다. 오직 힘의 역학관계 즉 권력 관계라는 정치학적 관점으로 인간과 인간의 삶을 파악하는 해체주의적 비평은 문학이 제공하는 가장 귀중한 선물을 외면하는 것이며, 문학 비평이 마땅히 먼저 해야 할 고유한 역할을 팽개치는 결과를 가져올 위험이 있다.

이는 달리 말해 해체주의적 접근은 셰익스피어의 특유한 공헌과 성취를 간과하고 지엽적인 관심사로 그의 문학을 국한시키는 결과를 가져온다는 것이다. 셰익스피어가 세계문학에서 갖는 역할과 위상은 새삼스레 말할 것도 없이 역사상 어느 작가보다도 인간성의 본질에 대한 날카롭고 뛰어난 통찰과 인간성의 다양함과 풍요함에 대한 탐색, 무엇보다 인간성에 내재한 무한한 선과 악의 가능성에 대한 탐구와 성찰에 있다. 이렇게 인간 조건을 포괄적으로 그려낸 작가가 없다는 이유만으로도 셰익스피어는 서양 인본(혹은 인문)주의 전통의 중심에 확고하게 자리를 잡고 있다.[383] 셰익스피어의 진정한 가치를 논의하지 않은 채 그가—시대적 한계로 인해 지닐 수 없는—성평등적, 반가부장적, 민주적 인간관이 결여되어 있다고 비난하는 것은 한마디로 본말이 전도된 것이고, 비유적으로

---

383 부록, 58.

말해 목욕물을 버리면서 아이까지 함께 버리는 일이 될 것이다. 그러나 오로지 셰익스피어 작품이 평등주의적이고 민주적 시각을 결여하고 있다는 이 교수의 지적과 비판을 탓하기 위해서 필자가 이 섹션을 덧붙인 것은 아니다. 필자는 이 교수가 그러한 비판을 하기 위하여—혹은 하는 와중에—여성성, 흑인, 노예의 가치를 남성성, 백인, 주인의 그것과 동일하게 보아야 한다는 해체주의 본연의 해석과 평가를 넘어서—앞서 보았듯이—작품을 의도적으로 곡해하고 왜곡하는 데까지 나간 혐의가 짙다는 것을 지적하고자 하는 데 목적이 있다.

불필요한 오해를 방지하기 위해 분명히 하지만 필자는 해체주의 비평의 필요성과 정당성을 부인하고자 하는 뜻이 전혀 없다. 인간 정신의 진화 발전 과정으로 볼 때 이런 관점과 시각은 예견된 것이었고 그 나름의 시의적절성을 갖는다. 단지 역시 삼사십 년 전에 탈구조주의니 포스트모더니즘이니 하는 사조가 국내에 처음 유입되어 크게 유행했을 때 '근대'도 제대로 경험하고 충실히 실현하지 못한 마당에 '탈근대' 논의를 앞세워 대서특필하는 것의 천려淺慮와 경박을 지적했던 것과 같은 맥락이다. 셰익스피어(뿐만 아니라 중요한 많은 서양 고전 문학)에 대해 아직 두툼하고 믿음직한 독자적 연구서들이 턱없이 미흡한 우리의 현실과 처지에 이런 첨단의 유행하는 사조에만 의탁하여 쓰인 작품론을 읽는 것은 앞서 말했듯 퍽이나 아쉽고 안타깝다는 느낌을 갖게 한다. 관점과 시각은 유행할 수 있으나 고전은 유행하지 않으며, 바로 그렇기 때문에 고전이 아닌가 하는 물음을 던지지 않을 수 없는 것이다.

III

근대의 비극적 소설

1. 역사적 및 정신적 배경

근대성과 비극

셰익스피어 비극 이후 250년 가까이 서양에서 비극은 사라지고 씌여지지 않았다. 그러나 19세기 '근대시민사회'의 성립과 함께 비극은 다시 출현했다. 그러면 왜 비극 문학이 다시 나타난 것일까?

문명의 전환기

앞서(프롤로그와 2장 3절 "셰익스피어 비극의 시대적 배경") 말했듯이 '비극'은 서구 역사에서 인간이 겪는 구체적, 현실적 경험과 당대의 주도적 가치 및 신념체계가 서로 괴리를 보이고 일치하지 않을 때 발생했다. 이는 오랫동안 유지되던 일련의 공적인 가치 및 신념체계는 쇠퇴하고 붕괴하지만 그 자리에 아직 확고한 새로운 가치 체계가 들어서지 못한 공백기나 전환기에 나타나는 현상이며, 서양 역사에 등장한 이런 순간들을 대표적 비극론자 리처드 수월은 '비극적 순간tragic moment'들이라고 부른 바 있다.1 여기서 비극 작품의 등장인물들의 신념 및 가치체계와 그들이 마주치는 경험 현실 사이의 극단적 괴리 및 갈등과 충돌이 작품의 중심적 액션과 사건을 구성한다. 더 구체적으로 말하자면, 새로운 가치체계와 신념의 세례를 받은 젊은 주인공이 아직 구태의연한 권위와 힘을 행사하는 전통적 관습과 제도의 전횡에 맞서—역시 수월이 말하는—강렬한 '비극적 반발tragic dissent'을 보일 때 비극적 사건과 행동은 발생하는 것이다.2

---

1 Sewall, *The Vision of Tragedy*, p.9.

2 같은 책, p.85.

위에서 제기한 질문에 답하자면, 서구문학사에서 비극이 19세기에 세 번째이자 마지막으로 출현한 까닭은 이 시기가 서양 역사에서 또 한번의 광범하고 전반적인 역사적 과도기와 전환기였다는 사실에서 찾을 수 있다. 그리고 이 과도기는 바로 '근대시민사회'를 형성하고 성립시키기 위한 진통이고 혼돈이었으며, 동시에 서구는 이런 거대한 격변과 혼란스럽고 고통스러운 경험을 담아내고 형상화할 수 있는 '새로운' 문학 형식 곧 '소설'을 창조하고 발전시켰다는 사실도 덧붙일 수 있다.

'근대시민사회'의 형성과 '근대성Modernity'의 의의

근대시민사회는 실로 오랜 기간에 걸쳐 수많은 역사적 사건과 운동이 누적되어 성립된 결과이다. 서구의 근대는 그 뿌리를 찾아 올라가면 16세기 '르네상스'와 그 뒤를 따라 일어난 '종교개혁'에서부터 비롯한다. 르네상스와 종교개혁이 가져온 필연적인 결과이자 그것들의 발전 선상에 있는 것이 17세기 과학혁명과 철학혁명이다. 20세기 영국의 대표적 철학자요 과학사가 중의 한 명인 앨프리드 노스 화이트헤드가 이른바 '천재의 세기'라고 부른 17세기는 특히 다섯 명의 천재들— 영국의 록크와 뉴턴, 독일의 라이프니츠, 프랑스의 데카르트, 네덜란드의 스피노자—의 획기적 사유와 발견을 통하여 서구는 중세와는 판연히 구별되는—혹은 중세의 어둠을 확실히 거두어 낸—'근대 세계'로 들어가게 된다.[3] 이들이 일으킨 '과학혁명'과 '철학혁명'이 결합하여 낳은 것이 이어지는 18세기의 '계몽주의'이다. 역사가들은 18세기부터 서구는 '근대시민사회'로 들어서게 된다는 데 일치된 견해를 보인다. 그리고 계몽사상의 영향과 자극을 받아 발생한 것이 '프랑스 대혁명'과 '독일 낭만주의 운동(혹은 '혁명')'이며,

---

3   Alfred N. Whitehead, *Science and Modern World*, p.57–60.

이 두 개의 사건들과 같은 시기에 전개된 것이—17세기 과학혁명의 결과로 발생한—'영국 산업혁명'이다. 19세기는 이 '근대의 세 혁명'이 불러일으킨 결과로서의 '근대시민사회'가 완성되고 '근대적 사유'가 보편화되는 시기이다. 20세기 이후의 '현대'는 19세기에 성립한 근대시민사회의 연장이며 지속으로 이해된다.

'근대성'을 형성하고 근대시민사회의 배경을 구성하는 위의 세 개의 혁명 중에서 문학사적으로 특히 중요한 것은 독일에서 시작한 '낭만주의 운동'이다. 이 운동은—철학자 이사야 벌린에 의하면—'근대인'의 의식에 일어난 변화의 가장 중요하고 핵심적인 부분을 형성하는 것으로서 벌린은 이 운동을 '혁명'이라 부른다.[4] 낭만주의 혁명의 키워드는 자유이고 해방이며 '인간의 격상格上'('개인주의 이데올로기')이다. 낭만주의는 전통적 권위, 관습 및 모든 제도화된 삶의 양식으로부터 오는 일체의 구속과 속박으로부터의 해방을 의미하는 것이다. 그것은 인간의 독자적이고 개별적인 자각과 독립을 지향하며, 어떤 억압과 속박도 물리치고 타파하여 자신의 운명을 개척하는 것을 '근대적 인간'의 전형으로 자리 잡게 만들었다. 쉬운 예를 하나 들면 영국 낭만주의 시대의 대표적 작품인 샬럿 브런티의 『제인 에어』의 주인공 제인은 "가난하고 볼품없고 키 작은 여자아이"로 처음에 등장하지만 그녀는 이윽고 "나는 나 자신이 될 거야"라고 외치는 여인으로 성장한다. 그때 그녀는 영락없이 근대적 계몽의 세례를 받은 '낭만주의적' 인간의 모습을 보여주는 것이다.

'소설의 발생 The Rise of the Novel'

서구문학사에서 '소설의 발생'은 '근대시민사회'의 성립과 함께 발생했

---

4 이사야 벌린, 『낭만주의의 뿌리』, p.29.

고, 그것의 이념과 신조를 반영하며 '근대인의 감수성과 상상력의 산물'이라고 불린다. 소설은 당대의 감성과 사고를 가장 잘 전달할 수 있는 매체로서 등장하였지만 그것의 연원을 따져 올라가면—모든 '이야기'의 근원인—고대 서사시에 닿는다. 웰렉과 워렌이 쓴 『문학의 이론』에서도 소설은 '서사시의 근대적 후예'라고 말한다.[5] 그러나 엄밀히 말해 서사시의 주인공은 하나의 개인이 아니라 한 사회이며, 작품은 전체로서 그 사회의 운명을 짊어지고 있는 인물에 초점을 맞추어 전개되어 나갈 따름이다. 한편 근대 소설은 지외르지 루카치에 따르면 사회와 공동체에서 소외되거나 고립된 인물이 자신의 독자적 세계를 수립하거나 추구해야 하는 '논쟁적이며 문제적인 개인'의 이야기이다.[6] 개인은 내면성이라는 자율성을 얻게 된—그럼으로써—'소외된' 인물이 주인공으로 등장한다는 것이다. 즉 중세와 구별되는 근대의 핵심적 이념인 '개인의 발견'이라는 낭만주의의 이념이 실현되는 장소와 시대에서 '근대 소설'은 등장하게 된다. 이렇듯 근대 소설은 역사적으로 선행하는 모든 이야기들과는 그 성격이나 본질에 있어 근본적으로 '다른 종류의 문학 형태'의 출현을 말하는 것이다.

그런데 근대 소설은 18세기 초에 영국에서 처음 출현하였으며 왜 하필 영국이었는가에는 그럴만한 역사적 배경이 있다. 즉 영국사의 상대적 선진성이란 말로 설명이 가능하다. 영국은 서유럽 국가 중에서 이미 13세기 초 이른바 '대헌장*Magna Carta*'의 체결로 귀족들에 의한 왕권의 제한이 최초로 실현되었고, 이는 후대의 시민혁명들을 고취시키는 초석을 놓았다. 역사가들은 영국에서는 14세기에 이미 농노제가 유럽에서 가장 먼저 몰락하였고 그 여파로 만혼과 핵가족이 일반화되기 시작했으며 이에 따

---

5 R. Wellek and A. Warren, *Theory of Literature*, p.219.
6 Georg Lukacs, *The Theory of the Novel*, p.43.

라 재산의 개인적 축적으로 인한 '사유재산제'가 자리 잡았고 동시에 '자유시장제도'가 뿌리내리기 시작하였다고 말한다.[7] 더구나 영국사에서 특기할 만한 사건인 '종획縱劃, enclosure 운동'은 농토의 공유지를 목초지로 바꾸는 자본주의적 영농방식을 가리키는 것이며 이 또한 일찍이 중세 후기부터 시작된 것이었다. 이는 사적 소유권의 강화를 가져온 핵심적 움직임으로써, 영국에서의 농업의 쇠퇴를 가져오고 자본주의가 정착하는 데 박차를 가하는 역할을 했다. 이 모든 것은 서구 역사에서 '개인주의적이고 자유주의적 사고방식'이 가장 먼저 사회의 주도적 사유방식으로 등장하고 이에 따라 근대시민사회가 처음 출현한 곳이 영국이라는 것을 말해준다. 영국의 이런 상대적 선진성은 당대 프랑스 지식인들의 선망의 대상이 되었고 이는 볼테르의 『철학 서간』(혹은 『영국 서간』, 편지 8-10)에서도 찾아볼 수 있다. 이런 영국사의 상대적 특수성이 '근대성'의 문학적 표현이고, 근대적 경험의 문화적 제도로서의 '소설'이 영국에서 18세기에 처음으로 '발생'하는 배경과 연유를 제공한다.

초기 소설에 대한 선구적 연구인 이언 워트의 『소설의 발생』에서 워트는 근대소설은 중세의 설화나 우화, 민담 등과 같은 전통적 담화 양식과는 본질적으로 성격과 구조가 다른 문학 형태임을 밝히며, 이는 근대소설이 보이는 '형식적 리얼리즘' 때문이라고 설명한다.[8] 즉 근대소설은 동시대성, 사실성, 개연성, '보통 사람으로서의 개인'이라는 주인공 등 과거의 담론과 구별되는 형식적 특징들을 지닌다는 것이다. 특히 사실적이고 충실한 현실에 대한 객관적 묘사는 17세기 후반부터 영국 사회의 강력한 주도 세력으로 등장한 프로테스탄트 즉 '청교도 계층'의 실용적이고 견실한 신념과 가치관의 반영이며, 또 무엇보다도 일찍이 16세기의 과학혁명

---

7 Trevelyan, *English Social History*, p.99-105; J. F. C. 해리슨, 『영국 민중사』, p.75; 박지향, 『영국사』, p.275.

8 Ian Watt, *The Rise of the Novel*, p.31-4.

의 창시자인 프랜시스 베이컨 이래의 영국 경험주의 철학이 요구하는 것이다.

근대소설은 당대의 어떤 토픽과 논의에 대해서도 다룰 수 있고, 지배적 계층으로 부상한 중간계급(혹은 시민계급)이 지니는 현세적 꿈과 욕망 및 이상 또 반대로 그들이 겪는 고통과 비애 및 좌절을 담아낼 수 있는 문학 형태로 등장했다. 새뮤얼 리처드슨과 더불어 영국소설의 아버지로 불리는 헨리 필딩은 자신의 소설『톰 존스』에 붙인 서문에서 자신은 "새로운 종류의 글"을 쓰는 작가이며, 자신의 글쓰기의 목적은 "인간 본성의 탐구"라고 말하였다.9 즉 근대소설의 기법은 인간의 내면의 '사적인 것'을 들여다보고 드러내는 과정이 된 것이다. 결론적으로, 근대소설은 당대의 시대상 전체를 배경으로 하여, 당대인의 삶의 현실을 총체적으로 재현할 수 있는 유일한 매체였다. 19세기에 낙양의 지가를 올리던 작가 중 한 명인 앤토니 트롤롭은 1870년에 "모든 사람들의 손에 소설이 들려 있다. 위로는 수상으로부터 아래로는 주방의 하녀에 이르기까지"라고 말한 바 있다. 19세기 한 세기에 동안 영국에서만 약 4만 종의 소설이 출간되었다고 한다. 이렇게 근대시민사회의 본질과 속성을 포착하고 전달할 수 있는 유일한 매체로 등장한 소설에 대해 미하일 바흐찐은 '소설의 탄생은 곧 근대의 탄생'이라고 단언한 바 있다.10

'계급과 금전'이라는 키워드

19세기는 전세기까지의 농촌사회에서 도시사회로, 농업사회에서 공업사회로, 온정주의적 계서階序 사회paternalistic hierarchical society로부터 자본주의

9　Henry Fielding, *The History of Tom Jones, A Foundling*, p.2.

10　바흐찐, 『장편소설과 민중언어』, 전승희 외 역, 창비, 1998.

적(즉 착취적) 계급사회로 바뀌는 역사상 유례를 찾을 수 없을 만치 거대하고 전반적인 변화의 소용돌이가 영국 사회를 휩쓸고 지나가던 시기였다. 당대 영국 사회의 주도적 계급으로 부상한 '중간계급'은 금전을 섬기고, 속물적 계급의식에 매몰되어 있는 동시에 가족 내부에서는 가부장적 질서가 아직 위세를 떨치고 있었다. 특히 금전에 대한 예속과 숭배는 일찍이 프랑스의 나폴레옹 보나파르트가 영국인들을 '상점주들의 나라'라고 얕잡아 한 말 가운데서도 드러난다. 영국은 초기 소설의 대표적 작가인 대니얼 디포우의 소설의 등장인물들이 증언하듯이 이미 18세기에 상인이 존경받는 직업으로 자리매김한 나라였다. 그래서 철학사가 알래스데어 매킨타이어는 디포우의 소설에 등장하는 주인공들은—가령 몰 플랜더스의 "주머니에 돈만 있으면 우리는 어디에서나 편안하다"는 말처럼—"복식부기[複式簿記]의 가치 시스템에 의해 움직이는 인간들"이라고 표현한 바 있다.[11] 이는 이 시대에 인간의 성실성과 신뢰성을 가리키는 '프로프라이어티'propriety라는 말은 곧 재산을 가리키는 '프로퍼티property'에서 유래한 말이라는 사실로도 드러난다.

특히 18세기 말 이후 영국 사회를 전폭적으로 뒤바꿔놓는 산업혁명의 급속한 전개와 더불어 중간계급은 명실공히 사회의 주도적 계급으로 부상하게 되었다. '근대시민사회'의 도래와 더불어 금전과 지위의 압도적 중요성은 평자들로 하여금 19세기 영국에서 중간계급은 '계급과 금전'이란 두 개의 기준(혹은 '준거틀'frame of reference')를 통해 그들의 인생을 형성하고 정의한다고 단언하게끔 만든다.[12] 이 두 개의 기준은 마치 불변의 '자연법칙'인양 절대적 권위와 영향력을 휘두르며 사회구성원의 삶을 지배한다는 것이다. 디킨스의 『막대한 유산』에서 주인공은 그의 금전적 지위를

---

11 매킨타이어, 『윤리의 역사, 도덕의 이론』, p.267.

12 줄리어 프레윗 브라운, 『19세기 영국소설과 사회』, p.26-7; Richard D. Altick, *Victorian People and Ideas*, p.29-30.

통해 사회계급의 아래위를 이동할 따름이며 수평 이동은 없다. 알렉시스 토크빌도 이미 19세기 초에 "영국 사회 전체가 금전의 특권 위에 서 있다"라고 선언한 바 있다.[13] 가령 윌리엄 새커리의 대표작『허영의 시장』의 주인공 벡키 샤프는 "1년에 5천 파운드의 돈만 있다면 나는 착한 여인이 될 수 있을 텐데"라고 말한다. 5천 파운드가 현대 액수로 환산하면 약 백만 불에 해당한다는 것을 볼 때 이는 주인공의 탐욕과 물신주의를 폭로하는 말이 된다.[14] 결론적으로 말해 근대 소설에서 가장 흔하고 중요한 소재 및 주제는 남자의 경우 '신분 상승'이고 여자의 경우 '성공적 결혼'에 도달하는 것이다. 존 스튜어트 밀은 그의『시대의 정신』의 첫 장章 "변화의 시대"에서 "19세기에 일어난 가장 중요한 현상은 사람들이 자신의 출생 계급으로부터 벗어날 수 있게 된" 것이라고 말한 바 있다.[15] 신분 상승에서 제일 중요한 요소는— 특히 여성에게 있어— 결혼이다. 그래서 제인 오스틴은『오만과 편견』에서 "결혼은 변화의 기원"이라고 말한다.

근대 '비극적 소설'의 출현

앞서 말했듯이 19세기는 서양 문화사에서 세 번째로 도달한 '비극적 순간'의 시기였다. 이 분야의 가장 본격적이고 전범적인 논의를 제공한 것은 레이먼드 윌리엄스의『근대 비극론』이다. 이 책에서 윌리엄스는 낭만주의 문학은 그 자체로 '자유주의 비극Liberal tragedy'의 출현을 동반한 문학사적 사건이며, 근대의 자유주의 비극은 앞선 르네상스 시대의 셰익스피어의 '인본주의 비극Humanist tragedy'이 진화/발전된 표현이라고 말한

13　브라운, p.27.

14　같은 책, p.15.

15　John S.Mill, intro. F.A. Hayek, *The Spirit of the Age*, p.6.

다.[16] 낭만주의가 가져온 인간해방의 정신은 인간이 스스로의 세계를 자신의 힘과 능력으로 만들 수 있다는 신념을 전제로 하는 것이다. 이런 인간의 가능성과 잠재력에 대한 신념은 18세기 계몽주의 정신과 이것이 빚어낸 정치혁명을 통해서 보편화되고 내면화된 사유방식으로 자리 잡았다. 그러나 현실은 이런 '근대적 자각'을 지닌 인간들에게 결코 호락호락하거나 호의적이지 않았고 아직 전통적인 제도와 관습의 전횡 및 종교적 규제와 율법의 제약 또한 만만치 않았다. 윌리엄스는 근대사회에서 "사회는 비인격적 과정에서 이미 만들어진 틀에 의해 움직이는 전체로서 '거대한 하나의 기계'와 같다"고 말한다.[17] 그리고 이 기계는 설명되고 이해될 수는 있을지언정 궁극적으로 인간의 통제 바깥에 있는 것이라고 여겨졌다는 것이다. 이제 인간의 '진실한 적'은—지배계급을 위한—편협하고 낡아빠진 관습 및 도덕률에의 맹종을 강요하는 '사회'가 되었다.[18] 이런 근대 비극에서의 '대립 관계'에 대해 유서由緒 깊은 이야기가 있으니 바로 나폴레옹이 유럽 정복 전쟁을 벌일 때 그를 찾아가 만난 괴테에게 고대의 '운명'의 자리에 근대에는 '정치'가 차지하고 있다고 한 말과 이를 받아서 당대의 정치가 겸 문필가 벵자맹 콩스탕이 "고대 비극에서의 초자연적인 것의 의미가 근대극에서는 정치적 관계로 나타난다"고 말한 것이다.[19] 여기서 '정치'는 곧 사회적 역학 관계 혹은 '헤게모니'를 가리킨다는 것은 말할 나위도 없다.

한편 이런 거대한 구조적 변화가 일어나던 당대의 시대적 전환기에 '자유주의적 개인주의자'로서의 자각을 경험한 등장인물들은 19세기의 대표적 시인 중의 하나인 매슈 아놀드가 그의 「학생 집시The Scholar Gypsy」에

---

16 Raymond Williams, *Modern Tragedy*, p.87-8.

17 Williams, p.70.

18 같은 책, p.94.

19 Bernard Williams, *Shame and Necessity*, p.164. 재인용.

서 말한 것 같은 "근대적 삶이라는 이상한 질병this strange disease of modern life"을 앓는 인간으로 비추어지기 십상이다. 당대의 지배적 가치와 주도적 관습은 '각성된 인간'이 느끼는 삶의 궁극적 가치와 일치하기는커녕 그에게 가장 비인간적인 것으로 즉 인간을 도구화하고 객체화시키는 힘으로 여겨질 따름이기 때문이다. 당대 사회에서 그는 결국 존 오어가 『비극적 리얼리즘과 근대사회』에서 말한 '소외된 인간'이나—앞서도 인용했듯이—루카치가 『소설의 이론』에서 가리키는 '문제적인 개인'이 되고 마는 것이다.[20] 그는 사회적으로 용인되는 제도적 가치가 아니라 '개인의 결단'에 따르는 '비극적 반항'의 주체가 되며, 사회 전체와 적대적 대립 관계에 들어가게 된다. 이런 '개인과 사회의 대립'의 양상이 바로 근대비극소설의 가장 뚜렷한 특성이라고 할 수 있다. 근대비극소설을 집중적으로 다룬 『덕의 비평으로서의 비극』이란 책에서 존 바부어는 "세상의 질서는 인간의 행복에 적대적으로 되었고 그 결과는 인간적 선의 경악할 만한 낭비이며, 이는 결국 세상의 구조에 근본적인 모순과 결함이 있다는 것을 폭로한다"고 말한다.[21] 비슷한 맥락에서 평자 토니 데이비스는 "19세기가 '비극적'이라고 불린 까닭은 당대인들이 성취되지 않은 욕망과 실패의 의식 사이를 끊임없이 오가는 삶의 조건 속에 놓여 있게 되었기" 때문이라고 지적하고 있다.[22]

한편, 마르크시스트 비평가 아놀드 케틀도 금전과 계급이 지배하는 사회에서 등장인물은 자신의 운명을 형성하기 위해서는 비인간적인 허위의식을 강요하는 사회의 제도와 관행 및 율법에 대한 '반역자'가 되지 않을 수 없다고 말한다. 그리고 위대한 소설가들은 그들 자신도 필연적으

20　John Orr, *Tragic Realism and Modern Society*, p.20–23.

21　John Barbour, *Tragedy as a Critique of Virtue*, p.15.

22　Tony Davies, *Humanism*, p.31.

로 '반역자'들이고 그들의 위대함의 정도는 그들의 반항의 정도와 일관성에 상응한다고 주장한다. 케틀은 에밀리 브런티, 헨리 제임스, 토머스 하디, 조셉 콘래드를 19세기에서 20세기 초까지의 영미 소설계의 '위대한 반항아'들로 보고 있다.[23] 결론적으로 근대비극소설은 비인간적이고 경직된 제도와 관습의 전횡으로 말미암아 발생한 '인간적 가능성과 자질'의 '돌이킬 수 없는 상실과 소멸'을 그것의 중심적 주제이자 전언傳言으로 한다고 요약할 수 있다.[24]

그런데 이 대목에서 가장 주목할 만한 것은—위에서 이미 비쳤듯이—19세기 이후의 '비극 정신'은 당대의 중심적 매체인 '소설의 형식'으로 표현되었다는 사실이다. 소설은 '근대적 삶'과 같은 복잡한 결과 폭을 지닌 대상을 섬세하게 포착하고 파악하여 재현하기에 가장 적합한 예술 형식임이 입증되었기 때문이다. 즉 그것은 인간을 둘러싼 사회와 제도를 남김없이 파헤칠 뿐만 아니라 동시에 그의 내면세계를 가장 잘 들여다볼 수 있는 양식으로 자리 잡았던 것이다. 서양 비극 문학을 통사적으로 개관한 대표적인 저술 중의 하나인 『비극의 죽음』에서 조지 스타이너는 '고통'의 정념을 가장 적나라하게 표현하는 데는 운문보다는 '산문'이 더 적절하다고 말한다.[25]

서양 문학사를 그 시작인 호메로스로부터 20세기 모더니즘의 기수旗手인 버지니아 울프에 이르기까지 2,800년의 전통을 구성하는 대표적 작품들을 '현실재현' 즉 '리얼리즘'의 관점으로 꿰뚫어 분석한 불후의 역작인 『미메시스』에서 저자 에리히 아우엘바하는 19세기 서구 리얼리즘의 걸작들을 '비극적 리얼리즘'이란 용어를 사용하여 설명하고 있다.[26] 특히

---

23 · Arnold Kettle, *An Introduction to the English Novel: Defoe to George Eliot.* vol. 1., p.88–9.

24 · Orr, p.23.

25 · George Steiner, *The Death of Tragedy*, p.258.

26 · Erich Auerbach, *Mimesis*, p.458.

19세기 프랑스 리얼리즘 문학의 초기의 최고의 성취인『적과 흑』을 다루면서 아우엘바하는 작가가 사용한 방식을 '스타일 혼합의 원리'라고 명명하고 있다. 스탕달은 자신의 작품의 주인공이 스스로의 운명을 형성하기 위해 보여주는 혼신의 힘을 다한 사회와의 투쟁을 재현하기 위해 그의 성격화를 '고전 비극'의 그것에 가깝게 만들었다. 그리하여『적과 흑』의 주인공 쥘리앵 소렐은 한 세대 후의 발자크나 플로베르의 등장인물들에 비해 훨씬 영웅적인 인물로 나타나게 된다. 그러나 주인공이 마주 대결해야 하고 또 그 속에서 움직여야 하는 외부 사회와 배경은 혁명 이후 부르주아가 장악하고 있는 비속하고 물신 숭배적인 근대 사회의 현실이다. 즉 작가는 인물의 성격화에 있어서의 '심각성'과 배경묘사에 있어 일상현실의 '진부함'을 '결합'하여 빚어낸 스타일을 성취한 것이다. 한편 영미 소설에 나타나는 플롯을 분석하는 대표적인 저술 중의 하나인『내러티브의 본질』에서 스코울즈와 켈로그는 아우엘바하와는 다른 방식으로 '스타일 혼합'을 설명한다.[27] 그들은 비극적 사실주의 소설들의 등장인물들은 익히 알아볼 수 있는 사회적 타입으로 '개별화된 형태나 유형'이지만 그 인물들이 움직이는 패턴은 '비극적 연극의 뮈토스(스토리 혹은 플롯)'로 짜여져 있다고 지적한다. 행동 패턴은 '영웅적'이나 인물의 성격화는―과거의 비극의 주인공과 같이―'튀모스의 화신'처럼 '강력한 한 덩어리의monolith' 성격이 아니라 현실에서 발견할 수 있는 '친근하고 구체화 된' 인물로 형상화되었다는 것이다. 이는 근대 비극소설의 주인공은 과거의 신화적이고 고전적인 성격화와 현대의 사실적이고 모방적인 성격화가 '합성되고 결합하여' 구성된 인물이라는 것을 말해준다. 즉 일상적이고 '구체적으로 개별화된 인물'이지만, 그들은 사회와의 격렬한 대립과 갈등을 불러일으키고 이윽고 그 사회에 의해 파멸적 최후를 맞이하는 '비극적 플롯 형식'

---

27 Robert Scholes and Robert Kellogg, *The Nature of Narrative*, p.233–4.

에 따라 살아간다는 것이다. 이런 맥락에서 존 오어는 '리얼리즘과 비극의 결합'이야말로 19세기에 발행한 가장 중요한 문학사적 사건이라고 말하고 있다.[28]

'비관적 연극'과 '비극적 소설'

19세기 연극 이른바 '빅토리언Victorian 드라마'는 춤과 노래가 곁들어진 문자 그대로 '멜로드라마' 위주였으며, 세기말에 북구와 러시아에서 고전극과 확연히 구별되는 '근대극'이 헨릭 입센과 안톤 체홉에 의해서 출현했을 때, 그들의 작품들은 엄밀히 말해 전혀 '비극'으로 볼 수 있는 연극이 아니었다. 입센의 출세작인 『인형의 집』 그리고 뒤이어 나온 그의 『유령』이나 『민중의 적』 등 여러 편의 극들은 모두 '사회문제극social drama'이라 불려야 할 것들이고, 19세기 말에서 20세기 초 사이에 발표된 체홉의 삼대 걸작 『갈매기』, 『세 자매』, 『벚꽃 동산』은 모두 작가 스스로도 '희극'이라 부르거나 아니면 어떤 장르의 명칭도 부여하지 않았다. 이 두 대가에 의해 시작된 '근대극'이 강력한 사회고발과 비판의 기능을 수행한 것은 부인할 수 없지만 이들의 작품은 전반적으로 애도와 체념의 분위기에 지배되고 있고, 레이먼드 윌리엄스가 '막다른 골목' 혹은 '교착 상태'라 부른 절망과 허무의 문학이 되었다고 해도 과언이 아니다.[29] 즉 극문학은 19세기를 거치며 더욱더 '비관적인' 패배의 멜로드라마로 바뀌어 갔고, 오래전에 무대에서 사라졌던 '비극'의 자리에 '비극적 소설'이 대신 등장하여 유구한 '서구 비극의 정신'을 부활시켰다고 말할 수 있다.[30] 이런 맥락

---

28 Orr, p.11.

29 Williams, p.96-7.

30 Richard H. Palmer, *Tragedy and Tragic Theory*, p.161.

에서 앞서 인용한 리처드 파머는 "비극이 무대에서 사라졌을 때 비극적 소설이 그 자리를 대신했다"고 말하며, 허버트 멀러도 "지난 백 년 동안 오직 두세 명의 극작가만이 2,30명의 뛰어난 소설가와 겨루고 맞먹을 만했다"고 평가한다.[31] F. L. 루카스도 "에밀리 브런티의『폭풍의 언덕』이나 토머스 하디의『더버빌 가의 테스』가 빅토리아 시대의 수많은 되다만 듯한 연극들보다 훨씬 비극적"이라고 추켜세운다.[32] 마찬가지로 조지 스타이너도 앞서 언급한 그의『비극의 죽음』에서 "진지한 연극의 몰락의 역사는 부분적으로 소설이 발흥한 역사이다"라고 선언하고 있다.[33] 스타이너는 그 책에서 중심적 세계관과 가치관을 제공해주는 신화 체계나 종교적 권위가 사라진 근대 사회는 비극에 근본적으로 어울리지 않을뿐더러 나아가 적대적이라고 주장한 바 있다. 그러나—이미 여러 번 언급했듯이—비극은 바로 그런 중심적 사유체계가 무너지고 붕괴할 때 등장하였으며, 고전극에 등장하는 영웅이나 거물이 사라진다고 해서 '비극적 정신'이 쇠퇴하는 것은 아니라는 사실을 19세기 '비극소설'들은 증언해준다. 테리 이글턴이 지적한 바 있듯이, "모든 상점의 모든 노동자의 작업복 속에 비상한 정신적 드라마가 존재한다고 가정하는 그런 문학이 출현한 것이다."[34] 적어도 19세기부터 인간의 사회적 배경 및 신분과 비극적 주인공으로서의 위상은 서로 아무런 관계가 없다는 것이 입증된다고 볼 수 있다. 우리가 앞으로 보겠지만 주인공의 낮은 신분과 사회적 처지는 결코 그를 자신의 인간적 가능성과 잠재력의 측면에서 위축시키거나 배제하지 않는다는 것을 19세기의 위대한 비극적 소설들은 웅변으로 보여주고 있는 것이다. 이는 유명한 신화연구가 조셉 캠벨이 신화학神話學과 인류학

---

31 Herbert Muller, p.250.

32 F. L. Lucas, *Serious Literature in Relation to Aristotle's Poetics*, p.152.

33 Steiner, p.118.

34 테리 이글턴,『우리 시대의 비극론』, p.325.

의 고전이 된 그의 책 『천의 얼굴을 가진 영웅』에서 말하듯이 "고대의 영웅들은 사라진 것이 아니라 아직도 대도시의 건널목에서 신호가 바뀌기를 기다리며 서 있는 사람들 중에 끼어서 서 있기" 때문일지도 모른다.[35]

2. 새뮤얼 리처드슨Samuel Richardson의 『클러리사Clarissa』

"어느 나라의 어느 작가도 『클러리사』에 대등하거나 가까이 갈 수 있는 작품을 쓰지 못했다."—장 자크 루소

"인간의 마음을 드러내는 데 있어서 보여준 지식으로 말하면 이 세상에서 첫 번째 가는 책이다."—새뮤얼 존슨 박사

작품의 줄거리

젊고 부유한 귀족인 러블레이스는 런던의 중간계급인 할로우 집안의 둘째 딸 클러리사의 삼촌에 의해 할로우 집 식구들에게 소개된다. 삼촌은 러블레이스가 클러리사의 언니 아라벨라와 혼인하기를 기대하고 한 일이다. 그러나 러블레이스는 아라벨라의 동생인 클러리사를 본 뒤 그녀에게 반한다. 이 사실을 안 오빠 제임스는 여기에 어깃장을 건다. 그는 옥스퍼드 대학 시절에 러블레이스를 만나 그와 결투하고 진 일이 있어서 그때부터 그를 증오하고 있었던 것이다. 또 언니 아라벨라도 질투심에서 이 둘의 만남을 반대하고 나선다. 더구나 제임스 오빠와 아라벨라 언니는 조부가 죽으며 유산을 총애하던 클러리사에게 물려준 것에 대해 몹시 분개하고 있었다.

제임스는 부모님에게 러블레이스가 바람둥이라는 것을 확신시키며, 지

35　Joseph Campbell, *The Hero with a Thousand Faces*, p.4.

성도 감성도 러블레이스에 비하면 형편없이 못 하지만 대단히 부유한 소움스라는 인물을 대신 클러리사에게 소개한다. 클러리사가 소움스에게 전혀 관심을 보이지 않자 가족들은—그녀가 아무리 그렇지 않다고 말해도—그녀가 러블레이스를 좋아해서 그런다고 말한다. 클러리사가 소움스가 자신의 방을 방문하거나 가족 식사에서 그녀 옆에 앉는 것도 원하지 않자 아버지는 그녀를 그녀의 방에 가둔다.

러블레이스는 클러리사를 만난 뒤 그녀의 매력에 흠뻑 빠져 무슨 수를 써서도 그녀를 유혹해서 그녀의 집에서 빼내어 데려올 작정을 한다. 이런 생각을 하게 된 데는 그녀의 집안사람들이 자신에 대해 극히 못마땅하게 생각하고 반대한 것에 대한 복수심도 있다. 그는 할로우 집안에—내부의 동향을 사전에 모두 알아내기 위해—자신의 끄나풀인 조셉 레만이라는 하인이 채용되도록 손을 써 놓는다. 그렇지 않아도 클러리사의 부친과 오빠의 클러리사에 대한 강압적이고 전횡적인 태도는 러블레이스의 계획이 성사되는 것을 돕는 결과를 가져온다. 그들은 클러리사의 신임을 받던 하녀를 해고하고 그녀에게 시건방지게 굴며 믿음성이라곤 없는 처녀를 새로운 하녀로 고용한다. 그들은 나아가서 그녀가 어머니를 포함한 집안 어느 가족도 만나지 못하게 만들어 고립시킨다. 이제 클러리사가 믿고 의지할 유일한 사람은 ‒편지로 왕래하는—그녀의 친구 하우 양뿐이다. 하우 양은 그녀에게 할 수만 있다면—심지어 그것이 러블레이스의 도움을 받아들이는 일이 될지라도‒ 집을 빠져나오라고 충고한다.

어느 날 저녁 러블레이스는 클러리사가 산책하며 거닐고 있던 정원으로 몰래 들어가 그녀를 만나 자신과 함께 모某일 모시에 달아나자고 제안한다. 그는 그녀에게 그녀를 가장 아끼는 —그러나 지금은 외국에 있는—사촌인 모던 대령이 돌아와서 그녀와 그녀의 가족 사이의 화해를 주선할 때까지 그녀를 러블레이스 자신의 친척인 M. 모某 경의 보호 아래 지내도록 해주겠다는 것이다. 그러나 그녀는 정작 집 밖을 나서면 무슨 일이 생길지 알 수 없어 주저한다. 더구나 러블레이스의 친절한 말에도 불구하고 평소에 들리는 그가 난봉꾼이라는 소문 때문에 그의 제안을 선뜻 받아들일 수 없다고 생각한다. 그런 그녀의 생각을 몸소 전하려 약속된 시간에 그녀가 러블레이스를 만나려 할 때 그의 하인 조셉이 마치 집안 식구들이 쫓아 나오는 것 같은 소동을 일으킨다. 진퇴양난에 처한 클러리사는 엉겁결에 러블레이스가 몰고 온 마차에 몸을 싣는다.

러블레이스는 일단 클러리사가 자신의 수중에 들어오자—독자들이 예상한 대로—돌변하여 그녀를 런던 시내로 데려가 싱클레어 부인이라는 여인의 여인숙에 묵게 한다. (그러나 사실 이곳은 '마담 싱클레어'가 운영하는 매음굴이다.) 러블레이스는 그녀를 M. 모 경의 댁으로 데려가지 못한 이유들을 꾸며대면서, 그녀를 위해서라며 당분간 자신의 아내로 행세해 줄 것을 요구한다. 그리고 그녀가 보는 가운데 싱클레어 부인에게 자신과 클러리사는 결혼한 사이인데 지참금 문제가 정리될 때까지 같이 지낼 수 없어 일시적으로 그녀가 유숙하게 되었다고 말한다. 클러리사는 분노한 그녀의 아버지와 오빠가 자신을 찾아내는 것이 더 두려운 나머지 러블레이스의 말을 믿는 편을 택한다.

싱클레어의 여인숙에서도 클러리사는 자신의 집에서와 마찬가지로 갇혀 지내는 신세가 된다. 한편 그녀의 본가에서는 그녀와 의절(義絕)하겠으며 그녀에게 금전이고 의복이고 간에 어떤 도움도 주지 않겠다고 연락해온다. 더군다나 그녀의 부친은 그녀가 더 이상 자신의 딸이 아니며, 그녀가 이 세상에서건 내세에서건 비참한 존재가 되도록 저주했다고 한다. 이런 소식은 이제 모든 것을 러블레이스의 신의와 호의에 의존해야 할 처지가 된 그녀로서는 견디기 힘든 비탄과 고뇌의 원인이 된다. 러블레이스는 이런 그녀의 처지를 이용해 전의 결혼 약속은 아랑곳하지 않은 채 자신을—육체적으로—받아들일 것만을 강요한다. 러블레이스는 집에 불이 난 것 같은 소동을 일으키고 그사이 잠깐 열린 그녀의 방에 들어가 겁탈하려 하나 그녀의 완강한 저항에 부딪혀 실패한다. 이 일이 있은 후 클러리사는 이 집을 탈출해 햄프스테드라는 곳까지 달아나는 데까지 성공하지만 쫓아온 러블레이스에게 붙잡힌다. 클러리사의 행동에 분노한 러블레이스는 그녀가 다시 돌아온 후 어느 날 그녀에게 약을 먹여 그녀가 잠들어 있는 사이에 결국 그녀를 범한다.

강간을 당한 후 클러리사는 며칠간 제정신이 아니며 광기의 발작까지 보인다. 그녀가 정신을 되찾았을 때 그녀를 다시 본 러블레이스는 그녀가 전혀 '굴복'하지 않았을뿐더러 오히려 그를 영원히 경멸하고 증오하게 되었을 따름이라는 것을 깨닫게 된다. 이때—한동안 러블레이스의 농간으로 중단되었던—친구 하우 양의 편지가 도착한다. 하우 양은 그 편지에서 비로소 클러리사가 있는 곳의 실체를 알리며 그곳은 한 시도 머무를 데가 못 된다는 것을 경고한다. 클러리사는 다시 탈출 시도를 하며 이번에는 창문에서 소리를 질러 행인들의 도움을 구한다. 이런 그녀를 보고 러블레이스는 뉘우치는 심정에서 그녀의 사촌 모던 대령이 귀국하여 그녀를 안전하게 데려갈 때까지 그녀를 전혀 괴롭히지 않고 가만히 놓아두겠노라고 맹세한다.

러블레이스는 병들어 편안치 않다는 친척 M. 경을 병문안하기 위해 며칠 런던을 떠난다. 그가 없는 동안 클러리사는 하녀의 옷을 훔쳐 입고 집을 탈출한다. 그러나 그녀는 곧 마담 싱클레어에 의해 행방이 들통나고 마담이 여관비 미납을 빙자해 고발하는 바람에 채무 불이행죄로 체포당하게 된다. 그러나 러블레이스의 친구 벨포드가 이 소식을 듣고 마담의 고발이 터무니 없다는 것을 나서서 밝히자 그녀는 풀려나게 된다. 벨포드는 전부터 친구 러블레이스의 행동이 지나치다며 못마땅해 오던 터인지라 이제는 적극적으로 개입하여 그녀를 어느 친절한 장갑제조업자의 집에 머물도록 주선한다. 그녀는 자신의 불우한 처지를 비관한 나머지 벨포드가 불러온 의사의 진단과 처방에도 불구하고 점점 몸이 쇠약해간다. 이제는 진정으로 참회하는 러블레이스가 찾아와 제발 결혼해 달라는 요청을 거듭하나 그녀는 이를 단호히 거부하고 먹고 마시지도 않으며 자신의 죽음을 준비하는 모습을 보인다. 그녀는 벨포드에게 편지를 보내 그를 자신의 유언집행자로 임명한다는 것을 알린다. 그녀는 자신이 죽어 들어갈 관을 사들여 그것을 책상으로 삼아 편지를 쓴다.(그 관에는 그녀가 집을 나온 날자를 그녀의 사망일로 적은 명패를 붙인다.) 그녀는 가족과 화해하기 위한 노력을 다시 이어가며 주변 사람들에게 자신이 겪고 또 놓인 처지를 알리려 애쓴다. 한편 그녀는 이제는 그녀에 대해 가식 없는 진실한 사랑을 느끼며 고뇌 어린 참회와 쓰라린 자책 가운데 몸부림치는 러블레이스가 하는 어떤 보상과 속죄의 제안도 거부한다.

귀국한 사촌 모던 대령이 드디어 그녀를 찾아와 죽어가는 그녀의 기력을 회복시키려 애쓰지만 아무 소용이 없다. 왜냐하면 그의 노력에도 불구하고 할로우 집안의 클러리사에 대한 태도에는 전혀 변함이 없기 때문이다. 모던 대령은 또한 러블레이스와 그의 친척 M. 경도 만나게 되는 데, 그들은 이제라도 클러리사가 마음을 바꾸어 러블레이스와 결혼하게 된다면 더 바랄 게 없다고 말한다. 그러나 모던 대령이 돌아와 간곡하게 그런 내용을 그녀에게 종용하고 충고함에도 불구하고 클러리사의 결심에는 추호도 변함이 없다.

이제는 할로우 집안사람들을 포함해 주변의 모든 사람들이 클러리사가 곧 죽을 것이란 사실을 절감하게 된다. 비로소 그녀의 부친과 오빠는 사태의 심각성을 깨달았다는 듯이 그녀에 대한 금지령을 해제하고 언니 또한 자신의 잘못을 뉘우친다. 그동안 무력하기 짝이 없는 모습을 보이던 그녀의 어머니조차도 자신이 어미로서 해야 할 마땅한 도리를 하지 않은 것을 후회한다. 그들은 모두 클러리사에게 그녀가 그들의 기왕의 잘못을 용서하고 빨리 건강을 회복해 그들과 재회하기를 소망한다는 편지를 써 보낸다. 그러나 그들의 참회는 한발 늦었다. 클러리사는 편지가 도달하기 조금 전에 모던 대령과 몇몇 낯선 이들에 둘러싸인 가운데 마지막 숨을 거뒀기 때문이다. 그녀의 시신은 이제야 드디어 집으로 돌아와 장례를 치루고 그녀를 사랑했던 조부의 무덤 아래 묻히게 된다. 그녀가 죽었다는 소식을 듣고 넋이 나가도록 상심한 러블레이스는 M. 경의 조언대로 외국으로 떠난다. 그러나 그는 결국 심판을 면하지 못한다. 어느 겨울날 아침 그는 자신을 찾아온 모던 대령과 결투를 벌이며 결국 죽음을 맞이한다. 그는 죽어가며 '이것으로 속죄가 되기를'이란 말을 외친다.

작품의 역사 및 사회적 배경

이 소설의 작가인 새뮤얼 리처드슨만큼 그가 후일 영국 소설사에서 차지한 중차대한 역할과 위상과 어울리지 않은 배경이나 이력을 가진 사람도 찾아보기 힘들다고 한다. 그가 작가로 나서기 시작했을 때 그는 나이는 이미 쉰이 넘었으나 공식 교육은 거의 받은 바 없고 단지 일찍이 손댄 인쇄업에서 성공했다는 것밖에 내세울 것이 없었기 때문이다. 그러나 그는 편지글을 잘 썼기에 문맹인 사람들의 편지를 그동안 많이 대필해 준 일이 있었고, 이런 편지글들의 모범이 될 만한 글들을 모아 『친숙한 편지들*Familiar Letters*』이란 책자를 펴냈던 것이 모든 일의 발단이 되었다. 이 책자가 크게 호평받고 잘 팔리자 그는 편지글로서 이야기를 하나 써 볼 생각으로 쓴 것이 『패밀라*Pamela*』였고 이 작품은— 그가 예상하지도 않았던 —당대 최고의 선풍적 인기를 끌어 모우는 결과를 가져 왔다. 자신이 독실한 개신교도로서 젊은 여인들에게 '도덕적 교훈'이 될 만한 얘기를 쓰고자 했던 리처드슨은 이 소설에서 방탕한 귀족 집안에 하녀로 들어간 열다섯 살 먹은 소녀가 자신이 겪은 일들을 편지투의 형식으로 쓴 글을 들려준다. 그녀는 이 집에 들어온 후 주인의 끊임없는 유혹과 감언이설 그리고 수단 방법을 가리지 않는 공략과 술책에 부딪히나 그것들에 넘어

가지 않고 끝내 집요하게 '처녀성'을 지켜낸 나머지 여주인공의 '놀라운 덕성'에 감동한 주인은 그녀에게 정식으로 구혼하는 결과를 가져온다는 것이다. 그러나 이는 훌륭한 도덕성뿐만 아니라 영민하고 단호한 성격을 지닌 여주인공이 자신의 처녀성을 담보로 최대의 거래를 한 것과 별반 다름이 없어 보이기 때문에 원래 의도한 '도덕적 교훈'은 크게 의심스럽게 된다.

『패밀라』를 씀으로서 리처드슨은 '영국소설의 아버지'라고 훗날 불리게 되지만 그는 이 소설이 낙양의 지가를 올린 것은 사실이나 당대의 지식인과 평자들로부터는 '위선적'(?) 여주인공의 영악함이 비난당하고 조롱당하는 결과를 가져왔다는 것도 알고 있었다. 그는 이런 불평과 비난을 잠재우고 벗어나기 위해 세상과 타협하지 않고 '청교도적 덕목'에 진정으로 충실한 여주인공을 창조할 생각으로 1747년부터 2년간에 걸쳐 글자 수로 백만 단어에 이르고 책으로 여덟 권에 해당하는 『클러리사』를 썼다.[36]

최초의 '비극적 소설'로 불리는 『클러리사』는 앞선 『패밀라』와 마찬가지로 '서한체書翰體 소설'이며 이런 서술방식은– 비록 리처드슨이 서한체 스타일의 역시 '최초의 대가'로 불리지만– 독자들에게는 만만치 않은 어려움을 안겨준다. 당대의 최대의 문인이고 리처드슨과 친교 관계에 있던 존슨 박사부터 "이 소설을 스토리 즉 이야기를 즐기기 위해 읽는 자는 차라리 목을 매 죽고 싶은 생각이 들 것이다"라는 말을 할 정도였다.[37] 우선 편지글 형태의 서술방식으로는 연속적이며 진행형의 액션과 사건을 현실감 있게 담아내기가 쉽지 않고 독자는 나름대로 엄청난—낭만주의

---

[36] 그 길이로 말미암아 오늘날 원작을 읽는 경우는 거의 없고 조지 셔번(Gerorge Sherburn)이 1962년에 펴낸 축약본—축약본이라 해도 500 쪽이 넘는—으로 읽으며, 이 글의 본문 인용도 역시 셔번본에 의거한다.

[37] Joseph W. Krutch, *Five Masters*, p.154. 재인용.

시대 대표적 시인 코울리지가『문학 평전*Biographia Literaria*』에서 말한 바 있는—'불신의 자발적 유보留保'를 수행해야 한다. 사건을 경험한 즉시 그것을 편지로 알리는 등장인물들에 대해 독자가 느끼기 마련인 '비현실감'은 어쩔 수 없기 때문이다. 가령 작중에서 러블레이스는 6월 10일 오전 6시부터 자정까지 14,000 단어에 해당하는 글을 쓰고 있다. 그러나 동시에 평자들이 지적하듯이 서한체가 액션과 사건이 있은 그 순간의 반응과 감정을 반영하는 '직접성 혹은 즉각성'의 효과를 빼어나게 갖고 있다는 것도 사실이다.

앞서 설명했듯이 르네상스 이후 영국에서 처음으로 다시 '비극 문학'이 출현한 것은 영국사의 상대적 선진성을 말해주는 것으로서 서유럽국가 중에서 영국에서 처음으로 근대시민사회가 등장하였다는 역사적 사실과 관련이 깊다. 또 자유주의와 개인주의로 요약할 수 있는 근대적 사유와 신념이 뿌리내리기 시작한 곳이 영국인 까닭은 이미 17세기에 최초의 '부르주아 혁명'(1642–51년의 퓨리턴 혁명과 1688년의 명예혁명)이 일어났고 이를 통해 부르주아 계층이 사회의 주도적 계층으로 부상浮上하게 되었기 때문이다.38 명예혁명 후 영국은 왕정 체제 속에서 전통적 토지 귀족층과 런던의 상인과 제조업자들을 중심으로 하는 부르주아 계층이 타협하여 권력을 나눠 갖게 되었다. 이 '명예혁명 체제'는 이후 300년간 ―귀족층의 영향력이 점차 축소되어 갔다는 사실을 제외하면― 근본적으로 바뀌지 않는다.

『클러리사』는 18세기에 들어와 이론의 여지없이 국가와 사회의 주도세력의 한 축으로 부상한 중간계층의 중심적 욕망구조와 행동양태를 그 소재로 한다. 작품은 중간계층이 가장 첨예한 관심을 갖고 치열하게 추

---

38 앞선 글에서도 마찬가지이지만 '부르주아지'나 '시민(계급)'이나 '중간계층'이나 결국 동일한 대상을 달리 부르는 데 불과하다. 역사학, 사회학, 경제학에서 부르는 명칭이 통일되지 않은 까닭도 있다.

구하는 '재산 증식'과 '신분 상승'이란 목적이 인간의 삶에 미치는 부정적 영향과 파괴적 결과를 묘사하고 있다. 그러나 이 작품은 근대 사회로의 진입이 빨랐고 그 까닭에 18세기 초에 영국 사회가 겪을 수밖에 없었던 정치, 경제, 사회적 변화의 측면만이 아니라 정신과 이념이라는 '가치관'의 측면에 있어서의 극심한 혼란과 갈등도 그 배경으로 하고 있다. 따라서 이 작품을 제대로 이해하기 위해서 현대의 독자는 강렬한 '역사적 상상력'을 발휘해야 한다.[39] 부르주아 혁명과 상업주의 사회 및 그 바탕을 이루는 청교도 정신이라는 복잡하고 다양한 당대 사회의 각 분야에서 일어난 변화에 대한 인식이 선행되어야 한다는 것이다.

할로우Harlowe 집안과 클러리사 그리고 러블레이스

할로우 집안은 전형적인 런던의 중간계층 상인 출신이며 상승하는 신흥 부르주아지를 대변한다. 이 중간계층이 사회적 정치적 영향력을 획득하고 국가의 주요 권력의 원천으로 등장한 배경에는 앞서 말했듯이 그들이 발휘한 비상한 활력과 창의력뿐만 아니라 근면하고 건실한 생활방식에 힘입어 막대한 경제적 이익을 쌓았다는 것이 있다. 청교도주의에 입각한 그들의 '도덕적으로 엄정한decorous' 생활 태도는 귀족계층의 충동적이고 열정적인 그러나 나태하고 화려한 생활 스타일—그리고 그 무엇보다도 그들의 성적 문란함—과 상반되는 이미지를 갖게 만들었다. 그러나 한계와 단점도 만만치 않아서 그들은 근본적으로 물질주의적이며, '소유적 개인주의'를 노예적으로 신봉하는 천박하고 옹졸 편협한 정신에서 벗어나지 못한다. 할로우 집안에서 차녀 클러리사만이 유일하게 '자유로운 영혼'을 지니고 있어서, 물질과 금전에 대한 숭배와 예속에서 벗어나 '정

---

39 George Sherburn, "Introduction," *Clarissa*, vii.

신적 독자성과 독립성'을 추구하고 주장한다. 그녀는 새로운 자유가 실현될 듯했으나 현실적으로는 불가능했던 시대의 산물인 '신여성의 상징'으로서, 중간계층이 지닌 가장 긍정적 덕목인 '도덕성과 진지함'이라는 시대적 가치를 대변하고 있다.[40] 한편 그녀의 상대역인 러블레이스는 귀족적이고 특권적인 자유를 누리던 과거 왕정복고기의 귀족의 후예를 상징한다. 왕정복고 후 귀족의 자식들은 정치적 활동에 그들의 에너지를 쓸 수 없었고 방탕하고 분방하기 짝이 없는 향락 추구적인 삶을 살아가는 것으로 작품 속에서 나타난다.

결혼제도에 일어난 변화

상업 부르주아지의 부상에도 불구하고 18세기 초 영국은 여전히 경제적 주도권은 토지와 농업에서 나왔고 정치적 권력은 귀족에 의해 장악되는 사회였다. 그 원인은 17세기에 영국의 시민 계층은 귀족계층에 도전하였으나 그들의 권력을 빼앗는 데는 실패하였고 그 대신 '정치적 타협'을 이뤄내는 데 그쳤기 때문이다. 레이먼드 윌리엄스에 의하면 당대 영국은 핵심적인 4백여 귀족 가문이 국토의 경작 가능한 토지 1/4을 소유하고 있었고, 정치적 권력은 토지재산의 소유 여부와 그 규모에 의해 좌우되었다고 한다.[41] 이런 현실에서 당대 지배계층의 결혼 풍습은 어떤 다른 동기보다도 토지재산의 축적에 보다 중점적으로 이바지하도록 제도화되었다. 따라서 중간계층도 지위와 신분의 상승을 위해서는 토지의 축적과 집중을 가속화하는 데 주력했고, 그러기 위한 주된 수단이 바로 '재산 결혼'이라고 일컬어지는 특유한 결혼 양식이었다. 신흥 부르주아지

---

40 William M. Sale Jr., "From *Pamela* to *Clarissa*," Robert D. Spector, ed. *Essays on the Eighteenth Century Novel*, p.23.

41 Raymond Williams, *The Country and The City*, p.60.

는 사업의 성공으로 재산을 모으면 토지를 매입했고, 동시에 재산 결혼을 통해 그것을 증대시키려 혈안이 되었다. 할로우 가문은 이미 상당한 토지를 소유하고 있는 성공한 부르주아 집안이나 아직 지배계층에 진입하지 못한 것으로 말미암아 강렬한 계급적 열등감 즉 '속물의식'에 사로잡혀 있다. 이들은 상당한 재산을 바탕으로 하여 지위와 작위를 획득하고자 하는 야심 찬 계획을 갖고 있는 것이다. 당대의 귀족 중에는 할로우 집안처럼 재산을 모아 토지를 사들여서 이 축적된 토지재산을 바탕으로 신분 상승에 성공한 배경을 지닌 사람들이 있었다고 역사가들은 말한다.[42] 클러리사도 친구 하우 양에게 "우리 집안사람들은 가문을 일으키고자 하는 간절한 소원이 있다"고 말하고 있다.[43]

작품 가운데 집안의 장남인 제임스와 그의 부친이 보여주는 행위는 모두 이러한 동기에서 출발한다. 제임스의 두 명의 숙부 가운데 한 명은 그의 토지에서 발견된 탄광으로 재산을 모았고, 다른 이는 동인도회사에 투자해서 치부했으며 그들은 모두 독신이어서 직계 상속자가 없다. 부친은 상당한 지참금을 가져온 어떤 자작viscount의 딸과 결혼해 재산을 늘렸던 사람이다.[44] 이 집안의 실세인 제임스는 그의 두 누이들에게 각기 £10,000~15,000의 상속을 해주고 남는 부친의 유산 그리고 조부 및 숙부들의 유산을 모두 물려받을 기대를 하고 있다. 여기에 덧붙여 조모에게서 물려받을 예정인 상당한 유산을 합치면 제임스는 꽤 엄청난 액수의 재산을 독점하는 셈이고, "이만한 재산이면 상당한 이권을 수중에 장악하는 것이며, 아마 귀족의 작위도 얻을 수 있을 것이라고 생각한다. 바로 그는 이런 강렬한 야심을 갖고 있는 것이다."[45]

---

42 Angus Ross, "Introduction," *Clarissa, or the History of a Young Lady*[Penguin Classics], p.22.

43 Richardson, Sherburn, abr. ed. *Clarissa*, p.23.

44 같은 책, 23.

45 같은 곳, 23.

아울러 이 작품에서 부친이 집안의 엄연한 가장이면서도 사사건건 아들 제임스의 눈치를 보며 그에게 중요 결정을 일임하고 내내 그의 역성을 드는 까닭은 17세기 중엽에 일어났던 민법상의 변화에 기인하는 것으로, 이 변화된 제도에 의하면 가장은 토지재산의 종신(즉 당대의) 소유자에 불과하며 장남이 실질적인 권한을 독점하게 되었다고 한다.[46] 따라서 제임스는 그의 부친을 포함한 가족의 다른 남자들은 단지 재산의 일시적 관리자 정도로 보고 있으며 누이들이란 재산을 축내는 거추장스런 존재 정도로 여기고 있다. 그러나 그의 이런 기대에 문제가 발생한다. 조부의 유언은 "그의 예정된 유산의 일부를 떼어버렸던 것이다."[47] 다시 말해, 가족들의 반대에도 불구하고 조부는 평소에 총애하던 손녀 클래리사에게 유산을 상속한 것이다. 오빠의 분노와 질시를 달래기 위해 그녀는 조부에게서 받은 유산의 관리를 부친에게 맡기고 자신은 부친이 주는 소액의 이익금으로 만족한다.

러블레이스가 등장하여 처음에 장녀 아라벨러에게 관심을 보였을 때 가족들은 모두 쌍수를 들어 환영하였다. 아라벨러는 물려받은 재산도 없고—그래서 '손실'이 없고—또 그를 통해 귀족 가문과 연계를 맺어 제임스의 출세에 도움이 될까 해서였다. 그러나 러블레이스의 진정한 관심이 클러리사로 향하고 있다는 것이 분명해지자 가족들의 태도는 돌변한다. 왜냐하면 그녀가 만약 러블레이스와 결혼하면 이미 그녀가 조부로부터 물려받은 상당한 유산도 남편인 그에게 귀속될 것이기 때문이다.[48] 또한 아무래도 제임스가 모든 재산을 물려받지 못하고 또 귀족도 되지 못한다

46　Christopher Hill, "Clarissa Harlowe and Her Times," Robert D. Spector ed., *Essays on the Eighteenth Century Novel*, p.33.

47　Richardson, p.24.

48　1882년에 이르러 '기혼여성재산법'Married Women's Property Act이 통과되기 전까지 결혼한 여자의 재산은 법적으로 남편에게 귀속되었다.

면 구태여 그에게 재산을 집중할 필요를 느끼지 못하고 삼촌들마저도 조부의 예를 따라 그들의 유산을 총애하던 클러리사에게 물려줄 가능성도 배제하지 못하게 되었기 때문이다.**49** 결국 제임스의 신분 상승의 희망은 깨어지고 엉뚱하게—그렇지 않아도 그가 학생 시절부터 증오하던—러블레이스 좋은 일만 잔뜩 만들어주는 결과가 될 가능성이 커진 것이다. 제임스는 그래서 누나 아라벨러에게 "이 못된 요녀little syren"가 조부의 재산을 이미 가로채 갔듯이 장차 숙부들의 재산도 채어갈 공산이 반은 남아 있어"라고 질시와 의심의 눈길을 보내는 것이다.**50**

이 난국을 해결하기 위한 방책으로 부친과 제임스는 벼락부자 소움스를 대신 소개하고 클러리사에게 그와 결혼할 것을 강요한다. 소움스는 나이 많고 무식하며 추하게 생긴데다 돈벌이밖에 아는 것이라곤 없는 인간이다. 그러나 그는 클러리사와 결혼하기 위해서는 관례적인 지참금을 요구하기는커녕 자기 가족들이 받아야 할 정당한 유산 기대 분마저 박탈해 할로우 집안에 주겠다고 한다. 그의 클러리사에게 대한 구혼은 따라서 제임스와 집안에 커다란 이익을 가져다주게 된다. 클러리사를 소움스와 결혼시키면 조부의 재산뿐 아니라 소움스의 재산의 상당분도 할로우 집안의 소유가 되기 때문이다. 작가 리처드슨은 처음부터 가족 내의 이 모든 재산 증식과 신분 상승을 둘러싼 갈등과 음모의 빌미를 제공한 것은 조부의 클러리사에 대한 유산에서 비롯되었다는 것을 부각시키기 위해 "숙녀가 받은 유산*The Lady's Legacy*"이란 제목을 원래 부쳤다고 한다.**51** 클러리사의 친구 하우 양이 하는 다음과 같은 말은 이 작품의 중심적 문제와 갈등의 핵심을 찌르고 있다.

---

49 Richardson, p.23.

50 같은 책, p.24.

51 Hill, p.36.

너희 집 식구들은 행복하기에는 너무나 많은 재산을 갖고 있어. 본성적으로 너희 집 사람들은 더욱 부유해지기 위해 결혼도 강행하지 않으면 견디지 못하는 것 같아. 언제 진정한 행복이 너희 식구들의 목적이 되어 본 일이 있니? 결코 그렇지 못해. 너를 제외하고는 너희 집 사람들 어느 누구도 부유하지 않으면 행복을 느끼지 못하는 사람들이니까.(19)

중간계층과 '청교도 전통(퓨리터니즘)'

작품의 사회역사적 배경을 이해하는 데 있어 두 번째로 중요한 것은 17세기 퓨리턴(청교도) 혁명의 주역이었던 중간계층의 정신적 뿌리인 '청교도 전통'의 본질과 정체성에 대한 이해이다. 이 청교도들은 영국 개신교의 중심적 세력으로서 루터와 캘빈의 교리를 준수하며, 가톨릭의 유산과 흔적을 말 그대로 '정화purify'하려는 시도를 갖고 출발한 것이다. 개신교의 중심이념인 '오직 믿음으로sola fide'와 '오직 성서로sola scriptura'는 인간 각자가 자신의 '내면의 빛'을 따라 '개인적 구원'의 길을 걷는 것을 뜻한다. 이런 개신교의 '개인'에 대한 새로운 관심과 각성은 '자유로운(즉 '침범당하지 않는inviolate')' 개인이란 관념을 불러일으켰다. 이것이 바로 주인공 클러리사의 삶과 죽음을 관류하는 기본 정신이다. 역사가들은 이런 개신교도들이 견지한 자기 확신과 자기 정당성은 후대 19세기의 대 정치가였던 벤저민 디즈레일리가 영국에서는 "중간계급의 자기 정당성에 호소하여 그것을 획득하지 못하는 한 아무 일도 할 수 없다"는 고백을 하게끔 만들었다고 말한다.52

이 청교도 전통은 18세기 영국 사회와 가족제도에 중대한 영향을 미쳤다. 우선 가족제도의 신성화와 인간의 행위규범으로서의 '적절성

---

52 앙드레 모로아, 『영국사』, p.344.

decorum(온당함, 격식에 맞음)'에 대한 신앙에 가까운 헌신과 집착을 가져왔다. 이는 상층 귀족계층의 충동적이고 화려하며 나태한 생활 스타일과 구별되는 중간계층의 도덕적 우월성과 사회적 헤게모니 장악을 위한 것이었다. 그러나 현실에 있어 가족제도의 신성화는 가부장적 질서의 공고화를 가져왔고, 더구나 퓨리턴적 세계관이 지닌 근본적인 모순과 한계의 문제를 드러내기 시작했다. 즉 '여성의 불평등이론'이 그것이다. 이는 한편으로 하나님 앞에 모든 인간은 평등하지만 다른 한편으로 어떤 인간은 다른 인간보다 더욱 평등하다는 이론이었다. 개신교가 말하는 이른바 '선택된(은총 가운데 있는)' 자와 '버림받은' 자의 구별은 사회적으로는 재산 있는 자와 없는 자로 구분되며, 가정에서는 남자와 여자로 구분되는 것이다. 캘빈에 뿌리를 두고 있는 '예정론predestination'에서 뿐만 아니라 『창세기』에서부터 여성은 남성을 위해 창조된 것이며 그 반대가 아니라고 못박고 있다. 프로테스탄트 국가에서의 가부장제는 바로 이런 원칙에 의해 정당화되었던 것이다. 이는 또한 혼전순결에 대한 집착이라는 여성에 대한 대표적인 성적 억압의 형태로 나타났다. 리처드슨이 이 작품을 쓸 때 처음 등장해 유행하던 말의 하나가 '정숙한 처녀prude'라는 말이었다. 이 말은 오늘날 쓰이듯이 '새침 떼기'라는 의미가 아니라 문자 그대로 '성적 순결함'을 가리키는 말이었다.[53]

　이 혼전순결에 대한 강조는 중간계층의 '절대적 재산권'과 맞물리게 된다. 즉 중간계층의 경제적이고 타산적인 가치관은 처녀의 순결성 자체를 하나의 중요한 재산으로서의 가치를 갖는 것으로 만들었던 것이다. 『패밀라』에서 주인공이 자신의 처녀성을 '가장 중요한 보배'로 여기고 이에 대해 가장 높은 값이 매겨지는 순간 비로소 매각하는 재산으로 취급하는 것이 바로 그것이다. 처녀성이 교환될 수 있는 재산과 권력의 등가물

53　Terry Eagleton, *The Rape of Clarissa*, p.57.

이 된 것이다. 당대의 최고의 지성으로 불리는 존슨 박사도 '여성의 정절은 가장 중요한 것이며 모든 재산이 거기에 의존해 있기 때문'이라고 말했다.[54] 여성의 부정이 남성의 그것보다 더욱 범죄적인 것으로 여겨지는 것은, 로마 시대 이래로 남성우위사회의 특징적 격언인 '어머니는 분명하지만 아버지는 불분명하기 때문*mater certa pater incertus*'이란 말이 잘 드러내준다. 혼전순결의 강조는 뤼스 이리가레를 비롯한 페미니스트 인류학자들이 말하듯이, 처녀성의 '주물화呪物化 fetishism'와 여성의 인격이 '물화物化 reification'되는 현상을 가져왔으며, 가부장제 아래 남성에 대한 여성의 예속을 더욱 강화시켰다는 것은 주지하는 바와 같다.[55]

리처드슨 소설 속에서의 여성과 결혼

리처드슨이 쓴 세 권의 소설 가운데 중요한 두 권 『패밀라』와 『클러리사』는 모두 미혼 여성이 받는 부당한 수난과 박해의 과정이 중심적 플롯을 형성한다. 위에서 보았듯이 여성은 당대의 사회역사적 조건 하에서—특히 중간계층의 미혼여성은 —하나의 독립된 인격과 영혼을 지닌 개인이 아니라 가족의 치부의 수단이나 특권적 남성의 성적 약탈의 대상으로 전락하기 쉬웠기 때문이다. 『패밀라』에서는 아름답고 정숙한 여주인공이 자유분방하고 호색한 귀족의 아들의 성적 노리개가 될 위험에 항상 노출되어 있고, 『클러리사』에서 주인공은 집안에서는 재산 증식의 도구로 이용당하고 밖으로는 방탕한 귀족의 유혹과 위협의 표적이 되는 이중의 위험에 빠져있다. 역사가들은 당시 중간계층의 의식 속에서 여성은 본성에 있어 남성보다 순수하고 고매하지만 동시에 그렇기 때문에 더욱 유혹과

---

54 Hill, p.52. 재인용.

55 *Eagleton*, p.56. 재인용.

타락의 가능성을 많이 갖고 있다는 전통적 편견과 통념이 지배적이었다고 한다.[56] 18세기 인들에게 익숙한 속담의 하나로 "여성은 시궁창 위에 세워진 성전이다Woman is a temple built upon a sewer"라는 말이—요즘 듣기엔 섬찟하지만—당대인들의 여성관을 단적으로 드러내주고 있다.[57] 즉 여성은 숭고한 천사와 추악한 탕녀의 양면성을 지니고 있으며 가정의 울타리 안에서는 고귀한 존재가 될 수 있으나 가정의 담장을 벗어나면 아무 것도 아닌 존재가 되어버린다는 것이다. 중간계층의 여성에게는 결혼이 유일한 출구였으며 결혼하기 위해서는 앞서 말했듯이 순결이 가장 중요시되었다. 순결을 잃는다는 것은 재산 결혼제도 아래에서 치명적인 결함이고 파멸의 나락으로 떨어지는 일이었다.

따라서 당대 중간계층의 감성과 도덕성을 대변하는 작가 리처드슨이 자신의 대표적 소설들에서 한결같이 처녀의 '강간'을 중심적 사건으로 다루고 있는 것은 우연이 아니다. 당대 독자층의 대부분을 이루는 중간계층 남녀들로부터 가장 흥미진진하고 첨예한 관심과 흥미를 불러일으킬 만한 소재였기 때문이다. 영 소설의 저명한 평론가 중의 하나인 월터 앨런이 지적했듯이 『패밀라』의 기본플롯은 한마디로 "지연된 강간procrastinated rape"으로서 하녀 신분의 주인공 패밀라가 봉건적 특권에 따르는 향락적 삶을 사는 주인(Mr. B)의 유혹을 끝내 물리치고 일회용 노리개가 아니라 영구한 아내의 위치를 쟁취하는 과정이라면,[58] 클러리사는 가족이 강요하는 소움스와의 애정 없는 결혼이라는 장기적 형태의 강간을 받아들이던가 아니면 방탕한 귀족인 러블레이스의 교묘하고 집요한 꼬임에 빠져 일회용의 강간을 당하든가 둘 중 하나를 선택해야 할 처지에

---

56 Carol M. Flynn, *Samuel Richardson: A Man of Letters*, p.99.

57 Flynn, p.128. 이 말의 원전은 2세기 신학자 테르툴리아누스Tertullianus이다.

58 Walter Allen, *The English Novel* p.33.

놓이게 된다.

클러리사와 러블레이스

양갓집 규수로서 평온하고 순탄한 삶을 살던 아름답고 정숙한 처녀 클러리사는 러블레이스와 소움스의 등장으로 하루아침에 악몽과 같은 현실을 경험하기 시작한다. 그녀는 벼락부자이나 무지하고 인상마저 흉측한 소움스와 결혼하라는 오빠와 부친의 강요에 시달리게 된다. 그런 그녀에게 얼마 전에 등장해 관심을 보이던 귀족 러블레이스란 청년이 같이 달아나면 자신이 안전한 장소에서 그녀를 당분간 보호해주겠다는 제안을 해온다. 자신에 대해 갖는 그의 관심이 싫지만은 않았던 클러리사는 솔깃하지만 당대의 통념대로 집을 떠난 여자 앞에 무슨 함정과 위험이 도사리고 있는지 알 수 없어서 망설인다. 그러나 사실 천성적으로 탕아인 러블레이스는 그녀를 꾀어내어 자신의 정부로 삼을 계략으로 그녀의 집안에 자신의 염탐꾼을 심어 동향을 낱낱이 알아내는 동시에 그녀와 다른 가족들 사이를 이간질하여 그녀가 어쩔 수 없이 집을 나와 자신에게 완전히 의존케 하려고 온갖 꾀를 자 짜낸다. 가령 그녀를 완력으로 구출하겠다는 협박을 공개적으로 함으로써 다급해진 가족들이 더욱 서둘러 소움스와의 혼인하도록 그녀를 닦달하게 만드는 것이다. 그녀가 결국 집을 나오게 되는 장면도 러블레이스의 용의주도한 술책으로 연출되어 있다. 클래리사가 거듭 생각한 끝에 그의 탈주 제안을 거부하기로 하고 그를 만나 그 얘기를 전하려 하자 갑자기 그의 심복이 나타나 요란한 자작극을 벌인다. 즉 그가 집안사람들이 쫓아오는 것 같은 소동을 흉내 내자 그 와중에 엉겁결에 그녀는 러블레이스의 마차에 몸을 싣게 되는 것이다. 일단 그녀를 수중에 넣자 러블레이스는 당초 약속한 대로 안전한 가옥으로 그녀를 데려가는 대신 런던으로 데려가 악명 높은 뚜장이 마담 싱클레어의 매음굴에 유폐시키는 것이다.

그러나 정작 집을 나와 가정이라는 보호가 없어지자 오히려 클러리사는 자신의 강인한 본성을 드러내기 시작한다. 그녀의 마음을 누그러뜨리고 달래서 자신의 마음대로 다루기 위해 갖은 술수를 부리는 러블레이스에게 그녀는 다음과 같이 말한다.

> 가세요, 러블레이스 씨, 당신을 위해서도 나를 떠나는 게 좋을 거예요. 나의 영혼은 당신의 영혼보다는 높은 곳에 있어요. 얼마나 내 영혼이 당신과 같은 사람으로선 감히 따라오지 못할 곳에 있는지 자꾸 얘기하지 말게 하세요. 당신은 너무나도 자존심이 강한 마음을 상대하고 있는 거예요.[59]

클러리사가 자신의 뜻대로 고분고분하게 응하지 않자 초조해진 러블레이스는 '탁월한 계책master stroke'을 준비하는데 하녀를 시켜 한밤중에 집에 불이 난 것처럼 소동을 일으키는 것이다. 그 와중에 굳게 잠긴 클래리사의 방문을 열게 하여 그녀를 구한다는 구실로 안에 들어가 범하려는 계획을 실천에 옮긴다. 그러나 이 시도 또한 그녀의 완강한 저항으로 무위로 돌아가고 오히려 자신에 대한 그녀의 경멸과 증오심만을 더욱 강하게 만든다. 러블레이스의 동기와 목적은 왕정복고 시대의 '풍속희극'에 등장하는 탕아나 멀리는 중세 농노의 혼례에 초야권初夜權을 주장하는 봉건영주와 같은 분방하고 무절제한 귀족의 특권을 누리고자 하는 것이다.[60] 그는 할로우 가문과 같은 성공한 부르주아들의 물질주의적 가치관을 경멸함과 동시에 그들이 결혼과 가정을 신성시하는 것을 백안시하며,

---

59 Richardson, p.239.

60 Sale Jr., *Essays*, p.29.

여성은 근본적으로 음탕하고 위선적이라는 왜곡된 신념을 갖고 있다. 그
는 그가 소위 ‘탕아로서 명예로운’ 삶의 방식이라고 생각하는 “결혼이라
는 속박으로 오염되지 않은 동거cohabitation의 형태”[61]로 클러리사와 살겠
다는 것이다.

그러나 러블레이스는 클러리사와의 관계에 있어서 시일이 지날수록
스스로도 어쩔 수 없는 강박의 상태에 빠진다. 그는 자신도 모르는 사이
에 그녀의 매력에 사로잡혀 도저히 빠져나오지 못하는 것이다. 마치 양
날의 칼날과 같이 클러리사와 러블레이스의 관계는 양자 모두에게 괴로
움을 가져다주고 상처를 입힌다.

> 내가 그녀를 만날 때마다 그녀가 내 수중에 있는 것이 아니라 내가 그
> 녀의 수중에 있다는 것을 깨닫는다.[62]

· · · ·

> 나는 불행한 인간이다. 사람들은 이 여인을 가장 부드러운 마음씨를
> 가진 여인이라고 말한다. 나도 그렇게 믿었었다. 그러나 그녀는 나에게
> 가장 완강한 여인으로 대하는 것이다…… 나는 오래전부터 우리는 서로
> 를 행복하게 해주기 위해 태어난 것으로 상상했다. 그러나 사실은 정반
> 대로 우리는 서로에게 고통을 안겨주려고 만난 것 같이 여겨진다.[63]

러블레이스는 “공략할 수 없는” 클러리사의 태도에 맞서 탕아로서 갈
고닦은 온갖 지략과 계책을 꾸며보나 모두 무위로 돌아간다. 그의 처지
에서 보면 이 소설은 전체가 하나의 커다란 탄식이고 ‘하소연Jeremiad’이라

61　Richardson, p.307.
62　같은 책, p.147.
63　같은 책, p.215.

할 만하다. 우선 할로우 집안에서 클러리사를 꾀어냈을 때부터 그의 가장 큰 불만은 그녀가 집안의 가혹한 심리적 고문과 박해 때문에 그를 따라나선 것이지 결코 그 자신을 사랑해서 그와 함께 있는 것이 아니란 사실에서 비롯한다. 이것은 탕아로서의 그의 자존심을 무엇보다 상하게 하고 클러리사를 완전히 정복해 무릎 꿇리려는 그의 결심을 더욱 날카롭게 만든다.

러블레이스가 그녀를 완전히 소유할 수 있는 길은 단 한가지 밖에 없다. 탕아로서의 온갖 못된 술책과 농간을 집어던지고 그녀에게 정식으로 구혼하는 것이다. 그러나 그는 결혼제도에 대한 견딜 수 없는 혐오감과 두려움을 갖고 있기 때문에 이 길은 심각한 자기모순에 빠지는 것이 된다. 그는 "탕아로서의 행위규범rake's creed"을 저버리고 그녀에게 구혼할 수도 없고 그렇다고 계속 계략과 속임수의 방법에 호소해서 그녀를 굴복시킬 수도 없다는 것을 깨닫는다. 그는 어느 평자의 말마따나 자신을 위해 끔찍한 '딜레마 상황'을 만들어 놓은 것이다.[64] 그는 결국 이러지도 저러지도 못하는 진퇴유곡의 난국을 타결하기 위해 최후의 계책 – 약을 먹여 정신을 잃게 한 뒤에 강간하는 것–에 호소하기로 한다. 강제라는 방법으로는 진정한 승리가 아니라는 것을 누구보다 잘 알지만 이제 이 길 밖에 없다고 스스로에게 강변한다.

완력은–완력에 호소하겠다는 것은–끔찍한 생각이다. 힘으로 얻는 승리는 승리가 아니기 때문이다. 전에는 이렇게 생각했다. 그러나 지금에 이르러 이 방법을 회피할 도리가 있는가? 기왕 모든 방법을 다 써 보았지 않은가?…… 만약 그녀가 강간으로 말미암아 원한이 사무친다면 결혼을 해줌으로써 보상해주면 그만 아닌가? 그녀가 육체적으로 순결하다는 자

---

64 Anthony Kearney, *Samuel Richardson: Clarissa*, p.176.

궁심이 무너지면 그때는 결국 나를 거부할 수 없을 것이다.[65]

그는 아직도 여인에 대한 어떤 폭거도 결혼으로 치유하고 정당화하면 그만이며, 여인은 "한번 굴복시키면 영원히 굴복한다(Once subdued, always subdued. 234, 303)"는 '난봉꾼의 신조'를 확신하고 있다.

'비극적 주인공'으로서의 클러리사

여러 평자들이 지적하듯이 클러리사와 러블레이스의 관계는 운명적인 '악연惡緣의 만남'이라고 보아도 좋을 것이다.[66] 클러리사로 말하면 러블레이스가 정확하게 붙인 별명대로 "매력적인 서리 조각(charming frost-piece, 258)" 즉 정통파 청교도의 교리대로 살아가는 여인이다. 테리 이글턴이 말하듯 "그녀의 도덕적 자기 확신은 정나미 떨어질 정도이고 자신의 성적 본능을 거부하는 것은 실로 파괴적일 만큼 심한 처녀"라는 비판이 결코 지나치지 않다.[67] 한편 러블레이스는 젊은 처녀들을 정복하고 유린하는 것을 탕아의 명예로 아는 구제할 수 없는 악당이다. 그래서 평자 엘리자베스 드류가 "그녀에게는 성sex이 없고 그는 성의 화신이며, 둘 다 육체와 영혼이 조화를 이루지 못하는 불완전한 존재들"이라는 평가가 둘이 놓인 상황을 가장 잘 설명해 주는 듯하다.[68] 이언 와트도 말하듯이 둘은 '완전한 교착상태'에 빠져있고 옴쭉 달싹 못할 필연성이 둘을 사로잡고 있는 것이다.[69]

---

65   Richardson, p.303.

66   Watt, p.237-8; Kearney, p.36.

67   Eagleton, p.73.

68   Elizabeth Drew, *The Novel: A Modern Guide to Fifteen English Masterpieces*, p.48.

69   Watt, p.230.

따라서 '강간'the affair70은 이런 상극인 인물들의 만남이 가져오는 필연적인 사태의 추이推移이고 결과로 보인다. 그러나 정작 중요한 것은 난행亂行을 당한 후의 클러리사의 모습이 러블레이스가 예상한 것과는 전혀 판이하게 전개된다는 점이다. 그녀의 강인하고 의연한 자존심은 추호도 꺾이지 않았고 강간의 직접적인 결과로 그녀는 그를 더욱 혐오하고 경멸하게 되었을 따름이다. 여기서 독자들은 러블레이스의 강간의 진정한 의미는 그가 연인으로나 난봉꾼으로나 모두 실패했다는 것을 자인하는 그의 무력감과 좌절감의 표출이었다는 것을 간파하게 된다. 그의 필사적인 시도는 그저 하나의 공허한 몸부림에 지나지 않았던 것이다. 그리하여 난행이 있은 후 다시 그녀를 처음 보았을 때 러블레이스가 클러리사의 위엄에 압도되어서 스스로 느끼는 졸렬함과 패배감으로 말미암아 수치심을 이기지 못하고 쩔쩔매는 모습을 보이는 것은 당연하다고 할 것이다.

여기 그녀가 들어왔다. 그녀가 거동에 당당한 위엄을 풍기며 들어오는 바람에 나는 엄청난 경외감을 느끼지 않을 수 없었다. 그래서 나는 그후에 이어진 대화에서 내내 형편없는 몰골을 보이고 말았다…… 사랑하는 이여—저는—저는—저는 결코—아니 결코—입술은 떨리고 팔다리는 부들부들하고 목소리는 기어들어 가서 망설이며 띄엄띄엄 말을 이었다. ─ 악당이 이처럼 비참하게 추한 꼴을 보인 일이 있었을까?…… 오 벨포드! 벨포드! 과연 누구의 승리였단 말인가?71

강간이 자행된 후 둘의 처지가 이렇게 뒤바뀌었다는 것은 기왕에 그녀

---

70 Richardson, p.305.

71 같은 책, p.312.

가 보여준 본성과 태도를 생각해보면 그리 놀라운 일이 아니다. 그러나 이제껏 클러리사가 무력하게 고립무원의 처지에서 쫓기는 신세였고 러블레이스는 그녀를 정복하고 지배하기 위해 압도하는 듯이 보였다면 지금부터는 그녀는 '비극의 주인공'답게 당당하고 범접할 수 없는 위엄을 지니고 주위의 도움도 물리치고 자신의 손아귀에 스스로의 운명을 장악하는 모습을 보인다. 한편 러블레이스는 한풀 꺾여 위축된 몰골로 무대의 전면에서 쫓겨난 뒤 클러리사의 주변을 멀찌감치 맴돌다가 결국 작품의 끝에서 그녀의 사촌 모던 대령에 의해 죽음을 맞이한다. 그는 죽어가며 "이것으로 속죄가 되기를"이라고 외치는 것으로 마지막 유언을 남긴다. 그는 강간 사건 후 벨포드에게 보낸 편지에서 탕아의 신조를 맹신했던 자신의 생각이 얼마나 헛되고 잘못된 것이었는지 후회한 바 있다.

"정녕코, 벨포드여, 이 여인은 모든 우리 탕아들의 신조가 얼마나 거짓된 것이었는지 백일하에 드러내 주었네! 미덕이란 말에는 단지 허명만이 아닌 진실한 것이 들어 있었던 것이야. 나는 미덕의 가치를 비로소 깨달은 것 같아. 한번 꺾이면 영원히 꺾인다니, 이건 터무니없는 거짓말이었어. 잭, 그녀는 결코 굴복하지 않았던 거야. 내가 얻은 건 수치와 당혹감 밖에 없네."[72]

러블레이스는 클러리사를 강간함으로써 영원히 그녀를 상실할 뿐만 아니라 자신의 파멸의 구덩이를 판 셈이 되었다. 그러나 클러리사는 난행을 당한 후 제발 결혼해 달라는 러블레이스의 간청을 단호히 물리친 뒤("악당으로 판명된 당신의 아내가 되는 일은 결코 없을 거예요.")[73] 얼마 후 그

---

72 같은 책, p.320.
73 같은 책, p.425.

가 집을 비운 사이 하녀의 옷으로 변장하고 싱클레어 부인의 유곽을 빠져나오는 데 드디어 성공한다. 그녀는 햄프스테드의 어느 양갓집에 은신처를 구한 뒤 일체 외부와의 연락을 끊고 "지상의 남편보다 더 훌륭한 남편을 얻을 준비를 한다"며 서서히 최후를 맞이할 마음의 작정을 하는 것이다.[74] 그녀가 가족의 목사였던 루언 박사에게 보낸 편지에서 선언하듯이—"저의 마음은 더럽혀지지 않았고, 저의 도덕성은 훼손되지 않았습니다"[75]—그녀에게 있어 육체적 순결의 상실은 하나의 영혼으로서 그녀의 '독립자존의 정신'을 전혀 꺾어놓지 못한다. 이는 당대의 혼전순결에 대한 주물적 신성화의 풍조와 세태를 그녀가 정면으로 거부하는 것이며, 개신교도로서의 그녀의 비관습적이고 독자적인 면모가 가장 뚜렷이 부각되는 대목이다.[76] 강간 후 사회의 관습으로부터 완전히 스스로를 해방시킨 클러리사는 그녀의 운명을 스스로 장악하고 사회와의 거부 및 결별을 선언하며, 그것의 논리적이고 필연적인 결과로서의 '죽음'을 스스로 선택한다. 그녀가 친구 하우 양을 비롯해 주위의 모든 이들이 이제는 러블레이스와 결혼해서 치욕을 덮고 기왕의 일을 없었던 일로 하라는 권고를 단호히 물리치고 죽음을 선택하는 모습은 이 세상을 정신적으로 패배

---

74 같은 책, p.396.

75 같은 책, p.437.

76 클러리사의 죽음은 이언 와트가 말하듯 '역사적 관점'에서 보자면 퓨리턴들의 정신적 내면성에의 몰입 특히 육체에 대한 거부와 공포가 가져온 결과요 현상으로 설명할 수도 있다. 퓨리턴 전통이 갖는 자폐적이고 자학적인 성적 억압은 클러리사에게 있어 육체를 받아들이기보다는 차라리 죽음을 선택하는 '죽음에 대한 병적 집착'이란 극히 부정적인 모습으로 표출되었다는 해석이다. 와트는 이는 결국 긍정적이고 건강하게 표현되지 못한 그녀의 성적 충동이 잘못된 출구를 찾은 데 지나지 않는다고 말한다.[Watt, p.233-4] 이는 '역사적 해석'으로서 강한 설득력을 지닌다. 그리고 이런 기독교의 '육체의 거부'는 후대인 20세기 '가톨릭 문학 전통'에서 영국의 그레이엄 그린의 『사랑의 종말 *The End of the Affair*』이나 프랑스의 앙드레 지드의 『좁은 문』과 『전원 교향곡』 혹은 조르주 베르나노스의 『어느 시골 신부의 일기』나 『사탄의 태양 아래』와 같은 작품들이 가장 잘 대표하고 있다는 것도 참고로 부언한다.

시키겠다는 강인한 '자존감'의 발로라고 해석할 수 있다.[77] 이렇듯 그녀의 죽음은 이 책의 열쇠 말 구실을 하는 "침범될 수 없는 자아"가 요구하는 자유의지의 발현이고, 이런 점에서 그녀는 앞서서는 소포클레스의 안티고네나 엘렉트라 그리고 뒤에는 에밀리 브런티의 『폭풍의 언덕』의 캐서린 혹은 토머스 하디의 테스와 같은 서구문학에서의 '비극적 여인'들이 보여주는 '의지의 비극'의 유구한 명맥을 이어가는 주인공이다. 다시 말해 그녀는 현실에서의 패배를 정신적 승리로 되갚는 '비극적 역설'을 보여주는 그리스 비극 이래의 비극적 주인공의 재현이고 부활이다. 그녀는 이 세상에 '질서와 정의'가 있다면 그것은 자신의 삶을 통해 '주체적으로 실현하는' 질서와 정의가 있을 뿐이라는 유서 깊은 '비극적 인간상'을 예시하고 있는 것이다.

한편 『클러리사』는 그것이 갖는 당대 영국 중간계층의 퓨리턴 이념과 신조와의 직접적인 관계와 맥락을 떠나서, 유럽 문학사에서 '근대적 각성'을 경험한 개인이 보여주는 '자유주의적 독자성'과 '개인주의적 존엄'의 사상이 뿌리내리고 확산하도록 만들었다.[78] 이 작품은 영국적 토양에서 배양된 작품임에도 불구하고 유럽 문학 전반에 적지 않은 영향을 미쳤던 것이다. 당대 유럽을 대표하는 작가들인 장 자크 루소, 요한 볼프강 괴테 그리고 쇼데를로 라클로의 대표작들에서 그 영향을 분명히 느낄 수 있다. 이렇듯 이 작품은 서구 비극 문학의 전통을 이어갈 뿐만 아니라 주인공 클러리사의 자유주의적 개인주의의 형상화를 통해 후대 프랑스 혁명과 낭만주의 시대에까지 파급효과를 미쳤다고 평가된다.[79]

---

77 Eagleton, p.90.

78 Watt, p.222.

79 정이화, 『18세기 영국소설 강의』, p.244.

3. 스탕달Stendhal의 『적과 흑Le Rouge et le Noir』

"사랑에 빠진 남자는 그가 가서 보게 되는 모든 풍경의 지평선 위에서 그가 사랑하는 여인을 본다."—스탕달, 『연애론』

작품의 줄거리

프랑스 남부의 작은 지방 도시 베리에르의 제재소 집 아들 쥘리앙 소렐은 아버지나 형들처럼 목수 일을 하는 것보다는 책 읽는 것을 좋아하며, 이미 흘러간 과거가 되었지만 아직도 숱한 숭배자와 추종자들을 갖고 있는 나폴레옹과 그의 풍운아 같은 삶과 죽음에 대한 회고와 향수에 젖는 것을 좋아하는 젊은이이다. 그의 부친과 형들은 책벌레인 그를 혐오하고 책 읽는 것만 보면 그를 두들겨 팬다. 그가 복사로 있는 마을 성당의 셸랑 신부는 탁월한 라틴어 실력이 있는 그를 아낀 나머지 베리에르의 시장 레날 씨 댁의 가정교사로 그를 추천한다. 레날 씨 댁에서 그는 – 전임자들과 달리– 아이들을 친절하게 대해 사제관계가 좋을뿐더러 타고난 빼어난 용모와 경건한 태도로 레날 씨 부인의 호감을 얻게 된다. 이제부터 그의 모든 행동은 자신의 성공과 승리를 위해 내면의 본심과 진실을 숨기는 '위선'의 책략으로 나타난다. 레날 부인은 정숙한 여인이고 훌륭한 어머니이지만 지성적이나 감성적 측면이라고는 눈을 씻고 찾아봐도 없는 건조 무미(乾燥 無味)한 남편을 진정으로 사랑해 본 일이 한 번도 없었다.

레날 부인은 아름답고 순수해 보이는 쥘리앙에게 어쩔 수 없이 매혹되는 자신을 억제하지 못하며, 쥘리앙 또한 태어나서 처음으로 아름답고 고귀한 여인을 보자 강렬하게 그녀에게 끌리는 자신을 발견한다. 이제부터 쥘리앙은 레날 부인의 사랑을 얻는 것을 마치 나폴레옹이 '정복 전쟁'을 수행하면서 '전략'을 구사하듯 최후의 승리를 위해 자신의 '의무'를 다하는 전사의 심정을 갖고 그녀를 '공략'한다. 결국 둘은 우여곡절 끝에 서로 간의 애정을 고백하고 깊은 관계를 맺는 데까지 나아간다. 그러나 쥘리앵을 짝사랑하던 하녀의 고발로 이 애정 행각은 레날 씨를 비롯한 마을 사람들에게 폭로되며 쥘리앵은 셸랑 신부의 명령으로 베리에르를 떠나 브장송의 신학교에 입학하게 된다. 신학교를 나와 성직자가 되는 길이 쥘리앵이 보기에 – 나폴레옹이 실각한 지 오래된 지금 – 군인으로 출세하는 것보다 '성공'으로 이끄는 첩경이라고 생각되기 때문이다.

쥘리앵이 떠난 뒤 레날 부인은 극심한 종교적 가책과 회한에 빠지며 자신의 불신앙不信仰이 이 모든 불행을 불러왔다고 생각하고 광신적 신도가 된다. 한편 브장송의 신학교에 입학한 쥘리앵은 이곳이 지적, 정신적으로 질식할 만큼 정체되어 있는 곳이고, 오직 입에 풀칠하기만을 원하여 사제司祭의 자리를 탐하는 비루한 학생과 선생들의 집합소인 것을 깨닫고 절망한다. 동료 학생들은 그의 지적 탁월함을 질시하고 증오하며 그는 결국 고립된다. 그러나 그는 교장인 피라르 신부의 호감을 얻게 되고 학교의 가장 우수한 학생으로 선발되어 도시의 주요 종교 행사에 참여하여 핵심적 역할을 수행하는 영광을 독차지한다. 그러나 이윽고 '장세니스트'인 피라르 교장은 당대에 (종교적) 교권을 장악하고 있던—그리고 프릴라르 부주교로 대표되는—예수회 회원('제주이트')들의 질시와 박해를 견디지 못하고 학교를 떠나게 된다. 피라르 교장은 브장송의 부주교였던 프릴라르 신부가 이 신학교의 후원자인 동시에 파리의 권력자인 라 몰 후작과의 어떤 소송 사건에 얽매여 다툴 때, 라 몰 후작을 지지했기 때문이다. 피라르 신부는 학교를 떠나며 평소에 아끼던 쥘리앵이 자신이 없으면 받게 될 똑같은 질시와 박해를 염려하여, 그를 자신이 알고 지내던 라 몰 후작에게 비서로 천거한다.

쥘리앵은 그가 "지상의 지옥"이라고 부르는 신학교를 떠나게 되어 무엇보다 기쁘다. 그는 파리로 가는 길에 마지막으로 레날 부인을 한 번 더 찾아가 만난다. 레날 부인은 처음에는 깜짝 놀라며 거부의 몸짓을 하지만 곧 쥘리앵의 사랑의 고백 앞에서 무너지며 그를 받아들인다. 레날 씨는 쥘리앵의 방문을 눈치채고 아내의 방을 수색하지만 쥘리앵은 한발 앞서 창문을 통해 탈출한 뒤이다. 파리에 도착한 쥘리앵은 라 몰 후작 댁에서—모든 것이 생소하고 까다로운 귀족의 대 저택에서의 생활 스타일에 처음 접하고—시골 쥐처럼 압도되지만 스스로의 총명한 재주를 발휘해 후작의 비서 일을 훌륭히 수행하여 그의 신임을 얻어낸다. 그는 또한 저녁 식탁에 동석하는 영예를 누리며 쾌활한 성품의 후작의 아들과도 좋은 친분 관계를 형성한다. 그러나 후작 부인은 자신의 고귀한 혈통을 늘 의식하는 대단히 오만한 여인이며 쥘리앵을 수많은 하인 중의 하나로 취급할 뿐이다. 그 딸인 마틸드 양은 겉으로는 퍽 도도하지만 무언가 열정적이고 충동적인 면을 감추고 있는 듯 보이는 처녀이다. 그러나 쥘리앵은 저녁 식사자리에 모이는 파리의 유명 인사들의 만남과 대화가 대단히 따분할 뿐 아무런 매력과 활력도 없는 모임이라는 것을 발견한다. 거기에서는 어떤 참신하고 생동하는 지적 대화도 불가능할뿐더러 그저 현상유지적이고 위선적인 태도만이 지배하는 곳이라는 것을 깨달은 것이다.

쥘리앵은 후작의 서재에서 볼테르의 책을 몰래 가져다 보는 것을 좋아했는데, 어느 날 서재에 들어갔다가 마틸드도 똑같은 일을 하고 있는 것을 발견한다. 그들은 곧 속내를 터놓고 대화를 나누며 서로에게 깊이 끌리는 것을 느낀다. 그러나 자신의 열등한 처지를 늘 의식하는 쥘리앵은 조금만 마틸드가 자존심을 건드리는 말을 하면 격하게 반응한다. 마틸드 또한 그녀가 만날 수 있는 지적으로 둔감하고 무기력한 귀족 청년들에 비해 정신적으로나 감정적으로 강렬하게 생동력 있는 쥘리앵에게 자신도 모르게 깊이 빠져들어 가는 것을 느낀다. 그러나 공식적으로 크로아즈누아 후작이라는 다른 귀족 청년과 약혼 상태에 있는 마틸드는 몇 번 밀고 당기는 '사랑의 게임'을 한 끝에야 비로소 쥘리앵에게 몸과 마음을 허락한다. 마틸드는 쥘리앵과 두 번째 육체관계를 갖던 날 불현듯 그처럼 신분이 낮은 남자에게 자신이 너무 고분고분하게 대했다는 듯이 후회하는 말을 한다. 자존심에 깊은 상처를 입은 쥘리앵은 그녀의 기를 꺾어 완전히 자신 앞에 무릎 꿇리기 위해 '작전'에 돌입한다. 그는 어떤 러시아 망명 귀족의 조언대로 마틸드의 질투심을 불러일으키기 위해 일부러 그녀가 보는 가운데 다른 귀족 부인에게 관심 있는 듯 그녀에게 거듭 다가가서 수작을 부린다. 또 그 부인에게 보내는 자신의 연애편지도 우연한 사고인양 마틸드의 수중에 들어가게 한다. 그가 어찌나 이 방식을 집요하게 실행했는지 결국 마틸드는 울면서 몸을 날려 쥘리앵의 발아래 쓰러지는 것이다. 그는 여자의 마음을 얻는 것도 항상—나폴레옹의 삶을 기억하면서—'군사 작전'하듯 하며 그의 구호는 늘 "무기를 들어라"이다. 한편 후작은 쥘리앵을 신임한 나머지 프랑스의 왕정복고를 원하는 귀족과 성직자들을 대표하여 영국에 밀사로 보내서 그들의 뜻을 전하는 중대한 임무를 맡기고 그는 이 일도 만족스럽게 수행해낸다. 이제 라 몰 후작 댁에서의 그의 성공은 거의 완벽하다.

어느 날 마틸드는 그에게 자신이 임신했음을 알린다. 그녀는 쥘리앵에 대한 자신의 사랑과 헌신이 어느 정도인지를 입증하는 셈이 되었음으로 기뻐서 어쩔 줄 모른다. 그러나 후작이 이 소식을 어떻게 받아들일지 짐작이 가는 쥘리앵으로서는 그렇게 기뻐할 수만은 없다. 아니나 다를까 후작은 처음 이 소식을 듣자 자신이 베푼 신의를 배신한 쥘리앵에게 격분하여 펄쩍 뛴다. 그러나 이미 벌어진 일 앞에서 후작은 사태를 바로 잡을 길은 한 가지밖에 없다고 생각한다. 즉 쥘리앵을 자신의 딸에게 걸맞는 처지로 만드는 것이다. 그러기 위해 후작은 그에게 귀족의 칭호를 주고 용기병龍騎兵 중위의 사령장까지 만들어준다. 귀족의 지위에 따르는 영지까지 얻게 된 쥘리앵은 소망하고 꿈꾸어 오던 모든 것을 한꺼번에 손아귀에 쥐게 된다. 그는 자신의 행운에 도취한 나머지 마틸드의 처지를 생각할 겨를이 없을 정도이다. 그런데 이때 후작에게 한 통의 편지가 온다. 그것은 레날 부인의 편지였다. 그녀는 요즘 다시 종교적 열정에 사로잡히어 자신의 과오를 참회할 뿐 아니라 쥘리앵의 과거의 비행을 고발하는 글을 쓰게 된 것이다. 그녀가 고해신부가 불러주는 대로 쓰다시피 한 글의 내용은 쥘리앵이 노리는 것은 언제나 상류층의 여자를 유혹하여 그들의 헌신적 애정을 얻은 다음 그것을 이용해 일확천금을 획득하려는 것이라는 너무나도 악의적으로 왜곡된 무고誣告이다. 경악한 후작은 즉시 둘의 결혼 계획을 중단시킨다. 쥘리앵의 승리는 마지막 순간에 한 장의 무고 편지로 인해 처참한 패배로 끝나게 된 것이다. 격분한 그는 즉시 베리에르로 향하고 도착하는 즉시 권총 한 자루를 구입해 성당으로 가서 미사를 올리는 레날 부인을 향해 두 발을 쏜다. 그는 곧 체포되어 투옥되지만 자신에 대한 부당한 무고의 응징을 결행한 그로서는 오히려 담담한 심정이다.

쥘리앵을 여전히 사랑하는 마틸드는 베리에르로 찾아와 그를 만나 배심원들을 매수해 재판에서 이길 수 있다고 그를 설득한다. 그의 하나뿐인 절친 푸케도 찾아와서 그가 감옥에서 탈출할 수 있게 도와주겠다고 한다. 총을 맞고 상처는 입었으나 목숨에는 지장이 없는 레날 부인도 쥘리앵의 처형을 막기 위해 배심원들에게 부인 자신의 잘못이 크다는 것을 알리며 정상참작을 간청하는 편지를 보낸다. 그러나 쥘리앵은 자신을 살리기 위한 이들의 행동과 제안에 전혀 관심을 보이지 않으며 자신의 죽음을 초연한 자세로 기대한다. 재판 당일 그는 비록 레날 부인이 살아났고 치명상을 입은 것도 아니지만 자신은 살인을 의도했으니 죽어 마땅하다고 말한다. 더구나 상류계층(부르주아지)의 인간들이 볼 때 그는 자신들의 지위로 상승하려 하는 한 명의 하층계급의 인간에 불과할 것이며, 그들은 그를 처벌함으로써 자신의 '타고난 운명에 도전하는' 수많은 젊은이들의 용기를 꺾고 야심을 짓밟아놓기를 바랄 것이라는 사자후獅子吼를 토한다. 그는 자신이 그런 말을 하는 까닭은 법정에 "분개한 부르주아지들"밖에 보이지 않기 때문이라고 덧붙인다. 그의 연설은 부르주아지로 구성된 배심원들을 도발하기 위해서 한 것 같다는 인상을 준다. 그는 자신이 의도한 대로 사형판결을 받

는다. 한편 레날 부인은 쥘리앵이 자신을 쏜 그 날부터 다시 그에 대한 강
렬한 사랑이 되살아나는 것을 느끼며 그를 만나 상소하도록 권하기 위해
찾아온다. 쥘리앵은 상소하라는 그녀의 부탁을 듣고 재심까지의 두 달 동
안 그녀를 만날 수만 있다면 상소도 기꺼이 하겠다고 말한다. 둘은 그들이
베리에르의 베르지 숲길을 걸으며 함께 했던 때가 자신들의 삶에서 가장
행복한 시절이었음을 확인한다. 레날 씨는 아내가 쥘리앵을 만나는 것을
못마땅히 여겨 그녀는 할 수 없이 돌아간다. 혼자 있을 때 쥘리앵은 레날
부인에 대한 그의 사랑이야말로 자신의 짧은 생애에서 가장 소중하고 아름
다운 것이었음을 절감하며 그 기억을 회고하는 것만으로도 행복감에 젖는
자신을 발견한다. 그에 비해 줄곧 상소할 것만을 조르는 마틸드에 대해서
그는 더 이상 어떤 사랑의 감정도 느끼지 못한다. 또한 고해신부가 찾아와
개종하라는 요구 앞에 그는 그런 비겁한 짓은 결단코 하지 않을 것임을 선
언한다. 남편 몰래 다시 찾아온 레날 부인이 국왕을 알현해 구명을 탄원하
겠다는 말을 하자 쥘리앵은 그런 말은 입에 올리지도 말 것을 단호하게 엄
명한다.

집행 당일이 되자 쥘리앵은 평소 자신의 좌우명인 '용기를 내자'라는 말
에 걸맞게 태연한 모습으로 형장에 서서 단두대의 칼날을 맞이한다. 충실
한 벗 푸케는 쥘리앵의 시신을 브장송 수도회로부터 사들여 그 곁에서 밤
을 새운다. 밤중에 찾아온 마틸드는 쥘리앵의 잘린 머리를 대리석 탁자 위
에 올려놓고 그 이마에 입맞춤한다. 다음날 푸케는 쥘리앵의 시신을 그가
생전에 자주 찾던―쥐라 산맥의 가장 높은 봉우리에 있는―동굴로 가져가
장례를 치룬다. 마틸드는 상복을 입고 나타나 장례를 집전하는 사제와 구
경하는 마을 주민들에게 수천 닢의 금화를 뿌려준다. 식이 끝나고 둘은 함
께 시신을 매장하고 마틸드는 값비싼 이탈리아산 대리석으로 무덤과 동굴
을 장식하게 한다. 레날 부인은 쥘리앵이 죽은 뒤 사흘 뒤 자식들을 끌어안
은 자세로 자신도 죽는다.

『적과 흑』의 역사적 배경과 의의

스스로를 실패한 '나폴레옹주의자'로 여기던 스탕달(본명은 마리-앙리 벨 Marie-Henri Beyle)이 마흔일곱의 나이에 회심작 『적과 흑』을 출간했을 때, 그의 친구 프로스페르 메리메는 주인공의 사악한 면을 지적했고, 발자크도 소설 세계의 전반적 철학에 악한 요소가 깃들어 있다고 평하는 등 당대의 동료와 작가들의 의견은 폄하 일색이었다.[80] 작가 자신도 자전소설 『앙리 브륄라르의 생애』에서 자신의 작품은 100년 후인 1930년대에나 읽힐 것이라고 말했다. 그러나 2000년대 초의 프랑스의 어떤 문학 잡지사에서 작가들에게 자신이 가장 영향력을 많이 받은 작품을 하나 선택하라는 설문조사에서 『적과 흑』은 1등으로 선발되었다. 오늘날 이 작품이 초기 서구 근대 소설 중에서 가장 뛰어난 걸작 중의 하나라는 것에 이의異議를 달 사람은 아무도 없을 것이다. 또한 한편 생각해보면 스탕달은 소설 쓰기의 선구자요 개척자라고도 할 수 있다. 그는 소설 쓰기의 방법과 비결을 스스로 시행착오를 거치며 쓰면서 터득하고 이룩해 낸 것이다. 그의 앞에는 모델로 삼을만한 디킨스도 플로베르도 톨스토이도 없었고 오직 리처드슨과 헨리 필딩 같은 두어 명의 영국 작가가 있을 뿐이었다. 작

80　Wallace Fowlie, *Stendhal*, p.92; 스탕달이 자신을 실패한 나폴레옹주의자로 여긴 까닭은 자신의 젊은 날이 나폴레옹 보나파르트의 영욕의 나날과 겹치기 때문이다. 나폴레옹이 프랑스 대혁명을 실질적으로 끝장낸 1799년 '브뤼메르 쿠데타'에 성공한 바로 다음 날 파리로 올라온 17세의 스탕달은 나폴레옹 군대에 들어가 이탈리아 원정[마렝고 전투]에 참여하고 후에 나폴레옹이 제정을 선포한 뒤에도 그를 따라 프러시아와 러시아 등지로 출정하였다. 1813년 나폴레옹의 러시아 원정이 실패로 끝날 때까지 이 십여 년간의 기간이 스탕달이 말하는 자신의 생애의 '영웅적인 시절'이었다. 나폴레옹이 패전하여 몰락한 후 스탕달은 자신이 증오하는 왕당파와 예수회 회원들[Jesuits] 및 부르주아지의 득세를 뜻하는 '왕정복고'에 단호히 반대하여 파리의 식량 조달관의 직을 거부하고 프랑스를 떠나 자신이 좋아하는 도시 밀라노로 가서 정주하며 가난하지만 자유롭게 살았다. 스탕달은 나폴레옹이 혁명의 이상을 계승한 점도 있으나 동시에 배반한 여러 가지 죄악을 저질렀다는 것을 지적했다. 그는 "요컨대 위인으로 그를 찬양하라, 그러나 군주로서의 그를 증오하라"고 자전소설에서 말했다.

품의 구성(플롯), 성격화, 작가의 개입 여부 등의 모든 것이 그의 독창적 창안에 가깝다.

이 작품은 역사 소설, 정치 소설, 애정 소설, 심리 소설 등 각 장르의 효시가 될 만큼 다면적이고 복합적인 소설이기도 하다. 니체가 "일찍이 내게 심리학을 가르쳐준 사람은 스탕달과 도스토옙스키였다"라고 말했을 만큼 스탕달의 인간 심리에 대한 통찰은 탁월하다.[81] 아울러 이 작품이 근대비극소설의 선두주자가 된 것은 스탕달이 이 작품에 앞서 쓴 『라신느와 셰익스피어』라는 문학적 선언서에서 자신의 작품의 원칙을 "낭만적인 산문 비극"을 쓰겠다고 밝힌 것으로부터 분명히 예견된 것이었다.[82]

스탕달에게 있어 인생의 목적은 '행복의 추구'이며 이는 달리 말해 '강렬한 감동의 추구'라고 말할 수 있다. 그러기 위해서 인간에게 가장 필요한 것은 '열정(정열)과 정력'이다. 그의 정력과 열정에 대한 찬미와 열광은 '베일리즘*Beylisme*'이라는 문학 용어로 남아있다. 스탕달을 찬미한 니체도 그의 『선악을 넘어서』에서 이탈리아의 계몽주의자 갈리아니F. Galiani의 말이라고 전하면서 "덕은 곧 열정이다*Vertu est enthousiasme*"라고 말한 바 있다.[83] 스탕달은 프랑스 대혁명 이후 이 열정은 상류계층에선 사라졌고 오직 하층계급의 인간들만이 때때로 보여줄 따름이라고 생각했다. 여기서 그가 각각 열정과 정력의 화신이고 고향이라고 본—인물로서는—나폴레옹 그리고—시대로서는—16세기 이탈리아에 바친 숭배열이 비롯된다. 그는 자신의 묘비명을 "앙리 베일, 밀라노 사람"이라고 썼을 정도였다. 그의 작품의 주인공들은- 특히 이 작품의 주인공 쥘리앵 소렐은—작가 자신

---

81 Geoffrey Strickland, *Stendhal: The Education of a Novelist*, p.113.

82 미하엘 네를리히, 『스탕달』, p.137.

83 Nietzsche, *Beyond Good and Evil*, Part IX, Apho. 288.

의 분신이라고 보아야 할 만큼 작가의 사상과 본성을 공유한 '동일한 인간형'이다.[84]

작품의 시대적 배경은 작중 사건들의 시작인 1826년 9월 말로부터 1830년 7월에 종말을 고한 샤를 10세 치하의 '왕정복고기의 시기'에 국한한다. 왕정복고기는 극도의 보수 반동적 풍조와 기류가 휩쓸던 시절이다. 프랑스인들은 '대혁명'을 일으켜 천년 봉건제를 철폐하고 국왕을 처형하였는데 다시 나라가 과거 체제로ㅡ완전히는 아니지만ㅡ돌아가니 옳고 그름과 정당성의 위기가 오고 말할 수 없는 허탈감과 좌절감이 당대인들을 엄습하게 되었다. 오직 기회주의와 대세 편승주의ㅡ혹은 다른 말로ㅡ부화뇌동만이 판치는 세상이 된 것이다. 그러니 상층계층으로 갈수록 위선과 가식의 탈을 쓴 허위의 세태가 풍미하는 것은 당연하다. 작품은 반동체계 말기의 증상들을 집중적으로 묘사하며, 아울러 반동적 질서에 대한 작가의 혐오와 비난이 작품의 주된 동력을 제공한다.

왕정복고기가 보여주는 쇠퇴의 분위기와 타락상에도 불구하고 주인공 쥘리앵이 품고 있는 만만치 않은 야심과 포부는 대혁명과 제국이 탄생시켰던 새로운 인간관과 시대상 및 사회적 변화를 뛰어나게 반영하고 재현하고 있다. 다른 말로 하면 쥘리앵이 작품 가운데 영위하는 삶은 나폴레옹 제정 후의 프랑스 사회에서 '사회적 유동성'의 가능성과 그것의 어려움을 동시에 보여주고 있는 것이다. 이런 면에서 그는ㅡ문학 사가들이 쓰는 표현대로ㅡ'자신의 운명을 마주한 청년Young man confronting his destiny'이라는 서구 근대비극 문학의 최초의 전형적 주인공 중의 하나라고 할 수 있다.[85] 작품에서 '적赤'과 '흑黑'의 상징성은 '운명의 선택'에 있어 주인공이 처음 마주한 두 갈래 길을 상징한다. 쥘리앵은 나폴레옹의 시대가 흘

---

84 Wallace Fowlie, *Stendhal*, p.96.

85 Fowlie, p.99.

러간 한갓 과거가 된 마당에 자기와 같은 하류계층 출신의 소년에게 있어 출세의 길은 붉은 군복으로 상징되는 군대가 아니라 흑색 복장의 성직에 있다고 판단한다. 그는 나폴레옹 군대의 군의軍醫로 있던 친하게 지내던 노인에게서 일찌감치 라틴어를 배우고 이를 바탕으로 후에 신학교에 들어가는 영민한 선택을 거듭 내린다. 쥘리앵이야말로 시대의 흐름을 제대로 읽는 야심만만한 젊은이이다.

귀족계층, 성직계층 그리고 부르주아지

왕정복고 사회에서 귀족계층은 성직계층과 더불어 프랑스 사회에서 가장 강력한 권력을 휘두르지만 아무런 정당성도 진정한 권위도 지니고 있지 못하는, 즉 '사멸해 가는' 계층으로 등장한다. 대혁명 이후에 귀족의 지배란 말하자면 시대착오적인 현상에 지나지 않은 것이다. 혁명 전에 프랑스의 정신의 산실産室이었던 귀족들의 살롱은 일체의 활력과 생명력을 상실했고 무거운 권태와 무기력한 기운만이 감돌 따름이다. 귀족계층의 쇠락을 결정적으로 보여주는 것은 이 계층의 젊은이들이 보이는 열정과 정력의 부재와 퇴화되고 소진消盡한 듯한 그들의 모습이다. 가령 라 몰 후작의 아들 노르베리 백작이나 마틸드의 약혼자인 크로아즈누아 백작은 "겉으로는 우아하나 정오가 되어도 오후 두 시에 자신이 해야 할 일을 전혀 찾아내지 못하는 일종의 정신병자"라고 피라르 신부는 말하고 있다.[86] 마틸드는 그녀의 구혼자들이 "금박을 입힌 바보들"이라고 경멸한다.

그러나 라 몰 후작은 전통적으로 이상적인 귀족의 전형으로 묘사된다. 비록 소멸해가고 있는 계층이지만 진정한 귀족적 격조와 인품은 어떠한

---

[86] 『적과 흑』, 김붕구 역, p.258. 이하 텍스트에서의 인용은 모두 이 역본에 근거한다.

것인지 보여주는 것이다. 그는 자신의 특권적 신분에 대한 확고한 신념을 지니고 있지만 동시에 세상의 변화를 알아차리는 유연성과 지혜로움도 갖고 있다.[87] 무엇보다 그는 귀족의 본질은 '관대함*magnificence*' 즉 여유 있는 처신에 있다는 것을 보여준다. 그는 "상냥한 사람*un homme aimable*"으로 주변인들에게 여겨진다. 그러나 우리가 놓치지 말아야 할 것은 라 몰 후작이 쥘리앵에게 아무리 신임과 격려를 보내준다 해도 이는 어디까지나 "사람들이 좋은 스패니얼 종의 개에게 갖고 있는 애착을 그에게 갖고 있는 것과 같다"는 사실이다. 마치 영미 속담에 있듯이 '개의 목에 맨 줄이 제아무리 길어도 이것이 곧 개가 자유롭다는 것은 아니다'라는 말 그대로 현격한 신분의 차이는 숨길 수 없다는 것이다.

한편 성직자 계층은 왕정복고기에 가장 보수 반동적인 경향을 대변하는 집단이다. 고위성직자들은 이른바 왕권과 교회권이 결합된 권력 형태인 '교권 독재'의 아성이고 보루이다. 그들은 모두 탁월한 음모가들이며 더구나 ─대표적으로 프릴레르 부주교나 마슬롱 신부 같은─'제주이트'들은 가장 교활하고 사악하며 권력 지향적인 인간들이다.[88] 반면 피라르 신부나 셸랑 신부와 같은 '장세니스트'들은 대부분 양심적인 성직자로 그려진다. 이들은 모두 쥘리앵에게 인생의 선생으로서 사심 없는 도움을 베풀어준다.

마지막으로 부르주아지는 몰락해가는 귀족계층에 대신해 엄청난 정력을 소유하고 에너지를 발휘해 급속히 성장하는 계층이다. 그들이 지닌 두 가지 성향은 사회적 상향의지와 귀족을 모방하고자 하는 욕망이며, 이는 동전의 앞뒤와 같은 것이다. 그래서 그들을 특징짓는 것은 '속물근성'으로 이는 천박한 영혼을 지닌 채 기회주의적으로 처신하는 것으로 나

---

87 이동렬, 『스탕달 소설연구』, p.175.
88 같은 책, p.236-7.

타난다. 작품에서 대표적 부르주아는 베리에르의 빈민구호소장 발르노이며 그는 소도시의 성공한 부르주아로서 벼락 출세자의 전형이다. 스탕달 자신은 출신이나 사회적 기능으로 부르주아지에 속하지만 자신은 항상 본능적으로 부르주아지를 깊이 멸시했다고 한다.[89] 그러나 그는—그의 바로 뒷세대의 발자크와 플로베르가 그랬듯이—부르주아지가 시대를 이끄는 주역이라는 사실을 명백히 인식하고 그들의 역사적 승리를 예견하고 있었다. 발르노로 대표되는 당대의 부르주아는 자신들의 계급적 이해관계를 위해 결국 줄리앵을 제물로 희생시키는 것이다.

주인공 쥘리앵의 '성격화'는 어떠한가

제재소 집 아들인 쥘리앵은 어렸을 때부터 다른 가족들과 성향과 용모 등이 다르다는 이유로 따돌림과 학대를 당하며 성장하였다(모친에 대한 언급은 전혀 나오지 않는다). 그는 다른 형제들이 일 할 때 책 읽기를 좋아하며 여자아이 같은 미모를 갖고 있다. 이런 박해의 경험은 그로 하여금—작품을 심리학적으로 분석한 버나드 패리스 교수에 의하면—자아존중감의 결여와 열등의식을 갖게 하였고 이는 타인에 대한 과도한 적대감과 불신으로 나타난다고 한다.[90] 또한 그는 조그만 도발과 자극에도 격분하고 동시에 자신에 대한 혐오감을 갖는 패턴을 보인다. 가족에게 받은 모멸감을 걸핏하면 다른 이들에게 투사하는 것이다. 그는 가족에게서 맛보지 못한 친근감과 애정에 대한 굶주림으로 말미암아 그에게 친절하게 대하는 이들을 모두 자신의 대리 부친이나 대리 모친으로 보는 경향이 있

---

89 같은 책, p.204.

90 Bernard J. Paris, *A Psychological Approach to Fiction: Studies in Thackeray, Stendhal, George Eliot, Dostoevsky, and Conrad*, p.140.

다.[91] 대리 부친으로는 그를 레날 시장 댁의 가정교사로 소개한 셸랑 신부, 후에 그를 라 몰 후작 댁에 소개한 피라르 신부를 들 수 있고 대리 모친은 레날 부인이다.

작품을 통해 그는 기필코 성공하겠다는 야망을 품는데 그의 주된 전략은—그에게 라틴어를 가르쳐주었던 나폴레옹 군대의 퇴직한 군의가 가르쳐준 구호口號인—'무기를 들어라'이다.[92] 즉 손상된 자존심을 만족시키기 위한—달리 말하면 복수심 어린—성공과 승리에 대한 욕망이 그를 추동推動하는 것이다. 그리고 세상과의 싸움에서 그의 주된 두 가지 무기는 뛰어난 두뇌와 성적 매력이다. 쥘리앵의 열등감에 대한 방어기제는 '자기 이상화self-ideal'이며, 이는 '또 하나의 나폴레옹'이 되겠다는 것과 다름이 없는 것이다. 심리적으로 이는 이른바 '프라이드 증후군'이 보이는 숱한 징후들 가령 쉽게 상처 입는 허영심, 경멸에의 민감성, 성공 시의 극도의 고양감과 희열감, 좌절 시에는 극도의 열패감과 절망감을 보이는 것, 마지막으로 언제나 방해와 견제를 받을 때는 극도의 분노와 적개심을 표출하는 것으로 나타난다.[93]

쥘리앵의 투쟁

앞서도 말했듯이 쥘리앵의 투쟁은 대혁명이 끝나고 나폴레옹의 제국도 무너진 뒤인 '왕정복고기'를 배경으로 이루어진다. 이제 하층민도 군대에 들어가면 20대에 장군도 될 수 있는 시대는 지나갔다. 그러나 그 시대에 대한 기억은 쥘리앵과 같은 재능 있고 야심 있는 젊은이로 하여

---

91 Paris, p.141.
92 『적과 흑』, p.36, 106, 353.
93 Paris, p.145-6.

금 희망과 미련을 미처 버리지 못하게 한다. 그는 "나폴레옹에 대한 숙명적인 기억은 우리로 하여금 행복하지 못하게 하리라"라고 말하는 것이다.[94] 쥘리앵이 철들고 마주한 세상은 극도의 불평등이 지배하고 특권과 파당派黨적 권력 추구가 횡행하는 곳이다. 그가 볼 때 이런 세상에서 자신의 생존과 번영을 위해서는 이 세상을 하나의 '전쟁터'로 보고 자신의 행동을 '전투'로 파악하는 길밖에 없다. 그는 작가가 말하는 대로 "망망한 바다에 홀로 떠 있는 조각배처럼 고독"[95]하지만 적대적인 세상을 향해 전면전을 벌이면서, 항상 이런 상황에서 나폴레옹이라면 어떻게 했을까 하고 자문하며 행동하는 것이다. 그래서 그에게 모든 행동은 '의무'이고 행동이 끝난 다음에는 반드시 반성 되고 검토된다. 때가 때인 만큼 출세를 위해 '군직(적)'보다는 '성직'(흑)을 택한 쥘리앵은 여전히 마음속 깊이 나폴레옹의 숭배자요 찬미자로 남으며 그를 역할 모델로 삼고 있다.

한편 쥘리앵의 '위선tartufferie'에 대해서는—대부분의 평자들이 동의하듯이—그의 본성에서 비롯되는 개인적 악덕이 아니라 그의 시대와 사회가 요구하고 기대하는 역할과 태도에 자신을 맞추는 역할놀이로 보아야 할 듯 하다. 즉 그것은 당대의—왕정복고 이후 칠월왕조 시대 사이의—사회적 풍조의 반영으로서 그 시대를 살고 또 그곳에서 성공하기 위한 필연적 수단으로 여겨지는 것이다. 스탕달 자신이 위선을 자기 시대의 가장 두드러진 특색으로 보지만, 동시에 그것에 대한 그 자신의 혐오 또한 잘 알려져 있다.[96] 작품 가운데서 가장 두드러진 위선의 주체는 앞서 말했듯이 성직자들이다. 그들은 성직뿐 아니라 전술前述한 '교권 독재'를 통해 사회적 지위를 매매하는 완벽한 위선자들로 등장한다. 신학교의 학생

94　『적과 흑』, 105.
95　같은 책, p.203.
96　이동렬, p.125.

들은 천박한 탐욕과 기회주의의 화신들이다. 쥘리앵이 처음 브장송의 신학교에 와서 하는 말은 "아아 바로 여기가 이 땅 위의 지옥이로구나"이다.[97] 소설 중반 이후 그가 처음 와 본 파리는 "위선의 중심지"이다. 그는 작품의 종말에 가까워서도 "도처에 위선뿐이다"라는 마지막 탄식을 내뱉는다. 따라서 주인공이 성공을 향한 투쟁의 삶을 살면서 "한 시도 쉴 새 없이 위선자 역할을 한다는 것은 얼마나 어려운 일인가? 그야말로 헤라클레스의 고역도 무색해질 만하다"고 스스로 고백하는 것은 독자의 공감과 동정을 충분히 사고 남는다.[98]

사랑과 성공

쥘리앵이 작품 속에서 하는 행동이나 사건은 모두 여인의 마음을 획득하는 것이다. 나폴레옹식의 영웅주의가 끝난 뒤에는 오직 '사랑' 속에서만 용기와 위대함을 증명할 수 있게 되었기 때문이다.[99] 그에게 있어 여인을 정복하는 것은 곧 사회 전체를 정복하는 것과 같다. 따라서 연애는 전투이기 때문에, 그는 극도로 자신을 통제하며 특히 감정의 표현을 억제한다. 상대가 완전히 굴복할 때까지 그는 거의 완벽하게 자신의 감정을 숨기고 냉정을 가장하는 것이다. 그러나 그는 본성적으로 섬세하고 민감한 감성 나아가 강렬한 정념을 지닌 젊은이이다. 그래서 겉으로는 이성적이나 속으로는 감성적이라는 안팎의 불일치와 갈등은 그를 끝내 진정한 위선자로 만들지 못한다. 또한 그는 그를 아끼는 셸랑 신부와 피라르 신부 그리고 라 몰 후작이 말하듯 결코 경멸당하는 것은 견디지 못

---

97 『적과 흑』, p.185.
98 같은 책, p.198.
99 바르바라 지히터만과 요하임 숄, 『클라시커 고전소설』, p.131.

하는 인간이다. 피라르 신부는 처음 쥘리앵을 라 몰 후작에게 소개할 때 다음과 같이 말한다. "그런데 한가지 알려드릴 것을 잊었습니다. 그 청년은 미천한 집안에서 태어나긴 했으나 높은 정신을 지니고 있습니다. 만일 그의 자존심을 상하게 하면 그는 어떤 일도 하지 않으려 할 뿐 아니라 아무 쓸모 없는 사람이 돼 버릴 것입니다."[100] 사실 작품 가운데 여러 번 모욕을 당할 때마다 쥘리앵은 격분하여 즉각적인 반발을 하고 도전하는 모습을 보인다.[101] 그러나 쥘리앵의 강렬한 성격이 가장 잘 드러나는 것은 작품의 마지막에서 자신의 가장 큰 미덕이라고 생각한 금전적 초연함과 청렴함이 정면으로 공격당하자 분노를 억누르지 못하고 레날 부인을 살해하려 한 일이다. 그의 '본성'(에토스)이 결국 그가 견지해 온 이성적 가식假飾을 짓누르고 승리한 것이다. 이렇게 그는 살아가는 동안 이성과 감정 사이의 끊임없는 괴리를 보이며 결국 이성에 대한 감정의 최후의 승리로 생을 마감한다.

'상보적相補的' 연인 레날 부인과 '동일형同一形' 연인 마틸드 양

쥘리앵은 레날 부인을 만나게 되는 18세 때 이미 그의 '성격화'는 완성되었고 그의 인생 목표도 정해져 있었다고 볼 수 있다.[102] 또한 그가 만나게 되는 인간들과의 관계를 형성하는 '방어기제'도 그의 성격 안에 단단히 구조화되어 있는 것으로 보인다. 그래서 레날 부인의 애정을 확보하는 것은 그가 반드시 수행해야 할 '의무'가 되어버리는 것이다. 그는 레

---

100 『적과 흑』, p.232.

101 1권 24장에서 브장송에 처음 도착해 카페의 아망다라는 여급을 둘러싸고 그의 연인과 결투할 뻔한 일, 2권 6장에서 자신을 모욕한 하인의 주인인 보봐지 씨와의 결투 사건, 또 17장에서 마틸드의 경멸적 언사에 격분해 중세의 고도[古刀]를 뽑아든 일 등.

102 Paris, p.141-5.

날 댁에 묵은 이틀째 되는 날 아침 그녀를 만날 때 "마치 막 무찔러야 할 적을 대하듯이 부인을 노려보았다"고 작가는 말하고 있다.[103] 그런데 그와 그녀의 관계를 본격적으로 다루는 1권 7장의 제목 "선택적 친화"는 그 자체로 둘 사이의 관계를 시사적示唆的으로 드러내 준다. 즉 레날 부인과 쥘리앵의 관계는 마치 서로가 서로를 위해 만들어진 존재 같다는 것이다. 서로의 욕구와 처지는 너무나 '상보적'이다. 서로가 바로 상대방의 정서적(정확히는 '신경증적') 욕구를 채워주는 존재가 된다. 그것은 레날 부인도 쥘리앵 못지않게 '친밀한 관계' 즉 애정에 굶주린 사람이기 때문이다. 그리하여 레날 부인이 그에게 느끼는 공감 나아가 찬미가 곧 강렬한 애정으로 바뀌는 것은 시간문제다. 그녀가 쥘리앵에게 느낀 사랑이 어떤 것인지는―책의 종말 부분에서―모든 게 끝난 뒤 사형판결을 받고 감방에 갇혀 있는 그에게 한 다음의 말로 분명히 드러난다. "나는 전에 하나님에게만 느낄 수 있는 사랑을 당신에게 느꼈어요."[104] 그녀의 삶의 의미는 그에게 소유되고 그의 노예가 되고 그를 숭배하는 것 이외에 다른 것이 있을 수가 없다. 그가 그녀의 '종교'인 것이다. 그녀의 자만심 즉 '자기 이상'은 그에게 '전이轉移'되었고, 그를 통해 대리 성취되는 길밖에 남아 있지 않다. 반면 그는 그녀를 통해 누려보지 못한 모성애를 맛보려 한다. 그녀는 그의 자기 회의懷疑를 무마하고 위로해주며, 그의 자만심을 보강하고 강렬하게 만들어 준다. 그녀의 이런 내적 세계와 그와의 심리적 메커니즘에 근본적 변화가 오는 것은 막내아들 스타니슬라스의 병을 계기로 그녀가 자신의 부정행위를 객관적으로 볼 수 있게 되면서 시작된다. 이 사건은 결국 쥘리앵을 브장송의 신학교에 보내는 것으로 봉합되지만 이는 미봉책에 불과하다는 것이 밝혀진다. 레날 부인과 쥘리앵의 관계는

---

103 『적과 흑』, p.64.

104 같은 책, p.531.

훨씬 뒤에서 다시 논의할 기회가 올 것이다.

한편 쥘리앵이 파리로 와서 만나게 되는 두 번째 운명적 여인 마틸드 양과의 관계는 앞선 레날 부인과의 관계가 상호 보충적인 데 반해 서로 유사한 즉 '동일형' 인간과의 만남이라고 할 수 있다. 말하자면 쥘리앵과 마틸드는 똑같이 '자아확대형 인물'들인 것이다.[105] 이들은 극도의 자만 심과 우월감 및 영광의 추구로 특징지어지는 '영웅적 이상형'을 '자아 이 상self-ideal'으로 한다. 둘 사이에 차이가 있다면 쥘리앵의 복수심과 (보상으 로서의) 정복욕이라는 동기에 대해 마틸드는 '자기애적 도취'의 측면이 훨 씬 더 강렬하다는 것뿐이다. 그들은 각기 상대에게서 자신의 꿈을 실현 시킬 수단을 발견하고 있다. 마틸드가 어느 날 아침 가족 어느 누구도 입 지 않은 상복을 차려입고 나타났을 때 쥘리앵의 그녀에 대한 관점은 전 환점을 맞이한다. 그녀는 16세기에 일어난 사건 즉 "귀족 보니파스 드 라 몰은 자신을 따르던 기사들과 함께 카트린느 드 메디치 여왕이 궁정 안 에 가두어 둔 왕자들을 구출하려 용감하게 싸우다 패배하여 결국 여왕의 명령으로 참수형을 당했고, 그의 애인 (후에 앙리 3세의 왕비가 된) 마르그리 트 드 나바르 공주는 처형당한 보니파스 드 라 몰의 잘린 목을 구해 손수 교회 묘지에 매장했다고 한다. 우리의 라 몰 양은 마르그리트 드 나바르 공주를 열렬히 숭배했다. 그녀의 본명도 바로 마틸드 마르그리트였기 때 문이다."[106] 마틸드가 16세기에 일어난 격렬하고 잔인한 역사적 사건의 —그리고 동명의—주인공(마르그리트 드 나바르 공주)과 스스로를 동일시하 는 것은 쥘리앵 자신이 나폴레옹의 짧지만 격렬했던 삶에 대해 품는 숭 배열과 결국 같은 것이다. 둘 다 자신의 삶을 백일白日하게 열정적으로 살 다 산화散華한 역사적 인물들과 '자기 동일시'를 하고 있다는 것을 알 수

105　Paris, p.151.

106　『적과 흑』, p.328.

있다.

쥘리앵은 그녀의 사랑을 얻기 위해 밀고 당기는 게임을 벌인다. 마틸드는 쥘리앵이 짐짓 보이는 오만함과 냉정함을 깨부수기 위해 결국 육체관계까지 허용하지만, 그것은 단지 그가 그녀가 요구하는 '사다리를 걸치고 방으로 들어오는 용기의 행위'를 수행한 데 대한 보상의 형식으로 주어진다. "가난한 청년이 엄청난 대담성을 발휘했다. 그러니 그는 행복을 얻어야만 한다. 그렇지 않으면 내가 비겁한 여자가 되기 때문이다"라고 그녀는 생각하는 것이다.[107] 쥘리앵의 처지에서도 역시 그녀와 육체관계는 정복의 행위일 뿐 행복감을 가져다주지는 못한다. 그러나 일단 그가 승리감에 도취되어 의기양양한 모습을 보이자 마틸드는 곧 자신이 너무나 쉽게 굴복했다고 뉘우친다. "나의 주인 행세를 하다니, 그녀는 벌써 후회감에 사로잡혔다"라고 작가는 지적한다.[108] 그녀는 이후에도 거듭되는 굴복과 반발의 패턴을 보이며 이는 그녀의 강인한 자존심과 우월감은 오직 서서히 힘들게 깨어질 수밖에 없다는 것을 보여주는 것이다. 그러나 일단 쥘리앵이 그녀를 굴복시키고 그녀에게 냉정히 대하는 한 마틸드의 그에 대한 숭배와 헌신은 끝이 없다는 것을 작품은 역시 보여준다. 그녀는 끝까지 자신의 영웅적 이상에 충실한 나머지 작품의 끝에서 쥘리앵이 참수형을 당한 뒤 ―그녀가 숭배하는 마르그리트 드 나바르 공주가 그랬던 것과 똑같이― 그의 잘린 목을 거두어 대리석 제단에 올려놓고 입을 맞추는 모습을 보인다. 그녀가 쥘리앵에 대해 사치스럽고 장려한 장례식을 치러주는 마지막 행동은 그녀의 '이상적 영웅주의'의 웅장하고 화려한 완성이라고 할 수 있다. 그녀는 조상들의 영웅적 과거를 그대로 재현한 것이고 그녀 자신은 이렇듯 '영웅적 인물'로 재탄생하게 되는 것이다.

---

107 같은 책, p.372.
108 같은 책, p.392.

한편 쥘리앵이 마틸드의 사랑을 얻었을 때 느끼는 감정은 앞서 말했듯이 사랑이 아니라 "야심의 날카로운 충족감"이다.[109] 그는 마틸드의 사랑을 받을 때는 '이상적 자아상'의 충족감에 희열을 느끼지만 냉대받을 때는 비참한 열패감에 빠지며, 그녀의 경멸은 곧 스스로의 자기 증오로 이어진다. 이는 그가 투쟁과 정복 이외의 세상과 교섭하는 방식을 알지 못하고 살아왔기 때문이다. 사랑의 실패는 곧 삶의 의미 상실이고 사랑의 획득만이 그를 자기 증오의 지옥으로부터 구해낼 수 있다. 그러나 자신의 성공이 확고해지면 곧 상대에 대한 애정이 사라지는 것을 보여준다. 즉 그는 다함 없는 야심을 충족시켜줄 수 있는 다음 목표로 나아가는 것이다. 작품의 종말에 가까워서 마틸드가 자신의 아이를 가졌다고 할 때 그는 벌써 자신이 영광스런 가계家系의 시조가 되었다고 여긴다. 그는 자식의 영광까지 내다보며, 새로운 왕조를 수립한 정복 군주 나폴레옹 같은 느낌을 갖고, 그(나폴레옹)의 신화를 자신이 재현했다고 믿는 것이다.

'시골의 사랑'과 '파리의 사랑' 혹은 '가슴의 사랑*l'amour de coeur*'과 '머리의 사랑*l'amour de tete*'의 대조

위에서 보았듯이 우리는 쥘리앵이 작품을 통해 경험하는 두 개의 사랑, 즉 레날 부인과 마틸드에 대해 느끼는 감정은 서로 날카로운 대조를 보인다는 것을 알 수 있다. 사실 쥘리앵은 작품의 후반부에서 라 몰 양과의 관계를 통해서만이 자신의 레날 부인에 대한 사랑이 참되었음을 깨닫게 된다. 작가는 이를 마틸드와의 관계는 지적 연애 즉 "머리로써 하는 사랑"이라면, 레날 부인에 대한 사랑은 정적情的인 연애 즉 "가슴으로써

---

109 같은 책, p.370.

하는 사랑"이라고 부른다.[110] 전자—마틸드와의 관계—는 피차 서로가 만든 틀에 자신과 상대를 맞추어 넣은 사랑으로서, 있는 그대로의 상대가 아니라 자신이 만들어낸 상상 속의 상대를 사랑하는 것이다. 이는 결국 자기 만족적이고 자기도취적인 사랑이며 '나르시시즘'의 전형적인 예라고 할 수 있다.[111] 그는 "이것-마틸드와의 사랑-에서 레날 부인과의 첫 경험에서 맛본 정다운 기분은 조금도 느낄 수 없었다. 이것은 야심의 충족에서 오는 강렬한 행복감일 따름"이라고 생각한다.[112] 다시 말해 레날 부인의 그에 대한 사랑은 자연스럽고 헌신적인 마음에서 나온 고귀한 것이었음에 반해 마틸드의 사랑은—정복된 노예가 정복자에게 끌려가는— 노예와 주인의 관계밖에 될 수 없다는 것이다. 그러므로 작품의 끝에서 죽음을 앞둔 쥘리앵의 마지막 나날은 레날 부인에 대한 사랑이 새삼 일깨워지고 오직 그녀와 함께 보낸 베르지에서의 추억만으로 '안온한 희열'을 느끼는 모습으로 나타난다. 이는 어찌 보면 쥘리앵의 정신적 성숙과 성장의 증거이고 일종의 계몽이고 각성이라고 할 수 있다. 그는 마틸드가 상징하는 일체의 인위적이고 가식적인 것에 대해서는 관심이 소멸하는 대신 레날 부인이 불러일으키는 자연스럽고 인간적인 모든 것과는 '행복한 일체감'을 맛보는 것으로 그려지기 때문이다.

레날 부인에 대한 살해 시도, 법정에서의 진술의 의미 그리고 최후에 찾아온 '자기 인식'

마틸드가 임신한 후 쥘리앵과의 결혼을 원하자 라 몰 후작은 사태를

---

110 같은 책, p.385.

111 Paris, p.151-5.

112 『적과 흑』, p.370.

수습하고 정상화시키기 위해 그를 영지가 딸리고 귀족의 작위를 갖는 기사로 임명한다. 그러나 쥘리앵이 원하던 모든 것을 일거에 성취할 수 있게 된 이 순간 난데없이 들이닥친 투서 한 장은 이 모든 것을 수포로 돌아가게 만든다. 그런데 라 몰 후작은 마틸드에게 보낸 편지에서 이 투서는 쥘리앵의 요청에 의해 후작 자신이 레날 부인에게 보냈던 조회편지의 답신이라고 말한다.113 우리는 이 말을 듣고서 왜 레날 부인이 이런 편지를 느닷없이 써 보냈는지 그 배경을 비로소 알게 된다. 그러면 언제 쥘리앵은 후작에게 레날 부인을 통해 자신에 관한 조회를 해보라고 말한 것일까? 작가는 이것에 대해서는 구체적 언급을 하지 않는다. 그러나 우리는 쥘리앵이 언제 어디서 그리고 왜 레날 부인을 거명擧名하며 자신에 대한 조회를 해보라고 했는지에 대해서는 충분히 짐작이 간다. 그는 딸의 임신 사실을 안 직후 후작이 불러 격분하며 자신의 딸이 "공작부인은커녕 소렐 부인이 되다니"라고 탄식하지만 이어서 "그러나 녀석은 악질은 아니야"라는 혼잣말을 하는 것을 듣게 된다.114 쥘리앵은 자신은 결코 악당은 아니라는 것을 입증하고 싶었던 것이고, 그것을 증언해 줄 사람으로 레날 부인을 천거했을 것이 분명한 것이다.

서머셋 모옴은 유럽 걸작 소설에 대한 그의 탁월한 개설서에서 쥘리앵이 왜 자신의 파멸을 불러들일 이런 어처구니 없는 실수를 했는지 이해할 수 없다고 말한다.115 그러나 평소의 쥘리앵의 성격과 행동을 익히 보아온 우리로서는 굳이 심리학자들의 도움을 얻지 않아도 그 이유를 능

---

113 같은 책, p.484.

114 같은 책, p.469.

115 그리고 그는 쥘리앵이 이런 어이없는 실수를 저지르고 난 뒤 소설은 지리멸렬해진다고 말한다. 그러나 그는 작가 스탕달로서는 쥘리앵이 결혼에 성공해 마틸드와 라 몰 후작을 등에 업고 지위와 권력과 재산을 일거에 얻는다는 그의 야심이 그대로 이뤄지게 놓아둘 수는―작품의 '개연성'이 너무나 취약해질 터이므로―없는 노릇이었을 것이라고 설명한다.―『불멸의 작가, 위대한 상상력』[개마고원, 2008], p.156-9.

히 알 수 있을 것 같다. 그는 전에도 종종 보여주었듯이—그리고 마틸드가 역시 그러하듯이—전형적 '자기애적 도취' 좀 더 전문적 용어로 '자기애적 성격장애narcissistic personality disorder'에 빠져있는 자들이 할 법한 행동을 한 것이다. 즉 인간이 자신에 대한 과도한 자부심과 우월감을 지니고 있을 때 그것은 타인들이 자신에 대해 어떻게 생각하는지에 대한 정확한 이해를 가로막는 결과를 가져오기 쉽다. 그는 적어도 자신이 '정복한' 타인들은 자신에 대해 무조건적인 지지와 애정 나아가 찬미를 보낼 것으로 확신한 듯하다. 말하자면 쥘리앵은 일종의 '확증 편향적 오류'에 빠져 '자기 편하고 좋을 대로' 생각한 것이다. 이런 성격적 단점과 한계가 그로 하여금 레날 부인의 작금昨今의 심정 상태에 대한 완전한 무지와 오해 가운데 빠지도록 만들었다고 보여진다. 그러나 레날 부인은 자신과 가장 깊은 사랑을 나누었던—그래서 자신의 삶에서 '유일한 남자'와 같은—사람이 지금 다른 여자와 결혼한다는 소식을 어떻게 받아들일까? 더구나 그녀는 쥘리앵과 헤어진 후 종교적 참회의 나날을 보내고 있는 중이었고 그리하여 고해신부가 불러주는 대로 쥘리앵의 파멸을 의미하는 글을 써 보낸 것이다.

그러나 쥘리앵은 결국 자신이 불러일으킨 파국 앞에서 작품 가운데 가장 그다운 행동 중의 하나를 한다. 그는 하층계급 출신으로서 오로지 혼자의 힘으로 세상과 싸워야 하고 자신의 두뇌와 용모만이 그가 지닌 유일한 자산이었다. 그런데 그는 "온 세상을 상대로 싸우는 불행한 인간"116치고는 믿기 어려울 만큼 금전적 문제에 있어 무사 무욕하여 거의 귀족적인 초연함을 보여 온 인물이다. 그의 모범적 정직성과 결벽성은 레날 시장을 시기하는 발르노가 레날이 제공하는 액수에 200 프랑을 더 얹어 800 프랑에 그를 가정교사로 데려가려 할 때 단호히 거부하는 모습

---

116 『적과 흑』, p.353.

에서도 드러났다. 또 브장송 신학교에 입학 할 때 쥘리앵의 처신에 대해 작가는 다음과 같이 쓴다. "레날 씨가 전별금餞別金으로 주는 돈을 받아야 할 결정적 순간에 쥘리앵의 희생은 너무나 컸다. 그는 그 돈을 깨끗이 거절했던 것이다. 레날 씨는 두 눈에 눈물을 글썽거리며 그의 목을 껴안았다."117 작품 가운데서 그는 이밖에도 여러 번 부끄럽고 떳떳치 못한 금전적 이득을 경멸하는 모습을 보여 왔다. 그런데 레날 부인의 편지는 바로 자신이 스스로 그렇게 경멸해 마지않는 물욕의 화신으로 그를 매도한 것이다. "그는 워낙 빈한하고 탐욕스러워서 가장 교묘한 위선의 힘을 빌려 약하고 불행한 여자를 유혹함으로써 지위와 신분을 얻으려했다"는 것이다.118 그는 가장 악의적으로 잔인하게 훼손되고 짓밟힌 자신의 자존심을 회복하기 위해 레날 부인을 쏘아 죽이기로 결심한다. 적어도 자신은 돈에 눈이 먼 교활한 음모가는 아니라는 것을 보여주고자 하는 것이다. 그는 '명예'에 비할 때 사회적 성공이나 재산은 자신에게 아무런 의미가 없다는 것을 입증하려 한다.

그래서 이 사건은 쥘리앵의 '본성'이 고스란히 드러나는 대표적 장면 중의 하나가 된다. 그는 여태껏 자신의 본성을 억누르고 사회가 요구하고 기대하는 역할과 태도에 자신을 맞추는 '역할놀이' 즉 위선적 삶을 살아왔고, 그럼으로써 사회가 제공하는 보상을 얻었다. 그래서 자신이 귀족이 되고 기사로 임명되자 그는 "나의 소설은 끝났다. 그리고 이 공적은 오직 내가 얻어낸 것 아닌가"라고 자문자답한 것이다.119 그런데 그는 이 모든 승리를 한 번의 결정적 행동으로 끝장내어 버리고 만다. 즉 그는 자신의 행위가 가져오는 결과에 개의치 않고 스스로 생각하는 '명예로운'

117　같은 책, p.176.
118　같은 책, p.485.
119　같은 책, p.481.

본성에 걸맞는 행위를 하는 것이다. 비록 그것이 그가 이룬 모든 것을 일 거에 수포로 돌아가게 할지라도 말이다. 그리하여 그의 살인 행위는 그의 본성이 가장 충동적으로 표출된, 가식 없는 그 다운 행위가 된다.[120] 지히터만과 숄도 그들의 책에서 쥘리앵에 대해서 "그는 투쟁하는 자이자 위선자였다. 그러나 그의 마음만은 '진실했다'"고 최종적 평가를 내린다.[121]

살해 행위가 있은 후 투옥된 그에게 레날 부인이 죽지 않았다는 소식이 들린다. 그 이야기를 들은 다음 쥘리앵은 자신의 모든 열정과 투지가 소진되고 야심 따위는 사라져 버리는 것을 느낀다. 자신의 본성에 따르는 가장 격정적 행위가 있은 뒤 그에게는 더 이상 할 일도 할 수 있는 일도 남아 있지 않은 것이다. 즉 그는 자신이 앞서 말한 진정한 '운명의 성취'를 향해 나아가고 있다고 느낀다. 그는 이날 이후 자신이 과거에 베르지의 숲에서 레날 부인과 보낸 시절을 회상하는 기쁨만이 그에게 몽환적 황홀경을 가져다준다는 것을 깨닫게 된다.[122] "나는 그때 행복했다. 내가 얼마나 행복했는지 모르고 지냈을 따름이다."[123] 이것이 그의 '인식 *anagnorisis*'의 장면이라고 할 수 있다. 다시 말해 자신의 삶에서 가장 소중한 것은 '진실한 사랑'이었으며, 그 사랑은 레날 부인과의 사랑이었다는 것을 깨달은 것이다.[124]

그러나 레날 부인의 살해 시도보다도 더욱 쥘리앵을 작품 가운데서 진정한 '비극적 주인공'으로 만드는 것은 법정에서의 최후 진술 장면이다.

---

120 F. W. J. Hemmings, "The Dreamer," Robert M. Adams ed., *Red and Black*[Norton Critical Edition], p.535.

121 지히터만과 숄, p.131.

122 『적과 흑』, p.508.

123 같은 책, p.494.

124 이것은 비극적 주인공이 보여줄 수 있는 '모든 열정이 소진되고 최후의 평온 즉 자기와의 평화를 느끼는[All passion spent, calm of mind. —Milton, *Samson Agonistes*]' 단계이다.

그는 부르주아지로 구성된 배심원들이 자신 같이 일개 하류계층 출신인 인간이 대담하게 상류계층으로 뛰어오르려 한 것에 대하여 질시와 분노의 감정을 품고 있다는 것을 안다. 그러나 그는 감형을 위하여 그들의 동정을 구걸하기는커녕 오히려 그들을 도발하고 공격하는 말을 서슴없이 내뱉는다. 심리적으로 보면 이는 평소의 그를 지배해 오던 가장 강렬한 충동인 '자아확대적' 욕망 및—그것과 동전의 앞뒤 관계에 있던—'자아부정적' 욕망을 동시에 충족시켜 줄 수 있는 방법이다.[125] 즉 자신의 잘못을 속죄하는 동시에 운명을 '능동적으로' 정복하는 제스처를 취함으로써 자신의 '진정한 운명'을 성취하는 길이 된다. 한마디로, 그는 스스로에게 유죄선언을 함으로써 운명을 자기 손에 장악하는 것이며, 용기 있게 죽는 모습을 보임으로써 그가 추구해온 '숭고함'을 입증해 보이는 것이다. 그리하여 그는 비극적 주인공의 최후를 특징짓는 '비극적 역설tragic paradox' 즉 현실적 패배가 정신적 승리를 가져오는 역설을 보여준다. 그래서 그는 대표적 스탕달 전기 중의 하나를 쓴 제프리 스트릭랜드가 말하듯이 '인식'을 획득한 인간답게 일종의 '평상심readiness'의 상태에서 흔쾌하고 당당하게 죽음을 맞이하는 것이다.[126] 또한 다른 면에서 그의 최후는 '정의와 질서'가 소멸하여 사라진 세계 안에서 자신의 능동적 행동을 통하여 스스로 정의를 수립하고 질서를 회복하는 모습을 보여주게 된다. 이렇듯 쥘리앵 소렐은 프랑스의 근대역사가 산출해낸 첫 번째 '비극적 주인공'의 상징이며, 이 작품은 '근대비극적 소설' 중 가장 뛰어난 문학적 성취 중의 하나로 남게 된다.[127]

---

125 Paris, p.159.

126 Geoffrey Strickland, *Stendhal: The Education of a Novelist*, p.155.

127 Fowlie, p.121-2.

4. 에밀리 브런티Emily Brontë의『폭풍의 언덕Wuthering Heights』

"그대의 친구가 그대에게 못할 짓을 한 경우에는 이렇게 말하라. '나는 그대가 나에게 저지른 잘못을 용서하리라. 그러나 그대가 그대 자신에게 저지른 잘못은 내가 어찌 용서할 수 있겠는가?'"—프리드리히 니체,『차라투스투라는 이렇게 말했다』, 2부 3장 "동정심 많은 자들에 대하여."

작품의 줄거리

1801년 록우드라는 런던 출신의 신사가 영국 북부 요크셔 지방에 있는 스러쉬크로스 그레인지라는 저택을 잠시 임대하여 살게 된다. 그는 집주인 히스클리프가 꽤 먼 곳에 있는 워더링 하이츠라는 장원도 역시 소유하고 있다는 것을 알게 되고 인사차 그곳으로 그를 방문한다. 두 번 째 워더링 하이츠를 방문한 날 그는 비로소 이 집안의 식구들을 만나보게 된다. 그들은 주인 히스클리프를 비롯해 모두 퉁명스럽고 불친절하기 짝이 없다. 록우드는 집주인의 조카라고 하는 거칠고 허름한 옷을 걸치고 머슴 같은 행색이지만 인물은 잘생긴 헤어튼 언쇼라는 젊은이와 집주인의 죽은 아들의 며느리라고 하는 예쁘장한 여인 캐시 린튼을 보게 된다. 이 집의 하인인 늙은 조셉은 험상궂고 심술 사납기가 세 주인보다 더 하다. 눈이 몹시 내려 길이 덮히자 록우드는 스러쉬크로스로 돌아갈 수 없게 되어 이 집에서 할 수 없이 하루밤 자고 가게 된다. 그는 방에서 전에 살던 캐서린의 일기를 발견한다. 그는 또한 밤에 잘 때 꿈 속에서 어린 소녀가 창문을 두드리며 방으로 들어오려 하는 악몽을 꾸고 비명을 지르며 깨어난다. 주인 히스클리프가 나타나 누가 록우드를 이 방에서 자게 허용하였느냐고 야단친다. 그는 꿈 이야기를 듣고 갑자기 흥분하여 록우드를 내보내고 캐서린이란 이름을 거듭 부르며 침대 위에 쓰러진다. 눈 길을 헤치고 돌아온 록우드는 며칠을 앓아눕는다. 그는 회복한 다음—지금은 스러쉬크로스 그레인지에 살

고 있으나—30년 전에는 워더링 하이츠에서 살았던 가정부 엘렌('넬리') 딘
으로부터 이 이상한 집안에 얽힌 이야기를 듣게 된다.

그 당시 워더링 하이츠에는 가장家長 언쇼와 그의 아내 및 아들 힌들리,
딸 캐서린이 살고 있었다. 어느 날 대도시 리버풀에 볼 일이 있어 떠나갔던
언쇼는 돌아올 때 헐벗고 거무튀튀한 피부의 집시 고아를 데려온다. 그는
그 아이에게 히스클리프('절벽에 자라난 황야의 거친 잡목 히스'의 뜻)란 이름
을 붙여준다. 언쇼는 자신의 아이들보다 주워온 아이 히스클리프를 편애했
고 힌들리는 그 보복으로 히스클리프를 증오하고 학대한다. 그러나 캐서린
만은 히스클리프가 없으면 안 될 정도로 둘 사이의 친애의 정은 깊어진다.
힌들리가 대학으로 보내진 뒤 3년 후 언쇼는 병사한다. 돌아온 힌들리는 프
랜시스란 여인과 결혼한 상태였고 히스클리프를 교육도 받지 못하게 하고
하인의 처지로 떨어뜨린다. 캐서린은 말괄량이 소녀로 성장하나 여전히 히
스클리프를 끔찍이 아낀다.

어느 날 히스클리프와 캐서린은 황야를 헤매다 멀찍이 떨어져 있는 스러
쉬크로스 그레인지란 저택으로 가게 된다. 집안을 들여다보던 둘은 집주인
린튼의 아들과 딸을 발견한다. 그러나 안을 들여다보는 것이 들키고 하인
들이 풀어놓은 개에 캐서린은 물린다. 가까스로 도망친 히스클리프는 돌아
와 자초지종을 얘기한다. 한편 상처 입은 여자아이가 워더링 하이츠의 언
쇼 네 딸인 것을 알고 린튼 부부는 캐서린을 극진히 간호한다. 5주간이나
이 집에 머물며 회복하는 동안 캐서린은 린튼의 아들 에드거 및 딸 이사벨
러와 가까운 사이가 된다. 캐서린이 집으로 돌아온 뒤 에드거와 이사벨러
는 워더링 하이츠를 자주 방문한다. 그들이 성탄절에 놀러 왔을 때 누추한
차림의 히스클리프는 에드거의 멸시를 받고 격분하여 싸움을 일으킨다. 그
벌로 힌들리에 의해 다락방에 갇히게 된 그는 기필코 복수할 것을 스스로
맹세한다.

이 일이 있은 다음 해에 힌들리의 병약한 아내 프랜시스는 아이를—헤

어튼 언쇼—낳으며 출산 후 얼마 안 되어 폐병으로 죽는다. 아내가 죽자 힌 들리는 절망하여 엉망진창으로 망가져 술과 도박에 빠진다. 한편 캐서린과 에드거는 약혼하는 관계로 발전한다. 에드거의 방문을 받은 어느 날 캐서 린은 가정부 넬리에게 둘만 있는 줄 알고 자신은 히스클리프를 사랑하지만 신분과 처지의 차이 때문에 맺어질 수는 없을 것이라고 말한다. 그런데 여 기까지 이야기를 히스클리프는 우연히 안 보이는 곳에서 엿듣게 되고 캐서 린의 말에 분노하고 절망한 나머지 집을 나가버린다. 그러나 캐서린의 이 어지는 말은 린튼과 사랑해서 결혼하는 것이 아니라 히스클리프의 출세를 —경제적으로 도움을 줌으로써—위한 것이라는 내심을 드러내는 것이다. 캐서린은 히스클리프가 떠난 것을 알자 낙심하여 앓는다. 그녀는 몸을 회 복한 후 에드거 린튼과 결혼하며 넬리와 함께 스러쉬크로스로 옮겨가 살게 된다.

한편 히스클리프는 떠난 지 3년이 되던 해에 상당한 교양을 쌓고 돈도 벌어서 돌아온다. 힌들리는 도박과 술의 상대가 필요했고 히스클리프와 도 박을 하여 그의 돈을 뺏을 요량으로 그에게 함께 살 것을 요청한다. 히스 클리프는 지금은 캐서린과 에드거가 살고 있는 스러쉬크로스를 방문해 자 신이 돌아왔음을 알린다. 이후 캐서린과 히스클리프가 자주 어울리는 것을 목격한 에드거는 질투심에 히스클리프의 방문을 막는다. 이에 대한 반발로 캐서린은 임신한 상태임에도 방문을 걸어 잠그고 먹지도 마시지도 않게 되 고 결국 몸져눕는다. 한편 린튼의 동생 이사벨러는 히스클리프에게 갑작스 럽게 미칠 듯한 사랑을 느끼게 된다. 워더링 하이츠에서는 힌들리가 히스 클리프에게 도박으로 자신이 가진 모든 재산을 잃고 만다. 어느 날 에드거 는 찾아온 히스클리프와 주먹 다툼을 벌일 지경까지 가지만 히스클리프의 기세에 눌려 아내가 보는 앞에서 무력하게 주저앉는다. 그 후 어느 날 히스 클리프는 집을 뛰쳐나온 이사벨러와 함께 야반도주夜半逃走하여 결혼한다. 그러나 애초부터 사랑이 아니라 히스클리프가 의도적으로 복수를 위해 이

사벨러를 유혹했던 것인지라 곧 결혼 관계는 깨어지고 그들은 워더링 하이츠로 돌아온다. 히스클리프는 캐서린이 열병으로 죽어간다는 것을 알고 에드거 몰래 스러쉬크로스를 방문하며 마지막으로 둘은 서로의 사랑을 확인한다. 히스클리프를 만나고 캐서린은 상태가 더욱 악화되어 얼마 후 딸 캐시를 유산하고 난 뒤 곧 숨진다. 캐서린의 사망 소식을 듣자 히스클리프는 울부짖으며, 그녀의 유령이 자신이 살아 있는 한 늘 찾아와줄 것을 기원한다. 이사벨러는 히스클리프의 무관심과 학대를 견디지 못하고 런던으로 도망가서 그의 자식인 린튼 히스클리프를 낳는다. 그 후 6개월 지난 뒤 힌들리도 죽으며, 이제 워더링 하이츠는 히스클리프의 소유가 된다. 힌들리의 자식 헤어튼은 금후 아버지의 재산을 빼앗은 히스클리프의 호의밖에는 의지할 것이 없다.

이사벨러는 집을 떠난 뒤 12년이 되던 해에 죽었다는 소식이 들려오며, 그녀의 오빠 에드가는 런던으로 가서 병약한 아이 린튼 히스클리프를 스러쉬크로스로 데려온다. 히스클리프는 이 소식을 듣고 아이를 적법한 부친인 자신이 키워야 한다고 주장하며 워더링 하이츠로 데려간다. 한 번은 어린 캐시가 황야를 건너 워더링 하이츠를 방문해 말로만 듣던 자신의 사촌 린튼을 만나게 된다. 이후 에드거가 엄금했지만 캐시는 자주 린튼을 만나러 가게 되고 히스클리프는 이를 매우 반긴다. 그는 둘이 장차 결혼하게 되기를 의도하고 있다. 에드거가 중병에 걸렸을 때, 히스클리프는 역시 병중인 자신의 아들 린튼의 문병을 오라는 명목으로 캐시를 부른다. 워더링 하이츠에 가정부 넬리와 같이 온 캐시를 히스클리프는 방에 감금한다. 캐시는 닷새 동안 감금되어 있으면서 린튼과 결혼하지 않으면 집으로 보내주지 않겠다는 히스클리프의 강요에 결국 굴복한다. 비록 집으로 돌아온 캐시가 아버지의 마지막 임종을 지킬 수는 있었지만 에드거는 유언장을 변경할 시간도 없이 죽는다. 이로써 스러쉬크로스 레인지의 저택도 역시—캐시가 어린 린튼과 결혼함으로써—히스클리프의 수중으로 들어간다. 이윽고 병약

한 린튼도 죽고 캐시는 과부가 되면서—지난번에 록우드가 가서 보았듯이
—히스클리프에게 얹혀사는 처지가 된다.

　이야기가 시작된 현재의 시점으로 돌아오면서 넬리의 이야기는 끝이 난
다. 록우드는 봄이 되자 이곳의 사람들과 자연이 자신에게는 맞지 않는다
고 생각하고 워더링 하이츠도 다시 들르지 않고 런던으로 떠난다. 다음 해
가을 우연히 이 근방을 여행하던 록우드는 불현듯 워더링 하이츠를 다시
방문하고 싶은 욕망이 생겨 찾아온다. 그는 헤어튼과 캐시가 집 주인이 되
어 있는 것을 발견한다. 캐시는 교육을 받지 못한 헤어튼에게 읽기 쓰기를
가르치고 있었다. 록우드는 워더링 하이츠로 옮겨온 넬리로부터 석 달 전
의 히스클리프의 기이한 죽음에 대해 듣게 된다. 넬리는 히스클리프가 죽
기 전 젊은 헤어튼과 캐시의 다정한 모습을 보며 자신의 복수욕을 모두 상
실한 듯했고, 캐시와는 눈길을 마주치길 꺼렸다고 한다. 그녀의 눈은 죽은
캐서린의 눈과 똑같았기 때문이다. 그는 젊었을 때의 캐서린의 추억 가운
데 파묻혀서 의도적으로 나흘간 곡기를 끊고 결국 죽었다는 것이다. 현재
시점에서 록우드는 캐시와 헤어튼이 결혼한 후 스러쉬크로스로 넬리와 함
께 옮겨가 살 것이며, 워더링 하이츠는 늙은 조셉이 남아 관리할 것이라는
사실을 알 게 된다. 넬리는 이곳 사람들은 가끔 캐서린과 히스클리프의 유
령이 황야에서 만나고 있는 장면을 보게 된다고 밀한다. 록우드는 밤길을
떠나오면서 히스클리프, 캐서린, 에드거가 묻혀있는 무덤을 지나게 되고,
그들이 지금은 평화스럽게 안식을 취하고 있다고 확신한다.

소설의 특징

이 작품은 셰익스피어의 『로미오와 줄리엣』 이후 서양 사랑 문학에 있
어서 가히 최고봉이라고 말해도 과언이 아닐 것이다. 인간사에서 가장 강
렬하고 영원히 기억되는 것이 있다면 그것은 사랑이라는 것을—비록 구

성상의 적지 않은 억지와 무리가 있음에도 불구하고—이 작품만큼 강력하게 보여주는 문학도 드물 터이니 말이다. 그런데 이 작품은 영국 소설에 대한 영향력 있는 평론서인 『위대한 전통』을 쓴 F. R. 리비스가 하나의 "변종sport"이라는 평가를 내렸듯이 18세기 이래 영국 소설의 중심적 전통에서 벗어난 작품으로 여겨지는 면도 있다. 그러나 국내의 어떤 19세기 영소설 전문가가 말하듯이 이 작품이 변종이라면 영국 소설을 더욱 '풍요롭고 심오하게' 만든 변종이라고 말해야 옳을 것이라는 말에 공감하게 된다.128 아울러 이 작품은 영국 낭만주의를 소설 분야에서 가장 강력하게 대변하는 작품이며, 또한 19세기 중엽에 발간되었다는 사실이 말하듯 빅토리아 조의 리얼리즘 요소들을 모두 지니고 보여주는 초기 '리얼리즘 문학'을 대표하는 측면도 있다.

이 소설은 청소년 세계문학 전집에 반드시 들어갈 정도로 대중화되어 있으나 잘 살펴보면 대단히 복합적이고 난해한 작품이라는 것을 알 수 있다. 이 소설은 빅토리아 조의 소설들이 갖고 있는 '리얼리즘'의 본질적 속성들과 함께 '낭만주의적 로맨스(환상 소설)'의 특징도 지니고 있기 때문이다. 고딕적 '낭만주의'와 빅토리아조의 '세태소설(혹은 '풍속소설Novel of Manners')'이라는 복합성(혹은 양면성)은 이 작품이 지니는 소설적 흥미와 감동의 원천인 동시에 리비스가 말한 '변종'이란 인상을 불러일으키게 만들었다. 『폭풍의 언덕』은 제목 그대로 '폭풍 같은' 사랑의 드라마를 형상화한 작품이지만 단순한 남녀 간의 애정의 차원을 넘어 당대의 사회적, 법률적, 경제적 차원까지 품고 있는 총체적 소설이다. 즉 등장인물들의 사랑은 사회와 유리된 로맨스가 아니며 그 사랑이 실현되고 또 파괴되는 '사회적 맥락'이 사랑 못지않게 중요한 작품의 주제로 등장한다. 그리하여 이 소설이 지니는 로맨스와 리얼리즘이라는 두 층위는 곧 작품의 해

---

128 왕철, "에밀리 브런티," 『19세기 영국 소설 강의』, p.288.

석의 '양면성'을 낳는다. 즉—앞으로 보겠지만—로맨스적인 측면에서 읽을 경우 '비극적 소설'이지만 리얼리즘의 관점에서 보면 '패배의 서사'로 읽히는 것이다.

이 소설에서 작가가 창조한 주인공은 앞서의 『적과 흑』과 마찬가지로 서양 근대사에서 프랑스 '대혁명' 그리고 그것과 동반한 '낭만주의 혁명' 및 역시 동시대의 '산업혁명'이라는 거대한 역사 사회적 변화들이 낳은 '시대 정신'의 산물이다. 즉 이 시대는 역사적 '대변환기大變換機'로서 인간은 자신이 타고난 신분과 지위의 변화를 꿈꿀 수 있다는 미증유未曾有의 경험을 작품은 형상화하고 있다. 다시 말해 이 작품에서 주인공은 자신의 운명에 '직면confronting'하는 정도가 아니라 그 (타고난 조건으로서의) 운명을 '능멸affronting'하는 인물로 나타나는 것이다. 앞서도 말한 바 있듯이 '근대비극 소설'은 강고强固한 계급제도와 가부장제가 무너져가기 시작하고, 인간의 자유, 평등, 존엄이 이론적으로는 주어졌으나 현실적으로는 불가능했던 역사적 '전환기'의 산물이다.

한편 에밀리 브런티의 소설이 아무리 19세기 영 소설의 주류에서 벗어나 보일지라도 역시 전형적인 영국적 풍토와 토양의 산물인 것은 부정할 수 없다. 빅토리아 조 문학의 권위자 중의 한 명인 데이비드 세실 교수는 그녀의 글은 영국 북부 지방의 '황량한 고지대의 강렬한 흙냄새'가 난다고 말한다.129 이어서 세실 교수는 에밀리 브런티가 영국 낭만주의를 본격적으로 출범시킨 시인 윌리엄 블레이크의 시에서처럼 시간과 장소를 초월해 인간의 삶이 지니는 본원적인 모습과 그것의 운명에 관심을 가졌던 작가라고 말한다. 즉 시간과 영원성, 죽음과 초월성, 인간과 사물의 본성 등과 같은 근원적이고 본질적인 주제들이 작품의 배경이나 근저根底에 놓여 있다는 것이다. 이런 면에서 그녀는 19세기에 가장 강렬한 '비극적 소

129　David Cecil, *Victorian Novelists*, p.139.

설가'인 후대의 토머스 하디의 분명한 문학적 선배라고 할 수 있다. (그러나 나중에 하디를 다루며 좀 더 자세히 살펴보겠지만 '인간성'에 대한 둘의 견해의 차이는 대단히 크다. 둘 다 인간과 자연의 긴밀한 상관관계를 강조하는 점은 공통이지만 브런티가 삶에서 작용하는 '초월적이고 운명적인 요소'를 강조한다면 하디는 인간의 현세적 '자유의지'의 측면에 보다 더 방점을 둔다.) 브런티와 보다 밀접한 세계는 앞서 말했듯이 그녀보다 한 세대 앞서 활동한 블레이크나 키츠의 낭만적 시의 세계이다. 이들은 똑같이 신비주의자들이며 삶의 환상적이고 초월적인 계기와 차원에 관심이 많다. 다시 말해 그의 전기 작가들이 말하듯이 '울타리에 앉아 있는 천사와 대화하는 것이 자주 목격되었다'는 블레이크처럼 브런티도—그녀가 창조한 작중 인물들이 그렇듯이—보통 사람들의 눈에 보이지 않는 초자연적 실재를 볼 수 있는 능력이 있는 인간이었는지도 모른다. 존재론적으로 볼 때 에밀리 브런티의 세계는 근본적으로 '물활론적animistic' 세계이다.130 이 세상은 모두 '어떤 생명을 지닌 정신적 원천'의 표현이며, 이는 한편으로 '폭풍의 원칙'으로 나타나서 격렬하고 무자비하고 사납고 활동적인 면이 있는가 하면 다른 한편으로는 정적靜的인 '문명의 원칙'으로 부드럽고 자비롭고 수동적이며 유순한 측면도 있다. 즉 이 세상 모든 것은 '하나의 정신적 실재實在'이고, 각각의 인간과 사물은 그 실재가 다르게 표현된 것에 불과한 것이라고 생각되는 것이다.

이런 세계관에 따를 때 통상적 선과 악이라는 일반적인 도덕적 대조는 존재하지 않는다. 그리하여 브런티의 작품 세계에서는 선과 악의 구별이 가져오는 (행동의) 선택적 수용이 아니라 인간의 모든 경험의 폭을 망라하는 모습을 보인다. 그래서 소설 속 사건과 액션의 두 주역인 히스클리프와 캐서린은 자신의 이익을 위해 타인을 박해하고 이용할 때조차 부도덕

---

130 Walter Allen, *The English Novel*, p.226.

하다기보다는 '초도덕적amoral'인 존재로 보여지는 것이다.131 앞서 인용한 데이비드 세실도 그녀의 작품 가운데는 옳고 그름 사이의 갈등이 아니라 같은 것과 다른 것 사이의 갈등이 있을 뿐이라고 지적한다. 마지막으로 에밀리 브런티는 가장 일반적인 대조 즉 '생과 사의 대조'도 배격하였다. 그녀는 영혼의 불멸을 믿었으며, 그것은 기독교가 말하는 부활의 개념이 아니라 현세에 있어서의 영혼의 불멸을 믿는 것이었다. 육체를 떠나서도 영혼은 현세의 생 가운데에서 계속 활동한다는 것이다. 작품 속에서 캐서린은 자신이 죽으면 천국에 가리라고 믿는다. 그러나 그녀는 죽은 뒤에도 자신의 영혼이 워더링 하이츠에 계속 머물고 싶어 할 터이므로 천국에서의 삶은 불행할 것이라고 생각한다. 그녀는 죽은 뒤에도—히스클리프가 실제로 그렇게 믿듯이—그에 대하여 적극적인 영향력을 행사하며 자신의 열정으로 그를 감싼다. 마찬가지로 히스클리프에게도 죽음은 종말이 아니라 연속이며, 단절이 아니라 '성취의 평화'에 이를 수 있는 길이고 관문이다. 이것이 그가 작품의 마지막에서 죽음을 '환영'하는 이유이다. 이렇듯 이 소설은 당대의 어느 낭만주의 시詩 못지않게 '낭만적 정념'으로 충만하다. 일체의 구속에서 풀려나고 한계를 벗어나 마음껏 상상의 날개를 펼치는 것이다. 작중 인물들은 때론 진정한 희열에 들떠 있고, 때론 음울과 절망의 나락으로 떨어지며, 작품이 묘사하는 사건과 행동들은 공포와 신비의 분위기에 싸여 있고, 인간이건 인간의 행동이건 걸핏하면 휘몰아치는 격정과 폭력이 난무하는 세계 속에서 살아가고 벌어진다.

에밀리 브런티의 성격과 생애

위에서 대략적으로 묘사한 그녀의 소설 세계에서 알 수 있듯이 에밀리

---

131 Tom Winnifrith, *The Brontës*[Masters of World Literature], p.52.

브런티는 당대의 영국 사회가 직면하고 있던 시대적 문제나 역사적 상황과는 동떨어진 시대와 장소에 사는 여인 같았다. 그녀가 살고 또 묘사한 세계는 19세기 영국이 아니라 오히려 16세기 엘리자베스 여왕 시대 농촌과 시골의 생활을 차라리 연상시키는 것이기 때문이다. (여기서 위에서 언급한 후대의 토머스 하디도 마찬가지이지만 그녀와 셰익스피어 비극의 친연성親緣性이 유래한다) 또한 그녀는 성격적으로도 또래의 여성들과는 전혀 다른 성격을 갖고 있었다고 한다. 그녀가 언니 샬럿과 함께 벨기에 브뤼셀의 기숙학교에 잠시 다닐 시절 그녀의 선생이던 콘스탕탱 에제Constantin Heger는 그녀에 대해 "에밀리의 강인하고 오만한 의지는 어떠한 반대나 곤란에도 꺾이지 않을 것이며, 생명이 위협받는다면 모를까 어떤 경우라도 굴복하는 일이 없을 것이다"라고 말했다고 한다.[132] 그녀를 아는 가족과 지인들 모두 그녀가 "여자애 같기보다는 사내애 같았고, 도무지 남자를 좋아하지 않았다"고 전한다. 그녀가 동성애적인 면이 있었다는 것 또한 전기 작가들이 공통적으로 지적하는 사실이다.[133]

'이중二重 화자'의 사용이 갖는 효과

이 작품에서 기교 상의 탁월함으로 가장 많이 거론되는 것은 '이중의 화자'의 사용이다. 이는 주인공과 별개의 화자(내레이터)를 등장시키는 기법으로서 20세기 초 조셉 콘래드가 『암흑의 핵심』과 『로드 짐』에서 본격적으로 사용하기 전 50년 이상 앞서는 획기적 시도이다. 에밀리 브런티는 심지어 이런 소설사상의 첫 시도에서 두 명의 화자를 등장시키고 있다. 1차 화자인 가정부 넬리 딘과 그녀의 말을 듣고 독자에게 전하는 2

---

132 모옴, 『불멸의 작가, 위대한 상상력』, p.366. 재인용.
133 May Sinclair, *The Three Sisters*, Virago, 1982[1914].

차 화자 록우드가 있다. 그러나 역시 중심적이고 주도적인 화자는 넬리이며 록우드는 극히 부분적인 역할을 하는 데 그친다. 넬리는 작품의 사건과 행위를 처음부터 끝까지 목격할 뿐 아니라 일부의 행위에는 개입하고 참여하여 사건의 주요한 흐름을 바꾸어 놓기도 한다. 그러므로 그녀는 등장인물들의 삶에 대해 부분적 책임이 있을 뿐만 아니라—비록 그녀의 실책이나 심지어 배신으로 보이는 행동들도 모두 주인들의 진정한 이익을 위해 내린 결정이란 것은 분명하지만—독자가 완전히 신뢰할 수 있는 객관적 화자는 아니다. 그러나 그녀는 자신이 주장하듯 언쇼 집안에서 가장 분별을 지닌 인간으로 남아 있고, 등장인물 중 가장 냉정하고 중립적인 인물인 것은 사실이다. 록우드 또한 부분적 관찰자이고 목격자로서 등장인물 중 일부와 직접적 대면을 하며 심지어 캐시에 대해 마음이 끌리기도 한다. 그러나 그는 품성과 태도에 있어 이들과 전혀 다른 도시적 배경을 지닌 인물이고 따라서 가장 거리를 두고 있는 존재이다.

작가 에밀리 브런티가 두 명의 화자를 사용해 그들을 앞에 내세운 데는 무슨 이유가 있지 않을까? 다시 말해 왜 작가는 '이중의 가면' 뒤에 자신을 숨겨야만 했을까? 평자들 중 가령 국내의 박종성 교수는 '검열로부터의 자기방어'의 필요성과 '예술성 확보'라는 일반적으로 추측하고 상상할 수 있는 이유들이 있다고 설명한다.[134] 그런데 앞서 인용한 모옴은 이 물음에 대한 대답은 분명하다고 말하며 다음과 같이 매우 설득력 있는 이유를 제시한다. 즉 에밀리는 그런 방법을 통해서만이 자신의 내면 가장 깊숙이 숨어있는 '강렬한 본능과 격정'을 풀어놓을 수 있다고 생각했기 때문이라는 것이다.[135] 이는 곧 그녀 자신이 바로 히스클리프이고 동시에 캐서린이었던 것이라는 사실을 말해준다는 것이다. 특히 주인공 히

---

[134] 박종성, "미로 속에서 길찾기," 『담론의 질서』, 이태동 외, p.72.
[135] 모옴, p.375.

스클리프는 에밀리가 자신의 전부를 투사한 인물임은 의심의 여지가 없기 때문이다. 그녀는 이 인물에게 자신의 열렬하지만 좌절된 욕망으로 인한 격렬한 분노와 슬픔, 다시 말해 채워지지 못한 사랑에 대한 열망과 그에 따른 인간과 세상에 대한 증오심와 경멸감 나아가 잔인함과 가학성 등의 감정까지 몽땅 털어 넣은 것이 분명한 것이다.[136] 또한 모옴은 언니 샬럿이 창조한 『제인 에어』의 로체스터와 동생의 히스클리프 사이에는 명백한 '가족 유사성'이 있다는 것을 두 소설을 읽은 사람은 누구나 알아차릴 수 있다고 말한다. 또 이 두 자매가 창조한 인물들의 원형은 십중팔구 아버지 패트릭 브런티였을 가능성이 매우 크다고 한다. 아내와 일찍 사별하고 아들 하나와 딸 셋이 폐병 혹은 알콜 중독으로 모두 죽은 뒤에도 여든다섯까지 살았고, 자식들이 살았을 때는 늘 그들을 간섭하고 호령했다는 그 '무서운' 패트릭 브런티 목사말이다.[137] 빈한한 출신으로 자수성가하여 국교회 목사직에까지 오른 부친 패트릭의 남다른 강인한 성격과 정신력이 가족에게는 권위주의적 억압과 지배의 형태를 띠었다는 것에 대해서는 전기 작가들의 의견이 일치된다.[138]

구조의 이중성

이 소설은 구성(플롯) 면에서 '이중적 구조' 혹은 '두 개의 층위'를 갖고 있다. 즉 전반부(17장까지)가 '로맨스'의 성격을 띠고 있다면 후반부(18부터 34장)는 '리얼리즘'의 양상을 보여준다. 이는 전반부가 히스클리프와 캐서린의 사랑과 그것의 좌절을 그려 보여주는 데 비해 후반부는 히스클리프

---

136 같은 책, p.378.
137 같은 책, p.381.
138 "The Brontës," *British Writers Classics II*, p.140-1.

의 복수의 실현을 다루고 있다는 사정에서 비롯된다. 이는 또 앞부분에서는 (둘 사이의) 강렬한 성적 정념이 지배한다면 후반부에서는 (히스클리프의) 현실적, 세속적, 사회적 야심이 지배적이라는 얘기도 된다. 이 두 개의 구조 혹은 층위는 강력한 필연성으로 연결된 '인과관계'를 보여줄 뿐만 아니라 서로 이질적이며 상반된 세계라는 점에서 소설의 '중심적 긴장'을 제공하는 '강렬한 갈등 양상' 또한 보여준다. 장소가 갖는 특징의 측면에서는 앞부분이 워더링 하이츠(언쇼 가)에 집중된다면 뒷부분은 스러쉬크로스 그레인지(린튼 가)의 특징이 주로 나타난다. 이 두 집안의 상반된 기질은 '폭풍(야성)의 원칙'과 '평온(문명)의 원칙'의 대조로 나타나며, 이 '두 원칙 혹은 기질의 충돌'이 이 작품의 핵심적 사건을 형성하고 제공한다.[139]

히스클리프의 성격화와 작품의 중심적 사건

작품 가운데 히스클리프는 문명인이라기보다 야만인이고, 사회적 관점에서는 '이단자'이고 '질서의 전복자'이며 동시에 '약자들의 해방자'의 역할도 한다고 볼 수 있다. 샬럿 브런티는 동생의 소설의 재판再版을 찍을 때 붙인 서문에서 히스클리프는 "곧장 일직선으로 자신의 파멸을 향해 나아간 인물이며 가는 곳마다 지옥을 함께 가지고 가는 인물"이라고 평한다. 그녀는 과연 이런 인물을 창조하는 것이 합당하고 올바른 일인지 알 수 없다며 자신 같으면 창조하지 않았을 것이라고"로 말한다. 샬럿은 "그러나 작가는 마음속 깊이 억눌러놓은 무언가가 있을 수 있고 이것이 언젠가는 자신도 어찌할 수 없이 밖으로 표출되기 마련이다"라며 동

139　Walter Allen, p.224.

정적인 어조로 결론지었다.140 샬럿의 히스클리프에 대한 논평은 당대의 일반적 도덕적 관념에 따른 것으로 보이고 전체적으로 냉정하고 객관적으로 동생의 글을 평가했다고 말할 수 있다. 근래에는 히스클리프가 자신의 복수에 전념하는 동안 보이는 악행에의 경도傾倒와 탐닉에 대한 비판을 최소화하고 나아가 정당화하며, 그를 영웅적 인간으로 승격시키려는 평자들도 있다. 그러나 그는 일단 복수에 나선 이후에 보이는 집요함과 잔인함의 모습 이외에도 작품을 통해 변함없는 사랑을 보여준다는 점과 엄청난 고통을 견디고 극복하는 힘 및 상황과 운명에 굴복하기를 단호히 거부하는 성격적 강력함과 자존감을 보여주는 등 우리가 찬탄할 만한 점들이 더 많은 인물이라는 것이 근래의 일반적인 평가이다.

그는 소설의 처음에 '열등한 타자'로 등장하여 '사회적 풍속과 관습 manners and customs'의 희생자가 되지만, 타고난 강인한 정신력과 투지를 발휘하여 자신을 박해하던 사회의 '풍속과 관습'을 스스로 획득하고 동시에 재산을 형성하여 자신의 신분과 처지를 급속히 상승시킨 '벼락출세자'이다. 동시에 그는 앞서 말했듯이 사회에 대해 '이단적 전복자'의 모습으로 변신한다.141 그가 처음 언쇼 가에 온 이후 언쇼 씨와 넬리를 제외한 나머지 식구들로부터 받는 것은 냉정한 무관심 정도가 아니라 시기심에서 비롯한 강렬한 증오 및 멸시와 잔인함이다. 즉 그는 그 자신의 탓이 아닌 '부당하고 불의한 악의 희생양'인 것이다. 이는 악의 원천과 뿌리는 그가 아니라 이 가족에 있다는 것이고, 폭력적 '악의 씨앗'이 이 집의 '가족 구조' 안에 잠복하고 있었으며 최초의 '원천적 가해자'는 힌들리라는 것을

---

140 Charlot Brontë, "Editor's Preface to the New Edition," William M. Sale Jr., and Richard J. Dunn eds. *Wuthering Heights*[Norton Critical Edition], p.321-2.

141 앞서 인용한 박종성 교수는 히스클리프라는 '인종적 타자'를 해방자의 모습으로 그려내는 데 영향을 끼친 사건으로 1834년 '노예제도 철폐법'[Slavery Abolition Act]의 통과도 있었을 것이라고 부언한다.—박종성, p.83.

말해준다. 가정부 넬리가 록우드에게 증언하듯이 "히스클리프에 대한 힌들리의 학대는 성인聖人을 악마로 만들고도 남을 만했다"고 한다.[142] 여기서 그에게 유일한 위안이고 삶을 지탱할 수 있는 희망과 보람은 캐서린과의 동지애적이고 운명적인 애정에 놓여 있을 뿐이다. 이 사랑이 없다면 자신의 존재 자체가 불가능하다는 것을 그는 소설 여러 군데에서 토로한다.

그러나 이 애정은 소설이 시작한 지 1/4도 지나지 않아 금이 가기 시작한다. 우연찮게 린턴 가의 삶을 구경하고 온 캐서린은 사회현실이 말해주는 엄연한 신분의 차이에 눈뜨게 되고 히스클리프와의 결합은 불가능하다고 생각한다. 그녀는 이어서 가정부 넬리에게 "비록 결혼은 에드거 린튼과 할지언정 그것은 오직 히스클리프를 출세하도록 도와주고 또 오빠 힌들리로부터 그를 독립시켜주기" 위함이라는 철없는 말을 한다.[143] 그러나 그녀의 히스클리프에 대한 애정은 변함이 없다는 것은 그녀의 계속된 아래의 말로도 분명해진다. "이 세상에서 나의 가장 큰 괴로움은 또한 히스클리프의 괴로움이기도 했어. 나는 그 어느 것이나 처음부터 다 느끼고 지켜보았거든. 내가 살 수 있는 것도 히스클리프가 있기 때문이야. 다른 모든 것이 없어져도 히스클리프만 남아준다면 나는 살아갈 수 있어. 다른 것은 모두 남아 있더라도 히스클리프가 없어진다면 이 우주는 내게 낯설기 그지없게 될 거야……. 넬리, 내가 곧 히스클리프야, 그는 언제나 변함없이 내 맘속에 살아 있어."[144]

그러나 히스클리프는 캐서린이 넬리에게 "이제 와서 히스클리프와 결혼한다면 내 품위가 떨어질 거 아니야?"라는 말만 듣고 너무 큰 충격을

---

142 『폭풍의 언덕』[안동민 옮김, 범우사], p.85. 본문 인용은 이 번역본에 의거하지만 경우에 따라 『노튼 비평판 *Wuthering Heights*』을 필자가 옮긴다.

143 같은 책, p.106.

144 같은 곳.

받는다. 그리고 캐서린이 자신을 배신한 것으로 확신하고 그길로 워더링 하이츠를 떠나게 된다. 전기 작가들에 의하면 히스클리프의 모습은 당대에 출간되었고 에밀리가 읽었음에 분명한 토머스 무어의 『바이런 저작집 *Letters and Journals of Lord Byron*』에 나오는 바이런의 일화에서 영향을 받았을 가능성이 상당히 크다고 한다. 그 책에 따르면 태생적으로 오른발이 약간 기형이었던 바이런은 청년 시절 어느 날 그가 알고 지내던 차머스 양이 그녀의 하녀에게 하는 말—"넌 내가 저 절름발이 아이에게 조금이라도 마음이 있다고 생각하니?"—을 엿듣거나 아니면 전해 듣고 밤이 늦었음에도 불구하고 집을 뛰쳐나와 정처 없이 먼 길을 걸었다고 한다. 상처 입은 그의 자존심은 그 후 여자들과의 관계에서 그로 하여금 냉혹하고 잔인하게 그들을 대하도록 만들었다는 것이다.[145]

히스클리프는 3년 후 돌아왔을 때, 캐서린이 린튼과 결혼한 것을 보고 다음과 같이 외친다. "넌 나를 사랑했어. 그렇다면 무슨 권리로 나를 버린 거지? 무슨 권리로……대답해 보란 말야…… 린튼에 대해 느낀 그 하잘 것 없는 호감 때문이었나? 불행도 타락도 죽음도 그리고 하나님이나 마귀가 내릴 수 있는 그 어떤 재앙조차도 우리를 떼어놓을 수는 없었어. 그러니까 우리 사이를 끊은 것은 너, 바로 네가 스스로 그렇게 한 거야"라고 절규한다.[146] 또 그녀가 죽던 날 그는 다음과 같이 부르짖는다. "캐서린 언쇼, 내가 살아 있는 한 너에게 안식이란 없을 것이다. 내가 너를 죽였다고 말했었지. 그럼 유령이 되어 내게 나타나 봐! 피살자는 살인자에게 나타난다는 걸 나는 알고 있어……언제나 나와 함께 있어 줘. 어떤 모습으로라도 좋아. 나를 미치게 해도 좋아. 단지 나를 네가 없는 이 구렁텅이 속에 혼자 내버려 두지만 말아줘! 오 하나님, 나는 내 생명인 그

---

145 같은 책, p.276.
146 같은 책, p.203.

녀 없이는 살아갈 수 없어요! 내 영혼인 그녀 없이는 살 수가 없단 말입니다!"[147] 그는 캐시가 죽은 후 18년간 마치 감옥에 갇힌 수인과 마찬가지로 이승에서의 어떤 보람과 즐거움도 누리지 못하고 오직 죽음을 통해 그녀와 다시 결합하기만을 기다리며 산다.

한편 캐시와 히스클리프의 사랑을 심리학적 관점에서 '중독적 유대' 혹은 '편집적 집착'으로 규정하며, 그 비정상성을 지적하는 평자들이 있다.[148] 그러나 유구한 서양의 사랑 문학 전통이 증언하듯—우선 플라톤부터 『파이드로스*Phaedrus*』에서 사랑은 "영혼의 심각한 질병(혹은 광기)"이라고 말한 이래—강렬한 사랑은 광기에서 멀지 않다는 것은 인간사의 자명한 진실 중의 하나이다. 그래서 셰익스피어의 오셀로도 자신은 "현명하게가 아니라 지나치게 사랑한" 잘못밖에 없다고 말하는 것이다. 토머스 하디도 그의 소설 『에슬버타의 손*The Hand of Ethelberta*』에서 "무분별하지 않은 연인은 연인이 아니다*A lover without indiscretion is no lover at all*"라고 말한다. 사랑을 '분별 있고 조리 있게' 하는 자는 사랑이 아니라 '자기애와 이기주의'를 실천할 따름이라고 말하면 지나친 것인가? 많은 독자들은 이 작품을 읽고 그 무엇보다 히스클리프를 잊을 수 없는 인물로 기억한다. 대표적으로 『생의 한가운데』로 우리에게도 잘 알려진 독일 작가 루이제 린저의 말을 들어보자. "히스클리프는 잊을 수 없는 인물이다. 그러나 그럼에도 불구하고 문학에서 그 이상으로 선명하게 드러나는 인물은 없다. 히스클리프의 영원한 여인 캐서린 또한 그렇다. 누가 그녀처럼 행동할 수 있을까? 그녀는 영국 소설 가운데 가장 매력 있는 여성이다."[149]

---

147 같은 책, p.211.

148 Graeme Tytler, "Heathcliff's Monomania," Hayley R. Mitchell, ed. *Readings on Wuthering Heights*, p.104; Katheryn McGuire, "The Incest Taboo in *Wuthering Heights*," p.126.

149 Luise Rinser, 『이야기하기*Die Erzählungen*』.

그러나 한편 생각해 볼 때 이들처럼 서로에게 상처를 주고 파괴적으로 작용하는 사랑도 진정 아름다운 사랑인지—요즘 유행가 가운데 고 김광석의 "너무 아픈 사랑은 사랑이 아니었음을"이란 노래 제목처럼—회의적으로 볼 수도 있다. 그러니 최종 판단은 독자들의 몫이라고 할 수밖에 없다. 한편 작품 가운데 히스클리프의 '휴매니티' 즉 그가 '인류와 갖는 유대'는 헤어튼을 통해 지속되고 있는 것을 볼 수 있다. 그는 거칠고 사납게 헤어튼을 대하고 키우지만 동시에 강력한 애정과 관심을 쏟았다는 것은 헤어튼의 전자에 대한 끈끈한 관계로 입증된다. "가장 기분 좋은 것은 헤어튼이 나를 지독하게 좋아한다는 거야!"[150]

캐서린의 성격화

캐서린도 히스클리프 못지않은 열정적 기질과 강렬한 정념을 갖고 있다. 그녀가 작품의 전반부에서 보여주는—자연 그 자체와 같은—원시적 힘은 그녀와 히스클리프의 사랑을 '원초적 유대'로 묶어 버린다. 둘은 친척이자 애인이고 동무이며 본유적 동질감으로 연결되고 결합되어 있다. 아울러 그녀는 워더링 하이츠가 갖는 잔인성과 폭력성을 그녀의 오빠 힌들리와 공유하여 자기중심적이고 이기적인 면도 갖고 있다. 한편 특기할 것은 그녀와 히스클리프의 관계에는 성애性愛가 배제되어 있다는 사실이다.[151] 둘의 사랑에 성적 요소가 빠져있는 것은 서머셋 모옴도 지적하는데, 그는 이것이 아마도—당대의 일반적 도덕적 관행에 따라—에밀리 브런티가 간통을 용서받을 수 없는 죄악으로 여기고 있었거나 아니면 섹스

---

150 『폭풍의 언덕』, p.272.
151 Tom Winnifrith, *The Brontës*, p.51.

에 대한 상상만으로도 역겨워했기 때문인지 모른다고 말한다.[152] 모옴이 말하듯이—실제에 있어—강렬한 성욕을 지닌 두 자매 샬럿과 에밀리는 프로이트 식의 '반동형성'으로 인해 성적 표현에 대해 강력한 반감과 거부감을 갖고 있었다고 보아야 할 듯하다. 이는 언니 샬럿의『제인 에어』에도 그 어떤 노골적 성적 감정의 표현도 완전히 배제되어 있다는 사실에서도 나타난다.

그런데 캐서린과 히스클리프 사이에는 다른 점도 있다. 히스클리프가 '자연'이라는 하나의 본성에 끝내 충실한 반면 캐서린은 앞서 보았듯이 '문명'과 접하는 순간 자연과 문명의 양면성 앞에서 분열되는 모습을 보이는 것이다. 그녀는 히스클리프와의 원초적 유대를 벗어나 린튼 가의 세련된 여유와 화려함에 현혹되며 중간계급적 질서에 동화된다. 즉 야만과 문명이라는 양면성 가운데 갈등/분열을 보이며, 이는—사랑은 히스클리프와 결혼은 에드거 린튼과 한다는—'인격적 분열'의 양상으로 나타난다. 그녀는 이런 점에서 히스클리프에 비해 신의 없고 경박하다는 비난을 많이 받아왔다.[153] 그러나 그녀는 히스클리프가 돌아온 뒤 곧 그와의 본유적 친밀성을 회복함으로써 본성적인 강렬한 정념은 변하지 않았다는 것을 보여준다. 하지만 이런 히스클리프와의 자연적 유대의 회복은 자신의 현실에 대한 부정으로 나타나고, 그녀는 이런 명백한 모순과 갈등 가운데 고뇌하다 결국 죽음을 맞이하는 것이다.

사랑과 증오: 히스클리프와 캐서린 그리고 힌들리

이 작품의 시작과 끝부분은 히스클리프와 캐서린의 운명적인 불멸의

152　모옴, p.379.

153　Winnifrith, p.53.

사랑의 이야기이다. 그러나 소설의 중심적 사건들 대부분은 이 사랑의 좌절과 그 좌절을 가져온 정황들 그리고 이로 인한 히스클리프의 절망과 —두 가문에 대한 그의—보복과 응징을 다루고 있다. 캐서린과 그의 사랑은 문명이나 사회와의 관련이 없는 원시적 자연의 상태에서나 가능한 것이었다. 그러나 위에서 말했듯이 외부의 문명 사회와 접촉하고 그 사회가 개입하는 순간 그들의 사랑은 깨어지고 만다. 둘이 황야 넘어 크러쉬크로스 그레인지의 린튼 가를 방문한 것을 계기로 캐서린은 자신의 사회적 처지와 상황에 눈 뜨게 된다. 워더링 하이츠로 돌아온 캐서린은 히스클리프와 재회하는 순간 자신의 그에 대한 애정은 여전하지만 그와의 결합은 "품위가 떨어지는degrading" 일이라고 생각한다.[154] 그녀는 린튼 가에 가 있는 동안 사회계급의 격차라는 움직일 수 없는 현실을 목도하고 경험한 것이다. 이렇게 둘 사이의 원초적 공감의 관계는 현실 사회의 계급과 금전의 횡포 앞에서 무력하게 깨어진다.

3년간 사라졌던 히스클리프는 금전에 의해 뒷받침되는 지위와 신분을 —그리고 이에 따른 교양과 매너도—상당히 획득한 모습으로 복귀한다. 아놀드 케틀의 말을 빌리면 "이제부터 그가 자신의 설욕을 위해 쓰는 방법은 바로 그를 짓밟은 적대자들이 쓰는 방법을 그대로 사용하는 것이다."[155] 즉 그들의 기준을 좇아서 그리고 그들의 터전에서 그들을 쳐부수는 것이며, 이는 바로 '금전과 정략결혼'이라는 중간계급의 '고선적 방법'을 통하여 그들을 거꾸러뜨리는 것이다. 그는 힌들리와 도박을 하여 그의 재산을 빼앗고 린튼 가의 딸 이사벨러의 자신에 대한 사랑을 이용해 —자신은 아무 관심도 없는 여인이지만—그녀와 결혼하여 그 사이에 낳은 자식이 린튼가의 재산을 물려받게 하려 한다.

---

154 『폭풍의 언덕』, p.104.

155 Arnold Kettle, *An Introduction to the English Novel*, Vol. I, p.149–50.

　가정부 넬리는 제17장 끝에서 록우드에게 "손님이었던 사람이 이제는 워더링 하이츠의 주인이 되었습니다"라고 말한다. 전체 34장 중에서 정확히 절반인 17장에서 히스클리프의 복수계획은 일차적으로 성공한다. 우리는 비록 그가 점차 비인간적이고 심지어 악마적으로 변해 가지만 왜 그가 그렇게 되었는지 알고 있기에 그에 대한 근본적 공감과 이해를 버리지 못한다. 그러나 문제는 그가 자신에게 직접적 악행을 저지르지 않은 양가의 2세들의 삶마저 왜곡시키려 할 때 그는 결정적으로 독자들의 공감을 잃게 되는 위험에 처해 진다. 그가 자신의 원수라고 생각하는 힌들리와 에드거가 죽거나 몰락한 이후에도 그들의 자식들에 대해 가하는 박해와 응징은 근거 없고 과도하다는 인상을 주기 때문이다. 더구나 에드거와 캐서린 사이에 태어난 캐시가 장성한 뒤 병약하고 자기중심적인—히스클리프의 아들—린튼 히스클리프를 사랑하게 된다는 것은 그 개연성이 쉽게 받아들여지지 않는다. 더 나아가 캐시가 오직 병든 아버지를 보기 위해 결혼이란 중대사를 그 대가로 치루려는 것도 억지스러워 보인다. 이는 오직 히스클리프가 가정부 넬리에게 말한 것처럼 "내 아들이 장차 자네가 사는 집의 주인이 되어 내 후손이 저들의 토지의 주인이 되고……내 아이가 장차 그들의 자손을 고용해서 그들의 아비가 소유했던 땅을 갈도록" 한다는 목적을 이루기 위한 작가의 의도적 구성일 뿐이다.[156]

　여기에 이 소설의 구성에 있어서의 부정할 수 없는 문제점이 있다. 즉 중간인 제18장 이후의 제2세대를 다루는 부분의 전개는—앞부분에 비하여—너무나 맥빠지고 지루하며 설득력이 떨어지는 느낌을 주기 때문이다. 히스클리프가 2세대의 등장인물들을 장악하고 조종하여 자신의 복수욕의 애꿎은 희생양을 만드는 과정은 우리에게 과거의 히스클리프 자

---

[156] 『폭풍의 언덕』, p.259.

신이 무고無辜하게 언쇼 집안의 학대를 받던 모습을 상기시킬 따름이다. 그러나 그에 대한 독자의 공감이 더 이상 지탱될 수 없는 바로 이 지점에서 히스클리프는 변화한다. 즉 그는 이상하리만치 수동적인 모습을 보이기 시작하며 이제껏 보여주던 폭력적이고 잔인한 행동들을 삼가는 것이다. 그것은 어떤 의식적인 마음의 변화 즉 개심改心이라기보다는 일종의 '소진消盡'의 느낌과 무덤을 넘어서까지 이어지는 캐서린과의 재결합에 대한 강렬한 욕망 때문이다. 작가는 히스클리프의 편집광적인 복수욕이 그것이 더 이상 지속되었다가는 독자들의 비난에 직면할 바로 그 시점에서 그것의 소멸을 보여주는 것이다. 그래서 평자들은 작가가 히스클리프가 악마나 구제 불가능한 악당이 아니라 끝내 설득력 있는 주인공으로 남아 있도록 의도하였음이 분명하다고 말한다.[157] 제33장에서 그는 자신의 말에 반항하는 캐시를 때리려다 그녀의 얼굴에서 불현듯 죽은 캐서린의 모습을 발견하고 갑자기 공격욕을 상실한다. 이어서 캐시와 헤어튼이 나란히 앉아 있는 모습에서 젊은 날의 자신과 캐서린의 추억을 되살린다. 그의 파괴적 에너지가 소진함과 동시에 그는 복수와 파괴의 무의미함과 공허함을 깨닫는다. 그는 자신에게 "이상한 변화"가 왔다고 넬리에게 말한다.[158] 이제 그의 전 존재와 기능은—자신의 죽음이 가져올—사랑하는 여인과의 최후의 결합에 대한 동경으로 충만해 있다. 그는 비로소 "낯선 이역에서의 정배定配와 감금으로 고통당하는" 듯하던 이 세상을 벗어나 "저 영광스러운 천국"으로 향하는 것이며, 그곳이 가까이 다가오자 "미칠 듯한 환희에 들떠있는" 눈길로 죽음을 맞이한다.[159] 이렇게 작품의 종말은 캐시와 헤어튼의 서투르고 미온적인 사랑 얘기보다는 히스클리프의

---

157 Larry S. Champion, "Brontë Controls Her Readers' Sympathies," Hayley R. Mitchell, ed. *Readings on Wuthering Heights*, p.60.

158 『폭풍의 언덕』, p.400.

159 같은 책, p.415.

캐서린의 영혼과의 열정적인 합일에의 동경과 열망에 초점이 맞춰져 있
다.

종말에 대한 양면적 해석

이 소설의 종말은 평자들이 '다양한 해석을' 향해 열려 있다고 말할 만
큼 결정적인 해석이 불가능하다.[160] 작품이 지니고 있는 다층적이고 복
합적인 측면 때문에 그럴 수밖에 없는 것이다. 우선 빅토리아 조의 사실
주의 소설 전통의 관점을 취하면 이 작품은 워더링 하이츠와 스러쉬크로
스 그레인지라는 (중간계급의) 가문들의 관점에서 작중 인물과 사건을 보
는 것이 된다. 언쇼 씨가 어느 날 호의로 데려온 집시 아이 히스클리프
는 이 집에 등장한 이후 거대한 분란과 변고變故를 가져온다. 엉뚱한 틈
입자闖入者인 그가 이 집의 딸 캐서린과 사랑에 빠지고 아들 힌들리의 증
오의 대상이 되는 것은 그리 놀랍지 않을뿐더러 자연스런 사태의 전개로
보이기도 한다. 그는 후견자 언쇼 씨가 사망한 후 새로운 주인이 된 아들
의 모진 학대를 받는다. 한편 자신과 캐서린 사이에 가로놓인 엄연한 신
분의 차이로 사랑마저 좌절되자 그는 집을 뛰쳐나간다. 그는 급격한 신
분 상승이라는 당대의 풍조를 대변하여 3년 안에 상당한 재산과 교양을
취득하여 나타난 뒤 두 집안에 대한 본격적인 복수와 응징에 나선다. 그
는 이윽고 두 집의 소유권을 넘겨받게 되며 양 가의 적법한 상속 계통
을 파괴한다. 그 과정을 조금 자세히 살펴보면 그는 앞서 말했듯이 힌들
리와 도박을 해서 워더링 하이츠를 빼앗고 린튼 가의 이사벨러와 결혼
해 아들 린튼을 낳는다. 그 아내가 죽은 뒤 그녀가 물려받은 스러쉬크로
스 그레인지를—딸이 아니라 아들로 상속되는 '보통법common law'상의 '한

160　Larry S. Champion, p.65.

사상속법限嗣相續法, the law of entails'에 의해—이번에는 아들 린튼이 물려받게 된다.[161] 그는 병약한 린튼이 죽기 전 자신에게 그 권리를 넘기도록 만듬으로써 두 집을 모두 손에 넣는 것이다. 그러나 그는 유언을 남기지 않고 죽음으로써—자식이 죽었으니 유산을 남겨줄 사람이 없다—그의 재산은 워더링 하이츠의 경우 직계인 헤어튼에게 돌아가고 스러쉬크로스 그레인지는 역시 그곳의 직계인 캐시가 물려받게 된다. 그는 자기 대代에는 복수에 성공해 두 집을 모두 손아귀에 넣었으나 죽은 뒤에는 모두 적법한 계승자들에게 소유권이 돌아가게 된 것이다. 결국 재산에 관한 한 그의 모든 노력은 수포로 돌아가고 그는 대가 완전히 끊어지고 잊혀진 존재가 될 것이 분명하다.

여기서 독자가 새삼스레 놀라지 않을 수 없는 것은 히스클리프가 두 집안을 가로채고 또 그것을 잃게 되는 모든 과정이 당대의 보통법 상의 상속에 관한 법률에 따라 이루어진다는 것과, 이를 정확히 파악하고 작품을 구상한 브런티의 비상한 법률 지식이다. 어쨌든 사실주의적 관점에서 보면 히스클리프는 전형적인 '패배의 멜로드라마'의 주인공임에 분명하다. 그리고 최후의 승자로 남는 것은 양 가의 계승자들인 헤어튼과 캐시이다. 그러나 독자의 처지에서 작품을 읽고 난 후에 남는 가장 강렬하고 지속적인 인상과 느낌은 부차적 인물들에 지나지 않는 헤어튼과 캐시에 대한 것이 아니라 주역인 히스클리프와 캐서린의 시공을 뛰어넘는 사랑 이야기이며, 그 무엇보다도 히스클리프의 삶과 죽음을 관류하는 '폭풍 같은' 정념과 의지의 이야기라는 것을 부정하기 힘들다. 이런 점에서 이 소설은 리얼리즘 소설의 측면보다는 '서구 비극 문학 전통'을 이어가는 비극적 비전의 형상화로 읽는 것이 작품의 진정한 의의가 드러나고 올바

---

161 Charles P. Sanger, "The Structure of *Wuthering Heights*," William M. Sale Jr., & Richard J. Dunn, eds., *Wuthering Heights*[Norton Critical Edition], p.334.

른 자리매김을 하는 것이라고 여겨진다.

무엇보다도 히스클리프는 우리가 근본적 공감과 동정을 느낄 수 있는 인물로서, 강력한 성격의 힘으로 고전 비극적인 '의도(목적*Poiema*)→고통(투쟁*Pathema*)→인식(수용*Mathema*)의 패턴'을 밟는 원형적 '비극적 인물'이다. 그의 강렬한 정념이 작품 전체를 관류하고 지배한다. 그는 모든 액션의 추진자이고 그의 액션은 다른 모든 등장인물들의 삶에 영향을 미친다. 그리고 그는 인간의 '잠재력과 가능성'을 그 극한까지 실현한다. 즉 그는 인간의—현세와 내세를 아우르는—자유와 초월의 가능성 여부를 탐색한다. 이 작품에 대해 "영혼 속의 폭풍"이라는 평론을 쓴 멜빈 윗슨은 히스클리프는 셰익스피어의 햄릿처럼 잔인하고 신의 없는 세상에 던져진 인물로서, 그런 세상을 응징하고 분쇄하는 비극적 결단과 투쟁을 보이는 인물로 파악한다. 그의 악은 악에 대한 자신의 편향偏向 때문이 아니라 사랑이라는 본원적 감정에 대한 (힌들리의) 배척과 (캐서린의) 배신에서 비롯된 것으로 보아야 한다는 것이다.[162]

그의 최후가 육체의 파멸 위에 영혼의 승리를 보여주는 '비극적 역설'을 예시하고 있다는 것도 분명하다. 그는 마지막에 캐서린과의 결합에 대한 확신으로 말미암은 절정과 극치감으로 들뜬 환희의 표정으로 삶을 마감한다. 그는 적대적이고 잔인한 세계가 가져다준 부당성과 무질서에 대항하여 오직 자신의 성격과 영혼의 힘으로 스스로의 정의와 질서를 세웠고 그다음 '여한 없이' 사라져간다. 이런 정경情景에서 우리는 『오이디푸스 왕』이나 『햄릿』의 종말에서 느끼는 것과 유사한 인간의 어떤 거대하고 강력한 특성이 이제는 세상에서 소멸했다는 인상을 받게 된다.[163] 두 주인공이 보여주었던 야성적인 힘과 강렬한 삶이 이제는 묻혀서 다시 찾아

---

162 Melvin R. Watson, "Tempest in the Soul: The Theme and Structure of *Wuthering Heights*," p.90.

163 Walter Allen, *The English Novel*, p.229.

볼 수 없게 되었다는 느낌말이다. 언제나 그렇듯이 비극의 종말에서 독자나 관객은 주인공(들)이 사라짐으로써 세상은 좀 더 왜소해지고 인간들은 더 범용해졌다는 느낌을 갖게 된다.

5. 허먼 멜빌Herman Melville의 『모비−딕*Moby-Dick*』

"그(멜빌)는 신을 믿을 수도 없었고 신을 믿지 않기도 쉽지 않았다. 그러나 그는 어느 한쪽을 선택하고 끝내기에는 너무나 정직하고 용감한 성품을 갖고 있었다."—너새니얼 호손, 1856년 11월 20일 『일기』 중에서.

작품의 줄거리

선원 생활을 오래 한 화자 이쉬미얼은 뭍에서 지내는 생활에는 금방 싫증을 느낀다. 그는 타고난 방랑벽이 있어서 자신의 "마음이 축축하고 빗방울 듣는 늦가을의 기분에 빠지고 자신도 모르게 발걸음을 장의사 집 앞에 멈추고 남의 장례행렬 뒤를 따라가게 될 때, 더구나 길거리에서 만나는 낯선 사람들에게 까닭 없는 시비를 걸고 싶을 때는 지금이야말로 당장 바다로 나가야 할 때가 또 다가왔음을 깨닫게 된다"는 인물이다. 그는 바로 그런 느낌이 든 어느날 머물던 뉴욕의 맨해턴을 떠나 포경선을 타기 위해 매서추세츠 주의 뉴 베드퍼드를 향한다. 뉴 베드퍼드 항에 도착하여 하루밤을 묵기 위해 방을 구하나 수월하지 않아 남태평양 폴리네시아 출신의 작살잡이와 동숙하는 방에 들기로 한다. 한밤중에 들어온 그 동숙자는 온몸에 문신을 한 식인종처럼 보였으나 행동과 태도는 매우 친절하고 선량한 사람이었다. 그의 이름은 퀴퀘그였고 둘은 곧 친구가 되어 서로 자신을 소개하고 담배를 나눠 피우며 다음날 같은 배를 타기로 한다.

둘은 낸터킷 섬에서 출항하는 피쿼드 호라는 말향抹香고래 포경선을 타게 된다. 그들이 배를 타는 이른 새벽에 그들은 신원이 수상한 인물들이 먼저 승선하는 것을 목격한다. 배에 오른 후 이상한 점은 보급품을 적재하고 이윽고 배가 출항한 뒤에도 선장이 모습을 보이지 않는 것이었다. 바다에 나온 후 사나흘이 지나도 선장은 자기 방에서 나오지 않으며 일등항해사 스타벅과 이등항해사 스텁이 배를 운항하는 것이었고 이쉬미얼은 이들과 곧 친해진다. 배가 남쪽을 향해 항해하던 어느날 모습을 드러낸 에이헙 선장은 험상궂고 결연한 의지를 담은 표정과 머리로부터 몸속으로 이어진 번쩍이는 긴 흉터 자국으로 섬뜩하고 고뇌에 찬 인상을 풍기는 인물이었다. 더구나 그의 다리 하나는 의족인데 이것도—통상적으로 나무로 만든 것이 아니라—고래의 턱뼈를 깎아서 만든 것이었다.

처음 모습을 드러낸 지 며칠 후 다시 나타난 선장은 선원들을 모두 앞 갑판에 집합시키게 한다. 그리고 그는 큼지막한 스페인 금화를 하나 꺼내어 주 돛대에다 망치로 박으면서 '모비-딕'으로 알려진 거대한 흰고래를 먼저 발견한 자에게 이 16달러짜리 금화를 상금으로 주겠다고 선언하는 것이다. 선원들은 이 이야기를 듣고 모두 환호하며 기뻐하였으나 스타벅과 스텁은 뜻밖이라는 듯 괴로운 표정을 짓는다. 특히 스타벅은 선장에게 바로 그 모비-딕이 그의 다리를 물어뜯었으며 그에 대한 복수심으로 이런 선언을 하는 것이 아닌가 반문하며 말 못하는 짐승의 맹목적인 공격에 복수심을 품다니 이는 '신성모독'에 해당한다고 정색을 하고 따진다. 그러나 에이헙은 모비-딕을 인간에게 고통을 주는 알 수 없는 '우주적 악의惡意'의 구현체로 본다고 말한다. 그리고 그 악을 깨부수지 않는 한 인간의 고통은 끝이 없을 것이며, 에이헙은 "자신을 모욕한 것에 대해서는 그것이 태양이라도 덤벼들 것"이라고 소리치는 것이다. 놀라운 것은 선원들도 선장의 사자후師子吼에 감동(혹은 감염)되었는지 그가 마련한 술 파티에 모두 흥겹게 참여하여 미친 듯이 흥분하였으며 이는 화자인 이쉬미얼 경우에도 마찬가지였다는 것이다.

에이헙은 모비-딕이 마지막 목격되었던 장소라고 소문에 의해 보고된 해역을 향해 뱃머리를 돌리게 한다. 그것은 남미 남단의 혼 곶이 아니라 아프리카 남단의 희망봉을 돌아 최종 목적지인 적도 아래의 태평양으로 나가는 것이었다. 희망봉 근처의 바다에서 피쿼드 호는 일군의 향유고래 떼를 만난다. 선원들은 본격적으로 바쁘게 움직이기 시작한다. 그 와중에 이쉬미얼은 너댓 명의 못 보던, 강인한 체구를 지녔으나 음산한 기분을 풍기는 선원들이 뱃전에 나타난 것을 발견한다.(그들은 이쉬미얼이 승선하던 아침에 희미하게 그 뒷모습을 보였고 선창에 숨어 지내던 무리 들이었고, 바로 에이헙이 비장의 무기로서 준비한 작살잡이들이었다) 그들의 우두머리는 페달라라는 배화교도拜火敎徒였으며, 에이헙의 작살잡이였다. 피쿼드 호는 네 척의 추격선을 내리고 고래 떼를 추격하였으나 결국 모두 놓치고 만다. 배가 얼마 후 다른 포경선 신천옹信天翁 Albatross 호를 만나게 되자 에이헙의 첫 번째 물음은 모비-딕을 보았느냐는 것이었으나, 상대편 배의 선장은 그 고래를 쫓지 말라는 경고의 말을 내뱉는다. 그러나 아무도 그 선장의 경고가 에이헙으로 하여금 추적을 중단하게 만들 것이라고 믿지 않는다.

피쿼드 호가 또 다른 배 타운-호Town-Ho 호를 만나게 되었을 때 그 배의 선장은 기름을 얻으려 승선한다. 에이헙은 다시금 그 고래의 소식을 물었으나 그 선장은 모비-딕에 대해서는 아는 바가 없는 것이 분명했다. 선장이 자신의 배로 돌아가려 할 때 여섯 마리의 고래가 근처에 있는 것을 발견하고 그 선장은 곧장 추적에 나선다. 이를 보고 스타벅과 스텁 또한 자신들의 추격선을 내리고 고래들을 추적하기 시작한다. 두 포경선에서 나온 추격선들이 경쟁적으로 고래들을 추적하던 중 스타벅과 스텁은 경쟁자들을 물리치고 앞서 나간다. 드디어 스타벅의 작살잡이인 퀴케그는 가장 큰 고래를 잡는 데 성공한다. 그러나 고래를 잡아 죽이는 것은 길고 고된 일련의 노역들의 오직 시작에 불과했다. 고래를 뱃전에 나란히 묶은 다음 선원들은 고래 곁으로 내려가 지육脂肉을 벗겨내야 했다. 고래 주변에는 수많은 상어 떼가 몰려들어 고래를 뜯어먹기 시작하며 이 상어 떼를 물리치면서 동시에 고래의 지육을 벗겨내는 고된 고역을 치룬다. 다음 고래의 머리를 잘라낸 다음 도르래로 들어 올려 갑판 위에 높이 매단다. 작업 과정은 우선 걷어낸 지육을 커다란 기름 솥try-pots에 넣어서 끓인 후 조려낸 기름을 밀랍 처리 된 기름통에 담아서 선창에 저장하는 일련의 과정으로 구성된다.

선원들은 바삐 움직이며 작업에 열중하며 배가 인도양으로 들어서서 모비-딕의 출몰 해역으로 가까이 가자 서서히 흥분과 기대감에 들뜬다. 얼마 후 피쿼드호는 영국 포경선 새뮤얼 엔더비 호를 만나며 에이헙이 모비-딕의 소식을 묻자 상대방 선장은 대답 대신 팔꿈치 아래가 말향고래의 뼈로 된 의수義手를 보여준다. 에이헙은 즉시 자신의 보우트를 내리게 하여 엔더비 호로 건너간다. 엔더비 호의 선장은 자신이 모비-딕과 조우하여 겪은 무시무시한 경험담을 들려주며 그 고래는 단념할 것을 충고한다. 그러나 에이헙은 선장에게서 모비-딕을 마지막으로 만난 해역을 알아내자마자 제대로 작별인사도 하지 않고 즉시 보우트를 내려 돌아온다. 본선에 돌아온 에이헙은 모비-딕이 마지막 목격된 해역을 향해 배를 당장 돌릴 것을 명령한다. 여기서 스타벅은 본격적으로 선장에게 그 항해의 무의미함과 무리함을 항변하며 에이헙의 마음을 돌리려 시도한다. 그러나 격분한 에이헙은 장총을 꺼내 겨누며 스타벅을 선장실에서 내쫓는다.

스타벅은 선창에 저장한 고래 기름이 새는 것을 발견하고 선장에게 알린다. 퀴퀘그는 선장의 명령으로 선창에서 하루 종일 작업하여 새는 기름을 막는 데 성공한다. 그러나 그는 이 일을 하느라 물속에 서 있다시피 하는 바람에 몸살이 나고 곧 고열에 시달리게 된다. 자신이 분명히 죽을 것이라고 생각한 퀴퀘그는 목수에게—그가 속한 부족의 관습에 따라—카누 형태의 관을 하나 짜달라고 부탁한다. 그러나 그 관은 완성되자마자 쓸모가 없어지게 된다. 퀴퀘그의 열병은 곧 기적적으로 낫게 되었기 때문이다. 그는 관을 궤짝으로 사용하기로 하며 겉에 자신의 부족의 숱한 문양을 새겨 넣는다.

에이헙은 배의 대장장이 퍼스에게 자신이 모아온 말편자에 박았던 못들을 건네주며 녹여서 작살을 만들어 달라고 주문한다. 그는 모비-딕만을 위한 특별히 강력한 작살을 준비하는 것이다. 배가 일본 해역으로 들어선 어느 날 무서운 폭풍이 불어닥치고 번개가 돛대 세 개에 모두 내려치는 바람에 선원들은 공포에 사로잡힌다. 이는 불길한 조짐으로 받아들여지고 하나님의 손길이 직접 작용하여 그들이 항해를 그만두고 귀향하도록 명령하는 것으로 여겨진다. 오직 에이헙만이 요지부동으로 전혀 자신의 의도에서 추호도 변함이 없다. 그는 오히려 작살을 한 손에 들고 돛대를 껴안아 작살 끝에 불이 붙게 한 다음 불길을 입으로 불어서 끔으로써 자연의 위력에 반항하는 모습을 보인다. 한편 페달라는 에이헙 선장에 앞서 자신은 죽을 것이지만 선장 자신은 바다에서- 하나는 인간의 손으로 만들어진 것이 아니고 다른 하나는 아메리카산 나무로 만든 것인데 -두 개의 관을 볼 때까지는 죽지 않을 것이라고 예언한다. 그러나 그는 덧붙이기를 이윽고 에이헙 자신도 죽을 것이나 오직 밧줄만이 그를 죽일 것이고 죽을 때 그는 어떤 관도 없이 묻히게 될 것이고 말한다.

피쿼드 호가 적도에 다다르고 있던 어느 날 에이헙은 선장실의 사분의四分儀가 오직 현재의 위치만을 말해줄 뿐 그가 가야 할 곳을 알려주지 않는다며 갑판 위로 내던져 깨뜨려버린다. 그날 밤 다시 폭풍우가 몰아치고 번개가 쳐서 돛대에 박아놓은 금화와 에이헙의 작살이 불타오른다. 에이헙은 이 번개가 모비-딕의 출현을 예시하는 것이라고 말한다. 그날 밤 스타벅은 잠든 에이헙을 쏘아죽일 유혹을 느꼈으나 차마 쏘지는 못한다. 다음날 스타벅은 번개가 나침판을 망가뜨렸다는 것을 발견하나 에이헙은 창과 망치와 바늘을 가지고 다시 즉석에서 나침판을 만들어낸다.

며칠 후 피쿼드 호는 항해 중 만난 여러 척의 포경선 중 유일하게 최근에 모비-딕을 발견하고 추적하였으나 결국 놓친 레이철 호를 만난다. 그 배의 선장은 에이헙과 면식이 있는 사람이었으며 추격담을 전하던 중 자신의 아들이 탄 보트가 아직 돌아오지 못하고 실종되었다고 말한다. 레이철 선장은 에이헙에게 수색에 동참해 달라고 간청하지만 에이헙은 도와주지 못해 미안하다며 작별을 고한다. 에이헙에게는 머지 않은 곳에 있는 것이 분명한 모비–딕의 추적이 더 화급한 일이었기 때문이다. 이제부터는 갑판을 떠나지 않고 몸소 망을 보던 에이헙은 어느 화창한 날 스타벅에게 자신의 적막하고 황량하기 짝이 없었던 과거의 삶을 회고하는 말을 한다. 배를 탄 "40년 중에 뭍에서 보낸 시간은 3년이 채 되지 않으며" 젊은 아내와 어린 자식을 버려두고 "몸서리쳐질 고독을 스스로 선택하여" 살아온 "사람이라기보다는 차라리 악마 같은 어리석은 생애"였다는 것이다. 스타벅은 이제라도 추적을 멈추고 가족의 품으로 돌아갈 것을 간절히 얘기해 보지만 에이헙은 갑판을 가로질러 가서 페달라 옆에 설 따름이다.

에이헙이 처음이자 마지막 솔직한 심회를 털어놓은 그 다음 날 모비–딕을 발견했다는 외침이 갑판 위에 울려 퍼졌다. 그 목소리는 또한 바로 에이헙의 것이었다. 아무도 그보다 먼저 그 고래를 알아보지 못했기 때문이다. 즉시 에이헙의 보우트를 선두로 하여 세 척의 추격선이 내려지고 추격이 시작되었다. 에이헙이 작살을 고래의 옆구리에 던져 넣을 찰나에 고래는 갑자기 거대한 몸을 돌려 보우트를 공격하였다. 고래가 보우트 밑으로 들어가 솟구치면서 뱃머리를 이빨로 물고 뒤흔드는 바람에 배는 두 조각으로 부서지고 만다. 선원들은 전부 바다에 빠졌고 고래가 휘저으며 일으키는 산더미 같은 파도 때문에 구조도 쉽지 않았다. 추적 이틀째 되는 날 에이헙은 본선을 스타벅에게 맡기고 다시 보우트를 탄다. 이번에도 분노한 모비–딕은 세 척의 추격선에 돌진하여 밧줄이 뒤엉키게 하고 결국 배들을 모두 부숴버린다. 에이헙은 가까스로 살아 남지만 그의 상아 다리는 빠져 달아났고 물에 빠진 페달라는 결국 영영 사라진다. 스타벅은 에이헙에게 모비–딕은 잡을 수 있는 고래가 아니므로 포기할 것을 마지막으로 종용하나 에이협은 자신은 "운명의 부하이며, 운명의 지시에 따를 뿐이고, 운명은 태곳적부터 불변"이라고 대꾸한다.

추격 사흘 째 되는 날 에이협은 정오 쯤 되어서 모비-딕을 목격한다. 그는 마지막으로 그를 만류하며 붙잡는 스타벅에게 피쿼드 호를 맡기고 보우트를 내린다. 모비-딕은 돌진해서 두 척의 보우트를 부숴버린다. 그때 드러난 고래의 옆구리에 밧줄에 감겨 매달려 있는 페달라의 시체가 보인다. 그는 자신이 예언한 대로 고래를 그의 영구차로 쓰게 된 것이다. 모비-딕은 이틀째 시달려 기운이 빠진 듯했으나 피쿼드 호가 이 모든 고통의 원흉이라고 생각한 듯 갑자기 몸을 돌려 돌진해 와서 뱃머리 옆 부분과 강력하게 충돌하는 것이었다. 피쿼드 호는 뱃머리부터 물에 잠기더니 이윽고 완전히 침몰한다. 페달라의 말대로 파괴된 배는 미국산 나무로 된 배였다. 이 모습을 자신의 보우트에서 바라보던 에이협은 있는 힘을 다해 모비-딕에게 작살을 던지지만 고래가 잠수하면서 엉킨 밧줄에 목이 감겨 자신도 같이 바다 속으로 빠져들어가 사라진다. 이제 남아 있는 것은 피쿼드 호가 침몰하면서 물 밖으로 솟아오른 퀴퀘그의 관밖에 없고 이쉬미얼은 이 관을 붙잡고 떠 있다가 지나가던 레이철 호에 의해 구조된다.

작품의 의의와 특징 그리고 위상

미국은 정치적 독립은 18세기 말(1776년)에 했지만 정신적, 문화적 독립을 이룬 것은 이른바 '미국의 문예 부흥American Renaissance'이라고 부르는 19세기 중엽 1850-60년 사이의 10년간에 비로소 성취되었다고 일반적으로 평가된다. 이 10년간에 멜빌의『모비-딕』을 비롯해 에머슨의『위인이란 무엇인가Representative Men』, 호손의『주홍 글자』, 휫트먼의『풀잎』, 소로우의『월든』등 차후 미국정신을 형성하고 대표하는 작품들이 생산되었고, 이로써 역사적 뿌리인 유럽 문명과 구별되는 미국 특유의 독자적 문학이 등장했다는 것이다. 이 중에 미국 문학사 전체를 통해 미국적 특징을 가장 대표하는 작품을—물론 조금 극단적인 얘기지만—단 하나만 꼽으라면 대부분의 미국 문학 전문가들은『모비-딕』을 지명하기를 주저하지 않을 것이다. 그것은 미국 문학에 대해 남다른 혜안을 갖고 탁월한 평론을 남긴 20세기 영국 소설가 D. H. 로렌스가 지적했듯이, 이 작품은 미국 문명의 '본질과 정체성의 핵심'을 파악하여 구현해 낸 측면이 있기 때문이다.[164]

그러나『모비-딕』은 출간 당시에는 "놀라운 바다 요리 같은 '지적 잡탕chowder'"으로 "셰익스피어를 흉내 낸 작가의 '광시곡과 비슷한rhapsodic' 산문"이라는 등 혹평과 몰이해에 직면하였다.[165] 자신의 회심작을 썼다고 생각한 멜빌은 실망과 낙담에 빠진 나머지 세상을 뜰 때까지—『사기꾼The Confidence-Man』과 유작이 된『선원 빌리 버드Billy Budd, Sailor』를 제외하고— 수십 년간 절필하였고, 사후 30년이 지난 1920년대에 들어와서야 비로소 재발굴되었다는 것은 잘 알려져 있다. 20세기에 들어와『모비-딕』은 '미국적 숭고성을 심오한 성취로 일궈낸 미국인의 요나서이고 욥기'라고 추켜올려지기도 한다.[166] 아울러 멜빌의 문장은 그 자신이 뛰어난 소설가인 서머셋 모옴이 "흘러넘치는 격조와 장중하면서도 낭랑한 울림을 지닌 뛰어난 웅변을 보여주는 보기 드문 문장가"라고 인정할 만큼 미국 문학에서 보기 드물게 숭고하고 유려한 문체임을 부인할 수 없다.[167] 그는 셰익스피어를 포함해 숭고하고 장중한 문체로 유명한 밀턴과 토머스 브라운 같은 17세기 문장가들을 숙독한 독학자였다는 것을 전기 작가들은 전

---

164 D. H. Lawrence, *Studies in Classic American Literature*, p.160-161.

165 Marshall Walker, *The Literature of the United States of America*[McMillan History of Literature], p.68.

166 해롤드 블룸,『교양인의 책읽기』, p.300-1.

167 모옴, p.329.

한다.[168]

『모비-딕』이 탁월한 작품인 근거의 하나는 이 작품이 지닌 다양한 측면과 복합적인 층위 때문인 점도 있다. 이 작품은 사실적인 향유 고래잡이 이야기인 동시에 바다를 무대로 벌이는 파란만장한 모험과 투쟁의 과정을 보여주는 서사시이며, 또한 인간이 자신의 운명과 맞붙잡고 싸우는 한 편의 비극이고 마지막으로 노예제도와 민주주의가 공존하던 남북전쟁 직전의 미국 사회상의 축도이기도 한 것이다. 그러나 무엇보다도 멜빌은 영국의 조셉 콘래드와 더불어 세계의 2대 해양소설가 중의 한 명이라는 것을 가장 먼저 거론해야 한다. 여기서 해양소설이라 함은 로버트 루이스 스티븐슨의『보물 섬』, 리처드 헨리 데이나의『돛대 앞에서의 2년』혹은 쥘 베른의『15 소년 표류기』같은 청소년의 모험과 성장을 다룬 소설이 아니라 어른들을 위한 소설 즉 인간의 삶과 우주 가운데서 인간의 몫과 위상에 대한 심오한 사색과 통찰을 보여주는 해양소설을 말하는 것이다. 이는 대자연의 위력과 위험을 상징하는 바다라는 무대 위에서 한 척의 배에 목숨을 맡기고 무수한 모험을 겪고 위기에 봉착해야 하는 상황이 곧 광대무변한 우주 가운데 던져진 인간의 몫과 운명을 상징하는 것과 같기 때문이다. 그래서 멜빌은 소설의 제24장 끝에서 포경선은 곧 그의 "예일 대학이고 하버드였다"고 말하고 있다.[169]

그러나 우리의 관심을 가장 크게 끄는 것이 이 소설이 지니는 너무나 명백한 셰익스피어의 영향과 모방의 흔적이다. 많은 평자들이 지적하듯

---

[168] Newton Arvin, *Herman Melville*, p.150-1.

[169] 유소년기는 비교적 유복한 가정에서 자랐던 멜빌은 그가 열 살 무렵에 부친이 파산하고 그 여파로 몇 년 후 작고한 후 일찍이 직업전선으로 나가야 했다. 그는 스무 살 남짓부터 선원 생활을 시작하여 십 년 가까이 여객선과 포경선을 타며 남태평양의 도서지방에서 남다른 모험을 겪었고 이 경험을 배경으로 작가 생활을 시작했다. 따라서 어려서 동경하던 대학에는 가보지 못하고 독학을 통해 작가 수련기를 보낸 그로서는 바다야말로 그의 '예일이고 하버드였다'고 말할 수 있다.

이 주인공 에이헙의 성격화는 리어 왕과 맥베스를 결합해 놓은 것 같고, 그가 외계와의 싸움을 곧 자신의 '운명과의 투쟁'으로 보는 것은 그를 단지 셰익스피어의 추종자가 아니라 그리스 비극의 후계자의 반열에 서게 한다. 그는 아닌 게 아니라 이 작품을 쓰면서 자신이 지닌 셰익스피어 전집의 마지막 권 내지內紙에다 '아이스퀼로스의 비극'이라는 말을 써넣었다. 말하자면 그는 에이헙을 셰익스피어적일 뿐 아니라 프로메테우스의 후손으로 만들고 싶었던 것이 분명했다.[170] 소설의 제33장 말미에서 작품의 화자는 "인간 권력의 최대, 최강의 힘을 그리려는 비극작가"에 대해 언급하고 있다. 이렇게 작가가 고전 비극의 플롯과 성격화를 의도하였다는 것이 이 작품을 19세기에 씌여진 대표적 비극 문학 중의 하나로 자리 매김하게 만드는 것이다.[171]

제목 '모비-딕'의 상징성

이 작품은 '모비-딕'이라는 말향고래를 추적하는 이야기를 등뼈로 삼고 있다. 그런데 정작 모비-딕은 소설이 시작한 지 한참 지난 36장에서 처음 언급된다. 말하자면 자신도 느지막이 등장한 에이헙 선장이 갑판에 선원들을 모두 집합시키고 비로소 이 항해의 목적을 선언하는 장면에서이다. 에이헙은 자신의 다리 한 짝을 떼어간 "이마에 주름이 지고 턱이 굽은" 모비-딕에 대한 자신의 다함 없는 분노와 증오심에 선원들을 동참시키려 한다. 그런데 모비- 딕은 하도 유명한 고래라서 작살잡이 세 명

170　F. O. Matthiessen, *American Renaissance*, p.448.

171　그러나 『오이디푸스 왕』이나 『리어 왕』 등이 보여주는 인간 운명의 보편적, 근원적 비극성에 비추어 볼 때 이 작품은 너무 협소한 소재를 다루고 있고 또 극단으로 흐르는 추상성을 보이며, 인간의 근본문제가 너무 단순하게 축소되고 일원화되어 있다는 비판에 종종 직면하기도 한다.—Richard Chase, *The American Novel and Its Tradition*, p.90.

이 모두 익히 들어 알고 있다. 41장은 아예 제목부터 '모비-딕'으로서 이 고래에 얽힌 여러 가지 불길한 소문과 사연이 소개되지만, 이 고래에 대한 이런 소문은 이미 미국의 모든 포경선단에 파다하게 퍼져 있다고 화자는 말한다. 특히 이 고래의 가공할 파괴성은 유명하며, 이는 모비-딕인 줄 모르고 접근했다가 처참하게 파괴된 배들과 죽어간 선원들에 대한 이야기들로 뒷받침된다. 한 마디로 모비-딕은 포경 선원치고 모르는 사람이 없을 정도로 공포의 대상이다. 그래서 그 고래는 "세상에 있을 수 없는 불가사의한 마성을 지닌 괴물"로 일컬어진다. 이어서 42장 "흰고래에 대하여"에서 화자 이쉬미얼은 모비-딕의 가장 큰 특징인 그것의 흰색이 지니는 상징성에 대해 장황히 논의한다. 모비-딕이 사람들의 영혼에 불러일으키는 두려움의 본질은 그것이 온통 희다는 데서 나오는 것이고 "무어라 말할 수 없는 공포감으로 전율케 만든다"는 것이다.172 그러나 화자는 흰색은 또한 인간에게 아름다움과 순결함 혹은 고귀함 등의 감정이나 의미를 띨 수도 있음을 언급하며, 그리하여 흰색은 결국 "포착하기 어려운 그 무엇"으로 남는다고 말한다. 즉 이 "걷잡을 수 없는 막연함"은 곧 색이 없음과 동시에 모든 색이 있음을 한꺼번에 뜻하는 것이고, 이는 곧 "모비-딕은 모든 것을 상징하는 것이다"라고 결론 짓는다.173

그러나 이렇게 이쉬미얼을 통해 전해지는 멜빌의 생각과 함께 우리의 상식이 가리키는 것을 종합해 볼 때 모비-딕은 한마디로 '자연 그 자체'를 상징하며, 자연이 품고 있는 모든 가능성과 삼라만상의 변화무쌍함을 온몸으로 표현하는 존재라고 생각할 수밖에 없다. 그것이 보여주는 "규정할 수 없는 모호함"은 곧 자연이 지니는 양면성, 즉 생명의 양육과 함께 파괴, 다시 말해 생명과 죽음을 모두 내포하고 또 가져다줄 수 있는

---

172 『모비-딕』 I, p.246. 본문 인용은 이 작품을 우리말로 처음 옮겼던 고 양병탁 교수의 번역본에 따르거나 때로 필자의 번역으로 한다.
173 『모비-딕』 I, p.249, 255.

존재라는 것을 말한다. 또한 분명한 것은 결국 사물이 인간에게 갖는 '의미'는 인간의 욕망과 의지가 투영되고 개입할 때 발생하는 것이며, 자연적 존재 그 자체는 의미가 '없다'는 것이다. 그래서 자연신론적(즉 범신론적) 세계관의 비조鼻祖인 스피노자는 "우리가 원해야 하는 것은 자연이 우리에게 복종하는 것이 아니라 우리가 자연의 순리에 복종하는 것이다"라고 말한 바 있다.[174] 모비 딕은 자연의 무관심한 힘일 따름이지만 여기에 인간의 의지와 욕망이 개입하여 그것을 수단이나 목적으로 만들어 버릴 때, 그것은—'자연스럽게도'—파괴적 힘으로 변용變容하는 것이다. 아래에서 에이헙에 대한 논의에서 좀 더 자세히 말하겠지만 이 소설은 19세기 미국인들이 자신들의 이기적 욕망을 위해 자연을 정복하여 착취하고 파괴한 데 대한 '자연의 반응' 즉 반작용으로 인해 인간의 고통과 파멸이 초래된 과정에 대한 진술로 읽을 수 있다.

에이헙의 성격화는 어떤가?

에이헙은 열여덟 살 때 처음 고래를 잡은 이후 40년간 포경선을 탄 백전노장이다. 그는 장년기에 도달한 어느 날 자신의 다리 한 짝을 앗아갔던 모비-딕이란 고래를 쫓는 일념으로 살아간다. 그는 인간이 "아담 이래 겪어야 할 고통과 슬픔" 즉 평생에 걸친 고달픈 선상 생활의 노역과 고독과 궁핍 등을 자신의 다리를 물어 뜯어간 고래에게 집중하고 쏟아붓는다.[175] 그 사건은 그의 일생의 모든 경험과 고통을 결정화結晶化시키고 그것들을 절정으로 끌어올려 전환점을 맞이하게 만든 것이다. 다시 말해 그는 모비-딕을 우주적 악을 구체적으로 대변하는 '구현체具顯體'로 간주

---

174 Arvin, p.190. 재인용.
175 『모비-딕』 I, p.242.

한다.

이런 맥락에서 그는 자신이 당한 수난은 곧 이 '우주(세상, 자연)'에는 '질서와 정의'가 없다는 것을 뜻한다고 여기고 이런 우주의 무질서와 불의를 받아들이고 타협하기를 단호하게 거부하는 것으로 나아간다. 그는 이런 우주에 대항해 인간 존재의 정당성을 확보하고 인간으로서의 권위와 존엄성을 회복하겠다고 벼르는 것이다. 즉 이는 그가 철저하게 인본주의적이고 자기중심적인 '유아주의唯我主義 solipsism'에 함몰된 인물이라는 것을 말하는 것이고, 그의 욕망은 그리스적 관점에서는 '휘브리스'의 전형이라 할 만하다. 그는 항해의 목적이 모비-딕을 잡은 데 있다는 자신의 선언에 맞서 스타벅이 "말 못하는 짐승에 대해 맹목적인 분노를 터뜨리는 것은 신을 모독하는 행위"라는 항변을 하자 이에 대해 다음과 같이 대꾸한다. "이건 좀 깊은 얘기야. 눈에 보이는 것은 모두 마분지로 만든 가면에 지나지 않아…… 사람이 뭔가를 때려 부수려면 그 가면을 때려 부숴야 해. 죄수가 벽을 부수지 않고 어떻게 밖으로 나올 수 있겠나? 내겐 그 흰 고래(모비-딕)가 벽이고 그것은 눈앞에 버티고 있어. 그놈은 나를 괴롭히고 내게 덤벼들고 있어. 헤아릴 수 없는 이상한 악의에 사로잡혀 흉포한 힘으로 달려드는 것을 나는 알고 있어. 그 헤아릴 수 없다는 것이 무엇보다 내가 견딜 수 없는 거야."[176]

에이헙은 이렇게 개인적 복수심에서 시작한 일을 '우주적 악의 화신'에 대한 저항과 반발의 차원으로 승격시키고, 자신의 추적을 '세계에 편재하는 악'과의 투쟁으로 정당화하는 것이다. 그런데 모비-딕을 지능적 악의를 지닌 어떤 의식적인 존재—"유례를 찾아볼 수 없는 교활함"—로 여기는 것은 단지 에이헙 뿐만이 아니다. 대부분의 포경 선원들도 모비-딕이 단순한 자연적 존재가 아니라 나름의 개성과 특성을 지닌 인격체인

---

176 같은 책, p.216.

양 의인화시켜 바라본다. 그래서 그것이 어떤 '우주적 악의'이고 "초자연적이고 불가사의한 마성을 지닌 괴물"이라는 에이헙의 관점이 상당히 설득력 있게 다가오는 것도 사실이다.[177] 그리하여 화자 이쉬미얼도 자신이 에이헙의 분노와 광기에 전염되고 그의 원한이 곧 자신의 원한처럼 느껴졌다고 말하게 된다.[178] 나아가 에이헙의 관점에 독자들마저 상당히 공감하게 만든다는 것도 부인하기 힘들다.

그러나 에이헙의 정작 큰 문제는 이 우주에 편재하는 악의 힘을 제거하고 정의를 쟁취하겠다는 자신의 거대한 계획과 투쟁을 실현하는 가운데 그 스스로가 '악의 화신'이 되어 간다는 사실에 있다. 그는 분명히 자신도 인정하듯 "미친 인간"이며, 그의 광기는 리어 왕의 그것처럼 "멀쩡한 광기"이다. 즉 그는 어느 한 가지 관념에 집착하고, 하나의 사고의 틀에서 결코 벗어나지 못한다. 이는 결국 '도덕적 광기'를 뜻하는 것이고 그는 지성이 아니라 도덕성이 붕괴되었다는 것을 말해준다. "모든 나의 방식은 멀쩡하나 나의 동기와 목적은 미쳤다."[179] 잘못된 것은 그의 영혼이지 그의 지성이 아니기 때문에 그는 자신의 논리와 사고의 힘으로 ─그리고 성격의 힘으로─ 부하 선원들을 동일한 광기에 몰아넣는 데 크게 성공하는 것이다. 그는 자신의 목적을 성취하기 위해 자신과 선원들의 관계를 '악마의 불길'을 공유하고 '피의 유대'를 나누는 것과 같은 헌신과 복종 그리고 숭배의 관계로 바꿔 놓는다.[180] 특히 에이헙의 작살잡이 페달라는 그의 악마적 무의식을 공유하며 그에 대해 '악의 헌신'을 바치는 인물로 등장한다. 그래서 이 둘은 서로 떼려야 뗄 수 없이 결합되어 있고 서로가 서로를 비춰주는 한 쌍의 '짝패'처럼 보인다. 이렇듯 에이헙 내면

177　같은 책, p.237.

178　같은 책, p.235.

179　같은 책, p.244.

180　113장 "화덕"과 119장 "양초".

의 악마적 파괴성은 그가 이제껏 모비—딕에게 부여한 악의 힘을 스스로가 구현하는 존재로 그를 바꿔 놓는다.

그런데 이 작품에 대해 가장 날카로운 통찰을 보인 평자들 중의 하나인 저명한 문명비평가 루이스 멈포드는 에이헙의 이야기는 사실 서구인 전체의 이야기이며, 그는 서구적 인간관과 세계관을 온몸으로 대변하는 인간이라고 말한다. 즉 외부 세계—그것이 자연이든 우주이든—를 투쟁과 정복의 대상으로 삼고, 그런 분투와 추구를 찬미하고 숭배하는 것이 서구인의 정신적 구조에 가장 깊숙이 자리 잡고 있는 사고방식이고, 이것이 서구 특유의 '인간중심주의'의 본질이고 요체라는 것이다.[181] 이는 인간중심주의 즉 '인본주의'의 부정적 측면, 즉 토니 데이비스가 그의『인본주의』에서 "제국주의를 비롯해 휴머니즘을 내걸지 않고 저질러지지 않은 범죄가 없다"고 지적한 것과 일맥상통하는 얘기이다.[182] 아울러『미국의 르네상스』에서 멜빌에 대한 초기의 선구적 연구를 행한 F. O. 매티슨도 에이헙의 삶의 경로는 19세기 중엽 이후 미국 역사에 등장하는 수많은 '개척자적 인물'들을 예시적으로 보여준다고 말한다.

"인간이 자신만을 의지한다는 자존론적 자신감은 이 나라에서 이 시기만큼 실천되고 펼쳐진 적이 드물다. 땅을 점령하고 숲을 개간하며 철도를 놓은 강력한 의지를 지닌 개인들은 에이헙의 편집적인 악의 감각과 유사한 감각과 의지를 지닌 인간들이었다. 신학은 완전히 뒷전으로 물려쳐졌고 인간의 사유를 더 이상 지배하지 않았다. 미국의 개척자들의 행로는 에이헙 못지않게 무모하고 대담했고 그들은 남북전쟁 후의 제국 건설을 실현하기 위해 각 분야에서 거리낌 없이 활약하였다. 그들은 에이

181　Lewis Mumford, "*Moby-Dick* as Poetic Epic," Michael T. Gilmore ed., *Twentieth Century Interpretations of* Moby—Dick, p.79.

182　Tony Davies, *Humanism*, p.131.

협처럼 인생의 향락에 무관심했고, 오직 목전의 한 가지 과업에만 매진하였으며 두려움이나 동정과 같은 감정에 동요되지 않았으며, 그들의 의지를 변경될 수 없는 계획이나 '명백한 운명Manifest Destiny'이라고 여기는 일에 쏟아 넣은 결과 결국 그 과업과 자신을 서슴없이 '동일시'하였던 것이다. 그리고 그들은 다른 인간들은 자신들의 목적을 완수하는 데 있어 도구나 수단 정도로 여겼다. 그리고 그들의 영혼은 에이헙의 영혼이 그랬듯이 결국 메마르게 소진消盡되고 불타서 사라져 버렸던 것이다. 멜빌은 에이헙의 비극을 통해 '자신 안에 갇혀 있는 (유아주의적) 개인주의'의 가공할 상징을 창조하였다."[183]

그러나 매티슨보다 더 나아가서 이 작품에 대해 객관적 관점에서 보편적 진실을 담은 통찰을 제공한 인물을 D. H. 로렌스이다. 그는 앞서 말한 『고전적 미국 문학에 대한 연구』에서 에이헙의 모비-딕 추적과 그것의 종말이 보여주는 파멸에 대해 다음과 같은 평결을 내리고 있다.

"이것은 마지막 거대한 사냥이다. 고래 사냥인 동시에 영혼의 항해이기도 하다. 피쿼드 호는 아메리카 영혼의 배이다. 미친 선장 아래의 미친 선원들의 미친 항해이다, 멜빌은 백인의 영혼이 파멸할 운명임을 알았다. 일체의 관념주의, 이상주의, 정신주의의 파멸인 것이다. 모비-딕은 무엇인가? 자연과 본능이며, 가장 근원적인 생명력이다. 한편 에이헙으로 대변되는 피쿼드호는 백인(아메리카인)의 정신적 의식과 의지를 대변한다. 모비-딕을 추적하다 파멸하는 것은 본능과 생명의 근원을 추구하고 그 비의秘義를 탐구하고 해명하며, 궁극적으로는 정복하려는 미국인의 의지를 보여준다. 그러나 이것은 결국 패배하고 만다. 자연의 생명력

---

183 F. O. Matthiessen, p.459.

에 대해 인간의 관념과 의지의 대립은 후자의 파멸을 가져올 뿐이다. 피쿼드호는 백인 아메리카의 영혼이다. 그것은 다른 유색인종을 거느리고 추구에 강제로 참여시켜 결국 애꿎은 희생물로 만드는 것이다. 만약 거대한 고래가 거대한 백인의 영혼을 1861년에 침몰시켰다면 그 다음엔 무슨 일이 일어날까? 아마도 사후효과post-mortem effects나 기대할 수 있을 것이다."184

로렌스는 앞서 멈포드가 그랬듯이 에이헙이 대표적으로 상징하는 미국 문명은 외계 즉 자연을 인간의 욕망과 의지 앞에 절대적으로 굴복시키고 정복하려는 인간중심주의와 주관적(유아주의적) 의지론을 자신의 본질로 하고 있는 문명이라고 말하고 있다. 그러나 사실 이는 멈포드도 지적했듯이 르네상스— 근원적으로는 그리스 시대— 이후 서구의 약진과 부흥을 추진하고 뒷받침해 온 사유방식이었고, 그것을 최초로 이론화한 인물은 '방황하는 자연을 붙잡아 인간의 의지 아래 복속시켜야 한다'는 주장을 펼친 영국 르네상스기의 과학자요 문인이었던 프랜시스 베이컨이라고 할 수 있다.(『신기관Novum Organum』) 로렌스는 이런 인간의 욕망과 의지의 무한한 추구와 충족은 기필코 자연뿐 아니라 인간 자신의 파멸로 귀결할 것임을 이 작품이 예언하고 있다고 본 것이다. 그가 모비—딕이 피쿼드호를 침몰시킨 뒤에는 '사후경직과 같은 효과'만 있을 것이라고 진단한 것은 지난 수 세기 동안 지속되었던 거대한 규모의 무차별한 자연 파괴가 결국 지구의 전면적 재앙을 촉진하고 있는 오늘날의 현실 상황을 내다본 탁견이라 할밖에 없다.

---

184   D. H. Lawrence, p.160–61.

이쉬미얼의 대안적 세계관

이 작품에는 두 명의 주인공이 있다는 주장이 나올 만큼 이쉬미얼은 에이협 못지않게 작품 가운데 행하는 역할이 크고 중요하다. 멜빌 자신의 면모와 사고가 두 인물들에게 나뉘어 나타나기 때문이다. 작품은 작가의 내면에 분열되어 '갈등'을 일으키는 양면이 존재하고 있다는 것을 말해준다. 즉 한편에는 세상을 받아들일 수 없는 반항아가 있다면 다른 한편에는 인간과 세계를 사유하며 근본적 원리와 법칙을 궁구窮究하는 사색가가 있는 것이다. 소설은 이쉬미얼이 "입가에는 씁쓸한 냉소가 맺히고 영혼에는 11월의 축축한 가랑비가 흩날릴 때면" 자신은 세상에 대한 끝 모를 환멸과 허무감에서 벗어나기 위해 뭍을 떠나 배를 탈 수밖에 없다는 내면 독백으로부터 시작한다. 이렇게 이쉬미얼은 삶의 부정으로 시작하지만, 작품의 과정을 통해서 고래로 상징되는 자연과 생명의 신비를 목격하고 받아들이며 아울러 동료인 퀴퀘그와의 관계를 통해 인간의 삶은 상호 유대와 결속에 의해서만 가능하다는 것을 깨닫는 과정을 밟는다.

그는 근본적으로 "포착할 수 없는 삶이란 환영the ungraspable phantom of life" 즉 삶의 궁극적 비의秘義에 도달하고자 하는 작가 멜빌의 지적 욕구를 반영하는 인물이다.[185] 그리하여 그는 세상의 법칙을 추구하고 수용하는 인물이라는 점에서—거부와 투쟁의 화신이며 작가의 다른 분신인—에이협과는 상극에 놓인 인물이다. 소설의 전반부에 걸핏하면 등장하는 '고래학 챕터'들은 멜빌의 호사가好事家적이고 현학衒學적인 기질을 대변하는 것이지만 이런 고래에 대한 탐구와 명상을 통해 이쉬미얼이 자연과 생명의 신비와 외경스러움을 목격하고 수용하는 과정을 보여주는 기능도 수행

---

[185] 『모비-딕』 II, p.28.

한다. 또한 그는 야만적인 식인종 출신인 퀴케그가 실제에 있어서 사람들이 지니는 일반적 편견과 오해와는 거리가 먼 인간이라는 것을 발견한다. 작품에서 선원들 가운데 영혼의 진정한 고상함과 숭고함을 가장 잘 보여주는 인물은 바로 퀴케그라는 것이 거듭된 사건과 일화들을 통해 드러나는 것이다.

또한 이쉬미얼은 앞서 비쳤듯이 자신과 퀴퀘그의 관계를 통해 인간들 사이의 결속과 유대야말로 인간의 생존에 필수적인 것이라는 사실도 깨닫는다. 이는 "원숭이 밧줄"이라는 제목의 72장에서 자신과 퀴퀘그가 "마치 샴의 쌍둥이 같은 유대로 결합되어 있다"는 사실로부터 인간은 "상호간의 합자회사와 같은 세상살이"에서 벗어날 수 없다는 자각에 이르는 것으로 나타난다.[186] 이어서 94장의 "경뇌유 짜기"에서 그는 인간의 구원이 있다면 지성과 관념이 아니라 현실의 구체적 삶의 경험에서 찾을 수 있는 의미와 거기서 맛보는 기쁨에서 비롯된다는 것을 깨닫는다. "자아. 다들 서로의 손을 눌러 짜보자. 아니 우리 몸을 서로 짜서 융합해 보자…… 이제 행복의 관념은 지성이나 상상에 놓이지 않으며, 아내에게, 애인에게, 침대에, 식탁에, 안장에, 노변에 또는 전원에 그것은 놓이는 것이다."[187] 에이헙의 등장 이후 그의 카리스마적 기백과 권위에 강하게 끌리고 압도되던 이쉬미얼은 이런 경험들을 통해 점차 정신적 균형과 자유를 회복하고 유지함으로써 결국 구원된다. 이는 에이헙을 포함한 모든 선원이 피쿼드호와 함께 파멸하나 오직 그만이 재생의 상징인 퀴퀘그의 관棺을 붙잡고 살아남는 것으로 입증된다. 따라서 이 소설의 '전언'(발견과 깨달음)이 있다면 이는 오로지 이쉬미얼의 몫이며 그만이 유일하게 소설

186　같은 책, p.39.
187　『모비-딕』 II, p.150.

의 '긍정'을 구현한다고 말할 수 있다.[188]

'비극'으로서의 『모비-딕』

작품이 궁극적으로 주창하고 옹호하는 '우주에 대한 경건과 겸손' 및 '인간적 유대의 절대성'이라는 전언이 이쉬미얼을 통에 제공되는 것이 사실이라 할지라도 이 소설의 주인공은 역시 에이협이라는 것은 부인할 수 없다. 작품을 추진하는 중심적이고 근본적 정념은 에이협의 정념이며 거기에서 비롯되는 행동이기 때문이다. 에이협에 비하여 이쉬미얼은 너무나 평범하고 왜소하며 빈약한 인물로 형상화되어 있고 그가 비록 주요 사건과 액션들에 참여하고 있으나 역시 그의 주된 역할은 관찰하고 기록하는 데 있다고 해야 한다. (작품은 제30장을 전후해 이쉬미얼이 아니라 전지적 화자에 의한 3인칭 서술로 바뀐다. 이후 이쉬미얼은 간헐적으로 등장하며 96장 이후 그는 작품의 전면에서 물러서고 에이협과 모비-딕만이 장면을 주름 잡는다.) 이 작품은—마치 앞서 본 『폭풍의 언덕』의 히스클리프가 그렇듯이—에이협이라는 하나의 특수하고 구체화된 인물이 뿜어내는 강력한 영혼과 성격의 힘에 이끌리고 압도되는 소설임을 부정할 수 없다. 그의 사악하지만 실물대實物大 이상의 거대한 모습이 작품 전체에 독특하고 강렬한 힘과 매력을 부여해 주고 있는 것이다. 그래서 앞서 얘기했듯이 작품은 전형적인 고전 비극적 형식과 비전을 지니고 있고, 이것이 작가가 착상과 구성에서부터 의도하고 목표로 했던 것이라는 데는 이이의 여지가 있을 수 없다. 서머셋 모옴도 말하듯이 이 작품이 위대한 작품인 것은 멜빌이 바로 에이협을 창조해냈기 때문이라는 데 동의하지 않을 수 없는 것이다.[189]

---

188 James E. Miller Jr., *A Reader's Guide to Herman Melville*, p.112.
189 모옴, p.337.

한편 멜빌은 19세기 초 당대를 휩쓸고 있던 낭만주의 사조의 '자유와 혁신'의 기풍을 한껏 호흡하였다. 그 결과 그는 낭만주의가 낳은 개인주의와 평등주의적 사고에 따라 자신의 비극의 주인공을 고전 비극에서처럼 왕후장상王侯將相이 아니라 저잣거리에서 흔히 만날 수 있는 시정아치 중에서 선발한다는 근대 비극의 모범을 보여주었다. 그는 보잘것없는 늙은 퀘이커교도 고래잡이에게서 오이디푸스와 리어 같은 비극적 주인공을 발견하여 형상화한 것이다. 작가는 25장에서 인간이 보여주는 '존엄'에 대한 자신의 생각을 다음과 같이 말한다.

인간의 존엄이란 왕후의 옷에 감싸인 그런 것이 아니라, 세상에 넘쳐 있는 평복을 걸친 인간들의 존엄성인 것이다. 여러분은 곡괭이를 휘둘러 못을 박는 사람들의 팔에 그것이 빛나고 있음을 볼 것이다. 사방에서 비쳐오는 이 민주적 존엄성의 빛은 신 자신으로부터—절대의 신으로부터—오는 것이다. 신은 모든 민주주의의 중심이며 동시에 주변이다.[190]

그는 뒤에 유언작遺言作처럼 남긴 『선원 빌리 버드』에서도 비슷하게 인간의 기백과 정념은 출신 성분이나 지위고하와는 무관한 것이라는 자신의 '민주주의적 인간관'을 설파한다.

정념, 그것도 그것의 가장 심오한 것은 그것을 연출하기 위해서 딱히 궁전과 같은 무대를 필요로 하지 않는다. 극장에서 땅바닥에 앉아 있는 싸구려 구경꾼들, 쓰레기를 뒤지고 구걸하는 거지들 사이에서도 심오한 정념이 연출될 수 있다.[191]

---

190 『모비-딕』I. p.160.
191 *Billy Budd, Sailor*, Chap. 13.

에이헙은 작품의 시작에서 피쿼드호의 선주인 펠레그 선장에 의해 "웅장하지만 신을 믿지 않는 그러나 신과 같은 인간grand, ungodly, godlike man"이라고 처음 소개된다.(제16장) 출항한 뒤 한참 지난 후 선원들 앞에 모습을 드러낸 그는 마치 "책형磔刑(원래는 능지처참을 가리키나 여기서는 십자가형)을 당한 듯한 얼굴 모습을 지녔고 거기에는 어떤 강력한 슬픔의 흔적과 함께, 이름 없는 제왕과 같이 압도해 오는 위엄을 지닌" 범상치 않은 인간으로 이쉬미얼에게 강렬한 인상을 남긴다.(제28장) 에이헙은 이후 마지막 세 장章에서 모비-딕과 마주칠 때까지 500여 쪽에 달하는 소설에 등장하는 사건과 액션들을 통해 —선원들 중에서 자신의 목적에 대해 가장 집요하게 반대의 뜻을 보이며 귀향하기를 요청하는 스타벅을 무시하고 짓누르면서 —모든 난관과 장애를 극복하고 선원들을 완전히 장악하여 초지일관하게 고래 추적에 나서고 있다.

그리스 비극 이래 모든 비극적 주인공들의 한결같은 부르짖음은 언제나 우주 내에 '정의와 질서'가 없다는 것이다. 이 소멸하거나 파괴된 정의와 질서를 쟁취하여 회복하는 것이 비극의 주인공들의 임무이고 목적이다. 에이헙은 자신의 고통을 통해 "아담 이래 인류의 고뇌를 짊어진" 셈이고, 그는 비극적 주인공이 보여주는 '목적 →수난→ 인식의 리듬'(혹은 '패턴')을 자신이 마치 "운명의 부하Fate's lieutenant인 양" 숙명적으로 밟아 나간다.(제134장) 그런데 그는 오랜 항해 끝에 모비 딕이 출몰하는 일본 해에 들어온 어느 날 "깊이 눌러 쓴 모자 밑에서 눈물 한 방울을 바다에 떨어뜨린다."(제132장) 이 모습을 바라보는 스타벅에게 그는 자신의 삶을 다음과 같이 처연하고 비장한 어조로 회고한다.

"오오, 스타벅, 얼마나 부드러운 바람인가. 얼마나 온화한 하늘인가. 이런 좋은 날이었지……내가 처음으로 고래를 잡은 것은. 열여덟 살의 애숭이 작살잡이였지. 40…40…40년 전의 옛일이야. 궁핍과 위기와 폭풍우 속에서의 40년! 냉혹한 바다에서 보낸 40년이야…… 나는 그 40년 중에서 3년 동안도 육지에서 보내지 않았네. 이렇게 내가 살아온 세월을 생각하면 그야말로 몸서리쳐질 고독한 생애였지. 40년 동안 나는 그야말로 소금에 절인 말라빠진 음식만 먹고 살아 왔던 거야…… 쉰이 넘어 얻은 소녀와 같은 아내로부터도 떨어져 몇 개의 대양을 사이에 두고 말이야. 그녀는 남편이 살아 있는 생과부라고 해야 하지 않겠는가? 나는 그 처녀를 결혼과 동시에 과부로 만든 거야. 그때부터 오로지 광기와 난심亂心에 사로잡혀, 피는 끓고, 이마는 타서 연기가 나는 대로, 이 늙은 에이헙은 천 번이나 보트를 내려 미친 듯이 격노하여 거품 이는 바다로 원수를 쫓았던 것이다. 사람이라기보다 오히려 악마였지…… 참으로 어리석은 40년의 인생—어리석은, 그야말로 어리석게 나이 먹은 에이헙이었다! 무엇을 위한 집념의 추구였던가!…… 가까이 오게 스타벅, 내게 인간의 눈을 보여주게. 그게 바다나 하늘을 들여다보는 것보다 아니, 신을 보는 것보다 나으리라. 낙인 찍힌 에이헙이 모비-딕을 추격할 때 자네는 배에 머물러 있어야 하네…… 내가 보트를 내리더라도 그런 모험을 자네에겐 시키지 않겠어, 안 되지, 안 돼! 그 눈동자 속에 머나먼 고향의 집을 지닌 자네에게 차마 그런 꼴을 당하게 할 수는 없지."192

여기서 에이헙은 스스로 광기 어린 삶을 살아온 자신의 인생의 허무와 공허를—마치 셰익스피어의 맥베스처럼—뼈저리게 절감하고 있고, 이로써 독자의 동정과 공감을 이끌어내며 자신과 같은 어리석은 짓을 스타벅에게는 시키지 않으려 하는 '인간미(휴머니티)'를 보여준다. 그는 끝내 '인간성'을 버리지 않은 것이다. 그러나 위의 인용에 이어 벅찬 감동 속에서 스타벅이 이때 다 싶어 에이헙에게 "아아 선장님! 나의 선장님! 당신은

---

192 『모비-딕』 II, p.296-7, 강조는 필자.

역시 고귀한 영혼과 위대한 마음을 갖고 계십니다"라고 외치며 "무엇 때문에 그 저주받은 물고기를 쫓아야 합니까? 이제라도 저와 함께 돌아가십시다"라고 말하자 역시 아니나 다를까 다음과 같이 대꾸한다.

"뭐라고 말할 수 없이 불가사의한, 이 지상의 것이 아닌 이것은 무엇인가! 어떤 기만적이고 눈에 보이지도 않는 주인이, 잔인하고 냉혹하기 짝이 없는 제왕이 내게 명령을 내려서, 나로 하여금 모든 본연의 사랑과 인정에 어긋나게 하고 나 자신의 본심에서는 꿈에도 생각할 수 없는 일을 하도록 닦달하고 밀어붙이며 내내 꼼짝 못하게 묶어놓고 있는 것인가? 에이헙이 에이헙 맞는가? 이 팔을 들어 올리는 것인 나인가 신인가 아니면 누군가?"[193]

그는 앞서 124장에서 번개를 맞아서 쓸모 없어진 나침판을 자기 방식대로 즉석에서 뚝딱 만들어 보이며 "자, 모두 보라. 에이헙이 수평 나침판 정도는 마음대로 할 수 있다는 것을!"이라고 말한 적이 있다. 작가는 이에 대해 그가 이미 돌이킬 수 없는 "숙명적인 자만심fatal pride의 포로"가 되어서 자신도 어쩔 수 없이 스스로의 파멸이 될지도 모르는 일을 향해 나아갈 수밖에 없다고 말한 바 있다.[194] 마치 그리스 비극에서 '인간이 자신의 파멸을 향해 갈 때 신들은 기꺼이 그의 등을 밀어준다'(『페르시아이들』, 472)고 하는 것처럼 그의 '에토스'와 '다이몬'이 함께 그를 밀어붙이고 있는 듯 하다.

---

193 같은 책, p.298.

194 같은 책, p.267.

에이협의 '비극적 인식'과 작품의 '비극적 역설'

그의 최후의 '수난*pathos*'은 책의 마지막 133장에서 135장까지 벌어지는 모비─딕과의 사흘에 걸친 처절한 싸움으로 나타난다. 위의 스타벅과의 대화가 있은 다음 날 몸소 돛대의 망대에 오른 에이협은 스스로 모비─딕의 출현을 처음 목격하는 선원이 된다. 그는 곧 추격 보우트를 내리고 고래를 쫓으나 오히려 고래의 공격을 당해 배는 깨지고 자신은 바다 위에 던져진다. 본선에서 이를 바라보던 스타벅이 놀라운 조종술로 배를 몰아 분노한 고래가 휘젓는 거대한 파도와 격랑을 뚫고 에이협에게 다가가 가까스로 그를 구조해낸다. 이것으로 첫날의 추격은 끝난다. 둘째 날 모비─딕을 발견한 추격선들이 가까이 접근해 던진 세 개의 작살이 고래 등에 꽂히나 격분한 고래는 추격선 중 두 척을 파괴해 버리고 작살 밧줄들을 뒤엉키게 만든다. 이 와중에 페달라가 죽음을 당한다. 마지막 즉 사흘째 되는 날 에이협은 스타벅의 최후에 반복된 간절한 만류에도 불구하고 추격선을 내리고 전속력으로 모비딕에게 달려가 고래와 나란히 달리게 되자 "열화와 같은 창을 격렬하게 불타는 저주와 함께 원한에 사무친 고래의 몸속 깊숙이 던져넣는다."[195] 그러자 다시 상처 입은 고래는 마치 작심한 듯이 그리고 "선원들의 운명을 손아귀에 움켜쥐겠다는 듯이" 몸을 돌려 맹렬한 기세로 본선 피쿼드호를 향해 돌진한다.[196] 이윽고 고래는 자신의 "흰 성벽과 같은 이마로 뱃머리를 강력한 힘으로 들이받는다." 이 광경을 바라보던 에이협은 자신이 배와 함께 침몰하는 "가장 비참한 난파선의 선장이 누리는 최후의 긍지도 차지하지 못하게" 되었다는 것을 깨닫게 된다. 그는 이런 자신의 처지와 운명에 대하여 "오오, 이제야말로

195　같은 책, p.330.

196　같은 책, p. 333.

나의 최고의 위대함은 나의 최고의 슬픔 속에 있다는 것을 느끼게 된다”
고 외친다.197 그의 이 외침이 곧 그의 '비극적 인식'의 내용을 구성한다.

이 최후의 인식은 그의 최후의 '비극적 행위'로 이어진다. 그러나 이런
인식과 행위는 그가 앞서 스타벅과의 대화에서 자신의 삶의 허무와 무의
미를 통렬히 자각하는 장면에서 이미 준비된 것과 마찬가지다. 말하자면
에이헙은 그 허무와 무의미를 모비-딕과 목숨을 건 최후의 대결을 통해
초극함으로써 '성취와 의미'로 바꾸어내겠다는 것이다. 그래서 그는 “너
모든 것을 파괴하지만 정복할 힘은 없는 고래여, 나는 이 파도를 타고 너
를 공격해서 너와 끝까지 맞붙어 지옥의 한가운데서라도 너를 찌르고 오
로지 증오로써 마지막 숨결을 네게 뱉겠다⋯⋯이 저주스런 고래야, 내가
네게 잡힐 바에는 차라리 산산조각이 날 때까지 이 몸을 이끌고 너를 추
격할 것이다! 자아, 내 창을 받아라”고 부르짖으며 원한에 찬 마지막 작
살을 고래의 몸에 깊숙이 던져 넣는다.(334) 그러나 작살을 맞은 고래가
쏜살같이 질주하자 “나는 듯이 풀려나가는 밧줄에 자신의 목이 감겨” 에
이헙은 순식간에 바닷물 속으로 끌려 들어가 사라져 버린다. 그의 최후
는 이처럼 신속하고 격렬하며 비참하다.

그러나 그의 최후는 '가장 처참한 파멸 가운데 가장 큰 영광이 있다'는
그의 앞선 '자기 인식'의 실천인 동시에 '패배 가운데 승리'라는—비극의
주인공이 보여주는—유구悠久한 '비극의 역설'의 구현이라고 할 수 있다.
한편 모비-딕의 강력한 공격을 받은 피쿼드호는 결국 침몰하며 선원들
은 배와 함께 수장水葬당한다. 마지막 챕터의 첫 문장은 “극은 끝났다The
drama is done”이며 에이헙의 죽음으로 작품의 중심적 액션과 사건은 종식되
었음을 말해준다. 단지 “떠돌던 고아 같던” 이쉬미얼만이 수면 위로 솟아
오른 퀴퀘그의 관을 잡고 살아남아서—실종된 선장의 아들을 찾으며 주

---

197 같은 책, p.334.

변 바다를 헤매던— 레이철 호에 구원되는 것으로 소설은 끝난다.

돌이켜보면 에이헙의 삶과 죽음이 독자에게 불러일으키는 느낌은 그가 마지막 날 스타벅과 나눈 대화 가운데 압축적으로 암시되어 있다고 볼 수 있다. 그는 보우트를 내리며 다음과 같이 말한다.

"나의 영혼의 배가 세 번째 항해를 떠난다, 스타벅!"

"네, 당신은 그렇게 하지 않고는 못 배기겠지요."

"어떤 자는 썰물 때 죽고 어떤 자는 물이 다 빠졌을 때, 또 어떤 자는 만조 때 죽는다. 나는 지금 막 부서지려는 파도의 봉우리에 서 있는 느낌이 든다. 스타벅, 나는 나이를 먹었어. 자, 나와 악수하세."

두 사람은 손을 굳게 잡고 서로를 쳐다보았다. 스타벅은 눈물을 글썽거렸다. "오오, 선장님, 나의 선장님! 고귀한 분이시여, 가지 마십시오. 가지 말아주세요. 용감한 남자가 울고 있지 않습니까? 고뇌의 마음으로 당신을 설득하고 있는 것입니다."

"보트를 내려라!" 에이헙은 항해사(스타벅)의 팔을 뿌리치며 소리쳤다."

"승선, 준비!"

"오오, 선장님, 나의 선장님, 돌아오세요!"[198]

이 마지막 만남이 될 것이 분명한 대화 가운데 스타벅은 필사적으로 에이헙의 행동을 만류하며 평소에 자신이 그토록 못마땅히 여겨오던 에이헙을 "고귀한 분"이라고 부른다. 그는 에이헙에 반대하면서도 동시에 그를 존경하고 있기 때문이다. 자신이 추구하는 목적의 성취를 위하여 죽음을 무릅쓰고 전력투구하는 인간에게—비록 우리가 그 목적에 동

198 　같은 책, p.325-6.

조하지 않을지라도—우리는 일정한 인정과 존중을 바치지 않을 수 없다. 그리고 그가 자신이 선택한 행동의 결과 주어진 파멸이라는 '운명'을 당당하게 맞이하여 껴안을 때 우리는 일말의 '장엄하고 숭고한' 느낌 또한 갖지 않을 수 없다. '비극적 주인공'이란 자신의 목적과 신념의 성취를 위하여 자신이 할 수 있는 일을 다하고 그 결과를 받아들이는 인간에 다름이 아니기 때문이다. 그는 그럼으로써 무너졌던 질서와 파괴된 정의를 자신의 투쟁을 통해 자신의 삶 가운데 회복하고 수립하는 인간인 것이다. 그리고 할 수 있는 일을 다 한 인간에게는 일종의 '여한 없음' 즉 '화해'가 찾아오며, 이 화해는 자기 자신과의 화해일 수밖에 없는 것이다.

그리스 철학부터 20세기 실존주의 철학에 이르기까지 많은 철학자들은 '죽음'이 우리의 행동을 가치 있게 만들고 정당화시켜준다고 말해왔다. 우리가 비극의 시조인 호메로스의 『일리아스』에서 이미 보았듯이 –불멸하는 신들과는 달리– 인간에게는 '죽음'이 있음으로서 그의 선택과 행동은 그에게 가장 심오한 '의미'를 띠게 된다. 그래서 죽음을 각오한 인간의 분투 노력은 가장 밝게 빛난다. 여기서 역설적으로 소크라테스가 처음 가르치고 몽테뉴가 그의 『수상록』에서 이어받아 말한 것처럼 "역사적으로 모든 철학의 마지막 가르침은 죽음을 두려워하지 말라는 것이었다"는 결론이 나온다.[199] 아킬레우스를 시작으로 하여 그 후배인 오이디푸스, 안티고네 이래 모든 비극적 주인공의 특징은 '죽음을 두려워하지 않는' 투쟁과 노력이라는 것은 새삼 지적할 필요가 없다. 프로이트가 그의 『문명 속의 불만』에서 "삶이라는 도박판에서는 최고 액수 즉 삶 자체를 거는 일이 더 이상 가능하지 않은 그 순간부터 삶은 빈약해지고 더 이상 우리의 진정한 관심과 흥미를 불러일으키지 못한다"고 말했듯이 인간 행위의 최고의 그리고 최후의 판단 기준은 역시 '죽음'일 수밖에 없기 때

---

199 몽테뉴, 『수상록 II』, 3권 12장. p.551.

문이다.(프로이트/김석희 역, 「문명 속의 불만」, p.56) 에이헙은 자신에게 "삶의 궁극적 비의(the ungraspable phantom of life)" 그 자체로 비춰지는 모비-딕과의 최후의 결전에서 자신의 모든 것을 쏟아 넣고 그 결과 파멸한다. 그는 자신이 선택한 목적과 신념에 목숨을 바친 것이다.

결론적으로 에이헙은 자신의 신념이나 욕망의 성취와 실현을 위해 목숨을 건 싸움을 벌이고 자신의 '운명'을 스스로 형성한 오이디푸스와 안티고네 그리고 햄릿과 맥베스의 후예로서 '서구 비극문학 전통' 가운데서 있는 인물임이 분명하다. 그러나 이 작품을 '근대 소설문학 전통'에서 거대한 고래의 추적과 응징이라는 '사실적인' 이야기로 볼 경우 그의 최후는 스타벅의 말대로 '말 못하는 짐승에게 어리석고 고집스럽게 원한을 풀려다' 죽음을 당하는 '패배의 서사'로 읽힐 가능성이 크다. 그리고 역시 사실적 측면에서는—앞서 논했듯이—에이헙은 자신에 대해서는 '과대망상' 그리고 자연(외계)에 대해서는 '피해망상'의 징후를 보여주는 인물이란 점도 부인할 수 없다. 그는 인간으로서는 대결할 수 없는 '자연'에 대항하고 있고, 자신의 행위로 말미암아 입은 상처에 대해 자연을 탓하고 있기 때문이다. 따라서— 비록 작품 자체는 전체적으로 에이헙을 정당화하지도 비난하지도 않는 듯 보이지만— 사실적 관점에서 책을 읽는 독자는 그의 삶과 죽음에 대해 긍정적 평가를 내리기 힘든 측면이 있다. 즉 에이헙의 그 모든 필사적인 몸짓과 부르짖은 외침이 무색하게 이 우주는 마치 아무 일 없었다는 듯이 영원한 운행을 계속하고 있었기 때문이다. "이윽고 모든 것은 사라지고, 커다란 바다의 수의壽衣는 5천 년 전에 굽이쳤던 것과 똑같이 굽이치고 있었다"라고 작가는 사흘째의 싸움이 끝난 후 말하고 있다.[200] 이는 철저히 비관주의적이고 허무주의적인 종말을 암시한다.

---

[200] 『모비-딕』 II, p.336.

돌이켜 보면, 크게 보아 '인본주의'가 다시 개화한 르네상스 비극에서 부터 나타나기 시작한 현상이지만 특히 '근대시민혁명'이 일어난 18세기 이후의 근대 비극에서는 고전 비극에서처럼 공동체/집단의 운명을 대변하거나 보편적이고 절대적인 가치와 명분을 주장하는 주인공의 투쟁을 더 이상 목격하기 힘들다. 오히려 우리는 개인주의적이고 유아주의唯我主義적 욕망과 가치를 주장하는 주인공을 만날 가능성이 크다. 왜냐하면 이런 개인적이고 독자적인 욕망의 추구는 바로 프랑스 대혁명과 낭만주의가 가져온 개인의 자유와 평등 그리고 존엄 등의 관념이 낳은 산물이기 때문이다. 근대 이후의 인간의 역사와 사회는 명백히 개인의 고유하고 특수한 가치와 욕망을 긍정하는 것으로 나아갔다. 그러나 개인적 가치 추구가 극단으로 치우칠 경우 그것은 공감과 동일시의 대상이 되기 어려워진다는 것도 분명하다. 대개 이런 이유로『모비-딕』의 에이헙이나 ─ 이보다 적은 정도로 ─앞선『폭풍의 언덕』의 히스클리프는 독자의 전폭적 공감과 동정을 얻지 못할 가능성을 배제할 수 없다. 근대 비극에서 다시 인간과 보편적 운명 사이의 싸움이라는 고전 비극적인 이야기를 본격적으로 부활시킨 작가는 이어서 다룰 토머스 하디이다.

6. 토머스 하디Thomas Hardy의『카스터브리지의 시장The Mayor of Casterbridge』

"[삶이란] 사는 것을 배우기 위해서는 우리의 삶을 바쳐야 하는 얼빠진 학교!/ 상 받을 시간도 남겨주지 않는데 학과를 암기하는 자는 바보가 아니고 무엇이리."─하디, "한 젊은이가 인생에 대해 쓴 경구"(1866)

작품의 줄거리

19세기 초 어느 해 늦여름 허름한 차림의 건초乾草 일꾼 마이클 헨처드는 그의 어린 딸 엘리자베스-제인을 안은 아내 수전과 함께 영국 남부의 웨이든-프라이어스로 가는 시골길을 걸어가고 있었다. 부부는 도중에 허기를 면하기 위해 길가의 간이 식당에 들른다. 잡탕 죽furmity을 파는 주인 노파는 손님이 원하면 밀주密酒를 몰래 죽에 섞어주었다. 남편의 주벽을 아는 수전은 식사만 제공한다는 다른 식당을 제치고 따라 들어온 것을 후회한다. 헨처드는 거듭 밀주 섞인 죽을 퍼마신 결과 이윽고 대취한다. 술 취한 헨처드는 갑자기 자신의 처지를 비관하는 말을 늘어놓기 시작하더니 지금 자신이 가난뱅이가 된 것은 너무 이른 나이에 결혼한 탓이라고 떠든다. 그는 자신의 아내를 경매에 붙이겠으니 사겠다는 사람은 나서라고 느닷없이 외치는 지경에까지 나간다. 그러나 실내의 술꾼들도 술 먹은 자의 미친 짓을 진지하게 받아들이는 사람은 없었다. 그러나 마침 지나가다 잠시 들린 어떤 선원이 정색을 하며 5기니를 제안한다. 헨처드와 그 선원은 딸까지 데려가는 것으로 합의하고 거래를 성사시킨다.[201]

남편의 광태狂態에 격분한 아내는 결혼반지를 빼내어 그에게 집어 던지고 선원을 따라나선다. 다음날 아침 제정신이 들은 헨처드는 전날 밤 자신이 어떤 끔찍한 짓을 저질렀는지 비로소 깨닫고 근처의 교회에 들어가 자신의 나이에 해당하는 앞으로 21년간 술을 입에 대지 않을 것을 맹세한다. 그는 떠나버린 아내와 아이를 찾기 위해 여러 달 동안 인근 지방을 헤매다가 서부의 어느 해안 도시에 이르러서 그들의 일행이 외국으로 떠났다는 이야기를 듣고 찾기를 포기한다. 그는 이 지역의 가장 큰 도시인 카스터브

---

201 5기니는 5파운드 5쉴링이고 20세기 환산 가치로는 대략 5.5×200=1100달러에 해당한다고 한다.—줄리어 프레윗 브라운, 『19세기 영국소설과 사회』, p.16.

리지로 가서 새 출발을 기약한다.

헨처드의 아내 수전을 사들인 선원 리처드 뉴슨은 그 거래가 법적으로 무효인 것을 알지만 아내가 필요하고 그녀가 탐난 나머지 그녀에게 아무 문제 없는 것인 양 말해준다. 그들은 캐나다로 이민 가서 살다가 엘리자베스-제인이 병으로 죽은 뒤 그들만의 딸을 낳고 역시 같은 이름을 붙여 키운다. 그들은 후에 다시 영국으로 돌아오고 수전은 뉴슨과 자신의 삶이 법적으로는 혼외 관계라는 사실을 이웃들을 통해 알게 된다. 아내가 진실을 알고 괴로워하는 것을 본 뉴슨은 딸이 열여덟이 되던 해 바다에 나간 후 돌아오지 않는다. 그 행동은 자신이 실종된 것으로 만들어 수전으로 하여금 자유를 되찾게 하기 위함이었다. 뉴슨이 돌아오지 않자 실종된 것으로 알고 생계 또한 막연해진 수전은 딸 엘리자베스-제인을 위해서라도 헤어진 남편 헨처드를 다시 찾아야겠다고 생각한다. 수전은 옛 기억을 더듬어 웨이든-프라이어스의 주막으로 찾아오고 아직도 밀주장사를 하는 노파를 만나 헨처드의 소재를 알아낸다. 즉 그가 마지막으로 향한 곳이 카스터브리지라는 것이다.

한편 아내와 헤어진 후 18년 동안 헨처드는 카스터브리지에서 자신의 금주 맹서를 굳게 지키며 특유의 뚝심과 의지를 발휘해 곡물상으로 크게 성공한다. 그리고 그 성공을 바탕으로 시장의 지위에까지 오른다. 수전과 딸이 그를 찾아 이 도시로 왔을 때 그는 마침 자신도 모르게 싹튼 밀을 팔았던 일 때문에 사업상 곤경에 처해 있었다. 그런데 같은 날 마침 이 도시를 지나치던 스코틀랜드 출신의 젊은 나그네가 그의 딱한 사정을 듣고 싹이 난 밀을 상당 부분 원상으로 돌리는 비법을 가르쳐준다. 헨처드는 이 유능한 젊은이에게 각별히 마음이 끌려 자신의 매니저로 일해 달라고 요청한다. 그러나 파프레라는 이름의 이 젊은이는 자신은 미국 서부로 이민 가서 크게 농사를 지어 볼 계획이라고 거절한다. 헨처드는 다음 날에도 그를 찾아가 파격적인 조건을 내걸고 거듭 간청한 결과 결국 그의 동의를 얻어낸

다. 한편 수전과 헨처드는 다시 만나게 되며 헨처드는 첫 말이 자신은 술을
끊었다는 것이다. 그는 그녀에게 도시에 방을 얻어줄 테니 딸과 같이 살고
있으면 자신이 자주 방문하겠다고 한다. 즉 둘이 모르는 사이에서 처음 만
나서 사귀어 구애하고 결혼하는 방식으로 둘의 관계를 재개하자는 것이다.
여기에 수전도 동의한다. 그런데 이즈음 헨처드에겐 남모르는 비밀이 있
었는데 그가 과거에 영불해협에 있는 저지Jersey 섬에서 잠시 장사하며 머물
고 있을 때 병이 난 일이 있고 이때 그를 간병해 준 여인이 있었다. 헨처드
는 지난 18년간 수전의 소식이 들리지 않자 아내가 죽은 것으로 간주하고
이 루세타란 여인과 장래를 약속한 일이 있었던 것이다. 그런데 오랜 세월
이 지난 지금 갑자기 수전이 나타나니 그는 자신이 과거에 아내에게 지은
죄를 속죄하는 의미에서도 수전과 재결합해야 한다고 결심한다. 그는 이런
사정을 자신이 믿는 유일한 측근이 된 파프레에게 털어놓고 조언을 구하며
루세타에게 보내는 편지를 그가 대필해 줄 것을 부탁한다. 그는 파프레가
써준 편지에 상당한 금액의 수표를 동봉해 보냄으로써 둘의 과거의 관계는
이로써 종식되었음을 통보한다. 한편 헨처드의 매니저 구인광고를 보고 때
늦게 조수아 접이란 사람이 찾아오나 그는 헨처드에게 퉁명스럽게 퇴짜 맞
고 쫓겨난다.

  헨처드와 수전의 재결합 계획은 순조롭게 진행되어 둘은 잠시 사귀는 모
습을 흉내 낸 뒤 이윽고 결혼한다. 딸 엘리자베스-제인은 이제 아름다운
처녀로 성장하여 헨처드의 매니저가 된 파프레의 눈길을 끌며 둘 사이에는
서서히 애정이 싹튼다. 헨처드는 이제 딸이 자신의 성姓을 물려받기를 원하
나 이상하게 수전은 딸이 거기에 동의하는 것을 원치 않는다. 한편 헨처드
와 파프레의 사이가 점점 벌어지는 사건들이 발생한다. 에이블 휘틀이라는
일꾼이 번번히 지각하자 헨처드는 따끔하게 경고하나 그는 지각하기를 멈
추지 않는다. 이윽고 헨처드는 대로大怒하여 그의 집으로 찾아가 옷도 제대
로 걸치지 못한 그를 끌고 온다. 창피를 당한 휘틀에게 헨처드를 대신해 일

꾼들 앞에서 그에게 집에 가서 제대로 옷을 입고 올 것을 명령하는 것은 파프레였다. 주인으로서 일꾼들 앞에서 오히려 망신을 당한 헨처드는 파프레에게 섭섭한 감정을 털어놓는다. 마음이 따뜻하기는 하나 너무나 감정적인 헨처드에 비해 냉정하지만 합리적이고 한결같은 파프레가 헨처드를 누르고 사람들의 인기와 신망을 얻기 시작하자 헨처드는 점점 자신의 위신과 체면이 깎인다고 느낀다. 둘의 사이는 연중행사인 축제를 맞이해 각자 따로 놀이마당을 만드는 일에서 결정적으로 벌어지게 된다. 입장료도 안 받고 손 크게 놀이마당을 만든 헨처드와 대조적으로 유료지만 조촐하게 자신의 코너를 준비한 파프레가 크게 성공하게 된 것이다. 헨처드는 일기변화를 고려하지 않고 놀이마당을 만들었기 때문에 정작 당일 비바람이 불자 아무도 찾는 이가 없었다. 사람들이 파프레의 현명함에 비추어 자신의 어리석음을 뒤에서 비웃는 소리를 듣고 분노한 헨처드는 그 자리에서 파프레를 해고한다. 그러자 파프레는 이 도시를 떠나지 않고 자신만의 곡물상 점포를 연다. 그렇지만 그는 헨처드의 사업상의 기득권은 결코 도전하거나 침해하지 않는 방식으로 장사를 한다. 파프레가 자신만의 가게를 열었다는 것을 듣고 헨처드는 분노하여 그와 사귀고 있는 엘리자베스–제인을 불러 관계를 끊을 것을 엄명한다.

어느 날 헨처드는 전 애인 루세타가 카스터브리지를 지나쳐 여행할 일이 있으니 그때 만나 둘이 전에 주고받았던 편지를 돌려달라는 요청을 받는다. 헨처드는 약속 장소에 나갔으나 루세타를 만나지 못하자 편지 묶음을 집안의 금고에 보관한다. 수전은 병들어 누우며 딸이 결혼하는 날 열어보라는 편지를 한 통 남긴다. 얼마 후 그녀는 시름시름 며칠 앓다가 죽는다. 아내를 잃은 후 고적孤寂해진 헨처드는 엘리자베스–제인에게 그녀가 자신의 친딸임을 말해준다. 그는 이를 확실히 증명해 줄 문서를 찾던 중 수전이 남긴—봉인이 제대로 되어있지 않은—편지를 뜯어보게 된다. 그는 자신의 친딸은 죽었고 엘리자베스–제인은 뉴슨의 자식임을 알게 되며, 왜 수전이 생전에 딸의 성을 바꾸는 것을 반대했는지 비로소 깨닫게 된다. 헨처드는 이제야 자신의 친부를 찾게 되었다고 기뻐하는 엘리자베스-제인에게 쌀쌀맞게 대하기 시작한다. 그러나 그녀로서는 아버지의 이런 돌변한 태도를 이해할 수 없다.

엘리자베스-제인은 쓸쓸한 집안 분위기를 견디지 못할 때에는 어머니 무덤을 찾는 것이 유일한 위안이 되었다. 그러던 어느 날 묘지에서 못 보던 여인이 자신에게 관심을 갖는 것을 알게 된다. 그녀는 바로 루세타였고 자신의 부유한 숙모가 죽으며 남긴 유산으로 갑자기 여유가 생기자 카스터브리지에 훌륭한 저택을 사서 이사 온 것이다. 그녀의 목적은 헨처드가 최근에 상처喪妻했다는 소문을 듣고 다시금 그와의 관계를 재개하려는 데 있는 것이 분명하다. 루세타는 두 번째로 엘리자베스-제인을 만난 날 그녀가 요즘 불행하다는 말을 듣자 자신은 큰 집에 홀로 살고 있으니 와서 같이 살기를 권한다. 한편 그녀는 동시에 헨처드에게 편지를 보내 자신이 카스터브리지에 와서 살고 있다는 것을 알린다. 그러나 헨처드가 정작 찾아가자 몸이 불편하다며 하녀를 시켜 다음 날 다시 오라고 알린다. 이 말을 듣고 기분이 상한 헨처드는 당분간 찾아가지 않기로 한다. 헨처드가 오지 않자 어느 날 루세타는 엘리자베스-제인을 산책하다 오라고 내보내고 헨처드에게 편지 해서 당일 중으로 찾아와 줄 것을 요청한다. 그러나 그녀 앞에 나타난 사람은 헨처드가 아니라 파프레였다. 그는 요즘 사이가 틀어진 헨처드로부터 이제는 엘리자베스-제인이 더 이상 자신의 딸이 아니므로 그녀와의 교제를 반대하지 않겠노라는 편지를 받고 새로 옮긴 그녀의 주소로 찾아온 것이다. 루세타와 파프레는 처음부터 피차에 호감을 느낀다. 이후 엘리자베스-제인은 자주 찾아오는 파프레의 마음이 자신이 아니라 오히려 루세타에게 가 있다는 것을 곧 깨닫는다. 한편 파프레는 루세타가 실은 전에 헨처드가 자신에게 털어놓은 비밀 가운데의 바로 그가 사귀었던 '다른 여인'이라는 것은 알지 못하며, 헨처드 역시 요즘 루세타의 마음이 향하고 있는 상대가 파프레라는 사실을 알지 못한다.

헨처드는 파프레가 자신의 사업상 경쟁자가 되었다고 생각하고 그를 업계에서 밀어내려고 마음먹는다. 그는 전에 무시했던 조수어 접을 매니저로 채용하고 시 외곽에 사는 일기 예언가를 찾아가 다가오는 추수기 곡물의 흉풍凶豊 여부를 묻는다. 예언가가 날씨가 나빠 흉작이 들 것을 예언하자 헨처드는 곡물을 마구 사들여 재고를 쌓아 놓는다. 그러나 예상 밖으로 좋은 날씨가 계속되자 지레 겁먹고—추수 때 가격이 떨어질 것을 예상하고 비축해놓은—곡물을 헐값에 팔아 엄청난 손해를 본다. 한편 파프레는 경거망동하지 않고 침착하게 기다렸다가 가격이 떨어지자 넉넉히 사들여 놓는다. 그런데 정작 추수 때가 되자 날씨는 예언가의 말대로 악화되고 가격은 뛰어오른다. 파프레는 매점해 놓은 곡물을 팔아 큰돈을 버는 데 반해 헨처드는 자신의 급한 성격을 이기지 못했던 결과 파산지경에 이르게 된다. 그는 엉뚱하게 조수아 접에게 화풀이를 하며 그를 해고한다.

이 즈음하여 헨차드는 때 늦게 루세타를 찾아갔으나 파프레가 이미 그 집에 와 있는 것을 발견하고 둘의 관계를 의심한다. 얼마 후 파프레가 루세타에게 청혼했다는 소문을 듣고 헨처드는 분노하여 루세타를 찾아간다. 그는 엘리자베스-제인을 증인으로 앉혀놓고 루세타에게 먼저 결혼 약속을 한 자신과 약혼할 것을 —그러지 않으면 자신과의 과거를 폭로하겠다는 협박과 함께— 강요한다. 그런데 이즈음 헨처드의 과거사가 수면 위로 떠오르게 되는 사건이 발생한다. 시장의 지위는 임기 만료로 물러났지만 새 시장이 선출되기까지 치안판사의 역할이 남아있는 헨처드는 법원에서 노상 방뇨 죄를 저지른 노파의 재판을 맡게 된다. 그런데 그녀는 20여년 전에 웨이든-프라이어스에서 자신에게 밀주를 팔던 노파였다. 그녀는 헨처드를 알아보고 그는 예전에 자신의 아내를 팔아치운 인간으로서 노파 자신을 심판할 자격이 없다고 떠든다. 헨처드는 정직하게 그 일이 사실임을 시인하고 그녀의 말에 동의한다면서 재판정을 떠난다. 이 소문은 곧 퍼져 루세타의 귀에 들어갔고 그녀는 헨처드의 실체를 안 이상 결혼할 수 없다고 생각한다. 그녀는 헨처드가 오기 전에 빨리 파프레와 혼인해야겠다고 생각한다. 둘은 이윽고 남몰래 이웃 도시 포트−브레디로 가서 결혼식을 올린다. 이 사실을 알지 못하고 헨처드는 돌아온 루세타를 찾아가 자신이 요즘 재판소 사건 이후 신용이 떨어져 빚쟁이들의 심한 독촉에 쫓기니—둘 사이의 약혼은 무기한 미뤄도 좋으나—자금 여력이 생길 때까지 당분간 지급보증을 서 줄 것을 부탁한다. 그러나 루세타는 자신이 이미 결혼했고 결혼식의 증인이 공교롭게도 바로 헨처드의 지금 가장 큰 채권자와 동일인임을 실토한다. 기가 막힌 헨처드가 아무리 길길이 날뛰며 성을 낸들 이미 모든 것은 엎질러진 물이다.

엘리자베스−제인은 루세타와 파프레가 결혼한 이상 자신이 그들의 집에 있을 수 없다고 생각하고 집을 나온다. 헨처드의 건강이 안 좋아지자 엘리자베스−제인이 찾아와 간병하며 머문다. 헨처드는 근래 사업상의 거듭된 불운과 뜻밖에 드러난 과거사 때문에 신용이 폭락한 결과 결국 파산하고 만다. 그러나 청산淸算을 위한 자리에서 그가 보여준 충직할 정도의 정직성으로 말미암아 사람들은 그의 몰락을 깊이 동정하게 된다. 그는 자신이 한때 내쫓았던 조수아 접의 오두막에 가서 머물며, 한편 파프레는 경매에 붙여진 그의 저택과 점포를 모두 사들인다. 파프레는 자신이 사들인 헨처드의 저택에 그도 들어와 같이 살 것을 권하나 헨처드는 그 호의를 물리친다. 오히려 그는 건강을 회복하자 파프레의 점포에 와서 일용일꾼으로 취직한다. 시내에는 파프레가 차기 시장이 될 것이라는 소문이 돈다. 헨처드는 자신의 21년간의 금주 기간이 끝나자 기다렸다는 듯이 술을 마시기 시작한다. 술이 들어가면 그는 파프레와 루세타에 대한 복수를 다짐한다.

자신과 헨처드의 과거가 계속 켕기는 루세타는 헨처드를 만나 전의 편지 다발을 돌려달라고 다시 부탁한다. 헨처드는 그녀에게 일말의 동정을 느끼고 쾌히 승낙한다. 저녁 무렵 술 한 잔 걸친 헨처드는 편지를 보관해둔 과거 자신의 집—지금은 파프레와 루세타가 살고 있는—으로 찾아가 편지 다발을 꺼내어 파프레가 보는 앞에서 읽어준다. 그러나 정작 글쓴이의 이름을 읽어야 할 때가 되자 그는 차마 그럴 수는 없다고 생각하고 그만둔다. 집에 돌아온 헨처드는 그 편지들을 조수아 접에게 맡기며 대신 가져다주라고 말한다. 그러나 지난번에 자신이 파프레 밑에서 일하고 싶다는 부탁을 거절한 루세타에게 유감이 있는 조수아 접은 술집에 가서 사람들에게 그 편지를 뜯어 읽어준다. 마을의 술꾼들과 아낙네들은 얼씨구나 하고 (추문을 기회 삼아) 당사자들의 모습을 본뜬 인형들을 당나귀에 태우고 다니며 '망신 주는 풍습skimmity-ride'을 실행하기로 합의한다. 술집에 와 있던 한 낯선 남자는 자신도 처음 보는 구경하고 싶다며 찬조금을 낸다. 그는 바로 생전의 수전이 실종된 줄 알고 있었던 뉴슨이었다.

이 즈음하여 왕족(에드워드 왕자)이 카스터브리지를 방문한다는 소문이 돈다. 헨처드는 자신도 시장을 지낸 사람으로서 공식 환영장에 나서고 싶다고 파프레에게 부탁하나 거절당한다. 당일이 되자 옛날대로 시장의 정식 복장을 입고 손에는 국기를 든 헨처드가 환영 행렬 앞으로 갑자기 튀어나가지만 파프레가 나서서 밖으로 밀어낸다. 공개적으로 망신당한 헨처드는 그날 저녁 파프레를 불러내 결투를 신청한다. 자신이 더 힘이 센 것을 자각하고 한 팔을 뒤로 묶은 채로 헨처드는 파프레와 격투를 벌인다. 그러나 드디어 파프레의 목숨이 헨처드의 수중에 들어오게 되자 그는 갑자기 싸움을 멈추고 자신이 무슨 짓을 벌이고 있는지 깨닫는다. 그는 비참한 심경으로 사과의 말을 하며 잘못을 인정하지만 파프레의 용서를 얻어내지는 못한다. 한편 시내에서는 사람들이 헨처드와 루세타의 등신대 인형을 등을 서로 댄 채 묶은 다음 당나귀에 태워 길거리를 돌아다니기 시작한다. 파프레는 시내에 없어 보지 못하나 루세타는 집 창문을 통해 자신의 인형이 돌아다니는 것을 보고 기절한다. 임신 중이던 그녀는 그날 밤 유산하고 목숨이 위태로워진다.

요즘 헨처드는 엘리자베스-제인과 작은 씨앗 가게를 운영하며 먹고살 만한 처지가 된다. 그러나 이 도시에 와 있던 뉴슨은 헨처드의 거처를 알아내어 찾아온다. 엘리자베스-제인이 외출한 사이에 뉴슨이 찾아와 헨처드에게 그녀의 행방을 묻는다. 그러나 헨처드는 지금 모든 인간관계가 끊어진 가운데 유일하게 자신 곁에 남아 있는 그녀마저 잃을까 보아 오래전에 죽었다고 말해버린다. 실망한 뉴슨이 떠나자 자신이 또 무슨 짓을 했는지 깨달은 그는 급히 뒤쫓아 보았으나 이미 그가 탄 마차가 떠난 뒤이다. 한편 유산 후유증으로 루세타가 죽은 뒤 독신이 된 파프레는 다시금 엘리자베스-제인에게 연정을 느끼며 접근해 둘은 헨처드 모르게 사귀고 있다. 어느 날 근교 언덕에 오른 헨처드는 멀리서 뉴슨이 걸어가고 있는 것을 발견한다. 그가 결국 사실을 알았음이 틀림없고 요즘도 엘리자베스-제인과 파프레가 만나고 있는 것을 눈치챈 헨처드는 이 도시를 영영 떠나기로 작정한다. 카스터브리지에 온 지 21년 만에 올 때와 똑같은 처지와 행색으로 그는 아무도 모르는 가운데 이곳을 떠난다. 그러나 그 후 그의 행적은—자신으로도 어쩔 수 없이—카스터브리지와 등거리에 있는 마을들을 떠돌며 품삯 일꾼으로 사는 것이다. 그러던 중 엘리자베스-제인이 결혼한다는 소문을 들은 그는 전에 그녀가 자신의 결혼식에 꼭 참석해달라는 말을 했던 것을 어렴풋이 기억해낸다. 그는 그녀의 결혼식 날에 맞추어 도중에 선물로 홍방울새 한 마리를 사서 들고 저녁 무렵 과거의 자신의 집에 도착한다. 그러나 헨처드가 전에 친부 뉴슨에게 자신은 벌써 죽은 것인 양 말했다는 것을 알고 있는 그녀는 그를 마치 남을 대하듯 쌀쌀맞게 맞이한다. 그녀의 이런 태도에 실망과 충격을 금치 못한 헨처드는 자신이 온 것이 잘못이고 앞으로 다시는 괴롭히지 않겠다며 떠난다. 며칠 후 하녀가 정원에 죽어있는 작은 홍방울새를 발견한 후 엘리자베스-제인은 자신이 너무 인정머리 없이 대한 것을 뉘우치고 남편과 함께 헨처드를 찾아 나서고 어렵사리 헨처드의 예전 일꾼이던 에이블 휘틀을 만난다. (휘틀은 헨처드가 자신에게는 지난날 한때 거칠게 대한 적도 있지만 그가 자신의 늙고 가난한 모친에게 감자며 담배 등을 제공해주었던 은혜를 잊지 못하고 그가 낙백落魄하게 되자 그를 돌본 것이다.) 휘틀은 헨처드가 얼마 전에 자신이 지켜보는 가운데 숨졌다고 말하며, 그들을 그가 마지막을 보냈던 자신의 움막으로 안내한다. 헨처드가 남긴 유서는 그의 성격과 사람됨에 똑같이 어울리는 내용이었다. 즉 자신이 살면서 저지른 잘못들을 가장 혹독하고 준엄하게 처벌하기 위해서라도 이 세상에서 자신을 깨끗이 씻어내듯이 완벽하게 잊어 달라는 요청이었다. 충격과 슬픔에 사로잡힌 가운데 엘리자베스-제인은 가슴 아프지만 그의 지시사항을 그대로 이행하기로 한다.

토머스 하디 소설의 특징

하디는 영문학사에서 차지하는 위치가 독특하다. 그는 노동계층의 배경을 가진 집안 출신으로 영문학 최고의 대가의 반열에 오른 최초의 작가이며, 19세기 근대작가임에도 전통적 뿌리를 갖는 향토색 짙은 문학과 아울러 '서양 고전 비극의 정신과 비전'을 다시 부활시킨 공헌이 있기 때문이다. 이는 그가 석공 출신이지만 열 명 이상의 직공을 거느리는 장인匠人 master으로 결국 성공함으로써 빅토리아 조의 기준에서 볼 때 중간계층으로 상승한 부친을 두었고 또 자식에 대한 남다른 기대를 지닌 어머니가 어린 그를 인근의 가장 고전어(라틴어) 교육을 잘하는 교사가 있는 '그래머 스쿨(공립학교)'에 보냈다는 전기적 사실에서부터 비롯한다. 이는 하디가 후일 성장해 부친보다 한 단계 높은 사회적 계급인 건축사로 사회생활의 첫발을 내딛었고 더 나아가 작가로의 꿈을 품고 습작을 시작했다는 것으로 나타난다. 그는 19세기의 '근대적 열병'인 신분 상승에서 자신도 자유롭지 않았을뿐더러 그의 소설의 주인공들 중에는 신분 상승의 야망을 품은 인물들이 많다는 점에서 당대의 시대적 징후를 포착한 대표적 작가이다.

그는 또한 19세기 말의 아르투르 쇼펜하우어, 프리드리히 니체, 에두아르트 폰 하르트만 등의 이른바 '세기말 사상*fin de siecle*'의 영향을– 동시대의 작가 조지 메러디스, 조지 기싱, 오스카 와일드가 그렇듯이—강하게 받은 세대에 속하며, 이것이 그의 작품 세계에 지대한 영향을 끼쳤다는 것도 주지하는 바와 같다. 그의 소설의 상당수가 당대의 염세적 비관주의의 색채를 띠고 있다는 것은 부정할 수 없으며 또 이런 식으로 그의 작품 세계는 문학사에서 자리매김 되어있다. 그러나 그는 20세 전후해 런던에서 직장생활을 시작할 때부터 혼자 힘으로 때로는 호레이스 멀Horace Moule이란 옥스퍼드 대학 출신의 친구의 도움을 받아 그리스어를 공부했고 그리스 비극을 연구했다.202 그는 작가를 지망하던 초기부터 그리스 비극에 경도傾倒되고 매료되어 고전적 인간관과 성격화를 전범 삼아 모방한 소설을 쓰겠다는 포부를 숨기지 않았다.203 그리고 앞서 보았듯이 멜빌이 자신의 『모비-딕』에 등장하는 노동계급 출신의 주인공이 고전 비극의 주인공 못지않은 기백과 열정을 지니고 있다는 자부심을 보였듯이, 하디 또한 거의 비슷하게 다음과 같이 자신의 『웨섹스 판 작품전집』에 붙인 서문에서 영국의 기층민중 역시 비극의 주인공이 되지 못할 이유가 없음을 주장하였다. "그리스 비극 문학이란 위대한 유산은 '웨섹스'라는 오래된 이름 아래 여기 모아놓은 영국 남부의 예닐곱 개의 군郡보다도 더 넓지 않은 공간에서 그것의 극적인 사건과 행동들이 벌어졌다는 것을 고려할 때, 나는 이 '웨섹스'의 골짜기에서도 여느 유럽의 궁전 못지않은 인간 감정의 강렬함이 메아리치고 있다고 믿는다."204

---

202 Michael Millgate, *Thomas Hardy: A Biography*, p.135−39.

203 Robert Gittings, *Young Thomas Hardy*, p.63−70.

204 "General Preface to the *Wessex Edition of Hardy's Novels*," Julian Moynahan, ed. *The Portable Thomas Hardy*, p.695.

그는 건축사에서 전업 소설가로 변신하여 작가 생활을 시작한 30세부터 마지막 절필작絶筆作을 썼던 55세까지 25년간의 작가 생활 중 14권의 장편 소설과 세 권의 단편 소설집을 냈다. 그중에서 『카스터브리지의 시장』, 『더버빌 가의 테스』 그리고 『이름 없는 주드』는 하디 전문가들 사이에 거의 이론의 여지없이 가장 빼어난 걸작으로 평가된다.[205] 그리고 그 셋 중에서 명백하게 '패배의 서사'로 분류될 수 있는 『이름 없는 주드』를 제외한 나머지 둘은 대표적인 근대의 '비극적 소설'로 여겨진다. 특히 『카스터브리지의 시장』은 그리스 비극의 대명사라고 할 수 있는 소포클레스의 『오이디푸스 왕』의 영향과 흔적이 너무나 뚜렷하다. 우선 주인공 헨처드와 오이디푸스는 둘 다 강력하고 비타협적이며 충직하다는 성격적 특징을 공유하며 외지인 출신으로 시작해서 도시에 대한 공헌으로 최고의 자리에 올라가고, 둘 다 과거의 결혼에 얽힌 비밀의 폭로가 파멸의 계기가 되고 있다. 또 둘 다 각자의 파트너(크레온) 혹은 경쟁자(파프레)는 '대조적' 성격의 인물로 성격화되어 있다. 최후의 유언도 너무나 흡사한 면이 있다.("어느 인간도 나에게 말을 건넬 수 없는 곳으로 나를 보내 달라"라고 오이디푸스는 당부하고 헨처드는 "아무도 나를 기억해 하지 말라"라고 말한다.) 이 영향 관계는 뒤에서 더욱 자세히 논하기로 한다.

『카스터브리지의 시장』은 영국소설의 리얼리즘 전통에 충실하게 당대의 풍습을 반영하고 실태를 담고 있는 점에서 '사실주의 문학'으로서도 손색이 없다. 가령 소설을 시작하는 충격적인 사건인 '아내 경매'는 하디가 "도셋 군郡 연대기Dorset County Chronicle"라는 잡지에서 자신의 아내를 5파운드에 판 노동자의 기사를 읽었다는 데 기초하고 있고,[206] 저명한 마르크시스트 역사가 E. P. 톰슨은 그의 유명한 『민중의 관습Customs in

---

205 Albert Guerard, *Thomas Hardy*, p.159.
206 Merryn Williams, *Thomas Hardy and Rural England*, p.147.

Common』에서 18세기 말에서 20세기 초에 이르는 120년간 영국 전역에서 최소한 300건 이상 이와 같은 사건이 발생했음을 증언하고 있다. 또 하디는 위의 잡지에서 '술을 19년간 입에 대지 않고 성실한 삶을 사는 데 성공한 부랑자 출신의 노동자가 결국 존경할 만한 사업가로 변신했다'는 기사도 읽었다고 한다.207 아울러 이 작품은 기후변화에 따라 국내 곡물 생산의 흉풍이 결정되고 그에 따라 농촌경제의 부침과 급락이 이루어지던 '곡물법Corn Law' 폐지 이전 시대의 농촌 상像을 그대로 재현하고 있다. 그러나 이 작품에 대한 출판 당시의 평가는 "흥미를 끄는 점이 거의 없는 실망스러운 작품"이라거나 "이교적異敎的 사고와 유행하는 염세주의가 넘쳐나는 작품"이라는 등 호의적인 것과는 거리가 멀었다고 한다.208 이런 당대의 평가가 무색하게 20세기에 들어와 대부분의 평자들은 이 작품이 고전 비극의 강렬함과 장엄함을 가장 잘 재현한 작품 중의 하나로 보는 데 동의한다.209

주인공 마이클 헨처드의 성격화: '공격적 조울증'

주인공 헨처드는 작품의 부제인 "강력한 성격을 가진 한 남자의 이야기A Story of a Man of Character"가 가리키는 대로 거칠고 투박하나 진정한 관대함과 따뜻함을 지니고 있고 동시에 타고난 끈질기고 강인한 생명력으로 그에게 닥치는 안팎의 곤경과 시련을 감당해내는 인물로 형상화되어 있다. 그는 비록 열정적이고 충동적인 면이 두드러지지만 근본적 선의와

207　Paul Turner, *The Life of Thomas Hardy*, p.92.

208　Turner, p.93.

209　Richard Carpenter, *Thomas Hardy*, p.104-9; John Patterson, "*The Mayor of Casterbridge as Tragedy*," A. Guerard, ed. *Thomas Hardy: Twentieth Century Views*, p.91-7; Roger Ebbatson, Thomas Hardy's *The Mayor of Casterbridge*, p.15-37.

굽힘 없는 정의감 및 의리와 신의를 보여주기 때문에 아리스토텔레스가 말한 '장대한 영혼*megalopsychia*'의 소유자로 볼 수 있고, 어떤 평자가 말하듯 '질박質朴한 위엄humble grandeur'을 지닌 자라고 말할 수 있다.210 우리말로 '호방뇌락豪放磊落'하다는 것이 그를 표현하는 적절한 말이라고 여겨진다. 작품 가운데 그는 "화산," "폭풍 속의 거목," "울타리를 부수고 나오는 황소," "호랑이," "사자" 등의 자연물들로 비유되고 있다.

그러나 그는 숱한 장점에도 불구하고 성격상의 치명적인 약점으로 말미암아 거듭된 실수를 저지르고 불운을 불러들인 결과 결국 파멸하게 되는—즉 자신 안에 몰락과 파멸의 씨앗을 품고 있는—전형적 '성격비극'의 주인공이다. 그의 성격적 결함은 '충동성'이 언제나 '분별심'을 누르고 이긴다는 데 있다. 그는 항상 감정의 폭발과 분출이 먼저 있고 그 뒤에야 때늦게 이성과 분별심이 찾아오는, 즉 요즘 말로 '분노조절 장애증'을 갖고 있는 것이다. 우리 속담의 '미련은 먼저 나고 슬기는 나중 난다'는 말이 가리키는 것과 비슷하다. 그러나 이는 곧 현실적으로 그에게 인간관계에 있어서나 사업운영에 있어서 막심한 실패와 손실을 초래하게 만든다. 그러면 그는 또 이런 실패와 손실 앞에서 극도의 우울감에 사로잡히고 자기비하적 감정에 빠지게 된다. 이렇게 공격성과 우울증 사이를 끊임없이 왕래하는 '불안정성'을 보이는 것은 일반적으로 '분노조절 장애'를 갖고 있는 사람들이 보이는 현상이지만, 헨처드의 경우에는 이것이 좀 심하여 하나의 뚜렷한 '성격적 패턴'을 이루고 있고 그의 생애를 통해 '반복 강박적'으로 나타나고 있는 것을 볼 수 있다.

일찍이 프로이트는 밖으로 표출되는 공격성향이 저지되면 안으로 향하여 자기파괴성 즉 '죽음의 본능'으로 바뀐다고 설명했고, 그의 제자인 알프레트 아들러는—죽음본능보다는—우월감과 자존감을 보강하고

---

210 Irving Howe, *Thomas Hardy*, p.101.

강화시키려는 '신경증적 대처'로 나타나는 것으로 파악했다. 그러나 현대 심리학과 정신분석학에서는 이런 성격 구조를 '폭발성 인격장애' 혹은 '충동조절 장애'로 진단하며 더 정확하게는 '공격적 조울증'으로 표현한다.[211] 전문가들은 공격적 조울증을 지닌 자들의 특징은 자기중심적이고 자기존중감이 강하며 이는 이른바 '매닉-디프레시브manic-depressive'라고 알려진 우월감과 열등감이 교차 발생하는 증상으로 나타난다고 한다. 그런데 강렬한 자존감은 동시에 강렬한 열등감의 '반동형성反動形成'이거나 그것과 동전의 앞뒤 관계에 있기 쉽다. 그래서 이런 성격 구조를 지닌 자는 매사를 너무나 감정적으로 대하기 때문에 애정의 좌절이나 상실을 겪으면 즉시 강렬한 열등감과 자기 비하감의 노예가 되어버리는 것이다. 이들은 그리하여 극단과 극단을 오가는 성격 특징을 보이며, 가장 강력한 자이거나 가장 비참한 자 중의─ 달리 말해 살해와 자살 중의 ─ 하나가 될 따름이고 중간은 없다고 한다.[212]

그러면 헨처드의 공격성의 배후와 원인은 무엇인가? 이는 첫 장면의 간이식당에서 그가 취중醉中 광기에 사로잡혀 외쳐대는 혼잣말 가운데서 그것의 분명한 실마리를 찾을 수 있다. "나는 바보같이 열여덟 살에 결혼하는 바람에 지금 내 꼬락서니가 되고 말았다…… 지금 내 수중에는 채 15쉴링도 안 되는 돈밖에 없지만 이래 뵈도 내 분야에선 솜씨 있는 장인이란 말씀이야. 건초 사업에 있어 영국 전체에서 나를 이길 자가 있으면 나와 보라고 해. 내가 만약 다시 자유로운 몸이 되면 맹세컨대 연 3000파운드는 버는 인간이 될 수 있다는 말이다."[213] 말하자면 헨처드의 심중

---

211 Rosemary Sumner, *Thomas Hardy: Psychological Novelist*, p.57-69.

212 Sumner, p.72-7; 하디의 헨처드의 성격화는 20세기 중엽 알프레트 아들러, 콘라드 로렌츠, 앤소니 스토 등의 정신분석학자들이 규정하고 정리한 '폭발적 인격장애'를 문학으로 재현한 것으로 학문적 이론화보다 70년 앞서는 통찰로 여겨진다.─Sumner, p.67.

213 본문 인용은 다음의 노튼판에서 필자의 번역으로 한다. Thomas Hardy, *The Mayor of Casterbridge*(A Norton Critical Edition), James K. Robinson, ed, p.7.

에는 만만치 않은 출세욕과 성공욕이란 야심이 잠복하고 있었고 이것이
좌절되자 술김에 '공격욕'으로 표출되었으며, 이는 마침내 처자식을 경매
에 붙이는 패륜무도悖倫無道한 행위로 나타난 것이다.

애정과 야심

그러나 강력한 정념과 의지를 지닌 헨처드의 '공격적 조울증'은 양날
의 칼과 같은 '양면성'을 갖고 있다는 것이 드러난다. 그의 공격성은 일단
그가 홀몸의 자유로운 처지가 되자— 즉 '애정'을 희생하자—그것의 부정
적 측면이 아니라 긍정적 측면이 나타난다. 다시 말해 그의 공격욕은 이
제 자신이 아니라 세상을 향한 것으로서 이는 강한 의지력과 추진력으로
탈바꿈하여 '야심' 충족의 길로 나아가게 한다. 그래서 아내 매각 후 소
설에서 다루어지지 않은 19년 동안 그는 강력한 의지력과 뚝심으로 사
업에 매진한 결과 한갓 건초 베는 일꾼에서 건초상 나중에는 곡물상으로
대성하고 급기야는 시장의 지위에까지 오르게 된다. 그러나 소설의 진정
한 액션이 시작되는 제2장에서 사라졌던 아내와 딸이 다시 나타나고 카
스터브리지 시를 지나가다 헨처드에게 발목이 잡혀 주저앉게 된 파프레
가 소설의 조연급 인물들로 등장하게 되면서부터 그의 삶은 '반전'을 겪
기 시작한다. 이는 그가 억제하고 무시했던 그의 감정적인 측면이 전면
으로 등장하게 되기 때문이다. 즉 그가 자신의 '야심'의 성취를 위해서 억
압하거나 숨겨온 '애정'을 다시 삶의 전면으로 부상浮上시킨 결과이다. 그
는 아내를 팔아 치운 후– 이는 법률적으로 원인 무효의 행위이므로– 밖
에서 보아 결혼을 한 것도 안 한 것도 아닌 모호한 상태에 놓인다. 그는
이로 인한 고독과 공허감을 메우기 위해 저지 섬에서 장사할 때 알게 된
루세타란 여인과 잠시 사귄 적이 있다. 작가가 말하듯 그는 원래 "누구든
자신의 뜨거운 애정을 쏟아부을 대상이 있어야 하는 인간"이었기 때문이

다.[214] 그의 말에 의하면 "지옥의 암흑과 같은 우울감"에서 벗어나기 위해서였다고 한다. 그러나 공교롭게도 루세타와의 관계를 재개하려 할 즈음 죽은 줄 알고 있었던 아내와 딸이 난데없이 재등장하게 된다. 그러자 그는 자신이 과거에 저지른 비행非行을 바로잡아야 한다는 정의감이 명령하는 대로 루세타와 절교하고 수전과 재결합한다. 그러나 재결합하여 같이 살게 된 지 얼마 되지 않아 그녀마저 병들어 죽게 된다. 그가 다시 공허감에 시달리던 중 마침—부자 친척이 죽으며 남긴 유산을 물려받은—루세타가 카스터브리지로 이사 오며 그에게 연락을 취해오는 일이 발생한다. 그러나 그가 반색을 하며 찾아가자 뜻밖에 루세타로부터 지금은 바쁘다며 다음날 다시 와달라는 얘기를 듣는다. 자존심이 상한 헨처드가 차일피일하는 동안 루세타는 파프레를 알게 되고 이 둘은 연인관계로 발전하게 된다.

'야심'을 위해 '애정'을 희생시키고 20년 가까이 분투노력한 결과 시장의 지위에까지 오른 헨처드는 작품의 액션과 사건이 본격적으로 시작하는 소설의 제3장부터 이번에는 '야심'보다는 '애정'을 위해—즉 내면의 공백을 메우기 위해—살아가는 듯한 모습을 보인다. 그는 우선 우연한 기회에 자신에게 호의를 베푼 파프레를 붙잡아서 자신의 측근으로 채용하고 다른 한편 다시 나타난 아내 수전과 재결합한다. 그러나 아내가 병사한 뒤 역시 재등장한 루세타에게 희망을 걸어보지만 그녀는 더 젊고 온건한 성격의 파프레에게 애정을 느끼고 헨처드는 결국 둘이 맺어지는 것을 목격한다. 또한 아내가 죽은 후 딸 엘리자베스 제인에게 자신이 친부임을 확인시키려는 그의 시도는 오히려 그녀가 친딸이 아니라는 사실만 폭로시킨다.

이렇게 내면의 공허를 메우기 위한 시도들은 성급한 그의 성격과 불운

---

214 Hardy, *The Mayor of Casterbridge*, p.95.

등이 겹쳐 하나씩 하나씩 좌절되거나 실패로 끝난다. 더구나 이런 애정 생활의 여의치 않음과 더불어 그의 사업도 기울기 시작하여 그의 조급증이 가져온 무리한 투자는 결국 파산으로 이어진다. 우리는 위의 네 명의 인물들이 동시에 등장하는 제3장으로부터 작품이 끝날 때까지—시간적으로 6년의 기간 동안—그가 소설이 시작할 때 맨 처음 보여주었던 '공격적 조울증'이라는 부정적인 면으로 다시 되돌아가 있는 것을 보게 된다. 즉 애정을 상실하게 되거나 지위 혹은 재산을 잃게 되면 그의 공격욕은 곧 강렬한 '자기파괴욕'으로 바뀌게 되며, 그는 끝내 자신의 파멸을 향해 나아가는 모습을 보인다.

작품의 '중심적 갈등/긴장'은 무엇인가

헨처드는 내면이 심히 '분열된' 인간이다. 그는 자신의 우월감에서 비롯되는 '공격성'과 공격성이 좌절되었을 때 엄습하는 열등감이 가져오는 '우울증' 사이를 시계추처럼 오가는 성격을 지니고 있기 때문이다. 그래서 우리는 작품의 초입에서 그 내면의 갈등이 술을 매개로 해서 강력한 공격성으로 표출되었고, 이는 아내 매각이라는 그의 삶에 있어 가장 파괴적인 행동으로 나타나는 것을 목격했다. 여기서 죽에 불법적으로 밀주를 섞어 파는 노파는 『맥베스』의 첫 장면에 등장하는 마녀들과 같은 역할을 한다고 볼 수 있다. 즉 그녀는 헨처드 내면의 출세욕을 부추겨서 맥베스의 던컨 왕 시해와 같은 패륜적인 행위를 하도록 충동질했기 때문이다. 물론 그녀의 역할은 헨처드 내면에 용솟음치는 욕망을 외면화시켜주는 매개나 촉매의 기능에 국한되며 —마치 맥베스 자신의 '날뛰는 야심vaulting ambition'을 행동으로 옮기도록 충동하는 것이 마녀들의 역할이었듯— 행동의 주체는 당연히 헨처드 자신이다.

따라서 작품의 중심적 갈등은 헨처드 '내면의 갈등'이며 이는 그의 '충동적 성격'과 '이성의 명령' 사이의 갈등이다. 작품은 줄곧 그의 '이성에 대한 감정의 우위'의 예들로 사건과 액션이 구성되는 것을 보여준다. 15장에서 잠꾸러기 종업원 에이블 휘틀을 놓고 벌어진 파프레와의 대립에서 헨처드가 망신당하는 것으로부터 시작해서 16장에서 축제 때 파프레와의 경쟁에서 밀려 웃음거리가 된 후 그를 즉석에서 해고하고 곧 뒤늦은 후회를 하는 것. 21장에서 엘리자베스-제인이 친딸이 아닌 것을 알고 그녀를 구박한 결과 집을 나가려 하자 후회하며 만류하나 이미 그녀의 마음은 떠난 후라는 것. 23장에서 루세타가 그를 초대한 뒤 찾아가자 다음날 다시 오라고 하여 자존심 상한 헨처드가 며칠 가지 않은 사이 루세타는 파프레를 만나게 되고 둘이 첫눈에 반하게 되는 것. 26-7장에서 예언가의 말을 듣고도 그는 일기가 나쁠 것이란 예언과 달리 화창한 날이 계속되자 제풀에 견디지 못하고 대량으로 사놓은 곡물을 헐값에 처분하게 되어 막심한 손해를 보게 된 것. 38장에서 왕족의 방문이 있을 때 일부러 식장에 뛰어들어 훼방을 놓은 결과 파프레에게 공개적으로 모욕을 당한 것. 모욕을 설욕하고자 결투를 신청하고 정작 싸움에서 이기게 되자 즉시 후회하고 사과하나 이미 상대의 마음은 돌아선 후라는 것. 43장에서 뉴슨이 찾아왔을 때 엘리자베스-제인을 놓치지 않으려고 충동적으로 거짓말을 하고 또 즉시 후회하나 뉴슨은 이미 떠나버린 후라는 것 등. 이 모든 것들이 헨처드의 내면의 분열과 그로 인한—반복 강박적인—'공격적 조울증'의 징후를 보여주는 것이다.

헨처드와 파프레

제2장에서 파프레가 출현한 이후 헨처드의 내면적 분열/갈등은 그와 파프레 사이의 긴장/갈등으로 외면화되는 측면이 있다. 그의 내면 갈등이 '밖으로 표현된' 것이 곧 파프레와의 갈등인 것이다. 그는 따라서 이

제부터 줄곧 '이중의 갈등'을 겪는다. 둘은 출신 배경과 나이, 용모 및 성격이 대조적으로 다른 만큼 모든 면에서 서로 '대척對蹠적' 위치에 서 있다. '파프레Farfrae'라는 이름 자체가 '싸움에서 멀리 떨어져 있는'(far from fray) 자라는 뜻이다. 가령 헨처드가 감정, 비합리, 가부장적 전근대성, 인정과 의리를 상징한다면 파프레는 이성(절제), 실용, 합리적 근대성, 타산과 실리를 상징한다. 처음부터 둘의 관계는 헨처드의 "열렬한 애정tigerish affection"에 비하여 파프레는 예의나 상식의 수준에서 대응하는 것으로 나타난다. 파프레는 언제나 침착하고 사려 깊게 행동하는 실리주의자여서, 사랑과 사업이 경합을 벌일 때면 주저 없이 사업을 앞세우며 감정이 앞서는 법이 결코 없다. 둘의 경쟁agon의 장이 시장市場이라 할 때 헨처드는 처음부터 그의 적수가 되지 못한다. 그러나 정확히 말해서 파프레의 승리는 헨처드가 스스로 흘리고 잃어버리는 것을 주워 담는 것이지 파프레가 일부러 빼앗는 것이 아니다. 그는 인간적 신의를 지키고 선의를 보이는 측면도 있어서 가령 독립하여 사업을 시작할 때 자신의 상사이던 헨처드의 거래처를 건드리지 않으며, 헨처드가 파산하여 재산을 처분할 때 그것들을 사들여 그에게 돌려줄 생각도 한다. 그러나 그가 자신의 아내가 된 루세타가 헨처드와의 과거가 폭로될까 두려워 도시를 떠나자는 요청에 동의하고 나서 시장에 추대되자 덥석 받아들이며 이사 가는 것은 없던 일로 하는 것은 이해할 수 있다 하더라도, 늘 "그립고 그리운 고향"이라고 입에 올리는 스코틀랜드는 한 번도 방문할 생각을 하지 않는 것은 그가 얼마나 '현실적'인 인간인지 말해준다. 또 마지막에 헨처드의 행방을 찾아 지방에 내려와서 하루를 더 묵게 되자 여관비가 아까워 돌아가려 하는 등 스코틀랜드인다운 '인색함'을 보인다.

하디가 파프레를 등장시킨 이유는 명백하다. 즉 그는 헨처드의 성격과 행동 및 삶의 역정이 두드러지도록 하기 위한 '포일foil' 곧 대조적 인물로 작가에 의해 창조된 것이다. 그도 역시 루세타의 죽음으로 첫 결혼에 실패하고 고통받는 면이 있으나 그는 그것을 비교적 수월하게 극복하며 더욱이—장차 불행하게 될 결혼이었다는 식으로—정당화하는 모습을 보인다. 그는 작품의 끝에서 엘리자베스-제인과 재혼하며, 사랑과 야심의 양면에서 모두 승리함으로써 헨처드와 완벽하게 대척점에 서게 된다.

'비극적 주인공'으로서 헨처드의 정직성, 정의감 및 명예심

헨처드는 자신의 공격성 조울증으로 말미암아 무수한 사회적 실패와 좌절을 맛본다. 그는 요즘 말로 이른바 전형적 '루저'이다. 그러나 그를 '비극적 주인공'으로 거듭나게 만드는 것은 그가 본유적으로 지닌 선의善意, 특히 자신의 파멸과 맞바꿀지도 모르는 굽힘 없는 정직성으로 나타나는 '투철한 정의감'을 보여주고, 책임감에 입각한 '진정한 명예심'을 고집스레 주장하기 때문이다. 그의 근본적 선의와 명예심은 앞서 말했듯이 수전이 다시 나타났을 때 비록 애정은 저지에서 사귄 젊은 여인 루세타에게 가 있을지언정 우선권을 가진 수전과의 재결합을 단호하게 추진하는 모습에서 볼 수 있다. 작가는 "나중에 나타났으나 자신의 애정이 향하는 여인[루세타]을 희생하여 우선권을 가진 이 여인[수전]에 대해 엄격한 기계적 정신을 갖고 재결합하는 일에 스스로를 단호히 훈련시키는 것 같았다"고 말한다.[215] 수전이 죽은 뒤에는 루세타가 과거에 자신과의 관계 때문에 입었다는 불명예를 보상해주기 위해—물론 말은 그렇게 하지 않으나 애정이 더 근본적인 이유인 것은 누가 봐도 명백하지만—그녀와의 결혼을 추진한다. 그러나 루세타가 자신을 배신하고 파프레와 결혼한 후 둘 사이에 오고 간 편지들을 돌려달라고 하자 그 편지들을 파프레 앞에서 읽어 보이지만—역시 앞서 말했듯이—그의 '명예심'은 그 필자가 루세

---

215 *The Mayor of Casterbridge*, p.63.

타인 것은 차마 밝히지 못하게 만든다.

그러나 그의 정직성이 가장 돋보이는 부분은 20년의 세월이 지난 뒤 역시 재등장한 밀주 팔던 노파가 심술궂게도 그의 과거의 비행을 폭로했을 때 그것이 사실임을 공정하게 시인하는 장면이다. 동석한 경관이 날조된 얘기로 치부하며 노파를 제지하자 그는 "아니오. 그 말은 사실이오. 저 밝은 대낮처럼 숨길 수 없는 사실이오. 그리고 그 말은 맹세컨대 사실 내가 그녀보다 조금도 나을 것이 없다는 것을 말하는 것이오. 그녀에게 보복적 판결을 내릴 낌새나 가능성을 없애기 위해 나는 여러분에게 그녀를 맡기겠소"라고 말하고 자리를 떠난다.[216] 그가 만약 이기적인 인간이었다면 이 상황에서 노파의 발언을 경관이 그러듯이 미친 헛소리로 묵살해 버리고 그대로 재판을 진행할 수도 있었을 것이다. 그러나 그의 다함 없는 '정의감'은 그것을 용인하지 않는다. 이것은 마치 오이디푸스가 한마디만 더 목자牧者의 증언을 허용하면 자신의 삶이 파멸할 것을 알면서도 마지막 증언을 하게 하는 것과 같다고 할 수 있다. 노파의 고발은 그러나 바로 그 전날 헨처드가 결혼 약속을 받아낸 루세타의 변심을 가져오고 이것은 결과적으로 재정적 위기 상황에서 그녀의 도움을 얻지 못하게 만들어 그의 파산으로 이어지게 된다. 그는 파산을 당해서도 한 점 의혹도 없이 공정하고 자기희생적으로 처신하여 채권자들의 피해가 최소화되도록 애쓴 결과 그들을 도리어 감탄하도록 만든다.

"파산위원장은 헨처드에 대해 '비록 그는 파멸적 상황에 몰리고 말았지만 나는 그보다 더 정직하게 행동한 채무자를 만나본 적이 없다는 것을 고백합니다. 그가 제출한 기록과 장부에는 어떤 회피나 은폐의 흔적도 찾을 수 없었습니다. 거래에 있어서 그가 보인 무모함이 이런 불행한

---

216 같은 책, p.155.

결과를 초래했다는 것은 명백합니다. 그러나 내가 살펴본 바에 의하면 어느 누구에게도 부당한 피해가 돌아가지 않도록 그가 모든 조치를 다 취했다는 것 또한 분명합니다'라고 말했다.”[217]

소설의 맨 마지막에서 사회적 생존을 위한 인간관계의 거의 모든 것을 잃은 헨처드는 오직 엘리자베스–제인과 양부養父로서의 관계만 유지할 수 있다면 다른 고통 따위는 문제가 되지 않는다고 스스로 다짐하며 최후의 희망을 걸고 그녀의 결혼식에 찾아간다. 그러나 진실을 알게 된 그녀의 쌀쌀맞은 냉대에 부딪히자 그는 “오만한 우월감을 지닌 모습으로……다시는 괴롭히지 않겠으니 더 이상 괘념하지 말라. 내 잘못을 알았다”라고 아무 변명의 말도 늘어놓지 않고 그 자리를 뜬다.[218] 그의 자존심과 명예심은 결코 그간의 상황과 내막을 말하여 동정과 이해를 구하는 것을 허용하지 않는 것이다. 여기서 만약 그가 전에 뉴슨에게 거짓말을 한 것은 그녀를 잃어버리지 않으려는 순간적인 충동에서였다는 둥의 변명을 늘어놓았다면 그녀는 용서했고 그리하여 그는 상심한 나머지 죽음에까지 이르지 않았을지 모른다. 이렇게 헨처드는 자신의 파멸을 뜻할지도 모르는 우직할 정도의 정직성과 명예심을 고수한 나머지 사회적, 경제적 몰락 및 그에 뒤따른 심정적 파탄을 자초하게 된다.

'도덕적 질서'의 필연성

그러나 헨처드의 이 모든 정직하고 명예로운 반응과 행동 가운데는—특히 재판정 사건과 엘리자베스–제인에게 보인 태도는—우리가 앞서 분

---

217   같은 책, p.168.
218   같은 책, p.250.

석하고 살펴본 그의 본유적 '공격성'의 발로로 해석할 수 있는 측면이 있다. 즉 그의 자존심이 상처 입었을 때 그가 본성적으로 드러내는 공격성이 외부로 향하는 것이 아니라 자신에게 향하는 자기파괴적 욕구로 바뀌었다는 것이다. 그러나 이는 외면적으로는 정직하고 명예롭게 행동하는 것으로 나타난다.

한편 이런 헨처드의 정직하고 명예로운 행동들이 그의 파멸에 크게 기여하는 것은 사실이지만, 그것들이 파멸의 직접적이고 근본적인 원인과 이유는 아니라는 것도 분명하다. 그의 '원죄' 즉 파멸의 뿌리는 훨씬 깊고 먼 곳에 있으며 작품 가운데 등장하는 모든 후속 사태들은 그 원죄나 뿌리로부터 필연적으로 연역演繹되어 나오는 것이기 때문이다. 헨처드의 원죄는 '공격적 조울증'이라는 그의 특징적 성격이 불러일으킨 최초의 사건으로서, 바로 소설의 주요 액션들이 시작하기 오래전에 발생한 '아내 매각 사건'이다. 이 사건은 플롯의 '핵심적 발단'을 제공하며, 이 사건 이후의 액션의 전개과정은 일종의 '원형구조'를 이루는 것이고, 헨처드는 이 원형구조에서 빠져나오지 못 한다.[219] 사실 따져보면 그의 아내 매각은 이 작품에서 그의 유일하고 명백한 '도덕적 과오moral fault'라고 할 수 있다. 비록 인사불성의—근래의 표현으로는 심신미약—상태에서 저질렀으나 이는 어떤 '우주의 근본적인 도덕 질서'를 유린하고 훼손했다는 점에서 오이디푸스의 근친살해와 근친상간 혹은 리어의 코델리어 배척, 맥베스의 던컨 시해 등에 비견할 만한 것이다.[220] 고전 비극에서 이런 기본적 질서의 붕괴는 전에도 여러 번 언급했듯이 행위자의 완전한 파멸로서만 회복되고 복구된다. 그리스 비극의 주인공이 저지른 '휘브리스(오만)'는 '아낭케(필연성)'의 법칙에 따라 '네메시스(응징)'에 이르게 된다. 밀주 파는

219 Ebbatson, p.23.

220 Patterson, p.348-63.

노파가 다시 돌아오기까지 20년의 세월은 단지 처벌의 '유예기간'에 지
나지 않았다는 것이 드러나는 것이다. 본 액션이 시작하는 제3장에서 영
원히 사라진 줄 알았던 처자가 복귀하는 것은 도덕적 질서의 '자기 회복
의 기제機制'가 벌써 작동하기 시작했다는 것을 뜻한다. 인간이 자신의 성
격으로부터 달아나지 못하는 것처럼 그는 자신의 과거로부터도 달아나
지 못하는 것이다. 제3장 이후 소설의 주된 액션들은 모두 헨처드가 처
음 뿌린 업보에서 비롯되는 것으로 프로이트가 『꿈의 해석』에서 말한 '억
압된 것의 귀환the Return of the Repressed'이란 바로 이런 것을 가리킨다.221

그의 사업이 파프레와의 강약이 부동不同인 식의 경쟁으로 인해 기울
어가기 시작할 때(제28장) 다시 나타난 죽 팔던 노파의 증언은 위에서 말
했듯 그의 사업상의 신용과 위신에 치명상을 입힘으로써 그의 파산에 결
정적 기여를 한다. 아내 매각 현장의 마지막 관련자인 뉴슨은 딸을 찾으
러 본격적으로 제41장에 등장하기 이전에 역시 앞서 말했듯이 술꾼들이
'피터스 핑거' 술집에서 '스키미티 라이드'를 공모하고 있을 때 이미 흘깃
모습을 드러낸다.222 사회적 신망과 가정적 애정 모든 것을 잃은 헨처드
가 이제 비로소 엘리자베스–제인과 관계를 회복하려 할 때 느닷없이 뉴
슨이 나타나자 앞서 봤듯이 그는 충동적으로 거짓말을 하여 돌려보낸다.
그러나 언제 다시 나타날지 모르는 그를 기억하며 헨처드는 하루하루를
마치 바늘방석에 앉은 듯 전전긍긍하며 살아간다. 그러나 뉴슨이 단순
솔직한 선원답게 그의 말을 곧이곧대로 믿고 나타나지 않을 가능성에 헨
처드는 한 줄기 희망을 걸어본다. 그러던 중 요즘 다시 엘리자베스–제인
에 접근하는 듯한 파프레를 정탐하고 확인해보기 위해 헨처드가 도시 근
교의 언덕에 올라 망원경을 들여다보는 순간 그의 시야에 들어오는 것은

221　지그문트 프로이트, 『꿈의 해석』, 장병길 역, 을유문화사, p.116.

222　*The Mayor of Casterbridge*, 제36장.

뉴슨이다.[223] 과거는 결코 완전히 사라지지 않는 것이다. 소설은 그것이 반드시 복귀한다는 것을 반복적으로 증언한다. 뉴슨도 자신과 수전과의 관계에—즉 그녀에게 둘의 관계가 위법하다는 진실을 숨겼으나 결국 들통이 났던 사실에—대해 헨처드에게 들려주며 "그러나 때는, 때는 반드시 돌아옵니다"라고 말한다.[224]

그런데 아내 매각 행위의 관련자들의 복귀가 이렇게 하나씩 완성되어 가면서 헨처드의 파멸도 점차 완성되어 간다. 도덕적 질서의 복귀는 공포스러울 정도로 엄격하고 가차 없다는 것이 드러나는 것이다. 그것은 헨처드의 그간의 보상과 만회를 위한 노력을 수포로 돌리며, 그의 인간적 장점과 매력을 압도하고 결국 그의 발목을 잡아당겨 완전한 파멸로 이끄는 것이다. 작품의 기본적 플롯은 이렇게 주인공이 사로잡혀 끝내 헤어 나오지 못하는 '원형적 구조'에 있으며, 이는 마치 말뚝에 사슬로 연결된 죄수가 제아무리 도망쳐도 주변을 맴돌 뿐 결코 달아나지 못하는 것과 같다. 이 '필연성'이 바로 이 비극적 소설이 보여주는 궁극적 공포이다. 동시에 이 필연성은 작품의 최대의 '비극적 아이러니'를 구성한다. 말하자면 헨처드가 자신의 야심을 위해 가족이라는 굴레를 벗어나기 위해 했던 '해방'의 행위가 결국 그를 끝까지 발목을 잡아 파멸의 구렁텅이로 끌고 들어가는 '예속'의 굴레로 작동했다는 것이 입증된다. 즉 그가 처음 아내 매각이란 행동을 통해 '애정'을 버리고 '야심'을 추구한 것이 그의 가장 큰 과오였다는 것을 뼈저리게 깨닫게 되는 것이다. 그는 소설의 끝에 가까운 제43장에서 20년 전에 처음 카스터브리지에 왔을 때의 혈혈단신의 모습으로 돌아가 이 도시를 떠나면서 "만약 그 아이(엘리자베스-제인)만 내 곁에 있어 준다면, 걔만 있다면 힘든 노동일 따위는 내게 아무것도 아

---

223 같은 책, 제41장.
224 같은 책, p.223.

닌데!"라고 혼잣말을 내뱉는다.[225] 말하자면 성공이나 지위가 아니라 인간의 애정이 인간을 살게 하는 힘이란 것이다. 이런 '비극적 인식'은 앞서 쥘리앵 소렐이나 히스클리프도 동일하게 보여주는 것으로 근대비극이 드러내는 공통적 주제라고 할 수 있다.

'성격'은 '운명' 또한 '운명'은 '성격'

그러나 가차 없이 죄어오는 운명의 파괴적 힘—즉 '도덕적 질서의 복귀'가 수반하는 응징— 앞에서 헨처드가 보여주는 '반항적 인내심(defiant endurance, 96)'과 영웅적 투지는 이 고통스런 작품을 이끌어가는 중심적 추진력이자 기본적 긴장을 제공해준다. 수전의 편지를 통해 유일한 혈육이라고 믿었던 엘리자베스–제인이 뜻밖에 친딸이 아님이 밝혀지자 그는 자신에게 "이 정도의 고통은 아무것도 아니야"라고 말하며, 작가는 이어서 "고통과 비참은 그에게 반항적 인내심만을 가르쳐주었다"고 말한다. 마지막에 뉴슨의 복귀가 완전해지자 그는 카스터브리지를 떠나며 "추방자요 방랑자의 신세로 카인처럼 홀로 떠난다. 그러나 나의 처벌은 내가 능히 견뎌낼 수 있다"고 말한다.[226] 이는 오이디푸스가 자신의 두 눈을 찌른 후 코로스 앞에 나타나서 "내 고통은 나만이 견딜 수 있다"라고 하는 말의 메아리처럼 들린다. 거듭된 불운의 타격과 자신의 업보業報가 가져온 응징 앞에서 그를 버티게 해주는 것은 특유의 끈질긴 생명력과 반항적 인내심(틀레모쉬네*tlemosyne*)이다. 그는 배우고 아는 것의 힘이 아니라 오직 '정념의 힘(튀모스)' 즉 타고난 '성격의 힘(에토스)'으로 버티고 서 있는 자이기 때문이다.

그리고 그는 소설의 과정을 통하여 그로서 할 수 있는 일을 다 하며,

---

225 같은 책, p.239.
226 같은 책, p.239.

그의 인간적 가능성이 모두 소진消盡되었을 때 파괴되는 것이다.[227] 역사적 인물로 그와 비슷하게 미천한 출신 배경으로부터 시작해 타고난 능력과 의지력으로 18세기 한 세기에 걸쳐 최고의 문인의 반열에 오른 새뮤얼 존슨이 자신의 전기 작가 제임스 보스웰에게 한 "나는 정복될지언정 무릎 꿇지는 않겠다"라는 말이 헨처드의 표어가 될 법하다.[228] 그는 앞서 말했듯이 마지막에 수양딸 엘리자베스-제인과 화해하고 양부로서의 그의 애정을 확인시키기 위해 그녀의 결혼식 날에 맞추어 찾아 가지만 오해로 인해 이미 마음이 식어버린 그녀의 쌀쌀맞은 박대를 당한다. 그러나 이미 보았듯이 그는 그 나름의 곡절을 털어놓으며 용서를 구하려 하지 않고 모든 것이 '자신의 잘못이라고' 인정하고 다시는 '자신 때문에 괴로울 일은 없을' 것이라는 말만 남기고 떠난다.

미국 뉴욕대의 저명한 역사학 및 정치학 교수였던 시드니 훅은 "그저 살아남는 것이 유일한 목적이므로 무슨 짓이든 서슴지 않는 인간은 이미 자신의 오명汚名의 묘비명을 쓴 것과 다름없다. 왜냐하면 그에게는 잔명殘命을 보존하기 위해서 집어던지지 않을 어떤 명분도, 저버리지 않을 어떤 인간도 남아 있지 않을 터이기 때문이다"라는 말을 남겼다.[229] 우리가 봤듯이 헨처드는 살아남는 것 자체가 목적이 아니라 인간답고 명예롭게 살아남는 것이 목적인 인간이다. 수양딸과의 최후의 화해의 시도가 참혹하게 실패로 돌아간 뒤 그는 다음과 같은 유서를 남기고 자진自盡하듯이 죽는다. "엘리자베스-제인에게 나의 죽음을 알리지 말라, 또는 나 때문에 괴롭힘 당하게 하지 말라. 나를 성스러운 땅에 묻지 말라. 묘지기는 내 장례에 조종을 울리지 말라. 어느 누구도 나의 죽엄을 보게 하지 말라.

227　Irving Howe, *Thomas Hardy*, p.92.

228　Louis Kronenberger, ed., *The Portable Johnson and Boswell*, p.290.

229　Sidney Hook, *Out of Step: An Unquiet Life in the 20 the Century*[1985].

어떤 조문객도 나의 장례에 참석하지 못하게 하라. 나의 무덤에 꽃을 심지 말라. 어느 누구도 나를 기억해 하지 말라. 이상에 쓴 것에 나는 서명하노라. 마이클 헨처드."230 231

이 유서를 읽은 엘리자베스-제인은 뒤늦게 자신이 품었던 오해와 단견을 뉘우치지만 그 "지시사항이 헨처드의 전 생애를 만든 그의 성격과 똑같은 것"임을 깨닫고 그대로 따르기로 한다. 헨처드는 마치 오셀로가 "절대로 자신의 죄상을 경감치 말 것(Extenuate nothing. V.ii.358)"을 남은 이들에게 당부했듯이 "어떠한 죄상도 완화시키려 하지 않고, 스스로 자신에 대해 가장 가혹한 고발자로 남았기" 때문이다.232 자신의 삶에 대해 '책임을 주장'하는 것이 곧 자신의 '운명과 대등'해지는 것임은 오이디푸스 이래 비극의 주인공이 최후에 한결같이 보여주는 모습이다. 이것이 비극의 주인공은 죽을 때 가장 분명하게 그답다는 주장의 근거가 된다.

그러나 한편 생각해 보면 헨처드의 유언은 가장 자기 부정적이고 자기 비하적인 동시에 가장 유아독존적 자기주장이라는 점에서 역설적이다. 자신을 잊으라면서 자신의 이름을 적는 것부터가 역설이다. 그 유언은 자신의 결함과 그 결함이 빚어낸 과오와 죄책의 인정인 동시에 마지막으로 분출된 반항적 영혼의 폭발로서 세상에 대한 공격과 다름이 없다. 마치 리어가 "그들이 우리를 울리기 전에 우리는 그들이 굶주리는 꼴을 먼저 볼 것이다"라고 외치는 것이나 『적과 흑』의 쥘리앵 소렐이 최후에 재판정에서 자신의 죄책을 인정함과 동시에 세상의 불의와 부당성을 목청껏 규탄하는 것과 비슷하다고 할 것이다.233 이렇게 그의 유서는 그의 본

---

230 *The Mayor of Casterbridge*, p.254.

231 그의 철자가 여러 군데에서 틀리다는 것을 보이기 위해 한글맞춤법에 안 맞는 표현을 하였다.

232 같은 책, p.255.

233 『리어 왕』, V.iii.24.

성적 특징 즉 공격성과 조울증이라는 '양면성'이 남김없이 드러난 최후의 증거물과 같은 것이다. 그리하여 리어의 최후를 보고 에드가가 "무르익음이 전부이다Ripeness is all"라고 했듯이 우리는 헨처드가 자신의 모든 힘과 가능성을 탕진하자 비로소 그의 삶도 종말을 고했다고 말할 수 있다.

한편 우리는 헨처드가 그의 본유적 정의감과 인간미 그리고 작품의 과정을 통해 보여준 만회挽回 시도와 자기 응징의 몸짓에도 불구하고 결국 파멸했다는 것에 대해 '부당함'을 느끼지만 동시에 그가 무너뜨린 도덕적 질서의 복귀의 가공可恐할 '정당성' 앞에서 강렬한 '양가적兩價的 감정' 즉 '비극적 역설'을 경험하고 목도하게 된다.

결론적으로 말해 헨처드는 끝까지 타협을 모르는 우직하나 도도한 정신의 소유자이고, 자신의 과오에 대해 무자비하고 준열한 처벌을 감행함으로써 마지막까지 자신의 운명의 주인으로 남으려고 했고, 이로써 그는 자신의 '운명과 대등해졌다'고 평가된다. 비극의 '정의와 질서'의 측면에서 볼 때 그가 내린 자기 처벌과 응징은 곧 그가 자신 안에 수립한 정의이고 질서이다. 언제나 보았듯이 비극에서 정의와 질서는 주인공 밖의 다른 누구나 외부 사회가 수립해주는 것이 아니라 주인공 자신이 수립하는 것이기 때문이다. 따라서 그의 죽음은 결코 왜소하거나 나약하지 않으며, 거기에 물론 '비참함'이 있으나 동시에 '장렬함'도 있다는 것을 부인할 수 없다. 하디는 이 작품을 쓸 때 남긴 기록에서 작가는 "비참함sorriness 밑에 숨겨진 장려함grandeur를 보여주어야 한다"고 말한 바 있다.234 소설가 버지니아 울프는 헨처드의 '소박한 오만함'이 곧 그의 위대함이며 이로써 소포클레스의 비극『아이아스』의 주인공 아이아스의 최후와 맞먹는 종말을 보여주고 "진정한 비극적 감정"을 불러일으킨다고 찬미했다. 그

---

234 Florence Emily Hardy, *The Life of Thomas Hardy*, p.171.

녀는 이 작품은 "영국 소설의 영광"에 속한다고 결론짓는다.[235]

7. 토머스 하디의 『더버빌 가의 테스 *Tess of the d'Urbervilles*』

"삶은 빼앗기 위해서만 준다!"(Life offers—to deny!)—하디, "옐햄 숲의 이야기 Yell'ham-Wood's Story"(1902)

작품의 줄거리

'처녀 The Maiden'

테스 더비필드는 영국 남서부의 작은 마을 말롯에 살고 있는 16세 처녀이다. 그녀의 부친 존 더비필드는 행상일을 하여 가족을 먹여 살리는데 어느 날 마을의 목사로부터 그의 조상은 사실 더버빌 가문으로 알려진 고대 노르만족의 영국정복 시절 이래 이 지방을 지배하던 유서 깊은 귀족이라는 말을 듣게 된다. 그는 이 말에 의기양양하여 행상일도 집어치우고 술집에 들어가 자축연을 벌인다. 한편 테스는 '5월 제' 마을 축제에 참가하여 동네 처녀들과 민속춤을 추는데 마침 이곳을 지나가던 세 명의 신사紳士 형제들의 눈길을 끌게 된다. 다음 날 술 취해 일을 나갈 수 없는 부친을 대신해 마차를 몰고 도회로 나가던 테스가 잠깐 상념에 빠져있는 사이에 반대편에서 오던 우편 마차와 충돌하여 집안의 단 한 필 있던 말이 죽게 된다. 테스의 모친은 남편이 말하는 이 더버빌 가라는 부유한 귀족이 실제로 가까운 곳에 산다는 것을 알게 되고 테스에게 그에게 찾아가 자신이 '친척'임을 밝히며 일자리를 얻어 보라고 말한다. 자존심 강한 테스는 모친의 요청을 거부한다. 그러나 집안의 생계를 유지해

---

235 Virginia Woolf, *The Second Common Reader*, p.231-2.

주던 말을 자신의 과실로 죽인 데 대한 죄의식을 느낀 그녀는 결국 근처의 트랜트리지라는 곳에 있는 더버빌 가를 찾아가 보기로 한다. 모녀는 알지 못했으나 더버빌 저택의 현재의 주인인 과부 더버빌 부인의 죽은 남편 사이먼 스토우크는 장사로 성공했던 사람으로 자신의 미천한 출신을 덮기 위해 더버빌이라는 이제는 사멸死滅한 귀족 가문의 성姓을 사칭했던 것이다. 저택의 실질적 주인인 아들 알렉 더버빌은 바람둥이 기질이 농후한 젊은이로 테스에게 첫눈에 매력을 느끼며, 저택에 딸린 닭장을 관리하는 일을 그녀에게 맡긴다. 테스는 그 후 그가 부단히 집적거리며 접근해 오는 것을 물리친다. 어느 날 저녁 테스는 마을 무도회장에 갔다가 오는 길에 시비 걸어오는 동네 여자를 만나 곤경에 처한다. 그때 때마침 나타난 알렉은 그녀를 구조해 근처 숲으로 들어간다. 그러나 길을 잃게 되자 알렉은 잠시 숲길에 테스를 앉혀놓고 길을 찾으러 나갔다 돌아온다. 돌아온 알렉은 그녀가 그사이 잠든 것을 발견하고 그녀를 범한다.

'더 이상 처녀가 아니다 Maiden No More**'**

그 사건이 있고 몇 주 후 테스는 더버빌 저택을 떠난다. 뒤쫓아온 알렉이 되돌아가자고 설득하나 테스는 자신은 그를 사랑하지 않는다고 말한다. 말롯의 본가로 돌아온 테스는 얼마 후 홀로 아이를 출산한다. 그러나 병약한 갓난 아이는 곧 죽게 되고 목사가 세례받지 못하여 교회 묘지에 묻힐 수 없다고 하자 테스는 그 날밤 스스로 아이에게 세례를 주고 '슬픔'이란 이름을 지어준 다음 묘지에 묻는다.

'새 출발 The Ralley**'**

다음 해 봄이 돌아오자 테스는 떨쳐 일어나서 새 출발 하기로 한다. 그녀는 자신의 과거를 모르는 곳에서 일자리를 구하려 알아본 결과 탤보세이라는 목장에서 젖 짜는 일을 하게 된다. 테스는 농장일에 잘 적응하며, 이지, 레티, 매리언이라는 동료들도 사귄다. 그런데 그곳에는 신사계급 출신이나 대학 진학을 안 하고 장차 농장경영의 뜻을 갖고 일을 배우러 와있는 에인절이란 청년이 있다. 모든 처녀들이 그를 사모하지만 에인절의 마음은 이윽고 테스를 향하게 된다. 둘은 매일 만나게 되고 자연히 사랑의 감정이 싹트지만 테스는 될수록 그를 피하려고 한다. 그러나 둘의 만남이 거듭된 끝에 에인절은 결국 테스에게 사랑을 고백한다. 그러나 자신이 에인절의 사랑을 받아들일 자격이 없다고 생각하는 테스는 그에 응하지 않는다.

'결과The Consequence'

에인절은 그녀와 결혼할 결심을 굳히고 부모에게도 알리기 위해 잠시 집에 들린다. 그의 말을 들은 부모는 자신들과 테스 사이의 신분의 현저한 차이를 염려하나 그의 뜻을 근본적으로 존중한다. 그는 돌아온 후 더 적극적으로 그녀에게 청혼하지만 그가 들려준 얘기 가운데 국교회 목사인 그의 부친이 개종시킨 사람 중에 알렉이 있다는 말을 듣자 테스는 청혼을 단호히 거부한다. 그러나 테스는 스스로도 사랑하는 그의 구혼을 끝까지 물리치지 못할 것을 예감한다. 며칠 후 우유 통을 기차역까지 배달하는 일을 하게 된 에인절과 테스는 돌아오는 길에 에인절이 다시 꺼낸 구혼 요구에 테스가 결국 승낙하는 것으로 혼인문제는 매듭지어진다. 테스가 모친에게 이 소식을 알리려 보낸 편지의 답글에서 모친은 결코 알렉과의 사건을 발설치 말 것을 엄명한다. 에인절은 목장에서 젖 짜는 일이 끝나는 섣달 그믐날로 결혼 일을 잡는다. 크리스마스 날 둘이 장 보러 시내에 나갔을 때 뜻밖에 알렉과 살던 시절의 그녀를 알아보는 남자를 만난다. 그가 공연히 아는 척을 하자 분노한 에인절이 그에게 주먹을 날려 소동이 일어난다. 이런 일을 겪자 테스는 반드시 혼전에 과거사를 알려야겠다고 결심하고 식을 올리기 전날 편지를 써서 에인절의 방문 밑으로 넣는다. 그러나 다음날 에인절이 아무렇지 않게 자신을 대하는 것을 보고 테스는 그가 편지를 발견하지 못했음을 직감한다. 결혼식 당일 그녀는 준비로 바쁜 와중에도 사실을 그에게 이야기하려 하나 그는 대수롭지 않게 반응하며 오늘같이 중요한 날에는 좋은 애기 이외에는 하지 말라고 입을 막는다. 둘이 식장을 향해 떠날 때 불길하게 수탉이 우는 일이 일어난다. 양쪽 가족이 불참한 가운데 식을 올리고 둘은 웰브리지라는 저택에 신혼 초야를 보내기 위해 도착한다. 둘만 있게 되자 에인절이 용서를 구한다며 자신의 지난날의 한때의 방탕을 고백하자, 테스는 그의 과거를 흔쾌히 용서해준 뒤 자신의 과거도 고백한다. 그러나 이야기를 들은 에인절은 갑자기 돌변하여 그녀는 자신이 알고 결혼한 여인이 아니라는 청천벽력같은 선언을 한다.

'여인은 대가를 치른다The Woman Pays'

그들은 첫날 밤을 치루지 않은 채 보낸다. 다음날부터 사흘간 에인절은 근처의 방앗간에 가서 자신의 일을 보고 저녁이면 돌아온다. 나흘째 되는 밤 에인절은 몽유병 환자라도 된 모양으로 테스를 양팔로 번쩍 든 채 밖으로 걸어나가 근처 허물어진 수도원 바닥에 있는 석관에 그녀를 눕힌다. 다음날 자신이 지난밤에 한 일을 전혀 기억하지 못하는 에인절은 당분간 헤어져 지내자는 자신의 결심을 테스에게 알린다. 둘은 마지막으로 탤보세이 목장을 방문한 후 헤어지며 테스는 집으로 돌아온다. 에인절은 집에 들러 부모에게 자신은 농장경영의 뜻을 갖고 브라질로 떠나며 사정상 아내와 당분간 헤어져 지낸다고 말한다. 집으로 돌아온 테스가 모친에게 결혼의 파탄을 알리자 모친은 바보 같은 아이라고 탄식을 거듭하나 이윽고 모든 것이 숙명인 양 체념하고 받아들인다. 부친은 한 걸음 더 나아가 어떻게 훌륭한 조상들을 죽어서 뵙겠는가 한탄한다. 에인절은 브라질로 떠나며 30파운드를 테스에게 송금한다. 그런데 그는 도중에 길에서 탤보세이 목장 시절의 처녀 이즈를 우연히 만나자 마치 제정신이 아닌 사람처럼 충동적으로 그녀에게 브라질로 같이 떠나자는 말을 한다. 처음에는 깜짝 놀라면서도 승낙을 한 이즈는—직감적으로 상황을 파악하고—테스야말로 그를 위해 목숨도 바칠 여자라는 말을 남긴 채 그를 떠난다. 테스는 에인절이 보낸 돈을 부모에게 생활비로 주지만 얼마 안 가 바닥이 난다. 에인절로부터 결혼 선물로 받은 패물도 모두 탕진하자 그녀는 근처의 농장에서 품삯을 받고 일한다. 집에 온 지 8개월째에 접어든 어느 날 목장 시절의 친구 매리언이 북쪽의 플린트코움—애쉬라는 농장에서 같이 일하자는 연락이 온다. 척박하고 황량한 고지대에 있는 이 농장으로 찾아가 무 뿌리 뽑는 일을 하는 매리언과 합류한 테스에게 에인절에게 황당한 일을 겪은 이즈도 찾아온다. 테스는 그들에게 자신이 지금은 브라질로 떠난 남편과 당분간 헤어져 있으나 먼저 간 그가 자리 잡는 즉시 그녀를 부를 것이란 식으로 말해 준다. 그러나 이즈는 매리언에게 자신과 에인절 사이의 일을 말해주고 매리언이 이윽고 이를 테스에게 귀띔해주자 절망한 테스는 에인절에게 항의의 편지를 쓰지만 차마 글을 끝맺지 못한다. 결혼 일주년이 되었을 즈음 에인절의 연락을 기다리다 못한 테스는 직접 에민스터의 시가媤家에 찾아가 보기로 한다. 먼 길을 걸어서 왔으나 그녀는 정작 그의 부모는 만나지 못하고 대신 그의 형들과 그의 전 약혼녀를 길에서 만난다. 그들이 에인절이 얼마나 불행한 결혼을 자초했는가 한탄하는 말을 서로 나누는 것을 엿들은 테스는 황급히 자리를 뜬다. 오는 길에 테스는 부흥 설교사가 떠드는 소리를 듣는데 그는 다름 아닌 알렉이었다. 쫓아온 그는 테스에게 에인절의 부친의 영향으로 자신이 회개한 순회 설교사가 되었다고 말한다. 그러나 그는 이어서 테스를 늘 그리워했으며, 이제 그녀를 보게 되자 자신의 신심信心이 크게 흔들린다고 말하면서, 길 위의 표지석에 손을 얹고 자기를 유혹하지 않겠다는 서약을 하라고 강요한다.

'회개한 인간The Convert'

이 제6부 '회개한 인간'에서 알렉은 테스를 다시 만난 후 마지막 제7부에서 그녀의 완전한 굴복을 얻어내기까지 6번 찾아와서 6번 거부당한다. 그는 테스를 본 후 자신이 어렵사리 얻은 신앙을 다시 잃었다고 말한다. 수확 철을 맞이하여 테스가 증기기관 탈곡기에 올라 진동하는 기계 위에서 밀 단을 기계에 투입하는 고된 일을 할 때 다시 찾아온 알렉에게 그녀는 자신은 이미 결혼했다고 말한다. 그러나 결혼한 여인이 왜 이런 힘든 일을 하느냐는 물음에 결국 그녀는 그 결혼이 알렉과의 과거로 말미암아 남편과의 별거 상태로 이어졌다고 말할 수밖에 없게 된다. 알렉이 슬그머니 다시 손을 잡으려 하자 그녀는 끼고 있던 탈곡용 가죽 장갑을 휘둘러 그의 뺨을 후려친다. 그러나 이에 굴하지 않고 결혼허가증을 떼어 가지고 다시 나타난 알렉은 자신과 결혼해주면 테스 일가족을 부양해주겠다고 말한다. 궁지에 몰린 테스는 에인절에게 결국 편지를 써서 보내지만 이 편지는 그에게 몇 달 후에나 도달하게 된다. 테스가 에인절의 본가에 보낸 편지가 다시 브라질로 발송되어야 하기 때문이다. 한편 에인절은 브라질에서 열병에 걸리고 또 현지에서 알게 된 연만年晩한 영국인 동포와의 대화를 통해서는 테스에 대한 자신의 잘못을 뼈저리게 통감하게 된다. 테스는 어느날 모친이 위독하다는 연락을 받고 집에 내려 와보니 오히려 모친은 회복했으나 부친이 돌아가게 된다. 부친이 생존 시에만 거주권이 있었고 더구나 테스에 대한 좋지 않은 평판 때문에 가족은 살던 집을 내주어야 할 처지에 놓인다. 알렉이 다시 나타나 도움을 주겠다고 하나 테스는 거절하고 먼 조상들이 살았다고 하는 킹스비어로 이사 간다. 도착해 보니 그들이 들어가기로 한 집은 이미 다른 사람이 들어와 살고 있다. 모친의 엉성한 일 처리 때문이었다. 가족은 할 수 없이 조상들의 지하무덤에 들어가 몸을 누이게 되고 이때 테스는 그곳에 미리 와 있던 알렉을 만난다. 테스의 딱한 처지를 알게 된 매리언과 이즈는 에인절에게 편지를 써서 그녀가 처한 절박한 상황을 알린다.

‘완성Fulfilment’

에인절은 몸과 마음이 다 피폐한 상태로 귀국하여 본가에 돌아온 후 테스가 두 번째로 보냈던 편지를 읽게 된다. 그가 테스의 모친에게 보낸 편지를 통해서는 그녀의 거처를 알 수 없게 되자 그는 플린트코움—애쉬와 말롯을 거쳐 킹스비어까지 직접 찾아간다. 그곳에서 에인절은 테스의 모친을 만나서 테스가 지금 샌드본이란 남쪽 휴양지에 살고 있다는 것을 어렵사리 알아낸다. 에인절은 그곳의 어느 값비싼 호텔에 묵고 있는 테스를 찾는 데 성공하나 그녀는 이미 너무 늦었다고 말하며 그를 돌려보낸다. 알렉의 죽음은 호텔 주인이 위층에서 난 언쟁 소리를 듣고 또 우연히 올려다본 천장에 번지는 붉은 핏자국을 발견한 다음 테스가 급히 건물을 나서는 것을 목격하는 방식으로 전해진다. 에인절을 따라잡은 테스가 자신이 방금 저지른 일을 에인절에게 말하자 그는 처음에는 경악하지만 곧 모든 것을 받아들이며 그녀를 보호해주어야겠다고 생각한다. 둘은 큰길을 피해 걷다 비어있는 저택을 발견하고 그곳에서 일주일을 머물며 미루어졌던 결혼의 초야 의식을 ‘완성’한다. 그러나 저택의 관리인이 찾아오자 다시 집을 몰래 빠져나온 둘은 하염없이 걷다 저녁 무렵 스톤헨지에 도착한다. 피로한 테스가 제단으로 사용되던 바위 위에 누워 곤히 잠든 다음 날 아침 에인절은 경관들이 그들을 찾아 왔음을 발견한다. 에인절은 경관들에게 테스가 깰 때까지 기다려달라고 부탁하고, 이윽고 잠에서 깬 그녀는 에인절을 통해 상황을 설명받자 자신은 ‘준비되었다’고 말한다. 얼마의 시일이 지난 후 에인절과 테스의 동생 리자—루는 나란히 손잡고 감옥이 내려다보이는 언덕에 오른다. 검은 깃발이 올라가고 그들은 테스가 처형되었음을 알게 된다.

소설의 성공과 논란

이 책은 비록 출판되기까지—책 가운데 표현된 성적인 문제에 있어서 하디의 급진적이고 도발적인 사고로 인해—어려움을 겪었으나, 일단 책이 출판되자 이의異議의 여지없이 하디의 대중적 인기와 평판을 확립시켰고 작가로서의 명성과 함께 현실적인 수입 면에서도 큰 성공을 가져다주었다. 하디가 이 작품에서—그가 작가로서 초기 작품에서부터 반감을 갖고 공격하였던—빅토리아 조의 유별나게 '위선적인 성적 금기'에 바탕을 둔 당대의 도덕률 특히 '여성의 순결' 문제에 대해 전면적이고 근본적인 공격을 가하였다는 것은 이 작품의 부제를 "순결한 여인"으로 부쳤다는 것으로도 드러난다. 당대의 도덕률에 따르면 주인공 테스는 이중으로 사회적 계율을 어긴 것이다. 즉 결혼하지 않은 처녀의 몸으로 아이를 낳았고, 후에는 결혼한 몸으로 간통을 범한 것이다. 그리하여 이 책은 출간되자 위에서 말했듯이 엄청난 물의와 논란을 불러일으켰다. 하디와 동갑내기로 당대의 이름난 시인이고 평론가이던 J. A. 시먼즈John Addington Symonds는 에인절에 대해 "구역질나는 사내이며 한 번 크게 발길질해주고 싶은" 인간이라고 말했고,236 당대 상류사회 여론형성의 중심적 인물 중의 하나였던 애버콘Abercorn 공작부인은 이 책이 지인들의 사람됨과 도량 그리고 사고의 깊이와 크기를 판단하는 잣대의 구실을 해줬다고 작가를 추켜세웠다. 즉 테스를 어떻게 생각하느냐의 물음에 "그녀는 교수형 당해 마땅하다. 화냥녀 같으니!" 혹은 반대로 "그녀는 불쌍하게 부당한 고통을 받은 여인이다"이라고 대꾸하는 것을 들으면 친구와 적을 구분하는 수고를 덜게 된다는 말을 하여 하디를 기쁘게 해주었다는 것이다.237 그러나 당대의 다른 한 명의 대가 헨리 제임스는—그 자신의 작품들로 미뤄보아 예상할 수 있는 일이지만—이 작품이 "추잡한 책으로, 책 가운데 섹스의 충만함은 그것의 결여와 맞먹는다"는 알쏭달쏭한 말을 하였

---

236 Robert Gittings, *The Older Hardy*, p.101.

237 F. E. Hardy, p.245.

다.238 어쨌든 책은 베스트셀러가 되었고 대부분의 평자들은 작품을 극찬하였다.

한편 하디는 작품 가운데 한 명의 작중인물(에인절)의 시각과 관점을 빌려 당대에 단순하고 무식한 시골의 농민을 일컫는 '훗지Hodge'라는 호칭과 관념이 실제에 있어 얼마나 잘못된 편견과 무지의 소산인가를 공박하였다.239 하디는 그들도 역시 귀족이나 중간 계급의 인간들과 똑같은 인간성, 즉 다양성과 개성을 지닌 존재임을 지적한 것이다. 개별화되고 독특한 존재로서의 농민 하나하나의 운명을 그는 『맥베스』의 대사를 빌려 "인간은 모두 각자 자신의 방식으로 먼지 낀 죽음으로 향한 길을 걸어간다"고 표현했다.240 이는—우리가 앞서 『카스터브리지의 시장』을 설명하며 인용했듯이—하디가 자신의 작품집 서문에서 영국농촌의 비극 즉 '도체스터의 오셀로'를 창조하겠다는 선언을 한 것과 같은 맥락에서 이 작품에서는 '목장에서 젖 짜는 처녀'도 얼마든지 '비극의 주인공'이 될 수 있다는 것을 선언한 것이다.

테스의 성격화

평자들은 주인공 테스는 하디의 '이상적 여인상'으로서 이 작품은 여성에 대한 그의 이해와 통찰이 가장 탁월하게 발휘된 첫 소설이라고 평한다.241 테스는 작가가 그린 여성들 중에서 『토박이의 귀향*The Return of the Native*』의 유스테시아 바이의 변덕스러움과 자기도취 혹은 『이름 없는 주

---

238 Hardy, *The Life*, p.246.

239 18장. p.92-3. 본문 인용은 Scott Elledge가 편집한 노튼 비평 판 *Tess of the D'Urbervilles* 제2판에 의하며 필자의 번역이다.

240 같은 곳. p.93.

241 Richard C. Carpenter, *Thomas Hardy*, p.129.

드*Jude the Obscure*』의 수우 브라이드헤드의 이기적 자기 중심주의 같은 부정적인 면을 지니지 않은 긍정적인 여성상으로 그려졌다. 테스는 하디가 볼 때 "표준적인standard" 즉 이상적 여성으로 나타난다.[242] 그녀는 하디의 소설에 등장하는 다른 어떤 여인보다도 진정한 애정과 신뢰감을 주고 또 받을 수 있을뿐더러 강렬한 생명력과 풍요한 여성적인 매력 및 열정적인 성격을 지니고 있다. 한편 작품에 드러나는 그녀의 두드러진 특징은 '강렬한 자존심'이며 이는 소설이 처음 시작할 때 봄 축제 장면에서 술 취한 부친이 마차를 몰고 지나갈 때 그녀는 자존심이 상해 부친 쪽을 바라보지도 않으려 하는 모습에서부터 나타난다. 그다음 날 숙취 때문에 일어나지 못하는 부친 대신 새벽같이 마차를 몰고 나간 테스가 귀로 길에 피곤에 지쳐 잠깐 조는 사이에 집안의 유일한 재산인 말이 갑자기 들이닥친 우편 마차의 바퀴 축에 찔려 죽는 사고가 벌어진다. 그녀는 죄책감을 느끼면서도 모친이 부자 친척을 찾아가 도움을 요청하라는 말을 하자 자존심이 상해 거부하는 모습을 보인다.[243] 작가는 이런 자존감이 그녀의 '예외성과 독특함'의 배경에 있음을 거듭 상기시킨다. 그러나 결국 무너지는 가세를 회복하기 위해 트랜트리지의 알렉 더버빌 저택에서 일하던 테스는 알렉에게 엉겁결에 처녀성을 유린당한다. 그녀는 그러나 알렉에게 자신은 그를 전혀 사랑하지 않는다고 말하고 그에게 예속된 상태에서 단호히 벗어나 집으로 돌아온다. 그녀가 알렉과의 관계에 대해 모친에게 사실대로 털어놓자 모친은 "너 말고는 어떤 여자라도 그와 결혼했을 것이다. 그런 일을 겪었으면"이라고 말한다. 이에 대한 그녀의 대꾸는 "어쩌면 어느 여자든 그랬겠지요. 저만 빼고요"라는 것이다.[244]

---

242 *Tess of the D'Urbervilles*, p.71.

243 같은 책, p.24.

244 같은 책, p.65.

결론부터 말하면 테스는 하디의 작품뿐만 아니라 영문학사 전체에서도 극한의 고통과 시련을 겪고 끝내 이겨내는 성격과 영혼의 힘을 보여주는 몇 안 되는 여인 중의 하나이다. 그녀와 비슷한 예를 찾으려면 셰익스피어와 더불어 엘리자베스 조의 대표적 비극작가 중의 한 명인 존 웹스터의 『말피의 공작부인*The Duchess of Malfi*』이나 앞서 논의한 18세기 소설의 발생기의 새뮤얼 리처드슨의 『클러리사』까지 올라가야 한다. 또한 초등 수준의 '교회 자선 학교'가 자신이 받은 교육의 전부인 테스가 보이는 건강한 상식과 분별력은 특히 눈길을 끄는 것으로 그녀는 당대의 종교적 권위의 독단적 전횡에 아랑곳하지 않고 독자적 반응을 보이고 주체적 판단을 내리는 것을 보여 준다. 그녀는 가령 알렉을 떠나 본가로 돌아오는 길에 담벼락에 '텍스트-페인터'가 붉은 글자로 "저희 멸망은 잠들지 아니하느니라"(『베드로 후서』 2장 3절)라고 써놓는 것을 보고 "쳇, 나는 하느님이 저런 말 했다는 것을 믿지 않아"라고 경멸적 표정으로 말한다.[245] 또 그녀가 집으로 돌아와서 낳은 알렉의 아이가 병들어 죽게 되자 목사에게 세례를 부탁하나 거절당한다. 테스는 그날 밤 동생들은 모아 놓고 죽은 아이에게 스스로 세례를 주는데 그 당당한 모습이 마치 "제왕과 같은 위엄을 지녔다"고 작가는 말한다.[246]

그러나 테스는 사실 이런 장점 이외에도 치명적인 단점과 결함을 지닌 복합적이고 양면적인 여성으로 형상화되어 있으며 이런 '양면성'으로 말미암아 그녀의 성격화는 드물게 탁월하다는 평가를 받는다. 우선 테스는 일관성과 확고함 못지않게 무모함과 수동성도 함께 보여준다. 처음 트랜트리지의 농장에 갔을 때 알렉의 유혹에 수동적 반응을—예컨대 알렉이 딸기를 따서 입에 넣어줄 때의 체념적 모습—보이고 그와 결국 헤어

---

245 같은 책, p.63.
246 같은 책, p.74.

질 때도 그가 작별의 키스를 요구하자 번갈아 양쪽 뺨을 들이밀며 "수동적인 방식으로 고개를 뒤로 젖히는" 모습을 보인다.[247] 후에 탤보세이 목장에서 에인절의 구애를 받을 때 어느 날 그가 갑자기 다가와 껴안으려 하자 테스는 "마치 올 것이 왔다는 식의 생각 없는 모습으로" 그의 팔에 안긴다.[248] 그리고 그의 집요한 청혼에 결국 굴복할 때도 작가는 그녀가 "숙명론적 확신과 수동적 반응"을 보인다고 말한다.[249] 테스는 책의 후반부에서 플린트코움-애쉬에서 일하는 자신을 찾아온 알렉이 슬그머니 그녀에게 육체적 접근을 시도하자 발끈하여 묵직한 탈곡 가죽 장갑으로 그를 내려친다. 그러나 그녀는 그 즉시 "저를 처벌하세요. 마음껏 채찍질하고 때리세요, 한번 희생자가 되면 영원한 희생자니까요"라고 말하는 것이다.[250] 이 장면은 그녀의 양면성을 동시에 보여줌으로써 매우 시사적이라고 말할 수 있다. 그런데 아래에서 살펴보겠지만 작가는 테스의 이런 단점뿐만 아니라 그녀의 장점들까지도 그녀가 가계와 혈통을 통해 '유전적으로' 물려받은 것이라고 작품 내내 환기시키고 있다.

작품 가운데 '유전, 혈통, 가계'의 역할과 기능

하디는 20대 중반에 다윈의 『종의 기원』, 아우구스트 바이스만의 유전학 이론서 및 허버트 스펜서와 오귀스트 콩트의 실증주의 사회학 저작들을 읽고 결국 신앙을 상실하는 데로 나갔으며 이는—국교회 목사가 되기 위한—대학 진학의 꿈을 포기하고 건축사의 길에 전념하게 되었다고 전

---

247 같은 책, p.60.
248 같은 책, p.118.
249 같은 책, p.159.
250 같은 책, p.261.

기 작가들은 말한다.[251] 따라서 이 작품에는 작가가 일찍이 심취했던 그리스 비극과 당대의 자연과학적 결정론이 모두 압도적 영향을 미친 것이 분명하다. 이는 테스의 성격화에는 그리스 비극적인 것과 근대비극의 '패배의 서사적' 측면이 함께 결합되어 있다는 것에서 분명히 드러난다. 그리스 비극의 주인공의 본질적 속성인 '튀모스'는 그녀가 조상인 노르만 정복자의 후예로서 물려받은 강렬한 자존심과 폭력성으로 나타난다. 테스가 더버빌 가문의 후예라는 사실이 갖는 중심적 상징성은 작품 곳곳에서 강조되며 마치 '라이트모티프'처럼 반복된다. 테스가 에인절과 결혼식을 마치고 나와 마차에 오르려 할 때 에인절은 그 마차 안에서 일어난 오래전의 더버빌 가의 살인 사건에 대한 일화를 들려준다.[252] 그녀와 알렉과의 과거의 관계를 알게 되자마자 에인절이 돌변하며 자신을 비정하게 버렸을 때 그녀가 그에게 적극적으로 매달리거나 항의하지 않았던 것에도 은연중에 더버빌 가 특유의 자존심이 작용했음을 화자는 지적한다.[253] 앞서 말한대도 테스가 플린트코옴—애쉬 농장에서 자신의 몸에 손대려 하는 알렉을 후려친 일에 대해서도 화자는 "여기서도 그녀의 조상인 무장武裝한 기사들의 행동이 무의식으로 재현된" 것이 아니겠냐고 묻는다.[254] 마지막에 테스가 알렉을 살해하고 자신을 쫓아왔을 때 에인절은 "더버빌 가문의 무슨 알 수 없는 기질이 이런 일탈 행동을 가져왔는지" 자문하고 있다.[255] 한편 모계 쪽으로 물려받은 것으로는 풍요하고 비옥한 여성성, 생명력, 회복력이라는 장점도 있으나 "부주의한 성품"

---

251 F. B. Pinion, *A Hardy Companion*, p.168; Michael Millgate, *Thomas Hardy: A Biography*, p.132; Martin Seymour-Smith, *Thomas Hardy*, p.510-11.

252 *Tess of the D'Urbervilles*, p.168.

253 같은 책, p.199.

254 같은 책, p.261.

255 같은 책, p.304.

과 "무모한 순응성"이라는 단점도 있다.[256] 이렇게 테스의 강렬하고 폭력적인 측면은 고전 비극적 주인공의 기질 및 그녀의—노르만 정복시대 이래의—귀족기사적 선조들의 특징으로 파악되는 반면 그녀의 수동적이고 순응적인 —차라리 체념적인—측면은 모계로 내려온 농민들의 특징으로 작품 가운데 묘사된다.

이렇게 작품은 테스의 고난과 시련의 배후에는 '유전'이라는 자연계의 가장 본유적이고 강력한 법칙이 작동하고 있다는 것을 드러낸다.[257] 이런 자연 진화의 관점에서 보자면 개체는 무의미하고 오직 種의 존속만이 의미 있는 것이 되며, 이는 개별적인 인간(의 행불행)을 염두에 두지 않는 무자비한 과정임을 말해준다. 이를 테스는 에인절과의 대화에서 자신은 "살고 죽는 인간들의 숱한 고리 중에 하나에 지나지 않는다"는 말로 나타낸다.[258] 그리하여 '유전'의 관점에서 볼 때 부계 쪽으로 흘러 내려오는 귀족기사들의 자존심과 폭력성이라는 '영웅적 기질'은 지금 비록 그녀의 부친 대에 이르러 쇠퇴하고 사라진 듯해도 '격세 유전'이라는 강력한 자연법칙에 의해 그녀 대에 이르러 "다시 불타오르게 되는recrudescence" 것을 소설은 보여주고 있다.[259] 그러나 비록 이런 자연과학적 결정론이 작품의 배경에 작용하고 있다 하더라도 작가의 테스에 대한 성격화가 너무도 충실하고 완전한 나머지 독자는 그녀의 삶과 운명은 극히 자연스럽게 독자적으로 그녀 자신의 결단과 행동에 의해 빚어지는 것으로 느끼게 된다. 달리 말해 독자는 배후에 작동하는 유전법칙이라는 자연과학적 과정은 간과할 가능성이 크다.

---

256 같은 책, p.71; p.199.

257 Peter R. Morton, "Neo—Darwinian Fate in *Tess of the D'Urbervilles*," Scott Elledge ed., *Tess of the D'Urbervilles* [Norton Critical Edition], p.443.

258 *Tess of the D'Urbervilles*, p.99.

259 같은 책, p.260.

알렉과 에인절의 성격화

우리는 테스의 성격화가 워낙 탁월하여 독자의 관심과 흥미를 독차지한 결과 작품에 등장하는 다른 인물—에인절이나 알렉—들은 그들 스스로 독자성을 갖는 인물로서 독자의 관심을 불러일으키기보다는 차라리 테스의 존재감과 실재성을 드높이고 뚜렷하게 하기 위한 부차적인 —어빙 하우의 표현을 빌면 '액세서리'—역할을 하는 것으로 느끼게 될 정도이다.[260] 사실 그들의 작중 역할은 서로 완전히 대조되는 태도를 가지고 그녀를 대하는 모습을 보인다는 데 있다. 즉 그들은 여성에 대해 당대 남성들이 품고 있는 양극단의 관점을 대변하고 있다고 볼 수 있는 것이다. 하나는 테스를 일관스럽게 오직 성적인 유혹과 향락의 대상으로, 다른 하나는 처음에는 전원적田園的 순수와 천진무구함의 이상화된 이미지로 보다가 후에는 타락한 사통녀私通女로 보는 모습을 보인다. 그래서 알렉이 테스를 육체적으로 유린한다면 에인절은 그녀를 정신적으로 고문하는 것이다. 전자가 호색가로서 멜로드라마적 악당으로 그려져 있다면 후자는 스스로도 언급하는 "근대적 질병ache of modernism"을 앓고 있는, 정신(혹은 내면세계)이 '분열된' 자이다.[261] 그들의 공통점은 테스에게서 뿜어져 나오는 '감정의 풍요함과 순수한 진정성'을 알아보고 음미할 능력을 갖고 있지 못하다는 점이다. 평자 하우는 그래서 둘은 각자 자기식의 '기형적인 남성성'을 대변하고 있다고 말한다.[262] 알렉의 일시적 종교적 개심과 에인절의 낯선 여인과 84시간에 걸친 혼전婚前 방탕의 경험은 이 둘의 내면의 각기 다른 면을 보여주며 '더블링(서로가 서로에게 '반면 거울'의 역할을

---

260 Howe, p.131.

261 *Tess of the D'Urbervilles,* p.98.

262 Howe, p.122.

하는 것)'의 양상을 보인다.[263]

　앞서 말했듯이 에인절에게 테스는 첫 번째 만난 '정형화된 여신'으로 비춰졌으나 그의 이런 관점은 얼마후 '정형화된 타락녀'로 바뀐다.[264] 그의 내면에는 한구석에 시대조류가 제공하는 개화되고 계몽된 지성이 있으나 다른 한구석에는 정신 깊숙이 각인되고 뿌리 깊게 전수된 종교적 계율과 전통적 가치관이 들어앉아 있으며, 그는 이들 사이에서 갈등하고 고뇌하는 인간이다. 그는 처음 테스와의 만남에서 자신의 '천사'(에인절)라는 이름의 상징성이 갖는 인간의 정신적, 지적 측면을 대변하여 그녀에게 "가이드요 철학자요 친구로" 군림한다.[265] 그러나 둘의 관계가 연인에서 부부로 바뀌자 그는 인위적, 억압적, 위선적 사회와 제도의 대행자로 돌변하여 그녀를 박해하는 존재가 되는 것이다. 그는 이렇게 분열된 정신과 자기모순을 보임으로서 그가 테스에게 가져다 붙인 '근대라는 질병'은 정작 자신이 앓고 있다는 것이 밝혀진다.[266]

　그러나 에인절은—영국 외의—바깥세상과의 만남을 통해서 겪은 시련의 경험과 시의적절하게 만난 멘터mentor에 의해 각성과 개심改心의 과정을 거치며 다시 자신이 처음 테스를 만났을 때의 관점으로 돌아간다. 그런데 하디는 소설이 출간되고 몇 달 후 『흑과 백Black and White』이란 잡지에 실린 인터뷰에서 "에인절 클레어같이 섬세한 사람은 그녀와 결코 행복할 수 없다. 몇 달 후에 그는 필연적으로 그녀의 잘못을 그녀의 면전에서 공박하고 (그녀와 헤어졌을 것이다)"라고 말했다고 한다.[267] 즉 하디는 테스와

263　Leon Waldorf, "Determinism in *Tess*," Bonnie Szumski ed., *Readings on* Tess of the D'Urbervilles, p.66.

264　Rosemary Morgan, "Tess is Not a Victim," Szumski, p.187.

265　*Tess of the D'Urbervilles,* p.151.

266　같은 책, p.98.

267　Leon Waldorf, p.65. 재인용.

에인절의 관계는 본질적으로 불행할 수밖에 없지만 테스로 하여금 과격하고 파격적인 행동을 하게 함으로써 둘의 최후의 결합을 인위적으로 그리고 일시적으로 가능하게 만들었다고 볼 수 있다.

우리는 작품을 통해서 알렉이 애정의 일관성과 신뢰성의 관점에서 볼 때는 에인절보다 한결 윗길이라고 느끼게 된다. 그는 여성성을 일깨우고 자극하여 스스로에게 매혹시키고 굴복하게 하는 남다른—즉 타고난 난봉꾼이나 엽색가의—능력이 있다. 테스가 헤어질 때 하는 말, 즉 자신이 잠시 그에게 "눈이 부셔서 반했다dazzled"는 말은 빈말만은 아니다.[268] 그는 진정 테스를 사랑하지만 문제는 앞서 말했듯이 그 사랑은 육체적 관능성에 국한된다는 점이다. 그는 그녀와 헤어질 때도 무슨 곤란한 일이 생기면 자신에게 연락하라고 말하는 것을 볼 때 그를 그저 난봉꾼으로만 볼 수는 없게 만든다.[269] 그가 그녀를 후에 다시 만났을 때 결혼허가증을 떼어와 결혼해 줄 것을 요청하는 것도 진심의 발로인 것이 분명하다. "테스, 하나님께 맹세커니와 당신과 결혼하겠다는 말에 거짓은 없었소."[270] 첫날밤도 안 보내고 떠나간 뒤 종무소식인 에인절보다는 그래도 자신이 어엿한 남편이라는 그의 주장을 전혀 궤변으로 들을 수는 없다. 실제로 이 말은 테스에게 상당한 설득력과 압력을 행사한다.[271] 에인절은 결코 돌아오지 않을 것이란 그의 말도 근거 있는 말이다. 적어도 그녀가 최고의 고통과 시련을 겪으면서도 에인절을 기다리는 동안 그는 돌아오지 않았기 때문이다. 그러니 결론적으로 알렉이 훨씬 일관성과 신의 있는 사랑을 한다는 것은 부정할 수 없다. 단지 그의 사랑은 여러 번 앞서 지적했듯 육체적인 것에 집중되어 있고 에인절 같이 그녀를 정신적으로 교화

268　*Tess of the D'Urbervilles*, p.59, 64.

269　같은 책, p.60.

270　같은 책, p.249.

271　백낙청, "소설 『테스』의 현재성," 백낙청 편, 『서구 리얼리즘소설 연구』, p.312.

시키고 성장시키는 능력이 없다는 점이다. 그러니 테스가 그를 혐오하고 에인절을 일관스럽게 사랑한다는 데서 모든 '비극'은 비롯된다고 할 수 있다.

거듭 말하거니와, 작중 테스를 진정 사랑하는 남자는 에인절이라기보다는 알렉이라고 보아야 한다. 그러나 사랑 문제에 있어 영원히 해소될 수 없는 삼각관계란 것은 한 인간이 둘을 똑같이 사랑할 수 없다는 데서 비롯하는 것 아닌가? 테스는 처음부터 끝까지 에인절만을 사랑한다는 것은 처음 그녀가 에인절을 만났을 때 그녀의 느낌과 생각을 전하는 화자의 다음과 같은 말에서 드러난다.

"에인절 클레어에 대한 그녀의 사랑에는 눈꼽 만한 육체적인 감각도 없었다. 그녀의 숭고하고 진실 된 마음에서 바라볼 때 그는 인간의 선량함이 도달할 수 있는 전부 같았고 안내자, 철학자, 친구가 알아야 할 모든 것을 알고 있는 인간으로 보였다. 그의 신체의 윤곽의 모든 선이 남성적 아름다움의 완벽함을 보여주고 있다고 그녀는 생각했고, 그의 영혼은 성인의 그것이고 그의 지성은 선지자의 그것으로 그녀에게는 여겨졌다."[272]

이보다 더 완벽한 숭배와 헌신적 사모의 예를 문학사에서 찾기 어려울 정도이다. 테스의 이런 숭배와 헌신은 작품의 종말에 가까워서 그녀가 알렉을 살해하고 에인절을 쫓아와서 하는 다음의 말로 끝까지 전혀 변하지 않았다는 것이 드러난다.

"그녀는 애처로운 미소를 띠우며 말했다…… '난 내가 드디어 그를 죽

---

272 *Tess of the D'Urbervilles*, p.151.

였다는 것을 얘기해 주려고 달려왔어요. 난 당신 덕분에 이 일을 해냈어요, 내가 한 몫도 있지만요'…… '에인절 이제 당신은 내가 당신에게 저지른 죄를 용서해 주시겠어요? 이제 내가 그를 죽였으니까요. 내가 달려오면서 쭉 생각했던 것은 내가 이 일을 해냈으니 당신이 분명히 나를 용서해 줄 것이라는 것이었어요. 내가 당신을 그런 방식을 통해 되찾을 수 있다는 것이 앞서 섬광처럼 떠올랐거든요.'"[273]

이런 일방적 숭배와 헌신이 독자에게 더욱 가슴 아프게 다가오는 것은 화자가 전하는 에인절의 본성에 대한 언급과 그가 그녀의 행동에 대해 내리는 냉정한 상황판단을 보고 나서이다. 여기서 에인절은 테스가 그토록 그에 대한 신적 숭배를 바칠만한 인물이 아니라는 것이 작가에 의해 예리하게 지적되고 있다. "그는 사실 동물적인 면보다 영혼의 측면이 더 발달했고……비록 냉정한 성격은 아니라 할지라도 그는 따뜻한 성품보다는 지적으로 명민한 면을 더 지니고 있는 인간이었다"고 화자는 말하고 있다.[274] 또 뒤에 테스가 오직 자신의 용서와 인정을 바라고 살인을 저지르고 온 것을 보고 그는 "더버빌 가의 핏속을 흐르는 어떤 알지 못할 기질이 이런 일탈 행동으로 이끌었는지만을 궁리해보는" 냉정함을 보여주고 있다.[275]

그러나 그 대상이 누구인지보다 그녀의 믿음과 사랑의 강렬함과 그것의 한결같은 일관성이야말로 이 작품을 추진해 나가는 중심적 힘이란 것을 지적하는 것으로 족할 것이다. 인간이 다른 인간을 좋아하는 것은 몽테뉴가 말했듯이 "누가 나보고 그를 왜 사랑하느냐 물으면, 나는 '왜냐면

273　같은 책, p.303.
274　같은 책, p.151.
275　같은 책, p.304.

그게 바로 그 사람이었고, 또 그게 바로 나였기 때문이지요'라고 밖에 대답할 수 없기" 때문이다.[276] 테스가 마음 깊이 점지點指한 인간이 알렉이 아니라 에인절인 것은 전혀 우리의 논의와는 상관이 없고 그 논의의 대상이 될 수 없다. 그러나 이 작품은 주인공의 사랑이 누구를 향하고 있건 간에 마치 『폭풍의 언덕』에서 히스클리프와 『카스터브리지의 시장』에서 마이클 헨처드 그리고 『모비 딕』의 에이헙 선장이 그렇듯이 작가가 테스란 강렬하고 독특한 성격의 인물을 창조했기 때문에 문학사에 길이 남는 걸작이 되었다는 것은 부정할 수 없다. 이 인물들은 모두 자칫 '패배의 서사'가 될 뻔했던 소설들을 그들 특유의 성격적이고 독자적인 선택과 행동을 통해 '비극적 서사'로 바꿔놓았기 때문이다.[277]

'과거의 복귀'라는 기본적 패턴

테스의 '비극적 과오'는 처음 알렉의 유혹에 넘어간 것이다.[278] 이 과오는 소설의 끝까지 그녀를 따라오며 결국 그녀를 쓰러뜨린다. 테스가 알렉을 떠나 집으로 돌아올 때 본 텍스트-페인터가 길가의 울타리에 쓴 성

---

[276] Montaigne, *Essays*, Book 1. Chap. p.28.

[277] 그러나 이 작품은 사랑하는 남자에게 무조건적인 숭배와 헌신을 바치는 '이상화된 여성'을 묘사함으로써 남성들의 환상을 충족시키는 '남성의 판타지'라고 비판하는 평자도 있다.[Ellen Rooney, "Tess and Subject of Sexual Violence: Reading, Rape and Seduction," p.462, John Paul Riquelime ed., *Case Studies of* Tess of the D'Urbervilles; Garret Stewart, "Driven Well Home to the Reader's Heart," Riquelime, p.543-547, Bedford Books, 1998] 테스는 어떠한 고통과 수난을 감당하면서도 변함없는 애정과 신뢰를 남자에게 바치는 여인이다. 그 애정의 실현을 위해서는 동료 이즈가 증언하듯 "목숨까지 바칠" 여인인 것이다. 자신이 사랑하는 남성을 거의 신격화하며, 비록 그가 자신을 버렸을지라도 끝까지 충직하게 사랑하는 테스의 성격화는 '비현실적인' 면이 있다. 그래서 이 소설의 인기-특히 남성 독자들 사이에서-의 배경에는 테스의 '자기 학대적' 사랑이 있고, 그녀가 모든 불행을 자신의 탓으로 돌리는 '책임감의 화신'이라는 점이 크게 작용한다는 것을 부인하기 힘들다.

[278] "제 눈이 잠시 동안 당신에게 현혹되었던 것 뿐이예요. 그게 전부예요." p.59.

경 구절은 "그대의 죄는 잠들이 않는다" 즉 '반드시 돌아온다'는 것이다. '과거는 결코 죽지 않는다'가—앞선 『카스터브리지의 시장』에서와 마찬가지로—이 소설의 중심적 모티프(주제) 중의 하나인 것은 분명하다. 테스가 자신의 과거로부터 탈출하지 못한다는 것은 그녀의 알렉과의 사통 관계는 마치 앞선 작품에서 헨처드의 아내 매각이 그렇듯이 그녀의 삶에 있어 주된 허물이고 중심적 사건을 구성한다는 것을 뜻한다. 알렉의 재출현으로 재현된 과거의 지배는 현재(에인절과의 관계)보다 오래가고 강하다는 것이 드러난다. 텔보세이 농장에서 그녀는 "과거를 싹 없애버리고 발로 밟아 생명을 빼앗아 버리려고 했다. 마치 아직도 스멀스멀거리며 꺼지지 않는 석탄불을 밟듯이."279 그러나 에인절의 끈질긴 구혼에 결국 "불가항력적인 법칙에 따르듯under an irresistible law" 그녀는 응낙한다.280 그런데 결혼을 앞두고 둘이 시내에 장 보러 갈 때 "스멀거리던 과거"가 다시 환한 불길로 타오르는 일이 벌어진다. 트랜트리지 시절의 그녀를 알아보고 아는 척하는 사내를 만난 것이다. 그녀는 결혼하면 "멀리 이사 가서 과거의 유령이 그녀를 쫓아오지 못하는 곳으로 가겠다"고 생각한다. 그러나 과거는 그녀가 생각하듯 공간의 개념이 아니라 시간의 개념이다. 시간은 과거가 있었듯이 미래로 이어져 나간다. 그래서 그녀의 말대로 그녀 "자신이 과거가 될 때까지 과거는 없어지지 않는 것이다."281 소설의 끝에서 과거를 해소하고 말살하는 것은 곧 현재 또한 파괴하는 것을 가져온다. 즉 테스는 알렉을 죽임으로써 현재(에인절)를 소유하려 하지만 이는 곧 그녀 자신의 죽음을 가져오게 되기 때문이다. 과거의 살해는 그녀마저 살해됨으로써만 완성된다. 즉 과거는 파괴될 수 없다는 것이 이

279　*Tess of the D'Urbervilles*, p.151.

280　같은 책, p.101.

281　같은 책, p.240.

작품이 전체로서 말하고 보여주는 것이며, 작품은 가공할 만큼 강력한 '인과결정론'에 지배된다.

또 긴 눈으로 볼 때 과거의 복귀는 '테스 더비필드'와 '테스 더버빌' 사이의 진정한 관계가 드러나는 과정이다. 앞서 보았듯이 현재(더비필드)와 과거(더버빌)의 연속성은 혈통, 유전, 운명 등의 개념으로 설명된다. 그녀는 과거 조상인 귀족기사들의 '영웅적 운명'을 상속(승계)받은 것이며, 영웅적이란 곧 '폭력적 기질'을 가리키는 것이고, 그들의 운명이 과격했듯이 테스의 운명 또한 과격하고 폭력적으로 끝날 것임을 암시해준다. 이는 처음 테스가 알렉과 함께 체이스 숲속에 들어가서 그녀가 잠든 사이 그에게 처녀성을 빼앗길 때 작가가 "쇠사슬 갑옷을 입은 더버빌 가의 조상들이 농민 처녀들을 능욕했던 죄업에 대해 그 후손이 대가를 치루는 것은 아닌지" 묻고 있는 데서 드러난다.[282] 테스가 에인절과 결혼해서 초야를 보내러 간 저택은 하필 과거에 더버빌 가의 소유물이었음을 에인절은 상기시키며, 이 저택의 실내 계단 벽을 장식하고 있는 부인들의 섬짓한 표정의 초상화에는 "테스의 얼굴 윤곽이 과장되었을망정 분명히 보인다"고 화자는 말한다.[283] 과거의 복귀는 공간적으로도 진행된다. 테스가 재기를 기약하며 새출발하는 탤보세이 농장은 조상들의 영지와 가까이 있는 것이다.[284] 테스의 부친이 사망하면서 집에서 쫓겨나게 되자 화자는 그것은 그들의 조상이 과거에 무력한 농민들 위에 군림하면서 그들의 토지를 빼앗았던 죄악에 대한 업보가 아니겠는가 묻는다.[285] 테스 집안이 몰락하고 쫓겨나서 결국 가게 되는 킹스비어라는 곳이 바로 더버빌 가문의 본향이란 것이 드러나면서 '원점 회귀'의 패턴은 완성된다. "킹스

---

282 같은 책, p.57.

283 같은 책, p.170.

284 같은 책, p.78.

285 같은 책, p.277.

비어는 이 세상의 하고많은 곳 중에서 하필 더버빌 가문이 수백 년 거주하던 본 고장이었던 것이다."[286]

돌이켜 보면 테스는 '공간적으로는' 킹스비어의 조상들의 묘지에 테스 가家가 짐을 풀고 최후의 거처를 마련함으로써 더버빌 가의 후손으로서의 그녀의 운명이 완성되는 것처럼, '시간적으로는' 이곳까지 쫓아온– 그녀의 원죄와 같은 알렉이—그녀에게 마지막 피난처를 제공하는 식으로 그녀를—원래 초판에서 하디는 "그가 나를 샀어요"라고 썼듯이—'되 사들임'으로써 그녀의 파멸은 완성된다.[287] [288] 이렇게 이 소설은 역시 앞선 『카스터브리지의 시장』이 그렇듯이, 과거의 복귀가 완성되는 '원점 회귀적 패턴'을 보여주며, 그 패턴이 완성되는 순간 주인공의 파멸도 임박해지는 구조로 되어 있다. 그러나 앞선 작품의 마이클 헨처드가 그렇듯이 테스도 꼼짝달싹할 수 없는 궁지에 몰리지만 최후의 '성격적 행위'를 통해 자신의 운명을 '완성'시킨다. 즉 헨처드가 비참하면서도 장렬한 유서를 통해 마치 세상과 맞장을 뜨듯이(?) 즉 자신이 하고 싶은 말을 다 하고 죽듯이, 그녀는 모든 고통의 뿌리라고 생각되는 알렉을 처단하는 파괴적 행동을 통해 자신의 유일한 소망인 에인절과의 사랑을 성취하고 그럼으로써 스스로의 운명 또한 '완성'하는 것이다. 이런 '비극적 패턴'을 아래에서 조금 더 자세히 고찰해본다.

'비극적 주인공'으로서의 테스

테스는 숱한 패배와 좌절에도 불구하고 특유의 성격과 영혼의 힘으로

---

286 같은 책, p.285.

287 *Tess of the D'Urbervilles*, p.299.

288 Bert G. Hornback, "Tess Is a Tragic Heroine," Szumki, p.168.

자신을 패배시키는 다른 인물들보다 더 크고 강렬하며 숭고한 인물이라는 인상을 준다. 그녀는 고전 비극의 주인공들처럼 삶의 중요한 고비마다 '성격적 결단과 선택'을 내린다. 따라서 그녀의 고통과 파멸은 외부의 상황만이 아니라 내면의 성격으로부터도 비롯하는 것이다. 평자 하우는 작품을 통해 테스는 세 번 죽음을 당하지만 세 번 부활한다고 말한다.[289] 처음 알렉에게 정조를 빼앗기고 잠시 그의 정부情婦로 전락하지만 사랑하지 않기에 유감없이 그를 떠난다. 다음 에인절과 결혼하지만 그에게 버림받자 그의 아내로 자처하며 극한의 고통을 감수하며 살아간다. 마지막으로 알렉에게 다시금 굴복하여 그의 정부가 되지만 에인절이 귀환하자 그를 가차 없이 처단한다. 이렇게 번번이 정신적, 육체적으로 반半죽음을 당하더라도 도로 살아나는 그녀는 '밟아도 다시 튀어 오르는resilient' 용수철 같은 활력과 생명력을 지니고 있다.[290] 테스가 이렇게 잡초처럼 끈질긴 삶을 이어갈 수 있는 배경에는 타고난 '인내심tlemosyne'도 있지만, 무엇보다 자신이 원하고 추구하는 '삶의 원칙과 방식'이 있기 때문이다. 그것은 한마디로 '사랑'이며 구체적으로는 에인절에 대한 사랑이다.

하디는 이 작품을 쓸 때 자신의 노트에서 '비극'에 대한 정의를 다시 한 번 내렸다. "비극이란 우주 및 자연의 본유적 속성과 인간이 만든 인위적 제도와 관습이 충돌할 때 발생한다."[291] 여기서 자연의 본유적 속성은 사랑이고, 인간이 만든 제도는 순결이라는 관념이다. 이런 점에서 그녀의 비극은 '사적이고 개인적 욕망과 의지'를 구현하기 위한 투쟁이라는 '근대 비극'의 전형이다. 개인의 행복은 '사랑을 통한 행복의 실현'을 말하며, 이는 리처드슨의 『클러리사』, 스탕달의 『적과 흑』, 브런티의 『폭풍의

---

289 Howe, p.110.
290 같은 책, p.130-1.
291 *The Life*, p.274.

언덕』에서 중심적인 주제였고 『카스터브리지』도 이와 무관하지 않다. 사랑의 문제에 사활이 걸린 것이 바로 근대 비극과 고전 비극의 주요한 차이의 하나이다. '근대의 자아'란 그리스에서 르네상스에 이르는 '보편적으로 일반화될 수 있는 인간'이 아니다. 그것은 18세기 프랑스 대혁명과 영국 산업혁명 이후의 근대 사회가 낳은 산물이다. 즉 역사적, 사회적으로 특정화된 독자적이고 고유한 '개인의 자아'를 가리킨다.

따라서 테스의 비극은 '개인 대 사회의 비극'이다. 여기서 사회적, 제도적 힘을 상징하는 것이 알렉과 에인절인 것은 다시 말할 필요도 없다. 이들로 대변되는 경제적 힘과 정신적 권위가 테스의 패배시킨다. 그러나 그녀는 알렉을 살해하고 에인절을 개심시킴으로써 승리한다. 하지만 그 대가는 죽음이다. 마지막 알렉의 살해는 자신의 삶을 유린한 인간에 대한 응징, 자신의 (에인절에 대한) 첫 잘못을 속죄하는 행위, 마지막으로 행복을 쟁취하기 위한 최후의 필사적 시도 등의 여러 의미를 함께 갖고 있다. 그러나 이 행위는 모든 비극적 행위의 공통된 의미인 주인공 나름의 '정의와 질서'를 수립하는 행위이다. 그리고 이 최후의 행동이 그녀를 '수동적 희생양에서 비극적 주인공으로' 탈바꿈하게 만드는 것이다.

소설 끝부분에서 도피 중이던 테스와 에인절이 빈 집에 들어가 미뤄진 신방을 차리는 것이 이 장^章 Phase의 제목인 '충족(완성)'의 첫 번째 의미로 해석되는 이유는 작품 가운데 화자가 "경험은 지속이 아니라 그것의 '강렬함'과 관계가 있다"고 지적했기 때문이다.[292] 그러나 더 큰 의미에서 '충족(완성)'의 의미는 앞서 말했듯이 테스가 알렉을 죽임으로써 자신의 '운명'을 완수했다는 것이다. 즉 이 살해행위야말로 『리어 왕』의 "무르익음이 전부이다"라는 말이 가리키듯 그녀의 성격적 본질과 인간적 가능성

---

[292]　*Tess of the D'Urbervilles*, p.98.

이 모두 충족되고 성취된 행동으로 여겨지기 때문이다.[293] 비극은 인간의 가능성을 검증하고 탐색하는 문학 형식이기 때문에 그녀는 자신의 잠재력을 남김없이 발휘하고 소진시킨 것이다. 그래서 에인절과의 지연된 행복의 만끽이 있은 뒤 법의 집행자들이 나타나자 전혀 움츠리지 않고 기꺼이—햄릿이 '준비된 마음이 전부'라고 말한 것과 똑같이—"준비가 되어 있다"고 말한다. 이로써 그녀는 운명과 '대등'해지며 그것과 '화해'하는 것이다. 이렇듯 테스는 마지막 순간에 가장 명료하게 비극적 주인공으로서의 자신의 삶의 의미를 구현한다. "저는 거의 기쁠 지경이예요. 충분했거든요. 저는 준비되었어요."[294]

결론적으로 말하여 테스는 그녀를 짓누르는 잔인하고 비인간적인 제도와 관습의 전횡으로 고통당하지만 끝내 그것들에 무릎 꿇기를 거부하는 '파괴될 수 없는' 영혼의 소유자이다. 이는 그녀가—앞서 말한 바 있듯이—근대 비극의 배후에 있는 '낭만주의 정신'을 가장 뚜렷하게 구현하고 있는 인물이라는 것을 말해준다. 작가는 작품의 주인공을 자신의 존재 조건을 창조하고자 하는 개인의 권리 즉 '낭만적 자결권'을 주장하는 인물로 만들었기 때문이다. 이런 점에서 이 작품은 인간 존재가 보일 수 있는 가능성에 대한 작가의 최대의 찬가이다.[295] 평자 자넷 킹은 테스가 비록 단순하고 무력한 농민 처녀에 지나지 않지만 여성이 보여줄 수 있는 인간적 능력과 가능성의 극한을 제시한다는 점에서 하나의 '원형적 archetypal 여인상'을 제시하며, 그럼으로써 그녀는 서양의 모든 강력하고 위대한 비극적 주인공들의 반열에 오른다고 말한다.[296]

---

293 Graham Handley, Thomas Hardy's *Tess of the D'Urbervilles*[Penguin Critical Studies], p.24.

294 *Tess of the D'Urbervilles*, p.312-13.

295 Howe, p.130.

296 Jeannette King, *Tragedy in the Victorian Novel*, p.115.

끝으로 하디는 그의 81세 되는 생일에 즈음해 아일랜드 출신의 저명한 작가 세인트 존 어바인St. John Ervine이 주도하고 당시 영국의 대표적 문인 106명이 연명連名한 다음과 같은 축하 편지를 받았다는 것을 부기附記한다. "당신은 자존감 있는 영혼은 가장 가혹한 운명도—비록 패배할지라도—견뎌낼 수 있다는 것과 전통에 의해 육성되고 자존감에 의해 지탱되는 인간 영혼은 '패배를 통해서 자신을 드러낸다'는 것을 보여주었다."[297] 하디가 이런 찬미를 받는 데 주요한 공헌을 한 작품들이 『카스터브리지의 시장』과 『더버빌 가의 테스』임은 다시 또 말할 필요가 없을 것이다.

8. 조셉 콘래드Joseph Conrad의 『로드 짐Lord Jim』

"인간사의 정경情景에 대해 우리는 감탄과 존중을 바쳐 마땅합니다. 그것은 존경에 값하기도 합니다…… 우주의 창조에는 무슨 윤리적 목적 같은 것은 없습니다. 저는 분명히 확신하거니와 목적이 있다면 오직 심미적인 것이며, 그 외에는 외경, 사랑, 찬미의 감정을— 그리고 정 원한다면 증오의 감정을— 가질 수도 있습니다. 그러나 이 광경에 대해 '절망'의 감정만은 결코 품을 필요가 없다고 생각합니다."—콘래드, 『개인적 기록A Personal Record』, 13. 150.

작품의 줄거리

동남아 해역의 어느 항구 도시에서 선구상船具商의 직원으로 일하는 짐은 주변에서 인기가 좋은 젊은이였다. 그러나 그는 자신의 과거의 어떤 사건이 상기되는 일이 발생하면 당장 일을 집어치우고 사라지는 버릇이 있었다. 그는 목사의 아들이었는데 어려서 해양모험소설을 읽는 것을 좋아했기에 일찍이 바다 생활에 대한 동경이 있었다. 선원양성학교를 졸업하고 처음 탄 배가

297　*The Life*, p.412. 재인용.

조난 사고를 겪게 되고 그도 부상을 입어 동지나東支那 해의 어느 항구에 있는 병원에서 요양한다. 그 후 그는 사우디아라비아의 제다로 가는 순례자들을 태운 '파트나' 호에 일등항해사로 취업한다. 어느 날 밤 홍해 상을 떠가고 있을 때 충격음과 함께 배가 크게 흔들리는 사고를 겪게 된다.

배는 낡았고 독일인 선장은 인종주의자에 입이 거친 조야한 인품의 사내였다. 일등기관사는 알콜 중독자였고 당시도 취해있는 중이었다. 선장의 명령을 받고 선창에 내려간 짐은 이물 화물창에 물이 빠르게 스며들어오는 것을 발견한다. 짐의 보고를 받은 선장은 곧 배가 가라앉을 것을 예상하고 배를 포기하기로 결정한다. 짐이 선상에 남아 있는 사이에 선장을 포함한 남은 선원들은 구명정을 내리고 탈출을 감행한다. 짐도 긴박한 순간에 고뇌를 거듭하다가 마지막 순간에 자신도 모르게 뛰어내린다. 그러나 파트나 호는 가라앉지 않았고 근처를 지나던 프랑스 군함에 의해 구조되어 아덴 항으로 예인된다.

한 달 후 열린 해난심판정에 참석한 말로우 선장은 짐이 그런 짓을 하기에는 너무나 어울리지 않게 순수하고 단정한 외모의 젊은이라고 생각한다. 당시에 파트나 호의 사건은 하도 떠들썩하게 남지나南支那 해의 항구 도시들에 소문이 자자한 나머지 오랜 선원경력을 가진 말로우로서는 관심을 가지지 않을 수 없는 일이었다. 파트나의 선장은 구조되어 오는 즉시 항만사무소에 출두했으나 사무소장의 분노에 찬 저주와 욕설을 듣자 그 길로 달아나 버렸다. 일등기관사는 정신착란 증세를 보여 병원에 입원했고, 이등기관사도 팔이 부러지는 부상을 입고 입원해 있기에 오직 짐만이 스스로 심판정에 출두한 것이다. 짐의 모습과 태도를 보고 뿌리치기 힘든 호기심을 갖게 된 말로우는 그 자신 오랜 바다 생활을 하면서 해상규범을 신앙처럼 지켜온 인간으로서 견디기 힘든 고뇌를 느낀다. 그것은 분노와 혐오뿐 아니라 공감과 동정의 모순된 감정이 결합된 것이며, 이로부터 그의 짐에 대한 관심과 연대의식은 그의 중심적 정념의 일부를 형성하다시피 한다.

심판정에서 선원 자격을 박탈당한 짐은 배를 타지 않아도 되는 뭍의 점원 노릇을 하며 인도의 봄베이, 캘커타와 남지나 해의 말레이 항구 도시 페낭과 바타비아 지역을 떠돈다. 그가 이렇게 전전하는 것은 위에서 말했듯 자신의 과거의 추문이 그를 따라잡는다고 생각하기 때문이다. 짐의 이런 삶을 딱하게 여긴 말로우는 자신이 잘 알고 있는 지역 유지인 스타인을 찾아간다. 그는 젊은 시절 남양 지방에서 풍부한 모험을 겪고 경험을 쌓은 후 이 지역에 정착해 교역업을 하는 독일계 호주인이다. 스타인은 짐의 얘기를 듣자 단번에 그는 '백일몽을 꾸는 낭만적 인간'으로서 오직 극단적이고 필사적 상황에 그 스스로를 던져 넣어 살길을 찾게 하는 수밖에 없다고 진단한다. 그리고 짐에게―자신의 옛 친구인 부족장에게 보내는 신표(信標)로― 반지를 주어 자신의 교역 대리인의 자격으로 그를 보르네오 섬의 깊숙한 내륙의 파투산이란 곳으로 보낸다.

짐은 오지 중의 오지인 파투산으로 가는 것이 자신의 삶을 완전히 새 출발 할 수 있는 기회가 주어졌다고 생각하고 고마워한다. 도착하여 '퉁쿠 알랑'이라는 말레이 추장이 현지인들을 잔인하게 착취하는 것을 보고 짐은 자신이 배운 근대적 전술로 현지인들을 훈련하여 대항하여 싸우게 한 결과 퉁쿠 알랑의 지배로부터 그들을 벗어나게 해준다. 현지인들의 존경 어린 신뢰를 얻은 짐은 '튜안(나리) 짐'으로 불리며 부락민들의 족장인 늙은 도라민의 신임을 독차지한다. 그는 한편 도라민의 아들 다인 와리스와 우정을 쌓으며 전임자인 코넬리어스라는 인물의 혼혈 딸 주얼과 연인관계가 된다. 코넬리어스가 자신의 자리를 차지한 짐을 시기하고 증오한 나머지 딸을 학대하는 것을 보고 짐은 그녀를 데려와 사실상의 부부로 산다. 2년 후 파투산을 방문한 말로우는 짐이 자신감을 되찾았고 그럼으로써 그 자신의 운명을 거의 '정복'한 것 같다는 느낌을 받는다.

어느 날 동남아 해역을 헤집고 다니며 약탈을 일삼던 '신사' 브라운이란 인물이 이끄는 해적 일당이 식량이 떨어지자 노략질을 하기 위해 파투산으로 들어온다. 마침 짐은 외지에 나가 있었고 다인 와리스가 지휘하여 그들을 물리치고 양측은 대치 상태에 들어간다. 부족장 도라민은 아들을 보호하기 위해 멀리 강 아래로 내려가 매복하라고 명령하고 급히 짐을 불러오게 한다. 돌아온 짐은 곧장 브라운에게 다가가 둘은 담판을 시작한다. 대화 중에 브라운은 자신도 모르는 사이에 짐의 가장 민감한 곳을 건드리는 말을 한다. 그리고 그는 자신은 정정당당히 싸우던가 아니면 깨끗이 떠나겠다고 말한다. 브라운의 말 가운데서 자신이 가장 잊고 싶은 과거—즉 '달아났다'(혹은 배신했다)는—를 불현듯 상기시키는 말을 듣자 짐은 갑자기 스스로 무장해제 된 듯 브라운에게 만약 조용히 떠나준다면 안전통행을 보장해주겠다는 관대한 약속을 한다.

한편 짐에 의해 스타인의 대리인 자격을 빼앗긴 코넬리어스는 이번 기회에 브라운을 이용해 짐을 죽여 복수하고자 한다. 그는 브라운에게 비밀히 다가가 강을 빠져나가는 다른 수로가 있으며 자신이 안내하겠다고 말한다. 이런 사실을 모르는 짐은 강 하구를 지키는 다인 와리스에게 사람을 보내 브라운 일당에게 안전통행을 약속했음을 알린다. 브라운은 코넬리어스가 가리키는 대로 다인 와리스가 매복하고 있는 곳으로 와서 자신들의 침략과 약탈이 실패한 것에 대한 보복으로 공격을 개시한다. 갑자기 습격을 당한 다인 와리스는 브라운 일당의 공격을 받고 죽게 된다. 다인 와리스가—악당에게 '명예로운' 행동을 기대했던—자신의 잘못으로 죽게 되었다는 소식을 들은 짐에게 아내 주얼과 부하 탐비탐은 목숨을 구하기 위해서는 달아나거나 부족장과 싸우라고 요청한다. 그러나 짐은 자신은 더 이상 싸울 대상이 없다고 말하며 그 제안을 물리친다. 그는 제 발로 도라민을 찾아와 자신은 "깊은 애도를 표하며 아무 무장 없이 그리고 '준비된' 마음으로 왔다"고 말한다. 도라민은 예전에 자신과 친구가 되었던 스타인이 선물로 주었던 총을 겨누어 짐의 가슴을 향하여 발사한다.

콘래드의 삶과 문학

『로드 짐』은 콘래드의 소설 가운데 가장 많이 읽히고 알려져 있는 작품이다. 그러나 이 작품은 1900년이라는 출간 년도가 시사하듯 '20세기 모더니즘'의 선구적 작품으로 난해하여 "예술 소설이고 소설가들의 소설이며 비평가들의 소설"로 불리기도 한다.[298] 콘래드의 조국 폴란드가 19세기 초에 러시아와 프러시아 그리고 오스트리아에 의해 점령당해 3분할되어 나라가 없어졌다는 것이 그의 불행의 시작이고 후에 그가 작가가 될 중요한 원인을 제공하게 된다. 그의 부친은 유서 깊은 귀족 출신이나 당대의 저명한 문필가이자 열렬한 애국자이기도 했다. 부친은 일찍이 독립운동에 가담하였다가 러시아 당국에 의해 우랄 산맥의 볼로디아란 곳으로 유배당했고 그곳에서 아내를 병으로 잃었으며 그 자신도 실의에 잠겨 살다가 작가가 12살 때 작고하였다. 이런 환경 속에서 우울하고 암담한 유소년 시절을 보낸 어린 콘래드에게 유일한 위안과 희망은 부친의 서재에 있는 책을 읽는 것밖에 없었다고 하며, 이때 읽은 프레더릭 매리어트 Frederick Marryat와 제임스 페니모어 쿠퍼James Fenimore Cooper의 모험담은 그가 열대여섯의 나이에 선원이 되겠다고 선언하게 만들어 그의 양육자인 삼촌 타데우스 보브롭스키Thaddeus Bobrowski를 경악하게 하였다고 한다. 18세 때 프랑스 마르세유로 가서 수습 선원부터 시작했으나 그의 목적은 영국 배를 타는 것이었다. 당시 영국은 '자유민의 나라'로 알려져 있었고 유럽의 박해받는 민중에게 '자유의 땅'으로 여겨진 것이 그가 영국 선원이 되기를 희망한 이유 중의 하나라고 한다.[299] 그러나 그가 21살 나이에 처음 영국 상선을 탔을 때 그는 영어 한마디 할 수 없었다. 그는 항해 중에 배

---

[298]　Albert Guerard, *Conrad the Novelist*, p.399.

[299]　Ian Watts, *Conrad in the Nineteenth Century*, p.23.

에 실려 있는 소설 그리고 셰익스피어 희곡 및 철 지난 신문들을 읽음으로써 글로 된 영어를 배웠다. 그는 23세 되는 해에 2등 항해사 그리고 2년 후에 1등 항해사를 거쳐 30세 때는 선장 자격을 얻었고 같은 해에 영국 국적을 취득한 후 17년간 영국 상선을 탔다. 1894년 37세 때 습작 삼아 쓴 『올메이어의 어리석음*Almayer's Folly*』이란 소설이 배에 우연히 승객으로 탄 당대의 저명한 소설가 존 골드워디에게 좋은 평을 받자 용기를 내어 출간함으로써 작가 생활을 시작했다. 41세 때에 『암흑의 핵심』과 이어서 『로드 짐』을 쓸 때까지도 작가로서의 입신立身에 자신이 없어서 그가 그토록 싫어하던 바다로 다시 돌아갈까 고민했다고 한다.300 『로드 짐』은 출간되자 에드워드 가넷, 존 골드워디, 헨리 제임스 등 당대의 저명한 작가들의 호평을 받았으나 일반 독자들로부터는 별로 호응을 얻지 못했다. 그는 55세 때인 1912년 『우연*Chance*('운명'으로 번역되기도 함)』이 인기를 끌 때까지 대중의 인정을 전혀 받지 못했다. 그는 67세 되던 해인 1927년 영국 정부로부터 기사(훈작사)작위 수여제안을 받았으나 거절하였고, 그리고 그해에 사망하였다.301 그는 극도로 대인관계에 있어 정중하게 예의를 차리는 것으로 유명하여 말년에 그를 만난 버트랜드 러셀은 "그의 거동에는 추호도 그가 과거에 바다 사람이었다는 흔적을 발견할 수 없었고, 그는 머리끝에서 발끝까지 폴란드 귀족이었다"고 자신의 자서전에 쓰고 있다.302 한때 그와 작품을 공동 작업했던 작가 포드 매독스 포드

---

300 그를 아는 사람들은 "남자가 자신이 차버린 정부[情婦]를 끔찍이 싫어하는 것만큼 콘래드는 바다를 끔찍이 싫어했다"고 한다.―제프리 마이어스, 『콘라드: 고독한 영혼의 항해사』, p.196.

301 그는 "'바다의 어린이들'이라고 그가 불렀던 자신이 젊었을 때 선상 생활과 영어를 그에게 가르쳐주었던 옛 동료 선원들을 젖혀버리고 그 자신만 '기사'가 되는 영광을 누린다는 것은 있을 수 없다"는 이유를 댔다. 그러나 그는 그전에도 다섯 대학에서 주겠다는 명예 문학 박사 학위를―자신은 정규교육을 받지 않았다는 것을 의식하여―거부한 바 있다.

302 Norman Page, *A Conrad Companion*, p.53. 재인용.

Ford Madox Ford는 콘래드를 기리며 "그의 야심은 [영국의 국력과 제국주의가 가장 위세를 떨치던] 파머스톤 수상 시절의 영국 시골 신사처럼 남들에게 대접받는 것이었다"고 회고했다.[303] 그의 타고난 귀족적인 기질과 귀화 후 체득한 영국인다운—"영국인보다 더 영국적인"—행동거지는 끝까지 변함없었다고 한다.[304]

그러나 그의 작품 세계에는 나라 없는 방랑자, 외롭게 바다 및 부하 선원들과 싸우는 선장, 고독한 가운데 자신의 꿈을 추구하기 위한 투쟁에 사로잡힌 자, 과거에 자신이 묶였던 올가미에 얽매여 헤어 나오지 못하는 자의 드라마, 이런 것들이 주된 소재요 주제였다. 그러나 그는 존슨 박사가 그의 유명한 "셰익스피어에 붙인 서문"의 끝에서 말한 것처럼 "사랑은 인간의 숱한 열정 중의 하나에 불과함으로 전체로서의 인생에 큰 영향을 주지 못한다"는 말을 신봉한 사람 같이 연애 소설을 한 권도 안 썼고 작품 가운데 설혹 남녀의 애정이 다루어진다 해도 그것은 '마치 고지식한 선원이 육지의 아름다운 처녀를 대하듯' 어설프고 유치하여 조금도 남녀 간의 애욕 같은 것은 느껴지지 않는다는 평가를 받는다.

작품의 소재와 배경

이 작품은 콘래드가 남중국해를 오가는 영국 선단에 근무할 때 들었던 실제로 일어난 일을 배경으로 한다. 1880년 7월 17일 싱가포르에서 950명의 성지순례자들을 싣고 아라비아의 제다로 가던 "제다" 호가 아프리카의 아덴만 근처에서 사고를 당해 침몰이 우려되는 상황에 처하게 되자

---

303 Norman Sherry, *Conrad's Eastern World*, p.322.

304 Jocelyn Baines, *Joseph Conrad: A Critical Biography*, p.380.

선장 클라크를 비롯한 백인 선원들은 배를 버리고 탈출했다.305 그러나 배는 결과적으로 침몰하지 않았고 근처를 지나던 안테노르 호에 의해 구조되어 아덴 항으로 견인되었다. 제다 호의 클라크 선장은 자격정지 3년이라는 가벼운 처벌을 받은 것이 전부였고, 1등 항해사 오거스틴 포드모어 윌리엄스는 목사의 아들이었는데, 이 사건으로 선원 자격을 박탈당하지는 않았으나 그 후 싱가포르의 선구상에서 일했고 작품의 주인공 짐의 모델이 되었다.306 콘래드는 1914년에 쓴 "여객선의 안전Protection of Liners"이라는 에세이에서 제다 호의 선원들이 저지른 범죄의 심각성을 강조하며 "인명을 구조하는 데 소홀하거나 무관심했다는 죄는 선원의 자질에 대해 가해질 수 있는 가장 잔인한 치명타이다"라고 말한 바 있다.307

배신으로 인한 죄의식과 그에 따른 속죄는 콘래드의 많은 작품에서 볼 수 있는 중심적 주제 중의 하나이다. 전기 작가들은 콘래드가 그의 『개인적 기록A Personal Record』에서도 "폴란드를 떠난 것은 스스로의 민족적 배경과 연관으로부터 '뛰어내리는 것'"이라고 말하고 있듯이, 그의 문학세계에는 어려서 떠난 조국 폴란드에 대한 죄의식이 적지 않게 그 배경에 깔려 있고, 특히 이 작품의 짐과 후에 『서구인의 눈으로Under Western Eyes』의 주인공 라주모프의 성격화에 있어 핵심적 역할을 하였다고 한다.308

305　Norman Sherry, *Conrad's Eastern World*, p.43.

306　그러나 전기 작가들에 의하면 짐의 배경이 된 인물은 오거스틴 윌리엄스 외에도 제임스 브룩과 짐 링가드라는 인물들도 있었다고 한다. 19세기 중엽 말레이와 보르네오 지방의 식민지 경영자였던 제임스 브룩은 후에 사라와크의 '라자' 즉 지배자가 되었고 그가 수립한 왕조는 20세기 말까지 지속되었으며 그는 세상에서 가장 큰돈을 벌었던 사람들 중 하나였다고 한다. 콘래드가 남양 군도를 지나는 화물선 선원으로 취역할 때 실제로 만난 '허풍장이'라는 별명으로 알려진—그러나 원주민들 사이에 인기가 좋아 '튜안(*Tuan*: Sir) 짐'으로 불린—짐 링가드도 짐을 만드는 데 일조하였다고 한다.—Watt, p.266-67; Baines, p.117, 253; Guerard, p.421.

307　마이어스, 『콘래드: 고독한 영혼의 항해사』, p.324-5.

308　Robert E. Kuehn, *Twentieth Century Interpretations of* Lord Jim, p.3; Baines, p.254-5. 재인용.

짐의 성격화

작가는 작품을 시작하는 첫 문단에서 짐의 모습을 묘사하며 "어깨는 약간 구부정한 채로 고개를 꼿꼿이 쳐들고 눈은 치켜뜨고서 걸어오는 품이 꼭 돌진하는 황소를 연상시킨다"고 하며 "고집 센 자기주장dogged self-assertion"이 그의 태도의 특징이라고 말한다.[309] 그는 남양 해역의 어느 항구 도시에서 선구상의 사무원으로 일하지만 그의 과거의 어떤 불미한 행적에 대한 소문이 그를 쫓아오면 가차 없이 직장을 집어치우고 떠나는 "비할 바 없이 민감한 감수성"을 지니고 있는 인물이라고 한다.[310] 이는 짐이 만만치 않은 자신만의 야망과 포부를 갖고 있으며—대표적인 콘래드 평자 중 한 명인 앨버트 게라드의 표현을 빌리면—"강렬한 자아 이상ego-ideal"을 지닌 인간이라는 것을 말해준다.[311] 그러나 동시에 화자는 그의 자아 이상은 사실 그가 어려서 읽은 "가벼운 오락 모험소설"light holiday literature—가령 『보물섬』이나 『십오 소년 표류기』 같은—에 등장하는 다음과 같은 영웅적 선원의 모습을 띠고 있다고 지적한다.

"그는 조난당한 배에서 사람들을 구해내고, 폭풍우 속에서 돛대를 베어 쓰러뜨려 배가 뒤집히는 것을 막고, 구명줄을 잡고 격랑 속을 헤쳐 가며, 또는 외로운 섬에 표류자가 되어…… 열대의 해안에서 야만인들과 맞부딪혀 싸우고, 대양 위에서 해상반란을 진압하며, 구명정에 타서는 절망에 빠진 자들을 격려하는 자신의 모습을 그려보았다."[312]

309　p.7. 본문 인용은 Thomas C. Moser가 편집한 노튼 비평판 *Lord Jim*(2nd. ed.)에 의거하며 필자의 번역임.

310　*Lord Jim*, p.8.

311　Guerard, p.162.

312　*Lord Jim*, p.9.

짐의 강렬한 '자아 이상'은 그로 하여금 개인적 영광을 꿈꾸는 '영웅적 자아상'을 갖게 하지만 이런 자아상은 진정한 내면의 힘이 없을 경우 그를 그저 낭만적 몽상가에 불과하게 만들 뿐이다. 그래서 화자는 짐의 특성을 설명하고 난 다음 이어서 그는 "한 인간의 내적 자질, 기질의 날카로움 그리고 그의 인물 됨됨이를 백일하에 드러내 보여주는 저 바다의 사건들에 의해 한 번도 검증받지 않았다"는 단서와 경고의 말을 덧붙이고 있다.313 그리고 아니나 다를까 그는 훈련선에서 동료 훈련생이 풍랑에 바다에 빠지는 사고가 발생하여 자신의 '자아 이상'을 처음 행동에 옮길 수 있는 기회가 닥쳤을 때 즉시 바다에 뛰어들어 구조 활동을 벌이기는커녕 다른 동료가 구하는 것을 바라만 본다. 그는 구체적 현실에 부딪혔을 때 자신의 적나라한 실체와 꿈꾸어 오던 '자아 이상' 사이에 얼마나 큰 거리가 있는지 깨닫게 된 것이다. 그러나 그는 상처 입은 자존심을 달래기 위해 장차 "모든 인간들이 움찔하고 겁먹을 때 자신만은 이 바다와 바람의 속임수 같은 위협을 감당할 수 있을 것"이라고 스스로를 위로한다.314

우리는 소설의 시작 부분에서 전지적 화자가 근래 짐은 과거의 기억을 되살리는 일이 벌어지면 당장 직장을 그만두고 사라지는 버릇이 있다고 말하는 것을 들었다. 그러면 그가 그토록 잊고 싶어 하는 과거는 무엇인가? 시간을 잠시 앞으로 돌이키면 짐은 2년간의 선원훈련과정을 마치고 처음 탔던 배가 풍랑을 맞이하는 바람에 자신도 부상을 입고 남국의 어느 항구에 있는 병원에 입원한 일이 있다. 그는 몸이 완쾌된 후에 팔백 명의 성지순례자들을 태우고 아라비아의 제다로 가는 '파트나 호'에 일등 항해사로 취업하게 된다. 평온한 항해를 하던 파트나 호는 어느 날 밤 알

---

313 같은 책, p.11.
314 같은 곳, p.10–11.

수 없는 부유물과 충돌하는 사고를 겪는다. 배가 침몰 위기에 놓였다고 판단한 선장은 – 잠든 승객들이 만약 깨어나 사태를 알게 되었을 때 발생할지 모르는 엄청난 공황상태를 예견하고–자신과 백인 선원들만 배를 버리고 도피하기로 결정한다. 짐에게는 "의무에 헌신하는 모범, 로맨스와 모험담에 나오는 영웅같이 흔들림 없는" 자신의 자아 이상을 실현할 수 있는 기회가 제대로 다가온 것이다.315

그러나 그는 그 자신의 말로 "지옥에서 꾸민 장난joke hatched in hell" 같이 느껴지는 필사적 상황 속에서 어처구니없이 그 기회를 놓치고 만다. "팔백 명의 승객에 일곱 척의 구명정 그리고 대피시킬 시간이라곤 없는" 창황망조한 순간에 짐은 다른 모든 동료 선원들이 한데 뭉쳐 비겁하게 달아날 궁리에만 몰두하고 있는 것을 목격하게 된다. 그는 구명정에 옮겨 탄 선장 이하 선원들이 자신들의 친구인 2등 기관사에게 하는 '어서 뛰어내리라'는 외침 소리와 아무것도 모르고 잠들어 있는 승객들 사이에서 이러지도 저러지도 못하고 갈팡질팡하게 된다. 그는 결국 그의 표현을 빌리면 "갈고리를 뻗쳐서 그를 끌어내리는" 것과 같은 느낌을 느끼면서 뛰어내린다.316 그는 이후 화자 말로우를 만나 그때 상황을 이야기하며 "저는 뛰어내린 것 같아요"라고 하면서 자신의 행동을 사실대로 인정하기를 극도로 꺼리는 모습을 보인다. 스스로의 실패를 차마 받아들이지 못하는 짐은 모든 것을 불가항력적 상황의 탓으로 돌리며, "이보다 더 혹독하게 치욕스러운 시련을 겪은 자가 또 있겠습니까"하고 말로우에게 묻는다.317 그는 이어서 자신도 모르는 가운데 말로우 앞에서 "무릎을 치며 아! 그 기막힌 기회를 놓치다니! 맙소사! 그 기막힌 기회를 말

---

315 같은 책, p.9.

316 같은 책, p.77.

317 같은 책, p.66.

이야!”라고 혼잣말하며 안타까워 어쩔 줄 몰라 하는 모습을 보이는 것이다.[318]

파트나 사건 후 짐은 자신이 속 깊이 겁쟁이가 아닌가 하는 심각한 열패감과 자기 경멸감에 빠지게 되고 이는 곧 ‘나는 과연 누구인가’의 문제에 직면하는 것이 된다. ‘나는 과연 누구인가’ 혹은 ‘나는 무엇인가’의 물음을 묻는다는 것은 곧 ‘나는 어떻게 살아야 하는가how to be’의 문제로 연결된다. 여기서 우리는 짐의 얘기가 어떤 ‘보편성’을 띠게 되는 것을 볼 수 있다. 이 보편성이란 인간은 누구나 때로는 용기가 꺾여 굴복하거나 패배하는 경험을 할 수 있으며 또 이런 고통스러운 경험을 하게 되면 이를 설욕하고자 하는 욕망을 갖기 쉽다는 사실에서 비롯한다. 짐이 인간성의 이런 어떤 보편적인 면을 제시하는 인물이란 점은 그가 성姓이 없이 그냥 흔한 이름인 ‘짐’으로 시종 불린다는 사실로도 입증된다.[319] 그는 어떤 과오나 죄과를 저지르고 그에 따르는 처벌을 받고 속죄하는 인간의 보편적 패턴을 예시하는 인물인 것이다. 그런데 말로우에 의하면 짐은 이 사건 후 “문제 되는 것은 그의 죄과인데 그는 오직 자신의 치욕만을 사무치게 괴로워하고 있다”고 한다.[320] 여기서 짐은 인간의 보편성을 넘어서는 그의 특이성과 극단성을 드러내고 있다. 즉 자신의 과오나 죄과 같은 ‘객관적 사실’보다 자신의 ‘자아 이상’이 훼손되었다는 ‘주관적 느낌’이 그의 고뇌의 원인이 되고 있는 것이다. 아울러 그가 사건 이후 다른 선원들이 모두 달아난 가운데 스스로 기꺼이 해난심판소에 출석하는 이유도 자기 정당성에서 비롯된 반항적 태도, 동료들과 차별을 두고 싶은 욕구, 속죄의 필요성 등 복합적인 요인들이 작용했지만 근본적으로는 자

318　같은 책, p.53.

319　Drew, p.158.

320　*Lord Jim*, p.107.

신의 '자아 이상'에 충실하기 위한 것이라는 것을 부인할 수 없다.[321] 그는 자신의 과도한 자아 이상이 빚어놓은 심리적 콤플렉스로 말미암아 방콕의 선구 상에서 일할 때 어떤 덴마크 해군 장교가 자신에 대해 하는 말을 듣고 격분하여 주먹 싸움을 벌이는 일까지 불사不辭한다. 해난심판소에서 짐을 처음 본 후 그에 대한 강렬한 호기심과 관심 때문에 그의 후견자로 자처하게 된 말로우는 이 사건이 있은 후 짐에게는 단지 호구지책으로서의 일자리가 아니라 그의 내면의 절실한 욕망을 실현시킬 수 있는 어떤 기회가 필요하다고 생각하기에 이른다.

말로우는 동남아 해역에서 그 자신이 젊은 시절 숱한 모험을 겪고 풍부한 경험을 쌓은 후 이 지역에 정착해 살고 있는 스타인이란 인물을 만나 짐의 문제를 이야기하고 조언을 구한다. 스타인은 말로우를 통해 짐의 이야기를 듣고 그는 한마디로 "낭만적인" 인간이며 그의 문제의 본질은 "어떻게 사느냐how to be" 하는 것이고, 그것은 바로 그의 (자아) '이상'에 맞춰 사는 길밖에 없다고 말한다.[322] 스타인은 이어서 "방법이 있다면 '파괴적인 세계' 속으로 몸을 던져, 가령 물에 빠지게 한 뒤 오직 팔과 다리의 힘만으로 스스로 떠오르게 하는 수밖에 없다"고 말한다. 말하자면 '낭만적인' 인간은 그 자신을 가장 '낭만적인'—즉 파괴적이고 치명적인—상황 속으로 던져 넣게 하는 수밖에 없다는 것이고, 이는 일종의 '이열치열의 방법'이라 말할 수 있을 것이다. 서양의학의 아버지로 불리는 BCE 5세기 그리스의 히포크라테스가 말했듯이 '극단적인 질병에는 극단적인 조처만이 가능하기For extreme diseases, extreme methods of cure are most suitable' 때문이

---

321 Paris, 252; 국내의 대표적 콘래드 전문가 중의 한 분인 이상옥 교수도 짐이 도망치기를 거부하는 것은 진정한 속죄의 자세의 표현이라기보다는 오히려 그의 본질인 '로맨틱한 자아상'에 보다 충실하려는 그 나름의 허영심과 관계가 있다고 본다. 즉 짐의 '근본적 이기주의'와 더욱 관련이 있다는 것이다.—『로드 짐』, 이상옥 역, 제2권, p.305-6.

322 *Lord Jim*, p.128.

다.[323] 이 작품에 대한 치밀한 심리적 분석을 시도한 패리스 교수는 이를 "망상증 환자(즉 과대망상자)에게는 극단적 처방밖에 없다"고 풀이한다.[324] 스타인은 그러기 위해 자신과 연고가 있고 위험한 지역으로 알려져 있는 보르네오 섬의 파투산이란 곳으로 짐을 보내기로 한다. 그곳은 현지인들과 외부 침입자들 사이에 치열한 싸움이 벌어지고 있고 현지인들의 세력조차 양분되어 다투고 있기 때문에 외부인이 들어가 생존하기 위해서는 목숨을 걸어야 할지 모르는 곳이기 때문이다. 짐은 자신에 관한 소문이 계속 따라오는 삶을 청산하고 "깨끗이 다시 시작할 수 있는 기회clean slate"를 목말라 하던 중 말로우의 제안을 받고서 "이것이야말로 그가 꿈꿔오던 바로 그런 대단한 기회"라고 반색하며 그에게 무한히 감사의 표현을 한다.[325]

'파트나'와 '파투산'의 관계

이 소설은 45장으로 구성되어 있으며 전반 17장이 파트나 호의 사건에 관계된 것이라면 18-20장은 전환점의 구실을 하고 21장부터는 파투산에서 벌어지는 일들을 다룬다. 이 두 개의 이야기가 부자연스럽게 연결되어 있다는 비판도 있으나 이 양분 구조는 필연적이고 성공적이라는 평가가 훨씬 압도적이다. 우선 파트나와 파투산이라는 명칭 자체가 상호대칭이나 상호대응 관계임을 상징하고 있으며, 뒤의 파투산의 부분이 필연적인 것은 그것이 심미적 즉 작품의 내적이고 논리적 이유로 필요하기 때문이다. 앞부분 파트나의 사건과 행동이 없었다면 뒷부분 파투산의 그

---

323 *The Aphorisms of Hippocrates*. §1.6.
324 Paris, p.236.
325 *Lord Jim*, p.139.

것들도 있을 수 없고 그 반대도 마찬가지이다. 책이 전체적으로 완성된 통일체를 이루기 위해서는 두 부분이 불가피한 유기적 관계를 맺고 있기에 작가의 솜씨가 놀랍게 탁월하다는 칭송을 받는다.[326] 그리고 두 부분이 다른 상황에서 다른 일이 벌어지는 것을 그리고 있지만, 주인공 짐은 줄곧 동일한 인간으로서 동일한 성격을 보여주고 있다.

앞서 지적한 이 작품의 갖는 보편성은 한때 심각한 과오를 저지른 인간은 그것을 설욕할 기회를 호심탐탐 기다리고 노리며 그 기회가 다가오면 결코 놓치지 않으려 한다는 인간의 본성을 가리킨다. 그러므로 파투산 에피소드는 잘못을 저지른 인간들이 맞이하고 싶어하며 또 맞이할 수 있는 두 번째 기회를 상징한다. 주인공이 재기와 갱생의 삶을 살 수 있는지 그 가능성 여부를 검증하기 위해서는 필수적인 부분인 것이다.

그러나 파투산이 파트나의 정확한 설욕을 위한 방편이 되기 위해서는 앞선 상황과 똑같은 정도의 강력한 위기와 절체절명의 순간에 짐이 놓여야 한다.[327] 그래서 이번에는 과연 그가—이런 짝퉁과 같은 상황이 재연되는 가운데—자신의 자아 이상이 요구하는 대로 행동하는 지의 여부가 판명되어야 한다. 파투산에 온 뒤 짐의 영웅주의는 계속적으로 그의 목숨을 거는 것에 근거해 있다. 그는 한 달에 한 번씩 라자(부족장)가 주는 독이 들어있을지 모르는 커피를 마신다. 이는 그가 이미 자신의 목숨을 내놓았다는 용기를 보여주려는 것이다. 파투산에서 그가 보인 활약의 대표적 예인—부락민에 대한 약탈을 일삼은—세리프 알리 일당을 물리치는 싸움에도 그는 자신의 목숨을 건다. 결국 그는 싸움에 승리하여 마을에 평화와 질서를 가져다주며 이로써 주민들의 완전한 신임과 애정을 얻는다. 그는 그들의 실질적 지배자와 다름없는 위치에 오르게 되어 '튜안

326　Guerard, p.418; Kuehn, p.5.

327　Robert B. Heilman, "Introduction to *Lord Jim*," *Lord Jim*[Holt, Rinehart and Winston], xviii.

짐*Tuan: Lord*'으로 불리게 되며, 이런 일련의 성과는 그의 영웅적 자아상을 크게 만족시킨다.[328] 2년 뒤 말로우가 그를 찾아 왔을 때 그는 자신은 "자신감을 되찾았다"고 보고하며, 심지어 "달이 떠오르는 것에 대해서" 조차 개인적인 자부심을 느낀다고 말한다.[329]

그런데 그는 비록 "거의 만족했음"에도 불구하고 아직 완전한 마음의 평화는 없다고 고백한다.[330] 즉 그는 원주민들이 자신의 과거의 실체를 모른다는 것을 한시도 잊을 수 없는 것이다. 짐은 말로우와 헤어질 때가 되자 감개무량한 표정을 지으며 자신은 "끝까지 충실하겠노라*I shall be faithful*"고 거듭해 다짐한다.[331] 그러나 그의 충실성의 대상이나 목표는 자신의 영웅적 자아상을 획득하기 위한 '명예로운 행위 규범*code of conduct*'이지 원주민들에 대한 고려는 그 다음이라는 것은 굳이 지적할 필요가 없을 것이다. 말로우가 말하듯 그는 "모든 인류 중 오직 자기 자신과만 관계하며," 그의 모든 행위 뒤에는 그의 "고양된 이기주의*exalted egoism*"가 가로놓여 있기 때문이다.[332] 이런 점에서 어떤 평자가 말하듯 파투산이 그를 필요로 하는 것보다 그가 파투산을 더욱 절실히 필요로 하고 있다는 것도 분명한 사실이다.[333]

---

328 *Lord Jim*, p.163.

329 그러나 정신분석학에서는 짐의 이런 심리상태를 '과대망상증'으로 보기도 한다. 가령 정신분석가 헬레네 도이취는 파투산은 그에게 과대망상이란 '광기의 상태'에 들어가게 하였고 또 그 상태에 머물도록 만들었다고 말한다.—Helene Deutsch, *Neurosis and Character Type*, New York, 1965. Bernard Paris, p.257. 재인용.

330 *Lord Jim*, p.193.

331 같은 책, p.198.

332 같은 책, p.201.

333 Paris, p.257.

짐과 말로우

말로우는 짐을 법정에서 처음 본 순간 "나는 그의 외모가 마음에 들었다. 그는 제대로 된 배경을 지니고 있었다. 그는 '우리 중의 한 명'이었던 것이다"라고 말한다.[334] 짐은 "그야말로 티 없이 말쑥하고 깨끗한clean-limbed, clean-faced" 청년이어서 말로우에게 그런 추악하고 비열한 짓을 할 사람으로 보이지 않았던 것이다. 말로우는 자신의 오랜 선상 경험을 바탕으로 스스로 바다에서의 '선원전통'을 대변한다고 자임한다. 더구나 그는 숱한 젊은이들을 훌륭한 선원으로 키워냈다는 자부심이 있다. 그런데 짐은 그가 지녀왔던—자신은 인간을 외모로 한눈에 판단할 수 있다는—자신감과 능력을 일거에 짓밟아 버린 것이다. 이런 현상과 실체의 불일치는 말로우의 자기 확신을 심각하게 뒤흔들어 놓았고, 그는 자신이 철석같이 믿어왔던 바다에서의 '해상규범'을 짐이 그렇게 허무하게 배반했다는 사실에 당혹감을 금치 못한다.

짐이 말로우의 자기 확신을 심각하게 뒤흔들어 놓았다는 것으로 말미암아 짐에 대한 그의 관심은 내내 강렬한 감정으로 충만해 있고 거의 강박관념이 되어간다. 그래서 짐에 대한 그의 관심은 객관적 거리 두기로부터 시작해 '자기 동일시'에 이르는 광폭廣幅의 패턴을 보인다. 그는 해상규범(선원수칙)의 위반과 실패는 죽음보다도 더욱 끔찍한 것으로 여기지만 짐의 "당신이라면 어떻게 했겠어요? 당신은 그렇게 자기 확신이 있습니까"라는 물음은 그 자신으로서도 가장 곤혹스럽고 고통스러운 물음이 된다. 왜냐하면 말로우 자신도 그 처지에 놓이면 과연 짐처럼 행동하지 않았을 것이라는 확신이 도무지 들지 않았기 때문이다.[335] 짐은 이같이

---

334 *Lord Jim*, p.30.
335 같은 책, p.67.

말로우 자신을—박두迫頭한 죽음의 위협과 같은—"어둠의 힘Dark Powers" 앞에 노출시키고 그럼으로써 그가 지니고 있는 '자기인식'마저 불확실하고 위태로운 것으로 만든다.[336] 한 마디로 짐의 선원수칙의 파기는 "우리의 공동의 삶으로부터 그 마지막 영광의 불꽃을 꺼뜨린 결과를 가져왔고," 말로우는 이를 그야말로 자기 일처럼 괴로워하고 있는 것이다.[337]

말로우가 "만일 이 사건에 내포된 어두운 진실이 인류가 스스로에 대해 지니고 있는 관념에 영향을 미칠 만큼 중대한 것이라면"하고 자문할 때, 그는 이 사건이 제기한 심오한 철학적 물음을 묻고 있는 셈이다.[338] 여기서 '어두운 진실'이란 곧 짐이 한 것처럼 "인류라는 공동체의 신뢰를 깨뜨리는 것"을 가리킨다. 이는 결국 '진정한 인간다움'이란 무엇이며, 인간 사회는 어떻게 하여 유지될 수 있는가 하는 중차대한 문제와 연결되어 있기 때문이다.[339] 왜냐하면 말로우는 인간이란 존재는 오직 "결속함으로써 존속할 수 있다"고 믿으며,[340] 이는 동시에 작가 콘래드의 기본적 인생관이라는 것은 그의 『개인적 기록』에서 "이 세상은 두세 개의 아주 간단한 관념 즉 '충실성fidelity'의 관념에 기초하고 있다"고 쓰고 있다는 데서 확인할 수 있다.[341] 그는 초기 작품인 『나시서스 호의 흑인』의 서문에서도 자신의 "소설이 독자의 마음속에 회피할 수 없는 '결속감'을 일깨워주어야 한다"는 신념을 피력한 바 있다. 짐이 깨뜨린 '인류와의 유대를 가능케 하는 해상규범'의 파괴가 가져온 치명적 결과의 하나는 심판관 중의 한 명인 브라이얼리 선장의 자살이다. 모범적이고 깨끗한 이력을 지

---

336   같은 책, p.75.
337   같은 책, p.81.
338   같은 책, p.59.
339   같은 책, p.96.
340   같은 책, p.135.
341   Conrad, *A Personal Record*, xxi.

닌 브라이얼리 선장은 이 사건을 접하며 불현듯 짐 속에서 자신의 내면을 보았고 그런 자기인식은 그를 헤어 나올 수 없는 고뇌 끝에 자살로 치닫게 만들었던 것이다. 이렇게 결속, 유대, 충실이라는 인간 사회의 존속을 떠받치고 있는 근본적 이념과 가치의 파괴는—단지 바다의 해상규범을 넘어— 인간의 삶에 가공할 파멸적인 결과를 초래한다.

말로우는 처음 법정에서 그를 본 후 선원으로서의 기본적 가치와 이념을 저버린 짐에 대해 비판적 시각을 떨쳐버리지 못하지만—위에서 지적했듯이—점차 그와의 동일시가 강화되고 심화되면서 부디 짐이 재기에 성공하여 말로우 자신의 스스로에 대한 자신감과 자기 정당성도 회복하게 되기를 바라게 된다. 말로우는 자신을 포함해 "어느 누구도 충분히 훌륭하지 못하다"는 것을 절감하게 되었기 때문이다.[342] 말로우는 비록 자신은 "인간의 운명의 첫 글자는 바위 위에 지워지지 않을 글자로 새겨져 있다"고 믿는 숙명론자임을 밝히지만, 어떻게 해서든지 짐이 자신의 '운명'을 극복하여 운명이 아니라 '인간'이 자신의 주인임을 증명해주기를 기대하는 것이다.[343] 달리 말해 그는 짐을 통해 자신의 정신적, 심리적 생존과 건강이 달려 있는 문제가 극복되기를 희망한다고 볼 수 있다. "그는 나를 위해 존재한다"고 말로우가 말하는 이유가 바로 이것이다.[344] 그리하여 그는 한 인간이 다른 인간에게 되어 줄 수 있는 최고의 동반자요 멘터이자 후원자가 된다. 짐의 재기와 부활에 말로우 자신의 정신적, 심리적 재기와 부활이 달려있다고 보기 때문이다. 파투산은 짐에게는 물론이려니와 말로우에게도 '동일시'를 통해 꿈의 장소이고 소망 충족의 무대가 된다.

---

342 *Lord Jim*, p.94.

343 같은 책, p.112.

344 같은 책, p.136.

짐과 '신사' 브라운

위에서 얘기했듯이 짐이 파투산으로 들어간 지 2년 후 그를 방문한 말로우에게 그는 자신은 이곳에서 "필요한 존재 그것도 절대적으로 필요한 존재"가 되었으며, 만약 말로우가 현지인들에게 "누가 용감하고 진실하며 정의로운가, 한마디로 누구에게 그들의 목숨을 맡길 수 있는가 묻는다면 그들은 단연코 '튜안 짐'이라고 대답할 것"이라고 말한다.**345** 그리하여 자신은 스스로에게 거의 만족하였으나 아직 완전히는 아니라고 말한다. 그것은 그가 아직 '나는 누구인가'(혹은 '무엇인가') 하는 물음에 온전히 대답하지 못했기 때문인 것이다. 다시 말하면 그는 자신 안의 '어둠의 힘'과 다시 정면으로 대면할 기회를 아직 맞이하지 못했기 때문이다. 그러나 짐은 말로우와 헤어지면서 자신에게 주어진 파투산이라는 "이 굉장한 기회magnificent chance를 결코 망치지 않겠노라"고 장담한다.**346**

그가 자신 안의 '어둠의 힘'에 다시 직면하게 되는 것은 해적 '신사' 브라운이란 자가 파투산에 쳐들어옴으로써 이루어지게 된다. 브라운은 동남아 해역을 누비고 다니며 약탈 질을 일삼다가 그의 말로 "운이 다하고 이판사판 갈 데까지 가서" 이 변두리 도서 지역으로 쫓기듯 밀려든 것이다.**347** 마침 짐이 부재중에 마을로 쳐들어와서 부락민들을 살상하던 브라운 일당은 소식을 듣고 급히 돌아온 짐이 이끄는 주민들에 의해 격퇴당하고 퇴로가 끊기게 된다. 쓰러진 나무 뒤로 몸을 숨기고 대치하던 무리들에게 짐은 서슴지 않고 다가간다. 그러나 브라운과 둘만 만나게 되자 짐은 우습게도 처음부터 수비적이고 방어적인 모습을 보이게 되고 브

---

345 같은 책, p.181.
346 같은 책, p.145.
347 같은 책, p.210.

라운은 공격적인 태도로 나오는 모습을 보인다. 브라운은 이런 궁벽한 오지에 와서 사는 백인이라면 과거에 뭔가 "떳떳치 못한fishy" 일이 있을 것이라고 예리하게 본능적으로 내다보았기 때문이다. 그래서 브라운이 자신은 "곤경에 처해 저만 살자고 '뛰어내리지'" 않는 인간이지만 "일단 목숨이 걸리고 보면 살기 위해 뒤에 남은 수십 수백 명이야 어찌 되든 도 망가는" 것 역시 인간이란 말을 꺼내자 짐은 그만 움찔하며 브라운과 스스로를 자기 동일시하는 상황이 벌어진다.[348] 브라운이 의도치 않게 '뛰어내리고' '도망간다'는 말을 하는 것을 듣고 그는 갑자기 자의식에 빠지게 된 것이다. 말하자면 브라운에게서 과거의 자신을 보게 되고 짐은 자신도 브라운보다 조금도 나을 것이 없는 인간이라는 데 생각이 미치게 된다. 사실 짐에게 이 상황에서 가장 확실하고 간단한 해결방식은 포위를 계속하고 탈출하는 자는 쏘아 죽이겠다고 협박하여 그들을 굶주림의 공포 속으로 몰아넣어 결국 항복을 받아내는 것이다. 그는 이 손쉬운 방법을 버리고 가장 위험하고 어려운 방식을 택하게 된다. 이렇게 단호하게 대해야 할 때 마치 '신사' 같이 행동하는 어리석음을 보여줌으로써 짐은 독 안에 든 쥐와 같은 브라운 일당을 살려주기로 마음먹게 된다. 즉 가장 신사와는 거리가 먼 '신사 브라운'에게 당치 않게 짐이 신사답게 군 것이다.

짐의 이런 행동의 배경에는 작중인물 중의 하나인—파투산의 그의 전임자였던—코넬리어스가 그를 무시해서 말하듯 그가 '어린아이'와 같은 순진성과 단순함 그리고 이에 따르는 취약성을 본질적으로 지니고 있다는 것도 한몫한다. 즉 그는 여러 평자들이 지적하듯 인간의 악에 대한 감각이라고는 거의 지니지 못한 단순한 성격의 인간인 것이다.[349] 또 그는

348 　같은 책, p.227-9.

349 　Paris, 259; Kuehn, p.12.

자신이 파투산에서 이룬 기왕의 성취로 인해—말로우와 만났을 때 자신은 파투산에서 자신의 "운명을 거의 정복했다"고 말하는 것으로 드러나듯이—너무 자신감에 차 있는 것도 사실이다.350 그러나 가장 중요한 동기는 위에서 말했듯이 그가 자신도 브라운보다 조금도 나을 것이 없다는 자의식에 빠지게 되었고, 이는 그로 하여금 브라운의 '구세주'가 되도록 만들었다는 점이다. 즉 그는 '브라운의 말로우가 되어서' 마치 말로우가 자신에게 한 번의 기회를 더 주었듯이 자신도 브라운에게 한 번의 기회를 더 주는 행동을 하는 것이다.351 세상이 자신의 비겁한 행동에 대해 한때 자비를 베풀었듯이 자신도 비겁한 행동을 한 인간에게 자비를 베풀어야 한다고 생각하게 된 것이다. 그리고 이런 모든 심리적 메커니즘의 근본 배후에는 그의 '영웅적 자아상'이 버티고 있다는 것은 새삼 말할 필요가 없다. 그런데 여기서 정작 중요한 점은 그가 지금 자신의 보호 아래 있는 원주민들의 안위 따위는 염두에 두고 있지 않다는 사실이다. 브라운과의 당치 않은 동일시와 자신의 능력에 대한 자만심 그리고 영웅적 자아상이 결합해 그는 부락민의 안전이라는 '현실 감각'은 완전히 상실하고 만 것이다. 그는 지난번 셰리프 알리 사건 때처럼 상황의 성공 여부에 자신의 목숨을 걸고 만약 이번 일이 성공하면 그의 '영웅적 위상'은 다시금 드높혀질 것이고 따라서 그의 '자아 이상' 역시 최고로 충족될 것이라는 사실에만 관심을 갖고 있다.

'비극적 주인공'으로서 짐

짐은 브라운에게 그들이 만약 말썽 없이 떠나준다면 안전통행을 보장

<hr>

350　*Lord Jim*, p.193.

351　Paris, p.259.

해 주겠다는 신사협정을 제안한다. 그러나 기대했던 노략질이 좌절되고 실패한 것에 대한 보복으로 브라운은 신사협정을 헌신짝처럼 파기하고 추장 도라민의 아들이자 짐의 단짝 친구가 된 다인 와리스를 쏘아 죽이고 떠난다. 독자들의 관점에서 능히 예상할 수 있었던 이 파국 앞에서 짐은 애인 주얼이 싸워서라도 목숨을 구하라는 요청에 자신은 "더 이상 싸울 게 없다"고 대답한다. 그는 주얼에게 자신은 또한 "아무것도 잃을 게 없다"고도 말한다.[352] 그는 싸울 것이 있다면 '바로 자기 자신에 대한' 것이며 이미 지난 번에 모든 것을 잃은 그는 '더 이상 잃을 것이 없다'고 생각하기 때문이다. 그래서 "그는 이런 재난에 대항할 수 있는, 그에게 떠오른 유일한 방식으로 대항할 것이고, 그 자신만의 방법으로 그의 힘을 입증할" 것이며 결국 그런 식으로 "그의 치명적인 운명 그 자체를 정복할" 셈인 것이다.(242) 그는 "'어둠의 힘'이 또 다시 그의 평화를 박탈하도록 허용하지 않을" 것이며 "그 어느 것도 그를 건드리지 못 할 것Nothing can touch me"이라고 말한다.(242)[353] 그는 제 발로 도라민 앞으로 걸어와서 "저는 무장하지 않았고 준비되었습니다"라고 말한다. 그는 도라민의 총알을 받으며 "좌우에 서 있는 주민들에게 자랑스럽고 흔들림 없는 당당한 눈길을 보내며" — 신음 소리조차 내지 않으려는 듯이— "손을 입가에 얹은 채로" 쓰러진다.[354] 짐의 최후 역시 '준비된 마음이 전부'라는 비극의 주인공의 마지막 '자기 인식'을 예증해 준다.[355]

---

352 *Lord Jim*, p.242.

353 이 "어떤 것도 나를 건드리지[움츠러뜨리게 하지] 못한다"는 말은 작품을 통해 모두 8번 등장할 정도로 짐의 심중을 드러내는 후렴 같은 말이다. 파트나 사건 이후 그것은 그의 좌우명, 차라리 종교적 신념같이 되었기 때문이다.

354 *Lord Jim*, p.246.

355 심리학/정신분석학의 관점에서 작품을 분석한 패리스 교수는 짐은 신경증에서 벗어나지 못하고 살아가다 끝까지 자신의 '신경증적 해결책'을 추구한 인간이라고 말한다. 짐의 자아 확장 욕구는 파트나 호에서 욕구 실현의 실패로 인해 그의 내면에서 자기 증오와 자기 경멸로 바뀌어 있었고 이는 자기 처벌을 필요로 하는 것이었다고 한다. 그가 도

짐은 파트나 사건으로 제기되었던 자신은 무엇이고 누구이며 어떻게 살 것인가에 대한 물음에 이제 분명히 대답한 것이다. 그는 브라운과의 신사협정을 맺을 때까지도 자기인식이 없었고 따라서 자신과의 진정한 평화도 누릴 수 없었다. 그러나 그는 브라운이 약속을 파기하고 부족장의 아들을 죽임으로써 자신의 약속을 이행해야 할 때가 오자 "자신이 항상 기다려 오던 마지막의 만족스러운 시험을 하게 해주는 최상의 기회"를 놓치지 않고 활용한 것이다.[356] 그가 도라민의 저택을 향하며 일종의 자살의 형태의 죽음을 맞이하러 가는 것은 자신이 진실로 살길은 죽음을 택하는 길이라는 것을 너무도 잘 알기 때문이다. 화자 말로우는 자신의 이야기에 가장 큰 관심을 표명했던 청자聽者에게 보낸 편지에서 짐의 최후를 얘기하며 다음과 같이 말한다.

저는 그에게 닥쳐왔던 그의 마지막 순간에 대해 제가 아는 것을 모두 기꺼이 말씀드리겠습니다. 저는 그 순간이야말로 그가 늘 기다리고 있었던 것이 아닌가 하고 제가 짐작했던, 그 최후의 '마음에 쏙 드는 시험의 기회,' 다시 말해 '최상의 기회'가 아니었나 생각되는 것입니다.[357]

콜럼비아 대학의 철학 교수로서 미국 철학회 학회지의 편집장을 오랫동안 역임했던 프레더릭 우드브리지Frederick J. E. Woodbridge는 "인간은 죽

라민의 손에 죽음을 당하는 것은 자신의 자기 처벌의 욕구를 달성하는 것이며 이로써 그의 죄는 완전히 속죄되는 것이다. 이렇듯 짐의 삶은 끝까지 '자아 확장적 나르시스트'의 삶을 살다 간 것이다. 그러나 패리스 교수도 결론적으로 자아 확장적 나르시스트의 삶이 곧 그의 삶을 평가 절하하는 것은 아니라고 덧붙인다. 왜냐하면 비록 짐은 대가를 치루지만 그 대가는 정히 치룰 만한 것이었기 때문이라는 것이다. 패리스 교수도 이 소설의 진정한 힘은 짐의 몰락과 파멸이 아니라 그의 '운명의 정복'에 있다고 보고 있다.—Paris, p.270-74.

356 *Lord Jim*, p.149.

357 같은 책, p.201. 강조는 필자.

는 것보다 사는 것을 더 두려워해야 마땅할 때가 있다"란 말을 한 바 있는데, 이 말은 비극론에 관련된 문학평론에 자주 인용되곤 한다.[358] 사실 이 말의 원조는 소크라테스의『변론』에 나오는 "죽음을 피하는 것보다 사악함(혹은 '비루함poneria')을 피하는 것이 훨씬 더 어렵습니다. 왜냐하면 사악함은 죽음보다 훨씬 발이 빠르기 때문입니다"라는 것이다.[359] 노예적 삶의 비루함보다는 자신의 운명의 주인으로서 차라리 죽음을 선택하는 것은 ―우리가 이 책의 앞부분에서 봤듯이―호메로스가『일리아스』에서 확고히 수립한 '비극적 정신'의 근본이며, 그 후 서양비극의 기본적 인간관을 형성해왔다는 것은 재론을 요하지 않는다. 짐은 누추하게 사는 것보다 자신의 꿈에 충실함으로써 '파괴되는 동시에 구원되는' 전형적인 '비극적 역설'을 보여준다.

이를 말로우는 짐은 "살아있는 여인 주얼을 버리고 '이상적 행위 규범'이라는 허깨비와의 무자비한 혼례를 올렸다"고 말한다.[360] 그러나 말로우는 2년 전에 짐이 파투산에 들어오는 것을 "마치 '기회'가 주인의 손길에 의해 너울이 벗겨지기를 기다리는 '동방의 신부Eastern bride처럼 그의 곁으로 다가왔다"고 묘사한 바 있다.[361] 그리고 짐이 "마지막 순간에 사람들에게 그의 자랑스럽고 당당한 눈길을 보낼 때 그는 너울을 쓰고 그의 곁에 다가온 동방의 신부 같은 그 '기회의 얼굴'을 드디어 보게 되었다"고 표현한다.[362] 이는 미혼으로 죽는 짐이 자신의 '이상ideal'과 완전히 하나가 되어 '영웅적 자아상'을 구현하고 죽는 것을 아리따운 여인과의 가

---

358 Sidney Hook, "Pragmatism and the Tragic Sense of Life," Robert Corrigan ed., *Tragedy: Vision and Form*, p.99. 재인용.

359 『변론』, 39.b.

360 *Lord Jim*, p.246.

361 같은 책, p.147.

362 같은 책, p.246. 강조는 필자.

슴 뛰는 혼인성사婚姻聖事를 올리는 것에 비유하는 말로우 식의 최대의 찬사라고 볼 수 있다.363 말로우는 그럼으로써 짐은 "비상한 성공"을 거두었고 결국 "영원한 충직함"을 보여주고 성취했다고 판단하고 있기 때문이다. 그리하여 많은 평자들도 말로우(콘래드)는 결국 짐에게 만족하였고, 이는 짐이 자신의 삶에 최종적으로 '만족했기' 때문이라고 평한다.364 이렇게 짐은 소포클레스의 오이디푸스나 아이아스, 셰익스피어의 브루터스 혹은 코리올레이너스 같이 '신의와 명예' 즉 '책임감(아이도스aidos)'의 영웅임을 보여준다. 그리하여 그의 최후는 패배 가운데의 승리요 파멸 가운데의 성취라는 '비극적 역설'을 드러내며, 세상이 아니라 그 자신이—스스로의 삶 가운데—한때 무너졌던 '정의와 질서'를 다시 세우는 모습을 보여줌으로써 이 소설이 '서양 비극 문학' 전통에 굳건히 서 있는 작품이라는 것을 입증해준다.

작품에 나타나는 제국/식민주의적 시각과 관점

한편 이 소설은 근래 제국/식민주의와의 관련성 가운데 가장 큰 주목을 받아온 작품 중의 하나이다. 작품의 시대적 배경은 서구의 제국주의와 식민주의가 기승을 부리던 19세기 말이다. 동시대의 러드야드 키플링이 제국주의적 시각을 여과 없이 대변한다고 할 때 콘래드는—러시아의 제국주의에 희생된 조국이라는—자신의 출신 배경이 그렇듯이 매우 복합적이고 모순적인 시각을 갖고 있는 듯하다. 그의 초기 작품인 『암흑의

363　여기서 '동방'이라는 말에는 지배와 정복의 대상으로 보는 제국/식민주의적 관점이 들어 있는 것은 사실이나 작가 콘래드의 강조점은 어디까지나 '짐의 이상'의 순수함과 아름다움에 놓여져 있다는 것을 부인할 수 없다.

364　J. Hillis Miller, "*Lord Jim*: Repetition as Subversion of Organic Form," Thomas C. Moser ed., *Lord Jim*[Norton Critical Edition, 2nd], p.445.

핵심』은 제국주의에 대해 가장 강렬한 비판적 관점을 보이고 전성기의 대표작인『노스트로모』또한 식민주의의 폐해와 죄악을 날카롭게 파헤치고 폭로하고 있다. 그러나 그가 자신이 귀화한 영국에 대해서는 존경 어린 애정과 충성심을 평생 간직했다는 것은 모든 전기 작가들이 증언하고 있듯이 영국의 제국주의에 대해서는 노골적으로 두둔하던가 아니면 적어도 모호한 시각을 보여준다. 가령 작품 속에서 짐이 파투산에 들어가는 것은 서구적 관점에서는 문명 세계에서 야만과 무지가 지배하는 세계로 진입하는 것인 동시에 짐이 서구사회에서는 실현할 수 없는 꿈을 펼칠 수 있는 공간으로 들어가는 것이기도 하다. 짐은 서구의 우수한 과학 문명의 산물인 대포의 위력을 발휘하고 조직적 전술로서 토착 착취 세력들을 물리치고 현지인들에게 질서와 평화를 가져다준다. 그는 결국 그곳의 실질적 지배자가 되며 우상처럼 받들어진다. "마을은 백인 지도자의 특별한 가호 아래 살아가는 축복 받은 마을로 보인다"고 말로우는 말한다.365 이는 독일인인 스타인이나 포르투갈인인 코넬리어스와 달리 영국인 짐만이 식민지에서 책임 있는 일을 할 수 있고, 문명화의 사명을 완수할 수 있다는 주장과 다를 바 없다. 서구제국주의 중에서도 영국의 제국주의가 가장 모범적이고 선진적이라는 것은『암흑의 핵심』이래 —동시대의 영국인들과 마찬가지로— 콘래드가 확신하고 있는 관점이었다. "질서와 진보는 오직 민족적으로 우리만의 고유한 것"이라고 말로우는 말하고 있다.366

작품의 끝에서 짐의 영웅적 이상주의(와 내면의 '어둠의 힘')로 인해 부족장 도라민의 아들이 죽게 되고 결과적으로 이곳에는 정치적 혼란과 공백이 닥쳐올 가능성이 있다. 그러나 달리 보면— 비록 작품이 명시적으로

365　*Lord Jim*, p.159.
366　같은 책, p.201.

가리키고 있지는 않으나– 파투산이 이제부터는 외부 세력의 개입을 벗어나 원주민들 스스로가 자신들의 삶을 이끄는 공동체의 성립으로 이어질 가능성도 얼마든지 있다.[367] 짐의 죽음은 그로서 대변되는 영국의 제국주의—비록 그것이 낭만적이고 박애적이건 아니면 팽창주의적이고 약탈적인 것이건 간에—의 종식을 증거하는 것이라고 읽을 수도 있다. 이런 시각에서 보면 콘래드는 영 제국주의의 우위나 승리가 아니라 그 파멸과 종식을 보여주고 있는 것이다.

그러나 그것이 영 제국주의에 대한 옹호이건 아니면 비판이건 간에 콘래드의 중심적 관심사는 정치적이고 역사적인 데 있는 것이 아니라는 사실은 분명하다. 작품의 핵심적 주제는 인간 연구 그것도 '비극적 인간'에 대한 탐구이고, 소설을 이끌어가는 중심 동력은 인간의 본성과 아울러 인간의 '비극적 운명'에 대한 작가의 매혹과 몰입이라고 여겨지기 때문이다.

9. 헨리 제임스^{Henry James}의 『비둘기의 날개^{*The Wings of the Dove*}』

죽음이 아니라 제대로 살지 못해 낭비되고 상실된 삶이야말로 "끔찍하고 비극적이며 사악하고 나락에 떨어진 듯한 삶이다."—퍼시 러벅 편, 『헨리 제임스 서간집 II』. p.94.

작품의 줄거리

19세기 말경에 런던에 살고 있던 케이트 크로이라는 25세의 독립적 정신을 지닌 아름다운 처녀는 가족과 떨어져 망나니와 건달 같은 무책임한 삶을 살아온 아버지 라이널 크로이를 만난다. 케이트에게는 어려서 죽은

367　고부응, 『영미문학의 탐구: 셰익스피어에서 헤밍웨이까지』, 신아사, p.300.

두 명의 오빠가 있었고 어머니 또한 몇 년 전에 돌아갔으나 가난한 목사와 결혼하여 자식을 넷이나 낳았으나 지금은 과부가 된 매리언 언니가 있다. 그녀는 부친이 원하면 자신이 같이 살며 돌봐주겠다고 제안하지만, 부친은 딸을 위해 그녀의 과부 이모 모드 라우더 부인이 원하는 대로 그녀의 대저택에 가서 살라고 한다. 그러나 부친은 케이트가 죽은 모친에게서 물려받은 얼마 안 되는 유산을 케이트의 뜻에 거슬러 딸 매리언이 아니라 자신이 가지려 한다. 이모 라우더 부인은 대단한 부자이고, 케이트의 모친이 죽은 뒤에 그녀를 런던의 랭카스터 게이트에 있는 자신의 저택에 와서 살게 하였다. 그런데 이모의 이런 호의에는 한 가지 단서가 있었다. 즉 케이트가 자신의 나머지 가족들과의 연緣을 끊는 것을 조건으로 한 것이다. 모드 이모가 그녀에 대해 품고 있는 야심은 장차 그녀를 귀족인 마크 경卿이란 남자와 결혼하게 하여 조카를 통해 자신의 가문에 귀족의 후광이 씌워지게 하려는 것이다. 케이트가 매리언 언니를 만나자 언니 또한 그녀가 모드 이모 댁에 가서 사는 것을 원한다. 매리언 자신이 동생을 통해 덕을 보려는 생각을 하기 때문이다.

한편 케이트에게는 사귀는 남자가 있는데 머튼 덴셔라는 이름의 플리트 거리의 언론사에 다니는 기자이다. 케이트는 그를 모드 이모 댁에 초대하기도 하여 이모도 그를 만나 본다. 그러나 이모는 그가— 인간적으로는 반대가 전혀 없지만 경제적인 면에서 장래가 없다고 판단하고— 케이트와 결혼을 목적으로 사귀는 것에 반대한다는 것을 둘에게 분명히 한다. 둘은 그래서 비밀히 만나며 덴셔는 그녀에게 청혼하지만 케이트는 지금은 때가 아니니 기다리자고 말한다. 덴셔는 이윽고 미국의 뉴욕으로 신문사에 의해 파견되며 모드 이모는 한숨 돌린다. 그러나 케이트는 덴셔가 출국하기 전에 비밀히 만나 둘의 관계가 영원할 것을 피차에 약속한다.(즉 비밀 약혼식을 올린 것) 덴셔는 미국에 가 있는 동안 밀리 씨일이라는 스물 두 살 먹은 젊은 여성을 알게 되는데, 그녀는 천애 고아이지만 작고한 부모로부터 엄청난 유산을 물려받은 여인이다. 덴셔가 밀리를 만난 지 얼마 후 그녀는 집안의 오랜 친구이자 자신의 후견인인 수전 스트링엄 부인과 유럽으로 여행을 떠난다. 둘은 여객선으로 대서양을 횡단하여 이탈리아에 도착한 후 스위스까지 여행하며 다음 목적지는 영국이다.

그런데 밀리에게는 스스로도 잘 모르는 질병이 있는데 그녀는 스트링엄 부인에게조차 그 병의 내막을 말하려 하지 않는다. 밀리는 영국 가면 런던의 유명한 의사를 찾아가 볼 예정이라고 한다. 한편 영국에 도착한 스트링엄 부인은 자신이 영국에서 과거에 유학할 때 동창이던 라우더 부인에게 연락을 취한다. 밀리와 스트링엄 부인은 라우더 부인의 랭카스터 게이트 저택을 방문하며 밀리는 그곳에서 케이트를 비롯해 마크 경과도 알게 된다. 마크 경이란 인물은 전에 상원의원을 한 번 지냈다는 것 이외에 내세울 것이 별로 없는 사람이지만 라우더 부인의 저택을 제집 드나들 듯이 드나든다. 한편 밀리는 순수하고 아름다운 영혼을 지녔고 더군다나 엄청난 유산을 물려받은 부자라는 사실 때문에 저택에 오는 모든 사람들의 주목의 대상이 되고 인기를 끌게 된다. 밀리는 새로 사귄 케이트가 너무 아름답고 매력적일뿐더러 세련된 말투와 매너를 지닌 여인이라는 데 매료되어 깊은 관심과 애정을 갖게 되며 둘은 곧 친구가 된다. 밀리는 수전을 통해—수전은 모드 부인에게 들은 것이지만—뉴욕에서 만난 머튼 덴셔가 케이트와 연인 관계라는 것을 알게 된다. 밀리는 수전과 함께 케이트의 언니 매리언도 만나게 되는데 매리언 역시 케이트와 덴셔는 연인 사이라고 말한다. 그러나 매리언은 모드 이모는 덴셔가 비록 능력과 재주는 있지만 돈 한 푼 없는 가난뱅이이기 때문에 그 둘의 만남을 못 마땅히 여긴다는 말도 해준다. 밀리는 결론적으로 덴셔는 케이트를 사랑하지만 그것은 짝사랑일 것이라고 추측한다.

자신의 건강에 심각한 문제가 있다는 것을 알고 있는 밀리는 케이트와 함께 런던의 유명한 의사인 루크 스트렛 경을 찾아가서 진단을 받는다. 스트렛 경은 구체적인 병명은 말하지 않으나 밀리한테 의학적으로 그녀를 치료할 수 있는 길이 없다는 것을 둘러가며 넌지시 알린다. 따라서 밀리에 대한 그의 조언과 충고는 남아있는 나날들을 최대한 즐겁고 기쁘게 지내라는 것 뿐이다. 결국 밀리는 자신이 불치병을 앓고 있다는 것을 확신하게 되고 케이트도 이를 눈치 채게 된다. 비록 밀리와 케이트는 친밀한 사이가 되었지만 각자가 알고 있는 덴셔에 대해서는 아직 서로 얘기를 나누지 않았다. 그런데 어느 날 국립미술관을 방문한 밀리는 런던으로 돌아온 덴셔가 그곳에서 케이트와 함께 있는 것을 발견한다. 밀리와 단 둘이 있게 되었을 때 케이트는 그녀를 '비둘기'라고 부르며, 그녀가 언젠가는 자신을 혐오하게 될지도 모르니 관계를 중단하는 것이 좋을 지도 모른다는 알쏭달쏭한 말을 한다.

케이트와 덴셔는 둘의 만남을 지속하기 위해 밀리와 스트링엄 부인의 도움을 얻기로 한다. 즉 밀리가 지금 머물고 있는 모드 이모 저택으로 덴셔가 찾아오도록 하지만 이는 밀리를 만나러 오는 것으로 꾸미는 것이다. 덴셔를 좋아 하게 된 밀리로서는 그가 찾아오는 것을 말릴 이유가 없다. 한편 밀리의 가장 친한 친구가 된 케이트는 밀리의 덴셔에 대해서 싹트기 시작한 호감을 이용하기로 한다. 그녀는 덴셔에게 밀리에게 잘 대해주어 그녀를 기쁘게 해주라고 말한다. 더 나아가 케이트는 밀리가 그를 사랑하게 되면 그녀와 결혼하라고 그에게 요구하는 것이다. 왜냐하면 케이트 자신도 깊은 애정과 우정을 느끼게 된 밀리가—앞으로 얼마나 살지 모르나—살아 있는 동안만이라도 기쁘고 행복하게 만들어주고 싶다는 것이다. 이는 '누이 좋고 매부 좋은 일'이라서 밀리가 결국 죽은 후엔 덴셔가 유산을 물려받게 될 것이고, 그 재산을 바탕으로 그는 자신과 결혼하면 된다는 것이다. 케이트는 밀리를 사랑하고 아끼는 나머지 그녀의 행복을 위해서는 못할 일이 없는 모드 이모나 스트링엄 부인도 밀리와 덴셔가 결혼한다면 반대할 이유가 전혀 없을 것이라고 덧붙인다. 그러나 케이트의 이런 계획 앞에서 덴셔는 당혹감을 금하지 못하며 깊은 내면의 고뇌에 빠지지 않을 수 없다.

겨울이 다가오자 루크 스트렛 의사의 충고에 따라 밀리, 케이트, 모드 이모 및 스트링엄 부인은 덴셔가 동행하는 가운데 베니스로 여행간다. 케이트가 말한 덴셔가 밀리와 사랑 놀음에 빠지는 일은 거의 진척이 이루어지지 않는다. 어느 날 밀리가 묵고 있는 베니스의 '팔라조 레폴렐리' 저택에 마크 경이 갑자기 나타난다. 밀리는 마크 경과 대화 중 자신이 몹시 아프고 혹시 죽게 된다면 베니스에서 죽고 싶다고 말한다. 마크 경은 그녀에게 필요한 것은 사랑이라고 말하며 자신이 그녀를 사랑할 수 있음을 비친다. 밀리는 라우더 부인은 케이트가 마크 경과 맺어지기를 원하고 있다고 들려준다. 이 말을 듣고 마크 경은 케이트는 자신이 아니라 덴셔를 사랑하고 있다고 말해준다. 그러나 밀리는 절친이 된 케이트가 자신에게 덴셔에 대한 사랑을 한번도 언급한 일이 없음을 지적하며 이를 부인한다. 겨울이 지나가고 라우더 부인과 케이트는 런던으로 돌아가게 된다. 가기 전에 케이트는 덴셔를 만나 자신이 없는 동안 '계획'을 성사시킬 것을 약속하라고 그에게 말한다. 그러나 덴셔는 자신의 이중적 태도에 양심의 가책을 느끼며, 나아가서 만약 정작 '계획'이 성사되었을 때 케이트가 자신과 결혼해 줄지도 안심이 안 된다. 그는 케이트에게 둘의 사랑은 변함이 없다는 것을 확실히 하기 위해 자신도 조건이 있다고 말한다. 그것은 곧 케이트가 떠나기 전날 밤을 자신과 함께 보내는 것이다. 그녀는 덴셔의 요구대로 찾아와 그가 자신을 '갖게' 한다.

어느 날 밀리를 찾아온 덴셔는 마크 경이 방금 그녀의 거처를 나서는 것을 목격한다. 그는 곧 스트링엄 부인을 통해 마크 경이 밀리에게 청혼했으나 그녀가 거절했다는 애기를 듣는다. 밀리는 마크 경이 병든 자신을 동정하고 있고, 더군다나 자신보다 자신의 재산에 더 관심이 있다는 의심이 들어서 거절했다는 것이다. 이 말을 듣고 덴셔는 자신에게 기회가 왔다는 생각이 드는 것을 어쩔 수 없다. 그가 밀리를 만나자 그녀는 그에게 왜 다 떠날 때 같이 떠나지 않고 혼자 남았느냐고 묻는다. 그는 자신의 원래 계획은 책을 쓰는 것이었으나 그것을 차일피일 미루게 된 것은 오직 밀리와 같이 있고 싶어서라고 대꾸한다. 밀리는 덴셔의 이 말을 듣고 기쁨을 감추지 못한다.

이 일이 있은 후 마크 경은 베니스에서 한동안 자취를 감춘다. 덴셔가 하루는 밀리를 찾아갔으나 몸이 안 좋다고 만나주지 않는다. 그러나 밀리를 만나지 못하게 된 지 며칠 후에 그는 카페에 앉아 있는 마크 경을 목격한다. 그는 마크 경이 다시 돌아와 있는 것을 보자 비로소 밀리가 왜 지난번에 자신을 만나주지 않았는지 그 까닭이 짐작이 간다. 마크 경은 어떤 경로였는지 알 수 없으나 덴셔와 케이트가 실질적으로 약혼한 사이라는 것을 알 게 되었고, 이를 밀리를 만나 그녀에게 고자질한 것이다. 덴셔는 이 예기치 않은 난국을 타개할 방안을 고심하게 된다. 그러나 사흘 후 그를 찾아온 스트링엄 부인을 통해 그가 듣게 된 것은 최악의 소식이었다. 즉 삶에 절망한 밀리가 "벽을 향해 돌아 누워버렸고" 일체의 침식을 거부하며 아무도 만나려 하지 않는다는 것이다. 스트링엄 부인은 런던의 루크 스트렛 의사에게 연락하여 급히 와줄 것을 요청한다. 스트렛 의사는 밀리를 진단한 후 떠나기 전에 덴셔를 만나, 밀리가 위급한 상황은 벗어났으며 그를 만나고 싶어 한다고 전한다.

얘기는 뛰어, 런던으로 돌아온 덴셔가 케이트를 만나 그간의 상황을 얘기해준다. 그는 베니스를 떠나기 전 밀리를 딱 20분 동안 만났는데 그녀는 죽어가고 있었고 그에게 그와 케이트의 관계에 대해 아무것도 묻지 않았다고 한다. 그녀는 단지 마지막 순간을 그와 함께 보내기를 바랐을 뿐이었다는 것이다. 그는 만남 가운데 자신의 케이트와의 관계를 그녀에게 고백하지 않게 된 것만을 감사히 여겼다고 말한다. 밀리는 최후의 순간까지 자신이 속임수에 넘어갔다는 어떠한 징후나 언급도 하지 않았다는 것이다. 그는 케이트에게 지금이라도 당장 결혼하자고 말한다. 그러나 케이트는 아직은 때가 아니라며 밀리로부터 무슨 소식이 올 때까지 기다리자고 한다. 케이트는 모드 이모의 뜻에 거슬려 크리스마스를 매리언 언니 집에서 보내기로 한다. 아버지가 그녀의 도움이 필요하다며 언니 집에 와있다는 것이다. 한편 덴셔는 크리스마스가 다가올 즈음 밀리의 소식이 궁금하여 스트렛 의사를 방문하는데 거기에서 라우더 부인을 만난다. 부인은 어제 밀리가 죽었다는 전보를 받았다고 그에게 전한다. 며칠 후 베니스에서 편지가 한 통 온다. 그는 그 편지를 뜯어보지 않아도—겉봉에 밀리의 필체로 그의 이름이 쓰여 있는 것만 봐도—그 내용이 무엇이고 어떤 것인지 짐작이 간다. 밀리는 아직 살아있을 때 이 편지를 썼고 '선물을 주고받는' 크리스마스 시즌에 맞추어 배달되도록 만들어 놓았던 것이 분명하다.

덴셔는 아직 개봉하지 않은 밀리의 편지를 가지고 매리언의 집으로 찾아가 케이트를 만난다. 덴셔는 우선 케이트에게 어떻게 마크 경이 둘의 약혼 사실을 알게 되었는지 추궁한다. 마크 경이 밀리를 만나 둘의 약혼 사실을 발설한 것은 밀리가 덴셔에게 마음이 있어 자신(마크 경)의 청혼을 거부했다고 그가 믿기 때문이었음이 분명했다. 문제는 그가 어떻게 덴셔와 케이트의 약혼을 알게 되었느냐 하는 것이다. 덴셔는 케이트가 마크 경이 베니스로 돌아와 있었다는 것을 혹시 알고 있었는지 묻는다. 그러나 케이트는 자신은 몰랐다고 한다. 그러나 그녀는 마크 경이 돈에 쪼들리고 있었고 재산 결혼의 필요성에 내몰리고 있었을 것이었다고 말한다. 그녀는 자신이 마크 경에게 덴셔와 자신이 약혼한 관계라는 것을 귀띔한 적이 있는지의 여부에 대해서는 결코 명시적으로 밝히지 않는다. 둘은 밀리에게서 온 편지는 그녀가 덴셔에게 유산을 남긴다는 내용이 들어있다고 짐작한다. 덴셔는 케이트에게 그녀가 그 유산을 받기를 바란다고 말한다. 그러나 케이트는 그 말을 듣고 망설임 없이 밀봉된 편지를 그대로 불길에 집어 던진다. 그녀는 덴셔를 떠나면서 머지 않아 뉴욕의 법률사무소에서 올 편지로 그가 모든 것을 상속받을 것이라고 말한다.

과연 밀리의 편지가 온 지 두 달이 지난 후 케이트가 예고한 대로 뉴욕의 법률사무소에서 유산상속에 대한 증서를 담은 편지가 덴셔 앞으로 온다. 덴셔는 증서를 열어보지 않은 채로 밀리의 요청에 의해 법률사무소에서 보낸 것임을 알리는 짤막한 쪽지와 함께 케이트에게 송부한다. 그러자 케이트는 그 편지를 가지고 덴셔를 찾아와서 왜 자신에게 그것을 그대로 전달했는지 묻는다. 그런데 케이트가 편지를 뜯어보고 가져온 것을 보고 덴셔는 일말의 실망을 감추지 못한다. 그러나 케이트는 덴셔를 통해서가 아니라면 자신이 어떻게 돈에 손댈 수 있겠느냐고 묻는다. 이 말에 대해 덴셔는 케이트를 통하지 않는 한 자신이 어떻게 돈을 포기할 수 있겠느냐고 반문한다. 그러면서 그는 모든 것은 케이트의 뜻에 달려 있다고 말한다. 그리고 자신은 이 모든 것으로부터 벗어나고 싶은 마음이라는 말을 덧붙인다. 그러자 케이트는 그것은 덴셔가 밀리와 사랑에 빠졌기 때문이라고 지적한다. 덴셔는 결코 밀리를 사랑해 본 일이 없음을 강변한다. 케이트는 말을 돌려 자신이 평소에 밀리를 '비둘기'라고 부른 이유는 그녀가 "날개를 활짝 펼쳐 우리를 감싸주었기" 때문이라고 말한다. 그리고 이것이— 즉 유산을 받게 해준 것— 바로 자신이 덴셔를 위해 해준 일이라고 생색을 낸다. 그러면서 그녀는 "당신은 돈 없이는 나와 결혼하겠지만 돈과 함께는 나와 결혼하지 않을 거예요"라고 결정적인 말을 내뱉는다. 그녀는 그녀답게 현명하게 그의 마음의 변화와 결심을 읽은 것이다. 이 말을 듣고 그는 "맞소. 당신이 선택하시오"라고 결정권을 넘긴다. 케이트는 선택하기 전에 그가 한가지 자신에게 맹서해 줄 일이 있는 데, 이는 바로 그가 "밀리의 추억과 사랑에 빠지지 않겠다"는 맹서라고 말한다. "그녀의 기억이 당신의 사랑이 되었어요. 그리고 당신은 그것 이외는 어떤 것도 필요 없게 되었어요." 덴셔는 이 말에 긍정도 부정도 하지 않으며, 대뜸 "나는 당장이라도 당신과 결혼하겠오"라고 윽박지른다. 그러자 케이트는 "예전의 우리로 돌아가서요?"라고 묻고, 덴셔는 "예전의 우리로 돌아가서 말이요"라고 대꾸한다. 이 말에 대한 케이트의 마지막 대답은 "우리는 결코 예전의 우리로 다시는 돌아갈 수 없어요"이다.

헨리 제임스의 소설 세계

헨리 제임스는 한 살 위인 윌리엄 제임스와 더불어 19세기 미국 지성사의 형성 과정에서 대단히 중요한 위상을 차지한다. 윌리엄 제임스가 실용주의 철학을 창시하였다면 헨리 제임스는 사실주의 문학을 완성하였다. 이들에 대해서는 동생 헨리는 소설을 철학처럼 썼고 형 윌리엄은 철학을 소설 같이 썼다는 말이 나올 만큼 둘은 사상과 문장에서 공히 양수겸장兩手兼將이다. 헨리 제임스는 뉴욕 태생이지만 코스모폴리탄 기질이 있고 부유했던 부친을 따라 영국, 프랑스와 이탈리아 등지에서 젊은 날을 유럽문화의 정수를 음미하고 심취하며 보냈고 중년 이후에는– 콘래드처럼– 영국에 정착하여 이른바 '국제주제'로 알려져 있는, 유럽에 와 있는 미국인들이 겪는 문화적 충격과 혼돈을 소재로 한 작품을 썼다. 제임스는 평생 결혼하지 않았으나 그의 소설의 소재는 결혼을 둘러싼 고통과 비애이며 그의 소설 세계는 사랑과 신의의 파탄과 소멸을 다루는 데 집중되어 있다. 그의 전기 작가에 의하면 그는 "청년 시절에 사랑의 가능성으로부터 돌아서기를 스스로 선택했고 그러한 선택이 작품 세계에서 반복적으로 발생한다"고 한다.368 그는 만년에 지인에게 보낸 편지에서 자신은 "재앙의 상상력을 갖고 있고 삶을 진실로 잔인하고 사악한 것으로 본다"고 고백한 바 있다.369 이와 관련하여 제임스의 삶에서 불가사의한 사실의 하나는 그의 성적 경험에 관련된 기록이 전무하다는 것이라

---

368 David McWhirter, *Love and Desire in Henry James: A Study of the Late Novels*. p.153.

369 *Letters of Henry James*, Jeannette King, p.157. 재인용.

고 한다. 많은 평자들은 그가 18세 때 의용소방대원으로 활동할 때 입은 허리부상으로 인해 성불구가 되었을 것이라고 짐작할 뿐이다. 한편 그가 아끼던 총명하고 아름답던 사촌 미니 템플은 1870년 그녀가 24세 때 폐병으로 죽었고 그 후 그는 삶을 열렬히 사랑하지만 너무 때 이른 죽음을 맞이한 그녀의 사건에 큰 충격을 받았고 그 여파는 오래 갔다고 한다.[370]

『비둘기의 날개』는 『사절使節들 *The Ambassadors*』 및 『황금 주발周鉢 *The Golden Bowl*』과 더불어 제임스의 후기의 삼대 걸작으로 꼽히며 그중에서 예술적 완성도와 작품이 불러일으키는 감동의 측면에서 가장 성공적인 작품으로 평가된다.[371] 이 작품은 출간은 1902년이나 집필은 1896-7년 사이이고 소설의 배경과 무대는 19 말엽 빅토리아 조의 런던 상류계층이다. 재산 상속과 신분 상승이란 근대비극소설의 중심적 소재를 다루고 있고 제임스 특유의 "응접실의 비극" 중 하나이다. 제임스의 세계는 재산과 지위를 얻기 위한 암투와 술수가 판을 치고 일확천금을 노리는 위선적이고 사기성이 농후한 인물들이 주름잡는 사회이다. 디킨스와 새커리의 소설에 등장하는 것과 같은, 재산 상속으로 팔자를 바꾸려는 인물들이 날뛰며, 부유한 상속녀와의 결혼을 성사시키기 위한 온갖 계략과 기만이 횡행한다. 저명한 미술사가 허버트 리드는 이런 당대의 상류사회를 '결혼'을 뜻하는 그리스어 *gamia*에서 나온 'gamy(온통 혼인문제에 몰두)'한 사회라고 이름 지었고[372] 풍속사가 에두아르트 푹스는 그의 『풍속의 역사』에서 "부르주아 시대의 결혼은 엄밀한 의미에 있어 '재산 결혼'이었고, 연애를 상품화하는 현상이 근대 부르주아 사회만큼 거리낌 없이 나타난 적은 없었다"고 쓰고 있다.[373] 이런 사회와 제도 가운데 인간은 목적이 아닌 수

---

370 윤기한, "헨리 제임스," 『19세기 미국소설강의』, p.256.

371 Bruce R. McElderry, Jr., *Henry James*, p.137.

372 Walter Allen, *The English Novel*, p.329. 재인용.

373 『풍속의 역사, 4권 부르주아의 시대』, p.108-9.

단으로 간주되며, '결혼 제도' 그 자체가 불로소득과 착취시스템을 가장 잘 대변하고 있었다.[374]

그러나 『비둘기의 날개』를 그저 부르주아 시대를 반영하는 시대물에 그치는 것이 아니라 강력한 한 편의 비극 문학으로 만드는 것은 제임스의 소설 세계를 부단히 관류하는 '인간의 적극적 악의 힘'에 대한 강렬하고 예민한 감각과 이에 근거한 강력한 도덕적 관심과 통찰이라고 할 수 있다. 그의 소설에서는 가장 가까운 자가 가장 무서운 배신자인 경우가 많다. 먹고 먹히는 '정글의 법칙'에 지배되는 '자연계'가 제임스가 보여주는 런던의 상류사회의 속성을 가장 잘 상징한다. 이 작품에서 돈과 사랑을 모두 쟁취하기 위해 가장 순수하고 선량한 친구를 희생양으로 만드는 두 명의 주인공 케이트 크로이와 머튼 덴셔가 명백히 상기시키는 앞선 문학의 주인공은 셰익스피어의 맥베스 부인과 맥베스이고, 그들의 사기 게임의 희생자인 밀리 씨일은 오필리어나 클러리사를 떠올리게 한다.

이 작품이 걸작임은 이의의 여지가 없으나 독자들은 이 책을 읽고 나면 다시 읽기는 힘든 책이라는 느낌을 받을 가능성이 크다. 우선 제임스의 후기 작 세 권은 모두 난해하기가 영 소설의 최고봉이라 해도 과언이 아니다. 그의 문장은 너무 농밀하고 장황하며 간접적이고 암시적이어서 좀처럼 이해하기 쉽지 않다. (그러나 잘못 쓰인 단어나 문맥이 안 통하는 문장은 하나도 없다고 한다.) 나아가 그의 소설에서는 이른바 소설적 '사건이나 액션'이 부단히 흐르는 사유와 감정의 미묘한 변주變奏로 대체되어 있다고 해도 과언이 아니다. 이런 기법상의 난해함에 대한 가장 대표적 논평은 형 윌리엄이 보낸 편지에서 한 말이다. "너는 모든 전통적인 이야기 기법들을 뒤집어 놓았고, 내가 사악하다고밖에 생각이 들지 않는 새로운 문학 장르를 발명하였구나. 그러나 너는 그 안에서 네 나름대로 성공

374　같은 책, p.110.

하였다. 왜냐하면 나는 흥미를 잃지 않고 끝까지(그 많은 페이지들을, 그리고 도대체 무슨 뜻인지 알기 위해 무수한 문장들을 두 번씩 읽으면서 그리고 결말이 어떻게 될지 기어코 알기 위해) 지치지 않는 호기심을 갖고 읽어내었기 때문이다."[375] 동생보다 더 뛰어난 수재로 알려져 있는 윌리엄이 이런 말을 할 정도이면 충분히 그 난해함이 짐작이 갈 것이다. 그런데다 작가 본인도 잘못이라고 인정했듯이 이 소설을 읽어내기 위한 마지막 난관은 너무 길다는 데 있다. 20만 단어가 조금 넘을 정도이고 축약판 『클러리사』와 맞먹을 만하다. 그럼에도—멜빌의 『모비-딕』의 경우에도 그랬듯이—소설의 마지막 부분이 가져다주는 감동과 충격으로 인해 끝까지 읽어낸 독자는 그간의 고생이 헛되지 않았다는 위로와 기쁨을 맛보게 된다.

덴셔와 케이트

머튼 덴셔는 작가 제임스처럼 코스모폴리턴적 교육을 받아 대단히 세련되고 교양 있으나 수동적인 모습을 보이는 나머지 전통적인 남성성이 결여되고—일부 평자들이 지적하듯—거의 '중성적인epicene' 인물이다. 그는—역시 그의 창조자인 제임스가 그랬듯이—언제나 "한 무리의 페티코우트에 둘러싸여circle of petticoats" 있기를 즐기는, 남성적이라기보다는 여성적인 성격이 뚜렷하다고 보여진다.[376] 그는— 마치 수전 스트링엄이 밀리의 '순수'에 비해 '문화'를 대변하듯이—케이트의 '물질'에 대해서 '정신'을 대변한다. 그의 특징은 "생명력에 있어서는 나약하지만 사유력에 있어서는

---

375 William Stowe, "James's Elusive Writing," Jonathan Freedman ed, *The Cambridge Companion to Henry James*, p.187. 재인용.

376 본문 인용은 다음 텍스트에 의거하며 필자의 번역으로 한다. J. Donald Crowley and Richard A. Hocks eds., *The Wings of the Dove*[Norton Critical Edition]. p.299.

뛰어나다"는 데 있다.[377] 그런 면에서 좀 지나친 비유일지 모르나 햄릿과 유사한 면이 있다. 그는 거의 남성적인 강력한 의지와 정념을 지닌 그의 연인 케이트에 의해 이끌려가는 모습을 보인다. 그와 케이트는 전술했듯이 셰익스피어의 『맥베스』에서 악행을 사주하는 맥베스 부인과 그녀의 충동질에 악행을 저지르는 맥베스와 유사한 점이 있다. 그러나 맥베스와는 달리 덴셔의 가장 큰 결함은 성급함이 아니라 주저(우유부단)함이다. 그는 지성과 감수성 그리고 열정이 "치명적일 정도의 도덕적 우유부단함"과 공존하는 성격을 갖고 있는 것이다.[378] 그래서 그는—케이트의 마음이 시종일관 명료하고 단호하리만큼 일관스러운 것에 비하여—'혼돈되고 자기 모순적'인 모습을 보인다. 그는 작품의 도입부에서는 도덕적 침묵을 지키다 엉겁결에 공모관계에 들어가고 이윽고 회한이라는 파괴적인 감정의 덫에 걸리는 인물형이다. 한마디로 그는 작품이 거의 마지막에 도달할 때까지 평자 도로시어 크룩의 말을 빌리면 자신의 '오른손이 자기의 왼손이 하는 일을 모르는' 인간으로 나타난다.[379]

그러나 종말에 가까워 작품의 '갈등'이 정점에 달한 결정적 '위기'의 순간에 그는 자신의 내면에 잠재되어 있던 본유적으로 도덕적인 '행동과 선택'을 함으로써 능동적 인간으로 변모하며 사건의 주도권을 장악하는 모습을 보인다. 케이트는 그의 '악한 천사'였다는 것을 확연히 깨달은 순간 그는 자신과 그녀에 대해 자기 혐오에 빠지며 정신적 각성과 개심을 경험하는 것이다. 그의 뚜렷한 변화는—특히 열 권으로 이뤄진 작품의 마지막 권에서의—작품으로 하여금 전체적으로 '강력한 무게감과 종말감'을 획득하게 만든다.

---

377 같은 책, p.47.

378 Dorothea Krook, "Milly's and Densher's Ordeal of Consciousness," Crowley and Hocks, p.546.

379 Krook, p.547.

　한편 덴셔의 연인 케이트 크로이는 대단한 미모와 명민한 두뇌 그리고 강인한 의지를 지닌 여인이다. 그녀는 자존심이 매우 높고 모 평자의 말마따나 '금전이 너를 자유케 하리라'가 그녀의 표어인 양 오직 경제적 풍요 가운데서만 온전한 정신을 유지할 수 있는 여인이다.[380] 그러나 그녀의 현실은 일찍 어머니를 여의고 범죄경력을 지닌 아버지는 타인에게 기생하여 사는 무능력자이며 하나뿐인 언니는 가난뱅이에게 시집가서 네 아이를 낳았으나 일찍 과부가 되어 경제적으로 암담한 처지에 놓여 있다. 그녀는 이런 가족을 뒷바라지해야 할 처지이나 지금 더부살이 하고 있는 부자 이모 모드 라우더 부인은 그녀를 돌보아 주는 대가로 그녀가 나머지 식구들과 관계를 단절할 것을 요구한다. 모드 이모는 귀족 가문과 혼맥을 맺고자 하는 세속적 열망에 사로잡혀 있고 미모의 조카를 통해 이 야망을 실현하고자 하는 것이다.

　작가는 작품 가운데서 그녀가 "새커리적인 인물"이라고 말한다.[381] 즉 "내게 연 5천 파운드의 돈만 있다면 착한 여자로 살 수 있다"고 말하는 새커리의 『허영의 시장』의 주인공 벡키 샤프가 그녀의 모델이라는 말이다. 그러나 케이트는 어떤 경우에도 벡키 샤프같은 천박함과 야비함은 결코 보여주지 않지만 자신의 욕망을 추구하기 위해서는 보통 사람으로서는 감히 생각할 수 없는 충격적이고 기발한 방식은 얼마든지 시도할 수 있는 여인이다. 이 시도는 밀리 씨일이라는 천사같이 순진하지만 엄청난 유산을 물려받은 고아의 친구가 되는 것으로부터 시작한다. 그런데 밀리양에게는 병명을 알 수 없는 불치병이 있어서 살아갈 날이 얼마 남지 않았다는 것이 분명하다. 케이트는 한편으로는 친구로서 밀리가 남아 있는 나날 동안 될 수 있는 한 행복하고 기쁘게 살게 해주고 싶은 마음이

380　Ernest Sandeen, "*The Wings of the Dove and The Portrait of a Lady*," Crowley and Hocks, p.512.

381　*The Wings of the Dove*, p.112.

있고 또 다른 한편에서는 그녀가 죽은 후 남긴 유산을 자신의 가난한 연인 덴셔와의 결혼에 쓰고자 하는 복심腹心을 품게 된다. 이렇게 그녀가 자신의 욕망을 충족하기 위해 세상과 벌이는 싸움에는—한 사람은 미끼로서 다른 한 사람은 미끼를 물은 인간으로서—다른 두 명의 운명도 결부된다.

라우더 부인과 밀리 그리고 케이트와 덴셔

작품에서 모든 문제의 시작은 두 가지 사실에서 비롯한다. 하나는 덴셔와 케이트는 서로 진정으로 사랑하는 사이이지만 재산이 전혀 없다는 사실이다. 다른 하나는 위에서 말했듯이 그녀를 거두어주는 모드 이모는 가문의 신분 상승을 위하여 그녀와 귀족 마크 경의 혼인이 성사되도록 손을 쓰고 있다는 것이다. 여기서 케이트는 모드 이모의 계획을 무산시키고 덴셔와 맺어지기 위해 앞서 말했듯이 새로 사귄 미국 부자 처녀 밀리 씨일의 호의를 이용하겠다는 생각을 하게 된다. 즉 불치병에 걸려 죽어가는 밀리와 덴셔가 결합하게 하여 살아있는 한 그녀가 행복을 맛보게 한다는 선의를 베풀고 결국 그녀가 죽게 되면 그녀의 유산을 덴셔가 물려받게 하는 것이다. 그러면 그 후에 자신과 덴셔가 결합하더라도 모드 이모로서 반대할 이유가 없고 설혹 반대할지라도 별 문제가 안 된다고 생각한다. 밀리에게도 케이트가 생각할 수 있는 최대의 친절을 베풀어—앞서 말했듯이—우리 속담대로 '누이 좋고 매부 좋은' 일이 되는 셈이다.

밀리에 대한 케이트와 덴셔의 속임수는 가장 선의에 차 있는 한 인간의 순진성을 이용한다는 점에서 섬짓하리만큼 사악한 계획임에 분명하다. 그러나 독자들의 처지에서 이들을 일거에 매도罵倒해 버리는 것이 그렇게 간단하고 손쉽지만은 않다는 것이 문제다. 우선 덴셔가 밀리의 호감을 얻고 결국 그녀와 결혼하는 것은—유난히 이 세상에서 얻을 수 있는 경험에 대한 의욕과 행복에 대한 열망으로 충만해 있으나 살 날이 얼마 없는—그녀에 대해 베풀어줄 수 있는 가장 실현 가능한 배려이고 선물인 것도 사실일 것이기 때문이다. 동시에 이 계획은 경제적으로 궁지에 몰려 있는 덴셔와 케이트의 처지에서는 너무나 떨쳐버리기 어려운 유혹으로 다가오게 된다. 이렇게 선의에서 비롯하는 행위와 사욕을 채우기 위한 시도가 완전하게 양립 가능하다는 데 문제의 핵심이 놓여 있다. "지옥으로 가는 길도 선의로 포장되어 있다The road to hell is paved with good intentions"는 것과 "성경을 읽기 위해 촛불을 훔치지 말라"라는 두 개의 영어 속담이 모두 관련된다.

여기서 케이트의 악행을 변호할 수 있는 하나의 계기는 앞서 말한 그녀와 모드 이모와의 대결에서 반드시 그녀가 이겨야 자신과 덴셔 사이의 사랑이 이루어질 수 있다는 데서 나온다. 케이트는 모드 이모가 자신의 계획을 위해 밀리를 어떻게 '사용'하려 하는지 첫눈에 알아본다. 즉 모드 이모는 밀리를 돈 한 푼 없고 가문도 내세울 것이 없지만 세련되고 매력적인 덴셔에게 팔아치움으로써 조카 케이트가 마크 경과 결혼할 수 있는 길을 훤히 열어주려는 심산이다. 케이트는 이 계획을 간파하지만 결코 내색하지 않는다. 그녀는 대신 덴셔에게 불쌍한 밀리에게 되도록 잘 대해주라고 부탁하고 독려함으로써 그녀 자신의 게임에서 장차 모드 이모를 누르고 이기려는 것이다. 즉 그녀는 모드 이모보다 한 수 더 뜨는 계획을 가슴에 감추고 밀리와 덴셔의 결합을 종용하게 된다. 그리하여 이 소설의 중심적 갈등과 진정한 싸움은 세파에 이골이 나서 닳고 닳은 두 여인 모드 이모와 케이트 사이에서 벌어진다고 볼 수 있다. 한 명은 자신의 사랑의 성취를 위해 다른 한 명은 자신의 가문의 명예를 위해 사생 결단의 싸움을 벌이며 여기서 장기의 말 혹은 낚시의 낚싯밥의 역할을 하는 것은 애꿎은 밀리이다.

한편 덴셔는 케이트의 계획에 자신도 모르는 사이에 말려 들어간 측면이 크다는 점에서 그를 사주하고 조종한 케이트보다는—적어도 전반부에서는—훨씬 죄가 덜하다고 할 수 있다. 처음 그는 모드 부인의 저택에서—정확히는 그곳에 머물고 있는 밀리의 방에서—케이트와 만날 수 있는 편리한 밀회의 장소를 그녀가 확보한 것으로 넘겨짚고 방문하기 시작한다. 얼마 후 케이트는 그가 지금 병들어 죽어가는 밀리를 위로하고 기쁘게 하는 수고를 해주어야 한다고 그에게 말한다. 왜냐하면 그것이 지금 그가 밀리에게 해줄 수 있는 최소한의 일이기 때문이라는 것이다.382 케이트의 속 깊은 뜻을 아직 눈치채지 못한 그는 그녀의 생각에 반대할 이유를 찾지 못한다. 그러나 그는 라우더 부인과 스트링엄 부인도 케이트 못지않게 밀리에 대한 그의 관심을 격려하고 있다는 사실을 곤혹스럽게 여기고 당황하게 된다. 그가 과연 케이트의 이 계획에서 맡은 역할이 무엇인지 그에게 명료해지기 시작했을 때, 그는 자신이 딱히 악한 짓을 의도한 것은 아니었으나 너무 멀리 나갔고 돌아서기 힘들게 되었다는 것을 깨닫는다. 즉 그는—맥베스가 그랬듯이—자신의 말대로 "모퉁이를 돌았고" 물러설 수 없게 된 것이다. 케이트도 그에게 "우리는 너무 멀리 왔다"고 말하여 그의 퇴로를 차단한다.383

모두가 몇 주간의 휴가를 같이 보내는 베니스에서 주요 사건들이 벌어진다. 그곳에서 케이트는 덴셔에게 비로소 자신의 계획을 구체적으로 귀띔한다. 즉 그가 밀리와 결혼하고 그녀의 죽음을 기다려서 그녀의 유산을 물려받는다는 것이다. 그리하여 그 유산으로 자신은 이모의 반대를 꺾고 덴셔와 "자유롭게" 결혼하면 된다는 것이다.384 케이트가 말하자면 그를 '빌려줄' 의사가 있다는 것, 즉 밀리에게 남아 있는 얼마 안 되

382　*The Wings of the Dove*, p.201.
383　같은 책, p.292.
384　같은 책, p.308.

는 시간 동안 그녀의 남편 노릇을 하라는 것이 덴셔에게는 그녀의 목적의 단호함과 강력한 용기의 증거로 작용하여 그를 압도하고 추종하게 만든다. 그러나 이는 또한 그가 얼마나 그녀의 의지에 종속되어 있는지를 증거해 준다. 그런데 여기서 덴셔의 입장에서 하나의 중대한 '반전'이 일어난다. 그는 이제까지 보여주던 수동적이고 우유부단한 태도에서 크게 벗어나는 모습을 보인다. 그는 이 모든 계획을 그와 케이트가 '공동으로' 책임지고 벌인다는 것을 그녀가 입증하도록, 그러나 무엇보다 그녀의 그에 대한 마음의 진실성의 증거로 그녀가 베니스를 떠나기 전날 밤을 같이 보내자는 요구를 한다. 어떤 평자는 이는 케이트가 밀리의 돈만을 원하는 것인지 아니면 돈과 함께 그도 원하는 것인지 그녀가 확실히 밝히도록 하는 효과를 노린 것이라고 분석하지만 결국 같은 얘기다.[385] 케이트가 이를 실행하자 그는 비로소 '완전한 공범자'로 나선다.[386] 그는 적극적으로 이 계획을 실천하기 위해 라우더 부인과 케이트 일행이 런던으로 떠나간 뒤에 베니스에 남아 있으면서 매일 같이 밀리를 찾아가 만난다. 그리고 만약 그녀가 원한다면 그녀와 결혼할 것이지만 단지 이는 '그녀가 먼저 원할' 때라는 조건을 붙인다.

그러나 덴셔가 그 계획을 완전히 실현하기 전에 마크 경의 개입으로 밀리는 케이트와 덴셔 사이의 관계를 알게 된다. 밀리는 절망하여 "벽 쪽으로 얼굴을 향하고 누워버린다."[387] 스트링엄 부인을 통해 이런 소식을 들은 후 덴셔는 의사 루크 경의 권유로 밀리와의 마지막 만남을 갖는다. 그리고 런던으로 돌아온 후 홀로 괴로운 나날을 보내면서도 마음 한쪽에

---

385 Sandeen, p.514.

386 이에 대해 또 다른 평자는 여기서 케이트가 자신의 몸을 허용하는 것은—그녀의 입장에서— 덴셔를 자신의 의지 아래 '완전히 종속시키려는' 의도에서 나온 것이라고 해석한다.—윤조원, "욕망의 심연, 사랑의 비루함: 헨리 제임스의 결혼 서사와 『비둘기의 날개』," 『미국 문학』, 2015년 22권 1호.

387 *The Wings of the Dove*, p.332.

드는 생각은 "정신을 차려보니 자신은 용서받고 큰 선물을 받았으며 나아가 축복받은 느낌이 들었다"는 것이다.**388** 이는 곧 자신이 저지른 비열한 행동을 밀리가 용서해주었다는 사실이 그의 가슴을 더욱 사무치게 아프고 괴롭게 만들었다는 것을 뜻한다. 그리하여 그는 자신이 겪어야 하는 형언할 수 없는 고통은 피할 수 없지만 그 고통을 '숭고한 고통'으로 받아들이게 된다. 덴셔는 후에 케이트를 만나 다음과 같이 말한다. "우리는 끔찍한 게임을 벌였고 그 게임에서 졌소. 그건 오로지 우리 탓, 즉 자업자득이요. 그리고 이 모든 것은 우리가 서로에 대해 느끼는 감정 때문에 벌어진 일이요. 그러니 더 이상 미루지 맙시다. 근본적으로 우리의 결혼은—어찌 되었든, 모르겠소?—잘못된 모든 것을 올바르게 만들 터이니 말이요."**389** 이 말을 듣고 케이트는 도대체 무슨 일이 벌어진 것이냐고 묻는다. 덴셔는 "난 도저히 더 이상 견딜 수 없소. 내 안에서 무엇인가 부서지고 무너져내렸소, 자 난 이렇게 변했소. 당신은 이런 나를 남편으로 가져야 할 거요"라고 말한다. 그러나 케이트는 "우리가 여태까지 모든 것을 잘 해왔는데 여기서 모든 것을 망치고 싶은 것이예요?"라고 힐문하며 덴셔의 요구를 물리친다.**390**

며칠 후 크리스마스 아침 덴셔는 라우더 부인을 통해 밀리의 죽음을 알게 된다. 그는 케이트에게 이 소식을 전하며 동시에 전날 밤에 도착한 밀리의 편지를 뜯지 않고 그대로 가져온다. 그는 밀리가 마지막에 보낸 편지를 양심의 가책 상 결코 읽지 못한 것이다. 케이트도 그 내용이 무엇인지는 거의 분명하게 짐작하지만 그것이 덴셔에게 정신적으로(또 정서적으로) 가져다줄 엄청난 충격 또한 잘 알기에 그 편지를 열어보지 않고 불

---

388   같은 책, p.370.
389   같은 책, p.372.
390   같은 책, p.373.

에 던져버린다. 그리고 그녀는 "당신은 뉴욕에서 올 것(즉 밀리가 남긴 유산)을 가질 거예요"라고 말한다. 두 달이 지난 후 과연 뉴욕에서 덴셔에게 온—법정문서를 담은—편지는 명백히 그녀의 예언이 옳았음을 확인해준다. 그는 편지를 그대로 케이트에게 전달한다. 다음날 그녀가 덴셔에게 편지를 다시 가져왔을 때 그는 그녀에게 문서에 명시된 유산의 금액을 말하지 못하도록 한다. 또한 그는 그녀가 이미 문서를 열어 보았다는 데 실망했다고 말한다. 그 자신의 의도는 편지를 뜯지 않은 채로 법률사무소로 반송하는 것이었기 때문이다.[391] 그리고 그는 이제 자신은 돈 없이 그녀와 결혼하겠다고 말한다.[392] 이는 케이트가 돈 없는 남자와 결코 결혼하지 않을 것을 알기 때문에 하는 말이다. 달리 말하면 이는 자신이 이제는 케이트와 결혼할 생각이 없기 때문에 이런 제안을 한다고 볼 수 있다.(이런 식으로 그는 케이트에게 더 이상 굴복하지 않을뿐더러 오히려 그녀를 굴복시키고 패배시키는 것을 보여준다.) 만약 그녀가 그것을 거부하면 그는 결혼은 못 하겠지만 돈은 모두 그녀에게 넘길 것이라고 말한다. 덴셔의 단호하고 결연한 태도를 보고 케이트는 그가 지금 "밀리의 기억과 사랑에 빠진 것"이라고 추측하고 추궁한다.[393] 그리고 덴셔는 이를 굳이 부인하지 않는다. 그는 자신이 비록 전에는 밀리를 사랑하지 않았을지 모르나 이제부터는 그녀의 기억을 간직하고 살아갈 것이 분명하다고 느끼기 때문이다. 소설의 마지막 구절은 케이트가 "우리는 결코 다시는 과거의 우리가 될 수 없어요"라고 하는 말이다.[394] 그러나 이것이 바로 덴셔가 밀리와의 만남 그리고 이어지는 그녀의 죽음을 통해서—케이트에 앞서—그가 깨달은 것이었다.

---

391   같은 책, p.399.
392   같은 책, p.401.
393   같은 책, p.402.
394   같은 책, p.403.

이렇게 우리는 소설의 마지막 장면에서 둘의 차이가 확연하게 드러나는 것을 볼 수 있다.[395] 덴셔는 돈에 손대지 않겠다는 것으로 분명히 하듯, 밀리를 속이는 게임은 애초에 시작하지 않았어야 했다는 것을 말하는 것이다. 이로써 케이트는 자신이 밀리와의 게임뿐 아니라 덴셔와의 관계에서도 모두 패배했다는 것을 발견하게 된다. 덴셔가 하는 약속으로 인해 그녀가 결국 돈을 갖게 될 지의 여부는 전혀 중요하지 않으며 다음 다음의 문제다. 그녀는 '인생의 게임' 즉 자신의 '운명'과의 싸움에서 진 것이고, 한마디로 말해—속담에 나오듯—'제 꾀에 제가 넘어간' 그래서 '게도 구럭도 다 잃은' 것이다.

케이트와 덴셔 차이는 처음부터 있었지만, 그들이 공동으로 밀리와의 관계 가운데 얽혀 들어감에 따라 독자들은 그 구분이 흐려지는 것을 느낀다. 그러나 덴셔는 모든 사실을 알 게 된 밀리와 마지막 만남을 가진 뒤 분명하게 변하기 시작한다. 그는 더 이상 케이트의 뜻에 동조하지 않으며 사태를 바로잡고 정리하기 위해 당장 결혼할 것을 요구하는 것이다. 그러나 케이트가 이를 거부하고 끝내 돈에 집착하고 욕심을 갖는 것을 보고 그는 완전히—즉 유감없이—그녀에 대한 미련을 버린다. 이는 그녀가 돈 없이 자신과 결혼하지 않을 것을 알면서 돈과 자신 중에 선택하라고 요구하는 것으로 드러난다. 따라서 덴셔는 케이트나—케이트 못지않게 돈을 추구했던—마크 경과 구별되는 이 소설의 진정한 '비극적 인식'의 주체가 된다. 즉 자신의 맥베스와 같은 의식적인 악의 선택과 그 결과로 주어진 패배와 좌절의 고통을 받아들이며 완전한 '자기 인식'을 경험하는 것이다. 그래서 그는 작품의 마지막 부분에서 케이트의 뜻에 굴복하던 수동적이고 우유부단한 모습에서 벗어나 독자적이고 능동적인

---

395 McElderry, p.137.

행동의 주체로 재탄생하게 된다.[396]

밀리와 '비둘기의 날개'

케이트가 밀리를 보고 "당신은 비둘기예요"라고 말할 때 이 말의 의미는 아이러니인가 진심인가?[397] 정답은 둘 다라고 할 수 있다. 밀리의 모든 문제는 그녀가 바로 '비둘기'라는 데서 비롯하기 때문이다. 일반적 의미 그리고 작품에서의 비둘기의 일차적 의미는 순진하고 순수하다는 것이며 이는 밀리의 가장 중요한 특성을 가리킨다. 엄청난 유산을 물려받는 그러나 순진한 성품의 여인이란 것은 그 자체로서 문제적이다. 그래서 그녀는 부유하다는 사실보다는 앞서 얘기했듯이 오직 죽을 병에 걸렸다는 것이 알려지면서 비로소 결혼 상대로 여겨지고, 작품에서 중심적 역할이 주어지게 된다. 그녀는 결혼 상대로서 아름다움이란 매력은 부족하나 불치병에 걸렸다는 사실이 엄청난 가치를 갖게 되는 것이다. "그녀는 오래 가지 않을 것이다. 그러나 그녀의 재산은 오래 간다."[398] 그녀의 정체성은 '공주'니 '돈 많은 미국 처녀'니 하는 이미지 밑에 사라져 버린다. 아무도 그녀를 제대로 보지 않는다. 비록 그녀가 케이트만큼 키가 크지만 덴셔는 그녀를 '꼬마'라고 생각한다. 동정과 연민이 진정한 인간관계를 배제시키고 더구나 재산은 그녀를 이용할 수단이나 도구로 객체화시킨다. 밀리의 비극은 그녀의 죽음 그 자체와 관련이 있는 것이 아니라 그녀의 '세속적 가치'로 말미암아 발생하게 되는 것이다.

다른 한편 그녀의 성격화는 많은 평자들의 비판의 대상이 되었다. 가

---

396 Krook, p.550.

397 *The Wings of the Dove*, p.171.

398 같은 책, p.215.

령 F. R. 리비스는 이 작품이 최종적으로 성공적인 작품이 되지 못한 것은 주요 등장인물인 밀리 씨일의 성격화에 있다고 말한 바 있다.[399] 그녀는 플롯의 중심에 자리 잡고 있는 인물로서는 "너무나 비켜 가고 에두르는 식으로" 묘사되고 있어서 결국 "공허하게 다가오며 실존하지 않는" 인물로 비쳐진다는 것이다.[400] 그래서 "다른 인물들이 '비둘기'로서의 그녀를 둘러싸고 벌이는 소동은 '공연한 감상주의'의 효과만 낸다"고 했는데 일리 있는 지적이라고 생각된다. 또 월터 알렌이 지적하듯 독자들을 특히 '분노하게' 만드는 것은 제임스가 그녀의 질병이 과연 무엇인지 끝내 말해주지 않는다는 것이며, 대부분의 독자는 그것이 폐병이라고 짐작할 따름이다.[401] 그러나 이 작품에서 작가의 가장 대가다운 솜씨를 들라면 독자들이 밀리가 마지막에 겪는 고통에 너무 몰입하여 – 앞으로 그녀의 죽음이 가져다줄 결과와 더불어 살아야 할– 두 연인들의 운명을 충분히 인식하지 못하는 일이 발생하지 않도록 제임스는 밀리의 죽음을 독자들 앞에서 보여주지 않고 '보고'되는 방식을 썼다는 사실이다.

케이트는 베니스를 떠나기 전 덴셔를 만난 자리에서 밀리는 '비둘기'라고 말한다. 이 말을 듣고 그는 우선 밀리의 순진한 '영혼'을 가리키는 것으로 이해하지만 곧 그것은 비둘기가 "비록 고운 깃털과 부드러운 소리를 내지만 놀라운 비상을 하여 날개를 펼치면 케이트와 자신은 편안하게 그 아래 깃들일 수 있다"는 의미로 해석한다.[402] 이렇게 덴셔는 비둘기인 밀리의 날개는 '보호'를 위해 펼치는 날개로 받아들인다. "마지막에 엄청난 거리까지 펼쳐서 케이트와 라우더 그리고 스트링엄 부인과 자신(덴셔)까지—특히 그 자신의—편안함이 엄청나게 증가한 가운데 그 날개들 아

399　F. R. Leavis, *The Great Tradition*, p.157.

400　같은 책, p.158.

401　Allen, *The English Novel*, p.328.

402　*The Wings of the Dove*, p.304.

래 깃들이지 않았던가?"403 그러나 '비둘기의 날개'의 이런 의미가 더욱 분명해지는 것은 작품의 끝에 가까워서이다. 케이트는 덴셔와의 마지막 대화에서 자신이 전에 밀리를 별 뜻 없이 비둘기라고 부른 것의 진짜 의미가 드러났다며, "그녀는 날개를 펼쳤고 그 날개는 여기(우리)까지 뻗었어. 그것들은 우리를 덮고 있어"라고 말한다.404 케이트는 자신이 받은—즉 '자기식으로' 받아들인—놀라운 인상을 말하고 있다. 이는 곧 비록 밀리가 자신에게 저질러진 기만과 술책을 알아채었으나 그녀는 그럼에도 불구하고 자신의 재산의 대부분을 —스스로가 알기에 케이트과 결혼할 남자인—덴셔에게 주도록 유언을 남겼다는 것이다. 이것이 바로 "밀리의 날개가 그녀와 머튼을 덮는다"고 그녀가 말한 것의 의미이다. 그러니 결과에 관한 한—그들이 원래 계획했던 방식으로는 실패했으나—계략은 현실적으로 성공한 것이고, 케이트는 즉시 자신이 이를 처음부터 창안하고 꾸몄던 것에 대한 공을 스스로 치하하는 말을 한다. "그것이 내가 당신에게 준 거예요…… 그게 내가 당신을 위해 한 거예요."405 예나 제나 그녀의 마음 속에는 오직 밀리가 남긴 유산만이 남아 있는 것이다.

그러나 앞서 라우더 부인이 밀리의 죽음을 전하며 "그녀는 날개를 활짝 펼치고 더 큰 행복을 향해 날아갔다"406고 말하고 덴셔도 이에 동의할 때("바로 그거예요.") 부인은 자신도 모르는 사이에 구약『시편』55장의 구절을 인용하고 있는 셈이다.

"나의 말이 내가 비둘기같이 날개가 있으면 날아가서 편히 쉬리로다.
내가 멀리 날아가서 광야에 거하리로다. 내가 피난처에 속히 가서 폭풍

---

403 같은 곳.

404 같은 책, p.403.

405 같은 곳.

406 같은 책, p.377.

과 광풍을 피하리라 하였도다. 내가 성내에서 강포와 분쟁을 보았사오니 주여 (저희를) 멸하소서 저희 혀를 나누소서. 저희가 주야로 성벽 위에 두루 다니니 성 중에는 죄악과 잔해함이 있으며 악독이 그중에 있고 압박과 궤사가 그 거리를 떠나지 않도다…… 나를 대하여 자기를 높이는 자가 나를 미워하는 자가 아니라 (미워하는 자일진대) 내가 그를 피하여 숨었으리라. 그가 곧 너로다 나의 동류, 나의 동무요 나의 가까운 친우로다."407

즉 '비둘기의 날개'는—케이트와 덴셔의 영혼이 지옥으로 떨어질 때—천국으로 가는 밀리의 구원받은 영혼의 상징일 수 있는 것이다. 아울러 이는 밀리가 마지막 날에 자신을 어떻게 바라보았는가를 암시하는 말이기도 하다. 그녀가 어떻게 자신이 속임을 당하고 배반당했는가를 알고 난 다음 "벽을 향해 돌아누운" 뒤 '비둘기의 날개'를 펴서 이 기만과 거짓의 도시를 탈출하기 위해, 그리하여 자신의 친구로 위장한 사람들로부터 벗어나기 위해, 얼마나 '날아오르기'를 염원하고 희구했는지는 상상하기 어렵지 않은 것이다.

그러므로 소설의 마지막에서 케이트와 덴셔로 하여금 결코 과거의 그들로 돌아가지 못하도록 만든 것은 밀리의 행동이다. 즉 그들의 악을 자신의 선으로 갚음으로써 그녀는 가장 강력한 변화를 가져올 수 있는 '충격'을 그들에게—적어도 덴셔에게는 분명히—가한 것이다. 이것이 밀리의 도덕적 우월성의 증거이며, 그녀가 '비둘기의 비상飛上'을 보여줄 수 있는 인물임을 말하는 것이다. 결국 평소에 케이트가 순진한 그녀를 비둘기라고 부른 데 대해, 스트링엄 부인은 그녀는 "프랑스 혁명 때 단두대에서 목이 잘린 귀족들처럼 숭고한 영웅주의"를 보여줄 수 있는 "공주"라고

---

407 『시편』, 55:6-13.

명명한 것은 맞는 말이었다.[408]

누가 주인공인가?

주인공을 결정하는 세 가지, 즉 제목의 인물, 중심적 행동(사건)의 주체, 마지막 인식의 주체라는 관점에서 볼 때, 제목의 인물로 보면 밀리, 작품 가운데 '중심적 행동'의 주체로 보면 케이트, '최후의 인식'의 주체로 보면 덴셔이다. 이 소설을 비극으로 파악한 대표적 평자 중의 하나인 도로시어 크룩은 이 '대가다운 소설에서 진정으로 대가다운' 솜씨가 발휘된 것은 독자가 강력한 충격과 감동을 맛보게 하기 위해 작품의 마지막의 '데뉴망(대단원)'을 작가가 빚어내는 방식에서 찾아볼 수 있다고 말한다.[409] 이 대단원의 중심인물은 케이트가 아니라 덴셔이다. 이전까지는 암묵적으로 단지 암시만이 주어지던 그의 본성과 됨됨이가 어떻게 명시적으로 완전히 드러나는지의 모습을 보는 것은 독자의 처지에서 대단히 놀라운 경험이 아닐 수 없다. 곧 이는 그가 처음부터 독자들에게 불러일으킨 호의적 관심과 궁금증을 자신의 어떤 특수한 자질과 성격의 발현과 행동을 통해 결국 정당화시키느냐의 문제라고 볼 수 있다.

덴셔는 뉴욕의 법률사무소에서 밀리의 유산 관련 증서가 오자 그것의 권리를 케이트에게 양도하면서 자신과 유산 사이에서 선택하라는 요구를 하여 케이트를 당황하게 만든다. 이는 베니스에서 그가 계획을 본격적으로 실천하기 전에 그녀와의 정사를 요구했던 것에 이어 두 번째로 그가 보이는 '결단'이다.[410] 앞서 말했듯이 덴셔는 밀리의 마지막 편지를

---

408 *The Wings of the Dove*, p.369.

409 Krook, p.544.

410 윤조원, p.173.

받고 양심의 가책 상 차마 뜯어보지 못한다. 이런 '변화'가 바로 밀리가 그에게 준 선물이며, 그는 자신이 살아있는 한 이 가슴 아픈 경험을 간직하고 사는 것 이외에 다른 길이 없다는 것을 깨닫게 된다. 그는 이름뿐인 연인으로부터 '추억을 간직한' 연인으로 바뀐 것이다. 케이트가 밀리의 추억은 이제 덴셔의 사랑이 되었다고 하는 말은 정확하게 사태를 파악한 것이다. 이렇게 먼저 '인식'에 도달하고 그리하여 최후의 '결단과 선택'을 한 인물은 바로 덴셔이다. 그러므로 그가 최종적으로 주인공이라고할 수 있다. 그가 작품의 '핵심적 메시지'의 담지자擔持者이기 때문이다.

'도덕적 모호함'인가 아니면 '도덕적 가치의 절대성'인가

제임스의 두 편의 대표작으로 꼽히는 『여인의 초상』과 이 작품은 같은 소설가인 그레이엄 그린이 제임스의 지배적 관심사라고 부른 '배반의 관념' 혹은 '가롯 유다 콤플렉스'를 핵심적 모티프 혹은 주제로 하고 있다.[411] 사실 배신 혹은 배반의 주제는 그리스 비극에서 아이스퀼로스의 『아가멤논』, 소포클레스의 『트라키스의 연인들』 그리고 에우리피데스의 『메데이아』로부터 시작해 서양비극의 중심적 소재 중의 하나였고, 르네상스 기의 셰익스피어 비극의 대표작들도—『줄리어스 시저』, 『햄릿』, 『맥베스』, 『오셀로』 등—역시 배반의 주제를 다룬다. 이는 근대 비극소설도—『클러리사』, 『적과 흑』, 『폭풍의 언덕』, 『더버빌 가의 테스』—우리가 보았듯이 마찬가지다.

그러나 이 『비둘기의 날개』에서의 배반은 같은 작가의 『여인의 초상』에서보다 더욱 명백하게 인간의 본유적이고 일반적인 취약성에 근거한다.

---

411 Graham Greene, "The Private Universe," *Henry James: The Twentieth Century Interpretations*, p.112; Sandeen, p.515.

밀리를 제외한 대부분의 등장인물들이 배반의 모티프에서 자유롭지 못하다. 심지어 충직함의 측면에서 뉴잉글랜드 청교도의 후예로서 손색없는 도덕적 엄격성의 화신과도 같은 수전 스트링엄도 마지막에 신의 없는 친구의 화신化身 같은 케이트의 기만과 사기에 다른 이들 못지않게 휘말려 있는 것을 볼 수 있다. 이런 일반화된 배신은 제임스가 보는 인간 사회에서의 도덕적 잣대의 모호함과 윤리적 관념의 보편적 분열과 붕괴의 징후로 해석될 수도 있다. 그러나 소설의 종말에서 케이트와 덴셔가 맞이하게 되는 운명에서 우리가 확인할 수 있듯이 제임스는 인간의 도덕적 삶이 붕괴되고 윤리적 잣대가 소멸하는 순간 인간성 자체가 파괴되고 인간 사회도 파멸하고 말 것임을 웅변으로 예언하고 있다. 비극 문학은 처음부터 인간의 삶에서 '도덕적 가치의 절대성'을 드러내는 문학 형식임을 새삼스레 밝힌 『덕의 비평으로서의 비극』의 저자 존 바부어는 다음과 같이 말한다.

> 사실 서구에서 '비극'은 처음부터 인간과 사회에 있어 '도덕적 가치'의 절대성과 불가피(필연)성을 재확인하고 재수립하는 예술 형태였다. 그리고 이 도덕적 가치는 사랑과 신의 및 진실과 정의와 같은 가장 보편적이고 항구적인 타당성을 지닌 가치들로 구성되어 있으며, 그 자체로서 인간성 및 인간사회의 존립의 근거로 여겨지기 때문에 객관적, 절대적, 초월적 가치로 자리매김 되어 왔다.─John D. Barbour, *Tragedy as a Critique of Virtue,* p.43.

결국 덴셔와 케이트가 파괴한 신의와 애정이라는 근본적 도적적 가치는 '복수의 여신*Erynes;*'처럼 가혹하게 그들을 응징한다. 서로의 사랑을 꽃피우기 위해 밀리의 재산을 이용해 자신들의 목적을 성취하려던 그들의 계획은 결국 재산을 얻지 못하게 된 것은 물론이려니와 그들의 사랑마저 파괴해 버린 것이다. 그들이 밀리의 유산에 손을 대지 못하게 된 것은 그들이 지니고 있는 그녀에 대한 '추억' 때문이다. 그들은 동일한 목적을 추구하던 『여인의 초상』의 마담 멀이 최후에 자신이 "영혼을 잃어버리게 되었다"고 고백하듯이 인간으로서의 모든 존엄성과 자긍심을 상실하게 된다.[412]

'비극적 결말'

이 소설의 강력하고 심오한 결말은—많은 평자들이 말하듯—『비둘기의 날개』를 문학이 가져다줄 수 있는 가장 묵직하면서도 동시에 날카로운 충격과 감동을 가져다주는 작품의 하나로 만들었다.[413] 인간의 신의와 사랑은 그것들이 소중한 만큼이나 취약하고 부서지기도 쉽다. 인간이 지닌 강렬한 욕망과 본유적 무지로 말미암아 신의는 늘 위태로운 덕목으로 남아 있는 것이다. 그런데 인생사의 가장 엄혹한 사실 중의 하나는 한 번 무너지고 부서진 신뢰는 다시 회복할 수 없다는 것이다. 이론적으로는 반성과 참회를 통해 거듭날 수도 있고 기왕의 잘못을 덮을 만큼 헌신적이고 희생적 삶을 살지 못할 이유가 없다. 그러나 『클러리사』의 클러리사와 『카스터브리지』의 마이클 헨처드가 경험하듯이—그리고 독자들도 역시 살면서 겪거나 보듯이—한 번 금이 간 인간관계는 결코 다시 예전으로 돌아가지 못하는 것이 보통이다. 제임스가 이 소설에 뒤이어 쓴 그의 마지막 작품이자 또 하나의 재산을 둘러싼 정략결혼 이야기인 『황금 주발』에 등장하는 금박을 입힌 그러나 미세한 금이 가 있는 고가高價의 수정水晶 주발은 작품 가운데서 '흠결 있는 결혼'을 상징하는데 결국 끝에 가서

412　『여인의 초상』, 제49장.

413　D. W. Jefferson, *Henry James*, p.90; McElderry, p.138.

작중인물 중의 한 명에 의해 실제로 던져져 산산 조각나버린다. 비속한 비유이기는 하지만―항간에 회자膾炙되는 말 중에―'평생 바람피우지 않는 남자는 있으나 한 번만 바람피운 남자는 없다'는 것이 있다. 한 번 신의를 저버린 인간은 비록 그가 다시는 신의 없는 인간으로 살아가지 않을지라도 언제든 그럴 수 있는 인간으로 남게 되는 것이 세상의 이치다.

인간이 맛보는 고통 가운데 가장 뼈아픈 고통 중의 하나가 배신의 고통이라고 한다. 그래서 인간은 어떤 다른 고통보다도 배신의 고통만큼은 당하고 싶어하지 않는다. 제임스의 이 작품은 가장 선의에 충만한 인간이 가장 가까운 인간으로부터 당하는 배신을 그리고 있다. 그 배신의 결과 여주인공은 절망하여 자신의 죽음을 앞당기지만 그녀만이 할 수 있는 선행을 통해 배신자들에게 가장 견디기 힘든 회한과 고통을 느끼도록 만든다. 그녀의 기억을 갖고 사는 두 명의 배신자는 '다시는 과거로 돌아가지 못하며' '삶 가운데 죽음'과 같은 삶을 살아야 한다는 것을 작품은 보여준다.

평자 중에는 제임스가 이 작품에서 '비극적 운명'에 대한 새로운 개념을 수립하였으며, 그것은 '삶 가운데 죽음' 혹은 거꾸로 '죽음 가운데의 삶'이라고 할 수 있는 것으로서 진정한 비극성은 죽음이 아니라 삶에 있다고 보는 것이라고 말한다.[414] 이는―그의 『여인의 초상』, 『워싱턴 스퀘어』 그리고 『사절들』에서처럼―소설의 끝이 고전 비극에서처럼 주인공의 죽음으로 닫히는 것이 아니라 등장인물들이 살아남아 있는 '열린' 결말이기 때문이다. 케이트나 덴셔에게 남아 있는 삶이란 사실 이미 잘못되어서 상실되고 낭비된 삶이며 죽음이 차라리 축복으로 여겨지는 삶을 살아야 한다는 것이다. 평자 킹은 제임스 자신이 지인에게 보낸 편지에서 죽음이 아니라 삶이 "끔찍하고 비극적이며 사악하고 나락에 떨어진 듯한"

---

[414]　Jeannette King, *Tragedy in the Victorian Novel*, p.156.

것일 수 있다고 한 말을 그 증거로 내세운다.[415] 이런 염세적이고 비관적인 관점에서 바라보면 이 작품은 '패배의 서사'로 자리매김 된다. 그러나 이는 소설이 다루고 있지 않으며 단지 암시와 추측만이 가능한 미래를 갖고 판단하는 것이고 작품 자체의 진정한 효과와 감동과는 별개의 논의라고 해야 할 것이다. 소설은 진정한 주인공 머튼 덴셔가— 자신을 '이용'하려는 계략이 진행 중이라는 것을 알게 된 —밀리와 마지막 만남을 가졌을 때 그녀가 아무런 내색을 하지 않는 것을 보고 크게 충격을 받은 후 변화하는 모습을 보여준다. 그는 자신이 케이트와 더불어 꾸민 일이 얼마나 엄청난 죄악인지를 비로소 직시하게 된 것이다. 이것이 그의 '비극적 인식'을 구성한다. 그는 따라서 이런 기만을 통해 얻게 될 어떤 금전적 이득도 손대려 하지 않는다. 또한 이 모든 악행을 꾸민 케이트와의 결혼도 포기한다. 그가 마지막 만남에서 그녀가 거부할 줄 알면서 돈 없는 결혼을 하자고 요구하는 것은 그런 이유 때문이다. 이렇게 덴셔는 최후의 인식을 통하여 그가 추구하던 모든 것을 잃었으나 자신의 '영혼'은 구원하는 '비극적 역설'을 보여준다. 그는 동시에 자신의 이런 행위를 통하여 '정의와 질서'가 사라진 세상에서 스스로의 결단과 행동으로 질서와 정의를 회복하고 수립한다. 비극에서는 언제나 주인공이 스스로의 행동을 통해 우주의 무너진 도덕성을 재수립한다는 사실을 재확인시키고 있다. 이런 점에서 이 작품은 유구한 서양 비극 문학의 전통을 이어받은 '19세기 비극소설'의 마지막을 장식하는 강력한 비극 작품으로 간주된다.

415　King, p.157.

비극은 서구 정신의 정체성의 증표와 마찬가지인 것으로 여겨져 왔다. 프롤로그에서 말했듯이 비극은 서구 문화의 본질과 특성을 검증하는 주요한 통로이며 특히 그리스 비극은 서구인들에게 인간의 행위의 가능성에 대한 감각을 형성하고 인간의 삶을 바라보는 특유한 사유방식을 각인시켜 놓았다고 일컬어진다. 그리고 이런 사유방식은 후대 서구인들의 하이데거가 말하는 '인간존재의 개방성' 즉 '끊임없이 질문하고 추구하는 정신' 혹은 막스 셸러의 '무제한적으로 세계 개시적開示的인 *Weltoffenheit* 활동' 즉 선택하고 결단하여 행동할 수 있는 인간이라는 특유한 관점과 신념의 뿌리가 되었다.[1] 즉 비극적 인간관은 서구인들로 하여금 자신을 스스로의 삶의 주체로서의 가능성과 잠재력을 지닌 존재로 보는 한편 외계는 투쟁과 극복의 대상으로 보게 만드는 삶을 살게 만드는 데 일조하였던 것이다. 그러나 역시 앞에서 살펴본대로 그것은 인간 중심적인 인간관이나 세계관이 지닐 수밖에 없는 '안티노미(이율배반)적' 빛과 그림자의 양면성을 갖게 되었다는 것도 사실이다. 그런데 20세기 이후에 들어서 비극적 세계관은 소멸하였고 비극은 더 이상 쓰여질 수 없다는 진단과 평가를 하는 평자들이 나타나기 시작했다.

---

1 김우창, 『법 없는 길』, p.재인용 307-8; 막스 셸러, 『인간의 지위』, p.62.

'비극의 죽음'에 대한 논란

『비극의 죽음』이란 책을 내어 이 논란의 불을 지핀 조지 스타이너는 비극 문학의 쇠퇴는 '유기적 세계관의 소멸'과 연관되어 있다고 주장하며, 유기적 세계관이란 신화적, 상징적, 제의적 배경을 가진 문화와 '질서 잡힌' 즉 '계층화된 세계'를 전제로 한다고 말한다.[2] 그런데 그는 이런 유기적 세계는 이미 17세기부터 즉 근대사회로 진입하면서 쇠퇴하기 시작했다고 주장한다. 이런 스타이너의 논의가 나오기 한 세대 전에 저명한 평론가 조셉 우드 크럿취도 비극은 인간을 초월하는 신이나 어떤 자연적(혹은 도덕적) 질서라는 체계가 전제되어야 하는데 20세기에 들어와 이런 전제는 무너졌기에 비극은 쓰여지기 어렵다고 말한 적이 있었다. 즉 '사실주의 시대'에 들어온 후 인간은 그의 자연적 및 초자연적 세계와 맺고 있던 유대와 함의implication가 사라졌다는 것이다. 그는 이를 "신이 사라지자 인간도 위축되었다"고 표현했다.[3] 근래에 서양 정신의 정체성의 근원根源에 대해『수치심과 죄책감』이란 책을 펴낸 국내의 철학자 임홍빈 교수도 근대는—헤겔의 이론을 좇아—인륜적 정신에 대한 공통의 규범의식을 결여한 상태로서 '운명의 필연성'이나 '인륜적 힘의 실체성'에 대한 인식이 사라졌다고 평가한다. 즉 '비극 이후의' 세계가 '세계화'의 참된 얼굴이며, 이제 '존재론적 죄의 관념'이나 '운명의 필연성,' '비극적 인식' 등은 역사의 기억으로만 남게 될 것이라고 진단한다.[4]

그런데 스타이너, 크럿취 그리고 임홍빈 교수의 견해는 비극이 흥융興戎했을 때의 서양 정신사의 역사적 상황과 비극과의 상관관계에 대한 이

---

2 George Steiner, *The Death of Tragedy*, p.292, 318.

3 Krutch, *The Modern Temper*, p.92-3.

4 임홍빈,『수치심과 죄책감』, p.365.

해가 없는 단견에 지나지 않는다고 말해야 할 것이다. 왜냐하면 우리가 앞서 여러 번 살펴보았듯이 비극은 당연시되고 공유된 가치와 신념체계가 쇠퇴하고 붕괴하는 '비극적 위기' 즉 가치의 공백 기간인 '시대적 전환기'의 산물이라는 사실을 간과하고 있기 때문이다. 그래서 카우프먼은 비극이 절대적 가치와 질서를 상징하는 신의 존재를 전제로 하고 있기에 그리스에서 제우스에 대한 혹은 훨씬 후대의 서구에서 기독교의 신에 대한 '믿음'이 사라지자 비극도 사라졌다는 스타이너의 말은 사실이지 진실을 정반대로 진술하고 있는 것이라고 반박한다.5 소포클레스나 후대의 셰익스피어나 그들의 작품에서 신이나 절대자의 현존은 찾아볼 수 없기 때문이라는 것이다. 왜냐하면 오이디푸스와 햄릿의 고통과 불행의 원인과 과정 그리고 결과 어디에도 '초자연적인' 것은 없으며 모든 것이 인간적이고 자연적으로 전개된 것으로 볼 수 있기 때문이다. 즉 우리가 앞에서 봤듯이 오이디푸스가 고향을 떠나고 살인을 하게 되고 후에 왕으로서 재난으로부터 국가를 구하기 위해 굽힘 없이 사실 추구에 진력한 결과 끔찍한 진실이 드러났고 그 결과 앞에 온몸으로 책임지는 행위 등 그의 삶을 형성한 중요한 행위들 그 어디에도 신의 직접적 개입이나 명령은 없었기 때문이다. 비극은 신이나 절대자의 섭리의 승리와 영광에 바치는 찬송가가 아니며 인간이 불러일으킨 고통과 재난에 대한 인간 스스로의 대응과 반항의 모습을 그릴 뿐이라는 것이 우리가 이제껏 고찰해 온 서구 비극 문학이 보여준 것이다. 달리 말해 비극은 고통과 불행에 직면했을 때 인간 정신이 드러내는 강인함과 숭고함에 대한 이야기이며 그 시작도 끝도 행위의 주체도 마지막으로 관심의 대상도 모두 인간일 따름이다. 돌이켜보면 소포클레스부터 셰익스피어에 이르기까지 모든 위대한 비극 작가들은 신의 존재를 견딜 수 없었던 것 같다. 왜냐하면 비극이

---

5 Kaufmann, *Tragedy and Philosophy*, p192.

사라졌던 2천 년 동안 등장했던 작가들이—중세 도덕극, 기적극(혹은 신비극神祕劇)의 작가들, 기사도 문학의 대표인 『롤랑의 노래』의 미상의 작가 그리고 그 누구보다 단테—오히려 그리스나 르네상스 비극 작가들보다 훨씬 더 신앙심이 깊었다는 것이 분명하기 때문이다.[6]

그러므로 오늘날의 세계에는 주도적인 신념체계가 사라졌으므로 비극이 죽었다느니 더 이상 쓰여질 수 없다느니 하는 얘기는 모두 근거가 없다고 해야 할 것이다. 왜냐하면 이미 여러번 얘기했듯이 비극은 그런 독단적인 신념체계의 해체와 소멸을 통해서 비로소 탄생하는 예술형식이기 때문이다. 즉 비극은 처음부터 신이 아니라 인간이 자신의 운명의 주인임을 '주장하는' 예술인 것이다. 그러므로 비극의 죽음 나아가 문학의 죽음은 곧 인간의 죽음을 뜻하는 것이 될 따름이다. 이는 비극은 인간의 존재 의미 즉 '인간이 된다는 것은 무엇인가'를 성찰하는 예술형식이라는 말과 같다. 즉 이는 인간의 삶은 '가치' 있는 것이며 인생은 '의미' 있는 것이란 믿음은 비극이란 문학 형태를 통해서 가장 잘 검증될 수 있다는 것을 뜻한다. 이런 의미에서 스타이너나 크럿취와 동시대의 영향력 있는 평론가였던 케네스 버크는 "오늘날 '비극적 정신'의 문제에 있어서 본질적 감퇴의 징후는 전혀 찾아볼 수 없다"고 증언했고[7] 근자에 중요한 비극론 관련 저서를 펴낸 윌리엄 스톰도 "삶에 대한 예술의 반응으로서의 '비극적 인간'이란 관념은 우리 시대는 물론 앞으로도 영속할 것"이라고 예견하며 토머스 반 린이란 평자는 "비극의 죽음이란 논의는 애초부터 존재할 수 없다"고 못박고 있다.[8] 필자는 대학 갓 들어가서 배운 윤리학 시간에 들은 다음과 같은 구절을 기억한다. 그것은 "죽음은 피할 수 없고

---

6 Kaufmann, p.193.

7 Kenneth Burke, *Counter-Statement*, p.200.

8 William Storm, *After Dionysus*, p.7; Thomas Van Lean, "The Death of Tragedy Myth," *Journal of Dramatic Theory and Criticism*, Spring 1991. p.6.

고뇌 또한 면할 수 없으나 그래도 여전히 인생의 가치는 있고 인간의 삶
에는 의미가 있다"는 것이었다.[9] 비극은—아래에서 말하듯이—이 구절이
뜻하는 바를 입증해주는 문학 형식이라고 할 수 있다.

도덕적 가치의 '객관성'과 윤리적 질서의 '가혹함'

비극은 인간이 일정한 '도덕적 가치'들을 자신의 삶 가운데 실천하고
구현하지 않으면 이 세상에서 살아갈 수 없는 존재라는 사실 때문에 발
생한 예술 형식이다. 이런 가치 중에는 대표적으로 사랑, 신의, 정의, 진
실 등을 들 수 있다.[10] 이런 가치들은 인류 역사의 모든 시대와 모든 사회
를 통해서 공통으로 발견되는 보편적인 가치들이다. 그래서 철학자들은
이런 가치들이 자연과 우주의 '객관적 질서'의 한 측면을 이룬다고 말한
다.[11] 이런 가치들이 구현되지 않는다면 궁극적으로 인간은 개인이건 집
단이건 결국 존속할 수 없기 때문이다. 즉 이런 가치들로 구성된 '윤리적
질서'는 객관적으로 영원히 존재하며 이 질서는 '가혹하게 객관적이고 용
서가 없다'고 여겨지는 것이다.[12] 크럿취도 그의 다른 글에서 '가치 판단'
은 인간의 뿌리 깊은 본성의 하나이며, 인간성의 영원한 특징 중의 하나
는 그가 이런저런 가치 판단을 하지 않고는 한시도 견디지 못하는 존재
라고 말한다.[13] 가치 판단은 곧 인간의 '인간다움'을 구성하는 근거이고

---

9 최동희, 김영철 외, 『윤리』, p.13.

10 윤리학에서 인간이 개인으로 추구하는 '개인선'[個人善]의 윤리적 가치는 오직 역사적으로
인정된 '공동선'[共同善]을 통해서만 정당화할 수 있다고 한다. 그리하여 개인선과 공동선
이 일치하는 것은 '객관적이고 보편적 선[가치]'이라고 부를 수 있게 된다. 즉 개인의 경우
든 집단의 경우든 공통으로 선한[가치 있는] 것이다. —이진우, 『도덕의 담론』, p.95.

11 박이문, 『문명의 위기와 문화의 전환』, p.130.

12 박이문, 『자비의 윤리학』, p.155-6.

13 Krutch, "The Conditioned Man," Crane Brinton, ed., *The Fate of Man*, p.248.

토대가 된다는 것이다. 인간이 스스로 도덕 판단의 주체가 되지 못할 때 인간과 사회가 어떻게 무너지며 얼마나 가공할 전체주의적 독재체제로 전락하는가는 조지 오웰의 『1984년』의 주인공이 하는 다음의 말이 웅변으로 증명한다.

"윈스턴에게 갑자기 떠오르는 생각은 거의 삼십 년 전에 그의 어머니가 돌아갔을 때 그것은 지금으로서는 불가능한 방식으로 '비극적'이고 슬픈 사건으로 기억된다는 것이었다. 그가 볼 때 '비극'은 아직 개인의 존엄, 사랑, 우정 등의 가치가 받아들여지고 가족의 구성원은 구태여 이유를 묻지 않고 서로를 지켜주는 것이 당연했던 까마득히 오랜 과거에나 가능했던 것으로 여겨졌다. 그의 어머니에 대한 추억은 그의 가슴을 찢어 놓았다. 왜냐하면 그가 어머니의 사랑을 알아차리기에는 너무나 어리고 이기적이었기에 그녀의 사랑에 보답할 수 없는 나이였지만 어머니는 여전히 그를 사랑하며 돌아가셨다는 것이 떠올랐기 때문이다. 또 어떻게 그것이 가능했는지는 알 수 없지만 어머니는 '변경될 수 없는 충직함'이라는 개인적인 신념에 평생을 헌신하며 살았다고 생각되기 때문이다. 이런 것들은 그가 볼 때 오늘날에는 찾아볼 수 없는 것들이었다. 오늘날에는 공포, 증오, 그리고 고통의 감정은 있을지언정 격조와 품위가 있는 감정이나 깊고 복합적인 감정인 비애의 느낌 따위는 사라졌기 때문이다."[14]

즉 '인간의 인간다움'이란 인간들 사이에 사랑과 신의 그리고 일관됨 혹은 충직함과 같은 '도덕적 가치'의 실현에 근거하며, '비극' 또한 이런 가치들을 전제로 할 때 가능하다는 것을 말하고 있다. 일찍이 키에르케고르도 그의 『이것이냐 저것이냐』에서 "시대가 비극적인 것을 상실하면

---

14 Orwell, *1984*, p.28. 강조는 필자.

절망이 그 빈 곳을 채운다"고 말한 바 있다.[15] 현대의 비극론자 티머시 리스도 비극은 "무의미를 극복하게 해주는" 예술이라고 단언한다.[16] 나아가서 이는 비극이 왜 서구 '인본주의 전통'의 중심에 자리 잡고 있으며 그것을 대변하고 있는지 말해주는 것이다.

결국 인본주의적 인간관의 핵심은 '인간의 존엄'이란 이념으로 수렴收斂된다고 할 수 있다. 인간의 존엄은 그리스인들이 수립한 '자유의 이념'에 뿌리박고 있으며 또 그로부터 비롯하는 신념이다. 그리스인들이 스스로에 대해 가졌던 '긍지superbia'는 헤로도토스에 의하면 신들에게 기도할 때조차 무릎 꿇지 않을 만치 확고한 것이었다고 한다.[17] 이런 '인간의 자유의식'에 바탕한 존엄의 관념은 칸트와 헤겔에 이르러 독일 관념론의 기본 정신을 형성하며 이는 이후에도 서구적 인간관의 본질이 되었음은 주지하는 바와 같다. 가령 헤겔은 그의 『정신현상학』에서 "생명을 보전한다면 어떤 억압을 받고 모욕을 당해도 괜찮다고 생각하는 자가 바로 노예근성을 지닌 자이다"라고 언명하고 있다.[18] 또한 '비극적 감정' 역시 '인간의 존엄'에 근거한다는 것은 위의 오웰의 『1984년』의 주인공의 말이 입증한다. 이런 맥락에서 20세기 미국의 대표적 극작가 중의 한 명인 아서 밀러는 "비극적 감정이란 필요하다면 기꺼이 자신의 '인간적 위엄'을 지키기 위해 목숨을 거는 인간을 보고 우리가 느끼는 감정"이라고 정의하고 있다.[19] 저명한 독일의 미술사가 에르빈 파놉스키는 그의 『시각 미술에서의 의미』라는 책의 서두序頭를 평생 인간의 '존엄성'은 의무와 당위의 윤리를

---

15 키에르케고르, 『이것이냐 저것이냐』, 1권, p.118.

16 Timothy J. Reiss, *Tragedy and Truth*, p.6.

17 김상봉, 『나르시스의 꿈』, p.250. 재인용.

18 헤겔, 『정신현상학』, p.134.

19 Arthur Miller, "Tragedy and the Common Man," Gerald Weasles ed, *Death of a Salesman*(Text & Criticism), p.146.

좇는 데서 비롯한다고 믿었던 칸트가—죽기 아흐레 전에 보여주었던—그러한 윤리를 스스로 실천하는 모습에 대한 일화로부터 시작한다.[20] 칸트는 병으로 쇠잔해진 몸을 병상에 누이고 있었으나 자신을 방문한 손님이 찾아오자 어렵사리 몸을 일으켜 선 자세를 '고집'하였고 칸트의 심정을 눈치 챈 손님이 자리에 앉자 비로소 자신도 앉으면서 "아직은 저에게 인간의 위엄에 대한 느낌이 남아 있습니다(*Das Gefühl für Humanität hat mich noch nicht verlassen*)"라고 말했다고 한다. 파놉스키는 "칸트는 사람이 질병이나 쇠락이나 기타 인간 조건이 과하는 어떤 압력에 완전히 굴복하지 않고 오히려 스스로 긍정하고 스스로 부과한 원칙에 따라 행동할 수 있다는 사실에 대한 '비극적'이고 자랑스러운 의식을 보여준 것이며, 이렇게 제한된 인간적 현실을 높은 원리 가운데 초극하는 것이 '휴머니즘'의 핵심을 이룬다"고 설명하고 있다.[21]

우리는 파놉스키가 칸트의 예를 들며 설명한– 인간 존엄의 근거로서의 –'비극적 의식'이란 곧 고전 비극이 보여주는 '가능성의 존재'로서의 인간관과 일맥상통하는 개념이라는 것을 알 수 있다. 아티케 비극은 어떤 극단적인 고통에도 파괴되지 않고 견뎌내는 '인간 정신에 대한 찬가'로 일컬어져 왔기 때문이다.[22] 우리가 앞서 보았듯이 그리스인들에게 비극이 갖는 효과와 의의는 '인간 정신의 고양'이며 이는 '인간의 숭고함'에 대한 인식으로 이어지는 것이었다. 그리하여 후대인들은 이런 이유로 비극이 희극보다 '낙관적인' 문학 형식이라고 평가해 왔던 것이다.[23]

20 Erwin Panofsky, *Meaning in the Visual Arts*, p.1.

21 김우창, 『심미적 이성의 탐구』, p.60. 재인용. 강조는 필자.

22 Gilbert Murray, *The Classical Tradition in Poetry*, p.66.

23 Kerr, p.142; Julian Young, *The Philosophy of Tragedy*, p.251.

고전적 인본주의의 '회복'과 종교의 대안으로서의 '비극'

여기서 우리는 오늘날 많은 평자들이 인간 존재에 대한 근본적인 비극적 인식과 관념을 처음으로 통찰하여 예술로 형상화한—그리하여 이 모든 논의의 출발점을 제공한—호메로스와 아티케 비극 작가들의 인간관과 세계관을 현대인들이 다시 회복할 필요가 있다고 주장하는 것을 보게 된다.[24] 그것이 드레이퍼스와 켈리의 말처럼 긍정적인 의미에서 "세계의 다양한 존재 방식들에 균형을 잡아주는 다신주의적多神主義的 관점" 때문이건 아니면 조지 해리스와 버나드 윌리엄스가 말하듯이 부정적 함의로서 "비합리적이고 인간의 운명에는 무관심한 전횡적 신들이 지배하는 세상"을 보여주기 때문이건 '고전적 사유'를 회복한다는 것은 인간이 스스로 결단하고 행동하며 자신의 삶에 대해 책임을 져야하는 '인간 중심적 세계관'으로 다시 돌아가는 것을 뜻하기 때문이다.[25] 즉 현대인들은 '당함과 행함이 결합하여 운명을 형성한다'는 아티케 비극의 전언을 새삼 상기하며 살아갈 필요가 있다는 것이다.

여기서—가장 중요하게는—오늘날 많은 평자들이 20세기 이후 '종교(즉 일신론적 기독교)'가 퇴장한 이후에 '비극'이 종교의 심오한 '대안'이 될 수 있다고 주장한다는 사실이다. 이는 두 가지 논거에서 이루어진다. 하나는 '인륜'이나 '도덕'은 종교가 발생하기 훨씬 이전에 출현한 것이었으며, 이는 곧 종교와 도덕은 별개라는 사실을 증거한다는 것이다.[26] 즉 철

---

24 Pink Dandelion, ed. *Towards Tragedy/ Reclaiming Hope*, xxii–xxiii; B. Williams, p.166; G. Harris, p.14; 휴버트 드레이퍼스/ 숀 켈리, 『모든 것은 빛난다』, p.376–7; 존 그레이, 『하찮은 인간: 호모 라피엔스』, p.164–7.

25 드레이퍼스/ 켈리, p.377; Harris, p.19.

26 종교와 도덕이 무관하다는 것은 이미 계몽주의의 선구자였던 17세기 철학자요 영성가인 피에르 베일이 '인간은 종교와 무관하게 도덕적일 수 있고 도덕과 무관하게 종교적일 수 있다'고 주장한 바 있었고, 20세기에는 이탈리아의 대표적 인문주의자요 소설가였던 움베

학자 앨리스데어 맥킨타이어가 주장하듯 유일신에 의해 계시된 교리(도그마) 따위는 존재하지 않았던 고전기 그리스의 아리스토텔레스가 말하는—용기와 명예 및 책임 그리고 정직과 정의와 같은—'인본주의적 도덕'이 현대인들에게 호소력과 유용성을 갖는 유일한 도덕률이 될 수밖에 없다는 것이다.[27] 다른 하나는 역사학자들이 말하듯 지난 약 천 년 간 서구에서 전개되어온 가장 큰 변화인 '세속화의 과정'의 필연적인 종착점은 인간이 종교와는 무관하게, 전지전능한 독점적 신의 지배에서 벗어나 독자적으로 '도덕적이고 윤리적 주체'로 자립해야 마땅하다는 논의이다.[28] 그것이 종교가 탄생하기 이전에 고대사회의 인간이 누렸던 진정한 '자유와 자율 나아가 존엄'을 회복하는 일이 될 것이기 때문이다. 이것은 T. 네이글과 G. 카하네 같은 현대 철학자들이 이른바 '반신론反神論(Antitheism)'이라고 명명한 것으로서, 신이 아무리 선하고 도덕적으로 완벽한 존재라 할지라도 인간이 자신의 존재 근거를 그에게 의지하고 귀속시키는 한 인간은 종속된 노예라는 점에서는 차이가 없다는 것이 그 핵심 논거이다.[29] 마치 개의 목에 매인 줄이 제아무리 길어도 그것이 개가 자유

르토 에코와 로마 교황청의 교리담당 장관이던 카를로 마리아 마르티니 추기경 사이의 논쟁을 수록한 『무엇을 믿을 것인가』가 이를 가장 설득력 있게 논증하고 있다.—폴 아자르, 『유럽의식의 위기 I』, p.65. 재인용; 에코와 마르티니, 『무엇을 믿을 것인가』, p.106-7.

27 매킨타이어, 『덕의 상실』, p.380-2.

28 이미 20세기 중엽부터 서구의 역사가와 철학자들은 지난 2,000년간의 '신본주의'로부터 18세기 계몽주의 이후 오늘날까지 서구정신은 '인본주의'로 바뀌어왔다는 것을 자주 지적한다. 가령 영국의 저명한 역사가 마이클 하워드는 "서기 천년 이후 이 천년 사이의 서구인의 역사에서 가장 중요한 발전은 '세속화의 과정'이며, 이는 처음에는 유럽의 세속화이고 그 후에는 서서히 진행된 지구 전체사회의 세속화였다. 이를 가장 처음으로 분명하고 명확하게 증언한 것은 프랑스 대혁명을 낳은 책으로 여겨져 온 드니 디드로의 『백과전서』이며, 이 책 제1권의 전복적 강령은 '인류의 운명은 하늘을 향하는 것이 아니라 이 땅에서 이루어져야 하며, 인간의 지성과 이성을 사용하여 이 땅에서의 진보를 위한 것이어야 한다'는 선언이었다. 이는 말하자면 '현대의 출발'을 선포한 책이다."—Michael Howard, *The Lessons of History*, p.140. 강조는 필자.

29 최성호, 『인간의 우주적 초라함과 삶의 부조리에 대하여』, p.177.

롭지 않다는 데는 아무런 차이가 없는 것과 마찬가지라는 것이다. 오직 자신의 존재 근거를 자신 안에 둘 뿐 자기 밖에서 찾지 않을 때 인간은 비로소 주체적으로 자신의 '운명의 주인'이라고 할 수 있기 때문이다. 네이글은 이를 다음과 같이 말한다.

신이 존재하는 세계와 신이 존재하지 않는 세계 중 하나를 선택할 수 있는 상황에 놓인다면 나는 조금도 망설임 없이 신이 존재하지 않는 세계를 선택할 것이다. 왜냐하면 나는 신이 존재한다는 사실을 도무지 '참을 수 없기' 때문이다. 나는 이 우주가 신에 의해 '창조된' 우주이기를 바라지 않는다.[30]

인간이 독립적인 도덕적 권위와 존엄성을 지니고 자신의 삶을 주체적으로 살아가는 능동적이고 자율적인 존재로 스스로를 자리매김한다는 것은 곧 자신을 '비극적 주인공'으로 파악하는 것과 다름없다. 그는 그리스 비극의 주인공처럼 알 수 없는 신(들)의 길과 인간의 길 사이에서 부단히 선택하고 결단해야 하며 그 결과에 책임을 져야 하는 존재로 살아가야 하기 때문이다. 이런 맥락에서 카우프먼은 비극이 "비종교적인 것의 종교성을 갖고 있고 비신앙인의 신앙에 갈음하는 것"이라고 말했고, 해체주의 비평의 원조 격인 자크 데리다도 비극은 "종교성이 없는 종교"라고 명명한 바 있다.[31]

---

30 Thomas Nagle, *The Last Word*, p.130.
31 Kaufmann, p.345: S. A. Brown & C. Silverstone eds., *Tragedy in Transition*, p.35. 재인용.

비극적 '숭고'와 문학의 '구원적 힘'

현대 '휴머니즘' 철학을 대표하는 영국의 철학자 중의 한 명인 리처드 노먼은 그의 최근 저서『삶의 품격에 대하여』에서 과거에 인간의 삶의 의미와 목적을 고취하는 기능을 수행했다고 여겨지던 종교가 그 활력이 다함에 따라 앞으로는 그런 기능과 역할을 서사 예술— 특히 비극 문학— 에게 넘겨주어야 할 것이라고 예견하고 있다.[32] 이런 맥락에서 평생 서양 문학을 전공한 국내 학자들 가운데 만년에 한 강의나 저술에서 그리스 비극이 지닌 문학의 '구원적 힘'에 대해 증언하는 분들이 있다. 가령 영문학계의 석학 중의 한 명인 유종호 교수는 최근의 "희랍비극에 대한 강연"에서 "희랍비극은 인간의 이성과 이해력을 뛰어넘는 어떤 힘을 느끼게 되는 삶의 경험과 현실의 경험 가운데 '비극적 비이성과 부정의'가 삶의 조건이고 질서라는 것을 일깨움으로써 일종의 '형이상학적 위안'을 주는 측면이 있다"고 말한다.[33] 유 교수가 말하는 '비극적 비이성과 부정의'는 그리스 비극이 드러내는 우주 가운데 질서의 부재와 정의의 결여를 가리키는 것으로 생각되며, '형이상학적 위안'은 이런 무질서와 불의한 세계와 싸워 자신의 질서와 정의를 수립하는 인물에 대해 느끼는 '찬탄의 감정'에서 비롯되는 것도 있지 않을까 생각된다. 이는 그리스 비극이 우리에게 가져다주는 효과 중에는 종교적인 어떤 '깨달음(각성)과 위로'에 가까운 것이 있다는 증언으로 간주할 수도 있을 것이다.

한편 불문학계의 원로 중의 한 명인 정명환 교수도 여든이 가까운 나이에 출간한『젊은이를 위한 문학 이야기』에서 그리스 비극은 시대를 넘어서는 '보편적 인간상과 구원의 문제' 다룬다고 지적한다. 그리스 비극

---

32 리처드 노먼/석기용 옮김,『삶의 품격에 대하여』, p.227-53
33 『열린 연단: 문화의 안과 밖』〈문화정전 14강, 2020년〉 – "희랍비극의 세계".

에서 자신의 신념과 명분을 실현하기 위해 목숨을 건 싸움을 마다하지 않는 주인공은 비록 파멸할지라도 현세적 한계와 조건을 초극하는 정신적 승리를 성취한다고 여겨지기 때문이라는 것이다. 여기에 그리스 비극이 보여주는 '초월과 구원의 주제'가 놓여 있다는 것이며, 정 교수는 이를 20세기에 가장 잘 형상화한 작품으로 앙드레 말로의 『인간 조건』을 예로 든다. 작품의 주요 등장인물 중의 한 명인 카토프는—1920년대 후반의 중국을 배경으로 할거하는 군벌들에 대항하기 위해 국민당과 공산당이 국공합작을 하고 다시 분열하는 외중에 발생한 '상해 폭동'을 배경으로 하는 사건 가운데—폭동의 주역의 한 명으로서 사회주의 혁명의 성공을 위해 헌신하다 결국 동료들과 함께 체포된다. 그는 달리는 열차의 기관차 칸에서 백열白熱하게 타오르는 화통 속으로 던져지는 처벌을 앞두고 어둠 속에서 공포에 떨고 있는 곁의 중국인 동지 두 명에게 자신만의 몫으로 지니고 있던 독약 캡슐을 두 조각으로 잘라 건네준다. "자, 이거 받아, 쌴. 손을 내 가슴 위에 얹어. 내 손이 닿거든 꼭 쥐란 말이야. 카토프는 자기 목숨보다 더 귀중한 선물을 자기 가슴 위에 내민 동지의 그 뜨거운 손에 넘겨주었다." 나중에 자신도 산채로 화통에 던져질 차례가 되었을 때 "감시병이 너는 왜 청산가리를 먹지 않았느냐는 물음에 그는 '두 사람 몫밖에 없었소'라고 대답하며, 이렇게 대답하는 카토프의 가슴에 알 수 없는 벅찬 기쁨이 솟아올랐다"고 화자는 말한다.[34] 이런 인간의 육체적 한계를 뛰어넘는 정신의 승리라는 '비극적 역설'의 뿌리를 찾아 올라가면 그리스 비극에 닿는다는 것이 정 교수의 논지이다.[35] 독자들도 소설의 이 대목을 읽은 다음 자신도 모르게 눈가에 눈물이 솟는 것을 느낀다. 20세기 라트비아 출신의 독일의 저명한 철학자 니콜라이 하르트만은

---

34 앙드레 말로, 『인간 조건』, p.395-8.
35 『젊은이를 위한 문학 이야기』, p.206-7.

그의 『미학』에서 "인간은 본래 위대하고 우월한 것에 이끌리는 본성이 있고 이런 장엄하고 감동적인 것을 동경하고 추구하며 일생을 보내는 경우가 있다. 그가 만약 이런 것을 발견하면 그의 가슴은 뛰고 그리로 달려가게 되는 것이다…… 이런 위대한 것, 우월한 것에 끌리는 경향은 도덕적으로 가장 훌륭한 인간의 특징에 속하는 것이다"라고 말한 바 있다.[36] 우리는 카토프가 보여준 인간애, 신의, 충직성, 희생정신으로 인해 옛스러운 표현을 빌면 '불승감개일국루不勝感慨一掬漏(감격을 이기지 못하여 갑자기 흐르는 눈물을 주먹으로 훔쳐냄)'의 경험을 하게 되는 것이다. 롱기누스가 그의 『숭고론』에서 "숭고는 설득하지 않고 단지 압도할 따름"이라고 한 말 그대로이다.[37] 호메로스의 『일리아스』의 헥토르, 아티케 비극에서는 프로메테우스, 오이디푸스 그리고 안티고네 등이 이런 숭고한 비극적 인물들이다. 숭고는 '인본주의의 꽃'이라고도 불리며, 문학이 종교를 대신할 수 있는 근거가 된다.

'영상예술'로 매체가 바뀐 비극

이제껏 논의한 것처럼 비극 예술은 사라지거나 사망할 수 없다. 그것은 인간이 인간으로 남아 있는 한 인간의 유적類的 본성이 비극적 인간관과 세계관을 요청하고 필요로 하기 때문이다. 아마도 비극이 쓰여질 수 없는 사회는 토머스 홉스가 『리바이어던』에서 말한 자연상태의 인간 즉 "지속적인 공포와 격렬한 죽음만이 기다리고, 인간은 외롭고 헐벗으며 추악하고 짐승 같고 짧은 삶을 살아야 하는" 세계가 될 터이기 때문이

---

36 하르트만, 『미학』, p.391.

37 Longinus, *On the Sublime*, Chap. I.

다.**38** 11권으로 이루어진『문명 이야기』라는 방대한 역사서를 반세기에 걸친 세월 동안 완성했던 윌 듀런트는 생의 말년에 평생 역사를 공부한 결과 얻은 지혜를—마지막 책들의 공동저자인 부인과 함께 펴낸『역사의 교훈』에서—다음과 같이 말한다.

> "역사를 통해서 인간성은 변하지 않았다는 것이 드러난다. 플라톤 시대의 희랍인들은 금세기의 프랑스인들과 별반 다르지 않았다. 로마인들은 꼭 영국인들처럼 행동했다. 수단과 도구(즉 제도와 관습)는 변했으나 동기와 목적은 동일한 것이다. 사회의 계층(혹은 계급)들 사이에서도 인간성은 변하지 않는다. 가난한 자들도 부유한 자와 똑같은 충동과 경향을 지니고 있다. 단지 그들에게는 그 충동과 욕망을 실현할 기회나 능력이 덜 주어질 뿐이다."**39**

인간의 본성이 변하지 않는 한 비극 예술 또한 사라지지 않을 것이지만, 예술의 주류 형식은 시대와 장소에 따라 다양한 모습으로 나타났다는 것 또한 역사가 가르쳐주는 사실이다. 비극 예술이 고전 시대부터 르네상스 시기까지는 운문 시극의 형식이었다면 19세기 이후에는 산문 소설의 형태를 띠었다. 그러다 20세기에 영화가 주류 예술 형식으로 등장하면서 비극은 영상예술로 그 매체를 바꾸었다. 이는 20세기 중엽 헐리우드 영화의 전성기에 만들어진 흥행작 중 많은 작품이—애정물인『애수哀愁』(1940),『지상에서 영원으로』(1953),『여로旅路』(1959),『러브 스토리』(1970)뿐만 아니라『스파르타쿠스』(1960),『아라비아의 로렌스』(1962),『클레오파트라』(1963) 같은 사극의 경우에도—'비극적 영화'였을 뿐 아니라

---

38 Hobbes, *Leviathan*, Chap. XIII.

39 Will and Ariel Durant, *The Lessons of History*, p.34.

최근의 히트작인『브레이브 하트』(1995),『잉글리쉬 페이션트』(1996),『타이태닉』(1997),『글래디에이터』(2000) 등과 같은 이른바 '블록버스터'들도 '비극적 플롯'에 맞춰 만들어진 영화들이라는 사실로 입증된다.[40]

독일 사회학자 울리히 브뢰클링Ulich Brökling은 그의『포스트 영웅시대의 영웅들*Postheroic Heroes*』에서 전통적 군사 영웅에서 오늘날은 민간 영웅으로 영웅상은 바뀌었으나, 영웅은 여전히 비범한 일을 해내고 강력한 적과 맞서 싸우는 용감하면서도 '비극적인' 인물상으로 답습되고 있다고 말한다.[41] 즉 영웅 이후의 세계가 도래한 듯하나 사람들은 여전히 매일 새로운 영웅을 소환한다는 것이다. 이런 영웅이야말로 인간들이 갈망하는 것을 이루어내기 때문이라는 것이 그 이유다. 브뢰클링은 영웅 서사의 호소력은 줄어든 것 같지만 그것의 오락적 가치는 조금도 수그러들지 않았다는 것을 증언하고 있다.[42]

'비극의 영원한 호소력'

우리는 문학 없이는 살 수 없다. 우리는 인생살이라는 막막한 현실을 살아가면서 이 세상에 대해서 심지어 우리 자신에 대해서도 잘 모르거나 알아도 그 지식이 매우 불분명하기 때문이다. 다시 말해 이 세상이 움직여가는 법칙과 이치뿐만 아니라 자신의 실체에 대해서도 – 정작 일이 닥치기 전까지는– 그 본성뿐만 아니라 가능성과 한계에 대해서조차 잘 모르고 살아가는 수가 많다. 그래서 우리는 이런 자신의 본유적 한계를 벗어나 우리가 살아가야 하는 이 세상의 이치와 삶의 의미에 대해 알고 싶

---

40 20세기 후반의 '비극적 영화'의 보다 많은 예는『비극 문학』, p.80-81을 참조하시오.

41 우라실/ 카릭,『세상은 이야기로 만들어졌다』, p.71. 재인용.

42 같은 책, p.73. 재인용.

고 그러기 위해 다른 인간들의 삶의 경험과 그 실체를 들여다보고 싶다는 생각이 든다. 그런데 내가 아닌 다른 사람의 삶을 들여다보고 이곳이 아닌 다른 곳과 때의 삶을—비록 대리로나마—경험해볼 수 있는 유일한 길이 문학에 있다. 문학만이 근본적으로 제한되고 협소할 수밖에 없는 나의 지식과 경험을 메워주고 넓혀주어 궁극적으로 나를 '초극'할 수 있는 기회를 제공해 주는 것이다.

문학이 필요한 것이라면 그중에서도 가장 필요한 것은 우리가 쓰러지고 무너지려 할 때 스스로를 일으켜 세워야 할 이유를 가르쳐주고 살아가야 할 명분을 제공해주는 문학이라고 할 수 있다. 비극은 바로 카우프먼이 말한 대로 우리가 '인류라는 거대한 형제단의 일원'으로서 우리에게 닥친 재난과 불행이 오직 우리만 겪는 것이 아니라는 사실을 일깨워주며 동시에 우리의 고통과 고뇌에는—불현듯 닥치는 고통이나 횡액이 아니라면—우리 자신의 과오와 몫도 있다는 것을 뼈저리게 상기시킨다. 또한 비극은 이 세상이 근본적으로 정의가 없고 질서가 사라져서 불공평하고 부당한 곳이 되기 십상이라는 것을 보여준다. 그러나 비극은 정의와 질서가 있다면 이는 오직 우리가 우리 힘으로 스스로 수립하고 회복하는 것이 있을 따름이라는 것을 가르쳐 준다. 그러므로, 마지막으로 비극은 우리가 자신의 인간적 가능성과 잠재력에 대한 희망을 잃지 말고 버티고 싸우는 것밖에는 세상에 다른 길이 없다는 사실을 일깨워주는 것이다. 비록 그 끝에 패배가 기다리고 있는 싸움일지 모르나 그것만이 우리가 할 수 있는 것의 전부라는 사실에는 변함이 없기 때문이다.

쇼펜하우어는 자신의 책이 적어도 두 번—한번은 전체적 개관을 위해 다른 한 번은 진정한 이해를 위해—읽혀져야 한다는 매우 자아도취적이지만 결국 상당히 근거가 있는 소망을 피력한 적이 있다. 그러나 이 세상에는 그저 이해되는 것을 넘어서 '더불어 같이 살아가야 할' 책도 있는 것이다. 바로 비극 문학이 그런 종류의 책이 아니겠는가 하는 확신이 드는 것을 필자는 어찌할 수 없다.

| 참고 문헌 |

　　본문에서 비록 각주로 언급되지는 않았으나 필자의 논지의 형성에 크게 영향을 미쳤고 해당
주제와 토픽을 이해하기 위해서는 필수적인 도서라고 생각되는 것들도 포함되어 있음을 밝힌다.

I. 그리스 비극

■ 호메로스와 그리스 비극의 텍스트

호메로스/천병희 옮김,『일리아스』, 단국대 출판부, 2001.

　　　　　,『오뒷세이아』, 단국대 출판부, 2001.

아이스퀼로스/천병희 옮김,『아이스퀼로스 비극 전집』, 숲, 2008.

소포클레스/천병희 옮김,『소포클레스 비극 전집』, 숲, 2008.

에우리피데스/천병희 옮김,『에우리피데스 비극 전집 I과 II』, 숲, 2009.

Homer, *The Iliad of Homer*, Richmond Lattimore trans. & intro. Chicago Univ. P. 1961.

Aeschylus, *Aeschylus I, Oresteia*. Richmond Lattimore trans. & intro. Chicago Univ. P.
　　1953.

Sophocles, *Sophocles I & II*, David Grene trans. & intro. Chicago Univ. P. 1954.

Euripides, *Euripides I, III & V*. Richmond Lattimore trans. & intro. Chicago Univ. P.
　　1955.

■ 관련 학술 도서

강대진,『고전은 서사시다』, 안티쿠스, 2007.

　　　　,『비극의 비밀』, 문학동네, 2013.

강정인,『서구중심주의를 넘어서』, 아카넷, 2004.

고전 · 르네상스 드라마 한국학회 편,『그리스 · 로마극의 세계 I, II』, 동인, 2000.

골드힐, 사이먼/김영선 옮김,『러브, 섹스 그리고 비극』, 예경, 2006.

괴테, 요한 볼프강/장영태 옮김,『잠언과 성찰』, 유로, 2014.

김진경,『고대 그리스의 영광과 몰락』, 안티쿠스, 2009.

　　　　,『그리스 비극과 민주주의』, 일조각, 1991.

김상봉,『그리스 비극에 대한 편지』, 한길사, 2003.

나지, 그레고리/우진하 옮김,『고대 그리스의 영웅들』, 시그마북스, 2015.

루소 J.J./오증자 옮김, 『에밀』 중권, 박영사 1996.

망구엘, 알베르트/김헌 옮김, 『일리아스와 오디세이아 이펙트』, 세종서적, 2012.

바르부, 제베데이/임철규 옮김, 『역사심리학』, 창작과 비평, 1983.

박종현, 『헬라스 사상의 심층』, 서광사, 2001.

베르낭, 장-피에르/김재홍 옮김, 『그리스 사유의 기원』, 길, 2006.

______/박희영 옮김, 『그리스인들의 신화와 사유』, 아카넷, 2005.

벤야민, 발터/조만영 역, 『독일 비애극의 원천』, 새물결, 2008.

비달-나케, 피에르/이세욱 옮김, 『호메로스의 세계』, 솔, 2004.

비에, 크리스티앙/정장진 옮김 『오이디푸스』, 이룸, 2003.

손병석, 『고대 희랍·로마의 분노론』, 바다출판사, 2013.

수자, 필립 드. 헤켈, 발데미르. 루엘린-존스, 로이드/오태경 옮김, 『그리스 전쟁』, 플래닛미디어, 2009.

스넬, 브루노/김재홍 옮김, 『정신의 발견: 서구적 사유의 그리스적 기원』, 까치, 1994.

아렌트, 한나/이진우·태정호 옮김, 『인간의 조건』, 한길사, 2019.

아리스토텔레스/이상섭 역주, 『아리스토텔레스「시학」연구』, 문학과 지성사, 2002.

______/천병희 옮김, 『시학』, 문예출판사, 2006.

______/최명관 옮김, 『니코마코스 윤리학』, 훈복문화사, 2005.

양승태, 『앎과 잘남: 희랍 지성사와 교육과 정치의 변증법』, 책세상, 2006.

영, 줄리언/류의근 역, 『신의 죽음과 삶의 의미』, 필로소픽, 2021.

예거, 베르너/김남우 옮김, 『파이데이아: 희랍적 인간의 조형』, 아카넷, 2019.

유재원, 『데모크라티아』, 한겨레 출판, 2017.

이진성, 『그리스 신화의 이해』, 아카넷, 2004.

임철규, 『그리스 비극: 인간과 역사에 바치는 애도의 노래』, 한길사, 2007.

천병희, 『그리스 비극의 이해』, 문예출판사, 2002.

콘퍼드, F. M./남경희 옮김, 『종교에서 철학으로』, 이화여자대학 출판부, 1995.

투키디데스/박광순 옮김, 『펠로폰네소스 전쟁사 상, 하』, 범우사, 1993.

플라톤/박종현 옮김, 『국가』, 서광사, 1997.

______/강철웅 옮김, 『향연』, 이제이북스, 2010.

______/천병희 옮김, 『파이드로스/ 메논』, 숲, 2013.

해리슨 J./오병남, 김현희 옮김, 『고대 예술과 제의』, 예전사, 1996.

헌팅턴, 새뮤얼/이희재 옮김, 『문명의 충돌』, 김영사, 2001.

헤로도토스/박광순 옮김, 『역사 상, 하』, 범우사, 1996.

헤겔, G. W. E/김양순 옮김, 『정신현상학』, 동서문화사, 2011.

헤시오도스/천병희 역, 『신들의 계보』, 숲, 2009.

호제, 마르틴/김남우 옮김, 『희랍문학사』, 작은이야기, 2005.

Aeschylus, *Eumenides*, Alan H. Sommerstein, ed. Cambridge: Cambridge UP. 1989.

Anderson M. J. ed. *Classical Drama and Its Influence: Essays Presented to H. D. F. Kitto*, London: Methuen, 1965.

Aristotle, *Aristotle's Theory of Poetry and Fine Art*, S. H. Butcher trans. New York: Dover P. 1951[2009].

______, *The Poetics of Aristotle*, Stephen Halliwell trans. & com. Chapel Hill: U. of North Carolina P. 1987.

Auden, W. H. ed. *The Portable Greek Reader*, New York: Penguin Books, 1976.

Barnes, Hazel E, *Hippolytus in Drama and Myth*, Lincoln: U. of Nebraska P. 1970.

Berkowitz, Luci & Brunner Theodore F, eds. & trans, *Oedipus Tyrannus*, New York: W.W. Norton, 1970.

Bloom, Harold, ed. *Aeschylus's The Oresteia: Modern Critical Interpretations*, New York: Chelsea House, 1988.

______, ed. *Sophocles' Oedipus Rex: Modern Critical Interpretations*, New York: Chelsea House, 1988.

Blundell, Sue, *Women in Ancient Greece*, Cambridge: Harvard UP. 1995.

Bowra, Sir Maurice, *Sophoclean Tragedy*, Oxford: Oxford UP. 1964.

Bremer, J. M, *Hamartia*, Amsterdam: Adolf Hakkert P. 1969.

Brown, Andrew, *A New Companion to Greek Tragedy*, New York; Barnes & Noble, 1983.

Bukert, Walter, *Greek Religion*, John Raffan trans. Oxford: Blackwell P. 1985.

Conacher, D. J, *Euripidean Drama: Myth, Theme and Structure*, Toronto: U. of Toronto P. 1967.

Dodds, E. R, *The Greeks and the Irrational*, Berkeley: U. of California P. 1971.

______, ed. & intro. *Bacchae*, 2nd ed. Oxford: Oxford UP. 1963.

Dover, K. J, *Greek Popular Morality*, Indianapolis: Hackett Publishing, 1974.

Easterling, P. E, *The Cambridge Companion to Greek Tragedy*, Cambridge: Cambridge UP. 1997.

Else, Gerald F. *The Origin and Early Form of Greek Tragedy*, New York: W. W. Norton, 1972.

Euben, J. Peter, *Greek Tragedy and Political Theory*, Berkeley: U. of California P. 1986.

Goldhill, Simon, *Aeschylus the Oresteia: A Student Guide*, Cambridge: Cambridge UP. 2004.

______, *Reading Greek Tragedy*, Cambridge: Cambridge UP, 1986.

Green, W. C. *Moira: Fate, Good and Evil in Greek Tragedy*, Cambridge: Harvard UP. 1944[2013].

Grene, David, *Reality and the Heroic Pattern*, Chicago: Chicago UP. 1967.

Hadas, Moses, *The Greek Ideal and Its Survival*, New York: Harper & Row, 1966.

______, *A History of Greek Literature*, New York: Columbia UP. 1950.

Hall, Edith, *Greek Tragedy: Suffering under the Sun*, Oxford: Oxford UP. 2005.

Hamilton, Edith, *The Greek Way*, New York: W. W. Norton, 1958.

Harsh, Philip Whaley, *A Handbook of Classical Drama*, Stanford: Stanford UP. 1979.

Havelock, Eric A. *The Greek Concept of Justice*, Cambridge: Harvard UP. 1978.

Howatson, M. C. ed. *The Oxford Companion to Classical Literature*, New York: Oxford UP. 1989.

Hornblower, Simon & Spawforth, Antony eds., *The Oxford Companion to Classical Civilization*, New York: Oxford UP. 2004.

Jaeger, Werner, *Paideia: The Ideal of Greek Culture*, vol. 1. New York: Oxford UP. 1965.

Kirk, G. S. & Raven J. E, *The Presocratic Philosophers*, Cambridge, Cambridge UP. 1966.

Kitto, H. D. F, *Greek Tragedy: A Literary Study*, London: Methuen, 1966[2011].

______, *The Greeks*, London: Penguin Books, 1961[1991].

Knox, Bernard, *Oedipus at Thebes: Sophocles' Tragic Hero and His Time*, New Haven: Yale UP. 1985.

______, *The Heroic Temper: Studies in Sophoclean Tragedy*, Berkeley: U. of California P. 1983.

______, *Word and Action: Essays on the Ancient Theater*, Baltimore: The Johns Hopkins UP. 1979.

Lattimore, Richmond, *Story Patterns in Greek Tragedies*, Ann Arbor: U. of Michigan P. 1964.

Lucas, D. W, *The Greek Tragic Poets*, London: Cohen & West, 1969.

Mills, Sophie, *Euripides: Hippolytus*, London: Duckworth, 2002.

Murray, Gilbert, *Aeschylus: the Creator of Tragedy*, Oxford: Clarendon P. 1962.

______, *The Classical Tradition in Poetry*, New York: Vintage Books, 1957.

______, *Euripides and His Age*, London: Kessingerl, P. 2009.

Nietzsche, Friedrich, *The Birth of Tragedy and The Genealogy of Morals*, Francis Golffing, trans. New York: Doubleday Anchor, 1956.

______, *Twilight of the Idols and The Anti-Christ*, R. J. Hollingdale, trans. New York: Penguin Books, 1987.

Nussbaum, Martha, *The Fragility of Goodness*, Cambridge: Cambridge UP. 1986.

Olson, Elder, ed. & intro. *Aristotle's Poetics and English Literature*, Chicago: U. of Chicago P. 1965.

Padel, Ruth, *In and Out of the Mind: Greek Images of the Tragic Self*, Princeton: Princeton UP. 1992.

Plato, Grube, G. M. A, ed. *Plato: Five Dialogues*, Indianapolis: Hackett Publishing, 1981.

______, Richards. I. A. ed. & trans. *Plato's Republic*, London: Cambridge UP. 1966.

Podlecki, Anthony J, *The Political Background of Aeschylean Tragedy*, Ann Arbor: U. of Michigan P. 1966.

Popper, K. R, *The Open Society and Its Enemies* Vol. I, London: Routledge & Kegan, 1945[1963].

Rabinowitz, Nancy Sorkin, *Greek Tragedy*, London: Blackwell, 2008.

Redfield, James. M, *Nature and Culture in the Iliad: The Tragedy of Hector*, Chicago: U. of Chicago P. 1975.

Reinhardt, Karl, *Sophocles*, Hazel & David Harvey trans. New York: Barnes & Noble, 1979.

Rorty, Amelie Oksenberg, ed. *Essays on Aristotle's Poetics*, Princeton: Princeton UP, 1992.

Rose, Peter W, *Sons of the Gods, Children of Earth: Ideology and Literary Form in Ancient Greece*, Ithaca: Cornell UP. 1992.

Rosenmeyer, Thomas G, *The Art of Aeschylus*, Berkeley: U. of California P. 1982.

Seaford, Richard, *Reciprocity and Ritual*, Oxford: Clarendon P. 1994.

Segal, Erich, ed. *Euripides: A Collection of Critical Essays*, Englewood Cliffs: Prentice-Hall, 1968.

______, ed. *Oxford Readings in Greek Tragedy*, Oxford: Oxford UP. 1983.

Segal, Charles, *Dionysiac Poetics and Euripides' Bacchae*, Princeton: Princeton UP. 1982.

______, *Oedipus Tyrannus: Tragic Heroism and the Limits of Knowledge*, 2nd ed. New York: Oxford UP. 2001.

Slater, Philip E, *The Glory of Hera*, Princeton UP, 2016.

Smyth, Herbert Weir, *Aeschylean Tragedy*, Berkeley: U. of California P. 1924.

Stanford, W. B. *Greek Tragedy and the Emotions*, London: Routledge & Kegan, 1983.

Steiner, George, *Antigones*, New York: Oxford UP. 1984.

______, *No Passion Spent: Essays 1978-95*, New Haven: Yale UP. 1996.

Steiner, George and Fagles, Robert, *Homer: A Collection of Critical Essays*, Englewood Cliffs: Prentice-Hall, 1962.

Storey, Ian C & Allan, Arlene, *A Guide to Ancient Greek Drama*, London: Blackwell, 2005.

Taplin, Oliver, *Greek Tragedy in Action*, London: Routledge & Kegan, 1985.

Thomson, George, *Aeschylus and Athens*, New York: Grosset & Dunlap, 1968.

Vellacott, Philip, *Ironic Drama: A Study of Euripides's Method and Meaning*, London: Cambridge UP. 1975.

Vernant, Jean-Pierre & Vidal-Naquet, Pierre, *Tragedy and Myth in Ancient Greece*, Janet Lloyd trans. Sussex: Harvester P. 1981.

Vickers, Brian, *Towards Greek Tragedy*, London: Longman P. 1973.

Waldock, A. J. A, *Sophocles the Dramatist*, Cambridge: Cambridge UP. 1951.

Walton, J. Michael, *Euripides Our Contemporary*, Berkeley: U. of California P. 2010.

Weil, Simon, *The Simon Weil Reader*, George A. Panichas ed. & trans. New York: David Mckay, 1977.

Whitman, Cedric H. *The Heroic Paradox*, Ithaca: Cornell UP. 1982.

______, *Homer and the Heroic Tradition*, Cambridge: Harvard UP. 1965.

______, *Euripides and the Full Circle of Myth*, Cambridge: Harvard UP. 1974.

______, *Sophocles: A Study of Heroic Humanism*, Cambridge: Harvard UP. 1951.

Willcock, Malcolm M, *A Companion to the Iliad*, Chicago: U. Chicago P. 1976.

Williams, Bernard, *Shame and Necessity*, Berkeley: Stanford UP. 1993.

Winkler, John J. & Zeitlin, Froma. eds. *Nothing To Do with Dionysos?* Princeton: Princeton UP. 1990.

Winnington-Ingram, R. P. *Euripides and Dionysus*, 2nd ed. London: Duckworth, 2003.

Woodard, Thomas, *Sophocles: A Collection of Critical Essays*, Englewood Cliffs: Prentice-Hall, 1966.

Wright, John, ed. *Essays on the Iliad: Selected Modern Criticism*, Bloomington: Indiana UP. 1978.

II. 르네상스 비극: 셰익스피어

■ 셰익스피어의 텍스트

셰익스피어/정병준, 정인섭, 이종수 외 옮김, 『셰익스피어 전집 I 비극 편』, 정음사, 1964.

Shakespeare, William, *The Arden Shakespeare*, Harold Jenkins, et al. eds., London: Methuen, 1982.

______, *The Complete Works of Shakespeare*, Irving Ribner & George Lyman Kittredge, eds., Waltham, Massachusetts: Xerox College Publishing, 1971.

■ 관련 학술 도서

괴테, 요한 볼프강 폰/안삼환 옮김, 『빌헬름 마이스터의 수업시대 1』, 민음사, 1999.

김경한, 『르네상스 휴머니즘의 자유의지론』, 태학사, 2006.

권세호 편역, 『셰익스피어의 세계』, 영남대 출판부, 1993.

라크르와, 미셸/김창호 옮김, 『악惡 *Le Mal*』, 영림카디널, 2000.

마키아벨리, 니콜로/최현주 옮김, 『군주론』, 페이지북스, 2023.

몽테뉴, 미셸/손우성 옮김, 『수상록』 II, 동서문화사, 1976.

바다위, M. M./전팔근 · 이상오 옮김, 『셰익스피어의 배경』, 한신문화사, 1983.

박지향, 『영국사: 보수와 개혁의 드라마』, 까치, 1997.

보머, 프랭클린/조호연 옮김, 『유럽 근현대 지성사』, 현대지성사, 2000.

부르크하르트, 야콥/안인희 옮김, 『이탈리아 르네상스의 문화』, 푸른숲, 1999.

불록, 앨런/홍동선 옮김, 『서양의 휴머니즘 전통』, 범양사 출판부, 1989.

샤피로, 제임스/신예경 옮김, 『셰익스피어를 둘러싼 모험』, 글항아리, 2015.

세네카/천병희 옮김, 『세네카의 행복론: 인생이 왜 짧은가』, 숲, 2005.

스톤, 로렌스/홍한유 옮김, 『영국혁명의 제원인 1529-1642』, 법문사, 1982.

아타루, 사사키/송태욱 옮김, 『잘라라, 기도하는 그 손을』, 자음과모음, 2014.

앨퍼드, 찰스 프레드/이만우 옮김, 『인간은 왜 악에 굴복하는가』, 황금가지, 2004.

여석기, 『나의 햄릿 강의』, 생각의나무, 2008.

옌트너, 루돌프 K. 골트슈미트, 『세계사의 명장면 그 이면의 역사』, 달과소, 2003.

윤정은, 『리어왕 연구: 연구와 주해』, 정음사, 1988.

이경식, 『셰익스피어의 4대 비극연구』, 종로서적, 1987.

______, 『셰익스피어의 생애와 작품』, 서울대 출판부, 1980.

이대석, 『셰익스피어 극의 이해: 비극』, 한양대학교 출판부, 2002.

장문석, 『근대정신은 어떻게 탄생했을까?』, 민음사, 2011.

존슨, 폴/한은경 옮김, 『르네상스』, 을유문화사, 2003.

커모드, 프랭크/한은경 옮김, 『셰익스피어의 시대』(*The Age of Shakespeare*), 을유문화
　　　사, 2005.

터너, 리처드/김미정 옮김, 『피렌체 르네상스』, 예경, 2001.

플루타르코스/천병희 옮김, 『플루타르코스 영웅전: 그리스를 만든 영웅들』, 숲,
　　　2006.

한국영어영문학회, 『셰익스피어』, 민음사, 1978.

해리슨, J. F. C/이영석 옮김, 『영국 민중사』, 소나무, 1987.

Alexander, Peter, *Shakespeare's Life and Art*, New York: New York UP. 1967.

Baker, Herschel, *The Image of Man*, New York: Harper, 1947[1961].

Bayley, John, *Shakespeare and Tragedy*, London: Routledge & Kegan, 1981.

Bevington, David, *Shakespeare's Ideas: More Things in Heaven and Earth*, West Sussex:
　　　Wiley-Blackwell, 2008.

Booth, Stephen, *King Lear, Macbeth, Indefinition and Tragedy*, Christchurch:

Cybereditions Corp. 2001.

Bradley, A. C, *Oxford Lectures on Poetry*, London: Macmillan, 1907[1961].

______, *A Miscellany*, London: Hassell Str. P, 2021.

______, *Shakespearean Tragedy*, London: Macmillan, 1904[1956].

Bratchell, D. F, ed. *Shakespearean Tragedy*, London: Routledge & Kegan, 1990.

Brinton, Crane, *The Shaping of Modern Thought*, Englewood Cliffs: Prentice-Hall, 1965.

Brooke, Nicholas, *Shakespeare's Early Tragedies*, London : Methuen, 1973.

Brower, Reuben A, *Hero and Saint: Shakespeare and the Greco-Roman Heroic Tradition*, New York: Oxford UP. 1971.

Bush, Douglas, *The Renaissance and English Humanism*, Toronto: U. of Toronto P. 1939[1976].

Campbell, Lily B. *Shakespeare's Tragic Heroes*, London: Methuen, 1961.

Cavarero, Adriana, *Stately Bodies: Literature, Philosophy and the Question of Gender*, Ann Arbor: U. of Michigan P. 2002.

Champion, Larry S, *Shakespeare's Tragic Perspective*, Athens: U. of Georgia P. 1976.

Charlton, H. B. *Shakespearean Tragedy*, Cambridge: Cambridge UP. 1952[1970].

Granville-Barker, Harley, *Prefaces to Shakespeare*, London: Macmillan, 1947[2007].

Greenblatt, Stephen, *Shakespearean Negotiations*, Berkeley: U. of California P. 1988.

______, *Will in the World: How Shakespeare Became Shakespeare*, New York: W. W. Norton, 2004.

Harbage, Alfred, ed. *Shakespeare The Tragedies: A Collection of Critical Essays*, Englewood Cliffs: Prentice-Hall, 1964.

______, *A Reader's Guide to William Shakespeare*, New York: Farra, Strauss & Giroux, 1980.

Harrison, G. B, *Shakespeare's Tragedies*, London: Routledge & Kegan, 1956[2013].

Heilman, Robert B. *This Great Stage: Image and Structure in King Lear*, Seattle: U. of Washington P. 1963.

Heller, Agnes, *Renaissance Man*, London: Routledge & Kegan, 1978.

Holloway, John, *The Story of the Night: Studies in Shakespeare's Major Tragedies*, Lincoln: U. of Nebraska P, 1961[2014].

Jump, John, ed., *Hamlet: Casebook Series*, London: Macmillan, 1981.

Kermode, Frank, ed. *King Lear: Casebook Series*, London: Macmillan, 1969.

Kettle, Arnold, ed. *Shakespeare in a Changing World*, New York: International Publishers, 1964.

Kirsch, Arthur, *The Passions of Shakespeare's Tragic Heroes*, Charlottesville: UP. of Virginia, 1990.

Knight, G. W, *Shakespeare and Religion*, New York: Clarion, 1968.

______, *The Wheel of Fire*, London: Methuen, 1956.

Knights, L. C, *Explorations: Essays in Criticism Mainly on the Literature of the 17th Century*, London: Chatto & Windus, 1951.

Leech, Clifford, *Shakespeare's Tragedies and Other Studies in 17th Century Drama*, London: Chatto & Windus, 1950.

Lerner, Lawrence, ed. *Shakespeare's Tragedies*, London: Penguin, 1968.

Lovejoy, Arthur, *The Great Chain of Being: A Study of History of Idea*, New York: Harper, 1936[1960].

McAlindon, T, *Shakespeare's Tragic Cosmos*, Cambridge: Cambridge UP. 1991.

McEachern, Claire, ed., *The Cambridge Companion to Shakespearean Tragedy*, Cambridge: Cambridge UP. 2002.

McElroy, Bernard, *Shakespeare's Mature Tragedies,* Princeton: Princeton UP. 1973.

McGinn, Colin, *Shakespeare's Philosophy*, New York: Harper, 2007.

Mack, Maynard, *King Lear in Our Time*, Berkeley: U. of California P. 1971.

Mangan, Michael, *A Preface to Shakespeare's Tragedies,* London: Longman, 1991.

Martindale, Michelle, *Shakespeare and the Uses of Antiquity*, London: Routledge, 2005.

Mehl, Dieter, *Shakespeare's Tragedies: An Introduction*, Cambridge: Cambridge UP. 1986.

Muir, Kenneth, *Shakespeare's Tragic Sequence*, New York: Barnes & Noble, 1979.

Muir, Kenneth & Schoenbaum, S, eds., *A New Companion to Shakespeare Studies*, Cambridge: Cambridge UP. 1971.

Muir, Kenneth & Edwards, Philip, eds., *Aspects of Macbeth*, Cambridge: Cambridge UP. 1980.

Nuttall, A. D, *Shakespeare the Thinker*, New Haven: Yale UP. 2007.

Orwell, George, *The George Orwell Reader*, New York: Harper Collins, 1961.

Rabkin, Norman, *Shakespeare and the Common Understanding*, Chicago: U. of Chicago

P, 1984.

Randall, Jr., John Herman, *The Making of the Modern Mind*, New York: Houghton Mifflin, 1960[1976].

Ribner, Irving, *Patterns in Shakespearian Tragedies*, London: Methuen, 1960.

Ross, James Bruce & McLaughlin, Mary Martin, eds., *The Portable Renaissance Reader*, London: Penguin, 1968.

Santayana, George, *Interpretations of Poetry and Religion*, Gloucester: Peter Smith, 1900[1969].

Seneca, *Four Tragedies and Octavia,* trans & intro. E. F. Watling, London: Pengain Classics, 1966.

Spearing, E.M, *The Elizabethan Translation of Senecan Tragedy*, Legare St. P. 2023.

Spencer, Theodore, *Shakespeare and the Nature of Man*, New York: Collier, 1966.

Spivack, Bernard, *Shakespeare and the Allegory of Evil*, New York: Columbia UP. 1958.

Stewart, J. I. M, *Character and Motive in Shakespeare*, New York: Barnes & Noble, 1969.

Traversi, D. A. *An Approach to Shakespeare* Vol. I, New York: Doubleday Anchor, 1969.

Trevelyan, G. M. *English Social History: A Survey of Six Centuries*, London: Longman, 1958.

Wain, John, ed. *Macbeth: Casebook Series,* London: Aurora Publishers, 1970.

Waters, D. Douglas, *Christian Settings in Shakespeare's Tragedies,* London: Associated University P. 1994.

Wilson, Harold S, *On the Design of Shakespearian Tragedy,* Toronto: U. of Toronto P. 1968.

Wilson, J. Dover, *What Happens in Hamlet,* Cambridge: Cambridge UP. 1956.

III. 근대의 비극적 소설

■ 작품의 텍스트

멜빌, 허먼/양병탁 옮김, 『백경 I, II』, 중앙미디어, 1995.

브론테, 에밀리/안동민 옮김, 『폭풍의 언덕』, 범우사, 1982.

스탕달/김붕구 옮김, 『적과 흑』, 범우사, 1989.

콘래드, 조셉/이상옥 옮김, 『로드 짐 1, 2』, 민음사, 2005.

Brontë, Emily, *Wuthering Heights*[A Norton Critical Edition], 3rd ed., William Sale & Richard Dunn eds., New York: Norton, 1990.

Conrad, Joseph, *Lord Jim*[A Norton Critical Edition], 2nd ed., Thomas Moser ed., New York: Norton, 1996.

Hardy, Thomas, *The Mayor of Casterbridge*[A Norton Critical Edition], James K. Robinson ed., New York: Norton, 1977.

______, *Tess of the D'Urbervilles*[A Norton Critical Edition], 3rd ed., Scott Elledge, ed., New York: Norton, 1978.

James, Henry, *The Wings of the Dove*[A Norton Critical Edition], Crowley & Hocks eds., New York: Norton, 1978.

Melville, Herman, *Moby-Dick*[A Norton Critical Edition], Hayford & Parker eds., New York: Norton, 1967.

Richardson, Samuel, *Clarissa*, George Sherburn, abr. ed. & intro. Boston: Houghton Mifflin, 1962.

Stendhal, *Red and Black*[A Norton Critical Edition], Adams, Robert M, trans. & ed., New York: Norton, 1969.

■ 관련 학술 도서

고부응 외, 『영미문학의 탐구: 셰익스피어에서 헤밍웨이까지』, 신아사, 2007.

근대영미소설학회, 『18세기 영국소설 강의』, 신아사, 1999.

네를리히, 미하엘/김미선 옮김, 『스탕달』, 한길사, 1999.

라킨, 모리스/전수용 옮김, 『결정론과 문학: 19세기 사실주의 문학에 나타난 인간과 사회』, 이화여대 출판부, 1993.

마이어스, 제프리/왕철 옮김, 『콘래드: 고독한 영혼의 항해사』, 책세상, 1999.

몸, W. 서머싯/권정관 옮김, 『불멸의 작가, 위대한 상상력』, 개마고원, 2008.

백낙청 편, 『서구 리얼리즘 소설연구』, 창작과 비평, 1982.

______, 『문학이 무엇인지 다시 묻는 일』, 창작과 비평, 2011.

벌린, 이사야/강유원 · 나현영 옮김, 『낭만주의의 뿌리: 서구세계를 바꾼 사상 혁명』, 이제이비, 2005.

블룸, 해롤드/최용훈 옮김, 『교양인의 책읽기』, 해바라기, 2004.

브라운, 줄리아 프레윗/박오복 · 이경순 옮김, 『19세기 영국 소설과 사회』, 열음사,

1990.

윤혜준, 『재산의 풍경: 근대영국소설의 배경과 맥락』, 한국문화사, 2013.

이동렬, 『스탕달 소설연구』, 문학과 지성사, 1997.

이상옥, 『조셉 콘라드 연구』, 서울대 출판부, 1986.

이태동 외, 『담론의 질서』, 문예출판사, 1998.

채드윅, 오언/이정석 옮김, 『19세기 유럽정신의 세속화』, 현대지성사, 1999.

최경도, 『헨리 제임스의 문학과 배경』, 영남대학교 출판부, 1998.

하우저, A/염무웅 · 반성완 옮김, 『문학과 예술의 사회사』 근세 편, 하, 창작과 비평, 1981.

한국근대영미소설학회 지음, 『19세기 미국 소설 강의』, 신아사, 2003.

______, 『19세기 영국 소설 강의』, 신아사, 1999.

______, 『18세기 영국 소설 강의』, 신아사, 1999.

한국영어영문학회 편, 『19세기 영국 소설 연구』, 민음사, 1981.

Allen, Walter, *The English Novel*, New York: E. P. Dutton, 1957.

Allott, Miriam, *Novelists on the Novel*, London: Routledge & Kegan, 1965.

Altick, Richard D, *Victorian People and Ideas,* New York: W. W. Norton, 1973.

Arvin, Newton, *Herman Melville: A Critical Biography*, New York: The Viking P. 1957.

Auerbach, Erich, trans., Willard R. Trask, *Mimesis: Representation of Reality in Western Literature,* Princeton: Princeton UP. 1953[1974].

Baines, Jocelyn, *Joseph Conrad: A Critical Biography*, New York: McGraw—Hill, 1967.

Berthoud, Jacques, *Joseph Conrad: The Major Phase*, Cambridge: Cambridge UP. 1978.

Bloom, Harold, ed. *Stendhal's Red and Black: Modern Critical Interpretations* 132, New York: Chelsea, 1988.

______, *The Western Canon: The Books and School of the Ages*, New York: Harcourt Brace, 1994.

Bradbury, Malcolm, *The Modern World: Ten Great Writers*, London: Penguin, 1989.

Brodhead, Richard H, ed., *New Essays on Moby-Dick or, The Whale*, Cambridge: Cambridge UP. 1986.

Brown, S. A, & Silverstone, C, ed., *Tragedy in Transition*, Oxford: Blackwell, 2007.

Campbell, Joseph, *The Hero with a Thousand Faces*, New York: New World Library, 2008.

Carpenter, Richard, *Thomas Hardy*, Boston: Twayne Publishers, 1964.

Cecil, David, *Victorian Novelists: Essays in Revaluation,* Chicago: Chicago UP. 1958.

Chase, Richard, *The American Novel and Its Tradition*, New York: Doubleday Anchor, 1957.

______, ed., *Melville: A Collection of Critical Essays,* Englewood Cliffs: Prentice-Hall, 1962.

Conrad, Joseph, *A Personal Record*, Vermont: Marlboro P. 1912[1982].

Daiches, David, *The Novel and the Modern World,* Chicago: U. of Chicago P. 1960.

Dandelion, Pink, ed., *Towards Tragedy/ Reclaiming Hope*, London: Routledge & Kegan, 2018.

Deutsch, Helene, *Neuroses and Character*, New York: Int'l. Universities P. 1965.

Drew, Elizabeth, *The Novel: A Modern Guide to Fifteen English Masterpieces,* New York: Dell Publishing, 1969.

Dupee, F. W, ed., *The Question of Henry James*, New York: Henry Holt, 1945.

Eagleton, Terry, *The Rape of Clarissa*, Minneapolis: U. of Minnesota P. 1986.

Edel, Leon, *Henry James: A Collection of Critical Essays,* Englewood Cliffs: Prentice-Hall, 1963.

______, *The Life of Henry James* Vol. 1, New York: Penguin, 1977.

Feidelson Jr., Charles, *Symbolism and American Literature*, Chicago: U. of Chicago P. 1976.

Flynn, Carol Houlihan, *Samuel Richardson: A Man of Letters*, Princeton: Princeton UP. 1982.

Ford, Boris, ed., *The Pelican Guide to English Literature: The Modern Age*, 3rd. ed. London: Penguin, 1974.

Fowlie, Wallace, *Stendhal*[Masters of World Literature Series], London: Macmillan, 1969.

Freedman, Jonathan, ed., *The Cambridge Companion to Henry James*, Cambridge: Cambridge UP. 1998.

Ghent, Dorothy Van, *The English Novel: Form and Function*, New York: Harper, 1961.

Gilmore, Michael T, *Moby-Dick: A Collection of Critical Essays*, Englewood Cliffs: Prentice-Hall, 1977.

Gittings, Robert, *The Older Hardy*, London: Penguin, 1980.

______, *Young Thomas Hardy*, London: Penguin, 1978.

Guerard, Albert J, *Conrad the Novelist*, New York: Atheneum, 1967.

______, *Thomas Hardy*, New York: New Directions, 1964.

______, *Hardy: A Collection of Critical Essays,* Englewood Cliffs: Prentice—Hall, 1963.

Haight, Gordon S, *George Eliot: A Biography,* Oxford: Oxford UP. 1968.

Hardy, Florence Emily, *The Life of Thomas Hardy 1840-1928,* London: Macmillan, 1962.

Hazell, Stephen, ed., *The English Novel: Development in Criticism Since Henry James,* London: Macmillan. 1978.

Hemmings, F. W. J, ed., *The Age of Realism*[Pelican Guide to European Literature], London: Penguin, 1974.

Hewitt, Douglas, *Conrad: A Reassessment,* London: Bowes & Bowes, 1975.

Hook, Sidney, *Out of Step: An Unquiet Life in the 20th Centuty,* New York: Harper and Row. 1987.

Howe, Irving, *Thomas Hardy*[Masters of World Literature], New York: Collier, 1966.

Jefferson, D. W, *Henry James*[Writers & Critics], New York: Capricorn, 1971.

Kermode, Frank, *The Sense of an Ending: Studies in the Theory of Fiction,* New York: Oxford UP. 1967.

Kettle, Arnold, *An Introduction to the English Novel Vol. I & II,* New York: Harper, 1960.

King, Jeannette, *Tragedy in the Victorian Novel,* Cambridge: Cambridge UP. 1978.

Kramer, Dale, *Thomas Hardy: The Forms of Tragedy,* London: Macmillan, 1975.

Kronenberger, Louis, ed. *The Portable Johnson and Boswell,* New York: Viking Press, 1947 [2007].

Kuehn, Robert E, ed., *Lord Jim: A Collection of Critical Essays,* Englewood Cliffs: Prentice—Hall, 1969.

Lawrence, D. H, *Studies in Classic American Literature,* New York: The Viking P. 1961.

Leavis, F. R, *The Great Tradition,* New York: New York UP. 1964[2011].

Lewis, R. W. B, *The American Adam,* Chicago: Chicago UP. 1955.

Lubbock, Percy, ed. *The Letters of Henry James,* New York: Anson Street P. 2025.

Lukacs, Georg, intro., Alfred Kazin, *Studies in European Realism*, New York: Grosset & Dunlap, 1964.

______, *The Theory of the Novel*, trans., Anna Bostrock, Cambridge: MIT P. 1971.

McElderry, Jr., Bruce R, *Henry James*, New Haven: College & University P. 1965.

MacIver, R. M. ed., *Great Moral Dilemmas in Literature, Past and Present*, New York: Harper, 1956.

McWhirter, David, *Love and Desire in Henry James: A Study of the Late Novels*, Cambridge: Cambridge UP, 2009.

Matthiessen, F. O, *American Renaissance*, New York: Oxford UP. 1968.

Mill, John Stuart, foreword, Asa Briggs, *Autobiography of John Stuart Mill*, New York: New American Library, 1964.

Miller Jr., James E, *A Reader's Guide to Herman Melville*, New York: Noonday P. 1962.

Millgate, Michael, *Thomas Hardy: A Biography*, Oxford: Oxford UP, 1985.

Mitchell, Hayley R, ed., *Readings on Wuthering Heights*, New York: Greenhaven P. 1998.

Mudrick Marvin, *Conrad: A Collection of Critical Essays*, Englewood Cliffs: Prentice-Hall, 1966.

Muir, Edwin, *The Structure of the Novel*, New York: Harcourt Brace, 1975.

Nietzsche, Friedrich, trans. & intro., R. J. Hollingdale, *Thus Spoke Zarathustra*, London: Penguin, 1969.

Orr, John, *Tragic Drama and Modern Society*, Toronto: Barnes & Noble, 1981.

______, *Tragic Realism and Modern Society*, London: Macmillan, 1989.

Page, Norman, *A Conrad Companion*, London: Macmillan, 1986.

Parini, Jay, ed. *British Writers Classics II*, New York: Charles Scribner's, 2003.

Paris, Bernard J, *A Psychological Approach to Fiction*, Bloomington: Indiana UP. 1974.

Scholes, Robert, ed., *Approaches to The Novel*, San Francisco: Chandler Publishing, 1966.

______ & Kellogg, Robert, *The Nature of Narrative*, New York: Oxford UP. 1968.

Schorer, Mark, ed., *Modern British Fiction*, New York: Oxford UP. 1961.

Schwarz, Daniel R, *Conrad: Almayer's Folly to Under Western Eyes*, London: Macmillan, 1980.

Sherry, Norman, *Conrad's Eastern World*, Cambridge: Cambridge UP. 1966.

Sinclair, May, *The Three Sisters*, London: Virago P. 1914[1982].

Smith, Henry Nash, *Democracy and the Novel: Popular Resistance to Classic American Writers*, New York : Oxford UP. 1978.

Spector, Robert D, ed. & intro., *Essays on the Eighteenth Century Novel*, Bloomington: Indiana UP. 1965.

Stevick, Philip, ed., *The Theory of the Novel*, New York: The Free Press, 1967.

Stone, Lawrence, *The Family, Sex and Marriage in England* 1500-1800, New York: Harper, 1979.

Strickland, Geoffrey, *Stendhal: The Education of a Novelist*, Cambridge: Cambridge UP. 1974.

Sumner, Rosemary, *Thomas Hardy: Psychological Novelist*. London: Macmillan, 1981.

Thomas, Jane, ed. *Victorian Literature From 1830 to 1900[Bloomsbury Guides to English Literature]*, London: Bloomsbury, 1994.

Trilling, Lionel, *The Liberal Imagination*, New York: Doubleday Anchor, 1950.

Walker, Marshall, *The Literature of the United States of America*, New York: Macmillan, 1983.

Watt, Ian, *Conrad in the Nineteenth Century*, Berkeley: U. of California P. 1981.

______, *The Rise of the Novel*, Berkeley: U. of California P. 1957.

______, ed., *The Victorian Novel: Modern Essays in Criticism*, New York: Oxford UP. 1978.

Watts, Cedric, *A Preface to Conrad*, London: Longman, 1982.

Wellek, Rene & Warren, Austin, *Theory of Literature*, New York: Harcourt. 1949.

Whitehead, A. N, *Science and Modern World*, New York: Macmillan, 1959.

Williams, Merryn, *A Preface to Thomas Hardy*, London: Longman, 1993.

______, *Thomas Hardy and Rural England*, London: Macmillan, 1972.

Williams, Raymond, *The English Novel: From Dickens To Lawrence*, London: Paladin, 1974.

______, *The Country and the City*, New York: Oxford UP. 1973.

______, *Culture and Society 1780-1950*, London: Penguin, 1961.

Winnifrith, Tom, *The Brontës[Masters of World Literature]*, New York: Colliers, 1977.

Wright, Austin, ed., *Victorian Literature: Modern Essays in Criticism*, New York: Oxford UP. 1968.

Ⅳ. 비극론 일반

비극론에 관계된 것은 이 책에서 언급한 것만 수록하였으며 보다 자세하고 완전한 목록은 졸저 『비극 문학』의 '참고 문헌'을 참조할 것.

글릭스버그, C. I./이경식 옮김, 『20세기 문학에 나타난 비극적 인간상』, 종로서적, 1983.

리쾨르, 폴/양명수 옮김, 『악의 상징』, 문학과 지성, 1994.

박이문, 『문학 속의 철학』, 일조각, 1975.

스톨리쯔, 제롬/오병남 옮김, 『미학과 비평철학』, 이론과 실천, 1990.

송옥 외 옮김, 『비극과 희극, 그 의미와 형식』, 고려대 출판부, 1995.

이글턴, 테리/이현석 옮김, 『우리 시대의 비극론』(*Sweet Violence*), 경성대 출판부, 2006.

주광잠(朱光潛), 『비극심리학』(悲劇心理學)[중영문합본中英文合本], 합비시(合肥市), 안휘교육출판사(安徽敎育出版社), 1982.

채수환, 『비극 문학』, 지식산업사, 2018.

Abel, Lionel, *Moderns on Tragedy*, New York: Fawcett Premier, 1967.

Barbour, John D, *Tragedy as a Critique of Virtue*, Chico: Scholars P. 1984.

Bentley, Eric, *The Life of Drama*, New York: Atheneum, 1979.

Berlin, Normand, *The Secret Cause: A Discussion of Tragedy*, Amherst: U. of Massachusetts P. 1981.

Brereton, Geoffrey, *Principles of Tragedy*, Coral Gables: U. of Miami P. 1968.

Brooks, Cleanth, ed. & intro., *Tragic Themes in Western Literature*, New Haven: Yale UP. 1955[1977].

Brown & Silverstone, *Tragedy in Transition*, Oxford: Blackwell, 2007.

Bushnell, Rebecca, ed., *A Companion to Tragedy*, Oxford: Blackwell, 2010.

Carlson, Marvin, *The Theories of the Theatre,* Ithaca: Cornell UP, 1984.

Corrigan, Robert W, ed., *Tragedy: Vision and Form*, New York: Harper, 1981.

Draper, R. P, ed., *Tragedy: Developments in Criticism*, London: Macmillan, 1980.

Dukore, Bernard F, *Dramatic Theory and Criticism*, New York: Holt, Rinehart, 1974.

Eagleton, Terry, *Sweet Violence: The Idea of the Tragic,* Oxford: Blackwell, 2003.

Felski, Rita, ed., *Rethinking Tragedy*, Baltimore: Johns Hopkins UP. 2008.

Frye, Northrop, *Anatomy of Criticism*, New York: Atheneum, 1966.

Gellich, Michelle, *Tragedy and Theory: The Problem of Conflict since Aristotle*, Princeton: Princeton UP. 1988.

Harris, George W, *Reason's Grief: An Essay on Tragedy and Value*, Cambridge: Cambridge UP. 2006.

Heilman, Robert B, *Tragedy and Melodrama: Visions of Experience*, Seattle: U. of Washington P. 1968.

Jaspers, Karl, *Tragedy Is Not Enough*, Herald A. Reich, Harry T. Moore & Karl W. Deutch trans. Boston: Archon Books, 1969.

Kaufmann, Walter, *From Shakespeare to Existentialism*, New York: Doubleday Anchor, 1960.

______, *Tragedy and Philosophy*, Princeton: Princeton UP. 1992.

______, *What Is Man?* New York: McGraw—Hill, 1978.

Kierkegaard, Soeren, *A Kierkegaard Anthology*, Robert Bretall ed., Princeton: Princeton UP. 1972.

King, Jeannette, *Tragedy in the Victorian Novel*, Cambridge: Cambridge UP. 1978.

Krook, Dorothea, *Elements of Tragedy*, New Haven: Yale UP. 1969.

Krutch, Joseph Wood, *The Modern Temper*, New York: Harcourt Brace, 1929[1956].

Lucas, F. L. *Tragedy: Serious Drama in Relation to Aristotle's Poetics*, New York: Collier, 1962.

McCollom, William G, *Tragedy*, New York: Macmillan, 1957.

Mandel, Oscar, *A Definition of Tragedy*, New York: New York UP. 1961.

Muller, Herbert, *The Spirit of Tragedy*, New York: Alfred Knoph, 1956.

Michel, Laurence & Sewall, Richard B, eds., *Tragedy: Modern Essays in Criticism*, Englewood Cliffs: Prentice—Hall, 1963[1978].

Myers, Henry Alonzo, *Tragedy: A View of Life*, Ithaca: Cornell UP. 1956.

Palmer, Richard H, *Tragedy and Tragic Theory: An Analytical Guide*, Westport: Greenwood P. 1992.

Raphael, D. D, *The Paradox of Tragedy*, Bloomington: Indiana UP, 1960

Reiss, Timothy, *Tragedy and Truth*, New Haven: Yale UP, 1980.

Ricoeur, Paul, *The Symbolism of Evil,* New York: Beacon P. 1986.

Sewall, Richard B, *The Vision of Tragedy*, New Haven: Yale UP. 1990.

Steiner, George, *The Death of Tragedy*, New York: Oxford UP, 1961.

Storm, William, *After Dionysus: A Theory of the Tragic*, Ithaca: Cornell UP. 1998.

Wallace, Jennifer, *The Cambridge Introduction to Tragedy*, Cambridge: Cambridge UP. 2007.

Woolf, Virginia, *The Common Reader*, New York: Harcourt Brace, 1925.

Young, Julian, *The Philosophy of Tragedy From Plato to Zizek*, Cambridge: Cambridge UP. 2013.

V. 프롤로그와 에필로그에서 언급된 책들

그레이, 존/김승진 옮김, 『하찮은 인간: 호모 라피엔스』, 이후, 2010.

김상봉, 『나르시스의 꿈』, 한길사, 2002.

______, 『서로주체성의 이념』, 길, 2007.

김우창, 『법 없는 길』, 민음사, 1993.

______, 『심미적 이성의 탐구』, 솔, 1992.

노먼, 리처드 /석기용 옮김, 『삶의 품격에 대하여』, 돌베개, 2016.

니버, 라인홀트/곽인철 옮김, 『기독교 윤리의 해석』, 종문화사, 2019.

드레이퍼스, 휴버트 · 켈리, 숀/김동규 옮김, 『모든 것은 빛난다』, 사월의책, 2023.

말로, 앙드레/김붕구 옮김, 『인간의 조건』, 지식공작소, 2002.

매킨타이어, 알래스데어/이진우 옮김, 『덕의 상실』, 문예출판사, 1997.

박이문, 『문학 속의 철학』, 일조각, 1975.

______, 『문명의 위기와 문화의 전환』, 민음사, 1996.

______, 『자비의 윤리학』, 철학과현실사, 1990.

셸러, 막스/최재희 옮김, 『인간의 지위』, 박영사, 1972.

손봉호 외, 『악이란 무엇인가』, 창, 1992.

아자르, 폴/조한경 옮김, 『유럽의식의 위기』, 민음사, 1990.

에코, 움베르토 · 마르티니, 카를로 마리아/이세욱 옮김, 『무엇을 믿을 것인가』, 열린 책들, 1998.

오경웅(吳經雄)/김익진 옮김, 『동서의 피안』, 가톨릭 출판사. 1961[1989].

우라실, 자미라 엘·카릭, 프리데만/김현정 옮김, 『세상은 이야기로 만들어졌다』, 원
더박스, 2023.

이진우, 『도덕의 담론』, 문예출판사, 1997.

임홍빈, 『수치심과 죄책감: 감정론의 한 시도』, 바다출판사, 2013.

정명환, 『젊은이를 위한 문학 이야기』, 현대문학, 2005.

지히터만, 바르바라·숄, 요하임/두행숙 옮김, 『클라시커 고전소설』, 해냄, 2003.

진위평(陳衛平) 편/고재욱·김철운 외 옮김, 「일곱 주제로 만나는 동서비교철학」, 예
문서원, 1999.

최동희·김용철·신일철, 『윤리』, 고려대 출판부, 1972.

최성호, 『인간의 우주적 초라함과 삶의 부조리에 대하여』, 필로소픽, 2019.

콘즈, E/한형조 옮김, 『한글세대를 위한 불교』, 세계사, 1990.(Conze, Edward,
Buddhist Meditation, London: George Allen & Unwin, 1956)

키에르케고르, 쇠얀/임춘갑 옮김, 『이것이냐 저것이냐』, 다산글방, 2008.

피이퍼, J./강성위 옮김, 『정의에 관하여』, 서광사, 1994.

하르트만, 니콜라이/전원배 옮김, 『미학』, 을유문화사, 1972.

G. W. F. 헤겔/김종호 옮김, 『역사철학 II』, 문명사, 1972.

______/두행숙 옮김, 『헤겔의 미학강의 3』, 은행나무, 2013.

Brinton, Crane, ed., *The Fate of Man,* New York: George Braziller, 1961.

Burke, Kenneth, *Counter-Statement*, Chicago: Chicago UP. 1931(1957)

Durant, Will & Ariel, *The Lessons of History,* New York: Simon & Schuster, 1968.

Howard, Michael, *The Lessons of History*, New Haven: Yale UP, 1992.

Krutch, Joseph Wood, *The Modern Temper*, New York: Harcourt Brace, 1929(1956)

Murray, Gilbert, *The Classical Tradition in Poetry*, Oxford: Oxford UP, 1927.

Nagle, Thomas, *The Last Word*, Oxford: Oxford UP, 2001.

Orwell, George, *1984*, New York: Harcourt Brace, 1950(1964).

Panofsky, Erwin, *Meaning in the Visual Arts,* Chicago: Chicago UP, 1983.

E

비극적 인간과 세계
− 서양 비극 문학 연구

초판 1쇄 인쇄 2026년 1월 26일
초판 1쇄 발행 2026년 1월 31일

지은이 채수환
펴낸이 유지범
책임편집 신철호
편집 현상철 · 구남희
마케팅 박정수 · 김지현

펴낸곳 성균관대학교 출판부
등록 1975년 5월 21일 제1975-9호
주소 03063 서울특별시 종로구 성균관로 25-2
대표전화 02)760-1253~4
팩스밀리 02)762-7452
홈페이지 press.skku.edu

© 2026, 채수환

ISBN 979-11-5550-690-5 93840

* 잘못된 책은 구입한 곳에서 교환해 드립니다.